"十三五"国家重点出版物出版规划项目

外国小说发展史系列丛书

英国小说发展史

蒋承勇　等 ——— 著

浙江工商大学出版社
ZHEJIANG GONGSHANG UNIVERSITY PRESS

·杭州·

图书在版编目(CIP)数据

英国小说发展史 / 蒋承勇等著. —杭州:浙江工商大学出版社,2022.3
ISBN 978-7-5178-4471-6

Ⅰ. ①英… Ⅱ. ①蒋… Ⅲ. ①小说史—英国 Ⅳ. ①I561.074

中国版本图书馆 CIP 数据核字(2021)第 078786 号

英国小说发展史
YINGGUO XIAOSHUO FAZHAN SHI
蒋承勇 等著

出 品 人	鲍观明
丛书策划	钟仲南
责任编辑	周敏燕
责任校对	何小玲
封面设计	观止堂_未 氓 黄 冉
责任印制	包建辉
出版发行	浙江工商大学出版社

(杭州市教工路 198 号 邮政编码 310012)

(E-mail:zjgsupress@163.com)

(网址:http://www.zjgsupress.com)

电话:0571-88904980,88831806(传真)

排 版	杭州朝曦图文设计有限公司
印 刷	杭州高腾印务有限公司
开 本	710mm×1000mm 1/16
印 张	41.5
字 数	790 千
版 印 次	2022 年 3 月第 1 版 2022 年 3 月第 1 次印刷
书 号	ISBN 978-7-5178-4471-6
定 价	198.00 元

蒋承勇

作者简介

　　蒋承勇，男，文学博士，浙江工商大学人文社科资深教授，西方文学与文化研究院院长，博士生导师；北京外国语大学王佐良外国文学高等研究院客座教授。浙江省特级专家、国家"万人计划"教学名师。浙江省社会科学界联合会名誉主席，中国外国文学学会副会长，中国外国文学教学研究会会长，浙江省比较文学与外国文学学会名誉会长，国家社科基金项目评审专家，国家社科基金重大项目首席专家，中国社会科学评价研究院期刊评价专家委员会委员。教育部"面向 21 世纪系列教材"《外国文学史》主编之一，教育部"马工程"重大项目《外国文学史》首席专家之一，《中国社会科学》《外国文学评论》外审专家，《外国文学研究编委》。著有《十九世纪现实主义文学现代阐释》《西方文学"人"的母题研究》《人性探微》等 10 余种。在《中国社会科学》《新华文摘》《中国社会科学文摘》《外国文学评论》《文学评论》《文艺研究》《外语教学与研究》《外国文学研究》《外国文学》《外国语》《文艺理论研究》《社会科学战线》等发表论文 150 余篇。获教育部人文社会科学优秀成果奖二等奖 3 次、三等奖 1 次，浙江省政府哲学社会科学优秀成果奖 8 次。全国优秀教师，全国五一劳动奖章获得者，1993 年起享受国务院特殊津贴。现为国家首批精品在线开放课程《外国文学史》（一、二）主讲人，教育部爱课程网人文通识慕课《西方文学名著欣赏》主讲人。2016 年被评为"中国大学慕课"优秀主讲教师。

总　序

陆建德[*]

英国小说家简·奥斯丁说过，在小说里，心智最伟大的力量得以显现，"有关人性最透彻深刻的思想，对人性各种形态最精妙的描述，最生动丰富的机智和幽默，通过最恰当的语言向世人传达"。20世纪以来，小说在文学中的地位比奥斯丁所处的时代更突出，它确实是"一部生活的闪光之书"（戴·赫·劳伦斯语），为一种广义上的道德关怀所照亮。英国批评家弗兰克·克莫德在20世纪末指出："即使是在当今的状况下，小说仍然可能是伦理探究的最佳工具。"但是这一说未必适用于中国古代小说。

"小说"一词在中文里历史久远，《汉书·艺文志》将"小说家"列为九流十家之末，他们的记录与历史相通，但不同于官方的正史，系"街谈巷语，道听途说者之所造也"。《殷芸小说》据说产生于南北朝时期的梁代，是我国最早以"小说"命名的著作，多为不经之谈。唐传奇的出现带来新气象，如鲁迅在《中国小说史略》中所说："小说亦如诗，至唐代而一变，虽尚不离于搜奇记逸，然叙述宛转，文辞华艳，与六朝之粗陈梗概者较，演进之迹甚明，而尤显者乃在是时则始有意为小说。"

但是中国现代小说的产生有特殊的时代背景，离不开外来的影响。我国近现代文学的奠基人和杰出代表，往往也是翻译家。这种现象在世界文学史上是不多见的。晚清之前，传统文人重诗文，小说作为一种文学创作形式，地位不高，

---

[*] 陆建德：籍贯浙江海宁，生于杭州。中国社会科学院文学研究所研究员，博士生导师。研究方向为英美文学。曾任中国社会科学院外国文学研究所副所长、党委书记，研究生院外文系系主任、研究生院学位委员会副主席和教授委员会执行委员，中国社会科学院文学研究所所长兼文学系主任，《文学评论》主编、《中国文学年鉴》主编、《外国文学动态》主编（2002—2009）、《外国文学评论》主编（2010）。出版专著有《麻雀啁啾》《破碎思想体系的残编》《思想背后的利益》《潜行乌贼》等。

主要是供人消遣的。到了 20 世纪 20 年代中期,小说受重视的程度已不可同日而语。1899 年初《巴黎茶花女遗事》出版,大受读书人欢迎,有严复诗句为证:"可怜一卷《茶花女》,断尽支那游子肠。"1924 年 10 月 9 日,近代文学家、翻译家林纾在京病逝。一个月后,郑振铎在商务印书馆的《小说月报》上发表《林琴南先生》一文,从三方面总结这位福建先贤对中国文坛的贡献。首先,林译小说填平了中西文化之间的深沟,读者得以近距离观察西方社会,"了然地明白了他们的家庭情形,他们的社会的内部的情形,以及他们的国民性。且明白了'中'与'西'原不是两个截然相异的名词"。总之,"他们"与"我们"同样是人。其次,中国读书人以为中国传统文学至高无上,林译小说风行后,方知欧美不仅有物质文明上的成就,欧美作家也可与太史公比肩。再者,小说的翻译创作深受林纾译作影响,文人心目中小说的地位由此改观,自林纾以后,才有以小说家自命的文人。郑振铎这番话实际上暗含了这样一个结论:中国现代小说的发达,有赖于域外小说的引进。鲁迅也是在接触了外国文学之后,才不再相信小说的功能就是消磨时间。他在作于 1933 年春的《我怎么做起小说来》一文中写道:"说到'为什么'做小说罢,我仍抱着十多年前的'启蒙主义',以为必须是'为人生',而且要改良这人生。"

各国小说的演进史背后是不是存在"为人生"或"救世"的动机?这个问题不容易回答。浙江工商大学出版社的"外国小说发展史系列丛书"充分展示了小说发展的多元性和复杂性。丛书共 9 册,主要分国别成书,如法国、英国、美国、俄国(含苏联)、日本、德国、澳大利亚和伊朗。其中,西班牙语小说为一特例。西班牙在拉丁美洲有漫长的殖民史,被殖民国家独立后依然使用西班牙语,在文学创作上也是互相影响,因此将西班牙语小说统一处理也是非常合理的。各卷执笔者多年浸淫于相关国别、语种文学的研究,卓然成家。丛书的最大特点,就在于此。我以为只有把这 9 册小说史比照阅读,才会收到最大的成效。当然,如何把各国小说发展史的故事讲得更好,还有待于读者的积极参与。我在阅读书稿的时候,也有很多想法,在此略说一二。首先是如何看待文学中的宗教因素。中国学者容易忽略文学中隐性的宗教呈现。其次,《美国小说发展史》最后部分(第十二章第八节)介绍的是"华裔小说",反映了中国学者的族裔关怀。国内图书市场和美国文学研究界特别关注华裔作家在美国取得的成就,学术期刊往往也乐意发表相关的论文。其实有的华裔作家完全融入了美国的主流文化,族裔背景对他们而言未必如我们想象中那么重要,美国华裔小说家任碧莲(Gish Jen)来华访问时就对笔者这样说过。再者,美国自从 20 世纪六七十年代以来,作家队伍中的少数族裔尤其是拉丁美洲人(即所谓的 Latinos)越来越多,他们中间不少人还从未进入过我们的视野。我特意提到这一点,是想借此机会追思《美国小说发展史》作者毛信德教授。

　　再回到克莫德"小说是伦理探究的最佳工具"一说。读者在阅读小说的时候总是参与其间的,如果幸运的话,也能收到痛苦的自我反思的功效。能激发读者思考的书都是好书,希望后辈学者多多关注这套丛书,写出比较小说史的大文章来。

2018 年 6 月 17 日

前　　言

　　英国小说在世界文学史上有着举足轻重的地位,然而,国内学界对它的发展史的研究与阐发还不够深入。本书有意在已有的研究基础上,以近 80 万字的篇幅,全面、系统地描述英国小说的发展,揭示其发展演变的基本规律,并阐述其在世界文学史中的影响与地位。这对丰富与完善我国对英国文学史,特别是英国小说史的研究来说,是一种探索性的努力,同时,对我国外国文学学术体系、学科体系和话语体系的建设,也具有重要意义。

　　全书以欧洲历史文化和文学史发展为背景,以 70 多位重点作家为论述的个案依据,同时还简要分析了 300 多个作家,史论结合,对英国小说发展史做全面、翔实的描述与论析;既客观地呈现了英国小说千姿百态的景象,又科学地揭示了英国小说演变的轨迹与基本规律,并深入探讨了英国小说的人文价值和美学价值。

　　本书的撰写遵循以下基本思路:

　　第一,在欧洲历史文化与文学的大背景下,描述英国小说的发展历程,阐释不同历史阶段、不同风格和流派小说流行的历史文化原因。在每一章的概述中对各个时期主要的社会历史状况和精神文化氛围(重要的哲学和文化思想)、文学思潮和流派的生成情况进行描述和分析,揭示其与该时期小说的内在联系。

　　第二,描述各个时期英国小说艺术传承流变的脉络与线索:a. 以小说之真实理念的演变为线索,论述英国小说家审美态度之历史变迁,揭示不同流派的小说所展示的生活的不同形态;b. 从小说叙事学的角度,论析不同时期、不同流派小说之叙事艺术的变迁;c. 结合叙事艺术之演变的描述,论析不同时期、不同流派小说之结构模式的变迁;d. 从小说表现手法的角度,论析不同时期、不同流派小说之艺术技巧的变迁。

　　第三,以历史发展的眼光,描述主要作家在文学史上的地位,即在英国小说发展中的贡献和传承关系,包括和同时代文学潮流、其他作家外在和内在的种种联系,体现历史的意识。也正是出于这一目的,本书不一味地以“××流派”标尺来框定具体的作家,而是根据不同作家的创作实际,客观地介绍和分析其创作风格与技巧,从而不至于将那些具有多重风格的复杂作家硬性地安置在某一流派中。

第四,对作品之思想内容的阐释与艺术特色的分析并重。对作品的分析不只做简单的社会历史学分析,而是综合社会学、文化学、神话学、伦理学、阐释学等方法,吸收叙事学、接受美学、结构主义、后结构主义等研究成果,在作品分析论述的方法上力求创新。

我国学术界对 20 世纪英国小说的研究尚待深入,国内读者对其了解也相对较少,为此,本书以 20 世纪英国小说作为研究与论述的重点,在篇幅的安排上,占一半以上的比例。但是,正是由于我国对 20 世纪现当代英国小说研究较少,资料也相对匮乏,而且,这一时期的小说流派众多,思想复杂,较难梳理和把握,所以,对 20 世纪英国小说的分析与阐释,既是本书撰写的重点,也是难点。特别需要指出的是,本书所论述的 20 世纪后期英国小说,实际上已经包括了 21 世纪至少前 10 余年的内容。由于 21 世纪初的 10 余年时间不长,而且与 20 世纪后期的英国小说是血肉相连的,所以没有专门单列章节,但已给予了高度关注。

本书由蒋承勇拟定体例框架和撰写思想,并修改乃至重写部分章节、充实英文资料、审定全部书稿。具体章节的分工如下:前言、导论,蒋承勇;第一章,蒋承勇、李晓卫;第二章,蒋承勇、李晓卫;第三章,蒋承勇、朱琳;第四章,蒋承勇、朱琳;第五章,蒋承勇、张佑周;第六章,武跃速、蒋承勇;第七章,项晓敏、蒋承勇;英国小说年表、重要作家作品中英文对照索引、主要参考书目,蒋承勇。

蒋承勇

2018 年 5 月 9 日

庚子年除夕修改

目　　录

导　论　英国小说发展的历史轨迹

在人类文学的大花园中,似乎有一共同现象:小说作为一种散文形式的叙事文学品种,总是晚于诗歌与戏剧产生,并且是在吸取了诗歌与戏剧养料的基础上生长发育起来的,但后来则青出于蓝而胜于蓝,其影响远远超过了前两者,成为各时代文学气候的主宰者。

英国的小说也是如此。在英国的诗歌与戏剧已经硕果盈枝的文艺复兴时期,小说仅是"小荷才露尖尖角"。英国小说是伴随着英国近代史的步伐走过来的,或者说是伴随着英国社会的现代化步伐走过来的,是现代化的历史产物。根据英国小说自身的成长过程,我们可以把它的历史演进大体上划分为四个阶段:发生雏形期、发展成形期、成熟繁荣期和创新变革期。下面,我们就沿着这演进历程,去追寻英国小说发展的历史轨迹。

一　发　生　雏　形　期

如果有人说,小说在 18 世纪还是一种新的文学形式,那显然是不恰当的,因为小说有其自身的文本发展模式[①]。除了社会历史、政治经济等诸多因素外,小说的这种内在文本模式从古老的叙事方式中逐步成熟起来[②],成为人们通常所说的"小说"文本类型。在英国,小说发展可以追溯到文艺复兴时期。从文艺复兴至 17 世纪,是英国小说的发端期,是小说这种文学样式在英国的雏形阶段,也可以说是韵文叙事文学向散文叙事文学转型的时期。

英雄史诗和骑士叙事诗(骑士传奇)与雏形期小说的血缘关系最近。中世纪盎格鲁-撒克逊人(Anglo-Saxons)的英雄史诗《贝奥武甫》(*Beowulf*)和关于亚瑟王圆桌骑士的骑士叙事诗,在传奇故事的叙述中表达了人的现实思想、情感与愿望,其中的故事性与现实性及叙事技巧对英国小说的产生起到了最直接的催化作用。文艺复兴初期杰弗里·乔叟(Geoffrey Chaucer,约 1343—1400)的《坎特伯雷故事集》(*The Canterbury Tales*,1387—1400)以诗歌的形式叙述现实中人的故事,展示现实的生活画面,塑造生活中的人物形象,表达诗人个人的生活

---

① Richard Kroll, *The English Novel*, 1700 *to Fielding*, London: Lonman, 1998, p. 6.
② Richard Kroll, *The English Novel*, 1700 *to Fielding*, London: Lonman, 1998, pp. 4-5.

体验,这比英雄史诗与骑士传奇更接近小说,更具有真实感,它可以说是一部诗体的长篇小说。这里,诗与小说、韵文与散文之间仅有一步之遥。

在英国文学史上,完成诗到小说、韵文到散文这一历史转换的是 16 世纪文艺复兴时期"大学才子派"作家约翰·黎里(John Lyly,1554?—1606)、菲利普·锡德尼(Philip Sidney,1554—1586)、罗伯特·格林(Robert Greene,1558—1592)、托马斯·纳什尔(Thomas Nashe,1567—1601)等。他们是剧作家,同时也是散文小说家。他们用散文的形式叙述来自现实生活的故事,创作了真正意义上的小说。但是,此后将近一个世纪里,小说这种文学体裁一直不被作家与读者重视,所取得的成就远不如诗歌与戏剧那么辉煌。小说在文学大家庭中仍然是不出众的丑小鸭。在 17 世纪整整一百年里,为英国小说艺术做出突出贡献的是约翰·班扬(John Bunyan,1628—1688)。他的寓言体小说《天路历程》(*The Pilgrim's Progress*,上集 1678 年,下集 1685 年)代表了文艺复兴以来英国小说的最高成就。这部小说把梦境与现实交混在一起,用寓言式的故事表达了作者的生活感受及宗教信仰,既揭示了宗教主题,又描写了 17 世纪英国的现实生活,特别是在叙述故事的技巧方面,较之此前的英国小说要成熟得多。

综观从文艺复兴时期至 17 世纪的英国叙事文学,我们不仅可以发现英国小说产生的基本轨迹,也可以看到作为小说发端的散文叙事文体的基本特点。

第一,小说创作多取材于圣经、神话故事和民间传说,也有的取材于具有现实意义的历史题材,而直接取材于现实生活的则较少,因此,现代小说意义上的那种现实性或真实性还显得比较弱。

第二,道德说教的色彩比较浓厚,宗教寓言的形式占较大的比重。

第三,具有浓厚的宗教色彩,这与英国民众对宗教的热忱以及统治阶级对宗教现实意义的利用有关。

第四,作为叙事文学,此时的英国小说都是以一个人物为中心直线式展开情节,故事较单一,结构较简单。此时作品在人物形象的塑造上都比较夸张,有明显的传奇文学的虚构性,现实感和性格完整性不强。

上述种种,都说明了 17 世纪及以前的英国小说还没离开史诗与传奇的母本,在艺术上还不成熟,处于雏形状态。因此,我们称这一时期的英国小说发展历程为"发生雏形期"。

二 发展成型期

18 世纪是英国小说发展成型并崛起的时期,用小说理论家伊恩·瓦特的话讲就是:在 18 世纪,古老的叙事文学发展成了现代意义上的"小说"。所谓现代意义上的"小说",除了叙事艺术、表现技巧上的"现代化"之外,很重要的一点是小说文本所表现的内容贴近日常生活,更富真实感,能够为更多的普通民众所接受。

　　小说要从 16、17 世纪被冷落在诗歌与戏剧一旁的边缘状态中走出来,进而昂首崛起于诗歌与戏剧之前,首先需要拥有读者大众。18 世纪,既是欧洲"自由思想开始形成"①的世纪,也是"现代世界"逐步产生的世纪。18 世纪的欧洲,尤其是工业化、城市化处在领先地位的英国,文学所面对的新大众是市民阶层。市民阶层为新兴的阶层,有自己特有的世俗化价值观念和大众化审美趣味。他们在文学接受的期待视野上有一种通俗化的需求,而小说恰恰是与这种大众价值观念和审美趣味相契合的,"因为小说的文本内容总是带世俗化倾向,小说的接受范围也带有大众化的特征,这两点都集中体现于市民生活之中"②。这个时期,小说是"影响英国国民生活的最重要的艺术"③。所以,黑格尔称小说是"近代市民阶级的史诗"④。从 18 世纪中叶开始,小说在英国已经成为一种独立的文学形式在民众中普遍流行,小说写作的队伍也日渐壮大,"到了 1750 年,小说的文化意义已十分重大,有力地影响——在某些方面甚至可以说是决定——任何一个对小说创作感兴趣的人(不论是男是女)的职业选择"⑤。就小说家来说,他们往往认为自己创作的小说文本具有现实性和真实性,并希望通过自己的小说作品"创作一部足以体现自己权威的历史著作,从而获得他在从事其他社会事务中所无法企及的声誉"⑥。可见,英国小说在 18 世纪之所以能够"成型"并"崛起",很大程度上得益于社会的发展和市民大众的崛起,同时也是因为小说这种文学样式迎合了社会的发展和市民大众的精神需要。从这种意义上讲,社会的发展和市民大众的精神需要成就了小说艺术的发展与成型。

　　18 世纪的英国文坛上最令人注目的是现实主义小说。"现实主义"一词含义丰富,但在这一时期用它来指认英国的小说,主要是因为这类小说普遍反映现实生活,描写普通市民,表达作家对生活的真实感受,富有真实感,小说"既反映

---

　　①　Isaiah Berlin,ed. *The Age of Enlightenment*:*The Eighteenth Century Philosophers*,New York:Siget Classics,1956,p. 29.

　　②　徐岱:《小说形态学》,杭州大学出版社,1993 年,第 91 页。

　　③　Q. D. Leavis, *The Englishness of the English Novel*,*Higher Education Quarterly*,35.2(1982),p. 354.

　　④　黑格尔:《美学》,商务印书馆,1981 年,第 167 页。

　　⑤　J. Paul Hunter,*The Novel and Social*,in John Richetti,ed,*Cultural history*,in *The Cambridge Companion to the Eighteenth Century Novel*,Cambridge:Cambridge University Press,1996,p. 28.

　　⑥　Willian Ray,*Story and History*:*Narrative Authority and Social Identity in the Eighteenth-century French and English Novel*,Combridge Mass:Basil Blackwell,1990,p. 233.

已经发生了的事,又力图促成事情的发生,它既包含了再现,又意味着修饰"①,从而有别于16、17世纪雏形状态的小说和传奇故事。它完全以一种新的面貌与姿态出现在读者面前。

丹尼尔·笛福(Daniel Defoe,1660—1731)被英国小说批评家伊恩·瓦特称为"我们的第一位小说家"②,是18世纪英国最先出现的杰出的现实主义小说家。他的自传体小说《鲁滨逊漂流记》(*Robinson Crusoe*,1719)是他对小说真实性的一个实践范本,而他所说的"真实性"则集中在个人生活体验的真实性上,由此又强调了小说文本与生活现实的一致性。这部作品既标志着18世纪英国现实主义小说的形成,也标志着现代意义上的英国小说的形成。笛福之后的理查逊则用书信体的小说表达人的真实感受,把关注的焦点从笛福式的小说文本世界与外在生活的对位,转向了文本世界与人的情感心理的对位,成功地将心理分析与情感描写引进小说,从而引领了英国现实主义小说的主观心理真实之路。英国18世纪现实主义小说在亨利·菲尔丁(Henry Fielding,1707—1754)那里达到了高峰。他的"喜剧性散文史诗"以幽默讽刺的手法广泛地描写了18世纪英国万花筒一般的社会生活,在人性开掘的真实性、深刻性和故事叙述的曲折性、复杂性方面做出了有益的探索与贡献。他的创作无疑拓展了18世纪英国现实主义小说的内涵。

除了现实主义小说外,为18世纪英国小说的"成型"与"崛起"做出贡献的还有感伤主义小说和哥特式小说。劳伦斯·斯特恩(Laurence Sterne,1713—1768)是英国感伤主义小说的代表。他认为:"文学的主要任务是描写人的内心世界和他变化无常的情绪。"他还说:"小说结构的基础不是逻辑性的而是情感性的原则。"③他的《感伤的旅行》(*A Sentimental Journey*,1768)特别擅长抒发主观的感情和心理分析,把小说的叙述对象从外部转向了人的内心世界和心理真实。斯特恩的这种感伤主义、主情主义笔法开启了感伤主义文学的先河,使其成了浪漫主义文学的先声。

哥特式小说兴起于18世纪中后期的英国,代表作家是霍勒斯·沃尔波尔。哥特式小说是一种恐怖和鬼怪小说,注重描写怪诞紧张的情节和不寻常的故事。如果说从笛福到菲尔丁的现实主义小说注重对日常生活真实的描写,斯特恩的感伤主义小说注重对内心世界的描写,那么,哥特式小说则注重从超现实的角度

---

① J. Paul Hunter,*The Novel and Social*,in John Richetti ed.,*Cultural history*,in *The Cambridge Companion to the Eighteenth Century Novel*,Cambridge:Cambridge University Press,1996,p.30.

② Lan Watt,*The Rise of the Novel*,*Studies in Defoe*,*Richardson and Fielding*,London:Chatto & Windus,1963,p.80.

③ 阿尼克斯特:《英国文学史纲》,戴镏龄等译,人民文学出版社,1980年,第246页。

叙述离奇变幻的故事,给人提供一种新的观察事物的视角,让事物以一种全新的面目展示在读者眼前,表现出对18世纪理性主义的反叛。哥特式小说采用超自然的素材,运用意识流、现实与超现实相结合的手法,讲述奇人、奇事、奇景、奇境,从而拓展了小说的创作领域,丰富了小说的艺术表现手法。

总之,以现实主义小说、感伤主义小说和哥特式小说为主的多种小说品种,共同促成了18世纪英国小说的"成型"与"崛起",使小说这一文学体裁更趋成熟。概而言之,"成形期"的英国小说有以下共同特征。

第一,"真实"成为小说创作的重要理念,因而,小说既成了文学家们反映生活、表现生活真实感受的重要手段与方式,也成了普通民众观察生活和情感宣泄的重要渠道,还成了文化传播的重要媒体。

第二,成型期的小说多以虚构的方式描写当下生活中的普通人,而非以往的传说人物或神话人物,而且开始重视人物性格的刻画和复杂人性的揭示,对人的心理情感分析在小说中占有相当的位置。

第三,作家们对故事叙述的技巧更为重视,小说的情节显得曲折、生动,因此,小说的可读性、娱乐性增强,但叙述方式上仍然与流浪汉小说较近,中心人物主要为推进情节服务,故事情节以单线发展为主。从叙事技巧的角度看,18世纪英国小说处在"故事小说阶段"或"生活故事化的展示阶段"。① 因此,我们说此时的英国小说处在"发展成型期"也是颇为恰当的。

三　成熟繁荣期

19世纪是英国小说的成熟繁荣期。虽然诗歌创作在19世纪的欧洲依然势头不减,但小说已成人们更青睐的读物。正如英国作家安东尼·特罗洛普所说,19世纪的英国"变成了一个惯于读小说的民族。平时近乎人手一册,上至国家首相,下至厨房的女用人都在看小说"②。读小说成了一道亮丽的文化风景线。因此,欧洲文坛的19世纪可谓是"小说的世纪",英国也是如此。经过18世纪小说家们的"助跑",到了19世纪,英国的小说"腾空而起",成了叱咤文坛的雄鹰。

在19世纪,促使18世纪英国小说发展成形的那些社会、经济、文化因素得到了进一步的发展。小说也有了它赖以成长的更好的土壤、空间与气候。19世纪英国经济的快速发展,使城市化进程加快,市民文化更趋繁荣,这为小说的全面发展创造了更为成熟、充分的两大基本条件——足够的材料来源和众多的接受者。因此,在19世纪的英国,"当经济的发展在19世纪通过人口的成倍增长

---

① 刘建军:《西方长篇小说结构模式论》,东北师范大学出版社,1994年,第78页。

② Robin Gilmour, *The Novel in the Victorian Age：A Modern Introduction*, London：Edward Arnold,1986,p. 1.

和文化教育事业的发展,使市民文化相应地受到刺激,它最终在生产与消费两方面为近代小说的繁荣奠定了坚实的基础"①。

19世纪初的英国,从读者到小说家似乎都依然延续着18世纪后期的期待视野与审美趣味,因而此时的小说基本保持着18世纪后期小说的风格取向。首先,哥特式小说在19世纪初仍在延续,正是这种在怪诞离奇中带有浪漫风格的小说,滋养了浪漫主义历史小说家瓦尔特·司各特爵士(Sir Walter Scott,1771—1832)。19世纪英国小说的宏大画卷,正是以司各特的新型历史小说为开端的。司各特是当时英国空前多产也是大受欢迎的小说家。与司各特同时代的一位评论家说出了司各特的小说在当时的风靡程度:"一个人在这儿可以比在任何的地方都更断然地往后一仰,高声宣称:'让我躺在这张沙发上读无穷无尽的瓦尔特·司各特的小说吧!'"②司各特在17年中写出的深受读者欢迎的25部长篇小说,极大地提高了小说的社会地位,为19世纪的英国小说走向繁荣与成熟打下了坚实的基础。其次,简·奥斯丁(Jane Austen,1775—1817)等小说家的创作延续着18世纪现实主义小说传统,丰富着这一时期的英国小说。简·奥斯丁在当时虽然没有司各特那样大的影响,但也是19世纪初英国小说界的风云人物。她是继菲尔丁之后自觉关注小说艺术的作家。她的小说以小见大,以高超的叙事方式和精练活泼的语言讲述平凡的生活故事,真实细致地表现人与人、人与现实的复杂关系,发掘人性的内涵。她和司各特的小说都以精美的艺术形式为英国小说的发展做出了重要贡献,他们都为19世纪英国小说的高潮——批判现实主义小说——的来临做了铺垫。

批判现实主义小说是19世纪英国小说的高峰,也是英国小说"成熟与繁荣"的标志。

批判现实主义小说实质上是一种现实主义小说,强调反映生活的真实性,强调小说文本世界与生活世界的同一性。批判现实主义小说既是18世纪现实主义小说在19世纪的延续,又是一种新发展,因而有自己独特的建树,即使在"真实性"问题上,也有很大的差异。我们认为,英国小说与整个欧洲小说相仿,是随着社会现代化的历史而发展的,甚至可以说是现代化的产儿。小说这种文学样式的发展演进,可以说是以现代化进程中的人对周围世界和自身认识兴趣的增进为推动力的,这种"兴趣"包含着一种源自求知、求真的好奇心。也就是说,到了19世纪,小说读者在好奇心驱使下的娱乐性阅读中,求知、求真的心理在有力地攀升。这个时期的小说比以往任何时候都更关注现实,"小说与社会之间的关

---

① 徐岱:《小说形态学》,杭州大学出版社,1993年,第92页。
② 文美惠编选:《司各特研究》,外语教学与研究出版社,1982年,第15页。

系显得格外的密切"①。其实,此前的人们即使对作为小说之前身的叙事文学——神话、史诗和传奇——的阅读心理,那"'好奇心'也从来不曾完全脱离过'好真心'的约束控制"②。因为,事实上神话、史诗和传奇"记载的故事,当然并非全是事实,但很难说是虚构,它是虚假的故事与以讹传讹的事迹相混淆在一起,装点成实有其事"③。也就是说,人们即使是在阅读传奇之类被认为十分虚假的文学作品时,也一定程度地怀着"信以为真"的心理去看待其中的人与事。而随着人类文化的不断进步,人们对叙事文学的阅读趣味从关心遥远时代的传说转到身边琐事和自我本身,传奇之类的叙事文学也就演变成了小说,"真实"的理念也就得到了强化。如前所说的17、18世纪英国小说的发展历程已说明这一点。到了19世纪,自然科学的快速进步拓宽了人们的视野,增强了欧洲人认识自然、改造自然、征服自然的自信心与乐观精神,在19世纪这个"科学的世纪"(也即"科学崇拜的世纪"),自然科学的求真、求知理念强有力地渗透到小说美学之中。于是,无论是小说家还是读者,对小说文本都有了比18世纪更强的"真实性"要求。尤其是作家们,常常把小说创作看成对现实社会的研究、实验、解剖与评判,把自己创作的小说文本之内容作为"历史"和"事实"去追求。因此,在此时许多作家的创作意识中,对小说文本故事虚构的技巧和水平高低的评判,在于其内容的逼真程度。这种小说创作理念影响到了这一时代读者的阅读心理,那就是强烈的好奇心运载着强烈的求真心,从而迎来了一个小说创作空前繁荣的时代,而这种小说必然是现实主义小说,或批判现实主义小说。我们认为,这也应该是19世纪英国小说繁盛之原因以及此种小说之文本特征的一种解说。

查尔斯·狄更斯(Charles Dickens,1812—1870)是19世纪英国小说家中最伟大的代表,他把英国小说推向了繁荣之巅。狄更斯是追求真实性、描写广阔的社会生活画面、富有道德责任感和社会责任感的批判现实主义作家。但是,与法国巴尔扎克、福楼拜等作家相比,狄更斯的现实主义明显具有主观性和情感性特征。他注重人物形象的塑造,对人性的发掘有深度,他笔下的人物性格单纯而不单薄,个性鲜明,栩栩如生。他在小说的叙述方式的多样化和结构严整性方面都有独特的贡献。

威廉·梅克皮斯·萨克雷(William Makepeace Thackeray,1811—1863)没有像狄更斯那样描写广阔的生活场景,而是描写如他自己所说的"家常的琐碎",但他的小说在自然、平淡中塑造了真实的人物,描写了富有真实感的故事。为了使作品富有真实感与感染力,他运用独具特色的叙述策略,有意模糊小说叙述

---

① Robin Gilmour, *The Novel in the Victorian Age: A Modern Introduction*, London: Edward Arnold, 1986, p. 4.

② 徐岱:《小说形态学》,杭州大学出版社,1993年,第93页。

③ 坪内逍遥:《小说神髓》,转引自徐岱《小说形态学》,第93页。

者、作品人物与读者三者之间的界线,形成了自己的叙述风格。

勃朗特姐妹在 19 世纪英国小说画卷中闪烁着奇特的光彩。特别是夏洛蒂·勃朗特(Charlotte Bronte,1816—1855)的《简·爱》(*Jane Eyre*,1847)和艾米丽·勃朗特(Emily Bronte,1819—1848)的《呼啸山庄》(*Wuthering Heights*,1847),无论在形象塑造上还是故事叙述的技巧上,其都称得上英国小说史乃至欧洲小说史上不可多得的杰作。

托马斯·哈代(Thomas Hardy,1840—1928)是 19 世纪英国继狄更斯之后最伟大的小说家,他为 19 世纪中后期的英国小说撑起了半壁江山。他的创作继承了维多利亚时期小说的现实主义精神和传统艺术形式,又昭示着现代小说新的思想和艺术特征。他把严肃而深邃的哲思渗透到传统的现实主义小说形式中,从而使他的小说拥有一种强烈的悲剧意识和现代意识。"他的小说之所以成功,其中一个重要原因便是他精湛纯熟和变化多端的悲剧式叙事艺术。"①

19 世纪末,随着维多利亚时代的即将结束,传统的社会经济和美学信念开始动摇,英国小说不再是现实主义一统天下,新一代作家与读者都有不再满足于传统现实主义小说理念的倾向,于是出现了以奥斯卡·王尔德(Oscar Wild,1854—1900)为代表的唯美主义小说、以亨利·詹姆斯(Henry James,1843—1916)为代表的心理现实主义小说,以及以斯蒂文森为代表的新浪漫主义小说——使用惊险情节与恐怖故事但又有别于 18 世纪末的哥特式小说。这些作家在小说创作上的不懈努力,不仅为 19 世纪末英国小说的繁荣做出了自己的贡献,而且预示了 20 世纪将要出现的对小说艺术的变革与创新之趋势。

综观 19 世纪的英国小说,我们大致可以归纳出以下几个特点。

第一,在"真实性"理念指导下,作家对现实生活的反映广阔而全面,小说除了具有娱乐与审美作用外,其社会认识与道德评判功能达到了空前的高度,从而使作家、作品、读者与社会结成了广泛的联系,也使小说的社会地位提到了空前的高度。

第二,情节结构明显与传奇故事的单一线索模式拉开距离,而呈多情节多线索形态;作家们也更讲究故事的叙事策略,多角度、多人物变换的叙述方式被普遍使用;故事的曲折生动、结构的精密完美使此时的英国小说在结构形式与叙述方法上趋向成熟。

第三,人物不再处于仅仅为情节服务的地位,情节同时也为人物性格刻画服务,人物形象的塑造成为小说创作的基本任务,并取得了空前的成功。19 世纪的英国小说为人们展示了一系列个性鲜明、栩栩如生的不朽的典型人物。

第四,19 世纪末的怀疑主义、悲观主义在英国小说中抬头,小说的非现实主

① 李维屏:《英国小说艺术史》,上海外语教育出版社,2003 年,第 172 页。

义倾向初露端倪,传统现实主义小说的强势地位有所动摇。

四　创新变革期

20世纪和21世纪初是英国小说的创新变革时期。

创新与变革意味着对传统的反叛。就英国小说来讲,这种反叛萌芽于19世纪末,盛行于20世纪中期;反叛的对象主要是传统的现实主义小说;反叛的根本性问题是真实观。

如前所述,从传奇到小说的演变中,真实观是对小说这一文体具有质的规定性的核心概念;从最初雏形期的小说到19世纪成熟期的小说,真实观的内涵的变化也是小说演进发展的重要标志。19世纪现实主义小说家在自然科学的实证性理念的影响下,对小说之真实性的追求达到了空前的高度,而当"真实地反映生活"成为小说创作的一种固定规则时,对之怀疑与超越的企图就在作家中悄然萌生了。而且,如同19世纪小说的真实观受当时科学与文化之影响而成为一种规范一样,20世纪的科学与文化的发展,促使作家们对19世纪之真实观产生不满与反叛心理,并追求新的创作规则。

从亚里士多德以来,科学的目的都是在寻找客观的规律和秩序,以逻辑、实证的方式求证一个稳定的、可以认识与把握的世界。因此,人们相信,"世界中的一切现象都被先验地认为是某种原因的结果,而这些原因都有其自身的法则。秩序建立在原因结果的基础之上。不能找到原因的结果超出了科学的范围,就是违反逻辑的。不能被原因和结果这一法则解释的现象都是偶然,偶然无疑也与科学的目的形成对立"[①]。正是基于这种机械宇宙观,19世纪欧洲人面对世界时才有了那种自信与乐观。他们认为,"人运用科学手段——如望远镜和数学计算——和理性思辨,就能够认识这个世界中的任何一条固定的法则,找到任何一种现象内部的根本原因"[②]。这种宇宙观也支撑起了19世纪现实主义小说家对小说真实性追求的坚定信念。然而,20世纪科学的新发展轰毁了机械宇宙观的"幻想"。爱因斯坦的相对论告诉人们:在貌似稳定的世界和宇宙里,一切都是不牢靠的;许多现象的产生并没有固定的原因和必然的规律;传统逻辑的、实证的认识方法并不一定能把握人们面对的世界。与此同时,现代心理学和哲学打破了传统的思维模式,开阔了人们的视野,把人们的目光从客观物理世界转向主观心理世界。人们发现,理性所认识和把握的外在世界并不是真实的世界,而无序的直觉才是唯一的真实。因为,人们所面对的外部世界并不是稳定不变的,一切都没有绝对性标准,只有人的内在感觉才是最真实的。克罗奇认为,只有心灵世界才是唯一真实的存在。柏格森认为,人的生命的冲动是一种不能停止的"绵

---

①②　易丹:《断裂的世纪——论西方现代文学精神》,四川大学出版社,1992年,第55页。

延",它不断变化、活动、创造,而自我的生命冲动是时间绵延的根本动力,人的内在感觉则是时间的衡量标准,自我的感觉顺序就是时间的绵延。弗洛伊德则进一步把目光投向人的心灵深处,认为无意识是一个无限广阔的世界。萨特则赋予人的心灵意识最高最真之意义,认为外部世界是"自在的存在",人的意识是"自为的存在"。自在的存在是一片混沌,是一个巨大的"虚无",没有原因、没有目的、没有必然性,永远是"不透明的"、"昏暗的"、"非逻辑的"、没有意义的东西;而自为的存在才是真实的,自在的存在只能依附于自为的存在,为自为的存在设立对象才能有意义。20世纪科学的发展及其所带来的宇宙观的变化,深深地影响了文学。欧洲的现代主义文学正是在这种科学与文化背景下产生的。

现代主义作为20世纪的"先锋文学",其首要特征就是反传统、图变革、求创新。在英国文坛上,现代主义倾向的小说家就是新宇宙观的接受者和拥护者。他们不再重视"入眼所见"的外部生活世界,而是关注心灵世界对外部世界的主观感受,注重表现一种形而上的存在,一种感觉的、心理的真实。而心理的、主观的存在和行为是一种无序的、破碎的印象的集合过程,要客观、准确地反映这种心理行为和心理真实,传统的狄更斯式的故事叙述已难以奏效,于是,在表现手法与技巧上也必须标新立异、另辟蹊径。英国的现代主义小说就此以一种崭新的面目雄踞文坛,开创了20世纪英国小说的新局面。这里,不同的真实观是英国现代主义小说与19世纪现实主义小说的最根本的差异。

英国现代主义小说的产生是以表现主观真实的心理小说的出现为主要标志的。这种具有现代特征的心理小说最先从19世纪末的亨利·詹姆斯的创作开始。詹姆斯坚持19世纪现实主义小说的真实性原则,但他认为,真正真实的不是外部的、表象的生活,而是人的内心生活。他在《小说艺术》中指出:"一部小说成功与否,取决于它在何种程度上揭示了此一心灵与其他心灵的差异。"[1]他的小说关注的是人对生活的真实体验与感悟。所以,詹姆斯被批评家称为"细微意识的史学家"(the historian of consciousness),也有人称他为心理现实主义作家。可见,詹姆斯是沿着"心理真实"的方向开辟现代主义小说之先河的。到了20世纪初,这种"心理真实"小说在弗洛伊德精神分析理论的影响下得到了进一步的发展,最具代表性的是两种流向。一种是以劳伦斯为代表的以揭示性心理为主的心理探索小说,另一种是以乔伊斯和伍尔夫为代表的意识流小说。

戴维·赫伯特·劳伦斯(David Herbert Lawrence,1885—1930)的小说从结构形态及对社会的批判意义上讲,仍具有传统现实主义小说的特征,但其"独特的审美意识及其深入探索人类心灵的黑暗王国的心理小说使其成为一名出类拔

---

[1] Henry James, *The Art of Fiction*, The Norton Anthology of American Literature, p. 430.

萃而又与众不同的现代主义者"①。就劳伦斯来说,这里的"心灵的黑暗王国"主要是指人的性心理,性心理几乎是他小说的中心题材。他企图通过性心理的描写来揭示工业文明时代人的自然本性;他把性的和谐作为对现代工业文明时代的人的拯救,把性与爱的和谐看成人性的回归。正是在这种追求中,劳伦斯拓展了小说表现的领域,体现了小说揭示人性的深度,引领了英国小说的新取向。

　　真正把英国心理小说推向高峰的是乔伊斯和伍尔夫。詹姆斯·乔伊斯(James Joyce,1882—1941)是英国现代主义小说的杰出代表,他毕生致力于小说艺术的变革与创新。他的创作具有鲜明的实验性,这种实验性最集中、最突出的表现是:把小说描写的焦点集聚在人的意识上,把笔触深入人的精神活动的底层——潜意识,表现那飘忽混乱的思绪与感觉,生动逼真地展示自然和非逻辑状态的心理流动的过程。在乔伊斯看来,小说家如果能够把描写的焦点集聚于人物的精神世界,以理性的手法表现非理性状态的精神世界,就能真实地反映生活,揭示生活的本质。这显然是意识流作家所拥有的现代意义上的真实观。乔伊斯的意识流小说有力地推进了英国小说的艺术变革,也推动了整个西方现代小说的巨大变革。弗吉尼亚·伍尔夫(Virginia Woolf,1882—1941)也是一位实验小说家、意识流小说的倡导者和杰出的现代主义代表作家。她与乔伊斯几乎同时倡导与实践意识流小说,但她又有自己独特的追求与贡献。她像乔伊斯一样关注人物的精神世界,揭示人的真实的精神——心理感受,但她又格外重视表现人的精神世界的技巧与形式。她的小说在心理时间、叙述方法、结构布局等方面为意识流小说和现代小说做出了新的探索,她的小说在形式上与传统小说拉开了更大的距离,从而体现了她对小说形式的创新与变革。

　　第二次世界大战以后,英国小说出现了一次新的转折,即现代主义小说发展成了后现代主义小说。后现代主义小说既是现代主义小说的延续,又是对现代主义小说的超越与反叛。后现代主义小说家否定了小说文本能通过语言来反映生活真实(包括心理真实),而认为小说文本只能用语言虚构一个无意义的世界,无真实性可言。后现代主义小说家对"真实"的这种颠覆性理解,无疑同后结构主义哲学影响有关。后结构主义试图用解构主义的理论推翻结构主义,有明显的怀疑主义和虚无主义倾向。它要瓦解几千年来的西方传统哲学观念,否定一切终极永恒的东西,否定整体性、确定性、目的论之类的概念,拒绝一切试图重设深度模式的哲学和重设中心的企图,主张无限制的开放性、多元性和相对性。关于文学,它否定作品在它们使用的语言范围内尽可能确定自己的结构、整体性和含义。后结构主义的这种哲学思想对英国后现代主义小说有直接影响。在后现代主义小说家看来,小说是作家凭想象力虚构出来的语言文本,既然是虚构,就

---

　　①　李维屏:《英国小说艺术史》,上海外语教育出版社,2003 年,第 224 页。

无法反映真实,"真实"与"虚构"是互相对立的。在此,"真实"被"虚构"取代,可见后现代主义小说在"解构"了小说自它产生以来一直追求与恪守的"真实"这条根本性原则之后,回归了"虚构"。于是,文学史上从传奇到小说的发展历程就成了"虚构→真实→虚构"的历史循环。当然这不是历史的重复,在很大程度上是一种否定之否定。因为,后现代主义小说的"虚构"与传奇文学的"虚构"有明显不同的内涵。后现代主义小说的"虚构"的实质是要模糊小说文本内容之真实与虚构的界限,是"事实与虚构的交混"(the fusion of fact and fiction),达到一种以假乱真、真假难辨的效果。当然,正是这种真假难辨之效果,消解了小说接受过程中的真实感。正是真实性之被颠覆,才使得后现代主义小说的叙事方法、结构特点、语言风格、表现技巧等方面,都出现了实验性的变革,在艺术形式上不无"极端形式主义"倾向,这在一定程度上消解了既有的小说概念,所以这种小说又具有"反小说"特征。但不管怎么说,后现代主义小说的这种实验与探索,丰富了小说的内涵,推进了小说的变革与创新。

英国后现代主义小说的主要代表有塞缪尔·贝克特(Samuel Beckett,1906—1989)、劳伦斯·德雷尔(Lawrence Durrell,1912—1990)、约翰·福尔斯(John Fowles,1926—2005)和 B. S. 约翰逊(Bryan Stanley William Johnson,1933—1973)等,他们超越既往的小说创作规范,自由地进行着小说艺术的实验,使英国小说在情节、结构、人物、语言等方面都发生了革命性变化。概括地说,"贝克特创造性地发展了一种'能容纳混乱'的'荒诞小说',德雷尔热衷于构筑他按照平等关系发展的'重奏'小说,福尔斯别出心裁地推出事实与虚构混为一体的'超小说',而 B. S. 约翰逊则毫无顾忌地将小说形式的革新推向了极端"①。

现代主义小说与后现代主义小说是 20 世纪英国小说的劲旅,集中体现了这一时期英国小说的新发展。除此之外,现实主义传统的小说在这个世纪依然势头强劲,成为与现代主义倾向的小说交相辉映的一支小说劲旅。英国小说家和评论家戴维·洛奇(David Lodge,1935—　)认为,20 世纪的英国文学是在现代主义和现实主义两极之间像钟摆锤一样有规则地来回摆动、相互交替的②,其中的小说亦是如此。特别是 30—50 年代,现实主义小说在现代主义小说向后现代主义小说转型之时成为主潮。20 世纪英国现实主义小说既是 19 世纪现实主义小说传统的延续,也是一种新的发展。特别值得一提的是,20 世纪现实主义小说在吸取了现代主义小说的新观念、新技巧的基础上也呈现出新的姿态和新的发展。可以说,在新的历史文化条件下同样进行着艺术探索的现实主义小说家,较之 19 世纪的作家更关注人物心灵世界的开掘,他们的小说明显表现出内向

① 李维屏:《英国小说艺术史》,上海外语教育出版社,2003 年,第 328 页。
② David Lodge. *Working with Structuralism*,Routledge and Kagan Paul,1981,pp. 13-16.

化、主观性特征,心理描写的手法更为丰富,因此,在一些现实主义小说家的创作中,现代主义与现实主义是很难区分的。在 20 世纪英国现实主义小说家中,约翰·高尔斯华绥(John Galsworthy,1867—1933)、威廉·索默塞特·毛姆(William Summerset Maugham,1874—1965)、格雷厄姆·格林(Graham Green,1904—1991)、金斯莱·艾米斯(Kingsley Amis,1922—1995)、伊夫林·沃(Evelyn Waugh,1903—1966)、威廉·戈尔丁(William Golding,1911—1993)、艾丽丝·默多克(Iris Murdoch,1911—1999)和多丽丝·莱辛(Doris Lessing,1919—2013)等是主要代表,他们的创作既发展了现实主义小说,又促成了 20 世纪和 21 世纪初英国小说多姿多彩的繁盛景象。

总之,20 世纪和 21 世纪初是英国小说史上一个在变革中发展的时代,也是小说艺术革新变化最多、最快的时期,小说的内涵与表现技巧得到了空前的拓展与更新,小说作为一种文学体裁,其存在形态呈多元化趋向。概而言之,20 世纪和 21 世纪初英国小说有以下几个特征。

第一,20 世纪和 21 世纪初英国小说在真实观问题上,既存在着认识论哲学基础上的客观真实性(即传统现实主义倾向的外部真实)和主观真实性(即现代主义倾向的心理真实)理念,又存在着本体论哲学基础上的非真实性(即后现代主义倾向的"虚构")理念。因此,小说文本既有力求真实反映日常现实生活,具有深刻认识价值与社会批判意义的现实主义形态,又有展示主观心理世界,追求形而上的深度意义的现代主义形态,还有试图用新的语言体系构建一个虚构世界,追求文本结构的无序性、非逻辑性和意义的不确定性的后现代主义形态。

第二,20 世纪和 21 世纪初英国小说主要有现实主义、现代主义和后现代主义三种不同形态,但不同形态的小说普遍具有内倾性特征,关注对人的精神——心理世界的展示。较之 19 世纪现实主义小说,20 世纪现实主义倾向的小说加强了对人的心理的描述;现代主义倾向的小说则力图在理性原则规约下展示人的自然状态的精神——心理世界;后现代主义倾向的小说则力图在小说文本中展示一种荒诞的精神——心理体验。

第三,20 世纪和 21 世纪初英国小说在叙述形式与结构形态上,依然存在传统现实主义形态的叙述方式,但力图摆脱传统叙述方式的倾向十分强烈。因此,小说的故事性、情节性总体上趋于淡化甚至消解。20 世纪末,英国小说的叙述形态更是呈多元化趋向,小说的结构形态也五花八门,情节性、故事性难以成为衡量小说的永恒标准。

第四,20 世纪和 21 世纪初英国小说的表现技巧达到了空前多样化的境地。20 世纪的英国小说界与整个欧美小说界一样,实验意识、变革精神格外强烈,因此在小说的创作技巧上可谓异彩纷呈。自由联想、时空倒错、内心独白、自动写作,以及顿悟、象征、隐喻、暗示、矛盾(文本中的各种因素互相颠覆)、交替(在文本中,甚至在文本的同一篇章中,对于同一事件的不同可能性的交替叙述)、短路(运用某些手法使小说的阐述不得不中断)、反体裁(破坏小说体裁的公认特点和边界,如把小说"理论化")等,所有这些对形式技巧的刻意追求与创新,都有助于丰富与拓展英国小说的表现方法。

以上对英国小说发展历程的宏观描述,难免挂一漏万,但读者从这一基本轨迹出发去全面地阅读本书,也许会更有头绪,更易于把握要领。

第一编　发生雏形期

——17 世纪及以前的小说

第一章 文艺复兴时期至 17 世纪的小说

第一节 概 述

一 历史文化背景

古代英国的历史可以追溯到 5 世纪。从 5 世纪中叶开始,盎格鲁-撒克逊人等日尔曼部落就由欧洲大陆渡海侵入不列颠地区。在征服不列颠的过程中,盎格鲁-撒克逊人建立了许多小国。到 7 世纪初,这些小国逐渐合并为 7 个王国,在之后的 200 年中各国之间互相争雄,形成了英国历史上的"七国时代"。829年,统一的英吉利王国终于建立,开始了英国的封建化进程。1066 年,诺曼人征服了盎格鲁-撒克逊人,诺曼底公爵威廉登上王位,将法国当时的社会制度和宗教、文化带到了英国。至此,英国的封建制度最终形成。"诺曼征服"加速了英国的封建化进程,在以后的几个世纪中英国的封建经济得到了迅速发展,与之相适应的社会政治制度也逐渐完善,英国成为当时欧洲比较先进的封建国家。当然,统治阶级与广大农民之间的矛盾以及统治集团内部的矛盾也始终伴随着英国封建制度的发展过程,并且导致了统治集团的内战——"红白玫瑰战争"(1455—1485)的爆发。战争使英国经济遭受巨大损失,广大人民处在水深火热之中。最终代表新贵族利益的约克家族的亨利·都铎夺取王位,开始了英国历史上的都铎王朝时期。在统治阶级争权夺利的过程中,英国的资本主义开始萌芽。不久之后,英国的资本主义进入原始积累时期,并且得到了迅猛发展。英国的资本原始积累有两种基本方式,一是"圈地运动",二是对殖民地的掠夺。从 15 世纪起,英国的毛纺织业迅速发展,那些带有资产阶级性质的新贵族为了获得更大的经济利益,用篱笆把地圈起来养羊。后来,他们为了进一步扩大牧场,用暴力把农民赶走,圈占他们的土地。"圈地运动"使大批农民破产而流离失所,给资产阶级提供了迫切需要的廉价劳动力,为英国资本主义的发展打下了基础。15 世纪末的地理大发现和环球航海的成功,更是极大地刺激了英国资本主义工商业和海外贸易的发展,同时也极大地刺激了英国资产阶级殖民掠夺和海外扩张的野心。

但是,随着英国资本主义的迅猛发展,阶级矛盾也日益尖锐,农民的赤贫化、手工业者的无产化以及新贵族和大资产者财富的高度集中,使贫富对立非常突出,反对"圈地运动"的农民起义风起云涌。新兴的资产阶级对封建君主专制统治也十分不满,16世纪中叶,他们在清教徒运动的旗帜下,掀起了推翻封建专制制度的革命。从16世纪末起,英国资产阶级和封建王权的矛盾就日益加深。17世纪40年代初国王和国会之间的内战爆发,经过数年争斗,战争以新贵族和资产阶级的胜利而结束,资产阶级共和国建立。尽管不久之后,封建贵族又卷土重来,并建立了斯图亚特复辟王朝,但它也仅仅是昙花一现,封建贵族阶级毕竟已是日暮途穷,很快大资产阶级和新贵族联手发动了"光荣革命",推翻了斯图亚特复辟王朝,确立了君主立宪制,资产阶级的统治最终得以完成,从而也为资本主义经济的发展和资产阶级文化的繁荣打下了坚实的政治基础。

在英国早期的历史发展过程中,基督教的传入和发展也是影响社会文化的一个重要因素。在早期的不列颠时代,社会上流行的是早期原始宗教。在稍后一些的盎格鲁-撒克逊时代,随着与高卢和地中海沿岸城市的密切往来,基督教开始传入不列颠。到了6世纪以后,基督教对社会生活产生了越来越重要的影响。随着基督教的传入,来自欧洲大陆的政治法律制度和科学文化制度也逐渐传入英国。教会僧侣们竭力向英国民众灌输古罗马文明和基督教文化。经过100多年的影响和熏陶,英伦三岛上的居民大都成了基督徒,而基督教也逐渐成为英国封建统治集团的精神支柱和统治工具。又经过数百年的发展,到了14世纪,随着教会的腐化堕落和日益反动、市民阶级的产生和发展、广大下层人民和资产阶级与教会的矛盾的日益加深,包括英国在内的西欧各国出现了反对罗马教廷、要求改革教会的思想倾向,率先提出改革教会主张的就是英国牛津大学的神学教授约翰·威克里夫。他先后写了《论神的统治权》等论著,谴责教会僧侣对上帝的"背叛",从而揭开了宗教改革的序幕。

"红白玫瑰战争"结束以后,英国旧贵族的势力被大大削弱,王权得以巩固,中央集权的封建君主国家逐渐形成。在王权的保护下,英国的资本主义工商业得到进一步发展。但是,此时英国的教会和欧洲其他国家的教会一样十分腐败。教会巧立名目,用欺骗手段剥削广大群众,以供神职人员大肆挥霍,引起了广大民众的强烈不满。从15世纪末到16世纪初,在欧洲大陆的人文主义思想影响下,英国社会出现了揭露和抨击教会腐败的倾向。马丁·路德领导的宗教改革传入英国后,要求宗教改革的呼声日益高涨,在牛津大学和剑桥大学内出现了不少热心宗教改革、反对天主教会的学者。随着资产阶级力量的迅速发展和民族意识的空前高涨,宗教改革家们反对教皇干预英国国家事务,要求摆脱教会的控制和剥削。于是,英国统治集团借助这样一种局势开始了自上而下的宗教改革运动。经过数十年的斗争,以《三十九条信纲》的通过为标志,英国国教会于16

世纪末终于得以建立。但是,英国国教会自成立之日起,内部就存在着关于教义和礼仪的矛盾和斗争。随着资本主义的发展,新兴资产阶级力量逐渐壮大,他们不满统治阶级的专制政体及其控制教会的做法,要求教会摆脱英王的控制,进行彻底改革。于是,从 16 世纪末到 17 世纪初,英国出现了“清教徒运动”。

清教徒运动与英国的资产阶级革命密切相关,英国的资产阶级革命以宗教外衣为掩护。英国国教会实际上是王权的工具、专制制度的精神支柱。因此,资产阶级反封建的斗争必然要将矛头对准英国国教会。由于加尔文教教义和它的民主组织形式都符合资产阶级的利益,所以资产阶级就以加尔文教为武器来反对国教和王权。

新教徒主张“纯洁”教会,反对敲诈勒索,要求废除偶像崇拜等繁缛仪式,反对骄奢淫逸,提倡勤俭清洁,故被称为“清教”。由于清教具有革命性质,因而受到英国统治阶级的不断打击和镇压。1618 年,英国国王发布《文体活动规定》,针对清教徒不准在星期日进行娱乐活动的主张进行改革,允许教徒在星期日参加礼拜后从事合法文体和娱乐活动,对不改信国教的清教徒一律驱除出境。这一规定更加激怒了清教徒,清教中产生了更加激进的教派——浸礼宗。从此,在几乎整个 17 世纪,英国的清教徒与封建统治阶级把持的国教会展开了长期的斗争,最终迫使统治者采取了一定的宗教宽容政策。

在反对封建统治和反对国教会精神束缚的清教徒运动中,英国的资本主义经济和资产阶级文化发展到了一个全新的阶段。这一阶段的英国文学与宗教有着非常密切的关系,并且出现了弥尔顿和班扬这样杰出的清教徒作家和诗人,他们的创作体现了 17 世纪英国文学的最高成就。

英国的文艺复兴运动开始于 15 世纪后期。尽管它的高潮到来得较晚一些,但是它对社会所产生的影响还是相当大的,特别是出现了莎士比亚等一批重要的作家,促进了英国人文主义文学的空前繁荣。英国的文艺复兴运动是在 15 世纪 90 年代由一批曾去意大利求学的人文主义者发起的,其代表人物有威廉·格罗生(Willam Grocyn, 1446? —1519)和托马斯·林奈克(Thomas Linacre, 1460? —1524)。两人在牛津大学发起了研究古典文学的牛津派运动,对稍后一些的约翰·柯列特和托马斯·莫尔影响很大。柯列特于 1493 年去意大利求学,深受新柏拉图主义的影响。他反对经院哲学,抨击教会的腐化,希望通过教育和规劝改进教会与修院的道德纪律。与柯列特同时代的著名人文主义者托马斯·莫尔是欧洲最早的空想社会主义者,他 15 岁考入牛津大学,醉心于古典文化的研究。他与当时著名的人文主义者爱拉斯谟是至交。他们交流思想,著书立说,共同推动了人文主义运动的发展。莫尔于 1516 年用拉丁文写的《乌托邦》(Utopia)描绘了空想的社会主义社会,表达了他的人文主义思想和对宗教信仰的宽容态度,对英国的人文主义运动产生了很大的影响。

二　从叙事诗到小说

关于英国小说的起源,学术界众说纷纭。我们认为,英国小说是在英国传统叙事文学的故事性和现实性基础上发展起来的。

英国最早的叙事文学可以追溯到中世纪时期盎格鲁-撒克逊人的英雄史诗《贝奥武甫》,史诗以神话和传说为主要内容,是"一部哲理性的史诗"[①],同时也具有一定的现实性因素,它给人们展现了一幅早期氏族制度的生活方式和生活状态的图景,体现了氏族制度开始崩溃时期的社会特征。从形式上来看,史诗以贝奥武甫与格兰代尔及其母亲搏斗的故事组成一篇结构匀称的叙事诗,它侧重给人们讲述一个富有传奇色彩的故事,因而又具有明显的故事性特征。虽然史诗中的那些现实性和故事性因素都是一些不自觉的行为,但是它毕竟为后来英国叙事文学的发展打下了基础。

1066 年,诺曼人征服了盎格鲁-撒克逊人,将法国当时的社会关系和法国的宗教、文化带到了英国。此时,英国的封建制度最终形成,下层人民处于被奴役的地位,统治阶级内部则钩心斗角,争权夺利,谋求霸权。而文学的发展并不与社会形态的先进或落后同步,值得重视的是此时产生了骑士叙事诗,也称"骑士传奇"。在骑士叙事诗中,首次出现了对内心活动和情感的深入描写,故事成分在作品中占了大量的篇幅,而且体现出初期的人本主义精神。它极力肯定人们享受现实中爱情和生活的权利,并敢于以世俗的眼光反对当时天主教会对人性的歪曲。天主教会认为追求爱情和幸福是人性堕落的表现,而骑士叙事诗则把人对爱情、幸福的追求描写成高尚的品行。骑士叙事诗克服了早期文学创作对英雄形象塑造概念化的缺点,出现了现代意义上的个人主义思想的萌芽。更为重要的是,骑士叙事诗的出现对英国早期文学从叙事诗到小说的转型具有独特的意义。正如别林斯基所说:骑士叙事诗"产生了个体的、和人民隔离的脱离一切关系,只追求个人兴趣的独立的人的概念……游吟诗人诉说关于爱情的苦痛,诉说忧郁的农妇或被囚禁的公主的悲哀等等阴沉的诗歌,凯旋和胜利的诗歌,恋爱、复仇和荣誉攻击的故事——这一切都获得了反响……诗歌变成小说,这种小说诚然是骑士的、充满幻想的小说,惯见的和不惯见的、可能的和不可能的混合在一起,但它们已经不是诗,现代长篇小说的种子已经在这种作品中成熟了"[②]。特别值得一提的是,此时出现了一批有关亚瑟王圆桌骑士传说的骑士叙事诗,如《特里斯丹和伊瑟》等。在著名的《亚瑟王和他的圆桌骑士》中,兰斯洛特是圆桌

---

① Kastan David Scott, ed., *The Oxford Encyclopedia of British Literature*, Vol. 1 of 5, New York: Oxford University Press, 2006, p. 176.

② 《别林斯基三卷集》卷一,1948 年,第 106—107 页。转引自阿尼克斯特:《英国文学史纲》,戴镏龄等译,人民文学出版社,1980 年,第 24 页。

骑士中地位最突出的。他与王后恋爱,为了寻找她,冒着生命危险爬过了一座插满利剑的桥;在角斗场上,他唯王后之命是从,王后说进攻就进攻,王后说退却就退却,表现出了绝对的忠诚。他们的恋情被国王知道后,兰斯洛特把王后藏到了自己的城堡中。兰斯洛特把博得王后的欢心当作自己作为骑士的最大荣誉,这里表现的是典型的骑士爱情观。骑士叙事诗在各种各样的骑士冒险故事的叙述中,表现了丰富多彩的社会内容。骑士叙事诗表现出浓厚的浪漫传奇色彩,它的故事性和现实性因素对于促进小说的产生有不容忽视的作用。

中世纪中晚期新兴资产阶级的产生和发展也促进了英国近代民族的逐渐形成。诺曼君主统治时期,英吉利各地区联合成为一个统一的国家。这一时期,封建制度开始瓦解,英国资本主义早期因素的产生使社会矛盾更加复杂化,农民起义和宗教改革相继发生。社会矛盾的尖锐化促使英法百年战争(1337—1453)爆发,这一战争促进了英国民族的迅速成长。尽管战争以及三次大规模鼠疫的发生使英国人口缩减将近三分之一,然而,这样一个多事之秋却造就了约翰·哥瓦(John Grower,1325—1408)、杰弗里·乔叟(Geoffrey Chaucer,1340—1400)和威廉·朗格兰(William Langland,1332—1400)等杰出诗人和作家,将英国的叙事文学向前大大推进了一步。

在这批诗人、作家中最为杰出的是乔叟,由于他的巨大贡献,后来人们称他所处的这一时期为"乔叟世纪",他也被视为英国第一位伟大的现实主义诗人、作家,而且是新文学语言的创始者。乔叟一生与下层人民交往密切,了解他们的疾苦和愿望。同时,他也深受意大利人文主义思想的影响,因而他的世界观一定程度上摆脱了中世纪那种宗教意识形态的束缚,克服了骑士传奇中的贵族化倾向,他吸收了欧洲文化中的进步因素,写出了英国文学史上第一部现实主义叙事作品——《坎特伯雷故事集》。正如高尔基所说的那样:"英国是现实主义的创造者:远在14世纪那位被尊称为英语之父兼现实主义奠基者的酒商之子乔叟写了《坎特伯雷故事集》,诗中描写一班各为了俗务而旅行的人——商人、猎人、农夫等等的生活,写生一样地刻画他们。"①

乔叟的《坎特伯雷故事集》在体例和结构的组织安排上很可能受到薄伽丘《十日谈》的影响,但又与《十日谈》有明显不同。乔叟的故事是完整有机的统一体,而且讲故事的主人公形象个性突出,因为乔叟所讲的故事充分反映了个人的生活经验,其观点和兴趣爱好都体现着每个人的个性姿态。之所以能够达到这样的效果,是因为乔叟以多视角的方式,让每一个人物都成为他的代言人,通过讲故事的形式向读者全面展现现实生活。

---

① 高尔基:《俄国文学史》,转引自阿尼克斯特:《英国文学史纲》,戴镏龄等译,人民文学出版社,1980年,第51页。

总的来说,与同时期哥瓦和朗格兰的创作相比较,乔叟的创作具有以下的特征和意义。

首先,哥瓦和朗格兰也概括反映这个时代,但是他们的描写带有象征的模糊性,而乔叟已经具有现实主义用形象反映现实的创作雏形。其次,哥瓦和朗格兰都是以宣教者的姿态出现,是一种由上而下的俯视和教导的姿态,但是乔叟以人道主义者和现实主义者的冷静来关注人的生活,力求参与并了解人的生活,避开了创作中的教条化。再次,哥瓦和朗格兰的作品表现出对现实生活的心灰意冷,作品透露出浓厚的悲观主义色调,而乔叟的作品充满了乐观、明亮的色彩,充满了对未来的希望,他总是从暴风雨的现状中给人以生的勇气和鼓励。最后,乔叟开始把注意力放在对人物性格的塑造上,乔叟的《特罗勒斯与克丽西德》(*Troilus and Criseyde*,1380—1387)在某种程度上是一部诗体长篇小说,具有鲜明的人物形象,特罗勒斯成为英国文学史上第一个丰满的人物形象。

在乔叟之前的文学都具有以下特征:一是故事性,二是现实性。但是小说是一种散文作品,而在这之前的早期故事是用诗记述的,而且小说的故事又不同于单纯讲故事,它不仅讲一个故事,而且通过故事要描写一些东西。正如艾弗·埃文斯所说的:“不管小说家抱有什么样的野心,他最好还得记住:他最初是一个讲故事的人,而这个根源他是永远不能逃避的。这样,小说可以描述为:以一个故事为基础的一种散文记事,作者可在其中描述人物和时代生活,分析感情和情欲,以及男女人物对于他们所处环境的反应,他可以用他时代的环境或者过去的环境做到这一点,此外,他以写一种普通生活环境开始,也可以运用小说来写幻想,或对超自然的事物做某些描绘。”①也就是说,故事性和现实性是小说不可缺少的因素。乔叟的《坎特伯雷故事集》虽然大部分都是用叙事诗体来写的,但是作品中那些强烈的故事性和现实性因素,却为后来英国现实主义小说的产生奠定了基础。

16世纪是英国的资本原始积累时期,“国王的权力依靠着市民摧毁了封建贵族的势力,建立了巨大的、实质上是以民族标准为基础的君主国,而现代的欧洲民族和现代的资产阶级社会就在这种君主国里发展起来……”②,资产阶级和封建贵族阶级结成联盟,英国民族国家基本形成。

在思想文化方面,人文主义运动在英国发展到了鼎盛时期。此时出现了一大批研究古希腊罗马哲学和文学遗产的人文主义者,他们将人文主义精神与时代精神相结合,推动了人文主义运动在英国的发展。在文学创作领域也出现了前所未有的繁荣局面。

---

① 艾弗·埃文斯:《英国文学简史》,人民文学出版社,蔡文显、宗奇译,1984年,第238页。

② 《马克思恩格斯全集》卷十四,第475页。转引自阿尼克斯特:《英国文学史纲》,人民文学出版社,1980年,第68页。

　　在英国文学从叙事诗向小说转型的过程中曾经出现过一个独特的作家,他就是托马斯·莫尔(Thomas More,1478—1535)。莫尔是文艺复兴时期英国杰出的人文主义者,也是欧洲空想社会主义思想的创始人和空想社会主义小说的奠基者,他在文学创作上的主要成就是对话体幻想小说《乌托邦》(1516)。小说以一个名叫拉斐尔·希斯拉德的航海家叙述其海外见闻的形式,对英国社会做出了独特反映。他在小说中一方面批评英国政府"圈地运动"的政策,指出其造成"羊吃人"的惨剧,揭露资本原始积累的残酷性;另一方面,叙述希斯拉德在"乌托邦"的见闻,给人们描绘出一个没有剥削和压迫的歌舞升平的理想世界。尽管莫尔的小说有着明显的理想化和虚幻色彩,但也不乏现实因素和故事性、趣味性,不论从小说的内容还是形式来看,它都对后来的小说创作产生了一定影响,在英国小说发展史上也占有一定的地位。

　　戏剧也是这一时期英国人文主义文学的主要成就之一,出现了被称为"大学才子派"(University Wits)的创作群体。"大学才子派"创作的意义不仅在于其主要成就戏剧本身是一种叙事文学,还在于这些作家中有不少同时也是小说作家,如约翰·黎里、罗伯特·格林、托马斯·纳什尔等。在英国戏剧走向巅峰之前,这几位年轻的牛津大学与剑桥大学毕业生对叙事文学的发展功不可没。他们聚集在伦敦,凭借超凡的学识和才华在诗歌、小说、散文尤其是戏剧方面都做出了很大的贡献,从而为莎士比亚的出现打下了坚实的基础。"大学才子派"的成员主要有克利斯托夫·马洛、托马斯·基德、约翰·黎里、罗伯特·格林、乔治·皮尔、托马斯托·洛奇、托马斯·纳什尔等人,1585年至1595年这十年是他们最活跃的时期。[①] 但是,"大学才子派"并不是一个有统一纲领的文学团体,他们在思想上存在着许多差异,正是这些差异导致了当时戏剧出现了贵族派和人民派两个基本流派。"黎里的'尤弗伊斯体'散文、洛奇和格林的传奇故事和纳什尔的传奇体冒险小说都是16世纪这一特定时期英国小说成形过程中的重要实验作品。可以说他们是现代英语散文体小说的先驱者和奠基人。"[②]

第二节　约翰·黎里

　　约翰·黎里(John Lyly,1554? —1606)是英国最早的小说家之一。他主要从事喜剧创作。他在旧题材中加入新的、具有现实性的时事题材,突破了喜剧的单线索发展,改变了以往用诗体进行创作的传统,并为戏剧加入了新的主题意义,从而加强了戏剧创作的表现力;他的喜剧创作中的现实主义手法为小说的产

---

　　① 　梁实秋:《英国文学史》,协志工业丛书出版股份有限公司,1985年,第341页。
　　② 　侯维瑞主编:《英国文学通史》,上海外语教育出版社,1999年,第95页。

生和发展提供了不可缺少的叙事特征。约翰·黎里是在进行戏剧创作的同时开始小说创作的,并写出了第一部心理小说《尤菲绮斯》(*Euphues*)。黎里的小说与当时的传奇故事相比,更贴近现实,更关注社会现实问题。

约翰·黎里出身于一个学者家庭,是英国第一部拉丁文法编纂者的孙子、"大学才子派"成员。1579 年黎里在剑桥大学进修,因为没有获得奖学金,于是离开学校到伦敦,跻身政界,奔走于权贵之门。他最大的野心是做宫廷娱乐总管,但是终未实现。他成名比较早,24 岁就以《尤菲绮斯》而名噪一时。他曾经得到牛津伯爵的庇护,成为牛津伯爵的秘书。伯爵本人是诗人也是剧作家,由于这种关系,黎里开始编撰喜剧,并在各童伶剧团上演,供宫廷贵族赏玩。1589 年后,黎里被卷进了马丁·马伯雷特的论战,他站在主教一方,并写了若干小册子及戏剧。从 1589 年到 1601 年他四度当选为国会议员,死于 1606 年。

在戏剧创作方面,黎里曾经创作过 8 部喜剧。《亚历山大与康帕斯佩》(*Alexander and Campaspe*)上演于 1581 年,出版于 1584 年,是一部用散文写的拥有相当"尤菲绮斯"气息的喜剧。其内容来源于历史上的一段轶事:亚历山大眷恋他俘虏来的美女康帕斯佩,于是让康帕斯佩做妃子,并令画师阿派利斯给她画像。阿派利斯与康帕斯佩一见钟情,并相互爱慕,画像还没有完成,阿派利斯就毁了它,等待着与康帕斯佩长相厮守。亚历山大起了疑心,设计让阿派利斯坦白了自己内心的爱情。于是亚历山大把康帕斯佩让给了画师,成全了他们的好事。他自己则率领大军远征,并且说:"亚历山大想征服世界而不能征服自己,是多么的可耻啊!"该剧立意单纯、清新,对话别有生趣,而且在剧中不断穿插小诗,使剧本别添一番韵致。

《萨福与法奥》(*Sapho and Phaon*)于 1584 年上演,初刊于 1591 年,是宫廷寓言剧,表示对女王的歌颂和祈祷。《安狄米恩》(或《月中人》)(*Endymion*, or *Man in the Moon*, 1584),是寓言性的散文剧,大家都认为他是把伊丽莎白女王比作月神及贞洁的猎神,把李斯特比作安狄米恩,把苏格兰女王玛丽比作大地。故事的主要情节很简单:安狄米恩放弃了大地,热烈追求月神,大地大怒,与女巫勾结来对付安狄米恩,使之长睡 40 年不醒。月神破除其法术,以一吻解救了安狄米恩。人们通常把此剧看成一则神话寓言故事。在艺术上它汇集了古典戏剧浪漫主义和现实主义的表现手法。

另外,《加拉西亚》(*Gallathea*, 1585)、《爱情的变形记》(*Love's Metamphoses*, 1590),以及《月里嫦娥》(*The Women in the Moon*,约 1594)等喜剧都是用散文写的。《月里嫦娥》作于 1584 年,初刊于 1597 年,是一出诗剧、一出对妇女的讽刺剧,这是黎里唯一一部用无韵诗体写成的作品。乌托邦的牧羊人集体要求大自然创造一个女人"安慰他们的孤独生涯",大自然便创造了潘杜拉,并且赋予她七大行星的特质。潘杜拉的脾气与行为,随着星辰轮流高悬而变化,给牧羊人制造了无穷的麻烦。

总之，黎里多借用古希腊罗马历史与神话中的情节进行创作，并用田园诗的因素来装点这些情节。在处理宫廷社会生活的事件时，他或者做出寓言式的描写，或者奉承伊丽莎白女王，赞美她为一切美德的典范。另外，他全部的戏剧创作几乎都在这种或那种恋爱情节上进行构思，并且肯定了贵族人文主义的理想。

在黎里的后期创作中，题材有了某种意义上的扩大。在《弥达斯王》(*King Midas*, 1592)中，他写国王弥达斯因贪求点金术而引起苦恼的古老故事，讽刺的对象是西班牙国王腓力二世妄想与英国比富。在《班贝老大娘》(*Mother Bombie*, 1594)一剧里，黎里摆脱了以前剧本中所特有的因袭田园诗的情景，打算给人民的剧院创作喜剧。这个剧本是文艺复兴戏剧中现实主义与虚构幻想结合的最初范例之一。

综上所述，约翰·黎里在戏剧方面的贡献主要表现在以下几个方面：第一，把现实逼真的笑剧、拉丁戏剧的复杂成分和"道德剧"的讽喻语言结合成为一个新的图样，把新的伦理问题带到喜剧里来，从贵族人文主义立场来对它加以论述并革新了喜剧的形式；第二，用具有复杂情节和统一结构的作品代替了早期喜剧的单线情节；第三，突破了以前一切喜剧都是用诗写的范例，开始用散文写喜剧；第四，赋予他的神话题材一种当代的、涉及时事的联系。他的最伟大的成就在于他的对话的机智。另外，在创作中，黎里与同时代人不同的地方在于他没有试图去获得感情上的多样化，而是始终如一地用一种风格写作。

《尤菲绮斯》是约翰·黎里的成名作和代表作。尤菲绮斯本是一个希腊词，意思是善良的或有教养的人，这里用作人名。该小说包括两部分：第一部分是《尤菲绮斯或智慧的剖析》(*Euphues or the Anatomy of Wit*, 1579)，第二部分是《尤菲绮斯和他的英国》(*Euphues and his England*, 1580)。这是一部描写理想的身世典范的教育性小说。有的研究者把它们看作两部小说，但更多的人把它们看作一部独立的小说。故事主要是作者根据自己的经历进行创作的。主人公尤菲绮斯是一个年轻的雅典人，他到意大利的那不勒斯后结识了一个名叫菲勒特斯的人，他们很快成为好朋友。菲勒特斯将自己的未婚妻介绍给尤菲绮斯，尤菲绮斯却喜欢上了这个女孩，并想方设法赢得她的芳心，这使得他们的友谊破裂。但是不久以后，他们又成了好朋友。原因是那个女孩同时喜欢他们两个，却嫁给了第三个人。第二部分写他们两人一起游历英格兰。尤菲绮斯主要的烦恼来自菲勒特斯的恋爱事件，因菲勒特斯不顾尤菲绮斯的劝告，与英国女子数次发生情感上的纠葛。最后，尤菲绮斯被召回希腊，他从雅典写信给意大利的妇女，信中描写到英格兰的社交结构、男女人士，以及女王陛下。最后一封信是写给菲勒特斯的,信中是一般性友谊的劝告。这部小说也被认为是"第一部社会风俗小说"[1]。事实上,小说通过三角恋爱的故事,反映了当时英国的社会风貌和生活气息,从主人公的视角出发,对现实生活的描写十分真切,因而具有浓郁的现实主义色彩。可以说,《尤菲绮斯》为英国现实主义小说开了先河。

黎里在讲故事的同时,善于运用内心独白对人物做心理描写。这种内心独白与莎士比亚的戏剧独白有相似之处,但是在小说中予以运用,是一种创新,他显然是最先在小说中使用内心独白的小说家之一。小说中的主要人物"不间断的内心独白,对人物自我的外部稳定性原则不断进行近乎疯狂的自我质问和质问辩护",增强了小说的真实性和感染力。此外,小说具有浓厚的戏剧性,正如高尔基所说:"在全书中,不论是在意大利的那不勒斯港,还是在船上,或在多佛到伦敦的途中,黎里都是以剧作家的手法来处理他的素材,对情景和人物的详尽描写,对剧中人物心理的解释都是用对话方式来实现的。小说中其他部分则可以被看成一系列舞台指示。"

在结构上,这两部小说有一个突出的特点,即平行的对偶结构,强调读者要理解具有差异性和对立性的观念所产生的张力及强烈独特的审美效果。这种小说风格被称为"尤菲绮斯体"。它的特点是:第一,不仅大量使用譬喻、隐喻、拟人、对仗、双声等手段,而且使用双关语、俏皮话、谚语,使作品具有绚烂绮丽的装饰效果和游戏文字的效果。第二,避免简短文句,而是用组织繁复的文句,其中的子句或片语,或骈比,或对照,追求一种富丽堂皇的堆砌之美。有人简化他的造句公式:A 像 X,B 像 Y,故 C 像 Z,或"虽然 M 按照 a 和 b 的原则行事,但 N 却依据 x 减 y 的公式处理",诸如此类,花样繁多。第三,引用典故,包括神话、古希腊罗马名人的生平轶事,以及主要来自罗马学者蒲林尼(Pliny)的著作中的离奇怪诞的博物学资料,等等,以显示其充实博大。这种文体盛行于宫廷贵族之间,后来被妇女们所钟爱。但也有反对者,例如西德尼就以一种简洁明了的文体来对抗黎里的"尤菲绮斯体"。总体而言,尽管这种文体有其刻意雕琢、过分修饰的缺点,但黎里对艺术形式的追求也体现了当时英国小说形成时期的特征。

第三节　罗伯特·格林

罗伯特·格林(Robert Greene,1558—1592),是"大学才子派"中一位放荡不羁而又多才多艺的人物,他在戏剧、抒情诗、散文、小说等方面都取得了杰出成就,而且在一定程度上表现了对专制统治的批判和揭露,具有强烈的现实主义

---

[1]　Charlotte E. Morgan, *The Rise of The Novel of Manners*, New York: The Columbia University Press, 1911, p. 17.

精神。

罗伯特·格林于1558年生于罗利斯,1575年进入剑桥大学,3年后获得学士学位,之后赴欧洲大陆游历,足迹遍及法国、德国、波兰、丹麦、意大利、西班牙等地。在这次旅行中他增长了见识,但也沾染了不少恶习。他回国后,于1583年获得剑桥大学的文学硕士学位,1588年又曾在牛津大学以同等学力继续研究。他在1583年结婚后不久就将自己幼小的儿子遗弃,后来他一直处在愧疚的阴影中。格林离家后回到伦敦,整天与鸡鸣狗盗之徒为伍,但同时也结交了马洛和洛芝等文人。在定居伦敦时,文学创作是他生活的主要来源。格林在伦敦所度过的八九个年头,是他一生中最活跃而富有成果的时期。他过着典型的吉卜赛人自由散漫的生活。他才思极为敏捷,写作十分勤快,这使他成了伊丽莎白时代文学上的多面手。他创作各种体裁的作品:诗歌、小说、讽刺小册子和戏剧。但是紧张的创作活动不但十分辛苦,而且报酬很低。格林虽然不断经受饥饿的考验,但是在他有钱、富裕的几个月中,他尽情放荡,把所得的报酬花光。最后,他病死在某旅店中,不但欠了店主的债,甚至连自己的棺材钱都没有剩下。

格林的创作以浪漫故事为主体,并且采用了散文故事的手法,既有西德尼的田野气氛,又有黎里的忧郁和飘逸的笔调,所以很受读者的欢迎。特别值得一提的是他的《潘道思图》,莎士比亚《冬天的故事》一剧就是根据这篇散文传奇写成的。这篇传奇初刊于1588年,后来再版14次之多,两度被译成法文,改编为法文戏剧,又被译为荷兰文,直到18世纪仍被人推崇。格林的另一篇故事《孟尼风》具有十足的田园风味,写一位海上遇难的贵妇人在经历千辛万苦之后和丈夫、儿子团聚。和他的其他作品一样,小说对女性有非常忠实细腻的描写。

格林还有几篇专门暴露下层社会诈骗行为的散文小册子,即"cony-catching pamphlet",cony或者conny是"兔子"的意思。伦敦土语称容易上当受骗的老实人为"兔子",犹如我们所称的"冤大头"。这几篇故事当然是纯粹写实的,而且是根据他个人的亲身经历而来的:

A Notable Discovery of Coosnage(*Cozenage*)(1591)

A Second Part of Conny-Catching(1592)

A Third and Last Part of Conny-Catching(1592)

The Black Book Messenger(1592)

A Disputation Between a He Conny-Catcher and a She Conny-Catcher(1592)

上述几篇作品也已经具有英国流浪汉小说(Picaresque Novel)的雏形。事实上格林本人的一生就像是一部"流浪汉小说"。

格林在他生命的最后两年对于他过去的不检点感到后悔。1590年,他写了《悲恸的外表》(*Mourning Garment*)与《决不会太晚》(*Never Too Late*)等作品。

翌年，又写了《告别愚蠢》(*Farewell to Folly*)。最著名的是他在死前不久写的《万年忏悔换来的一点聪明》(*Greenes，Groats-woorth of Witte，Bought with A Million of Repentance*)和《格林的忏悔》(*Repentance of Robert Greene*)，这两篇都是在他死后发表的。

在戏剧方面格林也有一定贡献。确知出自他手笔的戏剧大概有下列几种：

《詹姆斯四世》(*The Scottish History of James the Fourth*，1590)

《僧人培根与僧人班格》(*Friar Bacon and Friar Bungay*，1589)

《乔治·格林》(或《威克菲家畜留场看守人》)(*George Green，or The Pinner of Wakefield*，1592)

《伦敦的一面镜子》(*A Looking Glass for London and England*，1592)

其中具有代表性的作品《僧人培根与僧人班格》的故事情节大致如下：洛杰·培根(Roger Bacon)是英国 13 世纪时伟大的魔术家，他其实是一个实验科学家，善做惊人的表演，他的魔术是所谓的"善性魔术"(white magic)，和浮士德的"邪恶的魔术"(black magic)不同，所以该剧是一出浪漫的喜剧。培根和班格合制一个铜头，魔鬼许诺一个月之内铜头即可言语。但是必须注意倾听，否则立刻毁灭。培根苦守了三个星期，因为感觉非常困倦就打算睡觉，并嘱咐仆人守候。仆人守候时铜头终于发言，仅仅说了两个字：现在(Time is)。稍后又说：以往(Time was)。仆人迟迟没有给主人报告，铜头最后说：时间已过(Time is pass)。于是，铜头倒地粉碎。对此培根大怒，但已经来不及了。剧中穿插了另一个故事：威尔斯亲王爱德华打猎时见到村女玛格莱特感到非常高兴，派他的朋友雷西帮他求婚。培根用魔镜照见雷西与玛格莱特相爱恋的事情，于是爱德华质问雷西，但又谅解了雷西。最后穿插德国学者与培根斗法而培根胜利的故事。剧本把民族历史的情节与民间故事的内容相结合。其中，威尔斯亲王和青年雷西向护林官的女儿玛格莱特求爱的故事肯定了格林的民主思想，否定了封建等级偏见思想；培根是作为掌握神秘法术的僧人的形象出现的，体现格林力求理解大自然的秘密并要求大自然为人类服务的理想。总之，《僧人培根和僧人班格》的成功之处就在于它把属于三个不同世界的人——巫士、贵族和贫民的故事情节有机结合。浪漫的色彩、风趣的对白、颇有个性的戏剧人物使这个剧有别于早期或同期的英国喜剧，成为浪漫喜剧的一个雏形。

在剧本《詹姆士四世》(*James IV*，1591)中，苏格兰和英格兰的国王与神仙世界的国王奥伯伦出现在同一出戏里。尽管道路是漫长的，但这却是走向《仲夏夜之梦》的道路。其中，格林对"玛岂雅维理精神"及其剧本代言人宫廷佞臣阿瑟金提出尖锐的批判，同时谴责君主统治的专横。

《乔治·格林》是格林最重要的作品。剧本的主人公是一个自由平民，他因自己是一个普通老百姓而感到自豪，并拒绝接受国王赏赐给他的贵族头衔。乔治·格林是非常仇恨封建地主的,他曾经制止过封建地主对国王的叛乱。他认为君主专制政体是镇压封建贵族专横行动的有力手段。总之,剧本的政治倾向是与作者的人文主义者的立场相符合的,作者的民主同情心充分体现在乔治·格林与罗宾汉的友谊和共同功业之中。这部剧本也是英国人文主义戏剧作品中平民民主思想表现最卓越的作品之一。

从总体上看,格林戏剧最主要的特征是他的人民性倾向。其在对人物的描绘中,将戏剧性与幽默相结合,充分体现了现实主义的精神。

第四节　托马斯·纳什尔

托马斯·纳什尔(Thomas Nashe,1567—1601)是英国小说的重要开拓者之一。他在诗歌和戏剧方面也都有成就,但更突出的是小说创作。他在小说创作中进行了实验性探索,充分发挥他长于讽刺的能力,并以其独特的叙述手法创作了英国最早的流浪汉小说。他在现实主义手法的使用方面更显其长。"纳什尔在创作时自觉地探索着一种新的东西"[①],"在寻找着虚构与历史之间的关系"[②],从而使他的小说不断增长着现实主义的因素。

纳什尔在1582年至1588年就读于剑桥大学,但是没有获得硕士学位。他在学校结识格林,离开学校后去法国、意大利做了短期旅行。格林于1588年刊印了他的传奇故事"*Menaphone*",纳什尔为他撰序,序文是《致两大学的诸位同学》,痛斥演员是寄生虫,并斥责奇德为"大学文士"圈子以外的爆发者。纳什尔才思敏捷,文不加点。他的宗教观比较保守,他写了不少小册子为英国国教会的措施而辩护。1592年,格林去世,斯宾塞的朋友哈尔威(Gabriel Harvey)写了《四封信》,对格林极尽讽刺之能事。同年纳什尔的《一文不名的皮尔斯》(*Pierce Penilesse, His Supplication to the Divell*)讽刺了哈尔威的哥哥理查,哈尔威又对《一文不名的皮尔斯》加以抨击。总之,笔战愈演愈烈。1599年坎特伯雷大主教下令制止,战火方才熄灭。《一文不名的皮尔斯》写的是一个贫困的专业作家寻求资助的故事,小说采用讽刺议论文的形式抨击"我们时代的可悲状况",这个时代迫使"艺术家向贪婪的人乞求施舍",皮尔斯虽然绝望地哀叹贵族赞助制度的衰落,但他在同那些与他处境相同的绅士说话时似乎既为文学领域里出现了市场经济感到惋惜,又对一种必要的邪恶表示默许。皮尔斯是个对伊丽莎白女王时代感到不满的人,但他既不是遭到放逐的浪漫主义局外人,也不是与社会疏

---

① Robert Mayer, *History and the Early English Novel*, Cambridge: Cambridge University Press,1998,p. 147.

② Robert Mayer, *History and the Early English Novel*, Cambridge: Cambridge University Press,1998,p. 148.

离的知识分子阶层的代表;他支持现有的社会制度,但又因这个制度不能更直接地为他的利益服务而感到遗憾。

纳什尔在 1593 年创作的《基督为耶路撒冷洒的泪》(*Christs Teares over Jerusalem*),也是一篇比较严肃的文章。这是一篇寓言性质的文章,仿效基督对耶路撒冷形象覆亡的预言来警告生活糜烂的伦敦,很巧妙地讽刺了当时罪恶的风俗习尚。1597 年,他写了喜剧《狗岛》(*The Isle of Dogs*),剧本已经失传。由于讽刺时事过于激烈,他被下狱数月。现存的唯一剧本是《夏季的最后遗嘱》(*A Pleasant Comed Called Summers Last Will and Testment*),发表于 1600 年。该剧是一篇讽刺性的歌舞剧,也可以说是庆祝秋收的戏剧。

纳什尔在"大学才子派"中是最擅长讽刺文学的一个。出校门后,他以写作为职业,无所不写,但是由于他作品的应时性,他的讽刺作品尽管可传诵一时,却难以保持永恒的趣味,因为他所讽刺的个别人物与对象已不复存在。但是他的小说《倒霉的旅行家》(或《杰克·威尔逊传》)(*The Unfortunate Traveller*, or *The Life of Jacke Wilton*,1594)却具有较大的文学史价值。它属于英国最早的流浪汉小说。主人公杰克·威尔逊是英王亨利八世宫廷中的一名侍童。那时,亨利八世正在打仗,并于 1512 年取得胜利。威尔逊靠他的机智活跃在英军营中,捉弄吝啬的供应伙食的老者,以及其他易受玩弄的蠢材,结果尝尽鞭打的滋味。随后他到了门斯特,那儿是再洗礼派信徒的顽强据点,英王率军围攻,绞杀其领袖,威尔逊目睹了这一切。后来色雷伯爵又收他为侍童,一同前往意大利,在旅途中他遇到了后伊拉斯摩斯、摩尔及意大利喜剧家阿莱蒂诺,并且听到了马丁·路德在威登堡的演说和辩论。威尔逊冒充色雷伯爵与一意大利娼妓私奔,被伯爵识破,但是伯爵一笑了之。伯爵在佛罗伦萨举行了比武大会并大获全胜。后威尔逊去了罗马,这时罗马正在闹瘟疫,威尔逊目睹了种种悲剧:谋杀、奸淫、酷刑和绞杀。自此以后,他改邪归正,和与其私奔的娼妓正式结婚。小说以杰克·威尔逊的冒险经历,回顾了"编年史上唯一真正的写作对象"、骑士精神的赞助者和军事行动的倡导者亨利八世的统治。小说通过生动多样的第一人称叙事和主人公那基本没有奉承言辞的描述,影响了读者对于礼仪和事件的看法。重要的不仅仅是威尔逊看见了什么,而是他是如何看的。他用尖刻的语言把色雷伯爵描述的贵族马术比武者在佛罗伦萨赛事中的奇特不雅的表演"具体化"了;他怀着窥淫癖者的心情"透过我楼上房间的一个未封严的小洞观看一场肮脏的强奸";他还特别精确地记录下罗马执行的两次死刑的那些令人作呕的细节,而在讲述之前,他为解除疑虑而宣称:"我要讲短些,因为我相信已经把所有读者弄烦了。"从看的方式中,读者可以体会到作品对现实淋漓尽致的揭示。《倒霉的旅行家》和《一文不名的皮尔斯》被视为"新闻报道的分支、流浪汉小说的前身和现实主义的试验品"。作者纳什尔"在写一种能表现历史但又不能说是历史的小说"①,这是对现实主义手法的一种实验性探索。

除了在题材上的贡献外,纳什尔在思想内容方面,纳什尔的小说一般表现他对贵族特权阶层的传统立场、价值观和权威缺乏信心,他像黎里一样喜欢一种学术性的、革新的、引经据典的、长于争辩的英语散文,并为这种散文的潜力惊叹不已。在创作形式方面,他又与黎里不同,他热衷于一种有风险的精湛技巧,他玩弄一种文风,用实验词汇的创新、爆发力和不连贯性来达到效果。他允许叙事者们用恰当的方式表达自己,既适合他们的身份又适合他们常常陷入的无可奈何的境地。纳什尔即便在直言自己的观点时也能转而使用狂欢式的语言,他在《纳什尔的素食》里诙谐地赞颂鲱鱼时用的就是这种语言。例如,当谈到英格兰大使请求奥斯曼帝国的苏丹释放某些俘虏时,他以巧用旧词者的炫耀口气向读者们历数他引用的文献,"他是多么成功地说服了这个全人类最强硬的暴君,这个每小时都在折磨受难的耶稣基督的人,这个铲除了巴勒斯坦的人;那些爱追根究底的人,就让他们去研读《汇编》吧,里面记载着先前列举的我们英格兰人做出的发现,让他们以此丰富自己的头脑吧"。另外,当他在言辞放肆的论文《基督为耶路撒冷洒的泪》里深思现代伦敦的罪恶时,他描绘了坟墓的恐怖景象:丧气的蟾蜍偷窃"光亮的牙齿",并在"腐烂的眼睛流出的凝状物里繁殖后代",与此同时,空洞的眼眶成了"带壳的蜗牛"住的房子。

第五节 17 世纪英国"清教文学"及约翰·班扬的小说

一 历史文化背景与文学状况

17 世纪之后的英国是欧洲最具影响力也是最动荡不安的国家。从政治方面看,这一时期的君主专制严重影响了资本主义的发展,新兴资产阶级无法忍受封建贵族的支配,双方的阶级矛盾日趋尖锐。1649 年英国爆发了资产阶级革命,它废除了君主专制制度,建立了资产阶级共和国,标志着欧洲封建社会的结束和近代资本主义社会的开端。然而,1660 年,被推翻的封建贵族卷土重来,建立了斯图亚特复辟王朝,而资产阶级又于 1688 年发动了"光荣革命",推翻了斯图亚特复辟王朝,重新夺取政权。1672 年,查理二世颁布宗教宽容令,允许旧教徒在家中举行崇拜仪式。此后,詹姆斯二世于 1687 年再次颁布宗教宽容令,即位的威廉三世也对新教派采取宽容态度,宣布信仰自由。

---

① Robert Mayer, *History and the Early English Novel*, Cambridge: Cambridge University Press, 1998, p. 148.

17世纪英国社会政治、宗教斗争的复杂性也在这一时期的文学创作上留下了深深的烙印。

在反对封建统治及其精神支柱国教会的清教徒运动中产生了一些有影响的作家,其中最著名的是约翰·弥尔顿(John Milton,1608—1674)和约翰·班扬(John Bunyan,1628—1688)。他们以《圣经》作为斗争的思想武器,以文学创作来积极参与现实斗争,形成了英国文学史上的"清教文学"。

约翰·弥尔顿是17世纪英国的重要诗人,在创作中他将资产阶级革命的精神贯穿其中,他既是人文主义和启蒙主义运动之间的桥梁,也是18世纪启蒙主义思想家的先辈,还为18世纪英国现实主义小说在思想上的成熟奠定了基础。

《失乐园》(Paradise Losted,1667)是弥尔顿重要的作品,它集中体现了17世纪文学的普遍特征以及弥尔顿所特有的生生不息的战斗力。《失乐园》的故事取自《创世记》和《启示录》,诗人采用古典史诗从"故事的中心"开始的倒叙手法,有两条线索:一条是撒旦反叛上帝,被逐出天堂,打入地狱;一条是亚当和夏娃违反禁令,被逐出乐园。在《失乐园》中,弥尔顿一反传统,塑造了一个英雄品质和魔鬼品质兼而有之的叛逆者形象——撒旦。17世纪英国资产阶级革命失败后,弥尔顿只能借助文学写作言其心志。在撒旦形象塑造方面,弥尔顿投入了太多自己的所思所想。他正是通过自己所创造的撒旦,跟命运做了决绝的抗争。在作者笔下,撒旦英俊高大,足智多谋,不畏强权,不甘失败。在撒旦身上,作者倾注了自己饱满的政治激情和革命思想。在第一部中,撒旦及其天使军因反抗上帝被打入地狱。撒旦向他的同伴发出号召:

"坚定的意志、热切的复仇心、不灭的憎恨,/ 以及永不屈服、永不退让的勇气,/ 难道还有比这更难战胜的吗? / 我这份光荣绝不能被夺走,/ 不管是他的暴怒,还是威力。/ 经过这一次惨烈的战争,/ 好容易才使他的政权动摇;/ 若是这时还要卑躬屈膝,/ 向他乞求爱怜,拜倒在他的权力之下,/ 那才真正是卑鄙、可耻,/ 比这次的沉沦还要卑贱。"

撒旦的号召慷慨激昂、气势磅礴,充分展示了一个受迫害的革命者不屈不挠的豪迈气概。撒旦在地狱里建造了"万魔宫",另立王国,公然抗衡上帝的天国。撒旦说:"与其在天堂里做奴隶,倒不如在地狱里称王!"他宁可在地狱里为王,也不愿在天堂称臣,表现出撒旦对神、对权威、对最高统治者的蔑视、傲慢和不屈不挠的斗争精神。不过,诗人也写道,撒旦的堕落是由于野心和骄傲。诗人通过撒旦及其天使军的遭遇,暗示了英国资产阶级革命的惨败也是因道德堕落和骄奢淫逸。弥尔顿虽在思想上批判撒旦的骄傲和野心,但在感情上却同情他的境遇。撒旦受上帝的惩罚,很像资产阶级受到封建贵族的压迫。在地狱中,撒旦被完全描绘成一个受迫害的革命者。这正是英国资产阶级革命的艺术再现。

除了撒旦形象,弥尔顿在《失乐园》中还塑造了一个专制、独裁、残忍、暴虐的上帝。诗人笔下的上帝实际上是一个残暴的封建统治者和心胸狭窄的暴君形象,影射的是当时查理二世对清教徒的残酷镇压。上帝形象反映了弥尔顿自身的矛盾。诗人是一个虔诚的清教徒,又是一个革命者。这要求他站在撒旦一边反对权威,但其虔诚的宗教信仰又要求他尊重上帝,服从权威。在历史上被称为"清教徒革命"的17世纪英国资产阶级革命有两个目的:在政治上推翻封建君主专制,在宗教上清除教会的腐败。这使得弥尔顿的宗教思想和革命思想之间必然产生矛盾。在神学上,上帝是公平的、仁慈的,是他的精神领袖;但他的革命热情、他对现实生活的观察,以及他的斗争经历和生活遭遇却使笔下的上帝时而成为一个镇压革命的封建统治者,时而成为一个狠心、残忍的剥削者,时而又是一个心胸狭隘的小人,时而又还原为万灵之尊,反映出他对上帝的矛盾心情:敬畏、热爱、愤慨、怨恨而又依赖。

诗人借撒旦形象表达了自己对当时封建统治者查理二世的蔑视和愤慨,以及对革命斗争必将胜利的坚定信心。可以说,弥尔顿既是一个上帝的忠实信徒,同时也是一个上帝的叛逆者。在17世纪英国资产阶级革命的背景下,弥尔顿的革命的清教思想、经历和实践,让他由一个清教诗人变成一个民主革命诗人。他的诗作《失乐园》就是他的资产阶级革命精神和清教道德理性共同作用的产物。

弥尔顿的这首长诗虽然套用了基督教关于人类"原罪"的题材,但是诗人的目的并不在于宣扬人类的"原罪",而是有着很强的现实意义。首先,弥尔顿在作品中用神话的形式和叙事诗的体裁来展现现实的斗争精神和他寄予人民反叛的期望。其次,他用具有宗教色彩的主题把人类社会的斗争抽象化,但是无论怎样,"撒旦失去天上的乐园和亚当失去地上的乐园,都是人间历史上反复出现的严峻时代反映"[①]。最后,诗中塑造了一个具有普遍意义的人的形象——撒旦,不但反映了时代的革命精神,而且体现了弥尔顿独有的悲剧英雄的遭遇,从而肯定了人之为人的自由意志,比如亚当和夏娃对知识和劳动的肯定就充分肯定了人的自由选择和理性精神。

二　约翰·班扬的小说

约翰·班扬(John Bunyan,1628—1688)是17世纪英国清教徒文学的代表作家。1628年班扬出身于一个贫苦农民家庭,很小的时候就为谋生而去当兵,并且参加了内战。英国资产阶级革命时期,他参加了议会军,反对封建王朝。退役后他继承父业,以补锅为生,同时作为浸礼会的传教士而专心致志地传教、布道。在斯图亚特复辟王朝时期,他因参加秘密会议而被捕,由于拒绝认罪被关押长达12年之久。然而,即使在狱中他也没有停止传教、布道活动,并且创作了著

---

① 朱维之、赵澧:《外国文学史》,南开大学出版社,2001年,第127页。

名作品《天路历程》(全名是《一个信徒从今生到来世的旅程:用梦境做出的展示》)(*The Pilgrim's Progress from This World to That Which Is to Come*: *Delivered under the Similitude of A Dream*,1678)。

　　《天路历程》以梦幻文学的手法和寓言的形式叙述了主人公为消除罪孽而寻求天国的故事,同时也反映了英国王政复辟时期广阔的社会现实,讽刺了贵族阶级的腐败和贪婪,体现了班扬作为一名虔诚的清教徒的宗教信仰。这部作品中人物的名字和事物的名称都是充满象征意义的。主人公叫"基督徒",他从"毁灭城"中逃出,向天国之城"锡安山"进发;在路途上遇到"失望"沼泽等艰难险阻,在"援助"的帮助下而逃离;然后又制服了恶魔阿波龙,走出了"死荫谷",经历了"名利场"的考验,来到了"快乐山"上,遥望天都,进入了"安静国";最终渡过最后一道难关——"死亡之河",来到"天国之城",受到了众圣者的欢迎,从此,"基督徒"在天国的极乐世界里过着幸福的生活。此时,以前的邻居和他的妻儿都对他十分羡慕,并且觉得过去讥笑和阻止他寻求天国之路的行为是有罪的。于是,为了消除罪孽,"基督徒"的妻子也带着儿女走上了寻求天国的征途。最终,他们历尽千辛万苦也到达了天国。

　　总之,《天路历程》就是这样一个描写主人公及其家人从"毁灭城"走向"天国之城"的艰难历程的寓言性故事,表达了作者对现实人生的体验和精神追求。这部作品无论思想还是艺术上都体现了班扬作为一个清教徒作家的特点。首先,在思想上反映了作者的内在矛盾。班扬在作品中竭力宣扬资产阶级革命思想,反对封建专制统治及其精神支柱国教会。作品中那些寓意性的名称实际上都来自英国现实生活,"世智君""饶舌君""信心不坚君"都是现实生活中某一类人物的代表。然而,作为一个清教徒作家,班扬虽然具有进步、革命的思想,正如英国戏剧家萧伯纳所说,在班扬的作品中表现了马克思、尼采的思想,"那些在莎士比亚作品中遗失的东西,在班扬的作品中都可以看到。对班扬来说,描写革命性的英雄显得十分自然"[①],但是对上帝的信仰和崇拜对他来说是坚定不移的,所以他不可能完全脱离宗教来表达他的革命思想,这也就决定了他在创作时采用的仍然是中世纪时期流行的象征、寓意和梦幻的艺术表现形式,从而使作品在叙述上显得枯燥乏味而缺乏可读性。

　　尽管如此小说具有浓厚的宗教色彩,但是班扬的宗教寓言性作品有着一定的现实主义基础。当时社会生活动荡不堪,资产阶级的急速发展给小资产阶级、农民和手工艺人带来无穷的灾难,于是生活在社会底层的人们以"不从国教"的形式进行宗教抵抗,但是遭到无情镇压。面对严重的宗教矛盾和社会危机,班扬用自己信仰的清教教义为人民伸张正义,进而寻求解脱,所以在他的作品后面,

---

　　① 　Bernard Shaw,*Our Theatres in the Nineties*,London:Constable,1932,pp. 2-3.

在宗教的面纱后面,是作家对社会现状的不满、对底层人民的同情,以及对人民命运的关注。在这部讽喻性小说中,作者以自己的梦境的独特方式,给读者展现了17世纪中叶英国的社会风貌,揭露和批判了种种社会罪恶和弊端。班扬用象征性手法向人们指出,人类的精神道德陷入迷惘的状态之后,必须经过苦难的考验和磨炼,在心灵上得到净化,走一条道德自新的道路,才能最终找到真理,达到理想的境界。"整部小说像一系列的寓言,对道貌岸然的社会道德做出了有力的抨击。"①正因如此,班扬的《天路历程》对后来的小说家们也产生了较大的影响。200年后,现实主义作家萨克雷对班扬的小说倍加赞赏,并且在自己的小说创作中学习和借鉴班扬的艺术成就,创作了《名利场》这部杰出的作品。

从艺术的角度来看,《天路历程》的那种宗教寓言性特点既有损于作品的思想意义,也给读者造成了阅读的困难和不便。但是,幻想与写实相结合又恰恰是它的艺术特色。小说中所描绘的天国以及基督徒在寻求天国之路上经历的种种艰难险阻,既是作者奇特想象的产物,又有不少内容来自现实生活,例如人们在"名利场"中的种种丑恶交易等。这种幻想与写实相结合的艺术手法,极大地增强了小说的艺术感染力,较好地起到了讽喻的作用。

《天路历程》结构严谨,文字简洁、朴素、生动、流畅,吸收了英语《圣经》的许多特点。尽管小说的宗教色彩十分浓厚,但它所具有的深刻的思想意义和运用的独到的艺术手法,对以后的英国小说创作产生了重大影响。《天路历程》出版后,深受英国下层社会市民的喜爱。小说在10年之内销售了10万册,并被视为《圣经》第二,几乎人手一册。小说出版以来已被翻译成100多种语言而广泛流传。最初,由于班扬的特殊身份,小说的价值并没有得到人们的重视。后来,随着小说的流行,它的价值终于被人们所认识,班扬也因此被视为英国近代小说的先驱。

除了《天路历程》之外,班扬还写了《培德曼先生的一生》(1680)和《神圣的战争》(1681)等小说。《培德曼先生的一生》用对话的形式描写了17世纪末一个名叫"歹徒"的英国市侩的一生,从作者给人物起的名字(Badman,即坏人、不法之徒)中就可以看出他鲜明的态度和思想倾向。

班扬的最后一部大型作品是寓言小说《神圣的战争》。班扬在小说里再现了17世纪40年代资产阶级革命时期的内战场面,反映了革命军队对封建反动派军队的胜利,从中表现了作者的进步思想倾向。但由于小说中贯串的那种浓厚的宗教色彩,它的艺术性受到了较大的损害。

---

① 　Bernard Shaw, *Man and Superman* "*The Preface*", Cambridge:Mass,19554,pp. 35-36.

第二编 发展成型期

——18 世纪的小说

第二章　18 世纪的小说

第一节　概　述

一　历史文化背景与文学状况

18 世纪,无论在政治、经济、军事还是文化方面,英国都发展到了一个空前鼎盛的时期,同时也是小说成型和崛起的时期。随着国力的增强,尤其是海上军事力量的强大,18 世纪的英国社会从上层阶级到普通民众,都不满足于岛国的农牧经济状态,而是觊觎海外的疆土与资源,帝国殖民意识成为一种社会时尚。① 而这种历史文化特点,深深地影响着这一时期的英国小说。萨义德(Edward Said)在其《文化与帝国主义》(*Culture and Imperialism*,1993)中指出,18 世纪英国小说的流行,与当时欧洲的帝国主义意识有密切关系,"帝国主义与小说相互扶持","作为资产阶级社会的文化产品的小说和帝国主义如果缺少一方就是不可想象"。②

梁实秋曾经说:"欧洲全 18 世纪是在'启蒙运动'(Enlightenment)笼罩之下,所谓启蒙运动是指对当时宗教、社会、经验之一种革命的看法,依赖科学、经验、理智,而一反往昔权威武断的新作风,代表人物在法国有孟德斯鸠、伏尔泰、卢梭、狄德罗,在德国有康德、赫德,在英国有洛克与休姆,在美国有富兰克林与佩恩,甚至还包括几位开明的君主如普鲁士的弗德烈二世和俄罗斯的卡塞林女皇。一般而论,启蒙运动倡自资产阶级,是和教会人士与贵族巨室之既得利益相对抗的。欧洲大陆各国的启蒙运动在 18 世纪后半叶大部分酿成剧烈的轩然大波。"③这一说法虽不够精确和全面,但足可看出,18 世纪对欧洲来说是一个社会和政治制度新旧交替、不断斗争的时代,也是一个思想文化激烈碰撞、趋于转型

---

① Jeremy Black,*Eighteenth-century Britian 1688—1783*,Hampshire:Palgrave Macmillan,2001,pp. 1—2.

② 爱德华·萨义德:《文化与帝国主义》,李琨译,生活·读书·新知三联书店,2007 年,第 95—96 页。

③ 梁实秋:《英国文学史》,协志工业丛书出版股份有限公司,1985 年,第 786 页。

的时代。

　　当封建制度还在统治者的位置上做孤注一掷、垂死挣扎时,资产阶级作为一个新兴的、代表新生力量的阶级已经在欧洲各国蓬勃发展,并且和封建制度的没落统治展开了激烈的斗争。一定的社会形态下必定有与之相应的文化系统为之服务,18世纪在欧洲掀起的启蒙运动就是一场为资产阶级政治革命鸣锣开道的文化运动。首先,欧洲资本主义经济的发展和资产阶级革命的要求奠定了启蒙运动出现的基础,但更重要的是,启蒙运动作为一种与封建思想相对立的思想体系又从意识形态方面对资本主义经济制度起到一种宣传的作用。

　　在政治思想上,启蒙思想家们大力宣传资产阶级思想,对封建制度和旧的传统观念发动猛烈的进攻,表现出强烈的战斗精神,并提出一套完整的思想体系,号召人们推翻封建统治,建立资产阶级的理想国家。他们以"自然法则"为依据,提出"天赋人权"的理论,主张自由、平等、博爱,并以此反对封建专制和贵族特权,把理性作为衡量一切的唯一尺度和批判旧世界的思想武器,以此来解构权威。根据黑格尔的说法,这是"全世界建立在头脑上"的时期,就是说人的头脑和它所构思出来的属于理论方面的原理要求充当一切人类运动和社会关系的唯一基础,因而和这些原理相矛盾的现实实际上被彻底推翻。一切旧的社会和国家形式、一切传统的概念都被认为不合乎理性,被当作残旧的废物而加以抛弃。启蒙主义者断定,一直到此时为止,世界为某些偏见所统治,它的一切过去只值得惋惜和蔑视。现在太阳第十次升起,理性的统治来临,一切迷信和非正义、特权和压迫从此让位于永恒的真理、永恒的正义、天赋的平等和人的不容剥夺的权利。正如恩格斯所说:"宗教、自然观、社会、国家制度,一切都受到最无情的批判;一切都必须在理性的法庭面前为自己的存在作辩护或放弃的权力……以往的一切社会形式和国家形式,一切传统概念都被当作不合理的东西扔到垃圾堆里去了。"(恩格斯《反杜林论》)

　　在哲学上,启蒙思想家的哲学思想基本上建立在唯物主义基础上,这从笛卡儿、伏尔泰到百科全书派的思想中得到了明确的反映。他们认为世界是物质的,物质是运动的,人的感觉可以反映物质世界,感觉是一切知识的来源。他们还认为,不仅自然界是物质的,人类社会也具有物质性,人类物质生活的需求和发展决定了人类社会的发展。基于这种唯物主义哲学观,启蒙思想家十分强调对科学的追求,用哲学和科学武装人们,让人们从理性中认识人自己,不再以上帝或者神学中的绝对信仰作为人的规定。所以他们与文艺复兴时期的思想家一样注重人本身的价值,注重人的生活和世界。

　　在宗教上,启蒙思想家并不彻底否定它,他们的宗教哲学是自然神论。他们对宗教中的非理性予以批判,要求消灭非理性的基督教,建立一种简单自然的宗教。在这种新宗教中,上帝不干预人类的事物,人具有自由选择的意志和权利。

在斗争中,启蒙主义者是把自己作为全人类的代表出现的,没有表现出一点自私的观念。"他们完全相信共同的繁荣昌盛,而且真诚地期望共同的繁荣昌盛。"(列宁《我们究竟拒绝什么遗产》)在反封建反教会这一方面,他们的确代表了广大人民的利益,因而能与广大人民结成联盟,成为启蒙运动的领导者。启蒙主义者所憧憬的,是在封建社会的废墟上建立一个"理想化的王国"。在那里"迷信、偏私、特权和压迫,必将为永恒的真理,为永恒的正义,为基于自然的平等和不可剥夺的人权所排挤"(恩格斯《反杜林论》),到那时,一个繁荣昌盛、人人幸福的人间乐园即将出现。

　　总之,启蒙运动体现了西方文化近代的转型,标志着西方近代思想和文化的基本确立。正如西方学者对启蒙运动给予的评价:"除了人文主义可能是例外,任何运动都没有像启蒙运动那样强有力地驱散了笼罩着西方世界的迷信和不合常理的束缚人们的浓雾。启蒙运动的唯理论对粉碎政治暴政的枷锁和削弱那些丧尽天良的教士的特权起了促进作用。它的宗教自由思想在最终使教会和国家分离方面起着主要作用。反抗压迫所体现的人道思想被用来鼓吹刑法改革和废除奴隶制。对社会自然秩序的要求加强了人们推翻封建主义残余的要求。"①

　　英国作为一个在制度上先进的国家,它同样在意识形态方面体现了一定的先进性。17世纪中期的资产阶级革命的胜利大大促进了英国资本主义经济的发展,18世纪中叶开始的产业革命又使英国成为世界上第一个工业国。随之,英国凭借自己的国力不断地对外扩张,通过发动海外殖民战争,大肆掠夺财富。英国资本主义政治经济发展所带来的深刻变化,成为此时文学艺术的社会实践源泉。文化普及范围的逐渐扩大、出版审查法的废除、社会的开放性及相对的宽容性、政治斗争和经济发展的需要,以及印刷发行等有关物质条件的改善,都促进了文化艺术的发展。17世纪末叶开始,英国已经成为欧洲在造纸、印刷、出版业方面取得重要发展的国家,废除了地方保护主义的印刷立法,18世纪中期之前,印刷许可法又被版权法取代,图书市场也得到了快速发展。② 而且,文化艺术活动的发展趋势也更多地倾向于正在进一步成熟壮大的资产阶级,反映这个阶级的生活、思想和向往等。在文学中,古典主义尚有一定影响,现实主义蓬勃发展成为主流,至18世纪后期,浪漫主义和感伤主义又随之兴起。同时,具有英国特色的绘画艺术正在脱颖而出,建筑艺术有所创新。英国文化艺术走向空前繁荣,并对欧洲各国产生了相当影响。

　　英国的启蒙主义者和其他国家的启蒙主义者不同,他们是在资产阶级革命

---

　　① 爱德华·麦克诺尔·伯恩斯,菲利普·李·拉尔夫:《世界文明史》(卷2),罗经国等译,商务印书馆,1995年,第300—309页。

　　② Isabel Rivers, *Books and Their Readers in Eighteenth-Century England*, New York: St. Martin's, 1982, pp. 5-25.

已经在国内完成之后出现的。因此英国启蒙主义者所提出的革命目标和18世纪法国启蒙主义者向他们的人民所提出的革命目标不一样。在英国,社会发展的基本问题不是实行革命(因为英国已经革命过了),而是把革命进行到底。前面已经指出,两次资产阶级革命的结果是英国建立了以原统治阶级(贵族)的上层分子和新的统治阶级(资产阶级)的上层分子之间的妥协为基础的社会政治制度。吃这种妥协政策的亏的首先是人民群众。

英国的启蒙运动就它的社会倾向来说并不是完全一致的。启蒙主义者中有一部分人支持现存制度的基础,他们认为采取某些局部改革就够了。英国启蒙主义者中的温和派在文学方面以蒲柏、笛福、艾迪生、斯梯尔、理查逊等人作为代表。启蒙主义者中较激进的一派为国家管理彻底民主化而斗争,捍卫着被剥削的劳动人民群众、农民和手工业者的胜利。英国启蒙主义者中激进民主派最出色的代表是斯威夫特、菲尔丁、哥尔德斯密斯和谢立丹。

18世纪英国启蒙运动时期的文学大致可分为4个阶段。

第一阶段是初期启蒙主义,从"光荣革命"到18世纪30年代末。启蒙主义思想一般原则在这个时期形成。在艺术方面,以亚历山大·蒲柏为最重要代表的古典主义风格的诗歌占统治地位。与此同时,在18世纪初期产生了新的散文文学:出现了斯梯尔与艾迪生的描写风俗习惯的小品文和笛福与斯威夫特的初期现实主义小说。

第二阶段是成熟启蒙主义,是18世纪40—50年代。在这个时期,以理查逊、菲尔丁和斯摩莱特的作品为代表的描写社会风习的劝善小说巩固了它的统治。

第三阶段包括18世纪的60、70年代,这个时期的特点是新文学流派——感伤主义的出现,在小说方面的主要代表者是哥尔德斯密斯和斯特恩。在这个时期,现实主义戏剧(谢立丹)也达到了鼎盛时期。18世纪最后几十年的又一特点是诗歌的复兴。另外,通称为"前浪漫主义"的文学现象预告了英国文学新的时代浪漫主义的开启。英国启蒙主义的哲学家和作家在他们的著作中提出一系列他们认为对于解决社会矛盾具有基本意义的问题。他们把文学看作教育一切社会阶层最有力的武器。他们的出发点是认定这些问题应该由人民自己,而不应该由神力来解决。他们中间虽然有许多人并不背弃正统的宗教,但从整体来说,启蒙主义思想的特点是力求在教会教义的范围之外寻求解决社会问题的途径。他们把人类的全部历史分为人的生活的两种形式。他们认为原始人在大自然的怀抱中的生活是原始形式或"自然状态"。同时他们提出了与真实历史相反的假定,仿佛人们起初分散地孤独地过生活,因此是绝对自由的。当人们聚合起来开始以大集体的形式生活的时候,他们就创造了"文明"——就是以君主国和共和国两者为基本形式的政治机构。人们在共同生活的时候,不得不制定法律来确定他们的权利与责任。由于文明发展的结果,人类摆脱了原始的生活状态,达到文化、科学、艺术的繁荣。但是随着文明的发展,人类社会出现了原始人处于"自然状态"时所没有的弊端,大多数人失去了自由。

"自然状态"和"文明"的问题,实质上是解决关于自由问题的一种形式。启蒙主义者在18世纪社会生活不同阶段中以不同的方式来解决这个问题。最初他们相信在现存的文明的范围内树立美德和创造生活的自由条件是可能的。但是社会矛盾愈深刻化,这一点就愈显得不可能。于是以返回到"自然状态"作为复兴人类和达到自由的唯一道路的思想产生了。在18世纪,哲学家和启蒙主义作家们力图制定出符合理性原则和社会正义原则的道德行为准则。实质上这就是制定新的资本主义社会道德。英国启蒙主义者中的温和派制定道德行为的准则时,是从承认现存的社会状态为最公允的社会状态这一基础出发的。而另外一些启蒙主义者则站在激进的民主主义的立场,强调"自然道德"与当时阶级社会之间的不可调和性。

第四阶段是18世纪末期,此时出现了"哥特小说"热。代表作家有霍勒斯·沃尔波尔、克拉拉·里夫、安·德拉克里夫、马修·格雷戈里·刘易斯。其实,在这之前,英国文学已经有了哥特小说的影子。只不过这些哥特小说作家用另一种方式将之推向高潮。如果说从笛福的自传小说到理查逊的书信体小说注重对日常现实真实的描写,那么哥特小说则看中从超现实的角度进行叙述。

但是,从总体上来说,启蒙运动时期英国文学的主流是现实主义。作家在他们的作品中普遍反映了社会现实。主人公集中在对下层人民的塑造上。大多数作家关心的是日常生活。新的传播媒介——报刊在这一世纪产生,包括书籍、报纸、杂志在内的文学样式成为携带新观念的主要载体。在新的社会和政治条件的要求下,人们思想的表达不仅仅局限于书本,而是扩大到小手册、杂志、报纸等更多的媒介上。曾经作为英国文学发展进程中的主要体裁的诗歌,此时已不能适应时代的要求。所以,在这一时期,小说得到极大发展。

小说创作成就在这一时期非常突出,小说的主人公不再是王公贵族,而是平民百姓。讽刺小说显得尤为重要,由于两大政治集团,即辉格党和托利党的激烈冲突,这一时期几乎每一位作家都受雇于他们,他们要求作家们在创作中攻击他们的敌人。于是,这一时期造就了一大批优秀的讽刺小说家,比如蒲柏、斯威夫特、菲尔丁等。

二 英国小说发展概况

18世纪前半叶,英国社会安定,文学上崇尚新古典主义,其代表者是诗人蒲柏。他运用英雄偶句体极为成熟,擅长写讽刺诗,但以发泄私怨居多。表现出启蒙主义精神的主要是散文作家,他们推进了散文艺术,还开拓了两个文学新领域,即期刊随笔和现实主义小说。

"印刷技术的革新大大改善了人们的阅读方式。"①报刊文学是应广大读者的要求而兴起的。斯梯尔与艾迪生两人有首创之功。前者创办《闲谈者》报(*The Spectator*,1709—1711),后者继出《旁观者》报(*The Tattler*,1711—1712),将街谈巷议和俱乐部里的风趣幽默写上了报刊。艾迪生的文笔尤见典雅。后来笛福、斯威夫特、菲尔丁、约翰逊、哥尔德斯密斯等名家都曾主编报刊或为报刊撰稿,可见此风之盛。由于他们的努力,英国式的随笔得到进一步的提高,题材更广泛,文笔也更灵活。

更具英国特色而又对欧洲大陆产生重大影响的则是小说。笛福的《鲁滨逊漂流记》(1719)、《摩尔·弗兰德斯》(1722)等作品把水手和女仆当作英雄人物来介绍,细节写得十分逼真,作者不但具有讲故事的本领,使读者始终保持兴趣,而且他的文字口语化,善于绘声绘色,极具表现力。加上笛福对英国城乡诸色人等的深刻了解,使他的创作奠定了英国现实主义小说的基础。斯威夫特的《格列佛游记》(1726)是以讽刺朝政、表现人类的丑恶为目的的寓言,然而作为故事,也是十分引人入胜的。他把现实细节放在十分奇特的幻想的情景之中,而幻想也是正在发展中的英国小说所需要的。18世纪中叶,理查逊用书信体小说细致地描写遭遇不幸的少女的内心,以《克拉丽莎》(1747—1748)等大部头小说感动了一整代西欧的读者,被法国启蒙思想家狄德罗称为伟大创造力的表现。但在菲尔丁的眼里,理查逊只是市侩哲学的代表,于是他起而用仿作去讽刺之,结果却掌握了写小说的艺术,于是有了他自己的创作,其中最受称道的是《弃儿汤姆·琼斯的历史》(1749),作者歌颂真诚、热心、忠实而又不受传统束缚的青年男女,全书有一种爽朗、清新的空气,而又结构完整,把现实主义小说推进到了一个新的水平。当时及稍后还有斯摩莱特、哥尔德斯密斯、斯特恩等人的小说,他们或扩充了题材,或实验了新写法,都有各自的建树,因此虽然世纪末出现了渲染神秘恐怖的"哥特小说",但是现实主义已经成为英国小说中的主流,并继续向前发展。

但是在18世纪,"事实上,小说还只是一种很宽泛的文体,常常与'罗曼司'、'历史'或者'真实的历史'等并称"②。可以说,小说还没有成为"艺术",写作者也不是职业"小说家"。笛福在很长时间里是工商业主,理查逊是印刷商,斯威夫特和斯特恩长期担任神职,菲尔丁和麦肯齐是法官,斯摩莱特曾经做过船医,约翰逊博士则很接近现代报人和学者,如此等等。

在他们生活、写作的年代里,英国社会生活的方方面面正发生着意义深远的

---

① John Richetti, *The Eighteenth Century Novel*, Combridge: Cambridge University Press,1966,p. 7.

② John Richetti, *The Eighteenth Century Novel*, Combridge: Cambridge University Press,1966,p. 1.

变化。公众自然对巨变中的现实生活抱有很大的兴趣和深切的关怀。哈贝马斯在《公共领域的结构转型》(1962)一书中指出,在那个时期英国民众讨论、参与政治、经济、思想和文化事务的公共领域得到空前(在某种程度上也是绝后)的发展,文学即是公共领域的一个重要的组成部分。在这个文字构筑的"空间"里,作家撰写虚构故事的目的是复杂多样的。斯威夫特不会忘记政治斗争。笛福肯定想到了挣钱。指望借此养家糊口的女作家夏洛特·史密斯更不会忘记经济效益。斯特恩与华尔浦尔显然存在自娱并与同好者共娱之心。但是他们之中没有一个会忽略正在身边进行的和每个人都有切身关系的各种论争和探讨,也没有哪个会小看或否定文学教育公众的作用。"与社会生活密切结合"正是这个时代的文学的特征。在这方面,画家威廉·霍加思(1697—1764)的那些风靡一时的雕版讽刺组画,如《娼妓之路》(1732)、《浪子之路》(1733)、《时髦婚姻》(1745)和《勤与懒》(1747)等,与小说作品有异曲同工之妙。比如,《勤与懒》一组四幅画表现了两个学徒的人生——一个兢兢业业工作,娶了东家的女儿,继承作坊产业并最后当上了伦敦市长;另一个懒惰贪杯,后来沦落为罪犯并被送上绞架——其惩恶扬善、匡正人心的用意跃然纸上。尽管艺术媒介不同,但画家和小说家笔下的叙事都是对经验的表达、对世事的评述、对未来的构想、对信仰的探讨以及对读者的劝和诫。作者毫不掩饰自己的说教意图,因为教导公众是他们的职责。对那时的英国文化人特别是新兴中产阶级的文化人来说,以虚构文学思考、应对当代社会问题和思想问题乃至介入政治时事是从文的正路。因此,斯威夫特、菲尔丁、斯摩莱特写起讽刺文来劲头十足,理查逊和约翰逊承担起道德说教的重任来也毫不扭捏。

伊恩·瓦特在《小说的兴起》(1957)一书中指出:在18世纪里,古老的叙事文学发展成现代意义上的"小说"。这本书是我们讨论18世纪英国小说时几乎无法回避的里程碑式的重要专著,尽管我们并不全盘接受瓦特的各种论断,但我们赞同他的下述观点:笛福、理查逊和菲尔丁等人的作品最早并最典型地代表了现代小说最主要的问题意识和艺术特征——即对"个人"的关注,以及有意识地采用"形式现实主义"的表现手法。当然,如另一位探讨"小说的起源"的学者所说,"写实"追求也表达了一种问题意识,即有关"真相"的问题意识。他认为"真相"问题和(与新型"个人"相关的)"德行"问题彼此交融,孕育出丰富的成果,是小说得以生成发展的基础。

瓦特把小说的兴起与个人主义思想的兴起(他论及的其他两个重要因素是中产阶级地位上升和广泛读者群的形成)联系在一起,认为小说表达了"特定个人在特定时间、地点的特有经验"。任何时代的文学都与"人"相关,然而有关"个人"的观念却并非亘古即有的老话题,而是变化了的历史境遇中出现的新思想。17世纪以前,西方通行的世界观认为,神设的"众生序列"把所有人的存在按一定等级秩序联系在一起，构成一个整体。重要的是作为整体组成部分的社会角色（如士兵、农民）而非具体的个人。16、17 世纪以降，工商业和海外殖民事业快速发展，城市扩张，传统农业破产，这一系列变化使旧有的阶级、家族和行业关系等纷纷松动甚至解体。人们不再生来就从属于某个相对固定的社会群体或担当稳定的社会角色，相反，他们似乎成了漂浮的孤独个体，有可能或者不得不重新为自己定位，重新探求并塑造自己的角色和人生意义。这种典型的现代处境生出很多新的机会、新的诱惑、新的焦虑和新的观念。17 世纪末 18 世纪初的那些影响深远的思想家，如托马斯·霍布斯和约翰·洛克，都把受私欲驱动的"个人"作为出发点，以此为基础展开有关心理学、政治理论以及认识论的思考。

新历史主义派学者格林布拉特在《文艺复兴时代的自我塑造》（1980）一书中用"self-fashioning"（即"自我塑造"）一词指称现代个人建构自我身份的努力。也有别的学者用"self-production"（即"自我制造"）表达相近的意思。格林布拉特认为，在英国，自 16 世纪文艺复兴时期以来，由于种种社会变化，人们对自我身份和塑造自我身份的意识大大加强。"自我塑造"既发生在实际生活中，也发生在文学和艺术作品中，两者之间并没有不可逾越的界线。史诗和传奇中的主人公的"英雄"身份是自出场就确立了的，"故事"的展开只是对他们的一系列业绩的陈述。而对现代小说的主人公和其他许多人物来说，在叙事开始之际"怎样做人"尚是一个问题。号称是"私人历史"的小说所展示的，正是男女主人公力图实现某种自我想象或者说进行"自我塑造"的过程。小说由此而呈现的是一种具有普遍意义的"自我"形象，那个虚构的单数的"我"及其私事其实与复数的"我们"相关，关涉到对自我观的思考，关涉到千千万万的"我"怎样（现状实际如何，理想状态应该怎样）生活的问题。唯其如此，小说所投射出的私人"自我"才会成为社会上引发热烈议论的公共话题。《文艺复兴时代的自我塑造》一书即着重讨论小说中的虚构人物如何塑造自我，而作者及其背后的社会势力又如何通过这种人物形象参与更广泛的文化对话并对读者的人生态度施加影响。

有论者谈到 18 世纪英国小说因"文化研究热"而在 20 世纪 90 年代大受重视时说道："以往被冠以'奥古斯都'之称的那段沉闷的'时期'而今成了'早期现代英格兰'的'文化'，那个社会正忙于同时进行多方面的构建：民族国家和帝国；文学市场和商品文化；交通要道和现代主体。"[①]他提到的每一种"构建"都和当时的小说有千丝万缕的联系，也都与英国的命运以及日后行将一统天下的"现代社会"的形成休戚相关；而最后提到的"现代主体"则是小说的核心关怀。18 世纪英国小说就"自我"问题展开的反复推敲和切磋，实质上就是构建所谓"现代主

---

① John Richetti, *The Eighteenth Century Novel*, Combridge: Cambridge University Press, 1966, p. 9.

体"的过程。可以毫不夸张地说,小说是现代自我首先亮相的文化舞台,也是有关"个人"(或"自我")的文化争议发生的重要论坛。18 世纪的英国小说的历史说明了这一点。①

第二节 丹尼尔·笛福

丹尼尔·笛福(Daniel Defoe,1660—1731)是英国第一个杰出的小说家,他的创作标志着英国小说的正式形成,所以他被称为"英国和欧洲小说之父"。②他的小说涉及小说的"真正的真实"问题,③他用亲身的实践赋予真实以具体的时代内涵和意义。笛福的创作也为小说叙事方式的成熟做出了突出的贡献。④

笛福生于伦敦一个商人家庭。父亲经营屠宰业,是一个清教徒。笛福在专门为清教徒教会培养牧师的学校里读过几年书,后来放弃了将来做牧师的想法,走上经商的道路。他早年经营内衣、烟酒、羊毛织品、制砖等行业,曾到欧洲大陆各国经商。1685 年参加蒙茅斯公爵领导的反对天主教国王的叛乱;1688 年荷兰信奉新教的威廉率军登陆英国,继承英国王位,笛福参加了他的军队。1692 年他经商破产,负债达 17000 镑,以后又屡屡失败,因而不得不用各种方式谋生。他曾充当政府的秘密情报员,设计过各种开发事业,同时从事写作。1698 年他发表《论开发》(An Essay Upon Projects),提倡筑公路,办银行,立破产法,设疯人院,办水火保险,征所得税,等等。1701 年他发表讽刺诗《纯血统的英国人》(The Ture-Born Englishman),站在新兴资产阶级的立场上对社会生活提出改革意见,并从政治、经济、宗教、道德等方面为资产阶级的发展辩护,并反对贵族天主教势力,为外籍的信奉新教的威廉三世辩护,此诗连印 9 版。1702 年发表政论《对待非国教徒的最简单的方法》(The Shortest Way with the Dissenters),讽刺托利党对非国教的其他教徒的限制和压迫。1703 年 1 月,政府下令逮捕笛福。次年 5 月,笛福入狱,政府对他进行了罚款和带枷示众三天的处罚。示众前的几天内,笛福又写了《枷刑颂》(Hymn to the Pillory)一诗表示反抗,愤怒控诉当权者摧残自由的罪行,被伦敦市民奉为英雄。当笛福被示众的时候,这首诗在

---

① John Richetti, *The Eighteenth Century Novel*, Combridge:Cambridge University Press,1966,p. 16.

② Ian Watt, *The Rise of the Novel:Studies in Defoe,Rechardson and Fielding*, London:Chatto and Windus,1963,p. 80.

③ John Richetti, *The Columbia History of the British Novel*, Columbia University Press,2002,p. 23.

④ John Richetti, *The Columbia History of the British Novel*, Columbia University Press,2002,p. 41.

伦敦城散发,笛福以争取信教自由的斗争深孚众望。直到这年 11 月,因大臣哈莱的疏通笛福才得以出狱。

出狱后,他接近政府,为政府的内阁大臣奔走,并为政府编辑报刊。在 1704—1713 年的《法兰西与全欧政事评论》(*The Review of the Affairs of France and All Europe*)中,他就为政府写了不少宣传性的小册子。其间,他不断摇摆于托利党和辉格党之间,哪个党执政就依附于那个党。后笛福又因为言论关系三次被捕。他最后的三年是在贫困中度过的,他虽然试图改变自己的经济状况但未能成功,死前不久,他患了精神病。为了避债,他不得不离家躲藏起来,最后在凄苦和孤独中客死他乡。

笛福生活在资本主义发展时期,他属于资产阶级,是中下层资产阶级的代言人。他一生中最关心的是发展资本主义,他极力称赞资产阶级,认为一个国家发展最核心的问题是发展贸易,"给我们贸易就是给我们一切"[1],"贸易是世界繁荣的生命"[2]。但是他也支持殖民制度,提出夺取、经营殖民地的办法,提出与落后民族扩大贸易的方案,并且用于黑奴买卖。从某种意义上说,笛福的小说,尤其是《鲁滨逊漂流记》等,正好是"推进贸易和殖民计划的帝国主义精神的宣传品"[3]。

笛福在 59 岁时开始小说写作。1719 年第一部小说《鲁滨逊漂流记》(*Robinson Crusoe*)发表,大受欢迎。同年又出版了续篇。1720 年,他又写了《鲁滨逊的沉思集》(*Serious Reflections during the Life and Surprising Adventures of Robinson Crusoe*)。此后,他写了 4 部小说:《辛格尔顿船长》(*Captain Singleton*,1720)、《摩尔·弗兰德斯》(*Moll Flanders*,1722)、《杰克上校》(*Colonel Jack*,1722)与《罗克萨娜》(*Roxana*,1724)。此外,他还写了若干部传记,如《聋哑仆人坎贝尔传》(*Life and Adventures of Mr. Duncan Campbell*,1720)、《彼得大帝纪》(*The History of Peter of Great*,1723)等;几部国内外游记,如《罗伯茨船长四次旅行记》(*The Four Years Voyages of Captain George Roberts*,1726)、《不列颠全岛纪游》(*Tour Through the Whole Island of Great Britain*,1724—1727,3 卷)等。他还有几部关于经商的书,如《经商全书》(*The Complete English Tradesman*,1726)、《英国商业方略》(*The Plan of the English Commerce*,1728)等。他的《英国绅士全书》(*The Complete English*

---

① 笛福:《评论报》(卷 6),第 1 页。转引自笛福:《鲁滨逊漂流记》,徐霞村译,人民文学出版社,2003 年,序言。

② 笛福:《英国商业计划》,第 24 页。转引自笛福:《鲁滨逊漂流记》,徐霞村译,人民文学出版社,2003 年,序言。

③ J. A. Downie, *Defoe, Imperialism, and the Travel Books Reconsidered*. *Yearbook of English Studies*, 1983, Volume 13, p. 74.

Gentleman),则在他死后于1890年刊印。

据说笛福曾与26家杂志社有联系,有人称他为"现代新闻报道之父"。他的作品,包括大量政论册子,共达250种,无一不是迎合资产阶级发展的需要,写城市中产阶级感兴趣和关心的问题的。如《维尔夫人显灵纪实》(*A True Relation of the Apparition of One Mrs. Veal*,1706)对一个流行的鬼故事做了逼真的报道;《瘟疫年纪事》(*A Journal of the Plague Year*,1722)写1665年伦敦大瘟疫,把这场鼠疫的发生、传播,它引起的恐怖和人心惶惶,以及死亡数字、逃疫的景况写得令人身临其境。当时法国马赛鼠疫流行,引起了人们的特别关注,笛福的作品满足了市民对鼠疫的好奇心。

笛福的小说以《鲁滨逊漂流记》流传最广,影响最大,无数权威对它进行解读,使之成为西方的经典之作。笛福也因此被称为"英国和欧洲小说之父"[1]。如,美国作家伊恩·瓦特在《小说的兴起》一书中描述了《鲁滨逊漂流记》被经典化的过程:法国作家卢梭把这本书视为"一本具有一切书本知识的书",并推荐为爱弥尔的教材。英国小说家克拉拉·里夫(1729—1809)在《传奇文学的发展》中把该书列入"卓越的、有独创性的作品之列"。英国浪漫主义作家柯尔律治在读到笛福描写鲁滨逊在破船的柜子里发现了一些金币时,曾崇拜得五体投地,由衷赞叹"堪与莎士比亚媲美"。到了20世纪,加缪把笛福在《鲁滨逊漂流记》中提出的寓言性声明用作《鼠疫》(1948)的卷首引语:"用另一种囚禁生活来描绘一种囚禁生活,用虚构的故事来陈述真实,两者都可取。"同时,安德鲁·马尔洛写道,对那些看过了监狱和集中营的人来说,只有三本书还保持着它们的真实性:《鲁滨逊漂流记》《堂吉诃德》和《白痴》。

《辛格尔顿船长》是以第一人称写的传记,讲的是主人公幼年被绑架,当了海盗,在非洲和东方冒险致富的故事。他作为职业海盗在海上大肆抢掠,"足以填满世界上最贪婪、野心最大的欲海"[2]。他作为一个"游离于现实社会存在之外的海盗式人物"[3],凭借先进的科技和武器,两次成功冒险,在抢掠中致富,宣扬了西方殖民文化。小说"自传式、游记式"[4]的叙述方法,表现了主人公不惧艰辛聚敛财富、控制他人(民族)的强烈欲望。辛格尔顿船长可以说是英国殖民主义

① John Richetti, *The Columbia History of the British Novel*, Columbia University Press,2002,p. 26.

② Daniel Defoe, *The Life, Adventure, and Pyracies of the Famous Comptain Singleton*,Montana:Kessinger Publishing,2004,p. 98.

③ C. N. Manlove, *Literature and Reality* 1600—1800,London:The Macmillan Press,1978,p. 106.

④ Lincoln B. Faller, *Crime and Defoe:A New Kind of Writing*,Combridge:Combridge University Press,1993,p. 49.

者的缩影。他们"不仅仅是征服者","而且是历史学家、商人和传教士",①他们以文明为幌子,做着"世界的主人"的美梦,并通过武器把梦想变成现实。

　　有人认为《摩尔·弗兰德斯》是笛福最好的小说。小说主人公是一个女贼的女儿,出生在监狱里,被一个好心肠的市长收养;她靠勾引男子、多次结婚和偷窃为生,被判刑发配到美洲的弗吉尼亚,与一前夫经营种植园终其一生。《杰克上校》的主人公幼年就沦为小偷;当过兵,被贩卖到弗吉尼亚,最后成为种植园主,回到英国。《罗克萨娜》的主人公是法国新教徒的女儿,流落在英国,嫁给了伦敦一个酒商,被遗弃,在英、法、荷等地沦为妓女,又嫁给一个荷兰商人,商人负债入狱,她也在悔恨中死去。

　　《摩尔·弗兰德斯》中的摩尔·弗兰德斯是一个女贼的女儿,她出生在新门监狱里,母亲被流放到了美洲的弗吉尼亚,她在孤儿院长到 14 岁时,被一个好心的市长收养。在市长家里,长得美丽动人的摩尔受到了市长公子的引诱和欺骗,之后与其弟结了婚。婚后 5 年,丈夫不幸病逝,她带着 1000 多英镑的积蓄嫁给了一个布商,挥霍放荡的布商破产后逃亡法国。摩尔又带着 1000 多英镑找到了新丈夫,新丈夫不像原先所吹嘘的那样富有,于是他们一起回到了弗吉尼亚。在弗吉尼亚,摩尔惊恐地发现原来丈夫是自己的弟弟。摩尔只得回到了英国。在英国,摩尔又经历了许多事,她又结了婚,婚后发现丈夫是一个强盗,强盗也发现她原来并不富有。离开强盗后,摩尔又嫁给了一个银行职员,但不久丈夫就因财产被骗光忧郁而死。生活没有了着落的摩尔硬起心肠,成了伦敦的名偷。有一天,当她在偷布的时候,被店员捉住,送上了法庭,被处以重刑流放到了美洲。

　　从内容上说,小说使用回忆录的叙述手法,通过女主人公摩尔对她过去生活事件的回忆,展现了当时的生活场景和人物感受,比如摩尔 8 岁的时候,按照规定,她应该走出孤儿院去服侍别人,但是她非常害怕,不愿意去。小说是这样描写的:"他们常常这样告诉我,真把我吓坏了;因为我对他们所谓伺候人家这件事的确感到极大的厌恶,虽然我的年纪那时还很小。我对我的阿妈说,我相信只要她肯答应,我一定能够想法维持自己的生活,不用出去服役。因为她曾经教给我做针线、打毛活,这是那城市的大宗生意。我告诉她,只要她肯收留我,我愿意替她做工,替她好好地做工。"②在这里,摩尔的天真和后来的境遇形成很大的反差,充分体现了社会的污浊以及对人的腐蚀。引诱和欺骗摩尔的市长公子和放荡挥霍的布商代表了欺侮玩弄女性的贵族资产阶级,原本指望摩尔富有的财产

　　①　Srinivas Aravamudan, *Tropicopolitans*: *Colonialism and Agency*, 1688—1804, Durham: Duke Uneversity Press, 1999, p. 73.

　　②　笛福:《摩尔·弗兰德斯》,梁遇春译,人民文学出版社,1982 年,第 4 页。

但希望落空的强盗则代表了为了金钱不择手段的贫民。可见当时金钱对人的支配,人在金钱至上的社会中永远只能做金钱的俘虏。而且从老保姆的生活经历中我们可以发现,当时的社会还是一个男权至上的社会,女性没有社会地位,生活十分艰难。

从结构上来看,整部小说可以分为两个部分。第一部分是关于摩尔的婚姻经历,这一部分开始于摩尔被第一任丈夫的哥哥诱奸,以第五任丈夫去世,摩尔失去生育能力为终结。第二部分是关于摩尔的窃贼生涯,以她第一次窃取一位少妇的包袱开始,最后她因盗窃失手而被关进监狱。这些事件表面上看起来没有什么一致性,但是仔细分析,就会发现,在每个事件的开始部分,展现在摩尔眼前的都是一幅黯淡的生活场景。摩尔内心充满了对自己经济境况的焦虑。在每个事件的结尾部分,与她交好或婚配的男人要么去世,要么因逃避法律的惩罚而离开她,要么因逃避道德良知的谴责和禁忌而抛弃她,于是,摩尔不断地被命运从一个旋涡抛入另一个旋涡。所以,小说将互不相关的两部分统一起来,形成作品内在的有机性。

笛福的代表作《鲁滨逊漂流记》来源于一个富有传奇色彩的故事:1704年苏格兰水手赛尔科克在航海途中与船长发生冲突,于是被抛弃到靠近智利的荒岛上。他在这里独自生活了数年,最后被路过的船只带回英国。笛福受到这一事件的启发,经过自己的再创作而写成了小说。小说中的主人公鲁滨逊从小脑子里就充满着遨游四海的念头,年老的父亲希望他在家乡靠自己的勤劳挣一份家财,过一辈子安乐的生活。但鲁滨逊没有听从父亲的劝告,在1651年9月1号那个不祥的日子,瞒着父母去航海。不料遇到风暴,船只沉没,他侥幸逃命,从旱路到了伦敦。一路上,他不断做思想斗争:是不是应该回家?最后他决定再去航海。第二次出海,他赚了一笔钱,还学到不少数学和航海知识。可是在第三次出海时,鲁滨逊又遇到不幸,被土耳其的海盗船俘虏,做了海盗船长的奴隶。一天,鲁滨逊划船趁机逃了出来。在海上漂泊了几十天后,他被一艘葡萄牙船解救,平安抵达巴西。在那里,鲁滨逊经营种植园,开始过庄园主的生活。

为了扩大庄园的规模,解决劳动力问题,鲁滨逊在朋友的怂恿和劝说下前去非洲购买黑奴,于是他在1659年9月1号再次开始航海。但是,在途中他又遇到了风暴,大船在南美洲触礁,船上的人除了他之外全部被淹死。他只身被海水冲到了一个孤岛上。

在孤岛上,鲁滨逊除了一把刀、一个烟斗和一小匣烟叶,再没有什么东西了。于是他不断寻觅各种谋生用的东西,并且把船上的一些有用的东西搬到岛上,用仅有的十几颗种子种粮食,还想方设法用船的碎片建造小茅屋。其间,鲁滨逊险些被疟疾夺去了生命。后来鲁滨逊还在岛上发现了茂盛的树林和许多动物,于是他捕捉山羊,把它们驯养为家畜。经过三年的努力,鲁滨逊在岛上已经有了两个庄园。他在岛上的第 23 年,从野人那里救了一个俘虏,鲁滨逊叫他星期五,并教给他文明的知识,教他说英语,让他农作。在来到岛上的第 27 个年头,他们又救了 17 个落难的西班牙人和星期五的父亲。在一次偶然的机会下,鲁滨逊帮助一艘路过的航船上的英国船长制服了叛乱的船员,船长感激他而把他带回了英国。但是在他离家的 35 年中,他的父母早已经去世,只剩下两个侄子和两个妹妹。由于鲁滨逊的朋友一直把他在巴西的种植园的地租储蓄了起来,所以鲁滨逊成了富翁,并且结婚生子。妻子去世后,他又于 1694 年乘侄子的船来到曾经生活过的岛上。此时,岛上的那些西班牙人和英国人已经在这里安家落户,人口也大大增加了。最后,鲁滨逊替他们分配了土地,解决了一些生活问题,很满意地离开了他们。

以往学术界对这部小说的理解和评论大多是从社会学的角度来进行的。认为这部小说的主要价值在于通过鲁滨逊漂流和荒岛生活经历的描写,证实了资本主义原始积累时期新兴资产阶级的精神风貌,反映了资本主义上升时期资产阶级要求个性自由、发挥个人聪明才智、勇于冒险、追求财富的进取精神。或者认为,作品歌颂了资产阶级向外扩张的殖民政策。也有论者从对人的认识层面出发,认为从文艺复兴运动开始至启蒙主义终结,欧洲进步的文化与文学是在对封建神学体系的不断否定中,显示出其对人的认识不断深化。而《鲁滨逊漂流记》就是通过讴歌人的创造能力,来揭示人的自由本质。笛福说:"一个社会应该坚定地相信,聪明、智慧、勤劳、勇敢的人,必定能够取得不同凡响的成就。"①鲁滨逊身上无疑表现了这种新教精神和现代个人主义思想,鲁滨逊式的英雄主义也成了"体现西方人精神品格的基本因素之一"②。

随着现代西方批评理论的发达,不同的理论为读者提供不同的解读作品的视角,文学作品也因此以更加新奇的面孔展现给读者。比如从殖民叙事的角度来分析《鲁滨逊漂流记》,这部小说的价值体现在两个方面:一方面,从欧洲主权的立场来看,它建构了西方父权帝国的基本模式。具体分析,其实主人公多次航海的动力就是一个英国人对海外财富的渴望和对陆上权力的神往。所以,在鲁滨逊贩卖黑奴的梦想破灭后,他殖民者的野心促使他在另一个地方重新崛起。笛福一到荒岛上,就用自己的文明将古老的美洲文明一笔抹杀。在小说中,他者的文明完全处于被故意遗忘和压迫的状态,鲁滨逊甚至不屑于询问土人的名字,强行将他重新命名为星期五;他从星期五的思想中清除了关于美洲造物主的信仰,然后用基督教文明填充他的头脑。3 年后,他志得意满地说:"我从上帝的语

① Maximillian E. Novak, *Daneiel Defoe: Master of the Fiction*, Oxford: Oford University Press, 1996, p. 106.

② Michel Tournier, *The Wind Sppirit: An Autobiograghy*. Arthur Goldhammer, Trans, Boston: Beacon Press, 1988, p. 183.

言中轻而易举地理解了上帝和耶稣基督拯救世人的意义。仅仅读一下《圣经》，我就能明白自己的责任——义无反顾地担起赎罪这一伟大任务。"①

在小岛上初步树立自己的文明雏形后，鲁滨逊开始自己的殖民扩张政策。他统治着星期五的父亲和一个西班牙人，并描绘小岛帝国的蓝图:命令使者去说服在海难中流落他乡的 16 名白人，让他们面对着《圣经》和《福音书》进行忠诚宣誓，并在服从鲁滨逊的统治的契约上亲笔签名，然后上岛共建一个殖民帝国。总之，鲁滨逊表现了"殖民态度"——"占有他人财产、剥削他人成果以及奴役其他人的欲望"②，也反映了欧洲文明的话语霸权。

另一方面，从后殖民主义的角度分析，小说又呈现出完全不同的情境，其价值又体现在它颠覆了文明与野蛮的关系。他没有盲目歌颂资本主义的优越性和先进性，反而突出描写了野蛮人的智慧与才干，比如星期五知道红蚂蚁会吃掉腐烂的东西，从而解决了生活垃圾对小岛环境的污染问题。他会把 3 颗圆石隔开缚在一根绳套上，这种流星锤既能猎取动物，又能打击敌人。他还用山羊皮做成一种能够钓鱼的风筝，用山羊脑壳制成一种能发出天籁之音的琴。

从宗教信仰的角度看，鲁滨逊形象集中体现了笛福的宗教观，以及宗教的劝善和教化力量。在作品中，鲁滨逊每当遇到艰难险阻总要向上帝祷告，阅读《圣经》，从中汲取聊以慰藉的力量和勇气。在他得病的第三天，他向上帝祈祷，悔改自己的罪行，大叫道:"上帝，救救我吧，我是在大难之中啊!"从此之后，他每天早晚都要读《圣经》，并觉得自己过去的生活实在是太邪恶了，并认识到世界上的万物都是由上帝创造的。他解救了星期五之后，也感谢上帝，信仰上帝，服从上帝的指示，最终把星期五改造成一个名副其实的基督徒。可以看出，是宗教给了鲁滨逊在岛上活下去的勇气和力量，也是宗教让一个资产阶级的冒险者、殖民者变成了一个人道主义者。

总之，无论《鲁滨逊漂流记》呈现给我们怎样的主题，在笛福的创作中不变的一个特征和贡献就是它的真实性。而且笛福在小说的序言中也反复强调它的真实性。比如，在《鲁滨逊漂流记》第一卷序言中，他说:"编者相信，这部自述是事实的忠实记录，其中绝无虚构之处。"③在《罗克萨娜》的序言中，他说道:"我要说，他同他们在这个重要而基本的方面有所不同，即这部书是以真实的事件为基础的，因而它不是一则故事，而是一段历史。"④《鲁滨逊漂流记》第三部序言中写道:"这个故事，虽然是寓言性的，同时又是历史的，它是一种绝无仅有的生活苦

---

① 笛福:《鲁滨逊漂流记》，张蕾芳译，南海出版公司，2000 年，第 166 页。

② Max Novak, *Defoe as an Innoovator of Fiction Form*, in John Richetti ed., *The Combridge Companion to the Eighteenth Century Novel*, Cambridge: Combridge University Press, 1996, p. 50.

③④ 高奋:《开创小说的传统——论笛福的小说观》，《外国文学评论》，1999 年，第 4 期。

难和一种无与伦比的生活方式的精妙再现。……此外,这个故事,或者说这个故事的大部分,直接暗示了一个至今还活着的,而且是颇有名气的一个人的一生,正是他的经历构成了这几部书的主要内容。"①

正是因为笛福对真实性的强调,所以在创作中他反对"虚构"的传统。所谓虚构就是超越真实事件的捏造。他说:"凭空虚构故事真是一桩可耻的罪过。这是撒谎,只要他在你心上打开一个洞,撒谎的习惯就渐渐钻进你的心里。"②他的这种主张相对于当时作家习惯于从早期神话、传说、历史和古典文学作品中提取情节,创作诗歌、戏剧和散文体虚构故事的现象来说是一个重大突破。

笛福所主张的"真实"是指小说与现实层面的一致性。他强调的是一种"真正的真实","历史的真实"。③ 他将创作对象确定在个体的人所经历的具体事件上,让个体经验成为关注的焦点。具体表现如下:

首先,在布局上,笛福小说中的叙述者往往是一气呵成的,不仅没有写明章节,而且开始、发展和结局的分界线也模糊不清,不给读者留下一点阅读和思考的空间。作品完全按照主人公实际的年代顺序中的感觉和行动来安排故事情节,没有刻意的悬念、激烈的冲突。这就是笛福强调的:让真实的人物自己来讲述故事。

其次,在叙述视角上,笛福综合了流浪汉小说叙事视角的基本特征和清教徒撰写心灵自传时常采用的叙事视角的基本特征。前者将叙事的中心大都落在对外部世界具体事物的描绘上,特别强调物质层面的东西。后者同样采取第一人称视角,但叙述的中心却是基督徒的自我心灵感受,尤其是对上帝的感受。所以笛福的小说不但能让读者了解外部世界,而且能够让读者感受到人物的内心世界。

最后,在语言上,笛福经常被指责表达枯燥。但是笛福认为:"至于语言,我已经使本书的语言符合于文章内容的格式,而不求文体谨严藻饰,我宁愿按照随笔短论的性质采用轻松灵活的笔法,而不想曲意追求文字的完美。"④所以,笛福类似日常的口语化表达正符合真人的叙事口吻,与他真实性的追求是完全一致的。

---

①④　高奋:《开创小说的传统——论笛福的小说观》,《外国文学评论》,1999 年,第 4 期。

②　弗吉尼亚·伍尔夫:《书和画像》,刘炳善译,生活·读书·新知三联书店,1994 年,第 51 页。

③　John Richetti, *The Columbia History of the British Novel*, Columbia：Columbia University Press,2002,p. 26,28.

第三节　塞缪尔·理查逊

　　塞缪尔·理查逊(Samuel Richardson,1689—1761)是英国现实主义小说中不可或缺的一位作家,他开创的书信体小说在笛福现实主义小说的客观真实之外,重新开辟了一条走向主观真实的现实主义小说的道路。

　　塞缪尔·理查逊生于乡村一个木匠家庭,在一所私立的文法学校修业完毕后,16 岁时去伦敦出版商约翰·魏尔德手下当学徒,利用闲暇时间自学印刷技术。他经历了从学徒到师父的所有体验,最终娶了老板的女儿,并继承了老板的印刷事业。1721 年自行开办印刷厂,在当时的印刷界颇负盛名,他的印刷厂在18 世纪 30 年代是伦敦 3 家最好的印刷厂之一。除经营出版业外,他也从事写作。1739 年,在两位书商的请求下,理查逊写了《写给好朋友的信和替好朋友写的信》一书,该书用来指导当时的读者如何写信,尤其是满足妇女写信的要求。书的内容是根据理查逊以前听到的一个关于女仆拒绝男主人求爱而最后又嫁给男主人的故事改编而成的。他从 1739 年 11 月开始动手把它写成小说,1740 年1 月完成,书名是《帕美拉》(又名《美德受到了奖赏》)(*Pamela, or Virtue Rewarded*),前两卷于 1740 年出版,后两卷于次年出版。这是一部书信体小说,在文学史上被称作第一部现代英国小说。它把对社会环境的描写和对人物心理活动的分析结合起来,通过有趣的故事使读者受到清教徒道德的教育。理查逊着重描写人物的感情,把感伤主义引进了西欧文学,为 18 世纪末浪漫主义运动的兴起奠定了基础。法国启蒙运动思想家狄德罗在他的《理查逊赞》(1761)一书里把理查逊与摩西、荷马和索福克勒斯并列,称赞他深刻洞察人的心灵活动。另外,理查逊也继承了笛福的现实主义小说传统,使感伤主义与现实主义相结合。理查逊的第二部小说《克拉丽莎》(*Clarissa Harlowe*,1747—1748),又名《一位青年妇女的故事》,是最长的一部英国小说,也是最优秀的悲惨小说之一,约有100 万字。《克拉丽莎》写得十分动人,对西欧文学影响深远。法国启蒙作家卢梭的书信体小说《朱丽》(1761),又名《新爱洛绮丝》,就是严格模仿理查逊的小说《克拉丽莎》而写成的。德国作家歌德的早期书信体小说《少年维特之烦恼》(1774)也是间接模仿理查逊的小说写成的。意大利剧作家哥尔多尼曾把理查逊的第一部小说《帕美拉》改编成两部剧本。

　　其实,书信体并非理查逊的发明,最早的书信体小说出自 15 世纪的西班牙人之手。1678 年,由葡萄牙语翻译成英语的第一部书信体小说《葡萄牙人信札》在英国问世。5 年之后,英国女作家弗拉·班恩发表了《一名贵族与他妹妹之间的情书》,该作品尽管艺术上还欠成熟,但是开了英国书信体小说的先河。在英国娱乐方式和消遣方式还十分贫乏的时代,书信成为当时流行的交流思想和感情的载体,这也为当时英国书信体小说的产生提供了成长的土壤。事实上,大众的书信写作是随着 1635 年"内陆通信系统"和伦敦"一便士邮政"的建立而普及和成为时尚的。同时,"戏剧在 1750 年左右对英国生活的支配作用已经不复存在,人们不再满足于看戏或阅读过时的剧本。新的文学表现形式自然便受到人们的欢迎"①。于是,理查逊将书信作为小说改革的突破口,并满足了时代的需求。理查逊还对书信体做了评论:"笔者认为一个故事……用一系列不同人物的书信组成,不采用其他评论及不符合创作意图与构思的片段,这显然是新颖独特的。"②

应当指出,理查逊的书信体小说也是早期心理现实主义的杰出范例。不少评论家认为:"这种样式的两个潜在的艺术效果是令人印象深刻的即时感和对心理现实乃至意识流的探索。"③尽管笛福的个人自传小说也向读者揭示了人物的"自我"和心理活动,但这是现在的叙述者对本人过去经历的自传性回忆,也就是说,叙述过程与行为过程之间存在着明显的时间差,因而作品缺少即时感。而理查逊的书信体小说"写信的思绪实际上变成了向我们公开的书本,由这种十分私密的书信引起的实际的参与感是这种技巧最有价值的艺术特征"④。

理查逊的小说集中于描写女性生活,在人物塑造方面也以塑造女性形象见长。有研究者认为,菲尔丁的小说是男性化(manly)的,而理查逊的小说是女性化(feminine)的。⑤ 他的小说也被称为"生动形象的年轻女人的生活指导用书"⑥。《帕美拉》出版后,随即在英国社会引起了十分强烈的反响,读者中出现了"帕美拉热",该书也被翻译成欧洲的多种语言出版,成为当时的畅销书之一。伊格尔顿说,当时读者追捧《帕美拉》的情境可以与后来人们对"超人"文化偶像的崇拜相媲美⑦。

《帕美拉》全书通过在地主家当丫头的女主人公帕美拉和她的父母往来的三十几封信以及她自己的日记,写出一段平凡而又富于戏剧性的故事。在第一封信里,帕美拉告诉她的父母说:她伺候的地主奶奶病故了,她本来担心会被辞退,

① Godfrey Frank Singer, *The Epostolary Novel*, Philadelphia: University of Pennsylvania Press, 1933, p. 62.

② Samuel Richardson, "*Postcript*" *Clarrisa*, *Oxford*, *Shake-speare Head*, 1930, Vol. Viii, p. 325.

③④ 李维屏:《评理查逊的书信体小说艺术》,《外国文学评论》,2002 年第 2 期,第 95 页。

⑤ John Richetti, *The Canbridge Companion to the Eighteenth Century Novel*, Cambridge:Cambridge University Press, 2001, p. 3.

⑥ Jane Spenrcer, *The Rise of the Woman Novelist:From Aphra Behn to Jane Austen*, Oxford:Basil Blackwell Ltd. , 1989, p. 142.

⑦ Terry Eagleton, *The Rape of Clarissa:Writtin, Sexual and Class Struggle in Samuel Richardson*, Oxford: Basil Blackwell, 1985, p. 5.

但是 B 少爷不但把她留了下来，还给了她一笔钱，表示对她宠信。从此之后，她在信里还不断写到这个放荡不羁的 B 少爷如何依仗权势，对这个 15 岁的丫头百般调戏，企图玷污她，以及这个少女如何摆脱，并"终获报偿"。原来帕美拉在与少爷不断的矛盾中，竟然对那个地主恶少滋生了爱情，幻想自己有一天会当上少奶奶，跟他并肩坐在华丽的马车上，身份显赫地出入庄园！经过一场感情上的纠葛和波折，B 少爷终于向她正式求婚，举行了婚礼。她往日的梦想居然实现，果真当上了地主家名正言顺的少奶奶。

这部小说的独特性在于，首先，这部小说的开头是非常独特的。作品一开始是：

亲爱的父母：

我给你们写信既感到难过，又感到欣慰。难过的是我善良的女主人刚刚去世，她的病我曾向你们提起过，她的去世令我们非常伤心，因为她是一位善良可爱的太太，对我们所有的用人都非常仁慈。

在此，这部小说不再是传统介绍性的、解释性的开头，也不是作者以全知全能的视角给读者介绍将要发生的一切，使读者处于理所当然的阅读地位，而是以第二人称的方式，使关注的焦点集中在父母身上，这样让读者失去了正当地读的权利，改变了读者的角色，使读者成了偷读别人隐私的人。总之，关注阅读效果使小说留下了更多的悬念。

其次，附言的独特性。附言的出现使上下文的转折和过渡有了着落。在《帕美拉》中，理查逊巧妙地采用心中的"附言"来填补信与信之间出现的空白，从而使小说的叙述变得合乎逻辑。比如，在小说的 69 封信中，共有 23 封信采用了附言的形式，其篇幅少则一行，多则三十余行。

比如，书中第一封信的附言描述了刚写完信的帕美拉因主人 B 先生突然闯进她的房间而受惊的情景："我刚才被吓了一跳，正当我在女主人的化妆室拆信时，我的少东家闯了进来，天哪，我是多么害怕！我急忙将信藏进怀里，他见我害怕，便笑着问我：帕美拉，你在给谁写信？我害怕地对他说，请原谅我，先生，只是在给父母写信。他说：那好，就让我看看你写得怎样。我是多么害羞！他不管我害怕，没再多说便将信夺了过去……"显然，附言真实地描写了帕美拉的受惊吓，与后来的叙述自然衔接，成功完成过渡。

理查逊不仅认为自己的小说写的是真实的生活，而且还把小说作为道德教育的载体,因而也"把自己装扮成为十分具有魅力的资产阶级道德家和导师"①,努力地"把宗教与道德的思想观念对读者进行灌输"②。

《克拉丽莎》是理查逊的第二部书信体小说。随着《克拉丽莎》的出现,理查逊的小说从喜剧走向了悲剧。女主人公克拉丽莎受到贵族青年拉甫勒斯的诱惑,被他巧言劝说而私奔,不愿嫁给家人挑选的富有的索尔姆斯。拉甫勒斯虽然相貌迷人,仪态优美,却是个道德败坏的花花公子,他控制了克拉丽莎,但并不打算和她结婚,多次企图非礼她没有成功,最后卑鄙地用药酒迷晕并奸污了她。克拉丽莎失身后羞愧难当,于是逃走,由于被诬陷欠债而身陷困境,家里也和她断绝了关系,克拉丽莎陷入身心交瘁的境地中。后来尽管拉甫勒斯良心发现,请求她嫁给他,但克拉丽莎决心一死,坚决拒绝,并以宽恕精神原谅了拉甫勒斯和他的父母。克拉丽莎死后,拉甫勒斯前往欧洲,在与克拉丽莎的表哥莫登上校决斗的时候被刺身亡。他最后忏悔道:"让死来赎罪吧!"与《帕美拉》相比较,这两部作品都含有劝善的目的,但是帕美拉的美德得到了现实的回报,克拉丽莎的美德却遭到了毁灭的命运。《帕美拉》中反映的人际关系比较单一,而《克拉丽莎》中的悲剧却与克拉丽莎家庭的唯利是图、兄妹之间的财产纠葛以及社会的险恶复杂相关。从这些方面来分析,《克拉丽莎》所触及的社会问题和道德问题,比《帕美拉》更深刻、更成熟。正如王佐良先生所说,《克拉丽莎》"把书信体小说推到了更高的境界:原来信都是一个人写,后来变成几个人写;同一件事同一个场面,却通过几双不同的眼睛来看,各有不同的反映和判断,这样就不仅使叙述更丰富,而且较早地解决了小说艺术家一直关心的通过什么角度来叙述的问题——理查逊竟是亨利·詹姆斯的前驱"③。不仅如此,《克拉丽莎》通过写信人的心理反应,拓展了小说对人物的心理描写,因为,"所有的信件,都是用亲身经历的第一人称写成的,信中的描述不仅仅紧张真实,而且充满了真切的感受"④。

1754 年,理查逊发表了第三部书信体小说《查尔斯·格兰迪森爵士》(*Sir Charles Grandison*)。主人公格兰迪森是一个男性的道德典范,他的美貌和品质引起大群女子的爱慕,她们对他进行无数次引诱,但他始终坚守清白之身,最后他娶了一个理想的小姐为妻,其品德获得了善报。这部作品写得枯燥乏味,充满道德说教和劝善修身之道。

① Tom Keymer,*Richardson's Clarissa and the Eighteenth-Century Reader*,Cambridge:Cambridge University,1992,p. 1.

② Samuel Richardson,*Pamela,or Virtue Rewarded*,Thomas Keymer and Allice Wakely des. ,Oxford:Oxford University Press,1992,p. 3.

③ 王佐良:《英国文学史》,商务印书馆,1996 年,第 111 页。

④ Samuel Richardson,Clarissa,ed. ,*William King and Adrian Bott*,Oxford:Basil Blackwell,1929-1931,1:xiv.

显然,理查逊小说的道德训谕色彩是很浓郁的。他通过小说宣扬贞洁、诚实、公平等,对世人进行宗教和道德的教育,提出了作为父母、子女和公民的社会责任与行为规范,告诫人们控制欲望、摒弃邪念等。他希望通过自己的小说影响社会道德风尚,达到道德教育的目的。因此,评论家称理查逊是"自觉的道德家"和"性别改革的领袖"①。

总之,理查逊在英国小说发展史上占有重要地位。

第一,他的创作使小说的真实性呈现出另一种形态。理查逊执着于书信体小说的创作,和他小说创作的观念有关。他强调真实性,宣称自己是这些书信的"编纂者"。首先,理查逊认为书信体小说可以做到文体自然亲切,与生活的原态十分贴近,这无疑会加强小说的真实性。其次,书信体的形式可以更好地展开对心理和情感的描写。"毫无疑问,书信体的一个主要吸引力(是否有意识体会到了则并无关系)使他方便地适应了理查逊本人对情绪、性情和动机做细腻分析的特殊禀赋。日记公开宣称是一种连续的独白,而书信即使可能是写给其他人的,事实上也是如此。小说家可以频繁地、冗长地使用它,这在舞台上可能是不堪忍受的和不可能的。当然,从总体评价来看,理查逊值得骄傲的地位在很大程度上应该归功于这种心理分析。"②

第二,他使小说从客观转向主观,从外界转向内心。他成功地将心理分析和情感描写引进了小说,开拓了小说的前景。

第三,他的小说完全脱离了以主人公的各种见闻和经历为主要线索的传统写法,而是集中描写一件事的始末。

第四,他不用奇闻逸事来吸引读者,而是以生活中的道德、婚姻等问题为主要内容,摆脱了传奇故事的影响,正如克罗斯曾说:"理查逊的小说的内容与奇诡的传奇大不相同。他的小说中没有辉煌的宫殿,没有海上和陆地上的奇遇,没有激流中的泅游,没有地震,更没有神鬼作祟的城堡……理查逊扫除了传奇中的一切点缀。"③

第四节　亨利·菲尔丁

亨利·菲尔丁(Henry Fielding,1707—1754)是 18 世纪英国最杰出的现实主义小说家之一,也是 18 世纪欧洲最有成就的现实主义小说家。他与笛福、理

---

① Ian Watt, *The Rise of the Novel*: *Studies in Defoe, Richardson and Fielding*, London: Chatto & Windus, 1963, p. 172.

② George Saintsbury, *The English Novel*, New York: AMS Press, 1979, p. 92.

③ Wilbui L. Cross, *The Development of the English Novel*, Macmillan Company, 1899, p. 27.

查逊并称为英国现代小说的三大奠基人。他的"喜剧性的散文史诗"以新的文学
形式,用幽默讽刺的手法表达了自己对现实的理解,并开辟了新的创作领域,对
19 世纪现实主义文学产生了巨大的影响。而作为"喜剧性的散文史诗",菲尔丁
的小说不像传统的史诗那样塑造雄伟的英雄人物,也不表达崇高的思想①,而是
更自然真实,更贴近生活,因而也体现了独特的现实性特征。

菲尔丁于 1707 年 4 月 22 日出生在萨默塞特郡格按斯顿伯里附近的一个破
落贵族家庭,幼年丧母。在伊顿公学读中学时,他就对文学颇感兴趣。20 岁时,
曾写过一个喜剧,名为《戴着各种面具的爱情》。中学毕业后,他于 1728 年去荷
兰的莱顿大学语言学系学习,但由于家庭贫困而辍学,于 1730 年回到伦敦,从事
戏剧创作和演出活动。

菲尔丁的创作活动是从编剧开始的。他翻译、改编了莫里哀的喜剧《屈打成
医》和《吝啬鬼》。在 1728—1737 年,他先后写了《咖啡店政客》(1730)、《堂吉诃
德在英国》(*Don Quixote in England*,1734)、《巴斯昆》(*Pasquin*,1736)、《一七三
六年历史纪实》(*The Historical Register for* 1736,1737)等 25 个政治讽刺喜
剧,辛辣地讽刺社会政治的黑暗,无情地揭露当权者的罪恶。

他的社会和政治讽刺喜剧触怒了当权的辉格党,当局警告菲尔丁不许在舞
台上议论政治,并在国会通过了关于戏剧检查的《审查法》(1737),禁止菲尔丁的
剧本上演,菲尔丁被迫停止戏剧创作。他改为从事新闻工作和小说创作,1739—
1741 年,他主编《战士,又名不列颠信使》杂志,写了大量杂文,反对当权的辉格
党政府。但是文学活动的菲薄收入无法满足生活的需要,因此,菲尔丁在 30 岁
时进入法律学校学习,3 年后毕业,成为律师。在担任律师期间他公正无私地拒
绝贿赂,常帮助请求申冤的穷人竭力做到公正地判决案件。这段律师生活,使他
有机会更深入、更全面地体察统治阶级的腐败、社会政治的黑暗和人民苦难的深
重,为他此后的小说创作打下坚实的基础。

在他创办杂志期间,在理查逊出版了他的劝世小说《帕美拉》后,菲尔丁仿他
的笔法创作小说嘲讽这类作品,先后写了《沙米拉·安德鲁斯夫人生平的辩护》
(*An Apology for the Life of Mrs. Shamela Andrews*,1741)和《约瑟夫·安德
鲁斯》(*Joseph Andrews*,1742,全称为《约瑟夫·安德鲁斯及其朋友亚伯拉罕·
亚当斯先生的冒险故事,仿塞万提斯的风格而写》)。菲尔丁把他的小说称为"喜
剧性的散文史诗",属于流浪汉传奇小说类型,同时也是现实主义的讽刺小说。

菲尔丁的代表作是长篇小说《弃儿汤姆·琼斯的历史》(*The History of
Tom Jones, A Foundling*,1749),与《约瑟夫·安德鲁斯》属于同一类型。拉法

---

① John Richetti, *The Cambridge Companyy to the Eighteenth Century Novel*,
Cambridge:Cambridge University Press,1966,p. 122.

格曾回忆马克思"比较喜欢 18 世纪小说,特别爱好菲尔丁的《弃儿汤姆·琼斯的历史》"。这部小说深刻地表现了 18 世纪英国社会的半封建半资本主义性质。长篇小说《大伟人江奈生·魏尔德传》(*Jonathan Wild the Great*,1743)是政治讽刺小说;《阿米丽亚》(*Amelia*,1751)是现实主义社会批判小说,两者都为抨击英国资产阶级政府的罪恶、虚伪和残酷而写。1754 年菲尔丁去葡萄牙旅行,写了《里斯本航海日记》(*Journal of A Voyage to Lisbon*,1755)。同年 10 月 8 日于里斯本逝世。

《沙米拉》是模仿理查逊的小说《帕美拉》创作的。"sham"就是假装的意思。《沙米拉》中的人物是《帕美拉》中的原班人马,笔调情节也都模拟原作,却把原作所标榜的"贞操"颠倒过来,揭露了《帕美拉》的另一重内涵,从而解构了《帕美拉》所宣扬的贞操观念。沙米拉在给自己母亲的信中说:"我一度想凭我的姿容来弄上小小一笔财产,如今,我打算凭我的真操(原文故意拼错,表示她根本不知贞操为何物)弄上大大一笔财产了。"于是,她的信叙述的都不外乎是她如何装模作样,用若即若离的态度诱使地主少爷向她求婚。在信里,她坦率地谈到对形势的估计以及事成之后她的一些具体愿望。这部"反书"赤裸裸地揭露出一个靠婚姻向上爬的女市侩的灵魂。

然而,菲尔丁的另外一部小说《约瑟夫·安德鲁斯》则真正为刚刚起步的英国小说开拓了更加广阔的道路。按照菲尔丁最初的意图,他显然是想通过小说的方式与理查逊展开一场论战,因而他把身份类似的人物放在类似的情景里,借以揭露《帕美拉》的不真实以及它所宣扬的虚假的道德。这部作品的主人公约瑟夫是以帕美拉的胞弟的身份出现的。10 岁上他就被送到地主鲍培爵士家去干活。鲍培就是《帕美拉》里那个地主家恶少的堂叔。最初,主人派约瑟夫到田里赶鸟,可是鸟儿被他美妙的嗓音所吸引,所以不但不飞掉,反而越来越多地聚集在他周围。他 17 岁就精通骑术,在赛马会上,有人出钱想贿赂他,正直的约瑟夫毅然拒绝了,后来鲍培夫人收他在房里当小厮。当地的一个副牧师亚当姆斯也十分喜爱这个少年,一心想教他读些书,就在这时,约瑟夫被带到鲍培家的伦敦公馆去了。

故事开始时,约瑟夫已经是个壮实、俊秀的农村少年了。他给姐姐帕美拉的信里写道,男主人病故了,担心自己会被解雇。但是,他不但没有被解雇,新死了丈夫的鲍培夫人反而不断地追求他。可是在约瑟夫内心早已有了自己心爱的少女范妮,她同在鲍培家干活。当鲍培夫人寡廉鲜耻地要赏给约瑟夫亲嘴的自由时,约瑟夫义正词严地呵斥这个女人说:"你不讲贞洁,凭什么就不许我讲?难道因为我是一个男人,或者因为我穷,我就该牺牲贞洁来陪你寻欢作乐吗?"鲍培夫人恼羞成怒,把他赶出家门,约瑟夫想回乡下找范妮。可是在路上遭到抢劫。一辆路过的驿车把他救了起来,送到客栈。在这里,他碰巧遇到亚当姆斯。两个人结伴而行,后来路上又遇到找他的范妮。鲍培夫人回到庄上,听说约瑟夫正准备和范妮结婚,就依仗自己在当地的势力,威胁亚当姆斯,不许他为这对年轻人主持婚礼。副牧师愤然拒绝说:"不能因为当事人穷而不准他们结婚。天下哪有这种法律!世界派给穷人的份子已经够重了,如果连造化赋予动物的公共权利和纯洁乐趣都不准他们享受,那真叫野蛮了。"①见牧师态度坚决,于是鲍培夫人又唆使一个律师控告他们偷了一根树枝。恰巧,帕美拉和她的地主丈夫来走亲戚,约瑟夫和范妮才幸免于难。借此机会,鲍培夫人联合堂侄和堂侄媳对约瑟夫施加家庭压力,说既然姐姐帕美拉当上了鲍培家的少奶奶,弟弟约瑟夫要是娶个像范妮这么穷的丫头,就太不成体统了。同时,她又唆使一个纨绔子弟死缠着范妮。在小说结尾,通过一系列巧合,证明范妮原来是帕美拉的妹妹,她在襁褓中被吉卜赛人拐卖,约瑟夫本是有身份的威尔逊先生的儿子。于是,这对有情人终成眷属。

在这部小说的序言里,菲尔丁第一次提出直接临摹自然的口号。"自然",他指的就是生活本身,而不是从舞台上或书本上的间接临摹。他声明,"在这部作品里,没有一个角色或动作不是从我自己的观察和经验中记录下来的"②。小说把描写当代生活场景的小说特点和古典史诗的特点很好地融合在了一起。

《弃儿汤姆·琼斯的历史》是菲尔丁的代表性作品。小说描写普通人汤姆带着读者游历乡村和城市的经历。不过,作者更关心的不是城市,而是乡村,因此,他更像一个"乡村绅士",因此写得最多最动人的是"乡村的常识"③,其中也恰恰寄寓了作者对和谐社会与生活的理想。《弃儿汤姆·琼斯的历史》通过对淳朴的乡村生活与世风日下、腐败堕落的城市生活的对比描写,表达了对"单纯、天然、荣誉、感性愉悦"④等传统乡村的依恋和怀念。

小说共分为三部分:第一部分发生在英国南部萨默塞特郡的乡村,在乡绅的家里;第二部分叙述在去伦敦途中所发生的许多事情;第三部分发生在伦敦。热诚善良而又轻率放任的弃儿汤姆在乡绅奥尔华绥家长大成人,他和邻居地主的女儿、聪明美貌的苏菲亚小姐相爱,但是他们的爱情遭到了阻碍。一方面,苏菲亚的父亲决不容许这一有失体面的婚事,并强迫女儿嫁给奥尔华绥的外甥布利菲;另一方面,虚伪自私的布利菲想方设法从中作梗,破坏汤姆和苏菲亚的爱情。

---

① 亨利·菲尔丁:《约瑟夫·安德鲁斯的经历》,王仲年译,新文艺出版社,1957 年,第 4 卷第 2 章。

② 同上,第 36 页。

③ C. N. Manlove, *Literature and Reality* 1600－1800, London: The Macmillan Press, 1978, p. 136.

④ Stephen Bending, Andrew Mcrace, eds. , *The Writing of Rural England* 1500－1800, Hampshire: Palgrave Macmillan, 2003.

最终,汤姆因受到布利菲的中伤而被赶出家门,到处流浪,苏菲亚也含愤离家出走,去寻找汤姆。在旅馆中,苏菲亚由于看到汤姆和他从强盗手中救出的沃斯特夫人在一起,伤心至极,在汤姆床上留下自己的手筒和字条之后便上伦敦去了。汤姆焦急万分,就和帕特里奇赶到伦敦。此时,苏菲亚寄居在伦敦的亲戚柏拉斯顿夫人家,然而,柏拉斯顿夫人想占有汤姆,所以不断阻挠汤姆和苏菲亚见面。汤姆由于在一次争斗中打伤对方,被捕入狱。在监狱这个特殊的环境中,帕特里奇和沃斯特夫人不期而遇,他们就是当年被奥尔华绥误解的教师和乡绅家的女仆,奥尔华绥终于知道了汤姆的真实身份,原来他是奥尔华绥的妹妹与一个大学生的私生子,而不是帕特里奇和沃斯特夫人的私生子。经过多方营救,汤姆终于获释出狱。奥尔华绥这时已经看清布利菲的卑鄙行径,于是决定取消布利菲的继承权而指定汤姆为他的合法继承人。苏菲亚的父亲魏思顿这时也醒悟了,不再反对汤姆和苏菲亚的婚事。于是,一对历尽千辛万苦的情人在大家的祝贺声中终成眷属。

学术界对该小说的评价颇高。英国浪漫主义诗人、批评家柯尔律治称赞它的情节为一切文学当中最完美的情节之一,它的结构也是英国小说的典范。司汤达甚至称誉它是"小说中的《伊利昂纪》"。车尔尼雪夫斯基曾把他和果戈理的《死魂灵》相比较。萨克雷曾称赞此书是"人类独创力量最为惊人的产物"。18世纪 40 年代,曾任英国笔会主席的著名批评家维·索·普里切特在他的《活的小说》一书中,认为《弃儿汤姆·琼斯的历史》是英国小说的鼻祖。当代英国小说家金斯利·艾米斯在《我喜欢这里》一书中,通过一个站在里斯本郊外凭吊菲尔丁墓地的人物感叹道:"你虽然仅仅活了四十几岁就与世长辞了,这也许还是值得的,因为两百年后,在过去的小说家中间,你是唯一对我们仍具有吸引力的。"具体来看,这部小说不论从内容上还是结构布局上,都有自身的独特性。

首先,《弃儿汤姆·琼斯的历史》展现了一幅完整的现实主义人性图画。菲尔丁在作品第一卷就告诉读者:"这里替读者准备下的食品不是别的,乃是人性……渊博的读者不会不晓得在人性这个总名称下面也包含着千变万化,一位作家要想将人性这么广阔的一个题材写尽,比一位厨师把世界上各种肉类和蔬菜都作为菜肴还困难得多,……精神筵席的优劣与其说在于题材本身,毋宁说在于作者烹调的技术。"①他在自己的创作中实践着他人性的写作原则。"这种人性,并不是来自所有人的那种含含糊糊的温情,而是一种清醒的社会意识和关于人的深入的理解。"②奥尔华绥绅士是一个仁慈正直的代表。他不顾各种流言蜚

---

①　亨利·菲尔丁:《弃儿汤姆·琼斯的历史》,萧乾译,人民文学出版社,1984 年,第 10、11 页。

②　Annette T. Rubinstein, *The Great Tradition in English Literature*, New York: The Citadel Press, 1953, p. 60.

语,把不知父母是谁的汤姆·琼斯抚养长大,作品在很多地方侧面写到他的殷勤好客,并周济那些宁愿乞讨也不工作的人。苏菲亚作为地主小姐,她具有许多上流社会中女性所没有具备的优点。她温柔、体贴、真诚,对上辈孝顺,对下人以礼相待,以及对爱情忠贞,都是美德化身。汤姆·琼斯尽管身份低贱,但是他却热情真诚,尤其是宽容,在奥尔华绥误解他时,他没有任何怨言,相反对奥尔华绥充满了敬意。虽然汤姆·琼斯的不幸经历在很大程度上都是他的同母异父兄弟布利菲造成的,但是他从来不往坏里想,甚至布利菲被绅士取消遗产继承权并遭到驱逐时,汤姆·琼斯仍旧替他求情。

在塑造人性美的同时,菲尔丁还按照生活中原有的模型刻画了人性中虚伪、奸诈、卑鄙的一面。比如汤姆·琼斯由于是个私生子,因而也遭到许多人的唾弃,当他还在襁褓中时,就连奥尔华绥家的管家德波拉大娘也对主人讲:"这种东西与其让他长大了去学他娘的样儿,倒还不如乘他还清白无辜死掉的好。横竖他也不会有很大出息。"

小说最后让主人公汤姆·琼斯回归乡村,其间隐含了"道德选择和社会选择"[①],意在表达处于现代商业化环境中,乡村可以"让个体的人回归自我的满足,并保持自我与物质之间的平衡"[②]。确实,乡村是美好人性的象征。18世纪以来,城市文明不断快速发展,但是,在文学中,尤其是在英国小说中,乡村依然是作家们心灵的圣地,不同方式的对乡村的依恋和向往是作家们挥之不去的情结[③],其中真意是对自然人性的呼唤。

其次,《弃儿汤姆·琼斯的历史》是一部叛逆性的作品,它冲破了传统的道德准绳,在一定程度上否定了当时英国社会的秩序。在菲尔丁的时代,文学作品里描绘下层人物还是不合时宜的事,而在英国的社会阶梯上,私生子更是下层社会中最卑贱的。直到19世纪中叶,英国法律还明文规定私生子既不能继承产业,也无权立遗嘱,甚至不能采用其生父的姓。教规规定私生子一概不得担任圣职。这些法律及宗教上的歧视待遇是终身的,即使孩子的父母补行婚礼,也不得改变。菲尔丁不但以这样一个人所不齿的私生子作为他这部作品的主人公,并且把他塑造成一个远比那些上流人士高贵得多的正面人物,让这个出身卑贱的穷孩子身上闪烁出诚实、正直、勇敢的光芒。而相形之下,那个十分符合当时资产阶级审视标准的布利菲却是个十足可鄙的人。

---

① 黄梅:《推敲"自我":小说在18世纪的英国》,生活·读书·新知三联书店,2003年,第221页。

② Raymoond Williams, *The Country and the City*, Oxford:Oxford University Press, 1973,p.63.

③ Raymoond Williams, *The Country and the City*, Oxford:Oxford University Press, 1973,p.2.

最后,在布局上,场景、人物描写主次分明,多线索交错,使小说情节生动,衔接严谨自然。它克服了"流浪汉小说"情节零散纷繁的缺陷,集中写了汤姆·琼斯在乡镇、途中和伦敦三个空间的经历,而且在这三个空间中还有侧重点。在人物方面,除了主人公汤姆·琼斯这一条线索之外,还有派特勒支、珍妮·琼斯等次要人物的线索,而且这两个人的线索发挥了重要的作用。就拿珍妮(就是后来的沃斯特夫人)来说吧,她因被怀疑是汤姆·琼斯的生母而被送走;当苏菲亚在伦敦找到汤姆·琼斯时,苏菲亚又因珍妮与汤姆偷情而悲伤离开;最后,也是因为珍妮的出现,汤姆·琼斯的身份得到了最终的证实。

《大伟人江奈生·魏尔德传》是一部讽刺小说。在小说序言中,作者向读者这样声明:"我所叙述的是可能发生,在假定情形下会发生以及应该发生的事,多于实际上已经发生了的事。我的主体不仅是某某强盗,而是强盗行为本身。"这部讽刺小说自始至终用的是反讽的手法:他把天字第一号的恶棍称作"大伟人",而书中却用"卑鄙"来形容正面人物哈特弗利。作者对魏尔德这个恶棍深恶痛绝,然而字面上他却做出"礼赞"的姿态。结果,作者越是称赞他伟大,魏尔德在读者心目中就越显得渺小可鄙。

在第一卷中,菲尔丁模拟当时流行的传记写作,先追溯魏尔德的祖先三代,他的出身、早年的"教养"和"恋爱";他拜大骗子拉·鲁斯伯爵为师,并且组织起自己的黑帮。通过分赃,作者描绘了魏尔德的贪婪残酷。魏尔德对手下人肆意剥削,他的亲信法尔勃洛德也是个嗜杀成性的畜生,两人携手闯起天下来。

第二卷中,哈特弗利是跟魏尔德同学过的一个珠宝商人。他是一个典型的善良人。他家道小康,夫妻俩带着几个孩子过着安分守己的日子。哈特弗利的"缺陷"就在于为人忠厚老实,待人慷慨大方,这种人自然正好是魏尔德"伟大行径"的对象。他勾结拉·鲁斯搞了一个骗局,害得哈特弗利破产坐牢。魏尔德一方面探监慰问,同时却垂涎于美貌的哈特弗利太太,并且设计把她哄上一条驶往荷兰的大船,到了汪洋大海之上,"伟人"才露出本来面目。正当他动手要玷污这个老实人的女人时,对面驶来一艘法国私掠船。那法国船长救了哈特弗利太太,把"伟人"丢到一条小筏子上,任其自生自灭。

但是魏尔德竟然遇救并回到伦敦。他向官府诬告哈特弗利唆使妻子拐带珠宝潜逃,他的亲信"火血"出面做证,老实人因而被判处死刑。正当"伟人"春风得意时,忽然因一桩小事露出破绽,他和"火血"坐了牢。这时,哈特弗利正在安排后事,准备赴刑场就刑。但是经历磨难的哈特弗利太太居然及时赶回来并陈诉了魏尔德拐骗她的全部事实,哈特弗利重获自由,一家欢喜团聚,而"伟人"则被判了绞刑。

善良和伟大在菲尔丁看来并不是绝对对立的。他把人类分为三个等级:甲级是既善良又伟大,如他所钦佩的苏格拉底,但他认为这类人占极少数。乙级是善良而不伟大,比如哈特弗利,他认为绝大部分人都属于这个类型。菲尔丁一生所痛斥的丙级——伟大而不善良,即他所谓的"冒牌的伟大"。他们中间,头号"伟人"是那些掌握军政大权,操纵人民命运的君主统帅,古代如亚历山大和恺撒,近代如法国的路易十四和瑞典的查理十二。二号"伟人"是纠集一帮政客干祸国殃民勾当的宰相大臣,如华尔普,以及像魏尔德这种持械抢劫的盗匪。

菲尔丁以现实的社会生活作为故事情节的背景,使读者了解到18世纪中叶英国城乡生活中的许多细节,他描绘的场面犹如万花筒一般,情节曲折复杂,人物丰富多彩。他喜欢用对比手法来描写同一类型的人物,例如乡绅甄可敬和魏思顿、宗教家夏楚与哲学家方正、正面人物青年汤姆和反面人物青年布利菲等都形成鲜明对照。尤其是通过汤姆与布利菲这一对人物的对照,读者对菲尔丁的世界观和人生哲学才有了正确、深刻的理解。反面人物布利菲使读者联想到莎士比亚的《李尔王》中的埃德蒙和《奥赛罗》中的伊阿古,他代表资本主义原始积累时期凶狠的冒险家,看上去道貌岸然,而为了个人利益不惜从事任何罪恶勾当。汤姆是菲尔丁所肯定的人物,他真诚纯洁,经受了各种诱惑与磨难,战胜了重重阻碍与艰险,终于和心爱的女子苏菲亚结合。汤姆的故事就是菲尔丁给读者上的一堂人生教育课。

在创作《约瑟夫·安德鲁斯》的过程中,菲尔丁说他发现了一个"新的写作领域",即18世纪中叶的英国社会。他用现实主义的手法生动地描绘了英国社会生活中各种滑稽可笑的人物,叙述了许多滑稽可笑的事件。他的现实主义小说是"喜剧性的散文史诗",它的特点是幽默、讽刺,充满乐观精神和对人民的热爱。菲尔丁自称他的现实主义创作方法师承阿里斯托芬、塞万提斯、拉伯雷、莫里哀、莎士比亚、斯威夫特等人,以幽默与讽刺作为跟虚伪、谎言、暴虐和罪恶进行斗争的有力武器。菲尔丁严肃的写作意图正是通过使读者得到娱乐和享受来实现的。他在创作过程中努力实践这些理论,使作品的思想内容和艺术特点达到很好的统一。他的小说构思善于出人意料地将统治阶级的表里进行强烈对照,对社会的不平等现象进行高度概括,把似乎风马牛不相及的事物进行类比而突出事物的内在联系,在揭示真理的同时取得最大的讽刺效果。

菲尔丁的小说创作对19世纪欧洲现实主义文学的产生和发展起到很大影响。长期以来,他的作品虽被统治者所不容,不断遭到诋毁和非难,但一直得到广大人民群众的衷心喜爱。据马克思的女儿爱琳娜回忆,菲尔丁是马克思最喜爱的长篇小说家之一。他的作品曾得到许多著名作家如歌德、席勒、海涅、司汤达、别林斯基、果戈理等人的崇高评价。拜伦把他的小说比作"散文中的荷马";萧伯纳认为除莎士比亚外,他是英国最伟大的戏剧家;高尔基则称赞他是英国生活"卓越的观察者"和"卓越的幽默家"。

　　菲尔丁生活的时代,正是英国资产阶级的原始积累时期,也是传统与现代的转换时期。菲尔丁的创作就在这一广阔而复杂的历史背景下展开,真实地再现了这一历史时代的特点。与当时崇尚个人主义和商业精神的笛福、理查逊等作家不同,菲尔丁坚守传统,甚至被认为是18世纪早期英国唯一最忠实于奥古斯都风格和文化精神的作家①。他曾经愤怒地批判伦敦这个现代城市的奢华生活:"我们的城市街道的角角落落都充斥着假面舞会、商业集市、游园活动等等壮观的场面,这一切都是滋生懒惰、奢靡、道德败坏的温床。"②他在城市与乡村的对比中,表达了对和谐、美好的传统社会的留恋,对现代商业文明的矛盾心态。在18世纪的启蒙运动中,菲尔丁是当时最进步的民主派作家之一。他的作品怀着对中下层人民的深挚同情,愤怒地揭露了反动统治阶级的各种罪行。他始终站在时代最前列,为人民的利益英勇斗争。但他找不到改造社会的出路,他在小说里,只好借助奇遇巧合或让主人公意外发财等形式,给故事以皆大欢喜的结局,这些都大大削弱了作品的思想性和艺术性。尽管如此,菲尔丁仍不失为18世纪英国伟大的小说家之一。

第五节　乔纳森·斯威夫特

　　乔纳森·斯威夫特(Jonathan Swift,1667—1745)是英国杰出的讽刺作家。他继承流浪汉小说和航海冒险小说的传统,创造了独特的讽喻体小说形式,将18世纪英国文学的讽刺特色推向高潮。其对现实讽刺的辛辣和深刻是蒲柏、艾迪生等人所望尘莫及的,他的狂放不羁也是菲尔丁、斯摩莱特所无法比拟的。斯威夫特的小说"充分、真实地记录了人类的经验"③,为后来的现实主义小说积累了经验。他和笛福一样同为旅行小说家,但是,笛福的《鲁滨逊漂流记》描写的是海外的开拓与征服,充满了人定胜天的豪气与乐观,以及关于欧洲文明的优越感;而斯威夫特的《格列佛游记》(Gulliver's Travels,1726)描写的是社会的罪恶与腐败,揭示了人性的阴暗和与丑恶,虽然也有英国民族的那种天然的优越感,但随着主人公的脚步与阅历,对他者的肯定性逐步增加,不再一味强调西方文明优于他者文明,而且还表现了对欧洲文明的质疑与讽刺,而不是对这种文明的肯

　　① John Richetti, *The Cambridge Company to the Eighteenth Century Novel*, Cambridge:Cambridge University Press,1966,p. 121.

　　② Grace M. Godden, *Henry Fielding:A Memoir*, Montana:Kessinger Publishing,2004, p. 361.

　　③ Ian Watt, *The Rise of the Novel:Studies in Defoe*, *Richardson and Fielding*, London:Chatto and Windus,1963,p. 32.

定与传播。①

　　斯威夫特出生于爱尔兰的首府都柏林,家境清贫,生下来不到 7 个月父亲就离开人世,他由伯父抚养长大。14 岁时,靠亲戚朋友的资助,进都柏林大学接受了 4 年神学教育(1682—1687)。但是,对神学中形而上学的烦琐学说的厌恶,再加上伯父的严酷和吝啬,使他产生了渴望自由的理想。毕业时,他只领到一张"特许学位"的文凭,被认为是在学术上没有成绩、不堪造就的学生。毕业后,他往来于伦敦和爱尔兰,为寻找工作而奔波,直到 1689 年才获得独立工作的机会。他曾当过一个退休的英格兰大臣邓谱尔爵士的私人秘书,没有任何自由、地位,与奴隶相当。有一段时间,他离开邓谱尔家,做过爱尔兰一个乡村教堂的牧师,但是也没有得到什么好处,不久便又回到邓谱尔家中。他在邓谱尔庄园前后共住了 10 年之久。在那里,他认识了一些出入庄园的学者和作家,在他们的影响下,斯威夫特也开始了文学创作活动。1697 年,在邓谱尔的授意下,他写成了第一部作品《书的战争》(*The Battle of Books*),对史诗做滑稽模仿(burlesque parody),描绘了"圣詹姆士图书馆里上星期五在古今图书之间发生的一场战争",让荷马、柏拉图、亚里士多德、欧几里得、希罗多德等和当时"古今之争"中的两派主将如威廉·坦普尔(William Temple)、威廉·沃顿(William Wotton)以及理查德·本特利(Richard Bentley)等展开混战。两军对垒的场面写得有声有色、妙趣横生,对当时英国文学作品的贫乏浅陋进行了讽刺和批评。翌年,他又写成另一部著名讽刺作品《桶的故事》(*A Tale of A Tub*),其主要部分是一个寓言故事,讲一个父亲临终时给三个儿子每人一件外衣,要求他们保持外衣的式样,不得改变,而三个儿子对此则态度不一,行为各异。叙述者开场便宣称这是个古老的真实故事,以小说的标准来衡量,它不仅具有比较生动的情节,而且人物性格非常鲜明。长子彼得的虚荣骄纵、二子马丁的温和持重、三子杰克的暴躁偏激,都跃然纸上,他们和同时期《旁观者》中的罗杰爵士(Sir Roger)等形象一样,都已经具备了小说人物的雏形。作品采用影射手法,以父亲的遗嘱和三个儿子分别暗示基督福音、罗马天主教、路德教、英国国教、加尔文教和英国非国教教派,并借助含混手法,使人误以为是在捍卫英国国教,却把矛头指向了整个宗教。此外,故事各部分中还插入了许多"离题话"(digression),对当时流行的学术论著从内容到形式进行了辛辣的嘲讽。

　　1699 年邓谱尔死后,斯威夫特离开这个庄园,去寻找谋生之路。1710 年,他在爱尔兰一个偏僻小城里当了牧师。这时他常常往来于爱尔兰和伦敦之间,接近执政的辉格党,开始从事社会政治活动,并继续从事文学创作,写了大量政论文章。

---

　　① Jonthan Swift, Louis A. Landa ed., *Gull's Travels and the Writtings*, Boston: Houghton Mifflin Company, 1960, p. 230.

1710 年底至 1714 年,斯威夫特又靠拢了托利党,并为托利党的内阁大臣服务,主编报纸《考查家》(*The Examiner*),发表了不少政论作品。这时,他已成为极有影响的政治人物之一,但并未担任任何正式职务,也不受统治集团的收买。1714 年托利党失势后,斯威夫特定居爱尔兰,任都柏林的圣帕特里克大教堂教长,直到去世。

　　爱尔兰是英国的第一个殖民地。斯威夫特定居后,精心研究了爱尔兰人民的生活,深切同情爱尔兰人民的贫苦境遇,为了帮助爱尔兰人民摆脱困境和无权的地位,他和英国殖民者进行了斗争。从 1720 年开始,他用锐利的文笔写了一系列文章和讽刺诗,猛烈抨击英国殖民统治:《关于普遍使用爱尔兰织物的建议》(*A Proposal for the Universal Use of Irish Manufacture*,1720)指出,英国的侵略使爱尔兰生产凋敝,号召抵制英货,发展本国的工业;《一个布商的书信》(*The Drapier's Letters*,1724,共 7 封),以爱尔兰一个布商的名义,抗议英国国王特许一个英国商人在爱尔兰铸造贬值货币来掠夺爱尔兰人民的罪行,呼吁全国一直拒用,并指出爱尔兰人民应享有和英国人同等的自由权利;《一个温和的建议》(*A Modest Proposal*,1729),愤怒谴责英国的奴役和剥削,强调爱尔兰人民无法生存,唯一出路只能是吃掉或卖自己的孩子。他的作品代表了爱尔兰人民的利益、愿望和要求,他由此得到了广大人民的拥护和爱戴,并成为爱尔兰人民争取民族独立斗争的思想领袖。

　　在这一时期,斯威夫特完成了他唯一的小说《格列佛游记》(*Gulliver's Travels*,1726)的写作。该小说是斯威夫特在 1720—1725 年间参加爱尔兰人民反抗英国殖民统治的时期创作的,是他创作成熟时期的作品。10 年后,斯威夫特身染重病,精神分裂,头晕耳鸣,1743 年则完全陷入昏迷状态,1745 年病逝,被葬在他晚年当过教长的那个教堂里,享年 78 岁。

　　《格列佛游记》是斯威夫特的代表作,也是当时英国的一部讽刺杰作,"把讽刺当作攻击对手的有力武器,而不仅仅把它作为保护自己情感之盾,这样的作家为数不多,而斯威夫特恰恰是其中之一"①。《格列佛游记》共分为 4 卷,叙述一个英国医生格列佛航海漂泊,来到几个幻想的国家的冒险故事。第一卷写格列佛在小人国的经历,他看到身长不到六寸的人,以种种卑鄙手段争权夺利、互相倾轧,借以讽刺英国统治集团内部的党派纠纷、尔虞我诈和以宗教信仰分歧为借口的掠夺战争。第二卷写格列佛到了大人国,被当作玩物送入宫廷。格列佛向国王夸耀英国的政治、经济、法律、军事等方面的情况,国王对此一一进行质问和抨击,通过与国王的对话谴责了英国腐败的政治和侵略性的战争。第三卷写格列佛在飞岛、巴尔尼巴比、巫人国等地的见闻,内容驳杂,主要是对脱离实际的科学

---

　　①　安妮特·T.鲁宾斯坦:《英国文学的伟大传统》,陈安全等译,上海译文出版社,1998年,第 342 页。

研究和英国的政治制度等方面进行讽刺,也反映了人民反抗压迫的斗争。第四卷通过格列佛在马国的见闻,谴责了英国的殖民政策,把殖民者比作海盗和屠夫。

18 世纪的英国,在一些精英知识分子中,流行着"先天优越论民族主义者"[1],认为人有一种天然的文化身份,它"是人与人之间最持久普遍的关系"[2]。这意味着人的肤色、外貌的极度重要性,也意味着欧洲的白种人具有天然的"优越性"。但是,斯威夫特并不是这种种族优越意识的传播者,《格列佛游记》也不一味地为英国与欧洲文明唱赞歌。"作为一个早期的启蒙人物,他(斯威夫特)就像奥林匹斯山上的大神,以自己的威严审视着世界。"[3]斯威夫特几乎质疑 18 世纪早期小说家们那种对英国价值观的歌颂与赞美[4];有的研究者认为,斯威夫特在《格列佛游记》中还"讽刺和批评了习惯于用肤色和人种来证明种族优越的英国社会意识"[5]。

《格列佛游记》继承流浪汉小说的结构方法,沿袭当时流行的旅行见闻尤其是航海探险小说的形式,叙述主人公格列佛在海上的一系列奇遇,在相当程度上受到《鲁滨逊漂流记》和其他一些游记体冒险小说的影响。然而,《格列佛游记》虽然和它们形式相似,性质却截然不同,它是斯威夫特在前期作品《桶的故事》和《书的战争》那类讽喻故事上的进一步发展,具有与 18 世纪兴起的写实主义小说不同的特点。

其一,通过戏拟文体,扩大文本的表现力,从而构建一个广大的象征体系和反讽语境,更深入地表达作者的用意。《格列佛游记》对包括《鲁滨逊漂流记》在内的游记体小说乃至 18 世纪的新闻报道进行了戏谑性模仿。小说采用第一人称手法,假称为格列佛本人的记录,委托亲友发表,书中对日期、地理位置、航行路线、事物的大小和数量均力求显得翔实准确,都是为了达到这一效果。它的戏拟对象包括流浪汉小说、斯宾塞的《仙后》乃至《奥德赛》,以及童话、寓言、乌托邦

---

① Neil Lazarus, ed. , *The Cambridge Companion to Postcolonial Litrature Sdudies*, Cambridge:Cambridge University Press,2004,p. 192.

② David Hume, *A Treaties of Human Nature*, David Fate Norton and Mary Jane Norton ed. ,Oxford:Oxford University Press,2000,p. 15.

③ Greg Clingham, ed. , *Sustaining Literature*: *Essays on Literature*, *History*, *and Culture*, *1500—1800*, Massachusetts Publishing &. Printing Corp. ,2007,p. 131.

④ Michael Seidel, *Gulliver's Travels and the Contracts of Fiction*, In John Richetti, ed. , *The Cambridge Companion to the Eighteenth Century Novel*, Cambridge: Cambridge University Press,1996,p. 73.

⑤ Cristina Malcolnson, *Gulliver's Travels and Sdudies of Skin Color in the Royal Society*, in Frank Palmeri ed. , *Humans and Other Animals in Eighteenth-century British Culture*:*Representation*,*Hybridity*,*Ethics*, Aldershot:Ashgate Publishing Company,2006,p. 49.

小说、哲理小说等形式。斯威夫特通过戏拟文体进行讽刺,早在《桶的故事》里以"离题话"对学术论文加以戏拟和在《书的战争》里对"史诗式战争"进行戏拟时,就进行了预演。在《谦逊的建议》(*A Modest Proposal*,1729)中,他更出色地展示了对经济学论文做讽刺性模拟的手法("谦逊的建议"就是当时流行的这类文章的题目)。

其二,作为一部讽喻性作品,《格列佛游记》的基本叙述策略是在作品中运用反语和反讽,在表层话语和深层意义之间造成不一致和张力,使文本的意义无限丰富。从修辞角度来看主要是运用反语法。斯威夫特在《谦逊的建议》中曾将反语法发挥得淋漓尽致,而在《格列佛游记》中反讽语气则显得特别丰富多变。主人公的叙述时而故作严肃、一本正经,时而显得天真无邪,时而又过度夸张、真假难辨,叙述和意义之间的不一致造成一种内在的张力,从而产生强有力的反讽效果。但全书反语色调强弱隐显不一,有时缺乏明显的指征,似乎是正语叙述。在不少地方,小说表面上叙述完全是事实性的,客观而不动声色,却利用实际情景和叙述之间的不一致构成反讽。这也是意义拓展的有效途径。对这部小说的解读历来见仁见智,存在许多争议,例如在第二卷对"布罗卜丁奈格"和第四卷对"慧骃国"的描写中,作者的态度到底是完全肯定还是有所保留,再如结尾时格列佛对人类深恶痛绝的态度应该怎么理解,都不是简单的问题。总之,《格列佛游记》的反讽意蕴是借格列佛之口表达的,而格列佛的叙述语气又极富变化,需在具体情况下做细致的分析。

其三,由于小说的讽喻性,主人公的性质也就和一般写实小说不同。格列佛虽然也是一个鲁滨逊似的旅行者和叙述者的形象,但并不是一个性格独立自主的人物。他属于讽喻性情节中那种典型的"天真的叙述者"(naive narrator)——不谙世事、头脑单纯,他承担的任务主要是产生反讽效果。他代表着英国现实社会及一般经验世界与书中的虚构世界相接触和碰撞,扮演亚里士多德所说的"自贬式佯装"和"夸耀式佯装"的角色。而且,在整个大的反讽语境中,叙述者不仅是反讽的工具,他自己往往也难免成为反讽的对象。显然,叙述者不等于作者本人,但 18 世纪的许多小说都采用第一人称的叙述方式,这使得人物(叙述者)和作者之间的关系变得特别复杂,即使是写实性的《摩尔·弗兰德斯》,也有人认为叙述者"我"代表作者的观点,而有人则认为它是反讽小说,"笛福与他的作品有相当大的距离"①。在《格列佛游记》里,叙述者的态度和作者的真实意图当然不尽一致,但是两者之间的距离却并非一成不变的,叙述者扮演的角色在各卷中也有所不同。例如在小说的第一、二卷中,斯威夫特让读者明显地意识到叙述者的不可靠,但在第三、四卷中,情况则不那么简单。尤其是在第四卷中,由于格列佛

① Ian Watt,*The Rise of the Novel*,Univ. of Calif. Press,1962,pp. 118-130.

不再扮演伴装者角色,所以布斯曾指出,读者"很难知道格列佛和斯威夫特之间的距离有多大,确切地说,是因为很难知道那位旅人对于'慧骃国'的热情中哪一点表现得过分了"①。

其四,各部分内容和写作手法独具特色。由于小说是在数年间写成的,所以在讽喻的体裁类型、主人公的角色性质、反讽形式和手法上也各有特色,几乎包括了他在讽刺诗文创作中使用过的各种手法,风格丰富多变,蔚为大观,而且各部分内容和思想深度都有所不同。

第一卷"利立浦特游记"是斯威夫特在史克利白勒瑞斯俱乐部与蒲柏、盖伊等人的笑谈中构思的,特别富于故事性和趣味性,具有明显的童话色彩,事实上也经常被当作童话来阅读,但它在童话的外壳下却通过"政治讽喻"(political allegory)颠覆了纯真的童话世界。这一部分最基本的讽刺方法是影射(innuendo),许多地方必须熟悉当时英国的具体情况才能做出准确的解释,如穿高跟靴和低跟靴的两个政党之间的纷争影射英国议会中的托利党和辉格党的争斗;吃鸡蛋应该先打破大端还是小端的争执影射天主教和新教关于宗教仪式的分歧;利立浦特和不来夫斯古的战争影射英国和法国之间的西班牙王位继承战争;利立浦特宫廷的大臣们影射英国的瓦尔蒲、诺丁汉伯爵和哈利等人;等等。在讽刺手法上,比较突出的是在利立浦特和英国之间进行夸张式的类比,如大臣们像猴子一样比赛杂技以邀功争宠和军事操演、贵族教育等,以及对仪式、语言、文体的讽刺性模拟,如第二、三、七章中的奏章和弹劾书等。在这一卷里,格列佛对小人国国民来说不仅在体型上,而且在智力上和道德水准上都居于优势地位,虽然他仍属于"无知的伴装者"角色,但基本上是居高临下地审视周围种种荒诞不经的事物,整卷笔调是滑稽的嘲弄和恶谑的揶揄,反讽语气也比较单纯,抓住影射对象便不难理解其意蕴。整个说来,本卷尚未表现作者的正面理想或涉及人类一般生存状况和价值准则的批判与思考。

第二卷"布罗卜丁奈格游记"则既有童话的特点,又具有乌托邦小说和哲理小说的性质,像同时代法国文学中孟德斯鸠写"穴居人"、伏尔泰写"黄金国"一样,重点转向描写作者的社会理想。在这个"大人国"里,格列佛在体型和道德上都失去了第一卷中的优势,他反而成了利立浦特国的那种"小人",必须面对伟大而贤明的巨人的质疑,所以他本身也成为反讽的对象。格列佛扮演的是"夸耀式伴装"的角色,以自己的无知和自信来激起反讽效果。与格列佛所引以为豪的议会、法律、教会、财政制度相对比,"大人国"的社会显示出它的健全理性:国王仁慈公正,富于理智和常识,法律只有几条,都由简单明白的文字写成,军队纪律良

---

① 米克:《论反讽》,昆仑出版社,1992 年,第 116 页,转引自伍厚恺:《简论讽喻体小说〈格列佛游记〉及其文学地位》,《四川大学学报》(哲学社会科学版),1999 年第 5 期。

好,贵族、人民和君主三方关系达到协调,由民兵团进行维护……总的说来,"大人国"的制度是欧洲启蒙主义者所向往的那种开明君主政体。这里的讽刺对象已不再局限于英国的社会政治,而是指向了整个欧洲的文明制度。但值得注意的是,格列佛的叙述仍然明确显露出对"大人国"这样的乌托邦社会的反讽,例如收养格列佛的那家人将他四处展览以敛财,宫廷弄人的邪恶和侍从女官的淫荡,断头台上处死人的可怕场面,以及格列佛对巨人们生理上的厌恶,等等。

　　第三卷是勒皮他、巴尔尼巴比诸岛游记,内容驳杂,结构松散,涉及英国社会和爱尔兰反抗运动,以及当时的科学研究、古代历史等,在格勒大锥与古代亡灵会面、纵谈古今人物得失又很像但丁《神曲》里的情景,可以说具有百科性质。批评者常常指责本卷中对科学的讽刺有失公允,其实,结合斯威夫特在《桶的故事》和《书的战争》等作品中一贯抨击那些肤浅无知却又自以为是的"现代学者"这一事实,可以看出他所讥讽的只是当时脱离实际的机械肤浅的科学研究,例如,"万能博士"的同事们研究不费力气、不用学习即可变得博学的方法,就是《桶的故事》里那个不读一本书就博学多才的人物的翻版,而主张废除语言、以物代词的语言学家,指的是皇家学院那些要求语言像实验报告一样"精确"、一个词只代表一种事物和它的性质的学者。本卷中,格列佛只是扮演头脑简单的观察者的角色,对话不多,也很少发表观感和评论,主要通过"谐谑叙述"(burlesque narrative)来达到讽刺效果,例如模仿英国皇家学会会报论文的风格论述飞岛的运行原理,发明改善思辨知识机器的教授一本正经地介绍他的理论和实验,格列佛反过来向一位教授介绍英国特务机关陷人于罪的"暗语法""离合法""字谜法",等等,都让叙述者不动声色地陈述荒诞不经的事实,令人读来忍俊不禁。本卷的语调相对其他各卷而言是较为温和的,不太辛辣火爆。从叙述语气较为轻松、充满机智和风趣来看,斯威夫特绝没有对科学进行偏激的全盘否定。

　　第四卷的"慧骃国"不再是人类的国度,而是动物的国度,居住着具有智慧的高贵的马和具有人形的野兽"牙呼"。这一卷的类型可以归为动物寓言,在《书的战争》里,斯威夫特业已运用过这种形式。在发源于古代埃及、希腊和印度,经中世纪《列那狐传奇》以及拉·芳丹和莱辛的创作而形成的悠久传统中,动物寓言常为短篇故事和短诗,戏剧方面则只有阿里斯托芬的《鸟》等少数作品,在长篇小说里采用动物寓言的,《格列佛游记》之前并不多见。

　　本卷探讨的问题又有所深化,虽然也带有第三卷的乌托邦性质,但已超越了社会制度范畴,进入了有关人性和人类生存状态的更为形而上的层次。"慧骃"们"没有自己的文字,所以它们的知识是口耳相传的","它们遵从大自然的教导热爱自己的同类","它们是理性的动物,根本不知道什么叫罪恶",它们对死亡"既不感到高兴也不感到悲伤",等等,因此一般认为对"慧骃国"的描述表现了作者向往的"宗法社会制度"。

　　格列佛的角色在这一部分有很大变化。他不再是无知而自以为是的喜剧性角色,其谈话也大多属于正语叙述而非反语嘲讽,显得理智、客观,富于自我批判色彩。正因为如此,读者很容易把格列佛和作者等同起来。不过,他在另一个层面上仍然是被反讽的对象,在前面的语境中,他是"言语反讽"(verbal irony)的组成部分,而现在他则是"情境反讽"(situational irony)的构成因素,更能引起读者对普遍问题的哲理性思考。这里虽然也有对英国社会政治制度的抨击,但讽刺的重点是"牙呼"所代表的人类身上的丑恶兽性。他对"牙呼"深恶痛绝,归家以后甚至对妻子儿女也感到生理上的厌恶,乃至"我对人类的憎恨和鄙视却日益加深"的自白,都难免给人以这样的印象。此外,斯威夫特本人晚年的精神疾病似乎也给这种看法提供了某种根据。不过,斯威夫特尽管有时会陷入较为阴暗的情绪中,但他的精神疾病是到 18 世纪 40 年代才明显加重的。他曾明确地表示过:"我想尽我的绵力来使英国的'牙呼'们的社会变得好些。"①他曾经向当时的英国女王提呈法案,建议发展宗教以改良社会风尚,"为了扼制腐败的蔓延,改善社会的道德风尚,国家政府应该重用品德高尚的人,而禁止任用品德低劣的人"②。他在晚年把大部分收入投入社会公益事业,在 78 岁逝世的时候还留下遗嘱将全部财产用于建立圣帕特里克救济院。况且在前面的论述中业已看到,格列佛显然不能简单地等同于作者本人。尤其是就小说文本而言,我们注意到格列佛归家后的情景是用极度夸张的语气叙述的,如妻子的拥抱使他晕倒在地,他直呼妻子为"牙呼"和"动物",喜欢在马厩里与马夫和两匹马亲近,平时总用芸香、薰衣草和烟草把鼻孔塞住,等等,在这种戏剧化的偏激态度中,我们可以嗅出调侃的意味。小说结尾处事实上把格列佛置于自我矛盾之中,因为他激烈谴责人类的"骄傲",而他恰好表现得异常骄傲。他憎恶"人"(牙呼),但自己又无法逃脱仍然做一个"人"(牙呼)的命运。由此看来,格列佛这时在一定程度上仍被置于反讽之下。在此,斯威夫特讽刺的深层意义也许是针对人类生存状况的悖论性处境。但是,我们不能因此认为斯威夫特持有"反人类"的观点。他自己说:"并不是我厌恶人类,而是人类在一天天走向堕落,他们丑恶愚蠢、贪婪凶残、不讲信义、傲慢冷漠,对自己的同类惨无人道。"③他对人类的所有讽刺与批评,是出于对人性堕落的担忧与拯救。

　　其五,在 18 世纪欧洲兴起写实主义小说的大背景下,《格列佛游记》因其令人惊叹的虚构和想象而显得卓尔不凡。17 世纪新古典主义时期,一般仅将"想

　　① 阿尼克斯特:《英国文学史纲》,戴镏龄译,人民文学出版社,1980 年,第 207、575 页。

　　② W. A. Speck, *Literature and Society in Eighteenth-Century England*, London: Addison Wesley Longman Limitied, 1998, p. 119.

　　③ Jonathan Swift, *Further Thoughts on Religion*, in Herbert Davis ed., *The Prose Works of Jonathan Swift*, vol. 3, Basil Blackwell, 1965, p. 264.

象"理解为唤起形象的能力,与"模仿自然"紧密联系,这种观点直接影响到持理性主义观念的 18 世纪的小说家们。而斯威夫特的想象却横空出世,往往达于"奇想",在本质上更接近于 19 世纪浪漫主义时期柯尔律治所说的具有高级功能的"想象"——它是"一切人类知觉所具有的活力和首要功能","它溶化、分散、消耗,为的是重新创造",而不是"只能通过联想的法则,取得现成的素材"(《文学传记》第 13 章)。同时,小说对环境、人物、情景、对话的描绘又是那样真实细腻、栩栩如生,令人有亲临其境之感。可以说斯威夫特完美地结合了史诗的两大要素:"奇异"和"逼真"。另外,就 18 世纪欧洲文学所共同具有的讽刺风格而言,斯威夫特"堪称全世界最杰出的天才之一,具有卢奇安、拉伯雷和塞万提斯的天才,他的作品甚至超过了他们"(菲尔丁语)。《格列佛游记》集影射、反语、佯谬、象征、夸张、对比、文体戏拟等讽刺手法之大成,特别是集中体现了斯威夫特式反讽所独具的"含混"特色,显得扑朔迷离、似是而非,极大地拓展了讽喻的空间。

其六,《格列佛游记》在 18 世纪英国乃至欧洲确立写实主义小说总趋势的初期,便创立了十分独特的讽喻体小说形式,从而在小说形式的发展上占有一席重要地位。它继承了历史悠久的讽喻文学传统,这可以追溯到古代文学和中世纪基督教文学,而在英国文学中则可以追溯到《农夫皮尔斯的幻象》和班扬的《天路历程》,但它并非表达抽象寓意,传布宗教训诫,而是在"满纸荒唐言"中事事切合现实,语语击中时弊。同时,它又把童话、寓言、乌托邦小说、哲理小说等多种形式熔为一炉,大大地丰富了讽喻体小说的表现手法。另外,《格列佛游记》在对现实进行反讽的同时也开始自觉地对小说形式进行反讽。它借用了从史诗、《圣经》和中世纪寓言直到当时流行的游记体小说的形式,却又以戏谑性模仿颠覆之。在对文学形式的戏拟传统中它具有突出地位,它在 18 世纪开了先河,继而才有菲尔丁的散文体喜剧史诗以及斯特恩的《感伤旅行》对斯摩莱特游记的讽刺性模仿。《书的战争》中对"史诗性战争"的描写实际上已经在戏拟史诗了,而《格列佛游记》也明显含有戏拟《奥德赛》的成分。爱德华·摩根·福斯特在《小说面面观》里评论"没有荷马的《奥德赛》就没有乔伊斯的《尤利西斯》"时,同时提到斯威夫特、乔伊斯和朱文纳尔三人的名字,尽管他并未具体论及斯威夫特,但他显然感觉到了斯威夫特与史诗的某种联系。

《格列佛游记》的讽喻小说体裁对欧洲后世小说具有巨大影响。仅就动物寓言形式而言,它在继承中世纪民间文学传统的基础上进行了创造性发展,从而为吉卜林的《莽林之书》(1894—1895)、法朗士的《企鹅岛》(1908)、乔治·奥威尔的《动物庄园》(1945)等众多著名作品从各个方面树立了光辉的范例。尤其值得注意的是它在欧洲"乌托邦小说"传统中的巨大影响。自 1516 年托马斯·莫尔的《乌托邦》问世以来,从康帕内拉的《太阳城》、培根的《新大西岛》,到威廉·莫里斯的《乌有乡消息》(1891)、威尔斯的《神一样的人们》(1921)等,描写虚构理想社会的"乌托邦小说"构成了一个悠久的传统。但作为其合乎逻辑的必然结果，是产生了以虚构方式描写违背理想的荒谬社会、借以对现实进行影射和讽刺的"反乌托邦小说"(dystopos)。如果说《格列佛游记》里的"大人国"和"慧骃国"主要属"乌托邦"性质，"小人国"和勒皮他诸岛则属"反乌托邦"性质，而前两者实际上也具有双重成分。18 世纪欧洲小说中不乏"乌托邦"式的作品或情节，稍后也可以见到如伏尔泰的《如此世界》(1746)这样的"反乌托邦"小说，但斯威夫特在这两个方面都是 18 世纪最杰出的代表，而"反乌托邦小说"的成功范例更是由斯威夫特所树立的。巴特勒的《埃瑞璜》(1872)的讽刺性寓言手法，以夸张的方式反映英国荒谬的社会现象，以及其生动逼真的描写，都酷肖《格列佛游记》。后来威尔斯的《梦》(1924)和《兰珀尔岛上的勃莱茨华绥先生》(*Mr Blettsworthy on Rample Island*,1928)、奥尔都斯·赫胥黎的《奇妙的新世界》(*Brave New World*,1932)、乔治·奥威尔的《1984》(1949)等"反乌托邦小说"也都深受斯威夫特的影响，尤其是《兰珀尔岛上的勃莱茨华绥先生》，描写海上旅行遇险、"野人岛"上的荒唐见闻以及回到欧洲后与现实的联想，明显带着《格列佛游记》的影子。"反乌托邦小说"形成一个强有力的传统，直至现代衍生出描写未来世界灾难的科幻小说，都与斯威夫特及其创作有密切关系。

第六节　劳伦斯·斯特恩

劳伦斯·斯特恩(Laurence Sterne,1713—1768)将 18 世纪抒写感情真实的文风推向高潮，他的创作不仅标志着感伤主义文学的兴起，而且用感伤主义的笔法开启了浪漫主义的先河。另外，他在小说的创作中大胆实验，不但创作了具有后结构主义特征的小说，而且将小说的叙述对象转向人的内心世界和内心真实。

斯特恩的父亲是一位军官，他的童年和少年时代是随父亲在军营中度过的。斯特恩 18 岁那年，他生性乖张的父亲与人决斗身亡，他靠叔父资助读完大学，后作为一名减费生进入剑桥大学的圣耶稣学院攻读学位。他在那里读了大量奇文异书，对文学产生了浓厚的兴趣。毕业后，他在约克郡附近的苏顿教区谋得牧师的职位。作为一个牧师，他只简单应付他要履行的一些职务，而把大部分时间花在"超越生活"的娱乐休闲上，譬如：他精心收集珍藏了许多怪书，如《论鸦片》《地狱赞》等，在打猎上更是倾注了大量时间，甚至在众人做礼拜的星期日上午还外出打猎。他还与一些声名狼藉的乡绅整日厮混在一起，参加一些与牧师身份格格不入的狂热活动。比如他和他的一伙朋友成立了"魔鬼俱乐部"，时不时逃开妻子的约束，聚在一个城堡里饮宴，作歪诗，诵读一些作品中不堪入目的章节，并且拿当时的要人和著名作家取乐。这段玩世不恭的生活被写进了他的小说《项狄传》中。斯特恩这种"超越生活"的超常行为使他一生疾病缠身，十几岁就染上的肺结核不断消耗他的体力,折磨他的身体,他通宵咳嗽、口吐鲜血已成家常便饭,这令他惊恐、痛苦和不安。无休止的病痛折磨像巨大的阴影笼罩着他的生活,一定程度上扭曲了他的身心。斯特恩的生活信念、哲学观点、创作风格无不受其生活的影响。

1759 年,斯特恩开始写一些回忆录式的幽默杂记。第二年 1 月《项狄传》(*The Life and Opinions of Tristram Shandy, Gentleman*)头两卷问世,很受读者的欢迎。从此,这位默默无闻的乡村牧师成了名人,并受到伦敦文化界和名流的热情招待,享受名人的各种快乐。但是他的肺病越来越严重,常伴随恶性咳嗽。在给朋友的信里他提及自己不久就会躺下。但是他天性不甘寂寞,又极其热爱生活,1761 年 1 月他完成了《项狄传》第三、四卷,1761 年 12 月把《项狄传》第五、六卷的完稿交给了出版商。1762 年,他带妻子和女儿去南欧调养身体。由于妻子和女儿都喜爱法国,斯特恩就长期将她们安置在那里了。1764 年他只身返回英国,旅行中的一些见闻被写进了《项狄传》第七、八卷。在他生命的最后日子里,斯特恩一边完成了《项狄传》第九卷,一边撰写了另一本小说——两个多世纪经久不衰的迷人的游记体抒情作品《感伤的旅行》(*A Sentimental Journey*),1767 年《项狄传》第九卷出版。《感伤的旅行》发表于 1768 年 2 月,大约一个月之后斯特恩就离开了人世。

长篇小说《项狄传》是斯特恩最重要的作品。该书全名是《绅士特里斯川·项狄的生平和见解》,全书共九卷,长达 600 多页,小说的框架结构杂乱无章。断断续续的叙述线索随意穿梭,塑造了一批怪僻的人物性格。自笛福以来,这部小说被公认为一种记录"私人历史"的文学体裁,也被称为英国第一部实验小说。《项狄传》作为英国的第一部实验性小说,在谋篇布局、文理叙事和时间问题的处理上打破了理查逊和菲尔丁开创的小说的文体模式。斯特恩在小说中试图打破艺术和生活之间的界限,采用新颖独特的艺术形式来模仿人物内心的生活,并以此来揭示一种新的、可以透视的现实。小说主要描述主人公项狄的精神世界和心理变化以及他对人生的感伤情绪。米兰·昆德拉极为肯定这部小说的价值,他曾经说:"我最喜欢劳伦斯·斯特恩的作品《项狄传》,这是一部让人奇怪的小说。"[①]斯特恩在这部小说中大胆进行了小说观念的更新,从而丰富了 18 世纪刚刚兴起的小说新文学样式,因此,后来甚至有评论家冠之以"后现代主义"鼻祖。

作为一部实验小说,《项狄传》的独特性体现在以下方面。

第一,独特的开头所表现的宿命论观点。作者放弃了以往小说对主人公的人生经历从其出生开始循序渐进的描写,这在笛福、斯威夫特、菲尔丁的小说中都有体现,就连现代主义小说比如劳伦斯的《儿子与情人》和乔伊斯的《一个青年

---

① 米兰·昆德拉:《小说的艺术》,孟湄译,生活·读书·新知三联书店,1992 年,第 88 页。

艺术家的画像》中也同样存在，他是从项狄出生之前开始描述的。叙述者并没有将自己的出生当作人生的开端，而认为苦难从他出生之前就已经开始了。小说以主人公对其父母生育行为的一段诙谐的评论拉开了序幕："我希望，当我父亲，或者母亲，或者他们两人共同投入此事时，他们曾经考虑过当他们生我的时候在做些什么。如果他们曾经想过自己当时的行为是多么的重要，不仅因为它涉及生育一个正常的人，而且还可能涉及这个人的健康发展，他的体温，也许还有他的天赋，甚至他头脑的质量……如果他们曾经好好掂量和考虑过所有这一切，我敢肯定我在世上将是一个截然不同的人，而不是读者将见到的那个人。"叙述者认为自己的出生就是命中注定的结果。这反映了作者宿命论的观念，在他看来，小说主人公无法左右自己的人生，一切都得听从命运的摆布。与18世纪英国小说的其他主人公不一样的是，项狄失去了在社会中发挥自己作用的能力。

第二，《项狄传》的结构具有反传统、反小说的艺术特征。它打破了小说写作的传统格式，打乱了年代、空间的次序，充满了长篇插话，作者的前言不是放在小说的正文之前，而是出现在第三卷的第二章之前，作者借叙述者之口对材料易位的原因做了有趣的解释："我的所有人物都暂时离去，我第一次获得了空余时间，于是我要利用它来写我的前言。"另外，小说有时留下一页页空白，让读者用想象补充该写的内容。比如，第九卷的第十八、十九两章竟然是空页，而第二十章的开头则是一连串令人莫名其妙的星号。作者似乎向读者表明，此刻叙述者的头脑一片空白。这两章的内容却在第二十五章之后出现。作者再次借主人公之口对此做了一番解释："我希望人们能用自己的方式叙述他们的故事，这也许对世界是一种启迪。"再如，项狄"出生于1718年3月第一个星期日和第一个星期一之间的那个夜晚"。然而，他所叙述的故事在他出生之前便已发生，而他本人直到小说的第四卷才呱呱坠地，小说从第一章讲述"我"母亲受孕到最后结尾时约里克牧师谈论公鸡公牛，洋洋洒洒的九卷书并没有对项狄的生平说出个眉目。三分之一篇幅已过，他才出生，好容易说到了他穿裤子的年纪，全书的三分之二已经结束。除了乡下的庸医接生时使他鼻梁骨受伤，5岁时他被脱落的窗框砸了命根以及成年后他在欧洲大陆旅行等几件逸事外，小说讲述的都是别人，或者是他父亲沃尔特，或者是叔父，即退伍军官托比，或者是托比的随从，或者是医生和其他人，等等。总之是离题万里，让人摸不着边际，小说更无故事情节可言。

小说叙述的难以捉摸是因为项狄一边生活，一边在叙述自己的感官经验，由于他"不能超过自己"而不断陷入"事件的中心"，从而使叙述的内容显得晦涩难懂。这种结构的魅力就在于它拉近了艺术与生活的距离，使艺术与生活相互交融。因为生活不总是符合逻辑和有秩序的，而且在生活中每个人所扮演的角色都是多样性的，同样地，在这部小说中，项狄既是主人公，又是一个试图革新的作家形象。比如项狄不时向读者介绍本人的写作情况："问我的笔，它控制着我，我控制不了它。"又说:"我开始写第一句话,而第二句话则要靠万能的上帝来帮忙。"有时,项狄告诉读者他因思路中断,必须吸一撮鼻烟,或刮一下胡子,或换一件干净的衬衫。有时,他会在读者面前自言自语:"我突然有了灵感,项狄,放下窗帘——我放下了——特里斯川,在稿纸的这个地方写上一行——我写好了——好啊,又是一章!"①他还直言不讳地告诉读者,他必须在小说中掺入"大量的异质材料"从而"使智慧和愚蠢保持一定的平衡"。不仅如此,他还必须使"章与章保持一定的平衡,从而使整部作品显得协调与和谐"。这种开放性结构,让读者直接参与进来,不断增加文本的可读性。

第三,独特的时间观念。在小说第三卷第十八章中,斯特恩借助项狄的父亲之口表达了他的时间观念:"为了正确地理解'时间'……我们应该坐下来认真地考虑一下我们对'时间延续'的看法:如果你将目光投向自己的头脑……仔细地看一下,兄弟,你就会发现,当你和我正在一起谈话、思考和抽烟时,或者当我们不断从大脑中获得各种思想时,我们知道我们确实是存在的,于是我们便开始评价这种存在,或我们自己存在的延续性,或其他任何与自己头脑中思想的延续及我们自己的延续相应的东西,或其他任何与我们思想共存的东西。"②

可见,斯特恩的时间观念与当时英国以钟表为计时工具的时间观念完全不同。它按照主人公"头脑中思想的延续"来描述各种纷乱的事件。所以作者更关注的是主人公的心理世界。作者将情节与事件的安排建立在一种蛛网结构之上。托比叔叔的一句话前后跨了 7 章,其间注入了大量时间与空间,主人公复杂的思想、印象、感觉、回忆等飘来转去,各种突如其来的插段、乐谱和离题话语交相迭出,构成了一幅错综复杂的心理画面。总之,在这部小说中,作者大胆尝试了文学时间在创作中的应用,为以后英国小说在艺术上的重大突破树立了典范。他运用文学时间即心理时间同时表达过去、现在和将来的经验。

第四,《项狄传》首次将小说的表现对象从外部的物质世界转向了人物的精神世界,采取"内省"的方式大胆探索变化多端的感性生活。《项狄传》充分展示了主人公对生活的感性认识和心理反应。在小说中,主人公对社会经验不感兴趣,而是十分重视其本人的感觉对经验的基石作用。项狄所关注的大都是与他本人没有直接联系或在他出生之前他人所经历的事件,而且他对这些人和事的描述方式往往出人意料。正如项狄在第一卷第二十三章中所说:"我们的心灵不能通过身体显现出来……而是被一层不透明的血和肉遮盖着。因此,我们若想了解人物的具体性格,就必须采用其他方法。事实上,有许多方法能使人的才智发挥作用,将此事做

---

①② 李维屏、杨理达:《英国第一部实验小说〈项狄传〉评述》,载《外国语》,2002 年,第 4 期。

得恰到好处。"①"书中的一些仅仅提问而不予回答的描写显得滑稽可笑,但并不缺少情感,其目的在于打动读者的心灵。"②总之,从某种意义上说,《项狄传》的全部描述展示了主人公试图将其纷乱的思绪整理成一种文学叙述的过程。

《感伤的旅行》这部作品标志着感伤主义文学的兴起。小说写作者在英法战争时期,经由法国到意大利的经历。《感伤的旅行》没有像一般的游记一样描写自然风光,评价社会生活,而是通过许多细节,夸张地描写主人公的感觉和敏感的内心变化,抒发作者自己的思想情绪,具有浓厚的感伤色彩。小说家伍尔夫说,世界上没有哪部作品能像《感伤的旅行》那样,"笔触直捣人的心灵深处,既表现飘忽不定的情感流动,又呼应最细小而短暂的意念和冲动"③。

《感伤的旅行》的主人公约里克牧师实际上在书中是作者声音的代表,讲述了作者穿行法国和意大利时的见闻和思想感情。这本游记实际上不是以笔录见闻为主旨,它主要是因事而引起的情感抒发,其中不论写人物心理还是谈叙述者自己的心情,都描绘得准确、生动和细腻。

斯特恩认为:"小说创作,只要把握得当,不过就是对话的别称而已。"④"文学的主要任务是描写人的内心世界和他变化无常的情绪。"还说:"小说结构的基础不是逻辑性的而是情感性的原则。"⑤在这部小说中,有些小插曲就遵循这样的原则,写得尤其精细,动情之处似乎能感觉到作者的心弦震颤。其中常被选读或引为例子的是有关疯女孩玛丽亚的故事。玛丽亚是法国一个乡村的纯洁女子,因神父从中作梗她被心上人抛弃,以致精神失常,长期在外游荡,年迈的父亲忧伤而死。她的故事在《项狄传》中曾被提及,那是年轻的特里斯川旅游欧洲后讲给约里克听的。在《感伤的旅行》中约里克特意绕道去玛丽亚的家乡,想探视这个不幸的姑娘,他在一片林间空地上发现了玛丽亚,她独自坐在一条小溪边,神志仍然不大清醒。约里克在她身旁坐下,关心地问及她病后的遭遇。他写道:

> 我靠近她坐下,玛丽亚由着我用手帕擦去她不断落下的眼泪——
> 我擦了她的泪水就忙着用手帕擦自己的——依然又去擦她的——再擦
> 自己——再擦她的——而就在我这样擦着眼泪的时候,我感到内心生

---

① 李维屏、杨理达:《英国第一部实验小说〈项狄传〉评述》,载《外国语》,2002 年,第 4 期。

② Mark Loveridge, *Laurenc Sterne and the Argument about Design*, London: The Macmillan Press Ltd., 1982, p. 153.

③ Virginia Woolf, *The Common Reader, Second Series*, Andrew Mecneillie, ed., London: Hogarth Press, 1986, p. 79.

④ Walter Allen, *The English Novel*, Penguins Book Ltd., England, 1965, p. 77.

⑤ 阿尼克斯特:《英国文学史纲》,戴镏龄译,人民文学出版社,1980 年,第 246 页。

出一种无以名状的感情,我敢说那是一种无法用任何物质和运动理论解释得了的感情。

　　我十分肯定自己有一个灵魂,那些唯物论者写出来毒害这个世界的所有书籍都无法令我相信我没有灵魂。

　　可以看出,文中利用感伤的笔调摹写了诸如眼泪、需要人呵护的柔弱的玛丽亚,以及人物的真挚的同情心和无法控制的感情。也就是说他不注重描述旅行途中的所见所闻,不执着于异乡的人情风俗和真实的生活图景,而是着重记述作者在旅行途中对一些小事的感受。感伤主义特别擅长抒发主观的感情和心理分析,因此而得名。斯特恩以感伤主义的笔法开启了浪漫主义的先河,被视为感伤主义的代表作家。

　　感伤主义又被称为"主情主义",它起源于英国,流传到法国,波及德国、俄国等。感伤主义的形成与当时的社会背景有着直接的关系。18 世纪六七十年代,英国的工业革命席卷全国,引起了社会的巨大变化。工业资产阶级和工业无产阶级在这场革命中应运而生,随着使用机器的工厂的不断出现、新的城市的兴起,自耕农被迫破产。此时的社会关系急剧分化,进步和腐败并行,奢侈和贫困迭出,一些出身于中下层资产阶级家庭的知识分子陷入了深深的痛苦和迷茫中。他们既赞美资产阶级的某些进步的变革,又诅咒资本主义社会现实的残暴和虚伪,深刻体会到社会贫富悬殊所造成的人的生活的种种困难。因而产生感伤哀怨的情绪,感伤主义的兴起就是对这种社会情绪在文学上的呼应。

　　感伤主义文学是对贵族的冷酷的理性主义和僵化的古典主义的一种反抗。与唯理主义提倡的个人绝对服从王权的观点截然相反,它特别崇尚感情,强调描写个性和个人精神生活,重视对自然景物的细腻描绘,表现了对当时社会的不满和反抗,具有一定的进步意义。但是,感伤主义作家往往过分放任个人的感情,有些作家虽然也对现实不满,但又感到前途渺茫,一味地在哀叹中寻求归宿。死亡、疾病、骷髅、坟墓和黑夜成了他们作品中经常讴歌的重要题材。比如爱德华·杨格和托马斯·格雷,他们属于感伤主义文学中最消极的一类作家。此外,感伤主义文学能够冲破古典主义在文学上所设置的种种清规戒律。被古典主义看成难登大雅之堂的散文、抒情诗、信简、随笔、自传和小说,则成了感伤主义文学流派常用的文学样式。

第七节　托比亚斯·乔治·斯摩莱特

　　托比亚斯·乔治·斯摩莱特(Tobias George Smollett,1721—1771)是 18 世纪英国最出色的现实主义作家之一。斯摩莱特直率坦白、疾恶如仇,对穷人富有同情心。他是文学史上最早的靠散文写作来维持生活的作家之一。一方面,他的艺术手法以具有非常尖锐的讽刺性著称。他常常使用怪诞的讽刺方式,运用尖锐的语句和粗俗的字眼,使其笔下人物具有怪诞的特征。另一方面,斯摩莱特最大的贡献是他的几部小说,他的医学知识和航海的经历给英国小说开拓了新境界。他敏锐地捕捉到了英国社会经济快速发展而道德风尚每况愈下的特征,并通过现实主义的笔法予以揭示,所以,有评论家认为他的小说是对一个"混乱世界"①的描绘。

斯摩莱特生于苏格兰一个贵族家庭,2 岁时父亲去世,祖父对他和他的母亲残酷无情,使他从小就过着痛苦的生活。在都柏林文法学校读书时,斯摩莱特经常遭到老师的虐待。毕业后,他来到格拉斯哥当了一个外科医生的学生。工作之余,他经常到附近的医学院去听课。但是,他对医生的职业并不感兴趣,而对文学却产生了真正的兴趣。18 岁时,他带着他写的第一个悲剧剧本《弑君者》(*The Regicide*)来到伦敦,希望这个剧本能够获得成功,可是剧本被出版商和剧院拒绝了,于是他重新从事医学工作。由于贫困所迫,他在战舰"坎伯兰号"上担任副医官。1740 年该舰驶往美洲参加英国与西班牙争夺南美洲殖民地的战争,在哥伦比亚海岸附近进攻时惨败。在牙买加,他脱离军医之职,1744 年返回英国,在伦敦唐宁街赁屋开业当了一名外科医生,并开始业余文学创作活动。

1762—1763 年间,斯摩莱特发行《不列颠人》报,反对辉格党,支持托利党。但他对这两个党都没有好感,曾因任意诽谤被罚款 100 英镑并入狱 3 个月。他在小说里,对这两个党都进行过攻击。他的《英国通史》(*Complete History of English*)批判了英国政府的殖民政策和在财政上的投机。1769 年他写的政治讽刺作品《一个原子的奇遇和历史》,叙述一颗原子由于一再转生投在一个日本人的体内,自述其在日本的种种经历。这是小说家的一种技巧,当然是譬喻的性质,目的在于讽刺时事。日本即是英格兰的影射,其中人物也都暗指英国人,例如 Got-hama-baba 是指英王乔治二世,Yak-strot 是指 Eart of Bute。斯摩莱特的讽刺文字一向强烈恣肆,这部作品最为粗鲁。

斯摩莱特在年轻时就经常和下层人民交往,特别熟悉农民和水兵的生活,这给他以后的文学创作打下了基础。他写诗歌、戏剧、小说,也写有关医药、历史和地理方面的书籍,还从事过翻译和出版工作。但他的主要贡献是小说创作。

1748 年,他的第一部重要小说《罗特瑞克·兰顿》(*The Adventures of Roderick Random*)问世,这是作者根据自己的生活经历写成的冒险故事。小说通过主人公的经历,用讽刺笔法反映了英国乃至欧洲各阶层的生活,揭露和批判

---

① Liz Bellamy, *Cmmerce, Morality and the Eighteenth-Century Novel*, Cambridge: Cambridge University Press,1988,p. 71.

了英国政府的贪污腐败,嘲讽了统治阶级的横暴无知,谴责了政府对苏格兰人的歧视,特别揭露了英国海军的黑暗。这部小说勾勒了人类痛苦和悲哀的画面,流露出作者强烈的爱国精神和对人民的满腔同情。

1751年,斯摩莱特发表第二部长篇小说《皮克尔奇遇记》(*The Adventures of Peregrine Pickle*),1771年发表书信体小说《韩福瑞·克林卡远征记》(*The Expedition of Humphry*)。

他翻译了法国作家勒·萨芝(Le Sage)的《吉尔·布拉斯》(*Gil Blas*)和西班牙作家塞万提斯的《堂吉诃德》,两部作品分别于1749年和1755年刊行。另外,他还翻译了伏尔泰的一些作品。1763年独生女的死亡使他备受打击,他出国游历并借此机会就医,被诊断为肺痨。两年后回国在巴兹休养,但健康状况仍未好转,1769年赴意大利治疗,两年后死于莱亨附近的别墅。

斯摩莱特的代表作《罗特瑞克·兰顿》是一部自传性的流浪汉小说。罗特瑞克是一个可怜的孩子,生下来母亲就死了,父亲远在国外,他由祖父抚养,饱受奚落和摧残。祖父死后,他孤苦无依。他的舅舅汤姆·伯利是一个海军军官,帮助他继续求学,后来舅舅不幸在决斗中杀死船长,逃往法属西印度群岛,于是罗特瑞克不得不自谋生计,在一个药剂师那里当学徒。不久他由一位同学休·斯特拉普陪同离开伦敦出走,一路上和骗子、小偷为伍,干违法的勾当,险遭牢狱之灾。后又回到伦敦做药剂师助手,正要结婚,却发现他的未婚妻和别人同床共寝,因此发誓不再婚娶,开始了他眠花宿柳的生涯。后来,他被人诬告偷窃,于是陷入了失业的困境。正当他走投无路,决心从军的时候,被拉夫队击昏拖到军舰"雷霆号"上充当水兵,不久他当了舰上外科医生的助手。他参加了1741年对西班牙的海战,搭另一条船返回英国的途中触礁,游泳登上牙买加海岸,被一个善良的老太太救起,并在她的帮助下做奴仆,不久和女主人的侄女纳西萨发生恋情。但是,不久他又被走私者掳到法国,遇到舅舅,由于贫困而投入法国军队。在此遇到了老朋友斯特拉普,此时的斯特拉普拥有一些财产,他帮助罗特瑞克脱离军籍,两人返回英国。罗特瑞克在伦敦结交了几个女友,但都没有什么结果,还染上了赌博的恶习。在巴兹遇到纳西萨,他们重续旧情,谈婚论嫁。可好事多磨,一位贵族情敌从中作梗,罗特瑞克和他决斗并刺伤了他,而纳西萨也被家人带走。罗特瑞克失望之余,又在赌场输得很惨,被舅舅解救,在他舅舅的舰上当了外科医生。远航到阿根廷时遇见一位英国富商洛德利高,这个人就是他的父亲。于是,父子俩返回英国,罗特瑞克与纳西萨成婚,随后返回苏格兰赎回他的祖产。罗特瑞克一生坎坷,终于获得了幸福。他自己这样说:"如果世上有所谓的真的幸福,我享受到了。我情感上的惊涛骇浪现已经平复,在爱情的温柔与宁静之中成熟了,心心相印,一往情深,若不是有赖于美满婚姻,怎能达到此种境界。"

这部小说通过展现社会的各种扭曲的奢靡的生活,揭示虚假的社会现实,通过讽刺人们的各种愚蠢行为和生活观念,"来促使人类变得更加美好"①。斯摩莱特对 18 世纪转型时期的英国社会的批判,表达出对传统美德的怀念,也表现出他对物质富裕与精神道德富裕如何取得平衡的一种思考。

《皮克尔奇遇记》和前一部小说一样,又是一连串的奇遇。不过这一部小说的主角是一个纯粹的流氓恶汉,他除了才智与勇敢狠毒之外一无是处。在斯摩莱特的作品中,这一部篇幅最长,也有人认为最佳,至少在戏剧人物的描写上有突出的成就。皮克尔自幼调皮捣蛋,胡作非为,他的母亲都无法容忍他。他加入了退伍海军军官春站的一帮。春站是一个古怪人物,他念念不忘他是一名海军司令,他的家是一座营房,人人都睡吊铺,随时有人站岗,有客人来要鸣枪欢迎,天黑以后妇女禁止入家门。春站"当年是一个伟大军人,战斗中失去了一只眼和一只脚"。他最喜欢一遍遍地叙述他当年在西班牙北方海面轰击法国军舰的经过,说完之后还要他的仆人证实其为不虚。他极为憎恶女性,被皮克尔的姑母格丽泽夫人捉弄、哄骗而结婚,而且从此成为一个惧内的人。

这位退休海军司令婚后并不幸福,从新婚之夜两个人的体重压断了吊铺之后没有得到过安宁,他只好乞求于白兰地。他临死的一幕是很动人的,令人啼笑皆非,可与莎士比亚笔下的福斯塔夫之死相提并论。

这部小说突出的人物很多,而枝节的叙述也不少。例如第八十一章"一位贵妇人的回忆录"根本不是斯摩莱特的作品,据传是一位声名狼藉的范太太付了高价才获得作者同意硬插在内的,竟占去了 150 多页。此外,欧陆旅行的游记也占了不少篇幅。

《斐迪南·发暂伯爵奇遇记》(*The Adventures of Ferdinand Count Fathom*, 1753)也是一部流浪汉小说,致力于对犯罪心理的描写。斐迪南是一个营妓的儿子,自称伯爵。他由德国的一位伯爵梅维尔抚养成人,颖悟敏捷,但心术不正。他对梅维尔的女儿起了邪念,想通过不正当手段骗其成婚,但没有得逞。他又和婢女勾结偷窃财物,从此不务正业,欺诈诱骗的勾当层出不穷。他蒙骗梅维尔的儿子列拉多而想得到其女友蒙尼米亚,蒙尼米亚伪装死亡才不致受辱。最后斐迪南丑行败露,被抓进监狱。列拉多在惊恐之中发现蒙尼米亚并未死,两人结婚。而斐迪南后来痛改前非、改邪归正。这个故事有些部分,例如蒙尼米亚像幽灵一样在教堂中出现制造的阴森气氛,开了后来所谓"哥特式小说"的先河。

《朗西罗·格利夫爵士奇遇记》(*Sir Launcelot Greaves*, 1760—1762)写于斯

① Robert Giddings, *The Tradition of Smollrtt*, London: Methuen & Co. Ltd., 1967, p. 66.

摩莱特因任意诽谤而入狱期间。其显然模仿了《堂吉诃德》，主人公以全身披挂的一位骑士形象出现于 18 世纪的背景中，游荡行侠，对当时政治与社会极尽讽刺。小说分期连续刊行在他主编的报纸《不列颠》(1760—1762)上，类似于中国章回小说。

《韩福瑞·克林卡远征记》(*The Expedition of Humphry*,1971)是斯摩莱特的最后一部小说，也是最令人愉快的一部。体裁是书信和日记。马修·伯兰布一家原住在威尔斯，全家出发前往巴兹。怪僻衰老的独身者伯兰布是一个外表像是与世有仇，实际上心地善良的人。伯兰布的妹妹塔比萨，是一个心眼窄小、泼辣的老处女，一心一意想嫁人。还有愚昧无知、常用错字的女仆文尼佛莱·詹金斯小姐、伯兰布的外甥女犁地亚·梅尔夫、犁地亚的哥哥杰尼、精明而且忠实的马车夫韩福瑞·克林卡。一行人不仅到了巴兹，参加当地的盛会，而且到了伦敦，转赴爱丁堡。故事线索简单，但一路上观感所及，记述很详密，对当时政治、经济、文艺、医药等都有记载。犁地亚与一位年轻美貌的演员相恋，杰尼还几乎和这位演员决斗，后来证明这位演员并非歹意，犁地亚和演员终于结婚。在途中他们队伍中又加入了一位脾气古怪的苏格兰军人里斯玛哈格，他虽穷苦却高傲，赢得了塔比萨老小姐的青睐，两人结成秦晋之好。韩福瑞最后被证明是伯兰布的私生子，与文尼佛莱·詹金斯结为夫妇。

此部作品通过一个老乡绅和他的家人在一次旅行中所写的书信，尖锐讽刺了当时的社会。作者描写了贵族资产阶级游览胜地的奢华生活，公路上盗贼横行的情形，工业革命开始后伦敦等城市的畸形发展，以及劳动人民的失业现象，等等，反映了英国城乡生活的广阔画面。

总而言之，首先，斯摩莱特的小说也是对英国当时的现实生活的描写和反映，尽管他和菲尔丁关系并不融洽，与理查逊的关系颇为友好，但是从小说的风格上来看，他更接近的是菲尔丁，而且和菲尔丁一样，属于 18 世纪启蒙主义的民主派。但是从作品表现的视角来看，他远没有菲尔丁那样史诗般广阔。

其次，尽管斯摩莱特是启蒙主义者中的一员，但是他的小说创作并没有为启蒙主义摇旗呐喊，而更多的是在揭露启蒙主义理想在现实中不能实现的一面。在斯摩莱特的眼中，整个社会生活就是一个不协调的整体和存在，而且到处都是不合理和不合逻辑的现象，所以他没有步菲尔丁等人的后尘，去寻求和谐统一的小说结构，而是将小说的结构打碎，用一件件独立的事件构成小说的内容，事件和事件之间的唯一联系就是主人公的命运。

如果说，菲尔丁等人在现实生活中描写丑陋、揭露人性的残缺和不完美是为了衬托人性美和现实进步的一面，那么，斯摩莱特在小说创作中则把写丑作为主要的目的，他更多的是在描述启蒙主义者的理想与英国现实社会之间的距离。他特别对当时的奢靡之风表达了深深的忧虑，认为奢靡之风是"冲垮道德底线和传统根基的洪水"①。斯摩莱特也因为对城市现代生活的批判性风格而被称为"乡村意识形态作家"②。作品中的丑恶和粗野并非斯摩莱特本人的品性,而是18世纪英国社会黑暗的一面。他对社会的痛恨和批判可以说影响了19世纪的现实主义文学,不能说狄更斯和萨克雷的创作中没有他的影子。

再次,斯摩莱特笔下的人物描写更具特色,他主要从事的是反面人物角色的塑造,这些人物并非启蒙主义者心中理想和光辉的角色,相反,是受到资本主义腐蚀的堕落和异化的形象。

最后,斯摩莱特的小说叙述的大多是生活中真实、黑暗、令人憎恶的一面。与其内容相匹配的就是语言中尖锐的语句和粗俗的字眼。而且他还利用人物语言的特点加强和深化人物的个性特征。比如,他引进了各种方言,如苏格兰语、威尔士语、爱尔兰语以及职业专门用语等。

第八节　奥利佛·哥尔德斯密斯

奥利佛·哥尔德斯密斯(Oliver Goldsmith,约1730—1774),是18世纪后期英国重要作家,被誉为"英国的歌德"。他在继承了感伤主义文学的基础上,用人道主义的精神充分表达了另一种现实主义精神,力图通过道德劝善的途径来改善社会现实的弊端。尤其是,他对民族性问题给予高度的关注,认为"每一个民族都有其幸福之所属,没有高等与低等之分"③。他的小说创作无不贯串着他对民族问题的思考。

哥尔德斯密斯生于爱尔兰一个贫穷的乡村牧师家庭。在小学读书时,他是一个笨拙的儿童,在都柏林大学学习期间,他的学业也不突出。哥尔德斯密斯的父亲有意让儿子为教会服务,所以他在都柏林三一学院念过书,然而他最终放弃神学,并在莱顿大学获得一个医学学位。他曾经去欧洲大陆徒步旅行,据说一边干苦活一边游历,后于1756年回到伦敦。这时,他的家里仍然一贫如洗。他试图当牧师、律师、教师、医生或演员,结果都没有成功,但是他的阅历增长不少。后来,为了维持生活,他就做了一个临时为各杂志撰稿的雇佣作者。于是他有机会把全部精力都倾注在写作上。1758年哥尔德斯密斯用笔名发表了他的第一部翻译小说,是部无足轻重的糊口之作。此年,他为筹款行医又发表了《关于欧

---

① John Sekora, *Luxury: The Concept in Western Thought, Eden to Smollett*, Baltimore: Johns Hopkins University Press, 1977, p. 142.

② Carol Stewart, *The Eighteenth-Century Novel and the Secularization of Ethics*, Surrey: Ashgate Publishing Ltd., 2010, p. 74.

③ Oliver Goldsmith, *Collected Works of Oliver Goldsmith*, vol. II, Arthur Friedman ed., Oxford: Clarendon Press, 1966, p. 339.

洲纯文学现状的探讨》(*An Enquiry into the Present State of Polite Learning in Europe*)，其中对欧洲文学特别是戏剧的衰落做了仔细剖析。哥尔德斯密斯真正显示文学才能是从他编辑一个小杂志《蜜蜂》(*The Bee*)开始的，通过编杂志他也结识了不少文人，包括约翰逊，并加入了文学俱乐部。1761 年他在约翰·纽伯里编辑的《公共账簿》(*The Public Ledger*)杂志上连载了《中国人信札》[*The Chinese Letter*，1762 年改名为《世界公民》(*The Citizen of the World*)]。作品假托一个住在伦敦的中国人之口，把他在伦敦的见闻写成书信，寄给中国的朋友，讽刺了英国的社会制度、风俗习惯、婚姻法律、文学艺术以及人们的精神道德面貌。这部作品以其充满幽默的特写文体丰富了英国小品文的传统，在思想观念上，他被称为"传统主义作家"(traditionalists)。[①]

　　1761 年至 1762 年他还同时进行着小说《威克菲尔德牧师传》(*The Vicar of Wakefield*)的写作，1765 年该小说发表。《威克菲尔德牧师传》的问世，使哥尔德斯密斯进入了英国文坛的名家之列。该小说生动地反映了劳动人民的悲惨命运，非常真实地描绘了当时英国农村的贫困状况，并对英国当时的社会制度和社会弊端做了大量的揭露和控诉，具有批判现实主义的艺术魅力，是感伤主义时期一部有重要意义的家庭小说和社会小说。这部小说的局限性在于它也宣扬了以道德改善社会和以仁爱待人的思想，带有浓厚的妥协性和感伤主义成分。18 世纪 70 年代末，哥尔德斯密斯开始转向戏剧创作。他一共写了两部风俗讽刺喜剧:《好心人》(*The Good Natur'd Man*，1768) 和《委曲求全》(*She Stoops to Conquer*，1771)。

　　哥尔德斯密斯的散文、诗歌写得也很出色。

　　由于哥尔德斯密斯在诗歌和散文创作上崭露头角，编杂志也小有名气，一位出版商终于决定把他早在 1762 年就买下版权的《威克菲尔德牧师传》付印，这部小说以两卷本形式于 1765 年 3 月问世，成为经久不衰的经典著作。

　　哥尔德斯密斯的代表作《威克菲尔德牧师传》以英国逐步实现工业革命、实施圈地法令为背景，讲述一个乡村牧师天真善良到眼睁睁看着女儿被恶少拐骗，自己身陷牢狱，儿子也被恶少算计受了重伤。更为不幸的是，儿子受伤后还被关押起来，而牧师却束手无策。就在灾难接踵而来，这个家庭即将彻底毁灭之际，突然出现了一个救星，他就是恶少的伯父——威廉·松黑尔爵士，他在乡间微服私访。爵士救出了牧师，找回了被自己侄子拐骗的牧师的女儿奥丽维娅，牧师的儿子乔治也获得自由并娶了自己心爱的姑娘，而爵士自己则在察访过程中爱上了牧师的另一个女儿并与她成婚。

―――――――――

　　①　John Richetti，*The Cambridge Company to the Eighteenth Century Novel*，Cambridge:Cambridge University Press，1966，p. 8.

《威克菲尔德牧师传》在 18 世纪的英国小说中具有独特的地位和贡献。

首先,它在继承并进一步发展了理查逊和斯特恩所开创的感伤情调之外,又形成了自己的特色。理查逊在《克拉丽莎》中表现的是严格的清教道德灌输下的思想感情,他强调用理性驾驭七情六欲,而哥尔德斯密斯小说中的普罗姆罗斯作为自己和家庭不幸的讲述者,强调以克制和信仰冲淡具体环境下的感伤成分。"审慎"的字眼经常在叙述中出现。尽管这是一个悲剧故事,涉及感情而不是激情,有怜悯但不是恐怖;另外,哥尔德斯密斯还指出普罗姆罗斯牧师一家虽言行不够谨慎,更谈不上完美,却值得赞美。小说热情地肯定了牧师所代表的善良和宽厚,所以小说并没有指责人物因各种错误和疏忽给家里人带来灾祸,而是采取人道主义的态度,极力宣扬了善良、正义和同情心。

其次,《威克菲尔德牧师传》具有前瞻性。哥尔德斯密斯在此提倡的是类似卢梭的回归自然的理想,他赞美乡间清新和恬静的家园,并指出人越接近自然就越能保持正直和善良。从这个意义上讲,这部小说顺从了文学的大潮流,它指向19 世纪突起的浪漫主义中回归自然的理想倾向。

最后,小说还具有不少的现实主义特点。例如,它描述乡间的日常生活,对世事观察敏锐,讽刺大胆。普罗姆罗斯牧师是一个多层面的人物形象。哥尔德斯密斯在他身上给我们展示了一个带有些许功利色彩、头脑缺乏鉴别能力,但十分真诚、正直、慷慨、友好的乡村知识分子形象。他有一些因天真而造成的缺点,包括虚荣心以及在某些时候和某些事情上会产生古怪的念头。在他之前就有过斯梯尔和艾迪生塑造的罗杰·德·考佛莱爵士、菲尔丁塑造的亚当斯牧师和斯特恩塑造的项狄等。在他之后,我们可以在奥斯丁、司各特、狄更斯和萨克雷等人的小说中见到他的影子。就是在这种天生的天真和善良的朴实结合中诞生了英国文学里令人难以抵御的理想主义格调,这种理想主义排斥纯理性,反抗无人情,崇尚对命运逆来顺受的坚忍精神,提倡《威克菲尔德牧师传》中普罗姆罗斯牧师那种在对真善美顽固而略带偏执的信念中所显示的英雄主义。

第九节　范妮·伯妮

范妮·伯妮(Fanny Burney,1752—1840)是早期英国小说家菲尔丁、理查逊、斯摩莱特与 19 世纪初的玛丽亚·艾奇沃斯和简·奥斯丁之间的桥梁。她继承菲尔丁的喜剧手法和社会视野,学习他对情节的设置技巧;她借鉴理查逊和斯摩莱特的书信体叙事形式以及近乎闹剧的喜剧手法,还继承了他们严肃的婚恋态度和女性受教育成长的主题。她不仅学习、借鉴前辈们的创作经验,而且对19 世纪的英国小说产生了一定影响。她的小说从"异乡人"的眼光审视城市文明,将城市与乡村进行比较,用"可感知的"城市文本,让读者通过阅读这些城市符号理解其丰富的文化意义①,表达她对城市化小说的不满和忧虑。

范妮·伯妮是音乐家查尔斯·伯妮的女儿,范妮较晚才学会读写,然而她似乎生来就有创作欲望,10 岁时开始涂涂写写地编故事,不久之后就写起诗歌、戏剧和短篇小说来。但是这一切都是偷偷摸摸进行的,只有姐姐苏珊知道,因为范妮从小受到严格的教育,知道做人谦虚和行为谨慎的重要。在当时,社会对女人写小说仍有不少非议,范妮怕遭人嘲笑,又为自己把时间浪费在这种“浮躁”的事情上而羞愧。所以在 15 岁那年她把童年创作的全部作品付之一炬。其中包括《卡罗琳·伊芙林娜的生平》(The History of Caroline Evelyn)。

她的第一部小说《伊芙林娜》(Evalina,1778)就是在《卡罗琳·伊芙琳娜的生平》的基础上构思的,引起人们的普遍关注。从 1778 年首次发表截止到 1779年,该书印了 5 版之多,一时间伦敦人人都在读这本小说,特别是女人,她们认为如果不读它就会在社交场合显得闭塞和落后。《伊芙林娜》的一炮走红使范妮进入了伦敦的知名文人圈子,得到了约翰逊、伯克、斯瑞尔夫人等文人的高度赞扬和支持。1782 年,范妮发表了她的第二部小说《塞西莉娅》(Cecilia),这是她一生最快乐和充实的阶段。1786 年她被选为夏洛蒂王后的掌袍执行官,但紧张而忙碌的社交生活,不仅影响了她的创作,而且使她身心疲惫,不得已,她于几年后卸职。1796 年她发表了小说《卡米拉》(Camilla),不久随丈夫旅居法国。1814年在英国出版了她的最后一部小说《流浪者》(The Wanderer),但因缺乏创造力而未获成功。

与理查逊相比较,范妮的作品显得单薄了许多,主要用虚构来支撑她的观察和经验,所以她的创作很快就进入低谷。比如后来的创作《塞西莉娅》,尽管内容繁复,但是效果不佳。范妮在《卡米拉》的创作中极力仿效约翰逊文体。她的最后一部小说《流浪者》的文体已经呈现出一种病态。她的《日记》和《书信集》中表现出她报道事件的技巧,以及她对任何戏剧性情节具有一种活跃的眼光。

她的代表作《伊芙林娜》,副标题为“一个姑娘的涉世经历”,是一部用书信体创作的家庭婚恋小说。故事讲述了约翰·贝尔蒙特没有从妻子伊芙林那里获得他原以为有的大笔财产,一气之下抛弃了妻子和女儿伊芙林娜。伊芙林去世后,伊芙林娜被贝利山的牧师韦拉斯收养,后来长成了一个美貌、聪慧而且举止文雅的少女。伊芙林娜被霍华德夫人邀请去小住,并随夫人的女儿莫文太太去了伦敦。离开贝利山的宁静和韦拉斯的悉心监护,未曾涉世的姑娘开始结识形形色色的人物,面临复杂的社会场合,介入棘手的人际关系。她所接触的人物既有她无教养的亲戚、无知的法国外婆杜瓦尔夫人及其情人,也有莫文太太和她粗鲁而

---

① Elaine Baldwin, et al. *Introduction Culture Studies*, London: Prentce Hall Europe, 1999, p. 40.

野蛮的丈夫莫文船长；既有拈花惹草、浮夸轻率的花花公子和纨绔子弟，又有助人为乐、诚实正义的绅士奥维尔。天真单纯的伊芙林娜经历了种种困境和恋爱的误会之后，最后以她的真诚善良和细致体贴赢得奥维尔的爱情。之后，她无意间发现了自己同父异母的兄弟，并迫使自己的父亲和他见面，揭露了保姆以自己的女儿冒充伊芙林娜的阴谋。最终父亲羞愧地与伊芙林娜相认。

　　《伊芙林娜》描写了天真无邪的少女伊芙林娜的人生经历，很富于教育意义和指导性。伊芙林娜是在许多小事件的考验中成熟起来的，这些小事件给她不同的体验和认识社会的机会，这些都与范妮本人对社会的认识有关。她以女性的视角观照主人公伊芙林娜的命运，所以，比起笛福作品中的茉尔和罗克萨娜以及理查逊作品中的帕美拉和克拉丽莎无人关心、孤苦一人的境遇，伊芙林娜则显得幸运得多。她离开韦拉斯步入社会后，一直受韦拉斯的书信指导，在她身边还有善良的莫文太太和正直的奥维尔保护和影响着她。她虽然面临许多困境，也曾有过挫折和考验，但总会在别人的帮助下一一化解。她最终学会了严肃谨慎地行事，对人对己负责。因此，伊芙林娜的成熟过程虽然是必要的，但结果却不是完全意义上的成熟。范妮的这种设计融入了她自己的影子，体现了她的人与社会和谐相处的审美理想。

　　范妮在《伊芙林娜》中力图以"人物效法自然"的方法"记录时代的风俗变迁"，围绕主人公伊芙林娜在城市的经历，叙述了一个"封闭的""对人生和社会知之甚少"[①]的乡村少女如何通过三次进城的经历"走向社会"，描写了英国社会新旧交替的城市化进程，以及这个过程中人的心理感受。

　　《伊芙林娜》的情节沿着两条线发展，一条是韦拉斯的书信；另一条是伊芙林娜写的信。前者是对道德的剖析和思考，以完成小说的教育主旨；后者则报道发生的各种戏剧性事件，既支撑着小说情节的发展，又给韦拉斯的思考和教育提供对象和基础。作为小说塑造的典型人物，伊芙林娜是女性楷模举止的化身，她面对无数的诱惑，却能控制自己的冲动，因此积累了成熟的因素。韦拉斯写给伊芙林娜的信语气温和持重，在教育她并给她出主意的同时，也成了让伊芙林娜感到安全和欣慰的坚实后盾。但韦拉斯在给霍华德夫人的信中谈及杜瓦维厄夫人的厚颜无耻和偏见时却变得尖锐而直接。这种语气和态度上的截然不同拓展了《伊芙林娜》的思想宽度，使其叙述多样化，人物形象更丰富，内容更富于戏剧性。

　　奥维尔这一人物是理想的"基督教英雄"形象，极为理智而又乐善好施，对不认识的人也会伸出援助之手。他和韦拉斯、理查逊的格兰迪森爵士以及后来奥斯丁小说中塑造的男主人公是同一类型。他与另一个完美典型伊芙林娜的结合

---

　　①　Fanny Burney, *Evalina*, *Or The History of Young Lady's Entrance into the World*, London: Harrison and Son, 1861, p. 11.

正好符合读者的接受心理,这成为小说畅销的重要内在原因。

《伊芙林娜》作为一部严肃的小说,对道德的思考和剖析以及各色人物的言行所体现的教育意义是至关重要的,但小说并不给人以沉闷之感,这正是因为其中的戏剧性情节的描写。范妮刻画了极为丰富的喜剧性人物,以至于约翰逊戏称她为一个"小小的人物贩子"。但莫文船长的近乎残忍的粗鲁表现和恶作剧行为有些超出了喜剧的范畴,引起读者的批评和厌恶。一些研究者对范妮的创作心理进行分析,认为这种粗俗人物的行为是女主人公和范妮本人的胆怯和受压抑所致,是她们反叛习俗对女子的约束的一种情感宣泄。

第十节 威廉·葛德文

威廉·葛德文(William Godwin,1756—1836)是 18 世纪末至 19 世纪初英国公认的功利主义伦理思想家。他与边沁所创立的功利主义伦理思想体系,标志着西方伦理思想史上功利主义伦理学完备形式的建立。他不仅是一个思想家,而且是 18 世纪英国重要的小说家,在小说形式上开启了侦探小说的先河。威廉·葛德文出生于剑桥县的威斯柏赤,父亲是不信奉国教的牧师,但十分忠心于宿命论,威廉受其深刻影响,准备从事圣职。担任几年的牧师职业之后,威廉又接受了霍尔巴(Barond Holdach)的无神论,吸收了海威舍斯(Helvetius)的教育思想与理性观念,相信卢梭的人性善的观点,于是,1782 年他放弃基督教会的职务,从事读书写作。在 1793 年,威廉发表代表作《论政治的公道及其对于一般美德与幸福的影响》(*The Inquiry Concerning Political Justice and Its Influence on General Virtue and Happiness*)。在文章中,一方面,他认为要将社会的正义树立起来,光建立民主政治制度是不够的,还必须进行彻底的经济改革,而且他宣称自己是共产主义的拥护者;另一方面,他主张要以教育慢慢进行思想上的革命,他推崇理性,懂得乌托邦。这部著作在当时并未有很大的反响,但是后来的浪漫派文人却极其推崇它,比如华兹华斯、柯尔律治、骚塞,尤其是雪莱。他讥笑天堂地狱的说法,认为它们只是统治人、奴役人的一种工具和诱饵。他还斥责那些不身体力行的僧侣,否认自由意志,认为自由意志不过是对环境刺激的一种反应而已。他还主张不应该谴责做错事的人,因为人类行为是由遗传、环境和经验来决定的,不过为了预防再犯错误,奖惩的措施是必要的。他还强调政府对人民应该实施最小限度的约束与管理;婚姻应该是绝对自由的,不需要政府或教会的批准;离婚也应是同样自由的;学校不应该由政府办,应该由私人办。但是他不赞成革命,反革命势必"有害公共福利甚于其所欲铲除的社会的不平等"。

1794 年,威廉的小说《喀列伯·威廉斯》(*The Adventures of Caleb*

Williams)问世。威廉把他的一部分政治学说融入这部当时非常风行的小说中，标题页上有意义深长的三句格言：在林中豹认识他的同类；虎不捕食虎雏；只有人类是人类的公敌（Amidst the woods the leopard knows his kind；The tiger preys not on the tiger brood；Man only is the common foe of man）。1832 年这本小说再版时作者又加了一篇序言，阐明此书的写作经过，他先写了第三卷，然后又写了第二卷，最后写第一卷。他先写动作部分，然后补充叙述心理动机。小说讲述喀列伯·威廉斯是一位富有的乡绅发克兰的秘书，发克兰品格高尚，一日与其邻近的另一乡绅泰莱尔发生冲突。泰莱尔狂傲而酷虐，欺压佃农霍金斯，逼死外甥女。发克兰路见不平，当众一拳打过去，没有想到一下失手，对方不久死去。发克兰有杀人嫌疑，但是他把罪嫌转嫁到霍金斯父子头上，霍金斯竟被判处绞刑。发克兰十分内疚，心情抑郁孤独。威廉斯查出真相，对此发克兰供认不讳，但是警告威廉斯说如果泄露真相，他将必死无疑。于是威廉斯逃亡，而发克兰穷追不舍，最后，威廉斯不得已控告发克兰杀人，虽无充分证据，但发克兰最终坦白罪行，三天之后就死了。威廉斯说："是我杀了他。他的性命、名誉是在受我的威胁，他应该称赞我的隐忍的功夫。如果我径自在他心上戳一刀，那也许是比较仁慈些。"这部小说开了后来侦探小说的先河。

在小说中，威廉渗透了重要的社会内容，他花了很大的笔墨去描绘地主对农民的横行霸道，斥责了法庭和牢狱的黑暗，给我们展现了人民的贫困和没有权利的弱势处境，借主人公之口谴责英国社会盛行的不公道的现实。这部小说的局限性在于结构上有些矫揉造作，但车尔尼雪夫斯基对此小说很是赞赏，他说："我喜欢的小说家之一是葛德文老人，他虽则才能平凡，但他有的是头脑和心肠，因此，他的才能有了很好的材料去加工。"①

第十一节　哥特式小说及其小说家

一　哥特式小说的产生与流传

哥特式小说，作为一种独特的文学类型，是由 18 世纪的英国小说家贺拉斯·沃波尔首创的。他的小说《奥托兰多城堡》作为黑色浪漫主义的发轫之作，不仅引领了当时的哥特式小说创作的风潮，而且也成为随后而起的欧洲浪漫主义文学运动的动因之一。与某些昙花一现或盛极而衰的文学类型和文学流派不同，哥特式文学的发展虽然经历了跌宕起伏，但依然顽强地生存了下来，并于 20 世纪 70 年代开始在西方再度复兴，还由文学扩展到其他文化艺术领域，基于哥

---

① 阿尼克斯特：《英国小说史纲》，戴镏龄译，人民文学出版社，1980 年，第 285 页。

特式文学创作的哥特式批评和研究也成为当代西方批评的一个热点。

哥特式小说是西方文学史上一种独特的小说流派,它"是浪漫传奇的一种演变形式,一种关于过去历史和异邦风俗文化的幻化表现"①。"哥特"一词有着悠久的历史。西罗马帝国灭亡 1000 多年后,意大利人法萨里(Vasari,1511—1574)在历史的封尘中又找出"哥特"一词来指称一种为文艺复兴思想家们所不喜欢的中世纪建筑风格。这种建筑风格在 12 世纪至 16 世纪期间盛行于欧洲,主要体现在教堂和城堡上,法国的巴黎圣母院和英国伦敦的圣保罗大教堂堪称哥特式建筑的代表。高耸的尖顶,厚重的石壁,狭窄的窗户,染色的玻璃,幽暗的内部,阴森的地道,甚至还有地下藏尸所,等等。在那些崇尚古希腊罗马文明的文艺复兴思想家眼里,这种建筑代表着落后、野蛮和黑暗,恰好是那个取代了古罗马辉煌文明的所谓"黑暗时代"(The Dark Ages)的绝妙象征。用那个毁灭了古罗马的"野蛮""凶狠""嗜杀成性"的部落的名字来指称这种建筑风格真是再适合不过了。这样,在文艺复兴思想家们的影响下,"哥特"一词逐渐被赋予了野蛮、恐怖、落后、神秘、黑暗时代、中世纪等多种含义②。

到 18 世纪中后期,"哥特"一词又成为一种新的小说体裁的名称,即"哥特式小说",简言之,就是一种恐怖和鬼怪小说,在英语中,"哥特式"(Gothic)具有"野蛮""中世纪"和"超自然"三种含义。这种小说多以中世纪的古城堡或修道院为背景,故事情节恐怖刺激,充斥着凶杀、暴力、复仇、强奸、乱伦,甚至常有鬼怪精灵或其他超自然现象出现,常常描写为满足个人情欲或争夺财产而引起的谋杀、迫害等,笼罩着神秘恐怖气氛,具有怪诞紧张的情节和不寻常的故事。

哥特式小说主要流行于 18 世纪末 19 世纪初,它的兴起有社会因素,也有文学自身发展过程的因素。

第一,哥特式小说的源头是英国文艺复兴时期的戏剧。"戏剧在中世纪主要是演绎《圣经》故事,宣扬基督教教义和道德。到了文艺复兴时期,戏剧在人文主义思想和古典戏剧的影响下迅速世俗化。在欧洲其他主要国家,当时最有影响的是古希腊悲剧,然而在英国最受欢迎的却是古罗马作家塞内加那些充满暴力、复仇与凶杀内容的剧作。在塞内加的影响下,英国第一批有影响的世俗剧作家即所谓'大学才子'创作了许多'复仇剧',其中充斥着阴谋、暴力和凶杀,甚至还有鬼魂出没,最有名的是托马斯·基德(Thomas Kyd)的《西班牙悲剧》(The Spanish Tragedy,1580)。英国戏剧的这一重要特点在莎士比亚等人以及詹姆斯一世时期的悲剧中得到进一步发展,并且对后世英国文学尤其是哥特式小说

---

① Victor Sage ed. ,*The Gothic Novel* ,The Macmillan Press,1990,p. 17.

② Victor Sage ed. ,*The Gothic Novel* ,The Macmillan Press,1990,p. 17.

的出现与发展产生了巨大影响。"①

第二,从社会的文化背景来看,哥特式小说的产生是浪漫主义对理性主义挑战的结果。18 世纪欧洲进入轰轰烈烈的启蒙主义时期,掀起对人的理性充分张扬的热潮,在文学创作中,都包含着作者对时代和人生理性的思考。现实性原则与真实性原则压抑了人想象、直觉和感情的自由倾泻,并否认神秘和超自然的现象和力量。对此,浪漫主义首先发动了对理性主义的反抗。哥特式小说作为浪漫主义的一个分支,被评论家们称为"黑色浪漫主义"(dark romantism)。它的"黑"主要体现在以下方面:在情节上,它侧重渲染暴力与恐怖、神秘与荒诞、阴郁与疯狂的气氛;在主题上,它不像一般浪漫主义那样侧重正面表达自己的社会政治理想和道德观念,而主要是从隐在的视角揭示被压抑的社会邪恶的存在,揭示人性中潜在的、被深深隐藏的、阴暗的一面,从更深刻的角度揭露社会的疮疤,从而达到有力的批判效果。

第三,从文学自身的发展来看,哥特式小说的产生还受到以下因素的影响。首先,以布莱尔、杨格和格雷等为代表的"墓园诗派"对墓园、黑暗、死亡和恐怖的描绘以及感伤主义文学对情感的崇尚引起了人们的兴趣,而且读者表现出了对中世纪艺术的爱好,形成对古老传说、神话、民歌、莎士比亚等戏剧作品中的那种神秘性、超自然性和浪漫传奇感兴趣的风气。其次,对"感伤"的推崇使作家不再满足于正面表现现实生活,而倾向于探讨人的内心世界,从而在 18 世纪中期出现了一批感伤主义作家,哥特式小说恐怖的气氛中往往夹杂着人内心的灰暗和情绪。

第四,哥特式小说也与关于"崇高"的美学观念的发展有密切的联系。在对崇高的来源的探讨中,许多评论者就认为,恐怖、巨大的事物可以引起一种崇高的感觉。比较有代表性的观点是由 18 世纪著名政论家和批评家伯克(1729—1797)提出的,他在《论崇高与美两种观念的根源》(1756)中认为:"凡是能以某种方式适宜于引起苦痛或危险观念的事物,即凡是能以某种方式令人恐怖的,涉及可恐怖的对象的,或是类似恐怖那样发挥作用的事物,就是崇高的一个来源。"②

哥特式小说的成就主要集中在英国与德国,其原因正如有的研究者所说:"这些国家恰恰是最主要的新教国家,其中英美更是长期为清教主义(Puritanism)所统治。清教主义可以说是基督教里的宗教激进主义,是新教的一个比较极端的重要流派。清教徒信奉加尔文主义,把《圣经》里的每一个字都看成上帝的话。他们宣扬'原罪说',强调人性的堕落,坚信命定论,认为人只有靠上帝的恩赐才能获救。他们把一切都看作是善与恶的冲突,是上帝与魔鬼之

---

① 转引自肖明翰:《英美文学中的哥特传统》,载《外国文学评论》,2001 年,第 2 期。

② 朱光潜:《西方美学史》(上),人民文学出版社,1979 年,第 237 页。

间永恒斗争的体现。他们以十字军骑士般的狂热替天行道,把一切不符合清教信仰、清教道德的东西统统看作是邪恶而进行毫不留情的打击。许多天主教徒和各种'男巫''女巫'因此惨遭迫害,被处以极刑。当然,天主教同样也对清教徒残酷镇压。清教徒同天主教以及一切与清教信仰、清教道德相悖的东西进行的激烈而且常常是血腥的斗争本身就可以说是一个在上帝的旗帜下演出的'哥特故事'。"①

如果说从笛福的自传性小说到理查逊的书信体小说注重对日常现实真实的描写,那么哥特式小说则注重从超现实的角度进行叙述。其实,早在 18 世纪的现实主义小说中就已经蕴含着哥特式小说的因素。正如英国批评家大卫·潘特(David Punter)所说,哥特式小说的因素这一事实并没有什么可以大惊小怪的②,它最先出现在 18 世纪英国现实主义小说中,比如笛福小说中关于监狱的描写,理查逊小说《帕美拉》中的管家朱克丝、《克拉丽莎》中的老鸨,菲尔丁小说《约瑟夫·安德鲁传》中的夜行奇遇都已经具有哥特式小说的因素。在《弃儿汤姆·琼斯的历史》中,菲尔丁开篇就描绘了乡绅居住的哥特式庄园,还有汤姆在第七卷、第十四卷身穿血服,手持利剑,夜里报仇,吓倒卫兵,等等情节与哥特式小说的情节风格极其相似。斯摩莱特的《斐迪南·发暂伯爵奇遇记》已经具备哥特式小说的雏形。潘特认为《斐迪南·发暂伯爵奇遇记》的哥特式小说特点表现在下述几个方面:"试图表现关于恐怖之社会作用的理论;描绘与文明社会分开带来的痛苦和大多数人物面对极端境地的手足无措;对感伤引起的不正常倾向的兴趣;对负罪感之威力的强调;对憎恶和反感的现实主义表现。"③

18 世纪中期,霍勒斯·沃尔波尔在斯特劳伯利希尔建筑了一座哥特式山庄,在那里他可以使自己梦回骑士和寺院生活的岁月,还可以躲避现实的义务和苦恼。《奥特朗图堡》就是其在哥特式城堡里创作的以中世纪英国为背景的充满了罪恶和残忍凶杀的小说,由此开创了西方哥特式小说的先河。这部小说的轰动效应使厌倦了描写爱情和时尚小说的读者耳目一新。

自沃尔波尔之后,18 世纪 90 年代,哥特式小说成了英国最流行的文学样式。J. M. S. 汤姆金斯在他的《英国流行小说:1770—1800》中指出:"哥特小说在批评家的怒号声中流行到了下个世纪。它宛如神奇的豆蔓,一夜间生长成熟,大胆的小说家趋之若鹜。"④此后,哥特式小说朝着两个方向发展:一种方向是以克

---

① 转引自肖明翰:《英美文学中的哥特传统》,载《外国文学评论》,2001 年,第 2 期。

② David Punter, *The Literature of Terror: A History of Gothic Fictions from* 1765 *to the Present Day*, Longman Group Limited, 1980, p. 45.

③ 大卫·潘特:《恐怖文学:1765 至今的哥特小说史》,1980 年,第 49 页。转引自韩加明:《简论哥特小说的产生和发展》,载《国外文学》,2000 年,第 1 期。

④ 吴景荣,刘意青:《英国十八世纪文学史》,外语教学与研究出版社,2000 年,第 312 页。

拉拉·里夫为代表的创作,倾向于保守和说教,虽然有恐怖的成分,但是把创作的视角主要集中在道德说教上,从而淡化了哥特式小说的恐怖气氛。这种对哥特式小说在创作中的理解更接近于亚里士多德的传统。亚里士多德在《修辞学》中认为恐惧的产生是由于人想象到某种足以引起破坏或痛苦的灾祸即将发生。悲剧具有用恐怖或怜悯使人净化的作用,洗涤罪恶的思想和欲望,从而达到道德净化的作用。1756 年,埃德蒙·伯克在《论崇高》中提出了一种"哥特式"的美学标准,内容是崇高的艺术体验既是令人恐怖的,又能给人以美感,使人得到灵魂的净化。其实,这也是对亚里士多德传统的一种继承。另一种方向是以威廉·贝克福特为代表的创作,其中充满了恐怖的想象、奇妙的想法。爱尔兰作家查尔斯·罗伯特·梅图林(Charles Robert Maturin,1782—1824)被称为"最后一个哥特人",他于 1820 年出版的《漫游者美尔莫斯》(Melmoth the Wanderer),可以说是一部"爱尔兰的浮士德传奇"。小说的主人公美尔莫斯是一个巫师,把自己的灵魂卖给魔鬼,换取了 150 年青春。可是,在经历了漫长的岁月之后,美尔莫斯对生命感到了厌倦,希望能找到另一个愿意出卖灵魂以换取长生的人,以便与他交换彼此的处境。虽然美尔莫斯遇见了许多饱受苦难的人,但无论是关在疯人院里的斯天登,还是陷于地牢中的西班牙人芒沙达,抑或是曾亲眼看见儿女饿死的德国人华尔堡,谁都不愿出卖自己的灵魂。美尔莫斯停止漫游后突然变老了,便跳崖自尽。这部小说的成功之处在于作者塑造了一个具有惊人意志的、同命运抗争的典型人物形象。正是在它的启发下,巴尔扎克写过一篇同名小说《改邪归正的梅莫特》。而在《驴皮记》初版序言中,巴尔扎克还把梅图林称为"大不列颠引以为豪的一个当代最富有独创性的作家"。在整个 19 世纪,哥特式文学的新发展就是同现实主义相融合,为该时期许多主流作家所用,如简·奥斯丁、狄更斯、勃朗特姐妹等。此外,哥特式也见于其他流派主要作家的创作中,如霍桑、爱伦·坡、王尔德、亨利·詹姆斯、梅里美和波德莱尔等。他们要么创作了哥特式小说,要么在自己的创作中运用了哥特式风格和元素。

现代小说创作中还在继续承袭着哥特式小说的传统,只不过已表现出与最初的哥特式小说完全不同的风格,带着哥特式小说的因素以一种新的形式出现。它不再是寻求一种感觉层面的刺激和恐怖的气氛,而是把焦点放在人的内心描写上。作品中不再有象征性的物的存在,比如恐怖的城堡。它的恐怖体现于人内心的焦虑和恐惧。它给人一种启示就是,人是恐惧的制造者,恐惧纯粹是人主观化的、幻化出的产物。代表作家有英国的 B. 斯托克和女作家玛丽·雪莱、德国的霍夫曼,他们的代表作分别是:霍夫曼的长篇小说《魔鬼的万灵药》和小说集《谢拉皮翁兄弟》,雪莱的《弗兰肯斯坦》,B. 斯托克的《德拉库勒》。

到了当代的创作中,哥特式小说结合时代精神,并融入魔幻现实主义及其意识流的创作手法反映当代人精神上的恐慌、人性的弱点以及人丧失家园的空虚。

比较有代表性的作家是美国的福克纳、英国女作家贝里尔·班布里奇和达芬妮·杜穆里埃,他们的代表作分别是:福克纳的《喧哗与骚动》《去吧摩西》等,班布里奇的《裁缝》《到瓶子工厂游戏》,杜穆里埃的《吕菩卡》。

综上所述,哥特式小说作为一个文学流派,有其独特而复杂的文学因缘,但它毕竟又是一种文学创作倾向,所以哥特式小说的创作又有其共同的特征。

首先,小说家不再拘泥于对日常生活和常人生活的描写,他们把视角转移到充满恐怖和神秘气氛的超现实的不平常的事件上,通过对这些超现实的事物的描写,给人提供一种新的观察事物的视角和起点,让事物以一种全新的面孔展现在读者面前。这是对现实主义和理性主义思想的一次颠覆。正如英国著名文学评论家安德鲁·桑德斯所言,拒绝描写日常生活,喜好"峭壁和深渊、折磨与恐怖、巫术、恋尸癖以及心神不定。它沉浸于鬼魂出没、突然死亡、地牢、妖术、幻觉和预言之中。哥特式小说,从根本上说,过去和现在都是对舒适与安全、政治稳定和商业繁荣的负面反应。最首要的是它反抗理性的支配"①。

其次,哥特式小说采用超自然的素材,运用意识流、现实以及超现实相结合等艺术方法,讲述奇事、奇人、奇景、奇境,从而拓宽了小说的创作领域,丰富了小说的艺术表现手法。

最后,哥特式小说在文学领域内产生了巨大的影响。虽然哥特式小说在出现后遭到不同程度的误解和贬低,新古典主义者甚至斥责它为"野蛮、粗俗"的东西,但是既然它能作为一种文学现象出现,而且具体创作能够轰动一时,那么它必定携带着值得人去肯定的新的因素。浪漫主义作家尤其推崇哥特式小说那种神奇、夸张的想象力,以及对异国情调的向往。所以,不能不说哥特式小说与浪漫主义有着密切的关系。虽然随着现实主义的逐渐强大,哥特式小说逐渐走向衰落,但是作为一种文学创作手法,它仍然不间断地出现在后来作家的创作中。

哥特式小说的代表作家有沃尔波尔等。

二　霍勒斯·沃尔波尔

霍勒斯·沃尔波尔(Horace Walpole,1717—1797)是著名的英国首相罗伯特·沃尔波尔的儿子,1726 年求学于伊顿公学,与后来成为墓园诗人的格雷和威斯特结为挚友,并与前者一起进入剑桥大学(威斯特就读于牛津大学)。但对学院生活的厌恶使他没有取得学位。1739 年他约格雷一道去欧洲大陆旅行,格雷关注古典学术和文化,但沃尔波尔却沉溺于歌舞欢宴,兴趣的不同使两人不欢而散。旅行回来,沃尔波尔当了议员,时间长达 20 多年。虽然他对父亲支配的

---

① 安德鲁·桑德斯:《牛津简明英国文学史》(下),谷启南译,人民文学出版社,2000 年,第 498 页。

上流社会颇为了解,但他十分厌倦上流社会无休止的追名逐利。18世纪流行一种感伤情调,再加上当时人们对商业精神和启蒙主义理性的幻想破灭,所以他们追求一种精神上的解放,让想象在寺院和城堡的废墟中寻找中世纪艺术的遗物和灵感。于是沃尔波尔就借用许多闲散职务的掩护,也沉溺于搜集古物和结交众多的朋友。正是对古昔世界的普遍向往,引起当时人们对歌谣和骑士精神的兴趣的复活,对世世代代在中世纪找到的全部奇迹和神秘的兴趣的复活。沃尔波尔比他的大多数同时代人更全面地开展了对中世纪的狂热崇拜。他在斯特劳伯利希尔建筑了一座哥特式山庄,在那里他可以使自己梦回骑士和寺院生活的岁月。1764年圣诞节前后,一部名为《奥特朗图堡》(Castle of Otranto)的怪诞小说在伦敦"翻译"出版,译者前言声称:"这部小说是在英格兰北部一个古老天主教家庭的书房里发现的,1529年在那不勒斯黑体印行,至于写作年代则无从考证。主要故事发生在通常所说的黑暗时代,但是语言行为则绝无野蛮迹象,行文是纯粹意大利风格。假如该书写于所叙述故事发生后不久,那么它大约成书于第一次十字军出征的1095年至最后一次的1243年之间,或稍后一点。"①这部匿名的小说刚一出版就很流行,直到后来大家才知道,原来这部小说是霍勒斯·沃尔波尔的创作。《奥特朗图堡》就是沃尔波尔在其哥特式城堡里创作的以中世纪英国为背景的充满了罪恶和残忍凶杀的小说,由此开创了西方哥特式小说的先河。这部小说的轰动效应使厌倦了描写爱情和时尚小说的读者耳目一新。作者从一开始就紧紧抓住读者的心,直到故事结束才把谜底揭穿,其中波折迭起、悬念横生。有戴头盔的巨人,有穿着僧服四处游荡的骷髅,有滴血的雕像,有变成活人的画像,这在当时造成的恐怖是惊人的。诗人格雷写道:"它吸引了我们的注意力,有些人甚至给吓哭了,大家晚上都不敢上床睡觉。"②但是作为一种新的小说形式,哥特式小说又具有独特的审美价值。正如当时的批评家威廉·沃伯顿在一篇序言中说的那样:"最近我在《传奇》杂志上读到一篇小说,我敢说这是一部杰作,真正开眼界……我指的是《奥特朗图堡》,书中精彩的想象力借助于判断力使作者升华了主题,它达到了古代悲剧的目的,即通过怜悯和恐惧净化情感。在色彩运用方面,它有着与第一流戏剧家的任何作品一样的伟大与和谐。"美国作家麦尔维尔也认为,沃尔波尔用《奥特朗图堡》打开了传奇文学中一个未曾探测的矿脉。③

《奥特朗图堡》叙述了一个在中世纪古堡内发生的扣人心弦的故事。古堡的

① 《奥特朗图堡》,载马里奥·普拉兹编:《三部哥特小说》,巴尔的摩,1968年,第39页,转引自韩加明:《简论哥特小说的产生和发展》,载《国外文学》,2000年,第1期。

② Lionel Stevenson, *The English Novel: A Panorama*, Boston: Houghton Mifflin Company,1960,p.138.

③ D. P. Vama, *The Gothic Fiction*, The Screcon Press,1987,p.44,47.

统治者曼弗雷德是个暴君,受到莫名其妙的预言的困扰。预言说"等到真正的主人足够强大时,奥特朗图堡和王位将归他所有"。为了打破预言,曼弗雷德让年仅15岁而且身体虚弱的儿子康德拉与伊萨贝拉结婚,但婚礼刚举行,康德拉就被飞来的巨盔砸死,而古堡附近杰罗姆教堂里阿方索塑像头上的头盔恰好不见了。伊萨贝拉在神秘男子西奥多的帮助下逃出了古堡到杰罗姆教堂避难。她的父亲到奥特朗图堡向曼弗雷德索要女儿,并要求他让出王位。找不到伊萨贝拉,曼弗雷德和伊萨贝拉的父亲达成了无耻的交易:两人各娶对方女儿为妻。这时阿方索塑像流出鼻血。两个女儿违背父亲的旨意,同时爱上了西奥多。曼弗雷德听说伊萨贝拉在教堂与西奥多幽会,便冲进教堂杀死那个女人,却发现是自己的女儿玛蒂尔德。奥特朗图堡墙倒房塌,西奥多表明身份为阿方索的孙子,曼弗雷德承认自己毒死了阿方索,窃取了王位。最后阿方索塑像升天,西奥多继承王位并与伊萨贝拉成婚。

《奥特朗图堡》体现了哥特式小说的主要特点。男主人公曼弗雷德是个残忍野蛮的君主,为了达到自己的目的不择手段:谋杀阿方索篡位,要休掉发妻续娶儿媳,并拿女儿做肮脏的交易。这种暴虐的男主人公形象在后来的哥特式小说中十分常见。女主人公伊萨贝拉是个落难弱女子,在阴森恐怖的古堡受尽折磨。这一女性形象在后来的哥特式小说里发展为情感的化身。小说的背景是哥特式建筑古堡,它因为年代久远而部分坍塌。这种古堡既体现了居住者的高贵身份,又表明他们代表的一切已接近穷途末路。小说中的语言和种种超自然现象具有象征意义,与《哈姆雷特》中的鬼魂相似,增加了故事的想象虚幻色彩。沃尔波尔试图把古今两种传奇分别具有的想象与现实主义特征结合起来,他的小说在当时和后世的真正意义都在于突破了现实主义小说的常规,以荒诞的想象激起读者的兴趣和热情。沃尔波尔在再版的"作者前言"中写道,他的目的是把"古今两种传奇结合起来。古代传奇全凭想象,不考虑可能性,现代传奇讲模仿自然,有时也颇为成功。创新虽不缺少,但是想象的源泉却被切近日常生活的戒律所阻塞"①。

《奥特朗图堡》虽然篇幅不长,却在英国文学史上产生了很深的影响。在小说发表30年后形成了一股仿效的文学潮流。其中值得一提的作家有威廉·贝克福特和克拉拉·里夫。

三　克拉拉·里夫

克拉拉·里夫(Clara Reeve,1729—1807)是18世纪后期一位重要的女作家

---

① 《奥特朗图堡》,载马里奥·普拉兹编:《三部哥特小说》,巴尔的摩,1968年,第43页,转引自韩加明:《简论哥特小说的产生和发展》,载《国外文学》,2000年,第1期。

和批评家,她撰写的《传奇文学的发展》(*The Progress of Romance*,1785)以对话的形式探讨从中世纪到现代小说的发展演变,至今仍有参考价值。她的代表作《英国老男爵》(*The Old English Baron*)初版(1777)时名为《美德卫士》(*The Champion of Virtu:A Gothick Story*),作者坦言曾受《奥特朗图堡》影响,次年再版时改名。小说主人公埃德蒙出身贫寒但英武有德,被善良的男爵收养,却受到男爵子侄的迫害。男爵为了考验他的意志和胆识,让他住进传说闹鬼、一直锁闭的古堡东边的一间房子,他却因此发现了古堡的秘密,了解了自己的身世,经历许多艰险夺回了属于自己的爵位。与《奥特朗图堡》相比,这部小说中超自然的神鬼现象大大减少,神秘和恐怖的现象都能得到合理的解释。在《英国老男爵·序》中她说她决心"把古代传奇和现代小说中最动人最有趣的情景结合起来"。

《传奇文学的发展》是里夫夫人撰写的对话形式的批评著作。其中包括了对同时代的人一些有趣的评价。比如认为,"赞扬理查逊先生的作品等于向着太阳打蜡烛"。与此同时她的小说《埃及女王查罗巴的历史》(*The History of Charoba*,*Queen of Egypt*,1785)发表,这是根据一个古埃及传说改写的。

四　威廉·贝克福特

威廉·贝克福特(William Beckford,1759—1844)是一位时髦而又富有的绅士,他和沃尔波尔有太多的相似之处,他出身望族,祖父是成功的牙买加殖民者,父亲曾任伦敦市长。他所受的教育也是一流的,曾经师从年轻的莫扎特(Mozart)学习音乐,师从张伯斯(Sir Wm,Chambers)学习建筑,师从柯赞斯(Alexander Cozens)学习绘画。在日内瓦上学期间,他从遨游欧洲大陆中学习历史。他一方面不断地向往和追求知识,一方面也颇寄情于声色之娱。1779年,他对一位英俊又具有女性魅力的男子威廉·考特奈(William Courtenay)产生强烈的爱慕之情,1781年在公寓热情招待他的这位男友,使人为之侧目。1783年娶阿伯恩伯伯爵(Earl of Aboyne)的女儿玛格丽特·高尔顿(Lady Margaret Gordon)为妻,居住在瑞士的洛桑。3年后,他的妻子死于生产。贝克福特是一个好丈夫,但是他的同性恋倾向并未戒绝,1784年真相偶然泄露,从此他在社交界陷入被孤立的境地。妻子死后,他浪迹欧洲12年,在此期间写了一部游记。从欧洲大陆归来之后,于1796年依仗自己殷实的家产,在故乡威尔特县的芳特希(Fonthill,Wiltsire)拆毁旧屋,兴建巨厦,完全是哥特式的建筑,尖塔高300尺,这座大厦被命名为"芳特希寺"。在这期间他也写了一部神秘的传奇故事《瓦塞克》(*Wathek*,1786)。

芳特希寺的"圣迈克尔展览厅"长百尺以上,所藏的书籍和艺术品,包括法国家具、文艺复兴时期的杯盏铜器、15世纪的意大利的图画,价值连城。后来,贝克福特于1822年放弃大厦,出售的各种物品37天才卖完。他放弃芳特希寺后到了巴兹(Bath),住在一座极为朴实的房子里。芳特希寺不久倾塌。1844年贝克福特去世,享年85岁。

《瓦塞克》是贝克福特的成名作。沃尔波尔虽然异想天开,但他还有一种物质世界的健全感,而贝克福特则完全生活在一种幻想的世界中。《瓦塞克》是一个关于哈里发(伊斯兰教国家政教合一的领袖的称号)的东方故事。主人公瓦塞克是一个哈里发,他不断追求情欲,却又对知识追根究底,在身为巫婆的母亲卡拉提斯唆使下甘愿服侍伊斯兰世界的魔鬼。他先后以50个儿童向魔鬼献祭,然后向荒芜的圣城伊斯塔卡尔进发,据说在那里有史前苏丹所积的财宝。途中瓦塞克爱上了接驾的埃米尔(酋长)之女,强行纳这位女子为妃,最后在母亲逼迫下到达圣城,但得到的不是财宝,而是炼狱的煎熬,并且失去了最宝贵的上天所赐的礼物——希望。这部小说前半部夸张地描写东方的奇异怪诞,后半部却像是浮士德故事的改编。这部小说有可能是贝克福特对自己身世的描述。瓦塞克最后获知自己的命运时,作者沉痛地说:"这就是,应该是,放纵感情与荒唐行径所受的惩罚!"[1]

总而言之,贝克福特的作品中出现的大篇幅的幻想,仍然是沃尔波尔传统的再现。在《瓦塞克》中,作者把东方的神话传说与西方的鬼怪故事结合起来,充满了洞穴和深渊中的大火、飞舞的地府精灵、怪异的小矮人、变为美女的魔鬼、遍地乱滚的肉球等哥特式因素。

五　安·拉德克利夫

安·拉德克利夫(Ann Radcliffe,1764—1823)是沃尔波尔最有天赋的继承者之一,也是18世纪末哥特式小说的集大成者。她本名安·沃德,是一个伦敦商人的女儿,1786年嫁给后来成为《英国新闻》主编的威廉·拉德克利夫为妻。婚后开始了小说的创作,1789—1791年,她每年推出一部小说,很快确立了作为畅销小说家的地位,出版商为她的《乌多尔福的秘密》(*The Mysteries of Udolpho*,1794)预付了空前的500英镑的版税。《乌多尔福的秘密》以最地道的形式出版她的作品:一个纯洁而又敏感的少女处于一个叫作蒙托尼的强有力的残暴色情狂的掌握之中,他拥有一座隔离外界而可怖的城堡,在那里神秘和恐怖笼罩着暗无人迹的走廊和鬼魂出没的房间。她的作品不仅吸引许许多多的读者,而且感染了许多有影响的人士。拜伦在纽斯台的修道院是另一位蒙托尼的复活,而恐怖故事里这些鬼魂对雪莱也变得如此真实。夏洛蒂·勃朗特的《简·

---

[1]　Such was, and should be, the punishment of unrestrained passions and atrocious deeds!

爱》中的罗切斯特,不过是处于中产阶级环境中变相的蒙托尼而已。它也激发了艾米丽·勃朗特在《呼啸山庄》中的想象力。

《乌多尔福的秘密》的故事发生在 1584 年,爱米丽(Emily St. Aubert)出身法国贵族之家,父亲死的时候把她交给孀居的胞姊谢龙夫人(Madam Cheron)监护。爱米丽想要嫁给她的爱人瓦朗古(Valancourt),但监护她的姑母和一个邪恶的意大利人蒙托尼(Montoni)混在一起,不许爱米丽出嫁。蒙托尼挟持爱米丽和她的姑母前往意大利亚本南山危岩上的一座古堡,他想要霸占这两个女人在法国的财产。古堡荒凉阴森,又如庞大的牢狱,刚到的那天晚上,爱米丽寻找她的卧室,尽管有人带领可她还是迷了路,每一间房像一口井。蒙托尼打算把爱米丽嫁给一个她不爱的人——莫兰诺伯爵(Count Morano)。不久之后,她的姑母因受不了幽闭的生活而死,爱米丽也不得不承诺把财产让渡给蒙托尼。最后蒙托尼被威尼斯当局逮捕,爱米丽收回了她的合法财产,终于和瓦朗古结婚。

这部小说将感伤情调和恐怖的悬念完美地结合起来,既有感伤主义的情感渲染气氛又有哥特式小说的神秘之处。比如,第一卷关于爱米丽与父母在乡间隐居生活的描写,不比一般的感伤小说逊色。而小说对爱米丽被恶棍姑父劫持进古堡的描写更让人难忘。这座古堡因无人居住而潮湿幽暗、阴森恐怖。爱米丽的卧室被安置在古堡中一个人迹罕至的偏僻角落。在带她去卧室的途中,侍女提到黑幔布遮盖的画,却不敢打开盖布。爱米丽让侍女端着灯,自己去拉,但侍女端着灯离去,爱米丽只好跟上。夜里她闩好门,第二天却发现有人进来过。许多怪事接二连三地发生,使读者和人物都处在无比的恐惧和紧张中。后来爱米丽终于鼓足勇气去拉黑幔布,小说这样描写:"伸手颤巍巍地拉起幔布,但是马上又放下了——看到后面藏的并不是一幅画,她还没有走出屋子就昏倒在地。""刚苏醒过来,一想起看见的东西,她差点儿又昏死过去……恐怖笼罩心头,使她一时刻忘记了过去的磨难和对未来的恐惧。"这种半明半暗的描写让人为主人公爱米丽的命运感到深深的担忧。

拉德克利夫的最成功之处就在于她善于营造一种朦胧的恐怖气氛,正如埃德蒙·伯克所说的:"没有哪一种激情比恐惧更有效地剥夺了人行动和思维的能力。最有效操作的激情是惊奇,它以某种程度的恐惧使心灵处于完全迷幻的状态。"[1]这种恐怖的气氛引导读者跟着她走,被故事的恐怖和惊奇所迷惑,在不知不觉中丧失自己的理性判断能力,她使用一种内外结合的叙述方法取得这种效果。有时从外部描写人物、景色,有时又以间接独白的方式展示人物的内心情感。但更多的时候她综合使用这两种方法,使场景和事件激发起读者的情感,又反映人物的情趣,同时保留了作者对事件做出评判的权利。

---

① 高继海:《试论英国的哥特式小说》,载《上海师范大学学报》,1997 年,第 2 期。

比如小说中对乌多尔福城堡的描写就是一个典型。

> 天近傍晚时,小路蜿蜒着深入山谷。那看上去不可接近的群山几乎把它围在中间。东边的远景展现出阿平宁山最黑暗的恐怖,远处被青松覆盖的层峦叠嶂的山峰显现出爱米丽从未见到过的辉煌壮观。太阳刚刚落入她走下的山顶后面,但那斜照的昏黄余晖穿过峭壁的一处空隙洒落在对面山顶的林间,照在那悬崖边缘一座壁垒森严的城堡和尖塔上。这座被夕阳点燃的城堡与下面山谷的黑暗形成对比,显得格外耀煌夺目。
>
> "那儿,"蒙托尼打破了几个小时的沉默说,"就是乌多尔福城堡。"
>
> 爱米丽怀着忧郁的恐惧盯视着城堡,她知道那是蒙托尼的。虽然被落日的余晖照亮了,城堡哥特式的巨大及其深灰色石城围成的破旧壁垒使它显得阴森而壮丽。在她注视着的时候,光线从墙上消失了,留下一抹忧郁的紫色,这紫色逐渐加深,而上面的城堡仍沐浴在落日的余晖中。余晖从这里也褪去了,整个建筑融入夜晚庄严的肃穆中。沉默、孤独、崇高,城堡似乎是君临这里一切景色的统治者,对敢于侵入其领地的一切表示不满。随着暮色加重,城堡在朦胧中显得愈加可怕。

第一段是典型的哥特式景物描写,在纯景物的描写中,城堡作为风景的一个组成,它具有它的物性,并以真实的面目给我们呈现出它壮美的本质来。作品是以散文形式呈现的一幅萨尔瓦多·罗莎的风景画:近景是起伏的群山环绕着一片山谷,远景是布满黑色恐怖的阿平宁山区。日暮西沉,它的余晖照耀在对面山顶悬崖上的一座古堡,其光明与下面的阴暗形成鲜明的对照。此刻古堡成为注意的焦点,它的辉煌像风景中的一个感叹号,既满足了我们的审美情趣,又激发了我们的情感。强烈的音响效果是通过上与下、明与暗的对比取得的。

可是,当人物的情绪参与进来的时候,城堡不再是作为物存在了,而具有人给予它的意蕴。当蒙托尼告诉了爱米丽城堡的名字,叙述视点从叙述人转到了爱米丽。有了名字和所有者的古堡在爱米丽的眼里立刻变了样子,此时,城堡不再是审美的对象,而成了恐怖的象征。爱米丽用"忧郁的恐惧"盯视着"阴森"的城堡,而黑暗的降临使那"阴郁的景色"变得越来越沉重。在那"令人畏惧"的暮色中,"沉默、孤独"的古堡呈现出"可怕"的权威。于是,这一系列的形容词和拟人手法的运用在爱米丽的心中进行了一次翻天覆地的熔铸,她将客观的城堡主体化、拟人化。古堡的恐怖形象在她心中扩张、变形、重组,以至于在她想象中"几乎料到"匪徒会在这噩梦般的地方出现,所以她把来到城堡比作进了监狱是不足为奇的。

1797 年,拉德克利夫出版了她小说创作中最著名的《意大利人》(*The Italian*)。作者接受了恐怖故事的结构体制,但把它同感伤情调和具有感伤气息的风景结合起来进行描写。维瓦蒂爱恋爱兰娜,但是维瓦蒂的母亲不同意。神父谢东尼是一个卑鄙的小人,维瓦蒂的母亲和谢东尼合谋想除掉爱兰娜。于是谢东尼挟持爱兰娜到一个修道院,爱兰娜与维瓦蒂一起逃亡。谢东尼追踪,逮住他们俩,将维瓦蒂交给宗教裁判所,同时准备谋杀爱兰娜。正欲举刀杀害爱兰娜的时候,谢东尼发现了她的项链上系的小盒子,知道了爱兰娜是自己的亲生女儿,于是不忍心下手。他改变心思,帮助这一对爱侣逃亡。因此,他自己步入了宗教裁判的法网。这一个凶恶的神父是拉德克利夫创造的最突出的人物,成为后来拜伦诗篇中常见的英雄恶汉最早的模型。

安·拉德克利夫的小说还有《阿兹林与丹班的堡垒》(*The Castle of Athlin and Dunbayne*,1789)、《西西里罗马斯》(*A Sicilian Romance*,1790)、《森林罗曼斯》(*The Romance of the Forest*,1791)等。

六　马修·格雷戈里·刘易斯

马修·格雷戈里·刘易斯(Matthew Gregory Lewis,1775—1818)也是哥特式小说的重要作家。他在前面那些作家创作的基础上不断创新,注重挖掘人潜意识和心理的罪恶和丑陋,并塑造出了典型的恶魔修道士的形象,对后来 19 世纪的文学创作产生了巨大的影响。

刘易斯生在一个有权势的家庭。他的父亲是一个政治家,母亲出身于宫廷。但是父母早年分居,他随母亲长大,曾在威斯敏斯特和基督教会接受教育。1792 年他在德国魏玛结识歌德,1794 年获得牛津大学学士学位。同年,在父亲的帮助下,赴英国驻海牙大使馆工作。其间,他生活过于悠闲而显乏味,于是在英国女作家安·拉德克利夫小说的启发下,同时受到德国民间传说的影响,开始创作哥特式小说。长篇小说《修道士》(*The Monk*,1894)的出版使刘易斯获得了一笔可观的稿酬,也实现了从经济上帮助母亲的愿望。21 岁那年,他被选为国会议员,后来相继结识了司各特、拜伦和雪莱等人。1796—1813 年,他又创作了一系列小说和剧本。1813 年后,他放弃写作,携带大笔钱财,赴西印度群岛致力于糖业。1815 年赴牙买加,在那里的种植园里推行人道主义改革,善待奴隶。1816 年返回英国,然后在欧洲大陆进行历时一年半的漫游。其间将歌德的《浮士德》口头翻译给拜伦。1817 年再赴牙买加,进一步推行奴隶制度改革。1818 年 5 月 16 日,在返回英国途中死于黄热病并葬于大海。

《修道士》是刘易斯在受到《乌多尔福的秘密》的启发后的创作,也是他 19 岁时创作的一部哥特式小说,同时也是他的成名作和代表作。在写这部作品的时候,刘易斯在给母亲的信中描述了他当时的心情:"我告诉你,我用了十个星期,写了一本三四百页的传奇故事,你信不信?我已经誊好了一半。书名叫'修道士',我觉得很好,书商若不要,我就自费出版。"①1796 年本书问世。虽然是作者19 岁时的创作,但是这部小说一经问世仍是颇为引人注意的,并为作者赢得了"修道士刘易斯"的雅号,以至于很多人误以为刘易斯是职业牧师。刚满 21 岁刘易斯就成了国会议员,而且从第二版开始刘易斯就署上了议员的头衔,没想到这却招来不少麻烦。约翰·贝里曼指出:"这是火上浇油。一个'议员'竟大言不惭地兜售这种违背道德、亵渎神灵的东西激怒了包括柯尔律治在内的许多人。"②甚至还有人扬言要将作者告上法庭。无奈,刘易斯被迫对小说进行了删改。

这部小说以 16 世纪西班牙首都马德里卡普琴斯修道院为背景,讲述了一个关于野心、暴力、乱伦和谋杀的故事,对纵欲和兽性做了史无前例的大胆描写。小说巧妙借用了变相的浮士德题材,表现了主人公安布罗斯的堕落。安布罗斯是卡普琴斯修道院的院长。他长得一表人才,学识渊博,颇受西班牙人的敬慕和崇拜,许多达官贵人都以由他做忏悔师为荣。他正直善良,忠于上帝,一直过着修道士的隐居生活。除了献身上帝的幸福外,他不知道还有什么会更幸福,更不知道女人能给他带来快乐。但是,他在魔鬼派来的美女马蒂尔德的诱惑下,体验了人的快乐,他那潜伏在内心深处的欲望便一发不可收拾。昔日牢不可破的宗教屏障顷刻间土崩瓦解。从此,他沉溺于肉欲之中不可自拔。但为了掩饰心中的渴望而不被人发现,他表面上比以往更加虔诚,但是内心却放弃对上帝的忠诚,甚至在愤怒时把他崇拜的圣母画像扔在地上,用脚践踏。

当他征服了马蒂尔德后,又很快厌倦了马蒂尔德,对她除了发泄自己的兽欲外,已无任何感情而言。堕落的他开始贪婪地捕猎每一个前来忏悔的女孩子。当天真纯洁的少女安东尼娅进入他的视线后,他便卑鄙地盘算如何占有她。为了得到安东尼娅,他违背了决不离开修道院的誓言,亲自去安东尼娅家为她病重的母亲埃尔维拉做祈祷,但他的心思全在安东尼娅的身上。他没有放弃任何一个勾引少女的机会。当他的企图被安东尼娅的母亲识破后,他恼羞成怒,并发誓要报复。因此,在他深夜潜入安东尼娅的卧室,对酣睡中的安东尼娅施暴而被埃尔维拉发现后,他竟残忍地将埃尔维拉杀害。而后,他又与马蒂尔德勾结,借助魔术,把安东尼娅藏入墓穴,以达到长期占有她的目的。他把自己所犯的罪孽都归咎于安东尼娅的美丽,把武断的狂怒和虐待都倾泻在她身上。可怜的安东尼娅在被安布罗斯奸污后,又被他丧心病狂地杀害。但是,让人痛惜的是被他杀害的这两个女人,一个是他的母亲,一个是他的妹妹。

小说中与安布罗斯这条主情节同时交织发展的还有阿格妮丝和雷蒙德历经

---

①②　约翰·贝里曼:《僧人:导言》,载《僧人》,1959 年,第 19 页,转引自韩加明:《简论哥特小说的产生和发展》,载《国外文学》,2000 年,第 1 期。

痛苦与死亡的磨难后终成眷属的情节。阿格妮丝纯洁无瑕,为人善良,但不幸的是,她一生下来就注定要被送到修道院接受教育。可她向往所有青春的自由和乐趣,鄙视修道院那些荒唐可笑的仪式。后来在林登堡,她与豪爽侠义、英俊潇洒的侯爵雷蒙德相爱。然而他们的爱情遭到了阿格妮丝姑妈的反对。为了能走到一起,他们协商出逃计划,但是计划没有实现,阿格妮丝还是被强行送到修道院。雷蒙德没有放弃出逃的想法,他给阿格妮丝的书信被安布罗斯发现,安布罗斯冰冷的心没有被阿格妮丝的苦苦哀求打动,相反,他要给阿格妮丝无情的惩罚。他将阿格妮丝交给女修道院院长多米娜。多米娜凶狠残忍,将阿格妮丝打入肮脏的墓穴,让她尝受各种折磨,但是多米娜的暴行最终遭到惩罚,阿格妮丝也终于获得了新生。[1]

刘易斯这部小说的主要成就体现在以下方面:

首先,在安·拉德克利夫作品中恐怖呈现为一种气氛,并且具有浓厚的说教色彩,这些缺点没有出现在刘易斯的作品中。他转向人物,尤其是对人物内心的剖析。刘易斯对痛苦、恐怖和邪恶的描写,对沉溺于孤独和自恋情绪下的矛盾的心理世界的剖析,以及对潜意识变态心理和罪恶意识的挖掘,对后世的文学产生了深远的影响。爱伦·坡是19世纪美国著名作家,被誉为世界推理探案小说的鼻祖,其作品中对恐怖和邪恶的描写、对变态心理的探究以及对疯狂与死亡的价值取向都明显受到刘易斯的影响。

其次,可以说安布罗斯的形象是西方小说史上某种特定人物形象的里程碑,开了恶魔修道士形象的先河。尽管以前的文学中也有表现人物的宗教信仰和情欲之间冲突的描写,比如中世纪的《忏悔录》和《阿伯拉与哀绿绮思的情书》,虽然直接表现了宗教与情欲的冲突,但其价值指向是真、美、爱,前者表现出一种诗意的美德,而后者则抒发"甜蜜的罪恶",但安布罗斯则是一个彻底堕落的恶魔形象。这一形象对后世诸如雨果、霍夫曼等许多作家产生了深刻的影响。雨果的《巴黎圣母院》中的副主教克洛德身上就深深地留有安布罗斯的印记。

最后,在这部小说中,刘易斯把可信的现实和怪诞的超自然因素结合起来,产生了强烈的恐怖效果。威廉·华兹华斯对刘易斯的哥特式小说极为称道,说他的小说"太配观众的胃口了,简直像手套戴在手上一样"。安德尔·布雷顿则认为:"维克多·雨果和巴尔扎克早期的小说都直接受到《修道士》的启发。"

---

① 李伟昉:《西方哥特式小说的经典之作——论马修·刘易斯的〈修道士〉》,《河南大学学报》(社会科学版),2002年,第3期。

第三编　成熟繁荣期

——19 世纪的小说

第三章　19世纪初期小说

第一节　概　述

一　历史文化背景及文学状况

19世纪欧美无论在政治经济、科学精神、思想文化还是文学艺术上都十分辉煌。这一时期,欧洲社会完成了由封建社会向资本主义社会的历史性过渡,资本主义由自由竞争阶段逐步走向垄断阶段。资本主义制度形成后,欧洲社会中人的生存处境发生了重大变化,人对自身的认识也不断深化。资本主义新的政治经济制度打碎了原有的社会结构,改变了人与人之间的关系。在封建时代,每个人在社会秩序中都有自己应该感到满足的固定位置,每个人的地位与价值似乎一生下来就已被确定好了,无须做出个人的努力。爱上帝、爱邻人、四海之内皆兄弟的基督教伦理观念使人与人之间无不温情脉脉。在社会经济上,行会制度限制了商品交换的地域范围,人们参与商品交换的主要目的是获取生活必需品,而不是积聚财富,否则是要受道德谴责的。因此,在封建时代,尽管商品经济不发达,人的物质生活相对处于贫困状态,但人们却有一种满足感、稳定感和安全感。资本主义的出现,使得传统的社会关系被破坏了,个人从封建束缚中解放了出来,商品经济激活了人们的竞争意识和物欲意识,人的自我观念得到了强化,人的命运也发生了重大变化。资本主义制度下,"人的群体关系恶化,个人从家长式的专制及等级制度中'摆脱'出来,却付出了放弃群体联系这个代价。人们的相互关系失去了道德义务感和情感特征,从而变得靠单一的经济利益来维持。所有的人际关系都基于物质利益"[1]。因此,资本主义的出现一方面标志着社会的进步和人类文明的向前发展,它给人带来了一定程度的解放和物质的富裕,另一方面又使人与人、人与社会、人与物之间的关系恶化,新的文明给人带来了新的束缚,尤其是物对人的束缚,使人的自由得而复失。正是在这种历史背景下,人对自身的处境、命运与前途的思考也不断深化。资本主义的产生与发展改

---

[1]　埃凯:《世界范围内的反现代化思潮》,张信译,贵州人民出版社,1991年,第76页。

变了人的生存处境,促使了西方文化价值观念和精神心理的变化,也带来了文学思潮的新旧交替与更迭。

欧洲政治革命在经历了 17 世纪英国革命、18 世纪全欧性启蒙运动后,在 1789 年迎来了标志着资产阶级胜利的法国革命。法国革命以温和的贵族革命为开端,转向资产阶级革命,发展到暴风骤雨式的民众革命,摧毁了封建统治。尽管在相当长的一段时间内,法国复辟与反复辟斗争激烈,政权形式和政治体制屡屡变更,但资产阶级的政治地位已经确立,"自由、平等、博爱"的革命口号传播到整个欧洲,最后传播到整个世界。在资本主义民主自由运动蓬勃发展的同时,许多欧洲国家的民族意识高涨。拿破仑失败后,以俄国、普鲁士、奥地利为首的封建势力采取各种措施力图阻挡自由主义和民族主义的时代潮流,但接踵而至的革命对反动的新秩序发起了猛烈的冲击。对英国来说,拿破仑的失败,使自己在欧洲的地位得以巩固,接着,英国通过社会、经济和政治改革,缓解了国内的矛盾。

总体上看,19 世纪初期对英国来说是一个社会矛盾此消彼长、风云变幻的重要时代。尽管科学革命、工业革命和政治革命的起源可以追溯到更早,但它们的巨大影响已充分显现出来。三大革命相互影响,共同发生作用。于 18 世纪最后 25 年开始进行的工业革命影响了科学革命,并转而受到科学革命的影响。工业革命使欧洲从农业的、手工业的经济阶段向城市的、机器驱动的制造业占统治地位的经济阶段转化。经济发展造就了新的阶级,带来新的阶级意识和政治要求,最终改变了原有的社会结构和社会模式。工业革命首先开始于英国。圈地运动和海外贸易使英国积累了丰厚资本,全社会弥漫着追求财富的进取精神,使得英国工业革命在金钱、社会文化和心理方面做了充分的准备。数百年来技术发明和改进成果的积累,促使英国在 18 世纪 80 年代迎来了瓦特蒸汽机在动力上的历史性突破,由此推动了纺织业、采矿业以及交通业等各行各业的发展。英国率先跨入"工业民族"的行列,在物质财富的生产方面取得突飞猛进的发展。

英国最早实行政治变革,为西方资本主义的民主制度树立了榜样。但是,1688 年的"光荣革命"只是完成了君主专制向寡头统治的转化,多数人仍然被排除在政治权力之外。从 18 世纪末起,建立民主制成为英国新的历史任务,因工业革命而壮大的工业阶级向土地阶级要求分享政权。在法国革命影响下,英国资产阶级民主运动在 18 世纪最后 10 年开展得如火如荼。著名的民主思想家葛德文(1756—1826)与维护传统的伯克展开激烈论战,他与潘恩(1737—1809)等人热烈拥护法国革命所体现出的民主民权思想,在民主派乃至工人中都有很大影响。以"伦敦通讯会"(1792 年成立)为代表的英国第一批工人阶级政治组织出现,中下层人民联合起来,一场声势浩大的群众性议会改革运动在英国迅速兴起。

　　就文学而言,19 世纪初期欧洲文学的大潮是浪漫主义,它于 18 世纪末 19 世纪初在欧美流行,一直延续到 19 世纪末。浪漫主义文学运动,发源于法国启蒙思想家卢梭的思想观念和德国的狂飙突进运动。但是,它在 19 世纪初期得到迅速发展,并成为全欧性的文学主流,又是得益于这一时期的哲学思想和社会思潮。

　　资产阶级革命对民主、自由的张扬,对个人价值、权利的肯定,启发作家们在文学中反对古典主义对人的情感本性和内在力量的漠视,寻求对人的情感的自由表达。以唯心主义为基调的德国古典哲学,本身就是哲学领域里的浪漫运动。它与强调个人感性经验的英国经验主义哲学相呼应,成为浪漫主义文学运动的哲学基础。康德(1724—1804)和席勒(1759—1805)等人对天才、想象力与独创性的推崇和颂扬,把自由看作美的艺术之精髓的观点,对浪漫主义文学强调主观精神和个人主义倾向起了引导和推动作用。值得注意的是,欧洲革命孕育、发展的思想意识除了近代民主、民族思想,还有社会主义学说。面对工业革命带来的贫富冲突,出现于 19 世纪初叶的空想社会主义者,试图谋求人类的共同福祉而非个人福利。杰出的空想社会主义者——法国人圣西门(1760—1825)和傅立叶(1772—1837)、英国人罗伯特·欧文(1771—1858)——不满资本主义制度,提出了建立更公正的理想社会的理论和方案。尽管他们的美好构想因为回避社会斗争而流于空想,但他们的主张依然影响到浪漫主义作家。

　　浪漫主义文学是在冲破古典主义束缚、继承英国的感伤主义、德国的狂飙突进文学和法国作家卢梭的创作的基础上发展起来的。社会心理的变化,也就包含了审美心理的变化。这时,无论是作者还是读者,都对以理性为准则、与封建王权相妥协的古典主义文学失去兴趣,而对崇尚大自然、感情色彩浓郁的感伤主义文学以及富有神秘色彩的哥特式小说等文学作品十分青睐。感伤主义文学强调理性与感情并重,是主情和多愁善感的文学。它常常用理想化了的大自然的美来对照现实社会的丑,以农村纯朴、宁静的大自然来否定工业社会的弊病。它对浪漫主义文学的产生起了重要作用。就具体作品而言,像卢梭的《新爱洛绮丝》、歌德的《少年维特的烦恼》,尤其是斯特恩的《感伤的旅行》,都和浪漫主义文学思潮有血缘联系。爱尔兰作家梅图林的《漫游者美尔莫斯》是哥特式小说的代表,它的那种以怪诞形式反映现实生活,充满恐怖与神秘色彩的艺术风格,也为浪漫主义所继承。所以,浪漫主义文学思潮的产生,除了受外在因素影响外,又是文学内部自我调节的结果,有文学自身规律的作用。

　　浪漫主义文学表现了对理性的不满与反抗。在启蒙哲学家那里,理性是有其特定含义的,而在浪漫主义者心目中,"理性"代表的是同"自然"相对而言的文化与文明,因而与人的自然本性和感性能力相对。文化与文明作为一种外在于人的客观存在,是人自己创造的——如科学与宗教等,因而,它在特定的条件下是合乎人的生命存在与发展之需要的,也就是合乎生命原则的。但是,人作为一种就其本源而言的"自然之子",其自然感性之欲望对文化与文明又有本能排斥之冲动,因为文化与文明在本质上是理性的,是对人的自然天性的一种限制。所以,在这种意义上,文化与文明又有背离人的生命和自然本性,与人的感性本质相冲突的一面,这就是文化与文明的悖论。浪漫主义对"理性"的反抗与批判,实质上是个体的人对传统文化和现代文明的反抗,是对人的感性世界的解放和个性自由的呼唤。浪漫主义可谓是西方文明史上第一次大规模的人对文化与文明的自觉疏离与反叛,是人对精神独立与精神自由的追寻。马克思·韦伯说:"理性化的非理性存在,是文明社会的症结所在。"而卡尔·马克思说:"一切属于个人的感性世界的彻底解放,是社会解放的真正起点。"①因此,由卢梭"返回自然"滥觞出来的浪漫主义文学思潮,热衷于发掘人的感性世界,既是对启蒙运动以来人的解放思想的一种传承,又是对启蒙运动理性主义思想的一种反叛。浪漫主义对进步与理性的批判导致了现代审美文化的诞生。

　　19世纪的英国从经济发展到政治制度建设,都处于欧洲乃至世界的领先地位,在文学成就上也毫无疑问是佼佼者。在18世纪末期初露端倪的英国浪漫主义诗歌到19世纪初进入辉煌时期。

　　英国浪漫主义诗歌明显分为两派,即"湖畔派"和"撒旦派"(又称"恶魔派")。"湖畔派"指19世纪英国早期浪漫主义运动中的一个流派。主要代表人物有威廉·华兹华斯(William Wordsworth,1770—1850)、萨缪尔·柯尔律治(Samuel Taylor Coleridge,1772—1834)和罗伯特·骚塞(Robert Southey,1774—1843)。他们同情法国大革命,对资本主义的工业文明和金钱关系感到不满,主张回到大自然,复兴宗法制。他们常常隐居于英国西部的昆布兰湖区,寄情于湖畔山水,歌颂大自然,缅怀中世纪,以表示他们对现实社会的不满与憎恶,"湖畔派"也就因此而得名。"湖畔派"诗人中最出名的是华兹华斯。他倡导"自由"与"民主",他的诗歌是时代精神的表达,"他参与并臣服于那个时代的革命浪潮","如果他生活在另外一个时代,那么他可能一事无成"。他对自然的崇尚,与对"自由"的向往有内在的一致性。"撒旦派"诗人主要有拜伦(George Gordon Byron,1788—1824)、雪莱(Percy Bysshe Shelley,1792—1822)和济慈(John Keats,1795—1821)。1821年,骚塞在《审判的幻景》一文中对拜伦、雪莱、济慈等进行猛烈攻击,把拜伦的作品说成是恐怖、嘲笑、下流、邪恶的荒谬结合。拜伦也以《审判的幻景》为题进行回击。由于这些诗人蔑视传统、敢于斗争,因而被英国绅士斥为"撒旦"(即魔鬼),所以,文学史上就称以拜伦、雪莱、济慈等为代表的诗人为"撒旦派"。在思想上,他们和"湖畔派"诗人有分歧;在艺术上,他们继承并发

---

　　① 朱学勤:《道德理想国的覆灭》,三联书店上海分店,1994年,第41页。

展了"湖畔派"开创的浪漫主义诗歌传统。"撒旦派"诗人具有叛逆精神,尤其是拜伦,他"堪称精神文化领域里横扫一切的拿破仑"①,所谓"拜伦主义"和"拜伦式英雄",都是精神反叛的代名词。由此,他的名声遍布世界,美国著名作家杰克·伦敦说:"你们读一百本杂志还不如读拜伦的一行诗歌。"②如此多的天才诗人和精湛诗作,继莎士比亚时代之后,把英国诗歌再度推上世界文学的高峰。

　　虽然,19世纪初英国文学的成就首推诗歌,但小说的成就也不可忽视。19世纪上半叶,随着报纸和出版等传播媒介的新发展,英国小说的影响开始超越诗歌,特别是长篇小说,数量之多是空前的,读小说成了民众的主要娱乐方式。小说评论家 R. C. 特瑞曾经说:"我们的民族好像是小说爱好者,无论是当今首相还是普通平民家女孩都在读小说。"③"从城市到乡下……不同职业的男女老少,都喜欢读小说。"④"读者众的阅读趣味虽不一致,但基本上都以娱乐消遣为目的。这种娱乐性的大众文化阅读浪潮和阅读期待孕育了小说的市场,而市场和读者趣味也反过来引导了作家的创作。"⑤

二　英国小说发展概况

　　18世纪,笛福、理查逊、菲尔丁等小说家深受启蒙时代理性主义思想浸染,小说创作奉行写实主义原则。但是,新的潮流也在涌动。理查逊对近代长篇小说的贡献除了非传奇化的创作倾向,还在于把人物情感心理描写置于小说中心。从理查逊到斯特恩和哥尔德斯密斯,18世纪后期的英国小说由推崇理性转而崇尚情感。"感伤主义继承了启蒙主义传统,善于从经验论哲学中汲取营养,把主观思想感觉放大,并把人的情感、本能和习惯等非理性因素引入文学创作中。"⑥感伤小说的代表作家斯特恩进行大胆的写作实验,把小说的表现对象从外部的物质世界转向人物的感性生活、精神世界。他肯定人的自然情感,并在文学创作中充分表现这种情感,他的《感伤的旅行》就是这方面的典型作品⑦。与感伤小说几乎同时兴起的还有作为浪漫主义小说先驱之一的哥特式小说,它们都是对

---

①　蒋承勇:《西方文学"人"的母题研究》,人民出版社,2005年,第295页。

②　参见 http://book. beifabook. com/product/BookDetail. aspx? Plucock=702006131。

③　R. C. Terry, *Victorian Popular Fiction*, *1860—80*, London:Macmillan,1983,p. 2.

④　Anthony Trollope, *An Autobiography*, Oxford:Oxford University Press, 1980, p. 219.

⑤　蒋承勇:《娱乐性、通俗性与经典的生成——狄更斯小说经典性的别一种重读》,《浙江社会科学》,2014年,第9期,第122页。

⑥　杨金才:《论英国感伤主义文学》,王守仁等编:《英国文学史论》,上海外语教学出版社,2016年,第166页。

⑦　Thomas Keyer, "Introduction". *The Combidge Companion to Laurence Sterne*, Cambtdge:Cambridge University Press,2009,p. 1.

18世纪启蒙主义者的理性主义思想的反拨。

哥特式小说在19世纪初得到继续发展。安·拉德克利夫的最后一部哥特式小说《加斯顿·德·邦德威尔》(*Gaston de Bondeville*)是在她去世3年后的1826年出版的。查尔斯·罗伯特·梅图林的哥特式小说学习拉德克利夫和刘易斯的风格特点,又带有哲学性质的讨论。浪漫主义诗人雪莱写过两部哥特式小说:《查斯特洛吉》(*Zastrozzi*,1810)和《圣伊尔温》(*St. Irvyne*,1811)。他的妻子玛丽·雪莱的小说《弗兰肯斯坦》是哥特式小说的新发展,具有科幻色彩,在活跃的艺术想象中触及了人性、科学的伦理价值等诸多问题。

尽管从18世纪末期到19世纪初期,粗制滥造、荒诞不经的哥特式小说充斥文坛,但哥特式小说作为一个小说品种,在小说史上做出了令人瞩目的贡献。它对想象的倚重、对中世纪的浓厚兴趣,直接影响到司各特的创作。而19世纪英国小说的瑰丽画卷正是以这位小说家的新型历史小说作为开端的。

司各特本是浪漫主义诗人中的一员,转向小说创作后,又把浪漫主义精神引进了他的小说。在诗人气质中,司各特最推崇的是想象力和强烈情感。他认为小说家"不仰仗具体事物的协助,只通过激情的想象力。他以全部力量诉诸幻想和想象世界",这道出了浪漫主义作家共同的精神和美学追求。不满于古典主义作家言必称古希腊罗马的创作倾向,浪漫主义作家钟爱取材民族历史、描写中世纪的历史小说体裁,而司各特正是公认的"欧洲历史小说之父"。从1814年起,他写了27部长篇历史小说,在反映史实、描摹世态中糅合了中古传奇和哥特式小说的要素,驰骋想象,将历史真实性与艺术创造性很好地结合起来。因此,文学史上把他的小说视为真正意义上的历史小说。他的历史小说鲜明地体现了浪漫主义小说的特点,几乎成了浪漫主义小说的同义语。身为苏格兰人,面对英国社会越来越鲜明的工业化和城市化趋向,他偏爱描写尚没有被现代文明污染的中世纪、苏格兰宗法制社会生活方式和纯朴人性,将苏格兰人豪放的性格特点糅合在对自然风光的描写中。他的小说中对戏剧性非凡事件的喜爱和描写、对自然质朴的民间文学的钟情和化用、对美丽自然景物的赞美和描绘,都闪烁着浪漫主义文学的独特光彩。

与德、法等国的浪漫主义小说相比,司各特的小说又有着鲜明的自身特点。19世纪初期,诗歌成为主导性文学体裁,诗性也影响到散文体的小说。此时期小说的精神是诗化的,对内心世界的描述超过对客观世界的反映。从歌德的《少年维特的烦恼》(1774)开始,到斯达尔夫人的《苔尔芬》(1802)、《柯丽娜》(1807),夏多布里昂的《勒内》(1802),乔治·桑的《印蒂亚娜》(1831),缪塞的《一个世纪儿的忏悔》(1836),浪漫主义时代的小说直接呈现崇尚自由、推崇自我的社会心理,都带有作者自身生活特别是心理生活传记的色彩,着意表现自我,关注人物的内心世界。小说文体也是诗化的。在德国,浪漫主义作家偏爱小说创作是因为他们认为小说是还没有规范、无所不包的"自由的形式"。弗里德里希·施莱格尔(1772—1829)的长篇小说《路琴德》(1799)将抒情的信札、断片、对话等混在一起,没有统一的故事情节,结构松散。诺瓦利斯(1772—1801)的《亨利希·封·奥夫特尔丁根》(1802)和蒂克(1773—1853)的《法朗茨·斯特恩巴尔特的游历》(1798),写人物的漫游和思想感受,没有统一或者复杂的情节。夏多布里昂(1768—1848)在中篇小说《阿达拉》(1801)的初版序言中,把自己的作品称为"一部半描写半戏剧性的诗篇"。他的小说并不倚重曲折离奇的故事,而是着墨于对人物激情和心灵的描写和对蛮荒之美和异国情调的渲染。相对于德、法小说内容上着重"表现自我"、形式上自由散漫的风格特点,司各特的小说在倚重想象的同时,重视对社会历史图景的展现和故事情节的精心安排。从他的小说创作中,可以清楚看到菲尔丁的影响。他通晓风俗,洞察人性,富于想象,以讲故事为创作第一要素,善于驾驭宏大的历史场面,一扫以往历史题材小说情节虚幻、结构松散、篇幅冗长的弊病。与菲尔丁一样,司各特没有采用18世纪小说家钟爱的书信体形式和第一人称叙述,而是采用第三人称全知叙述形式(这种叙述方式成为后来维多利亚时期小说的常规)。叙述者常常以历史学家自比。因此,司各特对小说史的贡献并不局限于历史小说或是浪漫主义小说类型,他对欧洲19世纪以反映社会为己任的现实主义小说创作也具有显而易见的启示作用。

　　也在浪漫主义时代创作的简·奥斯丁,小说风格大大不同于司各特和玛丽·雪莱。"从简·奥斯丁开始,英国小说翻开了崭新的一页。她一扫感伤小说和哥特传奇的靡靡之音,为浪漫主义向现实主义平稳过渡做出了极大的贡献。"①她似乎疏离于这个风云变幻的时代,既不像浪漫诗人那样寄情山水或高歌理想,也不像传奇作家那样寻古探幽、写怪志异。对于摄政王卡尔顿王宫图书总管克拉克先生邀她写历史传奇小说的建议,她这样回答:"我充分理解一部以萨克斯·考博格宫为背景的历史传奇小说远比我现在写的乡村家庭生活的图景更会名利双收。但是我不会写传奇,正如不会写史诗一样。"②奥斯丁有着自觉、清醒的创作意识。③ 她生活的时代正值欧洲政治风云激荡的时期,不少奥评家论证她并非一个幽居的外省淑女,她的两个兄弟在英国海军服役,在对拿破仑的战争中得到晋升。她多次随家人旅行、迁居,不可能与当时欧洲的重大历史事件隔绝。但是她的作品反映出来的确实是个相当平静、较为窄小的世界。她把自己的创作比喻为在一块两寸宽的象牙上用细细的画笔轻描慢绘。她只从自己最熟悉的生活范围中取材,视"描绘一个村镇上的三四家人"为自己生活的乐趣,以

---

　　① 李维屏等:《英国文学思想史》,上海外语教育出版社,2012年,第363页。

　　② 朱虹编选:《奥斯丁研究》,中国文联出版社,1985年,第366页。

　　③ Margaret Stonyk, *Nineteenth-Century English Literature*, London: Macmillan, 1983, p. 48.

喜剧精神观照和描写小天地里的凡人琐事,却在对世态人情的表现、人物形象的塑造、故事结构的安排、语言的运用等方面显示了大功夫。"她描写每日的生活见闻和人的行为,这些都给人类的经验带来一种新鲜感。"她曾经在她的小说《诺桑觉寺》中为那些被世人轻视的小说辩护:"它们展现了智慧的最伟大的力量;作者用最精确的语言向世界传达了对人性的最彻底的了解,而且巧妙地描述了其丰富多彩的各个方面,文中充满了最活泼的机智和幽默。"①这倒成了她自己小说的恰如其分的写照。她的小说与 18 世纪后期以范妮·伯妮为代表的"风俗小说"有一定的承继关系,但艺术成就上大大超越了后者。就小说精神而言,她的创作成为 18 世纪写实小说和维多利亚时期现实主义小说之间的一座桥梁。

玛丽亚·埃奇沃思是 19 世纪早期仅次于司各特和奥斯丁的主要小说家,她的不同类型小说的风格与他们两人也有一定的联系。司各特的追随和模仿者众多,写"苏格兰小说"成为当时的风尚。出生于苏格兰的苏珊·费里尔(Susan Ferrier,1782—1854)在司各特的鼓励下开始进行文学创作,写了《结婚》(Marriage,1818)、《遗产》(The Inheritance,1824)和《命运》(Destiny,1831)三部"苏格兰小说",反映苏格兰人物和生活,笔调幽默。她自己承认玛丽亚·埃奇沃思是她主要的学习典范。司各特和奥斯丁也对她有明显的影响。约翰·高尔特(John Galt,1779—1839)模仿司各特写了两部"苏格兰小说",分别是《艾尔郡遗产继承人》(The Ayrshire Legatees,1820)和《教区编年史》(The Annals of the Parish,1821)。他细致描写苏格兰人的性格和习俗,地方特色更突出,大量使用方言。乔治·詹姆斯(George James,1801—1860)在 25 年内写了 100 部历史小说,虽得到过司各特的赞赏,但艺术成就与司各特不可同日而语。

从奥斯丁在自己作品里为小说所做的辩护可见,小说曾经在相当时期内被视为不能与文学正宗——诗歌相提并论的文类;同时也可以看出小说地位上升的趋势。如同 18 世纪英国的小说家们所做的那样,19 世纪初期的小说家们,也以自己的创作实践经验和成绩,自觉或不自觉地在小说的美学原则、类型特点和形式技巧等理论方面进行了探索。

司各特不仅写了大量小说,还著有大量批评作品。他为小说家撰写的作家生平,被汇编为《英国小说家传》广为流传。他在对作家作品优劣高低的评说中,表明自己的小说观点。他写的大量书评,尤其是对奥斯丁的评价,颇有见地。以创作规模宏大的历史小说著称的司各特,却对写作题材和风格都与自己迥然不同的奥斯丁的小说颇为赞赏。他在日记中写道:"奥斯丁点铁成金的妙笔使得日常平凡的人和事仅仅由于写得逼真和感情的真实而妙趣横生。"他抓住了奥斯丁的特点——对日常生活题材做真实的描写和喜剧性的处理。从奥斯丁的小说

---

① 朱虹编选:《奥斯丁研究》,中国文联出版社,1985 年,第 364 页。

中,他敏锐地觉察和指出了19世纪小说发展的新动向:"在最近十五到二十年内,就产生了一种小说,它那使人感兴趣的种种特征和以前的小说有所不同;它不用五花八门的事件和富于浪漫情调和感伤的画面来使我们惊讶不已或使我们的想象力得到娱乐,这些在过去都曾是虚构人物必然具备的属性,然而在真正生活着和死亡的人们身上却极少看到。这些使人兴奋的手法由于被一再不正确地使用,已经失去了其绝大部分的感染力。代替它们的,是按照普通阶层生活的真实面貌来描摹自然的艺术,它向读者提供的不是灿烂辉煌的想象世界的画面,而是对于他周围日常发生的事情所做的正确而引人注目的描绘。"①他在评论《爱玛》的文章中称赞奥斯丁"叙述的简洁扼要、对话的沉着幽默,在对话里,对话者的性格极其戏剧性地显示出来"。让人物在对话中展露自己,作者引退,让小说自身去"展示",这种观点在以后的小说理论中成为一条重要原则,得到了很大的发展。

奥斯丁是继菲尔丁之后自觉地关注小说艺术的作家。"自从菲尔丁以来,她比任何人都更把小说看成一种艺术形式,需要一种周密的和严格要求的纪律。"②她在《诺桑觉寺》前半部多处探讨文学和小说的地位,坚信小说是"只有具备才华机智和鉴赏力才可能写出的作品"。她对自己的创作特长有清楚的意识,以精雕细刻的态度写作。她在与亲人的通信中谈到了有关小说写作的许多问题,如情节要可信,细节要真实,避免"做出虚假描述的危险";人物性格发展要符合逻辑,前后一致;要有精密的结构,不要"漫无条理";要简洁,善于删修裁减;等等。她和司各特的小说创作都以精美的艺术形式为小说的发展做出巨大贡献。

第二节　瓦尔特·司各特

瓦尔特·司各特(Walter Scott,1771—1832)的创作成就包括诗歌、剧本、历史和传记著作等,他在整理出版古籍方面也卓有成就。但司各特最为人们所熟知的还是他的历史小说,他以此奠定了在欧洲乃至世界小说史上的重要地位。

司各特生于苏格兰首府爱丁堡一个有名望的律师家庭。他的父母出身于苏格兰边区的古老氏族,家庭正统的贵族道德观念和宗教信仰、苏格兰边区特有的美丽自然景色、古老的历史传说和民间歌谣,对他以后的创作产生了很大影响。15岁时,司各特进了父亲的律师事务所当见习生。1792年,他从爱丁堡大学毕业后成为律师。从1806年至他去世,他一直担任爱丁堡高等民事法庭庭长。

尽管他的律师事业顺遂,但司各特的兴趣始终在历史人文方面。假日里,他

---

① 朱虹编选:《奥斯丁研究》,中国文联出版社,1985年,第17页。
② 艾弗·埃文斯:《英国文学简史》,蔡文显译,人民文学出版社,1984年,第264页。

常去边区搜集民间历史传说和歌谣。1802—1803年,他搜集整理的《苏格兰边区歌谣集》分三卷出版,引起了广泛反响,也为他以后的创作准备了素材。1805年,他的第一部诗作《最末一个行吟诗人之歌》出版,获得巨大成功。它和后来的《玛密恩》(1808)、《湖上夫人》(1810)等一系列诗体传奇以中古时期苏格兰、英格兰的历史事件或民间传说为题材,表现男女主人公经历的战争及爱情冒险,描写了自然美景,穿插了许多民谣,地方色彩鲜明,想象丰富,具有浓郁的浪漫主义色彩。这些诗表现出司各特善于讲故事的才能。写诗带来的丰厚稿酬使得司各特能够在特威德河畔的艾博茨福德购得一块地,建起一座中古式的城堡,满足自己成为一个"苏格兰地主"的愿望和对富有传奇色彩的中古时期的向往之情。他写诗,当律师,还做了出版商的合伙人。

但不久以后,司各特感到自己的诗才受到一位后生诗人的挑战,那便是以《恰尔德·哈罗尔德游记》(1812)轰动英国的拜伦。1814年,司各特偶然发现自己写于9年前的故事残稿,便将其完成后匿名发表,取名《威弗利》(Waverley)。小说通过叙述英国青年军官威弗利的经历,反映18世纪中叶苏格兰的一场反英斗争,描写了山地人民争取独立的斗争精神,也揭示出苏格兰氏族社会走向衰亡的历史趋势。小说获得了意想不到的成功。从此,司各特发挥自己的叙事才能,写了20多部小说。顾忌到世人对小说的偏见,小说家司各特一直以"《威弗利》的作者"署名,直到1827年才公开承认自己的著作权。1813年,司各特拒绝了"桂冠诗人"的称号,但他在1820年接受了"从男爵"封号,成为第一个由于文学成就而获得贵族头衔的职业作家。

1825年,司各特的合伙人破产,加上以前建筑豪宅的费用,司各特陷入高达13万镑的巨大债务,他不得不加紧创作以偿还巨债。匆忙的写作难免草率,而繁重的劳作更是损害了司各特的健康,他于1832年因中风去世。

司各特的历史小说,按题材大致可分为三类。

第一类小说取材于苏格兰历史,创作于写作小说的初期,主要作品除了成名作《威弗利》,还有《盖伊·曼纳林》(Guy Mannering,1815)、《清教徒》(Old Mortality,1816)、《罗伯·罗伊》(Rob Roy,1817)和《密德洛西恩监狱》(The Heart of Midlothian,1818)等。历史上,苏格兰与英格兰之间存在着民族、政治、经济、宗教、文化等多方面的矛盾。司各特热爱自己的故乡,拥护苏格兰的民族独立,留恋它往昔的英雄时代、古老的生产方式和淳朴的民风民情。《罗伯·罗伊》描写1715年苏格兰的反英斗争。罗伯·罗伊本是山地氏族领袖,因不堪忍受富人的巧取豪夺,铤而走险,成为杀富济贫、颇得民心的绿林好汉,被称为"苏格兰的罗宾汉"。《清教徒》描写17世纪后期苏格兰长老会清教徒反英的宗教起义,作者对保卫民族宗教自由的起义领袖亨利·莫顿表示出极大的同情。苏格兰小说是司各特创作的精华,其中最有特色的当属《密德洛西恩监狱》。

这部小说以18世纪前期苏格兰和英国正式合并初期的历史为背景,通过1736年爱丁堡的一次暴动事件,反映了苏格兰与英国之间的民族矛盾。在苏格兰群众的一次抗议活动中,爱丁堡市卫队长波蒂阿斯下令镇压民众。在随后的审判中,英国王后更改了苏格兰法庭对波蒂阿斯做出的死刑判决,引发了苏格兰民众对英国统治者由来已久的民族仇恨。愤怒的人民将波蒂阿斯从"密德洛西恩监狱"中拖出处死。小说的另一条情节线索,也是占据小说中心的是苏格兰姑娘珍妮·迪恩斯与妹妹艾菲的故事。艾菲被控杀婴罪,成了英国国王和王后针对苏格兰所制定的不合理的"推断法"的牺牲品。珍妮为了搭救被判死刑的妹妹,长途跋涉到伦敦去求见王后。英国王后出于平息"波蒂阿斯暴动"引起的政治动荡的考虑,赦免了艾菲。司各特成功地塑造了珍妮这个纯朴、诚实、富有牺牲精神的苏格兰乡村女子形象。她爱艾菲,坚信她是无辜的。如果她出庭做伪证,便可以使艾菲免于一死。但珍妮在清教徒家庭的严格教育下形成了朴素而坚定的人生信条和道德原则,不愿做出有悖于清教徒良心的举止。她孤身踏上申诉之路,在苏格兰贵族阿盖尔公爵的同情和帮助下,为妹妹求得恩赦。这个普通人的私人事件具有厚重的历史意蕴,珍妮身上所体现的虔诚坚定的清教道德观,明显地带有历史的、宗教的和社会的色彩。司各特善于表现具有历史意义的重大事件和在它影响下的个人命运,笔下人物总是负载着丰厚的历史内涵。他在珍妮这个始终保持纯朴本性的普通农妇身上,寄托了抵制资本主义文明侵袭,保持苏格兰民族健康精神的理想。

司各特的第二类小说以英格兰历史为主要内容,历史跨度较大,从中世纪经由都铎王朝、斯图亚特王朝,直至17世纪革命和复辟时期。这些作品主要有:《艾凡赫》(*Ivanhoe*,1819)、《修道院》(*The Monastery*,1820)、《修道院长》(*The Abbot*,1820)、《肯纳尔沃思堡》(*Kenilworth*,1821)、《尼格尔的财产》(*The Fortunes of Nigel*,1822)、《高原的佩弗利》(*Peveril of the Peak*,1823)、《皇家猎宫》(*Woodstock*,1826)等。这类小说内容包括诺曼人与盎格鲁-撒克逊人的矛盾冲突(如《艾凡赫》)、历代宫廷内部斗争(如《肯纳尔沃思堡》)、资产阶级与贵族保皇党之间的斗争(如《皇家猎宫》)等。《艾凡赫》是这类小说也是司各特历史小说的代表作品。

《艾凡赫》所写的故事发生在12世纪末诺曼征服者统治下的英格兰。艾凡赫是撒克逊贵族的后裔,他与撒克逊王室的女继承人罗文娜相爱。而他的父亲塞得利克想让罗文娜与撒克逊君主后裔阿泽尔斯坦联姻,以促成撒克逊族统一。因此艾凡赫被父亲逐出,跟随英王理查三世参加了十字军东侵。小说情节从他匿名由国外归来探望罗文娜开始。

当时英国存在着纷纭复杂的矛盾冲突:以塞得利克为代表的撒克逊贵族与约翰亲王等诺曼贵族征服者之间的民族矛盾;以罗宾汉及绿林伙伴为代表的受

压迫农民与诺曼封建主之间的阶级矛盾;以狮心王理查与约翰亲王兄弟之间王位之争体现的统治阶级内部矛盾。而统治阶级内部斗争还包括世俗贵族与僧侣贵族之间、大小封建领主之间的利益之争。塞得利克争取民族独立的斗争、罗宾汉反阶级压迫的斗争与理查王反对封建割据的斗争由于有了共同的斗争对象而趋于一致。最后,在撒克逊贵族和罗宾汉拥戴下,代表诺曼人和撒克逊人共同利益的理查王平息了约翰亲王的叛乱,亲自主持了艾凡赫和罗文娜的婚礼。

作者突破了 18 世纪小说以家庭冲突为中心的内容范围,把个人命运与国家兴衰的重大历史事件糅合在一起。主人公艾凡赫将多重矛盾冲突中的主要角色联系起来,使种种社会矛盾与人物冒险、爱情波折纠结在一起,故事情节曲折,场景丰富,色彩绚丽斑斓。让小说情节围绕着一个卷入当时重大的民族矛盾、宗教纷争或者政治斗争的虚构人物的遭遇展开,把个人命运和巨大的历史冲突糅合起来,这种安排情节的方法成为司各特小说的一个特色。虚构人物以外的历史人物不在情节上占太重要的地位,但他们总在故事发展的关键时刻出现,对事件和其他人的命运有着重大影响,如狮心王理查便是如此。

与司各特其他小说的主人公相似,艾凡赫是处于两个敌对集团之间的中间人物,连接起正反两个阵营的人物,诸如武艺高超、侠义豪爽的罗宾汉,机智勇敢的猪倌葛尔兹和小丑汪巴,骄横狂妄的约翰亲王,凶狠阴沉的布里昂骑士,等等。司各特小说中的主要人物往往缺少鲜明生动的个性刻画。主人公艾凡赫是作者理想化的人物,但他更多的是在情节上起串联作用,性格刻画显得不足。女主角罗文娜也是如此。而次要人物却常常被写得非常鲜明生动。暗中爱慕艾凡赫的犹太女子蕊贝卡是犹太富商艾萨克的独生女,聪明美丽,有情有义。作为民族地位低下、遭受歧视的犹太人,她并未心挟仇恨,而是处处仗义疏财,济人危难。面对圣殿骑士布里昂的强暴,她以死抗争,表现出感人的道德力量。

司各特的第三类小说,是描写法国及其他欧洲国家历史题材的作品,其中最重要的为《昆丁·达沃德》(Quentin Durward,1823)。小说描写 15 世纪后期法国国王路易十一与勃艮第公爵查理之间的斗争。作品揭露了路易十一背信弃义、玩弄权术、虚伪而冷酷的行径,但不否认他同时是个顺应时代需求、有胆识魄力的中央集权君主。这部小说虽不是以苏格兰历史为题材,但讲述了近卫军士兵苏格兰青年昆丁·达沃德异乡涉险的浪漫经历,体现出司各特一贯引以为豪的民族精神。这类小说还有反映十字军东侵历史的《十字军英雄记》(The Talisman,1825)、《巴黎的罗伯特伯爵》(Count Robert of Paris,1831)等。

司各特生活在一个风云际会的时代,这个时代阶级、民族、宗教、社会及文化形态等种种矛盾和变化,激发了他探究和描写苏格兰、英格兰乃至欧洲历史的创作热情。在文学史上,司各特并非最早采用历史题材的小说家。比如说哥特式小说也写历史,但只是以历史作为传奇故事的点缀,用来增加或烘托小说的浪漫情调和神秘气氛。而用民族、宗教之间的战争之类的大事作为内容并发掘其社会意义,却是司各特的首创。雨果说:"司各特把历史所具有的伟大灿烂,小说所具有的趣味和编年史所具有的那种精确性结合起来。"①司各特基本上尊重历史,他的小说大多以真实的历史事件为题材,描写从中世纪到资产阶级革命时期英格兰和苏格兰的时代风貌与社会习俗。对历史的了解,对苏格兰高地环境、生活和风俗的熟悉,使他在写作时并非凭空臆想。在《威弗利》的序言中,司各特告诫读者不可将他小说里的风景、城堡当作自然界的直接摹写,但又说他小说里的主要轮廓都是他所熟知的真实情景。在描写过程中,他注意在整体上忠实于历史的本来面目,注意情节的可信性和人物的真实性。他的小说历史视野宽阔,反映出生动的历史场景和历史进程,揭示了社会历史发展的规律,具有史诗性。

英国历史发展道路的特点直接影响了司各特的历史观。英国民族在诺曼征服者和撒克逊被征服者之间的斗争平息后产生。"光荣革命"后的英国历史更是由逐步的变革组成。"渐进改革不仅是英国民族取得变革与进步的一种方式,而且成了人们头脑中根深蒂固的价值取向。"②司各特相信最激烈的敌对力量也会通过妥协调和逐渐平息斗争,获得合作。因此,他在赞赏清教徒起义领袖的勇敢和坚定的同时,也反对他们偏激的宗教狂热。尽管他赞赏塞得利克一心要恢复往日自由的独立精神,但也看到并反映出英雄时代已经消逝,民族融合已成定局的历史趋势。

历史小说流于离奇虚幻固然为弊端,但完全拘泥于史料亦不可取。历史小说毕竟是小说,而不是历史。司各特的小说在追求内在的历史真实感的同时,也散发着浪漫想象的魅力。他不像 18 世纪的写实小说家,追求作品与现实的对应性。他会为了追求某种艺术效果,对历史事实做出改动。他创造出一种将史实、世态描写与中古传奇、哥特式小说奇妙混合的新的文类。

以爱情故事贯串的中古传奇的影响在司各特的小说中显而易见。司各特写历史进程、错综复杂的斗争,而其中大多贯串着爱情故事。像艾凡赫,既是联结小说中各种矛盾和各色人等的中心人物,也是浪漫爱情故事的男主角。历史场景与情感生活交织,小说便变得充实又鲜活。从他的小说中可看到比以往更多的戏剧性描写,如奇幻的情节、理想化的人物、中世纪骑士比武的盛大场面。而从小说中常常显现的哥特式城堡和残破的修道院,以及对清教首领伯利隐居山洞充满神秘、恐怖色彩的描写中,又可看出哥特式小说的影子。小说中不同的要素,能满足不同层次和趣味的读者的欣赏需求。

司各特的小说以它浓郁的民族和地方色彩著称。作为苏格兰人,司各特具

---

①　转引自《司各特研究·前言》,外语教学与研究出版社,1982 年。

②　钱乘旦、陈晓律:《英国文化模式溯源》,上海社会科学院出版社,2003 年,第 202 页。

有矢志不渝的浓厚的民族情感。他热爱氏族宗法制下的苏格兰,对那时的英雄主义、古朴民风、美好景色保持着敬意、热爱和留恋。尽管他认识到苏格兰氏族制度衰亡的历史必然性,但他仍满怀深情地描写与这个古老社会、与这片古老土地血脉相连的老贵族和普通人民。他描写苏格兰的自然景物,引用民间歌谣做小说章节前的题诗,使用表现地方色彩和民族风格的方言土语,对家乡和苏格兰人民的深厚情感跃然纸上。司各特对古老苏格兰乃至中世纪欧洲生活和人的理想化、留恋之情,反映出浪漫主义时代他对工业革命带来的工业文化的抵触情绪和"返回自然"的思想。

尽管司各特善于讲故事,但他的小说大都比较冗长,情节也渐成套路,尤其是爱情故事,难脱从一见钟情,历经波折,忠贞不渝,到终成眷属的窠臼。那些处于小说中心的男女主人公,也因缺少对内心世界的刻画而显得程式化,缺乏生气。但这些都不能掩盖司各特历史小说的开拓性成就。

历史小说在浪漫主义时代盛极一时,并产生深远影响,与司各特的建树分不开。司各特是19世纪早期最流行的英国小说家,他的作品由于具有历史意蕴、地方色彩和浪漫气息,吸引了英国和欧洲的广大读者,也引发众多模仿者和作品出现。在19世纪二三十年代,著名的历史小说有梅里美的《查理九世时代轶事》(1829)、雨果的《巴黎圣母院》(1831)、司汤达的《巴马修道院》(1839)。之后,大仲马以通俗化的形式,写了《三个火枪手》(1845)等数以百计的历史小说。

后来的欧洲现实主义文学也是在对司各特历史小说的崇拜和模仿中直接起步的。司各特讲述的绘声绘色的虚构故事里具有厚重的历史内涵,将个人命运与时代历史事件有机结合起来,强化了小说艺术地反映社会历史生活的功能,影响了欧洲一大批现实主义巨匠,如英国的狄更斯、萨克雷,法国的巴尔扎克、司汤达,俄国的普希金、果戈理和托尔斯泰,美国的库珀,等等。

第三节　简·奥斯丁

简·奥斯丁(Jane Austen,1775—1817)生活在两个世纪之交,她是进入19世纪以后最早发表现实主义小说的作家。她的描写日常生活琐碎的小说真实而又意趣盎然,使得18世纪早、中期小说的现实主义精神和写实传统得以继续和发展。她是"第一位用恰当方式对新式社会表达批评意见"[①]的杰出作家。她的小说以完美的故事结构、有趣的喜剧场面、生动丰满的人物形象、精练的语言、含蓄的反讽、对人性透彻的理解,为她赢得了"最完美的小说家"的美誉。奥斯丁的

---

① Anna Benfield, "Jane Austen and the Novel of Social Consciousness". *Jane Austen in a Social Context*. Monaghan, ed., Houndmills: Macmillan, 1981, p. 30.

小说从问世开始,一直被读者喜爱,似乎"从来不需要重新发现和重新评价"①。

奥斯丁生于英国南部汉普郡斯蒂文顿村一个教区长家庭,有六个兄弟和一个姐姐,家人和睦。她在1782—1787年间,断断续续地在牛津、南安普顿、莱定等地的寄宿学校学习,但基本上是在家里接受父亲的教育,自由地阅读古典文学作品和流行小说。而她正是从对当时的流行小说进行滑稽模仿开始她的创作道路的。

奥斯丁小说的创作时代和发表年代并不吻合。她最早完成的小说是《诺桑觉寺》(Northanger Abbey,1798—1799),于1803年卖给出版商克劳斯比。因为当时哥特式小说仍在畅销,这部戏拟哥特式小说的作品未获发表,直到她去世后的1818年才问世。《诺桑觉寺》在思想和艺术上都处于她的6部作品的开端地位,带有从少年习作到成熟作品的过渡痕迹。就像塞万提斯的《堂吉诃德》对骑士小说的处理,奥斯丁有意模仿哥特式小说中保护人随行、古堡历险、好事多磨等情节,而主人公凯瑟琳与哥特式小说构造的虚幻世界是脱离的。这个天真未凿的普通女孩被拉德克利夫的恐怖小说搅得满脑子奇思异想,来到一座早已成了普通民宅的修道院老宅做客,疑心这里藏着家族的罪恶秘密,在平凡世界里寻找幻想天地,结果处处碰壁,笑料百出。现实世界看似平淡无奇,却自有内在的波澜起伏。凯瑟琳在谬误中逐渐成长,最终摆脱了将生活与文学混淆的状态。小说嘲弄了失去理性常识、"以生活模仿传奇"的愚蠢。小说巧妙地将哥特式小说与以"天真少女走入陌生世界"作为传统题材的风俗小说糅合在一起。尽管是戏拟之作,但这部小说已初步接触到奥斯丁所有小说的基本主题:对世界和自我的认知。

1801年,奥斯丁随着退休的父亲迁居英国东南部著名的温泉疗养地巴斯。第二年,27岁的她接受了曼尼唐庄园的继承人威瑟先生的求婚,但随即悔婚,而且终生未嫁。"什么事情都比没有感情的婚姻好",这是她的小说人物,更是她自己的信念。1805年,父亲去世,奥斯丁动手写《华生一家》。但或许是受父亲去世后居无定所的生活影响,或许是女主人公爱玛·华生漂泊的境遇加深了她这阶段的痛苦,她放弃了写作。第二年,奥斯丁和母亲、姐姐离开了巴斯。一番迁徙后,1806年,奥斯丁家的女眷们终于定居于汉普郡的乔顿。奥斯丁马上着手出版《理智与情感》。

《理智与情感》(Sense and Sensibility,1811)是奥斯丁发表的第一部作品,由她在1795年写的书信体故事《埃莉诺和玛丽亚娜》(Elinor and Marianne)改写而成。这部小说也有对流行小说的"矫枉"作用,描写了感伤主义文学对人产生的消极影响。达什伍德两姐妹中姐姐埃莉诺重理性,有克制力;妹妹玛丽亚娜

---

① Tony Tanner,*Jane Austen*,Houndmills:Macmillan,1986,p.5.

则偏重情感,容易冲动。她的生活态度显然受到感伤小说的影响、误导,有时会不自觉地模仿感伤小说的女主人公去感受,听凭内心感情对行为的指导,因此遭受了生活的挫折。对情感的赞美是当时文学的主流内容,奥斯丁对一味赞美情感有不同意见,展示了两姐妹对待爱情的不同的处理方法,一再指出过度的情感会招致危险。但两姐妹不是分别作为理智和情感的化身而出现,埃莉诺有着并不外露的强烈情感,她为爱情选择了不富裕的生活。玛丽亚娜也没有丧失理性,最后她嫁给了年长、富有的布兰顿上校,完成了自己认为不可能有的第二次恋爱。在奥斯丁的小说里,许多貌似对立的概念可能转化,价值也是相对的。理智和情感从概念上看难有严格的界定,也没有绝对的价值优劣。理智并非都受到嘉许,达什伍德姐妹的哥嫂不顾亲情,是利益至上的利己主义者。感伤主义者的"多情"中,可能蕴藏着自私的因素。玛丽亚娜沉溺于自己的失恋痛苦时,却没想到照顾自己的姐姐也在忍受同样的痛苦。奥斯丁向我们呈现了丰富的生活本身,其运用反讽的能力也得到了显示。不过,《理智与情感》从根本上说不是在叙述浪漫的爱情故事,而是在呈现思想的论辩。①

继《理智与情感》之后,奥斯丁早已写就的《傲慢与偏见》(*Pride and Prejudice*)在 1813 年得到出版。这部小说不仅成为奥斯丁的代表作,也是她自己最喜爱和最受读者欢迎的小说。小说原名《初次印象》(*First Impressions*),于 1797 年以书信体形式写就,在 1809 年经过作者彻底的改写。但小说中仍有不少完整或片段的书信穿插,用来推动情节,塑造人物性格。作为成熟时期的作品,《傲慢与偏见》摆脱了对流行小说进行滑稽模仿的形式,但仍能窥见与流行小说的一些渊源关系。书名来自范妮·伯妮的感伤小说《西西丽亚》结尾部分的一句话:"整个这个不幸事件是傲慢与偏见的结果。"情节上也与《西西丽亚》有某些相似之处,如男女主人公地位的差异、彼此的误解等。但奥斯丁以她的独特处理,将小说打磨成超脱一般流行小说趣味的艺术精品。

小乡绅班纳特家有五个待嫁的女儿。由于遗嘱附加条款的限制,没有男性继承人的班纳特先生身后的家财只能归远亲柯林斯牧师所有。不管如何气愤不平,尽快为女儿们觅得可以依靠的佳婿,成了班纳特太太的头等大事。大女儿吉英与青年绅士彬格莱相爱,彬格莱的好友达西因为对班纳特家家世的偏见而反对这门婚事。可是这位富有、傲慢的年轻人没想到自己却看上了班家二女儿伊丽莎白。更让他没想到的是,他原以为很给面子的求婚被拒绝了,因为伊丽莎白反感他的傲慢,记恨他破坏了姐姐的幸福,又加上听信了骗子——军官韦翰的谗言。当真相得以澄清,他们改变了自己的傲慢与偏见,伊丽莎白接受了达西的再次求婚,两个有情人结成小说中最出众、最和谐的一对伴侣。

① Clare Tomalin, *Jane Austen*, New York: Vintage, 1999, p. 155.

这部小说如同奥斯丁其他小说一样,讲述的是 18 世纪后半期乡绅阶层青年女子的恋爱与婚姻故事。在一个以财富和地位决定人际关系的时代,婚姻的选择自然也受制于这种社会价值标准。有钱的单身汉彬格莱一到,就成了母亲们为自己女儿争夺的对象。柯林斯以为自己愿意娶没有嫁妆的伊丽莎白是一种恩赐,这个蠢人在三天内向两个不同的对象求婚,看不上他的夏绿蒂为了求个物质保障竟欣然接受了。韦翰带着伊丽莎白的妹妹丽迪亚私奔,后来在金钱上一再讨价还价才肯与她结婚。班纳特太太对傲慢的达西恼怒不已,一旦富有的他娶了自己的女儿,她就对他恭敬备至。爱情成了婚姻考虑中的奢侈品,情感因素被排斥,人的内在价值被忽略。无论是贵族德·包尔夫人、达西、富家女彬格莱小姐,还是被他们嘲笑的班纳特太太,都毫无保留地接受了社会的价值观。伊丽莎白却坚持不同于他们的个人的价值观,坚持把婚姻看作爱情的必然结果。尽管她属于“家境不好而又受到相当教育的青年女子”,需要“给她自己安排一个最可靠的储藏室,日后可以不致挨冻受饥”,但她坚决拒绝了虽能让她衣食有靠却是猥琐可笑的柯林斯。来自条件如此优越的达西的求婚似乎是不可能拒绝的,伊丽莎白却拒绝。她明确表示,她讨厌达西的傲慢自负。对于伊丽莎白来说,人的价值基于他个人的品行和修养,而不纯然取决于地位和财富。这种思想指导下的两次拒婚行动震惊了柯林斯、达西和班纳特太太,挑战了他们的也是社会的价值观。通过对伊丽莎白、吉英、夏绿蒂和丽迪亚分别结成的四对婚姻的展现,奥斯丁表明了她的婚姻观。她不是一个社会秩序的颠覆者,不是一个脱离实际的理想主义者,她不否认经济条件和门当户对婚姻的重要性。但她否定庸人的市侩态度,重视婚姻选择中人的独立意识和自主情感,重视建立在对对方人品了解和认可基础上的两相情愿、心意相投。

从女性文学角度研究奥斯丁一直是奥评家的一个中心话题。18 世纪后期,女性成为小说——一个与女性日常生活和个人体验颇相契合、尚被男性忽视的文学领域——主要的生产者和消费者。但女作家们受到感伤小说的影响很大,几乎都按男性社会的标准去塑造美貌多情、道德高尚的“高尚淑女”形象。奥斯丁不是一个女权主义者,但她有强烈的现实感和明确的女性意识。她反映了妇女在婚姻上不能自主的命运,写出社会对她们的不平。她的女主人公的“美德”具有不同于当时众多男女作家笔下女性人物的新的特质。伊丽莎白没有惊人的美貌,不以柔弱多情令人生怜,不以多才多艺取悦他人。但她是“一个想从心灵深处说真话的有理性的人”(《傲慢与偏见》第 19 章)。她聪明活泼、伶牙俐齿、真诚坦荡。她以才智德行取人,保持自主判断。对傲慢的达西、彬格莱小姐和德·包尔夫人,她表现出独立人格和强烈自尊,在一个女性处于被支配地位的社会里,发出了“我自有主张,怎么做会幸福,我就决定怎么做,你管不了,任何像你这样的局外人也都管不了”(《傲慢与偏见》第 56 章)的独立宣言。她基于个人价值观的自主择婚,既为自己争得幸福,也教育了达西,遏制了他的傲气,使他明白人品修养的重要性。奥斯丁笔下的男女主人公之间往往经历了教育与被教育、启迪与被启迪的过程,他们由此而建立相互理解和尊重的平等关系。

奥斯丁写的是喜剧小说,她对现实生活中可能成为巨大悲剧的题材做了喜剧化的处理。她的喜剧风格体现在对诸如班纳特太太和柯林斯这样的喜剧人物的塑造上,体现在对柯林斯求婚等绝妙的喜剧场景描绘上,体现在小说的开头语、班纳特夫妇的对话等渗透揶揄讽刺的语调上,令人忍俊不禁、目不暇接。她的喜剧风格的精髓在于弥漫全书的反讽基调。反讽不仅是作者的一种主要艺术手段,还是作者领悟世界的一种方式。"整个《傲慢与偏见》的故事都是建筑在人物的主观臆想和现实相左的基础上。"①伊丽莎白自以为有识人之能,但她对达西的"偏见",虽有达西咎由自取的原因,很大程度上却来自她对骗子韦翰的轻信。那"傲慢"地曾断言班家女儿们出嫁无望的达西,不但没能阻止自己的朋友娶这家的大女儿,自己两次求婚才娶到二女儿,还搭上冤家对头韦翰为连襟。势利、倨傲的德·包尔夫人亲自出马干涉婚姻,反而为一对默默相爱的有情人通了信息,促成他们的美满姻缘。倒是无知无识的"愚人"班纳特太太歪打正着,一年内嫁了三个女儿,不但自己喜出望外,还使得开场白那似乎只属于她一个人的可笑可鄙之见,全面实现,真成了举世公认的真理。"在奥斯丁的世界里当聪明人和嘲讽者,是要加些小心的。"②奥斯丁的小说在看似浅显的文字里,常暗藏机锋,需要读者用更复杂的思维去探究、琢磨,以免也落入自以为是的陷阱。她善于在寻常、平淡的生活现象中捕捉到喜剧的审美因素,喜剧效果含蓄、蕴藉、隽永。

定居乔顿后,奥斯丁恢复了中断数年的文学创作,写成了《曼斯菲尔德庄园》(*Mansfield Park*,1814)、《爱玛》(*Emma*,1816)和《劝导》(*Persuasion*,1818)。

《爱玛》是奥斯丁又一部受到广泛欢迎的小说,也常被视为她的另一部代表作。出身富家的爱玛在悠闲无聊的乡居生活中,热衷于牵线搭桥,乱点鸳鸯谱。她自以为有操纵别人命运的本领,结果不仅把受她保护的孤女哈里特两次推向痛苦,还差点断送了自己的幸福。在这部喜剧小说中,奥斯丁出色地运用了反讽手法。爱玛向哈里特灌输身份地位的概念,撮合哈里特和埃尔顿,却使埃尔顿产生误解,以为爱玛鼓励他向她自己求婚。弄得哈里特蒙受轻侮,爱玛也大大尴尬了一番。新来的丘吉尔不负责任地隐瞒订婚的真相,使得人际关系变得复杂。爱玛以为丘吉尔爱她,没想到被丘吉尔用作隐瞒真相的障眼物。她从误导他人,转而为他人所戏弄。发现自己并未陷入情网,爱玛赶紧又鼓动哈里特去爱丘吉

---

① 朱虹:《英国小说的黄金时代》,中国社会科学出版社,1997年,第21页。
② 黄梅:《不肯进取》,辽宁教育出版社,1996年,第9页。

尔,没想到哈里特被鼓动得爱上了奈特利——爱玛自己真心所爱的人。爱玛方才发现事态的荒谬,意识到自己的自以为是和强加于人产生了多么严重的后果。好在最终人们各得其所。《爱玛》几乎就是一出"错误的喜剧",人们像书中引用的奥斯丁最喜爱的诗人库伯的诗句所说的:"我自己创造我所看见的。"爱玛在错误中学到了她应当学习的教训,对自我和社会存在有了新的认识。作者并不做道德说教,而是把生活和人性的复杂呈在读者的眼前。爱玛有着富家女的势利、自负、任性的一面,也有天真善良和坦率真诚的一面。作者不避讳她的缺点,又要让这个女主角讨人喜欢,采取了将叙事者的外视点与爱玛的内视点交织的写法,借助爱玛的眼睛来表现大部分故事,让读者了解她的内心,在感情上与她接近,生出对她的同情。除了反讽手法的运用,《爱玛》与《傲慢与偏见》相似的还有,它们不同于18世纪小说常有的松散结构,都具有戏剧般严密的布局,没有与主题无关的枝蔓。对话具有戏剧性,妙趣横生。好心中透着自私的伍德豪斯先生、心地善良但絮叨不休的贝茨小姐,都是奥斯丁笔下著名的喜剧人物。

《曼斯菲尔德庄园》和《劝导》仍具有出色的喜剧成分,但基调要沉郁得多。两部小说的女主人公不像伊丽莎白和爱玛那样性情活跃。范妮寄人篱下,在曼斯菲尔德庄园她姨妈家里处于半主半仆的地位,暗中爱慕着表哥爱德蒙,而后者却爱上了肤浅的玛丽·克劳福德。《劝导》中的安妮在少女时期,接受了家人和朋友的"劝导",拒绝了前程未卜的海军军官文特沃斯的求婚。8年来,安妮在青春的流逝中,追怀恋情。两部小说中依然涉及"理智与情感"的矛盾与协调这一基本主题。两位女主人公有正确的道德观念、坚强的自制力和体谅关爱他人的利他精神,但她们也有对精神独立和自主情感的追求。一贯显得胆怯而顺从的范妮,没有屈从压力,为坚守心中的爱情而坚决拒绝了有利可图的婚事。爱德蒙终于认识了她的价值,爱上了她。而安妮时时处处为亲友和落难的故人尽力,她温柔耐心又坚定的品格再次唤起文特沃斯的爱。《劝导》较多地写安妮的心理活动,写她眼里的秋色秋景,具有奥斯丁其他小说少有的抒情气息。如果说《傲慢与偏见》和《爱玛》更多含有对人的自我认识的带哲学意味的思索,那么《曼斯菲尔德庄园》和《劝导》则更多含有寻求人与人和谐关系的具伦理意义的思索。奥斯丁擅长刻画狭小的社会圈子中错综复杂的人物关系的才能,在这两部小说里得到鲜明体现。她的思想变得更加严肃,似乎不再认为愚蠢、任性及缺乏自知之明等弱点仅仅是滑稽可笑的,而是可能会带来严重的后果。她推重人与人之间和谐互爱的关系,希冀"每个人都有自己恰当的位置,每个人的情感都被顾及"(《曼斯菲尔德庄园》第39章)。小说中不乏奥斯丁特有的幽默和讽刺,但喜剧色彩相对较淡。

1816年,在完成《劝导》后,奥斯丁开始疾病缠身。次年1月,她动笔写《沙地屯》(Sanditon),但不久病魔就迫使她放下了手中的笔。7月,42岁的奥斯丁病逝。

奥斯丁的小说堪称以小见大的典范。她无意于宏大叙事,小说故事平淡,情节平常,人物平凡,既无磅礴气势又无奔放情感,既无政治寓意又无神秘象征。但她以严肃的道德感和内在的喜剧感,以高超的叙事方式和精练活泼的语言,从一个侧面写出了人与人、人与现实的复杂关系,表现出复杂的人性内涵,提供了有关社会与个人、理智与情感、表象与真实关系的探索和丰富启示。

奥斯丁其人和其小说引起了人们关注和阐释的无穷兴趣。她的家人为她写了最初的生平介绍和传记,而她遗留下的与家人朋友的部分通信成为后世研究她的主要参考资料。与奥斯丁同时代的小说家司各特对她大加赞赏;著名评论家刘易斯是维多利亚时期奥斯丁最忠实的拥护者和宣传者。20世纪出现关于奥斯丁的大量传记,用各种研究方法,对她从不同的角度进行挖掘与分析。20世纪40年代以来,对奥斯丁小说的评论运用了心理学、新历史主义、女权主义和后殖民主义等多种思想方法。不过,奥斯丁并不认为自己是女权主义者,她关注资产阶级中的平凡的女性,但是不认为这是对女性的特殊关注,而是一种对人性的普遍关注[①]。现代主义领军人物弗吉尼亚·伍尔夫把奥斯丁称为"最完美的女艺术家",认为她使得外表琐细的人生场景具有恒久意味,小说具有现代意义。她的小说已经被译为20多种语言,近年来还被反复翻拍为影视作品。奥斯丁是最有世界影响的小说家之一,已成学界和大众读者的共识。

第四节　其他小说家

一　查尔斯·罗伯特·梅图林

查尔斯·罗伯特·梅图林(Charles Robert Maturin,1782—1824)是19世纪初期的哥特式小说作家。他是爱尔兰教会的牧师,具有强烈的加尔文神学观念。他创作过剧本,曾经在司各特和拜伦的帮助下,上演了悲剧《伯特伦》。他的小说《致命的报复》(*The Fatal Revenge*,1807)写了背叛、复仇、弑亲和自杀,具有拉德克利夫小说善于设置悬念的能力,更具有刘易斯小说令人恐怖的特点。

在早期小说《爱尔兰人的首领》(*The Milesian Chief*,1812)序言中,梅图林曾说:"如果说我拥有某种才能的话,那么这种才能就是加重抑郁,扩展悲哀,描绘极端人生,表现灵魂在不法和邪恶的边缘战栗时的激情搏斗。"这种才能在他最著名的小说《漫游者美尔莫斯》(*Melmoth the Wanderer*,1820)中,得到鲜明

---

① J. David Grey,ed.,*The Jane Austen Companion:With a Dictionary of Jane Austen's Life and Works*,by H. Abigail Bok. New York:Macmillian,1986,p. 56.

体现。

这部小说直接使用了浮士德的题材。16世纪,在德国出现了有关魔术师、江湖术士浮士德的故事书,讲述他与魔鬼签订条约,最后灵魂为魔鬼所摄取。有关浮士德的传说很快传入欧洲其他国家,17世纪初英国剧作家马娄就写过关于浮士德的剧本。"浮士德式交易"是哥特式小说最突出的主题之一。梅图林采用了这个题材,不再简单地渲染恐怖,而是探讨人性的堕落。男主人公美尔莫斯把灵魂出卖给魔鬼换得长生不老,但到后来他厌倦了无聊的生活,渴望死亡,到处寻找愿意与他交换命运的人。小说由此发展为一连串的故事。每个事件的主角在最痛苦的时刻都遇到美尔莫斯,但无论是被关在疯人院里的斯天登,还是身陷天主教迫害异教徒的地牢里的西班牙人芒沙达,抑或是亲眼看见自己儿女饿死的德国人华尔堡,都不愿当他的替身,出卖灵魂以求长生。这部小说具有对社会现实的批判,也具有对哲学问题的讨论。梅图林在小说里表现出对神学的绝望情绪,否定了从生活中获得幸福的可能性。小说中的观点与歌德的《浮士德》以及启蒙主义者的观念有论争意义,代表了此时期对启蒙主义者宣扬的理性主义、人类进步信念的质疑和否定情绪。作者深入探索了主人公极端孤独的处境,表现了他复杂多样的心理状态。梅图林笔下的漫游者形象与拜伦诗歌中的恰尔德·哈罗尔德、歌德诗剧中的浮士德、陀思妥耶夫斯基小说《罪与罚》中的拉斯科尔尼科夫,有着发展脉络上的承继关系。作为爱尔兰人,他的小说还表达了对爱尔兰西部蛮荒的感受。

二 玛丽·雪莱

玛丽·雪莱(Mary Shelley,1797—1851)本名玛丽·沃斯通克拉夫特·葛德文。她的名字与当时一些非同寻常的名字联系在一起:父亲是民主思想家威廉·葛德文,他对一代浪漫主义诗人产生了影响;母亲玛丽·沃斯通克拉夫特(1759—1797)是激进的平民知识分子和英国最早的女权论者,因生育这个与自己同名的女儿丧生。1814年,17岁的玛丽与已有家室的浪漫主义诗人雪莱私奔。之后几次流亡国外,度过8年颠沛流离的生活。1816年,雪莱的妻子自杀,她才与雪莱正式结婚,但仍不为体面的英国社会所接受。1822年,雪莱遇海难而死后,玛丽编辑了雪莱的诗集和散文书信集。她自己还写过为数不少的小说、游记、文评及传记。1996年经国外学者编辑整理出版的《玛丽·雪莱小说及其他著作选集》有8卷之多。她深受浪漫主义熏陶,作品具有浓郁的浪漫主义特色。

《弗兰肯斯坦》(又名《现代的普罗米修斯》)(*Frankenstein, or Modern Promethus*,1818)写于1816年夏天,雪莱夫妇和拜伦旅居瑞士期间。小说最初的创作动因来自他们在雨天写鬼故事以消遣的提议,但创作成就和意义远远超乎其上,正是这部作品使玛丽·雪莱在英国小说史上占据了重要的一席之地。

　　弗兰肯斯坦是个科学家,他用现代科学方法创造了一个"人造人",成了现代的"普罗米修斯"。小说在叙述方法上十分独特,由三个同心圆组成。最外层是一个叫罗伯特·沃尔顿的英国探险家以书信形式讲述自己在北极的奇遇,他在那儿结识了弗兰肯斯坦。中心部分是弗兰肯斯坦向沃尔顿讲述他创造生命体的过程。在呕心沥血,终于实现了制造生命的梦想后,弗兰肯斯坦却被自己创造的这个丑陋的怪物吓跑了。而小说的核心是怪物的叙述。怪物窥探到流亡者一家困顿却充满天伦之乐的生活,这激起了他对人类情感的渴望。他偷偷学习人类的语言,试图与这个社会接近,寻求人类的理解和爱。但他的善举并没有得到人们的认可和接纳,招致的只有误解、厌弃甚至攻击。在不断的受挫和极度失望中,他变得仇视人类,开始残害无辜。他请求他的创造者再为他制造一个女伴,但弗兰肯斯坦害怕怪物繁衍出后代将后患无穷,拒绝了他。绝望中的怪物进行疯狂的报复,先后杀死弗兰肯斯坦的亲友和他的新婚妻子。追踪怪物至北极的弗兰肯斯坦精疲力竭地死去,而一直像恶魔一样折磨弗兰肯斯坦的怪物,感到的只有精神痛苦和对生命的厌弃,消失在北极茫茫黑夜里。

　　这部小说有着明显的哥特式恐怖小说的痕迹,想象奇特而丰富。小说的第四、五章写了制作怪人的过程,刻意渲染恐怖的氛围。怪物的复仇过程,充满暴力和凶残。但玛丽为哥特式小说开辟了新的领域。她在小说序言里指出,"我并不认为自己仅仅是在编织着一系列超自然的恐怖事件","我如此致力于保持人性种种基本要素的真相,而又毫无顾虑地对其组合加以创新"。她的小说绝非为恐怖而恐怖,而是对宗教、哲学、伦理、科学等许多问题进行了深入的、颇有启示意义的探讨。因而这部小说被视为现代科幻小说的鼻祖。

　　弗兰肯斯坦造人的过程集中体现了 19 世纪工业和科学革命时代人们求知的热情和进行创造的自信。而他在此过程中的负疚、犯罪心理,也反映出当时对科技既欲探究其奥秘又深感疑虑不安的矛盾而复杂的心态。怪物也热烈地追求知识。在获得了阅读能力,读了弥尔顿的《失乐园》以后,他像被逐出伊甸园的亚当一样向他不负责任的创造者发问。他意识到自己与弥尔顿笔下的撒旦的命运是多么相似,萌生了反叛精神。怪物的报复是盲目和凶狠的,但他的恶是被人类的恶激发出来的。小说的魅力和力量在于它带有预见性的思考,充满对现代生活的严肃追问,关涉科学与伦理、创造与责任、理性与情感等。缺乏正确的道德原则和人心中的仁爱,科学技术的恶性发展可能带来灾难性的后果。在现代科技高度发达,特别是克隆技术迅速发展的今天,小说具有很强的时代意义。因此,最近二三十年以来,这部小说被多次改编为影视作品,还衍生出许多当代的科幻哥特式作品。

三　托马斯·洛夫·皮科克

托马斯·洛夫·皮科克（Thomas Love Peacock，1785—1866）是雪莱的朋友。他一生的大部分时间是在东印度公司度过的。他创作于浪漫小说流行的时代，但更多地属于 18 世纪理性主义的时代。他的小说带有喜剧性，对 19 世纪头 30 多年的文化学术状况进行普遍的嘲讽，他称自己的小说为"喜剧传奇"。但他的喜剧小说明显不同于奥斯丁这一类喜剧性作品。他认为"有两类类别明显的喜剧小说：一类是人物具有抽象性，体现为类别，是暗示或体现出来的意见，即作品的主旨；另一类是人物具有个性，是事件和行动，即实际生活中的事件和行动"。他把自己的作品归入前一类。确实，他的讽刺作品重观念而忽视情节，人物的言谈多于行动，往往有大量的关于哲学的对话和讨论。

皮科克的第一部长篇小说《险峻堂》（*Headlong Hall*，1816），写一群爱好哲学的人聚在乡村大宅里，在常见的聚餐、跳舞活动中，谈话围绕着现行社会秩序、人类发展现状和未来等话题进行，表现了种种不同的观点。长篇小说《梦魇寺》（*Nightmare Abbey*，1818）是皮科克最著名的作品。其中充满对哥特式小说的嘲讽，对浪漫主义的挖苦，讽刺了当时文学界的名人，包括柯尔律治等"湖畔派"诗人。雪莱在小说中化身为古怪神秘的塞西洛普·格洛瑞，他面对两个同样可爱的女子难以取舍。装腔作势的塞普里斯则成了拜伦的化身。

长篇小说《少女玛丽安》（*Maid Marian*，1822）是根据英格兰民间流传的"罗宾汉谣曲"改写的。《艾尔芬的不幸》（*The Misfortunes of Elphin*，1829）取材于威尔士民间故事。两部小说都有其历史背景，但关注的是当时的政治、社会和美学理论的分支流向。

《怪癖堡》（*Crotchet Castle*，1831）是皮科克又一部代表性作品。写一群恋人在一个古城堡里幽会，将浪漫的情节与嘲讽的语调结合起来。其中将政治变节者华兹华斯和骚塞以漫画手法描绘成纸上盖章（Paperstamp）先生和羽毛筑窝（Feathernest）先生，暗示了他们与政府之间的利益关系。

皮科克比他讽刺的浪漫诗人要活得久得多，一直活到维多利亚时期。他的最后一部长篇小说《格里尔·格兰治》（*Grylli Grange*，1860）在完成将近 30 年后出版，仍以辛辣的讽刺见长，而讽刺的对象则是维多利亚中期的英国社会，在一定程度上涉及了维多利亚时期关于如何正确运用科学的争论。

四　玛丽亚·埃奇沃思

玛丽亚·埃奇沃思（Maria Edgeworth，1767—1849）的爱尔兰题材小说具有浓郁的"地方色彩"，她的风俗小说有 18 世纪后期范妮·伯妮小说的某些特点。她与司各特和奥斯丁的创作都产生了密切的联系。

埃奇沃思是爱尔兰人,但出生在英格兰并在那里接受教育,直到1782年才定居爱尔兰的埃奇沃思镇。她一生中的大部分时间是在爱尔兰度过的。她的父亲是一位爱尔兰庄园主,热心农事改革、乡间事务,关注教育。作为父亲最宠爱的孩子,埃奇沃思帮助父亲打理内政外务,随他骑马在所属田地巡视,了解、熟悉当地的风土人情。她与父亲感情甚笃,创作受到父亲的直接影响。

埃奇沃思早期的作品《致文学女士的信》(*Letters to Literary Ladies*,1795)、《父母的助手》(*The Parent's Assistant*,1796—1800)和她与父亲合著的《实用教育》(*Practical Education*,1798)体现出她所受到的来自卢梭的影响和关注当代妇女教育的女权主义思想。

《拉克伦特城堡》(*Castle Rackrent*,1800)是埃奇沃思第一部也是她写得最好的长篇小说。小说的内容具有历史感,采取老仆人萨迪讲故事的叙述形式,写一个爱尔兰家族如何一步步、一代代地走向衰落。城堡的第一代主人是帕特里克爵士,萨迪的祖父是他的车夫。老主人挥金如土,一年到头大宴宾客,以喝倒所有宾客为傲。他的儿子莫塔爵士爱的是法律,热衷于打一连串的官司,输掉的不说,打赢的也要花上大代价,结果不得不变卖一部分地产。第三代主人吉特爵士是个赌徒和外住地主,待荡尽钱财后,想通过娶犹太女人谋取财产。城堡到了末代继承人康迪爵士手里彻底衰败。这部小说情节曲折,想象活跃,语调幽默,也包含着埃奇沃思热衷的道德主题:因放纵和愚蠢而受报应。她嘲讽那些对英国时尚亦步亦趋的效颦者、挥霍无度者,特别是招人嫌的外住地主。她对爱尔兰人生活中的哀伤和性格中优秀的方面深为了解,但决不滥情,表现出一种冷静的、批判性的疏离态度,避免了以后的一些地方和民族作家容易出现的激烈和偏狭。埃奇沃思是最早将爱尔兰地方色彩引入小说的作家,她对爱尔兰的风俗民情和道德观念的生动刻画,启发了司各特。后者在《威弗利》的头版序言里说自己试图"在某种程度上模仿埃奇沃思小姐对爱尔兰的美妙描绘"。《威弗利》出版时,评论家把它作为苏格兰的《拉克伦特城堡》。

《贝林达》(*Belinda*,1801)是埃奇沃思的第二部小说,名气很大,主题类似于范妮·伯妮的《伊芙琳娜》,写刚踏入社会的少女的经历。小说的男女主人公克拉伦斯·哈维与贝林达在经历各自的一番波折后结成夫妇。但小说开始吸引读者的不是天真的贝林达,而是她的保护人德拉克夫人——一个社交界女王的生动形象。德拉克夫人落入一桩不幸的婚姻,便以自我放纵来报复、对抗社会的世俗观念。不过她又很小心,不过分逾矩,以避免身败名裂。她一度以为自己得了绝症,便幽闭起来,引起人们对她所处的具有哥特式气息的密室的好奇。随着她与丈夫改过自新,她身上的机智、活力和光彩也消逝了。

埃奇沃思的"时髦生活故事集"系列(*Tales of Fashionable Life*,1815)取材于伦敦的社交生活,第一个系列由《百无聊赖》(*Ennui*,1804)等4部作品组成,出版于1809年,大受欢迎。1812年,她又发表了也是由4部作品组成的第二个系列,其中最出色的当属《外住地主》(*The Absentee*,1812)。爱尔兰地主克伦布罗尼客居伦敦,夫妇俩挥霍无度,成了骗子和律师的猎物。幸亏他们的儿子科拉姆勃勋爵娶了个爱尔兰的女继承人,才把他们从越陷越深的债务深渊里解救出来。埃奇沃思写起爱尔兰场景和爱尔兰人真实又生动,她写到爱尔兰地主们住在伦敦或都柏林自得其乐,听任地产代理人乘机欺压盘剥他们的佃户。佃户们尽管被主人们弃置不顾,陷入贫穷,仍然忠实于远方的主人。她出色地描写了忠诚的代理人伯克先生和善良温和、不失高贵的下层人。她更多地写轻率的外住地主、纨绔子弟、猎财者、好做媒的母亲们等人。在写后一方面题材时,她逊色于18世纪的女作家范妮·伯妮。

在为《贝林达》写介绍时,埃奇沃思特别声明她写的是"说教故事",以示与那些"散布荒唐、谬误与邪恶"的小说的区别。她热爱司各特的小说,也在浪漫主义时期创作,不过她在创作上更多体现出18世纪的理性特色。与奥斯丁相似的是,她擅长家庭题材的小说。但作为一个信奉"实用教育"的作家,她把小说视为实施教育的手段,因而作品具有明显的道德说教色彩。

第四章　19世纪中期小说

第一节　概　述

一　历史文化背景与文学状况

　　尽管上升的资产阶级和不肯放弃特权的封建势力的斗争没有结束,资本主义发展的道路并不平坦,但历史潮流已经无法逆转。1830年法国七月革命推翻了推行反动政策的波旁王朝,实现了金融贵族即工商业和银行资产阶级上层分子的统治。1832年英国议会通过议会改革法案,工业资产阶级参与政权。在1848年法国二月革命的影响下,欧洲民族民主革命风起云涌。到19世纪五六十年代,英、法等发达国家已经确立了资产阶级的金钱统治;在俄国等落后国家,金钱关系也加速了封建社会的瓦解。资本主义的发展虽然并不均衡,但总的资本主义体系已经在欧洲建立。

　　开始于英国的工业革命,很快向欧洲大陆和北美扩展,改变了世界的经济结构和社会面貌。随着工业的发展,一个新的阶级——无产阶级形成,并发展壮大起来。19世纪30年代,独立工人运动在欧洲兴起。法国里昂工人起义和英国宪章运动,标志着无产阶级和资产阶级的矛盾逐渐上升成社会的主要矛盾。科学社会主义应运而生,为无产阶级提供了有力的斗争武器。

　　阶级对抗、社会动荡日益加剧,各种社会问题逐渐显露并变得严重,人们感到逃避现实、醉心自然、沉溺幻想的浪漫文学已失之虚假和空泛。尽管不曾轰轰烈烈地造势,当时也未获得一个统一、明确的名称,但具有基本一致的特征和倾向性、明显不同于浪漫主义文学的一种新型文学——以准确再现社会生活为宗旨的现实主义文学兴起于19世纪中期,成为欧洲新的文学主流。这种文学思潮的形成,除了特定的社会政治经济原因之外,也与科学文化的影响密切相关,尤其是自然科学的新理性精神与思维方式,直接地催生了现实主义文学的写实风格。

　　19世纪的自然科学取得了比18世纪更辉煌的成就;或者说,18世纪的理性启蒙之花,在19世纪结出了科学的丰硕之果。"同以往所有时期相比,1830年到1914年这段时期,标志着科学发展的顶峰。"①而且,科学与技术相结合加速了财富的创造,给人们带来了生存实惠。所以,科学成了人们心目中给人以力量的新的上帝,理性也自然被认为是人之为人、人之高贵强大的本质属性。较之18世纪,19世纪对理性的崇拜有增无减,甚至达到了"理性崇拜"的地步。科学史家曾经为我们描绘过19世纪人类科学与理性的壮美图画:

> 　　19世纪的最初25年,此时以工业革命为转机,人类社会已经天光大亮了。这个时代,资本主义高度发展。与成熟的资本主义社会相伴随的经济危机,开始周期袭来。在打破了过去僵化的世界观之后,科学研究也开辟了新的领域。新的发明和新的发现接连不断地涌现出来,19世纪建设科学文明的篇章就由此展开……从而出现了科学的黄金时代。非欧几里得几何学的诞生,能量守恒定律的确立,电报通信技术的飞速发展。……以铁为原料、以煤为动力的大工业取得了巨大发展。达尔文的《物种起源》像一发巨型炮弹炸开,把进化思想带进了哲学、艺术、政治、宗教、社会以及其他一切领域。19世纪下半叶,近代欧洲的政治发生了非常大的变化;80年代,自由资本主义开始进入垄断资本主义时代,这是近代史上一个转折时期,卡特尔和托拉斯全面发展。革命性的动力——电能的出现和应用,电动力开始代替蒸汽动力,这是生产中的革命变革。与此同时,19世纪的风格是,科学家—工程师—商人,而不是17、18世纪的科学家—数学家—哲学家的风格了。②

　　这幅19世纪的科学图画告诉我们:在西方人的文化观念中,19世纪是一个科学取代上帝的时代,是一个理性崇拜的时代,是西方理性主义文化发展到了高峰的时代。此时,人们更坚定了三个信念:人是理性的动物;人凭借科学与理性可以把握自然的规律与世界的秩序;人可以征服自然、改造社会。对科学的崇拜,使人们对科学的理解不仅仅限于科学本身,而是用科学的方法去研究一切问题。英国科学史家丹皮尔曾指出:

> 　　在19世纪的上半期,科学就已经开始影响人类的其他活动与哲学了。排除情感的科学研究方法,把观察、逻辑推理与实验有效地结合起来的科学方法,在其他学科中,也极合用。到19世纪的中叶,人们就开

---

①　爱德华·麦克诺尔·伯恩斯等:《世界文明史》(第三卷),罗经国等译,商务印书馆,1995年,第282页。

②　汤浅光朝:《科学文化史年表》,张利华译,科学普及出版社,1984年,第70—99页。

始认识到这种趋势。①

科学的这种影响在 19 世纪的欧洲形成了与其他世纪明显不同的普遍风气：任何其他学科，唯有运用科学的方法才令人信服。正如赫尔姆霍茨所说："绝对地无条件地尊重事实，抱着忠诚的态度来搜集事实，对表面现象表示相当的怀疑，在一切情况下都努力探讨因果关系并假定其存在，这一切都是本世纪与以前几个世纪不同的地方。"②不仅如此，19 世纪的许多人还以借助理性思维和科学方法建立一门科学，并相应地有一整套严密的概念、定理、范式予以支持，而认为是一种非常荣耀的事，为此，人们称这是一个"思想体系的时代"③。恩格斯也对当时的这种现实深有感触，他说："在当时人们是动不动就要建立体系的，谁不建立体系就不配生活在 19 世纪。"④

不管是在理论观念层面还是在具体的创作实践当中，西方文学中的所谓"写实"，并非一成不变，而是处于不断生成的动态历史过程之中的。⑤ 正是上述这种区别于以前世纪的精神文化风气，影响着文学的发展，熏陶出了一批写实主义倾向的作家，形成了与 18 世纪完全不同的新的"写实"小说。

英国 19 世纪现实主义文学时期大致与维多利亚女王（1837—1901）统治时期相吻合。英国现实主义文学生动而真实地反映了维多利亚时期巨大的历史变迁和社会生活的深刻改变。维多利亚女王继位前，工业革命促使制造业迅猛发展，使英国在 18 世纪下半叶成为世界首富。至维多利亚初期，以蒸汽机为推进动力机的火车和轮船取代了速度缓慢的人力马车和帆船，从而打破了人们固守故土的观念和习惯，增强了人们出门远行的兴趣和机会。电报的发明加速了信息传递，现代报业的发展让人们能够及时而翔实地了解天下事。公共卫生取得惊人进步，医学科学的巨大进步，增强了人们对自身健康的信心，动摇了上帝决定生死的观念。

该时期，英国政治和社会也取得了实质性进步。1830 年的英国名义上是一个君主制国家，实际上它受众多贵族和富商操控。1832 年，国会迫于社会压力通过了第一个"改革法案"，使中产阶级成年男子获得了选举权。其后，1867 年

---

① W. C. 丹皮尔：《科学史及其与哲学和宗教的关系》，李珩译，广西师范大学出版社，2001 年，第 262 页。

② Helmholtz，*Popular Lecture on Scientific Subjects*，Eng. trans. E. Atkinson，London，1873，p. 33.

③ 阿金编：《思想体系的时代》，王国良、李飞跃译，光明日报出版社，1989 年，第 2 页。

④ 《马克思恩格斯选集》第 4 卷，人民出版社，1972 年，第 212 页。

⑤ Erich Auerbach，*Mimesis：The Representation of Reality in Western Literature*，Princeton and Oxford：Princeton University Press，2003，pp. 3-23.

和 1885 年的法案使所有成年男子拥有了选举权。同时,英国下议院也表明反对上议院的世袭制。维多利亚初期,大多数人的社会生活条件很差,工厂、煤矿和农场的劳动者大都处于奴隶般苦役的境况之中。由于相关法案的推动和工会的发展,这种情形得到改善。19 世纪中叶,社会主义运动在英国形成,出现了宪章运动,工人阶级提出了自己的政治和经济要求,然而大多数富裕阶层的人不能理解经济和社会改革的必要性。其后宪章运动被削弱,走向衰落。不过,在这一时期,人道主义意识有所增强。英国社会现实状况在某种程度上促使某些中上层人物开始同情和关注穷人的生活和命运,采取了一些有组织和非正式的慈善之举,改善公共设施和教育。普及教育获得发展,最后成为义务教育。

更重要的是意识形态方面的变化。当时,科学发现改变了人们对自然、世界和生活的理解。地质学和天文学的发展让人们意识到宇宙过程的漫长和地球的渺小。新的哲学思想开始出现和发展。斯宾塞的实证主义改变了人们的宗教信念;进化论加剧了自 19 世纪初开始的宗教分歧和争论;达尔文的《物种起源》(1859)等著作动摇了传统宗教信仰的理论基石,当时几乎所有的知识分子都接受了达尔文的进化论思想,开始对基督教信仰进行反思;宗教改变运动出现,其矛头直指以约翰·纽曼为首的“牛津运动”,因为后者声称他们是教会及其传统教义的最高权威。由此,在大多数进步的哲学家、科学家和作家当中产生了一种反宗教和无宗教的功利主义倾向。功利主义时兴开来,功利和实用成为判断一切的标准。功利主义在一定程度上推动了物质幸福的发展。《圣经》和福音的正统性受到挑战,被视为一种过时的迷信而受到功利原则的检验。教堂礼拜失去了热忱而流于形式。功利主义受到中产阶级工业家们的青睐,贪婪驱使他们不遗余力地榨取工人,造成工人大众的痛苦和贫困。狄更斯、卡莱尔、罗斯金和其他许多具有社会意识的作家严厉批评了功利主义行为,尤其是它对文化价值观念的贬低和对人类感情与想象的冷漠。

现实主义文学的最大成就是在小说方面,19 世纪中后期成了欧洲小说的黄金时代。英国 19 世纪小说的发展、繁荣,恰逢英国历史上著名的“维多利亚时期”。

1837 年,维多利亚女王登基,在位 63 年,史称“维多利亚时期”。在此期间,尤其是 19 世纪 70 年代之前,大英帝国经历了财富急剧增长、版图不断拓展的黄金时代。到 19 世纪三四十年代,英国已经完成了工业革命,建立了纺织、冶金、煤炭、机器制造和交通运输五大部门。到 1850 年左右,世界半数的棉花由英国加工,英国的生铁和煤炭产量在世界上一马当先,英国的机器畅销许多国家,英国制造的船只驶往各国。工业的发展,加上它的海上霸权,使英国奠定了世界经济霸权地位。英国庞大的船队将工业产品运往世界各地倾销,还在国外兴建铁路,大举投资。英国不仅成为“世界的工厂”,而且是世界范围的船主、商人和银行家,财富源源不断地流入国内。1851 年,维多利亚女王主持了伦敦第一次世界博览会的开幕式。设在海德公园内玻璃大厦中的博览会,以 13000 多件新科技展品彰显了英国工业革命的成就。从 19 世纪 60 年代起,英国又加紧开拓、掠夺殖民地,开辟新的财源和市场。

工业革命与政治革命是相伴相生的。1832 年终获通过的"议会改革法案",带来了重大的政治变化。男性公民的选举权扩大了;早已衰败但仍由贵族控制的"腐败选区"所占据的议席,让位给新兴城区。工商业资产阶级在国家政权参与中日益取得重要地位,他们利用自己政治上的权力实行有利于资本主义发展的政治改革和经济措施。1846 年,旨在保护土地所有者利益、限制进口的谷物法被废止。自由贸易政策使英国经济出现了前所未有的繁荣。

维多利亚时期是兴旺发达的时代,也是矛盾丛生的时代。工业革命带来了巨大的财富,激发了人的创造力。但工业化和城市化的迅猛进程也带来了新的社会问题。在人口稠密的工业区,贫困、肮脏、疾病、失业、恶劣的工作和居住条件等使灾难恶性地爆发出来。严重的贫富两极分化,将社会分成互相陌生、互相敌对的"两个民族"(迪斯雷利语),加剧了社会的不平等。根据资产阶级经济学家托马斯·马尔萨斯(1766—1834)的人口理论和大卫·李嘉图(1772—1823)的"铁的工资法则"学说,议会在 1834 年通过了新的济贫法,将原本作为救济组织的济贫院变成了对贫穷者进行惩罚的机构,激化了阶级矛盾,成为 19 世纪 30 年代末全国性的"宪章运动"兴起的原因之一。工人阶级公开向资产阶级提出了一系列经济上和政治上的要求,把获得选举权看作获得阶级解放的保证。经历了 10 多年的奋争,加上 19 世纪 60 年代重新兴起的群众运动,工人阶级迫使有产者承认,他们是不容忽视的新的民主力量。英国议会在 1867 年和 1884 年通过第二次和第三次议会改革法,使工人阶级获得选举权。

维多利亚时代还是充满争议困惑、经历信仰危机的时代。19 世纪中期地质学、天文学、生物学等自然科学方面的一系列发现,对当时的社会思想产生了巨大影响。影响力最大的,就是达尔文的生物进化理论。宗教传统的创世说受到挑战,人们被迫重新认识自己在生物界的地位。斯宾塞、赫胥黎等人的各种社会进化理论应运而生。源自德国的对《圣经》的科学化研究,也动摇了宗教权威的基础,形成对传统的信仰和道德观念的冲击。英国国教的凝聚力正在消失,新的教派林立。知识界的"牛津运动"力主振兴传统、权威的体制化宗教,导致重仪式的"高教派"乃至天主教影响的抬头。涵盖国教中的"低教派"以及非国教的各种派别的"福音派"(泛指只承认《圣经》的权威、轻礼仪重信仰的新教派),则吸引了小生产者,在社会中下层产生深远影响。

维多利亚中期的英国社会努力将正在裂变的思想体系凝聚起来。在经济上大获全胜的中产阶级,建立起新的、统一的道德规范、价值观念体系。"所谓的

'维多利亚精神',实质上就是新的按资产阶级的形象塑造出来的绅士精神。"①
从等级社会中打拼出来的中产阶级,为自己建立了自我奋斗、自我塑造的美好形
象。务实的中产阶级推崇的价值观念——勤奋、节俭、自助,与源于清教的"福
音"教的主张——反对纵欲,讲求实际,注重责任,信奉节俭和勤奋,和谐地吻合。
维多利亚女王提倡道德和秩序,她的宫廷不同于前摄政时期的放荡奢华风气,充
满中产阶级的味道。她的家庭是秩序井然、相亲相爱的中产阶级家庭的缩影,她
自身尽力塑造了一个反映中产阶级妇女道德诚实、忠于家庭的美德的公开形象。
反映中产阶级价值观念和社会态度的"维多利亚精神",尽管其中不乏虚伪、自
满、对人性的压抑,也受到过质疑和反抗,但仍成为社会的共同规范。这时期的
文学与这种精神发生了千丝万缕的联系。

二　英国小说发展概况

英国现实主义小说在维多利亚时代蓬勃发展,从来没有过如此之多且如此
有成就的小说家同时大放异彩,使英国小说走向辉煌。

强烈的社会责任感、批判意识和道德感是维多利亚时期现实主义小说的特
点。这种倾向来自社会现实和社会美学思潮的共同影响。英国思想家和散文家
托马斯·卡莱尔(Thomas Carlyle,1795—1881)对社会财富分配不公进行批判
的社会观,对维多利亚早期和中期的一批重要作家如盖斯凯尔夫人、金斯利、里
德等人的社会倾向具有至关重要的影响。在美学方面,这一时期最有影响的是
罗斯金(John Ruskin,1819—1900),他认为艺术不能脱离社会,强调艺术家的道
德感。马修·阿诺德(Matthew Arnold,1822—1888)的评论在维多利亚时代首
屈一指,他认为文学的内容必须具有真实性与严肃性,肯定诗的道德意义和教育
意义;他强调文学应该是一种"对人生的批评"(criticism of life),具有社会道德
的作用,有朝一日文学"有可能取代宗教和哲学"②的地位。这种文学批评理论
与观念对这个时期的小说创作风格无疑是会产生影响的。

"关于小说用处的讨论成了当时英国小说批评舞台的主旋律"③,其中讨论
得最多的是小说的道德教诲功能。批评家们以外,小说家们都或多或少地倡导
过小说的道德教诲功能。乔治·艾略特把唤醒世人的同情心看作小说的基本道
德标准。特罗洛普认为不同年龄和不同性别的读者会从小说中学到不同的道德
品质和行为方式。狄更斯在书信、演讲以及自己一些小说的前言中就小说的道
德功能问题发表过不少见解。他主张以小说唤起世人对劳苦大众的同情和对他

---

① 钱乘旦、陈晓律:《英国文化模式溯源》,上海社会科学院出版社,2003年,第307页。

② Matthew Arnold,"The Study of Poery",*The Portable Matthew Arnold*,Lionel
Trilling,ed.,New York:The Viking Press,1963,p.300.

③ 殷企平等:《英国小说批评史》,上海外语教育出版社,2001年,第54页。

们的崇敬。小说的社会作用和认识作用也是热门话题。狄更斯强调小说艺术的重要功能之一是"通过改变公众舆论来改造世界"。他在《匹克威克外传》序言中称:"希望我原先所披露的各种社会弊端,将来在这一版的每一卷里都能发现其中某条某项业已根绝……"①萨克雷认为小说家的重要任务之一就是"诉说世人竭力掩饰的那些令人不愉快的真实情况",把小说的认知功能和它的社会功能以及道德功能结合在一起。他强调小说描写的自然和真实,他说:"虽然生活的事实并不都是让人感到愉悦的,但是无论如何,严肃认真的作家都是坐在真实这把椅子上展开讨论的,讲故事的人也是从这里开始的。"②

作家们怀着强烈的使命感从事小说创作,夏洛蒂·勃朗特在《简·爱》的再版前言里,把正义的作家直接比作《圣经》中向暴君发出逆耳忠言的古代先知。维多利亚前期,因工业化而引起的种种新的社会问题为小说家提供了素材。迪斯雷利、金斯利、盖斯凯尔夫人和里德等作家揭露社会弊端和政治腐败的作品有"社会问题小说"之称。盖斯凯尔夫人对阶级矛盾和工人生活做了真实的揭露和细致的描写。在小说领域的地位可与戏剧中的莎士比亚媲美的狄更斯,以他众多的佳作,揭开了"维多利亚盛世"的锦绣帷幕,露出阴暗的实景。他质疑社会的种种不平等现象,以小说为工具反抗他耳闻目睹的非正义现象和腐朽的陈规陋习。他在卡莱尔《法国大革命》(1837)的启发下写出《双城记》(1859),以想象中仇恨的大爆发来向英国社会提出警告。萨克雷是具有天才的英国上流社会虚伪阴暗面的揭发者。他对于上层社会生活的冷嘲热讽、犀利鞭挞与狄更斯对于下层人民生活充满同情的描述形成对比和互补。勃朗特姐妹尽管偏重以个人身世作为小说题材,但小说的寓意具有对社会的挑战力量。夏洛蒂在《谢利》中涉及劳资矛盾这个敏感的题材。艾略特、特罗洛普、梅瑞狄斯、哈代,也都揭露了关于阶级社会、金钱社会、男权社会中的种种矛盾和问题。当时的通俗小说家也不乏对现实问题的关注,以写"银匙小说"著名的弗朗西斯·特罗洛普(Frances Trollop,1780—1863)创作了反映英国童工悲惨遭遇的《童工米切尔·阿姆斯特朗》(*The Life and Adventures of Michael Armstrong, the Factory Boy*,1840)。柯林斯的犯罪小说虽以情节曲折见长,但也旨在揭露社会罪恶。维多利亚时期的小说家们在不同程度上受到启蒙思想、空想社会主义和基督教博爱思想的影响,从人道主义出发,指责冷酷的现实,同情被压迫者。他们不但在小说中反映读者关注的许多社会问题,还提出解决问题的各种设想,希望对社会起到改进作用。

---

① 狄更斯:《匹克威克外传》,蒋天佐译,上海文艺出版社,1961年,第7页。

② William Henry Hudson, *A Short History of English Literatur in the Nineteenth Century*, London: G. Bell and Sons Ltd., 1927, p.231.

　　维多利亚时期的小说继承了18世纪英国现实主义和感伤主义文学传统,以中产阶级,特别是其中下层为关注、描写的对象和读者群,善于表现小资产阶级人物的艰难生活、奋斗经历。他们的喜怒哀乐,具有温和的人道主义思想和一定的感伤色彩。小说主人公经历世道艰辛、人生坎坷,最终在一定程度上实现自我人生理想,较少有同时期法国小说中于连这样的个人奋斗而不见容于社会的惨剧(维多利亚后期如哈代的小说有所不同)。由人物讲述自身经历和成长过程的自传体小说,是小说家们经常采用的小说样式,如狄更斯的《大卫·科波菲尔》《远大前程》,夏洛蒂·勃朗特的《简·爱》,等等。但第三人称全知叙述,更能自由地、全景式地反映社会生活,成为维多利亚时期小说的叙事常规。小说风格上以写实为主,力求客观、逼真地表现英国城乡普通人的性格特征、人际关系和日常生活场景,重视细节的真实性。谋篇布局理性规范,故事首尾完整,结构井然。

　　虽然都以"写实"为特征,但英国小说明显不同于强调客观冷静、具有一定自然主义倾向的法国现实主义小说。受清教主义传统影响的英国小说家重视文学的道德教诲作用,很难接受自然主义客观超然的创作态度和对人的自然本性直接呈现的写法。例如,狄更斯和萨克雷的小说尽管在描写真实的程度上有差别,但对性爱的描写均采用回避或隐晦的态度。即使在维多利亚晚期,与法国自然主义没有直接关系而且也不赞同法国"实验小说"主张的哈代,因为创作中有对"生理现实"坦率真实的描写,有违维多利亚时期的道德观,仍遭受强烈的谴责。一般来说,维多利亚小说很少受到其他国家小说的影响,有突出的民族特性。

　　由教育普及、图书降价、图书租赁业兴起等因素而产生的庞大的读者群和期刊连载的出版形式,促成了维多利亚时期小说读与写之间活跃的互动关系。小说家与小说读者互相依存。作家自认为是社会良知的代表,启迪和教育读者,在让他们娱乐的同时也影响他们阅读趣味的取向。反过来,大众读者的道德观念和审美趣味又制约着作者。狄更斯经常乐于回应读者对小说人物、情感和风格方面的要求。特罗洛普听说读者对他的巴塞特郡系列小说中的主教夫人不满,便表态要去掉她,也果然安排她在《巴塞特的最后记事》中发病死去。在这种互动关系的影响下,维多利亚时期尤其是前期,小说具有两个共同的特点:注重社会效果和道德意义;注重故事的趣味性、小说的可读性。狄更斯的创作鲜明地体现了这一特色,他将诗人、思想家、哲学家、幽默家和说故事人融为一体。作家们重视小说的娱乐功能,狄更斯公开宣称自己的艺术宗旨是"给普通大众带来欢乐"。他的小说"可以说都是惊世骇俗的暴露文学,而同时又是情节热闹、引人入胜的通俗小说,脍炙人口的畅销书"①。大多数作家希冀能够"寓教于乐"。特罗

---

① 　朱虹:《英国小说的黄金时代》,中国社会科学出版社,1997年,第112页。

洛普说:"小说的目的应该是在使人愉悦的同时给人教益。"这种出版方式在带来扩大读者群、加大小说影响的好处的同时,也产生显而易见的弊病。小说的思想和艺术价值可能会因为作者迎合社会趣味、取悦读者而受到损害。随写随发的连载方式使作者缺少对作品结构的通盘考虑和整体设计。为吸引读者,每期故事要有高潮,狄更斯常常求援于巧合,追求强烈的戏剧效果。这会使故事波澜起伏,但也降低了可信度。

应该强调的是,维多利亚时代的小说从来就不是单调刻板的,而是生气勃勃、风格多样,在视角、价值取向、叙事技巧和语言风格上兼容并蓄的。

这时期数量庞大的通俗小说与以狄更斯为代表的现实主义小说相似的是,它们也取材于当代生活,但娱乐性为它们的主要宗旨。被称为"银匙小说"(silver folk novels)的一类通俗小说流行一时,这个称谓源于它们热衷于写以使用银器为象征的上流社会的社交礼仪、豪华风雅排场,对贵族男女的风流逸事津津乐道,因此也被称为秘闻小说。卡罗琳·兰姆夫人(Mrs. Caroline Lamb,1785—1836)在《格兰纳冯》(*Glenarvon*,1816)中自曝与诗人拜伦爵士的私通事件。凯瑟琳·戈尔夫人(Mrs. Catherine Gore,1799—1861)为最著名的银匙小说家,她的《赛瑟尔》(或《一个花花公子的历险》)(*Cecil*, or *the Adventures of A Coxcomb*,1841)被看作"银匙小说"的代表作。这类小说主要满足了市民对贵族生活的好奇心、窥视欲。萨克雷在早期创作中讽刺反对过的罪犯小说也曾泛滥成灾。由于这些小说主要取材于"新门监狱记事"(Newgate Calender),因此也被称为"新门小说"(或译为"纽格特小说")。维多利亚早期的小说家爱德华·林顿·布尔沃(Edward Linton Bulwer,1803—1873)和威廉·安思华斯(William Ainsworth,1805—1882)是这类小说的代表作家。前者将哥特式小说与当时流行的罪犯小说结合起来,使传统的哥特式小说具有某种特殊的社会意义。后者的长篇小说《罗克伍德》(*Rookwood*,1834),把江洋大盗作为主人公,为古老的哥特式小说增添了许多浪漫主义因素和罪犯小说特色。他的长篇小说《可敬的克利契顿》(*The Admirable Crichton*,1837)和《杰克·谢泼德》(*Jack Sheppard*,1837)都以同情的态度描写了身为强盗的主人公。犯罪小说涉及一些社会问题,但均有将犯罪浪漫化的弊病。

浪漫主义风格在这个注重写实的时代并没有消失。爱德华·林顿·布尔沃的创作风格深受浪漫派影响。他是司各特去世后10年间英国小说界的主将。他的历史小说继承和发扬了司各特的传统,在注重史料的同时,更追求情节的浪漫化。威廉·安思华斯的历史小说《伦敦塔》(*The Tower of London*,1840—1841)在情节、人物和风格等方面都有意模仿雨果的《巴黎圣母院》。作为现实主义主帅的狄更斯,小说中的理想主义和浪漫色彩很突出。而勃朗特姐妹的小说,具有强烈的浪漫主义激情和诗意。"事实上,更深入的浪漫主义,即华兹华斯和他的追随者们的浪漫主义,直到勃朗特姐妹时期才完全进入英国小说,她们深切感受到一个倾注了精神的物质世界。"①

勃朗特姐妹等一批有成就的女作家的崛起,成为维多利亚时期小说界一个引人注目的现象。继19世纪初期的奥斯丁之后,盖斯凯尔夫人、勃朗特姐妹、乔治·艾略特在19世纪中期贡献出各自的杰作。她们没有一致的文学思想,取材范围与艺术表达方式各不相同,也并非都专注于女权,但她们为文学贡献了女性视角和女性声音,改变了单一性别的传统文学史面目。从勃朗特姐妹和艾略特用男性笔名发表小说的现象中,可见女性作家在男权社会中遭遇的困难和压力。

小说家艺术关注点和表现手法的变化、发展显而易见。狄更斯在人物塑造方面显示了卓越的创造才能,他刻画的人物独特而鲜活,但他并不关注人物复杂的心理活动。从维多利亚中期开始,随着对社会认识的深化和心理学的发展,许多小说家试图在小说中探讨人性、心理的复杂性,小说以揭示人物心理为旨归。乔治·艾略特的小说具有对人物行为动机的详尽分析,将人物的心理现实描绘得淋漓尽致。乔治·梅瑞狄斯采用心理学方法分析人物,探究人物深层的心理。他的小说往往没有生动的情节,语言也较晦涩,所以生前身后都未曾拥有众多读者。哈代的小说具有心理写实的特色,发展了心理描写技巧,作品的心理分析更细致深刻。

在散文语言方面,维多利亚时期的小说也各式各样,蔚为大观。盖斯凯尔夫人的语言朴素。萨克雷的文笔自然生动而略带嘲讽。勃朗特姐妹情感强烈,语言具有诗性。乔治·艾略特的语言敏锐而深刻。梅瑞狄斯的语言显得隐晦艰涩。哈代的语言既有地域色彩又有象征性和诗意。狄更斯的语言库藏惊人地丰富,能精确写实,能渲染气氛,能铺陈,能简洁明了,既幽默又感伤,"同莎士比亚一样,他运用语言是多层次、多方面、多声域的,令所有的学究皱眉,却使英语更加活跃"②。

维多利亚时期的小说在美学风格上绝不单一,喜剧和悲剧小说都有佳品杰作。狄更斯的小说中滑稽、幽默和讽刺丛生遍布。萨克雷擅长冷嘲。梅瑞狄斯提出"喜剧理论",他创造了一种新的小说——充满机智、隐喻的高级喜剧,以诗歌的象征手法来写小说。特罗洛普的小说塑造了一大批可信的人物典型,这些人物在他创造的世界里活动,演出了一幕幕"错误的喜剧"。梅瑞狄斯相信喜剧在改造社会中的巨大作用。哈代的看法却相反,他认为小说家的任务是表现崇高中的悲剧和悲剧中的崇高。他的小说具有古典悲剧独有的感人力量。宿命论

---

① Ernest A. Baker, *The History of The English Novel*, Vol. Ⅵ, New York: Barnes & Noble, Inc, p. 15.

② 王佐良:《英国散文的流变》,商务印书馆,1994年,第179页。

的观点在他的小说中特别突出,哈代相信宇宙间有一种神奇的精神力量在操纵万物,人类对此无法控制。他笔下的主人公怀着美好的心愿追求个性发展,却遭遇命运的无情捉弄,上演了一出出人生悲剧,而悲剧的崇高感正是在人与命运的艰苦抗争中产生的。

从维多利亚早期到晚期,英帝国经历了由盛到衰的过程。1870年前后,维多利亚盛世较为统一的信仰、价值观念受到全面挑战。19世纪80年代以后,成名于维多利亚中期的文化名人仅剩哈代和梅瑞狄斯两人。他们的思想倾向和道德观已不同于正统的维多利亚式,在某些方面甚至是反维多利亚式的。他们的作品不仅仅关注社会和社会中人物的命运,而且变得更具有哲理意味、象征意义和诗性特征。但在艺术形式上,他们基本上沿袭了维多利亚时期小说的传统形式,叙事完整连贯,人物性格鲜明。思想和艺术方法上的矛盾,可能是哈代不再写小说的原因之一。以反映现实生活、文以载道为基本特征的维多利亚时期小说逐渐衰落,一种十分不同的、以表现人的潜意识的非理性冲动为主的复杂的现代小说后来居上。

近年来随着文学批评趋于多元化,关于维多利亚时期文学的研究不断深入,社会学的分析容纳了文化批评,阶级政治的审视中又加上了性别的观点,绝对化、简单化的评判标准被取而代之。维多利亚时期的小说因此而呈现出新的、更丰富的意义。

第二节　查尔斯·狄更斯

查尔斯·狄更斯(Charles Dickens,1812—1870)是19世纪中期英国小说家中最伟大的代表之一。他不仅在他自己的时代、自己的国家家喻户晓,而且直至现在,在世界各国仍享有盛名。

狄更斯的自身经历具有维多利亚式个人奋斗、自我造就的特征。1812年2月,他出生于英国南部海港朴次茅斯。他的父亲约翰·狄更斯是海军军需处的小职员,生活讲究却不善理财,一家人过着入不敷出的日子。狄更斯在家中的8个孩子中排行第二。5岁到10岁期间,他随家人住在风景优美的港口城市查特姆,度过了一段快乐的、令他长久追忆的童年时光。在查特姆,他开始上学。课余他阅读了笛福、斯摩莱特、菲尔丁等作家的小说和《天方夜谭》等故事集,开始进行模仿性写作,还随意编故事当众讲述,创作和表演才能初显。1822年,狄更斯一家迁居伦敦,家境每况愈下。在狄更斯12岁时,父亲一度因负债入了债务人监狱,狄更斯不得不离开学校,到一家鞋油作坊当了童工。这段痛苦的童年经历虽然不到半年的时间,却成了狄更斯一生萦绕不去的噩梦,激起他对苦难儿童和穷人的深切同情,也成了他在创作中经常写不负责任的父母、不幸的孤儿或儿童的心理原因。依靠一笔为数不多的遗产,狄更斯的父亲结束了监狱生活,狄更斯也得以重新上学。但窘困的家境迫使狄更斯又踏上谋生之路。15岁开始,狄更斯先后当过律师事务所的杂役、缮写员。他在业余时间学会了速记,谋得了法庭速记员的职位。20岁时,他受聘成了记者,专门报道下议院的情况。在此期间,他坚持自学,来弥补学校教育的不足。

坎坷的生活经历为狄更斯提供了丰富的创作素材,记者生涯锻炼了他的观察能力和写作技巧。当记者期间,狄更斯以"博兹"为笔名,陆续发表了一系列特写作品,以幽默的笔调和诙谐的口吻描绘伦敦市井生活和平凡人物。他于1836年将这些特写作品辑为两卷本的《博兹特写集》(Sketches by Boz)出版,很受欢迎。接着,狄更斯应邀写作一系列分期出版的插图滑稽故事。连载故事结集成书,便是狄更斯的第一部长篇小说《匹克威克外传》(The Pickwick Papers,1836—1837)。小说没有完整、严密的结构,写伦敦匹克威克社通讯部的主席匹克威克先生与其他三位成员外出游历,沿途向俱乐部报道所见所闻。匹克威克在途中还雇了机灵的塞姆·韦勒为仆从。他们一路上遇到各种各样的人物,也生出不少滑稽可笑、有惊无险的事端。他们见到小镇上议员选举的闹剧;受到骗子金格尔的捉弄;匹克威克一度还因恶讼师的陷害,进了债务人监狱,目睹了其中的不公和黑暗。匹克威克先生天真善良,有正义感,但不谙人情世故。他与塞姆·韦勒的关系类似堂吉诃德与桑丘,相映成趣。不过匹克威克先生不是作者讽刺的对象,而是作者用来讽刺社会的媒介。作者自称写作的目的只是"介绍一些趣人趣事",但作品中不仅有喷涌而出的幽默感,而且闪烁出对现实敏锐的观察力和出色的讽刺,吸引了大量读者,使24岁的狄更斯一举成名。

在《匹克威克外传》发表期间,狄更斯与报社同事霍格斯的女儿凯瑟琳结婚。他们的性格差异在婚后逐渐显现出来。狄更斯与他的妻妹玛丽更为契合,玛丽的突然病逝,使他十分悲痛。在他的追念中,玛丽的形象得以升华,成为他以后作品中许多理想女性——如《老古玩店》中的小耐尔、《大卫·科波菲尔》中的艾妮斯——的原型。狄更斯努力从痛苦中解脱,继续写作他的新作《雾都孤儿》(Oliver Twist,1838)。

《雾都孤儿》是狄更斯早期创作中的重要社会小说。孤儿奥列弗降生在济贫院里,在饥饿中长大,被送到棺材铺当学徒。因为不堪忍受虐待,他逃到伦敦,又落入贼窟,被迫行窃。历经磨难后,奥列弗得到了好心人的救助,在弄清身世之谜后继承了父亲的遗产。比起结构松散的《匹克威克外传》,《雾都孤儿》将小说情节集中在奥列弗的身世上,社会批判也较为集中。作品揭开了慈善机构虚伪的面纱,展现了贫民窟的悲惨场景。狄更斯在小说序言里说:"本书的一个目的,就是追求无情的真实。"他反对当时流行的"罪犯小说"浪漫化的写法,"要描绘一群真实的罪犯,不折不扣地描述他们的变态,他们的痛苦,和他们肮脏的受罪日子,我以为,这样做是一件很需要的、对社会有益的事情"。作者将奥列弗的不幸经历写得催人泪下,有感伤小说的痕迹;而对社会底层凄惨可怖的场景和蒙克斯谋取奥列弗财产、塞克斯谋杀南茜等情节的描写,则可见哥特式小说的影响。

在《尼古拉斯·尼克贝》(*Nicholas Nickleby*,1838—1839)中,狄更斯继续关注和谴责社会中不人道的现象。尼古拉斯·尼克贝一家受到不顾亲族之情的高利贷者拉尔夫的贪婪掠夺,屡遭不幸。尼古拉斯走上社会艰难谋生。对尼古拉斯曾经任教的私立贫民学校中恶劣教育方式的揭露,在小说中占重要地位。道济波依兹学堂里的孩子们受饥饿和体罚的折磨,成为机构管理人牟利的工具。小说结构较为散漫,时而插入一些与中心情节无关的短小故事。《老古玩店》(*The Old Curiosity Shop*,1840—1841)是狄更斯少有的以悲剧结尾的作品。老古玩店店主屈兰特企图通过赌博摆脱经济窘境,却因此落入了半人半鬼的高利贷者奎尔普的魔掌。他带着外孙女小耐尔逃离伦敦。流浪路上,他们目睹大量的人无家可归,工业城市里轰鸣的机器给许多人带来的不是财富而是贫困。祖孙俩颠沛流离,生活无着,还要提防奎尔普的追踪和贪财者的出卖。待外来的救援赶到,心力交瘁的祖孙俩已相继离开人世。这部小说,尤其是作者以哀婉的笔触刻画的温柔贤淑的小耐尔形象,在当时使众多读者为之掬一把同情之泪。这时期,狄更斯还发表了一部历史小说《巴纳比·拉奇》(*Barnaby Rudge*,1841),小说以 1779 年清教徒反对罗马天主教的高登暴动为背景,借历史事件表达作者对自己所处时代的态度,即反对暴力,主张社会改良,但影响不大。

狄更斯写于 19 世纪 40 年代以前的作品,有对社会全貌的观察,但着重写社会下层,如济贫院、贫民窟、城乡小学、流浪者等,针砭时弊。他把自己既视为小说家,也看作改革者。尽管有浓厚的感伤情调,但作品中仍洋溢着充满幻想的乐观精神,受苦受难的小人物往往能得到仁爱的资产者的庇护。作者善于使用幽默夸张的手法,讽刺比较温和。小说结构上一般采用流浪汉小说形式,以主要人物特别是孤儿的经历(如奥列弗在伦敦的流浪生活,尼古拉斯·尼克贝随剧团流浪演出,小耐尔拉着外祖父逃债流落他乡)为主线,大小故事交叉,来展示丰富的社会生活画面,结构较松散。

1842 年,狄更斯访问美国,为维护作家版权所做的努力没见成效。他原以为能在这个新兴民主国家找到榜样,但现实让他感到失望。他写下自己对美国的印象和感想,结集为《游美札记》(*American Notes*,1842),其中对美国社会的贫富悬殊、奴隶制等社会问题有不少批评。他回国后不久完成长篇小说《马丁·朱述尔维特》(*Martin Chuzzlewit*,1843),主线是主人公小马丁到美国去寻找发迹机会,却发现那里与英格兰一样,物欲横流,充满尔虞我诈。狄更斯没有让情节蔓延开去,而是扣住一个主题——揭示各种各样、无所不在的私欲。小马丁经过生活的磨难,获得了深刻的教训,克服了自私,最终得到了幸福。而另一条线索是疯狂的拜金主义者乔纳斯损人利己的罪恶行径,他在贪欲的驱使下竟然打算弑父。其中塑造的俾克史涅夫形象,成了伪善者和假仁假义者的典型。

温情脉脉的仁爱精神贯穿在写于1843—1848年的"圣诞故事集"(Christmas Tales)中。在其中最有代表性的《圣诞颂歌》(*A Christmas Carol*,1843)里,守财奴斯克罗奇于圣诞节前夕在三个"圣诞节鬼魂"引领下游历自己的过去、现在和将来,幡然醒悟,变得乐善好施。《钟声》(*The Chimes*,1844)、《炉边蟋蟀》(*The Cricket on the Hearth*,1845)等作品都以民间寓言传说故事的形式和表现手法,劝人为善,希望生活中弥漫乐善好施的圣诞精神。

1844—1847年,狄更斯携家人先后到意大利、瑞士和法国居住。旅居国外的后期,他写作了长篇小说《董贝父子》(*Dombey and Son*,1846—1848)。这部小说摆脱了《匹克威克外传》和《尼古拉斯·尼克贝》那种松散离题、内容宽泛的形式,结构意识明显加强,围绕的主题是"傲慢"。董贝因富有而冷酷傲慢,人的感情让位给至高无上的经济原则。他把公司的利益作为衡量万物的中心,他重视儿子,因为那是公司的继承人;他冷落女儿,因为她不能增加公司利益。儿子夭折后,董贝续娶了家境衰败的贵族少妇艾迪斯,指望她生一个新的财产继承人。心高气傲的艾迪斯不能忍受董贝的骄横专制,与董贝的经理卡尔克私奔以示报复。与莎士比亚笔下的李尔王相似,董贝在失去了财产和社会地位,也就是失去了他傲慢的根基后,在被他遗弃的女儿弗洛伦斯的爱的感召下,人性复归。小说描写了唯利是图的世界以外一个保存了真正人情、人们互相援助的世界,善良和温情战胜了冷酷无情。

《大卫·科波菲尔》(*David Copperfield*,1850)是狄更斯最有代表性、最受读者欢迎的小说之一,作者自称"在我所有的作品中,我最喜欢的是这一部"。作品以同名主人公的成长历程为中心故事。大卫在经历了苦难的童年、不幸的婚姻后,经过不懈的努力,成为名作家,并且与艾妮丝·威克菲尔一起开始了幸福的家庭生活。辟果提先生一家悲欢离合的故事、密考伯夫妇令人啼笑皆非的经历、威克菲尔父女的人生起伏,还有贝西姨婆、老保姆辟果提、特拉德尔、斯特朗博士等人的故事都穿插于大卫成长这一中心情节。小说具有一定的自传性质,密考伯夫妇有着作家父母的影子。作家自身的许多生活经历和体验,都再现在大卫身上。但是,狄更斯对这些取自自身经历的素材做了大量的加工处理,将自传体的成长小说与社会小说结合起来。作者在这部小说中首次采用了第一人称叙述形式,虽然是由大卫自述身世,并不专注于某一社会问题,但也表现出贯串他全部作品的对社会的广泛批判,涉及教育体制的弊端、孤儿和童工命运的悲惨、金钱对人性的腐蚀作用等。狄更斯对社会的批判是从道德角度进行的,具有强烈的道德色彩。贝西姨婆曾嘱咐大卫:"永远不要在任何事上卑劣;永远不要作假;永远不要残忍。"大卫的成长过程就是追求高尚、真诚、仁慈这三项美德的实践过程。作者表现了人物由于经济、政治原因而产生的阶级对立,但更多着眼于好人与坏人、善人与恶人的道德对立。他以是否信守优良品德作为评价人物的标准,以此将人物划为界限分明的两大阵营。大卫和希普各自的奋斗道路因为他们道德上的对立而形成鲜明的对比。而人物命运的好坏与他们道德品行的高低紧密联系在一起。

狄更斯在这部小说中塑造了许多家喻户晓的人物,如乖僻却善良崇高的贝西姨婆,潦倒而快活的密考伯先生,貌似谦卑却野心勃勃的希普,永远也长不大的"娃娃妻"朵拉,等等。他笔下的人物性格不一定深刻复杂,但鲜明生动,令人过目难忘,显示出他对人性的深刻洞察。狄更斯主要是通过外部特征来描写人物的,不过他很少静态地详尽描画人物的肖像、服饰,而是抓住人物外表、语言或行为的典型特征,予以强化和夸张,如希普将身体扭得像鳝鱼的动作和双手黏湿、阴冷的特点,密考伯太太"我决不抛弃密考伯先生"的口头禅,密考伯先生爱写咬文嚼字、言过其实的信的癖好,非常传神,效果极为强烈。

19世纪50年代初开始,狄更斯进入创作高峰期,几乎每两年就出版一部长篇小说。此时作品的内容几乎涉及当时社会生活的各个方面,他写出了一个处于急剧变化时期的纷繁世界,这里财富与贫穷对立,文明与罪恶同生,新生与腐朽并存。就艺术风格而言,将写实与幻想、幽默与感伤、哲理和抒情奇妙融合起来的狄更斯式风格,在此阶段得以突显。

《荒凉山庄》(*Bleak House*,1852—1853)是狄更斯的代表作品之一,近年来备受关注。小说以贾迪斯和戴德洛克两个家庭的故事为情节框架,围绕"贾迪斯控告贾迪斯"的官司和戴德洛克夫人的隐私展开叙述。狄更斯青年时代进出法律界的经历,使他看到了英国司法制度的诸多问题,他的多部小说涉及对司法界人和事的反映与批判。对英国法律制度弊端的揭露和抨击构成了这部小说的主要内容,小说中的主要人物都直接或间接地受到种种法律弊端的伤害。贾迪斯家的后代因为遗产问题发生争执,上了法庭。专司处理遗产和契约诉讼的大法官庭,早已腐朽过时,却以烦琐的法律条文和混乱荒唐的审判程序,将贾迪斯家的遗产诉讼案长久拖延,使之变成一个巨大的陷阱,吞噬了那些对它寄予希望的人。家族的上一代人在无望的等待中,有人自杀,有人发疯。生活在表兄约翰•贾迪斯的荒凉山庄里的年轻人理查德,作为遗产案的主要当事人,将自己的命运押在这场理不清的诉讼上,深陷其中,难以自拔。他找到了一份遗嘱,终于使这桩旷日持久的案子得以了结。但是巨额遗产已经被诉讼费耗空,理查德虽成赢家,却不仅分文未得,还耗尽了自己的精力、情感甚至生命。腐朽的法律制度具有很大的破坏性,甚至带有邪恶的性质。律师图金霍恩是这个庞大的法律机器中的一个零件,他在似乎没有个人动机的情况下,对戴德洛克夫人婚前失贞的秘密穷追不舍,酿成悲剧。戴德洛克夫人的私生女、荒凉山庄年轻的女管家埃丝特的身世之谜构成小说的另一条线索。在这个部分,对妇女、家庭、婚姻等问题的探讨占据了中心地位。家长的不负责任与法庭的渎职之间形成一种对应的关系。

这部小说的叙事手法很特别,由作者第三人称全知叙述与小说人物埃丝特——一个身世不幸但品行高尚的理想女性——第一人称回顾性叙述交叉进行,建立了客观和主观、男性和女性的双重视点。前者用现在时态,俯瞰式表现事件,不时做出评点批判,使用狄更斯擅长的夸张、幽默和讽刺手法,并显得更为成熟。后者在故事发生 7 年后回忆往事,用过去时态,采用主观限知视角,语调温和。两种视角和叙事语调互相补充又显出差异,既广泛地反映社会生活,又能深入人物内心,而且多角度地刻画了人物形象。戴德洛克夫人的形象就是由于不同视角的观照而呈现出不同色彩。如此,使得小说意义更丰富,有助于营造小说所要揭示的神秘感和混乱感。这种叙事手法颇受现代批评家的称道。

象征手法的运用是狄更斯晚期小说的一大特色,在《荒凉山庄》中得到突出表现。小说一开始就写伦敦的茫茫大雾,那无法捕捉却无所不在的大雾笼罩一切,为全书定下了混沌压抑的基调。大法官庭坐落在浓雾的中心,经它处理的一切诉讼案件如入雾中,晦明难分。靠近大法官庭有一个外号叫"大法官庭"的废品店,店主的外号就叫"大法官阁下",专门收购在那无尽的官司中遗下的废纸等。最后这个小店自燃,代表着作者希冀所有腐朽的制度和机构消亡的愿望。戴德洛克夫人的府邸建立在林肯郡的沼泽地上,她内心的隐秘冷寂与沼泽地的阴郁凄凉气氛交相呼应。小说中象征性的意象遍布,大雾与泥浆是法律制度混乱、污浊的象征,破败肮脏的贫民窟"汤姆独院"象征着穷人的苦难。流浪儿乔是社会罪恶的牺牲品,却无意中成了报复社会的疾病的传播者。他染上来自墓地和贫民窟的热病,甚至殃及好心照料他的埃丝特。象征手法本身的暗示性和复杂性,拓展了小说的意义空间。《荒凉山庄》是狄更斯小说中乐观情绪最少、嘲讽最无情,也是故事情节和人物关系设计得最复杂、安排得最巧妙的作品之一。

《艰难时世》(Hard Times,1854)是狄更斯最重要的社会小说,篇幅大大短于他的其他小说,结构紧凑。小说带有道德寓言性质,以批评边沁功利主义和曼彻斯特派经济学家的理论为出发点,宣扬情感和爱的力量。黑烟弥漫、机器轰鸣的焦煤镇是工业化城市的一个化身,作者以夸张和漫画手法描写了镇上的两个巨头——商人葛雷梗和工厂主庞德贝。葛雷梗是功利主义哲学的信奉者,把万事万物甚至人性、情感,都归为"一个数字问题,简单的算术问题"。他把自己的人生原则贯彻到家庭生活中去,用事实哲学教育自己的一双儿女。正如他的名字(Gradgrind,有逐步碾磨的意思)的寓意一样,他磨掉了孩子的天性,扼杀了他们的情感,毁掉了他们的生活。作品对劳资矛盾的反映,也是从探讨作为工业制度核心的功利主义对人性的摧残这一角度进行的。工厂主庞德贝信守只讲实利的功利主义,认为对人的爱是"愚蠢的幻想",把工人只看作没有情感和灵魂的劳力。他编造自己由弃儿而奋斗发家的谎言,是为了把工人的贫困归于他们自身。功利主义的种子,终于结出了恶果。葛雷梗以"事实哲学"教育出来的女儿路易莎婚姻不幸,儿子汤姆沦为盗贼。而庞德贝的谎言被揭穿,遭到人们唾弃。坚持人的情感,以爱去战胜机器,是《艰难时世》的基本主题。流浪卖艺的马戏团显示了健全人性和天然情趣,与病态丑陋的焦煤镇形成对照。出身马戏团的西丝所代表的仁爱和温情战胜了焦煤镇的冷酷、麻木不仁。作者用近三分之一的篇幅直接描写了工人所遭受的不人道的待遇,反映了宪章运动时期尖锐的劳资矛盾。但他对宪章运动的"暴力派"持否定态度,同情和赞美信奉和平、守义务尽责任、具有宽容谅解精神的工人斯蒂芬。

《小杜丽》(*Little Dorrit*,1855—1857)的情节主要围绕小杜丽一家的命运展开。小杜丽随家人生活在负债人监狱中,依靠自己的辛勤劳动救助她那些自私的家人,是自我牺牲精神的化身。她的父亲因为得到意外的遗产而变富出狱,家人因此变得盛气凌人,只有小杜丽宠辱不惊。她爱上了善良正直的亚瑟•克林南姆,当后者因投资不当入狱时,她一如既往地关爱他。像狄更斯作品中常见的那样,小杜丽、亚瑟•克林南姆等崇高的道德理想的体现者与那些自私、贪婪、虚伪的道德低下者形成鲜明对照。监狱是小说的中心意象,有关监狱的篇幅占到一半,而监狱以外的世界也具有监狱的性质,具有监狱独有的阴暗和压抑气氛。小杜丽的父亲威廉不仅是马夏西监狱里的囚禁者,也是心牢的囚徒,永远摆脱不了虚伪的优越感。克林南姆夫人对丈夫和情敌的报复殃及无辜,心理处于病态,自囚于家中多年。狄更斯在小说中虚构了一个推诿拖拉的国家机关——"兜三绕四部",借此讽刺害人的官僚作风和文牍主义。小说情节具有狄更斯后期小说的特征,较为繁复。

狄更斯在《艰难时世》中表现出的对被压迫者的同情和对暴力的反对态度,在他著名的历史小说《双城记》(*A Tale of Two Cities*,1859)中得到更鲜明集中的表现。小说《双城记》写的是 1789 年法国大革命时期英、法的政治风云和社会动荡,借古喻今,反映出作者面对英国当时的社会矛盾、政治危机而做的思考。《双城记》从博爱立场出发,通过集中描写埃弗瑞蒙特侯爵及其家族成员的骄奢淫逸、专横残暴、冷酷傲慢,昭示了贵族对民众犯下的罪恶,说明"没有美德的恐怖是邪恶的"[①],它必然会激起民众的复仇反抗。小说从多种角度形象地反映了18 世纪法国贵族统治阶级对第三等级的平民大众在政治、经济、人身、精神上的疯狂压迫。在这些描写中,狄更斯恰如其分地揭示了法国贵族统治阶级在对待人民问题上野蛮凶残的特征,他们制造的是一种"没有美德的恐怖",从而阐明:

---

① 王养冲、陈崇武:《罗伯斯庇尔选集》,华东师范大学出版社,1989 年,第 235 页。

封建阶级残暴压迫造成的人民饥饿、贫困和死亡,是爆发革命的社会根源。

与之相应,小说描写得更多的是复仇者的反抗,也即革命本身。狄更斯分两层展开这方面的描写,一层是城市暴动,一层是乡镇暴动。对于前者,作者总是用海水、人的海洋、人声的波涛来形容其声势浩大、势不可当。对于后者,作者着重描写了火,如府邸起火、万家点燃了灯火等,以显示星星之火可以燎原。这两层描写,寓意颇深,皆在说明:水也好,火也好,都和人的感情不相容;革命的浪潮和烈火,达到顶峰,就会泛滥成灾,一发而不可收。事实也正如此,我们可以看到,德发日太太挥刀杀人,毫不留情;市政大院里愤怒的民众磨刀霍霍,杀气腾腾;革命者法庭将无辜者判处死刑,是非难辨;大街上囚车隆隆,刑场上断头机嚓嚓作响,惨不忍睹。这一切都是那样阴森可怖,野蛮凶残,缺乏理性。作者在自序中明确声明,这些情况"宛如确实全部都是我自己亲身的所作所为和所遭所受的一样"①。事实上,狄更斯小说中革命者追杀流亡者的疯狂,广场上断头机工作的繁忙景象,是不无历史根据的。从牧月法令通过到热月政变,不到 50 天的时间,仅巴黎一地就处死 1376 人,平均每周 196 人,杀人最多时每天 50 人,②处死者中属于原特权等级者逐渐减少,6 月只占 16.5%,7 月更降到 5%,其余均为资产阶级、下层群众、军人、官员,其中下层群众高达 40% 以上!③ 从善恶的道德理论角度看法国大革命,我们可以说这场革命确有把道德理想付诸革命的特点。法国大革命的理论来自卢梭的政治学说。卢梭认为,人类之恶不在人本身,而在人之外的社会。就人与上帝的关系来说,因为人本身是善的,无须上帝的拯救,人自己就是上帝。人神易位之后,世俗世界的事可以由人自己来安排,基督教的天国理想可以通过人自己对邪恶的"此岸"文明结构的颠覆得以实现。既然现存的文明和国家制度是不合理的、邪恶的,那么颠覆它之后重建一个合理的、道德的社会,这样的行动是正义的,是一种善;这种颠覆性的革命是光明与黑暗、正义与邪恶、美德与罪恶的斗争,对抗的双方就是"道德的选民"与"道德的弃民"。④传统基督教的善恶之争为上帝与人之争,在卢梭的理论中则成了人与人之争,这也就是我们所说的"上帝退隐"后人的处境。从这种理论出发,颠覆现有社会结构就被认为(或自认为)是正义和善良的,而维护现有社会制度就是邪恶和非正义的。所以,革命者怀着重建道德理想国的激情和道德自信,对一切阻止革命者施以暴力,于是"恶亦杀人,善亦杀人。从道德救人,到道德杀人"。⑤

---

①　狄更斯:《〈双城记〉作者序言》,见《双城记》,张玲、张扬译,上海译文出版社,1989 年,第 1 页。

②　L. Dickinson,*Revolution and Reaction in modern France*,London,1927,p.33.

③　转引自张芝联主编:《法国通史》,北京大学出版社,1989 年,第 190 页。

④　朱学勤:《道德理想国的覆灭》,三联书店上海分店,1994 年,第 2 页。

⑤　同上,第 257 页。

历史地看问题,法国大革命的恐怖及其过失,与这种道德崇高的鼓动直接相关。暴力一旦有了道德后盾,行为的过失和恐怖就在所难免了。"恐怖一旦踩稳道德的基石,那就是一场道德灾变,恐怖手段百无禁忌,可以为所欲为了。道德嗜血,而且嗜之不愧,端赖于此;恐怖本身不恐怖,不引起恐怖者内心的心理崩溃,端赖于此!"①反对革命者由于精神道德上的"邪恶",就必须在肉体上摧毁之。我们无意于把任何暴力都归于上述的道德恐怖,但法国大革命的暴力,尽管不无历史的进步性,但其麻木性、盲目性和过失性的存在既有其理论逻辑的依据,又有历史事实的依据。因此,狄更斯对法国大革命的批评是有其合理性的。

当然,我们应当看到,法国大革命本身是一种复杂的历史现象,这样一场规模宏大、波及深远、剧烈空前的群众性革命运动,出现种种偏颇谬误是不足为怪的。何况,它作为反封建的资产阶级革命,其性质本身就决定了处于社会最底层的城乡劳动者,对革命怀有巨大的热情和献身精神,但他们在文化上、思想上、政治上还没有做好充分准备,因此,不可能具有高度的自觉性和组织性,反而带有极大的狂热性和盲动性。作者写他们外表上粗俗鄙陋,缺乏教养,但他们复仇时不怕牺牲,对革命事业忠贞执着;在和平生活中,他们令人怜悯,在革命中,他们令人惧怕。作为文学形象,他们并不唤起人们的恶感。在这些描写中,德发日太太最为典型。她苦大仇深,天生具有革命性,在革命中是一员猛将。她自幼深怀家破人亡之恨,日夜等待着复仇之日的到来。她没有受过文化教育和政治教育,再加上生性强悍固执,感情用事,在革命高潮那万众鼎沸的时候,她丧失理性,成为苦苦追杀的复仇者和野蛮疯狂的嗜杀者。狄更斯通过她反映了一种非人的人性,体现了残酷的复仇和暴力。小说告诉我们,民众因遭受野蛮压迫而奋起反抗,固然有其正义性,然而暴力本身却有非理性,因仇恨而起的报复无疑会丧失正义性,尤其是盲目和麻木地杀人,除了制造暴力恐怖,并无法消除邪恶,反而会加剧人与人的仇恨,进而使人的行为更趋邪恶。② 小说悬念强烈,情节曲折,气氛紧张。其结构是狄更斯长篇小说中最为讲究的,围绕着曼奈特医生的冤狱之谜展开,构思严密。但人物概念化痕迹较重,对法国大革命场面的描写过于追求刺激性效果,很大程度上是出于想象而非实录。

《远大前程》(*Great Expectations*,1861)继《大卫·科波菲尔》之后,再次将成长小说与社会小说结合起来,在艺术上很受称道,是狄更斯的又一部代表作品。孤儿匹普在姐夫乔的铁匠铺里当学徒,爱上了美丽又骄傲任性的艾丝黛拉——富有而乖僻的郝薇香小姐的养女,无望地幻想自己成为"上等人",好与艾

---

① 朱学勤:《道德理想国的覆灭》,三联书店上海分店,1994 年,第 256 页。
② 蒋承勇:《〈双城记〉:"美德"与"恐怖"演绎的人性之善恶》,《浙江工商大学学报》,2012 年,第 5 期。

丝黛拉相配。突然匹普受到不知名的有钱人的资助,能到伦敦去接受教育,"伟大的期望"似乎要成为现实。在向上攀爬的过程中,匹普渐渐失去了原有的纯朴,变得虚荣、势利,疏远了社会地位低下但道德高尚的乔,而"伟大的期望"却如同艾丝黛拉名字的寓意"星星"一样遥不可及。实际上,匹普那神秘的恩主并非他原以为的郝薇香小姐,而是他幼时曾经帮助过的逃犯马格维契,马格维契被捕使匹普的期望化为泡影。艾丝黛拉是马格维契的女儿,被情场失意的郝薇香当作报复男人的工具,嫁给了一个卑鄙的纨绔子弟。匹普重新回到一无所有的境地,开始反省自己,并去海外谋生。狄更斯原打算以匹普形单影只地离去作为结尾,后来听从朋友的劝告改为较为圆满的结局,安排 11 年后归来的匹普与寡居的艾丝黛拉在郝薇香旧宅重逢、和解,暗示他们的结合。尽管如此,小说还是与他前期的作品有了差异,幻灭感成了这部小说的基调,反映出狄更斯对人类命运渐生疑虑的心情。在小说艺术上,狄更斯在这部作品中对人物内心世界的探索多于他的其他任何小说。他采用"双重视角"详尽记述了一个孤儿的生活经历和心理经历。尽管都采用第一人称,作品中却存在着两个叙述人:一个是初涉人世、满怀期望的穷小子"我",对许多事件不能悉数了解,甚至感到困惑;另一个是历经沧桑的中年商人"我",视角更加客观和成熟,对人生有许多感悟。让作为"叙述自我"的成年匹普去叙述作为"经验自我"的少年匹普的经历,少年的目光与成人的反思随着时间的进程互相交融,主人公视角的变化与其心理成长相辅而行。"叙述自我"与"经验自我"在思想意识上的差异、分离强化了小说的"成长"主题,避免了单一的全知视角易有的说教意味,又造成了小说悬念性强的效果。

《我们共同的朋友》(*Our Mutual Friend*,1865)是狄更斯最后一部完整的长篇小说,围绕已故的垃圾承包商老哈蒙的遗产继承问题展开情节,把人性与金钱的关系作为主题。根据父亲的遗嘱,约翰·哈蒙要与他一无所知的女子贝拉结婚。他化名暗中查访,了解贝拉的为人后才与她缔结良缘。小说中出现了人物身份互换、"死而复生"等故事情节,寓意深刻。

在后期的创作中,狄更斯作品的乐观基调和喜剧成分有所减弱,社会批判主题得到加强。在前期作品里,狄更斯把恶看作个别的现象,塑造了费金(《雾都孤儿》)、奎尔普(《老古玩店》)等"恶精灵"形象。在后期作品中,我们看到批判的焦点不再是某种特殊的个人邪恶。《荒凉山庄》中恶的代表是以大法官庭为代表的畸形的、破坏性的制度,而不是大法官阁下或是他的"影子"小店主克鲁克。在《小杜丽》中,每一个场景似乎都染上了监狱才有的阴暗与压抑氛围。《我们共同的朋友》中垃圾堆是主题意象,死亡的气息随处飘荡。

与前期的创作相比,狄更斯后期的创作在结构艺术方面有较大发展,对小说结构有整体上的考虑和设计。受同时代惊险小说写法的影响,运用悬念成了结构故事的重要手段,《荒凉山庄》《双城记》《远大前程》都靠一个深藏的秘密的暴露过程来展开情节。《荒凉山庄》里描写了探长布克特侦查图金霍恩被杀案的过程,而狄更斯未及完成的最后一部长篇小说《艾德温·德鲁德之谜》(*The Mystery of Edwin Drood*,1870)近乎是一部充满悬念的侦探小说。在后期小说中,狄更斯对人物心理经验的描写也有所加强。

除了写小说,狄更斯还创办并主编了三种期刊,在公众面前朗诵作品,组织业余演出,参与慈善事业。在个人生活方面,他与妻子凯瑟琳的婚姻生活一直不和谐。他爱上了女演员爱伦·特南,这使得夫妻关系更糟。1858年,狄更斯夫妇在经历了22年的婚姻生活、养育了10个儿女后彻底分居。但不论有什么变故,狄更斯始终笔耕不辍。频繁的巡回朗诵表演,耗费了狄更斯大量的精力,他的健康每况愈下。1870年7月9日,狄更斯溘然病逝。

狄更斯几乎尝试过除诗歌以外的所有文体。他写了14部半长篇小说、20余部中篇小说和百余篇短篇小说,还有大量的散文、随笔、游记、剧本、演讲稿、书信等。但成就最高的还是他的长篇小说。

作为现实主义作家,狄更斯努力描绘出广阔的社会生活画面,重视作品的真实性。他在《荒凉山庄》的序言里表明:"本书所述的每一件有关大法官庭的事情,大体上都是真实的,没有越出事实的范围。格里德利那桩案子是根据真人真事写成,基本上没有更改。……如果还需要为贾迪斯控贾迪斯案找出其他根据的话,那真是举不胜举。"但是,狄更斯小说的艺术世界,"是经由他那带有儿童心理原型过滤和变形了的19世纪英国社会,其中的主观表现性特征是十分明显的"[1]。他的小说在深层结构上大都隐含着由悲到喜、善恶有报的童话模式,人物性格特征被抽象化,成为"善"或是"恶"的代表。在情节向善恶有报的圆满结局发展过程中,巧合、意外等因素起到了重要的推动作用,体现了童话般的神奇风格。他写作时情感充沛,想象活跃,尽抒浪漫情怀,笔下诗意迭出。他小说中的情景描写也渗透着激情,《大卫·科波菲尔》中对雅茅斯那场狂风骇浪的描写,气势磅礴,震撼人心。如果说法国现实主义小说家深受科学与哲学思想影响,作品更具有客观性和哲理性,那么狄更斯的现实主义则具有很强的主观性和情感性特征。有评论将狄更斯的小说称为"浪漫的现实主义"。这种"浪漫"里面,饱含了情感的成分,他的小说常常"让读者笑,让读者哭,让读者等"[2],情感的绳子牵动着读者的心,"他的那些令人着迷的作品不只是适于贵族、法官、商人等男女

---

[1] 蒋承勇:《十九世纪现实主义文学的现代阐释》,高等教育出版社,1996年,第207页。

[2] Maria Frawley, "The Victorian Age, 1832—1901", *English Literature in Context*. Paul Poplawski, ed.,Cambridge:Cambridge University Press,2008,p. 503.

老少的读书人……城乡普通百姓都为之陶醉"①。

狄更斯由特有的精神心理、思维方式带来的对人与社会的认识和反映方式受到过质疑。在评说他的小说人物时，英国小说家和批评家福斯特关于"圆形"和"扁平"人物的理论曾被广泛引用。许多评论认为狄更斯塑造的是性格单一并缺少变化的"扁平人物"，不如具有复杂和发展的性格特征的"圆形人物"。实际上狄更斯笔下的人物不都是扁平的。而他写的大多数人物的性格固然具有偏重道德层次、形象基调化、手法漫画化的特点，但作者运用真实具体的细节描写，给人物注入生气，使得他们色彩鲜明，栩栩如生。他们单纯但绝不单薄，艺术地表现了人的几乎所有的性格特征，同样反映出社会与人性的深度，具有独到的美学价值。狄更斯出色的人物塑造是他的小说受欢迎的主要原因。

狄更斯小说在叙事方式方面也显示了卓越的创新性。他尝试了不同类型的小说，大都获得成功，这显示了他的文学创作天赋。开始，他以流浪汉小说风格写了《匹克威克外传》，也尝试写了历史小说《巴纳比·拉奇》和《双城记》。同时，他也致力于社会状况小说的创作，如《雾都孤儿》《圣诞颂歌》《艰难时世》等；而在《大卫·科波菲尔》中，他又写了自传性故事。无论狄更斯写什么，他总能在作品中留下鲜明的个人印记。狄更斯没接受过完整的教育，没有学校文化的熏陶。他的写作风格是在日常阅读和会话中形成的。他不断创造出滑稽和喜剧性的表达，而又不会流于过度夸张和低级趣味。他缺少古典教育，因而在写作时，他完全不受古典文学模式的拘束和影响，自由洒脱。狄更斯通过引人入胜的喜剧性和丰富多彩的情感性唤起同时代人对其创作的热情。他的喜剧精神至今仍具活力，而其情感因素多年来则受到冷待。其实，将狄更斯归类于纯粹的喜剧作家而不承认他创作的情感魅力，这是不公允的。他的魅力在于他那种将真挚而满溢的温情同喜剧性融为一体的天赋。狄更斯擅长特写和速写而不擅长作品构思。他为刊物写作常常是随机进行的。他写《匹克威克外传》之前，并无完整构思或写作计划，而是随刊发需要，边想边写而成。而当他试图构思小说情节时，便常常会感到拘束不安，如他构思《双城记》和《艰难时世》时，情形就是如此；而当他追溯生活和生涯时，他的写作就会如鱼得水，笔下生风，进展非常顺利，如在《大卫·科波菲尔》中，只需按照年代顺序一个接一个叙述发生之事就行了，这对狄更斯来说实在是得心应手的事。

狄更斯是一位具有强烈社会责任感的作家，他的小说因其深刻的思想内涵而具有社会批判与道德教化的作用，在这一方面，狄更斯继承了18世纪英国小说家菲尔丁和斯摩莱特的写实传统。狄更斯小说的笔触涉及英国社会的政治、

---

① James M. Brown, *Dickens*, *Novelist in the Market-Place*, London: Macmillan Press, 1982, pp. 141-142.

法律、道德、教育等各个领域,具有深刻的社会批判意义。这种对社会世态人情的真实而深刻、全面的描写,与法国巴尔扎克的传统具有相似之处,这是狄更斯的大部分小说堪称现实主义经典作品的基本特质。然而,狄更斯作为现实主义经典作家,其经典性是通过娱乐性和通俗性来承载和实现的,或者说,娱乐性和通俗性不仅是狄更斯小说成为经典的方式和途径,而且它们本身也是经典性成分。娱乐性和通俗性原本也是相辅相成,不可截然分割的。娱乐性意味着通俗性,通俗性也是娱乐性不可或缺的因素,这两者共同促成了狄更斯小说不同寻常的大众阅读效应和图书市场效益。

狄更斯的小说在当时持续畅销,这不仅让作者誉满全球,也给他和出版社带来了丰厚的经济收入,还极大地提高了小说的地位,促进了小说尤其是长篇小说创作的空前繁荣,而这仅仅靠他的小说的社会批判性经典特质显然远远不够。对于狄更斯来说,故事、娱乐、童心、童话、通俗是他的小说的风格,是他成为现实主义经典作家之不可或缺的质素。娱乐与通俗是狄更斯小说显现在社会批判性之外的经典特质,或者说娱乐性与通俗性是狄更斯小说的"另一种经典性"。社会批判性和娱乐性、高雅和通俗等共同构成了更全面的狄更斯小说之经典性。[①]

狄更斯是一位出色的、堪称伟大的小说家,但不是一个深刻的思想家。他一方面怀着人道主义者的真诚和艺术家的敏感,揭露和批判社会阴暗面;另一方面认可维多利亚时代的价值观,对善恶美丑有明确界定,相信人与社会的关系可以通过努力达到协调。他的小说人物没有非理性的复杂成分,故事结构多元整一、首尾完整,都基于他对理性和生活自我完满的信念。随着时代变迁,传统的价值观念体系遭遇危机甚至崩溃,狄更斯小说的声望也有过滑落。但是狄更斯始终是拥有最多读者的世界古典作家之一。他"表达了基督教和西方文明中所有美好的东西"[②]。他的作品平易却不浮浅,单纯而不乏力量。他的小说不仅代表着维多利亚盛世小说的最高成就,也在英国乃至世界文学史上占据一流地位,成为英国文化的重要组成部分。

第三节　威廉·梅克皮斯·萨克雷

威廉·梅克皮斯·萨克雷(William Makepeace Thackeray,1811—1863)是当时仅次于狄更斯的英国小说家。他们同为现实主义小说家,在同一时代创作,

---

① 蒋承勇:《娱乐性、通俗性与经典的生成——狄更斯小说经典性的别一种重读》,《浙江社会科学》,2014年,第9期,第127页。

② 安德烈·莫洛亚:《狄更斯评传》,朱延生译,山西人民出版社,1984年,第165页。

但两人关系并不融洽,创作风格有着明显差异。萨克雷为了保持自己的独特创作风格,"不仅拒绝了'新门派'与浪漫主义,而且排斥与其同期的大作家狄更斯"①。与狄更斯小说相比,萨克雷更擅于发现人性的恶并给予愤世嫉俗的抨击,而不像狄更斯那样去塑造天真无邪的人物,还对人性善抱有儿童式的希望。② 他多描写中上层社会,更认同 18 世纪理性时代小说的创作理念和写作风格,被称为"讽刺的道德家"。

萨克雷出生于印度的加尔各答,父亲是东印度公司的一位税务员兼行政官,家境富裕。在他 4 岁时,他的父亲去世。继承了父亲遗产的萨克雷于 6 岁时回英国,接受贵族化的教育。1829 年,他从查特公学毕业进入剑桥大学三一学院。不久以后,他离开学校去国外游历,有段时间在德国米德尔坦普尔法学院学习法律。1833 年,在主办周刊《国旗》失败后,他曾去巴黎学习美术。由于存款的银行倒闭,办期刊失败亏本,他无法再过公子哥儿的悠闲生活。在尝试证券交易、绘画等行业未获成功后,他开始以卖文为生。19 世纪 30 年代后期,他在报纸杂志上用各种笔名写幽默讽刺故事,还自己配上插图。1840 年,他结婚四载的妻子依莎贝拉精神失常,终身未愈。萨克雷愈加需要勤奋写作来赚钱养家。经历了人生坎坷,体验了世态炎凉,萨克雷对生活有了新的感悟。

从 1842 年起,萨克雷为著名的讽刺性杂志《笨拙》撰稿。1846—1847 年间,他写了一系列讽刺性特写,后来结集成《势利小人集》(The Book of Snobs),为他带来最初的文学声誉。文集中有 45 篇速写,塑造了各阶层、各行业中一系列势利者的形象,对他们媚上欺下的卑劣行为进行了无情的揭露和嘲讽,表露出萨克雷机智幽默、长于讽刺的风格。萨克雷认为势利是英国社会政治制度造成的一种恶习,它使人们养成偏见,形成伪善的利害关系,变得更加虚伪和自私。只有消灭贵族和各种特权,才能矫正势利。萨克雷早期的作品多而杂,但对势利眼的讽刺始终为其主要内容。

分期发表于 1847—1848 年间的长篇小说《名利场》(Vanity Fair)是萨克雷的成名作和代表作,确立了他在英国文学史上的重要地位。小说的标题取自班扬的宗教寓言小说《天路历程》中的"名利场"。"在这个名利场出售各种商品,如房屋、土地、手艺、地位、荣誉、升迁、头衔、国家、王宫、色欲以及各种欢乐与享受……在这里可以看到偷盗、凶杀、通奸、伪证,等等,而这一切都带有鲜红的血色。"萨克雷借用"名利场"之喻,揭示英国社会的阴暗面和道德危机。小说的副标题是"一部没有英雄的小说",加强了标题显示出来的批判色彩,也表明作者描写真实、反浪漫风格的创作态度。作者写的是滑铁卢战争前后 10 余年间的英国

---

① 李维屏:《英国文学思想史》,上海外语教育出版社,2012 年,第 368 页。

② G. H. Ellis, *Thackeray*, New York: Haskell House Pub., 1971, p. 88.

社会,特别是上流社会中"活在世上而且无上帝的人们",他们"除了荣华富贵什么也不崇拜,除了功名利禄什么也看不见"。副标题中的"没有英雄"也可以理解为没有男主角。确实,小说是由两个女性人物的经历贯穿的。

　　爱米丽亚和蓓基·夏泼是女校的同学,但两人有着不同的家世和截然不同的个性,生活道路形成对比。爱米丽亚是从小得宠的富家女,天真柔弱。由于父亲经商失败,她的家境江河日下,与未婚夫乔治家的经济状况发生逆转,爱米丽亚面临被抛弃的命运。乔治的朋友、暗中爱爱米丽亚的都宾撮合了爱米丽亚与乔治的婚姻。爱米丽亚在乔治生前死后都全心全意地爱他,谁知乔治生前早已背叛了她。最后,爱米丽亚接受了痴爱她一生的都宾的爱。爱米丽亚温良单纯,但头脑简单,被动地听任命运摆布。蓓基虽是个反面人物,却比爱米丽亚要光彩得多。她是比狄更斯笔下的理想女性或怪诞女性更复杂的妇女形象,显示出环境与人物的相互作用。她出身贫贱,孤苦无依,受尽歧视,但决心凭自己的美貌和心计向上爬,跻身富贵行列。她把争取一桩有利可图的婚姻,作为改变命运的捷径。在勾引爱米丽亚的哥哥乔斯——一位东印度公司富有的税务官未成功后,她来到毕脱爵士家当家庭教师,终于与毕脱爵士的次子、最有可能得到一大笔遗产的罗登私下成婚。可是没想到此举不仅没让她得到觊觎已久的继承权,还痛失成为老爵士夫人的机会。蓓基费尽心机,总算跻身上流社会,出入宫廷,过了一段风光日子。可惜好景不长,她的丈夫与她的情夫斯丹恩勋爵反目,使她无法在伦敦立足。她在潦倒之时,还缠上了乔斯,将他敲诈干净。处于金钱至上的社会里,蓓基不择手段地谋取财富,爱情、尊严等都让位给利欲。如同菲尔丁,萨克雷认识到性格与环境的关系,并不进行脱离现实的说教。蓓基曾想:"如果我有了5000镑一年的进项,也会做个正经女人,我也肯付账。"书中接着评论:"谁能批评蓓基想得不对呢?她和正经女人为什么不同?谁能说不是金钱作祟呢?"作者把批判的火力指向了道德沦丧的上流社会。

　　萨克雷在青年时代常出入上流社会,熟悉其中的各色人物,故能揭示出隐藏在他们体面尊贵外表下的势利、虚伪、自私。宫廷贵族斯丹恩勋爵内心空虚、荒唐好色、自私怯懦。乡间贵族毕脱爵士贪婪粗鄙,他的两个儿子,一个是伪君子,另一个是流氓无赖。爵位和金钱具有摄人的魔力,克劳莱小姐的7万镑家产使她周围的人对她垂涎三尺,丑态百出。爱米丽亚的父亲赛特笠一旦破产,他提携过的未来亲家奥斯本立刻翻脸不认人。在"人世的变迁、贫困的生活"中成长起来的蓓基看破世情,最充分地利用金钱神力。

　　名利场上,人们熙熙攘攘,为利往来。萨克雷冷眼旁观,看到的唯有虚空。蓓基机关算尽,荣华富贵也不过昙花一现。老奥斯本"辛劳一生挣得偌大家产,却没了继承人"。老赛特笠昔日的风光不再,翻本的努力落空,靠冤家的施舍度日。"70多年来使心用计和人竞争"的老毕脱成了生活不能自理的"白痴"。碌碌营私、追逐名利者如此,追求精神价值的人又如何呢? 纯善的人物都宾洁身自好,乐于助人,摆脱了名利场中的污浊,但是在生活中找不到精神归宿。他至爱的朋友乔治不过是个花花公子,他追求一生的爱米丽亚最终回报他的是"浅薄的、残缺不全的爱情"。爱米丽亚对追名逐利的超脱,与其说是出于一种理性的清醒,不如说是一种盲目的天真、愚蠢的自满自足。小说的结尾喟叹:"浮名浮利,一切虚空! 我们这些人里面谁是真正快活的? 谁是称心如意的? 就算当时遂了心愿,过后还不是照样不满意?"冷眼旁观的叙事者的洞察透彻,与置身事中的人物的执迷不悟形成反差,全书透着冷嘲。

与狄更斯善于使用夸张、采用戏剧性情节相比,萨克雷更偏重冷静的写实态度。他曾声言:"我的读者不能指望看到这么离奇的情节,因为我的书只是家常的琐碎。""本人著书旨在写实,舍此便无意义了。"在维多利亚时期的小说家中,萨克雷是仿效菲尔丁创作主题和风格最明显的。除了参照"自然和真实",刻意追求平易,他还采用了菲尔丁夹叙夹议的写法。在营造人物和情节的真实感的同时,他也没有让读者沉浸在虚构的小说世界里。为了让读者既能入戏,又能出戏,他采取了别具特色的叙事策略。小说开端出现了一个毫不隐匿身份的叙述者,他在"开幕前的几句话"里以操纵傀儡戏的领班自居。他是"无所不知的作家"、有特权的说书人,采用第三人称全知视角叙述,"什么事都瞒不过他"。但这位叙述者又不断变换身份,作为所知有限的旁观者或转述者,"乔斯到底有没有看穿她(指蓓基)的用意,我也说不上来","她(指爱米丽亚)心里的话是她的秘密,名利场上的人是不能知道的,所以也不在我这小说的范围里面",留下许多叙述空白让读者去填补。叙述者更多是以一个面向读者的谈话者而非自说自唱的说书人的身份出现。萨克雷在多年的随笔写作中已形成了与读者亲密交谈的风格。在小说创作中,他也保持了这种叙述态度,把小说看作作家和读者之间的恳谈,十分注重小说与读者之间的关系以及读者对阅读的参与。叙述者在作品中自言:"当每个角色露脸的时候,我非但一个个介绍,说不定还要走下讲坛,议论议论他们的短长。"他是故事的叙述者,也是滔滔不绝的评论者。他不时打断故事进程,以叙述者或是读者、小说人物朋友的身份,面对潜在读者,促膝交谈,评点是非曲直,语言幽默。他所说的比菲尔丁要含蓄得多,评论褒贬的话有时也并不完全可靠。小说叙述者、作品人物和读者之间的界限被模糊了,三者之间建立了更复杂的关系。读者在接受叙述者的导引时不是完全被动的,需要凭借自己的想象力和判断力,去理解小说的内涵。萨克雷笔下的人物因此比狄更斯的要更为复杂。

发表于 1848—1850 年的《彭登尼斯》(*The History of Pendennis*),再次表明萨克雷注重写实的态度。他模仿菲尔丁的《弃儿汤姆·琼斯的历史》,写"既不优于也不逊于大多数受到教育的人们"的普通青年的经历。小说《彭登尼斯》具有自传的成分。主人公彭登尼斯出身于破落贵族家庭,对生活充满憧憬,但遭到一连串痛苦的失意。他的爱情追求因为他衰落的家境而屡屡碰壁。萨克雷为小说加了个副标题"他的幸运和厄运、他的朋友、他的最大的敌人",其中所谓"最大的敌人"就是彭登尼斯本人,他自身的性格弱点也使他受挫。严酷的现实使他逐渐认清了上流社会的虚伪可鄙,他摒弃了虚荣浮华,与真诚善良的姑娘露拉结婚,并取得文学事业上的成功。当时,小说分 25 期连载发表,读完要花两年。作者仍然重视"潜在读者",巧妙地处理了两种时间:反映主人公成长的小说时间与反映读者本人及其周围环境变化的阅读时间。两者有时交织成一体,有时又分开而行,在人物性格发展的同时,读者也获得了新的感受。

《纽可姆一家》(*The Newcomes*,1855)的副标题是"一个非常体面的家族的回忆",小说以目睹者的叙述,描写了纽可姆家族。艺术家克莱夫·纽可姆是个诚实的青年,但他在生活中找不到有价值的目标,没有抗争的愿望和生活的热情。他在事业和爱情两方面都不如意。从政激不起他的兴趣。他爱上表妹艾塞尔,但遭到亲戚们的阻挠,只得与并无感情的露西结成平淡夫妻。克莱夫的父亲托马斯·纽可姆上校是小说中最出色的形象。他有怪癖,但善良坦率、高尚无私,具有传统道德观念和旧派绅士风度,比他儿子更进取、更富于正义感。萨克雷在托马斯·纽可姆上校的竞选纲领里,反映了自己激进的民主主义观点。萨克雷从不放过对贪婪与势利习性的攻击,小说中老伯爵夫人、工于心计的麦肯齐太太和无耻的银行家巴恩斯·纽可姆,都是势利之徒的出色画像。小说中有大量篇幅描写上流社会以财富地位做交易的婚姻关系。

长篇历史小说《亨利·埃斯蒙德的历史》(*The History of Henry Esmond*,1852)采用回忆录的形式,以 17 世纪末 18 世纪初英国对外战争和保王党的复辟活动为背景,讲述卡斯乌德子爵一家的故事。亨利是卡斯乌德子爵四世收养的孤儿。子爵临终时确认了亨利是家产和贵族头衔继承人,但亨利将爵位留给子爵的儿子后离去。他加入军队,到欧洲大陆作战,回国后又卷入詹姆士二世党人的复辟活动。可是拥护者们的冒死努力却因为斯图亚特王子贪恋私情而告失败。萨克雷没有延续司各特历史小说的浪漫主义风格,而是学习 18 世纪英国现实主义小说的手法,贯彻他写实的创作原则,努力从细节上加强时代感。他借主人公之口说:"我所要写的历史,则是人们熟悉的历史,不是为国王们涂脂抹粉的历史。"亨利在参与詹姆斯二世党人活动时,往来贵族圈,发现许多著名政治人物都为一己私利而竭力钻营,不惜出卖朋友,甚至背叛祖国。辉格党人,托利党人,抑或詹姆斯二世党人,并无二致。"一连串奇怪的妥协——这就是英国的历史:原则的妥协,政党的妥协,礼拜的妥协!"作者通过历史题材,再现了在《名利场》中揭示的"一切都是浮名浮利"的主题。亨利是都宾式人物,他不自私,在战场上勇敢作战,在复辟活动中大胆果断,是"理想绅士"的体现者。但是他对自己从事的政治活动和表妹比阿特丽斯的爱情都感到失望,最后采取了平静消极的隐退姿态,与卡斯乌德夫人结合,到新大陆去寻找新生活。萨克雷的作品中唯有这部不是分期而是作为一个整体出版的,有统一的布局,结构比较严谨。虽然是回忆录式小说,萨克雷却没有采用第一人称"我",而是由老年的亨利用第三人称讲述自己青少年时代的故事。尽管在第三人称叙述过程中有时会出现第一人称,但基本上还是由老年的亨利带着历经沧桑的反思评论来叙述青少年时代的自己。萨克雷对小说主人公有某种程度上的认同,但他们又不是同一体。他在这种同与不同的微妙关系中深刻揭示了人性的某些特点。小说人物最后的退隐选择,扰乱了维多利亚时期关于"幸福的结局"的传统观念。

续篇《弗吉尼亚人》(*The Virginians*,1857—1859)讲述了在美国定居的亨利的外孙辈乔治和亨利·华林顿孪生兄弟的故事,继续批判势利、傲慢与伪善的英国贵族社会,同时又讽刺了新英格兰地主们的无知、狭隘和散漫放肆的态度。

萨克雷没有把他的作品归到一个总题之下,但像巴尔扎克一样,他让某些家庭和人物在多部作品中反复出现。《亨利·埃斯蒙德的历史》中的人物不仅在续篇中出现,也在其他作品中出现过,如这家的后代乔治·华林顿在《彭登尼斯》里是彭登尼斯的好友。彭登尼斯本人在《纽可姆一家》中再度出现,成为叙述人。人物的反复出现,增强了人物性格的完整性,也使他的小说世界增强了整体感、纵深感。

在创作晚期,萨克雷加紧写作,并到英国各地和美国去演讲,希望为妻儿的生活提供保障。他在自己主编的《康希尔》杂志上面连载长篇小说《鳏夫罗威尔》(*Lovel the Widower*,1860)和《菲利普历险记》(*The Adventure of Philip*,1861—1862)。1863 年,他去世时,正在写历史小说《邓尼斯·杜瓦尔》(*Denis Duval*)。

萨克雷勤于写作,他的作品集多达 20 多卷,有书评、政论、美术评论、游记、歌谣,等等,但其主要贡献是在小说方面。他文笔诙谐,嘲讽辛辣,把自己称为"讽刺的道德家"。他曾说:"在咧着大嘴嬉笑的时候,还得揭露真实。总不要忘记:玩笑虽好,真实更好,仁爱尤其好。"[1]在那个时代,虽然读者们喜欢女人纯洁善良,男人道德高尚,坏人无恶不作,故事让人又哭又笑,欣赏纯粹的情感和人物[2],但萨克雷却不愿意迎合读者,而是别具一格地让人物集善恶于一身,从而更具有生活的真实性和人性的真实性。所以当时人们评论他笔下的人物既不是

---

[1]　《萨克雷全集》,第十五册,第 240 页,转引自杨绛:《〈名利场〉译本序》,杨必译本,人民文学出版社,1957 年。

[2]　G. H. Ellis, *Thackeray*, New York: Haskell House Pub. ,1971, p. 88.

妖魔也不是天使,是活生生的人。[①] 他刻意追求真实平易,力求客观,学习菲尔丁写出好坏兼具的真实人性;也宣传仁爱理想,只是采用了暗示的方式。他凭借"贺拉斯式的严谨与强有力的现实讽喻达到了一种高雅的品位,并且赢得了最严厉的批评家们的尊敬"[②]。尽管他在小说中流露出怀疑主义的情绪,但他不是个悲观厌世者。他写的"名利场"中并非全无人情味,都宾、亨利·埃斯蒙德、托马斯·纽可姆上校身上都体现了"理想绅士"的美德和精神。他与狄更斯一样是关注现实、重视道德劝诫的维多利亚时期小说家的代表。

第四节　勃朗特姐妹

一　生平与创作概况

夏洛蒂·勃朗特(Charlotte Brontë,1816—1855)、艾米丽·勃朗特(Emily Brontë,1818—1848)和安妮·勃朗特(Anne Brontë,1820—1849)三姐妹的人生经历和创作成就,在英国文学史乃至世界文学史上都传为佳话。她们在离群索居的社会环境、短暂坎坷的生命历程中创造出个性鲜明的文学珍品,引起后世读者连绵不绝的兴趣。特别是夏洛蒂和艾米丽,为英国小说史留下了传世佳作。

勃朗特姐妹出生于英国北部约克郡山区的哈沃斯小镇,父亲当牧师的收入难以供养这个有 5 个女儿、1 个儿子的大家庭。她们的童年笼罩在死亡的阴影中。母亲去世的时候,排行第三的夏洛蒂只有 5 岁,艾米丽和安妮则分别是 3 岁和 1 岁。孩子们的姨母、虔诚的卫理公会教徒勃兰威尔小姐前来帮助照顾他们。3 年后,夏洛蒂、艾米丽继姐姐玛丽亚和伊丽莎白之后,被送到哈沃斯附近的一所慈善学校寄宿。这类学校收费较低,但管理严苛,生活条件恶劣。两个姐姐在那里染病夭折。20 余年后,夏洛蒂写作《简·爱》时,在对劳渥德学校的描述中,追溯了这段痛苦的往事,在善良温顺而又早逝的海伦·彭斯身上表现了对姐姐玛丽亚的怀念。不想继续失去孩子的勃朗特先生,把夏洛蒂和艾米丽领回了家。

哈沃斯群山环绕,环境闭塞。在孤寂的家居生活中,勃朗特家的孩子们热衷于读书写作。如萨克雷所说:"那是个诗人的家庭,在阴郁的北方荒原上度过孤单寂寥的岁月。"[③]勃朗特姐妹读过大量浪漫主义诗歌,以及司各特的历史小说

①　William Henry Hudson, *A Short History of English Literatur in the Nineteenth Century*, London: G. Bell and Sons Ltd. ,1927, p. 231.

②　David Masson, *British Novelists and Their Styles*: *Being a Critical Sketch of the History of British Prose Fiction*, London: Folcroft Library Edition, 1977, p. 88.

③　转引自杨静远编:《勃朗特姐妹研究》,中国社会科学出版社,1983 年,第 613 页。

和哥特式小说。这些禀赋独特、聪颖敏感的孩子,在游戏中开始了幼稚而认真的创作活动。他们自办了手抄的家庭刊物《年轻人杂志》,写作内容有诗歌、小说、剧本、随笔等。夏洛蒂和弟弟勃兰威尔合作编写了《安格利亚》(Angria),写一个虚构的非洲王国的战争和冒险。艾米丽和安妮则合作创作了《贡达尔编年史》(Gondal),讲述了神秘的南北太平洋岛国的战争和阴谋。他们的少年习作显示出丰富活跃的浪漫想象,哥特传统的影响显而易见。

1831年到1832年,夏洛蒂进入罗海德的女校学习。1835年,她又回校任教,并资助妹妹和弟弟学习。1839年到1841年,夏洛蒂先后两次外出担任家庭教师。1841年到1845年间,安妮也外出担任家庭教师。她们把自己在家教生涯中所受到的歧视和感受到的屈辱写入了小说。为避免外出谋生,勃朗特姐妹准备自己开办学校。1842年初,夏洛蒂与艾米丽在姨妈的资助下,到比利时首都布鲁塞尔的埃热寄宿学校学习法语。夏洛蒂暗恋法语教师埃热先生,这段感情经历反映在她以后的多部作品里。

勃朗特姐妹努力数年的办学计划没有成功,她们没招到一个学生。而此时,除了老父亲多病外,一家人寄予厚望的兄弟勃兰威尔遭遇不幸。他与安妮同到罗宾森家做家庭教师,爱上比他年长许多的女主人,被驱赶回家。他因此沮丧、酗酒、吸毒,成为家庭情感和经济上的重负。

重重打击并没阻止勃朗特姐妹奋斗的脚步。夏洛蒂在20岁时曾写信给当时著名的"湖畔派"诗人骚塞,寄上自己的诗作,恭请指教。骚塞在回信中劝告她说:"文学不应也不能成为妇女的终生事业。"希望她只把文学作为自娱的手段和宗教以外的心灵安慰。夏洛蒂并没有泄气,而是继续写作。她惊喜地发现艾米丽和安妮都在写诗,艾米丽的诗"丝毫不像一般的闺阁诗,而是精练、简洁、刚劲、真挚",而安妮的诗"自有其真挚可爱的凄婉情趣"(夏洛蒂语)。于是,她们于1846年5月,保留了各自姓名的首字母,以男性笔名自费出版了《柯勒、埃利斯和阿克顿·贝尔诗集》(Poems by Currer, Ellis and Actor Bell,1846)。诗集只卖出两本,她们又转而开始创作小说。夏洛蒂创作的第一部小说《教师》(Professor,1857)遭到6次退稿,直到她去世2年后才得以刊印。而她在1847年发表的第一部小说《简·爱》(Jane Eyre),获得了很大成功。这一年,艾米丽和安妮像夏洛蒂一样,使用她们在发表诗集时所用的笔名,发表了各自的小说《呼啸山庄》(Wuthering Heights)和《艾格妮丝·格雷》(Agnes Gray)。

艾米丽在《呼啸山庄》中希望灵魂经过人世痛苦的煎熬后能回归到大自然中去。没想到这样的日子很快就到来了。1848年,在她们的兄弟勃兰威尔病逝3个月后,艾米丽死于肺结核。艾米丽尚未入土,小妹妹安妮又病倒了,在艾米丽病逝不过6个月时也离开了人世。夏洛蒂在哀痛中继续写作先前已动笔的《谢利》(Shirley,1849)。这之后她一度停笔,数访伦敦,处理妹妹旧著的重编与再版事宜。她为妹妹的作品作序,写了感人至深的《埃利斯·贝尔与阿克顿·贝尔生平记略》。她还认识了当时文坛上一些著名作家,如萨克雷和盖斯凯尔夫人等。在发表了《维莱特》(*Villette*,1853)后,1854 年 6 月,夏洛蒂与她父亲的副牧师阿瑟·贝尔·尼克尔斯结婚。婚后,她酝酿并开始写作新的小说《艾玛》(*Emma*),但她只写完两章就病倒了,在婚后 9 个月时病逝。她是勃朗特姐妹中活得最长的,但也没走完人生的第 40 个寒暑。

二 《简·爱》及其他

自叙体小说《简·爱》是夏洛蒂·勃朗特的代表作,至今仍拥有广大的读者。小说具有自传性质,夏洛蒂把姐妹们在寄宿学校里的悲惨遭遇、求职谋生时的辛酸记忆、自己苦涩的恋爱心境都写入小说。《简·爱》塑造了英国文学史上光彩夺目的女性形象简·爱,她追求人格独立,维护个人尊严,具有反抗性。她的性格和小说主题是在"相遇—相爱—离开—归来"的情节发展中得以呈现的。

简·爱出身贫贱,从小没有父母,后来被送到一所寄宿学校读书。毕业后,她到桑菲尔德庄园当家庭教师,与庄园主人罗切斯特相遇,并在交往中深深地爱上了他。在罗切斯特眼里,简·爱虽然柔弱瘦小,外貌不美,但她聪明、诚实,藐视权贵,有个性,有一颗纯洁的心,跟上流社会那些艳丽、虚伪、自私、一味追求虚荣和享受的小姐完全不同。简·爱的出现使他重新燃烧起对生活的希望之火。就这样,简·爱和罗切斯特彼此相爱了。可是,正当他们举行婚礼的时候,简·爱发现罗切斯特有一个疯妻子。她不得不痛苦地离开罗切斯特。

她为什么离开而不是留下来? 因为,她之所以爱罗切斯特,并不是由于他的地位和财产,而是因为罗切斯特和她的思想有共同之处,尤其是他能够友好、坦率、平等地待她,使两人处在平等的地位上。她自知自己仅仅是一个贫贱的、貌不出众的家庭教师,在世俗的眼光里,她不过是一只"丑小鸭"、一个"灰姑娘",但她相信,人在精神上、人格上是平等的,因此她能勇敢地去爱,而且是她首先向罗切斯特求婚的。"在英国文学史上,也许她是第一位女主人公,为强烈的感情所驱使,不由自主地首先向值得她爱慕的男主人公吐露藏在内心深处的爱情。"[①]这足见她的勇敢大胆和鲜明的女性独立意识。

简·爱性格中的特别闪光之处在于,她不像通常小说中描写的女性形象那样,为了攀附名门甘愿丧失自我独立与人格尊严,充当上流社会男人的情妇甚至玩物,她所追求的是人格平等基础上的爱和真爱基础上的婚姻。其实,这也正是她让罗切斯特有好感的主要原因。小说中,罗彻斯特为了试探简·爱,假装要娶一个贵族小姐,却又要简·爱继续留在他身边。这时,简·爱痛苦而愤怒地说:

---

① 方平:《简,是你向我求婚的》,《名作欣赏》,1989 年,第 5 期。

　　"你以为我会留下来,成为你无足轻重的人吗?你以为我是一架自
动的机器吗?一架没有感情的机器吗?你以为我穷、低微、不美、矮小,
我就没有灵魂没有心吗?你想错了!——我的灵魂跟你一样,我的心
也跟你的完全一样!

　　"要是上帝赐予我一点美和一点财富,我就要让你难以离开我,就
像我现在难以离开你一样……我们站在上帝脚跟前,是平等的——因
为我们是平等的!"

　　这是简·爱人格独立的宣言,这让罗切斯特证明了简·爱真正爱的是他这
个人本身,而非他的地位、财产。因此,她是一个超凡脱俗、与众不同的女性。所
以,罗切斯特没有选择门当户对的富家小姐,而是选择了出身低微而又不漂亮的
家庭教师简·爱。但是,当她在婚礼上发现罗切斯特还有一个疯妻子后,不管她
内心怎么爱着罗切斯特,也不管罗切斯特怎样苦苦哀求挽留她,她都不肯答应留
下来。因为,如果在这种情况下她还留下来,就意味着她仅仅是罗切斯特的情
妇,她将丧失人格的独立与平等。于是,她选择了不告而别,毅然痛苦地离开了
桑菲尔德庄园。

　　简·爱在流浪途中被一个名叫约翰的传教士所救。约翰准备到印度去传
教,他觉得简·爱最适合做传教士的妻子,就向她求婚,但被拒绝了。这是为什
么呢?因为在她看来,她和约翰没有共同的思想基础,没有爱情,特别是她不愿
丧失独立的人格去屈从约翰,做他传教的工具和附属品。小说通过简·爱和约
翰的交往,从另一个侧面表现出简·爱追求人格独立、维护个人尊严的坚强意
志、性格特点和人格境界。

　　小说中,写简·爱经历了种种磨难后又回到了桑菲尔德庄园,并再度向罗切
斯特求婚。归来后她的再度求婚是因为什么呢?

　　首先,"归来"是因为简·爱始终爱并思念着罗切斯特;而归来后,罗切斯特
已双目失明并且庄园被毁,简·爱却继承了大笔财产。在某种程度上,他们两个
人的地位和角色身份,此时较之从前正好颠倒了过来。简·爱能够再次主动求
婚,接纳残废而且不再富有的罗切斯特,更说明她爱的是罗切斯特这个人本身,
而非其地位和财产。在以往流行的欧洲小说中,通常是男人有钱有地位,成为女
人追逐和攀附的对象,于是男人们总是居高临下地看待平民女性,往往选择门当
户对的女子结婚。简·爱则一反传统陋习,爱一个平平常常甚至残废了的人,特
别是爱他的灵魂。这和习俗中的男人们的婚姻选择截然相反。这样的结局,从
情节结构上看,难免有大团圆式的俗套,但从人物性格与灵魂的展示来看,恰恰
显出了简·爱灵魂的高尚和美丽。因此,正是这个貌似俗套的结尾,却化腐朽为

神奇,冲破了英国社会以及以往小说那种以外貌和地位取人的俗套,赋予一个身材矮小、相貌平常、出身贫贱的姑娘以纯洁的灵魂、高尚的人格和丰富的内心世界,使简·爱这个形象在当时的文坛上显得新颖独特、光彩照人,让人耳目一新。所以,小说的结局是耐人寻味的。

20世纪对《简·爱》的评论包括马克思主义、后殖民主义、精神分析法等多种理论、方法。女权主义文学批评更是把《简·爱》作为一个重要的解读对象,探究性别意识形态,赞赏简·爱作为男权社会反叛者和强者的女性形象,揭示她对社会主流意识叛逆又妥协、反抗又迎合的矛盾性。罗彻斯特的妻子伯莎·梅森,这个"阁楼上的疯女人",受到越来越多的关注。她不再只被看作简·爱幸福道路上的障碍物,而是被视为简·爱性格中不为社会所容的另一个侧面。伯莎火烧丈夫、刀刺兄弟,却从不伤害简·爱。她的出现,阻止了简·爱被罗彻斯特的意愿所左右,成为他的附庸;她的一场大火,使简·爱与罗彻斯特的地位逆转,让他们的最终结合符合了简·爱的平等理想。她代表了简·爱这类在男权社会中深受压抑的女性为社会所不容的"疯狂"的情感欲望和反叛心理。夏洛蒂的创作"使女作家展现世俗外衣下女性心灵这一题材成为可能……将女性的内心世界展露于世"[①]。夏洛蒂被称为"现代女性小说的楷模"。美国女权主义批评家吉尔伯特和古芭,甚至认为《简·爱》的中心故事并不是简·爱与罗彻斯特的爱情故事,而是简·爱与伯莎之间相认知、相冲突的过程。英国现代女作家吉恩·里斯(Jean Rhys,1894—1979)的小说《藻海无边》(*The Wide Sargasso Sea*,1966)颠覆了罗彻斯特在《简·爱》中的一面之词,从女性主义立场重讲了这个受殖民主义父权制社会迫害、被剥夺了话语权的疯女人的故事。有的评论注重《简·爱》体现的宗教基调。小说中有60多处引用《圣经》或借用、化用其中的典故、形象、比喻等。其主要情节的构思包含了《圣经》故事的隐喻,简·爱历经重重考验,她出走的选择包含着抵御诱惑、纯净灵魂的基督教意识。罗彻斯特的命运体现了犯戒、受罚和忏悔得救的基督教公式[②]。《简·爱》的浪漫主义特性也引起广泛的关注。

《简·爱》有对当时社会生活场景如孤儿院生活的真实描写,简·爱的形象具有社会典型意义,因此其通常被归入现实主义作品之列。实际上,作为一个深受浪漫派诗歌熏陶的小说家,夏洛蒂推崇的是想象力和热烈的情感。《简·爱》更多表现的是主观自我而非物质世界,具有鲜明的主观性,体现了浪漫小说的特征。简·爱富有浪漫激情和反抗精神,"班扬式的自律自强精神与对人间自由幸

---

① Heath Glen,ed.,*The Cambridge Companion to the Brutes*,Cambridge:Cambridge University Press,2002,p. 190.

② 朱虹:《英国小说的黄金时代》中《〈简·爱〉与基督教〈圣经〉》一文,中国社会科学出版社,1997 年。

福的浪漫主义渴望构成两种动机趋向,两者间充满张力,既相互对立,又相互支持并对话,此起彼伏,共同奏出了简·爱的精神旋律"①。粗犷强悍、愤世嫉俗的罗切斯特身上则有拜伦式英雄的影子。夏洛蒂推崇浪漫主义小说家司各特,她认为司各特之后的小说几近"分文不值"②。在夏洛蒂以前和同时期的英国小说中,还不曾有过像简·爱和罗切斯特之间这种炽热爱情的强烈表现。正是这种强烈的情爱,驱使简·爱拒绝约翰出于"不真实的感情"的求婚,复归桑菲尔德庄园。夏洛蒂的叙述手法是高度主观化的。她采用自传体小说的形式,以第一人称叙述,让自叙主人公始终占据小说的中心,把她作为理想化的自我,直接展示她的心灵世界。夏洛蒂把作家、叙述者和主人公合而为一,与读者直接对话,读者很容易融入情节,进入人物的内心世界,与之发生强烈的情感共鸣。她对自然风光有着细腻的体验和情景交融的描写。而阴森神秘的桑菲尔德庄园,阴郁的主人隐秘的过去,夜半时分女人的尖叫,叙述过程中迭起的悬念,很容易使人联想到哥特式小说。从简·爱和罗切斯特爱情发展过程中出现的神奇现象,如老树被雷电击中的恶兆,遥远的简·爱听到来自罗切斯特的神秘呼声,等等超自然的因素中,可看出浪漫派的影响。夏洛蒂在小说中大量运用了象征,火便是小说中反复出现的具有多种意义的一个意象。火象征着愤怒,面对舅母的伤害,简·爱的心情如"一块着了火的小树丛,气势汹汹,光焰四射,吞没一切"。火象征着情感,善良的谭波尔小姐屋里"旺盛的炉火"慰藉了小简·爱,简·爱与罗切斯特之间热烈的情感如火熊熊燃烧。火既是毁灭性的力量,又能促使再生。由于庄园失火,罗切斯特失去了财产,净化了灵魂,得以与简·爱最终结合。

夏洛蒂的现实主义风格表现在《谢利》等小说中。《谢利》中女主人公之一、孤儿卡罗琳与夏洛蒂笔下的其他女主人公相似,有着贫穷的家世、细腻的情感和对幸福的向往。另一个女主人公谢利则富有、能干,充满自信和活力,带有理想化色彩。引人注目的是,夏洛蒂在这本书中尝试表现英国文学史上一个新的题材,反映 1811—1812 年工人捣毁资本家机器的"卢德运动"。书中的罗伯特·穆尔是精明强干的纺织厂主,在激烈的竞争中,他坚持使用高效省工的机器,引起工人的极大愤慨和报复行为。为筹措资金,振兴家业,他不惜牺牲与卡罗琳的爱,向富有的谢利求婚,但被谢利拒绝。谢利与罗伯特在对待工人的态度上也存在着分歧,谢利认为要想缓和与消除阶级矛盾,就要安抚贫困的工人。夏洛蒂的家乡北部约克郡是英国的工业和工人自发反抗运动的发祥地,这部作品可视为反映"卢德运动"的艺术文献之一。

---

① 黄梅:《简·爱的故事》,《不肯进取》,辽宁教育出版社,1996 年。

② Lyndall Gordon, *Charlotte Brontë: A Passionate Life*, New York and London: W. W. Norton & Company, Inc. ,1995,p. 30.

《教师》和《维莱特》都以作者在布鲁塞尔时的生活经历为创作素材,都采用了第一人称自叙的手法。《教师》是夏洛蒂的早期之作,叙事者为主人公威廉。他身为孤儿,由舅父抚养10年,受尽白眼,投奔已发迹的工厂主哥哥爱德华,也遭猜忌嫉恨。他来到布鲁塞尔一家私立学校任教,与女主人公、与自己命运相仿的弗朗西斯相遇、相爱。弗朗西斯在布鲁塞尔勤工俭学,独立谋生,饱尝生活艰辛后终于获得爱情与幸福。弗朗西斯身上有作者生活经历的许多印记。《维莱特》是夏洛蒂完成的最后一部小说,其中所描述的维莱特城是布鲁塞尔的化名,女主人公露西·斯诺与英语教师保罗的感情关系在很大程度上是夏洛蒂与她的法语教师埃热先生之间微妙关系的艺术再现。与具有浪漫风格的《简·爱》相比,《维莱特》对露西在贝克夫人寄宿学校的经历描写是写实的。但小说中也具有神秘气氛,修女幽灵之谜受哥特式小说的影响明显。其情节安排上也有传奇手法的运用。作者连续失去亲人的凄凉心境反映到作品中,小说的结局是悲剧性的,叙述复杂,风格较为沉郁。

三 《呼啸山庄》及其他

艾米丽·勃朗特当时声名远不及她姐姐,但后世评论她无论是作为诗人还是小说家,天分都在勃朗特姐妹中居首位。她写有近200首诗,表现出杰出的诗才,她的有些诗作已经被选入英国优秀诗人的诗选。她以诗人的激情创作的《呼啸山庄》是她唯一的小说。这部作品具有与当时小说迥异的特质,充满了浪漫主义的想象和象征主义的描写,对当时读者们的鉴赏力形成了极大的挑战,得到的曲解和非难,多于世人的理解和赞扬。到20世纪中后期,《呼啸山庄》却声誉日上,成为19世纪小说中被研究得最多的作品之一。

小说情节围绕着呼啸山庄和画眉田庄两代人之间的恩怨情仇展开,具有超现实氛围和很强的象征意义。山庄和田庄是两个不同的世界,代表着两种不同的生活和性格。位于山顶的呼啸山庄常年受风暴袭击,连树木都被狂风扭曲,古老房屋里的人也受着原始情感的冲击。画眉田庄位于青翠峡谷,漂亮房子里住着文明优雅的主人。希斯克利夫是呼啸山庄的老主人恩萧先生收养的吉卜赛弃儿,与恩萧家的女儿凯瑟琳两情相悦。老主人死后,新主人辛德雷少爷便剥夺了他受教育的权利,将他视为奴仆,并禁止妹妹凯瑟琳与他来往。凯瑟琳在精神上也是个不受羁绊的"弃儿",她与希斯克利夫在荒原上奔跑,努力摆脱繁文缛节、陈规旧习的束缚。他们的爱情是独特的,并非男欢女爱的两情相悦,而是由于他们都是自然的孩子,灵魂相通,精神一致,互以对方为生存条件。但是画眉田庄的"文明世界"吸引了凯瑟琳,她开始意识到自己与希斯克利夫在社会地位上的差异,希斯克利夫愤而出走。凯瑟琳嫁入画眉田庄,丈夫林惇温和的爱没有消除她对与希斯克利夫同享的自由天地的留恋。3年后,希斯克利夫怀着对凯瑟琳不能熄灭的爱和由爱而生的恨归来。凯瑟琳经受不起情感风暴,留下女儿小凯瑟琳·林惇死去。从此,希斯克利夫的心理更处于变态中,他开始疯狂地复仇。他把自己遭受到的迫害百倍地加诸他的仇人,对两个家族中所有的人——辛德雷和他的儿子哈里顿,林惇和他的女儿小凯瑟琳,被他娶为妻子的伊莎贝拉·林惇,甚至包括自己的亲生儿子小林惇,毫无怜悯之情。他不仅不择手段地掠夺了两座山庄,还要在社会地位和文化教养方面毁掉两个家族无辜的后代。在丧失人性的复仇中,希斯克利夫并没有感到快乐,最终他失去了复仇的欲望,也失去了生存的动力。他无法阻止生命和爱情的延续,在他报复的对象哈里顿和小凯瑟琳身上,他看到了自己和凯瑟琳年轻时的影子。凯瑟琳曾经在凯瑟琳·恩萧、凯瑟琳·希斯克利夫和凯瑟琳·林惇三个姓名之间徘徊。小凯瑟琳在嫁给哈里顿后,也经历了这三个姓名的轮换。但是,她变换的方向与母亲是相逆的,母亲姓名的终点是她的起点,她的现名则回到了她母亲的本名。人物姓名、人物关系、事件的发展都经过了循环,但这对年轻的爱人已不同于上一代人。他们继承了恩萧家的刚强,又把林惇家的温情糅合进去。以爱开始的仇恨最终又归于爱,新的和谐建立起来。

性格内向、孤僻的艾米丽在30年的生活中,除了短期到女校做教师和去布鲁塞尔求学外,基本上居住在家乡。她逃避社会,不善于与人交往。在迄今收集到的勃朗特家的1000多封来往信件中,夏洛蒂约有800封,艾米丽只有2封。她更愿意独自到荒原漫步。浑朴、粗犷的大自然,象征着人类没有受繁文缛节束缚和充满力度的生命本质。她对荒原有着狂热的迷恋,是约克郡石南荒原的“自然之女”。她在封闭的生活中,恣意放纵想象,将长期郁积的情感借艺术形式宣泄。她挖掘人的意识深处与大自然同一的部分,用近乎疯狂的形象表现出来。她在希斯克利夫的痛苦中,融进了自己在整个文明世界中所感受的屈辱、痛苦,在循规蹈矩的维多利亚时代发出精神自由的呐喊。小说有显而易见的哥特式小说因素。复仇和争夺财产,是哥特式小说的传统主题。希斯克利夫既是迫害者又是受害者,是一个让人又恨又怜的形象,深夜掘墓、夜游绝食等举止,都属于“哥特模式”。而小说中游荡的鬼魂,可怕的梦魇,阴森神秘的气氛,还有暴力血腥的场面,都具有典型的哥特色彩。但《呼啸山庄》有着哥特式小说不具有的深刻主题和强烈的情感力量,表现了自由与羁绊、原始本性和文明的对立。希斯克利夫与凯瑟琳在少年时代,被周围人看成“像野人一般粗野”的一对,他们敢于一起把“善书”踩在脚下,扔进狗窝,在“压根儿不知道上帝的异教中长大”。他们心灵中与原始、野性、狂暴的自然相呼应的部分,和文明世界的门当户对、宗教虔诚、循规蹈矩等世俗价值观念发生尖锐冲突。凯瑟琳在这种冲突中违背了自己的天性,不仅背弃了希斯克利夫,还导致自我分裂,因此备受折磨并走向死亡。希斯克利夫在敌对的环境中长大,遭受压迫特别是当强烈的爱受挫时,人的本性中的邪恶和狂暴爆发出来。他从疯狂的报复中获取变态的快乐,"上帝也不能从中得到像我那样的满足。我没有怜悯!我没有怜悯!蛆虫越是蠕动,我越要使劲地碾下去!"他的冷酷、残暴使人不寒而栗,但其背后所藏的超凡脱俗、疯狂绝望的爱,又使人对他生出几分同情。艾米丽不受限于理性、写实的维多利亚小说主流,她探及人性的非理性层面,将哥特式小说的神秘恐怖形式与浪漫主义文学的激情内容结合起来。她的小说有浪漫想象和激情,有对社会现实、阶级矛盾和生活环境并不虚幻的反映,有高度的抽象性和象征意义,提供了丰富阐释的可能性。浪漫派与她发生强烈共鸣,现实主义作家将她引为同道,现代派又把她视为先驱。

《呼啸山庄》的多义性与它的叙述方式有很大关系。小说用第一人称叙述,但采用了两层叙述结构。第一个叙述者是外来的房客洛克伍德,他闯入了相对封闭的山庄世界,对奇异的人物举动和复杂、紧张的人物关系产生好奇。夜宿山庄的见闻和梦魇,增强了悬念。第二个叙述者是女管家耐莉,她随凯瑟琳从呼啸山庄进入画眉田庄,熟谙两个家族的沉浮变故和人物之间的情感纠葛。她作为一个介入者和见证人,以倒叙方式讲述往事,充当具有权威的全知叙述人。洛克伍德成为耐莉所述故事的接收者。之后洛克伍德再次走访呼啸山庄,补充耐莉没有叙述完的故事。两个叙述者的世俗态度和男女主人公的反世俗态度形成鲜明反差。当事人凯瑟琳的日记和伊莎贝拉的信件,提供了新的叙事角度和观点。作者不直接参与叙述,以避免个人感情的直接渗入。多层次的叙述手法,将对故事的直接描写转向了间接叙述,避免了直接主观评价的武断,造成读者与小说人物的距离感,有助于表现人物的复杂性,有助于造成扑朔迷离的气氛,有利于复杂的审美效果的产生。在叙述事件的顺序上,小说借用戏剧性的表现手法,叙述从中间开始,故事情节同时向过去和未来发展,造成悬念刚结束高潮就到来的强烈效果。

四 《艾格妮丝·格雷》及其他

安妮·勃朗特的作品跟姐姐一样,在不同程度上具有自传性质。但她遵循写实的方法,作品中较少浪漫色彩。她的小说以细腻的笔调,描述了维多利亚时代普通女性的现实遭遇和内心世界。

安妮发表了两部长篇小说和一些诗作。比起不得不抛头露面、处世待人的大姐夏洛蒂,安妮与艾米丽的性格都更为内向;比起宁折不弯的艾米丽,安妮的性格更温和忍让。三姐妹中她做家庭教师的时间最长,个人感受更加深刻。关于艰辛痛苦的家教生活体验,夏洛蒂在《简·爱》中做了浪漫化描写,而安妮在《艾格妮丝·格雷》(*Agnes Grey*,1847)中则写得平实真切。《艾格妮丝·格雷》被公认为安妮最重要的作品,采用第一人称自叙体,在主题和情节上与《简·爱》

有相似之处。前半部分描写艾格妮丝·格雷在富商布罗姆菲尔德家和贵族乡绅默里家两度做家庭教师的辛酸经历,后半部分则表现了她的爱情追求。艾格妮丝·格雷家境衰败,容貌平凡,但有充实的内心,忠实地信守自己的生活准则,坦然面对生活中的一切不幸。对那些骄横无理、缺乏教养的富人和势利的仆人,她占有精神上的优势。作品细腻地描写了艾格妮丝沉默的恋情,渴望又带些绝望的心理,以及痛苦而曲折的感情历程。小说的结尾,艾格妮丝与母亲一起创办私立女子学校,实现了勃朗特姐妹在现实中未能如愿的办学理想。

安妮曾经与哥哥勃兰威尔一起在别人家当家教,因此更了解哥哥的感情经历。《怀德菲尔庄园的房客》(*The Tenant of Wildfell Hall*,1848)是安妮目睹勃兰威尔酗酒堕落,于心痛中写出的作品。小说女主人公海伦违背家庭意愿,与自己所爱的亨廷顿结婚。婚后,丈夫酗酒、生活放荡。海伦百般规劝,均告失败,便带孩子出逃。她独立谋生,并最终获得幸福爱情。海伦身上有清晰可辨的女权意识,她不能接受丈夫关于男女不平等的说法,不被动地顺从命运。她又具有宗教人道主义的思想,始终试图拯救丈夫堕落的灵魂。自我放纵、毁灭婚姻的亨廷顿有勃兰威尔的影子。小说情节上像《简·爱》那样,隐藏着主人公巨大的秘密。叙述形式则有几分像《呼啸山庄》,有两位叙述者。第1—15章的叙述者是吉尔伯特·马卡姆先生,他用书信形式向好友讲述他所看到的神秘的房客海伦。带孩子独居的女主人公不与其他人交往,但有时会在深夜接待一个神秘的男子。这既引起爱慕她的马卡姆的嫉妒和伤心,也引起读者的好奇。后面的29章,让海伦以日记的形式讲述她的过去、她不幸的婚姻。第45—53章,再由先前的叙述者马卡姆叙述,他与海伦真心相爱,在她丧夫后与她缔结良缘。小说中对丈夫酒后施暴行为的描写,在当时保守的社会风气下,曾招致评论界的非议。面对指责,安妮在再版序中写道:"所有的小说都是或者应该是写来供男女读者共同阅读的,我无法理解的是,男人可以随心所欲地写任何真正有损于女性尊严的事,凭什么女人写了任何可以由男性来写的事就该受批判?""我只希望讲真话,因为对容得下真话的人来说,真话自有真话的道德意义。"

通常认为安妮的文才要逊于她的两个姐姐,但她也有自己独特的风格,质朴而细腻。

勃朗特姐妹传奇式的生活和创作,构成英国文学史乃至世界文学史上一道亮丽夺目的独特风景。

第五节　乔治·艾略特

乔治·艾略特(George Eliot,1819—1880)是维多利亚中后期以博学多思著称的女学者,其小说也因此别具风格,偏重道德伦理方面的题材,以深刻的哲思和细腻的心理描写为特征。在她去世后的 20 多年间,由于以斯蒂文森小说为代表的"新浪漫主义"文学的流行,她的小说一度遭到冷落。但在 20 世纪,她越来越得到重视,被视为 19 世纪英国小说最有成就的代表作家之一。

乔治·艾略特的本名叫玛丽·安·伊文斯(Mary Ann Evans),出生于英格兰中部沃克郡的阿波里庄园。她的父亲在庄园当代理人,政治观点保守,宗教思想浓厚。艾略特从小受到严格的宗教和道德教育,笃信福音教。她在乡村度过童年,农村民风习俗、自然风光在她以后的创作中留下深刻印记。少女时代,她先后就读于两所女子寄宿学校,直到 17 岁时因母亲病逝,才回家帮助父亲主持家政。她天资聪慧,热爱读书,学习文学、宗教、历史和自然科学课程,通晓拉丁文、希腊文等古代语言和法语、意大利语等多种现代语言。1841 年,她随退休的父亲迁居考文垂,在那里结识了具有自由思想的商人查尔斯·勃雷一家以及他的姻亲汉纳尔一家,受到他们反对教会正统的怀疑主义思想的影响,毅然抛弃了伊文斯家族传统的保守立场。1842 年初她宣布不信奉上帝,不再去教堂。虽然对官方基督教会表现出决绝的态度,但乔治·艾略特内心仍充满宗教情感。她接受了孔德实证主义"人类宗教",一种以"人道"代替上帝,"以爱为原则,秩序为基础,进步为目的"的宗教观。她否定的是脱离了人的真诚情感、形式上的宗教,她尊重一切真挚虔诚的宗教感情,并把这种思想感受表现在她的作品中。对艾略特来说,"所有的一切都被她的深深地植根于其中的人类之爱所统摄"①。

乔治·艾略特不仅是自由思想的接受者,还是一位重要的自由思想的传播者。1846 年,她匿名发表了自己翻译的德国思想家施特劳斯的《耶稣传》——一本具有无神论思想的高等批评学著作。此后又翻译了荷兰唯物主义哲学家斯宾诺莎的《神学政治论文》。1851 年,艾略特来到伦敦,在当时激进的《威斯敏斯评论》编辑部任助理编辑和撰稿人,与知识界一些重要的思想家、作家和评论家交往。1854 年,她将德国人本主义哲学家费尔巴哈的《基督教的本质》译完后以真名出版。艾略特的翻译著作对英国思想界产生过深刻影响。艾略特的博学使她对社会与人性有着科学的理解力和深刻的洞察力,在小说中她深入探讨了人的心理与伦理道德的问题。

除了与官方教会的决裂,艾略特生活中发生的另一件大事是与著名评论家乔治·刘易斯的结合。她与博学多才的刘易斯志趣相投,但后者已有妻室,尽管这桩婚姻已名存实亡。1854 年,艾略特与刘易斯开始公开同居。此举冒犯了当时的社会习俗,招致家人、朋友的疏远。艾略特承受了巨大的社会压力,与刘易斯度过 24 年的共同生活。她接受了刘易斯所信奉的实证主义思想的影响,在他的鼓励下开始文学创作。

---

①   Lettic Cooper, *George Eliot*, Essex: Longman Group, 1951, pp. 33-34.

　　中篇小说《阿莫斯·巴顿牧师的不幸》(*The Sad Fortunes of the Reverend Amos Barton*,1856)是艾略特的处女作,她以男性笔名"乔治·艾略特"署名,这也成为她以后一直使用的笔名。这篇小说与《吉尔菲尔先生的恋爱史》(*Mr. Gilfil's Love-Story*)、《珍妮特的忏悔》(*Janet's Repentance*)构成了《教区生活场景》(*Scenes of Clerical Life*)一书,在1858年出版。在最初的文学尝试中,艾略特已表现出对道德和心理的关注、挖掘。她以早年家乡生活为素材,以真实而细腻的笔触,描绘平凡人物,肯定了存在于古老的农村生活方式中的有价值的伦理观念。此后,她的小说创作的重点逐渐从情节描写转向了对日常生活的展现①,写实性更加明显。

　　1859年,40岁的艾略特发表了她的第一部长篇小说《亚当·比德》(*Adam Bede*)。小说展示了18、19世纪之交英国北部乡村生活,在恬静和美的田园牧歌中有着悲剧的音调。木匠亚当·比德爱上了农家女海蒂,而爱慕虚荣的海蒂被庄园主的孙子、军官亚瑟诱骗。怀孕的海蒂在寻找亚瑟的途中分娩并弃婴,犯下死罪,经悔过的亚瑟的搭救得到特赦。海蒂、亚瑟和亚当都在此磨难中面对自己的道德责任。虔诚的女传教士黛娜代表着同情、爱、责任心等品格,亚当最后与她结了婚。小说展开个人欲望和道德责任之间的一系列冲突,表现出普通乡村社会环境中真诚的道德感情和高尚的道德情操。在叙述过程中,艾略特模仿菲尔丁的写法,常常插入议论,还模仿菲尔丁,让并没有介入情节的作者型叙述者与小说人物直接交流。

　　《弗洛斯河上的磨坊》(*The Mill on the Floss*,1860)中,带有一点自传成分的麦琪兄妹的故事,构成情节的中心。麦琪家与威克姆家为争夺弗洛斯河畔的磨坊结下世仇,麦琪却对威克姆的儿子菲利普产生好感。哥哥汤姆出于家庭荣誉观念,粗暴地干涉妹妹的感情生活。麦琪与表妹的未婚夫斯蒂芬的交往招来村里人们的非议,使得汤姆对她偏见更深,将她逐出家门。在弗洛斯泛滥的洪水中,麦琪冒死去救哥哥,"兄妹拥抱着被洪流卷走,永不分离;一刹那重温幼时旧梦,他们手拉手欢游于雏菊盛开的田野"。艾略特用十分细腻的笔触描绘了汤姆和麦琪兄妹俩的成长经历和关系变化。兄妹俩的矛盾源于误会,但根本上则是由于性格与精神境界的差异。汤姆朴实果断但偏狭守旧;麦琪敏感多情,在社会重重规范的压抑下深感痛苦。使她自我克制与牺牲的力量,并非来自宗教道德标准,而是来自她对亲情的呵护和内在的道德感,即她自己所说的"许多回忆、种种感情以及对完美德行的渴望"。艾略特着力刻画人物的心理反应和行为动机,细腻而不琐碎。但小说的结局处理,被看作虚幻化的败笔,一直遭受评论家的批评。

　　《织工马南》(*Silas Marner*,1861)是艾略特最短但也是备受推崇的作品。

---

①　Lettic Cooper,*George Eliot*,Essex:Longman Group,1951,p. 15.

小说描写了爱的力量,具有寓言的性质。织工马南是个"生活堪作楷模,信仰又很虔诚的青年",却被好友诬告偷窃。小镇上的教徒们通过抽神签定了他的罪,马南失去了清白的声誉、未婚妻和对人的信任。他流落他乡,15 年来只以把玩辛勤积攒的钱币为乐。积蓄被盗的沉重打击,使他万念俱灰。收养弃儿埃比后,他重新感受到人生的爱与温暖。畸形的人际关系和迷信的宗教摧毁了马南的精神世界,人与人之间真诚的爱却使他获得新生。作者在写给出版商的信中说:"它是要——或者说是存心要——强调说明人与人之间纯洁的、正常的关系具有治愈精神创伤的力量……"艾略特通过马南的再生表达了她反对形式主义宗教、赞赏人文宗教的思想。无论写"死而复生"的马南,还是自私懦弱、永远也卸不下心理重负的地主少爷高德弗雷,艾略特都深入人物内心世界,显示出对人物心理的洞察和表现力,为自己的作品赢来了"心理现实主义"的称号。

艾略特前期的小说具有浓郁的乡村气息,写的是"古代回音萦绕未散,而新时代的声音尚未侵袭的乡村"(引自《织工马南》),取材于自己在故乡成长时的见闻与经历,生动而真实地展现了英国乡村平凡的生活和普通的人。小说主题涉及宗教与人性、道德与情感的矛盾复杂关系,注重对人物心理活动和精神状态的描写。

《罗慕拉》(Romola,1863)是艾略特转向后期创作的一个标志。在访问佛罗伦萨之后,艾略特写了这部取材于 15 世纪意大利宗教改革时期的历史小说,沿袭了她的小说中利己主义与利他主义对比的道德主题,但题材范围明显扩大。这以后的小说,题材范围由主要描写个人经历和乡村生活,转向反映当代重大历史、政治、社会事件,较简单的单线发展的情节转为多线索的较为复杂的情节结构,矛盾纠葛复杂。

《费利克斯·霍尔特》(Felix Holt,the Radical,1866)是作者唯一以英国政治为题材的小说。小说通过洛姆郡的工业城镇特贝的议员选举,反映 19 世纪 30 年代议会改革时期的社会与民俗。其对劳资矛盾表现出与狄更斯相似的立场,承认工人改善处境要求的合理性,但反对暴力斗争。一般认为写政治小说并非乔治·艾略特所长。

1871—1872 年,艾略特的长篇小说《米德尔马契》(Middlemarch)分卷出版。这部小说是艾略特创作后期也是她整个创作时期的代表作,被评论界一致推为英国小说的杰作。小说副标题是"外省生活研究"。艾略特以英国议会改革时期为背景,虚构了一个典型的外省小城米德尔马契,以两个富有理想的青年——少女多萝西娅和青年医生利德盖特——各自的灾难性婚姻与理想破灭的故事为情节中心线索,交织了许多次要人物的生活故事,如费瑟斯通的遗嘱风波、银行家布尔斯特罗德的人生沉浮等,勾勒出英国地方生活的画卷,涉及社会变迁、宗教、婚姻等诸多话题。

　　艾略特在全书序言中为小说定下了充满挫败感和幻灭情绪的基调。她写道:"许多特雷莎降生到了人间,但没有找到自己的史诗,无法把心头的抱负不断转化为引起深远共鸣的行动。她们得到的也许只是一种充满谬误的生活,那种庄严的理想与平庸的机遇格格不入的后果,或者只是一场失败的悲剧,得不到神圣的诗人的歌咏,只能在凄凉寂寞中湮没无闻。"①西班牙修女特雷莎是16世纪欧洲最著名的女性之一,从小就立志为上帝而殉难,她毕生致力于对天主教加尔默罗会的改革,因此名垂青史。出身乡绅家庭的多萝西娅抱着为伟大事业献身的"特雷莎"式的心志。她遇见卡苏朋教区长,把这个外省的老学究视为"帕斯卡尔""密尔顿"式的人物,便拒绝了贵族青年杰姆的求婚,嫁给比自己年长30岁的卡苏朋,把帮助他完成传世之作当作自己献身的目标。她非但没能实现自己的理想,反倒成了一桩不幸婚姻的牺牲品。面对年轻妻子对自己学识及其价值渐生的怀疑和失望,卡苏朋本性中自私多疑、阴冷卑下的方面显现出来,他甚至在遗嘱中附加了对多萝西娅带有侮辱性的条款,试图在他身后还控制她。曾在爱丁堡和巴黎学医的利德盖特医生不但想在小城治病救人,还想在此专心于病理学和解剖学的研究。但他不幸与市长的女儿罗莎蒙德结婚,在妻子对浮华虚荣的无尽追逐中,迫于债务与各种俗事的烦扰,他离开小城迁居伦敦,专给阔人看富贵病,成了富有的名医,却与他曾经视为生命的理想抱负就此揖别。多萝西娅和利德盖特各自的悲剧,直接或表面的原因是择偶不当,但其中包含着深刻的社会原因。艾略特曾经在《费利克斯·霍尔特》中说过:"没有什么私人生活不是被更广阔的公共生活所决定的。"作者将这个闭塞保守的外省社会环境中各种销蚀人的意志的因素,从虚伪的道德观念到庸俗的生活态度,一一挖掘出来并予以剖析,揭示了外在的社会现实对有抱负和才情的个人的毁灭性打击。

　　个人生活道路的走向受外因和内因共同作用的导引,社会制约性与个人能动性在个人命运中的辩证关系,是艾略特在她的作品里不断思考的问题。她不仅分析和批判社会,还冷静地剖析了人的心灵,透视内在的、细微复杂的精神生活。她揭示了多萝西娅与利德盖特的内在因素在促进悲剧性和灾难性幻灭中的作用。多萝西娅的理想主义缺少坚实的现实根基,她在对现实的判断力上类似堂吉诃德,往往不如常人。她对卡苏朋的感觉就是糊涂而盲目的错觉。利德盖特也是心甘情愿地做出自己的婚姻选择的,他的性格中夹杂的平庸浅薄和虚荣使他钟情于罗莎蒙德,决定了他的悲剧性婚姻。

　　19世纪下半叶起,英国小说在整体构思和结局处理方面与前期有明显不同,由喜转悲的现象不仅反映了作者与读者在审美意识上的变化,而且与英国社会日趋复杂、人们认识更加深入密切相关。《米德尔马契》中遭遇失败、感到幻灭

---

　　①　乔治·艾略特:《米德尔马契》,项星耀译,人民文学出版社,1987年,第1页。

的岂止多萝西娅和利德盖特。卡苏朋不是狄更斯笔下漫画化的恶人形象,他孜孜于学问,但做的是别人早已完成的学问。他写不出期望中的宏伟著述,多萝西娅对他的失望更带给他挫败感。银行家布尔斯特罗德在当地叱咤风云,但早年私占他人财产的丑闻暴露,使他名誉扫地。人们热烈追求和苦心经营,最终难免事与愿违的结局。失败和幻灭是普遍的,但原因和结果却并不雷同。艾略特从不把问题简单化,也不简单地为人们开药方。但这并不意味着艾略特放弃了对积极的生活意义的探寻。她反对对形式主义宗教的盲从,但认可对道德责任和义务勇敢承担的态度。她认为引导人们向上的有三种力量——"上帝""灵魂不朽"和"义务"。"第一项令人无法想象,第二项令人无法相信,第三项的召唤是绝对的、不可违抗的。"①在早期小说中,艾略特就表述了她的伦理道德观:每个人都要为自己的行为负责。我们看到,多萝西娅在不幸的婚姻中,从痛苦中有所领悟,对丈夫内心的痛苦产生谅解。丈夫逝后,她放弃了他的财产,做出新的婚姻选择。她没能像特雷莎那样被载入史册,但如同小说结语所言,以"那些微不足道的行为",致力于"世上善的增长"。利德盖特以自我牺牲来尽对妻子的责任,因此赢得了多萝西娅的尊敬。布尔斯特罗德在耻辱中认清了自我,他的妻子分担他的痛苦。艾略特认为承担义务,能赋予人生以新的意义。在19世纪下半叶英国社会普遍的信仰危机的环境中,这种观点代表着寻求精神出路的一种努力。

艾略特对女主角多萝西娅形象的处理也受到过激烈的批评。女权主义文艺批评家认为艾略特没有把自己在男性社会中的女性自主意识和成功体验,融入多萝西娅身上。多萝西娅最后嫁给了拉迪斯拉夫,一切服务于他的事业,以对女性社会性别角色的认同告终。这种低调处理,有瓦解女性斗志之嫌。20世纪中后期,对艾略特这部代表作品的阐释和研究越来越多样化。

艾略特的最后一部小说《丹尼尔·德龙达》(*Daniel Deronda*,1876)的主人公丹尼尔·德龙达,以英国首相本杰明·迪斯雷利为原型,其出身于英国上层社会的犹太人家庭并获得事业上的成功。最终丹尼尔·德龙达决定放弃优越的生活环境,投身于犹太复国运动。另一条线索是格温多琳的婚姻悲剧。或许是主人公形象的理念性太强,读者对小说的反应冷淡。

艾略特的创作包括大量的译著、多卷本的评论、诗歌、书信,但她的文学声誉主要来源于她的小说创作。1878年刘易斯去世后,她完成了他的遗著《生命与意识问题》。1880年,61岁的艾略特与比她小20岁的老朋友克罗斯结婚。婚后没过几个月,她就病逝了。

艾略特在小说理论方面颇有贡献。在《亚当·比德》里,她在"故事暂停"一

---

① 转引自朱虹:《英国小说的黄金时代》,中国社会科学出版社,1997年,第268—269页。

章中集中阐释了她的现实主义文学创作观。她坚持客观写实的创作态度,表明:"我的主要意图,只是将男女人物和所发生的事情,按照他们反映在我意识中的情况老老实实地写出来。这面镜子当然不是没有缺点的,所以反映出形象往往会有点歪曲和模糊。可是我觉得我应该力求精确地将反映在我意识中的一切呈现在你们面前,如同我在见证席上发誓讲述我亲眼见的事物一样……"她"毫不踌躇地把眼睛从那些乘云的天使身上挪开",把普通人作为取材对象,"在这些描绘平凡单调的家庭生活真实性情况的图画里感到乐趣,发现其中有诗人在感情上共鸣的泉源"。与当时现实主义小说家重视客观反映外部世界相比,她偏重于探索人的精神世界,深切而细腻地表现出"人类的感情就跟滋润大地的伟大的河流一般,它的美不从身外来,她只是以滚滚滔滔之势流着,流着流着,本身就产生了美"。

作为学者型作家,艾略特的小说具有思辨的风格,小说中常有大段的议论,但并不让人感到厌烦。她对人物的思想动机、行为和效果的分析都有可靠的心理和社会依据,文笔精练透辟。她的小说有"心理小说"之称,在心理描写方面精细,所用的心理分析的方法有助于透视人物的行为动机,有助于道德主题的深化,对现代作家颇有影响。但有时心理分析方法使用过多,也会损害小说的生动性。

乔治·艾略特的创作标志着英国小说进入了一个新阶段。她以严肃的道德感、深刻的睿智和细致的心理描写,使小说从娱乐性的文学形式,上升到融社会认识、道德探究、心理剖析和艺术想象为一体的高级艺术。她无愧于"英国最杰出的小说家之一"的美誉。

第六节　乔治·梅瑞狄斯

乔治·梅瑞狄斯(George Meredith,1828—1909)是英国 19 世纪后半叶的重要作家之一。他的小说在重思想和心理分析方面与艾略特相似,但他倡导的不是勇于担负的道德伦理观,而是"喜剧精神",即创造出一种新型小说——充满机智和隐喻的高级喜剧。他的小说往往使普通读者望而生畏,但在知识界和小说史上占有重要的一席之地。

梅瑞狄斯出生于英国南部海港朴次茅斯,与作为商人的父亲关系不太融洽。9 岁时,梅瑞狄斯开始学习拉丁文和历史。1842 年,他被送到德国一个基督教联合兄弟会学校接受教育。在那里,他阅读大量诗歌和浪漫传奇故事,深受德国浪漫派文学影响。

两年后,梅瑞狄斯回到英国,在伦敦的一家律师事务所供职。他结识了伦敦的一些文人,与小说家皮科克关系很好,并于 1849 年与皮科克寡居的女儿玛丽·

尼克尔结婚。

梅瑞狄斯喜爱诗歌，他于 1851 年出版了第一部作品《诗集》，其中有的诗作得到著名诗人丁尼生的好评。他的婚姻生活却陷入不幸，在自由环境中成长、聪明敏感的妻子玛丽与他矛盾频发。1858 年，玛丽与他分居并与他人出走，后又归来，在两年后病逝。梅瑞狄斯在由 50 首十四行诗组成的诗集《现代的爱情》（*Modern Love*，1862）中，讲述了一个婚姻破裂的故事，表达了不和谐夫妻的悲剧性生活情境。他在以后的好几部小说中，表现出对处于两性关系之中的人性的内省和剖析。

在写诗的同时，梅瑞狄斯开始写小说。他的处女作是取材于东方民间故事的中篇小说《蓬头人剃发记》（*The Shaving of Shagpat*，1856），具有东方韵味。而他的第一部重要作品是长篇小说《理查·弗维莱尔的苦难》（*The Ordeal of Richard Feverel*，1859）。小说人物奥斯丁在妻子与他人私奔后，独自承担起抚养和教育儿子理查的义务。他按照贵族阶级的传统教育制度为儿子制订了一套严苛的教育计划，却忽略了人的自然本性。结果事与愿违，理查产生逆反情绪，父子关系紧张。心理受创的理查本能地追求幸福，经历的却是爱情悲剧。小说发表后受到租赁图书馆"有伤风化"的指责。梅瑞狄斯诗人气质浓郁，其小说中出现许多作为人物心理对应物的自然意象，不为读者所好。他的第二部长篇小说《伊万·哈林顿》（*Evan Harrington*，1861）所写的主人公，婚恋生活也不成功，依然有作者自身经历的影子。

1864 年，梅瑞狄斯第二次结婚，婚姻的美满促进了他的小说创作。他连续出版了长篇小说《桑德拉·贝隆尼》（*Sandra Belloni*，1864）和《罗达·弗莱明》（*Rhoda Fleming*，1865）。1866 年，他作为战地记者前往意大利，创作了描写投身意大利民族解放事业的歌剧明星维托利亚的小说《维托利亚》（*Vittoria*）。次年返回英国后，梅瑞狄斯一家定居于苏利郡。他在数家出版公司兼任临时编辑，并且完成了一系列小说创作。《包尚的事业》（*Beauchamp's Career*，1875）是梅瑞狄斯的一部重要作品，描写一个怀有理想却在现实中碰壁的贵族青年的命运。包尚怀着满腔热血参加了克里米亚战争，却对战争的正义性渐生怀疑。退伍后，他积极投身于政治活动，可是因遭敌手暗算而竞选失败。在私人生活方面，包尚也经常与社会传统观念习俗发生冲突。1909 年，他在救落水儿童时丧生了。

长篇小说《利己主义者》（*The Egoist*，1879）是梅瑞狄斯的代表作，奠定了他在英国小说史上的重要地位。小说通过主人公威洛比·帕特恩爵士与三位女性关系的描写，塑造了现代资产阶级社会中一个典型的利己主义者形象。威洛比出身贵族，聪明富有，英俊文雅，自认为是人类最好的范型（威洛比的姓氏"帕特恩"Pattern，即"范型""模式"之意）。为了娶富有漂亮的康斯坦霞，他抛弃了崇拜他但贫穷体弱的拉蒂莎。结婚前夕康斯坦霞与他人私奔，恼羞成怒的威洛比很快回到拉蒂莎身边。待美丽又天真活泼的贵族小姐克莱拉一出现,威洛比再次撇开拉蒂莎,转而追求克莱拉,并在众多追求者中占得先机。威洛比与克莱拉的关系是小说的中心。克莱拉在与威洛比订婚后不久,因不能忍受他的利己主义,努力与他解除了婚约。威洛比用尽招数也未能束缚住克莱拉,只得重回拉蒂莎身边。后者虽然被迫答应了他的求婚,但对他的崇拜和爱已不复存在。

本是上流社会中再平凡不过的谈婚论嫁故事,梅瑞狄斯却将之上升到哲理研究的高度,由此研究和批判唯我独尊的"利己主义"。这部小说的人物形象和故事情节都极富寓意性。对于威洛比这么一位出色的人性"帕特恩",作者无情地加以嘲笑戏弄,让他接二连三地情场失意、被人抛弃,指出他的问题的症结正是无限膨胀的"自恋情结"。威洛比认为他的帕特恩庄园是全英格兰最好的,排斥外界民主潮流。他崇拜自我,从不爱他人,只爱从对象物反映出来的他的"自我"。他用心计让周围的人们屈服于他的意志和愿望。他看不上拉蒂莎,但鼓励她忠诚的爱。在他与克莱拉谈情说爱时,克莱拉感觉最突出的就是他的"我"字。他每每把自己的卑鄙动机解释为高尚的利他意图,善于用花言巧语迷惑人。明明是要占有穷表兄韦尔农的才华,依仗他为自己处理庄园事务,协助自己参加议会选举,却把自己对他外出的阻挠说成为对方着想。明明是要留住拉蒂莎以占有她的感情,却美其名曰为她的父亲考虑。一旦有谁违反了他的意旨,便逆我者亡,无论是对想去伦敦写作谋生的韦尔农,还是对想外出参军或挣钱的穷孩子小克罗斯基和车夫弗里契,他都一概翻脸,百般刁难。

小说的副标题是"叙事喜剧"。在这出叙事喜剧中,威洛比自导自演了一系列滑稽剧。他自视甚高,自以为是,却往往事与愿违,弄巧成拙。世界的"帕特恩"与威洛比的"帕特恩"产生了尖锐的冲突。威洛比视女性为任凭自己摆布的被占有物,但生活自身的逻辑却与他的狂妄心态产生了强烈反差。康斯坦霞、克莱拉相继摆脱了他,拉蒂莎也在精神上不再依赖他。他借由为克莱拉安排姻缘来报复她和臆想出的"第三者",没想到正好促成了一对有情人。最具讽刺意味的是,正是男性的利己主义唤醒了女性处于抑制状态的自我意识。

梅瑞狄斯描写了克莱拉争取女性独立自主的斗争过程,并将之与反对利己主义联系起来。若没有他者的奉献和牺牲,利己主义者就无法存在。克莱拉不断认识到威洛比利己主义的可怕面目,在思考中开始觉醒,在争取个人幸福和恪守传统"妇德"的两难中做出了痛苦、艰难而又正确的选择,冲破了男性利己主义者竭力维护的现行秩序藩篱,走向精神自由的新天地。克莱拉的抗争也震动了被奴役的拉蒂莎,给了后者自尊自卫的勇气。女性自我意识的觉醒和对男性利己主义的反抗,促进了世界文明的进步。克莱拉与韦尔农建立了新型的男女关系,他们志同道合、互相协助。

在《利己主义者》中有一篇长达5页的"序曲",阐释了作者的叙事喜剧体系,指出喜剧是"最伟大的、首要的、第一位的教化者"。梅瑞狄斯认为喜剧更多地诉诸理智而不是情感,将人们从庸俗自满中震醒,引起"有深意的笑",使人们有自知之明。他把利己主义列为社会伦理道德领域的第一等罪恶,认为只有非常聪明敏锐的喜剧精神才能辨识它。他把"喜剧精神"和"社会陋习"两者之间的对抗作为小说的基本主题。他的"喜剧精神"指的是智慧、理性和认知能力。他往往用女性主人公作为"喜剧精神"的象征,克莱拉就体现了理性的人所共同拥有的"喜剧精神"。当男性因自我膨胀而失去准确的现实感时,女性人物却能依靠直觉和常识做出正确判断。只是社会习俗和男权意识常常剥夺或压抑了她们自由表达情感的权利和意愿。梅瑞狄斯的艺术思想集中反映在他于 1877 年所作的《论喜剧的观念及喜剧精神的效用》(*The Idea of Comedy and the Use of the Comic Spirit*)一文中。他特别强调喜剧的艺术价值,指出喜剧的任务是通过笑去洗涤精神和发展正确的观念,笑是智慧战胜愚行、理性战胜蒙昧、文明战胜野蛮的武器。他的小说是表现他与人物交谈和对人物进行分析的喜剧性作品。

作为一部"喜剧",《利己主义者》严格遵守古典主义的三一律创作原则,主要背景在威洛比家里,全部事件发生在 6 周之内。故事情节、人物关系和人物性格主要通过对话来充分展示。

1880 年开始,梅瑞狄斯在著名的查普曼出版公司担任编审,直至 1909 年逝世。这期间,他没有停止创作,完成了着重描写妇女和家庭问题的《克劳斯威的黛安娜》(*Diana of the Crossways*,1885)、《我们的征服者之一》(*One of Our Conquerors*,1891)、《奥蒙特勋爵和他的艾米塔》(*Lord Ormond and His Aminta*,1894)、《惊人的婚姻》(*The Amazing Marriage*,1895)等长篇小说。梅瑞狄斯在作品中大胆涉及男女平等、妇女解放甚至婚外恋等问题,是在创作中最早用先进的观念描写妇女的作家之一。

19 世纪 80 年代后,梅瑞狄斯又写下不少优秀的诗篇。他探讨人与自然的关系,还在对法国革命等一系列重大历史事件的评述中,表达了民主自由的思想。1892 年,梅瑞狄斯被选为英国作协主席,1905 年被授予勋爵封号。他一生著述甚多,有 15 部长篇小说和众多短篇小说,还写诗,为报纸撰文。

梅瑞狄斯是一位以心理描写著称的小说家。他不太关注情节和结构的完整,而是深入地探究他的小说人物的心理,包括微小的细节。《利己主义者》对利己主义者的心态剖析得淋漓尽致。第 39 章以"利己主义者的内心里"为题,展示了威洛比因纠缠、威逼克莱拉无效而不得不放弃时的失望、嫉恨和沮丧的心理。与艾略特的心理分析相比,梅瑞狄斯更注重客观地展示人物的心理,不夹带主观的道德评判。但他们的创作都表现出现代小说"向内转"的趋向。

梅瑞狄斯的小说也以难读难懂著名。在人物塑造上他有意避免使用缺乏想象力的写实手法,人物有特定的人格密码,叙述中大量依靠意义含混的隐喻、象征、暗示等，以期刺激读者的"机智"，引导读者参与小说创造。如小说中说威洛比"他有一条腿"，这一隐喻颇为费解，但在作品中散落于各个场景。它是威洛比的人格象征，威洛比以他的"美腿"自傲；更是男性唯我主义的象征，它是威洛比最爱说的字"I"的具象化。梅瑞狄斯爱用生僻词，时常使用古怪的句法结构。他追求小说语言具有诗的表现能力，小说风格含蓄。他的扑朔迷离、需要读者仔细揣摩的语言风格，使他成为一位"小众作家"。

梅瑞狄斯的"高级喜剧"别具一格，主旨严肃而思想自由，喜剧风格机智戏谑，心理分析细腻，不取悦读者的感情，而是诉诸理智聪明的思考。他被评论界视为现代派小说的先驱之一。

第七节　托马斯·哈代

托马斯·哈代(Thomas Hardy,1840—1928)是维多利亚后期最重要的小说家。他十七八岁就开始写诗，后来却以小说成名。在写了近30年的小说，取得巨大成就，也惹得众多非议后，他转而专注写诗，作为20世纪英国第一位重要诗人留名文学史。他的小说继承了维多利亚小说的现实主义精神和传统的艺术形式，又昭示着现代小说新的思想和艺术特征。最能体现这种现代性特征且颇受争议的是哈代关于性和宗教问题的独特见解。"对他来说，生物学就是命运；在短暂的性之花开放之后，他笔下的女性形象就消退到自己的阴影之中，男性形象则就像古希腊悲剧里与命运抗争的英雄们一样，绝望地与自然和遗传展开斗争。"[1]哈代与当时的作家和批评家不同，他敢于谈论和表达性与宗教方面的问题，为此，1890年他还曾发表《英国小说中的真诚与坦率》一文，批评当时英国小说界和出版界把性和宗教的直言不讳都排除在外，这是一种缺乏真诚的行为[2]。

1840年6月2日，哈代出生在英国西南部多塞特郡一个名为上博克汉普顿的小村庄里，村子邻近石南荒原。他的父亲出身于石匠之家，后来成为乡村教堂建筑的小包工头，还是教堂唱诗班的小提琴手。哈代早年深受宗教气氛的感染和音乐的熏陶，经常随父亲一起去教堂参加宗教仪式和教区组织的各项演出活动。母亲对作为长子的哈代期望颇高，鼓励他学习古典文学，在他9岁时送他去郡城多彻斯特的一所学校接受初等教育并学习拉丁文。哈代由此受到了古希腊罗马文学的最初熏陶。16岁开始，哈代到约翰·希克斯的建筑事务所当了6年学徒。此间，他读了很多文学、哲学和神学著作，希望将来能当传教布道的牧师。

---

① 　Margaret Stonk, *Nineteenth-Century English Literature*, London: Macmillan, 1983, p. 149.

② 　Merrn Williams, *A Preface to Hardy*, Beijing: Beijing University Press, 2005, p. 30.

毕业于剑桥的青年文人荷拉斯·莫尔是哈代的良师益友,对他的文学教育和创作兴趣都产生了积极的影响。

1862 年,哈代离开家乡前往伦敦,在著名建筑师布洛姆菲尔德手下当绘图员。他惜时如金,律己甚严,不仅努力工作,而且自学不辍。他参加设计和修复教堂及牧师住宅的工作,在建筑论文比赛中两度获奖。他继续自修文学、哲学和历史,曾到伦敦大学皇家学院进修法语。伦敦生活是哈代思想形成过程中最重要的时期。他阅读了达尔文、斯宾塞、赫胥黎、穆勒等人的著作,受到进化论学说的重大影响,原有的宗教信仰受到冲击并产生动摇。

5 年后,哈代从伦敦返回故乡,仍从事建筑工作。经过很长一段时间的诗歌写作以后,他开始尝试小说创作。1867—1868 年间,他写出了第一部小说《穷人和贵妇》(*The Poor Man and the Lady*),描写出身农家来到伦敦学习建筑的青年人关于事业和恋爱方面的坎坷经历,带有自传成分。作品经多次投稿未被采用,大部分原稿后来也散佚了。但其中一些素材融入他以后的小说创作,穷富阶级差异和习俗偏见造成人生不幸的主题,在他以后的作品中不断再现。这期间他结识了时任查普曼出版公司编审的小说家梅瑞狄斯,在梅瑞狄斯的鼓励和建议下,写作了小说《计出无奈》(*Desperate Remedies*),于 1871 年出版。这是哈代发表的第一部小说,模仿柯林斯笔法,由爱情、阴谋、凶杀、侦破等情节糅合而成。尽管是一部通俗小说,但人物性格并不刻板单一,场景和语言具有英格兰西南部乡村的地方色彩,布局严整,哈代今后严肃小说的一些特点已显现出来。读者反应的冷淡并没有阻碍作者在小说创作道路上前行。

《绿荫下》(*Under the Greenwood Tree*,1872)是哈代发表的第二部小说,副标题是"荷兰派的乡村画",对乡村美丽的自然景色和淳朴的民风民俗民情的描写,宛如具有浓郁的英国南部乡村风格的风景画。小说写青年农民提克与小学教师芳茜·黛的爱情和婚姻故事,辅以描写象征传统的梅鲁斯托克乡村乐队的活动和兴衰命运。古老的宗法制农村的美好生活、人与人之间的质朴情感、人与自然的和谐相处,得到了近乎完美的表现。受达尔文主义思想的影响,哈代用大自然的规律来观察、解释人类生活的规律。男女主人公的爱情同大自然融为一体,冬、春、夏、秋四季的更替象征他们爱情的进程。在哈代笔下,自然和地理环境具有与人物几乎相等的地位,花草树木有了人的灵性。由于哈代常以大量篇幅为具乡土色彩的大自然作画,从而被称为自然派作家。作品没有英国小说中那些常见的说教和伤感成分。尽管男女主人公爱情中出现过波折,古老的乐队和传统的乡村生活秩序受到外来新势力的影响,但作者没有让悲剧的因素得以滋长。在表现乡村生活时优美抒情的风格和轻松愉快的情调,在他以后的作品中逐渐消失。

继情节十分戏剧化的《一双蓝眼睛》(*A Pair of Blue Eyes*,1873)之后,哈代发表了第四部小说《远离尘嚣》(*Far from the Madding Crowd*,1874),引起了文学界的注意。从这部小说开始,他使用了"威塞克斯"这一古老的历史地理名称,以此作为自己作品中一个统一的地理背景。"远离尘嚣"的乡村,未能避开破坏性力量的入侵,美好和谐的田园生活中隐含着动荡不安。美丽又能干的女主人公芭斯谢芭先后为三个男子所追求,在虚荣心的驱使下,她拒绝了纯朴正直的青年农民加布里埃尔·奥克的求婚,扰乱了孤傲守旧的农场主博尔德伍德原本平静的感情生活,与缺乏道德感和责任心的唐璜式的青年军官特洛伊草率结合。经过层层波折和种种不幸,她由任性冲动走向理性成熟,在具有忠实、善良、自我牺牲精神等传统美德的奥克那里找到了幸福归宿。小说虽然以圆满爱情结局,但性格与环境的冲突已初见端倪。乡村姑娘范妮因特洛伊始乱终弃而惨死,农场主博尔德伍德被卷入爱情旋涡,因绝望疯狂而杀人,田园生活被染上了悲剧色彩。

哈代受这部小说成功带来的鼓励,放弃了建筑职业,专心致志地从事文学创作。1874 年他与爱玛结婚。婚后他们多次寓居欧洲大陆或伦敦,更多的时候是在多彻斯特郡内外旅居。

出版于 1878 年的长篇小说《还乡》(*The Return of the Native*)标志着哈代文学生涯中一个新阶段的开始。他由表现威塞克斯农村充满诗情画意的田园生活,转向悲剧小说的创作。小说开篇,作者以象征手法,用了整整一章描写人格化的、令人生畏的爱敦荒原。原始、荒芜和阴沉的爱敦荒原亘古未变,似乎蕴藏着一种神秘莫测而又不可抗拒的巨大力量。"它有一副郁郁寡欢的面容,含着悲剧的种种可能。"作者赋予景物描写深刻的哲学喻义,也奠定了全书灰暗、沉重的基调。女主人公游苔莎在荒原登场。她美丽高傲,性情热烈,充满异教精神,被作者比作月神阿尔忒弥斯、智慧女神雅典娜和天后赫拉。她难以忍受荒原上"这样可怕的抑郁和寂寥",向往拥有如此人生:"音乐、诗歌、千回万转的情肠、千军万马的战局、世界大动脉里一切跳荡和搏动。"她嫁给从巴黎归来的珠宝商克林,期望他把自己带离荒原。但是克林已厌倦了巴黎的浮华生活,立意还乡,在乡民中开展启蒙教育。虽两人都不满荒原的现状,但克林要回归改造,将游苔莎视为帮助自己实现计划的助手;游苔莎却是欲借助克林的力量彻底逃离,两人意愿恰恰是背道而驰的。生活中一连串的误会加深了夫妇俩的隔阂。游苔莎与旧日情人韦狄私奔,失足溺水而亡。克林办教育的计划不为乡民所理解和接受,他做了传教士,在宗教中寻找感情慰藉。平静而古老的社会和它的子民们发生了剧烈冲突,游苔莎因为不能适应环境而毁灭。对爱敦荒原,她痛恨它,努力摆脱它,但到死也没逃出它的掌握。游苔莎在绝望中发出激愤的哭喊:"噢,把我置身于这个残缺不全的恶劣世界是多么残酷!我有能力去做很多事情,但是我被我不能驾驭的事情伤害、摧毁、压垮!噢,我对老天什么伤害都没有,可老天多么冷酷,想出这种苦刑来叫我受!"游苔莎的悲剧代表着所有企图摆脱压迫和束缚他们的环境以实现自己意志的人的悲剧。小说中凡是企图反抗爱敦荒原的人,都被卷进了悲剧的旋涡。希腊悲剧给了热爱古典文学的哈代以深刻的影响。他对悲剧的理解接近希腊人的思想,强调一种不可知力量对人的命运的作用。《还乡》向我们展示了古典悲剧的崇高境界,表现出命运的操纵力量和人面对命运的不甘和抵死抗争。尽管哈代接受出版商的提议,加入另一对情人红土贩子德格和朵荪的喜剧结局,但小说的悲剧气氛仍然是浓郁的。小说描写了荒原上古朴的生活方式、奇异的迷信习俗和超自然现象,渲染出古老、神秘的气氛。

　　1886 年,哈代发表了他的另一部重要小说《卡斯特桥市长》(*The Mayor of Casterbridge*)。作者把主人公的悲剧安排在一座保留着古罗马时代气氛的城市里,时过境迁、命运弄人的主题非常突出。穷愁潦倒的捆草工人亨察尔酩酊大醉中竟把妻女卖给了过路水手纽孙。酒醒后他悔恨不已,从此戒酒,发奋努力。20年后,亨察尔发家致富,当上了卡斯特桥市长,妻子也携女儿归来。但是他性格上的弱点使他逐渐陷入困境。他具有宗法社会家长制的作风,保守固执,缺少现代的商业观念,与合伙人、精明的青年商人伐尔伏雷闹翻,在与后者的生意乃至政治、情感的角逐中节节败退。被他误以为是亲生女儿的伊丽莎白实际上是纽孙之女,她嫁给了时代的"弄潮儿"伐尔伏雷。亨察尔失去了财富、地位、声誉和亲人,在贫困孤独中离世。进化论在哈代复杂的思想中占据贯穿性的主导地位,他以生存竞争、适者生存的进化论原则去观察和理解人类社会现象,亨察尔自负任性、不知变通的性格是造成自身悲剧的重要因素。在莎士比亚戏剧的深刻影响下,哈代从人自身去寻找悲剧的根源,加重了悲剧中性格因素的分量。但命运依然是操纵人的、冷酷无情的力量。亨察尔竭力为年轻时铸下的大错赎罪,仍然无法逃脱厄运。在与伐尔伏雷的经济较量中,他求助于预报天气的先知,结果遭到不以人的意志为转移的大自然的惩罚,最终导致破产。他努力补偿归来的苏珊母女,却发现女儿不是自己的;他终于接受事实去爱伊丽莎白时,她那被传已死的亲生父亲竟又出现。像古希腊的悲剧英雄,亨察尔是具有生命激情和强烈性格的人,身上的偏执、粗暴与正直、善良结合在一起,他遭受的人生失败和感受的巨大痛苦,具有引人悲悯的悲剧效果。他的性格缺陷几乎成了"宿命",他的悲剧原因就在于"面对已经变化了的环境,他既不能积极主动地去适应它,也不能改变自己的性格。因此,这部小说可以说是对'性格即命运'的一个极好的注解"①。

　　在《卡斯特桥市长》之后,哈代创作了《林居人》(*The Woodlanders*,1887),描写由女主人公在具有不同文化教养和社会地位的追求者之间所做的取舍引发的爱情悲剧。故事背景地小辛托克就是多塞特郡布莱克莫尔溪谷附近的林地。

---

　　①　王守仁、方杰:《英国文学简史》,上海外语教育出版社,2006 年,第148 页。

故乡多塞特郡,亲友、乡邻和作家自己的生活经历,始终是哈代创作素材的主要源泉。他在漫长的生活历程里很少离开他土生土长的故乡,即多塞特郡的多彻斯特及其邻近的城乡一带。多塞特郡是英国的农业郡,是英国早期古王国威塞克斯的中心。在中古时期,此地在政治、军事、经济和文化方面都有重要建树。如今经济上已大大落后于工业化地区,但保存着更多的民族文化传统。哈代从史书中找出这一地名,将"威塞克斯郡"作为他小说的主要场景,将他的作品通称为"威塞克斯小说"。他充分表现出这个地区历史和文化的古老,因而这个地区宗法式社会的瓦解就更具有沉重的悲剧感。在 1912 年为麦克米伦版威塞克斯小说诗歌集作总序时,哈代将他的 14 部长篇小说分别归入以下三类。

一是性格与环境小说(Novels of Character and Enviroment),包括 7 部长篇小说,即《绿荫下》《远离尘嚣》《还乡》《卡斯特桥市长》《林居人》《德伯家的苔丝》(*Tess of the D'Urbervilles*,1891)和《无名的裘德》(*Jude the Obscure*,1895)。

二是罗曼史和幻想作品(Romances and Fantasies),包括《一双蓝眼睛》、《号兵长》(*The Trumpet-Major*)、《塔上恋人》(*Two on a Tower*,1883)和《意中人》(*The Well-Beloved*,1892—1897)4 部长篇小说。主要写爱情故事和虚构性较为突出的故事。不同于其他两类小说中爱情故事的特点,这类爱情故事更具浪漫主义情调。

三是精于结构的小说(Novel of Ingenuety),包括《计出无奈》、《艾瑟伯塔的婚姻》(*The Hand of Etherberta*,1876)和《一个冷漠的女人》(*A Laodicean*,1881)3 部长篇小说。

在这三类小说中,最能代表哈代创作成就的是第一类——性格与环境小说。其中《德伯家的苔丝》和《无名的裘德》是他的代表作。

《德伯家的苔丝》中的苔丝是早已衰败的德伯家族的后人,为生活所迫,只好到冒牌本家德伯家干活,被主人家的少爷亚雷诱奸。两年后,苔丝到一个奶牛场当女工,与牧师的儿子安玑•克莱相爱。新婚之夜,夫妻俩互相坦陈过去,苔丝原谅了克莱以往的风流韵事,而自己的"失贞"却未能得到一向开明的克莱的原谅。被遗弃后的苔丝,重新陷入艰难困苦的生活,不得已接受了已成为牧师的亚雷的资助,做了他的情妇。待悔悟的克莱回来,苔丝于激愤中杀死亚雷。在与克莱度过短暂的幸福生活后,苔丝被处以绞刑。

如何理解苔丝的悲剧呢?

第一,社会转型带给普通人的悲惨命运。小说以资本主义发展给英国偏远农村的小农经济带来深重灾难为背景,描写苔丝的悲剧。当时,资本主义的经营方式已在农村开始出现,作品所描写的老板克里克的奶牛场和富农葛露卑的农场,就是这种资本主义生产方式的体现。资本主义经济侵入农村导致小农经济破产,苔丝的家庭就遇到了生存的难题。苔丝为生活所迫,不得不去德伯家做女

工,因而遭到了亚雷的奸污。以后,她又为了一家人的生计,不得不答应亚雷的
非分要求,被迫与他同居。从这个意义上看,苔丝的悲剧是社会转型带来的,是
时代的悲剧;小说通过苔丝的悲剧,展示了资本主义侵入农村后给普通人带来的
不幸命运。

第二,社会恶势力对"小人物"的人身迫害。亚雷这个人物是社会恶势力和
社会恶行败德的代表,是苔丝悲剧的罪魁祸首。他凭借家庭的金钱、权势称霸乡
里。他设下圈套,毁坏了苔丝少女的贞洁和一生的幸福。他损人利己,不择手段
去满足自己的欲望。尽管后来他在老牧师的帮助下一度改邪归正,然而几十年
的恶习并未根除。当他再度遇见苔丝后,邪念再生。苔丝看透了他牧师袍下的
灵魂:

> 像你这种人本来都是拿我这样的人开心作乐的……你作完了乐,
> 开够了心,就又说你悟了道了,预备死后再到天堂上去享乐,天下的便
> 宜都让你占去了。

苔丝一针见血地揭穿了亚雷皈依宗教的虚伪,亚雷的行为本身也表明了作
者对宗教力量的怀疑。亚雷为了控制苔丝,甚至用金钱和权势的力量,使苔丝一
家处于无处安身的境地。苔丝两度落入亚雷之手,无不和他的引诱、威胁、逼迫
有关。可以说,苔丝是亚雷所代表的强权与暴力的受害者,亚雷对苔丝的压迫表
现为人身迫害。

第三,伪善的社会道德对"小人物"的精神迫害。如果说亚雷对苔丝的压迫
主要是物质和肉体上的,那么克莱对苔丝的压迫则表现为心灵和精神上的。克
莱是一个具有自由思想的知识分子。这类人在当时的历史条件下具有进步性。
如克莱不顾家庭、社会、宗教舆论的压力,违背父亲的意旨,不去当牧师,不愿为
上帝服务,自由地选择了自己的前途;他厌恶城市文明生活,来到农民中间,和他
们一起劳动;他违背传统观念,愿意和农村的姑娘苔丝结婚。这些都表现出他进
步思想的一面。但是克莱对旧传统价值观念和生活方式的反叛是有限的,他的
思想与传统道德观念仍有着千丝万缕的联系。他爱苔丝,更多的是考虑到苔丝
很适合在他做了种植园主之后,当他的好管家。虽然他也喜欢苔丝,但他和苔丝
的结合,更多的是建立在利己主义的算计上。所以,当苔丝向他坦白她与亚雷的
往事后,尽管他自己也有同样的经历,却无法给予苔丝起码的同情和谅解,表现
出自私和冷酷。他还认为:一个男人可以为所欲为,而一个女子一经失身,不管
是怎么造成的,就是一个坏女人。这些都表明,他判断一个女人是否纯洁,用的
是迂腐的、传统的道德观念,表现出他为人的虚伪。他曾唤起苔丝对美好生活的
憧憬,却又无情地把苔丝推向了精神痛苦的深渊。这种精神上的打击,对苔丝来

讲是致命的。从前她不曾屈服于金钱，不曾屈服于亚雷的权势暴力，现在却被克莱的这种精神打击所摧毁，她失掉了生活的信心，绝望而痛苦地再次投入亚雷的怀抱。可见，伪善的社会道德是导致苔丝悲剧的又一原因。苔丝的悲剧是一个社会的悲剧。作者对苔丝赋予深深的同情。小说的副标题是"一个纯洁的女人"，表明了作者同情女主人公的人道主义立场，同时也是对社会道德的一个挑战。

第四，作者的"命运"观念与小说的悲剧色彩。哈代在描写苔丝的悲剧时，是用宿命论的观点来解释的。哈代的思想深受古希腊命运悲剧的影响。他认为，天道是与人类为敌的；它神秘莫测，操纵着人类的命运，是人类一切不幸和苦难的根源。"关于命运之残酷的思想，一直萦绕在哈代的心头。他总是以宿命的观念看待人生。"[1]他一方面写人面对厄运的抗争，另一方面又写命运不可违。在哈代的笔下，苔丝的苦难和不幸是命中注定的，她可以抗拒，但终归摆脱不了命运的安排。苔丝的一生悲剧就很好地诠释了哈代的这种悲剧意识。

在作者看来，苔丝既是社会的牺牲品，同时也是命运的牺牲品，反抗是枉然的，因为最终无法逃脱悲剧的命运。作者在小说中常常发出悲观主义的慨叹，流露出浓厚的宿命情绪。这体现了哈代对现代社会中人的命运的理解，实际上这也是当时的一种社会思潮和时代心态。但是，苔丝作为一个女性文学形象，一方面，她有面对"命运"时的无奈与悲观，比如她认为自己的"失身"是无辜的，但同时又觉得在"命运"面前是有罪的，应该受到惩罚。她对克莱说："你给我的惩罚，本来是我应当得的。"所以，她在情绪上常常有顺从命运的一面，把人生的苦难都看作命运的安排，因而时时陷入悲观之中。另一方面，她有面对生活磨难时的坚韧，从她一生的行动轨迹来看，其间不乏俄狄浦斯式的行动意识与抗争精神。虽然她面对命运常常感到无奈与悲观，但即使是她的默默"认命"，也表现了她骨子里的坚韧与倔强。当一连串来自"命运"的打击莫名其妙地降临到她身上时，她坚强地承受着；面对环境对她作为"坏女人"的排斥与冷漠，她没有丧失生活的希望；她对来自亚雷的引诱与威逼虽有无奈中的屈从，但心底里总是默默地抗拒着。尤其是，她对亚雷的恶俗与虚伪，有着发自内心的厌恶、抵制和排斥，所以才有最后杀死亚雷的奋力反抗之举，这也可以说是她对命运的强烈抗争，对人格尊严的奋力维护。小说也因此在悲剧的渲染中透出了人的抗争的张力。如果从女性主义的观点看，苔丝的行动无疑是对男权社会的反抗和对女性独立人格的呼唤。

总之，在小说的这些描写中，我们不仅可以看到作者哈代对苔丝的肯定与同

---

① 　William Henry Hudson, *A Short History of English Literatur in the Nineteenth Century*, London: G. Bell and Sons Ltd. , 1927, p. 285.

情,也可以看到他对命运本身的矛盾态度,尤其是对现实社会的强烈批判精神。

《无名的裘德》尽管与《德伯家的苔丝》在情节上并无干系,但在主题上是它的姊妹篇,都是表现 19 世纪中后期出身贫寒的青年艰难求生却告败的悲剧。作者在小说的序言里称:"把一个用古代耶稣门徒拼却一切的精神对灵和肉做的生死斗争毫不文饰地加以叙说;把一个壮志不遂的悲惨身世剀切沉痛地加以诠释。"主人公裘德的形象以哈代的祖父和父亲、早年亦师亦友的荷拉斯·莫尔以及作者自己为模型综合而成。裘德是出身穷苦人家的孤儿,当了石匠的学徒,聪慧好学,一心想着到位于基督寺(即牛津)的著名学府求学。与粗俗的艾拉白拉草率结成的婚姻,使他的进取之心严重受挫,也阻碍他向所爱的表妹淑求婚。淑另嫁老学究费劳孙;裘德上大学的热望也化为泡影。他一度投身宗教,寻求精神慰藉。淑离开丈夫与裘德共同生活,尽管他们真心相爱,但他们的同居关系为礼法所不容,遭到众人的指责和排斥。在颠沛流离、充满不幸的生活中,被艾拉白拉谎称为裘德儿子的"小时光老人"在杀死裘德与淑的两个孩子后出于自责自杀了。被灾难击垮的淑把这一切看作上帝对他们的惩罚,皈依宗教,怀着赎罪心理回到前夫身边。裘德失去了事业、爱情和孩子,在悲愤中酗酒潦倒,了却残生。

不少批评家认为《无名的裘德》是哈代对社会批判最为严厉的一部小说。裘德的悲剧首先是一个下层青年在阶级社会里壮志难酬的悲剧。他有才华,顽强奋斗,但教育等诸方面的等级制度为他设置了难以逾越的重重障碍。哈代自己说过,小说首先描写的是关于一个穷苦学生为争取上大学而做的奋斗。小说更指出社会道德观念、习俗偏见、婚姻制度等陈规陋习的桎梏是如何扼杀了人们的自由意志和愿望的。作者引用《新约·哥林多后书》的一句话作为题词:"字句叫人死。"表明对窒息、毁灭人性的习俗成规,尤其是基督教文化的婚姻道德观念的愤恨之情。社会认可和保护没有爱情的契约婚姻,却不能容忍自然合理、有爱情但无婚姻之名的两性结合。正是由于哈代严厉攻击了维多利亚时代被奉为神圣信条的道德观念,小说才受到了比《德伯家的苔丝》更为激烈的抨击,被斥为"离经叛道和粗鄙下流""伤风败俗",是"淫荡小说"。

比起苔丝,裘德具有更鲜明的自我意识和追求精神,他不仅要求生存,更想谋求发展,寻求事业进步和爱情幸福。他以惊人的毅力自学希腊文,梦想进入大学深造,以求"思想更深远,心智更焕发"。但某大学校长给他的奉劝是"谨守本分,安于旧业"。作为男性,他的自然欲求更为旺盛,这使得他经历了更多的灵与肉的激烈冲突。艾拉白拉与亚雷一样,都是人性中肉欲的象征。她不择手段地诱惑了裘德,就像亚雷不择手段地霸占了苔丝一样。裘德与艾拉白拉的关系,如同《圣经》中的参孙和达利拉,他受后者姿色所诱,又遭她出卖和抛弃。在奋斗中,裘德曾经有过勇敢的战友——淑。淑是在以前的英国文学中尚未出现过的女性人物,她把古罗马的维纳斯和阿波罗的神像与那些基督教的圣物并列在一起,是深受古典自由精神熏染的"异教徒",表现出大胆的现代意识。正是在她的影响下,裘德摆脱了宗教思想的束缚。淑不仅不想要无爱的婚姻,甚至不要婚姻,只要心灵相通的爱、精神的爱。她表现出的精神、灵性特征,与安玑相似。但是安玑经历磨难后皈依苔丝的自然之道,而淑则重新落入世俗的羁绊。在带领和伴随裘德前行一段后,敏感的她终于败下阵来,退回宗教信仰和传统道德,以无爱的婚姻来惩罚自己。既毁灭了自己,也给了裘德难以承受的沉重打击。

　　哈代仍然以进化论学说解释裘德和淑的爱情悲剧。裘德和淑都痛切地感叹,他们悲剧的根源在于他们的思想行为超前了 50 年,因此与环境产生了生死冲突。哈代在后期明确提出"进化向善论",相信人类和社会的改进,但指出向善的前提是正视现实的丑恶。在他的最后一部长篇小说里,我们感受到的是强烈的悲观态度,人在与命运的角逐中总是被暗算。作者采用一系列手法强化了小说的悲剧特征,每当裘德要往前跨出一步,不可见的命运之手就会将他拉回,失败成了不可避免的结局。小说的结构方式与悲剧主题有着内在的联系。哈代把建筑结构原理引进小说,在小说结构上运用了被法国小说家普鲁斯特称作"石匠的几何"(the Stonemason's geometry)的布局方式,即结构像几何图形一般整齐、匀称和对应。结构安排又如哈代在乡村时常跳的"方阵舞",舞者经过交叉换位,重新复位。裘德原先的理想是进神学院学习,他有着坚定虔诚的宗教情感;淑在思想方面则是与宗教格格不入的,是一个怀疑论者和异教神论者。可是当裘德抛弃过去的宗教信仰时,淑却放弃了怀疑而皈依宗教,在宗教中折磨自己。裘德和淑分别经历了结婚、离婚和再婚的过程,他们与另外两个人物艾拉白拉和费劳孙的关系,经过一番周折,循环复始,仿佛只是命运开的一个残酷的玩笑。哈代如此描写,使"小说恶作剧式地挣脱了一般现实主义的框架"①,让读者难解其中意味。

　　裘德和淑在精神方面的热烈追求、强烈的自我意识,为小说带来了突出的心理特征。作者对裘德不断地进行心理描写和分析,但他不是以作者的身份从旁分析,而是更多地通过人物,让裘德和淑做自我或彼此的剖析,显得更为真切细致。作者描写少年裘德向往基督寺而产生的幻觉,写他临死时半昏半醒中的呓语,虽然并不是意识流的记录,但可见哈代在表现心理复杂性和深度方面的努力。

　　除了长篇小说,哈代还写有 50 部左右的短篇小说,收入《威塞克斯故事集》(*Wessex Tales*,1888)、《人生小讽刺》(*Life's Little Ironies*,1894)、《一群贵妇

---

　　①　Terry Eagleton,"Flesh and Spirit in Thomas Hardy", in *Thomas Hardy and Contemporary Literary Studies*, ed., Tim Dolin and Peter Widdowson, New York: Palgrave Macmillan Ltd.,2004,p. 20.

人》和《一个改变了的人》(*A Changed Man and Other Tales*,1913)4 个小说集，题材广泛，情节感人。《威塞克斯故事集》包括 7 篇故事。《儿子的否决权》《让妻高兴》《一支插曲罢了》通过主人公不幸的命运，写出人生的痛苦和无奈。《三怪客》为哈代最著名的短篇小说，三个不速之客在雨夜出现在荒野农舍牧羊人为女儿洗礼举行的晚会上，带来了神秘气氛。背后隐藏着没人意识到的对立和杀机，当时不曾被意识到，事后想来则令人心惊，具有象征主义色彩。《一群贵妇人》主要是描写 17 世纪贵妇人爱情生活的。《人生小讽刺》由几个轻松愉快的逸事趣闻松散地组合而成。《一个改变了的人》中的《等待晚餐》是描写爱情的充满想象的佳作。

仿佛预见他的小说将要招致攻击，哈代在 1890 年撰写的一篇论文中谈到，小说要像"雅典人那些不朽的悲剧那样，反映人生，暴露人生，批判人生。人生既然是一种生理现实，要对它作坦率真实的塑造描绘，且不谈其他，必然要大量牵涉两性关系，还要大量牵涉以真实的两性关系为基础的结局，取代那种崇尚虚假粉饰的结局"。[①] 但他在《德伯家的苔丝》和《无名的裘德》中对贞操观念的质疑、对基督教传统婚姻道德观念的冒犯、对人物情感或情欲的真实表现，仍受到还在维多利亚保守观念统治下的英国舆论界的责难。尽管他的小说创作就此封笔的原因是多方面的，但外来的舆论压力是一个不可忽略的重要因素。

哈代从青年时代开始写诗，在 20 世纪全力投入诗歌创作。在 1898—1928 年的 30 年间，他出版了 8 部诗集，每部都在百首左右，有叙事诗、抒情诗、战争诗，还有感兴诗。他的诗内容包罗很广，生活中的大事小景，都能发之为诗，领会宇宙的奥秘，反映命运的悖谬。他赋予个人情感以普遍意义，情感强烈而含蓄深沉，诗风简明朴实，融会了传统诗歌的优美形式和现代诗歌的哲理反思。以拿破仑战争为题材的史诗剧《列王》(*The Dynasts*,1904—1908)，系统阐明作者对宇宙和人生的看法，被誉为堪与歌德的《浮士德》相媲美的巨作。诗中将人物分为上界精灵和下界苍生，在以大手笔写历史大事件的同时，阐发了他在小说中表现的"意志决定论"主题：芸芸众生，无论是帝王将相还是后妃命妇，无论品行是善还是恶，无人能逃脱宇宙主宰的拨弄。哈代的小说有浓郁的诗情，诗歌又有与小说相近的主题，两者可以互相参看。

哈代在晚年赢得众多荣誉，他在 1901 年接受了英国皇家文学会授予他的金质奖章，当选为英国作家全会的第三任主席，但拒绝了爵士的册封。

1914 年，在妻子爱玛去世两年后，哈代与他的私人秘书弗洛伦斯·达格德尔结婚。弗洛伦斯依据哈代的原稿校改出版了关于哈代的两册传记，提供了哈代研究的重要资料。1928 年，近 88 岁高龄的哈代去世，人们为他举行了盛大的

---

① 　哈代：《英国小说中的真实坦率》，《文艺理论译丛》，张玲译，中国文联出版公司，1985 年。

葬礼，他的遗体被葬于伦敦威斯敏斯特教堂的诗人墓地，而他的心脏则被葬于故乡斯廷斯福德教堂墓地。

哈代是19世纪继狄更斯之后最伟大的英国小说家。他的小说最为人们关注的首先是其中体现的悲剧力量，弗吉尼亚·伍尔夫称他为"英国小说家中的最伟大的悲剧大师"①。他的小说中的乡土气息、渗透传统民俗文化内容的地方色彩也深为人们所称道。而他在叙事技巧、人物塑造和语言文体方面的探索和创新，诸如充满巧合的情节结构，与民间故事有渊源关系的人物形象，方言俚语的使用，也引起人们的研究兴趣。作为一个站在两个世纪交叉点上的作家，他有着严肃而深邃的哲思，在传统的现实主义小说形式里注入了现代的意识，十分明显地攻击了维多利亚时代安逸的人生观，表现出不同于维多利亚前中期作家的强烈危机感，在思想方面成为对20世纪英国现代小说影响最大的维多利亚时期小说家。

第八节　其他小说家

一　盖斯凯尔夫人

盖斯凯尔夫人（Mrs. Gaskell，1810—1865）原名伊丽莎白·克莱格本·斯蒂文逊（Elizabeth Clegborn Stevenson），生于伦敦一个有文化教养的牧师家庭。周岁丧母后，她被寄养在偏僻小城纳芝城的姨妈家中，14岁时到附近斯特拉福镇一所女子学校学习3年。22岁时，她嫁给牧师盖斯凯尔，来到英格兰北部的工业城市曼彻斯特。在爱好文学的丈夫的鼓励下，盖斯凯尔夫人开始从事创作，写有6部长篇小说和许多中短篇小说。

盖斯凯尔夫人的小说大体可分为两类：一类描写少女时代所熟悉的小镇生活。《克兰福德镇》（Cranford，1851—1853），以幽默笔调描写英国西北部偏僻小镇一群普通妇女中间发生的小小悲喜剧，对女性情感有着细致的表现。《妻子和女儿》（Wives and Daughters，1864—1866）也是写小城故事，围绕医生吉卜森的两个女儿的爱情来探讨家庭关系和社会阶级。另一类是关于社会问题的小说，如《玛丽·巴顿》（Mary Barton，1848）、《北方和南方》（North and South，1855）等，盖斯凯尔夫人用小说反映社会现实，揭露社会弊端，表现出深厚的人道主义精神。她比金斯利等人更注意小说技巧，故事具有生动的戏剧性情节。

在卡莱尔的支持下，盖斯凯尔夫人创作了她的第一部"曼彻斯特生活的故事"，也是她的代表作《玛丽·巴顿》。工业城市曼彻斯特体现了人类工业时代的

① 　陈焘宇：《哈代创作论集》，中国社会科学出版社，1992年，第217页。

发展成就,也将工业化所带来的社会问题暴露无遗。小说以 19 世纪 30 年代末 40 年代初的宪章运动和罢工斗争为背景,以一桩谋杀案为中心事件,直接反映了当时英国的工人生活和劳资矛盾。在经济萧条时期,失业工人饥寒交迫,贫富悬殊的劳资之间的矛盾由隐蔽而变得公开。曼彻斯特纺织厂的老织工约翰·巴顿辛苦劳作,却一贫如洗,难以供养家人,他开始觉悟并投身于工人运动。工人们先后向伦敦议会请愿,向工厂主要求提高工资,但他们的请求都被拒绝了。约翰受命暗杀了没有怜悯之心的少东家亨利·卡尔逊。约翰的女儿玛丽·巴顿一度在小卡尔逊的追求下,疏远了当工人的恋人杰姆,但她不久就意识到自己的错误。此时她一面竭力保护父亲,一面设法救援无辜却被控因情谋杀的杰姆。受到良心谴责的约翰卧床不起,在临死时忏悔,终于与丧子的老卡尔逊达成阶级和解。作者在小说中写道:"富和穷,厂主和工人都是心受折磨的兄弟。"作为下级牧师的妻子,盖斯凯尔夫人经常访问工人住所,比当时其他的小说家都更了解工人们的悲惨生活现状。作为一个虔诚的信徒,她幻想用爱来调和与解决一切社会矛盾。小说的力量并不在于作者所做的政治分析及提出的宽恕、同情、和解的解决之道,而是对工人生活的真相所做的真实而细致的描写。当时的"社会问题"小说家认为使用写实手段,反映出社会问题所在,也就接近于解决社会问题。

　　盖斯凯尔夫人的第二部曼彻斯特小说《北方和南方》,是受狄更斯之托为他的杂志《家常话》所撰写的。这部小说通过由南方农村来到北方工业城市的玛格丽特的视角,再次反映当时英国工人的苦难处境和尖锐的劳资矛盾。玛格丽特与老工人希金斯父女交上了朋友,通过他们,了解到工人辛劳却贫困交加的命运。她还目睹了资本家借助政府军队来镇压工人的罢工。与《玛丽·巴顿》一样,作者希望两个对立阶级能沟通,达成谅解。她在作品中写道:"一旦面对面、人对人,只是作为个人,而不是厂主与工人的身份,他们俩才首次开始认识到大家都有一颗相同的人心。"不过如果说《玛丽·巴顿》主要从劳资矛盾的角度写工人阶级状况,那么《北方和南方》主要是从文化的角度写工业化北方与以传统农业为主的南方的习俗和价值观的冲突。北方工业发达,崇尚经济利益、奋斗和竞争。代表人物企业家桑顿,有胆有识,踏实肯干;南方历史和文化悠久,重视教养和人情。南方淑女玛格丽特情感丰富,风度优雅。南、北两种文化又分别具有各自的缺陷。玛格丽特与桑顿由隔阂、抵触到相互了解和产生爱慕的过程,也是南方的传统文化与北方的新兴文化从矛盾对立到取长补短、互相吸收的过程。玛格丽特从企业家的实干精神和产业工人的独立精神中,逐渐认识到北方文化的勃勃生气和时代进步性。桑顿在南方阴柔文化的影响下,成为善待工人的新型企业家。玛格丽特成为促成阶级和解的力量。虽然说盖斯凯尔夫人只有两部小说是以曼彻斯特为背景的,但她对曼彻斯特生活的出色描写,使得人们把她与这座城市联系在一起。

盖斯凯尔夫人反映社会问题的小说还有《露丝》(*Ruth*,1853),描写青年女子露丝被人始乱终弃又受到周遭的清教徒歧视,但依然保持美德、自我牺牲的故事。

除了小说创作,盖斯凯尔夫人还写有《夏洛蒂·勃朗特传》(*Life of Charlotte Bronte*,1857)。这部作品成为关于这位女作家的第一部传记,具有细腻动人的艺术表现力,为英国文学中著名的传记作品。

二 本杰明·迪斯雷利

本杰明·迪斯雷利(Benjamin Disraeli,1804—1881)出身于富有的犹太人家庭,信奉基督教,受过良好教育。作为保守党人,他两度担任英国首相。在他的任期内,他促使议会通过 1867 年的改革方案,使拥有选举权的人数翻了一番。他致力于英国的海外扩张并卓有成效。他在下野后的第二年去世。

迪斯雷利早就立志在政治上成就抱负,但也热爱文学写作。他尝试过史诗、诗体悲剧、讽刺等文学体裁,而写得最好的是小说。他的早期小说有《维维安·格雷》(*Vivian Grey*,1826)、《年轻的公爵》(*The Young Duke*,1831)、《康塔利尼·弗莱明》(*Contarini Fleming*,1832)和《阿尔罗》(*Alroy*,1833),都属于当时流行的"银匙小说",取材于贵族社会豪华、时尚的生活,其中有的人物以真实人物为原型。

在 1837 年成为下议院议员后,迪斯雷利不再写关于贵族社会生活的浪漫小说,而是写起与他政治生涯密切相关的政治小说。在政治观点上,迪斯雷利接受了卡莱尔的"英雄崇拜"理论,认为政府必须以某一强有力的政治人物为核心,来调和王权、乡村贵族、富裕市民和城市工人之间的关系。长篇小说《康宁斯比》(*Coningsby*,1844)中的犹太人西多尼亚身上体现了多种思想和文化特征,他在许多方面提供了了解迪斯雷利政治观点的直接线索。康宁斯比与实业家的女儿伊迪斯结婚,象征着贵族阶级通过与新兴阶级的联合来获得新的活力。小说出版后受到读者的欢迎。

对当时日益突出的社会贫富两极分化问题,迪斯雷利没有回避,他在《富人和穷人》一文中指出令人触目惊心的贫富差距:"两个国度:彼此之间没有交往,没有同情;在习惯、思想和感情上互不了解,宛如不同地域的居民或不同星球的人;他们接受的教育不同,吃的食物不同,行为方式不同,支配他们的法律也不同。"他的社会小说《西比尔》(*Sybil*,1845)反映了这一严重的社会问题,描写了当时工人艰难的生存状况。小说的主要情节是来自工人家庭的年轻女子西比尔与出身于贵族家庭的埃弗瑞蒙德的恋爱故事,来自两个世界的有情人历经波折,终成眷属,作者以此表达了他希望阶级和解的主张。

迪斯雷利的另一部重要作品是长篇小说《堂克瑞德》(*Tancred*,1847),它与

《康宁斯比》和《西比尔》构成了三部曲。主人公堂克瑞德出身贵族之家,在现实生活中感到困惑,到东方去寻求上帝的教诲。这反映出当时人们信仰出现危机的精神状况。在对神秘的东方女王的描写中,迪斯雷利也写出他扩张英女王统治势力的政治抱负。作者的政治理想、民族观念、宗教信念交织混杂地体现在这部具有东方传奇色彩的作品中。

三　查尔斯·金斯利

查尔斯·金斯利(Charles Kingsley,1819—1875)曾在剑桥大学学习神学,担任英国国教牧师,于1860—1875年间担任过剑桥大学现代历史教授。受卡莱尔等人的影响,他积极投身于社会改革,但反对暴力,是基督教社会主义改革运动的发起人之一。

金斯利的第一部长篇小说《酵母》(Yeast,1848—1851)的主人公斯劳特·史密斯以作者自己为原型,女主人公则是身为虔诚的高教派教徒的金斯利妻子的化身,金斯利在妻子的影响下皈依基督教的经历再现于小说中。作者在作品中表达了自己对当时的宗教和社会诸多问题的看法。作品中的人物大都是概念化的,分别代表当时不同阶层的思想立场。叙述性的言论穿插在对乡村衰落场景的描写之中。金斯利的第二部小说《阿尔顿·洛克》(Alton Locke,1850)取材于真实人物,以自传体形式表现洛克成长的过程。洛克出身贫困,刻苦自学,他不堪忍受艰难困苦的生活,加入了宪章派运动,以后又转向了基督教社会主义事业。对洛克苦难的童年遭遇、热病流行的伦敦贫民窟、沉重的工人生活的反映,与狄更斯的写法特别相近。

历史小说是金斯利于社会小说以外所写的又一种小说类型。《希帕蒂亚》(Hypatia, or Old foes with A New Face,1853)以5世纪希腊化时期的亚历山大为背景,通过罗马女祭司希帕蒂亚与当时兴起的天主教之间的冲突,象征性地代表了作者自己开放式基督教理想和传统天主教信仰之间的冲突。《向西方》(Westward Ho!,1855)被看作金斯利历史小说的代表作,取材于文艺复兴时期英国和西班牙的战争,表现新教对天主教的胜利。

金斯利后期创作中较为重要的有现实题材的《两年前》(Two Year Ago,1857)和历史题材的《逍遥自在的赫里沃德》(Hereward the Wake, the Last of the English,1866)。金斯利的小说在人物和情节的处理上有些概念化,但表达出对生活坚定的信念和理想主义倾向。

四　查尔斯·里德

查尔斯·里德(Charles Reade,1814—1884)毕业于牛津大学,并担任过牛津大学的教职,还为报刊撰稿,经营生意。他以戏剧创作开始其文学生涯,创作和翻译了 10 多个剧本,但又写起小说,并以小说著名。

里德把自己的小说称为"真实的传奇故事",继承笛福的传统,倾向于表现不寻常的事物,但又强调真实性。他常常以监狱或疯人院为背景,热衷于收集和表现非同寻常的事件;同时,注重亲自进行实地调查,力保故事情节有事实依据。他在写作长篇小说《改邪未晚》(*It Is Never Too Late to Mend*,1856)之前,花费大量时间走访多个监狱,收集素材,揭露英国监狱中囚犯遭受的非人待遇,甚至引起司法界的注意。他认为,犯人若得到善待就有可能重新做人,应该以人道态度对待他们。他在调查后写出的长篇小说《现金》(*Hard Cash*,1862)揭露了疯人院的内幕。《可怕的诱惑》(*A Terrible Temptation*,1870)写出上流社会追逐利益的恶行和发生在疯人院里的不人道的事件。

《设身处地》(*Put Yourself in His Place*,1870)是里德最重要的社会小说。不仅涉及盖斯凯尔夫人等作家写到过的劳工问题,还涉及工会组织和个体劳动者的冲突。主人公亨利·李特尔自制产品,自食其力,却遭到工会成员的迫害。小说对种种社会问题的反映,是由一个爱情故事组织起来的。李特尔在洪水中救出格蕾丝,赢回一度失去的爱情。

里德是狄更斯的崇拜者和追随者,继承了狄更斯所开创的以小说抨击社会的传统及对情节戏剧化的处理方式的偏好。但他对情节的有些处理,狄更斯却很不赞同,认为流于粗俗。

除了社会小说,里德也写历史小说,其中最著名也被认为是他所有小说中最出色的是《教堂和家灶》(*The Cloister and the Hearth*,1861)。作品以文艺复兴时期的欧洲为背景,表现宗教清心寡欲的生活与温馨的家室之乐之间的矛盾造成的一对情人的悲剧,反映人文主义思潮。出于自身丰厚的学养,里德对 15 世纪欧洲法律、风俗、医学、娱乐、服饰、饮食等各方面做了逼真描绘。司各特的历史小说《昆丁·达伍德》写的也是这个时代,评论家们将这两部小说相比,认为《教堂和家灶》在情节处理和地方色彩描摹上比起司各特的《昆丁·达伍德》有过之而无不及。由于当时读者的兴趣明显偏于现实题材,《教堂和家灶》问世时未能引起读者和评论界的关注。

五　爱德华·布尔沃·利顿

爱德华·布尔沃·利顿(Edward Bulwer Lytton,1803—1873)出身贵族,生活很丰富,从政,编杂志,写小说、诗歌、剧本、散文。而他的小说,也具有题材、风格多样化的特点。他在浪漫派作家,特别是拜伦和司各特的影响下开始小说创作。但他发表的第一部长篇小说《佩尔汉姆》(又名《一位绅士的历险》)(*Pelham,or The Adventures of A Gentleman*,1828)表现出他对"拜伦式英雄"的厌倦和反思情绪。

布尔沃·利顿跟随司各特创作了许多历史小说。其中根据自己在意大利游历的见闻写出的《庞贝的末日》(*The Last Days of Pompeii*,1834)和《里恩彻》(*Rienzi*,1835)最为著名。前者记录了维苏威火山爆发将意大利一座十分繁荣的城市埋没的历史,为后来的考古小说开辟了先例。后者描写公元4世纪罗马帝国的衰亡。与司各特相比,他的小说更重视历史场面的史实依据,他总是在史籍中收集素材;在虚构情节的构思上更为大胆和浪漫化。

哥特式小说在布尔沃·利顿这里得到了新的发展。他的《赞诺尼》(*Zenoni*,1842)、《神出鬼没》(*The Haunters and the Haunted*,1857)、《一个奇怪的故事》(*A Strange Story*,1862)等哥特式小说具有传统特色,以大胆的想象描写神奇的"超自然事物"。不过点石成金或催人入眠的法术、起死回生的仙丹,比传统哥特式小说中的秘密通道机关等装置更为神奇。而另一些哥特式小说则尝试把历险故事、犯罪小说和社会抗议小说结合起来,对罪犯持有同情的态度。《保罗·克利福德》(*Paul Clifford*,1830)中的同名主人公因为受到不公正审判而当了强盗,作者自言要以此引起人们对刑事制度方面错误的关注。以后的几部哥特式小说,如《欧肯·阿拉姆》(*Eugene Aram*,1841)、《黑夜与白昼》(*Night and Morning*,1841)等都具有类似的特点。

布尔沃·利顿还是英国科幻小说的开创者之一。他的长篇小说《未来种类》(*The Coming Race*,1871)写到了生活于地下拥有先进科技的未来人类,他们能够依靠先进科技来解决各种社会问题。与玛丽·雪莱的《弗兰肯斯坦》对科学未来所抱的审慎甚至是悲观的态度不同,布尔沃·利顿对科学未来持乐观态度。

布尔沃·利顿为多种小说类型做出了贡献,他的《卡克斯顿家族》(*The Coxtons*,1849)等小说可以归为维多利亚早期的社会小说。

议论过多,情节因追求奇异效果而降低了可信度,而且常常游离主线,这是布尔沃·利顿小说遭受最多非议之处。许多评论家认为他的小说的这些弊病也是维多利亚小说的通病。

特别值得一提的是,布尔沃·利顿是19世纪中期重要的小说批评家,他在刊物上分期发表了题为《论小说艺术》(1838)的长篇评论文章,讨论了有关小说的构思、人物的塑造、情节的安排等小说理论。

六　安东尼·特罗洛普

安东尼·特罗洛普(Anthony Trollope,1815—1882)的声名虽有起落,但作为19世纪现实主义代表作家的身份已得到公认。他生于伦敦一个律师之家。由于父亲经营不善,家道中落。特罗洛普在贵族化的名校哈罗和温切斯特公学上学,自尊心受到很大伤害。一家人依靠母亲弗兰西斯·特罗洛普——当时颇有名气的通俗小说作家——的写作维持生活。特罗洛普从19岁开始进入伦敦的邮政总局工作，又先后被派往爱尔兰乡村地区、英格兰西南部管理乡镇邮务，有机会接触各层人物，为创作积累了丰富的素材。此后作为邮政总局的高级官员，他又去过当时英国的殖民地埃及、西印度群岛和美国。直到1864年，他才辞去邮政官员的职务，专心写作。特罗洛普勤于写作，极为多产，共完成了47部长篇小说和20多部游记、传记、散文、批评著作。他的自传，叙述了自己丰富的一生和按部就班、工匠式的写作方式，并对当时的政治、社会、文坛状况发表了精彩的见解。

特罗洛普极为崇拜萨克雷，欣赏他客观写实的创作风格。他从萨克雷小说所具有的内在的松散的联系的组合方式中得到启发，在尝试爱尔兰题材和历史题材小说均不成功后，他陆续写了一系列相互关联的小说。它们都以英国外省教区生活为背景，以虚构的巴塞特郡和它的首府巴彻斯特市为人物活动的重要场所，因而这个系列的6部小说被统称为"巴塞特郡小说"（The Barsetshire Novel）。有些人物在这些作品中反复出现。这个系列中以《巴彻斯特养老院》（*The Warden*，1855）和《巴彻斯特寺院》（*Barchester Towers*，1857）最为著名。

《巴彻斯特养老院》是特罗洛普的成名作。围绕着希拉姆养老院院长这份肥差，小小的巴彻斯特教区的所谓改革派和保守派斗得不可开交。特罗洛普以奥斯丁式的喜剧性风格，写出教会宗教外衣下争名逐利的世俗性质，以教会的财产争执来挪揄人性的弱点。在小涟漪引起的大风波中，老好人哈丁院长成为一个他无法控制的环境的牺牲品，养老院里的老人们不但被搅得不得安宁，最后竟然失去了归宿。在续篇《巴彻斯特寺院》中，随着新主教的上任，不同派系开始了新一轮的利益之争。属于低教派的普鲁迪主教夫人"垂帘听政"，成了教区的真正"掌门人"。高教派利益受到侵犯，去世的老主教的儿子、没能如愿得到升职的副主教格兰特利挑头应战。善良敦厚的哈丁和他的女儿埃莉诺又被卷入党派之争。主教夫人与主教的牧师斯洛坡之间的相互利用和明争暗斗成了主调。工于心计的斯洛坡对主教夫人极尽逢迎之事，但私欲膨胀的他，几方周旋，最终聪明反被聪明误，他从专横跋扈的主教夫人那里败下阵来。《巴塞特的最后记事》（*The Last Chronicle of Barset*，1867）是作者本人最为喜爱的一部小说，围绕副牧师克劳莱的所谓偷窃问题的调查展开情节。《索恩医生》（*Doctor Thorne*，1858）、《弗雷姆利教区》（*Framley Parsonage*，1861）、《阿林顿的小屋》（*The Small House at Allington*，1862—1864）较少写牧师之间的权益之争，而更多写世俗的婚姻和爱情的失败，显示出英格兰乡村平静、缺少变化的生活和稳定、传统的价值观念。

巴塞特郡系列是特罗洛普最受欢迎的作品。特罗洛普擅长从平凡生活和狭小范围中开掘，描写维多利亚时代英国乡村牧师和中产阶级的生活，含蓄地揭露了教会内部的倾轧争斗。他的小说以真实、朴质的风格见长，不刻意追求情节奇巧的艺术效果，时常先交代情节发展结果。他多使用白描手法，人物可信，环境描写逼真。比起情节来,特罗洛普更重视人物塑造。像奥斯丁一样,他善于描写对话,依靠对话来展开故事,揭示人物性格。喜剧性是特罗洛普小说的一个特征,他塑造了格兰特利副主教、普鲁迪主教夫人等出色的喜剧人物,在情节安排和人物塑造上都显示了反讽色彩。他在《巴彻斯特寺院》中把教区里区区小事引发的钩心斗角与希腊神话史诗做滑稽对比,取笑其渺小,平淡中见幽默,讽刺犀利。他深受萨克雷的影响,叙述中时常利用介入性叙述者的旁白进行插话议论,不隐讳叙述者作为小说家的身份和故事的虚构性。在《巴彻斯特寺院》中,写到埃莉诺对阿拉宾先生的拒婚,作者的解释是,若不这样处理,"我还能用什么把小说写下去呢?"

特罗洛普对现实政治一直十分关注,竞选过议员并深以失败为憾。进入 19世纪 60 年代,特罗洛普着手写作以巴里赛先生为中心的政治小说系列,称为"巴里赛小说"(The Palliser Novels),包括《你能原谅她吗?》(*Can You Forgive Her*,1865)、《菲尼亚斯·芬恩》(*Phineas Finn*,1869)、《尤斯塔斯钻石》(*The Eustace Diamonds*,1873)、《菲尼亚斯·芬恩重返》(*Phineas Redux*,1874)、《首相》(*The Prime Minister*,1876)、《公爵的孩子们》(*The Duke's Children*,1879),这 6 部长篇小说都表现了政治领域中各党派的角逐、权力机制的运作过程。与迪斯雷利的政治小说不同,特罗洛普并不把小说当作自己的政治纲领的图解。他在自传中说:"如果说我为自己写政治,那么我为照顾读者还得掺入爱情、阴谋、社交和狩猎。"其在创作中展开广阔的政治生活的同时,也重视小说的情节性。在《菲尼亚斯·芬恩》和《菲尼亚斯·芬恩重返》中,来自爱尔兰的青年菲尼亚斯·芬恩满怀抱负,进入政界,他仕途亨通、情场得意,但信念、良心与党派、功利的矛盾,使他遭遇失败。在他东山再起并终获成功之时,他看破世情,急流勇退。巴里赛是理想政治家的形象,在《首相》中他出任首相,经历了成功、烦恼和失败。在《公爵的孩子们》中他辞职回家,与儿女的矛盾和调和显示了时代和人们观念的变化。

特罗洛普的世态小说《如此世界》(*The Way We Live Now*,1875)以金融巨头麦尔默特的盛衰为主要线索,描写金融家在一个崇尚金钱、充满欺骗的社会里的投机活动。《斯卡包鲁一家》(*Mr. Scarborough's Family*,1881)则攻击了私有财产和继承权。特罗洛普的小说没有陈腐虚伪的道德说教和矫揉造作的感伤情调,显示了理性批判的精神风貌。

七 威尔基·柯林斯

威尔基·柯林斯(Wilkie Collins,1824—1889)生于伦敦,是当时小有名气的画家威廉·柯林斯之子。他当过商人和律师,从 1850 年开始写小说。1851 年,他认识了狄更斯,与其结下深厚友谊,两人合写过剧本《冰冻深处》和《灯塔》,以及"圣诞故事"《圣树》和《禁止通行》。柯林斯的叙事才能在他的小说,尤其是侦探小说创作方面得到充分的展示。

柯林斯写了30余部长篇小说,而他的文学声誉来自他的两部重要作品《白衣女人》(*The Woman in White*,1860)和《月亮宝石》(*The Moonstone*,1868)。

《白衣女人》的素材来源于法国的一桩财产掠夺案,小说的主要情节受真实案件的启发很大。更有传奇色彩的是,柯林斯本人曾在一个月夜偶遇一位神秘的白衣女人,他们后来结成终身伴侣,这场奇遇成了他创作的又一动因。柯林斯善于从表面琐碎的市民生活中提炼出不同寻常、令人恐惧的小说情节,描写善恶的交锋,涉及当时的政治、法律、继承权及社会习俗的许多方面,寓哲理于情节之中。小说中美丽富有的劳拉·费尔利不幸落入猎财者波西伏尔·格莱德爵士的婚姻陷阱,险被丈夫和合谋者福斯冠男爵置于死地,最终被爱她的华尔特·哈特莱特与自己同母异父的姐姐玛丽安联手救出。这桩神秘的谋财杀妻案件,悬念迭出。受法庭证人逐个出庭做证的启发,柯林斯让事件的目击者轮流叙述他所知道的故事。每个人都从自己有限的视角出发,而读者需要对他们的陈述进行综合。这种手法常被以后的侦探小说采用。小说中幽灵似的白衣女人,意大利恶棍,动物死亡带来的不祥预兆,融合了哥特式小说的因素。但柯林斯并不滥用想象,而是挖掘出日常生活和家庭关系中隐藏的种种罪恶,诸如贪婪、淫乱、阴谋、暴力等。

《月亮宝石》也是一部有多个叙述者的作品,让几个主要人物分别讲述故事,但又加入警官的调查和侦破。破解谜团的探长克夫成为世界侦探文学中的著名人物。小说描写了一群前来寻找失窃宝石的印度教士,增加了异域的神秘色彩。

柯林斯是一个出色的故事大师。当时犯罪小说流行,作者众多,柯林斯以他杰出的叙述才能独树一帜。他说:"我一贯坚持传统的观念,认为小说的主要功能应该是讲故事。"他非常讲究故事情节和叙事技巧,往往以神秘的气氛和诱人的悬念取胜。他在故事情节和叙事技巧方面的处理方式甚至给了狄更斯后期小说启发式的影响。针对对他只顾故事的批评,柯林斯自我辩解道:"写小说完全可能塑造人物而没有故事,但绝不可能讲故事而没有人物。"他在人物塑造上颇下功夫,注意人物行动的性格动因,让人物个性在对比中呈现。但由于过于注重情和技巧,柯林斯笔下的人物相对来说,缺少性格深度和打动人的力量。

柯林斯在19世纪男性作家中,一贯以关心妇女问题著称。他在《白衣女人》中提出的已婚妇女的权利问题在当时曾引起广泛的注意,促进了有关立法的通过。他写过严肃的社会小说,如《丈夫和妻子》(*Man and Wife*,1870),谴责男女地位的不平等。但这些作品说教成分过重,并不成功。

随着现代心理学理论和女权主义理论在文艺批评中的影响加大,随着作为大众文化的通俗文学研究的深入,柯林斯的创作吸引了越来越多的研究者,作品的意义和价值不断被发现和挖掘。

第五章 19 世纪后期小说

第一节 概 述

一 历史文化背景与文学状况

19 世纪后期,欧美一些资本主义国家由自由资本主义向垄断资本主义即帝国主义过渡。在这一时期,一系列重大科技的发明及应用,使资本主义由蒸汽时代进入电气化时代,电力、电器、化学、石油等新兴工业部门的出现,使主要资本主义国家产业结构发生了深刻的变化,资本主义经济政治发展的不平衡性在这一时期也日益加剧,以美国、德国、日本为代表的后起资本主义国家快速发展。1870 年,英国在世界工业总产量中占 32%,号称"日不落帝国",但到了 1900 年,美国取代英国占据了第一的位置。这一时期,北欧诸国社会发展落后于西欧,还处于自由资本主义上升阶段,不过反对封建残余势力的斗争仍占重要地位。欧美垄断资本主义国家的恶性竞争使各种社会矛盾更加尖锐和错综复杂并日益加深,终于导致 20 世纪初第一次世界大战的爆发。

欧美国家在政治、经济及科技领域内发生的巨大变化,对社会的政治文化思想产生了深刻的影响。19 世纪后半期,实证主义、唯意志论、直觉主义等流派盛行。实证主义是在自然科学影响下产生的,主张以"实证精神"改造一切科学,以自然科学的方法去分析社会,从而建立起一个所谓"观察科学体系"。实证主义的创始人是法国哲学家、社会学家孔德,他主张用自然科学的方法来研究社会,把社会与自然等同起来。法国哲学家丹纳(1828—1893)继承和发展了实证主义哲学,在《艺术哲学》(1865)、《论智慧》(1870)等著作中,丹纳将实证哲学和达尔文的学说运用于文艺理论的研究,提出"种族、环境、时代"是文化发展的三个决定性因素。"种族"包括人的先天的、生理的、遗传的以及特定的民族等因素;"环境"包括物质和社会两重因素,也包括地理气候条件;"时代"包含文化与当时占优势的观念等因素。这一著名论断为自然主义文学奠定了理论基础。

除了实证主义,唯意志论也是当时流行的思潮。唯意志论宣扬意志是世界万物的本原,是现代人本主义和非理性主义最早也是影响最大的代表性流派。

唯意志论前期以叔本华（1788—1860）的悲观主义为代表，后期以德国哲学家尼采（1844—1900）为代表。尼采一反叔本华的悲观主义，对基督教文化采取了进攻性的批判态度，提出了"强力意志说"。他认为强力意志是生命的本能冲动，意志是世界上决定一切的力量。尼采以权力意志的强弱作为评判道德善恶的标准，认为不择手段、不顾道德约束去实现个人欲望是人的本性，进而鼓吹"超人"哲学，为非理性主义奠定了基石。

法国哲学家柏格森（1859—1941）继承了叔本华、尼采的思想，认为世界的本原在于生命的流动，是"生命的冲动"驱使生命不断发展变化，从而创立了生命哲学，也即直觉主义。柏格森认为对神秘的"生命之流"的把握，只能依靠本能的直觉，理性是无济于事的。柏格森的直觉主义把非理性主义又推进一步，成为象征主义等文学流派的哲学基础，并对 20 世纪的哲学思想、美学理论和文学思潮产生了广泛的影响。

19 世纪后期是欧美文学发展史上一个重要的转折期，单一的主流式文学发展模式受到冲击，多元化文学流派格局初步形成。这一时期，现实主义作为文学主流继续发展，在各种社会政治和文化思潮的影响下，无产阶级文学、自然主义文学、唯美主义文学、象征主义文学等流派"各显身手"，表现出异彩纷呈的局面。其中唯美主义和象征主义的影响尤为突出，为 20 世纪现代主义文学的进一步发展奠定了基础。

自然主义文学于 19 世纪 60 年代产生于法国，为自然主义奠定思想基础的是孔德和丹纳。左拉接受了丹纳种族、环境与时代的文艺创作"三要素"的观点，并吸收了当时生物学和医学上的新成就，特别是遗传学理论，提出了自然主义的理论。他先是在长篇小说《黛莱丝·拉甘》（1867）的序言中，后来又在 19 世纪 80 年代初写的理论文章《实验小说论》《戏剧中的自然主义》《自然主义小说家》中，系统地阐述了自己的自然主义理论观点。在小说创作中，龚古尔兄弟是自然主义作家的先驱。爱德蒙·德·龚古尔和于勒·德·龚古尔两兄弟是从文献研究走向文学创作的，他们创作了一系列带有自然主义倾向的风俗小说。他们合写的《杰米妮·拉塞特》（1865）为自然主义小说的形成提供了契机，此小说把杰米妮的痴爱当作一种病例来分析和研究，把杰米妮的极端态度看成生理原因造成的，这部小说是自然主义的开山之作。

左拉作为自然主义的集大成者和实践者，身体力行，于 1877 年发表了小说《小酒店》，通过描写洗衣女工绮尔维丝的一生来探讨酒精对人的危害，并一举成名。他在巴黎近郊梅塘购置了一栋别墅，经常邀请一批青年作家在那里聚会，并以"梅塘集团"命名。这些青年作家中有阿莱克西、昂利·赛阿、莱昂·埃尼克、于斯曼和莫泊桑，其中莫泊桑因写作《羊脂球》脱颖而出，成为一代名家。法国著名的自然主义小说家还有阿尔封斯·都德，他的代表作是短篇小说《最后一课》

《柏林之围》。自然主义后来逐渐影响到世界其他一些国家和地区的文学创作，以德国、美国、瑞典的表现最为突出。1871年德国统一，工业化进程进一步加快，自然主义传入德国后势头强劲，社团、刊物众多。德国自然主义作家更注重形式和语言问题，因此他们更专注于戏剧创作而非诗歌写作。美国的自然主义以诺里斯、克莱恩、德莱塞为代表，并一直持续到20世纪初。在瑞典，斯特林堡创作了《朱丽小姐》《债主》等自然主义的典范剧作。

自然主义作家对人所进行的审视和表现体现了新的特质，这直接引发叙事观念与叙事艺术的革新。因此，自然主义叙事文本的建构便形成了迥然有别于既往文学的特征。

首先，自然主义作品中人物形象的基本表现形态已经不再是在"典型环境"中产生的"性格典型"，而是源于生命本体的"气质类型"。在传统西方文学叙事所带来的卡通式的人物世界里，满是傀儡、木偶般的"英雄""巨人"；在自然主义文学叙事中，"英雄"陨落了，"巨人"坍塌了，西方文学在人物形象内涵上的现代演进，显然也是从自然主义文学这里开始的。

其次，在自然主义作品中，传统文学中与意识形态相关的社会、政治、道德、宗教主题的明晰性开始动摇，取而代之的是宏大空蒙的人性主题或命运主题。在如此宏大空蒙的主题框架之下，意象开始取代原先观念体系所派生出来的具体叙事意图即具体的观念性主题，居于作品的中心。这正是现代主义叙事作品主旨隐遁而意象弥漫的开端。

再次，在自然主义的小说和戏剧创作中，情节在很大程度上被淡化了，而琐碎凌乱的细节则缤纷绽放。细节的缤纷绽放，决定了叙事必然要在很大程度上谋求摆脱统辖传统叙事文本的"必然性"逻辑，而在"偶然性"中寻求出路。在西方传统文学叙事中的"必然性"原则向现代主义叙事之"偶然性"原则的转型中，自然主义文学叙事乃两者之间不可或缺的重要环节。

最后，自然主义小说和戏剧的结构格局呈现为一种"断片的连缀"。自然主义的"断片连缀式"结构的"可间断性"在现代主义那里完全开放，就变成了一种频率甚高的"跳跃性"。从自然主义开始，西方传统叙事文本中的那种"时间性结构"模式，开始被一种新的"空间性结构"模式所取代。从观念统摄之下的严密、严整的有机整体，到心理活动的随意漫游自由穿插，在文学文本结构从线性历史时间向瞬时心理空间的转换过程中，自然主义显然是一个过渡。

19世纪后半期，随着资本主义的发展，工业文明的负面影响突显。在法国，普法战争、巴黎公社运动、德雷福斯案震惊全世界。一批富有才华的艺术家不满社会现实，对物欲横流的社会新秩序感到悲观失望，萌发了一种苦闷彷徨的"世纪末"心理。他们受到康德等人的哲学影响，将最大的热情倾注于艺术，希望建立一个独立纯洁的艺术世界，先后形成了唯美主义和象征主义两个流派，由于苦闷悲观是这两个流派的共同倾向，它们也被合称为"颓废派"。中西方评论界一般也将象征主义与唯美主义共同置于"颓废"旗下，如赵澧、徐京安主编的《唯美主义》(1988)认为，"颓废主义……是 19 世纪末除现实主义而外的多种文艺流派如象征主义、唯美主义的总和"①；英国评论家哈比布(M. A. R. Habib)也认为，"象征主义、唯美主义……它们有时候以各种组合统摄于'颓废'的标签下"②。但是，事实上"颓废"并不仅仅属于这两个流派，而弥散于 19 世纪末的西方文学中。在世纪行将终结之时，"对于'疾病'的想象日益成为引人注目的文学主题，成为颓废派极力呈现的概念之一"③，"颓废"本身成为一种普遍的文学现象。

　　唯美主义文学思潮的发祥地，一般被认为是英国，以奥斯卡·王尔德为代表，但唯美主义文艺思想并不是王尔德最先提出来的。对唯美主义的概念，一直有不同的说法。莱昂·谢埃(Leon Chai)认为："唯美主义运动的核心是这样一种愿望：重新定义艺术与生活的关系，赋予生活以艺术品的形式并把生活提升为一种更高层次的存在。"④与此相似，提姆·巴林杰(Tim Barringer)认为，唯美主义的定位具有裂隙与含混性，它既包含了传统的精英向度，又包含了流行的文化元素⑤。唯美主义对流行文化的渗透，对生活的影响，已经从文艺观念进入社会运动层面了。与欧洲大陆相比，英国唯美主义的独特性在于，它是社会与美学评论的混合物。提姆·巴林杰也认为，唯美主义几乎不是一个连贯的运动，更不是拉斐尔前派那样有着固定成员的兄弟会，而只能被认为是一种共享的思想感情，把众多富有创造精神的艺术家包括诗人、画家、装饰艺术家和雕刻画家联系在一起⑥。《牛津文学术语词典》认为，唯美主义是一种将美视为其本身目的的理念与倾向，一种将美从道德、教条与政治目的的附庸中独立出来的企图。唯美主义往往被等同于唯美主义运动，是 19 世纪末的文学与艺术倾向⑦。这个定义中包含的诗学观念与文艺运动之间的混淆同样存在。不过，从文学史发展的角度看，早在古希腊时期就存在着对"纯艺术"的追求，文艺复兴后期，西班牙、意大利的巴洛克艺术中的形式主义倾向也加强了"纯艺术"的旨趣。18 世纪康德的"纯粹

　　① 赵澧、徐京安主编：《唯美主义》，中国人民大学出版社，1988 年，第 5 页。

　　② M. A. R. Habib, *Literary Criticism from Plato to the Present：An Introduction*, Oxford：Wiley-Blackwell Publishing, 2011, 175.

　　③ Victor Brombert, *The Intellectual Hero：Studies in the French Novel, 1880—1955*, Chicago：The University of Chicago Press, 1961, 17.

　　④ LeonChai, *Aestheticism. The Religion of Art in Post-Romantic Literature*, New York：Columbia University Press, 1990, p. ix.

　　⑤ Tim Barringer, "Aestheticism and the Victorian Present：Response", *Victorian Studies*, 2009, 51(3)：451-456, 456.

　　⑥ 提姆·巴林杰：《拉斐尔前派艺术》，梁莹译，中国建筑工业出版社，2007 年，第 151 页。

　　⑦ 波尔蒂克：《牛津文学术语词典》，上海外语教育出版社，2000 年，第 3 页。

美"理论是唯美主义的哲学基础,康德认为审美的标准不应受道德、功利和快乐观念的影响。唯美主义的首倡者是法国作家戈蒂耶,他在 1834 年写的《〈莫班小姐〉序言》中公开提出了"为艺术而艺术"的口号,并对艺术的本质进行了新的阐释。《〈莫班小姐〉序言》标志着唯美主义思潮的产生。19 世纪后半期,唯美主义在英国得到了充分的发展,约翰·罗斯金的美学思想对唯美主义运动产生了很大的影响。罗斯金认为美不是装饰和点缀的方法,而是真实的存在,比生命还重要,只有艺术可以拯救被工业化破坏的欧洲。另外,瓦尔特·佩特的美学思想也是推动英国唯美主义运动的重要动力。佩特对文艺复兴时期的意大利艺术家和作家做了系列研究,他认为文艺复兴不是放任感官享受和倡导异端思想,而是反对狭隘的基督教禁欲主义,旨在解放人的心情,重新享受人与自然之美。在艺术理论中,佩特提出艺术美是脱离社会现实的,与道德的宗教意义毫不相干。

唯美主义者主张为艺术而艺术,认为艺术应超脱一切利害关系,强调美应该是纯粹的、绝对的,而创作则是自由的、想象的、虚构的。唯美主义者认为艺术的任务不是去揭露社会现实的丑恶,而是用美的艺术去创造一种美好的生活,使读者在美的艺术中获得愉悦,从而摆脱现实带来的痛苦,他们认为艺术是心灵的故乡,在心的领域瞬间存在可以达到永恒。因此,艺术高于生命,高于帝王,高于一切。他们甚至主张,不是艺术反映生活,而是生活模仿艺术;不是艺术应当人生化,而是人生应当艺术化。唯美主义文学的代表作家是英国的奥斯卡·王尔德。

象征主义文学是 19 世纪 70 年代至 20 世纪 40 年代在西方出现的文学流派,它是西方现代主义文学中出现最早、持续时间最长的一个流派。象征主义与唯美主义相互影响,形成我中有你、你中有我的形态。滕固在《唯美派的文学》(1927)中说道:"英国唯美运动……到世纪末与法国的象征主义汇合才算画上句号。"[1]郁达夫在谈到世纪末问题时也认为,象征主义是唯美主义的延续:"在法国已经开了高蹈派与恶魔派(Parnassians and Diaboilsts)的花,到英国就结了唯美派的果;……象征主义派的运动(The Symbolists movement)也就是这一种思潮的末流。"[2]在俄国,唯美主义与主要诗人的地位正是通过 19 世纪末到 20 世纪 30 年代的象征派诗歌运动被发现与确立的[3]。英国作家、评论家西蒙斯(Arthur Symons)的研究专著《文学中的颓废派运动》(*The Decadent Movement in Literature*,1893)在 6 年后再版时改成了《文学中的象征主义运动》(*The Symbolist Movement in Literature*,1899)。西蒙斯用"颓废"来定义所有具有象征主义特征的文学作品。将"颓废"替换为"象征",这说明两种概念存在交叉之

---

① 滕固:《唯美派的文学》,光华书局,1927 年,第 1—3 页。

② 郁达夫:《怎样叫做世纪末文学思潮》,《郁达夫文集》第 6 卷,花城出版社,1983 年,第 287—289 页。

③ 曾思艺:《19 世纪俄国唯美主义文学研究》,北京大学出版社,2015 年,第 2 页。

处,从文学创作实践上看,也能证明这一点。《牛津文学术语词典》认为:"在法国,颓废基本上等同于那些象征主义作家的创作。"①波德莱尔的诗歌被认为是象征主义与颓废派的鼻祖。在英国,拉斐尔前派的创作中就含有诸多象征元素。

象征主义分为前后两个阶段。19世纪70年代到90年代是前期象征主义阶段,20世纪初到40年代为后期象征主义阶段。前期象征派产生于法国,从19世纪中叶开始流行的唯心主义是它的哲学基础。象征主义认为在现实世界背后存在一个理念世界,非肉眼凡胎所能察觉,必须通过作家超凡的想象力与敏感性"破译"出来。这说明,作家的内心世界与理念世界存在某种"感应",因此,要用有深意的、朦胧但精确的语言,通过象征、暗示、联想、移情等方法创作。其实,象征作为文化现象古已有之,并非19世纪的产物,因为语言从诞生之初就是象征的,"没有象征,就没有文学;甚至不会产生语言"②。象征主义作为一种理论术语,具有极其广泛的含义,但象征主义作为一种文学流派却是在19世纪中后期正式登上历史舞台的。1886年9月18日,旅居法国的希腊青年诗人让·莫雷亚斯在《费加罗报》上发表《象征主义宣言》,用"象征主义者"来称呼那些采用不同于传统的象征手法进行创作的作家,并阐述了象征主义的基本原则。《象征主义宣言》的发表是象征主义正式诞生的标志,但是象征主义的创作要在此之前。波德莱尔是象征主义的先驱。波德莱尔受美国诗人爱伦·坡的启发,写作了一系列诗歌,1857年发表《恶之花》,从形式到内容都开了象征主义文学的先河。前期象征主义的代表诗人还有马拉美、魏尔伦和兰波。魏尔伦的代表作是诗论《诗的艺术》和诗集《无题浪漫曲》,他的诗始终离不开忧郁、伤感的基调。兰波的代表作是《醉舟》。马拉美主张诗歌应该是"纯诗",应该具有神秘色彩,其代表作是《牧神的午后》(1876)。

前期象征主义的基本特征是:大量描写城市中的丑恶现象,在艺术上以丑为美;诗人们以感官可及的具体事物为意象,认为主客观之间、宇宙万物之间都能产生相互的感应,强调想象和通感的作用;追求诗歌与音乐、绘画的结合,在诗歌形式上追求简练精粹。象征主义从内容到形式都打破了过去的传统,既超越了浪漫主义对喜怒哀乐的夸张描写,又超越了唯美主义对造型美的关注,把笔触深入内心不可捉摸的隐秘世界中去。前期象征主义在1895年解体,但它的影响深入欧洲各国。后期象征主义是前期象征主义的继续,重要作家、作品有法国诗人瓦莱里的《海滨墓园》、奥地利诗人里尔克的《杜伊诺哀歌》、英国诗人叶芝的《驶向拜占庭》、英国诗人艾略特的《荒原》等。

---

① 波尔蒂克:《牛津文学术语词典》,上海外语教育出版社,2000年,第51页。

② Arthur Symons. Ellmann, Richard, ed. , *The Symbolist Movement in Literature* , New York:E. P. Dutton & Co. Inc. ,1919,Introduction 1.

19世纪后期,现实主义文学继承了前一时期由巴尔扎克、狄更斯等人发扬光大的现实主义优良传统,并在实证主义哲学和自然主义文学等影响之下取得了很大的成就。与过去的现实主义作家相比,这个时期的许多作家关注现实干预生活的重点有所转移,他们越来越注意描写和揭示无产阶级与资产阶级之间的矛盾斗争,不仅同情劳动人民的悲惨遭遇,甚至赞扬他们的反抗斗争和革命精神。但是,由于时代和社会的局限,这个时期的现实主义作家大多只是富于正义感和同情心的资产阶级改良主义者。就艺术上讲,现实主义文学的写作技巧更为成熟,描绘更趋细腻,表现手法也更加多样,并且表现出更多的探索人的内心世界和精神发展历程的倾向。由于受到其他文学流派的影响,这个时期的现实主义作家反映生活的角度更加独特,艺术视野更加宽广,艺术表现手段也更丰富,更加灵活多变,从而使似乎处在强弩之末的现实主义文学重新充满活力,并以新的姿态昂首阔步地跨入20世纪。

19世纪后期的现实主义文学在欧洲各国的发展很不平衡。曾经在三四十年代将现实主义文学推向高峰的法、英两国文坛的现实主义文学浪潮依旧,相继出现福楼拜、莫泊桑、哈代以及跨世纪的作家法朗士、罗曼·罗兰、萧伯纳、高尔斯华绥等;而此前相对保守平静、默默无闻的北欧文坛也一鸣惊人,出现了著名的丹麦童话作家安徒生和创造出一系列"社会问题剧"的独领风骚的挪威戏剧家易卜生。南北战争以后,美国资本主义经济取得了快速发展,自1869年美国建立第一条横贯美洲大陆的铁路以来,到1885年,类似的铁路大动脉已经建成4条,大规模的铁路建设使得昔日荒凉的西部得到了开发。到世纪之交,传统意义上的西部边疆已经不复存在。随着边疆的消失和垄断资本主义的发展,美国政治日趋腐败,社会道德水平下降,马克·吐温称之为"镀金的年代"。这一时期美国文学出现了繁荣局面,乡土小说、现实主义文学、自然主义小说等,都进一步推进了美国文学的发展。这一时期也出现了一大批优秀的作家,如马克·吐温(1835—1910)、亨利·詹姆斯(1843—1916)、欧·亨利(1862—1910)、杰克·伦敦(1876—1916)等。

二　英国小说发展概况

在各种社会思潮和急剧变化的社会生活影响下,19世纪后期英国文坛出现了流派纷呈的新景象。首先,狄更斯、萨克雷等创造的现实主义文学虽然辉煌已过,但势头依旧强劲,以杰出的戏剧大师萧伯纳和小说家乔治·艾略特、梅瑞狄斯和哈代等为代表的作家,把现实主义文学推向了新的境界。除了基本上属于19世纪的哈代和亨利·詹姆斯之外,号称爱德华时代英国现实主义小说三杰的威尔斯(H. G. Wells, 1866—1946)、约翰·高尔斯华绥(John Galsworthy, 1867—1933)和阿诺德·贝内特(Arnold Bennett, 1867—1931)都已在这一时期崭露头角。他们继承维多利亚时代的传统技巧,其中贝内特还明显借鉴了法国自然主义创作方法,展示出当时英国社会生活的现实主义画卷。尽管作为一个小说家和社会改良者,威尔斯的小说创作成就主要体现在 20 世纪的作品中,但是他反对把小说供奉为一种纯粹的艺术品,也反对过分强调小说的娱乐作用。他重视文学的新闻性和客观性,主张将小说当作一个阐述思想、批评社会与宣传理想的讲台,这一小说创作理念在 19 世纪末他的创作初期就已经形成。他在这一时期的作品被称为"科学传奇",作品中幻想多于科学,作家借助想象的翅膀,自由驰骋于变幻莫测的时空之中,从过去、现在和未来观察生活,通过天使、巨人、美人鱼乃至外星人的眼睛来窥视人类。作家在第一架飞机诞生之前就幻想人们驾驶飞行器进行空中大战,在人类登月 60 年前就想象宇宙飞行和太空探索,甚至猜测在 1958 年将会爆发一场使用原子武器的战争,并预言人类将在核战废墟上建立一个世界国家……可见,其幻想作品具有多么丰富的想象力和多么准确的预见性。威尔斯的科学传奇情节离奇,用象征的方式暗示人类社会,既有可读性又有讽喻性,已具备后来流行起来的科学幻想小说的雏形,作家本人也被认为是科幻小说的创始人之一。如在他的《时间机器》(*The Time Machine*,1895)中,时间旅行者发明并乘坐的时间飞行器可以到 80 万年之后的公元802701 年的世界去;在《莫洛医生的岛屿》(*The Island of Dr. Moreau*,1896)里,莫洛医生成功地进行动物器官移植,制作出一种半人半兽、会说会读,并能从事一些劳动的兽人,从而使动物通过人工方法演变为人类;在《隐身人》(*The Invisible Man*,1897)中,一个穷教师发明了一种隐身术和显形术,妄想以此成为"超人",对他人实行恐怖统治;而在《星际战争》(*The War of the Worlds*,1898)中,则描写火星人入侵地球时触目惊心的情况,火星人比地球人更发达,状似章鱼,体大如熊,其能发射出热线和黑烟,热线过处留下死亡与毁灭,黑烟起处城市成瓦砾。

如果说威尔斯早期的科学传奇热衷于通过惊险怪诞来刺激读者,缺乏对人物形象的塑造和对人的内心世界的刻画,仅仅想通过探讨科学道德来提醒人们警惕某些科学发明可能被用于自私和罪恶目的,或多或少地表现出世纪末的悲哀,那么,进入 20 世纪以后他所创作的被称为"社会讽刺小说"的一系列作品中,作家大量引用自己早年的生活经历,描绘当代社会生活风貌,以辛辣幽默的笔触讽刺时俗,塑造出许多既可悲又可笑的"小人物"形象,不仅使人想起作家对狄更斯现实主义传统的继承,也使他成为世纪初现实主义小说最突出的代表作家之一。

虽然出身于富裕家庭的高尔斯华绥的创作不像出身贫寒的威尔斯的社会小说那样热衷于反映小人物的不幸与挣扎,而是着重揭示资产阶级上层社会内部的矛盾、冲突与衰微,但在分析社会秩序时,他的思想比威尔斯更加激进,他的头脑比威尔斯更加清晰。威尔斯创作的缺乏深刻的性格刻画和生动的形象塑造的作品表明他至多是一个称职的"新闻记者",而高尔斯华绥所塑造的具有一定概括性和一定深度的不同类型的人物形象却不得不让人确信他是一个真正的小说家,他的确很出色地继承了纯粹的英国传统,而那种传统能让人想起狄更斯、萨克雷等。比起同时代的其他现实主义作家来,高尔斯华绥在描绘广阔的社会生活图画时也具有更高度的艺术概括性。

虽然高尔斯华绥比威尔斯更为大器晚成,有影响的作品都在 20 世纪初期完成,但他的创作生涯却在 19 世纪最后 10 年已经开始,而且正因为在 30 岁时发表短篇小说集《天涯海角》(*From the Four winds*,1897)以及后来以"约翰·辛约翰"(John Sinjohn)的笔名连续发表 4 本不算成功的小说,他才练就了笔力,磨炼出成熟的创作技巧,从而在 20 世纪初便连续推出《法利赛人的岛》(*The Island Pharisees*,1904)和《庄园》(*The Country House*,1907)等一系列颇有影响的作品,并以《福尔赛世家》(*The Forsyte Saga*)〔包括《有产者》(*The Man of Property*,1906)、《进退两难》(*In Chancery*,1920)、《出让》(*To Let*,1921)3 部小说和《一个福尔赛的暮秋》(*The Indian Summer of A Forsyte*,1917)、《觉醒》(*Awakening*,1920)2 个插曲〕和《现代喜剧》(*A Modrn Comedy*)〔包括《白猿》(*The White Monkey*,1924)、《银匙》(*The Silver Spoon*,1926)、《天鹅曲》(*Swan Song*,1920)3 部小说和《沉默的求婚》(*A Silent Wooing*,1927)、《过路人》(*Passers-By*,1927)2 个插曲〕两个三部曲奠定了自己作为爱德华时代英国现实主义小说三杰之一的地位。

与高尔斯华绥一样大器晚成并在 19 世纪末开始进行小说创作的阿诺德·贝内特,青年时期就喜欢法国自然主义大师和俄国作家屠格涅夫的作品,1900 年移居巴黎后还结识了屠格涅夫等作家。因此,贝内特的创作既继承了狄更斯和乔治·艾略特等人所代表的英国现实主义传统,同时又不囿于英国传统,受到法国左拉、福楼拜、莫泊桑等自然主义作家以及屠格涅夫等现实主义作家的影响也很大。"在英国作家中,他是第一个,也是唯一的一个,决心在英国的土壤里栽培出欧洲大陆,主要是法国式的现实主义小说";"在英国作家中,他是捕捉到巴尔扎克、福楼拜和左拉精神的唯一作者"。[①] 贝内特从创作第一部长篇小说《北方来的年轻人》(*A Man from the North*,1898)开始就隐隐流露出无可奈何的悲观主义和宿命色彩。虽然这部叙述一个来自北方陶瓷之乡的年轻职员的生活经历的小说不过是作家早年生活的自述,真实地记录了英国北方工业城镇狭隘、闭塞、肮脏,并且使人畏惧、令人窒息的可怕图景,反映了工业经济的发展使城镇的

---

① John Wain,"Arnold Bennett",*Six Modern British Novelists*,ed.,George Stade (Columbia University Press,New York,1974),p. 1.

社会结构和道德观念发生深刻变化的现实,但主人公经受挫折与失望之后选择退居乡间过一种安稳平静、与世无争的生活的态度,显然表达出贝内特对人的命运的基本看法。在他看来,人的命运并不是真正为自己所掌握,而是常常为环境、自然和社会中的神秘力量所驱使。他在后来所创作的《五镇的安娜》(*Anna of the Five Towns*,1902)、《老妇谭》(*The Old Wives'Tale*,1908)和《克雷亨格》(*Clayhanger*,1910)等更为成熟的作品中,同样以英格兰北部工业区特有的乌烟瘴气的瓷都五城为背景,同样以从事小规模商业和工业的中产阶级或小店主、小职员等下层中产阶级人物为主要角色。虽然贝内特在讲述故事、叙述事件、描绘人物时不像威尔斯那样将自己的喜、怒、哀、乐以及同情、厌恶等情绪都灌注其中,而是采取置身事外、无动于衷的,用一种冷静、中立、客观的方法记述生活中的欢乐与忧愁、不幸与不平,不让自己的个人意志和情感渗入其中,但也与声称如照相机一般忠实、精确地记录生活,既无偏见也无偏爱的自然主义者有所不同。因为贝内特的作品中虽然也弥漫着一种人生徒劳的感觉,但他毕竟对生活中诸如丈夫虐待妻子等丑恶行为表示愤怒,也对慈母哺育婴孩一类美德表示赞颂。

尽管威尔斯的"社会讽刺小说"系列、高尔斯华绥的三部曲《福尔赛世家》和贝内特的《老妇谭》《克雷亨格》三部曲等作品都秉承其前辈狄更斯的现实主义传统,使维多利亚时代的现实主义传统得以在爱德华时代乃至后来一段时期内延续,然而,他们毕竟处在现实主义文学越过其顶峰并逐渐由盛而衰,文学的指针逐渐向现代主义移动的时代,因此,不容否认,他们对于现实主义的坚持充其量也不过是弗吉尼亚·伍尔夫所认定的只关注外部而不能深入生活表面以下的艺术家的哀鸣,贝内特甚至还被伍尔夫指责为现实主义"三杰"中的"首恶",因为他"用尽花巧、不辞辛苦地将平庸、暂时的东西变成似乎是真实、永久的东西"[①]。然而,同样不容否认的是,作为承前启后、继往开来的爱德华时代英国现实主义三杰,尽管他们的作品在对社会现象所包罗的广度和对社会罪恶所批判的深度上都远不如狄更斯,甚至在高扬人道主义旗帜等方面也缺少狄更斯的气势与自信,悲观忧郁色彩成了他们作品的一大特点,但他们更关注人的精神状态,注意描写不合理的社会对人的心灵的扭曲和扼杀,在心理描写的尝试、精确性以及多样性上都极其出色地发展了现实主义,从而使他们的作品更精致,艺术技巧也更加成熟。

其次,这个时期,一种在外表上颇像19世纪初的浪漫主义文学,却又没有像当初那样形成声势浩大的浪漫主义运动,而被称为新浪漫主义文学的倾向似乎

---

① Quoted from *James G.*, *Hephurn's The Art of Arnold Bennett*,Bloomington:Indian University Press,1963,p.18.

要主导英国文坛,但由于世纪末的新浪漫主义作家绝大多数是知识界狭小圈子中人,他们与广大民众的社会利益格格不入,因而并没有掀起多大的波浪。于是他们钻进艺术和诗歌的小胡同里怡然自得。其代表作家是有着不同的浪漫倾向的莫里斯和斯蒂文森。前者表现空想社会主义的理想社会,后者则以异国风光和海上历险等吸引读者。新浪漫主义者的共同特征是不满于维多利亚中期的现实主义传统,认为这种现实主义过于拘谨而缺乏精神动力。他们不屑于描写社会现实,不满于资本主义社会生活的平凡乏味,有意把资本主义以前的宗法制生活方式加以理想化。他们对社会丑恶所做的批评仅仅停留在知识分子式的刻意追求美感上,缺乏反映社会生活的深刻性。此外,他们还认为这一时期的现实主义缺乏诗意和幻想,于是他们便大胆幻想,有意把"幻想"尤其是"童年幻想"当作艺术创作的主要对象。但这些幻想往往表现为各种各样的历险。因此,一时间英国文坛出现一种尽管也使用惊险和恐怖情节却又有别于18世纪末的"哥特式历险小说"的新型历险小说,一种旨在表现所谓"童年幻想中的英雄主义"的小说。

再次,尽管由于19世纪狄更斯开创的现实主义文学成就辉煌,而且由于哈代和爱德华时代现实主义三杰等人的出色继承而使现实主义潮流在跨世纪之后依然在英国相当强劲地奔涌,所以19世纪中叶就已经在法国初见端倪的以象征主义和唯美主义为代表的现代主义文学直至世纪之交才来到英国,然而现代主义文学在英国从一开始便锋芒毕露、四面出击,不仅在诗歌方面造成声势,而且在戏剧和小说创作方面也先声夺人,迅速汇成一股很强劲的与现实主义分道扬镳的现代主义小说潮流。除了王尔德等人所扬起的唯美主义大旗之外,亨利·詹姆斯在其后期刻意追求艺术形式的完美雅致和心理刻画的精微细腻的心理现实主义小说,也堪称英国现代主义小说的先声,而约瑟夫·康拉德(Joseph Conrad,1857—1924)、爱德华·摩根·福斯特(E. M. Forsterm,1879—1970)和福特·马多克斯·福特(Ford Madox Ford,1873—1937)等人不满足于小说创作的传统程式,在小说题材和形式方面所进行的改革,尤其是康拉德在小说创作中对印象主义技巧所进行的不懈探索和实践,都为英国现代主义小说的迅速崛起奠定了坚实的基础。

出生于沙俄统治下的波兰的约瑟夫·康拉德在英国现代文学史上是个特殊人物。他与亨利·詹姆斯同样不是英国人,而且年近三十加入英国籍时仍然是英文文盲,却与詹姆斯一道成为英国文学史上举足轻重的人物。如果说詹姆斯结束了维多利亚时期小说传统,同时又是英国现代主义小说的先驱者的话,那么,康拉德在许多方面便是他的继承者,像詹姆斯一样,"约瑟夫·康拉德的主要作品为最杰出的维多利亚小说家与最出色的现代派作家提供了一个过渡"①。尽管康拉德在 1895 年发表第一部以印度尼西亚丛林为背景的揭示东西方之间在利益和心理上不可逾越的鸿沟的很不成熟的小说《奥尔迈耶的愚蠢》(Almayer's Folly)时就已经表现出在技巧和风格上的特点,而且他在此后几年间勤奋写作,源源不断地推出被称为航海小说的《白水仙号上的黑家伙》(The Nigger of the "Narcissus", 1898),被称为丛林小说的《吉姆爷》(Lord Jim, 1900)、《黑暗的心》(Heart of Darkness, 1902)和被称为社会小说的《诺斯特罗莫》(Nostromo, 1904)等优秀作品,被英国评论界誉为很有才华的作家,但直到 1914 年他的《机遇》(Chance)发表之前,普通读者对他的作品都反应冷淡。究其原因,也许是康拉德作为直到 20 多岁依然对英语目不识丁的外国水手用英语写出的东西未能适应英国人的阅读口味,也许是康拉德像詹姆斯一样以一个外国人的身份从外部带来的新鲜东西为一向自以为是的高傲的英国绅士、淑女们所不齿,但最根本的是康拉德的创作从一开始就对小说艺术进行了一系列革新。他认为,一切艺术都仰赖于感觉,小说艺术从本质上说也与绘画、音乐一样是感觉艺术。小说要打动读者的个性与情绪,必须创造出一种身临其境的气氛,必须通过声、光、影、形的运用来唤起读者的感觉。小说家应该通过对词句、音调、结构的精心锤炼以达到雕塑的造型美、绘画的色彩美和音乐的节奏美,从而激发读者的联想。他说:"我所要竭力完成的任务,是通过文字的力量使你们听到、感觉到,特别是要使你们看到——如此而已。"②因此,他特别注意色彩和明暗的运用,尤其是突出光与影、黑与白的对比,并赋予这一对比以丰富的象征意义。如在《吉姆爷》中,白色是善良和宁静的象征,而黑色则是邪恶和骚乱的象征。此外,康拉德还实验性地采用了"印象主义"的手法,如在一部小说中让一个人物代表另一个人物的某一性格或心理特征,反之亦然。通过这种手法,康拉德试图将以往人们一直相信的所谓"独一无二的个性"分解开来,揭示其组合结构,从而使整部小说——而不是某一人物——真正具有心理学的深度。

尽管康拉德的小说革新及其风格并不是普通读者所喜闻乐见的,他从未像狄更斯或斯蒂文森那样拥有众多的读者,但他的实验探索确实是英国小说史上前所未有的,对于英国乃至欧美小说的发展以及 20 世纪现代主义小说而言,无疑是举足轻重的。

如果说"约瑟夫·康拉德在英国文学中的特殊地位取决于这样一个事实,即那种隐隐约约地弥漫于现代文明中的虚无主义由于康拉德而按其本来面目暴露

---

① Frederick R. Karl & Marvin Magalaner, *A Reader'S Guide to Great Twentieth-Century English Novels*. (Thames & Hudson London, 1978), p. 47.

② Joseph Conrad, *The Nigger of the 'Narcissus'* (Penguin, London, 1963), p. 3.

无遗"①的话,那么,声称"我属于维多利亚自由主义的潮流之尾……"(《两呼民主》)的爱德华·摩根·福斯特和从 19 世纪末开始就与康拉德携手合作、共同切磋并在小说中倡导运用印象主义表现手法的福特·马克多思·福特,则是有意识地在传统与革新之间架设桥梁,大大地促进了英国现代主义小说的崛起的重要作家和小说理论家。正是经过他们在世纪之交的不懈努力,英国现代主义文学才得以冲破传统,后来居上,迅速进入它的全盛时期,诸如劳伦斯的《儿子与情人》(*Sons and Lovers*,1913)、《虹》(*The Rainbow*,1915)和《恋爱中的女人》(*Women in Love*,1921),乔伊斯的《一个青年艺术家的画像》(*A Portrait of the Artist as A Young Man*,1916)和《尤利西斯》(*Ulysses*,1922),以及伍尔夫的《达罗卫夫人》(*Mrs.Dalloway*,1925),等等,现代主义经典作品才得以像雨后春笋般在 20 世纪初期相继问世,标志着英国现代主义小说达到了它辉煌的高峰。

虽然随着维多利亚时代的行将结束,传统的社会价值和美学信念已被动摇,新的价值观和美学观尚未形成,整个英国文坛骚动不安,作家和艺术家们大多各行其是,有的寻欢作乐,有的大声疾呼,有的无动于衷,有的唉声叹气,似乎呈现出一种所谓"世纪末"的景象,然而,英国毕竟是菲尔丁、司各特、狄更斯等小说大师们的故乡,已经形成国际合流趋势、越来越国际化的小说艺术无论如何也不会在英国后继乏人,更不会失去读者和市场。因此,19 世纪末的英国,尽管小说家们流派各异,或者固守家园、自以为是,或者目光向外、追求新奇,但都在不懈努力,共同创造世纪末英国文坛的辉煌,并且将其带入更为绚丽多彩的 20世纪。

第二节　奥斯卡·王尔德

奥斯卡·王尔德(Oscar Wilde,1854—1900)是唯美主义文学的代表人物。他出身于爱尔兰都柏林一个知识分子家庭,自幼受到良好的家庭教育。父亲是当地著名的耳科专家,喜欢收藏古玩,曾带小王尔德到各地去搜集古董;母亲是诗人,她的诗歌对王尔德后来的诗歌创作产生很大的影响。

王尔德 20 岁时以优异成绩毕业于著名的都柏林"三一学院",进入伦敦牛津大学攻读古希腊经典著作,且因父亲去世而与母亲定居伦敦。大学期间,他前往意大利、希腊旅行,接触到辉煌灿烂的古代希腊罗马文化,使他由对忧愁的崇拜转为对美的崇拜。还在学生时代,他便于 1878 年发表诗歌《拉凡纳》(*Ravenna*),获学院奖金。其后,他结识不少作家和诗人,尤其是接受瓦尔特·佩特和罗斯金的美学思想,确立了对维多利亚时代市侩哲学和道德的敌视和反

---

① C. B. Cox,*Joseph*,*Conrad*. Longman,London,1977,p. 37.

叛。他开始大力宣扬唯美主义,甚至在自己的日常生活中实践唯美原则。他经常有惊世骇俗的举动,甚至身披猩红色天鹅绒上衣,脚登女式高跟皮鞋,手执葵花或百合花,若无其事地走在大街上,使路人惊诧不已。一时间,王尔德闻名伦敦。为进一步扩大唯美主义的影响,王尔德于1881年应邀前往美国讲学,在美洲大陆刮起一股"唯美主义旋风"。

作为一个唯美主义者,王尔德几乎生活在艺术的象牙塔之中。他和现实社会中的实用观念格格不入,他把艺术定义为一种独立自主的与现实毫无关系的纯粹的自在体。1890年6月,曾经有评论家把他的小说《道林·格雷的画像》(*The Picture of Dorian Gray*,1890)作为唯美主义思想的广告,他十分愤怒,认为"使用'广告'这个词是愚蠢而不必要的"[①],广告与他的艺术是"风马牛不相及的"[②]。他对社会和生活表现的这种极端的反叛精神,实际上是他对19世纪末西方社会日益商品化、功利化现象的不满。他企图用艺术拯救这个不断物化的消费主义社会。王尔德的唯美主义艺术思想,不仅表现在他的创作和生活实践中,也表现在他的讲演、论文乃至作品前言中。在其唯一的长篇小说《道林·格雷的画像》中,他在不过数百字的前言中提出了艺术的目的与功用问题、艺术与道德的关系问题以及艺术创作与艺术批评的异同问题等重要的艺术问题。美国斯坦福大学教授雷吉尼尔·加尼尔说:"王尔德对于理解艺术在消费社会的地位这样一个重要问题是有其独特贡献的。"[③]

关于艺术的目的与功用,王尔德认为,艺术家就是美的事物的创造者,把艺术显示出来,而艺术家自己则隐匿其后,这就是艺术的目的。他认为艺术本身就是"美的事物",艺术的目的仅仅在于显示"美",而不是传统理论所说的"寓教于乐";艺术家也不是传统理论所说的"模仿生活"或"再现生活"的人,而是从无到有的"创造者"。在他看来,艺术除了表现它自己之外,不表现任何别的东西。既然艺术不具有任何功利目的,仅仅具有审美价值,艺术家的任务无疑就只有"为艺术而艺术"了。"艺术真正反映的是观赏者本身而非生活。"[④]

关于艺术与道德,王尔德也观点鲜明,文学作品无所谓道德,也无所谓不道德——有的写得博大精深,有的写得稀松瘟劣,如此而已。人的道德生活不过是

---

① Oscar Wilde, *The Letters of Oscar Wilde*, Ed. Rupert Hart-Davis, London: Rupert Hart-Davis, 1962, p. 257.

② Oscar Wilde, *The Letters of Oscar Wilde*, Ed. Rupert Hart-Davis, London: Rupert Hart-Davis, 1962, p. 737.

③ Regenia Gagnier, *Idylls of the Marketplace: Oscar Wilde and the Victorian Public*, Aldershot: Scholar Press, 1987, p. 8.

④ Oscar Wilde, *The Complet Works of Oscar Wilde*, Ed. Vyvyan Holland, London: Collins, 1966, p. 17.

艺术作品的一种题材,而非道德本身,而艺术自身的道德,就在于把各种瑕瑜互见的艺术手段尽善尽美地表现出来。王尔德从拉斐尔前派和他的老师罗斯金那里接受了对工业社会的憎恶和对美的崇拜,却抛弃了他们的道德倾向,从而使艺术摆脱道德的束缚,确立了艺术等同于审美的唯美主义核心思想。因此,他认为艺术与道德分属两个不同的范畴,社会道德及善恶观与艺术毫不相干,用道德准则来评判艺术创作与用艺术准则来评判人的道德行为一样荒唐可笑。他认为"世上永远不会有过分的艺术家。艺术家就是要把一切表露无遗"。只要艺术需要,艺术家就没有必要回避诸如通奸、欺诈之类的所谓不道德的事物。因此,"展露一种隐秘的罪愆或者轻率行为,以及由此而导致的耻辱,是王尔德许多作品的中心主题。王尔德坚持认为'生活是对艺术的模仿',而他自己不顾一切地追求欢乐,就是为了最大限度地实践这一信条"[1]。"借助艺术,并且只有借助艺术,我们才能达到我们完美的境界。"[2]

　　王尔德的早期创作主要是诗歌和童话故事,童话集《快乐王子集》(*The Happy Prince and Other Tales*,1888)和《石榴之家》(*A House of Pomegranates*,1891)收集了他主要的童话作品。这些童话想象奇妙,结构精致,色彩瑰丽,诗意浓郁,语言华美,既有唯美主义倾向,又不乏纯真的感情,是"诗人讲的故事",是"写成散文的诗歌",充分显示其艺术才华。在童话这种明显出于虚构的作品里,王尔德还是接触到的确有生活意义的问题。如在《快乐王子集》之《快乐王子》中,手持剑柄上嵌有红宝石的宝剑,浑身贴满纯金叶片的快乐王子塑像高耸于城市上空,他的一对蓝宝石镶嵌的眼睛熠熠生辉,光彩夺目,受到全城人的称赞和崇拜。但高高在上的快乐王子却能体察民情,他看到城里有重病的孩子得不到医治,还有贫穷的学生、卖火柴的女孩和忍饥挨冻的乞丐,禁不住潸然泪下。于是他请求燕子取下自己身上的红蓝宝石和金叶片赈济穷人。王子塑像因献出珍宝失去光彩而被人们拆毁,燕子也因帮助王子而耽误南飞,冻死在王子塑像脚下。但善有善报,上帝派天使将王子和燕子都带到天堂,"美的事物"将在天堂永恒。再如在《石榴之家》之《少年国王》中,少年国王看见华美衣服和贵重珠宝就会情不自禁地发出欢快的赞叹声。但在加冕前夜,他梦见9个脸色苍白的小孩和瘦弱的妇女在赶织他第二天加冕时穿的袍子,并告诉他说:"我们不得不做工来养活自己,可是他们只给我们那样少的工钱,我们简直活不了了。"他便毅然决定不穿王袍,而穿着牧羊人送给他的羊皮外套,手持牧人手杖,戴着荆棘做成的帽子去出席加冕典礼。故事贯串着敏感而深沉的社会哀怜。少年国

---

① 参见中文版《大英百科全书》(第8卷),中国大百科全书出版社,1985年,第117页。

② Oscar Wilde, *The Complete Works of Oscar Wilde*, Ed. Vyvyan Holland, London: Collins,1966,p. 1038.

王不仅追求外在美，而且追求精神美的行为，正是王尔德唯美主义的追求。正如《王尔德集》作者谢拉尔德在评价王尔德的童话作品时所说："在英文中找不出来能够跟它们相比的童话。写作非常巧妙，故事依着一种稀有的丰富的想象发展；它们读起来（或讲起来）叫小孩和成人都感到有趣，而同时它们中间贯穿着一种微妙的哲学，一种对社会的控诉，一种为着无产者的呼吁。这使得《快乐王子集》和《石榴之家》成了控告现社会制度的两张真正的公诉状。"

王尔德从诗歌步入文坛，也以诗歌结束创作。除《拉凡纳》外，他后来还陆续出版了《诗集》（*The Poems*，1884）、《累丁狱中之歌》（*The Ballad of Reading Gaol*，1898）等几部诗作。但最能体现唯美主义思想的是其小说和戏剧创作。作为小说家，王尔德有一部短篇小说集《亚瑟·萨维尔勋爵的罪行》（*Lord Arthur Savile's Crime and Other Stories*，1891）和一部长篇小说《道林·格雷的画像》，后者是他最著名的作品之一。作为戏剧家，王尔德于 1892 年至 1895 年间创作了一批喜剧作品，包括《温德米尔夫人的扇子》（*Lady Windermere's Fan*，1892）、《一个无足轻重的女人》（*A Woman of No Importance*，1893）、《莎乐美》（*Salome*，1894）、《一个理想的丈夫》（*An Ideal Husband*，1895）和《名叫欧纳斯特的重要性》（*The Importance of Being Earnest*，1895）等。这些喜剧描写通过以闲散消遣和风流调情等度日的上流社会中无忧无虑的主人公们巧妙地卖弄着他们的机智，说出形形色色的俏皮话，活画出一个所谓充满着正正经经的气氛的貌似文雅实则空虚无聊的社会。剧本构思奇特，情节曲折紧凑，引人入胜，语言幽默风趣，富于生活哲理，在挪揄社会的同时，褒扬执着的精神追求。如在《一个理想的丈夫》中，哥林子爵说出了一连串的"名言"："我一点也不浪漫，因为我还年轻呢，我让年纪比我大的人去浪漫吧。""没有任何东西像幸福那样容易变老的。""女人们的感觉是异常敏锐的，任何事情她们都看得出，只有显而易见的事除外。""在英国，一个人若不能够对一大群不道德的听众每周谈两次道德问题，他就算不得是严肃的政治家了。"尽管王尔德没有抱着劝善的目的，但剧作中出色的俏皮对话、精彩的反议论，以及牵涉生活及道德各方面的幽默式的名言，都在某种程度上对资产阶级贵族上流社会有一定的批判意义。更为可贵的是，尽管他的喜剧作品缺乏深刻的内容，而且仅有的一些对于社会批判的主题往往为喜剧中占主要地位的那种交际文雅的气氛所掩盖，但剧作中诸如契尔突恩通过卑鄙手段获得大臣职位等故事，对于统治阶级的攻击却是非常尖锐的。所有这些，都是王尔德剧作的意义所在。

《道林·格雷的画像》是王尔德唯一的长篇小说。作品以奇特的构思、机智的语言、巧妙的象征显示了作家艺术形式上的唯美主义追求。

作品写年轻的格雷幻想自己能永远保持青春和美貌，于是请画家高尔华特给自己画了一幅妙不可言的青春画像。于是，他的愿望神奇地得以实现——任凭时光流逝,自己始终保持年轻时的容颜。但岁月的记忆却又神奇地留在了画像上——随着他耽于享乐,纵情声色,道德逐渐败坏,画像日益变得丑陋不堪。终于有一天,他不忍看到画像上的自己变得又老又丑的模样,拿刀向画像刺去。随着一声尖叫,人们发现画像又变得青春貌美、光彩照人,而地上却躺着一个丑陋衰老的人,胸前还插着一把刀……

作品中三个主要人物对生活有不同的态度。画家高尔华特是美的创造者,他将炽热而敏感的热情贯注于艺术作品中,在创作过程中就像全身心都置于熊熊燃烧的烈火之中。亨利爵士是一个信奉享乐至上的无耻之徒,他不相信任何道德价值,但他热爱美,是一个很高明的审美者,甚至在日常生活中也能尽力使自己远离畸形丑陋的东西。

作品主人公格雷是作家精心塑造的人物,高尔华特和亨利爵士都为获得他的心灵而进行斗争。在亨利的快乐主义哲学引诱下,格雷纵情享乐。他相信,人的幸福并不以道德原则为转移。为了使自己的怪癖得到满足,任何伤风败俗的事他都做。尤其是当他看到自己的放纵生活并不在外貌上留下任何痕迹,他一直风采依然时,他更是肆无忌惮,继续纵情享乐,堕落到最不道德的深渊,甚至不惜犯罪。然而,岁月应该在他脸庞上刻下的印痕却毫不留情地显现在高尔华特为他画的画像上。他为画像上不断出现的皱纹和瑕疵而惆怅,为画像的丑陋而难受乃至愤怒:"注视画像发生变化和一天比一天显得老,曾经一度使他愉快。近来他就不觉得有这种愉快。他为了画像夜里不能入眠。当他离开时,他十分害怕,唯恐别人看到画像。画像给他的情绪带来了忧郁……画像就好像是良心一般使他难受……"也许他已意识到画像的变丑正是自己变丑的反映,但他不愿承认自己的放荡生活玷污了画像。于是,他决定毁掉画像这个唯一对自己不利的罪证,终于向画像开刀。

格雷的命运推翻了亨利爵士的非道德享乐主义哲学——破坏自然道德规则而不受惩罚是不可能的,违背道德原则终将导致毁灭。自以为竭力排斥艺术的道德目的的作家王尔德也在不经意中表达了弃恶从善的忠告。然而,劝善并不是作家的初衷。王尔德通过作品的主人公画像所起的作用想要表达的是艺术高于生活这种自鸣得意的唯美主义思想。活人的面容没有表现出他不道德、堕落的本质,画像却能清楚地看出他究竟是什么样的人,艺术不是比现实本身更能忠实地反映现实的特性和现象的精神实质吗?

王尔德对艺术的唯美主义理解,决定了其创作的风格。而最能体现这种风格的作品莫过于《道林·格雷的画像》。

首先,这部小说出色地采用了人与物的对照法。作品的情节基础不像通常的小说那样表现若干人物之间的关系变化,而是表现人物与其肖像随着时间的推移所发生的变化,而且这种变化不是客观现实中通常的物是人非,恰恰相反,经历岁月沧桑的人物容颜未改,肖像却奇妙地变丑变老,令人难以想象。起初,画像似乎是主人公心灵的一面镜子,似乎在替主人公藏污纳垢,主人公俊美的外貌经久不衰,画像却越来越丑陋;后来,这一关系又完全颠倒过来,画像重现人物的青春魅力,主人公却成为老丑尸。对于这样的变化,读者可能觉得不可思议,视之如天方夜谭;主人公咎由自取,其悲惨结局也未必能引起人们的怜悯。但作家所精心设置的人与物的对照,却非常鲜明地突出了艺术高居于生活之上的主题,使读者进一步理解作家的唯美主义思想。

在小说结构上,王尔德大胆地采用"拼凑法"以显示自己的独特风格。作家曾坦承小说主题来自瓦尔特·佩特关于人生短暂、艺术永存的异教式美学思想,小说的中心情节取自霍桑的短篇小说《预言肖像》(1846),而小说中对于人物内心之罪及隐秘之乐的描写则大多直接取自法国小说家于斯曼的长篇小说《逆流》(1884)。他将这些现存材料公开取来"拼凑"成一部新的艺术作品,读者并不认为他在剽窃。这是因为,王尔德这样做的目的很明显,他是为了说明艺术创作并不是对生活的模仿,而是艺术家为显示其艺术而进行的一种创造,其成功的关键并不在于取材何处,而在于把各种瑕瑜互见的艺术手段尽善尽美地表现出来。从中,王尔德不仅表明对传统的"模仿说"的蔑视,也直接表达其唯美主义的创作论。

其次,小说在整体上具有"解释思想"的象征意义,小说中的人物和情节并不指向现实,而往往是对唯美主义思想的象征性解释。与其说主人公格雷是一个生活在维多利亚时代或其他某一个时代的英国人,倒不如说他是人性的某种象征;与其说另一个重要人物高尔华特是某一个具体的艺术家,倒不如说他是所有艺术的象征。小说的主要情节也是象征性的:高尔华特为格雷画像,象征"美的事物"——艺术,是艺术家"创造"出来的;格雷纵情享乐的不道德行为甚至犯罪,象征人性本身的邪恶;格雷最后由画像反照其丑恶并毁灭,而他的画像却化丑为美,并且永远不失其美,则象征地表达出小说的唯美主义主题——人不可能青春永驻,艺术却可以永恒。此外,小说中人物的思想也往往是对唯美主义思想的某种象征性解释。如高尔华特认为格雷是人类的一个奇迹,人们凭其天资便可"勾勒一个新学派的轮廓,这个学派将具备浪漫精神的全部热情和希腊精神的完美的特征",其意思是,现实生活中的格雷无疑具备美的特质。但要使之成为"全新的艺术",艺术家必须"重新创造它,在新的形式中改造它"。于是,具有美的修养的高尔华特用"一种全新的技法,一种全新的风格""创造"出了道林·格雷的画像。这样,王尔德实际上又否定了艺术与现实生活的关系,从而阐释了唯美主义的原则——艺术从本质上说是一种"谎言","即关于美而不真的事物的讲述"。再譬如,王尔德认为,"艺术绝对不关心事实;她发明,她想象,她做梦,她在自己和现实之间保持着不可侵入的栅栏,那就是优美的风格,装饰性的或理想的手法"。于是,他通过高尔华特说:"世界历史上只有两个时代值得一提:其一是出现新的手段可供艺术使用的时代,其二是出现新的人可供艺术表现的朝代。"并让他大声疾呼:"如果艺术放弃了她的富于想象力的媒介,那么艺术也就放弃了一切。在这幅画里,我自己的东西太多了。"于是,王尔德关于"艺术的目的就是显示艺术自身"而不是反映生活的唯美主义思想进一步得到阐释。

最后,小说在语言上也表现出作家的独特风格。王尔德不仅是出色的文体家,而且从根本上说他是个诗人,他的文字如诗如画。一方面,整部小说富于节奏变化,很有诗歌的音乐性。如描写亨利爵士与格雷在花园里交谈,既像行云流水般的慢板,又像蕴含内在紧张度的快板;而写到格雷和高尔华特的冲突时,则变得急骤尖锐,犹如在 G 弦上的一阵急速弹拨,"大珠小珠落玉盘"。另一方面,作家的文字生动,色彩绚丽。他喜欢描绘各种珍贵的事物,在描写自然时,他将自然与珍珠宝石相比拟,而在渲染气氛、比喻人物和形容哲理时,则不仅有自然的光与色,更有众多的艺术珍品和奇珍异宝。可谓琳琅满目,简直是"美的事物"的大展示。此外,作品中幽默、诙谐、辛辣的言辞几乎随处可见,尤其是其中的反议论,显得特别精彩,充分显示出王尔德卓越的幽默讽刺才能。如作家嘲笑上流社会的庸俗与无聊:"活像一本颂歌集,装订得又异常蹩脚。"讽刺教士的陈腐与无知:"一个 80 岁的主教讲着他 18 岁时就讲过的那些话,听起来倒也讨人喜欢。"抨击社会的浮华之风:"世人对什么东西的价钱都一清二楚,可就是不知道这些东西到底有什么用。"挪揄人们的唯利是图:"即使最伟大的德行也抵不上一碗半冷不热的菜汤。"……真是妙语连珠。尤其是他对于亨利爵士的评语,既精妙绝伦,又恰恰是作家自身的写照:"他玩弄思想,变成固执任性。他把思想掷到高空,让它完全变形;放它逃走,又重新捉住它;使它放出想象的虹彩,长上反议论的飞翅。"从这类言词中,作家唯美主义的语言风格和愤世嫉俗的思想情感都得到充分的展示。

王尔德不仅在自己的作品里,而且在私人生活中,也实行超道德的唯美主义原则,结果弄得他很不体面。1895 年,王尔德因同性恋而被控以有碍风化的罪名,受到法庭审讯,被判入监两年。1897 年出狱后,他迁居巴黎,穷困潦倒,1900年病死于巴黎的一家客栈。可见,"王尔德以唯美主义和艺术形式反抗商业社会的局限性和两重性是十分明显的"[①]。从某种意义上说,王尔德自己就是一个唯美主义的悲剧人物。

---

① 周小仪:《奥斯卡·王尔德:十九世纪末消费主义文化与后现代主义理论》,王守仁、何宁编:《英国文学史论》(下卷),上海外语教育出版社,2012 年,第 418 页。

第三节　亨利·詹姆斯

亨利·詹姆斯（Henry James，1843—1916）是一位杰出的小说家、文艺评论家，也是现代主义小说运动的先驱。"亨利·詹姆斯的文学批评文章，特别是他于1905年至1907年间为纽约版小说而作的序言，一般被认为英美小说理论的重要文献。"[①]他是爱尔兰移民的后代，生于美国，后半生长期定居英国，并加入英籍，因而在美、英两国文坛都占有重要的位置。

1843年4月15日，亨利·詹姆斯生于美国纽约市华盛顿广场附近一个显贵家庭。其祖父是成功的爱尔兰移民，逝世前富甲一方，其父继承了大笔遗产，生活悠闲自在，在神学和哲学研究方面颇有心得，很重视对四子一女的培养教育。但父亲给詹姆斯兄妹的教育并不是按部就班的，而是不断转学，请各式各样的家庭教师，而且其父偏爱欧洲教育，多次带孩子们到欧洲旅游，足迹遍及日内瓦、巴黎、罗马、波恩、伦敦等地，希望孩子们能接受"优越的教育"。詹姆斯兄妹也确实接受了优越的世界性教育。詹姆斯的父亲还为孩子们的成长提供了优越的家庭环境。家中有大量藏书和艺术品可供孩子们阅读欣赏；父亲广交天下名士，包括爱默生、卡莱尔、霍桑、梭罗和乔治·黎普列等当时欧美著名的作家和学者都曾造访詹姆斯家，孩子们受到鼓励与这些大家交谈；作为"杰出的天才"的父亲，聪明贤达，对儿子的成长也产生深刻的影响。1860年，17岁的亨利随家人从欧洲旅行回国，在罗德岛的纽波特安家。尽管居住时间不长，但这个有着弯曲的街道、矮小的楼房、历史悠久的码头、伯克莱主教的声誉、有名的公墓，被称为"美国国土上的一个欧洲哨所"，充满特殊魅力的欧洲和美国优秀文化的荟萃之地，以及居住其间的人们，包括亨利·詹姆斯终身为之倾倒的女性敏尼·坦普尔、文学评论家托马斯·伯理和画家约翰·拉法伊等，都对亨利·詹姆斯后来步入文坛产生了巨大影响。

1861年美国南北战争的枪声打破了亨利·詹姆斯在纽波特镇的平静生活。他和两个弟弟应征入伍，但他很快就因在一次救火中脊椎受伤并落下终身残疾而退伍。1862年他与哥哥威廉一起进入哈佛大学法学院，但两人都对法律缺乏兴趣。威廉后来成为著名的哲学家和心理学家，而亨利则很快发现自己的主要兴趣在文学。于是，他开始研究和尝试写作，并决定以此为终身职业。

1864年，亨利·詹姆斯先发表短篇小说《错误的悲剧》和评论《论小说》，表

[①]　Dorothy J. Hale，"James and the Invention of Novel History."*The Cambridge Companion to Henry James*，ed. Jonathan Freedman，Shanghai：Shanghai Foreign Language Education Press，2000，p. 79.

明他将作为一个小说家和文艺批评家驰骋文坛。随后,他不断发表短篇小说、剧本、游记和评论文章,并结识了《北美评论》《大西洋月刊》《民族》等刊物的多位著名编辑,还在欧洲旅行途中认识了罗斯金、狄更斯、莫里斯和乔治·艾略特等英国作家以及旅居罗马的美国雕刻家 W. W. 斯达瑞和美国作家马修·阿诺德等。从这个时期他的小说、评论文章中可以看出,他的现代小说观已逐步形成。1865年左右,他对传统的狄更斯式以讲故事取胜的小说创作感到不满。他曾经撰写文章批评狄更斯晚年的小说《我们共同的朋友》,认为那是"最糟糕"的小说,因为这样的小说把生活真实当作小说真是"缺乏灵感"。①

1875 年是亨利·詹姆斯文学生涯的转折点,历经多年创作完成的以旅欧美国艺术家为题材的小说《罗德里克·赫德森》(Roderick Hudson)正式出版,同时还出版了第一个短篇小说集《热诚的旅客及其他故事》和第一卷游记《大西洋彼岸见闻录》。同年秋天,他因对巴尔扎克作品,屠格涅夫、福楼拜及其他"巴尔扎克的孙子"的浓厚兴趣而搬进巴黎拉丁区,并从此定居欧洲。随后,他相继结识了屠格涅夫、福楼拜、都德、莫泊桑和左拉等一大批著名作家。翌年,他又因乔治·艾略特的"诱惑"而移居英国伦敦,社交范围进一步扩大,与格莱斯顿、丁尼生、安德烈·兰恩、赫伯特·斯宾塞、托马斯·赫胥黎和罗伯特·白朗宁等人都有交往。除几度回美国讲学或观光外,他几乎在英国度过 40 个春秋。其间曾在萨西克斯莱伊古城的"雷母居"居住较长时间,与英国著名作家康拉德、威尔斯和克莱恩等为邻。1911 年,他获得哈佛大学和牛津大学荣誉学位。第一次世界大战爆发后为抗议美国政府长期保持中立而不对德宣战,他于 1915 年 7 月正式加入英国国籍。1916 年他获英国功勋勋章,同年 2 月 28 日病逝于伦敦。

亨利·詹姆斯的小说创作大致可分为三个时期。

1886 年之前为创作早期,作品大多沿用传统技巧,情节相对简单,人物形象、性格不见复杂。但由于不断努力学习、探寻小说写作技巧,作品也偶有创新。第一部重要作品《罗德里克·赫德森》写一个年轻有为的美国业余雕塑家试图从美国到罗马接受欧洲旧大陆古老文化的熏陶以丰富自己的创作,结果适得其反,近墨者黑,他在罗马终日寻欢作乐不能自拔,最终坠崖身亡。作品首次通过无知的美国人在欧洲这个"罪恶的天堂"堕落的经历来探讨欧美道德观念的差异这一基本主题。其后的《美国人》(The American,1877)进一步表现这一国际性主题,被认为是作家早期的成功作品之一。小说描写在美国白手起家的百万富翁到欧洲旧大陆寻找名门闺秀做配偶,他找到了意中人,却又因贵族社会将其断然拒之门外和恋人的传统保守而只能失望而归。作品描写出色,对话幽默俏皮,戏

---

① Henry James, "Our Mutual Friend." *Selected Literature Criticism*, London: Cambridge University Press,1978,p. 6.

剧性场面与心理分析相互穿插,主要人物栩栩如生,表明作家的写作技巧已趋成熟。

1878 年完稿的《欧洲人》(*The Europeans*)以相反的方式,通过欧洲人在美国的经历继续探讨欧美道德观念的对立。而中篇小说《黛西·米勒》(*Daisy Miller*,1879)则是亨利·詹姆斯首次轰动文坛的小说。小说延续了其美国文明挑战僵硬陈腐的欧洲文明的主题。主人公黛西·米勒是来自新大陆的一位热情奔放、聪明伶俐、天真率直的姑娘,她深信自己的行为无可挑剔而我行我素。漫游罗马时,她因与男性交往不拘泥于社交场合的种种陈腐礼节而被上流社会讥笑为卖弄风情,与男青年在晚间趁着朦胧月色在花园散步也引起疑神疑鬼的"正人君子"的交头接耳,以为他们有越轨行为。作品以作家特有的清新隽永的笔调和浓厚的生活气息反映新旧两个大陆、两种文化风尚的尖锐对立。

1881 年,作家第五部"国际主题"小说《贵妇人画像》(*The Portrait of A Lady*)出版,代表其文学创作的第一个高峰。《贵妇人画像》是詹姆斯早期创作的优秀的现实主义长篇小说,开了美国文学以女性作为小说主人公之先河。詹姆斯在其序言中开宗明义地指出:"整个小说的主旨是,一个可怜的姑娘向往自由精神,追求高尚情操,自以为头脑清楚、行事慷慨而合乎情理,到头来却发现自己在常规的磨盘里遭到碾轧。"小说试图以道德危机作为试金石来揭示各种性格的冲突,通过揭露欧洲资本主义社会普遍存在的自由和诡诈风气,形象地展示出"常规的磨盘"对无知的无情碾轧,在更广泛的规模和更深刻的程度上反映美国无知和欧洲腐蚀的对立,被公认为詹姆斯的杰作和英语文学中的上乘之作。

作品写父母早丧的女主人公伊莎贝尔随姑母从美国来到英国。渴望探索与体验新生活的她为了保持独立,视爱情婚姻为羁绊,将一个接一个为她的美貌所折服而神魂颠倒地拜倒在她的石榴裙下的英国贵族、美国富商视若无物,一一拒绝。对她心存爱恋却因身患痼疾而将感情深埋在心底的表兄为了让她无忧无虑地生活,劝说病危的父亲将一半遗产送给表妹。天真烂漫的伊莎贝尔在漫游罗马时终于情窦大开,对风度翩翩、似有高雅艺术趣味的艺术收藏家奥斯芒德一见钟情,这位在美国出生在意大利长大的沾满酸腐气和铜臭味的所谓艺术家得知伊莎贝尔有一大笔遗产后立即用尽心计设下圈套,诱其入瓮。尽管伊莎贝尔的表兄旁观者清,看透奥斯芒德是个想借娶妻发财的伪君子,坚决反对这门亲事,但当局者迷,伊莎贝尔已完全被奥斯芒德的温文尔雅和爱情攻势蒙住了眼睛,竭力为其辩解。婚后伊莎贝尔很快发现奥斯芒德虚伪、自私、冷漠,为了发财工于心计,巧于伪装,不择手段,而且试图绝对控制自己的意志和感情。深夜,她在罗马那座宫殿式的"黑暗的房子,无声的房子,令人窒息的房子"里秉烛独坐,面壁苦思,终于认清丈夫的真面目,承认自己婚姻的失败:"在他那种教养、那种精明、那种殷勤的背后,在他那种客客气气、老成练达和谙熟世情的背后,隐藏着他的自私自利,如同一簇花丛中的一条毒蛇。"

表兄病危,伊莎贝尔不顾丈夫阻拦赶回伦敦。表兄临终后悔自己好意劝父赠遗产,不承想竟成祸因,使表妹沦为贪婪的谋财者的猎物,一生被毁;表妹则承认自己的无知受到欺骗,任性遭到惩罚,因而"在常规的磨盘里受到碾轧"。表兄死后,朋友劝伊莎贝尔与奥斯芒德一刀两断,但她经过一番痛苦的斗争,又返回罗马,因为她认定"每个人都要为自己的行为承担后果",她准备以新的勇气和毅力来面对命运。

作品女主人公是詹姆斯笔下一系列善良而无知的美国人的典型之一。她聪慧妩媚、热情善良、天真单纯,充满对新生活的渴望和对自由的向往,但她年轻无知,缺乏经验。她从偏狭的美国来到貌似自由的欧洲,自以为是自由的,可以在生活的海洋中自由地劈波斩浪。然而,在欧洲文化熏陶下成长起来的奥斯芒德及其先前的情妇所代表的堕落与腐蚀势力彻底粉碎了她的"自由"幻觉,她的财富、美貌成了阴谋诡计的目标,而她的单纯、天真又使她误将虚伪的做作视为道德的楷模,她并不知道她在追求自由的路上每一步都是陷阱。伊莎贝尔婚后终于痛苦地认识到自己是"一个被人利用的女人",是"一件一经使用便束之高阁的工具,像削凿成形的铁木器具一样没有感觉、唾手可得",但为时已晚。她以葬送自身幸福和自由的高昂代价换来对生活的认识。她的悲剧命运的根本原因除了奥斯芒德所代表的自私和欺诈之外,显然还有她对"自由"和"理想"的幻觉和偏执。她的观察和认识常常出现偏差,她过多地将事物理想化,而看不到事物的本质,她的虚幻的自由观使她沦为"常规"的囚徒。从这个角度来说,她难逃咎由自取的指责。

小说在艺术上取得很大成功。著名现代英国小说家查·珀·斯诺认为,作为一件独立的艺术品,这部小说达到了无懈可击的程度。这个评价虽然有过誉之嫌,但平心而论,尽管由于作家注重文字的雕琢堆砌和文风的清新优美,带有唯美主义的倾向而使文体略嫌造作,故事情节较简单,节奏也较缓慢拖沓,但总的来说作品显得精裁密致,色彩绚丽,含蓄幽雅,幽默风趣。语言经过反复锤炼、精敲细打,含蓄与幽默都达到完美的程度,而有些未刻意求工的篇章,文笔也甚是挥洒自如,给人以诗歌一般的美感。

尤其值得肯定的是詹姆斯在这部小说中第一次突破了小说写作的传统方式,即摒弃了"全知叙述"和"自传体叙述"的模式。小说通过对叙述故事的观察点和角度进行调整,成功地创造了"意识中心"的叙述方式,即既不从那个无所不知的作者,也不从第一人称"我"的视角和观点来叙述故事,而是整个叙述线索来自作品中的人物。作品中女主角伊莎贝尔被置于各种观察点的汇合处和各种意识的中心点,一切叙述、描写都从她的观察和认识出发,从而将她的种种细微感受、启示和反应写得丝丝入扣，外部世界也因此得到展现。

　　为了表现伊莎贝尔幽深、细致的意识活动，作家使用的手法之一是巧妙地使用形象和象征技巧，借助具体的视觉形象来表现抽象的意识活动。如作品中一再出现的庭院花园的形象就被作家用来表现伊莎贝尔从无知到成熟过程中的感情变化。伊莎贝尔初到英国时，内心深处的隐秘就像独自进入花园的绿荫深处采撷花朵一般："在她的想象、她的天性之中，似乎有某种像花园一般的品质，使人想起枝叶的幽香和细语，使人想起绿荫的幽深和小道的狭长。这使她感到窥测内心仿佛是一种户外活动；如果能带回一掬玫瑰花瓣，到思想深处去探幽求胜未尝不可乐而为之。但是，人们也常常提醒她，除了像她那样纯洁的少女灵魂之外，世界上还有别种花园，并且还有许多地方根本不是花园——而只是昏暗阴霾、充满瘴气的旷野，布满了丑恶和苦难。"此后，作家更是一再用花园里曲径通幽、林木扶疏、绿叶婆娑、鸟语花香的美好景致来烘托女主人公清新秀逸的内心世界。而当单纯任性的女主人公受到奥斯芒德及其旧情人的蒙骗时，作家则把花园"昏暗阴霾"的另一面展现在读者面前："这位年轻女子的精神活动十分奇怪，我只能如实介绍而不想把它装扮得更自然些。用我的话来说，她的想象停止了，面前是一片模糊不清、难以逾越的空地，一块昏暗而难以捉摸的旷野，就像冬日薄暮中的沼泽地一样，神秘莫测，甚至还可能潜伏着某种凶险。但是，她还是要穿越这片旷野。"就像园林、旷野终会荒芜一样，人的精神意识也会荒芜。最后，当伊莎贝尔终于了解奥斯芒德已有情人仍向她求婚的不良居心时，她在一阵震惊之中几乎失去控制，漫无目的地驱车飞驰，来到一处罗马古寺的庭园中，反思自己所遭遇的"丑恶和苦难"："这就是她在空空荡荡的教堂里的时候的感悟，那些异教的废墟残留下来的大理石廊柱似乎陪伴着她忍受痛苦，而那种陈腐的霉味也使人想起在久远的年代里得不到响应的祈祷。"作家用古寺废墟象征伊莎贝尔先前的无知幻想和天真希望的最后破灭，清楚地表明她心中的理想大厦已颓然崩塌。通过女主人公在特殊的环境中各种细微的心理变化及感受的展示，进而表现外部世界与人物内心世界的交融，"这种方法对现代小说家来说已经多少是理所当然的事了，但是在 1881 年却是小说技巧方面的一个为人忽略的创新。就凭这点理由，《贵妇人画像》应该被视为小说发展历史上一本具有重大意义的作品"①。也就凭这点理由，詹姆斯被称为英语文学中心理小说的先导。他同后来的许多现代主义作家一样，发现人的内心是个动荡复杂的世界，变化不定，流动不已，因而特别注意分析和描写心理状态极其细微的变化。詹姆斯的小说开始淡化情节并转向心理展示，他认为"小说成功与否很大程度上取决于揭示

---

①　Michael Swan, *Henry James*, London：Longman, 1969, p. 15.

某个特殊的心灵及其与众不同之处"①。他的心理分析的创作方法对诸如乔伊斯、伍尔夫等意识流作家产生了相当大的影响,但他自己的作品从未真正成为意识流小说,而是既有传统又不同于传统,因而被称为心理现实主义。从这个意义上说,詹姆斯尽管未被视为现代主义作家,却确实为英国小说乃至英语小说拉开了现代主义的序幕。

同类题材的中篇小说《德莫福夫人》(*Madam de Mouves*,1883)中的女主人公德莫福夫人的命运比黛西·米勒和伊莎贝尔更为不幸。她原是美丽纯洁而富有的美国姑娘,因崇尚欧洲贵族的高尚与风雅,误入歧途,嫁给玩世不恭的没落贵族纨绔子弟德莫福男爵,虽遭受愚弄欺骗却忠贞不渝。但在多年以后,当问心有愧的男爵向她忏悔时,受尽折磨的"圣女"却断然拒绝,男爵终于绝望自杀,美国的纯洁无辜终于在道义上战胜了欧洲的腐化堕落。

"一个充满美国气息的故事"《波士顿人》(*The Bostonians*,1886)是亨利·詹姆斯早期作品中在题材上别树一帜的小说,故事围绕女性解放和爱情冲突展开,表现美国独特的社会现象,也是后来许多现代小说家经常表现的主题。中篇小说《华盛顿广场》(*Washington Square*,1881)也是其重要的早期作品。

1886年至20世纪初为亨利·詹姆斯的创作中期。由于作家已定居欧洲多年,这时期作品的主要人物逐步转变为欧洲人,作家在创作技巧上也进行大量的实验。但他的实验从根本上来说并不成功。作家也许是想回避生活以便遁入虚幻华美的艺术境界,也许是因创作源泉枯竭而有意追求形式的完美,于是试图用精湛的技巧掩盖内容的贫乏,用虚构的悬念代替现实的矛盾冲突,用优雅的风格重复过去的故事,从而使大多数作品内容空泛,语言艰涩难懂。所幸的是作家为追求形式的创新而使用一些戏剧表现手法和采用一些含意艰深的形象或象征,多少也让人耳目一新。

中篇小说《阿斯本文件》(*The Aspern Papers*,1888)富于浪漫色彩和浓郁诗意,写手中握有大诗人阿斯本遗稿的已80岁高龄的诗人情妇与其50岁的侄女离群索居,遗稿引起年轻评论家的兴趣与索求,阿斯本的情妇同意转让文稿,但以年轻人娶其侄女作为交换条件。老人去世后,其侄女知道年轻评论家不爱自己,只爱文稿,遂焚毁全部文稿。小说风格细腻,文笔优雅,情节曲折,人物刻画也颇有深度。如描写精明而贪婪的情妇时略带讥讽,而刻画幼稚而优柔寡断的侄女时则不乏同情,颇见作家功力。

这一时期詹姆斯的其他作品也从各个侧面反映广阔的社会生活,富于现实批判意义。如《悲哀的缪斯》(*The Tragic Muse*,1890)表现艺术与世界的对立,

---

① Henry James,"The Art of Fiction. "*The Norton Anthology of American Literature*, p. 430.

艺术家对艺术的追求往往要以牺牲社会事业和物质利益作为代价;《波音顿的珍藏品》(*The Spoils of Poynton*,1897)通过争夺艺术珍品的故事暴露两代人之间的道德冲突;《青春初期》(*The Awkward Age*,1899)通过贵族社会母女之间的冲突表现价值观念的变化;而《梅瑟所了解的》(*What Maisie Knew*,1897)则通过淫荡成性的父母对幼女的影响所造成的后果,追寻罪恶的环境对个人意识和精神成长的影响问题。

20世纪初至作家去世是其创作后期,这一时期被许多评论家认定是作家创作的"主要时期",其最后三部长篇小说《专使》(*The Ambassadors*,1903)、《鸽翼》(*The Wings of the Dove*,1902)和《镀金碗》(*The Golden Bowl*,1904)被认为是作家最成熟的小说。

《专使》写中年鳏夫斯特莱塞受情妇兼经济资助人纽森夫人之托前往"罪恶之都"巴黎寻找正在巴黎寻花问柳的纽森夫人之子查得回美国继承产业,却发现查得正与一寡妇情意绵绵而无意返美,并已由原先鲁莽浅陋的小伙子变为文雅而有修养的绅士。这个在清教徒环境里成长的美国人经过深入考察,对丰富多彩的巴黎生活逐渐产生好感,进而懂得了使查得发生"不可比拟的变化"这个"近乎荒谬的奇迹"的原因显然是巴黎这个有浓厚的文化传统的环境。而且,那个使查得流连忘返的维奥奈太太是一个有教养、有风韵的妇人,对查得一往情深。于是,同样对纽森夫人一往情深的斯特莱塞突然省悟,让查得离开这样的女子岂不使他成了天下第一负心汉? 于是,他宁愿承担因未完成使命而不能与纽森夫人结婚的后果,反而力劝查得继续留在巴黎,自己一人回美复命。小说一改作家前期作品中在同情美国人单纯无知的同时谴责欧洲人世故势利的倾向,对欧美两种文化的利弊表达了新的看法——在同情美国人的单纯天真时不忘指出其狭隘肤浅;在表现欧洲文化的虚伪势利时也不忘肯定其优雅与多彩。侨居欧洲多年的詹姆斯的观念显然已有明显的变化和发展。

《鸽翼》在一定程度上重复了作家早期小说《贵妇人画像》的主题,身患不治之症的美国年轻女富豪密莉想在生命的最后时刻前往欧洲寻找爱情,品尝幸福,很快便爱上伦敦记者丹歇。与丹歇订有婚约的凯蒂得知密莉腰缠万贯却来日无多,便财欲暂压情欲,极力怂恿丹歇与密莉结婚以获取其财产,待其一命呜呼后自己再取而代之。密莉发现自己陷进别人的阴谋,放弃结婚计划。她尽管未能与丹歇结婚却出于爱与谅解而将大笔财产留给了丹歇。她轻展鸽翼,好让一对囊空如洗的有情人能像翼下之卵一样生活在自己的恩泽之中。但诚实的丹歇痛感良知受到谴责,无颜接受密莉的馈赠。凯蒂见财产落空,背弃了丹歇,贪婪与欺诈终于酿成爱情悲剧。

《镀金碗》是作家最后一部小说,写相依为命的美国父女来到欧洲,无知而热情的女儿找到如意郎君后促成父亲再婚。不料继母却曾经是夫婿的恋人,在亲密往来中他们旧情复发,暗中勾搭,原来就有裂痕的镀金碗终被打碎,但女儿还是以宽厚仁爱清理了这一团乱麻。作品通过一个家族中错综暧昧的关系揭示美国的无辜和欧洲的腐蚀,重提两种文明对立的话题。但与其早期作品相比,这部小说中的两种文明并非水火不容。由于作家在两者之间引入了仁爱这服良药,因而美国的无辜可以唤醒良知,欧洲的腐蚀和堕落也并非铁板一块,美国文化之勃兴和欧洲文化之救赎将指日可待。

除了中、长篇小说创作,短篇小说也是亨利·詹姆斯小说创作的重要组成部分。作家初涉文坛就创作短篇小说,一直坚持到创作后期,一生共创作 112 篇短篇小说。他曾在给斯蒂文森的信中说,他想"留下关于他的时代的大量摄像,尽可能将他小小的圆镜头对准各种不同的场合"。短篇小说无疑就是其"小小的圆镜头"所摄下的精彩的画面。

詹姆斯的短篇小说题材广泛,写作技巧精湛。早期短篇虽多属练笔习作,但已显露出讲究技巧别致、追求形式完美的迹象。作品大多以纽约的街市和纽波特风光等为背景,故事情节相对简单,而人物之间的关系则较为复杂,如描写爱情追求的失败、年轻男人的沉默自卑、年轻女子深不可测的心灵和女性变幻无常的习性等,笔调忧郁浪漫。

中期短篇创作题材较广,艺术形式、风格也日臻成熟。大西洋两岸的频繁往来使作家眼界开阔,他以敏锐的目光观察欧美社会的世态人情,用高雅的幽默表现两种文化的尖锐对立,但褒美贬欧的偏见仍不时流露。这个时期,作家写了不少"幽灵小说"或鬼故事,也写了一些妇女题材的作品。

后期短篇创作风格有较大变化,作家不再热衷于精确细腻的描绘,转而表现人物的生存困境和内心情感状态,将深沉的幽默感和强烈的恐怖感结合在一起,流露出或隐或现的悲哀。作品表现噩梦或蛮荒的恐怖,或者表现个人在历尽挫折之后终于发出岁月空抛、人生如梦的哀叹,但外部现实世界的炎凉或冷暖已不再是作家的兴趣所在,披露内心世界的震颤或隐秘才是他执意追求的目标。

评论家莱昂·伊德尔在《论亨利·詹姆斯的短篇小说》(1963)一文中说:"如果按时间顺序阅读亨利·詹姆斯的中短篇作品,我们可以看到一位注重社会风俗问题的历史学家、一位心理学家、一位修养高超的思索者、一位思想深刻的道德主义者,依次将'他小小的圆镜头'对准各种经历,其创作风格也在这一过程中不断发展变化。"[①]我们姑且不论其评价是否正确,詹姆斯的艺术追求伴随着其阅历和思想观念的变化而不断发展却是非常明显的。

亨利·詹姆斯在从事小说创作的同时,还对小说创作做了卓有成效的理论

---

① Leon Edel, "The Tales," *Henry James: Twentieth Century Vieus*, ed. Leon Edel (Prentice Hall, N. J. , London, 1963), p. 178.

研究,并发表过一系列有独特见解的论文,他关于小说家和小说批评的论文在英国文学批评史上具有十分重要的地位。其中,《小说家及其他评论》(*Notes on Novelists and Some Other Notes*,1914)、《笔记和书评》(*Notes and Reviews*,1912)、《文学评论集》(*Literary Reviews and Essays*,1957)以及他为自己 10 余部小说作的序,都集中表达了他对现代小说的理论观念。

亨利·詹姆斯被认为是"现代小说批评的奠基人"①。"詹姆斯发明了一门新兴的学科"②,那是因为他为小说批评建立了一系列新的术语,形成了他自己的小说理论体系,他的理论和创作为现代小说的崛起奠定了基础。

第四节　塞缪尔·勃特勒

塞缪尔·勃特勒(Samuel Butler,1835—1902)出身于诺丁汉郡兰加尔一个世代当牧师的家庭,他在学会走路之前,就曾跪着祈祷。但他在剑桥大学接受高等教育后,在崇尚科学的同时对基督教教义产生怀疑,所以不再追随前人侍奉上帝,而对自然科学、宗教学、伦理学、心理学等各式各样的科学及文学艺术产生极大兴趣。于是他远赴新西兰从事养羊业,很快发财,5 年之后回到英国成为产业主,生活无忧,得以专心致志地投身于科学事业,寻求对社会生活和自然界各种现象的新解释。他撰写出大量别出心裁的科学著作,同时进行文学创作。勃特勒的创作在英国文学史上占有特殊地位。但在他去世前,他的小说家地位在英国得不到承认,在国外也几乎没有人知道他。他的最重要的长篇小说《众生之路》是在其去世后才出版的。

在深入学习和研究达尔文的进化论学说,撰写有关批判达尔文学说的论著的同时,勃特勒开始进行小说创作。1872 年勃特勒自费匿名出版乌托邦式社会讽刺小说《埃瑞洪》(*Erewhon*),以斯威夫特式的手法描述了一个虚构世界,讽刺英国社会的种种不合理现象。作品不仅书名(即国名)Erewhon 是英文字Nowhere(乌有乡)的倒排,而且故事叙述人讲述的那个国家的一切也都和文明的欧洲相反,甚至叙述人在旅途中遇到的 Sonbinre(孙滨鲁)先生也很容易让人猜到他的名字是 Robinson(鲁滨逊)的倒写,还有他爱上的姑娘叫丽玛,这个名字也是普通英国姑娘的名字"玛丽"的倒写。

小说主人公是英国青年希格斯,他从很像新西兰的侨居地出发,翻过大山,便进入有许多奇怪的雕像守卫着的埃瑞洪国,该国乐天知命的居民热烈欢迎客

---

① 李维屏:《英国文学思想史》,上海外语教育出版社,2012 年,第 513 页。

② Dorothy J. Hale, "James and the Invention of Novel History." *The Comgidge Companion to Henry James*, ed. Jonathan Freedman, Shanghai: Shanghai Foreign Language Education Press,2000,p. 79.

人的到来,但不久他却莫名其妙被关进监狱。狱吏之女丽玛教其当地语言,使他逐渐熟悉当地习俗。原来他因戴手表违禁而被捕入狱,因为该国原先技术高度发达,但某科学家根据"自然选择"理论证明机器必然征服人类,为避免这种危险的发生,该国严禁机械,将一切机器毁灭,只能在博物馆保存机器残余。

疾病和不幸也被该国看作最大的罪恶。希格斯在法院看到一个青年人因患结核病被判苦役刑,而盗窃等犯罪却不被审判,反而由一种叫"矫正者"的行业人士为其"治疗",这些人士让自己违法乱纪,以便以后能治疗那些作奸犯科之人。因盗窃大量公款而暴富的富翁孙滨鲁也只需接受"治疗"而不受谴责,更不受审判。

埃瑞洪由国王统治,但权力集中在"音乐银行"里,该银行是教会和国家政权特种模式的体现。银行发出的"筹码"是人们享受"荣誉"所必须拥有的假定货币,但由残疾人担任的银行出纳都只收民间流通的真正货币。

埃瑞洪青年接受"非理智学院"教育。该学院的主要任务是阻止科学发展和知识传播。

婴儿的诞生在埃瑞洪被认为是最大不幸,新生儿要给父母立下由别人代拟并当众宣读的"具结书",声明自己来自不生不灭的灵国,因品质恶劣而投胎折磨不幸的父母,请求原谅,年满14岁时再在"具结书"上签字……

埃瑞洪到处充满令希格斯觉得荒唐的事,希格斯因到处遭人敌视而想离开,在国王恩准其进行气球升空试验后,他将恋人孙滨鲁之女藏入砂囊,一起乘气球离开该国。

作品将乌托邦理想和对当时英国社会现实的猛烈批评离奇地混合在一起,同时对资产阶级道德和宗教的虚伪进行无情的批判,表现出作家多样化的讽刺风格。

大约30年后勃特勒写成的第二部讽刺小说《重临埃瑞洪》(*Erewhon Revisited Twenty Years Later*,1901)里,希格斯发现该国习俗发生很大的变化,原因是自己20年前因乘气球升空消失而被认为是太阳之子,从而出现新的宗教——"太阳之子教"。该教教会人士虽然不相信本教教条,却从传教中得到极大收益。希格斯试图说明自己并非太阳之子,但该国对太阳之子的崇拜已不可摧毁,他不得不离开。但埃瑞洪不再与世隔绝,并请求英国收其为保护国。作品在更为尖锐地揭露宗教的社会实质的同时,也以尖锐的讽刺对虚伪道德进行了猛烈的抨击,如在特殊的矫正学校里,不做坏事的儿童要受惩罚,说真话的儿童要挨打,等等。

尽管作品与前一部乌托邦小说一样带有悲观性质,尤其是把种种社会缺陷都视为人性的特点,而未能触及社会本质,无疑失之偏颇,但作家对英国社会生活的许多方面如道德、教育、宗教、法庭和其他方面的影射批评是相当尖锐的。

　　尽管勃特勒的乌托邦作品似乎远离社会生活，与社会斗争没有直接联系，作品中主人公的形象是象征性的，他们基本上只是表达作者观点的傀儡和传声筒，有些与人物活动及其性格都毫无关系的训诫性文字甚至很枯燥、冗长，令人难以卒读，但由于作家出色地继承了斯威夫特以来以比喻、幻想式讽刺艺术为主的英国现实主义文学传统，他的反讽式寓言和怪诞描绘对于英国读者来说并不陌生，读者很容易透过其"反面"看到其对维多利亚时期英国社会丑恶现实的深切关注和揭露批判。而且，勃特勒的这类作品文笔细腻，格调冷峻，夹叙夹议，力透纸背。作品风格对世纪之交的英国文坛产生一定的影响，从威尔斯的空想社会主义小说和萧伯纳的反论式俏皮文笔中，我们都可以明显地看到勃特勒的遗风，在理查·奥尔丁顿和赫胥黎的作品中也表现出勃特勒的影响痕迹。

　　长篇小说《众生之路》(*The Way of All Flesh*, 1903)是勃特勒创作的高峰。作家早在19世纪70年代就已经构思并着手写作此书，1883年完成全书初稿，因自感不满意而未能付梓。后来经多次修改，直到作家去世后才由其朋友整理出版。牛津大学出版社在1936年出版该作品时，萧伯纳为其写了长篇序言，在指明勃特勒的缺点和"怪癖"的同时，仍坚持认为他是"19世纪后半期英国伟大的作家"，"《众生之路》是同类作品中人类成就的顶峰"。

　　作品叙述蓬提法克斯家族祖孙四代的故事，重点在最后一代。曾祖老蓬提法克斯是平凡、正直的木匠，他热爱音乐，能自制乐器怡然自乐。家族的第二代乔治·蓬提法克斯是个冷酷无情的吸血鬼。他凭借机灵和虚伪骗取富有的舅舅的信任，并在舅舅死后得到出版宗教书籍的大公司总经理职位，同时成为家族的专制魔王，儿女们的择业、婚姻等大事都得由他主宰。其次子西俄包尔德大学毕业后试图违背父命不当牧师，遭到断绝经济支持的威胁，只得屈就牧师之职。同时他还违愿与根本不爱的老姑娘克利斯蒂娜结婚生子。终于摆脱其父控制前往外省任职的西俄包尔德意识到自己也可以使别人成为自己专制意志的牺牲品，于是成了比其父更厉害的魔王，其愚蠢、自满、高傲、虚伪、残酷的性格得到充分的展现。

　　小说主人公是家族的第四代——西俄包尔德和克利斯蒂娜的儿子埃内斯特。作品借与其父同庚的邻居、后来成为埃内斯特教父的文学家俄佛吞之口叙述其生平及其长长的家谱。

　　埃内斯特·蓬提法克斯从小就是粗暴专制的牺牲品。西俄包尔德继承其父乔治实行的近乎中世纪的教育观念，对儿子实行专制压迫，他认为儿童是生而罪恶的，教育的任务就是压制儿童的一切天赋要求和癖性。经过其父的有意选择和安排，埃内斯特就读的斯金纳博士私立学校也奉行同样的教育原则。与其父有所不同，埃内斯特从小就怀疑自己所受苛待，并一直试图反抗。

埃内斯特似乎有其曾祖父的遗传基因，自幼喜欢音乐，也曾试制乐器。其舅母阿列瑟亚有意改变他的生活，也启导其音乐爱好。但好景不长，爱他的舅母突然去世，虽然将可观的遗产全部留给他，但要到他28岁时才告知他。大学毕业后，他也当上伦敦一教区的牧师。尽管他以巨大的热情投入教区工作，深入贫民世界，试图以宗教拯救"迷途的羔羊"，然而事与愿违，他到处碰壁，焦头烂额。尤其是当他试图以上帝的名义"转变"一个轻佻妇人时，反而被诬以引诱罪而入狱，并彻底与父母断绝了关系。出狱后他遇见父母曾雇用的女工爱伦，决定做个平民的他与爱伦结婚，开始新的劳动生活。但爱伦是个酒徒和歇斯底里症患者，埃内斯特无法忍受，想改变她的行动又告失败。他们只得离婚，并将子女送给别人，因为他害怕子女将来像他自己恨父亲一样恨他。

走投无路的埃内斯特恰好已超过28岁，他的教父——舅母遗嘱的执行人俄佛吞将遗产交给他。他有了雄厚的经济基础，于是献身于艺术和文学。

英国研究者普遍认为作品带有自传性质，其实并不尽然。尽管有人举出文献证明西俄包尔德夫妇就是作家的父母，作品主人公埃内斯特就是作家勃特勒本人；尽管作品中存在大量作家的私生活的影子，尤其是作品主人公也像作家本人那样有了大量金钱生活无忧之后献身于艺术和文学，然而，作家并没有将自己的生活和道德追求与作品主人公等同，作家信手拈来的家庭生活以及自己私生活的事实，无非是用来创造英国社会现实的生动图景的素材而已。

作家继承以菲尔丁、狄更斯等人为代表的英国古典文学传统，在作品中成功地塑造了包括乔治、西俄包尔德夫妇、斯金纳博士和埃内斯特等一系列典型形象。尽管这些形象从社会普遍性的角度来看仍比狄更斯稍逊一筹，但作家通过大量的生活真实，甚至巧妙地利用细节——如西俄包尔德因小埃内斯特读不清楚难念的词而毒打他，接着又用同一只手拉铃叫仆人来做祈祷；老乔治在西俄包尔德家用餐，因对菜肴不满而决定不给儿子遗产等细节——形象地将这个家庭表面笃信宗教以及专制、自私揭露无遗，无情地揭开了蒙在英国社会家庭关系、学校教育、宗教道德等方面的面纱，深深地触动了维多利亚时期英国社会的痛处，令人信服地指出，被维多利亚时期传统观念认定的作为社会幸福核心的家庭实际上是由金钱关系支配并充满压制和痛苦的专制家庭，貌似圣洁的教会则充满虚伪和假仁假义，而"有知识分子气"和"学术气"的学校则是压抑儿童健康成长的监狱。而且，作家通过这些社会问题的提出，使自己敏锐的观察力、丰富的想象力和杰出的讽刺才能都得到了充分的展现。

埃内斯特是作家精心塑造的典型，他所接受的教育是其父亲从其祖父那里照搬来的足以摧毁一切独立个性的残暴教育，但他与他的父亲有很大的不同，他不但从小就试图反抗，长大后更不愿像父亲那样施专制于他人，而是企图脱离自己的阶级，力图"平民化"，过自食其力的劳动生活。他对自己所出身的阶级中人与人之间的关系以及宗教道德诸方面都有较深刻的认识,认为真正的道德和善良的人性只有在劳动人民中才存在,因而他彻底地与父母及本阶级断绝了关系。然而,作家却以嘲笑的态度来描写埃内斯特的这种热情及其大胆的反叛行动,并以下层女工爱伦的酗酒和歇斯底里粉碎了他的天真幻想,一事无成、内外交困的他终因获得舅母的遗产而重新回到他原来的阶级,成了一个生活很优裕但知识浅薄的食利者,成了一个完全满足于利己主义的庸俗幸福的市侩。实际上,除了对财富的欲望相对冷淡以及具有善待他人的良好品质之外,埃内斯特与其父亲并没有本质的不同,他重新回到父亲阵营才能活下去的结局,无疑使这部作品对家庭、资产阶级道德准则以及宗教、教育等方面的抗议价值大大降低,这也许是作家所始料不及的。

作品在艺术上最突出的特征是运用尖刻而有分寸的讽刺手法,发展了狄更斯和萨克雷的现实主义传统。勃特勒通过对蓬提法克斯家族乔治和西俄包尔德父子两代人被扭曲的心理和行为的讽刺,广泛而全面地揭露和批判资产阶级家庭中金钱关系的卑劣。冷酷无情的吸血鬼乔治认为金钱胜过一切,甚至胜过子嗣:“金钱永远不会调皮捣蛋,永远不会乱吵乱闹,绝不会在用餐时把什么东西撒在台布上,也不会在出门时把门敞着不关。他的各种红利彼此不会争吵,也用不着担心他的抵押贷款在成年时会胡搞而欠下尽早要由他来还的债。”在儿子大学毕业那一天,乔治送给他一部《培根文集》,作家巧妙地添上一句:“当然是旧的。”西俄包尔德夫妇每月清算积欠下来的小债务,而在他们的银婚纪念日上,丈夫庄重地向妻子宣布免除其“内债”,妻子则对丈夫的“慷慨”大感惊奇。作家还常常将人物“堂皇”的话语与卑劣的行为摆在一起,从而达到讽刺的目的,如西俄包尔德夫妇因为由谁订饭而发生了第一次争吵,妻子让步后,丈夫吻了她,于是,妻子大喊道:“亲爱的西俄包尔德,你真是个天使!”于是,他“相信了她,过了十分钟,这幸福的一对就在新市场的餐馆里坐下了”。再如,乔治为第一个孙子诞生做准备而由仆人赫尔斯特拉普陪同到地窖去取其珍藏的一瓶“约旦河水”时摔倒,打碎了瓶子,“主人以他所特有的沉着,轻声警告赫尔斯特拉普要辞掉他”,多么幽默! 此外,作家还通过带格言味的极富表现力的语言达到其讽刺目的,如西俄包尔德教区的教民们在听取他的布道后觉得,“牧师是某种类似有生命的星期日的东西”,“怀疑基督教会使他们惊奇,基督教真正开始实现,也同样会使他们惊奇”,作家大胆的反教会倾向被巧妙地寓于讽刺性格言之中。

由于勃特勒试图将小说写成对本阶级进行自我批判,表达其所谓积极理想的作品,并试图使作品成为“勃特勒主义”的百科全书,而作家本身却并非先进的思想家、哲学家或社会学家,所以在作品中许多错误的、混乱的观点往往与形象的客观逻辑发生矛盾,从而损害了作品的艺术性。作家一方面遵循现实主义的创作原则,客观真实地叙述英国社会资产阶级家庭的生活,将维多利亚时代英国社会的宗教、教育、家庭和婚姻等方方面面都进行了真实的反映,不仅将乔治·蓬提法克斯的发财致富和道德堕落的历史写得淋漓尽致,也将埃内斯特的反叛和改弦易张表现得合乎情理。另一方面,作家往往直接或通过自己的传声筒俄佛吞间接地对某些现象妄加批判或评论,发表貌似正确公正的意见,给人以矫揉造作和不真实的感觉。例如,作家通过对几个主人公的叙述,精确而令人信服地揭露了有产者社会道德的矛盾,但他评论说:"恶必然让位于善,这是人人共知的,我们把这叫作伪善;但善往往让位于恶,或者在任何情况下也应当让位于恶,应当找出个字来表示这种退让。"这段貌似辩证的评论让人觉得不知所云,这种没有是与非的善恶观显然是彻头彻尾的虚无主义。此外,作家在猛烈抨击资产阶级家庭的同时试图否定所有家庭,以及在谴责以利益为基础的社会关系的同时试图否定一切社会关系等貌似积极的理想,也使其陷入了个人主义、相对主义或虚无主义的泥潭,并直接导致伦理学和美学上的缺陷。

除小说创作外,勃特勒的写作兴趣极广,涉及范围涵盖哲学、政论、自然科学、语言学、文学评论和小品文等。

早在新西兰养羊期间,勃特勒就对达尔文学说持批判性研究态度,写出论文《在机器当中的达尔文》(1863)。从 19 世纪 70 年代末期起,他更是和达尔文展开激烈的论战,连续推出四部关于进化论的著作:《生活与习惯》(*Life and Habit*,1877)、《旧进化与新进化》(*Evolution Old and New*,1879)、《无意识的记忆》(*Unconscious Memory*,1880)、《偶然与竭力,何者为有机体变异》(*Luck or Cunning as the Main Means of Organic Modifications*,1886),在争论的同时进一步宣传了进化论。

勃特勒喜欢出国旅游,并且不吝以笔墨记录他的行踪,《阿尔卑斯山和教堂》(*Alps and Sanctuaries*,1882)就是他出游其毕生所热爱的国度意大利的旅途札记。

尽管勃特勒一生似乎故意不问政治,坦然独处,脱离社会生活,不爱与外界来往,但他的出身、社会地位及其商业和金融活动与复杂的社会生活紧密相连,因此他也不可避免地陷入社会斗争的旋涡。他痛恨虚伪,鄙视权威,他的许多离奇的格言以及某些论著,都体现了他有一种顽强的愿望,就是要伤害同时代人的体面,嘲笑、"翻转"公认的概念和观念。早在 1864 年,他就匿名出版一本批判福音书中关于基督被钉死在十字架上的传说的小册子,而他的政论著作《福地》(*The Fair Haven*,1873)更是使用他所特有的玄妙性讽刺手法,代表一个虚构的牧师家族——欧文家族说话,发展了他以前批判基督被钉死在十字架上的传说的小册子中的思想,巧妙地在捍卫基督教正统的伪装下嘲笑基督。

此外,勃特勒对绘画、音乐、语言学和翻译都充满热情。从新西兰回国后,他开始从事绘画和音乐,他的画曾在展览会参展;他创作过许多乐曲,其中有两部是模仿他从小就喜欢的韩德尔音乐风格的清唱剧，其中一部主题为奥德修斯的海上历险；由于他很推崇荷马史诗，他甚至用散文将《伊利昂纪》和《奥德修纪》翻译成英语。

尽管勃特勒极力想在达到世界观的完整性的同时又达到古希腊罗马时代或文艺复兴时代思想家的广博性，但由于他的世界观是折中主义的，而折中主义本身恰恰正是文化危机时代的特征，这就注定了他根本无法实现其至高追求。因此，他总是陷于矛盾境地而难以自拔。他企图遁入艺术，遁入"纯美"的音乐、绘画和文学的世界来逃避资本主义现实，抵抗资本主义的"反美感"文明，这使他和拉斐尔前派有某些接近，但他和拉斐尔前派又有很大的不同，因为他对象征的美的世界也采取讥讽态度；他力求科学地认识生活的基本规律和实质，宣传并试图发展达尔文的进化论，但他所向往的、在其艺术作品中加以发展的科学理论，大多是未经科学实验证明的唯心主义理论，无助于认识客观世界的规律性和本质；他认为青年人对生活的认识要比老年人多得多，显然符合青出于蓝而胜于蓝的规律，但他的这种认识是基于他所相信的遗传性是无意识记忆之一，人的大多知识不是由后天获得，而是不自觉地由祖先各代所遗传的唯心主义理论，因而显得十分幼稚可笑。

勃特勒的宗教观、道德观和美学观与其自然科学观一样是矛盾的。他在作品中猛烈而俏皮地批判基督教信仰的基础以及教会人士假仁假义的伪君子作风，但由于他不懂得宗教有时也像火药枪一样可以被统治者用作征服、压迫人们的工具，因而他的批判往往是相当肤浅而片面的；他对资产阶级道德虚伪性的批判是尖锐有力的，尤其是他作品中的奇谈怪论，更是无情地揭露了资产阶级道德准则的虚伪，对萧伯纳的创作产生很大的影响，但他的道德批评不仅以资产阶级社会为对象，而且以全人类为对象，将资本主义社会的种种缺陷看作人类天性使然，由反对资产阶级的虚伪道德进而否定任何道德，从而陷入悲观主义、相对主义的泥潭而不能自拔，也直接影响其批判的力度；在美学上，他一方面继承发扬斯威夫特、狄更斯以尖锐的讽刺深刻地反映生活的现实主义艺术传统，另一方面又力图避免社会概括，避免典型化，对所描写的事物抱客观主义态度，从而表现出明显的自然主义倾向。

第五节　约瑟夫·鲁狄亚德·吉卜林

约瑟夫·鲁狄亚德·吉卜林(Joseph Rudyard Kipling，1865—1936)是 19 世纪英国文学中最受欢迎和最具争议的作家之一。他被认为是大英帝国殖民政策的拥护者，他的一些作品甚至被认定为"公开的帝国主义反动势力的文学"，即鼓吹种族歧视、殖民扩张、非道德主义和强权的文学"，而他则在"帝国主义反动作家中占特殊地位",因为他把英国在海外的殖民活动看作英国拯救世界的"业绩"①,把英国对印度等国家的殖民统治看作"英国人站出来所承担的所有责任"②。他把英国殖民者描绘成帮助殖民地人摆脱贫困的救世主和文明的使者,把殖民统治和侵略看成"一条普照仁慈和光荣的道路"③。吉卜林因其文学创作中表现了"帝国"思想而被称为"英国帝国主义的先知"④。不过,他在小说创作中的独特风格和异国情调又使他成为与斯蒂文森齐名的"新浪漫主义"文学主将,被 T. S. 艾略特称为"最令人费解却又最不容小视的作家"。

吉卜林出生于印度孟买,父亲是英国派驻孟买不列颠艺术学院的教授,精通建筑雕塑艺术,后担任拉哈尔博物馆馆长。其母亲出身于牧师家庭,受过良好教育。受父母影响,吉卜林从小就喜欢艺术。1871 年被父母送回英国接受教育,寄养于朴次茅斯一退休船长家,受尽虐待,幼小的心灵受到创伤,留下难忘的记忆。1877 年父母回英将其救出火坑,送入专门培养海外军事人员的德文郡联合服务学院就读。1882 年毕业后赴印度入新闻界,先后在《民政与军事报》《先锋报》任编辑和驻外记者,曾远赴中国、日本、美国、澳洲和非洲等地采访,并利用业余时间进行文学创作。

1886 年吉卜林付梓出版第一部诗集《歌谣类纂》,深受旅印英国人的欢迎。吉卜林初露头角大受鼓舞,次年转而致力于短篇小说创作,一年多出版 7 部短篇小说集。但这些未尽成熟的高产作品除第一部《山里的平凡故事》(*Plain Tales from the Hills*,1888)稍有名气并被译成法文外,其余在英国和美国都未引起注意,吉卜林也因此而认为伦敦和纽约的文学界和出版界对自己冷淡或歧视。于是,1889 年年轻气盛的他带着大量文稿前往美国,后又回到英国,试图与文学界和出版商拉近距离,却一无所获。10 年后,他把这次辛酸经历作为素材,写成《从海到海》(*From Sea to Sea*,1899)。

1890 年,吉卜林将诗稿寄给《苏格兰观察家》杂志,得到杂志主编威廉·亨瑞的青睐,认为他模拟士兵口吻写的短诗生动且有新意,立即予以登载,并受到读者欢迎。他终于时来运转,在英国本土赢得声誉。两年后他将诗歌结集为《军营歌谣》出版。他雄心勃勃,开始进行长篇小说创作。但仓促出版的第一部长篇

① 苏联科学院高尔基世界文学研究所编:《英国文学史(1870—1955)》(上),秦水译,人民文学出版社,1983 年,第 309 页。

② Rudyard Kipling, *Twenty-One Tales by Rudyard Kipling*, London: The Reprint Society,1946,p. 17.

③ 艾勒克·博埃默:《殖民与后殖民文学》,盛宁、韩敏中译,辽宁教育出版社、牛津大学出版社,1998 年,第 12 页。

④ Andrew Rutherford, Ed., *Kipling's Mind and Art*, California: Stanford University Press,1964,p. 72.

《消失的光芒》(*The Light that Failed*,1890)又遭冷遇,其后与美国作家查尔斯·贝尔斯蒂合作的传奇小说《瑙拉卡》(*Naulahka*,1892)也未获成功。意外的收获是,他与查尔斯的妹妹卡萝琳喜结良缘。4年后与妻弟结怨,离美回英。

回英后,吉卜林潜心创作两部儿童传奇故事集《莽林之书》(*The Jungle Book*,1894)和《莽林之书续篇》(*The Second Jungle Book*,1895),出版后赢得巨大声誉,为其奠定儿童文学大师地位。

此后,吉卜林声名大振,财源滚滚。但好景不长,伴随着荣誉和金钱而来的是个人的不幸。1899年他再访纽约时得重病,更惨的是,他6岁的女儿乔瑟芬突患疾病夭折,双重打击使年仅34岁的他一夜之间成了老人。病愈后他携妻子及另外两个孩子回到英国于苏塞克斯乡间别墅继续从事写作。

《莽林之书》是一部童话小说。小说描写印度婴孩莫格列被遗弃森林,与森林中一群颇有灵性的野兽一起生活,长成既通兽性又存人性的"狼孩"的故事。作品中作家运用动物叙事诗的民间创作传统,赋予森林中的各类野兽不同的个性和情感行为,从而达到以动物世界隐喻人类社会的目的。

作品中勇敢的母狼救起生命垂危的婴孩莫格列,用自己的乳汁喂养他,尽心尽力地保护他,使他在兽群中不受伤害地长大。尽管野兽们语言相通,却又表现出不同的兽性——老虎莎亨贪婪而粗暴,黑豹巴吉拉克正直而大胆,褐熊巴路宽容而嗜睡,豺狼马克猥琐而贪吃,而野猫塔维则勇敢而机灵……尽管吉卜林似乎怀着一种融入未被文明所败坏的世界的快乐心情,根据自己的人生哲学来领会原始的大自然和与兽类有血缘关系的原始自然人类,对兽性做了特殊的赞扬,甚至赞颂以残酷的生存斗争、弱肉强食为基础的动物界生活方式,推崇把强者的无限权利和弱者服从的义务固定下来的莽林法律,然而,透过作家对于野兽心理和行为的精彩描述,读者并不难悟出,他所描绘的莽林中的动物界生活方式其实与文明的人类社会的生活方式并无二致,兽们与人们其实并没有本质的区别。无论在什么地方,强力和生存的必要性总是支配着一切;无论人们还是兽们都总得为争取生存而斗争,互相争夺甚至弱肉强食、优胜劣汰是自然的法则;为了生存下去,无论人们还是兽们都需要强力和勇气,而绝不容许在斗争面前胆怯逃避。因此,那些住在树顶上的猴子遭到作家最辛辣的嘲讽,它们脱离大地,沾沾自喜,为自己的所谓崇高而滔滔不绝地自我吹嘘,似乎看破兽们的"红尘",远离兽们的你争我斗。其实不然,它们不仅在同类中为一些小小的矛盾而争吵不休,也不得不为自己的生存而脚踏实地,与其他兽竞争。

由此可见,尽管吉卜林在这部作品中不像他在其他作品中那样露骨地赞赏白种人的优越的强力、勇气和所谓"重任",给人以穷兵黩武的帝国主义代言人的鲜明印象,而是像一个熟谙动物语言并对兽们有惊人的洞察力的魔术师,将动物界有趣的图画展示在读者面前,生动形象地表现莽林居住者的性格特征,热情地赞颂它们的强力、勇气、毅力和机智,使整个故事闪烁着童话的光芒,然而,透过其对动物界各类品质的赞颂,人们并不难理解作家的良苦用心。他所隐含的寓意其实也很明确,那就是:连动物界都需要强力和勇气,人类社会难道不需要拥有强力的"帝国创造者"来维护人们的生活原则,以避免无政府主义吗? 从这种意义上说,《莽林之书》甚至比作家的其他许多作品含有更多更深广的人类因素。

作品主人公莫格列是在莽林兽群中成长的人,他得到母狼的哺育和呵护,得到黑豹巴吉拉克关于莽林法则的启发和教育,还受到灵巧的野猫獴里克·提克·塔维战胜凶暴的眼镜蛇的英雄事迹的鼓舞,慢慢熟悉了兽们的秘密,掌握了莽林的法律。在与愚蠢凶残的兽中之王老虎莎亨的决斗中,莫格列凭自己的机敏灵巧取得了胜利,最后,他还凭借"红花"(从村里带来的火)的威力震慑了狼们,终于成了狼群的首领。莫格列在与兽类的交往中,以自己的勇气和智慧逐渐赢得兽们的好感和臣服,并最终成为神奇的莽林世界的主宰。这一过程足以说明,在作家的心目中,归根结底人类还是强于兽类,人在与敌对的自然力量的斗争中,无论如何都应该是战无不胜的强者。莫格列的故事其实就是一个隐喻,作家试图通过他的故事告诉人们,要想驾驭自然,你必须熟悉自然;而要想征服,你就必须熟悉你所要征服的东西。于是,莫格列似乎又成了吉卜林所期望的征服遥远地方的大英帝国模范人物的一个幻想的变种。他的"英雄业绩"、他在与自然的斗争中所展示出的勇敢而鲜明浪漫的热情以及作家对于遥远的国度里原始自然的美丽的描写,无疑将激起其富于幻想热情和冒险精神的高傲的英国同胞的极大兴趣。而且,正是由于吉卜林巧妙地赋予异国他乡的莽林动物世界以某种神秘的内涵,这部作品才不同于一般的动物寓言。主人公莫格列在这个神奇的野兽世界里所经历的一番历险,与其说是幻想的童话世界中的奇闻趣事,不如说是当时大多数颇具白人优越感的英国人的童年梦想。作家通过莫格列的成功在英国人中唤起响应大英帝国海外殖民政策、在拯救世界的"神圣使命"中建功立业的热情其实并不比其露骨地宣扬"西方"必将战胜"东方"的士兵小说和诗歌更为逊色。在此,我们明显可以看到他那根深蒂固的种族等级观念和种族优越感。在他看来,东西方文化是不可能融合的,"无论如何,人都无法违背社会和种族的自然法则"①。有评论家指出,对生存法则的讨论是吉卜林小说的主题之一,"吉卜林教育哲学的诸多信条都出自'法则'的核心命题"②。

作品在艺术上最突出的特征是运用现实主义手法处理浪漫主义题材。作家将充满浪漫幻想、富于浪漫气息的神秘的东方森林作为小说背景,向人们讲述具

---

① Rudyard Kipling,*Plain Tales from the Hills*,Penguin Books,1994,p.17.

② Robert F. Moss, *Rudyard Kipling and the Fiction of Adolescence*, London:Macmillan,1982,p.65.

有某种神秘内涵的动物故事,但他与诸如斯蒂文森等浪漫主义作家有很大的不同,他并不着力虚构一个虚无缥缈的神奇所在,也不着力虚构一个西方勇士以超人的勇气历尽艰险赢得非凡的成功。尽管主人公莫格列也在神奇的丛林世界经过一番历险而最终成为这个世界的主宰,但这个"狼孩"并非来自天国,也不是来自文明的大英帝国,而是从诞生伊始就生长在实实在在的印度土地上。他在母狼的抚育下成长,从小与野兽为伍,熟悉百兽的习性,懂得野兽的秘密;同时,他又具有人类的智商,不乏人类的聪明和智慧天性,善于使兽们对自己产生好感和畏惧,因而能统治它们。从这个意义上说,他与百兽既是同类又并不类同,他既融入其中又超然其外。因此,莫格列这个童话形象既不同于一般的动物寓言形象,也不同于斯蒂文森充满浪漫幻想的英雄形象。他在原始森林的动物世界中"做客"并逐渐"反客为主"的奇异经历,既富于浪漫的寓言性,又具有现实的可信性。

另外,作品运用动物叙事诗的形式,记录了莽林中各种野兽的言行,每只野兽都被赋予不同的个性特征。作家甚至像驯兽师那样,钻进野兽的心灵,对野兽心理有惊人的洞察力,将百兽也算复杂有趣的心理活动展示在读者的面前,从而使读者对惟妙惟肖的百兽形象难以忘怀。尤其值得称道的是,作家就像莫格列一样融入兽群,成为其中的一员,与兽们对话,参与它们的议论,参与它们的行动,将兽们之间的关系、矛盾、冲突和恩恩怨怨都描述得清清楚楚,而且这一切都用柔和的抒情笔调写成,好像写最常见、最自然的东西一样,丝毫不会令人少见多怪。

尽管吉卜林是个颇有争议的作家,甚至被认定是"帝国主义时代反动作家","总是想把责任和纪律感灌输给动摇不定的资产阶级个人,把他的热情和精力转向帝国主义所需要的事业上",他的作品被认为是大英帝国的宣传品,其中"有着教导的、训示的因素"[1];尽管《莽林之书》也许包含着一定的政治暗示,希望西方读者能够熟悉东方殖民地,熟悉所要征服的东西,然而,对于有独特的创作风格而且取得突出的艺术成就的作家,尤其是对于像《莽林之书》这样的独具特色的艺术作品,我们却不能简单地从政治角度去加以解释,而应该上升到美学的、哲学的高度去加以理解。只有这样,我们才能破解吉卜林笔下东方莽林的神秘,也才能真正认识吉卜林这个最令人费解却又最不容小觑的作家。此外,吉卜林的创作也并不完全表现"丛林法则"和"弱肉强食"的观念,对秩序、自强、自尊等精神的表现也是他的创作之正能量所在。从这种意义上说,正如评论家哈里森所说:"吉卜林关于自由在于主动地服从高于自身的纪律约束的思想,对今天的年轻人是具有教育意义的。"[2]

---

① 苏联科学院高尔基世界文学研究所编:《英国文学史 1870—1955》(上),秦水译,人民文学出版社,1983 年,第 309、315 页。

② James Harrison,*Rudyard Kipling*,Boston:Twayne Publishers,1982,p.63.

在小说创作方面,吉卜林一方面出色地继承了斯蒂文森的"新浪漫主义"风格,用现实主义手法处理浪漫主义题材,甚至大胆地扬弃了斯蒂文森遮遮掩掩的虚构背景,直接取材于他所熟悉的印度等地的外国生活,呈现出新奇而多彩的异国情调;另一方面,吉卜林又继承了"拉斐尔前派"的现实主义,力图真实地反映人的自然本性而不拘泥于人的社会属性。但他对人的自然本性的反映又与当时相当流行的侧重于以自然科学理论尤其是生理学和遗传学理论对人的自然本性做出理性解释的法国自然主义有所不同。他并不排斥人性中的非理性因素,因为他把神秘事物也看作现实的一部分,而许多看似平常的事物,实则很神秘。因此,吉卜林小说中出现的男男女女,无论是父母还是孩子,主人还是仆人,艺人还是工匠,帝国的统治者还是战争中的牺牲者,都是由神秘的人类本性联系在一起的,而他们的社会属性只是某种表面现象。

除了丛林动物题材之外,吉卜林的小说题材主要还有英国士兵生活、印度的英国人社会和印度社会等三大类。在描写英国驻印士兵生活的作品中,尽管吉卜林这位在印度出生、在英国"未来的军官和绅士"寄宿学校受过尚武精神和民族自大精神教育的文化人对大英帝国统治殖民地的公正性没有产生任何怀疑,但他并不注重对英国士兵的赫赫军威或丰功伟绩的描述,恰恰相反,他非常真实地揭示出那些远离家乡远离亲人的士兵的空虚无聊甚至精神沮丧,无奈地通过讲述一些福斯塔夫式的幽默滑稽故事来颂扬军人的光荣。

在描写印度的英国人社会的作品中,尽管吉卜林沾沾自喜地流露出自己作为统治印度的大英帝国中的一员的优越感和自豪感,但他也清楚地意识到印度的英国人社会仅仅是一个小小的孤岛,处在印度人民的汪洋大海之中;而英国人社会文化也处在印度社会文化的重重包围之中,不同文化的冲突不可避免。因此,他坚持现实主义精神,尽力挖掘现实的、耳闻目睹的、有价值的东西,并且往往通过殖民地小官吏或殖民军普通士兵之口来讲述故事。即使是战斗、犯罪或病态的故事,他也用旁观者的冷静口气,甚至是冷漠的讽刺口吻来讲述。同时,他还最大限度地发挥其作为一个艺术家所具有的丰富想象力,将驻印英国人的生活表现得神奇而浪漫,对一些哪怕是黑暗、神秘而可怕的事物也赋予奇异的异国色彩。作家正是靠题材的新颖和表现手法的独特赢得希望知道殖民地生活的英国读者的兴趣,也赢得一些报刊和评论家的捧场,甚至赢得一些政治观点与他迥异的著名作家的同情和支持,如王尔德、詹姆斯和艾略特等人对青年吉卜林都不乏景仰和推崇。

吉卜林对于落后贫穷的印度社会怀有偏见,常常以救世主自居,不仅将落后的殖民地民族看作"白人的负担",而且有意无意地把英国殖民主义者对殖民地人民的奴役看作救苦救难的大慈大悲。然而,若撇开其政治观点的偏颇不说,他对英国人在印度的历险活动的描写不啻一幅幅精彩绝伦的浪漫主义图画。无论在孟买、拉哈尔的英国式别墅,还是在喜马拉雅的杉树下,英国人都以其神圣的使命感、超人的勇气和不懈的努力去冒险,去征服,去实现某种浪漫的幻想。有趣的是,尽管吉卜林居高临下地对待印度文化,但他非常明显地受到印度文化的影响。尤其是印度文化中崇拜鬼神和超自然力的神秘主义倾向对他影响颇深,在其创作的不少以超自然物或鬼神为主题的小说中,他不仅像印度人那样相信动物有灵性,而且也似乎相信超自然或超人的神力。然而,接受过西方科学主义教育而且也对西方科技成就沾沾自喜的吉卜林毕竟不是虔诚的印度教徒,西方人本主义的传统还是在他的身上得到顽强的表现。于是,印度人的动物崇拜在其作品中演变成"动物心理学",而他研究动物心理的目的,仍在于使人获得征服自然的力量。他既痴迷于动物世界的神奇,又想凌驾于这一世界之上。

在体裁方面,吉卜林最擅长的是短篇小说创作,曾赢得 20 世纪上半叶"短篇小说大师"之盛誉。与其长篇小说相比,他的短篇小说不仅思想内容更为复杂,结构也更加巧妙。总的来说,其短篇小说大多通过人物与环境之间的矛盾冲突,反映出某种精神上的两难处境,即理想与现实孰重孰轻的困惑。这种困惑是 20 世纪西方文学的一个重大主题。从这个意义上说,吉卜林无疑是西方现代主义文学的先驱者之一。

20 世纪初,吉卜林推出长篇小说《基姆》(*Kim*,1901)、儿童故事集《原来如此的故事》(*Just So Stories*,1902)、诗集《五大民族》(1903)和《普克山的帕克》(1906)等,很快名扬四海。1907 年,吉卜林因"观察的敏锐、想象的新颖、思想的雄浑和杰出的叙事才能"获诺贝尔文学奖,同年被授予牛津大学荣誉学位,次年获剑桥大学荣誉学位。但他淡泊名利,继续蛰居乡间,享受天伦之乐。然而,第一次世界大战的爆发再次给他的家庭蒙上死亡阴影。1915 年,他年仅 18 岁的独生子约翰在比利时阵亡。虽然他并未精神崩溃,一筹莫展,但已思想消沉,作品中不断流露出苦涩和幻灭之感,甚至有世界末日的哀吟。其后期诗歌和小说集《报酬和仙女》(*Rewards and Fairies*,1917)、《形形色色的人》(*A Diversity of Creatures*,1917)、《债主和债户》(*Debits and Credits*,1926)和《极限与更新》(*Limits and Renewals*,1932)等无不带有悲观绝望的色彩。

1935 年底,70 岁高龄的吉卜林病重被送往伦敦治疗,翌年初与世长辞,英国政府为这位帝国殖民政策的拥护者、白人至上主义的鼓吹者兼英国第一位诺贝尔文学奖获得者举行了国葬,遗体被安葬在威斯敏斯特大教堂墓地的"诗人之角"。虽然吉卜林一直背负着"帝国主义"作家的骂名,也确实是殖民主义、帝国主义思想的拥护者,但他同时也是"当时最重要、最有代表性的英国作家"。①

---

① Malcom Bradbury,*The Modern British Novel 1878—2001*,Peking:Foreign Language Teaching and Research Press,2004,p.56.

第六节　罗伯特·路易斯·斯蒂文森

罗伯特·路易斯·斯蒂文森（Robert Louis Stevenson，1850—1894）是 19 世纪后期英国著名的散文家、诗人和小说家，是新浪漫主义文学潮流的领导者和代表作家。他出生于苏格兰爱丁堡，是家中的独子。他童年时期一直很孤独，且自幼体弱多病，幸得母亲和保姆悉心照料，尤其是喜欢文学的保姆坎宁安更是他童年的伙伴和教师，对他影响很大。他所接受的最早的文学熏陶就是坎宁安读给他听的《旧约》和班扬的《天路历程》。从少年时代起，斯蒂文森便很喜欢孤独地漫步原野，如饥似渴地读书，并尝试写诗，开始了文学生涯。

斯蒂文森的祖父和父亲都是当地著名的建筑师，父亲要他继承事业，他 17 岁时进爱丁堡大学学建筑。但他对建筑不感兴趣而对文学情有独钟，广泛阅读法国文学作品（尤其是大仲马父子的作品）、苏格兰史以及达尔文、斯宾塞的作品。由于他实在不想成为建筑师，21 岁时经父亲同意改学法律。其间因病辍学，赴法国疗养并开始撰写书评及短篇小说，25 岁才取得律师资格。但他并未执业，继续在法国、比利时等地漫游，并在巴黎温泉森林与来自美国的比他年长 10 余岁的范妮·奥斯本夫人一见钟情。此后便频频与奥斯本夫人通信、晤面，以抚慰与丈夫感情破裂的奥斯本夫人苦闷抑郁的心灵。

1878 年，奥斯本夫人回美，斯蒂文森出版第一本书《内陆漫游记》（*An Inland Voyage*），并写成《夜宿》（*A Lodging for the Night*）等多篇短篇小说和大量论文。翌年，发表根据此前在塞文奈郡骑驴旅行经历写成的《骑驴旅行记》（*Travels with Donkey*），开始声振文坛，并与著名诗人、评论家和戏剧家威廉·欧内斯特·亨利过从甚密，合作写剧本。但当他得知已离婚的范妮身患重病，便不顾父母反对及自己身体虚弱、囊中羞涩，毅然横渡大西洋穿越美洲大陆到达加州，与范妮相聚。一年后他们结婚。亨利遗憾地认为斯蒂文森是抛弃文学的辉煌前程去一个陌生的大陆追求不定的未来。

斯蒂文森旅美期间虽然一直身体不佳，穷困潦倒，但爱情却给了他巨大的力量，他写下著名短篇《沙丘木屋》和一系列论文，后以《人和书》（*Familiar Studies of Men and Books*）结集出版，以实际行动回答了亨利的担忧。

1880 年 8 月，斯蒂文森偕范妮及继子劳埃德·奥斯本回到苏格兰，却因气候不利其健康而再度赴法国南部和瑞士高地旅游，其父母也终于接受既成事实，资助其生活及治病。其后几年，虽然他先后在多佛、海尔瑞斯和伯纳茅斯等地疗养、求医，但他始终没有放弃写作，有时甚至在病榻上坚持创作。1882 年，他的短篇小说集《新天方夜谭》（*New Arabian Nights*）出版，充分显露其讲历险故事的才能。此外，他还发表了为他赢得巨大声誉，被视为继承了爱伦·坡、霍桑风格的短篇小说《马尔肯》(*Markkheim*)、《欧拉拉》(*Olalla*)和《快乐的人》(*The Merry Men*)等。1883年,斯蒂文森的第一部长篇小说《金银岛》(*Treasure Island*)出版,更是让他声名大振,连不喜欢这种幻想历险小说的大作家亨利·詹姆斯也不得不承认《金银岛》是"这一类小说中的佼佼者"。1885年,斯蒂文森出版第一部诗集《儿童诗苑》(*A Child's Garden of Verses*)和第二部长篇小说《奥托王子》(*Prince Otto*),其通俗易懂的文体深受读者欢迎。1886年,以科幻形式和高超的艺术技巧写就,表现一个人身上善恶并存、双重人性的小说《化身博士》(*The Strange Case of Dr. Jekyll and Mr. Hyde*)和以18世纪苏格兰生活为背景的历险小说《诱拐》(*Kidnapped*)出版,使英国再次出现"斯蒂文森热",斯蒂文森因而跨入最受欢迎的作家行列。

1887年,斯蒂文森在父亲去世后举家赴美,居住在萨拉纳克。在为《斯特利伯纳》杂志撰写随笔,讨论对生活和艺术的看法的同时,他开始创作长篇小说《巴伦特雷的少爷》(*The Master of Ballantrae*,1889)。翌年,他携家人乘一艘帆船从旧金山出发巡游太平洋,在气候适宜、风光迷人的南海诸岛流连忘返,使原定6个月的航程一再延长。他游历了马克萨斯群岛、塔希提、火奴鲁鲁、吉尔伯特群岛和萨摩亚群岛,于1889年圣诞节到达南太平洋萨摩亚群岛的阿比亚。该岛山林葱翠,风光秀丽,气候温暖,空气清新,居民纯朴热情。于是斯蒂文森在那里买地置屋,定居下来,专心创作,直到1894年2月突然脑中风,几天后与世长辞。在这里,他与继子劳埃德·奥斯本合作完成了长篇小说《沉船营救者》(*The Wrecker*,1891—1892),单独写了《诱拐》的续集《卡特琳娜》(*Catriena*,1893)和一组总称为《岛上夜谭》(*Island Nights*,1893)的短篇小说。此外,他还留下3部未完成作品,其中以18世纪苏格兰为背景的《赫密斯顿之坝》(*Weir of Hemiston*,1894)被认为如能完稿将与《诱拐》一样出色。

长篇小说《金银岛》(又译《宝岛》)不仅是斯蒂文森的成名作,也是他全部著作中最受欢迎、流传最广的代表作。小说扉页题词"献给继子劳埃德·奥斯本",并说明是"按照这位美国绅士纯正的趣味构思的"故事。据说作家在陪劳埃德作水彩画时,画作的海岛地图引起其丰富的联想,终于写成一个脍炙人口的探险故事。

故事发生在18世纪的某一年。一天,一个旅馆主的孩子吉姆从住店的老海盗毕尔的遗物中得到一份文件。在一帮觊觎该文件而一直追寻毕尔下落的海盗前来寻找文件时,吉姆机智地逃脱了他们的追寻,将文件交给了当地的督税官和医生利费西、绅士特里多尼。根据这份文件,他们得知海盗头目弗林特在大海中某一荒岛藏匿了巨额财宝,于是,特里多尼买下"伊斯班岛拉"号帆船,带上医生和吉姆等人一起出海寻找财宝。让他们始料不及的是,乡绅特里多尼口风不紧,他们欲购船探宝的秘密不胫而走,他所公开招聘雇用的26名船员中,居然混进了以西尔弗为首的 19 名海盗。在航行途中,机灵的吉姆获悉海盗们在策划哗变,企图抢占财宝。他将情况报告特里多尼、船长斯莫利特和医生利费西,他们立即商量好应变策略。当船抵达宝岛时,海盗们果然公开哗变,试图抢夺帆船和财宝。特里多尼和医生等人在船长的指挥下进行顽强的抵抗,经过反复较量终于以少胜多,击败众海盗,并在被"放荒滩"3 年的前海盗本·葛恩的帮助下找到财宝,胜利返航。

　　故事情节虽然纯属虚构,是作家丰富想象的产物,其中也不难看出受到笛福、华盛顿·欧文、爱伦·坡、金斯莱等前辈英美作家的影响,如被海盗头子弗林特"放荒滩"、独居荒无人烟的宝岛 3 年的本·葛恩就有鲁滨逊的影子,但作品结构严密,安排合理,线索清晰。在神秘莫测的海中孤岛围绕巨额财宝所进行的你死我活的拼死斗争虽然在代表正义和邪恶的两群成年人中展开,但作家似乎并不指望从中引出太多的道德教训,也不想探究谁是埋藏巨额财宝的真正主人。作家将少年吉姆作为引发故事、展开情节的主人公,让他讲述其冒险经历,通过其脉络清晰、波澜迭起的冒险故事,自始至终牢牢地吸引住读者尤其是少年读者的注意力,叫人非一口气读完不可,从而使作品获得巨大成功,100 多年来始终为全世界广大读者——尤其是青少年读者传诵和喜爱。

　　小说虽然充满浪漫气息,但拨开笼罩神秘海岛的重重迷雾,仍能从一个侧面窥见处于上升时期的英国资本主义发展的现实,以及资本原始积累的重要来源之一——海盗式的掠夺。书中虽然没有直接写海盗们明火执仗的抢劫,反而描述海盗劫掠的财宝似乎"光明正大"地被正面人物获得,以表明正义终将战胜邪恶,不义之财终将回归社会,然而,恰恰是这种回归,形象地反映了英国殖民主义者海外掠夺的历史真实,乡绅特里多尼其实就是英国殖民者的代表。从这种意义上说,小说无疑也具有历史和现实意义。

　　少年吉姆是个纯洁、善良、机灵、勇敢的孩子。他生活在海边酒店,看惯潮涨潮落,有强烈的好奇心,对航海冒险充满憧憬。当他将老海盗毕尔的藏宝图交给乡绅和医生,乡绅决定带他去冒险探宝时,"航海的幻想占据了我的整个头脑,异国的岛屿和惊险的奇遇在我心目中展现出最诱人的景象"。正是这种强烈的好奇心和冒险心理使他在航程中及到达海岛时一再不守纪律,擅自行动,屡遭凶险。然而,也正是他轻率的冒险行动使险恶的事态发生转机,朝着有利于乡绅和正直的船长一方发展。航程中,是他擅离岗位,爬进苹果桶吃苹果,才偷听到西尔弗等海盗的哗变阴谋,使乡绅和船长等人能及时制定应变措施;到达宝岛之初,是他急于探寻宝岛秘密,"忽然想到第一个近乎疯狂的主意",一骨碌翻过船舷,跳上一只划子,跟随第一批海盗上岸,从而发现西尔弗残酷杀害动摇的水手,并最先发现被"放荒滩"的近乎野人的本·葛恩,且得到葛恩的信任,为后来打败海盗发掘财宝增加了一个不可多得的同盟者;而在作为营地的旧寨子遭到海盗们强攻之后，又是他擅离寨子，找到葛恩自制小艇，出海割断已被海盗占据的"伊斯班岛拉"号帆船的锚索，并随帆船漂流至宝岛的另一个大汉，战胜因自相残杀而受伤的海盗汉兹，既断了岛上海盗的后路，又为胜利返航做好了准备……在这一系列行动中，吉姆既表现出敢作敢为、无所畏惧的冒险精神，又表现出随机应变的出色能力。他在犹如戏剧舞台的远离现实生活环境的一幕紧接一幕中的杰出表演，使读者在阅读时既看到阴谋诡计，又看到刀光剑影，还看到正义战胜邪恶，享受幻想的快感。

　　尽管作家对于小说中的其他人物，包括主要的和次要的，正面的和反面的，都似乎有意惜墨如金，不愿做过多的刻画，甚至不愿像其他作家那样进行必要生动的心理描写，却仍然有堪与浮雕媲美的鲜明。如吉姆的母亲霍金斯太太在找到死于自己客店的海盗毕尔的钱币，欲取回欠账时，"瞎子"带众海盗"兵临店外"，气氛紧张到极点，吉姆一再催促她赶快离店，但她"却不同意在收回欠她的账上之外多拿一个铜板，又顽固地不肯少拿一个子儿"；而反面人物西尔弗，虽然着墨较多，但作家也没有着意描写其贪婪凶残的海盗活动，而是通过其对同伙、对医生或对吉姆的态度突其两面三刀、狡猾善变、心狠手辣、人性丧失的性格，从而回答了小说开头就留在吉姆心头的为什么老海盗毕尔特别害怕这个"独脚海上漂"的疑团。

　　除了在刻画人物性格方面颇具功力之外，斯蒂文森自成一家的文体，在英国散文作家中也占有独特的地位。小说语言流畅，文字精练，节奏明快，有话则长，无话则短。整部作品就像一棵主干挺拔的大树，绝少枝蔓却又不显单薄。小说中冒险气氛的渲染、色彩强烈的对白、性格化的语言以及不时透露出的幽默和抒情技巧，都为作品的成功增色不少。

　　斯蒂文森同19世纪后期大多数英国小说家一样，既创作小说，也写其他形式的文学作品，同时还撰写政论、时评和文艺评论等。他的文学创作范围非常广泛，除长、中、短篇小说外，他还写戏剧、诗歌、散文、游记、故事和自传体记叙文等。他的各类体裁的作品，都有独特的个人风格，表现出极高的艺术造诣。

　　作为小说家，斯蒂文森被认为是继司各特、狄更斯和萨克雷之后再度使英国读者恢复对小说和小说家热忱的人。尽管一些评论家因斯蒂文森的崇拜者以年轻人居多，他的作品过多地诉说年轻人的浪漫幻想，使英国小说偏离了现实主义的轨道而认为其小说有害，但另一些评论家则赞赏斯蒂文森重视人内心世界的梦想和隐秘的愉悦的努力，认为他的"新浪漫主义"不仅无害，而且有益，因为它弥补了片面强调视觉形象的现实主义小说的缺陷，为英国小说注入了新鲜血液。

　　斯蒂文森在《浪漫故事闲谈》一文中说："读小说，对于成年人来说，就如孩子玩游戏；在那里，他改变了自己的生活环境和生活的一般规则；而当这种游戏和他的幻想协调一致时，他便会全身心地投入进去……小说就是浪漫故事。"他试图用自己的小说让成年男女重新唤起童年时代那种放飞幻想的欢愉感,在《提灯笼者》一文中,他认为:"这种欢愉和外部事物(譬如观察家写在自己笔记本上的那些外部事物)几无关系,有时甚至是毫不相干的;人赖以生存的真实生命,完全存在于幻想的领域。牧师在闲暇时很可能幻想自己在战场上打了胜仗;农夫很可能幻想自己在驾船航海;银行家则幻想自己在艺术上大获成功。"在给亨利·詹姆斯的一封信中,他毫不隐讳地表达,当时那些片面重视视觉的现实主义小说家"从外部观察人,只是形成一些概念而已。如果把人看作一棵树,我们看到的是它用来吸取养分的树干,而它本身却高高地存在于那浓密的绿荫之中,那里有风在吹拂,也有夜莺在筑巢。真正的现实主义是诗人的现实主义,即像松鼠那样爬到树上去,看一看它赖以生存的天空"。斯蒂文森反对福楼拜、左拉所主张的作家要像摄影师和写生画家那样总是将要拍摄、描摹的实物摆在面前,或者要像自然科学家观察实验对象那样不带任何感情色彩地描写社会,恰恰相反,他主张小说家写作时应该暂时"忘却自己",停止做生活的旁观者,"一头扎进我们自己编造的故事里并沐浴在全新的经验中",尽情地让浪漫的思绪展翅飞翔,才能找到浪漫幻想这块点金石。这是因为,尽管文学史上的好作品都要有引人注目的人物动作,诸如"鲁滨逊·索罗索因海滩上的脚印而坐立不安,阿喀琉斯对着特洛伊人大喊大叫,奥德修斯拉开那巨大无比的弓,克里斯蒂安边跑边用手指塞住耳朵"那样,但写小说的目的毕竟是要使单调乏味的日常生活显得浪漫神奇,因此,成功的作品并不依赖人物的个性,而依赖不寻常的事件和情节,"不是人物,而是事件和情节,才使我们为之入迷"。

虽然斯蒂文森沿袭了狄更斯等小说大师们将来自现实生活、经大胆想象而变得异乎寻常的事件、情节和人物动作引入小说创作的传统,"在混合怪异和凡俗、奇巧和常情方面"被詹姆斯誉为大师,但他反对那种反映日常生活的现实主义,他认为艺术的任务就是使读者的想象获得营养,因而他比狄更斯更加注重使单调乏味的日常生活变得浪漫而神奇,他的"混合"技巧也显得更加娴熟、大胆,并且他把这种技巧作为其小说创作的基本原则和指导思想。

在小说创作中,斯蒂文森努力实践自己的小说创作理论,尽力创造出有趣的内容,以满足人们对于窥见事物的憧憬。尽管他也像当时大多数小说家那样,很善于讲述令人心旷神怡的故事,但他与其他着力模仿现实生活的小说家有很大的不同,因为他认为小说所模仿的"不是人的生活,而是人的言辞;不是人生的事实,而是对生活的渲染和隐瞒";尽管他也像詹姆斯那样强调小说的叙述角度,但他不像詹姆斯那样出于小说的真实性,而是为了小说的神奇性。于是,在《新天方夜谭》中,他将一系列本应发生在山林旷野的充满神奇色彩的冒险故事移植到英国人所熟悉的伦敦城里。于是,在《化身博士》中,他让小说中一个非常现实的人——律师尤特森先生讲述一个不可思议的故事:哲基尔医生发明了一种药物,创造出另一个一模一样的人来,并让他承担自己所有的恶行,自己则保留善名,但后来药物失灵,变成恶体后的医生无法回复善体,终于绝望自杀。于是,在《巴伦特雷的少爷》中,他同样让善良忠厚的老仆人马凯拉讲述令人恐惧的故事,并让他由故事开始时的半信半疑越讲越变得确信无疑,从而使读者感到毛骨悚然。

在小说描写方面,斯蒂文森表现出重动作而轻景物的倾向,无论是人物的动作性还是情节的动作性都较强烈。他笔下的人物始终在行动,他的小说的情节也不像其他作家那样常常插入无关紧要的议论、抒情、诗句或心理描写等非动作性的东西而将情节线索打断,使情节发展迟缓。恰恰相反,他的情节总是急速展开,环环相扣,紧张急促,扣人心弦,如《诱拐》中的狱中搏杀、《巴伦特雷的少爷》中的兄弟决斗和《卡特琳娜》中的酒瓶飞射等。而在景物描写方面,斯蒂文森则认为,景物是"静止的形象",没有必要花过多的笔墨去描绘,只要寥寥数笔将景物的某种特性勾勒一下就行,读者可以发挥自己的想象力,这是因为,"生活中的某一事物会让你想起另一事物,小说中的某些事件和某些景物也同样如此。尤其是某些景物,会给人特别异样的感觉。在幽暗的花园里,总使人想到谋杀;走进古老的府邸,不免想到闹鬼;看见陡峭的海岸,自然就想到沉船"。(斯蒂文森:《浪漫故事闲谈》)。所以,斯蒂文森总是随意利用简约的景物勾勒去推动人物的行动和情节的发展,如在《诱拐》中,他在阻挡戴维和阿伦穿越哈兰高地去路的宽阔的激流中设置了一块毫不起眼的小岩石,让人物必须通过其进行惊险的跳跃才能继续行动,发展其情节。

此外,斯蒂文森还特别重视情节与人物性格的关系。他总是将人物置于异乎寻常的紧张情节之中,使人物经受千锤百炼,以体现人性的价值,激活人性中的英雄主义梦想,从而维护维多利亚时代英国人崇尚探险和征服的光荣传统,以至于亨利·詹姆斯对他的创作不无讽刺地评价说:"他要说的是,不寻常的事物是生活中最有价值的部分,即使不是,我们也应该这么相信;这是因为,最美妙的情感——猜疑、勇气、果断、冲动、好奇、豪爽、雄辩——都包含在不寻常的事物中,所以这是极其重要的,不应该让这些珍贵的东西从此消亡。"[1]

第七节　乔治·吉辛与乔治·莫尔

乔治·吉辛(George Gissing,1857—1903)与乔治·莫尔(George Moore,1852—1933)均为英国维多利亚时期重要的小说家,且都表现出自然主义的特征。前者通过一系列描绘下层社会生活的作品即所谓"贫民窟文学"揭露英国社

---

[1]　Moris Shapira, ed. Herry James, *Selected Literary Criticism*, New York:McGranihill,1964,p.123.

会的腐败现象,以冷酷坦率的现实主义去面对时代的毛病,而且不肯让读者看到社会腐败得以解决的希望;后者则由于在法国接受教育并多年研究左拉、莫泊桑和龚古尔兄弟而获益匪浅,尝试创作了《伊丝特·沃特斯》(*Esther Waters*,1894)这部大胆的自然主义小说。

一　乔治·吉辛

乔治·吉辛出生于约克郡一贫困家庭,在曼彻斯特欧文斯学院就读期间,据说为帮助一个饥寒交迫的妓女而被警方拘押,获释后则被校方开除。被视为行为不端而名誉受损的吉辛在家乡难以立足,遂只身横跨大西洋到达美国。在美国的一年多时间里,除了干各种杂活维持生计外,吉辛尝试写了一些短篇故事投给芝加哥的几家报刊,以换取一些微薄的稿费,并从此开始创作生涯。

1879 年,22 岁的吉辛由美返英,居住在伦敦贫民区。一贫如洗、疾病缠身的他无法找到工作,靠做临时家庭教师勉强糊口。也许是出于同情,他与一个同样贫病交加的妓女结了婚,婚后不久却又因难以忍受妻子的卖身而弃她而去。但开始以小说创作赚取微薄收入的吉辛还是尽力资助被其抛弃的妻子,直到她于1888 年去世。

1891 年吉辛第二次结婚,妻子是女佣。他们在一起生活了 6 年,生了两个儿子。但由于贫病交迫,他们的家庭生活并不幸福。1897 年,吉辛离家出走去法国,因与一个法国女人结婚而被英国法庭指控犯了重婚罪。虽然他因此而不能返英,但其非法婚姻生活却很如意,经济状况也有改观,只是健康每况愈下,好景不长。1903 年,46 岁的作家在法国与世长辞。

一生都被贫穷和疾病所困扰的吉辛在道德问题上也屡遭非议,甚至官司缠身,但这些并未影响他成为一位出色的作家。恰恰相反,他因贫困而十分熟悉贫民生活,也因贫穷而格外勤奋,在不到 20 年的时间里写出大量的作品。除了小说,他还写有大量的传记、评论、随笔和游记,其中《狄更斯研究》(1898)还被公认为优秀论著。

吉辛从 1884 年开始进行小说创作。19 世纪 80 年代发表的 4 部长篇小说《无阶级者》(*The Unclassed*,1884)、《平民百姓》(*Demos*,1886)、《赛尔沙》(*Thyrza*,1887)和《下层社会》(*The Nether World*,1889)虽然未能给他带来多少声誉,却至少为他奠定了小说家的地位。这些作品以其所熟悉的伦敦贫民窟为背景,非常细致、逼真地描写贫民窟的肮脏、寒冷、饥饿和苦痛,认为环境和遗传性的影响是不可逆转的,贫民窟产生凶徒,好人丧命,好人无力抵抗罪恶,个别好心肠者的梦想和憧憬都将化为泡影,明显地表明作家受当时法国自然主义的影响。同时,这些作品也明显地表明作家受维多利亚时期英国小说所特有的一种浪漫倾向的影响,因为作家有意无意地不愿让作品中的男女主人公成为真正的贫民,他们虽然在贫民区过着贫困生活,但实际上并非贫民,而是出于某种原因沦落其间的绅士和小姐。他们在精神上和肉体上都历经磨难之后,终于真相大白,带着无限的自我哀怜情感重返上流社会,而且幸运降临,喜结良缘。因此,这些作品从根本上说并非社会小说,尽管它们在不同程度上反映了贫民疾苦,揭露了社会罪恶,但其主旨不在于批判现实、呼唤革命,而只是抒发某种哀伤、怨愤和绝望的情绪。

19 世纪 90 年代是吉辛小说创作的重要时期,他所创作的 3 部长篇小说《被解救者》(*The Emancipated*,1890)、《新寒士街》(*New Grub Street*,1891)和《四季随笔》(*The Private Papers of Henry Ryecroft*,1903)被认为代表了其小说创作方面的最高成就。

《被解救者》为自传体小说,吉辛在当时的文坛首领、著名小说家梅瑞狄斯的影响和鼓励之下,以自己的海外漂泊经历为基本素材,将自己的早年生活通过小说形式表现出来。小说不仅表达了曾经迷途的羔羊获得解救的感受,而且满心希望改变自己困顿不堪的处境。小说基调比其早期作品明快得多,出版后获得好评。《四季随笔》是作家生前出版的最后一部小说,作家对这部小说的成功并未寄予太大的希望,出版后却出人意料地受到读者和批评界的一致好评。作家在出版前一再声明它是"一种创作,不是自传",但作品中仍包含大量的自传成分,读者从中可以明显地感受到作家特有的浪子式的哀怨和悲观情绪,甚至可以明显地感受到作家对往事的回忆、对历史和书籍的溺爱以及对英国乡村美景的留恋,从而联想起作家不寻常的人生经历。

《新寒士街》被认为是吉辛最成功的作品,是吉辛追求所谓表现低贱生活的绝对的现实主义的代表作。在一条拥挤、破落的街上,聚集着一群鬻文为生的穷酸落泊文人。他们住在破败不堪的房子里,房子里挤满各式各样穷困潦倒的人,屋子里散发出阵阵臭气,那些人身上也散发出阵阵酸味⋯⋯

落泊文人都是像作家本人那样因环境所迫而沦落低贱生活境地的,他们都有自己的追求,是一批心地高贵的艺术家,但他们的艺术价值观各有不同。瑞登和毕丰是贫穷而正直的作家,他们是愿意为追求艺术理想而忍饥挨饿的作家,他们不愿昧着良心卖文,不愿迎合唯利是图的出版商的口味为无聊读者提供消遣性读物。但他们也有不同的审美追求,瑞登对毕丰毫无顾忌、一丝不苟地再现"低贱生活"颇有微词,他对毕丰说:"你不能那样写,因为你是个心理现实主义者⋯⋯不应该容忍这样低贱的环境描写。"毕丰却说:"我真正追求的是一种表现低贱生活的、绝对的现实主义。在我看来,这是一个全新的领域;我知道还没有任何一个作家曾严肃认真地处理过这种平常而卑微的生活。左拉写了一些精致的悲剧,他笔下即使是最下贱的人物,也因为经过想象的戏剧处理而仍然显得有点英雄气。我要做的,就是彻底地无英雄气,只有处境可怜巴巴的大多数人和他们那种日复一日永远不变的生活……"在毕丰看来,即使是"心理现实主义者"也不应该忽视外部因素对人的制约作用,因为生活本身是无穷无尽的痛苦,描写低贱生活并不表明作家本身的低贱,恰恰相反,只有敢于逼真地描写低贱生活,才能真实地把环境对人物的致命影响表现出来,从而揭露社会罪恶。

另一位落泊文人米尔文则是为了金钱和地位而出卖灵魂的作家。他认为文学家想要飞黄腾达,就不应该写真相。他对不肯迎合出版商口味的瑞登不以为然,厚颜无耻地嘲笑说:"他是一个不计实际的艺术家的老典型;而我则是 1882年的文学家……现在的文学不是什么别的东西,而是商业贸易。"由此可见,米尔文与其说是一个作家,倒不如说是一个机灵的小店主,他毫不掩饰自己的唯利是图,毫无顾忌地将自己的所谓作品当作商品,待价而沽。他的所谓爱情追求也是为了金钱,当他得知未婚妻没有得到期待中的遗产时,便狠心地抛弃了她而另觅新欢。然而,老天竟是这样的不公平,善良正直的瑞登、毕丰最终耐不住饥寒交迫,前者的文稿始终卖不出去,终于在贫穷与饥饿中逝去,后者也因拒绝写出适合出版商和一般读者口味的粗俗低劣的文字,甘于长期的穷困潦倒,而产生难以摆脱的极度的精神痛苦,终于选择自杀来告别无奈的贫困低贱生活。而米尔文则凭借自己的厚颜无耻,极力讨好出版商而使自己的一大堆拙劣的垃圾文字得以顺利出版、发售,终于赚得盆满钵满,俨然成了高产作家,而且与更有钱的女人结了婚,从此告别贫穷,飞黄腾达。

作家对上述两类人物的褒贬是非常鲜明的。在他的心目中,不肯昧良心的落泊文人瑞登、毕丰其实并不低贱,对他们的描写其实并不是对"低贱人物的描写"。因为他们都是被环境所迫才沦落社会底层的,他们像作家自身一样心地高贵,他们不愿意因出版商或读者的喜欢与否而抹去自己的创作个性。吉辛相信,也许只有这些身处贫民区对社会现实心怀不满的知识分子才有可能使现实社会发生变化。然而,尽管吉辛通过他们宣称自己所追求的是"心理现实主义",但他并不因此而排斥环境对人物性格的影响,甚至像巴尔扎克那样认为金钱是制约人心善恶的关键因素。此外,尽管吉辛并不完全否定爱情的存在,但他对文学作品尤其是小说中描写的浪漫爱情却嗤之以鼻,他也像巴尔扎克那样认为所谓爱情其实只是为了获取钱财。这也许与他自己在现实生活中根本就没有遇到过浪漫爱情有很大关系。

吉辛匆匆辞世,留下的一部未竟之作是历史小说《佛兰尼尔达》(*Veranilda*,1904),情节落入俗套,乏善可陈。但小说背景描写却昭示出作家对古罗马历史研究的深厚功力。除长篇小说之外,吉辛的大量书信和中、短篇小说都十分关注下层人民的疾苦和社会的不公正现象,他在 1880 年 11 月 3 日给兄弟的信中明确表示:"我想使人睁开眼睛看看贫苦阶级可怕的(在物质、精神和道德方面的)状况,指出我们整个社会制度骇人的不公正现象,说明改造这种制度的计划,特别是要在这个公开的利己主义和唯利是图的时代,宣扬对正义和崇高理想的热情。"吉辛尤其关注爱尔兰问题,认为爱尔兰人民的骚动和反抗是因为社会不公,"英国牲口住的地方也比爱尔兰人住的地方强"。因此爱尔兰人"积极地要减轻自己祖国长期不公正的苦难"是理所当然的。而吉辛用来反映下层人民疾苦和社会不公的中、短篇小说尽管大多以经验的记述替代艺术的概括,表明作家对贫穷的原因并没有真正理解,甚至因其自然主义忠实描写而错把现象当本质,歪曲了社会不公、贫富不均和劳资冲突的实质,从而做出了错误的结论,而且还因害怕爆发革命而直接诋毁工人运动,但作家熟悉下层阶级的生活,善于表达下层贫民阶级和上层统治阶级间的尖锐冲突,这无疑具有一定的现实意义。

　　与同时代的其他许多小说家有所不同,吉辛似乎并不愿意按照读者的趣味来进行创作。他总是尽力通过自身经历来把握外部世界,总是以个人的主观眼光来看待周围环境,而不刻意追求小说的客观性,也不注重通过幽默和夸张来达到维多利亚式的浪漫效果。因此,无论在题材选择方面,还是在主题提炼方面,他的作品都更多地依赖自己的生活经历,以自己的独特方式营造出自己的小说天地。尽管其小说在偏爱反映下层生活、描写时不避丑恶和琐碎等方面被认为受法国自然主义尤其是深受左拉的影响,但总的来说与当时在全欧洲流行的法国自然主义小说还是迥然有别的。他既不像左拉那样强调客观冷静,也不像左拉那样注重遗传等生理因素对人物的决定性作用。从某种意义上说,他似乎在更大程度上接受了俄国现实主义文学尤其是陀思妥耶夫斯基的心理现实主义的影响。因为他似乎抛弃了 18 世纪以来英国小说家所热衷的情节戏剧化和人物类型化等传统写法,而注重在小说中挖掘人物心理的复杂机制,并把个人看作一种特殊的、由各种欲念混杂而成的、往往自相矛盾的复杂个体,而不是像传统小说那样只把人分成善恶两类。然而,无论吉辛接受的是法国影响还是俄国影响,值得肯定的是,他无疑是 19 世纪英国小说界最早接受外国影响的作家之一,他非常成功地将外国的创作经验引入了英国的小说创作之中。

　　虽然吉辛没有专门发表过有关小说创作理论的论著,但他经常通过小说中的人物讨论小说创作问题,如在小说《无阶级者》中,他便借主人公威马克之口清楚地表达自己的思想:"说实在的,只写日常小事的小说现在已经过时了。我们必须挖掘得更深一点,挖掘到过去没人接触过的社会层面。狄更斯曾想这样做,但他没有勇气把这样的东西交给他的读者;他的连载小说大多是供一家人茶余饭后读的。然而,我敢保证,我的书不会那么轻松愉快,那么纯洁无瑕。"像这样自觉关注"过去没有接触过的社会层面",饱含同情地描写贫民生活的英国作家,在吉辛以前确实并不多见。

二　乔治·莫尔

　　乔治·莫尔出生于爱尔兰梅约郡的莫尔庄园。他年轻时立志成为画家,20

岁时赴法国巴黎学习绘画,绘画没学成,却在巴黎迷上法国小说,尤其是左拉和龚古尔兄弟的作品。于是,他不仅立志成为小说家,而且还成为左拉自然主义理论的崇拜者和出色的实践者。

回英后,莫尔定居伦敦,开始刻意模仿左拉,运用左拉的小说技巧处理英国题材。1883 年,过了而立之年的莫尔出版第一部小说《现代恋人》(*Modern Lover*),描写一位才艺不高的艺术家依靠与女人的关系而走了红运,其中对性的大胆描写在当时的英国小说中极为少见,引人注目。经改写后又以更为引人注目的标题《刘易斯·塞莫尔和几个女人》(*Lewis Seymour and Some Women*)重新出版,使自然主义所特有的偏重生物学的细节描写更为突出。1885 年,他又出版第二部小说《艺人之妻》(*A Mummer's Wife*),通过一个不满于平庸生活而抛弃丈夫、改嫁哑剧艺人却仍然无法摆脱无聊、终日酗酒、堕落的女人的故事,像左拉那样对酗酒造成的精神堕落进行了深入的探讨。

此后,莫尔在 5 年间写下 3 部小说:《春天时光》(*Spring Days*,1888)、《迈克·弗莱契》(*Mike Fletcher*,1889)和《徒有好运》(*Vain Fortune*,1892)。尽管后来他对这几部小说并不满意,出版选集时(20 世纪 20 年代)甚至未将它们收入,还自嘲地说它们不是真正的乔治·莫尔的作品,而是"阿密可·莫里尼"(意大利语,即"模仿者莫尔")的胡乱之作,但它们毕竟使莫尔开始了对维多利亚传统的反叛、对艺术至上原则的确认以及对小说表现形式的开拓性尝试,在他的创作道路上留下不可磨灭的印记。

19 世纪最后 10 年,莫尔的小说创作日趋成熟,写出《伊丝特·沃特斯》(*Esther Waters*,1894)和《伊芙琳·英奈斯》(*Evelyn Innes*,1898)等最能代表其艺术才华和个人风格的长篇小说。前者以具有独特风格的现实主义替代了作家早年追随的法国自然主义,后者则因对诸如"为什么有些人生来就是不幸的"这类问题的现实困惑感而使作家把目光转向神秘主义,甚至像当时许多人那样,以"看破红尘"来求得解脱,似乎生命的真谛就隐藏于一种神秘的体验中,而人一旦像女主人公伊芙琳·英奈斯那样进入这种体验,看到生命的真谛,那么现实生活便犹如过眼烟云,微不足道。

《伊丝特·沃特斯》是最能体现乔治·莫尔独特现实主义原则的长篇小说。小说采用类似巴尔扎克的叙事方式讲述女佣伊丝特·沃特斯平凡的一生,尤其是通过大量的细节描写着力刻画人物性格。伊丝特·沃特斯是一个在一户富人家里当乳娘的心地单纯而善良的女仆,她和普通人一样有过快乐的时光。虽然她被一个仆人诱骗失身,无家可归,但生下一个可爱的孩子。她有周围穷人的关心和帮助,甚至得到过富人的施舍,她热爱劳动,笃信宗教,唯一缺点就是主人认为她"不随和"。小说最精彩的一笔是对这位出身下层、被认为是堕落女人的平凡少女大胆抗拒不公正待遇的描写。当她得悉自己交给别人寄养的儿子患病时，她不顾女主人的禁止，马上要走。她愤怒地说，自己的私生子和女主人合法的儿子同样需要照料，女主人没有权利阻止她去看望自己的儿子，女主人的威胁以及丢掉饭碗的后果都吓不到她，她要为自己儿子的生命而斗争，捍卫自己做人的尊严。

虽然莫尔曾经推崇左拉，模仿法国自然主义，但这部作品却与自然主义原则相去甚远。左拉和龚古尔兄弟以女仆为主人公的小说如《沸壶》《日米妮·拉赛特》等在写到女仆生活中卑劣、下贱的一面时，为了标榜所谓的"客观"，叙述笔调始终是冷静的、不动感情的。而莫尔对伊丝特·沃特斯则自始至终充满热情，毫不掩饰自己对女主人公的同情。他不像左拉那样只偏重于表现女仆生活中坏的一面，而是满怀热情地着力表现她平凡的有缺憾的人生中闪光的一面。然而，作家以热情的笔调写出这一切的目的，也并非像巴尔扎克、狄更斯那样旗帜鲜明地对社会不公正现象进行批判，而仅仅在于揭示出主人公真正令人同情的不幸——她毕竟是个寄人篱下、受人使唤的女仆，她的命运毕竟是凄惨的。从这种意义上说，作家充其量也不过是对不幸的人们抱同情态度的旁观者。他写这部小说的目的，与其说是希望读者感受人世间的悲欢，倒不如说是让英国社会关注社会的合理性问题，因为无论如何婴儿都应该是无罪的。

许多评论家还把这部小说与哈代的《德伯家的苔丝》相比较，因为后者也是写一个少女被诱骗的故事。但是，哈代的苔丝是被富家恶少骗奸的，她的悲剧无疑是时代和社会的悲剧。莫尔的伊丝特显然与苔丝有很大的不同，她既没有像苔丝那样历经坎坷，也没有像苔丝那样遭遇那么多意外事件，更没有像苔丝那样愤而杀人。她只是平平淡淡地干活、过日子，尽管后来失业，但她嫁给了一个男仆，后来丈夫去当了工人，如此而已。而且，莫尔也不像哈代那样去追究诱骗者的罪过。恰恰相反，他认为任何人都无罪，因为如果伊丝特不是过于严肃，也许就不会被诱骗她的人所厌弃，那么，她的孩子也就是合法的，她也就不会离开善良的女主人和合适的职位了。从这种意义上说，莫尔确实在其小说创作中开创了一种既不同于左拉自然主义又不同于狄更斯、哈代批判现实主义的独到的主观现实主义艺术风格。

19世纪末年，莫尔回到都柏林与爱尔兰诗人叶芝、剧作家爱德华·马丁等人一起创建"爱尔兰文学剧院"，创作剧本《弯曲树枝》(The Bending of the Bough, 1899)并在该剧院上演。后来虽然该剧院被并入"阿贝剧院"，莫尔因意见不合而退出，但他仍以自己的创作致力于与叶芝等人一起开创的"爱尔兰文艺复兴运动"。同时，他把目光转向家乡普通农民的生活，对爱尔兰乡村的贫困和有产者的冷酷无情有深刻的认识，于1903年出版被认为是模仿屠格涅夫作品的短篇小说集《未开垦的田地》(The Untitled Field)这部作品的形式无疑受屠格涅夫《猎人日记》的启示，篇名几乎与屠格涅夫的《处女地》相同，而叙事风格则和屠格涅夫相近。作家自己也在该书卷首语中谦逊地声明,他对"屠格涅夫惊人的技巧"望尘莫及。其后,他在都柏林期间还创作出总标题为《致敬与告别》(*Hail and Farewell*)的3部长篇小说《欢迎》(*Ave*,1911)、《安慰》(*Salve*,1912)和《再见》(*Vale*,1914)。这3部长篇小说尽管与其早年的长篇小说《一个年轻人的自白》(*Confessions of A Young Man*,1888)同样具有自传性质,但由于对其生平材料做了更多的处理和重组而更具虚构性,在表现手法方面也进行了新的尝试。

1911年,莫尔离开都柏林回到伦敦,很快被卷入初潮乍起的现代主义文学潮流的旋涡,遂放弃类似左拉的自然主义写法,转而采用更为时髦的象征主义手法,创作以想象为主的传奇故事,相继推出与此前风格迥异的3部作品《凯瑞斯小溪》(*The Brook Kerith*,1916)、《爱洛绮丝与阿贝拉》(*Heloise and Abelard*,1921)和《奥里斯的阿佛洛狄忒》(*Aphrodite in Aulis*,1930)。第一部是以《圣经》里耶稣复活后与保罗相遇的故事为基础,发挥作家自己的充分想象写成的传奇小说,后两部则是为适应方兴未艾的象征主义诗歌形式而写成的散文诗式的叙事作品。其可贵的求新和探索精神对20世纪英国现代作家产生相当大的影响。

乔治·莫尔是一个创作风格多变的作家。其早期风格明显地模仿他所崇拜的左拉的自然主义,但他很快意识到模仿的作品难登大雅之堂。于是,在其中期创作中,尽管还未能彻底脱离自然主义的窠臼,仍然很注重表现环境对人物的制约,但是不再追随自然主义所强调的纯客观性,也不再重视人的生理因素的影响,而是在较大程度上融入作家的主观感受和某些抒情成分,更加重视人物的心理因素,从而更多地显示出自身的风格。这种变化被认为受益于作家青年时代在巴黎学习绘画期间对于法国印象派绘画的领悟,因为法国印象派的写实画风就不是纯客观的,其"印象式"就是不排斥主观感受的。他自己对此也曾做过解释,他说他所追求的是一种"讲究艺术形式同时又不排斥道德评判的现实主义"。这种现实主义,无疑不能像自然主义那样排斥小说家对现实的主观感受。

在莫尔风格多变的创作过程中,除了受左拉、屠格涅夫、法国印象派绘画等因素影响外,其自身的追求与探索精神无疑也起了积极的作用。于是,他以女仆为主人公的长篇小说《伊丝特·沃特斯》与名气很大的哈代的《德伯家的苔丝》唱起了反调:一个地位低下的女子,无须遭人诱奸,也无须被逼杀人,其平凡的生活就是不幸,其低下的地位就是悲惨。于是,他在《伊芙琳·英奈斯》和其续集《特雷莎修女》中将目光转向了神秘主义。于是,他在后期的创作中,又转向了宗教象征主义……这种或受外国作家影响或因主观努力而风格多变的现象虽然并非莫尔所独有,19世纪后期作家中大有人在,但莫尔的表现无疑是出类拔萃的。究其原因,也许是在狄更斯、萨克雷和乔治·艾略特之后,典型的维多利亚小说已登峰造极,几乎没有进一步发挥的余地了,聪明的莫尔如果不离经叛道,还能有出头之日吗?

1933 年 1 月,乔治·莫尔在伦敦去世,享年 81 岁。

第八节　其他小说家

如果说在 19 世纪 80 年代以前,英国小说伴随着维多利亚时代精神而长盛不衰,重要的小说家如司各特、狄更斯、乔治·艾略特、哈代和梅瑞狄斯等人的创作基本上在英国土生土长,几乎没有受到外来影响,那么,随着维多利亚时代的结束,世纪末的英国文坛则越来越倾向于接受外来影响,甚至直接使用外来流派的手法,逐渐与其他国家的小说合流,民族特性逐渐减弱,与其他国家小说的差异变得越来越少。英国小说也因此而变得越来越国际化,在欧洲大陆和美国甚至比在英国本土拥有更多的读者。当然,英国读者也开始越来越多地大量阅读外国小说,阅读欣赏口味由此大变,反过来又进一步影响英国小说家的创作风格。除前面已专节介绍的英国小说家外,下列小说家也以自己的小说创作为英国文坛增添了光彩。

一　汉弗莱·沃德夫人

汉弗莱·沃德夫人(Mrs. Humphry Ward,1851—1922)原名玛丽·阿诺德,是著名诗人、批评家马修·阿诺德的侄女,其父托马斯·阿诺德也是颇有名气的教育家。出身书香门第的玛丽从小受到严格的维多利亚式的传统教育,成年后进入牛津大学深造,受"牛津运动"的余波影响,成为其导师"牛津新思想"的倡导者本杰明·乔威特和马克·帕特森的热烈崇拜者。其间,玛丽与年轻的学院学监托马斯·汉弗莱·沃德相爱,几年后结婚,成为汉弗莱·沃德夫人。婚后不久,沃德先生受聘担任伦敦《泰晤士报》艺术评论员,夫妇俩移居伦敦过上典型的书斋生活。

汉弗莱·沃德夫人早在牛津大学就读期间就热烈崇拜当时正蜚声文坛的女作家乔治·艾略特,移居伦敦后悠闲的书斋生活更激发起她圆梦文坛的热情,成为乔治·艾略特的忠实追随者。于是,她对乔治·艾略特亦步亦趋,像她那样首先从研究基督教的起源开始,然后转向小说创作。

为汉弗莱·沃德夫人确立小说家名声的是其刻意模仿乔治·艾略特作品的长篇小说《罗伯特·艾斯梅尔》(Robert Elsmere,1888)。这是一部以学院生活为题材的宗教小说。其主题是强调自我牺牲和自我救赎的崇高理想,反映当时英国知识界由宗教信仰和科学思想的冲突而导致的精神危机,明显带有乔治·艾略特痕迹。小说主人公罗伯特·艾斯梅尔是牛津大学学生,他一直在格雷本所倡导的用黑格尔哲学来重新释义的新基督教思想和导师兰纳姆所代表的以古希腊非基督教文化来批判基督教的异教文化理论两个相互冲突的思想之间徘徊不定。后来,前者在他思想上逐渐占了上风,他作为格雷本的信徒获神学院文凭并回到家乡担任教区牧师。不久,艾斯梅尔认识了著名的"牛津运动"领袖纽曼的追随者罗杰·温多福。在两人有关基督教教义的基础问题等一系列辩论中,艾斯梅尔败下阵来,并且为温多福从"牛津新思想"中引申出的一套以自然科学为基础的宗教理论所折服。于是,艾斯梅尔放弃教职,参加慈善团体,到伦敦贫民区救济穷人,并为此献出生命。

尽管女作家始终强调信仰的重要性,但小说内容非常现实,不仅涉及当时英国知识界有关宗教信仰和科学思想的冲突,也涉及作家曾亲身参与的由金斯利和罗斯金等人发起的"社会互助运动"的真实情况。小说出版后曾引起争论,有人攻击女作家偏袒基督教,贬低科学,但包括著名的进化论学者托马斯·赫胥黎在内的许多人却为她辩护,使她信心大增。

此后,沃德夫人相继写出有关穷人问题的小说《戴维·格里夫》(*David Grieve*,1892)、《马赛拉》(*Marcella*,1894)、《乔治·特瑞瑟狄爵士》(*Sir George Tressady*,1896)以及有关宗教、婚姻等问题的小说《班尼斯戴尔的赫尔贝克》(*Helbeck of Bannisdale*,1898)和《艾琳娜》(*Eleanor*,1900),但这些小说的影响都不及《罗伯特·艾斯梅尔》。

进入 20 世纪以后,沃德夫人的创作转向历史题材。作品内容表明她仍对乔治·艾略特痴心不改,而风格上则融入了梅瑞狄斯偏重于人物心理描写等特点。如取材于西班牙文学史上著名的德·拉·德丰夫人和德·里斯本纳塞小说中争风吃醋故事的《罗斯夫人的女儿》(*Lady Rose's Daughter*,1903)和取材于画家乔治·罗梅经历的《范威克的一生》(*Fenwick's Career*,1906)等。

二 威廉·怀特

威廉·怀特(William White,1831—1913)出身于中产阶级家庭,曾接受加尔文教派严格的宗教教育,但他后来不仅不愿担任教职,而且毅然摆脱宗教生活。1877 年翻译出版斯宾诺莎的论著《伦理学》,19 世纪 80 年代开始以马克·罗瑟福德(Mark Rutherford)为笔名连续发表 3 部颇有影响的长篇小说《马克·罗瑟福德自传》(*The Autobiography of Mark Rutherford*,1881)、《马克·罗瑟福德的解放》(*Mark Rutherford's Deliverance*,1885)和《皮匠街的革命》(*The Revolution in Tanner's Lane*,1887)。前两部作品带有自传性质,叙述自己的思想发展进程,讲述自己如何逐渐摆脱外省庸俗狭隘的眼光,摆脱宗教教条的束缚,吸收民主文化以及对社会发生兴趣的经过。小说以明显的讽刺技巧,描写外省小城的墨守成规、可厌的教会仪式和他不得不听下去的布道,尤其是那冗长的祈祷,"很像我多年后在下议院中所不得不听的座谈会开幕式上向国王的致辞"。而《皮匠街的革命》则转而描写 19 世纪初英国工人阶级的革命,成功地塑造了无产阶级战士的形象。

小说开头描写一群对社会不满的激进分子的活动,中心人物是印刷工人柴哈里亚·科尔门,他"在宗教上是个不信国教的人,在政治上是个猛烈的激进者",作者还说当时许多不信国教的人都是这样的。科尔门的朋友退伍少校梅特兰是秘密协会"人民之友"的组织者和首领之一,他和战友卡罗特及其法国义女葆琳一起将法国雅各宾派的革命精神和宗教自由思想带进了英国生活。科尔门于是也成了"人民之友"组织的成员。他在梅特兰的引导下开始读拜伦的作品,从而被拜伦伟大的天才所吸引;他开始对宗教教条的真实性产生怀疑,逐渐打破清教徒的戒律,走进戏院,对名演员金在《奥赛罗》中的出色表演大加赞赏,还为葆琳充满"异教徒"韵味的自由和谐的即兴舞蹈而倾倒。由于无产者社会革命的时机仍未成熟,"人民之友"组织很快被统治者摧毁,科尔门逃往曼彻斯特,参加组织失业者向伦敦进发的示威游行。游行同样遭到军警镇压,梅特兰被击毙,卡罗特打死杀害梅特兰的凶手后被判处死刑。科尔门在失去战友和妻子葆琳之后,依然充满斗争的勇气和对正义事业必胜的信心,他喊道:"我相信起义……起义可以巩固参加正义事业的人的信心。"《皮匠街的革命》是威廉·怀特最优秀的作品,尽管作品结构较松散,艺术上也不平衡,但对主要人物科尔门、卡罗特和葆琳等人真实而有力的刻画却是颇见功力的,作家通过主人公形象所表达的对于社会问题的关注和革命者的同情,也给人们留下了深刻的印象。

三 奥莉芙·施莱纳夫人

奥莉芙·施莱纳夫人(Mrs. Olive Schreiner,1855—1920)生于南部非洲一个英国传教士家庭,青年时代一直在南部非洲学习、生活和工作。她曾经学医,并以任家庭女教师维持生活,同时尝试在文学创作中施展自己的才华。她长期与非洲土著居民保持广泛的接触,同情他们的艰苦命运,并有意识地在南非草原对土著居民进行大量的调查,对非洲原始生活有深刻的感性认识。

1881 年,施莱纳夫人带着长篇小说《一个非洲农场的故事》(The Story of An African Farm)的书稿回到祖籍国首都伦敦,在对该书稿进行修改润色后,她以拉尔夫·艾恩(Ralph Iron)作笔名出版,终因风格独特而大获成功。

小说以南非草原的原始生活为背景,对普通劳动人民的命运遭际和作家所熟悉的原始文明进行了不加粉饰的描绘。尽管作品的主人公是作家的欧洲同胞,但他们是欧洲移民中劳动者的代表。女作家怀着满腔热情精心塑造的主人公林达尔是女农场主的养女,她聪明好学,努力追求知识,从童年时代起就表现出独立自主的性格,从不向强权和暴力低头。她认为人生来就应该是平等的,人们交往的准则应该是公平和公正。她以实际行动对男女不平等发起猛烈的反抗。当使其未婚先孕的男人迫于无奈向她提出结婚要求,企图以这种为时已晚的补救措施来"赎罪"时,她愤而拒绝了他,因为她无法与一个在道德上比自己低下的人结合,她更不愿因此而牺牲自己的自由。与林达尔同样聪明好学,希望为人类服务的英国同胞瓦尔多也是女作家所热爱和褒扬的对象。虽然他只是农场的牧人,但对大自然的美有天赋的热情。他在孤寂的草原上与林达尔讨论起英国社会的种种问题来,不亚于充满睿智的政治家和哲学家。然而,与他们相对立的世界是丑恶的市侩世界,惯于吹牛撒谎、浑水摸鱼的坏蛋波拿帕特·布兰金斯和志得意满的胖婶婶姗妮才是这个丑恶世界的主宰,而他们的愿望和追求都不过是乌托邦幻想,他们的一切努力都是毫无结果的。林达尔不幸死去,瓦尔多虽然仍未对前途彻底失望,却也因自己的力量得不到充分发挥而精神压抑,郁郁寡欢。

小说所反映的是女作家所熟知的生活,女作家以现实主义手法向英国读者讲述了遥远的南部非洲草原的真实故事。小说尽管未能像新浪漫主义者笔下充满异国情调的冒险小说那样惊心动魄,也没有像"一位好心肠的批评家"所希望的那样凭空加进"遇见正在寻食的狮子",又终于"死里逃生"的情节,但作品却因其真实自然、别具一格而赢得不少读者。

施莱纳夫人在英国和欧洲大陆度过了 20 世纪 80 年代,其间与爱琳娜·马克思等进步人士交上朋友,进一步加强了其反对暴力、追求平等自由的思想。1889 年回到南部非洲,她开始写作《妇女与劳动》(*Woman and Labour*,1911)一书,热烈宣传男女平等思想。英布战争爆发后,虽然同样出生于海外殖民地,因向英国读者介绍异域风情而赢得盛誉的同时代作家吉卜林满腔热情地为大英帝国的海外殖民战争大唱赞歌,但施莱纳夫人坚决反对英国对布尔的侵略战争,发表大量反战的论文和小册子,还出版反军国主义的中篇小说《马训纳兰的骑兵彼得·海尔凯特》(*Trooper Peter Halket of Mashonaland*,1897)。小说主人公是一个英国兵,原先他也相信英国军队在非洲做了好事,但随着战争的推进,战争的残酷使他经历深刻的精神震荡,最终他违抗长官的命令,将俘获的黑人释放。

施莱纳夫人一贯反对战争和暴力,却认可革命和革命的暴力,热情赞颂俄国十月革命的胜利。她曾在给友人的信中写道:"如果不算卡尔·马克思的话,近百年间没有出现过比列宁更伟大的天才。"[①]表明了她对无产阶级革命导师马克思和列宁的极大尊敬。

四 艾瑟尔·伏尼契

艾瑟尔·伏尼契(Ethel Voynich,1864—1960)出生于英国剑桥,父亲是著名数学家乔治·布尔,但她不满周岁父亲便去世了。于是母亲携全家迁居伦敦,她在伦敦接受教育。约 20 岁时,伏尼契赴柏林音乐学院就读,同时在柏林大学

---

① Olive Schreiner, *Letters*, London: Envlen House, 1924, p. 369.

选修斯拉夫学课程。1885年大学毕业后返回伦敦,与在伦敦避难的俄国和东欧的政治流亡者来往密切。20世纪80年代末曾赴俄国彼得堡侨居两年,精通了俄文,并对政治问题很感兴趣。回到伦敦后,加入俄国流亡者创办的《自由俄罗斯》杂志编辑部,结识了1890年从沙皇的流放地逃至伦敦并为杂志撰稿的波兰革命家米哈伊·伏尼契,两年后他们结婚,从此艾瑟尔·伏尼契与各国革命者紧密联系在一起。

婚后,伏尼契积极参加伦敦的革命流亡集团的活动,通过丈夫与俄国民意党人密切接触,尤其是与C. M. 斯捷普尼亚克-克拉夫钦斯基来往密切,斯捷普尼亚克-克拉夫钦斯基成了她文学创作活动的引导者。她将斯捷普尼亚克-克拉夫钦斯基的一些作品译成英文,而斯捷普尼亚克-克拉夫钦斯基则为她翻译的 H. M. 加尔询的中篇小说和包括果戈理、谢德林、奥斯特洛夫斯基及其他俄国作家的幽默作品在内的作品集《俄国幽默》(*The Humour of Russia*,1895)作序。斯捷普尼亚克-克拉夫钦斯基还把根据自己参加过的一次意大利武装起义的经历写成的意大利文著作和有关意大利政治生活的论文介绍给她,进一步扩大了她的政治视野,也为她提供了大量的文学素材。伏尼契据此写成她的第一部而且也是其最重要的作品《牛虻》(*The Gadfly*,1897)。

小说《牛虻》选取19世纪三四十年代意大利革命历史事件作为主题,在对这些事件以十分同情的态度进行有趣而真实的描写的同时,以高昂的浪漫主义热情传达出革命的时代气息,使作品充满革命民主主义的抗议精神和英勇献身的崇高豪迈精神。

小说主人公亚瑟(牛虻)是19世纪三四十年代意大利革命者中的英雄形象。他生长在富有而伪善的轮船公司老板勃尔顿家庭,但他背叛了他所出身的阶级,在大学读书时便积极参加了旨在推翻奥地利统治的青年意大利党人的革命活动。由于天真幼稚,笃信宗教,在忏悔神父卡尔狄的诱骗下,他失口泄露了革命组织的秘密,致使自己和战友一起被捕。出狱后,他又发现自己最崇拜的、道貌岸然的老师——神父蒙泰尼里原来是自己的生父。而且他还发现,蒙泰尼里是个伪善的两面派,他对自己的挽救和帮助并非出于师生感情或对革命者的同情,而是因为自己是他的私生子,他假惺惺的爱只是为自己赎罪。双重打击粉碎了他对教会的幻想,他怀着满腔怒火拒绝其救助,拒绝优裕的生活前景,偷渡出国,前往南美洲寻找革命和人生的道路。在海外漂泊13年,他做过苦力、马夫、仆役、马戏团小丑,尝尽人间辛酸。苦难的生活把他磨炼成心系劳苦大众的坚定的革命者。重回意大利后,他以"牛虻"作笔名撰文抨击反动教会,同时积极从事秘密起义活动,冒着生命危险偷运武器,不幸被捕后,受尽酷刑,拒绝已升任红衣主教的蒙泰尼里的利诱,拒绝招供,慷慨就义,壮烈牺牲。

作品成功地塑造了牛虻这个在斗争中不断成长的爱国的革命者形象,女作家通过这个形象再现了 19 世纪 30 年代至 1848 年欧洲大革命前夕意大利的历史真实,在他身上集中体现了当时意大利革命运动中诸如玛志尼和加里波第等革命者的先进性和局限性。他原先是一个热情却无经验的志士,他曾经有不少天真幼稚的想法,也曾做出冒失的行动,但随着斗争经验的不断丰富,他变得比较沉着、审慎,经历挫折和失败之后仍然保持坚定的信心,照旧充满勇气和自我牺牲精神。虽然他对政治纲领认识模糊,他的行动也往往带有个人主义的特征,但他意志坚强,思想坚定,厌恶空谈,痛恨妥协,随时准备为意大利人民共同的祖国解放事业而献身,具有高度的人道主义精神。尤其是面对生父的伪善和恋人琼玛误认为他是叛徒而对他的斥责和否定,他经历了常人难以承受的痛苦折磨,因为他在内心深处仍旧深爱着这两个人,这种爱使他更加痛苦,但他仍然在痛苦中表现出坚定的革命精神。女作家以浪漫主义手法处理地下革命组织意大利党人的英勇行为,热情歌颂爱国志士的斗争精神和高尚情操,愤怒揭露天主教会的反动本质,揭露充当异族统治者鹰犬迫害爱国者的神父和主教的狰狞面目。小说主题由敌对力量间尖锐的戏剧性冲突构成,情节发展非常迅速。牛虻与红衣主教蒙泰尼里之间的冲突既是思想上敌对双方的冲突,又是革命者和反动派站在街垒真刀真枪的斗争。由于牛虻不仅是蒙泰尼里的学生,还是他的儿子,所以这种复杂的冲突特别富于戏剧性。而且,女作家在设置和处理这种冲突时并不仅仅依赖情节的异常巧合,而是通过把冲突极度复杂化,从而异常有表现力地揭露冲突双方的实质,即宗教信仰与无神论、抽象的基督教式对人的仁爱和真正的革命人道主义斗争的实质。牛虻对自己的父亲兼教师以及恋人的真诚而被苦痛压抑着的爱,更加有表现力地强调了女作家关于革命家并非铁石心肠,也不能违背自己的良心的思想。

《牛虻》构思精巧,故事情节曲折动人,女作家运用浪漫主义手法处理现实主义题材,使作品的传奇色彩浓郁。作家还善于揭示人物的矛盾心理,运用个性化的对话,使人物形象血肉丰满,个性鲜明。小说笔调细腻、优美,富有艺术魅力。

伏尼契后来的作品,虽然在艺术力量上不及《牛虻》,但她依然忠于自己的创作方针,继续揭露宗教的伪善和丑恶,继续塑造革命志士的光辉形象,表现出女作家一贯的民主传统。如长篇小说《杰克·雷蒙》(*Jack Raymond*,1901)、《奥利维亚·拉瑟姆》(*Olive Latham*,1904)和补叙牛虻出走南美洲经历的《断绝了的友情》(*An Interrupted Friendship*,1910)等。

第四编　创新变革期

——20 世纪以来的小说

第六章　20世纪前期小说

第一节　概　述

一　历史文化背景与文学状况

　　1901年维多利亚女王去世,爱德华七世(1901—1910)上台,标志着一个传统、鼎盛时代的结束,翻开了英国历史上新的一页。

　　进入20世纪,整个欧洲在各方面发生巨大变化。这是一个激烈动荡的时代,19世纪中后期出现的垄断资本和科技发展,20世纪初汽车、飞机、电报、电话的使用和推广,在各方面刷新了西方文明的面貌,改变了人们的生活习惯和思维习惯。在此同时,各国之间早已潜藏的种种经济矛盾,到了20世纪进一步激化,终于发生尖锐冲突,导致全世界范围的战争爆发。1914年以欧洲为主要战场的第一次世界大战爆发,一下子将人们推入一场空前的浩劫之中,几百万人死于战争。战后欧洲主要国家在政治和经济上陷入混乱,1926年英国工人大罢工,1929年华尔街股市大崩溃,30年代整个欧洲进入经济萧条阶段。而俄国十月革命的成功,也使不少西方人对欧洲几百年来的现代化进程和资本主义制度产生疑虑。在这种情形下,欧洲的法西斯分子逐渐得势,1932年,纳粹党在德国大选中获胜,1933年希特勒正式接任德国总理,1934年奥地利法西斯分子接管政权,1939年爆发第二次世界大战。旧伤未愈,新伤更加惨烈,许多国家被迫卷入战争,长时间的炮火硝烟、灭绝人性的大屠杀、法西斯的集中营和焚尸炉等,不仅严重破坏了人类几千年的文明成果,还颠覆了人们长期以来所信赖的理性秩序,给人类进步蒙上重重阴影。

　　作为欧洲一部分的英国,20世纪是以怀疑乃至否定理性传统作为开端的。维多利亚时期最大的特点,就是人们对现存秩序和权威的信赖感,以及精神信仰方面的稳定感。但在19世纪末期,事实上人们已经开始对这种其乐融融的秩序产生怀疑,小说家梅瑞狄斯早在1869年就在一封信中发问:"在这些音韵纯净的田园诗中难道没有一丝虚伪的气息吗?"①而19世纪末,像哈代这样的作家已经

---

　　①　转引自侯维瑞:《现代英国小说史》,上海外语教育出版社,1985年,第3页。

受到叔本华悲观主义哲学影响,其长篇小说很深刻地表达了历史文化的裂变给人们带来的精神迷惘与失落,以及对人生宿命的悲观倾向。进入 20 世纪,世纪末的心理情绪延续而来。国内社会贫富悬殊,失业者人数在增加,经济混乱引起政治动荡,紧接着又是两次世界大战,人类互相残杀,城市沦为废墟,这一切不可避免地冲击着精神价值层面,从根本上动摇了人们的传统观念,原有的宗教权威、道德价值、行为准则等,都成了明日黄花。于 1902 年逝世的作家勃特勒在其《众生之路》中对维多利亚时代那种家长制社会和伪善气氛的无情抨击,也可以说用象征的方式结束了一个旧时代。

在这种历史语境中,欧洲文化哲学中的非理性主义思潮开始流行。德国哲学家叔本华(1788—1860)早在 19 世纪就提出了他的唯意志论,他认为外部世界只是一种表象,在其后面是一种盲目的、不可遏止的意志,人类注定永远受意志的驱使,为各种欲望的实现而付诸各种行动。当欲望被阻碍时即产生痛苦,满足的时刻又会无聊,接着再被更大的欲望所缠绕,开始又一轮的行动。循环往复,人的一生迷失在无聊与痛苦的钟摆中,因此人生是无意义的。立足人类历史维度,在这种意志的统治下,即是一场场无休止的互相残杀。这种理论几乎成为20 世纪前半期动荡历史的注脚。尼采(1844—1900)从叔本华的意志论出发,扬弃了其中的悲观主义思想,提出“超人”哲学,试图以一种强力拯救人类。他的“上帝死了”“一切价值重估”的观点给西方现代思想界极大的震动,预示了 20 世纪的精神危机。法国哲学家柏格森(1859—1941)是生命哲学的主要代表,他探讨了生命的概念,认为世界本原是生命的冲动,其基本特征是“意识的绵延”,即一种超时空的、不间断的、不可分割的、没有终结的过程,是一种宇宙运动。因此理性是靠不住的,必须靠直觉来认识和把握世界。其理论直接影响了绘画、音乐和文学,成为现代主义文艺创作的重要依据,而且其因“丰富而生气勃勃的思想及表达的卓越技巧”,于 1928 年获得诺贝尔文学奖。奥地利心理学家弗洛伊德(1856—1939)的贡献,主要是发现了一个人类以前从未被认识的“潜意识”领域。他认为这一领域受性本能支配,是人的生命力和意识活动的本原,而人类文明的发展常常压抑了这种非理性本能,于是人要寻求各种宣泄渠道。梦境是潜意识的变形舒展,而文艺创作以及许多高尚的文化活动,是对本能压抑的一种升华。他对人类精神心理的深度开掘,改变了“人是理性的动物”的传统观念,是对人的一种再认识,为现代文学开辟了广阔深邃的表现空间。

20 世纪前半期的欧洲文学,一方面是传统现实主义文学的新发展,一些跨世纪的作家在自己的创作园地不断耕耘,如法国的罗曼·罗兰、马丁·杜伽尔,德国的托马斯·曼,英国的高尔斯华绥,等等,他们承袭了现实主义的主要创作方法,坚守着人道批判传统,同时接受了许多现代写作方法,由 19 世纪那种对外在世界的“反映”开始“向内转”,重视人物内在精神的表现,在 20 世纪文学史上留下独特的一页。而且,在形式上还出现"长河小说",即多卷本小说,或者叙述一个家族几代的兴衰变迁,或者追述一个人一生的精神历程,具有宏伟的史诗规模。另一方面是现代主义文学运动的蓬勃兴起,在欧美各国,各种现代流派频频发表宣言,一波未平一波又起,都在振聋发聩地声明自己的反叛性理论纲领,而且从20世纪初到中叶,诞生了一大批卓越的经典大师,无论从文化意义上,还是创作技巧上,都使人耳目一新。大致来说,现代主义文学包含了这样一些信息:第一,对传统表现方式的反叛,着力寻找与现代感知经验相一致的创作方法,在不断创新中显示出内向性、抽象性的风格;第二,具有强烈的危机意识,表达了大战后西方人精神世界的创伤和意义匮乏感,以及某种形而上存在的绝望感;第三,极力在艺术的自律秩序中寻找现代人的意义归属,表现出作家、诗人对终极家园的渴望。

从某种意义上说,现代主义文学占据了20世纪前半期文坛的主要阵地。综括之,主要有五大流派。其一,后期象征主义,从法国19世纪后期的象征主义发展而来,主要成就是诗歌。代表诗人有英国的艾略特、叶芝,法国的瓦雷里,德国的里尔克,以及美国意象派诗人庞德等。他们仍然坚持以象征暗示的方法表现内心的"最高真实",但更具联想性和含蓄性、抽象性和哲理性,象征意象交错重叠、复杂玄奥。其二,表现主义,产生于德国绘画界,后来扩展到音乐、小说、戏剧以及电影等领域,蔓延欧美各国。表现主义文学善于透过事物表象,展示世界本质和人深刻的心灵体验,诸如恐惧感、孤独感、无所归属感等。具有代表性的作家有奥地利的卡夫卡、美国的奥尼尔、瑞典的斯特林堡等。其三,未来主义,发端于意大利,后传入俄国,波及法、英、德等国,主要表现在诗歌与戏剧中。其主要特征是彻底否定传统文化,歌颂现代机械文明,赞美"力""速度",打破各种形式规范,用自由不羁的语句写作,其创始人和理论家是意大利的马里内蒂。可以说,未来主义是所有现代文学流派中唯一对现代文明持赞赏态度的。其四,超现实主义,是从法国兴起的,其前身是"达达主义",代表作家有布勒东、阿拉贡等,他们频频发表宣言,试图用一种自发性的写作方式穿过理性障碍,进入生命的内在真实,把握那种"超现实"状态,以此拯救长期被文明遮蔽的丰富人性,并天真地试图将这种文学方式输入社会层面,建造乌托邦体制。这是超现实主义理论中所蕴含的一种乌托邦倾向,从某种程度上说,也是传统人本主义意识的一种现代翻版。其五,意识流小说,在20世纪20—40年代流行于欧美各国,出现一大批成就卓著的小说家,有英国的乔伊斯、弗吉尼亚·伍尔夫,美国的福克纳,还有早先出现在法国的普鲁斯特等。他们不同程度地受到柏格森和弗洛伊德理论的影响,深入人的内在意识深处,用心理逻辑组织故事,表现人的意识流程,由此打破了传统小说的叙事模式和结构方法。在创作技巧上,大量运用内心独白、自由联想和象征暗示的手法,在语言、文体、标点符号等方面都有很大创新。意识流的创作方法后来被现代作家广泛采用，成了现代小说的基本创作方法，包括现实主义一脉的作品，都运用了许多类似的手法。

二 英国小说发展概况

英国小说在 20 世纪之初呈多元发展、逐渐走向现代主义高峰的趋势，大体可以分四大块。一是现实主义的余绪，即 20 世纪最初十年，爱德华时代"三巨头"——威尔斯、贝内特和高尔斯华绥的创作成就；二是现代主义文学的先声，主要是康拉德、福斯特等人的创作；三是现代主义小说的高峰，也可以说是"三巨头"，即意识流小说的代表性作家乔伊斯和弗吉尼亚·伍尔夫，还有最有争议的作家劳伦斯的创作；四是社会讽喻小说，主要是赫胥黎、伊夫林·沃等人的创作。

所谓"爱德华时代"作家，这个概念和弗吉尼亚·伍尔夫的评价有关。在 20 世纪 20 年代，英国文坛对文学创作中的诸多问题有过相当激烈的争论。伍尔夫夫人在自己的一些评论文章中，不客气地将活跃文坛的威尔斯、贝内特和高尔斯华绥等作家称作"物质主义者"，指出他们承袭了 19 世纪的写实手法，极力模仿客观外在的事物，不知道去关心人的内在生命。她认为在一个新的时代应该探索新的创作道路，不能一味守旧。因此在她所活动的文化圈子"布卢姆斯伯里"集团中，"爱德华时代人"是特指那些过时的作家的。乔伊斯也持相同的看法，认为贝内特等人只知机械地反映生活，不关心写作技巧。后人基本上沿用了这种说法，因为在文学史的意义上，他们三个作家确实在思想风格和美学趣味上很相似，而且最重要的作品大都发表于第一次世界大战之前，因此成为爱德华时代文学的代表。

当然，爱德华时代"三巨头"有各自的特点，而且他们也不是一味地描摹客观世界，在"向内转"的世纪倾向中，他们的创作自然也受影响。威尔斯是 20 世纪初最为活跃的作家之一，他喜欢用科学幻想方式进行社会讽刺，抨击各种不公道的社会现象，关注财富分配问题、妇女参政问题等，他的科幻小说表达了他对未来的忧虑，具有前瞻性。其社会小说风格简练幽默，具有狄更斯式的喜剧色彩。在小说是目的还是手段的问题上，他还和乔伊斯展开论战，认为小说应该通过展示行为来讨论社会问题，因为小说擅长表达人的心理活动和事物的个性，而许多的社会问题又与人的心理有关，所以他特别强调小说的社会功能和道德功能，认为小说能够促进人类文明进步。在这一点上，他确实延续了狄更斯关怀社会问题的传统，对社会历史有着强烈的使命意识。但他同时也在探讨小说的写作方法，比如在如何展示人物的命运等方面，也做过不少思考。而贝内特则继承了法国 19 世纪末的文学传统，流露出自然主义倾向，描写了个人在传统意识和世事沧桑中的无奈。在这一方向写作的还有毛姆，他也是跨世纪作家，也属于英国现实主义一脉，在中国影响很大，获得很多读者的喜爱。高尔斯华绥使 20 世纪上半期的现实主义小说登上高峰,在欧洲20世纪耀人眼目的"长河小说"作家中,高尔斯华绥是重要的一位,他的系列长篇《福尔赛世家》三部曲,用写实的手法记述了一个中产阶级家庭的历史变迁,成为史诗式的作品,他凭借此作品于1932年获得诺贝尔文学奖。这些作家在传统现实主义领域做出了贡献,既延续了英国小说伟大的传统,同时也在具体的写作上有所革新。

康拉德早在19世纪末就开始发表小说,一直延续到爱德华时代。应该说,他走着和詹姆斯有些相似的创作路子,注重人物的视角,在人物的行为中表现其心理和精神特点。其在多部中长篇小说中,主要描写了他的航海经验,在一个人生存遇到危险的极端情形中,人与自然、社会的关系,人与人之间的关系,都在心理、道德的层面展开,叙述生与死、物质与精神的复杂冲突。和他同时期的福特,是他的合作者和同路人,他们不仅合作写过三部小说,而且在小说创作的观念上观点基本一致。他们认为小说艺术有促进人与人互相交流的功用,是表现人性的载体,能够使人们互相了解和理解,从日常事务中脱出身来,丰富自己的经验,更好地认识周遭环境。在小说功用这一点上,他们和威尔斯观点一致。但在更多的时候,他们常常为找到一种新的小说形式而努力,因此常常被贴上"形式主义者"的标签。同时期的福斯特比较擅长描写中产阶级生活,喜欢用象征主义手法,在人性的维度展开叙述,并夹以社会评论。他认为艺术的重要性在于,它是"实现精神价值的最高尚的手段",是人类"内在灵魂的最壮美的物质表现和延伸"①,正是在这样的基础上,他详细讨论了人物、故事、情节、幻想、预言、图式、节奏等小说要素问题,成为这一时期的理论家。这几个作家的创作,一般被认为是现代主义文学的先声。

20世纪20年代,英国的现代主义小说走向高峰。应该说,乔伊斯和伍尔夫夫人是正宗的现代主义作家,无论是思想内容还是形式实验,他们的创作都很突出,是意识流小说这个流派的中坚人物。特别是乔伊斯的《尤利西斯》,已经成为20世纪意识流小说的代表性作品,而他的《芬尼根守灵夜》,则在形式实验方面走上极致。在理论上,他和詹姆斯一样,强调作家从作品中引退,在一定的视角中让事物得到展示。在他眼里,艺术是至高无上的、自主的,其存在本身就是价值,不必去寻找其他的外在功能。乔伊斯基本上没有专门的理论论述,而是在其作品中托人物之口表述自己的文学见解,比如他的"顿悟"之说,就是由其小说人物斯蒂芬来解释的。他主要靠自己的小说实践来影响20世纪的小说发展。伍尔夫夫人则写出大量的评论文章,从各个方面探讨小说写作问题,并提出未来小说的戏剧化之路。她在创作上不断求新,从开始的写实倾向到纯粹的意识流作品,然后到探索一种小说诗化之路,最后到试图将戏剧的综合性质引进小说,在

---

① 转引自殷企平等:《英国小说批评史》,上海外语教育出版社,2001年,第153页。

这些方面都做出了自己的贡献。值得一提的是,弗吉尼亚·伍尔夫在关于女性问题上颇有见解,这方面的文章使她成为 20 世纪女权主义的先驱之一。

而劳伦斯则要复杂一些,因为他的小说形式无论如何也只能说是现实主义的,他也确实对小说的形式实验没有多少兴趣,但其审美视野中出现的种种困惑,无论如何都表达了他是一个现代主义者,诸如人类性爱方式的问题,人的本性在文化中的遮蔽问题,现代工业文明带来的异化问题,等等,在其小说中都有独特而深刻的思考和表现。而他对性爱的大胆描写,使得他成为表现两性之间灵与肉种种纠葛的小说大师,同时也使他受到一些道学家的非议。关于道德问题,他有自己独特的看法,他认为道德存在于人与周围世界、宇宙之间微妙的平衡中,小说叙述了这样的真实,因此它是道德的,这是任何教条都不能代替的。艺术应该为生活服务,特别是小说,能够表现人类的全部生活,优秀的小说是人们达到全人的指导者。因此他很自信地认为自己比圣人、科学家、哲学家和诗人都优越,因为他们只掌握了人的零星部位。"任何事物在它自己的时间、地点和环境之中都是真实的,而在它自己的时间、地点和环境之外则都是不真实的。"①我们不难看出,小说在劳伦斯这里,是具有至高无上地位的。

现代主义高峰过后,20 世纪 30 年代出现现实主义文学的回潮。有两种潮流:一是左翼进步文学,直接表现工人阶级的生活和斗争;二是社会讽喻文学,一批知识分子对社会感到无望,旧的理想破灭,新的支柱找不到,于是面对人生采取一种冷嘲热讽的态度。这方面的代表性作家主要有赫胥黎、伊夫林·沃和乔治·奥威尔等,他们对现代主义有一些呼应,在局部会用一些意识流写法,内容上主要揭露中产阶级的腐朽生活。赫胥黎还表达了自己对科技无限发展的忧虑,在他所设计的未来新世界里,用物理和化学的方法对人进行人工孵化,用药品祛除烦恼,这就是他对未来的恐怖想象。而奥威尔揭示极权主义的小说《1984》则成为 20 世纪"反乌托邦文学"的代表性作品。

在英国的小说传统中,短篇小说是不发达的,一直到 19 世纪末期才有了一些进展。进入 20 世纪,在莫泊桑和契诃夫的影响下,产生了短篇小说家曼斯菲尔德、科珀特等。另外还有战争小说家、侦探小说家等,他们都以自己的方式丰富了英国小说史。

20 世纪前半期的英国小说取得举世瞩目的成就,无论是现实主义还是现代主义,都为世界文学的画廊增添了光彩。也因此产生了重要的理论奠基人卢伯克(Percy Lubock,1879—1965),其著作《小说技巧》,讨论了小说的主题和形式的关系,认为只有很好地表现了主题的形式才是合适的形式。于是他用更多的篇幅探讨形式和方法问题,提出"图画"和"戏剧"的概念,即叙说和展示两种叙事

---

① Anthony Beal, *Selected Literary Criticism* , London, 1955, p. 110.

方式,前者可以反映比较大的场面和广阔的题材,后者更深入地表现人的内在精神世界,因此作家应该在合适的时间变换视角。而且他还在这本重要的著作中提出读者问题,认为一本书最后是要在读者那里完成的,实际上这是读者反映批评的先声。

第二节　赫伯特·乔治·威尔斯

　　赫伯特·乔治·威尔斯(Herbert George Wells,1866—1946)是爱德华“三巨头”之一,其创作从 19 世纪末开始,一直到 20 世纪 40 年代,留下 50 多部长篇小说和几个短篇小说集子,属于多产作家。一方面,他继承了英国现实主义文学传统,重视文学对社会生活的关注和批判,并提倡新闻性和客观性;另一方面,他在科幻小说领域有卓越的贡献,作品拥有儒勒·凡尔纳式的传奇想象,并蕴含着一个严肃作家对人类未来的忧虑。可以说,他用文学之器在社会现实和人类未来之间进行自己的思考和探索。

　　威尔斯生于肯特郡小镇的贫寒家庭,父亲在当过一段时间的棒球手后,便努力经营一个小店,母亲给人家做用人,最后给一户乡绅做管家。在威尔斯的记忆里,他的童年是在这家的地下室厨房里度过的,他常常从地下室狭小的气窗向外张望,映入眼帘的是由各式各样的鞋子和靴子组成的世界,这是辛酸的童年经验。后来上学,是那种专门为下层中产阶级子弟开办的学校,他对这所学校没有多少好感,学校的体罚使他很厌恶,他还经常和附近工人子弟学校的孩子发生冲突。威尔斯一生既不满于社会的等级压迫,一直在探讨社会改良问题,也不喜欢工人阶级,在小说中对他们的刻画也有些丑陋,恐怕都和这些童年记忆有关系。14 岁那年,父亲破产,威尔斯辍学,开始自立谋生。他做过药店学徒、邮局信差、售货员等。18 岁时他到了伦敦,靠奖学金进了一所理科师范学校读书,修读了物理、化学、地质学、天文学、生物学等科目,这种理科知识背景为他后来的科幻作品提供了想象资源。毕业后他当过一段时间的教师,还在威尔士一所学校做过校长助理。但他最主要的兴趣是文学,早在中学时就开始写他的第一部科幻小说《时间机器》,后来修改出版,在社会上十分流行,从此开始了他的文学生涯。1903 年,威尔斯怀着改造资本主义社会的良好愿望,加入鼓吹社会改良的费边社,试图“通过有计划的改造资本主义制度,转化为集体主义制度”。经过一段时间的摸索后,他因不满于费边社的渐进式改良而退社。但他一生对社会政治兴趣不减,曾两度访问苏联,见过列宁和斯大林,还到美国见了罗斯福,不断探讨社会的制度问题,进行各种社会前景构想。然而他始终不赞成暴力革命,他宣扬的是世界主义,幻想通过建立一个世界性的政府而达到人类大同的境界。当然这也只是一个小说家的良好愿望而已。而这些思考都体现在他的文学作品中。

威尔斯的创作大致分为三个阶段。第一阶段从19世纪末到1900年，主要是科幻小说；第二阶段从1900年到1910年，主要是社会讽刺小说，其现实主义倾向大体体现在这一类作品中；第三阶段是1910年之后，主要是那些被称为"阐述思想"的小说，已经不是严格意义上的文学作品，而是倾向于讨论思想和宣传主张的通俗读物。

威尔斯称自己的幻想小说为"科学传奇"，事实上幻想多于科学。他借助想象的翅膀，驰骋于空间与时间之中，从月球、宇宙的角度，从过去、未来的角度，从外层天体上的生物的角度，对人类生活和社会进行观察、构想、评判，既有娱乐作用也有讽喻意义。不能不承认的是，他对未来科学的发展以及科学发展带来的不良后果，居然有不少成为现实，这是一件神奇的事。他在人类第一架飞机制成之前就写了空中大战，在人类登上月球60年前就让自己的人物进行太空探索，还猜测1958年将会爆发使用原子武器的战争，使人类成为废墟，并在废墟上重新建立国家。因此不少人将他与法国的儒勒·凡尔纳并列为现代科学幻想小说的前辈。但两位作家的价值观很不同，凡尔纳赞扬科学技术的重大发明和巨大威力，在其作品中科学是奇妙美好的；而威尔斯则在肯定科学技术具有积极意义的同时，还预示了科学发展的负面作用，并利用这种形式揭露社会中存在的阶级矛盾和种种问题，谴责帝国主义战争和殖民主义掠夺的残酷性，因此威尔斯的小说不啻具有更深刻的社会问题意义。

其最早获得成功的科幻小说是《时间机器》(*The Time Machine*，1895)，在这里威尔斯第一次展现了未来世界的可怕图景。故事主人公"时间旅行者"乘着他发明的飞行器，飞到80万年后的一个所在，看到那里的人类已经变成两种怪物。一种叫埃洛伊，住在地面上颓败的宫殿中，过着悠闲生活，但由于长期不劳而获而变得智力萎缩、个子矮小、体力柔弱，猜测应该是现代资产阶级的后裔，表达作家对这一阶级的某种担忧和藐视。另一种叫莫洛克，住在黑暗的地下世界，整日在机器工厂劳动，养活埃洛伊，他们体力健壮、智力发达、性情粗野暴戾，猜测应该是现代工人阶级的后裔，表达作家对该阶级的客观审视。莫洛克到了晚上就要到地面上"收获"自己的劳作成果——捕捉和屠宰埃洛伊作为食物——真正是异想天开的"阶级报复"。威尔斯用这种怪诞恐怖的方式暗示劳动者对剥削者的仇恨，其中蕴含的是他对现代生活的忧虑：不断迸发的劳资矛盾和斗争的深层缘由，不劳而食可能带来的退化，以及贫穷者长期受压迫可能产生的可怕报复。小说中，时间旅行者又继续往前飞行，飞到几百万年以后，那时的世界已经一片荒芜，人类全部死灭，海滩上只剩下白色的蝴蝶和巨大的螃蟹。

这就是威尔斯眼中的人类未来。我们看到，他用科幻方式重新提出了狄更斯在19世纪中期《双城记》中所为之焦虑的问题：统治者和被统治者长期敌对的恐怖后果。而且，和狄更斯一样，威尔斯的态度也是想对上层阶级提出警告，并用荒芜的大结局告诫统治者,警示人类。饱含同样的忧虑,《莫罗医生岛》(*The Island of Dr. Moreau*,1896)将视角转向科学技术本身,向读者展现出科技无限发展之后可能出现的灾难,并提出科技实验的伦理问题。作家清楚地意识到,科学如果被那些毫无道德顾忌的人掌握,就会变成谋取私利的手段。这部小说讲述一个生物学家因轮船失事漂流到一个岛上,发现岛上有一位姓莫罗的医生正在对各种动物进行器官移植实验,将这些动物改造成能从事一些劳动的"兽人"。因为这些被做了手术的兽人依然兽性未改,不会自觉进入新的生活轨道,莫罗又制定了严厉的法律和高压机制迫使它们顺从。但机制有时会出问题,整个秩序便陷入混乱,最终莫罗医生还是死在兽人的爪子下,兽人们又回到野兽状态。这里一方面表现了对动物进行"器官移植"这件事本身的非道德性,揭示某些人掌握世界的疯狂欲望,在这个失去人性和理性的世界里,科学成果会成为某一类人的统治工具;另一方面说明毫无节制的科学实验最终还会毁灭实验者,因为这违背了宇宙的自然规律。整部小说表现了一种互相残害的过程,作家通过小说人物之口说,这座孤岛上野兽残杀的景象"正是一幅人生的缩影",借此讽喻人类的文明进程。这是威尔斯对科学实验没有节制和缺乏道德制约的未来演示,应该说很有先见之明,20 世纪后期关于物种器官移植以及在动物身上所做的无性繁殖,引起世界关注和激烈争论,威尔斯居然提前近 100 年就有了类似的忧虑。

《隐身人》(*The Invisible Man*,1897)揭示了同样的问题。这是威尔斯流行最广、最受欢迎的作品。小说主人公是一个科学家,他出身贫苦,为了改变自己的命运刻苦用功,在艰难的条件下发明了隐身术和显形术。这时他为自己的发明所陶醉,产生一种巨大狂热,企图使用这种方法控制社会,使自己成为凌驾于一切之上的"超人"。陷入被控制状态的人们开始反抗,团结起来对付他,最后"超人"死在大家的追逐中。在这里,作家一方面是批评尼采的"超人"哲学,将其漫画化,另一方面依然是讨论科学技术的使用问题:是用来给人类造福,还是成为谋取私利的工具?作家认为这是科学的界限。

相比较而言,《星际战争》(*The War of the Worlds*,1898)倒是具有纯粹的太空科技传奇性质。小说中,地球被更为发达的火星人入侵,火星人长得像章鱼,身体巨大,靠分裂细胞的方式繁殖后代,靠吸入地球人的血液来维持生命。他们能够发出热线和黑烟,将地球上的一切生物烧毁,而地球人的武器却拿他们无可奈何。英国人驾驶装甲战舰与他们英勇搏斗,最后还是被化为乌有。正当他们即将占领地球时,自己阵营内却乱了套:他们因在地球上没有免疫力而大批死去。小说中出现的星球大战场面,在现代科技电影中大量出现,而其"热线"和"黑烟",也很像现代的激光和毒瓦斯。相类似的还有《最先登月的人》(*The First Men in the Moon*,1901),写两个英国人乘飞行器登上月球,受到月球人的追捕,出现很多惊险场面。人类是 1969 年登上月球的,威尔斯在世纪之初即有此想象,这是他的杰出之处。而且,对月球表面奇幻景色的描写与人类真正登上月球时发回的彩色照片居然有许多相似之处。此类作品还有《神食》《空中战争》等,大多发表在 20 世纪之前,对 20 世纪的同类作品产生极大影响。

从 1900 年起,威尔斯除了继续从事科学传奇的创作外,开始发表他的社会讽刺小说。他大量运用自己早年的生活经历,塑造了许多"小人物"形象。詹姆斯所看到的是欧洲文化的衰落与上层社会的沉沦,而威尔斯看到的则是下层社会人们的生存挣扎,那些像他一样营养不良、饱尝辛酸的年轻人,不甘心失败、在生活洪流中奋力拼搏的景象,常常会出现在他的作品中。在这一类作品中,威尔斯是狄更斯现实主义小说传统的忠实继承人。

《基普斯》(Kipps,1905)是此类作品中最早获得成功的。同名主人公基普斯从小受过很多苦,长大后在布店当学徒,一次因醉酒未归而被老板开除。但就在这时,他意外地从生父那里得到一笔财产,从而成为上层社会的一员。在一个富裕人家又很偶然地遇到与他曾经青梅竹马的安妮,对方在给人家做女仆,他便与其结婚成家。后来生意上不断有波折,起起落落,但总能过得去,过着还算富足的日子。在这部小说中,作家着意要表达的是基普斯在曲折起落的生活境遇中所面临的道德、习俗的尴尬。作家曾经说过,《基普斯》的目的在于塑造一个英国下层中产阶级的典型人物,表现这个阶级全部可怜的局限性和脆弱性,同时也对英国中产阶级的理想和行为提出他一贯的批评。基普斯为人纯朴,知识有限,在生活中容易受到各种思想风气的影响,特别是上层社会的种种偏见和势利的影响。基普斯在得到意外财产后,十分向往阔绰豪华的住宅和富人的生活方式,而且一度嫌弃安妮地位低下,产生不少不愉快。然而他所向往的方式不是他本性所愿意的,也不是他能够运用自如的,只是为了在社会上不失体面而已。于是他不得不从语法学起,涉及园艺、法国酱油、付小费的动作等,各种繁文缛节,都要学着别人的样子来做,学得十分做作,洋相百出,一股别扭劲。对此,小说揶揄之中富含同情,可笑而又不失可爱。作品中还写了一个真正势利的女人,随着基普斯的财产状况而产生不同的情感态度,是作家讽刺批判的对象,是一个可鄙的形象。后来"基普斯"这个名字就成了 20 世纪初期"小人物"的代称。

威尔斯的社会小说都具有某种喜剧色彩,这也是狄更斯的传统。在《波利先生传》(The History of Mr. Polly,1910)中,波利就是一个可笑又可爱的喜剧人物,但他比基普斯有反叛精神。波利出身寒微,又想吃饱饭又想读好书,但都不容易实现。他先在布店做工,后来自己也开了布店,有时顺利有时不怎么顺利,自叹命途不济,在令他厌烦的一切活动中,有一天突然发现债台高筑,觉得活得没劲,就想出一个主意:焚火自尽,结束这种不断挣扎的人生。但在火烧起来后却突然想到邻居有一个哑巴老太太,便奋力去抢救,结果成了英雄,自己房子、财产的损失也得到保险公司的补偿。这么一个喜剧结果过去后,波利依然不能安定,最后还是决定离家出走以逃避令人讨厌的现实。他漫游乡间,在大自然中感到无比欢欣。数年间又经历一些变故,也曾回家,但妻子冷淡对之,只好再次离开,最后快快地在一个小店与一个女店主相依为命。在波利先生命运忽上忽下、难以预料的人生变故中,作家对社会现实、世态炎凉做了刻画,使得喜剧中含有悲剧意味,同时也表现了小人物内心对命运的不甘心和不断挣扎,以及伴随着的善良与温情。

自传式小说《托诺-邦盖》(*Tono-Bungay*,1900),是威尔斯社会小说的代表作。威尔斯在这部小说中,试图描绘维多利亚时代晚期和爱德华时代英国的全景式社会画面。小说以第一人称叙述了叔侄两人的人生过程,主人公乔治经历阴影笼罩的贵族山庄,死气沉沉的小镇,到冒险家乐园的伦敦,幻影般的成功,泡沫似的失败,串起了一个个动荡、混乱的社会场景,最后在迷惘的沉思中结束。

小说开头延续了菲尔丁的叙述方式,既是作者又是主人公的"我"出来交代自己的写作缘由,讲许多的人生道理,然后以回忆角度,从"我"的幼年开始,逐渐展开故事情节。乔治的母亲是一个女管家,她将没有父亲的乔治很早就送到叔父爱德华那里,让乔治一边在学校学习,一边在叔父的药剂店里干活。后来乔治上了大学,叔父破产去了伦敦。不久,爱德华发明了一种叫"托诺·邦盖"的健身药,靠现代狂轰滥炸的广告战术获得神奇的成功,成立了庞大的公司,找乔治和他一起干。乔治对叔父的"事业"开始很抵触,因为他看得一清二楚,这桩事从头至尾就是骗人的,但他要恋爱、结婚,自己又找不到挣钱的门路,于是只好参与其中,成了叔父的合伙人。在飞黄腾达的生意场上,爱德华不断搞系列产品,收买、兼并其他企业,发行股票,收买报刊,其私人新闻经常出现在晚报上,还常有慷慨解囊的义举,不断有访谈录、名言、各种各样的传闻等,总之成为成功的"名流"。拥有了如此丰厚的物质和精神"实力",他先是购买贵族名宅,以图风雅,最后又大兴土木,建造现代化宫殿,以显潇洒。但这种挥霍无度留下了潜在的危机,导致了最终的破产。而且,在这个过程中,他由于不择手段地做各种投机事宜,伪造证据,最后被揭露,又走上逃亡之路。在叔父忙忙碌碌的起落之间,乔治的主要兴趣在科学实验上,在叔父到处招摇撞骗时,他一直在试验制造一种飞行器。最后叔父走投无路时,叔侄两人就是乘着这架飞行器出逃,然后在半路坠落的,早已身心交瘁的爱德华丧命异乡。

"托诺-邦盖"是时代的象征,一个炒作起来的假象,到最后灰飞烟灭。我们从小说中可以看出,威尔斯对自己的时代,那个正在兴盛起来的现代社会是持怀疑态度的。他揭露了严重的社会弊端和各个阶层的毛病,衰老的贵族系统与往昔的价值观念已经陈腐,无所作为的贵族宅邸暗无天日,一切都在崩溃中;而靠巧取豪夺崛起的新贵,没有任何道德约束,则像吹气泡一样不可靠。小说中写了三个女性,即乔治的妻子、婶婶、情人,都是无儿无女的,作家把这三个女人看作英国的象征。"一个民族,如果她的女人只开花不结果,那她还有什么希望呢?"爱德华的所谓"事业",一生的忙碌,"那不过是千军万马齐奔荒原的一种景象,这个国家患了一种耗人的、盲目的经商、赚钱、寻欢作乐的狂热症"。艾略特于1922年写下长诗《荒原》,也是寓示现代文明在欲望的驱驭下丧失精神与信仰,成了一片荒原,而威尔斯早在世纪之初就预示了这样的前景,表达了对物欲横流的忧虑。乔治在小说中基本上代表着见证人和批判者的角度,他对叔父说:"你知道。我要些实实在在的东西,伙计。我要些可以抓得住的东西。弄不到,我会发疯的。我和你并不是一丘之貉。你喜欢吹牛皮,说大话。我觉得我倒像个在肥皂泡沫世界里挣扎着的人,忽上忽下,忽东忽西。"①所以他尽量躲开叔父的"事业",去制造航空飞行器,实现他少年时代的梦想。在这里,"飞行器"也看作一个梦想,是乔治不满现实所做的一个"不现实"的梦——最终还是坠毁了,但表达了他不与社会洪流沆瀣一气的自我愿望。在小说中,乔治像作家一样,也曾受到社会主义思想的鼓舞,参加费边社,结果他发现那些成员装腔作势、自命不凡又调笑逗趣,他很失望,于是退回到自己的梦想世界中,就像作家退回到自己的文学创作中。小说结尾具有一种象征性:乔治驾驶自己制造的驱逐舰,沿着泰晤士河,开过巍峨的威严古朴的维多利亚建筑群,开过贫民窟,进入繁忙的港口,感受到现代商业的拥挤和压力,最后进入大海,映入眼帘的是一片未知的灰蒙蒙的世界。

这部长篇小说无论内容还是结构都具有一定的史诗意味,既体现了当时的科学精神,也有一定的社会批判性。但正如王佐良先生所言,其小说"缺乏一种内在的同一性,人物没有足够的深度,他们的某些思想不是内心深处的体会,而是作者外加的议论"②,因此在故事情节的曲折复杂中,人物也显得有些漫画化了。

威尔斯的语言幽默诙谐,颇有狄更斯的味道。詹姆斯很赏识威尔斯的才华,但又认为他不注重技巧。威尔斯坦然承认这一点,并认为自己写作不是为了小说本身,而是为了展示社会问题,促进社会改革。他在1915年给詹姆斯的信中说:"对于你来说,文学像绘画一样本身就是目的;对于我来说,文学像建筑一样是种工具,有它的用途……我宁愿被称作新闻记者而不想被尊为艺术家,事情的本质就是这样。"③正是由于这样的认识,他后期的创作干脆直接宣示社会问题,把小说当作一个阐述思想、批评社会与宣传真理的讲台。所以弗吉尼亚·伍尔夫对他们这类作家的批评也是有道理的,他们本身确实并不关注写作手法问题,

---

① 威尔斯:《托诺-邦盖》,蒲隆译,外国文学出版社,2002年,第220页。
② 王佐良:《英国文学史》,商务印书馆,1996年,第537页。
③ 转引自侯维瑞:《现代英国小说史》,上海外语教育出版社,1985年,第65页。

也不会进入人的内心世界，而是平铺直叙地展开故事，演绎自己的思想观念，将深深的社会忧虑倾注其中。当然，这并不是说威尔斯排斥文学的艺术效果，他只是反对把小说供奉为一件纯粹的艺术品而已。

第三节　阿诺德·贝内特和威廉·毛姆

被弗吉尼亚·伍尔夫称作"三巨头""首恶"的阿诺德·贝内特（Arnold Bennett，1867—1931），是人们经常拿来和威尔斯相提并论的现实主义作家，因为他们在叙事方式上依然属于写实一脉。但事实上他们的差别相当大。柯林斯对他们的评价是："贝内特满足于记录，威尔斯想改变每样东西。"①如果说威尔斯传承的是本土的文学批判传统，贝内特则更喜欢法国自然主义文学，并自觉地要用小说对社会生活进行客观的记录。在这一点上，可以说他和威廉·毛姆（William Maugham，1874—1965）同出一宗，都是英国文学中具有法国文学精神的作家，是法国自然主义文学在英国的继承人。法国自然主义文学产生于19世纪末叶，它以19世纪的科学知识为基础，强调环境和遗传对人的作用，在创作上注重作家的中立态度，对发生的一切进行冷静客观的记录，左拉、莫泊桑即是这一派别的大作家。自然主义文学在20世纪流入英国文坛时，也像在法国一样，已经是强弩之末了，贝内特和毛姆虽然自有他们的贡献，但显然都不能说取得了多大的成就。

一　阿诺德·贝内特

贝内特出生于英格兰北部山区的陶镇，那里在18世纪就发展起了陶瓷工业，是英国著名的陶瓷之乡。贝内特从小生活在这里，看到的就是炼焦厂和陶窑的浓烟滚滚，他对这样的环境自然没有好感。父亲做过陶窑工，开过布店和当铺，靠自学当上律师，脱离了工人阶级。贝内特中学毕业后，在父亲的事务所工作了一段时间，就到了伦敦，先在一家律师事务所当一名小职员，并就读于伦敦大学，学习法律。贝内特从小喜欢文学，爱读法国自然主义文学和俄国作家屠格涅夫的作品。到伦敦后，开始写一些短篇故事，向报刊投寄，后来又去了《妇女》杂志社做新闻编辑，这时他认识了威尔斯并与他成为好友。他的处女作《北方来的年轻人》(A Man from the North，1898)，就是他这段生活的写照。主人公理查德·拉赫像贝内特一样，也是从北方的陶镇来到伦敦的，他一边在一家公司做工，一边做着文学梦。但杂志社接二连三地退稿，他还被女友抛弃，尽管他不断

---

① Collins, *English Literature of the Twentieth Century*, London: University Tutorial Press Ltd, p. 176.

努力,但最后还是以失败告终。这是一个平凡人的平凡故事,奠定了贝内特小说的特色。需要提及的是,在这部作品中,贝内特对主人公性心理、性冒险的描写很大胆,当时他已经是个法国迷,读了不少莫泊桑、左拉、龚古尔兄弟的作品,对性的描写显然受到自然主义文学的影响。1900 年,贝内特离开英国到巴黎定居,和一个法国女人结婚,靠撰稿为生,直接受到法国文学的熏陶。8 年后他回到英国,在第一次世界大战中主要从事新闻工作,曾极力向英国介绍法国印象主义绘画。于 1931 年去世,留下 30 多部小说,还写过大量书评和剧评等。

尽管贝内特很早就离开故乡,而且从来也没有喜欢过故乡,但他的小说是以写陶镇的生活获得成功的。19 世纪最后的 30 多年,英国工业发展迅速,旧的乡村经济及宗法关系逐渐解体,贝内特目睹了工业革命给英格兰北部造成的恶果,工厂、作坊不断破坏着自然,田野一片灰暗。他在这样一个背景下开始自己的文学创作,写下 5 部以陶镇为背景素材的小说,这成为其一生创作中最有艺术价值的作品,并给他带来荣耀。在他的小说中,活动于陶镇的主要角色,是那些从事小规模商业和工业的中产阶级和小店主、职员等下层中产人物,具有浓厚的地方色彩。在这一点上他和哈代很接近,哈代描写英国南部农村的生活风尚,而贝内特则反映北部工业化的社会风貌。不同之处是:哈代始终是威塞克斯的一员,他带着感情表现自己的故乡,在历史转型过程中渗进了自己的隐痛;而贝内特长年侨居法国,常从外部视角来观察与表现陶镇,具有客观冷静的叙事风格。

《五镇的安娜》(*Anna of the Five Towns*,1902)几乎是巴尔扎克《欧也妮·葛朗台》的英国翻版,安娜是个善良、单纯、忠实的陶镇女子形象,其父爱财如命,吝啬到没有人性的地步。他代管安娜从母亲那里继承的财产,经常迫使安娜催租逼债。按照他的意愿,安娜与当地的成功商人麦诺斯——安娜生意上的合伙人——结婚,也是精明算计的结果。在安娜的财产中,还有一部分是由普莱斯父子经营的陶器厂,该厂由于运营不好欠债,安娜常遵父命去普莱斯家催债,和其儿子威利相熟而友好,对自己的行为难过但又无奈。后来普莱斯父子破产,安娜很想帮助威利渡过难关,但被父亲训斥。威利准备到澳大利亚谋生,来和安娜告别时,才发现原来两个人早就相爱,只是被债务这件事情蒙蔽了。安分守己的安娜送给威利一张 100 英镑的支票,从此埋葬了自己的爱情。最后的结果是,威利出门后感到无望,便投井自杀,安娜继续过着没有感情的生活。在这个唯利是图的故事中,表现的是金钱对人性的戕害。安娜这个善良的女性,在父亲和丈夫的生意场上,除了扮演逆来顺受的角色,是不可能有自己的选择和生活天地的。

《老妇谭》(*The Old Wives' Tale*,1908)是贝内特酝酿已久的作品,是他一生创作的代表性作品。贝内特在该书前言里谈到了作品的孕育过程。1903 年秋,他在一家餐馆就餐,看见桌子对面坐着一位老妇人,憔悴、丑陋、臃肿,惹得餐馆里一个年轻美貌的女侍窃笑。贝内特对她产生了兴趣,在观察中,他忽然领悟到,每个年老臃肿的老太太,也许都有过年轻时的妩媚与风韵,是生活河流的冲刷将她改变成现在这个模样。他感慨之余,遂决定写一部类似莫泊桑的《一生》那样的小说,来表达人在时间中的沧桑。而且,他想超过自己所喜欢的莫泊桑,或者说要写得有自己的独特处,于是,他在小说中塑造了两个女人,描述了她们历时50余年的生活历史。

小说按时间顺序,首先记述姐妹俩在五镇的共同生活,老大康斯坦丝·贝恩斯性格温和、憨厚善良,从无非分之想;妹妹索菲娅·贝恩斯则和姐姐恰恰相反,她活泼、任性,天生具有叛逆性。因此,康斯坦丝长大后和父亲布店里雇用的总管结婚,过了30年,丈夫死去,儿子对她冷漠,并且自己外出求学谋生了。康斯坦丝虽然觉得寂寞,但和安娜一样,生来就逆来顺受,对生活也没什么抱怨,整个是平淡无趣的一生。而索菲娅年轻时和一个大公司的销售员私奔到巴黎,在五镇搞得风风雨雨,后来被推销员抛弃,靠自己的坚强和独立精神在巴黎生存下来,成为一家规模很大的住宿会馆的女主人,拥有很多房产,最后风风光光地回到五镇。姐妹俩在各自的生活道路上走过来,最后又会合到一起,两个老妇人共同感叹时光如流水。小说结尾,索菲娅面对分手几十年的丈夫的尸体,当初的英俊少年,如今躺在一张草席上,一脸皱纹,脚上穿着一双无底破靴,她不禁惆怅万分,凄然泪下,感到人生岁月之无情:"要不了多久,我也会躺在这样一张床上。我这一辈子活着究竟是为了什么?究竟有什么意义?"她有一种人生徒劳的情绪。贝内特表达了从青年到老年的自然现象,在这个进程中,人对自己以及他人都无法了解,对命运也无从把握,人生只是一个从生到死、从青春华美到衰老死亡的生物学悲剧。

贝内特的自然主义倾向,一方面反映在他的人生观上,在他看来,人的命运常常为环境、自然、社会中的神秘力量所驱使,个人只是造化的玩物,《老妇谭》即笼罩着一层淡淡的悲观主义和宿命论色彩。另一方面表现在他的写作方法上,威尔斯叙述事件和人物时,常把他的喜怒哀乐与同情、厌恶都直接表达出来,而贝内特采取的是置身其外的角度,尽量用冷静、中立、客观的态度记述那些欢乐与忧愁、不幸与不平。他认为只有这样才能原原本本地再现生活,因此在细节上,他会详尽地描写餐桌上的每一道菜肴等,这就有点像巴尔扎克了。但任何事情都不是绝对的,贝内特也常常在自己的描述中渗进自己的同情,他说:"一个真正伟大的小说家的根本特征,在于他基督一般无所不包的同情心。"无论是《五镇的安娜》还是《老妇谭》,都表现了这一点。

福斯特认为《老妇谭》的主人公应该是时间,但时间并非一部分人的特权,因此小说虽然感人,却太单纯,没有伟大之处。这是正确的,因为贝内特本来就不是一个伟大的小说家。而随着姐妹俩的生活经历出现的五镇生活面貌,如工业的发展、小城的变化、室内陈设、进餐菜肴、日常琐事等,都显得冗长、累赘,这是他的弱点。

关于五镇的作品还有一个三部曲:《克雷亨格》(*Clayhanger*,1910)、《希尔达·莱斯维斯》(*Hilda Lessways*,1911)、《这一对》(*These Twain*,1915)。这三部小说在1925年合成一卷,取名为《克雷亨格一家》(*The Clayhanger Family*)。三部曲讲述了男主人公爱德温·克雷亨格和女主人公希尔达·莱斯维斯的爱情婚姻与悲欢离合,反映了维多利亚时代后期英国中产阶级生活的方方面面和人物的思想感情。第一部《克雷亨格》从爱德温的角度叙述他与希尔达的故事。爱德温父亲艰辛的童年,其主持学校百年纪念会和青年辩论会,年轻的爱德温和专横武断的父亲的矛盾冲突,等等,都写得很精彩。其间,爱德温在朋友家与偶然前来做客的希尔达邂逅,然后是两地通信,互表爱慕之情。后通信突然中断,爱德温获悉希尔达已经嫁人,陷入困惑。9年之后,爱德温知悉希尔达的丈夫因犯重婚罪而入狱,还是出手帮助希尔达清偿了债务,旧日情意重又萌发。第二部在各方面都不如第一部成功,是从希尔达角度讲述自己的身世及婚姻过程。涉世未深的希尔达陷于丈夫的重婚困境时,到五镇做客,认识爱德温并坠入情网,后来她发现自己已经怀孕,便终止通信。第三部写得同样不尽如人意,从俩人的视点来叙述他们的婚后生活。开始时是相见恨晚,婚后却产生很多摩擦,希尔达任性,爱德温也十分固执,婚姻对他们的爱情形成挑战。在一次大的争执之后,爱德温一怒之下离家出走,在寒冷的冬夜路上,意识到家庭冲突是因为都把对方理想化了,他们历尽艰辛建立起来的家庭应该理性一些,互相珍惜,于是调整了自己的情绪和态度,采取了一种更为顺从现实的方略,从而使婚姻得以延续。当时的贝内特和妻子的关系也很紧张,因此这种写作带有一定的自传性。

除了上述严肃之作,贝内特还写过一些轻松的作品,如《五镇逸事》(*Tales of the Five Towns*,1905)、《五镇的严峻笑容》(*The Smile of the Five Towns*,1907)等。这些故事从不同侧面描写了五镇生活风貌。在1900—1914年期间,贝内特还写过一连串为了赚钱的小说,包括廉价的惊险侦探故事、社会言情故事、国际阴谋故事等。其中最出名的是《巴比伦大旅店》(*The Grand Babylon Hotel*,1902)。这些作品以市民趣味为目标,没有多少文学价值可言。他对此也直言不讳,曾经公开宣称小说家是一种生意人。但有意思的是,这类书并没有给他带来多少财富。当新一代现代主义作家兴起,他的名望也就黯淡了。

二 威廉·毛姆

毛姆与贝内特一样,是自觉传承法国自然主义文学的作家。他一生创作了多部长篇小说、150多篇短篇小说、30多个剧本,还写了不少游记、自传性作品和一些文学评论文章。他的用力之勤、涉及面之广,都是惊人的。尽管他的作品缺乏某些现代作家的深刻性和艺术性,而且毛姆自认为是"较好的二流作家",但他是20世纪英国文学中为数不多的几个雅俗共赏的作家之一。他的作品巧于构思，善于讲故事，因此流行世界，影响广远。

1874年，毛姆出生于法国巴黎。父亲是律师，受雇于英国驻法国大使馆，因此毛姆在法国度过童年，从小接受了法国文化的熏陶。父母死后，1884年毛姆被伯父接回英国送进寄宿学校。1891年，毛姆赴德国海德堡大学学医，次年回伦敦在一家医院实习，医学临床实践使他对法国自然主义倡导的那种冷静解剖式记录人生和社会的观点更支持，而在医院工作期间所接触到的各色人等，也给他提供了审视世界的窗口。后来他弃医从文，开始写小说，医生生活经验和法国文化的影响都明显地反映在他的第一部小说《兰贝斯的丽莎》(Lisa of Lambeth，1897)中。"一战"期间，毛姆去欧洲战场救护伤员，还曾服务于英国情报部门，这些经历又为他日后写间谍小说提供了素材。毛姆一生足迹遍布世界各地，他到过印度，缅甸，马来亚，中国，南太平洋的英、法属岛屿，甚至俄国和南北美，因此国际性社会就成为他文学作品的大背景。1930年以后毛姆定居法国南部的海滨，1948年开始撰写回忆录和评论文章。20世纪50年代牛津大学曾授予毛姆荣誉博士学位，女王也授予他骑士称号。1965年，毛姆病逝。

毛姆的长篇小说中最有名的是《人生的枷锁》(Of Human Bondage，1915)、《月亮和六便士》(The Moon and Sixpence，1919)、《寻欢作乐》(Cakes and Ale，1930)和《刀锋》(The Razor's Edge，1944)，创作时间均在英国现代主义文学兴起至衰落时期。他对一些现代作家的形式实验一贯不以为然，认为只有对写作题材感到空洞无聊时才会做新奇的技巧试验，因此他自己在创作中特别注重小说的情节发展，而且喜欢将自己的经历融合进去。《人生的枷锁》是他的代表作，个人色彩表现得最为明显，主人公菲利普·卡莱9岁丧母，由当牧师的伯父收养，不久进入寄宿学校，因腿部畸形而受尽嘲弄，于是变得孤独敏感。后来菲利普出走德国海德堡学习德语和法语，几经周折后又到巴黎学美术，接下来又学医，迷恋上一个庸俗放荡的女招待，沉溺肉体而不能自拔，直到对方流落风尘。小说结尾菲利普与一位善良纯朴的姑娘结合，开始了新的生活。在不断追求自己朦胧理想的道路上，菲利普感到世界上总有一种不可思议且难以抗拒的力量在左右他的生活，使他的愿望一再落空。由此他认识到人的无能为力，"生活并无意义，人生也没有什么目的。无论他出生与否都是无关紧要的，无论他生存与否也都是微不足道的。生命似轻尘，死去也徒然"，这正是毛姆自然主义思想的表现。

《月亮和六便士》则是毛姆以著名画家高更(Paul Gauguin，1848—1903)为原型创作的传记式小说。主人公斯特里克兰德本来满足于庸碌无能的生活，但在40岁的某一天，他突然得到顿悟，毅然抛弃了一切，去巴黎学习绘画，最后又到达南太平洋岛屿，与文明世界隔绝了一切联系，在原始的天地中寻求发挥艺术才华的自由,并与一位土著姑娘结婚。他在岛上画出很多绚丽多彩、形状奇特的画幅,沉浸在创造的自由之中,直到生命的最后一刻。当许多人对他的行为纷纷表示不解和指责,认为他在糟蹋自己时,小说中毛姆的代言人——"我"(一个看似深谙世故的刻薄狡黠的旁观者,但内心深处是一个理想主义者)——却说了这样一段话:"我很怀疑他是否真的糟蹋了自己:做自己最想做的事,生活在自己喜爱的环境里,淡泊宁静、与世无争,这难道是糟蹋自己吗?与此相反,做一个著名的外科医生,年薪一万镑,娶一位美丽的妻子,就是成功吗?我想这一切都取决于一个人如何看待生活的意义,取决于他认为对社会应尽什么义务、对自己有什么要求。"这也是毛姆所肯定的人生态度,可以说,这也是他抛弃医学走上艺术之路的初衷。按照毛姆的用意,"月亮"和"六便士"恰如其分地象征着"理想"与"现实"的针锋相对,作者心目中的"理想"是不沾染名利地位的,它与社会普遍流传着的关于"人生理想"的理解有着本质的区别;而"六便士"的"现实"即是实用主义人生哲学的内容,它是小说所摒弃的。

《寻欢作乐》是毛姆艺术上最圆熟的作品,小说以漫画的手法描绘了英国文坛上的一些所谓的作家、文人,让他们表现出许多可笑、可叹、可鄙的行为。小说中出现了三个作家,其中一个叫基尔的受特立菲尔德的遗孀委托为其写传记,于是向特立菲尔德从小认识的朋友埃欣顿收集资料,埃欣顿陆续向基尔介绍了特立菲尔德早年的种种逸闻艳史。事实的描述在现实与回忆中相互穿插,叙述线索前后往复,显示出作家编织故事的高强手段。小说出版后引起许多猜测,有人认为是对现实中某些作家的影射等。这种猜测事实上同样无聊,毛姆自然矢口否认。《刀锋》写于旅居美国的年代,小说以第一人称写成,主人公拉里本来是个普通的美国青年,"一战"中险些丧生,多亏战友舍身相救才幸免于难,这一经历彻底改变了他的思想和态度。战后他觉得有必要探求宇宙的奥秘以及他本人在宇宙中的位置,以便使以后的生活具有充实的意义。他先是攻读哲学,后来当过煤矿工人,甚至通过艺术寻求真理,最后在印度宗教里找到了真正的信仰。拉里的寻求与探索,与战后欧美青年的心理状态相合,所以小说和当时战后出现的许多反战作品一样,深受青年读者的欢迎。拉里的原型是著名哲学家维特根斯坦,拉里总是执着探索人生形而上的意义,他一生的境遇无疑具有哲学意义上的无奈和悲壮感。《刀锋》之所以打动无数读者,还与毛姆擅长谋篇布局、将故事情节安排的生动有趣有关,这是毛姆的长处。

这些作品流行于世界各地,已经成为世界文学的经典。这4部作品有着很大的差异,但每部小说都对正统的人生价值观提出反思,通过人物的精神历程来探讨人生的意义。曾有评论说毛姆的小说过于通俗,不足以担当文学自身应担负的使命,但毛姆不同于许多作家之处就是他从不愿把自己的作品打造得道貌岸然,也无意用先知的口气指导蒙昧的读者们该如何生活,他只在无数细节里不动声色地表达立场。

除了创作长篇小说,毛姆还是一位优秀的剧作家。从1898年到1933年,毛姆前后写了30多个剧本。早年他模仿王尔德,到了20世纪20年代技巧就很娴熟,所写的社会喜剧有力地刻画了上流社会的道德沉沦。在创作最旺盛的时期,他曾有4个剧本在伦敦连续上演。他的剧本情节曲折紧凑,语言明快简练。他创作的锋芒毕露的社会喜剧对很多作家产生了很大的影响,其中就包括乔治·奥威尔,奥威尔曾公开宣称毛姆是对他本人影响最大的现代作家。

而为毛姆赢得很多荣誉和名声的则是他的短篇小说。在毛姆生前,英国《新政治家》杂志的专评就称他为"当今在世的最伟大的短篇小说家"。他主要的短篇集子有《颤叶集》(*The Trembling of the Leaf*,1921),讲述的是海外故事,是作家漫游太平洋和远东地区的见闻,其中最为著名的短篇《雨》(*Rain*),写了一个道貌岸然的传教士和一个妓女的种种纠葛。后来屡次被搬上舞台与银幕,被译成几十种文字,在世界各地流传。《阿申登故事集》(*Ashenden or the British Agent*,1938)则代表了他在侦探小说方面的创作成就,这些故事大都依据毛姆在"一战"中参加英国谍报机构的经历写成,作者在描绘间谍活动的同时也注意对人物性格和内心世界的揭示,所以写得不落窠臼,具有一定的文学价值。后期有名的短篇作品中,《半老徐娘》(*A Woman of Fifty*)写人生中的欺骗、淫欲、罪孽等,《珍妮》(*Jane*)反映上层社会的势利、庸俗风尚,《现实与实质》(*Appearance and Reality*)讽刺统治阶级的虚伪道德,等等。从总体上看,毛姆的短篇作品把爱德华时代不同阶层的世态人情描绘得淋漓尽致,许多评论家把他和莫泊桑相提并论。

毛姆精通多种文学风格,在许多体裁中他都有不俗的表现。他一贯主张作家应当写自己的亲身感受,毛姆多才多艺的文学成就即是他漫长曲折、阅历深广的一生的忠实反映。毛姆师承莫泊桑的风格,主张故事要有完整性、连贯性和生动的一致性。毛姆的小说之所以广泛流行而经久不衰,最重要的原因就是如他所说能"投读者所好",无论是长篇还是短篇,都有具体、充实、戏剧性强的故事情节。毛姆公开宣称"小说就是讲故事","因为听故事的欲望在人类身上就像对财富的欲望一样根深蒂固"。他批评现代小说过于注重刻画人物而不注重情节的倾向,他认为刻画人物很重要,因为只有当读者熟悉了小说中的人物并对他们产生同情之后,才会关心发生在他们之间的事情,但是全力注重人物刻画而不注重人物之间发生的事情,这只是小说的一种写法,却绝不是关键所在。毛姆嘲笑许多现代作家的作品"行为是千篇一律的,描写是重复冗长的,感觉是索然无味的",他半带揶揄地说:"假如山鲁佐德只知道刻画人物而不讲那些奇妙的故事的话,她的脑袋早就被国王砍掉了。"正因为如此,他不太赞成契诃夫那种散文化的写作方式,认为契诃夫没有本领来编造一个生动有趣的故事。另外,其小说语言的明白晓畅、朴实无华也是他获得大批读者的重要原因。

总的来说,毛姆的小说大多能令读者得到一种轻松和消遣,但他绝不是一个通俗作家。他对社会鄙俗的揭露,对人生意义的探讨,虽然没有达到多么深刻的程度,却未必就不能启发读者的思考。他的确说过:"文学是一种艺术。它不是哲学,不是科学,不是社会经济学,不是政治;它是一种艺术。而艺术是给人享受的。"因此他对文学的批判职能的确不感兴趣。他和贝内特一样,更多的时候喜欢冷静地铺排情节,以自然主义的创作态度表现人生。

第四节　约翰·高尔斯华绥

在爱德华时代"三巨头"中,约翰·高尔斯华绥(John Galsworthy,1867—1933)无疑是成就最大的一个,也是最能体现英国本土现实主义文学传统的跨世纪作家。而且,他还是产生于 20 世纪欧洲并有广泛影响的"长河小说"的作家之一,写过 3 个三部曲,都由长篇小说组成,用史诗般的规模,沿着传统的人性道德关怀与社会批判方向,描绘了英国资产阶级家族的兴衰历史和他们的精神发展史。鉴于他"描述的卓越艺术",瑞典皇家学院于 1932 年授予他诺贝尔文学奖。

高尔斯华绥出身于中产阶级家庭,有点类似于其作品中的"福尔赛世家",因此对大家族的种种欢乐与忧愁有很多的体会。早年在著名的哈罗公学就学,后毕业于牛津大学并取得律师资格,可谓有高规格的教育背景。在高尔斯华绥的生活中,有一个波折对其创作影响很大,他在年轻时爱上了他的堂兄弟的妻子艾达,艾达与丈夫并无感情,但要结束这样的婚姻,在当时是件很困难的事,会招致许多的社会非难。为此高尔斯华绥受尽相思之苦。经过多年周折,他终于在1905 年获准与离婚的艾达结婚,从此两人相依为命,始终不渝。这段经历后来成了其代表作《福尔赛世家》(The Forsyte Saga)的中心事件。从牛津大学毕业后,高尔斯华绥出国漫游,途中结识了后来成名的康拉德,两人成为终生好友。1895 年他放弃法律事务,从事创作,在 1897 年到 1901 年期间,他用"约翰·辛约翰"(John Sinjohn)作笔名发表了 4 部小说,但均未取得显著成功。

与此同时,他从外国优秀作家,尤其是法国的福楼拜、莫泊桑与俄国的屠格涅夫、契诃夫那里吸取营养,经过几年磨炼,写作渐入佳境,1906 年发表《有产者》(The Man of Property),终于获得巨大成功,确立了在文坛上的地位。后来,他将自己叙述一个资产阶级家族历史的系列小说编成三部曲,经过 20 多年的写作,完成了《福尔赛世家》和《现代喜剧》两个三部曲,而在生命的最后三年,又写了最后一个三部曲《一章的结束》。他一生共创作了 17 部小说、26 个剧本,还有散文、诗歌和书信集,20 世纪 20 年代曾被选为作家组织"笔会"的主席。

在高尔斯华绥的早期作品中,第一次引起关注的是《法利赛人的岛》(The

Island Pharisees,1904),可以说它是作家重要的社会小说,已经显示出批判锋芒。故事主人公理查德·谢尔顿出身于一个中产阶级上层家庭,和作家一样曾在牛津大学读书。在他的婚姻大事上,他已经与一位乡村贵族的女儿安东妮娅·德南特订婚,是那种很符合金钱和地位等各种利益的理想婚姻,为家族所首肯。但在这期间,谢尔顿偶遇一位叫费伦的荷兰青年,被其锐利、新鲜的见解和对传统社会的叛逆精神所吸引,开始重新审视这个社会中盛行的一切价值观念,以全新的视角来观察和估量他所熟悉的那个中产阶级世界,重新思考生活意义,逐渐意识到自己从未在意过的很多现象本来是不公平的,包括自己的特权地位,这个阶级中存在的狭隘、虚伪、自私、肤浅和愚昧,等等。他向未婚妻解释这一切,试图获得她的理解,但安东妮娅对此毫无感受,根本不能接受他的思想,而且有一种根深蒂固的阶级偏见。为了表达他对资产阶级的抗议,谢尔顿最后断然解除了婚约。小说通过为数不多的人物和简明清晰的事件,勾勒出英国上流社会的一个侧影。可以看出,谢尔顿的思想变化表现了作家青年时期的精神特点。

在思想内容上与《法利赛人的岛》有一定连续性的是《博爱》(*Fraternity*,1909),这篇小说讲述的是中产阶级和下层贫苦者的故事。一个出身于富裕家庭的作家出于业余绘画兴趣,找来一个穷苦姑娘做模特,在作画期间对她产生感情,但他要顾及自己的阶级虚荣心,要遵守自己圈子里的一套游戏规则,这些很现实的因素都使他害怕与她牵涉太多,因此努力将感情空泛地停留在一种"博爱"的层次上,似乎自己只是出于某种同情心而已。小说通过对人物心理情感的剖析,表现了知识阶层道德上的麻木和精神上的倦怠,他们无力担当自己的感情。小说实际上提出了一个在两种阶层中爱情是否可能发生的问题,也是对扼杀真挚感情的阶级偏见的某种责备。但面对难以逾越的现存规则,作家流露出一种悲观情绪。与《法利赛人的岛》中的谢尔顿相比,这部小说中的主人公显然没有了那种血气方刚的叛逆性,而多了对现实的无奈与克制态度。

除了对资产阶级生活的描述,高尔斯华绥对同一时期的乡村贵族社会也有直接的描绘。《庄园》(*The Country House*,1907)描写乡绅潘迪斯家族,主人霍勒斯·潘迪斯对自己这个家族多少年来保持着传统的秩序和风貌感到很自豪,有一种深入骨髓的优越感。而他偏偏养了一个"不肖子"乔治,这个无视家族荣誉的儿子住在伦敦繁华的商业区,整天在赌博中混日子,不仅输得精光背了债,还不断制造绯闻,与一个已婚女士有暧昧关系,并卷入其离婚案件中。这种事在当时的英国是会引起轩然大波的丑闻,是有辱门庭的大事件。霍勒斯·潘迪斯为了挽回家族面子,他警告儿子若不断绝与那位女子的来往,便要剥夺其财产继承权。但儿子并不屈服,继续我行我素。这种行为破坏了父亲的贵族优越感,也破坏了他们庄园的社会秩序。后来由于仁慈、在社交界有影响的母亲多方斡旋,事情总算没有张扬于世,家族勉强渡过了危机,保住了体面。但这只是一种表面上的胜利,在这场激烈冲突中,旧秩序已经被某种新的商业气氛所动摇,个人的人格魅力仅仅可以维持一时,而难以使整个秩序永远坚固。作家在小说序言中指出,出身名门并不是一件值得沾沾自喜的事,而其中更多的是庸碌、浅薄、狭隘和做作,最终总是要面临衰败的。小说结尾的大团圆表明了英国作家一贯的温和态度,而高尔斯华绥也是不赞同急剧变革的,他认为人们应该及时地总结教训,正视已经出现的裂缝,避免难堪的土崩瓦解。另一篇《贵族》(The Patrician,1911)的主题与其相似,也是写某种贵族意识在年轻一辈中的淡化,某伯爵的一双儿女都爱上了与自己门第不相同的人,但故事结局是兄妹俩最后又出于家族体面考虑,结束了先前的浪漫。从这类作品中我们可以看到维多利亚时代价值理念的血脉如何若断若续地流淌在爱德华时代,也能看出作家对社会矛盾的温和态度。

真正在小说中深入中产阶级家族的精神世界,描绘他们的种种矛盾、痛苦与心灵挣扎而且取得巨大成就的,自然是其代表作《福尔赛世家》(1906—1921)。这部作品包括三部长篇《有产者》《进退两难》(In Chancery,1920)和《出让》(To Let,1921)。在三部作品之间,还有两部篇幅很短的插曲《一个福尔赛的暮秋》(The Indian Summer of A Forsyte,1917)和《觉醒》(Awakening,1920),也都是福尔赛家族的延展性故事。

《有产者》是三部曲中写得最好的一部。一开始就是在福尔赛家里举行豪华宴会,庆祝老乔里恩的孙女琼和波辛尼订婚。单从人们的衣着就可以看出这个家族的排场,宴会上到处是白手套、黄背心、羽饰和长裙,在他们的对话、内心活动中初步显示了各个人物的性格轮廓与相互关系。在这个家族中,有靠股票生活的食利者,也有野心勃勃的企业家,他们都在表面上客套应和着,内心却彼此猜忌。波辛尼是个出身贫寒的建筑师,应该说与这个家族是不般配的,因此福尔赛们称他为"冒险的海盗",同时对他存有警觉心理。小说主人公索姆斯是老乔里恩的侄子,是成功的房地产经纪人,是真正具有财产占有意识的典型的"福尔赛人";而他美貌的妻子艾琳与他恰恰相反,她喜欢艺术和自由,当初为了逃离继母的摧残不得已嫁给索姆斯,两人仅仅是名义上的夫妻而已。索姆斯对美貌的妻子就像占有一件艺术品一样,希望能牢牢掌握在自己手里,但又时常担心她会溜掉。于是在宴会上心生一计,请波辛尼承包建造一所乡间别墅,试图将妻子迁居那里,使她没有机会接触社交界。但没想到在建造别墅的过程中,波辛尼和艾琳一见钟情,后频频来往,情爱益加深。索姆斯没想到会有如此结果,便设法报复波辛尼,控告波辛尼违背契约,建造房子过程中有超支行为,要求赔偿,并在法庭上获胜。波辛尼愤怒中失去理智,在一个大雾的下午遭遇车祸而死。艾琳在迷茫痛苦中与丈夫正式分居。

福尔赛家原本是农民,在英国对海外殖民地的扩张和剥削中,这个家族得以逐渐兴起,到索姆斯一代,已经成为豪富。发迹的历史使这个家族建立起牢固的"财产意识",养成一种强烈的占有欲,这就是"福尔赛精神"。而且,他们要占有的不仅是金钱、地产、股票,还包括人,包括这世界上的美和爱。一所豪华住宅,一件罕见的古董,一幅名贵的绘画,一个美貌的妻子,都是一种可以在众人面前炫耀的财产。这种赤裸裸的占有欲与财产意识,便是打在每一个福尔赛人身上的标记——福尔赛主义。在作家看来,这种"福尔赛精神"不仅仅是一个家族的精神特征,甚至也不仅仅是英国上层社会有产者的特征,而且是整个私有制社会人性中所共有的精神痼疾,这种痼疾损害了人与人之间的真诚联系,也损害了家庭。因此,索姆斯和艾琳的冲突,并不单纯是婚姻关系问题,而是金钱专制和个性自由的矛盾,是财产与人性的冲突。评论界普遍认为,高尔斯华绥将这种福尔赛式思想和艺术性人生思想安排在同一屋檐下,表面上过着平静的生活,内在关系却时刻处在剑拔弩张之中,使得双方都无法逃避。作家在小说前言中也说:"《福尔赛世家》的原旨是美对私有世界的扰乱和自由对私有世界的控诉。"为此他塑造的实际上是两组对立的形象:索姆斯,家族的卫道士,英国资产阶级社会的支柱,他集中体现这个阶层中的负面因素,即自私、贪婪、虚伪,其生活的最高目标就是攫取财富和保持一切有金钱价值的东西,而且还把这种冷冰冰的商业原则运用到家庭关系中,使资产者的家庭失去了温情;波辛尼与艾琳代表了对立的一面,他们热爱艺术,厌恶利欲的冷酷,对美有特殊的敏感,对生活充满渴望。在后者的"阵营"中还有老乔里恩的儿子小乔里恩,他是福尔赛的叛逆者,早年就丢下缺乏感情的家庭与女儿的家庭教师私奔,去追求自由个性的生活方式。他们都是与福尔赛们对着干的人。但他们的不幸结局,预示了在金钱社会这种冲突的悲剧性。

在《有产者》的出场人物中,有的占据主要地位,有的作为背景,作家将他们写得错落有致,个性突出。比较复杂的是波辛尼和艾琳,相比较其他的形象有点模糊,没有在和福尔赛们对立的一边像作家期待的那样显示其力量。也因此而招致最大的批评者劳伦斯的指责,他认为波辛尼和艾琳的私情是小说中的致命弱点,因为他们比起索姆斯来要缺乏诚实,特别是艾琳,一边享用索姆斯的物质,一边想方设法败坏他的名声,是"大寄生虫身上的小寄生虫";而波辛尼则为了艾琳的美色而背叛和伤害对他一往情深的未婚妻,也是缺乏道德感的。劳伦斯的这些指责自有其偏颇之处,但也与作家写作上的问题,即没有为艾琳和波辛尼所代表的那种更加人性化的一面做更为丰富的铺垫有关,以致最后读者对其行为选择产生道德疑问。类似的问题在以后的创作中也一直存在着。

在《有产者》问世后,作家逐渐产生了用系列小说的形式来表现一个资产阶级大家族的历史的念头,于是又创作和发表了《进退两难》和《出让》。《进退两难》进一步记述索姆斯和艾琳之间的关系。他们分居后,索姆斯更加醉心于商业,为了使他的财产后继有人,他与一个年轻的法国姑娘结婚,生下一女,名叫芙蕾。而孤独多年后的艾琳与丧妻归来的小乔里恩结合,小乔里恩已是画家,是共同的叛逆思想和对艺术与美的追求使两人走到一起,过着幸福的生活,生下一子叫约翰。两家的生活方式是"福尔赛式"和艺术式的继续演示。最后一部《出让》转向下一代,索姆斯之女芙蕾和艾琳之子约翰在一个画展上偶然相识并相爱,但由于父辈的恩怨而未能有结果。小乔里恩不幸去世,约翰和母亲艾琳先后去了美国;索姆斯的第二任妻子终于也受不了被"收藏"的生活,和人私奔而去。强烈的财产意识,造成了人性的孤独,使索姆斯的人生像是一个贴着金箔的空壳,索姆斯孤零零地徘徊在福尔赛家的墓地上,怀着迷惘的心情回顾自己的一生。最后,福尔赛的别墅挂起出让的牌子:福尔赛时代已经过去。他们的生活正像一座空空如也的大房子。

这部长篇巨著描写了福尔赛家族四代人的变迁,形象地反映了 20 世纪初期西方世界价值观念的变化。高尔斯华绥为此写了序言,明确地指出了这部作品的现实性:

> 回顾一下,我们的维多利亚时代——这个时代的成熟、衰微和没落,在《福尔赛世家》里多少有所描绘——我们看出,现在我们不过是从锅里跳到火里罢了。我很难肯定地说,1913 年英国的状况比福尔赛一家人在老乔里恩家集会庆祝琼和波辛尼订婚时的 1886 年好。而在 1920 年,当这家人又齐集一堂庆贺弗勒和迈克尔·蒙特结婚时,可以肯定地说,英国的现状比 19 世纪 80 年代还要糟。那时是市面呆滞,利息下降;现在是瘫痪,破产。①

这是作家对英国历史变迁的理性认识。而且,他还认为这是一个普遍现象。作家在序中继续说:"每一个时代都要大模大样走到舞台上来,宣称它是一个崭新的时代。没有一个时代有那样新的!人性,蕴藏在它的变幻的服装和伪装下面,大体上仍旧是,而且仍将是个福尔赛,而且到头来很可能沦为比这个还要糟的动物。"②作家想说的是,无论是在维多利亚时代,还是在爱德华时代,抑或是在将来的什么时代,只要资产者存在着,人性就会在其中不断受到各种形式的压抑,斗争就会不间断,而资产者本身也是这种历史的玩偶。他们的财产占有欲望弥漫于生活的各个角落,成为压倒一切的因素,使他们想象力窒息、思想僵化、情

---

① 高尔斯华绥:《福尔赛世家》第一部,周煦良译,上海译文出版社,1978 年,第 9 页。
② 转引自刘文刚等主编:《诺贝尔文学奖名著鉴赏辞典》,湖南文艺出版社,1991 年,第 175 页。

感枯竭,于是自己也成了一出悲剧。作家继承了 19 世纪英国批判现实主义的传统技巧,在小说中塑造了众多的人物形象,庸俗、贪婪的索姆斯,善良、执着的艾琳,固执、任性的芙蕾,等等,都以其富于个性的语言和行动,活生生地跃动在我们眼前。在结构上,庞大的家族三四代人,出场的有 30 多人,宛如一条展示群像的长廊。而每一章节又是一个相对独立的画面,表现家族具体生活的某个片段,然后在连接起来的整体上,映照出一个家族连绵起伏的历史。这种布局使纷纭的人物各得其所,使复杂的线索井然有序。

第二个三部曲《现代喜剧》(*A Modern Comedy*,1924—1928)是《福尔赛世家》的续篇,同样包括三部小说:《白猿》(*The White Monkey*,1924)、《银匙》(*The Silver Spoon*,1926)、《天鹅曲》(*Swan Song*,1928)。也有两部插曲:《沉默的求婚》(*A Silent Wooing*,1927)和《过路人》(*Passers-By*,1927)。

《白猿》主要描述 20 世纪 20 年代年轻一代的生活和感情纠葛以及对维多利亚时代道德观念的摒弃,反映了弥漫于社会的迷惘与空虚。爱情破灭后的芙蕾与一个颓废诗人迈克尔结婚,到处是战争将至的动乱情绪,芙蕾受到另一个诗人的追求,也曾经动摇,但后来与丈夫有了孩子后,又继续过下去。索姆斯对他们有所理解,送给女儿一张画,画上的白猿眼神忧郁惆怅,象征迷惘的一代的精神状况。《银匙》继续描述芙蕾和迈克尔的生活,他们已经从“迷惘”阶段进入上层社会,迈克尔当选议员进入国会,成为一个政治人物,芙蕾协助丈夫在各种场合应酬客人。其中的曲曲折折反映了当时英国政治生活的贫乏、诡诈与徒劳,而芙蕾的一系列活动,表明她身上继承了自己家族的那种“福尔赛精神”,并已卓有成效。约翰与母亲艾琳在美国生活,索姆斯和芙蕾去美国旅游时看到他们,索姆斯很伤感。《天鹅曲》写在工人运动的背景下,反映了上层社会的震惊与恐慌。1926 年工人总罢工期间,芙蕾为工人开设了一家餐厅,一天她遇见来英国工作的约翰,在短暂地重温一番旧梦后,约翰永远地离开了,这使芙蕾陷入痛苦。索姆斯则越来越将时间花在自己收藏的许多名贵绘画上,一天家中不幸起火,痛苦中的芙蕾故意站在危险的地方,意在决绝,索姆斯为了救女儿而受伤死去。

在《现代喜剧》中,索姆斯的形象经历了内在变化,这个在《福尔赛世家》中利欲熏心、感情冷漠的投机商,这个“有产者”,随着岁月的流逝,无论在“事业”中,还是在家庭、亲人的感情上,逐渐变成了一个忠厚长者。《白猿》中,当他经营的海外投资事业出现危机时,他秉公办事,仗义执言,俨然是一个不顾自己利益、心怀良知的人。原来令人厌恶的、赤裸裸的财产意识,在 20 世纪 20 年代的社会动荡岁月里,渐渐变成了英国社会道德观念上的中流砥柱。插曲《过路人》中,写他在美国与艾琳不期而遇,看着阔别多年依然楚楚动人的前妻坐在钢琴前,旧日那种被冰冷的占有欲所淹没的感情重新泛起,他默默忍受着这种感情的煎熬,深怀痛苦离去。与战后失去信仰、不知所措的“迷惘的一代”相比,这种情感内涵和处理方式显得索姆斯意志坚强和有教养,具有一种深沉的情怀,使得这个维多利亚时代的遗老很有风度。最后,通过救火献身一场,达到了形象上的升华,他终于成了一个"十全十美的绅士"。人物形象的发展变化与作家对英国历史、时代、人性等所持有的看法密切相关,正如诺贝尔文学奖颁奖词中所说:

> 令人感到有趣的是,高尔斯华绥不断在小说中改变着自己的观点,随着他对人性的态度变得开放而旷达,他成为一个冷静的文化批判家,对索姆斯这个人物,起初他憎恶而嘲讽,后来又有点佩服,最后,又寄予同情。作者把握住这份同情,对索姆斯的个性做了淋漓尽致的剖析,使他成为两个三部曲中最令人难忘的、富有特性的人物。我们还记得,《天鹅曲》中有一个精彩的情节,描述了垂暮之年的索姆斯被一种奇特的力量所驱使,回到故乡;按照地图,找到了故居只剩下一块石头的那个古迹。他不自觉地沿着一条小路走进记忆中芳草蓁蓁的山谷,呼吸着清新而粗犷的海风,并禁不住在那块石头边坐下沉思。在他脑海中,涌现出一幕幕遥远的画面:祖先们怎样在这偏僻的地方安家落户、生儿育女;在早年那些英国人身边,有怎样的一群马在奔跑,以及用泥炭和木炭点燃的火怎样冒出袅袅青烟,还有他们那如影相随、同甘共苦的妻子……在愈来愈深的遐想中,一种久远的、仿佛来自祖先们挣扎求生存的不屈精髓流入他的身体,他明白了,为什么当年老乔里恩和他的父辈们那么坚强,原来他们的生命里含有这种坚忍的血液,这种血液已成为他们生命的一部分。①

就这样,这部洋洋十卷、历时 40 多年的家族史诗以对英国资产者的批判开始,最后却像天鹅临终时的哀鸣一样,变成一曲挽歌,对一个消失的时代充满了惋惜与怅惘,并对那种过去曾经有过的创业精神充满肯定与礼赞。因此在小说中,索姆斯作为这种精神的代表,作者对他既有嘲弄、讽刺的一面,又有同情、谅解的一面,到最后成为一种高贵风范的象征。在《现代喜剧》中,索姆斯是作家心目中最后一个旧英国的形象,不胜叹惋之情溢于言表。② 20 世纪 60 年代,《福尔赛世家》被改编成电视剧,播放时盛况空前,为六七十年代的读者提供了一幅反

---

① 建钢等编译:《诺贝尔文学奖颁奖/获奖演说全集》,中国广播电视出版社,1993 年,第261 页。

② 本节重点参考和使用了刘文刚等主编的《诺贝尔文学奖名著鉴赏辞典》、侯维瑞著《现代英国小说史》"高尔斯华绥"一节的观点。刘文刚主编:《诺贝尔文学奖名著鉴赏辞典》,湖南文艺出版社,1991 年,第 175—176 页;侯维瑞:《现代英国小说史》,上海外语教育出版社,1985 年,第 82—100 页。

映 70 世纪初爱德华时代社会人物风貌的历史画卷。

作家在人生的最后几年，以一年一部的速度，又写了三部长篇小说，这些小说在作者去世后以合订本形式发表，名为《一章的结束》(*The End of the Chapter*, 1931—1933)。主要写一个没落的贵族家庭，在一个急剧变化的时代里挽救旧的家庭秩序的种种努力，代表人物主要是契厄莱尔家聪明美丽的女儿获妮。第一部《姑娘在等待》(*Maid in Waiting*, 1931)，写获妮的哥哥——一个白人殖民地官员在与当地土人争执时失手将对方打死。殖民地国家要求引渡凶手严加惩办，英国当局因害怕事端扩大而同意。眼看兄长就要落入刑罚，同时家庭也将遭受耻辱，获妮以她的胆识与能力，居然把哥哥从危难中解救出来，同时也拯救了家庭的传统尊严。第二部《开花的荒漠》(*Flowering Wilderness*, 1932)，记述了获妮与"迷惘的一代"诗人威尔·弗莱勒(《白猿》中追求芙蕾的诗人)的爱情，这个落魄不羁、信仰异教、对一切都抱怀疑态度的青年诗人，对于契厄莱尔家庭的宗教道德观念来说，无疑也是个"冒险的海盗"，因此家庭坚决反对这桩婚姻。最后获妮不无痛苦地放弃了她热恋的诗人，以牺牲个人感情为代价来维持贵族家庭的传统。第三部《在河上》(*Over the River*, 1933)围绕获妮妹妹的婚变展开，继续写获妮在经历爱情不幸后，与另一个男子结合，虽然两人之间谈不上什么爱情，但在信仰和观念上是和谐一致的。三部作品中，获妮在旧的秩序已经分崩离析的背景下，不断牺牲着自我的东西，维持着家族的传统，通过一系列的挣扎、成功与失败，表现出旧的社会与家族秩序在时代的激流里企图保存自己的顽强精神。从英国历史的维度来看，以索姆斯为代表的福尔赛家族的坚毅，以获妮为代表的契厄莱尔家族的忠诚，一度是维护这个旧秩序的精神力量。但在动荡不安的历史潮流里，英国历史的这一章毕竟到了尾声。作家作为社会现实的忠实反映者，传达出了旧时代已经日暮途穷的信息。在艺术水准上，《一章的结束》显然比前两个三部曲差很多。

除了这些长篇巨著，高尔斯华绥还写过许多短篇小说与特写，大多收集在《彩衣小丑》(*A Motley*, 1910)、《五个故事》(*Five Tales*, 1918)、《捕获品》(*Captures*, 1923)、《篷车》(*Caravar*, 1925)、《关于福尔赛家族的变迁》(*On Forsyte Change*, 1930)等书中。其中比较有名的短篇如《苹果树》(*Apple Tree*)，是一首美丽的田园诗，同时也是一个始乱终弃的老套故事。一个大学生兼诗人外出旅行，在一个风景如画的农场寄宿，邂逅一位农村少女，俩人一见钟情。但这位诗人一离去便见异思迁，觉得村野姑娘虽单纯可爱却也无知与粗陋，便另找娴静文雅的富家闺秀。其爱情曾经美丽如清晨的露珠，转瞬即逝，痴情少女被遗弃后自杀。这个故事表明不同社会阶层之间精神上存在着不可逾越的鸿沟，也是一种现实表达。作家写得细腻抒情，哀婉动人，颇有屠格涅夫的风格。其实，这也是作家一贯的语言风格，他深受屠格涅夫的影响，善于以优美的文字表达深沉细腻的感受,许多时候,他对笔下人物的讽刺也透露着温和与文雅。

高尔斯华绥是英国文学中现实主义传统的优秀继承者,怀有强烈的人道主义精神和正义感。他认为生活是猎取者和被猎取者之间的一场斗争,在这场不间断的斗争中,他始终站在遭受不幸的人一边。他在真实描绘中透露褒贬,在嘲弄中有谅解,在鞭笞中深怀悲悯,在艺术风格上倾向于和谐、平衡的古典美学理想。在写作方法上,将情节发展和人物性格塑造相结合,特别注意选择人物比较典型的特征,然后不断地充实,使之栩栩如生。高尔斯华绥还特别关注文学作品的道德教育作用,他认为"一位小说家应该通过性格的塑造而对人类道德伦理的有机发展做出有益的贡献",这是他与威尔斯相通的地方。他在散文《小说家的讽喻》(*A Novelist's Allegory*,1912)中,叙述一个名叫西塞罗的人受命手执灯笼巡视街道,灯光照亮了暗中的陷坑与危险,使世界上的善与恶显示分明。但正是这种"照亮"的行为使西塞罗遭到周围人们的仇视与迫害,因为那些为非作歹、扬扬得意的家伙再也不能隐藏自己的罪恶了,而另一些遭受蒙蔽的人也由于看清了真相而不满起来,于是安宁与平静被打乱,大家都不得不面对真实。高尔斯华绥说,这就是西塞罗的职责,他敢于面对真实,并将真实告诉大家,他是在执行自己神圣的职责。应该说,这也是高尔斯华绥对文学的期望,他也将反映社会现实作为自己神圣的天职。如果说威尔斯的社会小说从社会底层角度反映了小人物的不幸与挣扎,那么,高尔斯华绥则从资产者上层社会的内部来揭示这个阶层的矛盾、冲突与衰微,在其栩栩如生的人物形象和宏大又细致的场景中,表达了他对英国历史社会深情的道德关怀。

第五节　约瑟夫·康拉德和福特·马多克思·福特

约瑟夫·康拉德(Joseph Conrad,1857—1924)属于 19 世纪末和 20 世纪初的过渡性作家,是詹姆斯重视心理描写一派的继承人。他对形式革新和风格完美的追求,对小说人物心理精神世界、道德感情的细致刻画,都获得极高成就,使他具备了自己创作的独特性,被西方评论家誉为 20 世纪最杰出的英语小说家之一。在文学史上经常与康拉德相提并论的福特·马多克思·福特(Ford Madox Ford,1873—1939),创作和康拉德十分相似,同样具有现代实验小说的特点。他们曾一起探讨小说创作的革新问题,在理论上见解相同,还合作写过两本小说,可以说他们是维多利亚传统写作和现代主义写作的桥梁式人物。

一　约瑟夫·康拉德

康拉德并不是地道的英国人,他出身于波兰贵族家庭,父亲是一个富于浪漫情调的民族主义者,还是个诗人,翻译过莎士比亚和雨果的作品。因从事反对俄国占领的活动,全家被流放西伯利亚。康拉德7岁那年母亲去世,12岁时父亲也去世,此后康拉德跟着舅父生活。由于对海洋的向往,17岁时便去法国学航海,当了水手,21岁时转往英国,从此在英国商船上工作,做过船长,于1886年加入了英国籍。颠沛流离的生活和父母早丧的童年孤单,使他形成了孤独忧郁的性格。在长期的航海生涯中,他几乎跑遍了世界的每一个角落,积累了丰富的海上生活经验,为他后来的小说创作提供了源泉。直到近40岁,他才真正开始从事文学创作,而且是用非母语的英语写作。1895年发表了第一部小说《阿尔迈耶的愚蠢》(Almayer's Folly),描写一个荷兰人在东方的经历,既有非常明显的异国情调,也表现了东西方文化的矛盾和冲突,形式上简单质朴,给人以耳目一新的感觉,得到普遍赞誉。第二年,因健康问题他放弃了多年从事的航海职业,在英国安居下来,全力从事小说写作,直到去世。他写有13部中长篇小说、大量的短篇小说和散文,主要作品有《白水仙号上的黑家伙》(The Nigger of the "Narcissus",1898)、《吉姆爷》(Lord Jim,1900)、《诺斯特罗莫》(Nostromo,1904),优秀的中短篇有《青春》(Youth,1902)、《黑暗的心》(Heart of Darkness,1902)、《台风》(Typhoon,1903)等。独特的人生经历形成了其作品独具一格的情调,在一个广阔的天地中,表现了人与自然、人与社会、人与自我的种种冲突。

康拉德对文学创作有自己自觉的理论追求。他在《白水仙号上的黑家伙》的序言中曾经阐述自己的艺术主张,他认为"艺术家应该像思想家及科学家一样寻求真理然后发出呼吁",而艺术家的良知应该体现在文艺创作之中。小说如果要成为真正的艺术,就必须打动人的个性和情绪,创造出一种当时当地感情上与精神上的气氛;而要做到这一点,作家必须通过声、光、色、影、形的运用来唤起读者的感觉,由此激发读者的联想。因此他在作品中大量使用黑白明暗对照等视觉形象来作用于读者的感官,表达各种象征意义。他认为象征在小说中特别重要,因为文学不应该只有单一的意义与明显的结论,而通过象征手段则可取得丰富的含义。他在一封信中指出:"所有伟大的文学创作都是含有象征意义的,唯其如此,它们才取得了复杂性、感染力和美感。"①

康拉德写作的年代,正是传统现实主义小说走向衰落,现代主义小说逐渐兴起的时候,文坛上多种流派争奇斗艳,异彩纷呈。他曾与福特就小说创作的艺术进行过长时间的讨论,两人属于忘年交,初次见面时康拉德已近40岁,而福特才20多岁,但两人一见如故,就小说中运用印象主义方法有一致的看法。在一段时间内,康拉德和福特合作写了《继承者》(The Inheritors:An Extravagant Story,1901)、《传奇故事》(Romance,1903)两部小说,在文学史上留下一段

---

① 以上康拉德的观点皆出自侯维瑞:《现代英国小说史》,上海外语教育出版社,1985年,第134—135页。

佳话。

康拉德的作品,根据题材大致可以分作三类:航海小说、丛林小说和社会政治小说。在航海小说中,康拉德充分运用了自己的生活经验,出色地描绘了海洋上色彩斑斓的奇异风景,以及在海洋的挑战面前人们表现出来的道德面貌。航船上各色各样的人聚集在一起,实际上是现代社会的缩影,作家描述的航程,同时也是人们在某种特殊情景下精神上所经历的旅程。《白水仙号上的黑家伙》是这一类作品中最出色的一篇,讲述"白水仙号"从孟买返航英国之前,在招募水手时来了一个名叫威特的黑人,他身带重病,船长出于一时的怜悯收留了他,而他在船上不停的咳嗽声给大家带来了不祥的预感和恐慌,似乎死亡的阴影已经降临。途中,轮船遇上飓风,具有激进无政府主义思想的唐金本来懒惰自私,这时又到处煽风点火,策划叛乱,险些用铁钉击中船长。在自然风暴和人为灾祸的困难中,船长临危不惧,指挥若定,经过 30 多个小时的奋斗终于脱险,同时也粉碎了唐金的阴谋。轮船到达陆地,黑人威特死去,水手们为威特举行海葬,他的尸体慢慢沉入大海。

这是一部杰出的象征主义作品,威特的出现事实上是船员们心中的死亡意象,他们一边关心照顾他,一边从他将死的状态中看到了自己必死的命运,而挽救威特就是在挽救每个人自己。这也是在茫无边际的大海航行中潜藏人们心底的东西,是对航海者的威胁与考验。自然界的狂风暴雨,使他们更显得孤立无援,每个人的道德情操都在这里显露,船长的责任感和在关键时刻的大智大勇,是人性之高贵所在。康拉德在小说中表现的核心观念是"忠诚"和"团结",他理想的社会是一个人人恪尽职守、各司其职的有序社会;而忠诚于自己的职责,是康拉德心目中理想的海员品质,也是康拉德认为做一个人应具备的最基本素质。这也是英国文化中"商船队精神"的体现。海上的风暴检验并激发出海员的团结、勇敢和坚忍不拔,以显示他们在生死考验面前作为人的尊严;而黑人水手威特则检验并诱发出他们的自私、孤独、懒散和无政府倾向。当巨大的危险来临,海员们能发挥自己智力和体力的最大潜能,为自己的生存而奋力拼搏,使他们作为人的尊严得到了充分而完美的体现。但当风暴稍减,危险刚过,他们又打起自己的小算盘,自私、虚荣、傲慢、贪婪顷刻间又表现出来。小说中对海员生活细节的描写,对他们粗犷性格的刻画,对航海术语和海员俚语的运用,对船的拟人化比喻,尤其是对海上风暴的生动描写,显然是作者对自身经历的总结和升华。

这部小说的序言十分重要,被众多批评家视为康拉德的艺术宣言。康拉德首先区分了艺术真理与科学真理和哲学真理之间的不同,指出虽然三者都寻求真理,但方法各异。思想家专注的是观念形态,科学家看重的是事实根据,两者都诉诸人的智能和日常关注,而艺术家则"深入自身"去发现真理,在那"充满紧张与冲突的孤独领域"寻找与读者沟通的渠道。康拉德把艺术定义为一种"专注的努力"，目的是发现"人类经验中具有恒久和本质价值的东西"，因此不像科学和哲学那样具备直接的、实用的价值。他认为小说像绘画、音乐和其他艺术一样，凭借的是气质的感应和沟通，是一种气质向所有类似气质的诉求。这种诉求要获得效果，必须通过感官留下的印象，因此一切艺术都是诉诸感官的。小说借助于文字获得像雕塑那样的立体感，像绘画那样的丰富色彩，像音乐那样无穷的暗示性，而要达到如此这般的效果，小说家就要追求形式与内容的完美统一，对每个句子的结构形式和措辞音韵精益求精。康拉德对于文学批评历来持怀疑态度，虽然创作了大量作品，却很少谈论创作经验和体会，这篇序言是他唯一的企图阐释文学的目的与功用的文章。由于康拉德强调印象的重要性，强调把艺术家的印象转换成生动的画面，不少批评家称康拉德为印象主义者。

康拉德也有不少短篇小说是写航海的，其中的《台风》叙述一艘轮船在中国海遇到台风袭击的情景，船长平日里似乎平淡无奇，但在危险时刻表现出了沉着、坚定的刚毅性，使混乱和不安的船员们受到感染，大家团结一致战胜了灾难，安全抵港。《阴影线》(*The Shadow Line*，1917)是他最后一部航海小说，也是描写航海途中的种种灾难，比如蔓延的瘟疫，翻江倒海的暴风骤雨，船员间的恐惧、矛盾、敌视、怀疑等。年轻的船长率领船员航行的过程，也是他不断成熟的心理精神过程，他在战胜各种困难的考验中，成功地克服了自己的幼稚和幻想，最终成为一个坚强干练的好船长。康拉德是将大海中的航行当作人类社会的缩影来描写的，他认为在各种险情面前，不仅人类的诸多弱点会暴露无遗，人对尊严和道德的诉求也会显示出来。作家就像一个心理学家，在一个特殊的情境中操作着精神探测器，剖开了人们平时所遮掩起来的东西。

在丛林小说中，作家也在探索着同样的问题，不同的是将场景放置在一个原始不开化之地，而主人公则出于种种原因，从文明世界中来到此地，经历许多精神以及道德上的磨炼。《吉姆爷》是这方面的代表性作品。小说可以分成两个部分，第一部分是吉姆在帕特娜号客轮上的经历，第二部分是吉姆隐姓埋名，辗转于东方各地，最后在丛林深处马来人居住的帕图桑充当"吉姆爷"的故事。吉姆本来是帕特娜号客轮上的年轻大副，他充满活力，富于幻想，非常憧憬英雄业绩。不料轮船在一次远航中，因中途误触漂流物而失事，船长急于逃命而擅离职守，吉姆对此十分鄙夷，但随着情形的严重，沉船在所难免，在最后关头吉姆出于求生的本能也跳船逃命。后来他与船长均被判有罪，被剥夺了船员资格。从此吉姆背上了沉重的道义负担，一直受良心谴责，无时不在寻求赎罪。他从一个港口到另一个港口，在辛劳的工作中寻求解脱。最后来到丛林深处帕图桑，帮助当地马来人击败了他们的敌人，从而赢得他们的爱戴，成为他们的朋友，赢得了"吉姆爷"的称号。后来，以绅士布朗为首的澳洲白人海盗突然入侵帕图桑，吉姆与布朗达成协议，要布朗一伙和平退出马来人的住地，他向马来人首领多拉明保证安全,不料海盗违约,杀死了多拉明的儿子。吉姆因有负众望而悔恨不已,主动请求惩罚,倒在多拉明的枪下,以此赎得良心的最后安宁。

小说的结构完全打乱了时间顺序,从吉姆在东方港口工作开始,他成功地向靠岸船只招徕生意,但又好像总在隐瞒着什么,不断地转换工作地点,还不愿透露姓氏。小说以此给了读者一个初步印象,然后以一个好奇的探索者发掘事实的方式,将事情的片段材料串联起来,并在前后多次穿插中逐步使零碎、孤立的印象交织成吉姆的完整经历。小说讲述的是一个赎罪的主题,用作者自己的话来说,《吉姆爷》想要表达的是"对失去尊严的痛切感"。吉姆在关键时刻的逃避责任,与他自己的人格和理想是背道而驰的,因此给他带来巨大的痛苦,使他的良心不能得到安宁。如果说法庭上的判决是属于社会的,那么,吉姆后来的自我放逐则是个体的,是他对自己的良知所进行的自我判决和惩罚。他在丛林深处所建立的功勋,应该说终于使他自己获得一种道德平衡,感到终于重获做人的尊严。他最后的选择延续了这一道德价值,在赏罚分明中做到了坦荡自如,可以说,他的身体倒下了,但道德价值永存。作家在这里张扬着一种崇高的悲剧精神。正是在这部小说中,马洛作为故事的目击人——叙述者第一次出现在康拉德的笔下,以后即成为作家小说中的核心人物。读者在《吉姆爷》中很容易辨别两种声音:一种是马洛当时的经历,另一种是此刻马洛对当年经历的评价。康拉德通过视点的转换、距离的调整来控制读者的阅读感受,表现出高超的叙述技巧。他能够传达出其叙述的当时效果,与此同时从反思的角度对当时的情形进行价值判断,让读者在感受具体事件的间隙,去体味宏大的道德人生哲理。

《黑暗的心》是他丛林小说中的另一部代表作,也表现了人心灵深处的冲突和矛盾,以及西方文明和自然原始之间的冲突。马洛在这里又一次出现,讲述他在非洲大陆的一次旅行经历。他作为一家贸易公司的代理人,前去非洲旅行。这次旅行实现了他儿时想去非洲中部旅行的梦想,而且,途中有关一个叫库尔兹的人的种种传说引起了马洛的兴趣,他把库尔兹当作西方文明的道德理想在东方的最好体现:他们不同于一般的白人,他们是怀着崇高的"动机"来到非洲的,他们鄙视欧洲大陆公司纯粹为了经济利益,希望和土著人建立起兄弟般的情谊,用公平交易的原则和非洲人做生意,这也是马洛的愿望。但这一切在现实面前都被击得粉碎:到处是白人奴役黑人,殖民者肆意开炮,土地被掠夺得支离破碎。而库尔兹这个在白人社会盛传已久的人物,这个被土人当作神一样崇拜的"土皇帝",他和别的殖民者的区别只在于他是一个相当成功的殖民者,他用虚伪的谎言来掩饰目的的肮脏,他用西方的机械文明,用枪支,用东方的迷信、愚昧,在远离文明的地方建立了一个黑暗的王国,他所谓的"正确的动机"不过是一个美丽的谎言而已。马洛对他最终的评价就是简单的一句话:"失落,完全的失落。"库尔兹临死时在回顾和野人共同生活的岁月后,他说的最后的话是"恐怖呀,恐怖",这是一个殖民者对现实世界的绝好总结。

康拉德是一个具有道义感的作家,他对人类精神、对人类文化的探索是可贵的,特别是他抛弃了种族优越论,正视殖民扩张的实质,努力去寻找人类心灵和文化的共同点,以建立全人类相互理解、相互同情的基础。《黑暗的心》具有多层象征意义,马洛向着非洲行进的过程,也是一个探索人类心灵的过程,随着他对库尔兹了解的加深,他渐渐发现了一个原来怀有理想的人在现实中堕落、陷入黑暗的过程;而库尔兹本是西方文明的产物,父亲是英国人,母亲是法国人,用小说的话说,"整个欧洲都为造就库尔兹而做出了贡献",他到非洲去是要实现自己的理想,去教化野蛮人,给土著带去文明的,但追求权力和财富的欲望使他失去了理性和人性,成为殖民掠夺的凶手,同时也失去了安宁,最终坠入疯狂与黑暗。作家将这种黑暗的深处比作人类的内心深处,如伊格尔顿所说,"《黑暗的心》所传递的信息是西方文明本质上和非洲社会一样野蛮"[1]。作家让他的人物到达这样的野蛮之地,就是对人类内心黑暗的一次探险。也正因如此,库尔兹才会在生命的最后时刻高呼"恐怖",这既是他人之将死的自我了解,也是对自己经验世界的最后判决。

政治和社会问题方面的小说,最主要的有《诺思特罗莫》《间谍》(*The Secret Agent*,1907)和《在西方的注视下》(*Under Western Eyes*,1911)等。《诺思特罗莫》的同名主人公原本是意大利海员,是一个勇敢正直、深受群众爱戴的海港码头工领班,"诺思特罗莫"在意大利语中即"我们的人"的意思。小说中虚构的南美国家哥斯达圭亚那面临叛乱的时候,他受银矿主委托将一船银锭偷运出港,不料中途遇到叛敌船只,只好匆忙登上一座叫作大伊莎贝尔的荒岛,将银子藏匿在小岛的山洞里,随后回到城里,说无奈将银子沉入海底。由于他的威望,人们从不怀疑银子的下落。后来,诺思特罗莫认识到自己实际上在充当别人追求钱财和权力的工具,于是不甘受人利用,自己常常去岛上取一些银子使用。在这样的两重生活中,他渐渐地感到自己已经被银子所奴役,与别人也逐渐疏远,变成了一个空虚的人。后来,那座荒岛上建起了灯塔,守塔人正是诺思特罗莫所爱姑娘的父亲,而诺思特罗莫在要和她姐姐结婚的情况下,还和她游戏感情,于是误被姑娘的父亲当作另外一个坏人开枪击伤致死。他在临死时,想到自己形同窃贼,想向银矿主的夫人透露自己藏银子的地方,但夫人却阻止了他,她认为在这个地方,银子已经带来太多的灾难,那些东西应该永远被埋葬。在这部作品中,银子是一个象征物,代表着能够腐蚀道德和人性的物质利益,银矿主、叛乱者、矿工,所有的人都围着它转动,许多人的生和死都和银子紧紧相连。诺思特罗莫正是在这种腐蚀中失掉了自己的品格,他在回顾当时的情形时说:"这东西像致命的

---

[1] 李赋宁主编:《欧洲文学史》(第三卷),商务印书馆,2001 年,第 33 页。

瘟疫一样落到我头上。"从此,他变得不由自主,成为物质的牺牲品。小说采用了蛛网状的结构,以诺思特罗莫为中心,产生一连串意象,将时间上和空间上没有什么关系的人物、事件相并列,由此得到一种象征效果。

《间谍》中的主人公维尔洛克先生是一个超级间谍,他利用店铺作为国际无政府主义小组的集会场所进行活动,同时他又把这种情报出卖给某个国家的驻英大使馆,此外他还向伦敦警察局提供情报。维尔洛克的妻弟不慎在他们组织的一次密谋活动中被炸死,妻子了解了弟弟惨死的真相,便杀死丈夫然后自杀身亡。两个无辜者都成了无政府主义暴乱的牺牲品。康拉德揭露了19世纪末无政府主义对社会秩序的破坏性,因为这种方式违背了康拉德关于忠诚的理想,表现了他的保守主义思想。《在西方的注视下》描写了在维也纳的俄国革命者的故事,小说表达了作家对俄国沙皇的憎恨,同时也揭示了侨居他国的人对自己身份与价值观念的复杂心理。

英国小说家、文论家戴维·洛奇曾说过,英国现代主义小说的先驱是詹姆斯和康拉德。利维斯也曾说,康拉德"是一个形式与技巧的革新者,他同时也效忠于对生活的深刻而严肃的关注"。由于20世纪小说一个普遍的主题就是对自我精神世界的探索,康拉德的小说无疑启发了后来作家们的思路。他和福特对象征主义创作方法的使用,使他们成为现代主义小说的先声。随着后殖民主义理论的兴起,康拉德越来越受到重视,因为他那些描写海外扩张的小说为理论家们提供了非常典型的文学文本。

二 福特·马多克思·福特

福特从小生长在一个有着浓厚艺术氛围的环境中,父亲是《泰晤士报》音乐评论的主编,外祖父是一位前拉斐尔派画家,福特的童年就在前拉斐尔派的圈子里度过,深受长辈的艺术熏陶,因此19岁就写出了童话《棕色的猫头鹰》(The Brown Owl,1892)和小说《火光游移》(The Shifting of the Fire,1892)。后来与康拉德邂逅,两人合作实验新的写作方法,就小说革新进行了许多探索,探索的内容在福特的一些回忆性书籍中有详细记述。福特一生著述颇丰,包括小说和其他著作在内共80余部,他的作品在他生前影响不大,只在小说家中有一定影响,因此有"小说家的小说家"之称。

与康拉德一样,福特对小说形式改革有着浓厚兴趣。他对传统小说的写法极不满意,认为英国小说的写作存在着很大的问题,那种主要用一种平铺直叙的方法来表现人物性格的手法,根本不符合现实生活中人们的认识方式,因为谁也不可能按照直线的方式按部就班地去认识一个人。因此他和康拉德都认为,在展示人物的时候,应该首先以这个人物某一时刻的经历给人留下的强烈印象开始,然后再用交叉穿插的描述使人物形象渐趋完整。福特认为这种印象主义的表现方法是"更高程度的现实主义",因为它反映了人们认识环境的真实而自然的过程。他说:"小说应该表现一个事件:一场纠纷、一系列的窘境、一种人世的烦恼、一种心理的发展。正是从这些东西中小说取得了它的统一性。"①这种看法已经接近后来的现代主义小说家,弗吉尼亚·伍尔夫也认为真实的生活存在于人们的意识中,看似凌乱而实质更为真实。福特还强调对"印象"进行"选择",经过选择的印象必定是能够将故事推进的,最终推向一个必然的结局,给予人物形象或事件完整性,而这一点就不是伍尔夫等人的追求了。在谈到小说的写作技巧时,福特认为为了使故事吸引读者,不能仅仅"叙述",而是要通过描绘来"表现",作家要隐身于小说之后,让读者置身于"表现"出来的情景中,亲临其境,受到感染。

　　福特在创作初期写过一些历史小说,有《明眸贵妇》(1911),以14世纪为背景编织历史故事;有《近乎神仙》(1928),是描写拿破仑的传奇。在这些作品中,他并不看重真正的历史事实,而是托历史言现实,将当代的精神渗透其中。其历史小说中比较著名的是1906—1908年写成的《第五个王后》(Fifth Queen)、《玉玺》(Privy Seal)和《第五个王后的加冕》(Fifth Queen Crowned)三部曲,这部作品在历史事实的基础上进行想象加工,而且开始运用象征主义技巧来烘托效果。小说的女主人公叫凯瑟林,其父亲是北方诸侯,由于战争烽火的骚扰,家业破败,父亲受伤,在一贫如洗中,无奈的凯瑟林和暗中相爱的表兄去投奔身为公爵的伯父,后来进了宫廷,受到国王的宠爱。作家详细描绘了凯瑟林走进宫廷的所见所闻,卫士盔甲的碰撞声,侍女在房廊之间的低声细语,身穿黑袍的大主教,刚毅残忍的大臣克伦威尔,亨利八世的魁伟威严,等等,烘托出了那个时代的宫廷氛围。亨利八世当时已经断绝了和罗马教皇的联系,改信新教,分割了天主教会的财产,自己充当国教领袖。但凯瑟林是一位虔诚的天主教徒,她希望通过婚姻能够在英国恢复天主教的地位。她的愿望引起了宫廷中各派政治力量的波动,一些贵族、廷臣害怕失去他们的既得利益,对凯瑟林开始持仇恨的态度;亨利八世虽然很宠爱凯瑟林,但也并不想放弃自己在教会中的统治。这时中伤皇后不贞的谣言四起,国王开始不理睬,但到后来居然为此而发怒,将凯瑟林推向法庭。在这种情景下,凯瑟林感到了绝望,她看见天主教是不可能重新得到恢复的,自己留在国王身边已是徒然,于是承认了自己的罪名,断然走向断头台。三部曲大量运用了印象主义的技巧,特别是在结尾,凯瑟林和亨利八世告别,在一片黑暗笼罩中,只有凯瑟林苍白的脸有一抹亮光,最后凯瑟林转身走出,消失在无边的黑暗中。作品在黑白对比中表现了作家的价值评判,凯瑟林只是一个脆弱、虔诚的女子,她的愿望被黑色的政治旋涡吞灭了。

---

　　①　侯维瑞:《现代英国小说史》,上海外语教育出版社,1985年,第179页。

《好兵》(*The Good Soldier*,1915)是福特很有影响的作品,也是一部现代主义意味很浓的小说,它打破了传统小说中的时间顺序,在许多片段记忆和残破的印象中,隐隐揭露出英国"体面人物"们实际上在破碎、动荡和痛苦中生活着,不能把握自己的命运。福特认为一个好的作家就应该表现自己的时代,在这部作品中他确实全力以赴,揭示了第一次世界大战前英国社会的悲剧性和喜剧性。

小说以美国人道尔的回忆为主要线索,他既是叙述人也是故事中的主要人物。在他凌乱的印象中,"好兵"指英国军官阿什伯纳姆,他是道尔的朋友,一个风流潇洒的富翁,在公众面前表现得既彬彬有礼又慷慨勇武,但他的私生活一团混乱。他在道尔妻子弗罗伦斯的纠缠下,与她私通好多年,并且得到自己妻子的默许。后来弗罗伦斯发现阿什伯纳姆在心中暗暗爱着自己所监护的一个年轻女子南茜,便悻悻然自杀。年轻无知的南茜对阿什伯纳姆一往情深,但后者拒绝了她的求爱,而后也自杀,南茜听到噩耗后发疯。道尔一直被蒙在鼓里,他为自己有一位漂亮的妻子和忠诚的朋友而自豪,以阿什伯纳姆为楷模,将其看作"一个杰出的长官、出类拔萃的军人和慷慨仁慈的乡绅"。有意思的是,他还将他们两对夫妇之间的交往比作小步舞,感觉和谐美满,直到朋友的妻子将一切实情告诉了他,他才恍然大悟,好像听到了小步舞背后是"充满歇斯底里的嘶叫的囚车"。但是,道尔的印象在作家的描述中又是靠不住的,许多事情似是而非,故事的连续性也成问题,说明人世间发生的事是无法弄清楚的,人们的心理深奥难测,到处是迷津,这也正是作家所追求的效果。《好兵》中也运用了明暗对比的手法,表达一种只可意会难以言传的意味。这部小说被誉为英语语言中出色的法国式小说,是继亨利·詹姆斯之后的现代主义杰作。

福特的代表作是《检阅的结束》(*Parade's End*,1924—1928),包括 4 部小说:《有的人并非如此》(*Some Do Not*,1924)、《检阅到此完毕》(*No More Parades*,1925)、《人当奋起》(*A Man Could Stand Up*,1926)和《终点》(*The Last Post*,1928)。开始时以单行本形式出版,在 1950 年汇为一卷。这部作品已经在使用意识流和内心独白的现代创作方法,描绘了一个正在逐渐消逝的时代,无论希望还是失望,无论光荣还是梦想,传统社会以及文化价值观念在漫漫长路之后,都已经走到一个终点。这是福特对西方历史进程的一次文学性总结。

小说主人公蒂金斯是一个英国乡绅,他继承了传统美德中的慷慨仁慈、庄重沉着,自称是 18 世纪托利党的最后一位遗少,而且能够为了维护这种名声而忍辱负重。他的妻子西尔维娅与他正好相反,自私、毒辣而且淫荡邪恶,以各种方式不断地折磨丈夫。可以说蒂金斯是善的代表,西尔维娅则是恶的代表。蒂金斯本来和父亲好友的女儿凡伦丁青梅竹马,但为了担当家庭责任而割舍了自己的感情,当妻子与人私奔然后又回来,他依然接受了妻子,因为离婚会使妻子声名狼藉。蒂金斯的社交环境像他的家庭生活一样不如意,周围的人,包括他的朋友都会利用他的善良来达到自己的目的,特别是在战争期间,蒂金斯在战场上救出了自己的同伴,却因为军容不整而被自己的教父、一个刚愎暴戾的将军无理革职。蒂金斯在战争中得了弹震症,几乎精神失常,在凡伦丁无微不至的照顾下,才慢慢恢复健康,也就是在这个过程中,他们的爱情终于得到发展,最后蒂金斯下决心与自己所爱的人走到一起。四部曲描绘的是传统道德观念在一个新的时代的不合时宜和逐渐消失的过程,作家有一种惋惜的情绪。小说在写作技巧上充分表现了作家的实验色彩,《人当奋起》完全以倒叙和追叙的手法,凡伦丁得知蒂金斯精神上受到创伤,然后开始补充他在战场上的各种经历以及心理状况,时间上不断跳跃,场面转换,自白、回忆、幻觉相交替。而《终点》则完全由9个内心独白组成。应该说,福特的创作已基本上融入了英国现代主义小说之列。

福特不仅是一位探索型作家,还是个伯乐式的文学编辑,他主编的文学杂志《英国评论》发表过知名作家如哈代、詹姆斯、威尔斯等人的作品,他还先后提携了很多青年作者,如庞德、劳伦斯、刘易斯等。另外,他还写了很多文学评论、回忆录、诗歌等。令人瞩目的是他的两本很特别的理论性著作:《从孔子到当今的文学进程》(*The March of Literature from Confucius to Modern Times*,1938)、《英国小说:从开端到康拉德》(*The English Novel, from the Earliest Days to the Death of Conrad*,1930),纵横论述了英国小说的发展史和古今世界文学的发展状况。

第六节　爱德华·摩根·福斯特

爱德华·摩根·福斯特(E. M. Forster,1879—1970)属于那种将传统写作和现代写作相交融的作家,如他自己所说,"属于维多利亚自由主义的潮流之尾"[1],早在20世纪20年代英国现代主义小说繁盛之前,他就完成了自己的大部分作品,而他在写作中广泛使用的象征主义手法和结构,使他和康拉德、福特等人一起,成为英国现代主义文学的先驱。

福斯特生于伦敦一个建筑师家庭,早年在汤桥公学读书,后来进入剑桥大学国王学院。在汤桥的经历使他对英国公学十分反感,因为这种贵族学校到处充满了势利与偏见,而且常常体罚学生,有一种令人窒息的气氛,训练出来的学生"体格发育好,头脑也比较发达,但心灵全不发达"。他上了大学以后体验到一种自由精神,并充分发展了对文学的兴趣,与伍尔夫夫妇、罗素等人过从甚密,是"布卢姆斯伯里团体(Bloomsbury Group)"[2]中的一员。他们大都厌恶维多利亚

---

①　侯维瑞:《现代英国小说史》,上海外语教育出版社,1985年,第155页。
②　详见本章第八节"弗吉尼亚·伍尔夫"。

时期的保守观念,强调爱、同情、敏感、美的创造和享受,在艺术上崇尚法国的印象派。这实际上是流行在上层知识分子中间的一种人文精神。在这两所学校的经历都成为他以后小说中的重要内容,而且使他对人与人之间、人与社会之间的联系产生许多思考。

1901 年大学毕业后,福斯特和古典学者狄金森一起去希腊和意大利游览古代文明的遗址,古希腊神话和意大利文艺复兴时期的艺术熏陶了福斯特,他回国后决心当一名作家。开始时以短篇创作为主,很快进入旺盛时期,到 1910 年时已经完成 4 部长篇。1912 年他去印度住了一年,对在当地的所见所闻感触颇多。"一战"期间他被派往埃及亚历山大港从事部队的文职工作,战后继续进行新闻写作。1921 年他再次去印度,担任一个邦大君的秘书,并主动与印度人接触,亲身感到当地人对英国人的抵触情绪。两次旅印的经历使他随后写出了自己最重要的作品《通往印度之路》(*A Passage to India*,1924)。1927 年,福斯特开始在剑桥大学讲授文学创作和文艺批评课程,同时撰写文论和杂文。1946 年剑桥大学国王学院聘他为荣誉研究员,此后他一直住在剑桥。"二战"以后福斯特的声名越来越大,被认为是当时还活着的英国小说家中最杰出的一位。1970 年他在考文垂去世。

福斯特的主要成就是 5 部小说、1 部演说集、1 部杂文集、2 部短篇小说集和 2 部传记。福斯特自称属于维多利亚时代的自由思想潮流,十分厌恶英国贵族和资产阶级社会中的虚伪和褊狭,也憎恶英国在印度的殖民政策。他特别强调人与人之间联系的重要性,认为不同种族、宗教、阶层的人们应该放弃褊狭和歧视,通过爱结合起来,互相理解。因此,呼吁人们跳出经验的狭隘范围,寻求人类的共同之处,是福斯特创作的一个重要指导思想。他指出人的自然感情是神圣的,人与人之间的合理交往、真诚联系是完美生活的要素,甚至俏皮地说:"如果我不得不在背叛国家和背叛朋友之间做出选择的话,我希望我有胆量来背叛国家。"① 这是他很个性化的地方,同时也是对他小时候所受的刻板教育的一种极端叛逆。福斯特认为英国人所谓喜怒不形于色,儿女之情不动于心常常被看作是有教养的美德,实际上是精神困顿、感情苍白的表现。与这种阴暗沉闷的英国气息相对立的是阳光明媚、色彩绚丽的希腊、意大利以及它们热情奔放、直率粗犷的人民。也正因为如此,福斯特小说中的意大利以及后来的《通往印度之路》中的印度,并不仅仅是个地理概念,它具有丰富的象征意义,代表了一种迥然不同的观念和文化,在这种文化的映照下,英国中产阶级的虚伪、势利、偏见等得到更深刻的揭露。

福斯特的观点在他的第一部小说《天使不敢涉足的地方》(*Where Angels*

---

① 侯维瑞:《现代英国小说史》,上海外语教育出版社,1985 年,第 158 页。

Fear to Tread ,1905)中已经有所表现。这是一部讽刺社会风俗的悲喜剧,小说的题名出自 18 世纪英国诗人蒲伯的一句诗:"蠢人们闯进了天使不敢涉足的地方。"故事中有一个名叫索斯顿的小城,一切行为方式和社会氛围都在势利冷漠中体现着中产阶级的观念,其中赫里顿一家就是其代表。赫里顿夫人及其儿子菲利普、女儿哈里特等一生庸碌,精神贫乏,感情空虚,同时还充满阶级偏见和出身教养的优越感。与索斯顿对照的是意大利的一座山城,牙科医生年轻的儿子吉诺是热情奔放、直率真诚的代表。赫里顿家年轻寡居的媳妇莉莉到意大利度假,与吉诺相爱并结了婚。这两种不同的文化由此产生了尖锐冲突。高傲的赫里顿夫人和哈里特认为莉莉嫁给粗俗低贱的意大利乡下人使家庭蒙羞,她们派菲利普前去阻挠,但没有得逞。后来莉莉生孩子时难产死去,赫里顿夫人决心派菲利普和哈里特到意大利,把莉莉的孩子从"粗俗"的吉诺那里"拯救"出来。同行的还有一位卡罗琳小姐,也属于他们一类的人。然而在意大利他们到处看到人们自由表露热情,爱情不受压抑,菲利普本来孤独、怠惰、"心灵发育不良",但在这里受到感染,和卡罗琳开始重新思索生活,经历了一个精神上觉醒的富有意义的时刻。不料对一切无动于衷、死守冰冷教条的哈里特悄悄把孩子带走,不幸雨中翻车,孩子死去。在回英国的途中,卡罗琳告诉菲利普她爱上了吉诺,菲利普则决心出走伦敦,离开充满阴霾的家庭去寻找新的生活。

菲利普和卡罗琳是福斯特小说中的发展式人物,他们经历矛盾、斗争,目睹外界的丰富人性和充满活力的生活,枯竭的心灵被感动,萌发爱和温柔、怜悯的绿芽,成为新人。在福斯特的小说理论中,这类性格上有发展的丰富的形象被称为"圆"的人物,而像哈里特那种形象则属于"扁"的静止一类人物。小说描写的主要是意大利民族性格和英国中产阶级性格之间的冲突,表达了作家对理想人性、生活的向往。而在技巧和风格上最明显的特征就是幽默、讽刺的笔触和象征讽喻的手法。评论家曾说这部作品虽然短小、简单,缺乏轰轰烈烈的场面,却包含了作家此后创作的全部因素。

福斯特在《一间可以看到风景的房间》(*A Room with A View* ,1908)中,再次歌颂真诚自然的感情,反对中产阶级的虚伪做派。天真纯洁的英国女子露茜在意大利邂逅英国青年乔治,两人产生感情。可是回到英国以后露茜受到英国中产阶级的道德规范束缚,不知不觉压抑了自己的真实情感,与一个道貌岸然、索然无味的青年塞西尔订了婚。在经历痛苦、犹豫之后,她的真实情感终于冲破束缚,毅然选择与乔治结合。故事结束时,露茜和乔治重游意大利,在一间可以看到风景的房间里凭窗远眺。这时他们对什么是真实的感情和真正的生活有了真切的认识。露茜和乔治的爱情在生机盎然的意大利开始,又在意大利结出果子,可见作者对意大利的热爱。所谓看不见风景的房间,象征着那些笼罩在上流社会的陈腐规范对纯真爱情的扼杀。作家通过露茜的经历赞颂了意大利所代表的那种自然的人性之美好。这部作品写得轻松而富于诗意。

1907年福斯特还发表了一部主题与这两部以意大利为背景的小说相似的作品《最漫长的旅程》(*The Longest Journey*),也试图从两者对立的价值观念中寻找更自然、更真实的生活方式。这部作品不太成熟,包含了较多的自传成分,结构有些松散,前后也多有矛盾,但他在作品中探讨同一主题的连续性倾向得到评论界关注,而且最主要的是,这部作品代表了作家对人生理想及其在现实中是否能够实现的哲学思考。主人公里基天生跛足,童年不幸,因此性格上有些抑郁。长大后上了剑桥大学,喜欢诗文和探讨哲学问题,和一些志同道合的同学结为好友,在友谊和交流的气氛中对生活充满热情幻想。大学毕业后到一个叫索斯顿的寄宿学校教书,感到那里特别压抑,有一套很不人道的制度,对学生进行体罚和虐待,这让他的理想受挫;同时,他与妻子的关系也不如意。最后离开这里到维尔茨郡,帮助经常酗酒的同母异父兄弟,试图使他成为一个正常健康的人。结果在某次救助这位兄弟脱险时死于火车轮下。

里基的人生过程包含了作者最初的人生体验。剑桥象征着友谊、人性温暖,人的生命在那里得到舒展,这是福斯特的大学经验。而索斯顿则是福斯特早年的公学经历,正是在这样的地方,年轻人的才学和热情被挫伤和压抑,这是他对英国教育制度的批评。最后到维尔茨郡,本来是要重新振作起来的,但以失败告终。"小说的三个部分:剑桥、索斯顿和维尔茨郡代表了里基沉沦的过程",他"珍藏的希望和理想遭到粉碎,内心神圣的感情受到亵渎",[①]这是一个怀有理想的年轻人的青春经历,也是作家追求真与美的思想旅程。

《霍华德庄园》(*Howards End*,1910)是福斯特第一次世界大战前最为成熟的作品,前几部小说的主题在这部作品中得到了淋漓尽致的发挥,其深刻性也超过了先前的创作,和后来的《通往印度之路》一起,被视为作家的两部代表作。这部小说刻画了三种类型的人物:第一种是属于英国中产阶级上层的施莱格尔姐妹,她们具有诗人气质,追求精神生活,喜欢康德、黑格尔以及贝多芬,并且有稳定的经济收入;第二种是威尔科克斯一家,他们代表实干、缺乏想象而傲慢的商人,家里除了威尔科克斯夫人,所有的人都只关心金钱和利益,而且个个精明能干,讲究实效;第三种是小职员伦纳德一家,代表诚实劳作但生存艰难的社会阶层。施莱格尔家是德国后裔,姐姐玛格丽特深知中产阶级的精神生活是建立在物质财富的基础之上的,认为物质文明的发展依赖于这些看上去有些粗俗的人,因此竭力"促使中产阶级的物质生活和精神生活结合起来",使之到达充实、完满的境地。她在和善良、厚道的威尔科克斯夫人的接触中,感到精神上的沟通,建立了深厚的友谊。威尔科克斯夫人死前把她拥有的霍华德庄园遗赠给玛格丽

---

① Martial Rose, E. M. Forster, ARCO, New Yerk, 1970, p.58.

特,但她的遗嘱被威尔科克斯父子隐瞒,没能实施。后来玛格丽特在与丧妻的威尔科克斯先生交往中对其逐渐产生好感,进而与之结婚,这也是作家希望人世间精神与物质相融合的象征。而玛格丽特的妹妹海伦不能理解这桩婚事,认为威尔科克斯是一个粗俗浅薄的商人,在许多冲突中,她竟走了极端,为了同情而委身于威尔科克斯身边屡屡失意的伦纳德,并生下一个孩子。在一次争执中,伦纳德被威尔科克斯先生的儿子查尔斯失手打死,后者被判刑,威尔科克斯深受打击,将所有财产分给儿女,将霍华德庄园赠给了妻子玛格丽特,玛格丽特最终又把霍华德庄园交给海伦和伦纳德的私生子继承。

在这错综复杂的情节进展中,霍华德庄园始终是福斯特心目中的乌托邦。从外部来看,这是一处尚未受到工业文明污染的农村庄园,远离城市喧嚣,房侧长着一棵硕大的无毛榆,房前是花园,房前屋后有许多橡树、榆树、梨树、苹果树,四周则是生机勃勃的麦田和遍布罂粟的草地。从小说情节处理的内在寓意来看,它是人与人之间的友好联系、物质与诗意的交融、平凡与激情的结合、美好人性的体现等,总之是一个容纳人类精神的理想所在。那个最终继承人的复杂身份,表明这是一个顺乎自然、合乎人性、实现世界大同的地方。福斯特在这里演绎了自己对社会历史发展的深刻思考,这也是他对人与人之间真诚联系可能性的探讨。可是他也不敢乐观。一方面,由于巨大的个人和社会背景,人与人之间存在着深刻的分歧和鸿沟,使得这种"联系"显得相当艰难;另一方面是工业文明的发展本身所存在的弊病,在小说结尾处,他明确告诉读者,伦敦工业的"红色铁锈"终将无情地吞没霍华德庄园,"熔化"它的大炉子已经准备好了。"从逻辑上讲",它"没有存在的权利,人们只能寄希望于逻辑的脆弱"。因此他让那孩子在庄园的草地上嬉戏着,对自己的乌托邦想望赋予一种象征性的表达。

1924年,福斯特发表的最后一部小说《通往印度之路》,被公认为他最杰出的作品,也是20世纪最后一本成功的传统小说。在这部小说中,作家将自己对人与人之间的"联系"可能性的探讨放在英国和它的殖民地印度这两个不同民族的背景上来表现,有了这样广阔的文化和社会背景,其中的冲突就更为激烈了。小说中出现对立的两方:一方是以20世纪20年代英国驻印度的法官朗尼为代表的英国殖民者,他们对当地人有一种傲慢的歧视心理,认为到印度来是为了"用强力控制这个破破烂烂的国家"(朗尼语);一方是殖民地的本土居民,对英国人有一种出自本能的仇视。由于这样的严重对立,两者之间实际上有隔膜,根本不可能互相了解,更不可能进而在文化层面、人性层面达到和谐。而超越对立双方的是一名英国校长菲尔丁和一名印度医生阿齐兹,他们代表着沟通、友谊的希冀,试图找到一座互相谅解的桥梁。小说情节即在这么几种力量中展开。

小说从朗尼的母亲摩尔夫人和未婚妻阿德拉到印度探亲开始,由三个部分组成,而且每个部分都有它的象征寓意:第一部分"清真寺",写笃信宗教、仁厚慈爱的摩尔夫人到白人罕至的清真寺,按当地风俗虔诚地行膜拜礼,受到医生阿齐兹的尊重。而菲尔丁和阿齐兹也在互相关心中建立了真诚的友谊。因而清真寺象征着英国人与印度人交流的可能性,也象征着一种普遍的人性交往的理想方式。第二部分"岩洞",写摩尔夫人和阿德拉想深入地了解印度,出于善意,阿齐兹便带领她们到一座史前的岩洞参观。岩洞的灰暗、潮湿闷热以及神秘的回声,使阿德拉产生错觉,感到受了阿齐兹的侮辱,于是阿齐兹被捕,在法庭上一边是印度人,一边是英国人,两方的冲突十分激烈。最后阿德拉在回忆中逐渐记起当时的情况,承认被侮辱是自己的一种幻觉,撤回诉状。阿齐兹虽被无罪开释,但对英国人产生了怨恨。而菲尔丁也因为自己和印度人的友谊而遭英国人奚落,两人的友谊同时陷入僵局。"岩洞"在这里象征着两方的沟通在进入印度文化深处的失败。第三部分"寺庙",写两年之后印度教的传统庆典,印度人沉浸在宗教仪式的狂热中。在这里,菲尔丁和阿齐兹重逢,他们骑马走出山谷,看着山下的庙宇、坦克、监狱、飞鸟等,阿齐兹指出他们的友谊是不可能的,因为他们所代表的双方不在平等的地位上。小说最后一段表达了这样的意思:

> 但是马儿不需要那种友谊——它们分道而行;大地不需要那种友谊,它在路上布下重重巉岩,使两人不能并辔而行;他们走出山谷,脚下的城市立即映入眼帘,那些庙宇、坦克、监狱、宫殿、飞鸟、兵营、宾馆——所有这些都不需要那种友谊,它们众口一词地喊道:"不,还不到时机!"连苍天也在呼喊:不,不在这个地方!

友谊是美好的,但"还不到时机",在这样一个充满歧视与冲突的时空,在这样一个压迫与被压迫的时空,去追求友谊、沟通、心与心的融合,显然是一种不可能。小说开始时英国人所组织的有印度上层人参加的"搭桥聚会",最终表明他们都无法从"桥"上走过去。而代表沟通可能性的摩尔夫人被儿子送回英国并在途中逝世的细节,也预示着她的信念的虚无缥缈。

《通往印度之路》探讨了两个民族难以逾越的鸿沟,表现了一些善良的人所做的努力,同时也揭露了英国殖民主义者在印度骄横跋扈、仗势欺人的恶行。一方面是政治历史问题,一方面是人性心理问题。但作家更看重后者,他认为朗尼等人最缺少的是普遍的同情心,导致精神上的发育不良,从而造成在民族矛盾中不可沟通的隔膜。因此他塑造了谦和善良、信仰上帝的母亲,塑造了宽厚仁爱、主张民主平等的菲尔丁,在他们身上寄托了自己的希望。

除了几部有名的长篇,福斯特早期写下的短篇小说大体收在 3 个集子中:《天国驿车》(*The Celestial Omnibus and Other Stories*,1911)、《永恒的时刻及其他故事》(*The Eternal Moment and Other Stories*,1928)、《来世及其他故事》

(*The Life to Come and Other Stories*, 1972)。福斯特的短篇受希腊神话影响，具有一些神秘色彩，作家也称自己的短篇为"幻想故事"，其中有不少都和他的长篇表达着同样的思考。《奇人怪事》写一群英国绅士在意大利明媚的风景中，非常傲慢，自视比神更高更大，但有一个19岁的孩子吹口哨招来了潘神，他们吓得四散奔逃，惹得孩子讥笑，这表明自然天性面对社会约束的胜利。类似的作品还有《另一王国》《永恒的时刻》等。评论家认为，福斯特看到了英国工业的发展对乡村和个性所产生的威胁，因此试图在某种神秘力量中找到重回自然的力量。

1924年之后，福斯特没有再写小说，而将精力用在评论、传记、广播等方面。特别是在小说理论方面，他有自己重要的建树。1927年他应邀在剑桥大学就小说创作的理论做一系列"克拉克讲座"讲演，后来收集成《小说面面观》一书，这是继亨利·詹姆斯《小说的艺术》之后又一部见解深刻的文学评论著作。福斯特分别讨论了"情节""人物""幻想""预言""模式与节奏"等内容，结合自己的写作经验，认为小说可以陶冶性情并引起对社会道德问题的关注，而要起到这样的作用，必须将内容与形式完美结合，在这方面，他赞扬了詹姆斯对小说形式所做的贡献。在广泛分析许多作家的基础上，他提出了著名的"圆形人物"和"扁形人物"之说，前者指血肉丰满的艺术典型，后者则指类型化的平面人物，他认为这样的两种人物类型都是小说创作中需要的，但需要在一定的度以内掌握运用。福斯特在《小说面面观》中所提出的这些范畴，后来成为评论界经常运用的理论概念。另外还有两本评论集，《阿宾格收获》(1936)主要是对一些作家和诗人的评论，《两呼民主》(1951)既漫谈艺术以及风格问题，也阐述一些政治问题和自己的信仰问题，其中包括他的广播讲话，语言文字简洁流畅，受到读者的欢迎。

总而言之，福斯特虽然没有在人与人之间的隔膜中架起沟通的桥梁，却用自己的创作实践在传统小说和现代小说之间的桥梁构建上做出了自己的贡献。

第七节　戴维·赫伯特·劳伦斯

20世纪20年代，英国现代主义小说进入全盛时期，乔伊斯、伍尔夫夫人和劳伦斯都相继推出了自己的力作。戴维·赫伯特·劳伦斯(David Herbert Lawrence, 1885—1930)是三大现代主义小说家中比较特殊的一位，因为他不像其他作家那样关注形式的革新，他的兴趣在于探讨现代工业文明对人性本能的戕害和现代人心理世界的种种问题，特别是两性关系中被扭曲和遮蔽的诸多现代问题等，以及面对这种状况的拯救道路。在创作方法上，他注重人的内心描写，属于"内倾性"的作家，但在小说框架、人物描写上基本还是倾向于写实手法。劳伦斯除了在小说上有巨大成就以外，他同时还是诗人、散文家、画家、剧作家和翻译家。他一生著作颇丰，写有10部长篇小说、7部中篇小说、60多篇短篇小说、10 卷诗集,另外还创作了 4 卷游记、1 卷关于美国古典文学研究的评论集、8 部剧本以及大量的散文和书信。当然,其影响最大的是小说。

劳伦斯出身于英国南部诺丁汉郡一个煤矿工人家里。父亲阿瑟识字不多,性情暴躁,经常酒醉之后打骂妻儿;母亲莉迪亚则是一位性格温和的小学教员,她读书较多,崇尚思想,喜欢和有教养的男人讨论宗教以及哲学、政治等问题,希冀过上一种较为文雅的生活,因此注定了她的不幸,也注定她会将感情和希望寄托在孩子们身上。长兄恩尼斯特病逝后,劳伦斯便成了母亲的心肝宝贝。劳伦斯年幼时体弱多病,与学校中其他男孩很少来往,母亲单独教他认字、读书、吟诗作画,劳伦斯聪颖好学,深得母亲的宠爱。母亲的生活方式也深深地熏染了劳伦斯,后来他把这一切写进了带有很大自传性的作品《儿子与情人》(*Sons and Lovers*,1913)中。劳伦斯 16 岁中学毕业后,曾在诺丁汉一家医疗器械厂工作,并于 1906 年进入诺丁汉大学学习教师专修课程,其间写了他的第一部小说《白孔雀》,描写英格兰中部农村两对青年男女的关系,不是太成熟,但初步显示了他的写作才能,此外还写了一些诗歌和剧本。

1908 年,劳伦斯离开大学,后来在伦敦附近的一所小学当过一段时间的教师。1912 年,他在拜访诺丁汉大学的威克利教授时,与教授的妻子弗丽达一见钟情,他称她为自己"终生一遇"的女人,几周之后两人即私奔出走到欧洲大陆,从此开始了他的旅行写作生涯。1914 年两人回到英国,7 月正式结婚。不久"一战"爆发,弗丽达由于是德国人,竟被怀疑是德国间谍,因此遭到监视,两人只好隐居乡村。1915 年 9 月,劳伦斯出版小说《虹》(*The Rainbow*),批评了 19 世纪末英国发动的波尔战争,触犯了当局,于是被禁售销毁。在这期间,他曾和另一作家赫胥黎在美国佛罗里达州试图建立一个乌托邦社会,自然未获成功。夫妇俩不断旅行,先后到过新墨西哥、锡兰、澳大利亚、旧金山和墨西哥等地,寻找那些未被工业文明污染损害的地方。这段时期也是他创作的高峰,写有长篇、短篇、诗歌、游记和文学评论文章等。1925 年,劳伦斯患疟疾,经诊治才知道肺病已届第三期,从此灰心失望,不再求医。1928 年 10 月,劳伦斯预定在伦敦华伦画廊开画展,受到多方刁难,直到 1929 年 6 月才正式开幕。可是当时国内正针对《查特莱夫人的情人》(*Lady Chatterley's Lover*,1928)一书对劳伦斯大肆围攻,7 月警方出动搜查画廊,当场没收一些作品,画展不得不中断。此后,在肺病的阴影中,劳伦斯坚持创作,直到 1930 年在法国去世。

劳伦斯的创作主题主要集中在社会批判和心理探索两个方面,他谴责工业资本主义和机器文明带给人生活和精神的危害,渴求人性或人的本能的自然发展。他是土生土长的英国作家,其主要作品大都以其家乡诺丁汉一带的矿区和乡村为背景,描绘工业化逐渐成为主宰一切的社会力量的时候,人们在精神上、道德上和相互关系上的种种变化,反映了英国转型期下层中产阶级和工人阶级的生活。应该说,他受现代心理学家弗洛伊德的影响很大,弗洛伊德关于性本能对人的巨大影响也是劳伦斯在创作中探讨与表现的核心。从第一部小说《白孔雀》到最后一部中篇小说《死去的人》,他都着力表现一种"个人本质",用他的话来讲,不是那种"老式而稳定的自我",而是"另一种自我",也就是在现代机械文明和工业化社会里受到压抑、趋向分裂的那种自我,实际上就是弗洛伊德所说的那种被压抑下去的潜意识区域。劳伦斯认为,资本主义工业的首要罪恶是压抑了人的自然本性,其中主要是性和性爱的本能,因此人与人之间的关系也遭到了破坏。① 于是他常常在小说中寻求一种"自然人",或者说健康的人,未被社会文明遮蔽的人,他认为只有使人回到这种状态,才能使人和人、人与宇宙之间恢复和谐的关系。他的小说瑕瑜互见,最著名的是四大长篇小说《儿子与情人》《虹》《恋爱中的女人》以及引起轩然大波的《查特莱夫人的情人》。劳伦斯认为艺术的使命在于揭示人与周围世界的关系,而小说则是人类表达思想感情方式中的最高形式。他在自己的《诗集》前言中,曾说"我用尽心思,想表达那些要花上20年时间才能说出来的话",在他的整个创作世界里,小说、诗歌、游记乃至绘画,都是为了让读者在情感上真切地感受作家自身对世界、生活、人性的感觉。他的创作原则是:"在小说中,一切事物之间都息息相关。凡是有说教成分的东西决不能算是小说。一个小说家的目的中往往存在其哲学思想与热情灵感的冲突问题。但小说中决不容许作者说教,重要的是让小说本身说话。"②可以说,他确实将自己对社会、人性、永恒的思考和探索赋予了他的作品人物,以及发生在这些人物身上的复杂故事。

劳伦斯的第一部长篇小说《白孔雀》(*The White Peacock*,1911),以英格兰中部农村为背景,出身农户的青年男女兰蒂和乔治产生爱情,但兰蒂觉得仅仅有爱情是不够的,物质对她也有诱惑,于是选择了一个富裕人家的子弟结婚。而这个富家子弟头脑空虚,他们的婚姻生活并不幸福;乔治在痛苦中消沉下去,借酒浇愁。这部处女作也许是要说明人们违背了自己的纯朴本质要求而带来终生的不幸,借此抨击物欲社会的罪恶,但并未充分展开。小说中有一个猎场工人,他对人类的看法可能代表了作者的思想:"他这个人相信一种想法——整个文明都是金玉其外而败絮其中。他一想起,一考虑到世界濒于颓败,人类坠入了愚昧、屠弱与腐朽,就会对文明的一切标志觉得愤愤然起来。"这里已经初步涉及劳伦斯后来作品的主题。

《逾矩的罪人》(*The Trespasser*,1912)是劳伦斯的第二部小说,写一位音乐

---

① 侯维瑞:《现代英国小说史》,上海外语教育出版社,1985年,第196页。
② 陈良廷:《劳伦斯和他的〈儿子与情人〉》,《儿子与情人》译后记,外国文学出版社,1987年,第571—572页。

教师不堪家庭沉闷和无聊,与自己的女学生跑到海边去度过两周蜜月般的生活。后来又回到家中,受到妻子和儿女的冷落与嘲弄,感到无望而悬梁自尽。这部小说写的是普通家庭中两性关系的紧张冲突所带来的不幸结局,依然是对违背自然本性生活的揭露。

这两部早期作品虽然没有多高的成就,但充分显示了劳伦斯出色的才华,他在自然景物的描绘,以及自然和人物心理的融合方面,都写得有声有色,这也成为他后来作品中的一个重要特点。而关于自然本性、社会伦理和社会文明的对立,以及这种对立给人物造成的痛苦,就成为他作品的主要内容。

1913 年,《儿子与情人》出版,第一次为劳伦斯带来成功。这是一部自传色彩浓郁的小说。小说本身就是一个"俄狄浦斯情结"故事,是作者对无意识活动的探索,也是他早期生活的真实写照。由于劳伦斯第一次把社会批判和心理探索结合起来,开始形成自己鲜明的个性和独特的风格,这部作品一向被评论界视为劳伦斯创作生涯的里程碑。小说以 19 世纪中叶作者家乡诺丁汉郡、德贝郡一带煤矿与水乡阡陌纵横交叉的地带为背景,描绘了矿工沃特·莫雷尔一家的遭遇和主人公保罗的成长经历,真实而生动地反映了当时的社会历史现状。小说中的煤矿工人莫雷尔终日在黑暗、潮湿的坑道里工作,每时每刻都冒着生命的危险。婚后莫雷尔与妻子不睦,变得越发粗暴蛮横。忧愁和疲劳只有酒才能暂时排解,怒气和怨恨只有酗酒后打骂妻儿才能发泄。妻子葛楚则在极其恶劣的环境中维持着贫困的家庭生活,抚养幼儿,残酷的现实粉碎了她少女时代的美梦,绝望之余她便把全部的爱和希望倾注在两个儿子身上。长子威廉为了改变自己的地位拼命挣钱,结果劳累致死,小儿子保罗成了母亲唯一的感情寄托,她企图以对儿子的爱来填补对丈夫的失望和绝望而造成的感情真空,从儿子身上得到她本来应从丈夫身上得到的爱。于是,母子两人的关系发展到了情深意切、如胶似漆的程度。他们相互倾吐内心的隐衷,共享生活中的忧乐,谁也离不开对方。畸形的母爱造成了保罗心理和感情的不健康发展,影响了他的正常恋爱,以至于后来他与米丽安的精神恋爱和与克拉拉的肉体接触,都没有给他带来长久的安宁与欢乐。母亲去世以后他才真正挣脱了母爱的桎梏,开始了新的追求。很明显,在《儿子与情人》中,读者不难找到作家本人童年、少年生活的影子以及他独特的精神经历。

《儿子与情人》是西方有名的成长小说。主人公保罗在一种畸形的情感氛围中长大,因此在感情生活中一直难以走上正常的道路。西方许多评论家认为这部小说是弗洛伊德"俄狄浦斯情结"最典型的例证,保罗和母亲的感情远远超出了正常的母子之爱,母亲用对儿子的爱来弥补自己没有从丈夫身上得到的感情,让自己的生活"扎根在保罗身上";而儿子保罗也从小习惯了母亲的非常之爱,只要与母亲在一起,心灵就会活跃如泉水,灵感迸发,所作所为也都为了赢得母亲的嘉奖。这样的感情方式使保罗自觉地扮演着一家之主的角色，代替了父亲在家里的地位。而母亲则对儿子与其他女性的交往充满嫉妒，当保罗与米丽安产生恋情时，她竟对儿子说："难道就没有人跟你说话了吗……哦，我懂了，我老了，所以应该靠边站，跟你没有关系了。你只要我服侍你……此外你就只有米丽安了。"完全是情人吃醋的话语方式。问题是，保罗居然在与米丽安的情感中无法找到与母亲在一起时的那种美好感觉，这使保罗也陷在忧虑中，感觉自己丧失了恋爱的能力。

在感情上处于不健康状态的不仅是保罗母子，还有米丽安。这位在宗教观念熏陶中长大的姑娘，对性有一种天然的蔑视和羞耻感，认为男女之间的感情应该只是精神和灵魂的，而不能涉及肉体。因此她一边对保罗充满爱意，一边拒斥着两个人肉体的接触，希望保罗对"崇高事物的愿望"能战胜"对低下事物的愿望"，这也使保罗在和她的爱情进展中屡受挫折。直到最后爱情之火烧掉贞操观念时，米丽安还是用宗教观念来解释发生在自己身上的一切："为了自己心爱的人牺牲自己"，就像给神供奉祭品一样。因此，米丽安在小说中也是一个情感分裂的人，是一个不完整的人。正是这样诸多不完整的人造成了社会的萎靡不振，这是作家所要揭示的现代社会问题。

《儿子与情人》的写作是劳伦斯自我精神上的一次大解脱，他像主人公一样，终于逐渐摆脱了母亲的影响，真正成长起来，去自由地发挥自己的思想和才能了。

《虹》是劳伦斯的代表作，也是他篇幅最长的小说，彻底打破了早期小说的传统框架，进入人物的内心深处，在题材方面也表现出强烈的现代主义倾向。小说通过自耕农布兰文的三代家史，描写19世纪中叶以来大工业吞食小农经济的过程，以及由此产生的社会变化和个人的内心矛盾。小说在着重描绘第三代厄秀拉的成长过程中，通过三代人的两性历史来探索性心理，试图寻求建立自然和谐的两性关系的途径。第一代汤姆和莉迪娅的结合平淡无奇，第二代威尔与安娜则充满了信仰分歧、性格冲突和争夺支配地位的斗争。厄秀拉中学毕业后，为了摆脱家庭的牢笼和平庸生活的禁锢，怀着美好愿望到一所小学谋了个教职。不久，她就发现学校不过是滥施体罚的"监狱"。幻想破灭后，她决定上大学。一年后再次感到失望，她发现高等学府不过是旧货铺，已经转向了庸俗卑微的商业运作，现金交易渗透了教育制度。而在外面的世界，厄秀拉的恋人安东积极为英帝国领土扩张效命，还声称这是维护国家利益的"最严肃的事情"。这使厄秀拉陷入失望，于是在经历了一段热恋之后，两人终因缺乏精神上的和谐与理解而分手。一天厄秀拉在百无聊赖中抬头，突然看见窗外天空中挂着一道彩虹。对于一个在探索生活的道路上饱受挫折与失望的人来说，彩虹的意象表达着她对生活的乌托邦想望，同时也表征着现实的空虚和人物对未来的希冀。在《虹》的结尾处,劳伦斯对厄秀拉的奋斗历程进行了这样的总结:"她将把根扎在一个新生的日子,她赤裸的身体将躺在新的天空下,新的空气中。""新"字的重复出现显然有它独特的重要性,它意味着厄秀拉与她的祖辈、父母辈相比,有着自己独特的生活方式,在如何处理个人与社会、个人与异性之间的关系等方面,她都有自己独特的认识和体验。而她会百折不挠地坚守自我,创造出属于自己的新天地。

厄秀拉是作家心目中的新人,她一直努力奋斗,要在这个传统习惯势力占主导的世界里保持自己的独特性。劳伦斯认为,人要不断地自我完善和自我超越,而在两性的结合中,如果夫妻间能妥当处理好关系,将有助于彼此朝着这种完善和超越的方向迈出更大、更快的步伐。反之,则起阻碍作用。然而,要达到实现自我及超越自我这个目标,起主导、关键作用的是自我本身,只有首先完成自我心灵的净化,才能进一步保持生命的活力,最终达到生命的圆满及永恒。这正是《虹》的主导思想。

与人物命运相渗透的是故事发生的背景,小说开始是劳伦斯所擅长的田园风光描写,水乡田野,乡村树丛,人们在传统的和谐中生活着。接着是工业化的侵占,运河、铁路、煤矿等相继出现,破坏了古老乡村的宁静,带来的是污浊、灰暗的矿区,人们被卷入井下的劳作中,变得呆滞、麻木。厄秀拉的经历也是这种文明发展的缩影,它不断侵吞着人的自然感情。正是在这样的时代变迁中,在生活方式不断被改变的过程中,人们的生活需要不断寻找新的方向。在劳伦斯看来,资本主义的发展破坏了人的本性,因此只有重新激发本能,才能战胜非人的力量。他将希望寄托于本能的充分实现,像小说中的彩虹一样,也是虚无缥缈的。

从小说《虹》开始,劳伦斯的创作方法有了明显的改变,一种变幻莫测的神秘主义的象征流贯其间,随处可见的象征推进着情节进展,折射出人物之间关系的微妙变换以及人物潜在心理的意向。《恋爱中的女人》是《虹》的续篇,继续发展了《虹》的思考,通过两对男女的爱情纠葛探讨在工业社会中建立人与人之间自然和谐关系的可能。中学教师厄秀拉爱上了学校督察员伯金,她的妹妹、同校的工艺教师古德兰则对年轻英俊的矿主杰拉尔德一见钟情。两对恋人经历了不少观念上的冲突和感情上的波折,最后走向不同的结局:厄秀拉与伯金终于在尊重各自性格和创造力的基础上结合,杰拉尔德却遭到古德兰拒绝,在阿尔卑斯山深谷中冻成"一团冰冷沉默的东西"。为什么呢?因为杰拉尔德向往的是在同自然环境的斗争中不折不扣地实现自己的意志,他要同物质、同大地和地下蕴藏的煤做一番较量。那么,为了这场同物质进行的战斗,人就必须有完美的工具——机械装置:它在工作中精妙和谐,代表着人类独一无二的意志;它不懈地重复运动,不可抗拒地、无情地实现目的。不幸的是,杰拉尔德奉行的这套非人的机械原则,不仅统治了被大机器工业吞没的矿工,也统治了它的信徒的灵魂,杰拉尔德由此变成了一个精神空虚、感情枯竭的人,最后在恋爱失败中走向死亡。

　　厄秀拉与伯金的恋爱模式是劳伦斯的理想模式。劳伦斯认为,完整而美好的男女之爱是双重的,它既是精神的,又是肉体的;既是个性的,又是共同的,这些都在两性摩擦中达终极。在同一份爱中,同时拥有着甜美的心神交融和激烈自豪的肉体满足,如此才能形成完美的生命节奏,形成世上最伟大最完整的感情。这也是圣灵的法则,是完美无缺的婚姻的法则。每个生者,都在寻找这种结合,每个男人都从自己最深切的愿望开始,希望在他自己和另一女人之间建立完美的婚姻关系,达到一种将使他获得充分满足和表达出存在的完整性的境界。劳伦斯通过伯金和厄秀拉实现了这种再生的寓言。伯金和厄秀拉身上印有很深的劳伦斯和弗丽达的印痕,当然,按照弗丽达的母亲的说法,劳伦斯笔下的女性都有弗丽达的影子,而厄秀拉的情感气质似乎与弗丽达更为接近。而伯金愤世嫉俗的情绪、固执玄虚的理论以及对婚姻爱情的偏激态度,就更是劳伦斯哲学理念的形象化了。

　　对于资本主义工业文明带来的影响,劳伦斯深恶痛绝,他认为,只有使人的全部自然本性特别是性的欲望充分发挥,才能克服资本主义的罪恶;只有使人的原始本能充分复活,才能使人与宇宙之间和人与人之间恢复和谐的关系。其《查特莱夫人的情人》,则很好地体现了这一思想。小说描写拥有矿场和森林的巨富查特莱婚后不久便在战争中负伤,失去了性功能,他要妻子康妮给他生一个儿子,让他继承其家族产业。康妮与猎场工人梅勒斯产生了爱情,不顾丈夫的反对弃家出走,决心与梅勒斯去创造新的生活。小说出版后招致非议,因为书中一些露骨的性爱描写公然违背了当时的道德观念,因此遭禁数年。直到20世纪50年代末人们才认识到该书的价值,并把它翻译成多种文字、拍成电影广泛流传。

　　《查特莱夫人的情人》是劳伦斯的最后一部小说,曾经过几次修改,在他去世前两年自费出版。相比前期作品,这部小说无论用意还是写作手法都趋向简单,作家在这里用两性之爱的方式,试图重新回到男女之爱的本真状态,以抗拒现代文明对人类的侵袭、剥夺和异化。梅勒斯这个现代"亚当",体现了作者心目中理想的人的生命状态:活跃于大自然,具有生机勃勃的创造力,没有受到文明的损害,无论精神还是肉体都是健全的。这就是劳伦斯心目中"天生的贵族"。康妮也是一个充满生命力的女人,不堪忍受丈夫、家庭的物质压抑,在梅勒斯的森林中感觉到心旷神怡,品尝到爱情的真意和诗意。劳伦斯借此告诉人们,男女真正的爱情可以弥补现代文明造成的人性麻痹和异化,还能够跨越阶级鸿沟,得到和谐生活,并由此拯救社会。这是作家最后的梦想。然而,现代资本主义文明的侵蚀无孔不入,无所不在,梅勒斯与康妮竟只能躲在林地一角的"伊甸园"里偷食禁果,这本身已带有极其浓郁的悲剧意味。更为可悲的是,甚至连这一可怜的伊甸园也注定无法长久维持。在文明社会的干预下,它终于无奈地失落了,亚当和夏娃毕竟还是被逐出了乐园。伊甸园的失落看似偶然——由于梅勒斯的妻子突然想同他重修旧好,硬要与他同居,从而发现了他与康妮的私情,并大肆张扬,导致他被迫辞职出走——其实具有必然性,本真的爱情显然不能见容于把经济利益考虑放在首要位置上的机器文明社会,他们视之为洪水猛兽,千方百计地要加以破坏和扼杀。可以看出作家在设计自己的理想方式时,同时也感觉到了现实的沉重,这种沉重也是他在自己的爱情生活中一直承担着的。

除了长篇,劳伦斯的中短篇小说有 10 多篇,也取得很高的艺术成就。在他的早期创作中,有一组反映矿工生活的特写式短篇,其中的《菊馨》很有代表性。一位矿工的妻子在为丈夫迟迟不归家而烦恼,她告诉女儿说,他们是在菊花盛开的时节结婚的,又在菊花盛开的时节生下女儿,因此家里一直摆放着菊花,而丈夫第一次喝醉被工人抬回来时也正是菊花盛开的时节。当她正在担心丈夫又会喝醉时,丈夫被抬回来了,他在矿井塌方中丧命。忙乱中,家中的菊花被打翻。最后妻子凝视着丈夫的遗体,感到自己从来也不了解他,因为生活艰难,害怕丈夫乱花钱,猜疑他,怨恨他,担心他,现在他却一去不复返了:"'我到底怎么啦?我干了些什么?我一直是在和一个并不存在的丈夫争吵。真正的他始终存在,我却大大冤枉了他。'……她终于看到,她从来也没有真正了解过他,他也从来没有真正了解过她;他们在黑暗之中相遇,在混沌之中争斗,而不知道他们在和谁相遇,与谁争斗。"这段最后的自白表达了劳伦斯一贯的主题:工业文明的重压使人与人之间产生隔膜,家庭成员也彼此陌生,整日只能在生存中挣扎,从而忽视了人的本质。这篇小说很有深度,而且结构精美,形象生动,是短篇中的精粹。另外还有描写爱情的《马贩子的女儿》《你抚摸了我》等短篇,表现两性之间的冲突、爱的被唤醒等内容。

劳伦斯还将早期一些短篇改写成中篇,著名的有《狐》《上尉的偶像》《一个妇女驰马而去》等。其中《一个妇女驰马而去》写于 1924 年,具有一种神秘倾向。女主人公是一个富有的矿主,生性傲岸,喜欢幻想,厌恶英国社会的种种习俗。为了摆脱婚姻羁绊,她独自一人骑着自己的马,跑到墨西哥的印第安部落,表示愿为他们的神灵献身。当地正有这样的预言,说只要一个白人妇女做祭神的牺牲,就会拯救部落,使部落恢复对太阳的权力。于是这个矿主在土著的原始仪式中被杀死,表示她得到新生。小说写得充满异域风情,瑰丽的大自然风光,处处显示了与欧洲灰暗社会的对立,这也是劳伦斯对自然生活方式的某种礼赞。相类似的中篇还有《姑娘与吉卜赛人》《牧师的女儿》等。他的最后一篇小说是《死去的人》(*The Man Who Died*,1928),讲述耶稣复活的故事,他重新解释基督教义,让性爱起死回生、孕育生命,死了的人从坟墓中站起来,与一女祭司热恋,因为他在她身上看到了基督的生命,他欢呼"我复活啦",并种下再生的种子。劳伦斯将基督复活做了生命、爱情、肉体之恋的演绎,可以说他在一种寓言的层面上,最后歌颂了人的自然本能的强大生命力。

劳伦斯出身于矿工家庭,没有名门望族的声誉,也没有名牌大学的文凭,他所拥有的仅仅是才华。当时的英国社会很注重人的出身、教养,社会上还弥漫着从维多利亚时代就有的清教徒风气,生长在这个时代里的劳伦斯是与众不同的,有评论家曾说劳伦斯是个天才,是"浸透情欲的天才",也有评论家将其视为情爱小说家。事实上,劳伦斯是一个理想主义者,像其他一些现代主义大师一样,在现代社会的精神危机中极其敏感和痛苦,于是用自己的方式来建造一种个人乌托邦。他在自己的作品中不断揭示西方现代文明制度对人的生存状态构成的巨大威胁和破坏,抨击现代社会人性的严重异化,试图从解放人的自然本能出发来加以匡正。对此,他自有一套看法,提出以"自性意识"与"精神意识"相对抗的独特视角,构建"自然—文明""肉体—精神""本能—理性""无意识—意识""本我—超我"等一系列对立,其本质是一种"生命哲学",希望以张扬生命本能来对抗工业文明的异化趋势。他的批判意识可以追溯到叔本华、柏格森、尼采和弗洛伊德等西方近代非理性主义思潮,这种思潮对劳伦斯有深刻影响。劳伦斯的妻子弗丽达也是尼采、弗洛伊德的信徒,他们彼此有着相当共同的东西。

劳伦斯在卷帙浩繁的小说中塑造了众多的女性形象。他对女性情感的表述、对女性内心世界的刻画令人惊叹。《儿子与情人》中的葛楚有着高尚的精神追求,可是由于年轻时做出错误选择而饮恨终身,只得把爱寄托在儿子身上,结果把她畸形的爱变成了儿子精神上的重负。《虹》里的安娜从少女时代便耽于梦想,婚后过了段甜蜜生活,但是她还想了解人生的意义、宇宙的奥秘,却由于和丈夫信仰的分歧、性格的冲突而使他们的生活充满了斗争和痛苦,结果她放弃了对人生的探索,任凭她追求理想的努力半途而废。她的女儿厄秀拉是位富于独立精神和叛逆精神的现代女性,她蔑视宗教,蔑视"民主制度",厌恶狭隘闭塞的家庭小圈子,敢于走向社会,要求男女享有平等权利,寻求男女之间在平等基础上的完美结合。在《恋爱中的女人》里,厄秀拉与伯金经过一番爱情的试探、碰撞和搏斗,终于形成了一种比较融洽的关系。这些女性和《查特莱夫人的情人》中的康妮一起,组成了劳伦斯笔下的"夏娃"群像。尽管这些"夏娃"性格不同,禀赋迥异,追求的侧重点也各呈异趣,有的倾向于与男子精神上的结合,有的较耽于肉体的和谐关系,但她们无疑都体现出同一个追求目标:男女之间的完美结合。通过这些女性形象,劳伦斯阐述了他的性爱观、婚姻观,而康妮和梅勒斯的结合,则是劳伦斯对他的性爱观、婚姻观的最终探索和总结。

但父权社会的男性中心主义思想始终沉淀在劳伦斯的心里,使他这样一个具有理想色彩的人也公然声称女性为第二性,并在一些作品中赞扬他的女主人公的忍让和对男人的服从。劳伦斯对妇女的矛盾态度使西方许多女性主义者感到震惊,因此在女权主义兴盛的20世纪70年代,其《查特莱夫人的情人》因为提倡女人对所爱男人的依从等,成为女性主义者的批判对象。其实,劳伦斯对女人的男性观念源自自己的特殊生活经历,青少年时期对母亲的依恋所造成的性格缺陷,曾经导致他长时期不能自立,不能像正常人一样去恋爱,由此他思想上反感女人的强大,认为这种"大母亲"式的女人虽激发了男人的生命活力,但令人窒息的情爱销蚀了男性驾驭生活的能力,使他们俯首帖耳或自我毁灭。因此在其作品中,他有意无意地在一些情景中将自己的女主人公放到略"矮"男人的位置上。另外,劳伦斯许多小说的主题都是"睡美人"故事的衍化,《查特莱夫人的情人》中的康妮原是一个脸色红润、体格结实的姑娘,但婚后,丈夫的性无能像魔法一样将她禁闭在幽暗的庄园里,使她渐渐地失去了青春活力,变得精神恍惚、容颜惨淡,直到"白马王子"梅勒斯来临,才解除她身上的魔法,唤醒她沉睡的性意识。这种"睡美人"的故事本身就是父权观念的显现:男人是主体,女人是客体;男人是自我,女人是非我,女人生命的复活必须通过男人来实现。波伏娃在《第二性》中曾说,劳伦斯虽然赞美性爱,但竭力宣扬的是男人的性力。在他的小说中,男性不只是两性结合的因素之一,而是形成两性结合的本源。女人在性活动中只是配角,她必须屈从男人。劳伦斯所塑造的新女性如厄秀拉、康妮,在对工业文明社会进行一番痛苦的反抗后,最终都屈从于一个"救世主"式的男人,回到她们应有的位置——婚姻、家庭,承担妻子、母亲的角色,因此波伏娃的批评是有道理的。

劳伦斯的婚姻观、性爱观并不是一成不变的,而是有一个发展过程。起初他认为夫妇之间只有保持一定的距离、一定的隔阂,保持各自的特异性,才能达到完美婚姻应该具有的男女两极的平衡。如《虹》里的汤姆和莉迪娅,他们结婚后仍然彼此感到陌生,经过多年的冲突和疏远,终于在性爱中得到满足。但是这种通过肉体满足来维持的两极平衡关系只是初级的。在《恋爱中的女人》里,他认为,男女双方必须保持独立自由的人格,在此基础上建立起一种超越肉体和物质的精神关系,才能保持两极平衡,伯金和厄秀拉最后似乎达到了这种平衡。但是通过超越肉体的精神关系来维持平衡也并非理想境界,因此他又提议以男人之间的友谊来加以补充。而在《查特莱夫人的情人》中,他终于找到了一个男人和一个女人之间充实、自然、和睦的关系。如果说康妮以前的女人们对男女关系的肉体和精神层面的追求各有侧重,从而或多或少有些偏颇的话,那么康妮才算达到了劳伦斯的理想境界,她通过和梅勒斯的恋情,包括他们之间绚丽动人的性爱,终于做到了男女之间灵与肉的完美结合,她也因此成为一个真正的女人,一个原型意义上的"夏娃"。平心而论,劳伦斯提倡的不计门第、财产,只求男女之间真心相爱、灵与肉完美结合的性爱观与婚姻观,在当时无疑具有很大的进步意义。

人与人之间的和谐关系,除了两性,还有同性之间的友谊,这也是劳伦斯所着意探讨的。1922 年出版的《阿伦的杖杆》(Aaron's Rod),即表现了男人之间友谊的弥足珍贵。矿工阿伦是一个吹笛手,但生活在一个排外、封闭的家庭中,他像《逾矩的罪人》中的音乐教师一样,也抛下妻儿出走。但他不是为了去玩乐,不是为了一时的痛快,离家出走完全是为了寻求灵魂的自由,使自己的艺术才能得到更大的发挥。阿伦到了伦敦,在一家歌剧院当笛手,其间身染重病,一位叫里立的作家悉心照顾他,对待他像亲人一样,两人建立了深厚的友谊。里立在各方面都很优秀,具有高尚英武的精神力量,阿伦对他很佩服,两人之间有一种导师和信徒那样的信任。这也是劳伦斯对社会关系的某种理想探索。而书名中的"杖杆"则是一种象征,表示婚后的个性独立,在这里作家继续了他在《虹》和《恋爱中的妇女》中的思考。

劳伦斯的小说中还具有一种神话倾向,这种色彩时浓时淡,或隐或现,贯串于劳伦斯小说创作的始终。比如在《儿子与情人》中,古希腊的神祇借命运之手对俄狄浦斯的恶意捉弄,是小说母子悲剧的隐蔽注脚,这种命运形式是以现代机械文明和工业化社会为载体的,正是它们扭曲了葛楚与保罗的母子关系,挫折了保罗的人性与本能,使保罗成为一个"永远长不大的男孩"。此外,如《虹》中的大洪水、彩虹、亚当和夏娃的故事,以及《白孔雀》中的守林人安纳布和《查特莱夫人的情人》中的守林人梅勒斯(他们以古希腊神话中的山林守护神潘为原型,摄取了潘神的外形与魂魄)等,都在某种神话的模式中扮演着特别的角色。当然,作家直接叙述的是现代社会的生存状态和现代人的精神世界,而神话只是其中暗含的母题。由于古老神话所具有的哲理内涵和心理意蕴,所以神话给小说中的现代事件和人物提供了象征性的评注系统,既增强了作品的底蕴,又预设了解读线索。劳伦斯使神话与哲理紧密交融,神话原型深化了小说的哲理内涵,哲理意蕴又凭借神话而得到拓展,神话与哲理相互呼唤,相互激扬,形成了劳伦斯小说的一个鲜明特征。在这方面得到充分表现的是1926年出版的小说《羽蛇》(*The Plumed Serpent*),其中大量使用神话和宗教象征。主人公名叫凯特,是一位40多岁的寡妇,出于对文明社会的厌倦和某种模糊不清的向往,她来到墨西哥,遇到两个军人加巫师式的土著,他们告诉她,现在墨西哥正在动乱之中,需要恢复一种古老的信念才能重返和平。凯特目睹了他们的种种宗教仪式,如用念咒、击鼓、跳舞等,呼唤最高神灵"长羽毛的蛇"的到来。所谓"长羽毛的蛇"是一种象征,羽毛代表翱翔天空的雄鹰,象征精神,贴地而行的蛇象征肉体,"长羽毛的蛇"就是精神与肉体的结合,代表了天与地的和谐。在这里劳伦斯用古老观念再次表达了他对完整的人的追求。小说结尾,凯特与那个半人半神的土著结婚,表明她在这里找到了某种理想的生存方式。

劳伦斯小说的神话倾向还与作家的审美追求有关。劳伦斯的审美情趣具有明显的现代主义倾向。他追求审美视角的内向化,潜心于展露在自然本能驱使下人物心理的演变过程,尤其热衷于表现直感、幻觉、潜意识等非理性区域。他

擅于运用象征、寓意等表现手段,把作家复杂深刻的心灵体悟暗示给读者,追求
朦胧、神秘的艺术效果。因为神话往往包含人类心理经验中一些反复出现的原
始意象,而且具有简约、模糊、象征性等特征,最易于实现劳伦斯的艺术追求,所
以神话特别受劳伦斯青睐,作为心灵体悟和心理探索的象征性评注,成为劳伦斯
小说不可或缺的部分。

　　劳伦斯生活和创作的时代,正是资本主义开始高速发展的阶段,大机器生产
和工业文明逐渐成为主宰一切的力量,人类在日益物质化的环境中不可避免地
沦为机器的附庸。对资本主义发展带来的人类危机,劳伦斯的反应异常敏锐、强
烈。他一方面努力表现人在现代机械文明和工业社会里受压抑、趋向分裂的自
我,以激起人们的自我拯救意识;另一方面积极呼唤人类的原始本能,如旺盛的
生命力、强健的体魄、野性精神、血性意识等,来对抗资产阶级平庸的当代文明。
因此,劳伦斯的小说就是他在反抗中试图建造的精神家园。

第八节　弗吉尼亚·伍尔夫

　　弗吉尼亚·伍尔夫(Virginia Woolf,1882—1941),是 20 世纪前半期英国三
大现代主义小说家(乔伊斯、劳伦斯)之一,同时也是风行世界的意识流小说的代
表性作家,与本国同时代的乔伊斯、法国的普鲁斯特、美国的福克纳等意识流大
师齐名。她创作的 9 部长篇小说和若干短篇中,充满了不断的形式探索和实验,
努力将作者对生命意义、生与死、和谐与混乱的种种思考与多样的形式表达融为
一体。除了小说创作,她还留下 350 多篇文艺随笔、近 4000 封书信和 30 卷日
记。其中很有影响的是她的文艺评论和有关妇女问题的论述,前者表达了她对
传统现实主义写作方法的不满和自己的文学理论主张,使她在 20 世纪文学批评
史上拥有了一席地位;后者探讨了历代妇女在文化、经济、政治、教育等领域中所
受的歧视,使她成为女权主义的先驱性人物。

　　弗吉尼亚·伍尔夫原名弗吉尼亚·斯蒂芬,出身于书香门第,父亲莱斯利·
斯蒂芬是著名学者和传记作家,曾主编《国家名人传记大词典》和《康希尔》杂志,
常常在家中招待文艺界名流,像亨利·詹姆斯、托马斯·哈代、乔治·梅瑞狄斯
等作家都是家里的常客。弗吉尼亚自幼喜欢倾听大人们的谈话,耳濡目染,这使
她接受了广泛的文化熏陶。9 岁时,曾和兄弟姐妹们创办家庭刊物《海德公园门
新闻周刊》,维持 4 年之久,弗吉尼亚写了很多有趣的稿件。但即使是这样的家
庭,也依然依照着中产阶级传统习俗,女孩子不能像男孩子那样上正规学校,只
能在家里接受教育。弗吉尼亚所接受的教育大概来自三个渠道:请家庭教师教
她读希腊文,在父亲的指导下读书,而最主要的还是自学。她聪颖过人,对文学
艺术有着天生的敏感和悟性,在父亲的藏书室里如饥似渴地阅读各种书籍,沉浸

其中,古希腊悲剧、莎士比亚戏剧、历史、小说、诗歌、哲学等各种古典名著都是她涉猎的对象,她还自学了拉丁语和音乐。

1904年父亲去世,全家迁往布卢姆斯伯里地区居住。哥哥索比正在剑桥大学上学,每星期四傍晚,便和一些志同道合的同学、朋友相聚家中,海阔天空地谈论着文艺、政治、学术等他们感兴趣的各种问题,弗吉尼亚是积极的参与者。这些人大都才华卓著,见解不凡,后来成为英国文化界的名流,其中有小说家福斯特、艺术批评家兼画家弗莱伊、美学家克莱夫·贝尔、经济学家凯恩斯、政论家伦纳德·伍尔夫等,习惯被称作"布卢姆斯伯里团体"(Bloomsbury Group)。剑桥大学的哲学教授爱·摩尔、数学家罗素也和他们常有来往,而且,摩尔在其《伦理学原理》中所强调的"人类交往的快乐和美的事物所带来的愉悦"这种注重主观感受的思想,对这批年轻人也有很大影响。后来,索比在一次远途旅行中感染伤寒病逝,弗吉尼亚在悲伤中继续兄长的事业,主持星期四的家庭沙龙,成为这个小集团的中心人物。在这期间,她已开始为《泰晤士报文学副刊》撰写书评,几乎一生未中断。1912年,她和伦纳德结为伉俪,俩人情投意合,在弗吉尼亚的写作中,伦纳德始终是第一个读者和评论家。1917年,夫妻俩为了推动现代文学的创新和发展,自己购置印刷机,创办霍加思出版社,并亲自排字、印刷、装帧等。当时很多有名的作家都在他们这里出过书,如艾略特、福斯特、曼斯菲尔德等。霍加思出版社还出版过弗吉尼亚所喜欢的俄国作家陀思妥耶夫斯基、高尔基等人的书籍。同时,弗吉尼亚在1927年以后所写的全部作品也都在这里出版。这个小出版社一方面将许多有价值的文学作品介绍给了英国公众,另一方面也给弗吉尼亚的创作提供了条件。

20世纪20年代前后,英国文艺界就现实主义传统写作等问题有过激烈的争论,弗吉尼亚·伍尔夫是其中的重要论战者。她写出《小说的艺术》《狭窄的艺术之桥》《论现代小说》等著名文章,批评"爱德华三巨头"的传统写实手法,称他们是"物质主义者",只知道描摹外在事物和表象,丢失了人物的灵魂和真正的生命。她认为,时代已经发生了变化,现代生活纷繁多变,人们对生活的感受也发生了很大变化,如果一味沿用19世纪维多利亚时代的现实主义创作技巧,"正如一片玫瑰花瓣不足以包裹粗糙巨大的岩石",因此,应该将小说从传统模式中解放出来,将审美视角转向人的内在生命。她接受了弗莱伊关于艺术是想象生活的表现的观点,赞扬劳伦斯和乔伊斯深掘人物内在精神世界的作品,认为只有这样的创作才可能表现现代人复杂多变的、多层次的意识活动。在这些文章中,有一段话是人们经常要提到的,充分表达了弗吉尼亚对生活和人生的认识:

　　　　把一个普普通通的人物在普普通通的一天中的内心活动考察一下吧。心灵接纳了成千上万个印象——琐屑的、奇异的、倏忽即逝的或者用锋利的钢刀深深地铭刻在心头的印象。它们来自四面八方,就像不计其数的原子在不停地簇射;当这些原子坠落下来,构成了星期一或星期二的生活,其侧重点就与以往有所不同,重要的瞬间不在此而在于彼。[①]

正是持这样的观点,使她的意识流小说的探索独具一格,取得巨大成绩。而且,弗吉尼亚·伍尔夫在小说形式的探索上并不限于意识流,她还提出一种综合艺术形式,认为未来小说应该通过"非个人化"的手段,走诗化和戏剧化的路子。所谓"非个人化",她和艾略特的观点不大一样,艾略特主要是指在诗歌中用"拼贴法"[②]进入人类文化传统,诗人的感情隐匿在动态流转的传统意象表达之中;弗吉尼亚则一方面指作家的不介入态度,让读者直接面对书中人物的意识活动,另一方面指作家的目光并不放在某个人物悲欢离合的具体表现上,不是去着力塑造人物,而是关注人类的整体命运,让其在诗意和象征中得到显示。她的观点在后来的诗小说《海浪》中得以实践。这种形式上的不断创新意识是 20 世纪前半期现代主义文艺思潮的一个特点,弗吉尼亚是其中的佼佼者。

在小说写作和探索间隙,弗吉尼亚·伍尔夫还写下一些著名的具有女权思想的文章,如《一间自己的房间》等。她自己虽然在家学中受益匪浅,但作为女性不能和男性一样上学受教育的习俗,给她留下不平之气,促使她思考很多有关妇女的问题,呼吁妇女要争取自己的权利、地位,改善一切从属于男性的历史状况。这使她在 20 世纪轰轰烈烈的女权运动中占有一席之地。

弗吉尼亚·伍尔夫天性敏感,常年遭受精神衰弱的困扰。母亲早逝曾给她重大打击,使她第一次出现精神病症。家中兄弟姐妹的复杂状况(同父异母、同母异父)也给她留下过伤害身心的经历,父亲的去世导致她第二次精神失常,然后出现持续性头痛。而对写作的极度看重也使她身心疲累,每当一部作品完成,她就会很紧张,担心失败和别人不好的评价,第一部小说写完后她在极度不安中就曾服下大量安眠药。这种善感的精神特点也造就了其小说在感受世界方面"原子般簇射"的瞬间密度。伦纳德·伍尔夫对妻子总是悉心照顾,认为这种不稳定的情绪状况和天才有关。第二次世界大战爆发后,德军对伦敦的轰炸使她感到绝望,住宅被炸毁,弗吉尼亚脆弱的神经系统不堪重负,自己预感即将精神崩溃,而且觉得这一次一旦病发将不会再康复,便给丈夫留下一封短信,于 1941年 3 月在离家不远的地方投水自尽。这一年,与她同一年出生的乔伊斯也离开

---

① 伍尔夫:《论小说与小说家》,瞿世镜译,上海译文出版社,2000 年,第 7—8 页。

② 艾略特的"拼贴法",即把不同时代、不同民族的典故、传说、文学材料等按照一定意图"拼贴"在一起,在总体上显示其丰富的内涵以及各种象征意义。其著名的《荒原》就是用这种手法写成的。

人世。英国现代小说史上同时失去两位大作家。

弗吉尼亚·伍尔夫一生的主要成就是小说。第一部长篇《远航》(*The Voyage Out*,1915)和第二部长篇《夜与日》(*Night and Day*,1919),基本上属于现实主义传统写法,有清晰的故事线索和精心刻画的人物形象,和维多利亚时代的传统相连接。但在其处女作中,已经显示出她注重精神心理的审美特点,小说讲一个单纯的英国姑娘在乘船远航中不断成熟的经历,作品中的远航既是一个实际事件,同时也是主人公从天真到成熟的心理历程,隐含了某种人生的象征意味。弗吉尼亚真正有意识的小说实验始于短篇,她很赞赏俄国作家契诃夫不重情节的艺术特点。她曾经为丈夫与人合译的契诃夫作品写过书评,因此在短篇创作上对契诃夫有所借鉴。《墙上的斑点》(*Mark on the Wall*,1917)是她的第一篇意识流小说,整个小说没有情节和细节,叙述者坐在椅子上,望着墙上的一个斑点猜测,随着思绪像脱缰的野马不断流动,一些生活印象、历史画面、前任房客的趣味、现代战争、莎士比亚、人类对自己思想和生命的难以把握等,没有规则地发散出来,到最后发现那个斑点不过是一只蜗牛。斑点成为人物意识流动的媒介,由此自由展现了小说人物的文化情趣、价值观念、人生感慨等。类似的短篇还有《邱园记事》《弦乐四重奏》《那件新衣》等,大都是以某个物件为触媒,引发无穷的联想和幻想。但很明显,这些意识的流动还是单一的,和传统小说中的心理描写相似,贯串着某种理性思考的成分,说明作家的探索刚刚开始。

20 世纪 20 年代伊始,弗吉尼亚阅读了普鲁斯特的《追忆似水年华》,并参与翻译出版陀思妥耶夫斯基的作品,她十分欣赏这些作家,认为他们真正写出了人的灵魂,值得自己学习。在与传统现实主义作家的论战期间,她完成了《雅各之室》(*Jacob's Room*,1922),应该说这是她比较成熟的意识流长篇。这部小说据说是为了纪念其兄长索比而写,主人公雅各即以索比为原型。雅各死于战争,并没有在小说中正面出现,所有关于雅各的生活事件、音容笑貌都是以回忆的断片来展现的。这些断片像一组组特写镜头,朦胧、似真似幻,在亲人、朋友、情人的精神世界中出现:有正在上大学的雅各,和同学在宿舍里高谈阔论,到海滨旅游,在一些场合朗读诗歌,和异性交往,听歌剧;有童年的雅各,和兄弟姐妹在秋天的海滩上玩耍等。在这些断片中,偶尔夹杂有雅各对人、对生活的简单评判,以及模糊的人生认识。还有远方正在发生的战争、伦敦的战争气氛。正是在各种情境中,雅各曾经生活着,然后死了,雅各的房间只是一个道具,母亲和朋友在房间内,哀伤无言地面对着雅各的遗物,小说结束。

在为《雅各之室》考虑好一种大概形式后,弗吉尼亚曾在日记中写道:"……没有框架,几乎看不到一块砖头;一切都朦胧莫辨,但是心灵、激情、幽默,所有这一切都光亮耀眼,犹如雾霭中的篝火。"①应该说,小说实现了作家原初的设想,主人公雅各,还有所有和他有关的人物,都在那些切割出来的镜头中发出自己的亮光,没有来龙去脉,但各人的心灵和精神在零散的对话、思绪、动作中得到某种展示。应该指出的是,弗吉尼亚在她所有的小说中都有对人生难以把握的某种慨叹,《雅各之室》也如此。一方面表现在对雅各的认识上,在那些与雅各有所交往的人们的意识里,雅各只有瞬间的真实,而瞬间与瞬间之间却存在着可能会互相抵消的因素;另一方面是对命运不能把握的暗示,雅各在各种场景中活动着,自在地做各种事情,谈情说爱,突然间战争插了进来,一个年轻的生命没有了,只剩下寂寞的房间,散发着空荡的气息。小说的断片结构方式和这种对人生的认识相融合。小说发表后,获得布卢姆斯伯里圈子里的朋友一片喝彩声,如弗莱伊、贝尔等,他们认为这部小说是对传统写作的突破,取得了成功;而传统一派的作家如贝内特等则撰文批评之,认为小说没有人物形象留下来,也没有连贯的故事情节,这样的作品令人困惑。为了回答批评,弗吉尼亚写了《贝内特先生和布朗夫人》一文,先在美国发表,很快在英国的杂志转载,在文坛上引起一系列的争论。这是弗吉尼亚·伍尔夫在英国小说史上投下的一块大石子,为她今后在这条道路上继续探索奠定了基础。

在意识流创作上登峰造极的作品是《达罗卫夫人》(*Mrs. Dalloway*,1925)和《到灯塔去》(*To the Lighthouse*,1927),这两部作品是弗吉尼亚的代表作。

在写《达罗卫夫人》的时候,作家的个人风格已趋成熟。小说写了国会议员理查·达罗卫的妻子克拉丽莎·达罗卫生活中的 12 个小时,从早上 9 点到次日凌晨,主要展示了三个人的意识活动:达罗卫夫人、彼得、塞普蒂默斯。小说一开始,克拉丽莎到街上花店买花,为晚上在家中举办的盛大宴会做准备。6 月的清晨,迎面而来的清新空气使她一下子回到故乡布尔顿的户外,她曾在那里度过最美好的时光。在她的意识流动中,出现了她的两个好友,一个是恋人彼得,清高、有才气,喜欢瓦各纳的音乐、蒲伯的诗以及永恒的人性,但常常与她吵架,还挖苦她的理想是"嫁一位首相,站在楼梯口迎接贵宾";一个是女友萨利,一个自在不羁的浪漫女孩,她的行为方式和各种见解使克拉丽莎大开眼界,还准备一起去改造那可恶的世界。克拉丽莎最终选择嫁给了理性、严肃的达罗卫,是因为自己需要安全和稳定。她现在过着贵妇人的生活,宴会、应酬、佳衣美食、华贵住宅,在某种程度上她也满足于这样的生活方式;但在心里,总有一种向往自由的冲动。这份冲动和她对两个少年朋友的回忆掺杂在一起,像一首自由之歌,在 6 月的早晨婉转鸣唱,回荡在她的生命中,引起许多的惆怅与感动。正是这种丰富的内心

---

① 弗吉尼亚·伍尔夫:《一位作家的日记》(1920 年 6 月 26 日),第 23 页,转引自瞿世镜:《意识流小说家伍尔夫》,上海文艺出版社,1989 年,第 98 页。

世界,使她热爱"生活、伦敦、六月的这个瞬间",使她在平凡的日常生活中,感受到生命的诗意和光彩。回到家里,恰遇彼得来访,这位清高的才子当年一气之下去了印度,一事无成,感情、家庭、事业一团糟。在彼得的意识活动中,读者知道他依然爱着克拉丽莎,并且一直很浪漫,他在街上漫步,"孑然一身,生气勃勃而又默默无闻",尾随一个陌生女孩,幻想一种光明和美好,品尝做海盗的感觉,回忆初恋结束时泪流满面的痛苦。两人在达罗卫家的客厅见面,彼得答应参加晚上的宴会。

与此同时,是塞普蒂默斯独立的意识河流。他是一个从战场上回来的老兵,由于在战争中受了刺激,精神错乱,幻觉与现实相混淆。一会儿觉得自己是降临人间重建社会秩序的上帝,一会儿认为自己犯了人性罪,因为他曾经目睹好友牺牲而无动于衷,于是感到自己被人性追赶着逃跑,一会儿又听到小鸟在树上用希腊文唱歌(这是弗吉尼亚精神错乱时的幻觉)。这个人物的出场安排很巧妙,在大街上,达罗卫夫人突然听到一声爆响,是某个汽车轮胎爆裂了,而这个声音惊吓了神志恍惚的塞普蒂默斯,于是出现了他的意识活动。战前他喜欢莎士比亚,参战的动机很单纯,到法国作战是为了保卫莎士比亚的故乡。如今战争结束,他和年轻的妻子却陷在恐惧中不知所措,他不能理解所发生的一切,承载不动现实降临在头上的重负,最后跳楼自杀。这个消息传到达罗卫家宴上,使克拉丽莎一下子坠入死的体验和无尽的虚无深处。她避开客人,在自己的休息室里浮想联翩,感觉那个年轻生命在一团漆黑中的窒息,由此想到自己的生命正在无聊的闲谈中磨损、湮没。她想,"死亡乃是挑战。死亡企图传递信息……人是孤独的。死神倒能拥抱人",因为是死保持了生命的中心。她活着,在宴会上周旋,有什么意义?这些意识流动形成了克拉丽莎的生命内涵与张力,深化了她的日常单调生活,同时使她与其他人的生活和生命在深处相连接。

人们经常提到弗吉尼亚·伍尔夫的小说不大关心现实社会,如福斯特就说,"改造世界,这是她所不愿考虑的",但这部小说还是体现了作家对社会政治的关怀。塞普蒂默斯的出现应该说明显表达了一种社会批判精神,他在人们歌舞升平、试图忘掉战争阴影的时刻突然闯入,而且是以死的方式闯入,本身就是对历史政治、对现有秩序的一种控诉;而达罗卫夫人为此陷入死亡的思考,与她对布尔顿乡村的向往一起,则将人性、生命的价值思考引向深入,显露出适应生存者对个性、自我、诗意的牺牲,这种代价使她痛苦。这是达罗卫夫人真正的生命,是她温和、克制的生活态度中所蕴含的独立、自由与尊严的精神所在。从结构上看,由于克拉丽莎的意识是主体,所以小说忠实地以她开头,以她结束,伦敦街头大本钟的鸣响提供了一种物理时间,以取得一种支撑,使纷乱的思绪与现实世界产生连接,并在人物意识的过渡中实现微妙的转换。12 个小时,所有人的意识在主观时间里发散,又在客观时间中联系在一起,组成一个立体网状结构,表现了复杂而深刻的人生。而在内心独白、叙述角度等运用上作家也表现出娴熟的技巧,使种种瞬间感受在纷繁迭出中既自然流畅而又不显杂乱。

《到灯塔去》是伍尔夫夫人意识流小说中完美的作品,它构思精巧,结构严谨,语言优美抒情,灯塔作为一种爱与和谐的象征贯串始终,辐射着诸多人物的意识流动、心理思绪以及行为选择。

小说分三部分,第一部分"窗",篇幅占全书的一半,写9月的一个黄昏,在拉姆齐先生的海滨别墅,拉姆齐夫妇和8个子女以及几位宾客的日常生活。拉姆齐夫人坐在窗口,一边编织一边与小儿子詹姆斯说话;窗外,拉姆齐先生在与塔斯莱散步,莉丽在草地上作画;远处,是大海和海岛上的灯塔。在这个平凡的日子里,没有发生什么不寻常的事情,只是家庭本来决定明天到灯塔去,这也是小詹姆斯的渴望,但似乎天气不大好,父亲断言去不了,母亲却安慰儿子说天气不会有问题等。最后是晚宴,在宾主的谈笑中结束。而这只是枝干或者说表象,内里深潜着弗吉尼亚说过的那种"来自四面八方,就像不计其数的原子在不停地簇射"的"琐屑的、奇异的、倏忽即逝的或者用锋利的钢刀深深地铭刻在心头的印象",它们在人物的心理时间和空间中拉得很长很阔,密集生长在每个情景、场景之中:如拉姆齐先生对事业的思考,自己的雄心与不满,内心的脆弱与对夫人的精神依赖;夫人对丈夫、儿子、家庭的种种感受,幸福与缺陷,对宾客的善意和过去友谊场景的闪回,最主要的,是对自己生命深处的探视、体悟,并自然地将某种意义感悟与远方的灯塔之光相融合;莉丽仰望窗口的母子图,周围的花草,在画布上思考自己的人生以及爱的含义;等等。作家采用了内心独白的手法,使每个自我得到深度表达,并不断变换视角,又使人们的意识流动交叉渗透。

第二部分"岁月流逝",时间跨越10年,但篇幅很短,朦胧恍惚中,爆发了第一次世界大战,拉姆齐夫人逝世,女儿普鲁难产而死,儿子安德鲁在战争中牺牲,别墅破败荒芜,到处是灰尘。有意思的是,作家将历史与事件放在括号中一笔带过,突出的是天地变化、四季更换、生死更迭,以及由此带来的具象景观和充满哲理的抒情感怀。

第三部分"灯塔",两条线索先是交叉后分开平行进展着:莉丽在对拉姆齐夫人的回忆中,眺望着大海中那场"到灯塔去"的航程,不断思考人生、自我、意义等,在内心独白中获得新的感悟,终于完成了在第一部分中就已经开始的绘画;拉姆齐先生与最小的一对儿女为了纪念夫人而到灯塔去,在航程中父与子产生不协调,后又彼此谅解,最后终于到达灯塔。

这部作品有着很浓厚的象征意味。"到灯塔去"应该说存在于小说中每个人的希望中,它既是一个事实,包含着大家的各种愿望,如詹姆斯的好奇心、拉姆齐夫人的博爱(给灯塔守护人送日常用品)、拉姆齐先生对夫人的怀念等;也隐匿着一种爱与和谐的理想,它放射出来的光芒激起了拉姆齐夫人的生命激荡,寄托了夫人对生命意义的思考，显示了她在众人中的核心位置以及某种爱的力量。拉姆齐夫人一般被看作夏娃、圣母或女神的化身，她一方面对人付出最大的爱意，另一方面对人生又有深刻的洞察，"争吵、分歧、意见不合、各种偏见交织在人生的每一丝纤维之中"，因此她总是尽力补救，在纷乱中营造和谐的秩序。莉丽在艺术天地中的追求，也包含着对夫人的深刻体味，如那幅温馨的窗口母子图、海边夫人写信的情景，由此联想到人类心灵中蕴藏的伟大力量、日常生活中的奇迹和光辉，这正是她所追求的艺术永恒，"在一片混乱之中，存在着一定的形态；这永恒的岁月流逝，被铸成了固定的东西"。因此，灯塔具有意义价值的内涵。同时，这种表达又发生在人的意识深处，每个人都必须独自穿越短暂的生命、无情的岁月，在生死艰辛中面对存在的终极性，面对生命意义这个大命题。拉姆齐先生、拉姆齐夫人、詹姆斯、莉丽，他们都在自己的意识流动中和这个大命题相遇，并在心理世界艰难沉浮。这一方面是意识流小说的特点，另一方面也是弗吉尼亚对人生世界的体认，应该说，她找到了与自己思想、价值观念相一致的表达方式。而最后莉丽完成绘画，拉姆齐一家到达灯塔，则是弗吉尼亚·伍尔夫在一个混乱的世界，对爱、对和谐、对统一和秩序的那种内在渴望的完成，也是她对生命意义不断思考之后在语言世界给出的一种形式。

在完成 3 部意识流小说之后，弗吉尼亚觉得需要休息一下，于是写了轻松有趣的幻想传奇《奥兰多》(1928)，这是她调整自己的方式；后来在写完《海浪》后，又写了《狒拉西》，作为一种游戏之作，从作品中我们可以看出这位女作家的情趣。

之后她继续探索，《海浪》(*The Waves*, 1931)是其小说实验的新里程碑，奇特而艰辛，属于抽象的诗化小说。小说通篇由 6 个人物的独白组成，分成 9 个场景，涵盖了 6 个人物从童年到老年的生命与精神历程。每个场景由一段抒情引子作为开头，主要描写大海的浪涛和一座花园的变化，是全书的结构框架，犹如交响乐一般展开了生命历程中总的主题模式，许多交叉重叠的意象，暗示着生与死的循环以及心灵的细微变幻。作品从大自然到人类、从瞬间到永恒、从个人到人与人之间、从混乱到和谐、从时间到空间等，诉说着心智对宇宙人生意义的追寻，如法国评论家杜南所说，《海浪》的成功之处，"就在于想把对世界的体验和盘托出"[①]。弗吉尼亚写这部小说之前，也曾在日记中说过："我有了一种想法：现在我要做的，是使每一个原子都得到饱和……全力以赴去表现那个瞬间，不论它包含什么内容。可以说那个瞬间是思想、感觉和大海的呼声的组合。"[②]世所公

---

① 瞿世镜编选：《伍尔夫研究》，上海文艺出版社，1988 年，第 262 页。
② 弗吉尼亚·伍尔夫：《伍尔夫日记选》，戴红珍、宋炳辉译，天津百花文艺出版社，1997 年，第 165 页。

认,弗吉尼亚是一个充满诗性的作家,喜欢在一片诗意时空中探求人生的奥秘,那么,《海浪》则在这一方面得到充分的表现,整个小说充溢诗的意蕴和节奏,是20世纪西方现代主义小说中的一颗稀世明珠。

《岁月》(Years,1937)是一部倾向现实主义写法的长篇小说,但也蕴含象征,在西方比较畅销,但艺术评价不太高。最后出版的《幕间》(Between the Arts,1941)标志着新的突破,是小说、诗、戏剧艺术的综合化运用。小说内包含了一出历史剧,从英国的诞生,经过伊丽莎白时代、维多利亚时代,到最后"现代,我们自己",从历史维度获得一种宏观的视野,约占全书的七分之一,形成一个象征世界;剧的幕间出现的主要人物是奥立弗家族的一些成员和几个邻居,这些人物代表人类这个多元化整体中的某个方面或某种元素,他们谈话、活动、想象,形成人生现实世界。戏剧在奥立弗家族的别墅平台上演出,剧中的象征世界和幕间的日常生活世界互相交织,戏剧与人生融为一体,爱恨悲欢,创造毁灭,生命不断绵延。《幕间》是弗吉尼亚创作生涯的一个终点,如人们所评论,是"一位天才女性眼中所见的人类世界的象征形态"。

一般来说,20世纪的诗人作家对"人"本身有着本质的失望,经过文艺复兴以来几百年的发展,"人"获得了巨大的解放并不断创造着新的"世界",但随着20世纪许多灾难的出现(比如世界大战),"人"自身的局限使得这个被海德格尔称作"技术主义的行星时代"蒙上了悲观色彩。在这种背景下,许多作家都在用自己的方式寻找新的出路,如劳伦斯对两性之间关系的和谐梦想、诗人艾略特对宗教的祈望等。弗吉尼亚·伍尔夫也深感需要一种终极信念来支撑生命的崩垮,她将希望依然放在了"人"自身,在"人"的精神深处挖掘着爱意、诗意、善意、情意、理解、同情心以及"人"对自身意义和整体存在的思考把握能力,在混沌中开辟出一片片发光的人性价值空间,以一个女性作家的绵密感受和对人类生存的温馨期冀,对人本身发出自救的诉求。从文化的角度看,弗吉尼亚·伍尔夫吸纳了古希腊的和谐观念和基督教中的博爱精神,将它们糅合到19世纪的人道主义信念中,然后在20世纪的悲观精神基础上取得了自己价值观的一致性。

弗吉尼亚·伍尔夫的价值指向,表现在她的作品中,可以总结为"灯塔意象"。这个意象由三个方面组成。

第一,是对宇宙人生的冥思,表现在小说中人物的意识流之中。如《幕间》中,每当一幕结束,那个女导演就要倚靠在一棵树上默默念叨"死亡、死亡"和想象剧作演出失败等,似乎是对飞逝的、在空旷中漫流的时间将无情淹没人间历史感到恐惧,而她对类似"失败"的敏感,突出了一种人类的悲剧意识。主人公伊萨和丈夫不和,常常陷入思飘万里的状态。人生在她眼里是迷茫的,她总在期望什么,但总也没有什么,有的只是互相的搏争、欺骗以及时间和生命的流逝。因此她经常在心里默默自语:为什么要互相判断呢?我们互相了解吗?那种我们都盼望的东西不是在这儿,也不是在现在,那它在什么地方?"这片云,这个硬壳,这种尘埃——她等待着一个韵律",她想,在什么地方,总会有太阳普照吧,没有怀疑,一切将是清澈。这是她在孤独中对人世间的不幸和是否存在着幸的思考,也是在某种有限的点上对无限的探索。类似这样的冥思,在弗吉尼亚·伍尔夫的小说中比比皆是,如《达罗卫夫人》中同名女主人公和退伍兵塞普蒂默斯的沉思,再如《到灯塔去》中拉姆齐夫人和莉丽的沉思,她们都在自己的意识河流中和现实世界进行着某种碰撞,不断寻找着意义人生的价值点。这也正是作家自己的状况,她在 1926 年的日记中记录了某天凌晨的情景:她觉得面前出现一大片滔天巨浪,汹涌着,冲刷着,似乎要淹没她,然后看见一片鱼鳍在其中掠向远方。1929 年 1 月 4 日的日记中,写到自己弄不清"生活到底是实在的,还是变动不居的",想到在困扰中短暂的一生,"我会像浪尖上的一朵云一样消失",这就是生命的真相;然而,"我们人类不知怎的竟生生不息,将香火保存至今,但那香火又是什么东西呢?"[①]这个东西显然就是那片掠向远方的鱼鳍,也就是她终生思考的意义人生问题。在《海浪》中,作家托小说人物伯纳德的不断体味和思考,清理着小说中 6 个人物的不同人生经历,在他们的故事中穿越着,体验着,评说着。他们的生活就像一曲宏大的交响乐,"包括它里面的和声和不谐和音",最后,在伯纳德面对死亡的时刻,他终于领悟了人生的真谛:饱满的人生过程、超越世俗的爱与和谐的精神境界,这就是那种使人类生生不息延续至今的香火的意蕴。应该说,这也是作家的思考结果。

　　第二,是"生命之树上的蓓蕾"。"生命之树上的蓓蕾"出自《达罗卫夫人》,主人公克拉丽莎从街上买花回来,听到家里的种种声音,比如女仆裙子的窸窣,厨娘在厨房吹口哨,打字机的嗒嗒声,这些她生活中的内容,让她"感到获得了祝福,心灵也净化了。她拿起记录电话内容的小本子,喃喃自语:这样的时刻是生命之树上的蓓蕾",于是她觉得要善待仆人、丈夫、鸟儿和狗,"人必须偿还这些悄悄积贮的美好时刻"。伍尔夫反复提到生命的高峰点并不是出生、婚姻和死亡这些传统的标志物,而是被普通生活所掩盖着的那些心理上的事件。在她的作品中,正是这些事件在很多情况下承载了作家的价值观念,在一刹那闪闪发光,像花树上突然间冒出蓓蕾,滋润着那些不停地冥思意义的敏感生命,使他们在很多时候渡过心理难关,到达一个爱与和谐的境界。伍尔夫十分注重这些价值瞬间,在她的小说中,这些和谐的事件,有的发生在人与人的关系中,表现为爱、友谊、同情与关怀等人间普通情谊,有的在人物独自的领悟中发生,与生活事件没有太直接的联系,属于心智的突然升华和顿悟。《海浪》中,那 6 个朋友两次聚会时,作家并没有写朋友间互相倾诉,只是让每个人的心里如流水一样呈现往事,强调

---

　　①　瞿世镜编选:《伍尔夫研究》,上海文艺出版社,1988 年,第 121 页。

在友谊的照耀下许多事都变得情意绵绵,包括那些曾经不愉快的记忆。那个天性敏感的罗达,在一个人的时空中,经常会感到柔弱无告,对外在世界充满恐惧,而当与朋友们在一起时,面对着面,不用说什么,她就会感到"一种平静、超脱的心情笼罩着我们,我们享受着这种暂时的轻松感觉(毫无焦虑的心情是难得有的),同时我们的脑袋仿佛变得透明",她在一个四分五裂的世界中找到了可以安身的房屋。在《到灯塔去》中,在拉姆齐夫人的意识流动中,她在丈夫、朋友的中间会看到某些永恒的东西,它们具有前后一贯的连续性和稳定性,面对飞逝的光怪陆离的世界像红宝石一样闪闪发光,在这种时刻,夫人会在内心产生喜悦和安宁。有的时候,当她独自坐在窗前,眺望远方的灯塔,精神世界就会在无限的空间中飞扬,思考宇宙人生,体味自己身边的生活,捕捉诗歌中"波动的花瓣",她会感到自己的心灵正在被打扫、被净化,感到那种"美妙而明智、明晰而完整"的东西,"是生活中提炼出来的精髓"。她知道世界上没有持久不衰的幸福,而且到处是不幸和痛苦,但她认为人生应该不断地追求,做自己力所能及的有益的事,尽力去超越那些存在性的缺陷。所有这些小小的努力,在弗吉尼亚·伍尔夫的作品中,都是生命之树上的蓓蕾。

第三,是"灯塔意象"。在伍尔夫的小说世界,尽管充满了作家和她的人物的散乱感受、冥思,但或隐或显都会出现一个聚光点,这个聚光点就是她的价值指向。有时以某个人物为焦点,如《到灯塔去》中的拉姆齐夫人和《海浪》中的波西弗;有时是散落在整篇作品中的一种精神,如《达罗卫夫人》《幕间》《岁月》等。这些人物或精神在弗吉尼亚·伍尔夫的作品中,像高耸的灯塔,向四周发射着光芒,在某种程度上,形成了世界秩序的一个中心。《海浪》最为突出。这部奇特艰深的诗小说中,除了6个人的独白,还有一个沉默者波西弗。他是他们的同学,不断出现在大家的叙述中,但始终没有发出声音,而且很快死于印度,在人生场景中消失。因此,从表面上看,这是一个不在场的人物。但正是这样一个"不在"的人,成为众声喧哗的暗中趋向,成为6个人精神世界的灯塔。那么波西弗到底是怎样的人物呢?从散落在6个人的种种赞美中,我们可以看出,他似乎体格健壮,读过许多书,热爱生活,天生就是众人的领袖,"在他走过的草地上仿佛留下了一道闪光的脚印",他的出现总能给人带来希望、勇气、光明、爱等美好的东西。小说中的聚会集中体现了这一点,同时对波西弗完成了某种理想性的造型。

这次聚会是为了给到印度去的波西弗送行。6个人早已从学校毕业,分散在四面八方,但为了同一个目的,来到伦敦,在一家饭店等候,感到是自己的喜庆节日。在波西弗走进来的片刻,大家的心理流动表达了波西弗的重要意义:"我的树开花了。我的心情振作起来了。一切的烦闷都消失了。一切障碍都扫除了。笼罩着的纷乱气氛结束了。他恢复了正常秩序",大家"沉浸在忘我的境界"。在这里,波西弗实际上充当了一个救世主的角色,颠簸于尘世中的人们被捞到了方舟上,他们开始回忆过往的日子、大大小小的事件、曾经有过的瞬间感觉和幻想、拍天的海浪和阳光下的花园等。由于一种光芒的照射,回忆显得美好,一些不愉快也变得饶有情趣。桌子上一朵七瓣红色康乃馨发出光彩,成为他们友谊的象征,大家感到了自己的成熟和生命的意义。正是这种意义抵抗住了分别的阴影,在 6 个人的目光中,波西弗似乎上路了,到了印度,并表现了自己的英雄行为:一辆牛车陷进了车辙,当地的土著围着它只知道叽叽喳喳,却没有人动手去干,但波西弗上去了,"不到五分钟牛车就被扶了起来",解决了难题,他继续骑马上路,"人群紧围着他,把他看成是——他实际上也是——一位神"。波西弗的原型是弗吉尼亚·伍尔夫早亡于印度的哥哥索比,是索比把弗吉尼亚带进"布卢姆斯伯里团体",结识了众多文坛名流。在塑造波西弗时,作家自然倾注了自己的感情分量,借以表达自己的深情缅怀。而波西弗同时又是一个象征,他的默不作声本来就表达了一种理想在日常生活中的缺席,而最后的"死"则使人们的理想彻底变成了一种想望。但是,"不在"的东西并不意味着其价值的贬值,人们对波西弗的称赞更能说明对这种东西的需要和珍重。在波西弗出事后,作为作家代言人的伯纳德并不甘心,他说:"可是你总还存在于什么地方吧。你身上总还有什么东西留了下来吧。比如说裁判员身份。这就是说,假如我在我自己身上发现了一种新的气质,我会悄悄请你来评断。我会问,你的结论是什么?你仍将是仲裁人。"明确地将波西弗尊为准则。也正是在这个意义上,当多少年后,他们在没有了波西弗的背景下又一次聚会时,依然看到波西弗的神秘闪光,许多感慨和顿悟都体现了波西弗所代表的那种精神,可以说他们留住了波西弗的遗产。直到老年伯纳德面对死亡的时刻,他还想象自己"就像当年驰骋在印度的波西弗那样",英勇、潇洒、骄傲地视死如归,"我不曾失败,也永不屈服"!波西弗的生命由此获得了永恒。

正是这种类似灯塔的意象,在弗吉尼亚·伍尔夫的小说世界形成了一个聚光点,积聚了作家对世界的价值思考以及对生命意义的诉求。

弗吉尼亚·伍尔夫在 20 世纪现代主义文学史上成就卓著。作为意识流小说家,她以自己不断创新的创作实绩丰富了这个流派的技巧和手法,在有限的时间展示无限的空间,或在有限的空间无限地扩展心理时间,揭示了人的精神世界的微妙和博大。她和乔伊斯一起,用理论和实践告别了摹写客观的传统文学,将英国 20 世纪前半期的现代主义小说推向高峰。作为富有才华的女作家,弗吉尼亚·伍尔夫又有她独特的地方,一方面,她对世界的感受极为绵密细腻,喜欢用典雅的语言将许多瞬间开掘得五彩缤纷,使其小说富于诗意;另一方面,在对人生现实的悲观洞察中,她总在不断地思考生命的意义和存在的奥秘,常常在一个纷乱、不安的世界中,点亮某种意义、爱与和谐的灯塔意象。可以说,这是弗吉尼亚·伍尔夫的个人乌托邦,也是她留给 20 世纪文学世界的一缕暖意。

第九节　詹姆斯·乔伊斯

　　詹姆斯·乔伊斯(James Joyce,1882—1941)是英国现代主义小说发展的一座高峰,他的作品无论是在思想内容还是创作技巧方面,都给英国文学带来了一场革命,意识流小说在乔伊斯手里可以说达到了极致。1922年,他的意识流代表作《尤利西斯》(*Ulysses*)和艾略特的长诗《荒原》同时发表,表明了现代主义文学在英国的辉煌成果,也奠定了乔伊斯20世纪文学大师的地位。

　　乔伊斯出身于爱尔兰首都都柏林一个信天主教的家庭,当时爱尔兰还处于英国的殖民统治之下,帕内尔所领导的民族独立运动正在蓬勃兴起。父亲约翰·乔伊斯是个税务员,坚定地追随民族独立运动领袖帕内尔,母亲则是虔诚的天主教徒。乔伊斯6岁起就在耶稣会创办的学校读书,他勤奋刻苦,在古典文学和神学方面受到严格的训练,作文经常得奖。他受家庭影响,很小就对帕内尔充满崇敬之情,当帕内尔因为敌对势力的猖狂而倒台时,乔伊斯还写了一首小诗,谴责势利小人的背叛,当时他才9岁。乔伊斯的父亲十分得意,把小诗印给亲朋好友传阅。中学毕业后,他对宗教产生怀疑,进入都柏林大学攻读语言学,主修英语、法语、意大利语和拉丁语,他博览群书,并对文学产生了浓厚的兴趣。此时,以叶芝为代表的文化界人士掀起了"爱尔兰文艺复兴"运动,乔伊斯尽管对叶芝怀有敬意,也颇认同他的诗歌创作理论,但他认为这场文艺复兴运动不但有着脱离现实的倾向,而且反映了一种狭隘和自负的民族主义心理。乔伊斯对古老的爱尔兰文化毫无兴趣,同时对所谓的"新爱尔兰"运动也不以为然。他崇拜易卜生,并为读其作品而学丹麦语和挪威语,后来在英国文学杂志《半月评论》上发表他关于易卜生作品的评论《易卜生的新戏剧》。此文经友人介绍,获得年过七旬的易卜生的赞许,使乔伊斯深受鼓舞,坚定了文学创作的决心。

　　1902年夏,乔伊斯大学毕业,此刻的他对爱尔兰的政局极为不满,对天主教会已是深恶痛绝,决心离开爱尔兰。他先在伦敦逗留了几天,然后赴巴黎攻读医学课程,次年4月因母亲病危回到都柏林。1904年6月乔伊斯偶遇在芬恩饭店工作的诺拉·巴娜克尔,两人一见钟情,感觉找到知己,"没有谁能像你一样和我的灵魂靠得如此之近"。但因为他反对天主教的教堂结婚仪式,因此没有举行婚礼。乔伊斯认为,一个作家只有远离他生长的社会才能写出更好的作品,于是他和诺拉于1904年10月一起离开爱尔兰,开始了他终生的"自愿流亡"。他辗转法国、瑞士、意大利等地,一边以教英语艰难谋生,一边写作。他对自己的作品很严格,曾将写了1000多页的长篇《斯蒂芬英雄》投进火炉,因为觉得粗糙,幸亏妻子及时抢救才保存下来,成为研究《一个青年艺术家的画像》的有用资料。1907年,乔伊斯出版了他唯一的一本诗集《室内乐》(*Chamber Music*),其中收集诗歌

36 首。1918 年出版了他唯一的一个剧本《流亡》。他的写作生涯并不顺利,1904 年就写好的短篇集子《都柏林人》(Dubliners),先后被 20 多个出版社拒绝,直到 1914 年才得以出版;《一个青年艺术家的画像》是在美国诗人庞德的推荐下,先以连载的形式发表的;而《尤利西斯》因有淫秽之嫌,先在法国发行,后来才进入英语国家。1920 年起他定居巴黎。乔伊斯一生受眼疾折磨,晚年几乎失明,而女儿又精神失常,这是他极为忧心的事。1940 年巴黎沦陷,乔伊斯于是举家迁往苏黎世,1941 年 1 月 13 日因穿孔性胃溃疡病逝。

乔伊斯的履历极为简单,但在他的作品中他把这点履历开发利用到了淋漓尽致的地步。尽管乔伊斯侨居海外几近 40 年,但他时刻密切关注着爱尔兰的局势,对爱尔兰人民的痛苦极为担忧。民族独立运动的严重受挫、社会政治力量的四分五裂、宗教势力的恶性蔓延以及整个爱尔兰的道德瘫痪,在他的小说中都得到了充分展现。乔伊斯在都柏林生活了 20 年,对它有着深刻的认识和复杂的感受。在乔伊斯看来,都柏林不仅体现了欧洲大都市的许多特征,而且具有广泛的象征意义。所以他耗尽毕生精力来表现自己故乡的人生百态,其中的焦点在中产阶级身上。诗人艾略特曾发表过对乔伊斯的评论:"他后期的作品必须通过他早期的作品才能使人理解,而他的第一部作品必须通过他的最后一部作品才能使人理解;是整个创作经历而不是其中的某个阶段最终确立了他在伟大艺术家行列中的地位。"也就是说,要理解乔伊斯的作品,最好把它们看作一个整体,这种说法无疑是十分正确的。

虽然乔伊斯以现代主义大师的身份扬名后世,但他的创作一开始基本上以传统格调为主。早期作品《都柏林人》是他应朋友之邀,为《爱尔兰田园》(Irish Homestead)而写作的一系列短篇,后来汇成集子。写作之初乔伊斯的朋友曾特别对他说:"你只要写得流畅就行,不怕偶尔迎合一下一般人的理解和兴趣。"乔伊斯显然没有"迎合一般人的理解和兴趣",15 个短篇虽然按现实主义手法写成,但明显带上了乔伊斯自己的风格。他在写给出版商的信中,曾经解释过他的创作宗旨是要揭示都柏林市民的精神史,因此这些故事是一个整体,分 4 个阶段:童年的情绪和经历;少年时代的感触;成年生活的写照;社会生活的纪实。所有故事都以都柏林为背景,集市、街道、酒吧、小市民、市侩、神父、纨绔子弟,描绘出一幅灰色图画。

开头一篇《姐妹》(The Sister),描写一个小孩对一位神父去世的反应,人们都觉得神父死得奇怪,他在死前的一年里就行动怪异,故事通过小孩的意识,逐渐显示出神父本人对基督教信念的怀疑,他对自己的"圣职"感到不堪忍受,无力充当人与上帝之间的中介。接下来的两篇《路遇》和《阿拉比》,继续写一个孩子的种种意识活动,他厌倦沉闷的学校教育,到河边港口寻找异国水手,还想象星期六到集市上给自己喜欢的姑娘买礼物,等等。这是人生的开端。中间一篇《伊芙琳》,最直接地表现了都柏林人精神上的瘫痪状态。女主人公伊芙琳生活在一个沉闷、压抑的环境中:父亲十分凶悍,女管家也对她百般刁难。她偶然认识了一个外国水手,私下来往,产生爱情,便谋划逃走,她觉得自己必须逃跑,觉得水手就像她的救星,会给她带来全新的生活,而她是有权利去过新生活的。但在船只就要起航时,伊芙琳突然动摇了,发现自己根本没有勇气去寻找梦寐以求的自由,没有谁关着她,是她自己没有这样的行动能力。类似这样主题的还有《絮云》,也是写一个人在心里渴望过一种新的生活,但又只能庸碌无为,许多向往都付诸东流。《黏土》写一个孤苦的老妇人,名叫玛利亚,一生在洗衣房干活,没有爱情,没有欢乐,没有家庭,整日重复着同样的沙漠般的日子。以《常春藤日》(Ivy Day in Committee)为首的 3 篇,反映了都柏林社会的 3 个侧面,《常春藤日》反映政治生活,《一位母亲》(A Mother)讨论文化生活,《祈祷》(Grace)表现宗教生活。最后一篇《死者》脍炙人口,堪称世界短篇杰作。大学教师加布里埃尔和妻子参加一年一度的圣诞晚宴,一首民歌引起妻子对一位"死者"的怀念;那是早已死去的初恋情人经常唱给她的一首歌。加布里埃尔在嫉妒中面对漫天大雪,感悟着生与死、生命与爱,情调凄婉动人。

严格地说,《都柏林人》中的 15 篇小说当中几乎没有一个鲜明的人物形象,也没有一篇情节完整的故事。因为作者并不注重浪漫传奇,或者戏剧性的场面,只关注平凡人物的日常生活和人类行为的深层动机,力图用最经济的办法展示最丰富的内容。乔伊斯在小说里着意写的只是一种气氛、一种情绪、一种环境,而人物在其中则显得似有若无,影影绰绰。后来的评论家大多认同作者自己的解释,将 15 个短篇视为整体。爱尔兰文学批评家扎克·宝温曾就此做具体分析:一开始的 3 篇写人的早期生活,其后的 4 篇写人的青年时期,接下来的 7 篇写人在艺术、政治、宗教等公众生活中的百态,而最后一篇是总结式的,《死者》中的两位老姐妹,仿佛在人生路途上转了一个大圈,又回到了开首第一篇的那两个姐妹身上。

确实,乔伊斯详尽地描绘了都柏林的人与生活,人生的各个发展阶段,人与政治、宗教、权威的关系,生与死的关系,并试图探讨人生的意义。乔伊斯后来干脆把该书称为"顿悟篇"(Epiphanies),每一个短篇都是对某个生活片段的精神感悟。乔依斯曾说过,顿悟是精神上一种豁然的感悟,是"一事一物一种景象或一段难忘的思绪","在精神上的豁然显露",生活中常常有一些不为人们注意的小事给人带来顿悟,从而揭示了事物的本来面目。《都柏林人》的每一个短篇都是一个典型的都柏林人在混沌中追求和寻觅的故事,给我们展示了人物在试图改变现状的尝试中所经历的一个以"追求—失败—顿悟"为模式的、由无知到醒悟的渐进过程。每一篇故事结尾时的顿悟往往是一种逆转,这一转折给小说增加深刻的含意,而这种顿悟又起到了取代传统小说中的高潮的作用。顿悟是一种间接的、暗示性的自我呈现,因而显得客观、可信,起到了画龙点睛的作用。

在欧洲大陆流浪的乔伊斯深受弗洛伊德和荣格的现代心理学理论的影响,并开始对柏格森的直觉主义和心理时间说颇感兴趣。特别是弗洛伊德对心理过程"意识""潜意识"和"无意识"的划分,使得乔伊斯深受启发,看到了现代小说转入内省和探索自我、反映意识的可能性。不仅如此,乔伊斯还在弗洛伊德关于梦的解析中找到了表现人物种种隐秘而奇特的精神活动的理论依据。在这些现代理论的启示下,乔伊斯感受到了20世纪初社会和文化的巨大变革,清醒地意识到传统文学也必须经历一次重大的改造和革新,看到了未来文学作品的多元化倾向,也看到了探索前人尚未探索过的领域的可能性,因此他必须寻找一种新的艺术形式来表现自己面临的不可思议而难以名状的现实。

乔伊斯的自传性小说《一个青年艺术家的画像》(以下简称《画像》),是他的第一部长篇小说,也是他在现代主义文学实验之路上迈出的第一步,因此具有特殊的意义。全书20余万字,却没有一个完整的故事情节,书中的时间、地点和人物之间的关系,全都是通过作者对书中主人公的内心活动的描写而反映出来的。作者毫不否认这是一部自传性小说,书中多数情节都与作者的经历相吻合,许多细节也都有据可查,比如乔伊斯曾上过学的学校、学院和大学,书中一些人不仅是乔伊斯的熟人和朋友,连他们的真名实姓都被用在小说当中,甚至斯蒂芬·迪达勒斯这个名字也是乔伊斯早年曾经正式使用过的。乔伊斯从本人的生活经历与精神感受中积累了丰富的素材,成功地塑造了一个从童年到青年、从幼稚到相对成熟的艺术家的形象。从结构、风格和技巧上看,《画像》还不是一部意识流小说,但它在一定程度上采用了象征主义的手法、内心独白、自由联想等意识流的技巧。读者从中不难看到乔伊斯小说艺术新的发展方向。

乔伊斯在这部作品中有意把对外部世界和客观事物的描写降到次要的位置,以细腻生动的笔触描绘了主人公的心理发展过程。《画像》探索了主人公斯蒂芬艺术觉醒的5个阶段:对抗父母的权威—对抗肉欲征服力—对抗教会统治—对抗激情萌动的诱惑—自由追求艺术家的职业。小说共分5章,每一章都标志着主人公精神上成长的一个阶段。第一章记述斯蒂芬的幼年时代,首先是一个婴儿的感觉和语言,然后是在教会学校的经历,有一种孤独感贯串其中,接着描写斯蒂芬一家在餐桌上讨论爱尔兰政治和宗教情况等。第一章初步展示了家庭、学校、社会和国家这些基本题材,为斯蒂芬的成长提供了一个环境,而他初步尝到了自己与这个环境的不大融合。第二章记叙从童年到青少年的转变时期,随着朦胧的性意识的觉醒,他陷入感性和理性的剧烈斗争,因为欲望被压抑而郁郁寡欢,感到若有所失,最后坠入一个妓女的怀抱,由此引起了更大的心理冲突。第三章写斯蒂芬被自己的犯罪感所折磨,到牧师那里忏悔,得到宽恕,在宗教的怀抱里感到安慰。第四章篇幅很短,写斯蒂芬在忏悔之后,刻苦修炼,因而得到教会学校的赏识,要他接受圣职。这时他面临一个重大的人生关口:以后到底走什么样的道路? 天主教并不是斯蒂芬所心仪的生活方式,他更向往一种富于感情和创造的生活,他在海边徘徊着,经历着心灵上的顿悟时刻,最终决定听从内心的感召,在艺术创造中追求自己的理想。第五章写斯蒂芬在大学的经历,有对艺术和美学的长篇大论,其中贯串了乔伊斯自己的美学理念,有具体的写作过程,有的是日记片段,记述了年轻人的内心活动。小说结尾,斯蒂芬决定出走法国,去寻找自己的事业:

> ——听着,克兰利,他说道。你问我将来何去何从,让我来告诉你,我将作何打算。我决不会为我不再信仰的事业去效力,无论你把它称作我的家庭、我的祖国还是我的宗教。我将以某一种生活方式或艺术来尽情地、充分地抒发我的热情……我将去千百次地接触经验的现实,在我灵魂的熔炉中锻造出我的民族尚未创造出来的良知。

在形式上,《画像》不再是一个关于其主角如何成长的连贯完整的故事,《都柏林人》各篇故事大都还具有一条相对清晰的故事线索,而《画像》则是一种以"不连贯"(discontinuity)为特点的文本。这不仅表现在文本章节之间省去了过渡,缺乏关联,而且表现在"一个片段一种文体",或单调或深奥,用以表达人物那个特殊阶段的精神特点。这一点在后来的《尤利西斯》中也有体现。但是在这种不连贯文本的深层,却仍有一种主题上的统一,使《画像》实质上是一个"意合"(paratactic)文本,通过一系列主题意象在小说中的反复再现和发展变化来展开、连接和深化主题。有趣的是,一开始乔伊斯打算写一个短篇,他把《艺术家的画像》送交杂志社请求发表,却遭退稿,后来他改写成了《斯蒂芬英雄》,此后又经过两次修改,才变成我们今天所见到的《画像》。小说的创作过程也颇能说明具有这种文体特征的原因。曾有评论家说乔伊斯写《都柏林人》中的故事时用的是写"他人"(others)的文体,而《画像》(及其姐妹篇《尤利西斯》)则是写"自己"(self)的。

《画像》成功地向读者展现了一种新型的小说结构。乔伊斯巧妙地采用不同风格的语体来表现主人公不同时期的性格特征与心理变化。在作品的开头,作者采用符合儿童感觉方式和思维习惯的词汇和语法来表现童年的斯蒂芬。随着主人公的不断成熟以及冲突的不断加剧,作品的语体也发生了变化,句子逐渐变长,句法也日趋复杂。语体的变化使得小说在形式和内容上做到了有机统一,而现实主义、象征主义、印象主义等各种手法的轮番运用,生动地展现了主人公斯蒂芬的心理活动状态,增强了小说跌宕有致的节奏感。作者采用主观与客观相结合、现实主义与印象主义彼此交融的艺术手法来处理小说的素材,而在维持小说总体时间框架的同时,不断打破时间顺序,这就使得作品给读者一种既清晰又朦胧、虚实相生的感受。总而言之,《画像》是一部具有革新意识和实验精神的现代主义作品,也是乔伊斯创作生涯中的一个重要转折。

《尤利西斯》则是迄今为止世界文学中最有代表性的意识流小说,它的成功更多地在于作者展现心灵的独特方式,以及在文体方面的天才创造,进而由此带来了小说观念的转换与变革。哲学、心理学,尤其是精神分析学说的发展为他的"心理意识"小说提供了重要依据,而乔伊斯本人的价值观、道德观和哲学态度也对他的"形式革命"产生了巨大影响。与《尤利西斯》的叙事时空相适应的,是乔伊斯本人哲学观点的幻灭感,在乔伊斯眼中,社会形态本身的有序和严整只不过是一个假象,其实质是一幅乱七八糟的"图案"或一堆随意堆放在一起的积木,排列的顺序并没有多少合理性可言,传统的道德伦理构架在作家意识里早已崩塌。从另一个方面来说,乔伊斯认为人类挣扎、抗争、进步本身就是一个意义晦涩的梦魇,世界就是混乱的投影。借用乔伊斯的那句名言"流亡是我的美学",我们或许可以概括地说,《尤利西斯》写的就是灵魂的流亡(或漂泊)。《尤利西斯》的永恒魅力就在于它展示了灵魂漂泊的独特方式。

《尤利西斯》是对古希腊荷马史诗《奥德赛》的嘲讽性模拟,或者说是它的现代都市版本。《奥德赛》主要记述了特洛伊战争后希腊联军首领俄底修斯在归家途中漂流10年、历尽艰险的故事,以俄底修斯之子忒勒玛科斯寻找父亲开始,以俄底修斯与忠贞的妻子珀涅罗珀的团圆结束。《尤利西斯》先写青年艺术家斯蒂芬在母亲死后,渴望在精神上找到一位父亲。接着写广告推销商布卢姆奔波忙碌,11年前他失掉幼子,心灵创伤难以愈合。后来他俩在妓院相遇,终于找到了各自所需要的东西:一个找到了父亲,一个找到了儿子。最后,布卢姆带着斯蒂芬回家,同妻子莫莉相会。但是,《尤利西斯》显然不仅仅是在人物、情节和结构上和荷马史诗相对应,它还体现了乔伊斯的天才与独创精神,即使古代神话向现代平庸做了合乎自然的转换。在乔伊斯笔下,20年的冒险经历变成了一昼夜的漫游;广阔惊险的大自然背景换成了都柏林琐碎的社会生活;英雄悲壮的历史成为庸人猥琐的现实;助父除虐的勇士忒勒玛科斯变成了精神空虚的斯蒂芬;英雄俄底修斯变成了逆来顺受的广告商布卢姆;坚贞不渝的王后珀涅罗珀变成了荡妇莫莉⋯⋯世界就是这样走向了沉沦与堕落。现代生活里只有庸人没有英雄,现代社会里只有平庸生活没有英雄业绩,这便是古代英雄史诗向现代反讽的转换。

乔伊斯着意描绘的是都柏林的平凡人物和琐碎生活,展示他们丰富的内心世界,却常常被指责为具有"浓厚的自然主义色彩"。由此小说受到许多人的责骂,长期被一些国家列为禁书,并曾被法庭起诉,处以罚款。萧伯纳说:"《尤利西斯》记录了人类文明进程中一个令人憎恶的阶段,这记录令人作呕,但却是真实的。"小说的最后一章"珀涅罗珀"完全是对莫莉半睡半醒时的意识流描写。莱格对此半是揶揄半是赞叹:"恐怕只有魔鬼他奶奶才能对一个女人的真实心理状态了解得如此深入,我可不行。"这段文字曾被指责为最不堪入目的淫词秽语,同时也被人颂扬为意识流创作的典范。乔伊斯自己对这一章颇为得意,他说:

> "珀涅罗珀"是全书的重点。第一个句子有 2500 个词,全章共 8 句。开头第一个词和结尾最后一个词都是女性用词"真的"。它就像巨大的地球那样缓慢平稳地旋转,不停地旋转。它的 4 个基点是女人的乳房、屁股、子宫和阴部,分别由"因为""底部""女人""真的"4 个词语代表。虽然这一章也许比以前各章猥亵,但我觉得它完全是正常的非常道德的可受精的可靠的迷人的机敏的有限的谨慎的满不在乎的女性。

小说的三个主人公都是都柏林的普通人,故事以布卢姆一天 18 小时的漂泊为主线。布卢姆,这位现代的俄底修斯,几乎完全失去了古代的英雄色彩和勇敢气概:对于妻子对自己的不忠,他佯装不知;对于流氓无赖的武力袭击,他一味躲避;对于别人的奚落和辱骂,他忍气吞声。他还喜欢吃动物下水、偷窥女人内衣、大腿,等等,总之,他有那个时代的平常人所具有的缺点和劣习。但是,他又不满种族歧视和恃强凌弱,他曾对有意寻衅的市民反击道:"天主是犹太人,跟我一样。"他心中还充满了爱,为刚去世的友人狄格纳穆的遗属慷慨解囊,搀扶一个素不相识的盲青年过马路,午夜又救起酒醉后被殴打、跌倒街头的斯蒂芬,等等。斯蒂芬因为母亲病危从巴黎返回都柏林,后因父亲酗酒,从家里跑出来,在一所私立中学教历史。这天他上完课,领了薪水,在海滨溜达一阵后便去报馆推荐迪希校长的稿件。接着请编辑们去酒吧喝酒。下午去图书馆发表有关莎士比亚的议论。晚上同朋友林奇一起喝得酩酊大醉,醉后又去了妓院,在妓院击碎了吊灯,跑到街上被两个英国士兵打倒在地,随后跟随布卢姆回家。斯蒂芬当然有他可贵的一面:他有激情,有思想,敏锐而聪颖,他对莎士比亚以及哈姆雷特的议论新颖独特、尖锐深刻;他因不愿受人支使而遭到两个士兵的毒打。而第三个人物莫莉情欲旺盛,喜欢读有关性和暴力的小说,虽然对丈夫不忠,但她始终认为布卢姆是一位可接受的、可敬的丈夫,他们曾经有过美好幸福的恋爱生活;她对情夫博伊兰的粗暴俗气很不满意;她希望得到敏感的诗人斯蒂芬精神上的抚慰,但最使她感到幸福的,还是她回忆起她和布卢姆恋爱情形的时候;等等。因此,几个人物在自己的琐碎生活中体现着普通人的复杂性。

《尤利西斯》几乎穷尽了意识流的技巧,为意识流传统树立了"一座难以企及的独一无二的丰碑"。它的成功主要归功于它展现心灵的独特方式,譬如内心独白、内心分析等手法的广泛运用。其次,小说的成功还在于作者消除了生活与艺术的距离,将艺术还原于生活,或将生活不加润饰直接横移入文学(这一特征又颇接近现代主义)。乔伊斯在小说的象征暗示方面苦心孤诣,精心设计,这既让那些有意于探索小说奥秘的读者感到兴趣盎然,又使大多数读者觉得小说艰涩难懂,甚至被认为是故弄玄虚、神秘荒诞。乔伊斯试图通过各章的不同点,各自构成一个系统,再在全书中将这许多不同的系统组织起来,构成一个多层次的复杂整体。他说,这部小说既是犹太人和爱尔兰人的史诗,又是人体器官的图解;既是他本人的自传,又是永恒的男性和女性的象征;既是艺术和艺术家成长过程的描绘,又是上帝和耶稣关系的刻画;既是古希腊英雄俄底修斯的经历的现代版,又是传播圣经的福音书。总之,表面上写的是日常生活,背后却隐藏着象征意义。作者笔下一天无聊而混乱的生活,象征着人类发展的历史。小说开篇是晴空万里,这天是布卢姆的生日;后来阴云密布,象征人类的毁灭。布卢姆是资产阶级平庸没落的化身,斯蒂芬体现了知识分子的苦闷和绝望,莫莉象征了西方社会的道德崩溃和性泛滥,等等。

《尤利西斯》在文体安排上也非常奇特。小说共18章,每一章变换一种文体,以使每一种文体都与其内容融为一体,这样,心灵现象也就直接呈现在文体的纷繁变化之中。其中最有代表性的是第十四章,这一章写一群医科学生在霍利斯街妇产院讨论生育、绝育和节育问题。这一章运用了大量医学词汇,分为10个部分,代表胚胎发育的10个月。尤其奇特的是这一章各段按时间顺序模拟从十四五世纪到19世纪末的各阶段的英文文体,使用了古盖尔文、古拉丁文、古英语等多种语言,并模拟了班扬、笛福、斯泰恩、谢里丹、古本、德·昆西、狄更斯、卡莱尔等英国文学史上20余位散文大家的写作风格,以及20世纪的新闻体、传教士的说教体和科学论文体。越到后面,文体越通俗,最后一种文体还掺杂了不少方言、俚语,读者在这里仿佛读到了一部英语文体的发展史。

乔伊斯的最后一部作品是《芬尼根守灵夜》(*Finnegans Wake*,1939),这是一部至今还被认为是"天书"一般极其晦涩难懂的作品。这是一部梦幻小说,有两个意识流动层面:一是芬尼根的一场噩梦,包含了整个世界的历史,以及一切有形无形、存在或不存在的事物;二是酒店老板伊尔威克关于未来的具有宇宙规模的梦。书中两个梦,演绎了意大利哲学家维柯关于世界发展史是按神的时代、英雄时代、人的时代和混乱时代4个阶段不断重复的历史循环论。与此相适应,小说采用了循环式结构方式,表明整部作品也是一个循环体。书中共用了18种文字,包括希伯来、阿拉伯和中国文字,甚至亚美尼亚、阿尔巴尼亚等国的文字,其中大量使用双关语,将多种意义注入杜撰的词汇,充斥着神话、历史典故,使得小说含糊艰涩。小说花了整整17年的时间写成,作家把他运用意识流的技巧和操纵语言形式的实验做到了极致。

小说从一天傍晚开始,酒店老板的3个孩子正在和邻居家的女孩子玩耍,并且为了讨女孩子的欢心而争吵。其中,森是一个斯蒂芬式的人物,代表诗人;桑代表注重实际、谙熟世故的一类。晚饭后,3个孩子上楼做功课,兄弟俩不断争吵,楼下的父亲则一边讲故事一边伺候客人,最后酒店关门,老板上楼睡觉。于是模糊朦胧的梦魇开始了,这便是小说的主体。天亮后,这一家又开始新的一天。乔伊斯将这一家人的活动作为他心目中的人类历史活动的缩影来表现,是一种隐喻,他将特殊推向一般,他们的冲突代表了人类的争端,他们的欲望也是人类共有的欲望。

据乔伊斯自己声称,《尤利西斯》写的是白天的故事,而《芬尼根守灵夜》写的则是夜晚的故事。因此,在许多读者眼里,《尤利西斯》中的意识流尽管纷乱杂陈,读者却依然能够分辨出其变化的轨迹,而《芬尼根守灵夜》中梦呓般的描写则令大多数人望而却步。乔伊斯早年就说过:"我钦佩易卜生完全出于两个原因:他的道德感不仅在于公开表明自己的理想,而且还在于他为艺术的完美所做的艰苦斗争。"应该说,他在自己的最后一部小说上耗费了全部精力,也表明了他对"艺术的完美"所做的决绝努力。

乔伊斯一生作品并不算多,但他是位了不起的革新者和创造者,他被公认的成就自然是创造了一种崭新的小说形式和散文文体。他认为文学发展有3个阶段:一是"抒情"阶段,作者只表达自己一时体验的情感;二是"叙事阶段",作者既表现自己也描写别人;三是"戏剧"阶段,这是最高、最完美的阶段,作家不再暴露自己的性格,而是"像造物主一样,隐匿于他的创作之后和他的创作之外,无踪可寻,超然物外",即让作品中的人物在没有作者出现的场景中自由生活,直接展示自己的精神世界和潜意识,让读者直接进入人物的灵魂深处。应该说,第三种方式便是作家一生所追求的艺术目的,也是他在几部长篇小说中一直实践着的。

半个多世纪以来,乔伊斯的创作对世界文学产生了巨大的影响,他的意识流小说标志着英国文学史上的重大突破,他为拓宽文学的写作技巧做出了不可低估的贡献,同时也代表了实验小说的极限。

第十节　奥尔德斯·赫胥黎和社会讽刺小说

20世纪30年代,现代主义文学的高潮已经过去,19世纪末和20世纪初出生的一代作家,对乔伊斯等人自我化的、实验的写作方式并不满意,认为文学应当更加直接地表现充满危机的社会。当时,整个西方世界被经济萧条的气氛所笼罩,英国作为一个老牌资本主义国家也不能幸免,工人失业,社会动荡,道德价值领域一片混乱。在这种状况下,赫胥黎、伊夫林·沃等作家继承了英国现实主义文学传统中的讽刺手法,同时吸收现代主义的某些写作技巧,在小说中揭露现实社会中存在的虚伪、堕落现象,对未来表现出一种忧虑与悲观情绪。尽管他们不像乔伊斯等现代主义作家那样举足轻重,在世界范围内形成广泛影响,但在写作领域开拓了更为多样化的局面。

奥尔德斯·赫胥黎(Aldous Huxley,1894—1963)是位多才多艺、知识渊博的作家,他的著作有50多卷,包括小说、诗歌、戏剧、游记、传记、评论、散文等各种文学形式,另外还有音乐、美术、科学、哲学、宗教等领域的著述。广泛的著述是其名声远扬的重要原因,同时也与他显赫的门第有一定关系。他的祖父是著名的生物学家托马斯·赫胥黎,《天演论》的作者、达尔文学说的鼓吹者。父亲是编辑兼诗人,母亲是马修·阿诺德的侄女,兄弟是一位著名的生物学家。这样的家庭背景使他从小就与英国的知识界结缘,受到很好的学术、文学影响。他早年入伊顿公学学习,但因眼疾而辍学,后来进入牛津大学攻读文学专业,成绩优异。大学毕业后,在伊顿从事过一段时间的教学工作,随后转向文学创作,写了许多具有象征色彩的诗歌。使他在文坛上崭露头角的是他早期的社会讽刺小说,其以冷嘲热讽的态度表现上层中产阶级社会缺乏精神支柱的无聊生活。赫胥黎喜欢旅行,20世纪20年代遍游欧洲,在意大利居住10年,结识劳伦斯并成为莫逆之交,30年代去过中美洲,后来从欧洲移居到新墨西哥,1937年幽居于加利福尼亚乡间,直至去世,表达了一种回归自然的倾向。

赫胥黎的文学作品大体分为三类:社会讽刺小说、"反乌托邦"幻想小说和神秘主义小说。

社会讽刺小说

《克鲁姆庄园》(*Crome Yellow*,1921)是赫胥黎的第一部小说,标志着他早期社会讽刺小说创作的开端。本书以幽默的方式表现一种徒劳无益和备受挫折的感觉。小说主人公但尼斯是一位年轻诗人,对人生充满厌烦的情绪,他应邀参加在克鲁姆庄园举办的聚会。在这座古老的乡村宅邸里,但尼斯看到形形色色的宾客,他们矫情、做作,终日高谈阔论,在艺术、教育、农业、宗教、实用科学、性爱等诸多问题上都要发表看法,一个个唯我独尊。但尼斯对庄园主的侄女安怀有感情,但安对他一副不想理睬的样子,这让他自卑而羞怯。匆匆回到伦敦后,但尼斯才发现安其实对他也有情义,只是藏在心里而已。然而但尼斯缺乏行动的勇气,对自己也没有信心。最终是无所作为,空怀惆怅。小说开头的一段心理描写,已经奠定了作品的基调:

　　唉,这一段路程!从他的生活中白白丢失了两个小时。本来这两个小时可以做许多事情——写一首妙诗或读一本好书。而现在,他倚身坐在车上,靠垫发出的难闻气味几乎使他作呕。

他的经历让人们想起艾略特的《普鲁弗洛克的情歌》中那个既想去和女人幽会又不断地自惭形秽的中年男人,是一种缺乏生命力的表现,尚在青年阶段的但尼斯和他有些相仿,而且和自己鄙视的那些总在高谈阔论的人也相仿,身上集中了现代人在生活中无情无绪和总在抱怨(抱怨世界也抱怨自己)的特点。小说以对话为主,嘲讽上层社会,同时表达社会上潜伏着的不满和挫折情绪,包含了赫胥黎后来小说主题的胚胎。1925年发表的《那些不结果的叶子》(*Those Barren Leaves*),也是以聚会方式表现一群移居意大利的英国上等人的生活,他们自以为是,在失望和失意中恣意纵乐,逃避现实,到头来只有肢体的衰朽。在这部小说中,作家醉心于景物描写和冗长的对话,而且还在对话中插入人物对自己过往经历的回顾,使得作品结构松懈、散漫,人物也嫌苍白,这是他早期作品常有的毛病。

第二部小说《滑稽的环舞》(*Antic Hay*,1923)进一步发展了第一部小说的主题,而且明显地带有闹剧性。作家谈到小说主旨时说:"近几年的社会悲剧已经过去了这么远,留下的只是当作一场大规模的滑稽戏供人观赏。"[1]这是作家对战后历史的悲观看法,蕴含了很大程度的无奈。小说中出现一连串滑稽人物,主人公冈布里尔是一个小学校长,因上教堂总是坐硬板凳感到腰腿酸疼,便发明了一种带有气垫的裤子,于是放弃了学校的工作,去经营自己的专利裤子生意。他本来很羞涩、胆怯、不自信,为了做生意,特意将自己装饰了一番:戴上假发和假须,头顶海狸皮帽,身穿宽衣大袍,俨然一个得意扬扬的大商人。因为他知道,现代社会到处虚伪成风,在很多场合外表比实质更重要。而且,他还面对两个女人:一个是单纯的爱米丽,她继承了维多利亚时代妇女的道德情操,把和冈布里尔的关系神圣化、理想化了;一个是老于世故的维韦什夫人,她美貌惊人,嘲弄古典爱情,在她眼里,"时间将扼杀一切,它将扼杀欲望、扼杀悲哀,最终还要扼杀感觉时间的头脑,使人的躯体在生活着时就变得皱纹累累、虚弱不堪,使它像山楂子一样衰朽腐烂,最后死掉",因此,她全部的生活意义就是到处勾引男子寻欢作乐,借以消遣自己的无聊。两个女人代表了古典爱情观念和现代享乐观念的冲突。冈布里尔懂得这一点,他知道爱米丽是唯一能拯救自己灵魂的救星,但他还是投入维韦什夫人的怀抱,因为他们在精神上更加相通:

> "明天。"冈布里尔最后若有所思地说。
> "明天,"维韦什太太打断了他,"明天和今天一样可怕。"她叹着气说,像是从坟墓里传来的真理,又像是从棺材里传出的喘息。

---

[1]　侯维瑞:《现代英国小说史》,上海外语教育出版社,1985年,第322页。

冈布里尔无论在事业、观念还是在感情上，都屈从于自己的环境，抛弃了原本的理想。通过小说人物的对比、选择，赫胥黎剖析了现代社会那种赤裸裸的丑恶和腐败，表现了上层中产阶级社会及其知识分子的精神萎靡，表面的戏谑反衬出潜伏的悲观。

《旋律与对位》(*Point Counter Point*, 1928)是赫胥黎早期讽刺小说的高峰，也是他一生最成熟和重要的作品。小说采用了古典奏鸣曲的方式，展现基本主题和对立主题的多声部内容，借以展示生活的不同方面，而且还具有 20 世纪 60 年代"实验小说"中常见的方法，即小说之中包含小说的形式，这是对乔伊斯一代现代主义小说家在技巧层面的某种回应。小说的主题乐句是夸尔斯，他是一位小说家，像赫胥黎一样，正在写一部"理念小说"，而且也在设想利用音乐概念来建立叙事框架。他正在仔细观察周围的各色人物，搜集写作素材，出现在他视野中的有画家、杂志编辑、勋爵以及他们的家人，他们不断地夸夸其谈，谈得最多的是如何挽救社会，认为现代化发展会引起战争和革命，而要逃避这样的灾难，只有回到过去的时代，或者回归自然。其中有一位崇尚武力的法西斯主义者，这是在 20 世纪 20 年代欧洲常能听到的声音。这些无所事事的人在背后都过着纵情声色的生活，有的与各种各样的女人搞精神恋爱，以打发空虚的日子，有的养好几个情妇，干脆过浪荡生活。夸尔斯自己也在无意之间陷于婚姻危机，因为他意识到自己属于那种智力有余、情感不足的类型，担心不大可能取得真正的成就，这是他的苦恼，于是整日关在象牙塔里为构思小说而苦思冥想。妻子觉得自己被冷落，感情得不到满足，便与一个早已钟情于她的男子暗中往来。而妻子的弟弟与一个有夫之妇同居，同时还与一个性虐待狂有染。父亲则经常去大英博物馆查阅资料，事实上是与一女子幽会。在所有这些人物中，最走极端的是浪荡公子莫里斯，他因为怨恨母亲再婚，便过度纵欲，然后是厌倦，最后去杀人寻找刺激，小说就在其自杀中达到高潮。作家用蒙太奇的手法剪接出一幅堕落和怪僻人物的群像图，旨在表现社会的颓废和堕落。那位名叫拉比姆的画家对夸尔斯说，小说应该将社会描绘成一座"充满道德堕落、性欲变态的人的疯人院"。看来，无论是夸尔斯还是赫胥黎，确实是这样做的，小说从更广泛的范围和更深刻的程度上再现了《滑稽的环舞》里那个徒劳和堕落的世界。

赫胥黎社会讽刺小说的一个通病，是事件的堆砌和对话的罗列，人物缺乏血肉，更多的时候是各种思想、态度和政治观点的代言人，或者是作家自己的自我剖析。结构上也显松散，现代主义技巧的实验，在他身上已是强弩之末了。但他对英国 20 世纪 30 年代社会精神层面的文学表达，对那种四处潜伏的不满和萎靡情绪的记述，则自有其功劳。再者，他在这些小说中对人类社会前景的灾难性预测，后来在其"反乌托邦"小说中得到进一步发展，而他偶尔表现出的逃避现实的思想，则在其神秘主义小说中更为深入。

在这一阶段,赫胥黎还出版了《遗忘的故事》(*Limbo*,1920)和《致命的圈圈》(*Mortal Coil*,1922)两本短篇小说集,大都写得很有生气,内容充实,而且也具有讽刺意义。

"反乌托邦"幻想小说

在欧洲文学史上有过一系列的乌托邦作品,从古希腊柏拉图的《理想国》,到文艺复兴时期英国托马斯·摩尔的《乌托邦》、意大利康帕内拉的《太阳城》,都用各种方式描绘过未来国家的美好蓝图。18世纪的斯威夫特用讽刺幽默的手段,在他著名的《格列佛游记》中,也描写了类似理想意义的"马人国",借以鞭笞当时英国的社会黑暗。到了20世纪,乌托邦文学中出现不少幻想科学技术进步和发展的前景的作品,如威尔斯的《时间机器》等,但作家已经在忧虑这种发展可能带来的负面作用。而赫胥黎则完全从反面的角度,描绘未来社会的可怕和绝望,颠覆了人们习惯上对美好未来的幻想,因此是"反乌托邦"。在这一领域影响最大的是他的《奇妙的新世界》(*Brave New World*,1932),他将科学幻想和社会讽刺相结合,描绘了一幅未来世界的恐怖景象。这部小说和乔治·奥威尔的《1984》、苏联作家叶·扎米亚京(1884—1937)的《我们》,被称为20世纪的"反乌托邦"三部曲。

《奇妙的新世界》书名出自莎士比亚传奇剧《暴风雨》,从小随父亲流落荒岛没有见过人类的公爵女儿米兰达,第一次看到遇难的英俊王子时惊呼:"人类有多美妙!奇妙的新世界,竟有此等妙人!"而到了赫胥黎的小说世界,米兰达的由衷赞叹变成了无情的讽刺。赫胥黎是这样描绘的:在公元2532年,人类已经进化到一种全新状态,进入一个"奇妙的新世界"。在那里,美国汽车大王福特成了人们顶礼膜拜的上帝,国家由"世界管理主任"统治,设有伦敦中区孵化育种中心,借助于流水线以试管制造男性、女性和中性婴儿,根据国家需要按规格生产分别从事脑力劳动、体力劳动的人和仆役杂务,用电器调节他们的智力,使他们长大后规规矩矩,分别从事自己的工作,从不会去逾越界限、惹是生非。这样的新种族将自然生育视为野蛮和叛逆,原来属于人类的婚姻与爱情被视为蒙昧,是应该受到谴责和禁止的。国家还用先进的科学方法和机械手段控制人们的思想,用化学药物调节人们的情绪,任何有独立思考、离经叛道倾向的人都将受到放逐,以此保持社会的稳定与和平。而工厂化抚育过程中也会产生不合格产品,即那种太愚钝、只能按人类"野蛮方式"认识生活的人,于是"新世界"的文明人在美国新墨西哥给他们安排了保留地,将这些"野蛮人"关在那里。保留地中有一个叫约翰的青年,被获准回到文明社会,他也像米兰达一样惊呼"奇妙的新世界"。但后来他逐渐发现这里根本没有任何精神生活,人们受到严格控制,个性被压抑,所能做的除了国家规定的劳作,便是沉湎于麻木不仁的肉体刺激中。于是他很想回到"保留地",但已经不可能了,最后不堪忍受种种压力而自杀。

这就是赫胥黎为我们描述的"美丽的新世界"，他用讽刺夸张的手法，揭露科技膨胀可能带来的灾难性后果，和世纪初的威尔斯一脉相承。但十分明显的是，赫胥黎不仅仅对无限发展科技这一问题进行思考，他还清醒地设计了一个靠科技文明支撑的极权社会，一方面揭示盲目崇拜科学技术将会丧失独立思考和行为能力，另一方面暗示极权国家的奴性统治对个体生命的湮没。小说中的那个"新世界"，全部权力集中于10个管理者手中，他们控制人口生产的比例和生活的每个环节，一切都要服从统一的、标准化的计划。小说开头一段即描写了这样的统治中心：

　　一幢只有三十四层高的灰色大楼，低矮而厚实。正门上方的几个大字读作"伦敦中区孵化育种中心"，在盾形的纹徽上写着这个世界性国家的格言：为社会、保稳定、求一致。

这在当时看来，是一种新颖的规则，是赫胥黎对未来世界的恐怖预测，但同时也具有现实意义，那种扼杀个性、扼杀人性的国家方式，在某些地方已经成为20世纪人类的存在现实，由此小说成为一部政治讽喻小说。当然，对他来说，600年后的"新生活"不过是当时英国上流社会生活的延伸和扩展，对机器剥夺人性和自由的可怕画面的表现，表达的是他对现实世界的厌恶。

在"反乌托邦"作品中，赫胥黎的叙述态度由社会讽刺作品中的戏谑转为严肃，小说在描绘恐怖景象时有意使用了一种漫不经心、超然于外的语气，于不动声色中显现残忍。在这部小说发表十几年后，人类经历了第二次世界大战，核武器能够毁灭一切生命，而战后又出现一批极权主义国家。这些历史现实对赫胥黎触动很大。在1948年发表的《猿与本质》(*Ape and Essence*)中，他展示了世界经过一场核战争之后的恐怖景象，文明被毁灭，人退化为猿，婴儿由于原子弹辐射，不是畸形就是白痴，只能被杀死。1958年，他出版《重游美丽新世界》(*Brave New World Revisited*)，在这部小说中，他提出"新世界"不是在600年以后才出现，而是在一代人的时间内便会降临人类。他的预言又一次言中现实，1973年，人类实现了基因重组；1978年，第一个试管婴儿诞生；20世纪80年代以来，生命科学的发展更是日新月异，人类已经不得不在伦理道德层面对此提出警告了。也正因如此，赫胥黎的幻想小说影响很大，后来出现很多模仿性作品。

神秘主义小说

像莎士比亚经过绝望的悲剧阶段，最后在传奇剧中幻想通过道德感化使人世变得美好一样，赫胥黎在对现实和未来进行了悲观的描述之后，也开始寻找拯救的路途。《加沙的盲人》(*Eyeless in Gaza*，1936)标志着他创作的转折点，小说中出现东方宗教的神秘主义信仰，作家用这种信仰来拯救他的人物，使其经过内省和静悟认识真理,从而幡然悔悟。主人公安东尼原来是一个享乐纵欲、不负责任的角色,曾经与一女牧师私通,多年后又去勾搭她的女儿,还与朋友的未婚妻调情,直接导致朋友自杀。他就这样不懂得珍惜感情,玩世不恭,肆意践踏别人,只知满足自己的欲望。但在一次事故之后,一个年轻女子的痛苦突然触动了他的麻木不仁,使他意识到自己的种种罪孽,苦思冥想后,终于浪子回头,衷心悔悟,开始赎罪。

很明显,安东尼的转变缺乏可信的内部发展逻辑,是作者为了图解自己的思想观念安排给人物的出路。由于赫胥黎精通科学、医学和心理学,他在写作时就难免以理性为重,作品靠其独特的思想内涵而显其分量,因此被文学史家称为"观念小说"。《加沙的盲人》也是如此,但在写作技巧上作家还是做了不少实验。小说从1933年安东尼42岁那天偶然翻阅相册开始,然后以照片为时间线索,第一章发生于1933年,第二章发生于1934年,第三章又回到1933年,第四章向后回跳到1902年,第五章再跨入1926年,等等,各种情节在不同的时空中进行,反映出现代主义小说对他的影响。此类作品还有《时光必有终止》(1944)、《天才与女神》(1955)等。

赫胥黎的最后一部小说《岛》(*Island*,1962),表达了作家最后的愿望:在遥远的巴拉岛上,人们在社会管理上奉行一种佛教的原则,是个地上天堂。写过"反乌托邦"小说的作家重奏起正面乌托邦的老调,可见人对理想的憧憬有多强烈。赫胥黎也不愿一味沉浸于讽刺与揭露之中,他需要正向价值的安慰和支撑。但他也相当清醒,这样的"天堂"是靠不住的,他只是提出一些自己认为比较好的例子而已。作家毕竟不是文艺复兴时期的莎士比亚,不可能再设想用魔术去改变人性了。

散文集《目的与手段》(*Ends and Means*,1937)更直接地阐述了《加沙的盲人》的政治哲学思想。他认为,人类自有文明历史以来,无论宗教系统还是人文科学系统,在社会目标上都是建立一个和平、正义、平等、友爱的社会。但在如何实现这一目标的方式上众说纷纭,因此才会产生许多的国家纠纷。在此基础上,他提倡一种超尘脱俗的态度,断绝名、利、权、性各方面的欲望,以此拯救灵魂和精神,为一种东方宗教方式。他身体力行,晚年幽居于加利福尼亚乡间,应该说在行动上贯彻了自己的主张。

在社会讽刺小说方面和赫胥黎一起驰名的是伊夫林·沃(Evelyn Waugh,1903—1966),而且两人在出身和经历上也不乏相似之处:父亲和兄弟都是作家、诗人,自己上过牛津大学,毕业后当过教师,最后皈依了天主教。伊夫林·沃的第一部小说《衰落与瓦解》(*Decline and Fall*,1928)的发表使他成为文坛上的一名新秀,为他赢得了讽刺小说家的名声。这部作品可以说是一部现代流浪汉传奇,故事中充满闹剧场面,他以犀利的笔锋,幽默尖锐地揭露了当时上层社会的生活。主人公保尔在牛津大学读书,被一群酗酒闹事的学生剥光了衣服,结果却以行为放肆、有伤风化被逐出大学。无奈,他只得到一所私立学校谋职。在此处,他看到了许多的虚伪野蛮,后与一个贵妇人相恋,结果发现她在从事白奴贸易,是以贩卖女子为生的。保尔在与她的新婚之夜就因受牵连而进了监狱,还为了保护自己的新娘承担了一切罪名。后来这位新娘另嫁一个内政大臣,通过活动一些关系安排保尔保外就医,并安排保尔在一次阑尾切除手术中假死于手术台上,最后保尔以新的名字、戴着胡子的新形象又回到牛津校园,去完成学业。这样一圈荒唐的人生轮回,在时间上恰好一年,社会上形形色色的邪恶和不义在保尔的旅途上得到充分暴露。

《衰落与瓦解》的书名本身就是对社会的一种评价。如小说中所说,"生活好像是游乐场中供人乘坐的大转轮",在这转轮上,他看到社会善恶不分,人贩子是"美貌高贵、洁白无瑕的女士",老实、诚实的保尔被学校作为坏学生开除,在官员的关系网上,医院可以给一个人去割并不存在的阑尾,还可以使其假死而获救,等等。在一个颓败的时代,到处是漏洞,到处发生着荒诞可笑和悲哀痛切的故事。作家受历史名著《罗马帝国衰亡史》启示,他以自己的方式记录着另一个帝国的衰微和沉沦。

第二部小说《肮脏的聚会》(*Vile Bodies*,1930)继续剖析英国社会的愚蠢和荒唐行为,首相、大主教、内政部长和许多有爵号的贵族,个个沉溺于酗酒和淫欲中,散布流言蜚语,以制造丑闻来打发时光。小说中一直是花样翻新的聚会,相当长的叙事时间后,才隐隐浮现出亚当与尼娜恋爱的故事,他们在一件又一件的荒诞事件中艰难穿行,最后亚当为了还清房费,竟然以便宜的价格将尼娜卖掉。人生无常,世道诡诈,生活失去了意义。人物是迷惘与病态的,出现的是一幅末世景观,作家认为这就是现代生活。小说开头那艘横渡英吉利海峡的大船颠簸摇晃着,便是这样一个时代的象征。这种观念与赫胥黎如出一辙。

一般来说,人们对现实社会不满时,总愿意在想象中美化过去。伊夫林·沃也是这样。他在小说中,喜欢用一些贵族府第象征一种道德价值和生活秩序,代表被理想化了的过去时代。《肮脏的聚会》中那所名为"锚泊"的房屋,是"伦敦华贵的城市房子中留下的最后一座",现在已经成为水泥摩天大楼中的一幅小景,受到现代机械文明的倾轧和排挤。《衰落与瓦解》中"国王的星期四",是"英国都铎式家用建筑中最出色的一例",而今也被改变成现代金属建筑,变得俗气,在"一个失去了理智的世界上再也不能代表那种永恒和稳定的东西"了。过去的优雅和高贵就这样被瓦解,再也找不到永恒和稳定的支柱。

类似的观念同样表现在伊夫林·沃的家庭婚姻小说中。《一捧尘土》(*A Handful of Dust*,1934)出色地描绘了一出现代哥特式的悲喜剧,进一步深化了伊夫林·沃心目中的现代末世景观。主人公托尼·拉斯特是最后一个贵族后裔,与妻子住在一座哥特式的祖传古建筑里。对托尼来说,祖传的海顿宅邸代表了英国传统中全部神圣高贵的东西,因此他认为维护这座宅邸是自己生活中的一个必然部分。但妻子觉得住在这里就像生活在一座阴森森的修道院,对丈夫的理想和信仰厌倦而反感。经过 5 年无趣的婚姻生活之后,妻子托词跑到伦敦租了公寓,与一年轻人暗中同居。具有讽刺性的是,托尼还设法省下维修海顿旧宅的钱为妻子装潢伦敦新居。在一次意外事故中,儿子被马踏死,夫妻唯一的联系彻底断裂,妻子提出离婚。而那位有些自虐的丈夫为了满足妻子的愿望,居然雇用一个妓女和自己演出私通的活剧,制造了离婚证据。而妻子却不知感恩,又变本加厉地逼迫托尼卖掉海顿老宅,以此来保证自己获得可观的赡养费。这下触动了托尼信仰的全部根基,他一怒之下拒绝了妻子的要求,与另一个人结伴到南美密林,去寻找一座被历史湮没的哥特式古城。在这一过程中,托尼发现了自己的海顿住宅并不是什么祖传宅邸,只是一座没什么价值的普通的维多利亚时代的房屋而已。因此,他便跑到原始森林中去,神志模糊,脚步踉跄,怀着理想幻灭、家庭破裂的痛苦在荒烟蔓草中寻找海市蜃楼。最后是托尼向一个疯老人没完没了地朗读狄更斯的小说,有一种黑色幽默的味道。

伊夫林·沃的讽刺手法不一而足,含蓄、冷峻、火辣、风趣、痛切等。以上 3 部作品中都有"无辜的主角",托尼、保尔和亚当,都是那种单纯、忠厚。精神上不够成熟的人,容易受到诡诈邪恶势力的捉弄。一方面,在这类人物的经历中,可以充分揭露社会的腐败与堕落,政权频繁更迭,政局动荡不安,官场的无聊无行,尽收眼底;另一方面,暴露了善良和天真的幼稚无用。对前者,作家怀着厌恶的心理,尽力描绘它的丑恶;对后者,则既同情又不乏揶揄。如对托尼的刻画,常有违背常理的细节出现:他对妻子有些怀疑,一天晚上突然到伦敦寓所探视,适逢妻子与其情人幽会,被拒之门外。托尼十分懊丧,但妻子在电话里用三分嗔怒、七分哄骗的口气说了几句,这个老实人就对自己没有受到邀请便去叩妻子房门的"疯狂举动"深感内疚,接二连三地赔礼,"你昨晚真好,简直像天使一样",还一再责备自己,认为妻子那样宽容,自己简直太没有涵养了,等等。这些让读者觉得他可笑可怜。还有语言风格上,作家有意用行文的文体风格和思想内容之间的不一致,造成强烈的讽刺效果,如用高雅庄重的风格表现庸俗粗鄙的思想,用真诚动人的语言表达虚伪的事件,用抒情的优美风格描绘贩运白奴的太太,等等,这是对奥斯丁风格的一种继承。所有这些,使他成为 20 世纪杰出的讽刺作家。

小说人物托尼在一个精神已经消亡的时代寻找过去的幻影,在某种程度上,也可以说是作家的一种自嘲。在自己的现实生活中,伊夫林·沃也经受了类似的打击,他在 1930 年第一次婚姻失败,同年便皈依罗马天主教,在宗教中寻找寄托和归宿,和此前的艾略特、后来的格林走了同样的路。随后开始了他近 10 年的游历生活,足迹遍及亚洲、美洲和欧洲,写出多部游记。1937年与一位出身天主教家庭的女子结婚,这次婚姻很幸福。"二战"爆发后,他到英国军队服役,新的生活经验给他后来的创作开辟了素材源泉。1943年他在战场受伤,因此没有参加诺曼底登陆。养伤期间写了一部天主教小说《重访布莱兹海德》(*Brideshead Revisited*,1945,也被译作《旧地重游》),后来拍成了电影,影响很大。小说通过一个家庭的离散聚合,试图向读者说明,在道德衰微、精神空虚的时代,唯有天主教才能为人们提供信仰和指导。开初的堕落者最后都在宗教的感召下回归正途,这也是作家历经思想坎坷之后所确立的信念。

战后,伊夫林·沃写了他重要的战争作品《荣誉之剑》(*The Sword of Honour*,1965)三部曲,将其讽刺手法和天主教思想结合起来,表现了一个年轻人从满怀热情到理想幻灭的全过程,并再次指出天主教的存在对现代罪恶和虚无主义的抗争意义。小说主要人物盖伊出身于古老的天主教家族,由于妻子对他的背叛,他情绪沮丧,在意大利闲居。战争即将爆发时,盖伊怀着堂吉诃德式的热情回到英国从军,希望为保卫和平、正义献出自己的力量。但当他走上战场后,遇到的是一场场滑稽闹剧:旅长和一个军官为争用一个战地流动厕所不断吵吵闹闹,而这个厕所又被敌军当成了什么秘密武器;盖伊带着酒去看望住院的战友,结果无意间酿成了对方的死亡;最后是盖伊被送上军事法庭。这些事件使盖伊原有的英雄精神受到嘲弄,于是他的热情也逐渐消减。到第二部,除了类似的闹剧式战争场面以外,还写了让盖伊理想破灭的事件,即英军和苏联军的联合。因为当初他参战在很大程度上是因为苏德签订了互不侵犯条约,他感到战争在所难免,和平受到威胁,而突然间敌我阵线发生转折性变化,他感到自己的国家蒙受耻辱,自己所参加的战争本身值得怀疑。第三部写盖伊在南斯拉夫游击队的经历,他看到人性的混乱,同时反思自己参战也像很多人一样,不过是想通过杀戮表现男子汉气概而已。因此到最后,他全身心投入的战争便彻底失去了意义,他由此而感到人生的意义缺乏,在一种虚无中,也只有天主教才能够给他以活着的支撑。

作为一个天主教徒,盖伊在战争中的经历与思考本身就具有宗教的价值评判在里面,这自然也是作家的评判。作家试图在道义和政治上对战争做出判断,并显示出宗教在人的一生中、在一场战争中对不义与虚无的抗议。这也正是伊夫林·沃人生的归宿。

除了赫胥黎和伊夫林·沃,在20世纪30—40年代的讽刺作家中,还有乔治·奥威尔(George Orwell,1903—1950)。与以上两位作家不同的是,他极为关注下层劳动阶级的贫苦生活,继承了英国传统现实主义文学精神。这方面的主要作品有《落难记》《牧师的女儿》等,但这些早期作品由于艺术性的不足已经不大被人提起。另外,他的政治讽喻小说中,影响最大的是《动物庄园》(*Animal*

Farm,1945),发行后立即被译成 20 多种文字风行各国。小说的讽刺对象直接指向苏联斯大林体制,从一群动物的理想、建制到奴役与崩溃,讽喻苏联的社会实质。作家在一篇文章中提到自己讽刺小说的主题时说:"历史包含着一连串的欺诈愚弄:群众首先因为得到乌托邦的承诺而受到鼓惑,奋起反抗;然后,等到他们起过作用,便为新主子所奴役。"①奥威尔本来是一个左派,赞成社会主义,曾参加西班牙战争,但对苏联革命后的集权体制以及党内清洗深恶痛绝,便在作品中表达了自己的谴责。这也是 30 年代许多西方知识分子的经历。他曾经说过,自己写作并不是为了去创造一门艺术,而是"有谎言要揭穿,有事情要提请人们注意",这是他的写作初衷,因此他是 30 年代作家中政治倾向最强烈的一个。但他也同时认为,作品要有美感,这是写作过程应该追求的效果。

《1984》(*Nineteen Eighty-Four*,1949)是著名的"反乌托邦"作品,也是作家的最后一本小说。作家站在 20 世纪 40 年代展望 80 年代时,看到了一幅阴森恐怖的未来极权社会景象。在 1984 年,世界只剩下大洋尼亚、欧雷细亚和东亚细亚三大帝国,三个国家为了国内统治的需要常年处于战争状态,互相之间不断征战。以伦敦为中心的大洋尼亚,国家分为三层,第一层是以虽不露面但无所不在的党魁"大哥"为首的"内层党",中层是"外层党",下层是叫作"普罗"的无产阶级。在这样的国家里,所有的生活领域都受到严密控制,爱情是被禁止的,婚姻由国家根据需要安排。还有固定的宣传机构,叫"真理部",按照当时政策的需要随意随时改写历史,并用电视屏幕和窃听装置日夜监视着每一个人的举动。还有"思想警察",可以随时将独立思考的人定为"思想犯",将他们化为灰烬。国家使用通用的语言"新话",以便减少词汇量,限制人们的思想领域。占人口大多数的普罗,则是一群愚昧麻木的群氓。小说主人公温斯顿在"真理部"工作,具有一定的叛逆色彩,悄悄地在私藏的日记中试图记录自己的思想以及历史事实,并对一个姑娘产生感情。这些"行径"最终被秘密警察发现,他们逮捕了他,对他进行了严刑逼供和非人的精神折磨,最后他被彻底改造,居然爱上了"大哥",从心理上屈服了。

站在现实的角度,应该说作家具有惊人的政治敏感和预测性,类似的极权国家在 20 世纪存在着是世界事实。当然,非常明确,像《动物庄园》一样,这部作品也具有批判苏联的性质,他将英国、苏联、希特勒德国的一些特征综合到一起,谴责极权主义对人性和个性自由的摧残。据学者研究,小说中一些素材是在苏联的托洛茨基的著作中得到的。托洛茨基曾反对斯大林的统治,写过苏联的秘密警察,作家从中得到启示,并引用了其中的材料。奥威尔从痛恨英国资本主义到仇视苏联社会主义和害怕共产主义,这一变化历程在西方知识分子中颇有代表

---

① Collected Essays,Journalism and Letters of George Orwell,Vol. Ⅳ,p. 177.

性,是20世纪30—40年代政治大动荡中所产生的必然历程。

奥威尔还是20世纪英国文学史上一位重要的散文家,其中一些重要文字已经被译为近60种文字。他的散文大致可分为自述、文学、政治、社会学、风俗文化等5类,被后人编成4卷。自述中有名的篇章有《如此欢乐》《射象》《书肆记事》等。1946年奥威尔在《我为何写作》中,阐述了自己由于时代的原因,没能实现成为一个文学家的幼时梦想,而对政治、社会产生浓厚兴趣,要将政论文章变为一门艺术。在文学评论的文章中,他提到对自己产生过影响的英国作家如狄更斯等,并分析了这些作家的长短利弊。他在比较有名的《政治与英国语言》中谈到语言与政治的关系,认为要避免陈腐化的规则和故弄玄虚的词汇,反对一味使用华丽辞藻,提倡简洁明了的风格,这样才可以使思想清晰,而思想清晰是表达民主自由的基础。他自己在写作中贯彻了这一原则,形成了自然清新、简洁流畅的风格。著名作家约翰·韦恩对他的评价也许是比较中肯的:"作为一个小说家,奥威尔并没有出众的天赋;但作为一个有争议的批评者和小册子作者,他堪与英国文学中任何人媲美。"①

除了上面提到的3位重要社会讽刺作家外,在20世纪还有安东尼·鲍威尔、温德姆·刘易斯、乔伊斯·卡里等作家,他们都各有自己的特点,而且他们的重要作品大都写于第二次世界大战之后,属于跨越一个世纪的作家。

20世纪30年代的社会讽刺小说是英国讽刺文学的重要组成部分,继承了斯威夫特的讽刺传统,成为英国20世纪现代主义文学高潮过去之后的另一景观。

第十一节 其他小说家

在20世纪前半期的英国小说中,除了那些大名鼎鼎的流派和作家外,还有一些值得提起的文学现象和这些现象的代表性作家,比如左翼文学、短篇小说、战争小说、通俗小说等。

左翼文学

20世纪30年代左翼文学在欧美各国蓬勃兴起,人们通常称之为"粉红色的30年代"。因为第一次世界大战所暴露出来的社会各方面的矛盾,以及接踵而来的经济危机,许多人感到西方文化弊端重重,没有出路,所以将视线投向刚刚创造了一个新制度的苏联,似乎在那里看到了人类历史发展的新的出路。一些作家也接受了社会主义思想的影响,开始在自己的作品中表现工人阶级的生活和斗争。早在19世纪宪章派运动中,就出现一批以琼斯为代表的革命诗人和作家,他们的作品鼓舞了无产阶级的斗争热情。相比较,当时的诗歌比小说成就要

---

① John Wain, *The Last of George Orwell*, in Twentieth Century CLV, January, 1954, p. 71.

大,宪章派的小说在艺术上尚不完善。20 世纪前半期的左翼小说继承了前辈的传统,在小说创作上逐渐走向成熟。

罗伯特·特莱塞尔(Robert Tressell,1868—1911)就属于这一类作家,他早年曾在南非当过工人,从 1902 年到 1910 年,在英格兰东部的一家工厂做油漆工,参加过当地的工人运动。他患有严重的肺结核,在很艰苦的状况下坚持写作。他的重要作品《穿破裤子的慈善家》(The Ragged Philanthropists,1910),是他病逝后留下的 1674 页的手稿,1914 年以节缩本出版。直到 1955 年,英国油漆工人协会购得其全部手稿,小说才得以全文刊出。在这部作品中,主人公纽曼是一个具有社会主义思想的房屋装饰油漆工,按他的解释,"穿破裤子的慈善家"指那些尚未觉悟的工人,因为尽管他们自己整日衣不蔽体、食不果腹,生活于失业和死亡的威胁之中,却慷慨大度地把创造出来的财富奉献给资本家。小说中,有的工人死于贫民院,有的失业者全家自杀,有的工人在长期的劳作中已经麻木不仁,对自己的不幸失去感觉。作家一方面描述这些工人的艰辛和不幸,另一方面对他们缺乏思想意识的状况有所责备:"他们是敌人,因为他们不仅像牛马一样默默忍耐,屈从于现存的状况,并且还要维持这种状况,还要反对和嘲弄任何要改变这种状况的主张。"可以想见,作家就是那种主张改变这种状况的先进工人,但他在生活现实中遭到了嘲弄,因此产生愤怒,将这些终生贫困却安贫乐道的同胞称作"慈善家"。但无论是哀其不幸还是怒其不争,作家始终抱有一种真切的态度,把工人作为有尊严的人加以表现,并寄希望于像纽曼那样的工人。在表现手法方面,小说吸取了 18、19 世纪现实主义文学的营养和斯威夫特式的讽刺传统,有时也使用闹剧式的处理手法。特莱塞尔在内容和形式方面的努力,使《穿裤子的慈善家》成为那个时代描写工人生活的一部优秀之作。

出生于爱尔兰的肖恩·奥凯西(Seán O'Casey,1880—1964),除了写小说之外,还是一个杰出的剧作家。他是一个真正的爱国主义者,由于出身都柏林底层,很小就开始当学徒,因此 20 岁时已经成为爱尔兰民族解放工会运动的积极分子,参加过复活节起义的准备工作,而且是以叶芝为首的爱尔兰文化复兴活动的重要成员,并于 1930 年加入英国共产党。奥凯西早期以戏剧创作为主,大都以爱尔兰人民的解放斗争为题材,著名的有《枪手的影子》《犁与星》等作品。后期创作的主要成就是他的 6 卷本自传体长篇小说,通过自己的经历,展现了几十年间爱尔兰民族解放和工人斗争的壮阔历史画卷。

第一部《我叩门》(I Knock at the Door,1939)和第二部《门厅里的画》(Pictures in the Hallway,1942),主要记述了 19 世纪末期和 20 世纪初作者的经历,描绘作家的童年生活,具有浓郁的抒情色彩。第三部《窗下的鼓声》(Drums under the Windows,1945)以 1913 年都柏林罢工为中心,反映了爱尔兰人的历史。第四部《别了,爱尔兰》(Inishfallen, Fare Thee Well,1949)表现了作家在 20 世纪 20、30 年代戏剧创作中遇到的挫折和爱尔兰人争取独立的故事。在这 4 部以爱尔兰为背景的作品中,作家塑造了一个为了生存、受教育和寻求职业而奋斗的穷苦孩子形象,颇类似狄更斯的《大卫·科波菲尔》;然后,在他渐趋成熟时又认识到了民族的真理,将自己的理想融合到爱尔兰的自由理想之中。4 部作品具有史诗的规模,表现了广阔的历史画面和进程,文笔生动流畅,总体上运用现实主义的创作方法,同时也像其他现实主义作家一样,吸收了一些现代主义技巧,比如借用幻觉表现历史的纷乱和人性复杂,甚至还借用乔伊斯《芬尼根们的苏醒》里的双关语和滑稽模仿手法等。从小说中可以看出,奥凯西的成长和爱尔兰的解放斗争相交织,他是在祖国的独立运动中找到了自己的人生方向,并成长为一个作家的。长篇自传小说的最后两本是《玫瑰与王冠》(*Rose and Crown*,1952)和《落日与黄昏的星》(*Sunset and Evening Star*,1954),主要记述 20 世纪 30 年代之后作家移居英国后的生活和思想,小说显然没有了前期作品中那种紧张的斗争气息,但多了深沉的思考。应该说,奥凯西是爱尔兰现实主义革命文学的第一个作家。

路易斯·吉朋(Lewis Gibbon,1901—1935)则是苏格兰现实主义革命文学的第一个作家。他出生于苏格兰乡村,早年当过一家地方报纸记者,在军队里当过文书,后来又到中美洲进行过考古发掘。开始文学创作后的第一个短篇是《为了十的缘故》,曾经受到已经成名的威尔斯的好评,给了他很大鼓舞,从此笔耕不辍。他的主要作品有短篇小说集《开罗日志》(*Calends of Cairo*,1931)和长篇小说《被玷污的光辉》(*Stained Radiance*,1930)、《第十三个信徒》(*The Thirteenth Disciple*,1931)、《斯巴达克斯》(*Spartacus*,1933)等。他只活了 34 岁,虽然人生短暂,却留下了大量的文学和非文学作品,除了短篇集子,还有 17 部长篇。而且他身份明确,认定自己是"革命作家",具有反对资本主义的思想,可谓立场鲜明。作为一个小说家,吉朋的名望建立在反映苏格兰人民生活、觉醒和斗争的三部曲《苏格兰人的书》(*A Scots Quair*,1932—1934)上。这部作品到 20 世纪末还在再版并受到评论界的关注,这是 20 世纪 30 年代革命文学中比较少见的。三部曲从第一次世界大战前夕开始,到 20 世纪 30 年代欧洲经济危机发生为止,几十年的时间,以女主人公克丽丝的人生经历为线索,从家庭到社会,从乡村到城市、工厂,展现了颇为广阔的画面。

第一部《日暮之歌》(*Sunset Song*,1932),写的是第一次世界大战前夕苏格兰农村的生活状况以及小农经济的瓦解。主人公克丽丝还在学校念书。由于家庭穷苦,母亲出于对多子女的恐惧,在毒死一对孪生婴儿以后服毒自杀,而父亲还瘫痪在床。克丽丝辍学回家,在艰辛的生活中逐渐长大,后结婚生子,过着这个地方的人们世世代代都在重复的日子,平静、艰辛地劳作着,生活还算过得去。在叙述克丽丝一家的平凡日子时,作家深情地描绘了苏格兰高地的粗犷苍凉,田野上羔羊的叫声,猩红色的石楠花,白雪覆盖的山顶,风声歌声,都渗透了作家对故乡的深情厚谊。战争爆发,丈夫应征入伍,战争的残酷使他变成一个醉鬼,被当作逃兵枪杀。他的死几乎是一个象征:自此克丽丝的生活被彻底改变。战争结束后,工业化渗透到这片平静的土地上,一些从战争中得到好处的人扩展农庄,克丽丝无奈卖掉了土地,那种平静的乡村生活方式也随之结束。克丽丝从少年到成年、从夫妻同耕到孤儿寡母相依为命,在痛苦和不幸中,她痛恨那些"绅士贵人",也逐渐养成了忍受苦难的坚强毅力。

第二部《云雾中的豪乌山》(Cloud Howe,1933),写寡居的克丽丝嫁给一个叫罗伯特的牧师,从乡村移居一座工业小城。这里既没有大城市的喧嚣,也不像乡村的宁静,象征工业化发展的一个中间阶段。工人罢工、各种现实艰难与克丽丝的生活相交织。丈夫罗伯特是一个有理想的人,信奉基督社会主义,希望建立一个各阶级的联盟来改善现实境况,并身体力行。但幻想很快在各阶级的对立中破灭,他又转入工党社会主义,而工人罢工失败使他备受挫折。克丽丝的流产以象征方式宣告丈夫的理想与现实世界难以接轨。后来牧师陷入宗教神秘主义中,渴望基督显灵,来给他指示尘世的道路,但他看到的只是悲惨的现实世界,身边的工人流离失所,他难以忍受如此状况,不断生病,最后死在布道的讲台上。克丽丝本来和丈夫一起寻找理想实现的途径,在不断的失败中,只好将希望寄托在儿子伊旺身上。至此,无论是小农经济、小资产阶级还是宗教的社会主义,都以失败告终,预示着要想改变生活现状,必须寻找新的方向。

第三部《灰色的花岗岩》(Grey Granite,1934),背景移到了大工业城市,是20世纪30年代经济危机阶段。为了谋生,克丽丝和人合伙经营一处寄宿住所,儿子辍学到一家钢铁厂当工人,逐渐成长为一个具有坚强性格的共产主义者,与高尔基《母亲》中的儿子有点相似。他认识到"他就是那支大军,那支痛苦、流血和受尽压迫的大军,那个走在最后一个阶级前列的衣衫褴褛的队伍",他还组织了一次罢工,被警察逮捕后依然坚强不屈。小说结尾,克丽丝准备回到故乡去,儿子准备出发参加由共产党发动的反饥饿进军运动。伊旺是这部小说中成长起来的无产阶级战士的形象。

吉朋的三部曲通过女主人公克丽丝的经历,反映了从20世纪初到30年代这一历史时期苏格兰社会从乡村、城镇到大工业城市的动荡和变化,是苏格兰社会的历史画轴。在克丽丝的一生中,我们看到作家寄托了自己对生活理想的寻求过程,在不断地遭受挫折、失败中,通过不断地追求,最终找到属于他的同时也是20世纪30年代许多仁人志士所向往的那条道路。小说经常使用第二人称,表达一个人的喜怒哀乐。在第一部中,还大量运用了倒叙手法,使小说结构显得紧凑而富有张力。吉朋的这部长篇代表了20世纪30年代无产阶级文学的最高成就。

　　另外,20 世纪 30 年代还出现了马克思主义文艺批评家拉尔夫·福克斯(Ralph Fox,1900—1937)和考德威尔(C. Caudwell,1907—1937)。福克斯出身于中产阶级,毕业于牛津大学,年轻时就对知识分子阶层的麻木不仁和缺乏生气强烈不满。20 岁时去过苏联灾区,到过中国,将自己的观感都写在自己的作品中。1936 年赴西班牙参加反法西斯战争,1937 年在战斗中阵亡。写有小说《冲击天空》,刻画了英国资产阶级慈善家与苏维埃公民两种典型形象,自然是对后者的价值予以肯定。死后文论集《小说与人民》(*The Novel and the People*,1937)出版,是他一生政治信仰和文艺观点的综合。在这些文章中,他首次运用马克思主义美学原则观察英国小说的状况,剖析普遍流行的信仰危机,探讨小说和人类争取社会进步的斗争这两者之间的联系。他反对现代主义文学对形式的实验和精微细致的心理描写,认为文学应该深入劳动群众的斗争中,去表现他们为独立和自由而战的不屈意志,这才是小说的意义。考德威尔年轻时写过 8 本侦探小说,1935 年加入共产党,并住到伦敦工人区内,一面从事文学活动,一面为共产党工作。1936 年参加国际纵队赴西班牙,次年死于战场。主要评论著作是《幻想与现实:关于诗歌源泉的研究》(*Illusion and Reality:A Study of the Sources of Poetry*,1937)。考德威尔认同福克斯的文学观点,认为艺术是现实生活的反映,而不是与世隔绝的个人内心世界的表现,因此对诗歌的研究不应与对社会的研究相互割裂,基本上是现实主义再现说的观点。特别能表现其政治思想的是评论《垂死的文化》和《再论垂死的文化》,考德威尔认为资本主义社会发展引起了许多矛盾,战争和经济危机反复出现,这已经为建立真正自由、正义、人道的社会准备了条件。这种判断自然有其历史背景渊源,是西方一段时间内激进思想的反映。

短篇小说

　　在各国文学发展中,短篇小说一直占有一定的地盘。早在 19 世纪,美国的爱伦·坡、法国的莫泊桑、俄国的契诃夫等,都是短篇小说这一领域的大作家。但只有在英国,短篇领域一直没有出现什么引人注目的成果,到 19 世纪末,依然是作为长篇小说的副产品而存在。在司各特、狄更斯的作品中,他们常常将一些短篇当作某个独立部分插进长篇之中。最早使短篇小说成为一种独立体裁的是一位叫特罗洛普的作家,他将自己的短篇故事编成 5 部集子,大概有 45 篇之多。直到 20 世纪 20 年代,才开始出现真正的短篇小说作家,如以幽默笔法写水手故事的雅各布斯,喜欢写一些异想天开故事的切斯特顿,还有《台风》和《青春》的作者康拉德,许多短篇都充满异国风情的吉卜林,以短篇成名的毛姆,等等。他们使短篇小说这种形式得到广泛发扬,真正成为一种完全独立的文学体裁。一些主要写长篇的作家也常常会涉足短篇创作,如劳伦斯、高尔斯华绥、乔伊斯、弗吉尼亚·伍尔夫,就写过许多脍炙人口的短篇,乔伊斯的《死者》、伍尔夫夫人的《墙上的斑点》等都是人们耳熟能详的名篇。

在英国短篇小说的发展中,存在着两大传统:一是莫泊桑式,作家采用冷漠客观、置身事外的叙述方式,讲究紧凑的结构和完整、曲折的故事情节,塑造典型人物,属于现实主义和自然主义的特色;二是契诃夫式,主要是渲染气氛、表达某种情绪,在平凡无奇的日常生活中,寻找人生有普遍意义的东西,造成一种印象主义的效果。

萨基(Saki,1870—1916)是苏格兰籍作家赫克托·休·芒罗的笔名,他生在印度,长在英国,曾在缅甸当过警察,后因健康问题回到伦敦,为一家报纸写政治讽刺文章。1902 年起,他成为保守派喉舌《晨邮报》的记者,6 年之间往返俄国、波兰、巴黎等地。回国后他一边继续为报纸写文章,一边开始小说创作。他的短篇集子有《雷金纳德》(*Reginald*,1904)、《雷金纳德在俄国》(*Reginald in Russia*,1910)、《野兽与超野兽》(*Beasts and Super-Beasts*,1914)等。第一次世界大战爆发后,萨基入伍,1916 年在与法西斯德军作战时阵亡于法国。萨基的短篇大多涉及社会和世俗风尚问题,风格机智、俏皮、辛辣,可以说上承王尔德,下启伊夫林·沃。在他的短篇中,英国上层社会中的陈腐庸俗,先生太太们的无聊矫情和钩心斗角,都在无情的剖析中被显现出来。在《帕克尔泰夫人的老虎》中,写那些闲得发慌的阔人的"壮举",帕克尔泰夫人为了出名,安排了一场打死老虎的猎事,但事实真相是,老虎早已虚弱得不堪一击,她开枪打死的是作为诱饵的山羊。一个侍女知道事情原委,便以此要挟,乘机敲诈,夫人为了保住英雄的名号,只好被牵着鼻子走。在另一个故事中,出现一只会说话的猫,它在宴会上将平时听到的大人们的种种隐私暴露无遗,让所有的人都处在尴尬之中。在写类似的故事时,作家驾轻就熟,笔锋犀利,常有妙语穿插其中,产生深刻的讽刺效果。在他的写作生涯中,还有几部长篇,如《叫人讨厌的巴辛顿》《当威廉来临时》等,但在艺术成就上难与短篇相比;另外还有历史著作《俄罗斯帝国的崛起》(1900),可以见出他的广泛趣味。

凯瑟琳·曼斯菲尔德(Katherine Mansfield,1888—1923)是现代英国文学中一位杰出的短篇小说家,在两大传统中,她应该是契诃夫一派的。曼斯菲尔德生于新西兰,父亲是富商和银行家,她 13 岁时曾在伦敦王后学院求学,后来就在伦敦从事写作,但许多短篇都以故乡为题材,短篇《前奏》(*Prelude*,1918)即表达了对故园和童年的追忆,一股浓郁的思乡之情,写得很出色。她的生活属于那种离经叛道式的,婚姻几经周折,最后和先锋派杂志主编默里结婚,与布卢姆斯伯里圈子来往甚为密切。后因受肺结核所苦,为了寻找适宜的气候,经常辗转欧洲各国。《幸福集》(*Bliss and Other Stories*,1920)和《园会集》(*The Garden Party and Other Stories*,1922)两个集子的出版标志着她的创作达到了高峰。《园会集》在美国一年内连续再版 7 次,作者赢得了读者的欢迎和评论界的赞赏。另外,她还写有150多篇文学评论,汇编成《小说与小说家》(*Novels and Novelists*,1930),表达了她的文学观念。曼斯菲尔德去世后,其丈夫默里又整理出她的2个集子,为《鸽巢集》(1923)和《幼稚集》(1924)。

曼斯菲尔德作品并不多,但她成功地继承和发展了契诃夫的风格,并得其神韵。据她的传记作家记述,1909年在德国时她开始接触契诃夫的作品,由此产生对俄国文化和文学的浓厚兴趣,并且翻译了契诃夫等作家的小说。她的创作一开始可能有些模仿,但很快找到了自己的角度,尽管在总体上属于写实性的,但在现代主义盛行的20世纪20年代,她也不可避免地吸收了许多意识流小说的技巧,类似过去和现实的交织、时空关系的变换,不追求表现外部世界,不讲究故事精彩与结构的严密,注重心理表现,竭力捕捉人的心灵奥秘,等等,都在她的小说中得到运用。她还十分擅长描写那些能够表达人生顿悟、具有寓意和象征色彩的小细节,着墨不多,日常生活中一句漫不经心的闲话、一个细小无意的动作,都能揭示蕴含其中的本质问题,使读者一下子直面人生的无奈与尴尬,在存在的意义上得到启示。例如《幸福》中,女主人公本来一直生活在幸福的感觉中,一次却看到丈夫向另一个女人暗送秋波,突然恍然大悟,自己原来一直是被欺骗的,心灵在瞬间经历了一次地震,过去的"幸福"顷刻灰飞烟灭。《时髦婚姻》中,做律师的丈夫深沉内向,老成持重;而妻子则恰好相反,性格外露、漫不经心,终日与一帮落拓放浪的画家、作家、艺术家嬉戏,游戏人生。丈夫周末回家,妻子依然在其朋友的圈子里欢歌笑语,他在孤独的失落中准备离去,妻子丢下那帮朋友帮丈夫提箱子,却相对无言。最后妻子读着丈夫寄来的信件,其中的埋怨虽使她感到很"荒唐",但她也沉思自己的"浅薄、招摇、虚荣",可最后还是跑到那些和她寻欢作乐的朋友中去了。小说几乎没有发生什么事,人物也没有什么冲突,但小说背后却有一种内在的紧张感,表达着一种潜藏在人生中的冷酷。

曼斯菲尔德的创作表明,在英国,短篇小说已经进入一个成熟阶段,并具备了自己的独特性,而她本人无疑也是20世纪20年代现代主义文学中的重要作家。

具有诗人特质的是科珀特(Coppard,1878—1957),他喜欢将诗的情绪和意境融入作品,由此形成自己的特点,其有名的短篇集子有《鱼贩子的小提琴》(*Fishunonger's Fiddle*,1925)、《红装露茜》(*Lucy in Her Pink Jacket*,1954)等。他出身贫寒,9岁即辍学到裁缝铺当学徒,后来做过办公室杂役、推销员、职业运动员、会计等,工作之余刻苦读书写作,除了写诗,还创作了100多篇故事。在他的作品中,莫泊桑和契诃夫的影响兼而有之,他努力从英国历代民间传说中吸取营养,热衷于英国乡村的风土人情,形形色色的普通人为了生活而忙碌、奔波,劳作不息,其中蕴含了一抹淡淡的哀愁。福特曾经指出,在英国散文作品中,科珀特几乎是第一个将英国抒情诗的特色引进散文的人,这说明了科珀特独有的贡献。

生于爱尔兰的弗兰克·奥康诺(Frank O'Connor,1903—1966),是爱尔兰独立运动的积极参与者,他曾参加过爱尔兰内战,担任过著名的艾贝剧院①主任,20世纪50年代后移居美国。一生创作200多篇短篇小说,大体偏向自我、个性的表达方面,作品的一个重要主题就是对社会孤独感和个人自由的探索。小说人物大都来自爱尔兰中下层阶级的乡村,他们常常陷入婚姻、家庭和宗教构成的罗网,不能掌握自己的命运,如《星期五的鱼》(Fish for Friday)、《一篇莫泊桑的故事》(A Story by Maupassant)等,这一类故事具有契诃夫小说的风格。后期作品常常围绕医生、牧师的生活展开,探讨这类行业的脆弱和容易受责难之处。他为人熟知的是那些儿童作品,其中名篇《我的俄狄浦斯情结》(My Oedipus Complex),有一定的自传成分,是表现儿童题材的杰作。他声称自己的创作属于19世纪现实主义一派,不主张技巧革新,认为要将人物写活,如闻其声,生动而感人,这才是重要的。其短篇中最为著名的是《国宾》,在思想上很具有现代意义。小说写在爱尔兰内战期间,两名英国俘虏与两名看守他们的爱尔兰士兵,由于朝夕相处而产生感情,居然称兄道弟,民族仇恨让位于普通的人间情谊,而民族的仇敌仿佛成了"国家的宾客"。但英方处决了爱尔兰共和军俘虏,爱尔兰看守也奉命处决这两个英国俘虏。他们是军人,执行命令是天职,但他们也是人,站在人的角度,爱尔兰士兵陷入迷茫和痛苦中,他们和英格兰俘虏一样,都不懂为什么会有这样的结局。爱尔兰看守自问:"他们究竟对我们干了些什么? 我们难道不是朋友吗? 难道我们不理解他们,他们也不理解我们吗?"其中一个还向指挥行刑的军官说:"他们是我们的好朋友,他们和我站在一起,我也和他们站在一起。你好像以为我们是资本家的工具,我们不是!"这些话具有十分悲怆的意味,是作为普通人对战争的质问,也是对人类互相之间的杀戮的控诉。类似的情景,在美国作家海明威的战争小说中有出色的表现。应该说,这样的问题,是经历两次世界大战的西方作家在写战争时都要遇到的问题,也是人类在互相残杀中摧残心灵的问题。

奥康诺写过长篇小说和评论,还对外翻译介绍过爱尔兰文学。他的主要贡献在于用动人的音调、语气和朴实的风格,将爱尔兰的短篇小说推向世界。

声称自己属于莫泊桑传统的赫伯特·贝茨(Hebert Bates,1905—1974),许多小说都注重抒情而不注重情节和人物刻画,具有契诃夫的味道,因此被认为博采众长,对莫泊桑、契诃夫以及屠格涅夫、托尔斯泰、康拉德等大作家都有借鉴。他年轻时曾在一家报社工作,后来又在仓库货栈谋生,只是用闲暇时间写作。他一生创作了70多本短篇小说集,还写有长篇。他对英国乡村有深厚的感情,在

---

① 艾贝剧院是爱尔兰独立运动中为了张扬本土文化所建立的剧院,叶芝曾是积极的倡导者。

其作品中总是弥漫着花草的芬芳和泥土气息,在四季变化的色调中,农人、小店主、流浪者的欢乐和忧患、希望和失望在生活中默默流淌。《钓鱼》写两个年长的寡妇,在一起回忆年轻时在河边钓鱼的情景,感动中决心重温旧梦,兴致勃勃地布下鱼钩和鱼饵,相约第二天早晨来收获钓上来的鱼。然而到了次日早晨,"鸟儿苏醒了,牛群跑过了草地,村庄里响起了早祷的钟声,但是河边的小径上却不见人影"。铺展了一种青春已逝、过往不再的情绪,故事结束但余音缭绕,这是贝茨的风格。第二次世界大战中,贝茨加入皇家空军,作战英勇,升到中队长,其间化名"某飞行军官"写过一组表现空军题材的短篇,其中《谋生者号巡航》(*The Cruise of "The Breadwinner"*,1946)等很畅销。进入20世纪60年代后,他写作勤奋,几乎每年都有一本新作问世,著名的有长篇《时刻》(*A Moment in Time*,1964),短篇集《婚礼》(*The Wedding Party*,1965)、《野樱树》(*The Wild Cherry Tree*,1968)等。其中很多作品被选入每年一编的《英国最佳短篇小说选》中。应该说,贝茨的短篇别具一格,在人物刻画、情节铺排、心理描写、抒情写意上都有他的独到之处。

维克多·普列契特(Victor Pritchett,1900—1997)属于评论家和小说家,长年在英国、美国的一些大学讲学,20世纪70年代还出任英国笔会和国际笔会的主席。在长达60年的笔耕生涯中,他写有游记文学、散文、文艺批评、短篇故事、长篇小说和自传等,而他对短篇小说不仅情有独钟,还会将其提到理论高度予以赞扬,认为短篇更适于表现现代社会的紧张动乱、风云变幻。在写作风格上推崇狄更斯,喜欢在平稳中加以轻微的揶揄,将现实主义手法和漫画式技巧巧妙结合,具有其独特的效果。《开启我心灵的钥匙》中,写一个富裕而吝啬、狡猾的女人,她欠债后想方设法赖账,先用粗鲁的语言试图吓退要债人,失败后又挤眉弄眼地想迷惑债主,一副令人作呕的模样。《笼中鸟》刻画一对性格迥异的姐妹,她们出身贫寒,姐姐嫁给一个寒酸小气的男人,常常在节省一个铜板后享受一种"舒服劲儿";妹妹很轻浮,靠招引男人过着挥霍无度的生活,还在人前将姐姐称作自己的裁缝,这个虚荣和卖弄色相的女人受到作家的无情嘲弄。作家善于抓住典型的细节,用简洁的笔法,勾勒出几个人物的性格特点,使他们栩栩如生。其短篇《盲目的爱》(*Blind Love*)和《尊严的债务》(*A Debt of Honour*)等都是脍炙人口的佳作,另有故事集《你自己创造自己的生活》(*You Make Your Own Life*,1938)等。

战争小说

第一次世界大战结束后,欧美文学中出现了大量战争题材作品,作家们站在人性角度、人的存在角度,对战争这个由人类主宰的摧残人类自身的怪物进行了多方位的描写。英国小说也不例外,那些作家大多亲临前线,战场上的记忆在心中留下难以痊愈的创伤,彻底改变了他们对世界、对生活的看法和态度。有名的作家有查·蒙塔古(C. Montague,1867—1928),曾是《曼彻斯特报》的戏剧评论主笔,他自身的经历就很有代表性:战争爆发时,他虽已年近半百,但自己隐瞒年龄,毅然投笔从戎,是为了一种人类的正义和职责;但战争中出现的许多意想不到的事件,身边战友的不断牺牲,战场上的断肢残臂,使他怎么也找不到正义到底在哪里。其作品《幻想破灭》(Disenchantment,1922)淋漓尽致地表达了这些,如军官的无能和调遣失误,大批战士的无谓牺牲,战地记者的弄虚作假,政客的影响,等等,于是主人公由充满幻想到失望最后变为对战争本身的厌恶和仇恨。小说出色地表现了人们在精神、道义和体力上受到严峻考验时所具有的毅力,作品流传至今,属于最早的反战小说。类似的作品还有小说《粗暴的正义》、故事集《如火如荼》等。

理查德·奥丁尔顿(Richard Aldington,1892—1962),曾就读于伦敦大学,出于经济方面的原因辍学,做了一家报纸的体育记者,受意象派诗歌影响,自己也开始写诗,后来成为英国意象派诗歌运动创始人之一,在意象派刊物《唯我主义者》当过编辑。大战爆发后,他到法国前线参战。一次炮弹爆炸导致他休克,对他造成长期的神经损伤,这种经历后来出现在他的一系列战争小说之中。主要作品是《英雄之死》(Death of A Hero,1929),出版后一度十分畅销,被认为是英国最出色的反战小说之一。作品前半部分刻画了战前伦敦知识分子的众生相,讽刺文艺圈子里的那些骚人墨客;后半部分写主人公上战场后对战争的憎恨心理。主人公名叫温特伯恩,他像当时许多年轻人一样,在文学艺术上喜欢现代主义,在思想上抨击维多利亚时代虚伪拘谨的道德观念,崇尚思想自由和性解放,在行为上放浪形骸,以至于在妻子和情人之间难以周旋,陷入失望与沮丧之中。温特伯恩代表了20世纪第一代青年反传统的极端倾向和迷惘。正是抱着这样的情绪,他应征入伍,本想使自己振作起来,没想到战壕里的经历使他更加悲观消沉,瓦斯、老鼠、跳蚤、遍地腐烂的尸体等,都在袭击着他,使他精神上、肉体上受尽折磨。他感到战争正在浪费着自己的年华,对人没有任何意义,而这种状况正是人类整个生存境况的写照,这是他对世界的新认识。因此到最后,他感到自己的头仿佛被什么东西炸裂了一样,突然疯狂地从战壕里站了起来,一排子弹穿透了他的胸膛,"轰的一声,地球淹没在了一片混乱之中"。

《英雄之死》写出了一大批参战青年的心理、精神经验,战前面对传统他们是极端反叛者,有其任性和不成熟的一面;战后他们是战争的控诉者,通过战争他们看到生存的残酷本质,于是感到在人生中找不到立足点,就像温特伯恩的"头脑裂成碎片"一样,成了崩溃的人。

类似写战争的作家还有莫特拉姆(1883—1971)、维廉逊(1895—1977)等,他们都曾参战,是战争的受害者,他们用自己的作品控诉了战争的残酷和对人的心灵造成的难以痊愈的损害。

通俗小说

20世纪前半叶,在文化转换的关口上,在战争和经济危机不断笼罩着的日常生活中,通俗小说似乎找到了市场,到处泛滥。最能吸引大批读者的自然是侦探小说和惊险小说。20世纪初,柯南道尔笔下的福尔摩斯侦探几乎成为家喻户晓的人物。到20年代,关于犯罪和侦探题材的小说出现,埃德加·华莱士(Edgar Wallace,1875—1932)是这个领域的佼佼者,他也许是20世纪前半叶作品最多、读者最广和收入最高的作家。他或手书,或口授,在27年的写作生涯中创作了150多部小说以及近40部剧本。主要作品有《一支弯曲蜡烛的线索》(*The Clue of the Twisted Candle*,1916)、《深红色的圆圈》(*The Crimson Circle*,1922)、《警察追捕队》(*The Flying Squad*,1928)等。在许多离奇故事中对人物塑造也别具匠心,这也是他作为小说家的成功之处。

另有切斯特顿的"布朗神父"系列、女作家阿加莎·克里斯蒂的《东方快车上的谋杀》等,都促进了通俗小说的繁荣。在战争和经济危机年代,侦探小说以其惊险曲折的故事抚慰着饱受惊吓的人们的心灵,无形中减轻了他们的生活压力,因而得以广泛流传。

第七章　20世纪后期小说

第一节　概　述

一　历史文化背景与文学状况

英国当代小说创作即20世纪后期的英国小说,是从1945年第二次世界大战反法西斯战争胜利开始的。50年代战后的英国与爱德华时代相比,无论在社会经济还是社会心态方面都发生了巨大的变化,许多方面已经不能同日而语了。当英国国民站在战争废墟上重新审视现实生活时,他们发现英国已经滑落到了经济崩溃的边缘,背负着巨额的财政债务,海外殖民地逐渐丧失,国民经济大幅下降。在承受了过多的艰辛与重负以后,人们开始将目光投向未来新社会,希望在战争期间与法西斯斗争中建立起来的政治上人人平等的社会体制,延伸到社会的各个领域,尤其是中下层阶级迫切希望在社会改革中,使他们能获得更多的利益,得到更好的社会服务和经济实惠。以丘吉尔首相为代表的保守党并没有考虑普通老百姓的需求,尽管英国人民在他的领导下,联合欧洲盟军,在十分艰难的年代中同仇敌忾,打败了德国法西斯,然而因判断错误,忽视了战后人民提出的社会变革愿望和要求,他还是被选民赶下了台,工党以更多数的选票成为执政党。

工党所推行的一系列振兴国家的政策,尤其是"福利国家"政策和经济国有化措施,给战后英国无论在政治、经济还是文化生活方面都带来深远的影响。1945年通过的教育法案使得中下阶层家庭子女可以获得政府资助上学。1946年通过的国民医疗法案使得英国公民第一次平等地享受公费医疗。国民保险法案保障了失业者、退休人员、社会老弱病残者可以获得社会经济补助和保障福利。包括银行、煤矿、电力、钢铁、铁路、公路等在内的关系到国计民生的资产的国有化,极大地凝聚了战后贫困英国人的内聚力。在长达五六年中,人民团结在工党周围,在艰苦奋斗中重建家园,使得英国经济走上了快速发展的轨道。到20世纪50年代末60年代初,英国国民经济得到了快速恢复,人民生活有了极大改善,小汽车、电视机、电冰箱开始进入家庭。生活水平的提高,城市贫富差异的相对缩小，文化事业的迅速发展，广播电视、文化艺术、报刊书籍和文化教育的普及，极大地促进和提高了人民的文化素质。长期战争带给人们的灾难和困苦，一时间被"福利国家""富裕社会"的乐观和满足情绪所代替。

20 世纪 60 年代随着经济形势的日趋严峻以及社会各阶层关系的紧张，悲观失望的情绪在国内蔓延开来。工党的改革政策并没有像人们希望的那么彻底和美好，"福利社会"虽然在一定程度上改善了人民的生活保障和基本需求，但那种对生活的些许满足仅仅是以战争年代作为参照系的，而且也是战后依靠城市工人加班加点、拼命劳动和超额付出所换来的。国有化的改革，仅仅是国家拥有抽象意义上的某些行业的所有权，真正的管理者和财富获得者依然是资本拥有者，劳工们并没有得到多少经济实惠，战前就十分紧张的劳资矛盾并没有得到缓解。虽然工党施行了一系列改革措施，诸如对高收入者高额征税，对普通百姓给予平等接受教育和享受福利的权利，等等，但社会贫富悬殊现象依然存在，中上阶层与下层人民之间在经济和社会地位上的矛盾仍然十分尖锐。有限的"社会革命"并没有让英国的资本经济摆脱周期性的经济萧条与危机。自 60 年代中期后，英国更是处在悲观阴霾的笼罩之下。通货膨胀持续，贸易逆差，英镑贬值，生产力下降与失业率上升，劳资矛盾引起的罢工浪潮此起彼伏。另外，随着英国在亚洲和非洲的殖民地人们的民族独立和解放运动的兴起，英国丧失了巨大的海外市场和原材料基地，参加美国发动的侵朝战争失败与侵略埃及的战争惨败，极大影响了英国在国际政治格局中的地位，也给英国社会和经济带来极大的负面影响。由此引发了当时颇具名气的"英国病"。到 80 年代，保守主义思想成为一股国际潮流，也成为英国社会的主流思想，长期以来两党政府虽交替执政，但保守主义思想一直延续至今。1979 年保守党上台后在撒切尔夫人的努力下，进行了一系列的社会与经济改革，如削减行政开支，遏制通货膨胀，减少税收，抑制工会势力，裁减政府机构，等等，以经济建设为中心、以金钱财富为核心的社会共同富裕思想，广为人们接受。兴起的电子工业革命和第三产业，尤其是进入 90 年代，迅速发展的高新技术和信息产业，极大限度地促进了英国的现代化与经济发展。虽然贫富依然存在巨大差异，然而绝对贫困的消除、人民生活水平的普遍提高，增强了英国经济的整体实力。即使是 90 年代后保守党让位于工党，布莱尔执政，英国工党的"现代化"政策也大多是延续了保守主义思想。抑或是撒切尔夫人的强硬路线为布莱尔政府所接受，抑或是作为大英帝国社会心态的延承，英国在经济快速增长的同时，就迫不及待地紧随美国之后担当起国际宪兵第二的角色。在投入伊拉克战争和当下的反恐怖主义袭击时，英国的社会政治与经济都受到了不同程度的影响。

英国 20 世纪中期以来的社会心态与文化氛围的形成，与悲观主义、存在主义哲学思潮有着紧密的联系。20 世纪上半叶面对弥漫在欧洲与英国的战争与经济危机，以叔本华为代表的悲观主义哲学思想盛行于英国知识界、文化界，成为社会心态与社会意识的主导。这种对世界对生活的悲观主义思想，并没有因为"二战"的结束而消退，它仍然左右着英国人，成为他们内心挥之不去的阴霾。战后，人民生活贫困，经济持续低迷衰落，劳资矛盾尖锐，导致持续不断的工人罢工，悲观情绪随之蔓延。随着世界范围内的民族解放运动的兴起，英国作为殖民地宗主国的地位日渐丧失，昔日的"日不落"帝国分崩离析，对于从 16 世纪以来习惯了大英帝国全球性殖民主义思维的英国知识分子乃至普通百姓来说，他们因英国在国际舞台上地位的丧失而深感失落。战后悲观主义思潮相对于"二战"期间而言，仅仅是从对死亡的恐惧悲观转变成对生活的失望悲观。如果说，面对法西斯，英国人同仇敌忾，恐惧悲观中还充满希望的话，那么 20 世纪中后期以来英国社会所盛行的悲观主义思潮则充满了失望情绪，普遍存在着对世界与社会的怀疑态度、对人生与未来的迷惘和困惑、对社会的隔绝和不信任。尽管在 80 年代以后，人民的生活水平提高了，科学技术、电子计算机技术得到广泛应用，社会走向了全面现代化，然而激烈的市场竞争与生存竞争，让人时刻产生被社会和现代化抛弃的危机感，使得人与社会、人与人之间的关系，不仅没有得到改善，从某种程度上讲反而更趋紧张。悲观主义成了 20 世纪以来英国知识分子的标准心态，也成为普遍的社会心态。

20 世纪 40 年代形成的以法国萨特为代表的作家的存在主义哲学思潮，在 50—60 年代达到了高潮，成为当今欧美世界也是英国社会的主要思想基础和哲学基础。存在主义在先驱者——19 世纪中叶丹麦的克尔凯郭尔那里，就表现出对人的生存状态的关注，流露出悲观主义倾向，从而将人生的终极意义追溯到宗教和上帝那里。第一次世界大战后，以海德格尔和雅斯贝尔斯为代表的作家的存在主义思想，极大缓解了德国社会的悲观绝望情绪。以萨特为集大成者的存在主义，成为"二战"期间西方社会的精神寄托。存在主义将世界和人生的本质，看作后天形成的，提出了"存在先于本质"，认为人的"存在"在先，"本质"在后。同时存在主义认为"世界是荒谬的，人生是痛苦的"，现实社会里人与人之间的冲突、抗争与残酷是必然的，人类充满了丑恶与罪行。面对残酷的社会现实和痛苦的人生，存在主义提出了"人的自由选择"的人道主义主张，认为人子被上帝偶然抛到这个世界上，每个人都有各自的自由，面对各种环境，采取何种行动，如何采取行动，都可以做出"自由选择"。"年轻的一代开始怀疑老一代，于是，他们努力破坏主导文化的权威和制度。"①存在主义既是对悲观主义的一种延伸和发展，同时也成为对悲观主义的一种解脱和超越的哲学。存在主义作为哲学思潮同时

---

① Powell, Danny, *Studying British Cinema：The 1960s*, Leighton Buzzard：Auteur, 2009，p. 14.

也是西方现代主义文学思潮，对欧美文坛产生重大影响。文学创作的主题及其作家的关注点，发生了极大的变化，着重表现"对工人阶级的关注；对性与女人的侵略性态度；对现代性和大众文化的严重质疑；极端文化奔入主义；强烈的怀旧情绪；含糊不清的愤怒以及政治冷淡"[①]。同时各种文学变体及其文学流派相继出现，诸如荒诞派戏剧、黑色幽默、"垮掉的一代"等。英国虽然没有出现具有规模的存在主义哲学和文学高潮，但存在主义作为一种后现代语境中的话语基础，一直若隐若现地存在于社会文化和文学艺术之中。面对战后破败的经济、艰苦的生活、平均主义的尴尬、贫富悬殊的加剧、社会矛盾的尖锐，以及科技高速度发展下的激烈竞争与人性异化，作家或者选择"愤怒的青年"式的呐喊，或者采取如默多克似的寓言哲理的沉湎与思索，其中不乏贝克特式的对存在痛苦和荒谬世界的荒诞描绘，抑或如后现代文人那样在快餐文化和感性生活中寻求人生的欢乐与慰藉。不同的存在主义自由选择，既是对人生本质和价值的一种确认与追求，同时也成为社会生活和人生历程的主要内容。

随着"福利国家"口号的提出，战后英国在文化事业方面有了很大的发展。廉价书刊大量涌现，企鹅出版社倡导的6便士一本的平装本丛书，一时间出现在车站码头、大街小巷、店铺地摊上，给英国低收入人群更广泛接触文学带来福音。其中既有像荷马诗史、海明威小说这样的经典名作和纯文学作品，也有诸如侦探、休闲和情爱作品。廉价书籍的出现，作为战后文化领域的乌托邦现象，在丰富市民业余生活的同时，极大提高了普通百姓的文化素养和知识视野。20世纪70年代后，随着广播事业的迅速发展和电视机的普及，视听艺术与传媒文学得到了极大的发展。古典和现代音乐、舞蹈艺术、文学鉴赏、学术沙龙、知识讲座、影视剧目等大量出现，使得文化娱乐不再是一种可有可无的消遣，而成为人们生活本体内容的重要组成部分。青年人对侦探惊险作品、情色隐私文学、甲壳虫乐队、摇滚音乐、流行音乐和爵士乐等趋之若鹜，嬉皮士一时风靡全国，"高雅艺术""上层文化"与"通俗艺术""群众文学"融成一体，形成全民"共同文化"的格局。80年代以后，随着国民经济与科学技术的快速增长，以大城市为中心的文化圈形成，商业中心和购物超市出现，跨国经济集团涌现，尤其是互联网走入寻常百姓家，给英国人的传统思想和文化观念带来极大冲击。随着全球性政治的多极化，欧洲盛行的各种思想文化和观念，越来越多地渗透进英国人的道德伦理和正统文化。宗教意识前所未有地淡化，教会文化对生活的影响日渐式微，女权主义高涨，传统的英国绅士式道德观念在各种新思想、新思潮面前显得十分苍白，婚姻爱情、道德伦理和文化观念发生了根本的变化。随着文化生活的多元化，校园

---

① Dominic Sandbrook, *Never Had It So Good : A History of Britain from Suez to The Beatles*, London: Little Brown, 2005, p. 174.

文化、商业文化、企业文化、网络文学、通俗文学、色情文学、流行音乐等区域性、行业性和专门性的文化现象,成了英国人文化生活的主要内容。自由化多元文化格局下的文学艺术空前活跃,极大繁荣和发展了英国文化与文学,使得英国在20世纪后期成了世界文坛强国之一。

二 小说发展概况

20世纪后期,当代英国小说的发展走向,大体呈现出现实主义和现代主义交替钟摆式运行的轨迹,不同发展阶段很难截然分清:一方面,在相同的年代和相近的文化背景中,现实主义和现代主义文学往往并存;另一方面,同一作家在较近的时间中,常常既有现实主义巨作,又有实验主义小说和现代主义佳作。然而我们还是可以从中看出不同阶段的小说创作主导倾向。20世纪后半叶英国小说大体经历了三个发展阶段:第一个阶段主要为50年代至60年代初,小说形成了向现实主义回归的倾向,以金斯利·艾米斯、约翰·布莱恩为代表的作家的"愤怒的青年"小说,体现出作家对社会、对人生的思索与追求;第二个阶段为60年代至80年代初,现代主义和后现代主义小说大量涌现,有以贝克特、戈尔丁、默多克为代表的作家对生存哲理和道德人性的探索,也有以B.S.约翰逊、福斯特为代表的作家的实验主义和后现代主义小说创作;第三阶段为80年代至今,小说以多流派文学多元文化交融为主要特征,形成了现实主义传统手法与现代主义实验成果相兼容的局面,创作更具包容性和开放性,同时出现了诸如科幻小说、侦探恐怖小说、女性主义文学、后殖民主义小说等。

当"二战"的硝烟散去之后,20世纪50年代至60年代初在英国文坛出现了对以乔伊斯为代表的作家的现代主义和实验主义文学创作的反思和否弃倾向,文学从战前的现代主义回归到现实主义,从对内心世界的表现转向对外部世界的反映,从对个人生命的感悟转向对社会现实的呐喊,从对小说形式技巧的标新立异转向对社会时代和人生命运的关注,有时也被称作"新现实主义"。由C.P.斯诺的11部小说组成的"系列长河小说"《陌生人和兄弟们》,以现实生活的故事情节,忠实记录了半个多世纪的社会生活以及发生在身边的人和事,展现了一幅宏大的时代历史画卷,创作中所体现出的严谨而真实的现实主义风格,使我们仿佛看到了爱德华时代高尔斯华绥的系列长河小说《福尔赛世家》的影子。在威廉·库珀的《外省生活场景》中,我们可以看到巴尔扎克、福楼拜式的外省生活的细腻描写,同时作品中塑造了对"福利国家"不满的一代年轻人形象。库珀与斯诺一起对先锋和实验小说的否定、对现实社会生活的真实展现,成了英国文学走出作家和人物隐秘的内心世界,回归社会现实生活的先声,标志了英国当代文学由内向外的创作倾向的转折。

当"福利国家"的美好图景被政府和传媒大肆宣传的时候,敏锐的知识分子和作家已经感受到它背后所隐藏的虚假与欺骗，面临政治、经济和社会危机，形成了以"愤怒的青年"为中心的反映时代生活的现实主义小说创作高潮。玛丽·麦卡锡在《一个新词》中这样说："约翰·奥斯本有何不满'苍天'之处呢？答案十分简单，只有一个词，那就是'地狱'——这就是奥斯本对于那个梦中的伊甸、半天堂的'福利国家'，所能说的一切。"[①]年轻人对现实的强烈不满、对社会的反抗与叛逆，成为他们的主要标签。库珀作品中的"反英雄"和"非英雄"人物对传统习俗和现实社会的叛逆，使他成了"愤怒的青年"的开创之父。金斯利·艾米斯在 1954 年发表的《幸运的吉姆》中塑造的吉姆形象，充满了战后中下阶层年轻一代对生活的愤懑怨恨情绪。1956 年约翰·奥斯本的《愤怒的回顾》在伦敦皇家宫廷剧院上演，其轰动效应更是在小说界引起了连锁反应。他们作品中的主人公杰米和吉姆，都有相同的昵称 James，被看作英国战后"愤怒的青年"的典型。

"愤怒的青年"主要是"指 20 世纪 50 年代英国出现的小说、戏剧的作者和主人公"[②]。他们中的大多数人出身于英国下层社会，也有些人在"二战"后政府福利政策支持下完成高等教育，却无法进入中上层社会。他们批判英国社会的丑陋与不公，表达对社会的强烈不满和愤懑情绪，因此被称作"愤怒的青年"。新闻媒体和评论家借用莱利斯·阿伦·保罗所著的《愤怒的青年》和奥斯本《愤怒的回顾》的书名，称呼当时社会年轻一代及其文学作品中所表现的年轻人形象，使得"愤怒的青年"这个不是十分确切的名称得以流传，成为对 20 世纪 50 年代社会心态和社会思潮的形象展示，也成为英国文坛影响甚大的文学思潮。约翰·韦恩的《每况愈下》、约翰·布莱恩的《往上爬》、艾伦·西利托的《星期六晚上和星期天早上》等一批小说的出现，把"愤怒的青年"推向高潮。"福利国家"时期出现的"愤怒的青年"作家，都表现出对乔伊斯、伍尔夫等现代小说和实验小说的否弃态度，认为他们的作品过于重视个人情感，转而主张写社会题材和生活在社会生活中的人。他们的作品具有鲜明的时代特征，为读者塑造了一批战后愤怒青年的群像。这些人大多出身中下阶层，有的受过高等教育，有的甚至参加过战争。他们看清了"福利国家"宣扬的所谓自由平等，放弃了政治追求和宗教信仰，也抛弃了传统思想和伦理道德，玩世不恭、放荡不羁。他们信奉现实的生存原则，为了跻身中产阶级和上层社会不择手段，然而结果总是让人失望。他们身上体现的一个共同的特征就是对现实、对社会的强烈不满和愤懑情绪。"愤怒的青年"作品中，工人阶级、城市小市民、中下阶层小人物成了主人公，成功塑造了一

①　Mary McCarthy, *A New Word*, HarPer's Bazaar, 1954, p. 4.

②　Chris Baldick, *Oxford Concise Dictionary of Literary Terms*, Shanghai Foreign Language Education Press, 2000, p. 10.

大批反叛社会的年轻一代形象，赢得了广泛的社会读者群。在欧美 20 世纪以现代主义为主导的文坛格局中，英国"愤怒的青年"文学思潮的出现，掀起了一场颇具影响且十分成功的现实主义文学运动，无论对社会还是对文坛，都具有十分深远的影响。

女性主义文学在英国文学史上历史悠久，出现了诸如简·奥斯丁、勃朗特姐妹、伍尔夫这样的著名小说家。20 世纪后期的英国文坛女性文学又一次形成高潮。她们的小说突出反映女性面对恋爱、婚姻、家庭问题时觉醒的自我意识，描述她们在社会地位、工作事业和人生追求中的矛盾、痛苦和艰辛。较有成就的有默多克、德莱布尔、莱辛、斯帕克等。艾丽斯·默多克的《沙堡》《一颗被砍掉的头颅》《一朵非正式的玫瑰》等小说思考的是个人与家庭、责任与自由、爱情与道德等家庭伦理问题，小说在家庭婚姻和伦理道德描写中融入了对人的自由选择的存在主义哲学思考。玛格丽特·德莱布尔的《夏日的鸟笼》《盖瑞克年》和《磨盘》，对女性从青春少女的追求到家庭主妇的苦恼，进行了立体追踪式的描绘，写出了她们女性意识中的青春意识、婚姻意识和情欲意识。《金色的耶路撒冷》中，在对女性共同的命运探索的同时，包含了道德寓意，谴责了人物将性别当作实现功利目的的工具，在神圣的爱情婚姻中掺杂了对金钱、地位的贪婪欲望等行径。多丽丝·莱辛的五部曲《暴力的儿女》中以"二战"为背景，将女性寻求自我精神世界自由完满的生活经历，放在广阔复杂的社会环境中，把女性主义、社会冲突、民族矛盾和社会人生结合起来，从而对女性在社会中的生存状况进行全方位考察。穆里尔·斯帕克的《琼·布罗迪小姐的盛年》中除了反映女权主义和女性意识以外，还在对人物事件的描述中，传达出了反专制、反权威、反强暴，主张人人平等、和睦相处的和平主义思想。

20 世纪 60 年代至 80 年代，西方文坛普遍由现代主义转向后现代主义。以存在主义哲学为基础的各种后现代主义文学流派纷呈，形成一股强大的潮流。法国的存在主义文学随着 1957 年加缪和 1964 年萨特获得诺贝尔文学奖而影响日盛。荒诞派戏剧由 50 年代遭遇冷落抨击到 60 年代一路走红，成为剧坛的主流。美国文学界"黑色幽默"小说流行，法国"新小说"成了学界评论传统文学、现代主义文学与后现代主义文学的参照标准。现代主义、后现代主义文学思潮对英国文坛产生了巨大的冲击，大部分作家不同程度地受到了影响，他们开始突破现实主义创作思维，探寻新的文学表现内容和方法。战后处在社会危机、经济危机、东西方冷战和热核战争威胁下的英国社会，悲观主义盛行，存在主义作为一种哲学思潮和现代主义文学思潮，很快为作家们所接受。英国的小说虽然很难界定是属于存在主义文学还是属于某一个后现代流派的作品，然而他们的创作采用了"非主流派""非现实主义"的手法，在题材和内容上进行了新的具有现代主义和后现代主义内涵的探索。作为现实主义文学代表作家的威尔逊，60 年代转向,开始对新现实主义进行抨击,公开宣称加入实验主义文学创作的行列,小说中蕴含了浓郁的对社会人生的存在主义哲理思考,并在他的《动物园的老人》等小说中对他的文学实验理论进行了成功实践。贝克特是荒诞小说的代表作家,在他的《墨菲》《瓦特》和《莫洛伊》三部曲等荒诞小说中,存在主义思索、悲观主义流露和神秘主义体现十分明显。小说中主人公生存状况窘迫,人物形象丑陋怪诞,故事内容平淡无奇,情节荒诞不经,象征西方战后社会异化和精神危机。存在主义小说家默多克更是萨特存在主义哲学的追随者,不仅著有对萨特思想和文学作品的专论《萨特:浪漫的理性主义者》,并在《还算体面的失败》《黑王子》《大海,大海》等一系列小说创作中,以形象塑造和情节表述为载体,阐述她的哲学观念和道德伦理思想,作品从存在主义出发,反映现代人的生存境况,探讨人存在的价值和意义。戈尔丁《蝇王》则从人类道德的角度探讨人性恶,阐述现代人性的表现状况。在对人类罪恶堕落的展示中,在对社会和人生的消极悲观情绪描绘中,在作品的道德评判和寓意说教中,传达出作家对社会现实和人生生存状态的思考探索,从而体现出丰富的审美内涵。他的小说具有寓言讽喻的色彩,因而他的作品也被称为“哲学寓言”小说。格雷厄姆·格林的早期创作具有现实主义因素,60年代以后的创作中,更多地将关注的目光投向了人类的生存状况,试图在人性善恶的评判与宗教信仰的说教中,给人类提供解脱和超越的途径。他的创作总体上体现出消遣文学与严肃文学相融合的风格。小说在愉悦的休闲消遣与严肃的思辨哲理中探讨社会道德问题,在人文精神与宗教信仰中,表现出对社会现实和人性善恶的终极关怀,从而体现了格林高度的社会责任感。

　　随着后现代主义文学兴起,西方文坛形成了小说形式的结构主义和解构主义高潮。法国罗兰·巴尔特的《零度写作》彻底颠覆了传统的文学观念,将文学从以内容意义为主体的作家创作,转向以形式结构为主体的文本写作。在巴尔特那里,作者所关注的不再是观念、思想和内容,而是媒介、语言和形式。现代作家力图开发一种中性的、非感情化的写作,即所谓“零度写作”,也就是说,作者不直接担负社会和政治的使命,而进入一种纯粹写作的状态。文学成了一种单纯的语言现象,仅与创作风格有关。“这种中性的新写作存在于各种呼声和判决的汪洋大海之中而又毫不介入,它正好是由后者(指毫不介入的作家)的‘不在’所构成。……于是我们可以说,这是一种毫不动心的写作,或者说一种纯洁的写作。”①在巴尔特的理论中,文学变成了语言的实验,任何文学的表现,其载体“符号”本身就是内容,小说仅仅是写作者在不断复制着的文本,其中所表现的内容,都可以在其他文本中找到它们的踪迹和影子,体现出“文本间性”特征。于是巴

――――――――――――

　　① 罗兰·巴尔特:《写作的零度》,《写作的零度——结构主义文学理论文选》,时报文化出版企业股份有限公司,1992年,第57页。

尔特宣布"作者之死"。德里达从语言解构的角度表述语言和人的关系,语言不再仅仅是思想交流的工具,而成了人类精神的家园。从语言结构主义走向了语言的解构。一场以解构内容、解构中心、解构形式、解构语言为中心的后现代文学解构主义运动兴起。以法国"新小说"为开端,进入了后现代小说时代。语言形式、文本写作、"元小说"、实验小说一时间成为文坛和评论界的时尚话题。英国许多作家在实验主义的口号下进行后现代小说创作,在西方后现代文学潮流中,占有一席之地,形成一定影响。约翰·福尔斯的《法国中尉的女人》中用"时代误置"的方式,以现代人的口吻、戏拟的手法对 19 世纪小说内容、形式、语言、文体和对话等,进行大量的滑稽模仿,小说多线索的叙述和开放性的结局,更使作品具有实验小说和元小说特征。他的作品成了解构主义语境下的小说范本。B.S.约翰逊小说中奇特的排版形式和大段的插话旁白,甚至在页面上钻孔,不同色彩的纸张,暗示主人公的心境和身体状况。他的《不幸者》甚至可以不加装订,让读者可以从任何一页开始以任何顺序读完他的小说,形成对内容的不同解读。小说叙述中意识流、日记、图片、剧本残片等多种手法的并置,具有丰富的解构主义文本间性特征。约翰逊的"文学形式革命",将英国实验主义小说推向了极端。劳伦斯·德雷尔的《亚历山大四重奏》和《阿维尼翁五重奏》中运用"变形叙述"的手法,在多部文本的不同生活故事中折射出相同的主旨,在多重的文本内容之间互为补充,形成多部小说内容相互辐射映衬的"重奏"与"复调"的艺术效果,成为后现代语境中文本写作的成功实验和革新。马丁·艾米斯的《伦敦荒原》以幽默滑稽的手法,表现人物的病态心理和凶杀故事,人物所体现的精神荒芜,传达出人类病态的"世纪末"情结。《时间之箭》以时空颠倒的叙述手法,用嘲讽的方式描写战争及战后人类的悲哀、不幸和死亡,喜剧式的搞笑描写使作品具有了美国黑色幽默的特征。布鲁克-罗斯从 20 世纪 60 年代进行实验小说创作,直至 80 年代中后期,依然执着地进行小说创作的革新,引领着英国后现代小说潮流。她的《网络四重奏》涉及电子计算机及网络给人类生活和文学创作带来的变化与矛盾,探索科技语言与人文语言相融合下的后现代文本写作的语言形式。

20 世纪 90 年代以来,随着后现代主义的日渐式微,科学技术和电子科技深入社会生活,尤其是网络时代的到来,文学艺术走向了多元化,文学在现代主义文学与后现代主义文学之后,出现了新的繁荣,老一代作家笔耕不辍,时有新作,年轻的一代佳作频出。尤其是进入 21 世纪以后,英国小说在世界文坛异军突起,成就斐然,先后出现了奈保尔、莱辛等诺贝尔文学奖获得者。20 世纪 90 年代后的英国小说,一方面表现为现实主义和现代主义的融合;另一方面,多种小说题材和样式纷呈。英国当代文学中现实主义的脉络一直在延续着,即使在现代主义和后现代主义盛行文坛时,在极具现代主义实验倾向的小说中,我们还是可以看到与欧美其他国家文学所不同的现实主义因素。或者是同一作家既有现实主义作品又有现代主义作品,或者是同一作品中现实主义手法与现代主义手法融为一体。80年代后期,这种现实主义和现代主义相融合的特征更为明显。

近代英国小说作家借助现代主义、解构主义的创作手法,探讨道德伦理,思索社会人生,反思战争年代,探究人性异化。劳伦斯·德雷尔、马丁·艾米斯、布鲁克-罗斯等的后期创作都表现出这种特征。如伊恩·麦克尤恩在1992年发表的《黑狗》中,以黑色幽默的手法,再现战争给人类带来的灾难,将梦幻、荒诞、幽默和现实描写融为一体,从而表现当今世界人们普遍关注的恐怖主义下的人类道德堕落问题。格雷厄姆·斯威夫特的《糖果店主》《羽毛球》《蛙池》《遗言》等小说,从历史的角度拷问现代人类生活,在质疑历史中重新建构生活,情节在历史写实、虚构故事和人物回忆中展开,故事叙述与人物的意识流独白交替出现,体现出传统与现代相融合的艺术特征。1996年《遗言》获得布克奖,奠定了其在英国当代文坛的重要地位。迈克尔·翁达杰在代表作《英国病人》中讲述了第二次世界大战期间,在意大利佛罗伦萨北部山区一位飞机失事后的"英国病人"的爱情经历以及战争带来的创伤。在燃烧的坠毁飞机中被牧人救下的英国病人奥尔马西,在护士哈纳的悉心照顾下逐渐康复,两人相依为命。小说以故事套故事的形式,追叙奥尔马西和哈纳不同的情感经历以及战争给人带来的悲剧命运。2001年出版的《菩萨凝视的岛屿》从结构形式上看是一部侦探悬念小说,然而从女主人安妮担任人权组织的法医,斯里兰卡的一系列神秘失踪案调查中,展现出的是凶残的杀戮与可怖的阴谋。随着叙事情节的展开,读者对案件的关注让位给了对社会生活和乱世人生的反思。《遥望》以时空交错的手法,通过不同人物与不同场景的松散叙述,展示了一段让人难忘的世事人生。加州北部的农场主人有女儿安娜和养女克莱尔、养子库珀,生活安逸,然而安娜与库珀的私情被父亲发现后,生活发生了巨大变化。安娜离家后去进行文学研究,库珀离开农场后成为赌场牌手,一直暗恋库珀的克莱尔终于又见到了心中的恋人,但库珀却因遭受殴打而丧失了记忆。小说生活场景不断转换,时空跨越较大,不停在不同人物的生活叙述中转换跳跃。小说看似散乱,但各人的时空场景和生活内容相互补叙,浑然一体,获得加拿大总督文学奖。安德鲁·米勒是英国当代著名新锐作家,《无极之痛》获得了多项文学大奖。小说描绘了生来没有痛觉的男孩詹姆斯短短32年的人生。他在家庭发生变故后到处流浪,有人利用他没有痛觉的身体贩卖"灵药",收养他作为赚钱的展示品,等等,在苦难的生活中逐渐长大的詹姆斯成了优秀的外科医生,更多地接触社会生活中人们的痛苦。小说通过詹姆斯思索人类除了身体之痛外的心灵之痛,包含了对社会生活与人生的哲理思索。阿兰·德波顿的《爱情笔记》《爱上浪漫》和《亲吻与诉说》充满对爱情人生的哲学式探讨。《拥抱似水年华》《哲学的慰藉》中,作者试图运用古代欧洲哲学的智慧去医治现代人的焦虑和忧郁。他的小说在叙事结构方面都有独到的建树,形成了一种类似论文的小说结构模式,在封闭式结构中进行开放式结构创作实验。小说往往是在一个既定理论思索的框架中,跳跃式的描写,类似意识流到处流动的意识思维表达,使得小说呈现出一种开放、自由和片段式的艺术特征。大卫·米切尔被公认为欧美文学中的新一代小说大师。处女作《幽灵代笔》讲述9个相对独立但又相互交叉的故事,分别发生在日本,中国香港、四川,蒙古,英国伦敦,美国纽约,等等,小说发表后轰动西方文坛。《九号梦》讲述一个日本男孩寻找生父的故事。《云图》由6个不同主人公的故事组成:过着原始生活的老人、美国旅行家、年轻音乐家、年轻女记者、伦敦出版商、克隆人。从最远古到最现代的人类生活故事叙述中,作者试图探究人类的本性以及人类的劣根性。米切尔的小说具有元小说风格。S.J.沃森是英国当代文坛耀眼的新星,处女作《别相信任何人》引起文坛轰动,英国《星期日泰晤士报》称他为“本年度最值得喝彩的作者”。女主人公爱丽丝只能保持一天的记忆,昨天发生的事情都会被遗忘。作者描述了她的身份、她的经历、她的爱情婚姻等,在看似会被主人遗忘的生活内容背后,出人意料的故事中呈现出人性的冷漠与世事的残酷。朱利安·巴恩斯作为后现代主义文学作家,成名作《福楼拜的鹦鹉》讲述一个上了年纪的医生传奇人生历程,小说以片段和跳跃性为特征,体现了后现代创作手法和艺术特征。其代表作是获得2011年布克奖的《终结的感觉》。小说中年轻的托尼与好友,常在一起读书学习,相互戏谑,他们亲密无间,无所不谈,如文学知识、社会人生,尤其热衷于谈论性。托尼结婚又离婚,人生无常。退休后旧日女友母亲的遗嘱,让他回忆起往日生活中的谜团,发现一切都发生了巨大的改变,自己一直所推崇信仰的东西发生了动摇。在回忆中,他发现了自己自私的一面。小说不在于述说人物故事内容,而在于通过人物的精神变化与心路历程,引起读者对生活的重新认识。帕特·巴克作为1995年度布克奖获得者,被评为“20位英国最优秀的青年小说家”。代表作品有《重生三部曲》(《重生》《窥孔》《亡魂路》,1991—1995),小说在英国传统的现实主义创作手法中,融入了众多的现代主义和后现代主义元素,颠覆了战争场景与和平生活描绘的宏大叙事模式,消解了历史故事和生活回忆的单一性叙说模式,代之以对历史文本的多面性与社会人生的多元性叙事模式,在开放式的小说结构中,引发历史与现实的对话,启迪读者对残酷战争与社会人生的反思。威尔·塞尔夫的创作延续了现代主义的艺术精髓,作品中描写现代人的精神创伤以及现代社会导致人性异化的病态现象,表现文明与理性的社会与恐怖、战争、凶杀之间相悖的状况,小说主题涉及现代社会人类的病态生活诸如精神疾病、精神病学及毒品等问题。20世纪90年代发表的作品收入中短篇小说集《给顽强男孩的顽强玩具》中,其中对扭曲人生、黑社会、吸毒、浪子、颓废空虚等的描述,使得作家具有了文坛“垮掉派后裔”的称谓。《伞》《鲨鱼》等作品中对社会问题的展示,引起文坛与社会的极大关注,也给作家带来极大的社会知名度。

多元文化格局的形成,极大地丰富和拓展了英国文坛。小说的严肃精英性质为通俗流行所代替,纯文学走向了亚文学、边缘文学,小说既是人性和哲学的探索基地,又是文化和美学的多元共存领地,小说徘徊在文学与文本之间、严肃与娱乐之间、理性与非理性之间。20世纪80年代以来逐渐兴盛的科幻小说,是信息时代和科学技术在文学领域的反映。早在70年代科幻小说就成为小说实验的题材之一,出现在作家的创作实践中。如艾米斯的科幻书籍和故事《地狱新地图》《光谱》《改变》等。伯吉斯的《带发条的橘子》中试图通过科学技术对人类进行治疗、改造,以使人类能够弃恶从善。布鲁克-罗斯的《外出》中充斥了大量的科技术语。多丽丝·莱辛的系列太空科幻小说《希卡斯塔》《第三、四、五区域间的联姻》《天狼星人的试验》《第八行星代表之形成》中,以太空科幻的内容来影射当今世界与未来人类,记录了人类社会逐步走向衰落、灭绝的过程。在科幻的描绘中表现出对人类命运的严肃思考和担忧,流露出深沉的宇宙忧患意识。伊恩·班克斯创作了一系列以“文明”宇宙为背景的太空科幻小说,其作品被称为“科幻小说评判的标杆”,作家也被誉为“英国同时代作家中最有想象力的小说家”。代表作《捕蜂器》,被评选为“英国20世纪最优秀的100部小说”之一。J.K.罗琳自1997年推出哈利·波特系列小说第一本《哈利·波特与魔法石》后,在文坛与社会上掀起了一股“哈利·波特热”,至2008年,《哈利·波特》系列7本小说被翻译成67种文字,在200多个国家发行4亿多册,取得了文坛前所未有的成功。小说以变幻莫测、光怪陆离的魔法世界为中心内容,建构了一个与现实社会并存却又自我边缘化的独立存在空间,小说中看似披上了魔法面纱的生活,其实是对现实社会的镜像表现,在读者中产生了广泛的共鸣,让生活在现实中的人们,在生活的压抑与苦难中,在得不到社会理解宽容的同时,在小说中获得了精神的释放与慰藉。小说表现手法具有幽默效果,将现实与幻象融为一体,对当代儿童文学产生深远影响。哈利·波特成了一种全球文化现象,引发了评论界和理论界的极大关注。

20世纪90年代以来英国文坛通俗小说大量出现。在格雷厄姆·格林的倡导之下,及至90年代还不断有《日内瓦的费希尔博士》(又名《炸弹宴》)、《吉诃德大神父》、《第十个人》等作品出现,使得通俗文学成了当代文学殿堂的宠儿。侦探小说、哥特式小说、恐怖小说迎合了读者阅读审美心理的需求。艾米斯的冒险故事《孙上校》、恐怖小说《绿人》和《河边别墅的谋杀案》等,斯帕克的《驾驶座上》《唯一的问题》《带着意图的徘徊》,麦克尤恩的《水泥庭院》,马丁·艾米斯的《另类人:一个神秘的故事》等作品,在凶杀、死亡、梦魇的描写中,制造紧张刺激和荒诞恐惧的艺术效果。尤其是侦探小说,80年代以来就一直为读者所追捧,随着影视媒体的介入,更成为文学艺术的热门题材。薇儿·麦克德米德是英国推理小说作家,创作了三大系列侦探小说:林赛·戈登系列,如《谋杀报道》等;凯特·

布兰尼根系列,如《死亡打击》等;托利·希尔、卡罗尔·乔丹系列,如《人鱼之歌》等。麦克德米德的小说在侦探的描述中,展示了社会权威与不公,启发读者对严肃社会问题的反思。小说节奏张弛有度,外在的悬念与心理的悬念交替出现,人物塑造真实可信,情节发展交错叠合,叙述描绘生动形象,具有很强的可读性。迈克尔·弗莱恩的小说代表作《间谍》,以"二战"为背景,讲述了伦敦两个男孩的友谊,他们对身边人是否是间谍的猜测、冒失的行动造成了悲惨后果。小说表现童年对外界的敏感以及老来回忆的伤感,刻画出恐怖战争状态下平民的各种心态。作品获得了 2002 年惠特布莱德小说奖。

女性小说依然兴盛不衰,随着女权运动的高涨,女性文学不再局限于表现女性在社会生活与家庭婚姻中的不幸遭遇和人生命运,在探索女性恋爱、婚姻、家庭中,更关注女性在当前的社会地位以及她们的精神追求,与女权主义社会思潮一起,不断掀起高潮。女性小说家成为英国当代小说一个重要的群体,除了老一辈的多丽丝·莱辛、A. S. 拜雅特、安吉拉·卡特,中青年作家中的罗丝·特里梅因、珍妮特·温特森、扎迪·史密斯、基兰·德塞等一直有不凡的佳作发表。A. S. 拜雅特是英国当代著名作家,主要小说有《庭院少女》《平静的生活》《占有》《通天塔》《吹笛女人》《小黑皮故事书》《孩子们的书》等。代表作《占有》描写的是一段奇妙的爱情故事,其中穿插了大量的神话传奇和童话故事。拜雅特从女性视角展示出了丰富多彩的维多利亚时期社会风貌和当代社会人文景观,表达了作者对社会历史的拷问,对女性地位以及婚姻爱情观的独特思考和探求。小说体现了作者博大精深的文化积淀,气魄宏阔,情节奇特,引起了文坛巨大反响,获得1990 年布克奖。珍妮特·温特森的创作,深受女权主义影响,充满了叛逆成分,因而作品也颇具争议,诸如男权、基督教、通俗文化、人民大众、现代化社会等,都成为她小说中诘问的对象。成名作《橘子不是唯一的水果》是她早期的代表作品。另有《激情》《樱桃的性别》《写在身体上》《守望灯塔》《世界和其他地方》《灯塔》等。代表作《灯塔》中的女主人公英儿是一位孤儿,后被灯塔看守人盲人普犹收留。普犹陆续给英儿讲述 19 世纪牧师达克的旅行故事。牧师一生经历的痛苦与欢乐,深深感动着英儿。跨越时空的故事,犹如英儿人生的灯塔,使她将自己的生活与达克的生活融为一体,最后通向令人神往的爱情。小说语言诗化感人,在时空交错中创造出了一个令人动容的现代寓言。拉塞尔·塞林·琼斯是英国著名作家、伦敦大学教授,在波克贝克学院教授写作课,已出版 5 部小说。代表作《太阳来的十秒钟》中的雷·格陵兰年少时为了帮妹妹出气,用汽油烧死了另一个妹妹。服刑期满后,他在泰晤士河上隐名埋姓,做引水员,娶妻生子,成了家庭好男人。多时不见的妹妹已经变坏,不断来纠缠他讹诈他,忍无可忍的他最终选择了杀害妹妹。他身份暴露后,妻子带孩子离家而去。小说中展现的女性问题、家庭伦理、婚姻生活等体现了女性所关注的社会与家庭问题。

后殖民文学是英国20世纪90年代以来小说中值得一提的独特文学现象,形成英国文学引人瞩目的景观。随着移民浪潮的不断袭来,外来移民在英国的数量急剧增加,尤其是有色人种的大量出现,使得种族矛盾问题日显尖锐,成了作家广为关注的社会问题和文学题材。对民族问题的思考,跨文化的小说描写中所包含的思想容量深厚广博,极大地拓宽了读者的审美视野,后殖民文学迅速成为英国小说的重要组成部分。一些主要来自原英属殖民地的移民,或长期定居或加入了英国国籍的作家,当他们试图融入英国文化,并且用英语进行写作时,常常流露出殖民地文化与英国文化二律背反的尴尬。他们欣赏英国文化的进步与发达,但同时又对本土文化有着浓郁的眷恋情结。这种出于边缘文化中的边缘人心态描写,使得作品既有异国风情和陌生文化审美情趣,又不失对英国主体文化的表现与反思。以拉什迪、奈保尔和石黑一雄为主要代表的移民文学,取得了十分瞩目的成就。英籍印度作家萨曼·拉什迪的《午夜之子》《耻辱》《撒旦诗篇》等小说中,以异域风情和宗教题材为主要内容,广泛反映殖民主义与后殖民主义、印巴移民生活和伊斯兰教信仰等社会问题,体现了对社会、历史、宗教和人生的探索,同时也是后殖民作家对本土文化的精神寻根。英国印度作家维迪亚达·苏莱普拉萨德·奈保尔被称为"文学的世界主义者",他的创作不仅有反映印度生活内容的《神秘的按摩师》《比斯瓦斯先生的房子》,也有形象描写生活在英国的移民的个人奋斗史和成长史的《斯通先生和骑士伙伴》《在自由的国度》等。在描写本土文化与异域风情的同时,更注重表达人物面对不同文化和文明冲突时的内心感受。奈保尔小说中对移民人格尊严、自由人性、后殖民文化、东西方文化的描述,富有真理性和思辨性,形成其独特的"后殖民主义"和"东方主义"文化理论。长期生活在英国并融入英国社会生活的日本作家石黑一雄的《群山淡景》《浮世画家》对日本传统文化的留念以及战争给日本普通人民带来的压抑与阴影,描写得细致入微,情深意切。《长日留痕》中对大英帝国由盛而衰的社会历史进程,尤其是对日不落帝国文化中由妄自尊大、盛气凌人,到后殖民时代哀伤衰落的社会心态描写,为英国读者普遍认同,他的作品深受英国人的喜爱,表明他的创作已经完全融入英国主流文化。《上海孤儿》中对东方文化尤其是中国文化和社会生活进行描写,小说的场景在上海与伦敦之间不断转换,使得作品具有浓厚的后殖民性和国际文化性。扎迪·史密斯作为英国青年一代作家的代表,成名作《白牙》(2000)展示了一幅当代社会多种民族文化交融、不同种族的人们的生活状态的画卷,刻画出一幅复杂辽阔的后殖民图景、一幅世纪末的"英国写真"。小说着重描写了种族各异的3个伦敦家庭的生活,他们在与英国文化撞击中所感受到的喜怒哀乐,关系错杂而整体格调开朗,揭露深刻而文笔幽默。小说获得了多项荣誉和社会赞誉,作者也因而被视为"种族、年轻、女性"的代言人。作品被《时代》列入自1923年以来最伟大的100本英语小说名单。《签名收藏者》讲述了一位华人血统的犹太人在伦敦以贩卖收藏的名人签名为生的辛酸生活经历。在哈佛大学访学一年的经历为扎迪创作《论美》提供了灵感和素材,小说背景为大城市校园生活、学术界和两个民族多元化的家庭,涉及当代美国的种族和多元文化问题,其中既有身份认同、文化认同问题,也有对爱对美的追求,体现了现代社会人们在不同民族共存中对所经历的社会生活与文化审美冲撞的主体感受,小说获得了 2006 年英国橘子小说奖。霍华德·雅各布森作为英国犹太裔小说家,代表作《芬克勒问题》中叙述了 3 位是多年旧识的犹太男人之间的故事,以喜剧的手法描写了人物对爱的追求与迷失、人物的特殊情感以及男人间的友谊。小说关于人物在社会上的生活内容的探讨,其核心是探讨处于困境中的犹太人的身份认同,体现了当下后殖民时期社会在不同民族融合下身份认同与文化认同的问题。小说获得 2010 年布克奖,作家也被誉为"当今英国最伟大的小说家"。

第二节　查尔斯·珀西·斯诺

查尔斯·珀西·斯诺(Charles Percy Snow,1905—1980)是以现代主义小说和实验小说的激烈反对者的形象出现于文坛的,是小说创作回归现实主义的积极倡导者,是英国 20 世纪中期左右影响最大、成就最高的现实主义小说家。

斯诺生于英格兰北部一个偏远小镇的下层中产阶级家庭,就读英国剑桥大学,对自然科学兴趣浓厚,从事科学研究,1930 年获得博士学位,20 世纪 30 年代致力于分子学研究。"二战"期间曾当过公务员、工党的副部长、上议院议员、讲师、文艺评论家、英国电器公司董事,担任政府管理科学家要职,因自身所掌握的科学知识和具有的管理才能,受到伊丽莎白女王的嘉奖,1957 年受封为男爵,1964 年被授予终身男爵的贵族封号。30 年代初与小说家帕米拉·约翰逊结婚后,斯诺的兴趣逐渐从自然科学研究转向了文学创作,工作之暇以写小说自娱。纵观斯诺的小说创作,"可以说——事实上已经有人这样说——他(斯诺)的作品表明了对 18 世纪、19 世纪和 20 世纪早期'次要'小说的回归,……表明了对人们常在贝内特、高尔斯华绥和威尔斯小说中见到的那种宣传式的或者'表面上的'现实主义的回归"[1]。斯诺的小说从一开始就有别于当时盛行的现代主义文学,表现出对社会生活、政治状况的关注和思考,体现了传统现实主义文学创作特征。

斯诺的处女作《航行中的死亡》(*Death Under Sail*,1932)是一部带有惊险

---

①　Harvey C. Webster, *After the Trauma*, Lexington: University of Kentucky Press, 1970, p. 108.

悬念的侦探小说。第二部作品《返老还童》(*New Lives for Old*,1933)则是一部科幻小说。第三部作品《寻求》(*The Search*,1934)是一部较为成熟的现实主义小说,表现出斯诺以现实生活和人生为主的创作风格。小说以剑桥大学年轻的科学家阿瑟·迈尔斯的人生探索为线索,描写人物由科学研究转向文学创作的心路历程。小说中人物思考的是:对于人生而言,科学事业的成功和社会真理的追求,究竟哪个更具有价值,自然科学的成就能拯救人类的危机,转变人与人之间的异化关系吗? 小说中对科学家生活和工作内容的描写以及对人际关系的揭示,成为斯诺日后小说创作的主要题材内容。斯诺的代表作系列小说《陌生人和兄弟们》,反映 20 世纪 60 年代中青年一代所处的社会动荡以及文化反叛状态,表达对社会权力滥用造成年轻人反叛后果的忧虑。《他们的智慧》(*In Their Wisdom*,1974)围绕一份有争议的遗嘱而展开法律上的争端,涉及老年、病故和继承等现代生活中的现实问题,小说集现实性、思想性与娱乐性于一体。此外,其作品还有侦探小说《光滑的外表》(*A Coat of Varnish*,1979)等共 25 部小说、8个剧本以及为数不少的论文。

　　斯诺的主要文学成就是他的 11 部卷长河系列小说《陌生人和兄弟们》(1940—1970),按照内容的时间顺序可分为战前小说和战后小说。战前小说 6部,讲述 1914—1939 年的生活内容和故事,战后小说 5 部,讲述 1938—1968 年的生活内容和故事。小说以主人公路易斯·艾略特为叙述者,将 11 部小说联结成一个既各自独立又相互联系的有机整体,展示了英国从"一战"至 20 世纪 60年代末这一特定历史时期中社会的现实状况、社会心态、道德伦理,以及在特定环境中教师、学者、政客、科学家、律师、官僚人物等个人命运的沉浮变迁。小说展示了权利与阴谋、欲望和克制、情欲与理性、个人与集团、科学事业与社会危机等社会现实中存在的诸多矛盾冲突和斗争。主人公路易斯在一定程度上带有斯诺的影子,他生长在边远小镇的下层中产阶级家庭,依靠自己的努力奋斗当上了律师,之后又成为剑桥大学的研究员。他在不同的小说中既是具体的生活奋斗者,又是旁观的叙述者,多视角多层面的变化,极大增加了作品反映生活的深度和广度。斯诺试图通过系列小说传达他的主旨题意,即在这个充满追名逐利、尔虞我诈的竞争社会中,每一个人对于他人而言,都是陌生人,但同时我们生活在这个世界上,又都是兄弟。"只有当陌生人亲如兄弟时,并存的生活才有可能变为共同的生活;也只有这样,相互的谅解才有利于个人和社会。"①该系列小说所叙述的内容前后跨越半个世纪,以主人公路易斯·艾略特的人生经历为线索,给读者呈现出整个社会不同阶层的世态人情和社会生活图景。人物一生随世事沉

---

　　① 豪斯特·W.特雷彻:《第二次世界大战以来的英国文学》,秦小孟译,上海外语教育出版社,1985 年,第 21 页。

浮,在理想成功、忧郁放浪、努力执着中跌宕起伏。然而在现实社会与人生生活中却看不到希望,找不到出路,困惑与迷惘,始终缠绕着,挥之不去。"不确定性是路易斯·艾略特结束这套卷帙浩繁的系列故事的合适的音调。"①

斯诺的 11 部长河系列小说《陌生人和兄弟们》,取名于他的第一部小说《陌生人和兄弟们》(*Strangers and Brothers*,1940),后来再版时改为《乔治·帕桑特》(*George Passant*),主人公乔治·帕桑特是一位律师兼大学法学导师,才华横溢,追求自由,反抗传统,也是一个狂热的乌托邦主义者,他周围聚集了一批年轻人,在一个偏僻农场进行乌托邦实验。但是包括乔治在内的年轻人经不住肉欲以及金钱的诱惑,他们沉溺于情欲享受和极度挥霍,引发丑闻,最后乔治和人合伙骗钱,被告上了法庭。了解乔治的路易斯·艾略特替他请律师辩护。作品中虚幻的乌托邦王国,其实只是人物虚假道德展示和回避冷漠世界陌生人状况的一种托词。

《光明与黑夜》(*The Light and the Dark*,1947)中具有多重人格的年轻人罗伊·卡尔弗,作为剑桥大学高才生,25 岁就成为东方文化研究专家,然而专业的研究只是他空虚人生的一种填充。他信仰中世纪基督教中的摩尼教派,相信人的肉体是丑恶而黑暗的,只有灵魂才是美丽而光明的。然而在现实生活中,他淫乱好色,以其年轻才华和风流倜傥,诱惑导师的女儿,酗酒挥霍,沉溺于官能享乐。他来到德国后信奉尼采,追随希特勒,崇拜法西斯纳粹主义。而当第二次世界大战爆发后,他又回到英国投身于反法西斯队伍,加入皇家空军部队,为国捐躯。人物时而在理想的憧憬中激昂亢奋,时而在失望中忧郁沮丧,生活在灵与肉、光明与黑暗、理想与现实的矛盾之中。尽管朋友路易斯·艾略特设法多方帮助他,但都无济于事。

《希望的年代》(*Time of Hope*,1949)中以主人公路易斯·艾略特自述的形式描写了人物的生活经历。回顾 9 岁以来的家庭生活,他深知自己仅仅是父母的一个玩偶,表面上无微不至的关爱,实际上只是他们占有欲望的一种满足而已。人物对父母的感情充满了一种爱和恨、同情和怜悯的复杂心理,他决心通过自己的才华和努力改变个人命运和处境。现在 28 岁的路易斯已经事业有成,成为一名小有名气的律师,然而事业的危机,与人交往中的胆怯,使得他对生活充满了一种既踌躇满志的理想又隐含了对未来迷惘忧郁的矛盾。尤其是在爱情婚姻中,他深爱漂亮的妻子希拉,而妻子却是一个虚无主义者,对一切都无所谓,精神上是个双重人格的人、一个同性恋者。这一切深深刺痛了路易斯的内心,使他对妻子充满了一种既爱恋又怨恨的心理。在家庭、事业和爱情危机的心灵感受中,路易斯终于感悟到,人类未来希望的年代应该是人与人之间具有紧密的联系

① David Shusterman,*C. P. Snow*,T wayne,Boston,1975,p. 138.

并充满了无私的爱的年代。

《院长》(The Masters,1951)是斯诺系列小说中的代表作,小说叙述了剑桥大学的一所学院因老院长年迈病重需选举一位接班人,而在资深教师中展开的一场激烈的校园权力争夺战。在选举新院长的过程中,学校的各种力量围绕着个人利益的轴心,钩心斗角,尔虞我诈。有的拉帮结派,为拉选票而卑躬屈膝,低声下气而人格丧失。有的为取宠于未来的新院长而改换门庭,投其所好。高等学府中,充满了投机取巧与阴谋倾轧。克利斯特是掌握关键一票的重要人物,按理他是一定投给他的朋友和他一直所支持的院长候选人杰格的,然而在投票前,克利斯特想起了他与杰格的一些事情,他改变了主意。例如在一次克利斯特和杰格的宿敌温斯罗的冲突中,或许是出于真理正义,或许是出于道德人格,杰格居然支持了他的宿敌,这极大地伤害了克利斯特。当克利斯特为学院争取到一大笔资助捐款时,或许是出于妒忌,或许是不想张扬朋友的功绩,杰格对此事表现得冷漠淡然。于是克利斯特觉得杰格当院长自己不一定会得到好处,从而将关键一票投给了另外一位院长候选人罗福德。知识分子的那种个人中心主义和虚荣心在克利斯特身上得到了充分的演绎。当宣布他为学院争取到巨额捐款时,当他感受到选举院长的关键一票紧握在自己手中时,他仿佛觉得整个学院的未来就掌握在自己手中,虚荣心得到了极大的满足,个人中心主义得到了最大的体现。《院长》从阅读层面上看是写高等学府中与教师生活密切相关的选院长的事情,但从深层来看,故事实际上是对"二战"结束后西方社会冷战初期国际政治状况的变形展露,是对社会现实中投机钻营的政治权力斗争的缩影描写,具有更广泛的社会生活和政治内涵的审美意义。在艺术表现上,斯诺善于在对现实生活的描述中,有机融入自己的哲理思考和精神探求。如作品试图通过院长的选举来说明斯诺也是作品中人物路易斯·艾略特的道德不可知论的观点,人们在做重大的决策时,面对个人私利和集团利益,一切道德、理性和正义都不堪一击。小说中代表科学精神的大学学院和代表人文精神的院长选举,尤其是选举中那些资深教师之间激烈较劲的权力斗争,反映了斯诺对 20 世纪以来的科学与人文关系的一种思考,即科学与教育并不能带给我们真正的客观公正与和睦欢乐。写作中虽然斯诺会不时加入一些分析议论和评论阐述,但更多的是客观冷静的观察和忠于真实的报道式描写,不做过多的是非判断和价值评判。

《新人》(The New Men,1954)讲述的是以路易斯的弟弟马丁·艾略特为代表的新一代英国科学家,在"二战"期间研制原子弹的故事。这些年轻的精英以追求科学真理的态度投身于尖端科学研究之中,想以原子科学技术的发明给人类带去福音和进步。尤其是当得知德国正在研究原子弹时,他们更是义无反顾地积极投身于原子弹的研制之中。然而美国在日本广岛和长崎投下的原子弹所造成的灾难,给他们以极大的震惊,于是他们对于使用原子弹行为进行了强烈的道德谴责。现实使他们认识到科学研究的成果既能造福人类,也可能成为被权力集团利用的工具,用于大规模杀戮,给人类社会带来巨大灾难,科学家不仅仅承担开辟科学技术发明新领域的重任,也承担社会道义的重任。于是他们毅然决然中断了原子弹研究,不再参与研制毁灭性武器,退出了研究所。小说以第一人称和旁观叙述融合的形式展开,从人物内在心理感受延伸到外部世界,有表现丰富的一面,但同时也会产生阅读上的模糊与零乱感觉。小说在描写科学技术研究和原子弹研制中科学家的矛盾线索的同时,还展开对苏联间谍的清剿工作线索的描写。马丁参与了陷害同事为苏联间谍一事,并在其中大肆捞取政治资本,获得当时英国社会政治势力的好感,受到政府让他担任研究所所长的嘉奖,最后他良心发现,拒绝职位,转而投身于纯科学研究。小说同时展开的 2 条线索,一方面反映了当时社会的时代特征,真实展示了“二战”以后东西方冷战的世界局势;另一方面立体展现了英国一代知识分子为一己私利而相互倾轧,甚至不惜丧失道德良心陷害同事的肮脏心态。对苏联间谍线索的描写,一定程度上弱化了第一条线索中人物对科学研究与道德真理矛盾的探究与思考。

《富人的良心》(*The Conscience of the Rich*,1958)叙述的是路易斯的朋友、富家子弟查尔斯·马奇的精神探索及其生活经历。查尔斯的父亲是犹太人富翁,传统而且保守的父亲希望儿子按照自己的设计生活,即成为家族中受人敬重的律师,娶一个门户相当的姑娘为妻。查尔斯却是一个追求自由,具有叛逆反抗精神的时代青年,他把个人的自由看得比金钱财富更珍贵。他竭力试图摆脱富有的犹太家族传统的制约,厌恶父亲那种将自己也看作个人财产的占有性的爱,决心反抗和挣脱父亲的束缚,追求个人的绝对自由和独立。在与父亲激烈争吵后查尔斯离家而去,像普通人那样自由自在地独立生活、读书工作、恋爱结婚。在取得律师资格后放弃律师职业,没有按照父亲的标准娶妻,而是与思想激进的安妮·西蒙恋爱结婚。这一切都是他父亲所不能理解的,因此父亲对儿子表现出极大的气愤。当了医生的查尔斯热衷于在穷人区行医,深得人们的爱戴。面对身为巨富却没有良心的父亲要剥夺自己的财产继承权,查尔斯不为所动,在清贫的生活、枯燥的工作中获得了他自己所追求的个人自由和良心慰藉。当在激进刊物中工作的妻子揭露身为政府部长的查尔斯哥哥菲利普·马奇的经济案丑闻时,查尔斯受到了来自家族和父亲的巨大压力,但他毅然拒绝了家族的要求,尊重妻子的信仰与自由。当丑闻曝光,哥哥失去职位,查尔斯也因此与家庭最终决裂。小说充分体现了斯诺的自由主义价值观和道德伦理观,所谓的富有,金钱并不是唯一的评判标准,只有拥有了个人自由和对他人的爱心,才是真正的富有。小说反映了 20 世纪 60 年代英国年轻知识分子与父辈之间的代沟及其矛盾冲突,如自由和传统束缚之间的矛盾,爱的给予与爱的占有之间的矛盾,金钱的拥有与良心的丧失之间的矛盾,真理的追求与现实的残酷之间的矛盾,等等。查尔斯的人生经历和心路历程表现出对传统价值观和道德观的叛逆与反抗。

《回家》(*Home Coming*,1965)中,路易斯在"二战"结束后跻身政界,并全身心投入工作,很少顾家,致使妻子希拉孤独忧郁、情绪不安定,精神恍惚,最后服安眠药自杀。那种充满爱恨交加和不安恐惧的家庭婚姻在路易斯心里留下了痛苦的记忆。和玛格丽特·黛维丝相遇而相爱,给路易斯重新带来生活的激情。但终因俩人性格不合,玛格丽特与他人结婚。当他们再次相遇才发现彼此依然深爱着对方,经过一番艰难曲折的磨难,一对有情人终成眷属。当路易斯又有了一个温馨幸福的家庭时,长期以来压抑着他的孤独和忧郁也随之消释。"回家"美妙的感觉既是"二战"后西方社会生活的一种追求,也是人物由对冷漠社会生活失望转向对温馨家庭生活向往的情感象征。

《事件》(*The Affair*,1960)写的是剑桥大学中有人陷害个性倔强的研究员唐纳德有欺诈行为,在证据不足的情况下,校方碍于面子,依然坚持给予唐纳德解除职务、取消资格的处分。作为政府高官的路易斯主持正义,在他的干预下,校方最终为唐纳德洗清不白之冤,并惩罚了真正的欺诈者。小说展示了以学校为代表的政治和权力的因素与司法公正之间的矛盾冲突。

《权力的通道》(*Corridor of Power*,1964)围绕英国议会高层领导之间的权力斗争和变迁展开。主人公是保守党大臣奎尔,他阴险狡诈,却以诚实的外表欺骗许多人而进入最高权力机构。然而,当议会讨论英国在热核问题下的对策时,为了和美国利益相一致,他甚至与持不同政见的路易斯合作,提出了减裁和进一步禁止核武器的提案,提案被否决,也标志着人物政治生涯的终结。权力的更替和变迁中,没有任何的真理可言,有的只是欺骗、狡诈和投机。

《理性的泯灭》(*The Sleep of Reason*,1968)是根据 1966 年英国社会的一桩谋杀案而改编创作的。小说中的乔治·帕桑特是一位自由主义者,受他思想影响,他的侄女也信奉人性的极端自由,不受社会束缚,追求官能快乐与享受。她和同性恋女伴一起,诱拐并虐杀了一个男孩,被判终身监禁。当理性泯灭的时候,任何美妙的思想理论其实都只不过是引发兽性的借口而已。

斯诺长河系列小说的最后一部是《最后的故事》(*Last Things*,1970),对系列小说中的人物命运做了补充交代,其中的主线是路易斯·艾略特的自叙经历。路易斯已经 60 多岁,追忆自己成功的人生历程,现在激情消退,渐趋平静。但是儿子查尔斯却与之相反,不愿按照父亲的意愿安排生活道路,成了 20 世纪 60 年代革命运动的领袖人物,与剑桥学生一起游行示威,参与抗议政府的斗争,反对学校与军方合作进行细菌战研究,因试图窃取细菌战研究秘密文件而受到当局调查,最后以记者身份远去中东。对儿子的选择,路易斯无法左右,一切只能顺其自然。他只能茫然地将一切希望寄托于明天的到来。

斯诺作为一位严谨的现实主义作家,以平实而贴近生活的情节描写,忠实记录了半个世纪的社会生活和身边发生的人事,展现了一幅宏大的时代历史画卷,刻画了丰富的社会心态,体现了现实主义作家的社会责任和道德关注。尤其是在他的长河系列小说《陌生人和兄弟们》中,既有高等校园中的争权夺利,又有仕途官场中的尔虞我诈;既有对国家民族危机的忧患反思,也有对家庭婚姻、父子关系的思索;既有对乌托邦理想主义的憧憬追求,也有对物质享乐和放荡生活的迷恋追逐;既有为人生意义和存在价值奋斗的人,也有为权力私利钻营的人;既有对亲情友情和真挚爱情的赞美,也有对虚伪阴谋、投机取巧、背信弃义的谴责。斯诺的小说在呈现社会荒谬和人生无奈的同时,在人物的悲剧命运和自暴自弃中,也充满了对他们的同情和期望,试图探寻出陌生冷漠世界上真诚的人与人之间的美好关系,在孤独旷野和无望的沙漠中发现一片湖水绿洲。面对人类发展进程中的共同困境、共同需要和共同未来,斯诺试图通过他的小说,给读者带去希望和力量。"斯诺的整个创作生涯可以看作是在探求将人们更加紧密地聚合起来的某种方式,当然这不是通过基督教福音传道会或通俗人道主义的庸俗方式,而是通过显示人类共同目标的方式将人们聚合起来。"①

斯诺小说丰富的创作内容及其主旨内涵,主要表现在两个方面,一是探究自"二战"以来英国社会大到国家议会最高机构,小到一个大学研究所中权力更替和转移的秘闻丑行,以使读者对现实社会有一种不被愚弄的澄明认识。1967 年《纽约时报》曾经报道过对斯诺的一次采访,斯诺说:

> 我的全部小说都表现一个复杂的主题,即现代国家的权力问题。人们现在对性已经不再假正经了,但在权力问题上仍然假正经。我试图揭示权力在英国是如何运作的,表现其秘密的方式正像性的方式一样是经过深思熟虑的。②

二是对现代社会中人的生活追求和人性异化的反思,是对 20 世纪 20 年代到 70 年代英国社会生活的变迁及其人物个人命运沉浮的形象写照。在斯诺的笔下,人与人之间的关系异化,人们的生活追求由 19 世纪以金钱为中心转向 20 世纪以来以自我为中心。斯诺的作品多以象征人类精神家园的研究所、大学校园为主要场景,突出现代社会中人文精神与现代科学之间的矛盾冲突。他在六七十年代曾到多所英、美大学演讲,其中影响最大的是在剑桥大学发表的演讲《两种文化与科学革命》(*The Two Cultures and Scientific Revolution*),文中明

---

① Frederick R. Karl, *C. P. Snow: The Politics of Conscience*, Carbondale: Southern Illinois University Press, 1963, p. 25.

② 高继海:《英国小说史》,中国社会科学出版社,2003 年,第 343 页。

确提出，在现代社会中，人文精神的弘扬与现代科学的发展并非同步，两者之间
存在着不可逾越的鸿沟，社会实践证明现代科学在很大程度上成为扼杀现代文
明的工具。演讲内容因涉及人道主义者和科学家之间不可调和的矛盾，而引起
社会极大争论。1960 年在哈佛大学的演讲《科学与政府》(*Science and
Government*)中，斯诺指出西方政府在重大决策的制定中过分迷信科学和推崇科
学大亨，将给社会带去极大的危害性。斯诺小说中描写的科学家、教授学者、律
师、大学生、政客官僚等，其中发生的种种人与事，那些钩心斗角、自私妄为的生
活场景，将人的紧张关系及人与人之间的陌生化展现得淋漓尽致。在复杂人际
关系中的欲望和冲突描绘中，现代文明的崇高精神荡然无存。斯诺作品具有淡
淡的悲剧性，《陌生人和兄弟们》就是一部人性悲剧的史诗。作者试图告诉读者
的是在这个复杂而丰富的世界中，人与人之间的确存在着隔阂和陌生，会因人性
异变而出现种种丑行，但只要人人都将他人看作自己的兄弟，那么，世界将会变
得无限美好。可以说"斯诺的整个创作生涯可以看作是将人们更加紧密地结合
起来的一种努力"[①]。

　　斯诺反对 20 世纪 20 年代以来的西方现代派文学以心理意识和直觉描写为
主的小说创作，反对现代文艺思潮流派对小说语言、形式的革命和实验，认为乔
伊斯、伍尔夫、贝克特等的所谓实验小说，注重的是动物性的直觉感受，忽略了传
统小说中现实存在的因素，缺乏社会内容和生活材料，因而也就失去了小说人生
理性、道德价值的评判功能。斯诺认为，小说家就应该接近社会生活和人生现实，
而不是在写作的形式美学中自娱自乐，"斯诺从道德和理智的立场出发，摈弃追求
美学的小说家，认为他们放弃了责任。对个人特殊悲剧的过分关注意味着对社会
需求的无动于衷，这种对社会的漠不关心在道德上是错误的"，"对人道的关注是斯
诺创作意图的主要观念，居于此后的才是为了自我的了解和自我价值的实现而做
的对个性的探索"。[②] 针对乔伊斯、伍尔夫等的实验创作方法，他说：

　　　　这种方法的实质是通过短暂时刻的感觉表现动物性的经验，它有
　　效地革除了小说中活的传统所赖以生存的那些因素。于是小说不再有
　　意见的表白和道德的关注，那种深究细察的才思也消失殆尽。这个代
　　价太重了……所以实验小说要死于饥饿，因为它摄入的人生材料太

---

　　①　Frederick R. Karl, *C. P. Snow: The Politics of Conscience*, Carbondale: Southern
Illinois University Press, 1963, p. 25.

　　②　Suguna Ramanathan, *The Novels of C. P. Snow*, Charles Scribner's Sons, New York,
1978, p. 6.

少了。①

斯诺的小说创作从不是率性而为的,表现出深思熟虑、思维缜密、态度严谨的现实主义风格,与社会时代和现实生活密切相连,介入生活贴近真实,注重对社会心态和人生世态的描绘。论及创作时他说:"写作对于我,不是一件容易的事,我用笔书写,反复修润。平时,我从上午十点开始工作,直至下午三时,除了间歇喝茶。在我用笔在纸上写下一个字时,我已读了足够的书,思考,组织事件,然后注入小说,让主题展现出来。"②他的作品中常常具有两个主人公,一位是观察者兼叙述者,实际上就是作者的代言人,他目睹了时代的变迁和事件的发展,随着时间的推移,人物观点思想也在发生着变化,逐步趋向成熟;另一位是作品中的主人公,具体事件的当事人。而有时候作品中的主人公就是观察者和叙述者自己。不同小说中同一人物的角色变换,既扩展了小说反映社会生活的广度,又有利于对作品内涵深度的开掘。

第三节 威廉·库珀

威廉·库珀(William Cooper,1910—2002),原名 H. S. 霍夫(Harry Summerfield Hoff),是英国现代小说家、戏剧家与评论家,同查尔斯·珀西·斯诺一起,成为 20 世纪中期英国小说创作回归现实主义的代表作家,以及英国现代主义文学和实验小说创作的激烈反对者。

库珀出生于英格兰的克莱弗,1933 年毕业于剑桥大学基督学院,获得硕士学位。战前曾在一所中学任物理教师,直到 1940 年库珀一直在英格兰的莱斯特担任两个孩子的老师。其间对文学产生兴趣,以 H. S. Hoff 的真实名字发表小说,但影响不大。第二次世界大战期间服役于英国皇家空军部队,战后进入政府部门担任行政管理工作,并一直进行文学创作,成为斯诺的好友。库珀取得创作成就主要在 20 世纪 50 年代以后,中学任教生活经历和行政管理工作经历反映在他的主要作品之中。库珀作为英国"愤怒的青年"一派的主要作家之一,其小说集中反映了战后青年一代的现实生活,扭转了当时英国文学中以心理描写和内心感受为中心的文学思潮,"填补了英国文坛在 W. B. 叶芝、詹姆斯·乔伊斯、弗吉尼亚·伍尔夫和 D. H. 劳伦斯等文学大师之后曾一度出现的空白,使英国

---

① Rubin Rabinovtitz, *The Reaction Against Experiment in the English Novel*, 1950—1960, New York: Columbia University Press, 1967, p. 98.

② 《外国文学报道》,1980 年,第 5 期,第 75 页。

文坛在现实主义传统的复苏中又勃发出一片生机"①。库珀以来的英国文学转向现实主义,是英国文学内在的必然,虽然当时占据主导地位的是现代主义文学创作,但现实主义的文脉在英国文学中从来没有缺席过。"当代英国作家,除少数例外,并未在形式方面进行实验,他们的主要兴趣在于当今社会的具体问题,在于文化和社会方面的问题,换句话说,就是把文学当作反映时代的文献。"②由此来看库珀的文学转向就不难理解了。

　　库珀的成名作,也是他的代表作《外省生活场景》(*Scenes from Provincial Life*,1950),描写英国外省乡村城镇生活,作品中弥漫着浓郁的乡土气息,显示了对英国传统的价值观和战后社会问题的种种反思。与后来的 4 部小说一起构成了他的"生活场景"五部曲系列小说。《婚姻生活场景》(*Scenes from Married Life*,1961)中,乔治成了英国早期愤怒青年形象,具有一定的社会反叛倾向。后来经过个人的努力奋斗,他终于获取了一份令人羡慕的公职工作,并成了小有名气的小说家。当年的叛逆和放浪已不复存在,现在人物所思考的是立业后的成家,如何做一个好丈夫好父亲,过上温馨而安逸的家庭生活。《都市生活场景》(*Scenes from Metropolitan Life*,1982)中人物的故事情节发生时间在前两部中间,塑造了一群都市生活中与社会格格不入的愤世嫉俗的青年人形象,面对冷漠的世界和异化的社会,人物在迷惘中苦苦挣扎,在放浪中寻找精神安慰。后又写了《后期生活场景》(*Scenes from Later Life*,1983)和他生前最后一部小说《死亡生活场景》(*Scenes from Death and Life*,1999)。库珀一生共创作了 20 多部小说,另外较有影响的小说有《三个婚姻》(*Three Marriages*,1946)、《焦虑与平静》(*Disquiet and Peace*,1956)、《一个新人的回忆》(*Memoirs of A New Man*,1966)、《永恒无价》(*Immortality at Any Price*,1991)等。

　　代表作《外省生活场景》描写的是 20 世纪 50 年代后英国外省的乡村城镇的生活情景。中学校长乔治·伦恩,既是作品中的主人公,又是社会生活故事的叙述者。他的人生经历及其与从事艺术创作的姑娘默特尔的情爱生活线索,连贯了外省不同人物和不同内容的生活场景。作者选取了外省生活中具有浓郁乡土风情的浓荫绿地、广场钟楼、饭店酒楼、乡间小屋等场景,其间生活着的诸如青年教师、艺术家、文艺爱好者、金融人士等,都对社会带有一种叛逆心态,充满一种愤然的情绪,过着放荡不羁的生活。作品叙述他们聚集在一起时的情景,海阔天空地发表对社会的愤恨不满,描写他们单独生活甚至谈情说爱和做爱的场面,人们追寻着反叛社会的无拘无束的绝对自由生活。乔治·伦恩就是其中一个颇具

---

① Dominic Head, *The Cambridge Introduction to Modern British Fiction*, 1950—2000, Cambridge: Cambridge University Press, 2002, pp. 13-14.

② Dominic Head, *The Cambridge Introduction to Modern British Fiction*, 1950—2000, Cambridge: Cambridge University Press, 2002, pp. 13-14.

代表性的人物,他对异化而陌生的社会具有一种发自内心的反叛厌恶情绪,成了社会的陌生人和局外人,他拒绝与任何社会关系交往,他也思索自己与社会和环境冲突的原因,然而一直无法找到答案,以至于后来他不愿意与任何人交往,除了爱好独自进行小说创作以外,对其他任何事情都失去了兴趣,没有社会责任心。他生活的乡间小屋是他逃避社会、逃避琐碎的日常生活最好的世外桃源,他不愿意别人干扰他宁静而自在的乡村小屋生活,甚至与他爱恋的情人在一起时,也只是陶醉于周末乡村小屋中的良辰美景、情爱欢乐,而不愿意结婚,婚姻对他来说无异于羁绊和枷锁。

乔治作为英国 20 世纪 50 年代后小说中"反英雄"和"非英雄"的雏形,带有浓厚的对传统习俗叛逆和对社会反抗的情绪,虽然库珀小说中的人物没有像稍后出现的"愤怒的青年"那样激烈的反社会行为,其反抗和叛逆更多地表现为不满和逃避,但他的创作无疑对"愤怒的青年"思潮的形成产生了极大的影响,以至评论界称库珀为"愤怒的青年小说之父"。其无论是对英国现代生活的描写、对社会心态的刻画还是对人物形象的塑造,都具有开创性地位,对英国现代小说的创作及其文学风格的形成,具有不可低估的作用。因而著名评论家马尔科姆·勃莱特说,"正是这本小说的出版才导致了影响战后英国小说的转变,使英国小说与同时代的美国和法国小说大相径庭"①。

库珀作为查尔斯·珀西·斯诺的朋友,在文坛与斯诺一起对 20 世纪上半叶以来的现代主义潮流持否定态度,小说创作中表现出传统现实主义的风格特征。"在五十年代,对现存的权力机构激烈批评的这些青年作家被称为'愤怒的青年'。他们的抗议往往出于个人的绝望与不满,而且掺杂着某种程度的自我怜悯。他们拒绝接受传统的道德观,因为他们认为这些价值标准使人们看不到自己的潜力,并且阻碍了自我发展。他们还感到,在一个为市场的价值标准和因循守旧的压力所包围的世界中,个人的主动性极少有发挥的余地。这一类文艺作品的主人公极端反对政治,在他们心目中,政党和政治是这可憎的权力机构的组成部分。属于这类文学的小说和剧本,虽然对当前的问题提出了完全幻灭的看法,但由于它们在情感方面具有强烈的感染力而经久不衰。"②库珀反对当时在法国盛行的所谓实验小说和反传统小说,认为实验小说和反传统小说所关注的是人物的个人感受,表现的是远离社会的孤独的人,而真正的小说创作旨在描述生活在现实社会中的人。他在《对实验小说若干方面的反思》中明确提出,对实验小说必须给予彻底的清算,不能让其扰乱文学创作尤其是小说创作阵营,为使

---

① 侯维瑞主编:《英国文学通史》,上海外语教育出版社,1999 年,第 877 页。

② 豪斯特·W. 特雷彻:《第二次世界大战以来的英国文学》,秦小孟译,上海外语教育出版社,1985 年,第 2 页。

文学健康地发展,为使后来的新作家有更好的创作前导与借鉴,必须清除实验小说,他在文中提出:"写实验小说是逃避写生活在社会中的人,因为小说家们无法适应社会,也无法投入社会;他们躲起来写孤独的人的内心感受,因为他们无法忍受当下的工业化社会。"他"不愿等待奔腾不息的时间长河把实验小说裹挟而去,所以,当我们重新操起笔来的时候。我会制订种种计划将实验小说逐出域外"①。库珀的小说创作及其理论观点,代表了对20世纪以来的现代主义文学创作过分追求形式革命和先锋创新的一种反驳,与斯诺的作品一起代表了英国文学走出作家和人物内心,回归社会现实生活的先声,标志着英国文学在20世纪中叶由内向外创作倾向的一种转折。

第四节　金斯利·艾米斯

金斯利·艾米斯(Kingsley Amis,1922—1995)是当代英国文学中颇具影响的有较多评议的诗人、小说家,"愤怒的青年派"的代表人物。

艾米斯生于伦敦南部的一个中下层家庭。其父亲作为一名商业职员竭尽全力地把自己的独养儿子送入最好的学校就读,希望儿子有所成就。艾米斯11岁时就在学校的杂志上发表文章,表现出优秀的叙述能力,得到好评。获得伦敦市立中学的奖学金后,在那里的学习成为艾米斯最欢乐的时期,那里有良好的人文氛围、宽松的人际关系,较少有那种因经济条件、社会阶层、宗教信仰等而产生的歧视。艾米斯在中学学习成绩优秀,尤其喜好古典文学。毕业后进入牛津大学的圣约翰学院,主修英国文学。艾米斯在大学学习1年后,1943年应征入伍,成为皇家军队第二陆军中尉,服役3年后重回校园,继续在圣约翰学院读书,毕业后接着攻读硕士研究生,因硕士论文没有通过而未获得硕士学位。大学学习期间,艾米斯常与和自己出身相似、家庭背景相同的中下阶层人士交往,与菲利普·拉金、约翰·韦恩、伊丽莎白·詹宁斯等结为好友,一起学习、讨论文学,具有共同的鉴赏情趣。艾米斯在那里加入了共产党,编辑牛津劳动俱乐部公报,领导劳动俱乐部合唱队。党内成员大多为中下阶层,艾米斯在给他朋友的信中写道:"大多数党员没有什么知识,有人私下甚至说他们没有任何智商。"其间所形成的中下阶层情结,成为日后艾米斯小说创作的主基调。1947年发表的诗集《灿烂的十一月》(Bright November),是对艾米斯没有获得学位的一种安慰和补偿,使他获得了去威尔士的斯旺西大学担任英语教师的教职,直至1961年。任教期间艾米斯陆续在一些诗刊中发表诗歌作品,后结集发表在他的第二部诗集《精神状

---

① Cooper, William, *Reflection on Some Aspects of the Experimental Novel*, International Literary Annual, No. 2, Ed. by John Wain, 1958.

态》(*A Frame of Mind*,1953)中。诗集的出版受到了文坛人士的关注,评论界将他与拉金、韦恩、詹宁斯联系在一起,称他们为"运动派"诗歌的核心诗人。"运动派"成员大多毕业于牛津和剑桥大学,受浓厚学术氛围的熏陶,注重诗歌优美的形式和严谨的格律。在内容上反对浪漫主义式的故作风雅,也反对象征主义式的玄奥神秘,主张用清新质朴、明快透彻的诗句,传达人生感受和生活哲理。以后艾米斯还发表了《诗选:幻影集》(*Poems*:*Fantasy Portraits*,1954)和《1946—1956 诗歌精选集》(*A Case of Samples*:*Pomes 1946—1956*,1956)等。

艾米斯的第一部长篇小说,同时也是他的代表作《幸运的吉姆》(*Lucky Jim*,1954)使他一举成名,被评论界公认为是一部最具 20 世纪 50 年代特色的小说。作为一部喜剧小说,作品以嘲讽的笔调表现中下阶层年轻一代对生活的愤懑、怨恨情绪,同时也描绘了他们的努力与无奈、清高与虚荣,主人公吉姆就是"愤怒的青年"的典型。小说以校园生活为背景,描写了一个出身下层、长相一般的青年吉姆·狄克逊,为了能获得自己的社会和经济地位,靠个人的努力奋斗,获得了一张他并不喜欢也不理解的专业的大学文凭,靠运气在远离伦敦的外省一所大学中获得了历史讲师职位。然而他并不喜欢教书的职业,更讨厌自己所教授的中世纪史,但为了能被延聘又不得不去讨好系主任威尔奇,心里却充满了对附庸风雅、不学无术的所谓资深人士威尔奇的反感和鄙视。为了能得到晋升他不得不去写作和发表连他自己都觉得无聊的论文,但文章被别人剽窃,晋升与他无缘。出于同情,他与同事玛格丽特发生了暧昧关系,却受不了她那种故作斯文、虚假做作的腔调。为讨好威尔奇而参加他家的晚会,却和他的儿子争吵起来,喝醉酒后又将主人家的毛毯烧出了黑洞。在学校的一场决定吉姆是否被延聘的公开讲演中,吉姆因发泄内心不满而饮酒过量,当着学校专家权威和听众的面醉倒,导致讲演成为一场闹剧。他与威尔奇教授及其儿子波特莱的矛盾冲突终于爆发,吉姆讥讽威尔奇的弄虚作假和虚伪平庸,攻击波特莱的自我狂妄和自吹自擂,披露他用情不专与许多女人鬼混,甚至把他的女友克莉丝丁争取过来。最后,失去了讲师职位的吉姆与威尔奇一家、与大学彻底决裂,却意外获得了克莉丝丁的爱情,并在她的富商舅舅朱利耶斯那里获得了一份薪金丰厚的文秘工作。

《幸运的吉姆》成了 20 世纪 50 年代中期风靡英国的畅销书,给艾米斯带来了讽刺社会喜剧作家的声誉,在英国文坛引起了轰动一时的反响。小说被评论界称为"愤怒的青年"的代表作,充满了对当时英国社会的独特讽刺和嘲讽。"今天重读这部小说我们仍然能在其中找到欢乐和兴奋的因素——艾米斯的幽默是讽刺意味的幽默。"①吉姆成了英国当代文学中最典型的"反英雄"人物,小说通过他对社会的满腔不满和怨恨,讽刺和鞭笞了英国"福利国家"表面上的繁荣与虚伪。小说内容涉及社会中坚与下等阶层之间的斗争、精英与大众的矛盾、高等学府与工商界的龃龉、社会心态与个人追求的差距,这种对比性的描绘,十分形象地展示出人物与社会文化和传统观念的尖锐冲突,具有十分广泛的社会现实意义。布鲁斯·史多夫在谈到小说人物设置时说,这部小说的主角们都是对称的,就像吉姆所说的那样,克莉丝丁和贝尔特朗代表着人群中的两类:我喜欢的和我不喜欢的。② 小说把矛头直接指向社会中上阶层中那些自视清高、自命不凡的人物,尤其是那些自诩为知识分子的大学教授,其实只是些不学无术、只会抄袭别人成果的庸俗小人。小说体现了对传统观念、精英文化的叛逆和否定,表明正统文明文化与现实社会已经相去甚远,毫无意义,喊出了"愤怒的青年"对高雅文化和虚伪社会的不满呼声。吉姆对威尔奇的斗争胜利代表了中下阶层对上流社会的胜利,他对波特莱的斗争胜利代表了大众文化对精英文化的胜利,吉姆最终离开大学去到商界代表了社会派文化对学院派文化的胜利。表面上看这是一个性别颠倒的现代版"灰姑娘"的喜剧故事,实际上是出身贫寒的年轻知识分子千方百计通过个人奋斗,即使是通过与上流社会联姻或者性爱关系,改变自己生活处境和社会地位的写照,表现出"愤怒的青年"的理想追求及其在生活经历中的不满与愤恨的主旨内涵。

小说的成功,一定程度上得益于对作为中下阶层人物代表的吉姆的细致入微、惟妙惟肖的描写,刻画了这一阶层人物的喜怒哀乐和真实状况。萨查理·里德在《金斯利·艾米斯生平》中记叙了艾米斯在写作《幸运的吉姆》前后的情况,记载了艾米斯在写作小说之前,曾经以笔记的形式勾勒出人物与故事的最初构思:小说展现的故事内容发生在一所大学,一群年轻人看起来热衷于先锋文化,其实是些蹩脚的毫无意义的伪精英文化。吉姆就是这群人中一个看起来反文化的不合时宜的小伙子。③ 吉姆个子不高,相貌普通,透露出寒酸与些许笨拙,学识不多,才干平平,缺乏魅力,更主要的是没有钱。作品中写道:

狄克逊也笑了,尽量设法忘掉啤酒。的确,他的马口铁罐只剩下 3 个英镑;这只能支撑他糊口到 9 天后发工资。银行里他的存款只有 28

---

① Roberert H B,*Critical Essays on Kingsley Amis*,New York:G. K. Hall&Co. ,1998,p. 158.

② Stove Bruce,*Traditional Comdey and the Comic Mask in Kingsley Amis's Lucky Jim*,*English Studies in Canada* Ⅳ (Spring),1978,p. 70.

③ Zachary Leader,*The Life of Kingsley Amis*,New York:Pantheon Books,A Divisions of Random,Inc. ,2006,p. 265.

英镑。可是这28英镑的储备是用来应付一旦他被解雇后的生活的。

吉姆对社会整天抱怨不满，想过享乐的生活却不愿付出辛勤劳动，在高等学府传授着人类文明精髓，自己却从不相信且毫无信仰，从事学术研究的工作却是个不信学术的自我主义者。然而他乐观豁达、真实坦诚。他有自私自恋、自我放纵的一面，也有可爱迷人、毫不隐瞒自己缺点的纯真一面。人物既不是童话中的那种缥缈幻想、逆来顺受的灰姑娘，也不像18、19世纪英国小说中的富家纨绔子弟那样勾引良家女子、始乱终弃。人物有爱慕虚荣、追随风雅的一面，也有奋斗努力试图改变现实的一面；有愤怒怨恨、自暴自弃的一面，也有乐观豁达、追求理想的一面；有平庸懒散、自私放荡的一面，也有高尚正义、见义勇为的一面。与那些虚假伪善的势利小人相比，吉姆是一个值得人们同情和赞赏的"非英雄"形象。我们在吉姆身上看到了英国20世纪50年代左右"福利国家"时期一类青年的典型，他们出身中下阶层，有的经过战争洗礼，刚从炮火硝烟中归来，进入大学取得学位，再投身社会当中，他们受到经济走向繁荣的英国社会宣传鼓舞，试图通过自己的努力奋斗跻身中上阶层，过那种有钱有酒有女人的舒服生活。然而现实中他们难以一展身手，处处受气，难圆美梦。吉姆不再相信这个社会有美好的"圣人"生活。小说中当海伦娜决定离开他去过美好而正常的生活时，吉姆讽刺道："你大可不必在爱情上自己欺骗自己。爱情这玩意儿，不是一件轻松愉快的事儿，你不弄脏自己的双手，是卷不进去的。它需要胆量，并且花出力气。如果你一想到要搅浑你那纯洁美妙的灵魂就胆怯的话，你最好整个儿放弃生活的念头，去当一个圣人。因为作为一个人，你永远也做不到这样的。"吉姆的这种想法，可以追溯到乔治·奥威尔在《由圣雄甘地引起的联想》一文中的圣人理论。认为圣人想"逃避生的痛苦，特别是爱情"是不可能的，"因为爱情——是艰难的行动"，作为现实的人只能"在世上到处碰壁、撞得头破血流"。[1] 人物最终明白了所谓"福利国家"其实只是虚假骗人的理想主义，那些社会的文化精英、那些受人敬重的中上阶层人士其实只是一群愚蠢无知的虚伪庸俗之徒。从吉姆身上表露出的对社会强烈的叛逆思想，对社会的不公正、不公平和阶级壁垒的愤怒情绪中，我们看到了人物与上流社会之间不可逾越的鸿沟。正如书中所写：

> 波特莱的出现就像是对吉姆的习惯、标准和抱负的巨大冲击，使他感到他这一辈子也不会有出头之日。他已经习惯的思路是：像克莉丁这么漂亮的女人，他是没有份的。她们只能是像波特莱这样的男人的私有财产。这种现象对他来说已经不再表现出任何的不公平。包括

---

[1]　George Orwell,*Reflections on Bandhi*,Shooting an Elephant,1950,p. 108.

玛格丽特的那个庞大的阶级只能向他提供与他同属一个阶层的女人。

这种阶级的差异不时唤起吉姆强烈的阶级意识，激发他去捉弄和嘲讽与自己所对立的阶级成员。然而，吉姆是幸运的，他意想不到地获得了漂亮、富有的姑娘的爱情，从穷人变成了富人，从弱者变成了强者。尽管生活中很少人有吉姆这样的幸运，但好人好报、有情人终成眷属的结局让读者获得了阅读心理上的愉悦与满足。

《幸运的吉姆》体现了英国小说创作由现代主义向现实主义回归的特征。尽管作品具有反学院、反文化、反精英、反传统的现代思想，但在写作手法上依然可以看到浓郁的现实主义倾向。小说内容真实客观，结构完整严谨，人物形象鲜明，尤其是在气氛营造、场景描写、心理刻画和细节描述方面笔法精湛，几可与19世纪现实主义大师相媲美。究其作品产生轰动效应以及被普通读者广为喜欢的原因，很大程度上在于小说幽默搞笑甚至带有滑稽成分的喜剧效果。吉姆想保住自己好不容易得来的大学讲师位子，极力巴结讨好别人，却出尽洋相，闹出许多笑话；他不喜欢自己所学的专业，却拼尽全力去获得专业大学文凭；他讨厌教授历史，却为续聘而低三下四地去讨好同事和上司；他极其反感道貌岸然、弄虚作假的系主任，却又不得不去千方百计取悦于他，在应邀参加系主任的乡间别墅聚会中，因喝得酩酊大醉忘记熄灭烟蒂，而烧毁了主人家的毛毯；他绞尽脑汁好不容易写出论文，却被别人剽窃占为己有；他因同情女同事被男友抛弃而与之交好去慰藉人家，却又为发泄对教授儿子的愤懑，去争夺其女友克莉丝丁，并与其大打出手；当他为续聘好不容易获得一次在全校公开讲演的机会，却因酗酒过度而满口胡话及至醉倒讲台。那种来自英国中下阶层新一代青年的愤怒和怨恨情绪，正是通过这种幽默和闹剧的喜剧形式表现出来的，那种笑剧式的反抗获得了社会读者的普遍喜爱。小说一经发表，多次重印，被列为20世纪50年代最畅销小说榜首。

《露水情》（*That Uncertain Feeling*，1955）是艾米斯以自己在威尔士的斯旺西大学认识的一位图书馆馆员菲利普·拉金为原型写作的，以表示对朋友的友情和敬意。文中的主人公约翰·刘易斯出身贫寒，是一位矿工的儿子，从矿区来到威尔士，在一所大学的图书馆工作，他受过良好的教育，喜欢各种文学书籍，却故意装出一副无知的样子，对上流社会的虚伪自私充满怨恨、不满，对所谓"福利国家"人人平等、机会均等的宣传持怀疑态度，对社会有一种不可信的不确定感觉。为了改善和提高自己的生活和社会地位，同时也是抱着对上流社会的报复心理，他把善于玩弄权术、心灵肮脏的阔太太威廉斯夫人玩弄于股掌之间，然而那种不合伦常的念头时时让他有一种不确定的感觉。尽管这种关系使他有了金钱，并给他带来一份薪水很高的工作，但他的灵魂深处是不安宁的，他依然有那种不确定的感觉。由于不同的家庭出身与不同的个人教养,他和威廉斯夫人之间常常出现矛盾,他不喜欢那种不确定的关系,但又不得不继续敷衍。最后他抛弃了自己一直追求的上流社会生活,毅然回到乡下与妻子团聚,在劳动生活中获得了灵魂的安宁。这部小说也被评论界认为是"愤怒的青年"的典型作品。作品以现实主义的手法描述人物肆意玩弄上流社会阔太太的过程,发泄对社会的不满情绪,嘲讽上流社会的所谓文明典雅,充满辛辣的讽刺。对威廉斯夫人的肉体的否定,对她所代表的价值观的否定,对上流社会所宣扬的远大前程的否定,其实就是对整个英国虚假的"福利国家"的否定,对现代英国社会虚伪庸俗的深刻揭示。作品中威廉斯夫人与刘易斯的对话,写得十分形象生动:

夫　人:你已经得到了这个职务,还有什么可烦恼的? 是不是觉得丢脸,因为这个职位不是靠你自己的本事弄来的? 亲爱的,这种想法太幼稚……约翰,你听我说,你现在所处的地位不允许你对送上门来的好处吹毛求疵。我可以告诉你,自打我同弗农结婚后,这种走后门、靠关系的事我见得多了。你可以相信我的话,在今天这个世界上,没有任何一个人能完全凭自己的本事得到任何职业和地位,总是有其他什么原因在起作用。也许是政治,也许是因为本人长得漂亮,或者是学历,或者是有后台,或者是其他什么你爱怎么说都行的因素。也可能是私人交情,帮个忙。我明白,你要是全凭自己的本事得到这个职位,你会觉得高兴……可在这件事上你无须感到羞愧。

刘易斯:你说的这一切我都知道。可是不管怎么说,这仍是欺骗行为,我不喜欢欺骗,这是我最反感的……我已经决定不接受这个职位。

夫　人:如果你认为这也值得大惊小怪,你是个大傻瓜,是孤芳自赏。好多人都干这种事,收起你那良心吧。

刘易斯:这是笔肮脏的交易。

夫　人:喂,你得懂点事,世道就是如此,你难道还不明白? 至于你所说的肮脏交易,你可没有资格说这种话。按照你的思路,难道我们通奸就不是一笔肮脏的交易?

刘易斯:你知道我受到良心的谴责。

夫　人:你难道不明白钱是最重要的……

刘易斯与吉姆一样,也具有英国"愤怒的青年"一代的特征,他出身低微,却占有了比他社会地位高得多的女人,玩弄并抛弃她,借以发泄贫富悬殊、阶级差异的愤懑情绪,进而揭露英国"福利国家"消灭特权、人人平等的谎言。相比较而言,《露水情》中的滑稽搞笑场景比《幸运的吉姆》中要少得多,但对上流社会和

"福利国家"的抨击力度却更为强烈。刘易斯不像吉姆,他并没有把进入上流社会当作自己的追求目标,而吉姆希望能过上舒适的生活,他用令人发笑的小动作向特权阶层和伪善的上层社会,向等级森严的英国社会发起小小的冲击。然而最终我们看到,吉姆仅仅是因为自己得不到应得的社会份额而发出愤怒宣泄,一旦有机会他就毫不犹豫地投入上流小姐的怀抱。刘易斯却不然,他以低微的身份去勾引和主宰高贵的夫人,最后将其抛弃,又回到属于自己的下层阶级中来,他比吉姆更具挑衅性和反叛性,对中上阶层和"福利国家"表现出更强烈的轻蔑与敌视。虽然他也像吉姆一样具有对社会地位、金钱和女人的世俗追求,然而与吉姆不同的是,他不断受到内在良心的谴责,时刻感受到上流社会的虚伪和势利。同样是借助有钱女人而获得成功,吉姆春风满面,充满了一种踌躇满志又得意扬扬的神情;而刘易斯则不然,他的内心陷入了深深的自责和自我冲突的困惑之中。从人物的社会价值取向角度而言,刘易斯比吉姆更具社会意义。哈维·韦伯斯评论说:

> 这部小说比《幸运的吉姆》好得多。《露水情》集中写约翰·刘易斯这个人物。他装腔作势、伪善,可是他看透了他自己,不禁让读者喜爱他的坦诚。他的失败也可能是你的失败……令人惊喜的是艾米斯先生使我们相信约翰·刘易斯也是讨人喜欢的家伙,他诚实地认识到自己道德和不道德的双重性,并真诚地努力使自己从不道德变为道德。①

《露水情》发表后,主人公刘易斯与《幸运的吉姆》中的吉姆截然不同的结局,使得评论界对作家及其作品展开了激烈的争论,艾米斯与他的小说一时成为文坛争论的焦点。《露水情》获得沙默塞特·毛姆旅行奖。

《我喜欢这里》(*I Like It Here*,1958)是一部颇具争议的作品。主人公尼特·波文来到葡萄牙,不虚心学习和理解异国文化,认为这里到处都是骗子和无赖,对这里的一切都深恶痛绝。他设想着,如果将葡萄牙搬到英国的某个地方,或许就不会是这样。人物的思想其实就是作者艾米斯的思想,反映了20世纪50年代的社会心态和流行观念,也是"愤怒的青年"思想矛盾性的体现。一方面,人物反对英国社会中上阶层,反社会,反精英,反高雅,甚至反对一切时尚的现代主义和外国事物;另一方面,故事的基调模棱两可,人物在厌恶葡萄牙社会和文化现状的同时,他的价值评价标准却是英国社会中产阶级的现行标准,表现出向往英国所宣扬的中等阶层幸福生活的社会心态。文中的辛辣反讽和幽默揶

---

① 《欢乐的好人坏人》,《星期六评论》,1956年2月25日,转引自《当代英国文学论文集》,外语教学与研究出版社,1996年。

揄风格,活脱脱是艾米斯本人的口吻,难怪有人在评论中将波文看作艾米斯的替身,将他当作英国文人岛国狭隘性的活标本。作品具有浓郁的喜剧效果,但人物描写失去了英国生活的具体环境,使得人物缺乏个性而流于漫画式夸张。艾米斯在后来的回顾中也认识到自己写得过于草率,从而不是十分满意。但是,我们也看到,虽然小说的矛盾性使得作者的创作意图和阅读文本之间产生了巨大差异,但对异国风情和文化的描写,在反对英国现存制度但又对英国社会沾沾自喜的矛盾表现中,也使得小说具有了多层面多视角的阅读审美效果。

1958年后,艾米斯在美国普林顿大学做访问学者一年,其间做了一系列有关科幻小说的讲座,回国后整理出版了《地狱新地图》(*New Maps of Hell*,1960)。并开始尝试创作科幻故事,编辑科幻故事集《光谱》(*Spectrum*,1961)等。后期的科幻小说将科幻内容与现实生活结合,表现出较丰富的思想内涵,《改变》(*The Alteration*,1976)就是这样一部主题严肃的科幻小说。小说回到了中世纪教会统治时期,唱诗班的一个10岁男孩嗓音清脆悦耳、优美无比,于是有人向教皇建议将他阉割,以使他永远保持10岁童子的纯洁声音,以表人类对上帝的虔诚之心。在罗马教会的讨论中,诸如人的自由与幸福、宗教与信仰、生活与艺术等神学、社会学、伦理道德乃至心理问题都成了争论的焦点。小说将科幻性、讽刺性、政论性融为一体,传达出统治者专权残忍,对人性压抑摧残的严肃主题。

1961年艾米斯离开威尔士,应邀去剑桥的彼得豪斯学院任教。在那里,学校沉闷而冷漠的气氛,同事之间的相互戒备不相往来,社交生活的狭隘无趣,学术水准的逐步降低,使得艾米斯对学校生活产生了厌倦情绪。同时,也随着他在写作方面的成功,在文学界地位的确立,1963年他离开大学从事专业创作。

《拥有一个像你这样的姑娘》(*Take A Girl Like You*,1960)描写青年人伦理道德观念上的矛盾冲突。年轻人帕特利克一表人才、风度翩翩,追求时尚,道德观念前卫,却想拥有一个具有传统观念的姑娘。女主人公詹妮是一个出身工人家庭的大学教师,具有传统的伦理道德观念,十分珍视自己的贞洁,却受到时尚习气影响,很注重个人的穿戴打扮,在与人交往上极力仿效上流社会的优雅风度。詹妮正是帕特利克心目中的理想姑娘,他用种种手段接近并诱惑她,当多次遭到拒绝后,最后在詹妮喝醉失去自我防卫意识后占有了她。男女主人公,既受传统思想的影响,又想无忧无虑地寻欢作乐,是对20世纪50年代后期英国传统婚姻习俗和现代时尚矛盾对立的写照。《一个肥胖的英国人》(*One Fat Englishman*,1963)描写一位大学教师因贪图享乐、好逸恶劳而长得肥胖,同时他也是一个好色之徒。他对现存的一切都充满了愤懑与怨怼,但又想获得现有的一切供自己享受。他名义上是去美国宾夕法尼亚一所大学访问并出版新书,其实是去与他的情人约会。没想到受到了一位才华横溢的年轻作家捉弄,情人失踪，书稿被窃，闹出许多笑话，出尽洋相。此类型的小说还有《我现在就要》(*I Want It Now*,1968)等。

　　20世纪60年代后期艾米斯的创作转向侦探小说和惊险故事写作,1965年出版的《詹姆斯·邦德案卷》(*The James Bond Dossier*)中对世界著名的间谍材料进行研究,给文坛带来极大影响。他的《反死亡同盟》(*Anti Death League*,1966)在侦探故事的描述中,表达了对宗教的不满,揭露世人以上帝之名,摧残生灵,同时也表达了对上帝的质疑。《孙上校》(*Colonel Sun*,1968)是一部带有詹姆斯·邦德式冒险的故事,故事围绕中国人民解放军上校孙良谭获得前纳粹企图利用中国影响打开东地中海及阿拉伯世界和非洲的情报展开。《绿人》(*The Green Man*,1969)是艾米斯最为成功的恐怖小说。故事讲的是绿人酒馆的老板莫里斯无意中触发了已经死去300多年的牧师鬼魂,鬼魂在莫里斯身上发现了自己生前暴戾残忍的本性,于是附体于他并控制他以使自己能为非作歹、寻欢作乐。作品具有哥特式小说的恐怖气氛,情节构思巧妙。通过人物的对话,探讨时间与年龄、生命与死亡、罪恶文明与宗教信仰等人生哲理。此类型的小说还有《河边别墅的谋杀案》(*The Riverside Villa Murder*,1973)等。艾米斯的侦探恐怖小说内容怪异恐怖,具有一定的感观刺激性,但在情节和人物设置上都有较为明显的缺陷,小说虽然不失艾米斯讽刺嘲弄文笔,但气氛阴沉压抑。

　　艾米斯一生笔耕不辍,直到20世纪90年代依然充满旺盛的创作激情,活跃在英国文坛上。其在后期的创作,尤其是80年代以来的创作中,愤怒的情绪才逐渐平息,对社会的批评也不再如前期那样尖锐深刻了。以《20岁的姑娘》(*Girl 20*,1971)和《终结》(*Ending Up*,1974)为标志,艾米斯的创作又回到了早期描写现实生活的严肃主题和喜剧风格。《杰依克的东西》(*Jake's Thing*,1978)描写了中年人的庸碌无能,分析了其中的原因。1980年发表的《俄罗斯迷藏》(*Russian Hide and Seek*)、《斯坦利和女人们》(*Stanley and the Women*,1984)中描写的是现代社会中家庭分裂,儿子误入歧途并进行精神治疗的故事。艾米斯后期创作中较为成功的作品是《老魔鬼》(*The Old Devils*,1986),这是一部探讨老年问题的小说,在刻画不同人物性格的同时,主要围绕年龄主题展开。一位著名的诗人客居伦敦30年后回到了故乡威尔士,然而魂牵梦绕在他心中的家乡已经不是他想象中的样子,乡音依旧,往昔难寻。小说没有跌宕起伏的故事情节,也没有充满激情的年轻人,而是以满腔的热忱和理解同情,塑造了一群栩栩如生的老年人,以幽默的描写和辛辣的嘲讽,描写他们在远离时代、文化失落环境中生活的喜怒哀乐及其与年轻人之间不可逾越的代沟。小说获得了布克奖,更加奠定了艾米斯在英国文坛的稳固地位。

　　1990年艾米斯发表长篇小说《生活在山上的人们》(*The Folks That Live on the Hill*)。1991年发表《回忆录》(*Memoirs*),引起颇多议论。回忆录并非按照人们习惯的编年体的叙事方法写成,而是由约 90 篇速写随笔组成,大多为个人生活中的逸闻逸事汇录。回忆录中对上学以及军旅生涯等内容都是一笔带过,与亲人交往的生活细节也较少写入,妻子以及孩子都只是简短提及,最多的是对社会交往中的人与事和文学艺术界人士和作品的评论,以及个人性格和爱好等的描写。对于这样一部别具个性的回忆录,书评认为是把一些无聊的、不公正的、有腐蚀性的材料收集在一起,并称一个"文雅知礼"的人是绝对不会那样写的。但同时也承认这部回忆录写得十分"生动",让人"一旦拿起便很难放下"。《巴莱特的秘密和其他故事》(*Mr Barrett's Secret and Other Stories*,1993)由 6个短篇组成,《巴莱特的故事》是小说集中较好的一个。巴莱特家族一直对与黑人混血的历史讳莫如深,秘而不宣。当巴莱特发现女儿与西印度一个有黑白混血家族史的年轻诗人相恋时,陷入了深深的痛苦和惧怕之中,担心双重混血的后代会使家族蒙受耻辱。《俄罗斯姑娘》(*The Russian Girl*,1994)描写一位中年学者事业有成,家境殷实,但面对年轻美貌而又风情万种的俄罗斯女诗人,陷入不能自制、进退两难的尴尬处境。《两个你都不能做》(*You Can't Do Both*,1994)写19 世纪 30 年代生活在伦敦南郊的罗宾,叙述他的父亲奇特而又严厉的父爱,这种爱不仅没有给他的童年少年带去欢乐和幸福,反而让他的生活乃至心理蒙上了不可抹去的阴影,造成人物性格的扭曲畸变。小说告诫人们无论是父亲还是罗宾的人生,都不是值得我们去仿效的。

《传记作者的胡子》(*The Beard of Biography Reporter*,1995)是艾米斯发表的最后一部长篇小说。主人公戈顿·斯科特是个来自中下阶层的新闻记者。为了出人头地而去采访一位二流作家,作家则想利用记者的笔给他增添光彩。在大量的实地调查采访中戈顿发现作家原来是一个十分卑鄙无耻的小人。其间和作家妻子产生了感情,双双坠入情网。虽然小说内容重复着艾米斯早期的创作题材,但作者十分高超的叙述技巧、在陈旧的故事中蕴含的生活真理,以及用戏剧化手法对阶级差异进行的形象展示,都使作品给读者带来美好的审美愉悦。《黑与白》(*Black And White*)则是艾米斯最后未完成的小说,其内容是关于一个白人同性恋者与一个黑人异性恋女孩之间相互吸引的情爱故事。

艾米斯一生写有长篇小说 14 部、短篇小说集 3 部、剧本 4 部、诗集 6 部、评论集 7 部等。

艾米斯的创作具有鲜明的现实主义风格,被看作 20 世纪 50 年代英国文学向现实主义回归的代表,是战后反现代主义和实验主义思潮的主要代言人,他的小说给英国文坛带来了新的生气。艾米斯反对当时的所谓精英主义、高雅文学,尤其反对表现朦胧晦涩和神秘暗示的象征主义和抽象内心剖析显示的意识流小说,主张作品的明朗清晰和真实自然。在他看来现代主义带有上层分子居高临下的傲气,而所谓"实验"只是小部分精英分子的故弄玄虚。鲁宾·拉比诺维兹说:"艾米斯的小说风格与威尔斯、贝内特和巴特勒这一群作家相似。艾米斯反对实验主义者的语言革新和不按时间顺序的叙述模式,他更接近于实验主义作家以前的那些作家。他的情节安排既简单又按时间顺序,他的风格是简单直接。"①艾米斯早期创作中的主人公大多和自己一样,出身中下阶层,受过高等教育,参加过"二战",他们不屑于传统思想道德观,没有明确的政治与宗教信仰,对社会充满了愤怒、怨恨和冷漠,在生活中他们或者自暴自弃、玩世不恭,或者捣乱破坏、恶作剧不断,以反抗上流社会人士对他们的轻蔑和欺压。然而他们又试图通过个人的奋斗跻身上流社会,那种既羡慕又妒忌、既向往又愤恨的心理,使得他们中的部分人甚至不惜手段地追求名利,大多数人通过与上流社会女人结婚的途径达到自己的目的。艾米斯的创作遵循了现实主义的原则,反映了 20 世纪50 年代英国当代青年的生活和追求,以愤懑和怨恨的情绪揭露政府所宣传的"福利国家"人人平等的欺骗性与虚假性。艾米斯也因此成为"愤怒的青年"的代表人物。成名之后的艾米斯在英国和美国的多所大学执教和讲学,随着其社会地位的改变和年龄阅历的增长,他的政治和社会观念也逐渐趋于保守,70 年代后期以降的作品中,愤怒的情绪逐渐平息,对社会的抨击、批评也远不如早期尖锐有力了。在小说的艺术表现中,艾米斯的创作具有集严肃主题和幽默嘲讽于一体的特色,擅长在情节和细节的描述中运用夸张、搞笑的手法营造喜剧气氛。小说故事情节曲折,人物风趣可爱,内容幽默有趣而又贴近现实生活,文笔活泼轻快而又优美流畅,深受广大读者的喜爱。

第五节　约翰・韦恩

　　约翰・韦恩(John Wain,1925—1994),英国现代小说家、剧作家、诗人、批评家和传记作者。

　　韦恩出生于英国中部斯塔福郡,父亲是牙科医生。韦恩特殊的童年生活感受,深刻地影响到他日后的小说创作。他清楚记得自己上小学时,放学后穿着校服从学校回家路上,那些家境不如他的学生常常会出于嫉恨而追打他,这种担惊受怕的日子令他难以忘怀。他在自传中说"在我记忆的世界里,舒适、安全、乐观似乎遥不可及"②。童年的他就已经认识到"这个世界是多么危险;一味退让避免不了受欺侮的命运,恨我的人已经从四面八方包围了我,这并非因为我做了什么,仅仅因为我与他们不同;尽管我面对欺凌常常充满恐惧,但是我不愿意承认,

　　①　Rubin Rabinovtitz, *The Reaction Against Experiment in The English Novel*, 1950—1960, New York: Columbia University Press, 1967, p. 43.

　　②　Wain, John, *Sprightly Running: Part of An Autobiography*, London: Macmillan, 1962. New York: St. Martin's Press, 1963, p. 58.

因为这样做会让我无地自容"①。从小所滋生的那种如何消解时时遭受他人凌辱的愁闷,如何能有尊严地活着,如何反抗被世界主宰的命运等思考,成为他日后小说的主旨。韦恩长大后在纽卡斯尔的一所文法学校就读,后进入牛津大学圣约翰学院学习,毕业后从 1949 年至 1955 年他从事专业创作之前,一直在里丁大学教授英语课程。1973—1978 年在牛津大学担任诗歌教授。韦恩一生中除从事文学创作以外,大多作为自由新闻撰稿人,为报刊和电台撰写文章。韦恩写作和编辑的书籍有 70 多卷,同时也是"愤怒的青年"代表作家。韦恩早年的新闻媒体工作,使他有更多的机会接触社会的方方面面,尤其是深入下层人民。他说:"每个人都有火气冲天的时候,我一想到自己生活的文明世界就心绪难平。这个世界被新闻和广告牢牢控制……新闻记者取代了艺术家;麦克风代替了人的声音;机器占据了人的位置;生产率受到重视,人的劳动被忽视;男女之间有性无爱;流行音乐挤走了民歌;村落消失了,到处是房产商的天下。抄袭之风、陈腐之气、嫉妒之心、不满情绪、流言、怨恨等充塞天地间,唯独没有给真正的自由的想象留下空间。"②韦恩正是在这样的思想观念基础上转身于文学创作,关注现代人的处境,探索现代人的出路,描写他们在幻灭与绝望中的挣扎以及最后向现实妥协以求得生存的人生历程,成为"愤怒的青年"一派的代表人物。

韦恩因他的处女作也是他的代表作《每况愈下》(*Hurry on Down*,1953)而出名。小说的主人公查尔斯·拉姆利是一个"愤怒的青年"的典型。他出身下等阶层,大学毕业后在社会上四处漂泊,到处碰壁,找不到自己的地位和出路,对社会尤其是上流阶层充满了愤怒和怨恨的情绪。小说一开始我们看到查尔斯和房东太太的争吵,对于查尔斯提出想租更好房子的理由,房东太太深表怀疑,她知道小伙子近来境况不是很好,她甚至担心查尔斯付不出房费。尽管查尔斯说自己在做私人侦探,但还是无法使房东太太相信。经不住房东太太的反复盘问,第二天早晨查尔斯离开了租住的地方,开始了他的流浪生涯。在他的记忆中,闪光的大学时代是美好的,他可以十分自信地对待每一次考试,能取得好成绩,但那时他就在冷静而痛苦地思索着自己的未来。他知道在这样的社会环境中,表面看来人人平等,其实只是骗人的把戏。为了表示他对社会的失望不满和怨恨反抗,他放弃了高等教育为他铺平的道路,有意在社会上到处流浪,干着下等人的仆役活儿。现实生活证实了他对社会的思考。他来到未婚妻莎拉那里,莎拉不在,而她姐姐和姐夫对他的侮辱使他十分气愤。然而查尔斯心中清楚,自己没有地位金钱,无足轻重。自从离开大学以后,他就如同一颗滚动的石子那样从一个

---

① Wain, John, *Sprightly Running: Part of An Autobiography*, London: Macmillan, 1962; New York: St. Martin's Press, 1963, p. 6.

② Wain. John, *Essays on Literature and Ideas*, London: Macmillan, 1963, p. 179.

地方滚落到另一个地方,换了一个又一个工作。他做过窗户清洁工,与做现代主义假广告的维特合作过,当过货运汽车驾驶员,在医院干过勤杂工,参与过贩毒走私活动,当过私人汽车司机和地下俱乐部保镖,等等。当他认识了富翁罗德里克的侄女维罗尼卡时,一下子就抛弃了自己的未婚妻而爱上了她。他清楚知道她和自己是完全不同的两个阶层的人,然而这是他改变自己社会地位和身份的最好捷径,为此他可以去干任何事情,即使是去偷窃去做坏事去杀人,他也在所不惜。查尔斯在社会上流浪着,不断地变换工作,他的一切努力,其目的就是想通过个人的奋斗,摆脱下层社会的处境,摆脱自己原来的阶级处境。后来查尔斯因为受到贩毒集团的怀疑而差点送命,在医院中养病时他意外获得一个令人惊讶的秘闻,维罗尼卡是罗德里克的情妇,这打破了他娶妻发财的美梦,对维罗尼卡追求的热情平静了下来。其间他遇见了露丝,那是个生活快乐而头脑简单的姑娘,他们之间的感情给查尔斯乏味而无聊的生活带来一丝安慰。虽然他们的婚姻将是十分现实的,但查尔斯不甘心这样的人生命运。小说最后查尔斯的命运出现了戏剧性变化,他在一个大公司谋得了一份薪水丰厚的要职工作,当他又一次见到维罗尼卡时发现自己仍然爱着她,并和她重归于好。

《每况愈下》作为一部带有传奇色彩的流浪汉冒险故事小说,是对英国自世界大战以来社会生活现状的写照,在查尔斯·拉姆利的人生经历中,刻画出了英国上流社会和中下阶层之间不可调和的矛盾冲突,小说成为"愤怒的青年"一派的杰作。无论是韦恩还是查尔斯,对英国社会的叛逆情绪是十分明显的,诚如韦恩所说,"英国……这个词意味着作为帝国主义国家,它依靠巨大的强权政治,将统治观念强加于这个表面繁荣的国家,依靠传统的观念和习俗控制人们的生活"。查尔斯有着典型的"愤怒的青年"情绪,游离于自己最初所属的下等世界和他所向往但又得不到认同的豪华世界之间。大学毕业后,他想通过自己的奋斗改变个人命运,对上流社会既充满了愤懑怨恨,同时又千方百计想成为其中的一员;他与传统的社会秩序与生活观念格格不入,却又不择手段想从中谋取个人的幸福快乐;他鄙视高雅社会的趣味情调和文化教养,却又为不能进入这个阶层而耿耿于怀。韦恩说:"我写《每况愈下》时,觉得生活中出现的主要问题就是年轻人如何适应'生活'的问题。在这里,生活是指他们降临世界之前就已经存在的外部秩序,这外部秩序不一定对他们持欢迎的态度,而且这一切正变得越来越复杂化了。"①查尔斯是战后英国典型的从思想到行为都与社会背道而驰的"反英雄"形象,他出于自己的阶级本性和正义感,对上流社会充满了鄙视和叛逆,试图依靠自己的奋斗探索开创一种全新的生活方式,但同时他又经不起金钱和财富的诱惑,无法摆脱传统习俗的束缚。

---

① John Wain, *Along the Tightrope*, Declaration, 1986, p. 81.

韦恩小说创作的灵感起源,小说中所流露的那种下层人士虽接受了一定教育,但在社会上仍无能为力,对生活无可奈何的怨恨情结,可以追溯到作家早年的生活细节。在韦恩的记忆中,9 岁那年的一个寒冷而阴沉的下午,他从祖父家去上学,路边堆积着一些肮脏的雪,前边走过七八个高中男孩,后面走来一些小学男孩,在一场随之而来的雪仗中,韦恩被袭来的雪球击中,他的右膝一下子跪在地上,怀着一种怨恨,他想辨认出袭击他的人并给以回击,但事实上已是不可能,他想站立起来,但伤痛使他无能为力,他想求助于人却没人理他。膝盖上的伤痛从此一直伴随韦恩,而那种受伤后的无可奈何感觉也一直深深印在他的心中。人被一下子击倒的那种感受,和查尔斯在社会中的感受有十分相似的地方,这种快速倒下时的瞬间感受的寓意直接体现在小说的书名"Hurry on Down"中。韦恩在他的回忆录中写道:"几乎是 20 年以后,我出版我的第一部小说,描写的是年轻人在生活中在社会上找不到自己合适的地位,同样的状况随处可以看到。小说故事情节中人物对社会生活的感受,正如我 1935 年那天膝盖受伤后,一边是小学孩子,一边是大男孩,在眩晕中我找不到目标,失去了时空的方位一样。"查尔斯为了改变自己的命运,变换着各种工作,最终他发现要想依靠自己的劳动来获得自己想得到的豪华享乐生活几乎是不可能的。于是当他遇见了家境富有的维罗尼卡时,毫不犹豫地抛弃了自己的未婚妻,他清楚地知道,如果能成为富家的东床快婿,那是进入上流社会最好的捷径。小说对查尔斯在酒吧初遇维罗尼卡时的心理描写如下:

> 他可以无恶不作……他可以去偷窃、去谋杀、去伤害人……就是为了拥有她,哪怕这种可能是微乎其微的。

查尔斯干什么工作并不重要,他最终也获得了一个报酬丰厚的职位,有了自己喜欢的美女,甚至也可以说成了中产阶级,查尔斯最后从教育、教养、社会地位、生活处境到口音都中产阶级化的喜剧结尾,是人物和他所敌对的社会秩序妥协与和解的象征。然而我们依然看到,查尔斯试图把自己从工人阶级中分离出来的努力其实都是徒劳无益的,那种"自卑感、自命不凡、不现实"的潜意识思想时刻萦绕着他,无法改变他身上流淌着的农民后代血脉的事实。小说在人物的流浪历程中,将阶级的对立、金钱对人的腐蚀和社会制度对人的压制等社会现状一览无余地展示了出来,具有很强的现实意义。小说也暗示了"愤怒的青年"作家的共同主旨,即在反叛传统价值标准的同时,年轻的一代在苦苦探寻着新的价值体系,然而,在一个丧失了基本道德准则和异化的社会中,这种探索只能是悲剧性的。

小说具有十分严谨的现实主义风格,艺术结构上具有人物流浪中不同工作的横向片段描写和人物命运发展的线形历程相结合的特征,是一部典型的片段型流浪汉小说。小说具有幽默诙谐和讽刺的写作特色,对生活和人生的描写,有时是轻松的,有时则是严肃的,滑稽而不失真实,搞笑中蕴含真理,对社会的否定中透露出对生活的追求,作品具有浓郁的喜剧色彩。《每况愈下》一发表就引起了极大的反响,获得了巨大成功,韦恩也因此一举成名。小说中的查尔斯成为与传统小说完全不一样的现代社会的叛逆者,开启了"愤怒的青年"的反英雄先驱者形象。批评家瓦特·艾伦评说道:"反英雄是 20 世纪 50 年代小说中出现的一种新的人物。首先是在《每况愈下》中出现,然后又在艾米斯的《幸运的吉姆》中出现。"①

《生活在现代》(*Living in the Present*,1955)也是一部流浪汉小说,生活在现代社会中的主人公爱德加,对社会上到处盛行的虚伪和做作十分反感,以自暴自弃的态度表现对现代社会的藐视和愤恨,对社会和人生充满了悲观失望的情绪。围绕主人公出现的现代生活,其实都是一幕幕的生活闹剧,人物流浪过程中感受的社会生活看似现代时尚,其实充斥着愚昧和无知,纷乱的生活场景是对世界的荒谬和非理性的形象写照。《竞争者》(*The Contenders*,1958)描写社会中不同人士面对激烈竞争的社会现实,充满钩心斗角、尔虞我诈,竞争的过程也是人性异化的过程。

韦恩另一部较有影响的小说是《打死父亲》(*Strike the Father Dead*,1962),小说中的主人公杰里米·科尔曼是一位爵士乐手,他的父亲是一位酷爱自己职业的希腊文教授,对儿子具有很高的期望,要求严格。杰里米对私塾学校刻板的教学,对父亲的传统说教十分反感,对庸俗的社会充满了怨恨和不满,成了一个典型的反社会、反传统的"愤怒的青年"。他的父亲作为大学教授,喜爱古典音乐,讨厌爵士乐,父亲在杰里米心中成了传统观念、传统文化和现行制度的象征。小说描绘了父子两代人尖锐而不可调和的矛盾冲突,其主要矛盾是当年曾经反叛父辈一代观念的父亲,如今却固执地要求儿子按照他的观念选择生活方式。在两代人的激烈争斗中以儿子的叛逆抗争为主线。杰里米在 14 岁时听到了爵士乐,在弹琴的过程中,他体验到了音乐中如小鸟般自由飞翔的快乐,而这一切是他那喜爱古典音乐的父亲所深恶痛绝的,于是父子之间的矛盾终于爆发。杰里米在公开顶撞父亲之后,离家出走,来到大城市舞厅,弹奏他的爵士乐,演奏获得欢迎,十分成功。然而与爵士乐同时存在的有悖于传统伦理观念的生活,在他身上发生了冲撞。当他酗酒,与妓女跳舞,被人殴打之后,内心十分矛盾痛苦,觉得自己的灵魂已经受玷污堕落了,于是他试图在虔诚的宗教信仰中获得解脱,甚至放弃了弹琴。一位年轻漂亮姑娘的出现,又激发起他对美好生活的向往,于是

---

① 　Walter Allen,*Tradition and Dream*,London:Hogarth Press,1964,p. 280.

他又弹奏起他的钢琴,在乐曲声中抒发内心涌动的丰富而奔放的情感。但他无法容忍父亲要他认真读的那些作为前途台阶的枯燥无味的书本,尤其是那些古老的希腊文法,更让他觉得味同嚼蜡,头痛异常,对父亲冠冕堂皇的说教他更是充满反感,于是他卖了自己喜爱的自行车,又一次离家出走,独自来到伦敦。他在一家舞厅弹奏钢琴,动听的爵士乐迷住了观众,同时也给他的生活带来极大快乐。在音乐中,他忘记了战争死亡,忘记了父亲威严,忘记了生活艰辛,甚至忘记了时间存在。爵士乐成了杰里米生活的一切,是他的生命和灵魂。他的爵士乐演奏技巧和水平也有了极大的进步。在伦敦他结识了两个好朋友,一个是欣赏他爵士乐的迪姆,热心地给予他生活上许多帮助,但迪姆生活放荡,玩世不恭,依靠女人吃软饭,又使得杰里米看不起他。当迪姆过分地放浪形骸,和别的女人鬼混,甚至抛弃自己妻儿时,杰里米终于忍不住狠揍了他,从此不再理迪姆了。另一个是黑人伯西,他对音乐的酷爱,尤其是对音乐独特的感悟,深深吸引了杰里米,伯西的长号时而如泣如诉,婉转动人,时而高亢激昂,令人激奋。两人对音乐的共同热爱和理解,对爵士乐的共同执着和追求,使他们成为一对肤色不同的好朋友,他们一起组织了自己的爵士乐队。其间杰里米曾经在姑姑的斡旋下见到过父亲,但父亲的固执倔强、刚愎自用,使得杰里米更加反感,他明确告诉父亲,自己不喜欢他的教育方式,也不愿意做父亲的木偶,决不会照着父亲的规范模式去生活,只要父亲不死,他就决不会和父亲有共同的生活基础。尽管杰里米在伦敦生活十分艰辛,他们的爵士乐受到了开始流行的摇摆舞的威胁,但是每当爵士乐奏起,杰里米心中一股顽强的永不熄灭的生命之火就熊熊燃烧。

小说中人物对父亲的反抗,甚至在心目中对父亲的诅咒,对父亲的审判处死,具有浓郁的我们从卡夫卡笔下所能感受到的"审父意识",父亲不仅是父权的象征,也是现行制度、传统观念的象征,代表上流阶层权威集团对社会的专制与压抑。处死父亲意味着对现行秩序、传统文化和观念的全面否弃,是对社会的愤怒不满情绪的火山喷发。小说也间接流露出作者受弗洛伊德精神分析学说的影响,具有诠释俄狄浦斯弑父情节的痕迹。小说运用现实主义手法描写 20 世纪中叶英国社会状况及其社会心态,立体展示了人物道德伦理观念和价值观念转变的过程。小说既不是直接表达对政治经济和法律制度的反抗叛逆,也不是直接描写以金钱为中心的人与人之间的关系,而是通过父子之间的矛盾来间接展开,从人的心理和人性的变化中,从人物的精神世界的冲突中,来描绘生活现实。从小说文本的审美意义上说,作品的现实因素读起来更加自然可信,更加形象真实。在都市的生活中,饱受战争蹂躏的伦敦常常停电,到处是残垣断壁,常常连必需的食品也供应不上,人们对社会的反感从他们对与传统音乐相左的爵士乐的痴迷中,可以窥见一斑。

杰里米的精神叛逆是当时社会中两种价值观念相矛盾冲突的体现。他生活在高级知识分子家庭,虽然年幼时母亲就去世,但父亲对他的关怀,使他并不缺少一般意义上的家庭温暖。相比当时的英国社会,他的家庭生活处在中上阶层,物质条件丰裕而没有经济危机,人物既没有来自外部社会的竞争压力,也没有来自家庭的暴力摧残,更没有来自社会的争权夺利和尔虞我诈。小说重点写的是人物强烈的自我意识觉醒,试图在对人生的自由选择中,在不懈叛逆追求中体现自己的人生价值。杰里米不能忍受学校呆板的教学方式和毫无意义的教学内容,不满父亲的管束说教。在美丽的大自然中,他感受到自由和欢快。小说一开始就是,在春光明媚的下午,杰里米骑着自行车在郊外旅行,他的心灵在美丽的大自然中放飞,仿佛充满生命活力的小舟,在自由的大海中随意地荡漾。与传统音乐截然不同的爵士乐美妙而自由的旋律、奔放而激越的音调深深吸引了他,当音乐响起时,那种令人神往的感觉让他感受到了自由与欢乐,在音乐中人物找到了自己的人生目标和归宿。如果说在自然的怀抱中人物感受到的自由是一种虚无缥缈的感应的话,那么人物在爵士乐中感受到的则是自由的升华。杰里米从对父亲的叛逆到与传统观念决裂,从对英国社会充满幻想到幻想破灭,人物真实的生活经历中展示出作家创作中真实自然的现实主义风格。杰里米最初对父亲的叛逆是本能的,他只是不喜欢父亲有关责任道德的说教,不喜欢无味的学校教学,但当他第一次来到城里,自由地弹奏他的爵士乐,接着酗酒,和妓女跳舞之后,要不是因为醉酒而呕吐不止,甚至差一点和妓女发生关系。消极颓废而自由自在的生活,一方面是对父亲说教和学校管束的一种叛逆,另一方面引起了人物内心的矛盾痛苦。而当杰里米第二次在爵士乐自由旋律的召唤下来到伦敦时,人物内心完成了由传统伦理观念向自由的现代观念的转变,人物变得成熟起来。他从看不起好友迪姆的放荡生活,到得知迪姆狠心抛弃自己妻儿,教训了迪姆之后,在同情心或许是情欲的支配下,又与迪姆的妻子吉恩发生了关系。于是一个在传统观念教育下长大的孩子,真正蜕变成一个现代嬉皮士式的人物。在他与吉恩平静地分手后,就在那一刻,他突然觉得生活毫无意思,失去了全部的对生活的激情与憧憬,他甚至不知道自己在干什么,为什么要那样干,也不知道自己到底要成为怎样的人,不知道自己应该如何生活。在以后的漫长10年中,他和黛安娜毫无感情地同居,碌碌无为地生活,平静而无聊,钢琴弹奏也毫无长进,仿佛不是在生活仅仅是活着而已。人物完成了从对父亲的本能反抗,到对从小所受的传统教育叛逆的转化过程。杰里米对英国社会抱着美好的幻想,他得知好友黑人伯西来自充满种族歧视的美国马里兰州时,感到十分迷惑不解,沾沾自喜地告诉伯西,英国绝对不会有那样的情况出现。然而当他10年后与伯西再次相见,并组成爵士乐队,认为他们终于可以展示自己的才华,可以继续他们的爵士乐事业时,却意想不到地遭到一伙种族歧视主义者的殴打,他和伯西都被打成重伤送进医院。残酷的现实让杰里米对英国社会的自由平等的幻想彻底破灭了。

杰里米的反叛有时是清醒的有时又是盲目的,他的人生追求有时是充实的有时又是虚无的,他的性格是倔强的然而生活在放纵之中,他有明确的艺术目标但又迷失在艺术追求后的人生痛苦之中。无论人物的未来命运如何,有一点是不容置疑的:当小说最后,空旷的舞厅中又一次响起爵士乐,人物又一次陷入迷惘之中时,沐浴在音乐中的杰里米已经不再是对自由缥缈充满憧憬的 14 岁少年,而成了一个对社会、对传统、对一切权威政治充满愤懑反抗的"愤怒的青年"形象。

《打死父亲》采用多视角的描写手段,通过不同人物的第一人称叙述方法,在杰里米、伯西、父亲和姑姑等的不同视角叙述中,使小说具有一种类似自传的真实效果,在不同人物的叙述中,较好地展示了广阔的生活场景和纷繁复杂的客观世界,在错综交织的叙述中,准确地传达了不同人物的思想感情和生活观念。作品运用意识流小说的手法,用大量的内心独白来表达人物对社会对生活的主观感受和心理真实,甚至在幻觉中表现人物的精神世界。如杰里米在自然中如同小鸟飞翔的自由感觉;当爵士乐响起时人物那种出神入化的痴迷,那种对人生和生命的感悟;当伯西在遭到殴打昏迷后,他在幻觉中看见自己成了美国第一个黑人总统,向全世界呼吁各种肤色的人种一律平等,人物潜意识的幻觉中流露出对平等博爱的向往。

韦恩另有小说《年轻的客人》(*The Young Visitors*,1965)、《小天地》(*The Smaller Sky*,1967)、《山里的冬天》(*A Winter in the Hills*,1970)、《赎罪券出售人的故事》(*The Pardoner's Tale*,1978)、《里兹的流动商店》(*Lizzie's Floating Shop*,1981)等。1982 年出版的《年轻人的肩膀》(*Young Shoulders*)获得了当年度的怀特伯特奖。小说描写保罗的姐姐克莱尔与同学出国旅游遇空难而去世,保罗的父母因过度伤心而心神错乱。在保罗看来姐姐此去没再回来,一定是在另外一个地方活着。所以每当父母不在时,他便会喃喃自语,与姐姐说话。在保罗的眼里姐姐和自己一样在长大,也是家庭生活的一部分。小说以孩子的视角来看待死亡,读来催人泪下。其后又写有以牛津生活内容为题材的"牛津三部曲"《河边相会》(*Where the Rivers Meet*,1988)、《喜剧》(*Comedies*,1991)和《饥饿的一代》(*Hungry Generations*,1994)等。

约翰·韦恩的小说创作具有向现实主义文学回归的鲜明倾向,作品以吸引人的情节为线索,注重刻画社会生活现状和社会大众心态,塑造中下层人物典型,重现了 20 世纪 50 年代英国社会的真实生活。尤其是韦恩早期的作品,具有强烈的对社会进行尖锐批判和否定的情绪,奠定了他与金利斯·艾米斯、约翰·布莱恩等一起成为"愤怒的青年"代表的地位。他的代表作中塑造的查尔斯和艾米斯笔下的吉姆构成了"愤怒的青年"最早的典型形象。小说中的主人公大多是性格化的圆形人物,作者不试图给人物贴上任何标签,而是按照生活的本来面目,按照人物真实的生存状态去自然显现。他笔下的人物常常处在矛盾之中,对传统伦理观念的叛逆中,有人物对人生的自我拷问,人物想通过个人的奋斗改变命运的轨迹,但同时又常常陷入无尽的迷惘;对上流社会充满了愤怒反抗的同时,又朝思暮想地极力跻身其中,自己所鄙视而痛恨的东西,却又常常成为人物聊以自慰的寄托;与虚伪放荡的社会格格不入,而人物自己却总是不择手段,在放荡中寻求幸福欢乐。

　　韦恩的小说创作具有浓厚的诙谐嘲讽和幽默闹剧的写作特色,对社会和人生的表现,时而严肃认真,时而迷惘痛苦,时而充满对生活的反思,时而具有对人生的放纵,但总体上可以说是幽默中蕴含真理,夸张中具有真实,滑稽而不庸俗,笑闹而不油滑,在对社会的叛逆反抗之中具有人物对美好生活的向往与追求,小说创作中具有十分浓厚的喜剧色彩。在文学创作观念上,他也一如斯诺、库珀和艾米斯,主张忠实于现实的写作,反对现代主义及其实验小说,认为表现内在心理的实验小说、意识流小说等,"在技巧上的实验可以进行,但绝不可能取得从1860年到1910年那一代作家那样——远大的成果"。认为实验小说并非文学创作的唯一形式,并且"自《尤利西斯》发表以来,几乎很少有实验性的小说让诗人觉得是严肃认真的,它们只不过受时尚所驱动,玩弄一些噱头罢了",宣称实验小说这种文学形式"脱胎于19世纪的小说传统,它的最高成就在乔伊斯的《尤利西斯》之后便衰落了"①。韦恩显然反对将小说写成意识流或者实验小说那种模式,认为纯粹的心理小说偏离了小说作为生活表现的主要文学样式,难以与读者交流,那样的小说无法承载广阔而丰富的社会生活和复杂的客观世界。但对于作为写作技巧的意识流、超现实的心理描写甚至梦境幻觉等新的文学表现手法,韦恩并不排斥。他在多部小说中,运用意识流手法,准确而细腻地传达人物复杂而丰富的内心世界与情感变化。然而韦恩的写作手法却和现代派表现手法有着本质的区别,评论家戴勒·塞维克说:"现代作家的创作技巧——为了便于表示复杂的视角而将一些处于边缘的隐形人物放置在角色活动的中心附近,为了戏剧性的集中场面而压缩故事情节,以及为了让读者因欲弄清事件的意义而绞尽脑汁故意打乱叙述顺序——这些都不应算在韦恩的作品里。他避免创作风格上的任何实验,靠简单直率、紧凑严谨的情节取胜,故事清晰明了,人物善恶好坏分明,叙述视角有节制。我们只需要想想乔伊斯、卡夫卡和T.S.艾略特其间的区别就显而易见了。"②从中我们可以看到,作为一个严谨的现实主义作家,韦恩真实而深刻地反映了当代英国社会现实及社会心态,塑造出一代反叛社会、与现实格格不入的人物形象。但就他借鉴和运用现代派手法而言,他的创作显然突破了现实主义的壁垒,不对环境和人物做直接的描写和编造,不为塑造人物的性格

---

①　John Wain, *Essays on Literature and Ideas*, London. 1963, pp. 49-50.

②　Dale Salwak, *John Wain*, Boston, 1981, pp. 132-133.

而去设定一个特定的典型环境,而是较好地在人物的意识流动中,甚至在人物的潜意识和梦境幻觉中,在人物自我的内心独白中去真实表现,在人物生存的自然原生态状况下去显示人物,从而使得人物更加真实可信。另外韦恩的小说场景多变,使得对生活内容的描写丰富多彩。小说常常是多线索展开,不同角度和层面上的叙述使得小说对社会和人生本质构成多面而立体的揭示。故事情节曲折多变,有迭起的激烈高潮,也有平缓的宁静舒展,小说读来张弛有序、错落有致。纵观韦恩一生的生活经历和创作实践,尽管他自己说是"政治上的保守派,宗教上的天主教徒,艺术上的反现代主义派",但从他的小说创作中,我们还是可以看到其中所流露的思想观念上的激进求新、虔诚信仰中的愤懑叛逆、现实主义中的现代主义色彩。

第六节　约翰·布莱恩

约翰·布莱恩(John Braine,1922—1986)以一部《往上爬》(*Room at the Top*,1957)风靡文坛,成为"愤怒的青年"一派具有重要影响的小说家。

布莱恩出生在约克郡的布莱福德,父亲从当工人到成为监工,母亲原籍爱尔兰,是个天主教徒,布莱恩从小较多受母亲影响,后来也成为天主教徒。他没有受过正规教育,在当地的文法学校读书,16 岁毕业后,当过店员、实验员、工人等,"二战"时一直在布莱福德宾利图书馆工作。其间他曾经接受英国皇家海军无线报务员训练,但在入伍体检时发现患上了结核病,不得不在约克郡山谷的格拉斯顿疗养院接受治疗。之后又回到图书馆工作,1944 年夏天获得学校专业证书,1947 年进入利兹图书管理专科学校学习,成为图书馆高级助理。布莱恩曾经参与当地的小剧院演出,这段时间的生活经历,激发了他后来写作《往上爬》和其他一些小说的创作灵感。为了当一名作家,1951 年布莱恩辞去了图书馆工作,来到伦敦生活。为了应付贫困的生活,他替一些小刊物、论坛撰写文章,均没有留下什么影响,11 月因为母亲去世参加葬礼回到了家乡布莱福德。不久他的结核病复发,不得不接受治疗,住进格拉斯顿疗养院 18 个月。布莱恩养病中曾经写过诗歌和小说,但都没有成功。当时写得最用心的一部小说为《国王宠爱的快乐乔伊》(*Born Favourite and Joe for King*),那是根据布莱恩早期一部取材于浮士德故事写成的诗剧《镜中沙漠》(*The Desert in the Mirror*)改写的小说,讲的是一个年轻人出卖自己的灵魂给一个富翁的故事,小说遭到出版商无情的否定。布莱恩回忆道:"35 岁以前我是一个失败者,甚至没能为我的妻子和孩子提供一个温馨的家,我所寄予希望的小说被四家出版商拒绝,很是沮丧。"但他在疗养院写成的一部当时自认为一般的小说《往上爬》于 1957 年出版后,他一夜成名,成为英国文坛甚至是世界文坛的名人。小说的成功,给布莱恩带来极大的荣誉。

　　30年间布莱恩写过12部小说、2部专论、1部传记,改编过电视剧等,最被人们所熟知和谈论的是他的第一部小说,也是他的代表作《往上爬》。小说写的是一个工人家庭出身的战争孤儿约瑟夫·莱普顿,在25岁时因不满足于乡下生活,从自己的家乡工矿区达夫顿,来到约克郡较为发达繁荣的工业城市沃莱市,谋得了一份市政厅小职员工作。城市中男男女女的浪漫摩登、豪华奢侈的上层生活、中产阶级优雅的生活方式,令他向往不已。莱普顿不甘心流落于下层社会,为了跻身上层,脱离贫困生活和肮脏环境,他寡廉鲜耻,不择手段。他利用自己英俊的相貌,在加入业余演员剧院时,用尽心计勾引当地的大资本家、市议员的女儿苏姗·布朗。面对苏姗男友、当地富豪子弟杰克·威尔斯的豪华住宅、高级轿车和奢侈生活,莱普顿情绪沮丧、自惭形秽,同时又内心充满了嫉妒与怨恨,发誓要与威尔斯一比高低,非要把"他的女人"弄到手,总有一天将"享有这个年轻男子所拥有的全部奢侈和豪华"。莱普顿在与苏姗若即若离的交往期间,结识了业余演员剧院同台演戏的一位富有老板的妻子、比自己大10岁的爱丽丝,并产生了感情,与之私通。周旋于两个女人之间的莱普顿明显意识到,要改变自己的社会地位,要想跻身上层,最理想也是最好的捷径就是与苏姗结婚。于是在儿时好友查尔斯的策划下,莱普顿狠心地抛弃了爱丽丝,占有了苏姗并导致她怀孕,最终达到了与苏姗结婚的目的。莱普顿怀着愉快心情,怀着与往日惜别的情愫,春风得意地来到市政厅,早茶时,突然听到爱丽丝因无法摆脱被情人抛弃的痛苦,狂饮烈酒,高速驱车而导致车祸死亡的消息,良心受到了极大的谴责。小说最后莱普顿整天精神恍惚,四处游荡,酗酒成性,放荡颓废,与人斗殴,哭喊着"真是我杀死了她",内心充满了极度的痛苦。

　　《往上爬》以作者的亲身经历为素材,写出了下层知识分子的苦闷忧郁和对上层社会的愤懑怨恨,抨击了不公正的社会等级制度,布莱恩因此被看作"愤怒的青年"的成员和代表作家。作为"愤怒的青年"的代表作,《往上爬》所注重的是出身中下层的年轻人为进入上流生活,为获得自己在社会中的地位而进行的奋斗,以及所表现出来的对社会的不满和抗争。小说中写莱普顿参加晚宴舞会时的感受十分生动形象:

　　　　我租了一套晚礼服去参加市政厅的舞会。礼服不十分合身,我为了配这套礼服新买的那件衬衣也不大合适。但是我站在艾尔伯特协会敞开的大门时,却不由得感到高兴。……这时,我的眼光接触了苏姗的视线,她目光闪亮地笑一笑,我就乘势向那个小圈子走去。我穿过酒吧间向他们走去时,那段路仿佛长得要命,那个小圈子也显得越来越壁垒森严,越来越可怕,就像是美国内战时期用的一艘载有旋转炮塔的铁甲舰似的。……我有生以来从未感到这样孤单;这些白葡萄酒和威士忌把我逼得走投无路——你认识某某人吗? 你一定见过某某人吧? 你准碰到过某某人吧? 这类问题就像一些伤人自尊的毒箭,不断向我射来。苏姗虽然没怎么说话,我却看得出,她也明白他们搞的是什么把戏。……

　　不同阶层之间不可调和的矛盾、贫富之间的差异以及对那个"小圈子"中人物的厌恶愤懑情绪,跃然纸上。《往上爬》重述了英国小说中通过婚姻改变地位和命运的经久不衰的创作母题,是艾米斯《幸运的吉姆》和韦恩《每况愈下》中男子版灰姑娘故事的再现。作为出身矿区的年轻人,莱普顿只受过中学教育,来到繁华的都市,满口的方言土语,袋囊空空,出于对享乐生活的羡慕和向往,可以抛弃道德情感,可以违背自己的良心,不顾一切地跻身上层社会,而自己唯一有的本钱就是英俊的长相和魁梧的身材。最后终于以被他抛弃的情妇惨死作为代价,在攀龙附凤式的婚姻中,获得了进入上流社会的通行证。莱普顿是英国第二次世界大战后社会中普遍可见的青年形象,作家以真实自然的描写,指涉当时人人为了追求享乐生活,缺乏普遍的理想道德和伦理情操的社会现状和社会心态,塑造了又一个"愤怒的青年"的典型。

　　从另外一个角度来看,莱普顿又和其他"愤怒的青年"、社会叛逆者的形象有着极大的区别。如果将莱普顿与《幸运的吉姆》中的吉姆和《每况愈下》中的查尔斯相比的话,莱普顿没有他们身上的那种搞笑和滑稽,人物的思考是严肃和认真的。他贫穷寒酸,但不是身无分文,下流无耻;他愤世嫉俗,但不是锋芒毕露,咄咄逼人。和《红与黑》中的于连、《俊友》中的杜洛阿、《美国的悲剧》中的格利菲斯相比,莱普顿虽然善于说谎权变,但没有达到心地歹毒、谋害他人的境地;他也对金钱、女人充满了不可抑制的邪念,但时刻伴随着他的是深深的负罪感和良心的自疚谴责。人物身上虽然具有"愤怒的青年"的共性,同样出身社会的中下阶层,充满了对社会的不满和愤懑情绪,人物所追求的终极目标不是反叛这个社会,而是千方百计地试图进入其中,跻身上流去享乐上层阶级的奢侈豪华生活,然而人物丝毫无法改变社会改变人生,只能是愤懑不平而又无可奈何,无能为力。诚如英国当代历史学家桑德拉·塞布鲁克评说的:"他们充满消极的挫败感、不安全感、孤独感,这些人物时常因环境的压迫而感到窒息,因社会的改变和他人的期待而感到害怕,对辛苦的工作感到不满,却对以上这些都无能为力。"[①]同时我们也看到,在个人反抗和奋斗追求的过程中,莱普顿身上体现出传统观念与膨胀欲

---

　　①　Sandbrook Dominic, *Never Had It So Good : A History of Britain from Suez to The Beatles*, London: Little Brown, 2005, p. 186.

望之间的矛盾冲突,在获得所谓"幸福"的同时也给人物带来无尽的痛苦和烦恼,当进入那个自己向往已久的上层社会时,展现在他面前的并不是如他当初所想象的那么美好,那么尽善尽美:好友查尔斯圆滑世故,不再显得那么单纯,成为莱普顿悲剧的策划者;无论是苏姗还是爱丽丝都不是纯洁的天使;貌似德高望重的布朗老谋深算,也不是他想象中的善人君子。莱普顿身上具有对社会不公平现实的愤懑情绪,但并不是激烈反叛的一类人物。从对上流生活的向往到对上流人士的模仿,他身上逐渐具有了向温柔敦厚的英国绅士接近的趋向。严格来说小说中展现的并不是真正的愤怒人物,莱普顿是那种愤而不慨、怨而不怒的时代青年中的一个。人物始终处在矛盾痛苦之中,面对亲切自然的爱丽丝,他感情真挚,难以忘怀。在追求享乐中他放逐自我,扬扬得意,而当独处静思时,人性情感与伦理道德久久萦绕着他。作品中人物的痛苦来自两个方面:一是人物为摆脱自己贫困寒酸的社会地位,千方百计跻身上层而不得所带来的痛苦和烦恼;二是人物在奋斗过程中,自己的行为和从小所接受的传统观念之间的矛盾冲突所引起的痛苦。相比较而言,后一种痛苦更为深层,更为本质。作品的最后给我们留下了值得深思的结尾,从中我们可以体会到,当莱普顿摆脱贫穷而跻身上层后,带给他的其实并不是真正的幸福,伴随他的将是人生的无尽痛苦。

《往上爬》的艺术表现具有严谨的现实主义创作风格,小说忠实记录了 20 世纪 50 年代英国北方工矿城镇的社会风貌和生活气息,以及不同阶层人士的思想观念和风俗习惯。当时整个英国还处在"二战"后创伤尚未平复的时期,一边是连生活必需品都实行配给制,普通百姓对无能的执政党充满了抱怨,对生活对社会到处是不满的怨言,是一个没有欢乐幸福,没有生气希望,没有爱和美的年代;另一边是奢侈靡费、声色犬马的豪华上层生活。奋斗中的一代年轻人,正如莱普顿那样,把有一间属于自己的上等房间、能喝上茶、穿上晨衣、有美丽女人和豪华汽车当作自己的人生目标,于是一切传统道德、良心情感都被抛弃,不择手段地往上爬进上流社会成了他们唯一的人生选择。小说内容真实而丰富,从不同层面反映了不同阶层人士的生活,书中通过 4 条线索进行多视角的立体描写:莱普顿与少年好友查尔斯的线索,描绘了童年的生活,以及"二战"给人物带来的阴影和不幸;在和爱丽丝的情感纠葛过程中,展现了人物精神与物质、理性与情欲之间的矛盾冲突;与威尔斯争夺女友及较量的过程以及对威尔斯与爱丽丝的关系的描写,将上流社会的颓废放荡和奢侈无聊表露得淋漓尽致;而在主线莱普顿与苏姗的关系的展示中,连接了两个不同阶层人物的生活内容,同时也将莱普顿与不同人物联系在一起,刻画出丰富的社会外部世界及人物内心世界,老布朗则代表着上流生活的最高层次人物,冷漠无情,老谋深算,是这个以金钱代替一切的社会的象征。作品以人物追求幸福生活开始,而结尾当实现了自己奋斗目标的时候,人物感受的却是撕心裂肺的痛苦,这种发自内心深处的痛苦,与作品开始时人物为追求幸福的痛苦相比,有过之而无不及。读来回味无穷,令人深思。作品的文字简洁中透露出秀丽隽永,故事情节曲折,一波多折,交织着莱普顿与爱丽丝及苏姗的情感纠葛,同时也交织了人物对下层生活的美好回忆与对上层生活的憧憬向往。对人物的刻画行动多于语言,大量运用回忆思考、内心独白、自由联想,甚至出现对人物的潜意识、幻觉幻想进行描写的手法。

1962 年发表的《上层生活》(*Life at the Top*)可以说是《往上爬》的续集,小说继续了莱普顿的故事,他通过婚姻攀龙附凤,进入上层社会,然而壁垒森严的上流社交中,出身低微的莱普顿其实并不被接受,即使混迹其中也常常感到难堪和自卑,于是莱普顿尽量回避社交活动。另外情人爱丽丝的死给他带来挥之不去的生活阴影,他无法原谅自己的背叛,良心的谴责时刻噬咬着他的心。没有爱情的家庭生活,上层生活的枯燥无味,不得不出于责任和义务应酬对付,强颜欢笑,上层生活的这一切,并非像莱普顿想象的那样幸福美满,而是伴随着无聊和痛苦。作品对上流社会、对幸福生活进行了反思,表露出作者对应该如何获得社会地位和财富而又不失善良正直的思考。

布莱恩的第二部小说《沃迪》(*The Vodi*,1959)也是根据作者部分经历而写成的。小说细腻刻画了一个身患肺结核病的年轻人迪克的自卑和忧郁。作品将人物放在疗养院中肺结核治疗的环境中,人物面对可怖的疾病以及生与死的思考,内心充满了恐慌。用倒叙形式出现的对以往生活的追忆,更衬托出人物对美好生活的向往和对结核病魔的绝望心理。作品最后迪克的结核病出人意料地得以治愈,人物重新滋生希望。小说中心主旨不是十分清晰,所以作品发表后并没有引起人们重视。《嫉妒的上帝》(*The Jealous God*,1964)以 20 世纪 60 年代约克郡的天主教社区为背景,描写 30 岁的儿子维克特・唐格弗努力想摆脱专制母亲的束缚,而母亲则希望将自己特别喜爱的儿子培养成牧师,尽管这在当时已是显得过时了的职业。维克特在一所天主教学校教书,两个兄弟早就结婚并有了孩子,而他还是单身一人,和作为教师的寡妇母亲生活在一起。维克特曾经和几个姑娘交往过,但当发现她们浅薄和无聊时,便不再和她们交友。图书馆新来的管理员劳拉美丽善良,维克特深深爱上了这个纯洁的姑娘,两人很快坠入情网,常常约会。但是他不敢把这些告诉给把他看作私有财产的母亲,更不用说带劳拉回家见母亲了。当他知道劳拉是个新教徒,并且曾经结过婚时,十分失望,终于与劳拉分手。维克特与兄弟妻子发生乱伦关系,深深的罪恶感一直萦绕着他。小说探讨了宗教信仰与人的本能之间的矛盾。维克特作为一个年轻的天主教徒,从小受到虔诚信仰宗教的母亲严格管教。然而随着年龄的增长,他身上的自然本性和天主教禁欲主义之间产生了激烈的矛盾冲突。人物一方面无法回避自己的生理需要,另一方面又把青春期的性冲动看作一种罪孽。同时家庭社会从小对维克特情欲情感观念的回避误导,导致人物的无知和罪错,维克特甚至不能区分正常的男女情感、情欲和乱伦之间的区别。作品是对宗教教育和伦理道德教育的一种反思。

小说《引人注意的游戏》(*The Crying Game*, 1968)以英国与北部爱尔兰矛盾冲突为背景,探索了国家、民族和性别等当时社会极其敏感和关心的问题,注重从人物的生理心理和社会心态刻画人物、展开情节,嘲讽与幽默的运用,则表达出对社会的批判倾向。《伴我到天明》(*Stay with Me Till Morning*, 1970)提出了家庭伦理和性道德问题。小说描写了克利浦·伦德里夫妻对平淡的家庭生活开始厌倦,都有了自己的情人,然而夫妻两人在婚外的恋情中,并没有找到快乐和慰藉,有的只是烦恼和麻烦。最后夫妻两人又在自己的家庭生活中找到了温馨与幸福。小说表现了作者对性道德观念的失却、性泛滥、性变态的一种否定,对现代生活方式的不满,也是对传统的伦理观念和温馨的家庭生活模式的赞美和怀念。布莱恩还写有《火指》(*Finger of Fire*, 1977)、《最后的爱》(*One and Last Love*, 1981)等作品。布莱恩包括《往上爬》在内的许多作品都被改编成电影和电视剧,使得他的小说具有很大的社会影响。

作为"愤怒的青年"一派的代表人物,布莱恩的小说具有浓厚的对社会现实反思和否弃的成分。然而我们也看到,布莱恩创作中的倾向明显不在于对社会的激越抨击,那种对现代制度和上层社会的否弃和反抗,也不是像美国"垮掉的一代"那样激烈狂放和玩世不恭,他所侧重的是真实记录下层人物在奋斗和向上爬的过程中,为达到自己的生活目标,在追求金钱享乐的同时,自己内心传统伦理道德与良心搏斗的矛盾和痛苦。他的创作,自然展示多于揭露抨击,人物反思多于行动,内心矛盾揭示多于人际关系表现。正如布莱恩自己所说,他的作品无意于对社会的揭露和批判,只是对社会中一类想改变自己命运的年轻人奋斗过程和内心世界的客观冷静的展示。尤其是20世纪60年代以后,布莱恩的思想观念和创作风格更趋保守,十分青睐中产阶级的生活模式,对年轻一代的新观念新时尚表现出对立倾向,显然与"愤怒的青年"相去更远。

第七节 艾伦·西利托

艾伦·西利托(Alan Sillitoe, 1928—2010)是战后英国小说家、剧作家和社会批评家,英国文坛的多产作家,"愤怒的青年"一派代表之一。

艾伦·西利托出生于诺丁汉,父亲是一个没有文化、失业的制革厂工人。西利托从小在贫民窟长大,14岁时被迫辍学在当地一家自行车厂当学徒,1946年加入皇家空军,去往马来西亚半岛服役,担任无线话务员,不久发现患上结核病,被送到医院治疗长达16个月。其间他大量阅读书籍,并开始文学写作。1951年遇到美国诗人露丝·费恩莱特,1952—1958年与之旅居法国、意大利和西班牙,成为他正式走上文学创作道路的契机,他写有短篇小说和诗歌。1959 年他和露丝·费恩莱特终成眷属。1959 年发表他的第一部诗集《没有啤酒和面包》(*Without Beer or Bread*)。西利托在他的代表作《星期六晚上和星期天早上》(*Saturday Night and Sunday Morning*,1958)及其他小说作品中,塑造了一系列下层人物,尤其是车间工人、出身贫苦家庭的青少年形象,他们是战后的打工一族,充满了对社会的反叛情绪,其创作内容和思想倾向与"愤怒的青年"相同。西利托的创作以描写英国"二战"后工人中的反英雄形象而出名,作品中表现出鲜明的阶级对抗精神,他在自己的作品中经常描写那些"出身下层青年以及他们对传统价值观念和权威的反抗"[①],被评论界称为"二战"后真正的工人阶级小说家、"愤怒的青年"后期代表作家。西利托创作颇丰,在过去 40 年间写作出版了 60 多部作品,包括多部长篇小说、戏剧、短篇小说集、诗集、游记,以及 400 余篇评论文等。

《星期六晚上和星期天早上》的发表,给西利托带来极大声誉。西利托于 1956 年在国外旅居期间,在西班牙认识了诗人罗伯特·格莱夫斯,并结为好友,经他的鼓励和指点,1957 年西利托将一部早年写成的小说改写成描写自己所熟悉的诺丁汉工人生活的长篇小说。小说一开始遭到出版商拒绝,第二年书稿出版,轰动文坛,西利托一举成名。小说以作者家乡诺丁汉为背景,描写了自行车厂年轻的工人亚瑟·西顿的生活经历。作为车工的西顿,整天埋头干活,一天必须在车床上做出 1000 多个零件,一周的工资仅是 14 英镑 3 先令。为了能有更多的钱去享乐,他必须更加起劲地干活。从"黑色的星期一"开始,他就盼望周末欢乐时刻的到来。一周中他像一头牛似的干活,累得腰酸背疼。单调乏味的工作,嘈杂的机器声,永无止境的苦力活,西顿一边干着活儿,一边喃喃地咒骂着,不停地抱怨,充满了愤怒。他常常用特有的流氓方式进行捣乱,耍弄工头。对恶劣环境的不满,对繁重劳作的愤懑,对不能满足享乐的低下薪水的抱怨,形成了人物强烈的反抗性格。周末是他快乐的所在,也是他借以发泄一周怨气和愤怒的时候。星期六晚上他酗酒玩乐,找女人鬼混,有时和人打赌,寻衅闹事。人物甚至是以流氓无赖的形式,去报复社会、报复生活,在放荡中寻找生活的乐趣,在反抗中寻求心理的平衡。他与好友杰克的妻子布伦达私通并导致她怀孕,还一副无所谓的样子,心里想着孩子是不是他的还不一定呢! 同时又勾引布伦达的妹妹、军人的妻子温妮,被她丈夫痛打一顿。他在酒吧结识了天真温顺的 19 岁姑娘多琳,拼命追求,但得到多琳后,又不想结婚,继续与别的女人鬼混。在遭到杰克和几个军人的痛打,鼻青脸肿、不省人事,被多琳救起后,西顿的恶习似乎得

---

① William D. Halsey,*Merit Students Encyclopedia*,Macmillan Education Corporation, 1980,vol. 17,p. 53.

到了遏制,显得成熟起来。作品最后他不再沉湎于酗酒的乐趣,也不再追逐于女色的快感,并打算与多琳结婚。小说结尾,在星期天的早上西顿又来到小河边钓鱼,面对着那尾钓起的鱼儿,西顿从鱼的命运想到了自己的命运。最后,他将鱼儿放回了水中。小说的续集是40年后的《生日》(*Birthday*,2002),年老的西顿正悉心照料着重病在身、生命垂危的妻子,他的弟弟布莱成了著名的编剧家,返回家乡诺丁汉前来看望,并在10年前的老地方约见了早年的女友布伦达和简妮。在他最初的恋人简妮70岁生日时,布莱见到了西顿夫妇和许多的人,每个人身上都发生了巨大的变化。妻子去世后,西顿去到了东部内地生活,在余下的日子里,他再也没有见到弟弟布莱。小说具有回忆和怀旧的因素,但同时也用自然冷静的旁观者眼光,反映对道德伦理和人与人之间关系的哲理思考:活着就是最大的胜利、最大的幸福。

《星期六晚上和星期天早上》将批判现实主义和"愤怒的青年"融为一体,小说真实地再现了英国"二战"之后的社会面貌,对政府所宣扬的"福利国家"进行了抨击。机器文明所伴随的政治、经济、社会制度和道德规范,极大地束缚了人,导致人的异化,但生活就像是一个怪圈,让人无法摆脱。如西顿想多挣钱以满足自己的享乐,于是就得拼命干活;但一周的定额活儿3天完成,就会被老板削减工资,并提高一周的定额。人与社会、人与人之间的关系是冷漠隔阂的,不要说社会的各个部门从来不关心工人的生活和苦闷,即便是他的同事熟人,也是人人自私,对他人冷漠无情的,即使西顿醉酒倒地,摔在石级上,他们也不伸手扶他一把。高大而压抑的自行车厂房,令人疲惫不堪的工作,肮脏嘈杂的环境,令人反感的社会制度、福利制度、社会机构、工人组织,等等,像一张无形的网,将工人束缚其中,让人压抑得透不过气来。然而西顿尽管如牛般干活挣钱,却不得不定期从薪水中抽出很大一部分上交给那些机构组织,去维护那些并没有给自己带来任何好处的制度。西利托继承了英国批判现实主义小说中描写疾苦工人生活的主题,"西利托的现实主义极大地震撼了50年代的读者,书中所体现的批判性使得小说获得了极大的成功"[①]。

西利托作为"愤怒的青年"的后期代表作家,在小说中又融入了"愤怒的青年"对社会的愤懑反抗情绪,作品中给我们塑造了一个为生存而反抗一切的充满矛盾的工人形象。首先西顿是一个现行社会的叛逆者、反英雄人物,"他生活随便、桀骜不驯,反抗政府、工头、军队、警察等各种权威,对道德准则无动于衷,对政治漠不关心,相反,他以酗酒、追逐女人、钓鱼、打架斗殴为主要消遣"[②]。面对

---

① http://www.kirjasto.sci.fi/sillitoe.htm.

② Richard Bradford,*The Novel Now*:*Contemporary British Fiction*,Oxford:Blackwell Publishing,2007,p. 9.

非人的劳作、低下的报酬,他对现实充满了愤怒甚至敌对的情绪,他与周围的环境格格不入,对一切都抱怨不满,当他模糊地意识到以工厂机器为中心而形成的政治、经济、道德规范像一张无情的网,将他紧紧束缚住,令他窒息的时候,他愤怒,他反抗:

> 一旦叛逆,终生叛逆。你不能不如此。你不能不否认这一点。最好是个叛逆者;这样,你就可以让他们知道,他们休想欺骗你。工厂、劳工介绍所和保险公司让我们精力充沛地活着,他们这样说。可是,这些机构都是些陷阱。如果你稍不留心,他们就会像流沙一样把你吸进去。工厂让你流汗至死;劳工介绍所喋喋不休地同你谈话,让你烦死;保险公司和所得税税务局从你的工资中榨取血汗钱,把你掠夺死。如果你辛苦了好些年,还剩下点生气,军队又把你拉去,让你到战场去挨枪子送死。天哪,如果你能保持健康,如果你不去阻止那婊子养的政府把你磨成碎片,生活将是艰辛的……

于是对生活中无论是社会政客、马路警察、部队军曹,还是工厂经理、车间工头、工会干部,西顿都抱着敌视态度,并想方设法耍弄调戏他们,以泄心头之恨。其次,西顿身上具有无政府主义的倾向,或许可以说是一位沾有小流氓习气的无知青年,是一个极端利己主义者、现代英国道德崩溃的典型。西顿对人生的态度可以用他的一句口头禅来概括:"我很好,杰克。"它确切的意思是说:"我只管我自己了,任何人休想从我这里得到什么好处和帮助。"他没有远大的人生理想和目标,更无法获得发展自己的机会。他身上没有对国家、对同事的忠诚,一切都只是为了自己的利益,不管他人死活。他以独特的方式生存着,以表示对不公正社会的抗争。他的抱怨和反抗是盲目的,对社会、对生活、对自己的处境没有理性的认识,没有任何的道德行为规范和社会责任感。人物只是在醉生梦死中享受欢乐,在胡闹斗殴中得到发泄。星期六是"一年这个缓慢转动的巨大轮子中52个星期里最美妙最令人高兴的时候,犹如安息日前狂烈的前奏"。作品的前12章着重写西顿一周中直到星期六晚上的恣意放荡。人物"在工厂里流汗,到周末便抢着多喝一杯,搞女人,打听谁的丈夫做晚班;成天累断筋骨地干活,这一切都是为了钱",周末人物酗酒闹事,纵情女色,崇尚暴力,他可以因怂恿街头作案的人逃跑以对抗警察的权威而沾沾自喜,他可以同时和多个女子偷情,即使情人怀孕带来痛苦,他也可以无动于衷,我行我素。西顿对社会制度、生活环境的悖逆反抗的手段是低级甚至下流的,人物不受任何道德伦理规范的约束,成为社会的怪胎,成为地地道道的当时曾经风靡一时的"愤怒的青年"与反社会英雄。

同时我们也看到,西顿是一个具有独立个性的人,他没有机会接受教育,读书不多,没有文化修养,但他有对幸福生活、欢乐享受的追求,他愚昧笼统地对社会进行反抗的心理外化,是人物原始生命力的自然流露,惹是生非、寻找快乐是人物谋求生存以及在恶劣的生存环境中寻求内心平衡的唯一手段和方法。"尽管只有 21 岁,阿瑟是个不讲道德的人,既不是好人也算不上坏人"①,西顿认为"我就是我,而不是任何别的人;别人以为我是这个那个,我才不听他妈的那一套。他们对我什么屁事也不了解"。从本质上来说,西顿对上流社会,对社会制度、传统观念并不是一种有意识的反抗,而是骨子里深受"优胜劣汰""弱肉强食"影响的一种自然率直的生存本性流露。存在主义所宣扬的世界的荒谬、人生的虚无,在西顿那里就成了绝对自由的快乐追求。这种摆脱传统礼教和理性主义束缚的个体自由,没有了正义和非正义、道德和非道德的价值标准。西顿对杰克说:"你不用告诉我什么是对的,什么是错的。我干的一切都是对的;别人对我干的一切也都是对的。我对你干的一切也是对的。记住这一点。"(这里指西顿与杰克的妻子私通)小说第 12 章以后的最后 4 章中,西顿在遭到痛打并经治疗出院后似乎有所收敛,不再无事生非、放荡不羁,描写的重心由星期六晚上的酗酒打闹寻欢作乐,转向了星期天早上去河边钓鱼。"我在工厂囚了整整一个星期。星期天是我唯一可以摆脱工厂的一天。我憎恨城市。"在那里没有工厂的喧嚣肮脏和痛苦劳作,一幅宁静悠闲、风景如画的田园美景呈现在眼前:

> 春天,星期天上午。他坐在运河边钓鱼。身旁的杨树在他身后强壮的橡树推挤下,在水面低垂着树枝,……挂在天空的云彩使似乎永恒的白天显得分外诱人。小巷边的酸橙树正从冬眠中苏醒。小小蓓蕾直挺挺地从地上冒出来,尽情地享受这明媚春光。蓓蕾绿得像绿宝石,新鲜得像是要滴出水,让人觉得可以解渴……平静的水面下小鱼在欢畅、悠闲地游来游去。白云蓝天在水面上的倒影像一个个小岛……

只有在那里,西顿的灵魂才会有些许安宁,人性才会有些许复苏。然而星期天的一切只能是那些痛苦的日日夜夜的一种残酷对比,并不能从根本上平息人物对现实的愤怒与反抗。西顿的有所收敛,究其原因并不是他讨厌那种放荡堕落的生活而爱上星期天河边的悠闲钓鱼与美丽景色,也不是人物遭到痛打至昏迷被救起后的改邪归正,更不是他成长后成熟了或对所厌恶反感的社会和环境的妥协,而是他在生活铁的现实面前尝到了苦头后,一种出于人物生理本能的对不利于自我行为的规避。作品的最后,当他面对钓起的小鱼,从它的眼神中他仿

---

①　Peter K Tyson,*A Conservative Revolution:British Literature of the* 1950*s*,Beijing:Intentional Cultural Publishing House,1987,p. 117.

佛看到了自己——那种想活下去的强烈的愿望,而在水中它吃比自己小的鱼,逃避比自己大的鱼;当他将鱼放入水中时,他又在河边等待下一次抓住它的机会,那时决不会再放过它,因为他得为自己的生存而斗争。人物与社会的抗争是否还将继续下去,人物和环境的矛盾斗争又将如何进行,小说最后没有交代,然而我们可以想见,即使西顿不用以往的流氓方式生存,只要想在这个社会中生活下去,就必然会用其他的方式去抗争,去发泄,去获得自己生活的享受和乐趣。西顿自己清楚,"我的麻烦是我每天都要战斗,一直到死","一旦叛逆,终生叛逆"。西顿的叛逆抗争是由他的人生信条和生活原则所决定的,表面上他不会像他的堂兄那样明火执仗地去和国家的法律制度作对,然而他内心的叛逆心理更强烈。对待不公平的现实,他会表现出一时顺从的样子,但他的骨子里决不会接受强加给他的道德规范和行为准则,西顿永远只按快乐的原则生活,他在小河边给我们留下了一道意味深长的水波。

《星期六晚上和星期天早上》的创作手法体现了真实自然的特征,西利托不是像以往写工人小说那样,一味写工人的单纯朴实,苍白地写他们为反抗剥削压迫而进行的斗争,而是将人物放在真实而悲惨的环境中,不加主观情感地自然显示,去探究形成人物性格的原因,将人物的行为不加修饰、有血有肉地展示出来。创作中将环境给人物命运带来的悲剧性与人物为抗争命运形成的喜剧性融为一体,使小说更具艺术张力和审美魅力,从而也更具社会揭露批判精神,对社会表现也更真实可信。小说的另外一个鲜明的特点是大量运用心理描写,潜意识流露,尤其注重显示人物的内在矛盾心理,写出了现代社会工业文明给人的生存带来的压抑和异化,写出了个人无力的抗争及其向命运妥协的心路历程。小说写作辞藻并不规范华丽,语言平实朴素,将工人的语言和俚语俗语等与人物的个性性格描写结成一体,体现出一种文本和内容的和谐美。小说发表后,获得了当年伦敦作家俱乐部新人新作奖。1960 年小说被改编成同名电影上映,获得巨大成功,成为电影史上的经典之作。

《长跑者的孤独》(*The Loneliness of the Long Distance Runner*,1959)是西利托最优秀的中短篇小说,是最具代表性的作品,收录在同名小说集中。小说采用内心独白的手法,以 17 岁的少年史密斯的视角来表现小人物的孤独愤懑和反抗意识。他初次偷窃就被抓,并送入博斯特尔少年教养院劳教两年。史密斯快跑如飞,尤其善于长跑,被州长和院长看中,他们让他每天清晨饿着肚子进行越野长跑训练。在孤独的激烈奔跑过程中,他仿佛觉得自己不再是监犯,也不再有作为下等人的屈辱和自卑,而是和自然融为一体的、与小鸟一样自由的人。作为少年教养机构,目的是要教养出诚实孩子,但是在州长想让他赢得一场跨州的长跑比赛,为自己州争光的事上,如何看待诚实,史密斯与州长和院长之间有了矛盾。史密斯对诚实的看法完全不同于州长和院长,州长和院长仅仅是要史密斯在比赛中获得第一而使他们的脸上更加光彩,甚至可以不择手段。史密斯想要自由,想要在教养所中轻松地生活,但他也要他的诚实。他知道,在 6—12 英里的野外跨州比赛中,他可以飞快地去赢得第一;他也可以穿越一条谁也不知道的小路赢得比赛;或者他也可以落在后面,然后等天黑的时候翻上一辆卡车离开这里,以获得人身自由,而这也正是他一直向往的。但是他不想那样,面对坐在豪华而宽敞座椅上的那些人,他不想放弃他自己对诚实和自由的观念。他知道,赢得这场比赛,无论对他自己、对教养院还是对州里都是十分有好处的事情:对于州长和院长来说可以带来荣誉、奖金和当局的赞扬,对他而言接下来的 6 个月中获得的将是优厚的待遇和舒适的环境。否则的话,等待着他的将是各种肮脏下贱的工作或者厨房繁重的活儿。然而史密斯不想放弃自己的诚实和自由观去获胜。在他看来,顺从州长和院长的意图屈服当权者的权威,就是背叛自己的诚实失去自己的自由,同时也意味着放弃自己的尊严和独立。在比赛的安排布置中,他清楚州长的所谓"诚实"其实就是要他不诚实。通过激烈的内心斗争,史密斯固执地认为:"我是诚实的,就如州长告诉我的那样,但我的诚实绝不是州长所说的那种所谓诚实的意思。"史密斯盼望自由,希望成为诚实的孩子,但不愿意用它们去做交易,如果那样,他的内心就会有一种出卖自己的感觉。虽然现在他被监禁教养,身不由己,但他的内心有选择何种诚实和自由的权利,至少他现在有控制自己奔跑速度的权利。在他内心深处充满了一种反叛的情绪,即使自己下地狱也不想看到比赛获胜后他们的那种欢乐神情。结果在比赛临近终点 100 码的地方,史密斯故意放慢脚步,甚至不再跑动了,从而与奖杯失之交臂。史密斯"输掉了院长的竞赛",他忍受着最严厉的监禁和惩罚,却"赢了我自己的竞赛",获得了个人的诚实追求和个人独立意志与反抗的权利。在余下的 6 个月教养当中,史密斯受尽折磨,还患上了胸膜炎,被释放以后继续自己的偷窃生涯。

作品中阿瑟·史密斯的愤怒和反抗是值得赞赏的,因为他面对的是一个时代青年的困惑和整个社会制度的森严壁垒。自从西利托把史密斯介绍到这个世界上,有人称他是勇于反抗统治阶级压迫的"革命者"[1],也有人称他是勇于自我实现的"英雄"[2]。他勇敢前行,越过高山,奔过平原,面对两旁人群歇斯底里的尖叫,他不理不睬,无所畏惧,一往直前。单枪匹马的史密斯也许不是什么英雄,但却令人同情甚至尊重。小说中渗透了对现行制度、秩序和权威的反叛意识。从表面上看,权威是合法的,法律是神圣的,而史密斯是邪恶的,是个不合规矩的孩子。而事实上我们从作品中看到了行使权威、法律等的统治者们的卑鄙与无

---

[1] Andy Doppelt, Is the Long Distance Runner a Revolutionary Hero? *Introduction to Modernism*, p. 767.

[2] Bob Mandel, A Different View of Smith, *Introduction to Modernism*, pp. 768-771.

耻,看到了史密斯的诚实与可敬。作品中他只要服从代表着整个社会权威的统治者哪怕一点点要求,来自权威和社会对他的迫害都是完全可以避免的。于是我们可以延伸到史密斯从教养院出去后,他继续他的偷盗生涯,其实那不是他的本意,而是代表着一切诚实公民的社会统治者,就像比赛过程中的州长和院长那样,根本不想让他成为诚实的人,因为他们对诚实的认识和史密斯是颠倒的。史密斯不会心甘情愿地去做社会要求他做的那种所谓诚实的人,他愿意自由自在地做他自己想做的人。这里尽管有史密斯对诚实和自由的认识的扭曲和异化,但我们也看到了作品中所表露的对统治集团和法律权威的强烈反抗,人物在无政府主义和极端自由主义的追求中对传统、秩序和社会意识的全面否定。史密斯的可敬之处还在于,他的反叛完全是一种个人的独特选择,这种选择看来是和自由背道而驰的,人物没有选择逃跑,也没有选择和当局合作,甚至他明明知道只要获胜就意味着更优厚的待遇和更美好的未来。和别的"愤怒的青年"在反叛社会和传统中获得个人自由追求所不同的是,史密斯不把个人的幸福舒适当作自由,也不想在逃跑中获得人身自由。一句话,在史密斯眼里,自由不是个人肉体和生活的自由,而是一种精神上的自由感觉,他想的仅仅是不和自己讨厌痛恨的统治者合作,不让他们开心,以故意在比赛中拒绝获得冠军的方式,去报复奴役自己的压迫者。小说创作中表现出自然真实的写作特色,对史密斯的描写,作者并不进行价值的说教和评论,而是让人物在自己的生活世界和价值观念中自然流露。小说在表现一个犯了偷窃罪的孩子的扭曲心态的过程中,在对教养院院长和州长的描写中,抨击和否定了社会权威、统治阶级及其传统道德、法律制度和监狱等。在改编的电影片头中,字幕打出西利托的解说:"在这个试图做共产主义宣传的喧闹的故事中,令人们特别焦虑的是英雄竟然是一个小偷,让人们去羡慕的是一个年轻的恶徒,假如诺丁汉公民的统治者不喜欢《星期六晚上和星期天早上》的话,因为他们认为描写的英雄不是这个城市的好的典型代表,那么,我不知道当他们看到这部史诗时又将会说什么。"小说中大量运用心理描写来显现人物内心的矛盾,传达人物对事物的不同看法及人物的价值取向。作品中史密斯的思考及其遭遇产生了强大的心灵震撼和社会反响,小说发表后一时成为文坛评论的中心,获得 1960 年霍桑登文学奖,作品被认为是 20 世纪五六十年代英国最佳的中短篇小说。1962 年小说被改编成同名电影上映,也获得成功。

西利托早期的小说中各种各样的主角一般都是年轻人,他们生活在贫民世界中,除了束缚他们的锁链以外,他们没有任何失去什么的担心和烦恼,因为他们本身就是无产阶级。西利托的创作并不塑造、描绘优美雅致的艺术典型,也不去表现中产阶级的生活,他把重点放在贫穷而反抗的人们身上,展现他们悲苦的生活。诚如他在《收破烂的女儿》(*The Ragman's Daughter*,1963)中所写的:"即使我失去世界上所有的一切,我也绝不会有任何烦恼。""假如有一天早上我被沉重的生活负担驱使穿过小路出门去,回来的时候看到屋子正在噼啪燃烧,将我所有的一切烧个精光,我会不假思索、不带懊悔地转身离去。"西利托的小说大多以工人生活为主要题材。《开门的钥匙》(*The Key to the Door*,1962),以作家在马来西亚当无线话务员的经历为基础,描写一个在马来西亚英国军队中服役的年轻人,处处表现出与传统观念相悖,人物在牢骚与抱怨中,清楚复述出一个工人家庭三代人所过的贫穷生活。主人公西顿童年生活十分艰辛,很早就进工厂当童工,薪水极少而劳动繁重,在父辈们和同伴们的悲惨屈辱和苦难绝望中,他感受到了自己无望的未来。于是还不到服役年龄他就来到部队,当上了无线话务员,然后由一个忠诚的军人转变为对战争反思、与当局对立的叛逆的士兵。开始他把服从军令当作军人的天职,但他逐渐认识到英国人在马来西亚侵略的本质,有一次竟然帮助一个反英游击队员逃避英国巡逻队。人物身上发生了根本的变化,对英国社会制度、军队警察、权威统治有了新的认识,他懂得只有积极加入工人运动,才能争取到工人阶级自己的权利和地位,于是他感觉找到了打开生活之门的钥匙。

　　或许是西利托的现实主义创作,或许是他作品中强烈的"愤怒的青年"情绪,表现出对西方社会的反抗叛逆精神,1963 年西利托被苏联作家联盟邀请访苏一月之久,他将自己的观感发表在《通往伏尔加格勒的道路》(*Road to Volgograd*,1964)中。西利托访苏归来以后及其后期的创作,表现出对工人生活和工人命运更为深入的思考,创作了一系列以工人生活为题材的小说。尽管作家对评论界称他为"工人小说家"[①]、无产阶级作家不以为然,但我们可以明显看到他作品中流露出的对工人阶层的深切关注。西利托在 20 世纪六七十年代写出了著名的描写工人生活的小说《弗莱克·道利》三部曲,小说描写了一个普通工人阶级家庭中的成员的生活经历和人生追求,写到了他们主体意识开始觉醒。第一部《威廉·波斯特之死》(*The Death of William Posters*,1965),塑造了一个亚瑟·西顿式的叛逆者形象,故事叙述一个出身工人家庭的年轻艺术家,对生活充满愤懑与怒气,他寻求快乐,结果却是徒劳无益。人物形象一如西利托的大多数主人公,愤怒而固执,信奉无政府主义,这种无政府主义对抗发泄,破坏了人物赖以生存的社会。和西顿所不同的是人物离家出走,寻找真理,在革命者的指引下,人物的斗争和反抗不再是盲目的、无政府主义的,也不再是极端个人主义的,而是自觉地投身于和权威及其统治者的斗争之中,寻求个人的"自我完成"。第二部《火中树》(*A Tree on Fire*,1967),描述主人公回到爱人和孩子的身边,想通过自己个人的努力,建立乌托邦式的美好社会和生活。同时经过前一时期的反抗斗争,他认为没有钱就无法与统治集团展开斗争,他想经过自己的努力去发大财,

---

　　① 　A C Ward,*Longman Companion to Twentieth Century Literature*,1981,p. 490.

用强大的经济基础做后盾来与权威和专制抗争。然而在残酷的社会现实面前，他的一切努力都失败了。《生命的火焰》(*The Flame of Life*,1974)中虽然建立起了人物所认为的自由平等的乌托邦,但是没有明确的方向目标,缺乏强有力的领导人物,导致内部混乱不堪,最后只得不了了之。

　　作为多产作家,西利托一直笔耕不辍,不断有新作发表,较有影响的有《开始生活》(*A Start in Life*,1970)及其续集《继续生活》(*Life Goes on*,1985)。《原始材料》(*Raw Material*,1972)也是一部带有作者半自传性质的小说,在人物对他祖父母粗暴脾气原因的追溯中,将第一次世界大战后经济大萧条期间一个普通工人阶级家庭的生活困境状态形象地展示了出来。《说谎话的人》(*The Storyteller*,1979)以工厂工人阶级生活为背景,写人物的酗酒斗殴、玩世不恭。与以往小说中写工人不同的是,小说主人公是一个经常编造各种故事和谎话的人,并以此来取悦别人和保护自己,以至于后来他说谎成性,连自己也分不清自己所说事情的真假了,人物的整个人生只不过是由谎话组成的生活。《她的胜利》(*Her Victory*,1982)仍然写的是作者所熟悉的下层被压迫者的生活,但塑造的是一个具有强烈自我解放的性格化女性人物。帕姆是一个四十来岁的女人,陷入无爱的婚姻之中,她相信生活中存在着各种选择可能,人人都有权利选择自己的未来。她离开了作为工厂老板的丈夫,逃离了诺丁汉来到伦敦。后来她因生活不下去而自杀,被汤姆救起后,两人有了来往,并产生了感情。作为中下阶层的汤姆意料之外继承了一笔犹太人的遗产。后来他们有了一起去大陆度假、出车祸、生了孩子等一同度过的日子。帕姆发现爱有时甚至是一种忍耐和痛苦。作品的最后她又陷入了选择的困惑,她不知道自己是应该跟随汤姆去以色列过家庭生活,还是仍然和他保持情人关系。另外有短篇小说集《男人、女人与孩子》(*Men,Women and Children*,1975)、《鳏夫的儿子》(*Widower's Son*,1976)、《第二次机会及其他故事》(*The Second Chance and Other Stories*,1981)、《失去的飞船》(*The Lost Flying Boat*,1983)、《出发前的太阳》(*Sun before Departure*,1984)、《走出漩涡》(*Out of Whirlpool*,1987)、《伦那德的战争》(*Leonard's War*,1991)、《小说选集》(*Collected Story*,1995)。西利托最近发表的小说《一个男人的生活》(*A Man of His Time*,2004),讲述的是一个追求女人的诺丁汉铁匠的故事。

　　1994—1997年西利托成为莱斯特德蒙福特大学的英语访问教授、英国皇家地理学会的成员和诺丁汉公益学校的名誉成员,1990年和1998年分别获得诺丁汉大学和德蒙福特大学名誉博士。

　　在英国小说发展史上,20世纪上半叶的D. H. 劳伦斯被公认为是唯一出身工人家庭并能以个人的经历描绘工人生活的作家,而在别的许多作家作品中,工人不是被描写成小丑以增添喜剧色彩,就是被写成企图伤害自己对立阶级的罪犯。"二战"以后英国文学的一个重大发展,就是出现了令人可喜的无产阶级小说,西利托就是其中最有特色、创作较为成功的作家之一,以现实主义的方法描绘"二战"后英国工人阶级的生活状况。"西利托的小说使英国文学作品更富有朝气,表现得更真实,使读者看到了一个不加修饰的北方工业城市的下层人民的内部生活。"①不过作家自己对无产阶级作家、工人作家称谓不是十分认可,甚至不承认有阶级的存在,多次声明自己的文学创作纯粹是为写作而写作,没有任何的政治目的。西利托曾说:"我的作品开始发表时,听说评论家和记者把我列入'工人阶级作家',我感到十分有趣……在此之前我没有听说过这种说法,也不知道其含意是什么。我只是如同任何其他小说家一样,为了写作而使用他或者她最初 18 个年头的生活。"②西利托的小说创作深受传统现实主义文学的影响,他说:"我在开始学习写作的同时也开始广泛阅读,我对世界上最好的作家和最伟大的小说都很熟悉。尽管不难举出我所最喜欢读的小说来,但很难说哪些小说对我影响最大。《好兵帅克》《弃儿汤姆·琼斯的历史》《呼啸山庄》《老妇谭》——我很容易记起它们来,因为我读过远不止一次。"③

但客观地讲,西利托和他同时代的作家相比而言,他以自己经历的工人生活为背景,作品中塑造了一系列生活在社会最底层的工厂工人形象,对他们的喜怒哀乐进行自然而真实的描写,尤其是对人物受工业化生产影响而形成的人性异化、扭曲和畸形,给予了极大的人道主义宽容和理解。作为后期"愤怒的青年"的代表,他的作品中具有对社会的愤怒反抗和叛逆呐喊,但和"愤怒的青年"又有着明显的区别,作品中所描写的主人公已不再是虽愤懑抗争却无时不在试图进入中上阶层,去享受舒适生活的人物。人物愤怒和反抗的态度更激烈,信奉无政府主义和极端个人主义,他们迫于生活的压力,在酗酒放荡、我行我素的自我发泄中寻找解脱,他们一心只想着自己如何快乐,为自己捞好处,而不愿意帮助别人或配合群众运动。工人独特的生活背景和生活内容构成了西利托的主要创作成分。我们当然不是一定要给西利托贴上无产阶级作家的标签,然而对无产阶级生活的描写及其对工人形象的成功塑造,正是他创作内容的鲜明特色。西利托可以说是"二战"以后英国描写无产阶级和工人阶级生活最为成功的小说家。

另外我们也看到,西利托笔下的工人形象,常常行为放荡不羁、扭曲变态,有的甚至是损人利己、犯有罪错,因此常被误认为是对工人阶级的侮辱。其实作家

---

① 伊丽莎白·B. 布兹:《一位无产阶级作家》,水静译,《文化译丛》,1987 年,第 3 期,第 9 页。

② Hanson, Gillian Mary, *Understanding Contemporary British Literature*, Ed. Bruccoli, Matthew J. South Carolina: University of South Carolina Press, 2008, p. 16.

③ Alan Sillitoe, *Introduction to Saturday Night and Sunday Morning*, London, 1976, p. 8.

只是以现实主义表现手法,客观真实地描写出工人阶级中一类对社会对生活具有强烈反叛的人物。在"二战"结束以后,英国政府大力宣扬"福利国家"以稳定社会,大规模的有组织的工人阶级反抗斗争运动已不再出现,而代之以工人个人的叛逆抗争,他们以个人的破坏来反对为建立"福利国家"而加征到他们头上的五花八门的税收,他们不愿意为国家效劳,并把国家机构如军队、警察和政府当作自己的敌人。他们对政治家和政党不感兴趣,也不受自己工会组织的纪律约束。他们身上强烈的反社会、反政府、反传统、反权威的倾向,甚至不受任何伦理道德束缚,他们在极端个人化的胡作非为中来发泄和满足自己。西利托小说中塑造了一系列只为自己利益、不管他人死活的现代英国道德崩溃的典型,载录了当时产业工人的生活背景和社会环境,剖析了他们对社会不负责任不履行义务的思想和动机。对他们,作家既不谴责也不赞赏,但在作品中我们明显感受到作者对工人恶劣低下生活状况和条件的同情和愤懑,对人物的消极反抗和在放荡堕落中解脱自我的消极愤怒的理解。西利托作品中所描写的大多是他自己亲身经历的真实故事,带有半自传的色彩,现实的描写中带有许多自然主义的成分,将自己所观察到的一切真实自然地记录了下来。叙述中注重人物的生活细节展现而淡化情节发展,在揭示人物反社会态度的原因和根源后,在刻画出人物悲哀的生活环境和社会环境后,作家很少给人物安排一个美好的未来,使作品在反抗、叛逆的呐喊中蒙上了一层悲剧色彩。从接受美学的角度而言,其作品给读者留下一种对人物命运,以及对造成人物悲剧的社会制度和权威的反思审美体验。

西利托的小说注重人物的心理描写,很多评论把他和劳伦斯做比较,他们是诺丁汉同乡,都以描写家乡工人的悲惨生活为主要题材,都表现社会的工业文明扭曲了人性,都表现人物与传统悖谬的情欲观念和伦理道德观念,都注重人物的心理刻画和分析。劳伦斯的小说注重的是通过人物心理描写去思考阶级的划分、社会的发展、现代化工业造成的人性扭曲异变等严肃问题,对生活进行大量的心理学图解,尤其是对人物情欲赞美和讴歌的直接描写,在对人的性力张扬中,传达出现代文明对人性的压抑。其中工人的生活仅仅是作为背景和陪衬,作为对自然和人性对立面的参照系存在,工人形象只是作为工业文明的一种象征和符号存在,本身并不成为作品的中心。相比之下,西利托的小说直接记录工人生活,大量描写工人恶劣的劳动环境和生存状态,工人阶级成为他作品的中心和主体。西利托的小说也注重心理描写,但主要是在情欲宣泄中,在生活放荡中,获得一种内心慰藉和平衡,以表达对现代社会、工业文明带给人异化和压抑的反抗。

西利托的小说没有华丽的辞藻,文笔略带粗糙,语言平实,语调平直,叙述中记录了工人阶级的语言,常常用粗俗的工人对话直接表达人物的思想感情;在小说中大量引入口语、俚语和俗语,有的甚至是按照土语的发音写成。因为和工人的生活有机结合,也使得文本灵活生动,小说读来形象活泼,与工人的生活环境、思想语言融为一体,显得十分和谐优美。

20世纪70年代后期以来,西利托创作中的愤怒和反抗情绪渐渐平息,有的小说表现出悲观迷惘、忧郁沉闷的倾向。

第八节　塞缪尔·贝克特

塞缪尔·贝克特(Samuel Beckett,1906—1989)以他的荒诞戏剧《等待戈多》蜚声文坛,给20世纪戏剧舞台带来巨大冲击,他同时也是一位著名的荒诞小说作家。

贝克特生于爱尔兰都柏林郊区一个犹太人中产阶级家庭。父亲是测量、核查员,母亲是虔诚的新教徒。贝克特14岁时,被送往北爱尔兰新教区的一所专供中产阶级家庭孩子就读的私立寄宿学校读书,对法文兴趣浓厚。后进入都柏林三一学院,学习拉丁语、法语、意大利语和西班牙语,1927年毕业后前往巴黎。1928—1930年受聘于巴黎乌尔姆高等师范学院,教授英语。其间与詹姆斯·乔伊斯相识,并成为其亲密朋友与秘书。与人合作将乔伊斯作品译成法文。1931年回国在母校三一学院教授法文。研究笛卡儿哲学思想,获硕士学位。1932年起漫游欧洲各国,其间写作诗歌、长篇小说、散文和短篇小说,作品大多都在多年后出版。1938年定居法国。第二次世界大战爆发后,贝克特参加反法西斯地下抵抗运动,1942年为了躲避盖世太保的追捕,他与妻子苏姗逃到法国维希政府控制下的鲁西荣乡下隐居,一直下地干活,农忙之余仍然不断创作。战争结束后,曾回爱尔兰,临时为红十字会工作。后回法国担任过短期盟军翻译。1945年末回巴黎从事专业创作活动。1947年起贝克特用法语进行创作。贝克特的创作成就主要是以《等待戈多》(*Waiting for Godot*,1952)为主的一系列荒诞戏剧,对人类的生存状态,对战后西方人的孤独处境、矛盾心理和荒诞的生活进行了舞台化形象展示。贝克特的小说深受普鲁斯特和乔伊斯的影响,早年还专门撰写过研究普鲁斯特《追忆似水年华》的文章,将乔伊斯尊为精神上的父亲和创作上的楷模,他把荒诞内容与意识流表现融为一体,以荒诞的形式描写面临荒诞世界的人的苦闷和恐惧。贝克特在小说创作中显露出的艺术才华,尤其是将意识流小说的结构模式和语言形式融入自己的小说创作之中,使其在当时的法国文坛有“小乔伊斯”之称。贝克特因“他那具有新奇形式的小说和戏剧作品使现代人从精神贫困中得到振奋”而获得1969年诺贝尔文学奖。

贝克特从20世纪20年代末开始创作,但较少发表。早期主要是写作诗歌、短篇小说和评论文章。1930年发表的《魔镜》(*Whoroscope*)是第一部用英文写成的诗作,在98行诗中贝克特以哲学家笛卡儿在早上等待早餐时的独白形式,让人物仿佛走火入魔似的沉浸在他神秘的空灵视界中,思考和探究时间的消逝与死亡临近的关系,表现人物的主观感受,象征含蓄,具有明显的现代诗歌特征。1931 年出版评论专集《普鲁斯特》(*Proust*)。还用法文翻译乔伊斯的作品。

《墨菲》(*Murphy*,1938)是贝克特的第一部长篇小说,以荒诞的手法描绘了现实世界的混乱和无望。同名主人公墨菲是一个身居伦敦的爱尔兰人,平日里游手好闲、懒散成性,对生活对人生失去了信念,整天沉溺在幻想之中,试图逃避充满敌意的以私利为中心的荒诞世界,隐遁到自己所幻想的自由纯净的内心世界中去。无所事事的墨菲与一个美丽妓女塞丽娅结识,塞丽娅虽为妓女,却十分具有同情心,温柔体贴,对墨菲的孤独忧郁,对他对世界的荒诞感受,在理解的同时流露出一种深切的同情。她赞同墨菲对生活和世界的感受,对他充满敬意,但对墨菲不切实际的想法深感忧虑,在爱着墨菲的同时,极力想将他从想入非非的幻想世界里拉回到现实生活中来。她想用她的温柔善良朴实敦厚、体贴入微善解人意去感动墨菲,使他从精神的痛苦中解脱出来,和自己过一种平常而实在的生活。然而有着自己精神追求的墨菲并不领情,依然故我,并无情地抛弃了塞丽娅。后来墨菲来到一家精神病医院上班,在和没有现实痛苦的完全自由的精神病患者交往中,他发现并明白了只有超脱于现实生活和生存的烦恼,才能获得真正的肉体和意识的安逸快乐,他终于找到了自己一直追求的绝对自由的精神境界。一天墨菲进入医院顶层的一个房间不久,突然传来煤气爆炸的声音,墨菲意外死亡。

《墨菲》是一部典型的荒诞小说,全文读来充满了强烈的荒诞意识。小说在琐碎内容文本中编织了一个令人恐惧而混乱荒诞的世界。小说故事情节松散,人物的性格怪诞,行为无常,思维怪兀,所说所为不被一般人理解,如小说开始墨菲为什么会被人用毛巾绑在一把摇椅上,我们不得而知,荒诞的是赤身裸体被绑着的墨菲竟然在苦思冥想自己对人生的探究,一个大活人仿佛成了一个灵魂出窍的行尸走肉。而当突然响起的电话将他拉回现实,他试图去接电话时,一下子从摇椅上翻倒在地而昏死过去。人物行为失常,经常喜欢长时间在黑暗中睁大眼睛冥思,或者整天沉溺在自己内心的幻觉世界中,想入非非,无力从事任何有意义的活动,人物活在这个世界上,最大的乐趣不是坐在摇椅上不停地摇动,就是在他的小石子游戏里取乐,在它们的数字关系和系列组合之中沉思。不只是墨菲,其他的人也是行动呆板,思维迟钝,不是傻乎乎的痴呆愚笨,就是整天游游荡荡,不知道在干什么,也不知道到底要干什么,即使当墨菲和他们"面对面、眉毛对眉毛"时,人物的表情仿佛迎面相对的不是一个活生生的人而是一个物体,活着的人仿佛是但丁地狱中的一个个鬼魂。文本中荒诞的内容、荒诞的人物、荒诞的场景是荒诞社会的形象描述,构筑了一幅混乱无序、捉摸不定、充满荒诞的世界表象。《墨菲》写成后,由于其内容、故事情节及其人物的荒诞怪异,而不为

出版商认可,先后遭到多次拒绝,

《墨菲》中流露出贝克特的创作深受存在主义思想影响的痕迹,小说中具有浓厚的神秘主义色彩和深奥的存在主义的哲性思索,是对"二战"及社会异化造成的世界荒诞和人生痛苦的一种反思。《墨菲》中人物的思考虽然是荒诞的,但当我们深入人物思考的内核之中时,可以明显看到,人物整天所沉湎的是人应该如何面对荒诞且被生活异化的社会:在人子被上帝抛到这个世界之后,人直接面对充满荒谬和痛苦的世界,该如何活下去? 墨菲所思考的实际上是如何生存的人生哲理问题。他把人分为肉体的和意识的,注重内心精神世界;他把意识分为"光明、幽暗和黑暗"三个部分,苦思冥想中的墨菲的大脑完全是由这三个部分构成的。当人处在"光明"或者"幽暗"层面上时,常常感觉到世界荒谬和人生痛苦,只有在一无所知的"黑暗"意识中,在超越时间和理性、"光明"还没有到达的"黑暗"世界里,人物才感到安全和快乐。于是墨菲越来越讨厌充满荒诞的物质现实世界,而消遁隐退到他的"黑暗"内心世界中去,甚至表现为经常睁着眼睛在黑暗中思考,从中感受内在精神世界的极度自由和快乐。最终在精神病患者那里,墨菲找到了自己一直在寻找的精神自由世界。精神病人没有常人那种对社会生存的思考痛苦,他们的意识处在一片黑暗之中,他愿意与他们为伴,那里才是绝对精神自由的境界。于是墨菲对正常人与非正常人的看法发生了根本性的变化,在他看来,所谓的正常人,生活在荒诞之中并且自己也在制造着荒诞,其实是真正的不正常人。而被看作不正常的精神病患者,他们生活在意识的"黑暗"之中,没有正常人的思考和烦恼,于是他们的人生中不再有荒诞和痛苦感觉,他们的生活反而是幸福正常的。墨菲领悟到放弃正常人的生活,就是放弃"光明",走向幸福的"黑暗",于是他与精神病患者的关系变得十分融洽,"他感到自己像水仙喜欢喷泉那样与他们难分难舍"。墨菲不愿意接受女友塞丽娅的帮助,不愿意回到现实生活中去,其实是墨菲不愿意回到"光明"意识中去承受生存的痛苦。对于墨菲的死于煤气爆炸,作者没有交代,我们也无从知道人物究竟死于意外还是自杀,但小说中最理解墨菲的塞丽娅的一句话,却道出了人物悲惨结局的本质,在她看来墨菲的死是他终于找到绝对精神自由的"最后一次流放"。小说结尾写一个酒鬼要把墨菲的骨灰放进抽水马桶中冲掉时,不小心在途中将其倒翻在地,骨灰与地上的啤酒、泥土和垃圾混在了一起。黑色的尘土或许是人物寻找到的真正归宿。显然墨菲试图在荒诞的世界里为自己寻找一方生存的乐土,为烦躁的人生找到些许内心精神的宁静,其实只是一种幻想而已。小说中人物的追求犹如抓着自己的头发想离开这个地球似的令人啼笑皆非,在寻找归宿的过程及行为中,人物的种种荒诞怪异,更加重了作品的荒诞色彩。英国现代诗人迪伦·托马斯对《墨菲》评论道:

它是严肃的,因为它基本上是对一个复杂而怪僻的悲剧性人物的探讨。这个人物无法将可见世界的非现实性和不可见的世界的现实性调和在一起;在寻求一个"小世界"的过程中,他以对"正常"社会的蔑视和忽视而茫然流入被公认为非正常的社会。在这个机器化大量生产的沙漠中,墨菲是一只孤零零将头插进沙子的鸵鸟。

《墨菲》的文本叙述模式具有反逻辑、反形式的荒诞特征,小说的情节和事件没有必然的内在联系,细节只是在荒诞中提供读者一种可以任意解读的寓意载体,没有传统小说那种故事发生、发展和高潮的线索可寻,情节淡化而进展缓慢。作品除了故事内容的荒诞、人物行为的荒诞,更大程度上表现出荒诞、简洁而经济的语言风格,不合逻辑思维的语言表述,甚至是琐碎词汇的简单组合,语言常常是模糊不清的;叙述不再担任解说外部世界和人物命运故事的重任,文本的语言仿佛仅仅是创造一种荒诞的境遇和氛围,其目的不是让读者读懂小说故事,而是引领读者进入小说的荒诞情景中去。文艺批评家洛奇十分精辟地指出:

> 尽管《墨菲》是一部非常有趣的小说,但它决不容易阅读。它通过拒绝采用某种容易辨别的形式或者节奏来抵制阅读,于是,在阅读常规的层面上,它模仿了一个抵制解释的世界。[①]

《瓦特》(Watt,1953)是一部比《墨菲》更荒诞、更难以解读的小说。如果说墨菲对人生存在的思考,对精神绝对自由的追求还有现实的因素可言的话,那么瓦特则是一个完全生活在卡夫卡式的虚幻世界中的人。他衣服褴褛,举止怪异,穿的鞋一只大一只小,不断地用手抠着鼻子,小说一开始我们就看到瓦特被人从电车上扔下来,他躺在昏暗的马路上,如同一包被人抛弃在路上的没有生命的废弃物。几经周折,他乘坐火车来到有钱人诺特先生家里当仆人,诺特家处处充满了荒谬和不可理解的事情。诺特家的规矩于瓦特来说就是一个令人费解的谜。在那里有一套必须严格遵守的莫名其妙的规则,诺特家的仆人只能有两个,新仆人必须从一楼的低等活儿做起,当住在二楼的诺特先生的贴身仆人被解雇,又进来新仆人后,一楼的仆人才能上升到二楼做诺特的仆人,周而复始。果然,有一天在楼下当下等仆人的瓦特发现进来一个新的仆人,然后自己就被提升到二楼直接服侍诺特了。后来当他发现楼下又进来一个新仆人时,他知道自己要被解雇了。最后瓦特不得不离开诺特先生的住宅。

这部小说充满了丰富的象征寓意,瓦特的经历就像是一个现代寓言,他被人

---

① David Lodge, *The Modes of Modern Writing*, p.224.

从车上扔在幽暗的马路上，"像一卷用黑纸包着的、中间被绳子捆着的油布"，象征人子偶然地被上帝抛到这个世界上来。于是他从传统的现实世界出发，去探索一个未知的世界，在遭遇种种不幸和挫折之后，又回到传统的现实世界中来，感悟到世界的荒谬和人生的痛苦虚无。瓦特（Watt）的名字与英语的疑问词"什么"（What）读音相同，表示人类对世界的探询，试图寻找客观世界和人类存在的意义。人物所探询的对象诺特（Knott）的名字则与英语中的否定词"Not"读音相同，象征着客观世界毫无意义和存在的虚无。只有照顾诺特家那条狗的林奇一家，代表了生活在现实世界中的人，而林奇（Lynch）恰好就是英文单词"酷刑"，象征着现代人的生存境遇。瓦特为了结束流浪生活而把到诺特家做仆人当作莫大的幸运，将诺特家看成"乌托邦"式的理想王国，以为在那里可以过一种稳定有序而又有意义的生活，在他的心目中"诺特房子内的乌托邦气息与墨菲头脑中的那个'小世界'十分相似"①。然而诺特家却是一个阴森恐怖、神秘莫测的"城堡"，与外面的世界一样荒诞不经。对诺特家仆人的升迁规则他无法解释其中的意义，然而这的确是一个既定的存在事实，成为一种不容改变的常规，就是所谓有意义而又有秩序的生活。瓦特被深深卷入这种生活秩序之中，为之困扰，并无法摆脱而最后深受其害，苦恼不堪。他怀着对真理的探询来到诺特家，得到的却是不可知的虚无，抱着破灭的幻想失望而归。小说的结尾写道："瓦特怎样来，便怎样走。"荒诞虚无中带有人物命运悲剧的浓郁色彩。瓦特从满怀希望而来到悲观绝望而去，象征着对一切存在价值和人生意义的彻底否定，世界带给人的只有两样东西，一是荒诞，二是虚无。

让瓦特更为苦恼的是，他甚至找不到自己的本质，词语与物体、能指与所指之间关系的不确定性，使得瓦特失去了辨别事物甚至辨认自我的能力。当他想把自己当作"人"来命名时，却无论如何无法将"人"和自己联系在一起。他痛苦地意识到，作为抽象的"人"的概念与作为个性肉体存在的他之间的关系已经不协调，两者不能等同。他敏锐地感知到，自己的存在与作为抽象的"人"的概念中应该具有的人的存在范式，完全不是指向同一个对象，于是他觉得自己无法给自己冠名为"人"。一旦出现这种自我存在的不确定性，瓦特思维中自己到底是不是"人"的感觉、失去自我的危机感便油然而生。然而如果不称自己为"人"，那么到底该称自己什么呢？瓦特不甘心自己从人的概念中退出，试图继续称自己为人，但在他的潜意识中，自己已经不再是人或者已经异化为物的想法越来越凸显出来，书中写道：

---

① Lawrence E. Harvey, quoted from *Critical Essays on Samuel Beckett*, ed. by Patrick, A. McCaarthy, G. K. Hall&CO. Boston, 1986, p. 47.

> 正如他母亲教他说的那样:有一个善良的小孩,或者有一个美丽的小孩,或者有一个聪明的小孩。但是这些话尽管给了他很大的安慰,他仍然认为自己是一个盒子,或者是一只瓮。

瓦特为无法辨识自己的本质和归属而痛苦,人物陷入一种极度的困惑之中,现实的真谛似乎就在眼前,但却无法掌握它,就像是卡夫卡笔下的人物想要进入"城堡",城堡抑或真理就在眼前,但就是可望而不可即,人的任何探索寻找和苦苦努力都是徒劳无益的。小说中唯一能让我们感受到的真切存在,则是文本中林奇一家的生活。诺特家为处理吃剩的饭菜而养了一条狗,于是便雇用林奇来料理狗务。林奇家祖祖辈辈都患有先天疾病,残疾畸形,出于求生的欲望,他们充满了旺盛的繁衍后代能力,子孙相续、代代相接,使得家族越来越壮大。林奇形象丑陋,生存境况恶劣,日复一日地与狗相伴,干着枯燥而乏味的劳动,这正是现代人生存状态和丑陋人类的写照。人物的名字林奇即"酷刑",象征了存在就是烦恼,人生就是一场酷刑,意味着无尽的痛苦。小说用象征手法描绘出现代社会人与自我关系异化的形象状况,流露出对世界社会、人生生存的理性探究和存在主义、人道主义的哲性思索。

《瓦特》的荒诞性尤其表现在语言运用上,有时是语法混乱,表述笨拙,有时是故弄玄虚,独创一种所谓匀称句法和清晰语法,其实读来更让人摸不着头脑,叙述故事时语言无聊乏味,有时甚至是啰唆唠叨、重叠重复。如当瓦特看到一只罐子:

> 看着一只,或想着一只罐,诺特先生所有罐中的一只,瓦特说罐,罐,无济于事。或许无济于事,但几乎是。它不是一只罐,他越是仔细看,越是认真想,他就越发确信那根本不是一只罐。它像一只罐,它几乎就是一只罐,但它不是人们通常说的罐,罐,并感到心安理得的一只罐。

贝克特赋予语言"一种能容纳混乱"的形式,小说中语言的演绎方式极具后现代解构主义特征。作者在有限的已知细节中承载更多的隐喻信息,荒诞的情节,难以卒读的文本片段,在随意组合的语言词汇中,在阅读者的参与下,每一个语言交汇的网织点上,都会飘散出无尽的意义和多种理解的可能性。如果说贝克特的《墨菲》中还带有某些现实主义因素的话,那么《瓦特》中"脱离了以前作品中的现实主义手法,以便实验运用更加抽象、更加典型的非现实主义手法"①。有评论家将《瓦特》看作对后现代语言实验产生重要影响的文本之一。

贝克特的荒诞小说代表作当属他在 20 世纪 50 年代发表的"莫洛伊"(《莫洛伊》《马隆之死》《无名者》)三部曲,其中的人没有明确的身份,沉溺于对人生和社会终极意义的追寻和拷问,人物的行为更加荒诞不经,人物生存的环境犹如地狱般恐怖可怕,琐碎的生活片段和虚幻的镜像描述替代了故事的叙述,人物形象虚无缥缈,行为古怪,绝望孤独,创作风格更趋荒诞,将小说创作中荒诞手法运用得淋漓尽致。三部曲中的第一部《莫洛伊》(Molloy,1951)的内容由两部分组成,前一部分是莫洛伊的叙述,后一部分是私人侦探莫兰的叙述。年老体衰的莫洛伊只有一只眼睛,牙齿脱落,已经无力起床,每天只能躺在床上写作,他不知道自己的身份,也不知道自己整天写作是为了什么。他明白自己已经快不行了,他的写作仅仅是要"说出剩下的事情,说声再见,结束死亡"而已。花了很长时间他终于想起了在他死去之前,他要讲述一个他曾经历的故事。从自己住着的原先是母亲的房间,他想到了生死不明的母亲,不觉愁上心来,于是焦急的他骑上自行车去寻找母亲,半路上被一位警察拦住,因说不出自己的身份而被拘留审讯,后来又因为轧死一只小狗而受阻,在经历了一系列无聊和荒唐的事情之后,最后他的两腿僵化,无法行走,只得在丛林中爬行,一不小心掉进一条沟里,直到现在他都不知道自己是怎么又回到母亲的房间中来的。小说的第二部分是私人侦探莫兰的叙述,在一个星期天上午,他奉命去寻找失踪的莫洛伊,几经周折终无所获,莫兰拖着患病的腿归来,发现家里已是一无所有。于是人物不再容忍受人欺压,也不再惧怕上司的淫威,从自我的心灵中将自己解脱了。莫兰的又一次出行,不再承担任何责任,而是发自自己内心的呼喊需要,他拖着僵硬的病腿出门寻找。于是小说的结尾又回到了开头的情景。

小说将世界的荒诞和人生的无聊寓意,寄附在莫洛伊和莫兰身上,文本描述的核心是寻找,莫洛伊寻找母亲是人物无法面对荒诞的世界和卑贱人生的一种自我拯救,犹如浮士德听到复活节的钟声放弃自杀而开始精神探索一样,"大约 11 点至正午时分,教堂的钟声吵醒了我,想着不久后的基督显灵,我决心去见我的母亲"。莫洛伊开始了他没有结果的探寻。莫洛伊是一个被世界放逐的人,寻找母亲就是寻找自己的归宿。母亲意象的出现,隐喻了对人物潜意识中原罪的一种反思。他母亲早年是个妓女,犹如夏娃偷情而触犯情欲原罪,"当初,她不想生我,挖空心思,用尽方法,想拿掉我,然而,命运不可违抗"。母亲没有给他留下任何美好的回忆,她耳聋眼瞎,说话艰难,成天躺着的这个小屋充满了大小便的

---

① Eugene Webb, *Samuel Beckett. A Study of His Novels*, Seattle: University of Washington Press, 1973, p. 56.

臭味。让莫洛伊意想不到的是这个世界是那么的荒诞可怕,令人窒息,他现在的状况比他的母亲更加糟糕,更加不幸,他瘫痪在床,欲生不得,想死不能。母亲是他美好的记忆和安慰,他无法在这个世界上生存下去,他想回到母亲的"窝"(子宫)中去,但母亲已经不知何时死去,即使他住进母亲的房间,也得不到些许在"窝"中的安慰,人物还不得不面对无尽苦难的人生。于是他不顾残疾的身体,跋山涉水,穿丛林、过水沟,吃尽苦头去寻找母亲,然而母亲在何处?其实人物寻找的母亲只是一种向往中的希望,如同《等待戈多》中的戈多,戈多其实永远不会出现,人物等待和期望的是一种"无望的希望"。莫洛伊到处寻找的过程,同时也寓意着被社会放逐的过程,莫洛伊在寻找母亲途中所经受的苦难就是人生历程所经受的苦难。面对"一座高耸的城墙",他以为母亲就在里面,只要进入其中,他的"苦恼自会消失"。在一个乡间小镇,他以为那是"我出生的地方",然而却没有人理睬他。到最后莫洛伊连问路的勇气都丧失了,他甚至不想再见到人,跋涉在沼泽地里,爬行在丛林之中,成为一个完完全全的孤独无援、卑贱痛苦的社会局外人和放逐者。

莫兰为何要寻找莫洛伊?寻找莫洛伊有什么意义?莫洛伊是谁我们都不得而知,然而有一点十分清楚,就是莫兰必须去寻找,那是突然有一天一位名叫盖博的不速之客给他带来的指令。盖博(Gaber)是天使加百列(Gabriel)的代表,指令则是盖博的上司尤蒂发出的,尤蒂(Youdi)则是指犹大(Judah)或耶和华(Jehovah),必须去寻找成了莫兰必然的不可违抗的命运。人物被一种自己所看不见的力量控制着,在危机感和宿命论的支配下,莫兰内心苦闷、焦躁不安。然而这就是现代人与社会对立异化的形象描述,喻示着在社会集团、强权政治之下个人的渺小与无奈。于是,在寻找莫洛伊的同时,人物开始反思自我的存在,走上了寻找自我的征程。半夜出发以前,他躺在床上,内心思考着,自己必须去拯救别人,那么谁来拯救自己呢?

> 我想远离这个世界,远离它的喧哗、狂乱、痛苦和昏暗,对这个世界和这一切做出自己的判断。人们都像我一样,在这个无可挽回的世界里浮沉。我知道谁需要得到我的救助,但我自己如果得不到救助,那一切就都变成黑暗的了,这黑暗,是伴随诱人的希望被粉碎之后而出现的单纯的黑暗。

显然,莫兰在寻找莫洛伊的同时,其实也是在寻找自己"在这个无可挽回的世界里"的位置,寻找自己的本质和归属。如果说小说第一部分的莫洛伊叙述是以宗教"原罪"为基础的话,那么,莫兰的寻找则是以人类集体无意识"原型"为基础的,无论是古希腊德尔菲神庙中的箴言"认识你自己"还是古希腊俄狄浦斯的

"我是谁"询问,它一直是人类共同的探寻目标,莫兰也不例外。莫兰寻找的过程就是他在这个世界上生存生活的过程,然而随着寻找的进展,莫兰的意识越来越混乱,身体和体力每况愈下,老朽而多病,儿子背叛,家园破败,他变得一无所有。人物的这种不断弱化的过程,正是人在不断异化的现代社会生活中的一种镜像象征。可悲的是莫兰的寻找自我和莫洛伊的寻找母亲结果是一样的,人物除了感受到荒诞和痛苦之外,一无所获。鉴于此,有评论者将莫洛伊和莫兰看作同一个人,这不仅是因为两人在小说的结尾似乎已经合而为一,也是因为两人对世界的荒诞及其神秘莫测的感知是一样的,对现实的孤独感受和痛苦感受是一样的,人物从内心到外表形体的变化是一样的,蕴含了世界是荒谬的、人生是痛苦的存在主义观念。小说用变形的手法写出现代社会的真实状况。

三部曲的第二部《马隆之死》(*Malone Dies*,1951)是躺在床上老朽的马隆在临死时的内心独白。人物已经完全瘫痪,行将就木,每天只是由一个老太太为他送一点汤以维持生命,在无聊的喃喃自语中生活。他不知道自己的身份,也不知道自己身在何处,唯一留给他记忆的是生活痛苦,对于死亡马隆已经不感到恐惧了,或许那是一种解脱。"我终于很快将彻底死去,一切都无所谓了。"马隆在不断叙说虚构故事中等待死亡的到来,小说最后马隆的意识越来越模糊,语言叙述更显得支离破碎,人物精神更加迷离恍惚,思维也更加混乱。显然马隆是前一部小说中寻找母亲而不得,最后卧床不起的莫洛伊生活的继续。作品的主旨之一是孤独,诚如主人公的名字一样,表达现代社会中人的孤独——马隆(Malone)就是孤独(Ma alone)的代名词。风烛残年、死之将至的马隆整天孤独地躺在床上,无人说话无人交流,完全失去了正常人的能力,只能在自己虚构的故事中消磨时光,在那些滑稽的细节中获得些许快慰。在他孤独的语无伦次的故事叙述中,在支离破碎、断断续续的独白中,我们无从知道人物的身份及其来历,甚至无法弄清人物的独白是人物曾经历过的,还是人物现在的处境抑或是人物虚构的事情,孤独的叙述融入了一种浓郁的虚无感和荒诞感,诚如马隆混乱的意识中经常闪现的"虚无比虚无更真实"。这是因为"马隆的生存完全依赖叙述,这个荒诞的叙述者除了被他本人视为荒诞的叙述行为之外不拥有任何现实"[①]。孤独是马隆的本质存在,荒诞是社会的本质存在,是荒诞的社会造就了孤独的马隆。

小说的另一主旨是死亡意识,面对着荒诞的社会、虚无痛苦的人生,马隆成了一个现代意义上的存在主义者,他选择了死,尽管死亡对于马隆而言是痛苦的,但一想到这最后的痛苦换来的将是永久的不再痛苦时,马隆感到的是温暖和欣慰:

---

① Ihab Hassan,quoted from *Critical Essays on Samuel Beckett*,p.70.

　　不错,我终于要回归自然了。我将忍受更大的痛苦,然后不再痛
苦,不再下任何结论。我将不再关注自己,我将会变得不冷不热,我将
会变得温暖,我将会死得温暖,没有激情,我将不会望着自己死去。

　　马隆的选择回答了哈姆雷特的"生存还是毁灭"的问题,在他看来,孤独无望
的人生、荒诞虚无的世界比死亡更可怕。在死亡的选择中马隆获得了对生存痛
苦的解脱和对死亡恐惧的超越,就如小说最后写的,因为"一切都不会再存在"。

　　三部曲的最后一部《无名者》(The Unnamable,1953)从内容到形式都具有
更典型的荒诞性。无名者不仅无名,而且连是男是女,身在何处我们都不知道,
似乎是马隆刚死的还未消散的魂灵,在他眼前闪动浮现的人的影像是马隆,又像
是莫洛伊或别的什么人。无名者在喃喃自语的独白中讲述着谁也听不懂的故
事,一会儿讲述令人讨厌的巴斯尔,一会儿讲述独腿流浪汉马荷德,接着又讲
述弗姆的故事,而弗姆其实是一只被关在瓮中仅露出头的虫子。无名者的叙
述喋喋不休,失去控制能力,自己都无法停止下来,仿佛不是他在讲述而是一
个不可知的声音在不停地讲述,于是他只得继续任噪音组合着词汇不停叙
说着。

　　《无名者》是一部彻底的反小说、荒诞小说,或者说是一个完全意义上的文
本。它没有任何的情节,内容自相矛盾,荒诞无聊,人物不仅没有名字没有个性,
没有性别没有身世,甚至连形体都没有,只是一个虚无缥缈的"叙述者"。无名者
就是墨菲、瓦特、莫洛伊、莫兰、马隆的再生或者未来,文本中无论无名者,还是巴
斯尔、马荷德或者弗姆,都是现代人生活的写照。巴斯尔丑陋无比,马荷德到处
流浪,人类充满了痛苦,现实社会中人的本质其实就如同生活在瓮中的弗姆,仅
仅是一只虫子,只是给它取了一个人的名字而已。弗姆在瓮中的形状姿态犹如
还没有出世的胎儿,缺胳膊少腿,然而它象征人从母胎的生到最后的死,从幼年
到老年的人生历程,它一出生尽管就有了人的名字,但本质上仅仅是一只虫子而
不是人。现代社会的异化使得人与社会之间产生尖锐的矛盾对立,人成为社会
的局外人,人从社会的主人沦落为动物虫子,这是人的悲哀,也是社会的悲哀。
现代社会没有人的立锥之地,人找不到自己的本质和归属,只能像无名者那样犹
如浮动的人影,生活在恍惚之中:

　　现为何处? 现为何人? 现为何时? 毫无疑问。我,我说。难以置
信。称它们为疑问、假设。

　　人物极力想去寻找自我而不得,巴斯尔、马荷德、虫子的故事其实就是无名
者的生活经历,或者就是像他那样的厌恶人世的代表。无论是生存与死亡、荒谬

与痛苦,还是肉体与灵魂、虚无与真实,无名者都无从获得思考的答案。世界的荒诞虚无就如同无名者一样,虽看不到摸不着,却无处不在,面对这样的生存境况,无奈的人却不得不继续生活下去:

> 你必须继续下去,我不能继续下去,你必须继续下去,我会继续下去,你必须说词汇,只要他们还存在,直到他们找到我……你必须继续下去,我不能继续下去,我会继续下去。

在人物语无伦次的继续还是不继续生活下去的话语叙述中,饱含了现代人对生活向往和对现实世界失望的矛盾心理及人物悖谬的生存观念。《无名者》写出了人对社会和人生的憧憬希望,同时也是对荒诞痛苦生活的无可奈何,是对现代荒诞社会中虚无痛苦人生的一种本质揭示,"人的一生旅程就是从无名处去到无名处,毫无目的。人们这一观点不变,贝克特就不会过时"①。

"莫洛伊"三部曲可以看成一个完整的文本,它们的主题相同,都指向社会的荒诞和人生的虚无,表述人生活在这个冷漠世界上的孤独和痛苦。文中所描写的莫洛伊、莫兰、马隆和无名者,其人物原型可以看作不同人生阶段生存状态下的同一个人物。无论他们凄惨的生活环境、丑陋的残疾形象,还是他们的精神探询和生活感悟,都指向现代人生不如死、虚无迷茫的现实人生。他们是精神探询的流浪者、苦难人生的承受者,他们探索着虚无的人生,拷问生的价值和死的意义,在迷惘中丧失自我,成为社会的局外人。小说从故事内容到结构形式,都具有连续性特征,它们的一个共同基点就是荒诞,"《莫洛伊》展示了艺术家的形成,《马隆之死》反映了正在创作的艺术家,而《无名者》则体现了一边创作一边评论艺术的艺术家。这三部小说具有一个不容置疑的共同特征,即夸大的荒诞性"②。三部曲以幽默诙谐的手法传达了作家对荒诞世界和虚无人生的深层思考,备受评论界重视,被称为 20 世纪的杰作,贝克特也因此被文坛称为荒诞小说大师。

贝克特除了他丰富的戏剧创作以外,一生还创作有后来出版的《初恋》(*First Love and Other Shorts*,1973)、《默修尔和卡米尔》(*Mercier and Camier*,1974)、《恶语来自偏见》(*Ill Seen Ill Said*,1982)等 7 部长篇小说和《空洞的故事和文本》(*Stories and Texts for Nothing*,1955)等中短篇小说集。

贝克特的创作深受存在主义思想的影响,作品中具有浓厚的神秘主义和存

---

① Frederick Lumley,*New Trends in 20ᵗʰ Century Drama*,London:Barrie and Jenkins,1972,p.208.

② Ruby Cohn,*Samuel Beckett:The Comic Gamut*,New Jersey:Rutgers University Press,1962,p.118.

在主义的哲理思考。"二战"给人类心灵带来的巨大创伤,现代化生产的快速发展,使得人在社会中显得越来越渺小,人与社会的关系也日趋紧张,人们对社会持一种普遍的怀疑和否定态度,不再相信自己以外的任何东西,不相信有救世主,只在自己的内心中寻找解脱。贝克特的小说创作总体来说具有浓郁的存在主义哲性思考,荒诞中蕴含对社会人生终极真理的探寻,是对"二战"及战后西方社会信仰危机导致的认知危机和语言表征危机的反思。小说中人物的丑陋怪诞、生存状况的窘困尴尬、故事的平淡无奇、生活的无聊荒谬、内容的缥缈虚无、情节的荒诞不经,是对西方当代社会状况和社会心态的一种象征,是西方战后社会异化和精神危机的产物。小说的内容大多是荒诞离奇的,在对社会的幻化和虚构之中又具有细节的真实,作品蕴含深刻的象征和寓意,具有对社会生活、客观世界、人生生存的深层思索。人物所处的环境或者是荒芜破落的庭院、肮脏污秽的家室,或者是虚幻恐惧的城堡、危机四伏的沼泽丛林,犹如地狱般令人恐惧、毛骨悚然。人物形象猥琐丑陋,身形残疾,奇形怪状,男女不分,身份不明。有的沉溺于精神幻想之中,有的行将就木苟延残喘,有的整天躺在床上没有任何生活能力,有的甚至变成了虫子,更有的成为有声无形或有形无体的幽魂。人物除了对某种连自己也不知何物的抽象意义的探询之外,无论从内心还是外形,我们看到的与其说是人物不如说是鬼魂。他们游离于现实生活之外,成为被社会遗弃的局外人,他们的悲惨命运和虚无人生,是异化荒诞社会中痛苦人生的形象写照。

贝克特的小说从形式到语言,读来是令人战栗的,属于后现代解构主义文本一类,具有反传统小说的鲜明特征。小说完全抛弃了传统叙述模式,没有时间和逻辑顺序,没有完整的有事可寻的情节,没有高潮也无须结局,无论是对人物还是对事件都不做任何交代,都是原生态地从内容到形式对叙述者经验进行直接自然的不加编织的还原。小说具有情节的琐碎性和结构的无序性特点,常常是事件前后矛盾,人物自相矛盾,时而叙述从人物内心流出,时而在黑色幽默中展现真实细节,以至"人们不知道故事究竟是从人物内心客观地叙述的还是从外部主观地叙述的"[①]。在小说创作中贝克特大量运用意识流手法,在内心独白和自由联想中表现人物,文本表述中往往空间不分、时间不分,将过去、现在和未来融合一处,时序颠倒,时空错乱。同时从贝克特的创作中我们可以看到浓重的超现实主义和表现主义痕迹,作品不是直接客观反映式的描写,大多是通过梦境幻觉的生活或者梦游式的人物来构建的,故事读来仿佛是雾里看花,若隐若现,呈现出一种虚无空幻的感觉。小说的荒诞同时又是和语言的荒诞密不可分的,文本

---

① Dylan Thomas, Quoted from *Samuel Beckett*, by Jean Jacques Mayoux, Longman, London, 1974, p. 10.

叙述的语言常常缺乏逻辑,思维混乱,语序颠倒错乱,不是语无伦次就是重复唠叨,抑或是大量简单句型的随意组合,甚至是单个词语的罗列叠加。可以说贝克特语言的荒诞承载了全部的文本荒诞,一方面为读者从接受美学的角度提供了阅读的丰富性和多样性,另一方面为阅读理解设置了语言的障碍。

贝克特的小说创作是对传统文学的一种挑战和否弃,人们无法用传统文学思维去阅读他的荒诞而混乱的作品,他的创作没有一套完整的理论依据,他本人也很少评说自己的小说,贝克特以他的作品试图创造一种与传统文学不同的新的艺术形式,他指出:

> 我不是说从今以后没有艺术形式了,我的意思是将来会有新的艺术形式,这种形式应该承认混乱,……寻找一种能容纳混乱的形式是当前艺术家的任务。①

的确,贝克特的作品在解构了传统小说创作模式之后,使得艺术形式和文学语言显得模糊和混乱,然而这种表述的混乱是和世界的荒诞和混乱相融洽的,和作家在象征隐喻中要传达的社会和人生的荒诞虚无主旨是相一致的。贝克特用他荒诞而混乱的叙述形式写出了现代人的困境及迷惘,从而成为后现代主义十分重要的代表作家。

第九节　安格斯·威尔逊

安格斯·威尔逊(Angus Wilson,1913—1991)是第二次世界大战后英国著名的小说家、文学评论家。

威尔逊出生于英格兰东南沿海的萨塞克斯,父亲来自苏格兰农村殷实的大家庭,母亲来自南非富商家庭,威尔逊是家中最小的孩子,从小受溺爱,整天流连于家乡海滨而不愿意上学,养成了热情、好动和说话激动的性格,对事物敏感而富有想象力。1921 年随父母去到南非生活 3 年,回国后因为浓重的南非口音而不如同龄小孩,加上父亲过度挥霍造成家庭窘困、频繁的经济危机,这些都给幼小的威尔逊留下了不可抹去的心灵记忆,更加深了他的孤独感和异化感。童年的生活和经历,给他以后的文学创作带来巨大影响。

> 我得自家庭的一种特质。空想、故事、嘲弄、组合、戏剧性事件、场景——所有这些我都从家庭生活中有过充分的体验。……在我自己的

---

① 　Samuel Beckett,quoted from *The Novel Today*,ed. by MalcolmBradbury,p. 156.

作品中,每当叙述告一段落之后,我的那些人物每时每刻都在尽他们自己的微薄之力表现一番。这种写法得力于我童年时代的那段生活,那时候有许多琐碎的日常生活的事件,而且同样一件事会一次又一次地重演。①

在伦敦威斯明斯特中学,威尔逊接触了大量文学名著,结识了许多包括同学和老师在内的社会上层人士,对他们的生活内容和情趣十分熟悉,这成为威尔逊日后小说创作的主要题材来源。1932 年威尔逊进入牛津大学默顿学院攻读历史,学习优秀。毕业后生活一直不太安定,做过家庭教师、文书、社会组织者、包办伙食者和餐馆老板。1936 年在进入大英博物馆阅览室谋得一个职员位置后,安定下来,后升为博物馆阅览室副主管,但他一直对自己的工作不是十分满意。"二战"期间威尔逊曾在外交部工作,战后回到博物馆任原职。其间威尔逊患精神疾病,医生建议以写作作为缓解精神障碍的治疗方法,这成为威尔逊进行文学创作的契机。他常常利用工作空余时间和周末写作一些短篇小说,以缓解紧张工作造成的心理压力,并陆续发表一些小作品。1949 年发表他的第一部短篇小说集《错误的那一套》(The Wrong Set),第二年又出版了《如此可爱的渡渡鸟》(Such Darling Dodos)。书作的出版十分成功,受到了社会和文坛的欢迎和好评,给威尔逊极大鼓舞,1955 年他辞去博物馆工作,从此开始他的专业创作生涯。

威尔逊的小说创作主要表现中上层人物的生活内容,擅长描写城市生活和文化风俗,具有狄更斯式的现实主义倾向。小说场景鲜明,情节曲折,具有浓郁的戏剧效果。威尔逊因作品中对中上层人物丑行不乏讽刺和揭露,又被视为"愤怒的青年"一派作家,尽管他的小说中人物的反叛愤怒不是那么强烈,但其中的辛辣嘲讽和黑色幽默,传达出与"愤怒的青年"共同的思想倾向,也被看作新现实主义作家。威尔逊在现实主义创作中又融入了现代主义,进行实验小说的创作,描写现代生活中人类共同遭遇的困境及其对社会人生感到忧郁苦闷的社会心理,具有与现代主义作家共同的对荒诞和虚无世界进行反思的主题。

威尔逊的第一部长篇小说《毒芹及其以后》(Hemlock of After,1952),以主人公伯纳德·桑兹德回忆为线索,叙述人物不是很成功的人生经历。伯纳德是一个小有名气的小说家,具有改革社会和现状的美好理想,他试图建立一个青年作家俱乐部,一方面可以帮助年轻作家摆脱经济困境,另一方面使之成为不受国家政治干预、摆脱官僚保守势力的压力、张扬创作自由的中心。在此期间,他遭到了来自当地强大地方保守势力的阻挠,不得不到处奔波力排困难。经过不懈

---

① 《英国作家安格斯·威尔逊谈创作》,沈培锠译,《外国文学》,1981 年,第 6 期,第 19 页。

努力和多次周折,终于得到政府资助购得一处乡间叫作瓦登哈尔的别墅,眼看已经成功,伯纳德的内心却发生了很大的变化。在家里他不是一个称职的丈夫,也不是一个成功的父亲,他的同性恋和施虐倾向受到了别人的非议,妻子又患有精神分裂症。伯纳德为自己没有很好承担家庭责任而深感内疚,自己也因年岁渐老而得了心脏病,内外交困使得他身心疲惫,忧郁苦闷。因此在俱乐部的成立典礼上,他一反自己机智风趣的说话常态,发表了一通措辞激烈的话,猛烈抨击和挖苦反对自己的各方人士,把庆典搞砸了。朋友们对他十分失望,反对者们乘机对他大加反对,肆意讽刺议论和攻击他的隐私,甚至有人怀疑他是共产分子。伯纳德突然觉得一切都毫无意义,对生活失去了信心,对刚成立的作家俱乐部也心灰意懒、无暇顾及,最后心脏病发作,不久因心绞痛而去世。

《毒芹及其以后》是以作者与大英图书馆的一位男青年汤姆·格莱特的同性恋生活为原型而描写的,但它的内容和意义已经远远超出了家庭及其个人隐私。毒芹外表美丽,是文中同性恋的象征,也是邪恶情欲的象征。它虽然美丽诱人但最终将置人于死地,它是人物以后的遭遇以及形成悲剧的根源。小说描述了当代有理想的知识分子畸形的精神状态、矛盾心理和思想情感,以及他们为理想而奋斗但最终失败的过程。围绕人物同性恋而展开的家庭生活及其涉及的社会风气,是令人窒息而恐怖的。作品深入探究了道德问题和社会问题,以形象化的手段描述善与恶的冲突。那些落后的社会保守势力、无耻的官僚大人,在伯纳德的嬉笑怒骂和讽刺挖苦中无地自容,他们形成强大的对抗力量,是最后人物悲剧的主要原因。小说犹如色彩缤纷的画卷,出现各种各样的人物,笼罩着令人惊愕而厌恶的梦魇般的气氛,人间充满了怪诞世态与邪恶的力量,主人公的病态生活及其美好的理想追求,让人想到美丽的毒芹,给人以"恶之花"的畸形美感受。而后来主人公的遭遇,尤其是主人公的结局,令人感到当今英国社会尽管表面上涂着一层美丽光环,然而社会矛盾重重,正确的价值观丧失殆尽,面对邪恶势力社会已显得无能为力。作品无论是对家庭的伦理道德还是社会的政治意识都进行了极有成效的描绘,是作家第一次在长篇小说中成功处理重要思想与主题能力的展示。

小说在揭露现实的同时,并不是完全悲观绝望的,作品的最后,在伯纳德患病期间,他奋力起来和当地的恶势力斗争。而他妻子艾拉的病奇迹般好转后,迅速恢复了健康,不仅神志清楚,而且理解丈夫,是她患病退出了伯纳德的生活才使得丈夫有了同性恋,当丈夫向她暗示自己的同性恋时,艾拉说:

> 我们不是孩子,不会相信生活全是甜的,而不带点苦。人工造成的情况是不会持久的。我知道你想告诉我的是什么,我也很想知道,知道了也会恨你的,但是死人不该对活人提任何要求,复活者应该用行动证

明他有权重生。不管怎样,你寻找了也得到了你所需要的安慰,这样你
也就有新的责任和新的忠心。

人物对生活的理智态度及其美好的心灵溢于言表。于是她积极支持丈夫的
斗争,十分干练地去应付各种人与事。艾拉的痊愈及其帮助丈夫对恶势力进行
的成功反击,是全书最为振奋人心的部分,在悲剧的氛围中给人们留下了美好的
希望和光明。小说在不同人物的社会经历基础上细腻刻画人物性格,作品带有
狄更斯传统写实主义中娴熟描写社会风俗的风格,运用了当时伦敦不同层次人
物的说话谈吐腔调,甚至包括下层人物的伦敦土语。文笔不乏幽默讽刺口吻,写
实中带有自然主义倾向,悲剧氛围中带有喜剧色彩。小说对英国当代社会及其
家庭生活的形象深入描绘,获得了舆论界和文坛的高度评价。

长篇小说代表作《盎格鲁-撒克逊态度》(*Anglo-Saxon Attitude*,1956)的发
表,给威尔逊带来极大的声誉,奠定了他在英国文坛的地位。小说的主人公杰拉
尔德教授是个研究中世纪历史的学者,他性格孤傲,年老退休后,倍感失意。他
一生的事业并不是很成功,家庭生活中也是一个失败者,他不是一个好丈夫,与
妻子关系不和谐,经常吵架而分居;不是一个好父亲,不关爱孩子,与三个子女感
情十分疏远。这一切都与他同情妇多莉的暧昧关系有关。人生和事业的失败感
和绝望情绪笼罩着他,杰拉尔德十分忧郁苦闷。退休后他极力想在事业和家庭
方面有所改变,与多莉断绝关系后,主动和妻子沟通,关心孩子,但家人因长期的
生活习惯,仍然对他不以为意。他积极参加社会活动,并揭露40年前在东盎格
利亚考古中的骗局。那次发掘的7世纪主教墓中,不仅有主教,还埋有与之极不
相称的异教徒生殖神偶像,而那却是他的朋友、多莉的丈夫吉尔伯特做的手脚,
而当时古墓发掘结果的报告者正是吉尔伯特的父亲。杰拉尔德碍于面子一直没
有吱声,现在他觉得应该还历史真实面目,或许这也是他可以真正出名的机会。
他将此事公开以后,引起了学术界轩然大波,造成一片混乱。但学术界并没有因
新发现而敬重他,同行们仍然视他为半瓶子醋,没有真才实学。人物晚年的努力
并没有挽回他糊涂失意、一事无成的人生。

威尔逊以写实的手法、渊博的学识、锐利的观察、机智的笔调,将英国当代中
上层社会及其家庭生活真实地展示了出来。小说围绕考古事件将杰拉尔德的家
庭生活及其他周围的社会生活纵横交错地展示了出来,以狄更斯风俗画似的写
作风格将不同人物形象刻画得入木三分:有的不以为意,有的内有隐情,也有的
认为没有必要较真,一切并不需要真正的真实,只要认为真实或者合适就行。通
过他们的不同态度彰显出芸芸众生的不同人生观,而杰拉尔德其实正是他们中
的一个最典型的人物。他是一个在家庭、事业上都失败的"非英雄"人物,一个悲
剧性人物,一生无聊平庸,对事业没有激情,对家人没有感情,尽管他退休后努力

想改变这种状态,但是依然无济于事。最后人物获得了启示性意识,不必再为自己没有学术建树而自责,也不必为疏远多时的妻子和已经成年的孩子而内疚,在自我的选择中获得了一种心理平衡和安慰。杰拉尔德的情欲及其导致的家庭不和,是当时社会的一个十分普遍的现象,他对考古事件真相的揭露其实只是对社会的一种报复,最后导向虚无。小说的意义及其"效果既似一本精彩的侦探故事,同时又探讨了从第一次世界大战到20世纪50年代之间40年间英国知识分子的性格"①。无论是杰拉尔德还是他周围的人,他们的态度可能是"盎格鲁-撒克逊"的,但其实并不仅仅是"盎格鲁-撒克逊"人所特有的,他们对待生活的态度是现代社会人所共有的劣根性表现。小说运用倒叙的形式,在展开杰拉尔德生活序幕之后,让众多人物依次逐渐登场表演,情节曲折而错落有致,围绕中心情节,作者巧妙地铺叙错综复杂的线索与细节,在补充追叙事件的起源中,揭示真相,从而揭露当代英国中上层社会华美表面下的丑陋内幕,写出了当代社会及其家庭道德沦丧的现状,读来引人入胜。

短篇小说集《稍稍偏离的地图》(*A Bit of the Map*,1957)的内容和主题主要来自20世纪50年代以来威尔逊参加的社会活动、政治生活和学术活动。威尔逊从早期一味崇尚现实主义、自然主义,反对现代主义作家的创作观,开始转向注重实验小说创作,尤其是在艺术表达形式上的实验。小说中运用内心独白来丰富对人物性格的塑造,在第三人称和第一人称的自如转换中,将叙述视角从外部转向内部,拓展了生活领域。随着威尔逊的声望逐渐上升,他被多次邀请进行文学创作和学术访谈,多次总结狄更斯、左拉、普罗斯特等现实主义作家对他的影响,也坦言早期不喜欢伍尔夫等现代作家的心理小说等。他撰写文章回顾和思考英国和欧洲大陆19世纪以来文学的现状,认为将传统的以对话和动作为主的小说与内心独白等实验形式结合起来,更有利于小说创作表达。50年代末期,威尔逊被邀请参加在日本举办的国际笔会,随后访问了一些东方国家,尤其是印度等国家,这给他留下了深刻印象,成为他以后小说创作的背景。随着他的名气日增,他陆续收到许多国外讲学的邀请,曾到瑞士和美国等大学举行讲座。

《爱略特夫人的中年》(*The Middle Age of Mrs. Ellot*,1958)是作家创作风格由现实主义向现代主义转变的过渡,成为他这一时期文学理论的一种实践。爱略特夫人梅格是一位养尊处优的家庭主妇。丈夫作为资深律师,收入颇丰。他们没有孩子没有负担,生活过得十分滋润。尤其是梅格,身体健康,性格开朗,兴趣广泛,交友甚多,幸福和富有使她的生活春风得意、一帆风顺。然而自丈夫在一场意外事件中去世以后,梅格的生活犹如从天堂掉入地狱。丈夫不但没有留给她任何财产,还给她留下一笔沉重的债务,那是丈夫因工作紧张背着她在外

---

① K. W. Gransden, Angus Wilson, Longman, 1969, p. 20.

赌博所欠下的。她没有了聚会,没有了收入,没有了朋友,自然也没有了往日的开朗和情趣。人世变故,世态炎凉,让梅格意识到自己以前的生活犹如一个美丽的梦,梦醒来也就意味着永远的消失,只有依靠自己才能重建新的生活。尽管她已人到中年,但为了生活她不得不重新学习谋生。她进秘书学校,学速写,学做管家,学记账,备尝艰辛,吃尽苦头,终于建立起自己独立的新生活。人生的变故丰富了她的阅历,磨炼了她的意志,使她对生活和人生有了更清醒的认识,人物更加成熟,找到了真正的自我。

小说以单一人物线索为主、以多个人物围绕主人公展开情节为辅的形式,成功塑造了一个中产阶级女性形象,是对具有描写女性形象传统的英国文学史中女性人物长廊的一种丰富。不同的是爱略特夫人不再是奥斯丁笔下争取妇女婚姻自由的甜女人,也不是哈代笔下与社会和传统伦理观念抗争的苔丝,更不是伍尔夫笔下悲观绝望的达罗威夫人,作家把重点放在人物如何调整心态及其如何成功建立新生活上。她的弟弟大卫·帕克办起了一个托儿所,想和姐姐一起干,借此留住姐姐。梅格既不想干预弟弟的生活,成为支配弟弟的人,也不想依赖任何人,不想在别人的同情和安慰中生活。人物重新生活的勇气和坚强的毅力跃然纸上,我们分明看到一个在失败和困境中奋起的英雄。威尔逊在接受采访中说:

> 对于大卫来说,他办了一个托儿所并且希望姐姐梅格回来和他永远住在一起,"回到托儿所中",并不是徒然的。他实际上没有和他的朋友戈登一起干。于是就出了问题。他认为梅格的婚姻失败了——从某种意义上说的确如此。但是梅格却把失败当作一种继续向前的鞭策。我相信,在我一些小说中,这段情节是我那些比较精彩的描写之一:他认为,她和他想的一样,他只要伸手去握住她的手,向她道一声晚安,而她并不在那儿,这都是理所当然的事。①

小说探讨了普通人的勇气和英雄主义主题,同时也在人物努力奋斗的过程中,揭示了社会生活和世态人情的丑陋真相,人物对人生命运的正确把握,也是人物对社会生活本质的准确认识。小说的情节进展缓慢,描写细腻,尤其注重人物内心世界感受的显示,运用内心独白和心理分析的方法,十分出色地传达出爱略特夫人突遭变故时的惊慌失措和恐惧不安的心理,及其对现实生活真切的内心感受。小说被评论界称为威尔逊20世纪50年代最后一部模仿现实主义小说作品,在其中我们也看到向实验小说过渡的痕迹。小说获得了布莱克纪念奖。

---

① 《英国作家安格斯·威尔逊谈创作》,沈培锱译,《外国文学》,1981年,第6期,第21页。

20世纪60年代英国文坛开始流行实验主义,对传统文学重社会道德轻艺术形式、重客观实证轻内在心理的创作观念,进行了极大的反思,威尔逊就是其中极具代表性的一位作家。他从早期公开宣称要继承现实主义传统,转变到要否弃"新现实主义",并对其进行猛烈的抨击,成为实验文学的代表人物。《动物园的老人》(*The Old Men at the Zoo*,1961)就是他实验主义文学理论的成功实践。这是一部非现实小说,借幻想故事以动物寓言来讽喻和抨击英国的社会现实。小说以伦敦动物园为生活背景,用虚幻的方式,借助一位叫作西蒙的年轻人的叙述,描述20年后即1970年到1973年动物园所发生的故事。第一任动物园主任爱德华·利科克是一个长相像"天狗猴"的老头、一个理想主义者,他主张对动物奉行"有限自由"的原则,在动物有限的自由中,既能还动物以本性,又能让现代社会的人接近大自然,观赏到动物自然的野性生命。于是他在威尔士边界的森林和丘陵区建立起一个动物自然保护区。然而动物们追求无限自由,不断有动物逃离保护区,侵扰并伤及附近居民,引起了公众的不满,于是动物自然保护区只得取消,利科克也宣告使命结束并下台。第二任主任是由哺乳动物科长升上来的鲍比·法尔坎爵士,一个被叫作"有病的老美洲豹"的老头。与他的前任完全相反,法尔坎主张采取严格控制动物自由的原则,将所有的动物都紧紧关在笼子中,把恢复维多利亚时代的动物园管理方法当作爱国主义的表现大加宣传。然而当法西斯欧洲联军的炸弹落到动物园时,不仅动物号叫着四处逃散,法尔坎也下了台。第三任动物园主任是英格兰博士,一位"全神贯注的老鹦鹉"式的老头子,他打着世界主义和欧洲统一主义的旗号,肆意虐待和残杀动物,甚至恢复古罗马式的人兽相斗的娱乐项目,人性丧失、人兽颠倒,社会理性完全失去控制。只有西蒙·卡特是一个正直的人,也是动物园中唯一一个较少染上兽性的人。他爱动物爱自然,洁身自好,不参与院内的权力争斗,将主要精力放在动物研究上,可以整天不吃不喝地观察獾,并详细记录下观察情况,从中获得心灵的安慰和宁静。由于抗议对动物的残暴行径,他被送进了集中营。最后在美国和苏联军队的参与下,法西斯欧洲联军被打败,西蒙与动物园其他一些幸存者才获得了解救。

《动物园的老人》是一部社会寓意小说,内含着丰富而广泛的社会政治意义。动物园的生活及权力的斗争与更替,是英国社会及人类社会的缩影。利科克代表着西方社会的改良主义者,他们希望社会发展,是西方传统的自由民主精神的具体体现,具有美好的理想主义色彩,但面对社会矛盾,他们很快败下阵来。法尔坎是英国极端保守主义的代表,他严格限制动物的自由,在重新恢复维多利亚时代英国摄政王公园的动物园笼囚动物的计划中,他感受到的是一种"日不落帝国"往昔风光的再现。然而当他点亮新动物园开张庆典灯火的时刻,也正是"二战"的炮火落到动物园的时候,不仅动物被炸得四处逃散,他自己也被炸弹的气浪重重掀翻在地,这是对保守主义和强权政治的莫大讽刺。而第三任动物园主任作为欧洲联军的官员,在他统治下的动物园,则是暴力残忍、人兽颠倒的象征。在那里人伦道德、人性理性都丧失殆尽,对人与动物同囚一笼、人兽相斗的描写,是对法西斯行径的无情揭露与鞭笞。从三位动物园老头身上,从他们的权术运用中,体现出对社会政治、自然人生、战争历史、道德人性等的哲理思考,象征寓意深刻而审美内蕴丰富。

小说中对西蒙的描写则更具深刻含义,他的身上承载着人与自然、道德与理性、人性与兽性的复杂矛盾。他热爱自然热爱动物,是动物园中最具有责任感的人。但作为动物园年轻的秘书,面对强权政治,面对园内的权力斗争,面对动物园的不合理原则,尽管他有清楚的头脑,善于思考探究,熟知园内人士行事的动机和应担负的责任,然而他优柔寡断、唯唯诺诺,采取洁身自好、避而远之的方法,对一切都感到无可奈何、无济于事。当他觉得自己个人的渺小,无力左右动物园中人物思想和行为的时候,他把全部的精力投入对动物的研究中去,日夜观察动物的生活习性,甚至到了废寝忘食的程度。他那种知识分子的清高矜持、善良人性在研究动物的过程中,得到了极大的精神寄托,获得了一种个人良心的宁静和慰藉。然而,面对强权政治,面对入侵的法西斯欧洲联军,他也不可能真正完全地生活在他的纯净人性世界中,他不得不与入侵的联军进行合作,甚至当自己的生存也受到威胁的时候,他不得不诱捕自己心爱的獾来吃。在理性失控、人性失落时,人身上的兽性同样在西蒙身上体现了出来。西蒙是作家的理想人物,但西蒙的存在同样于动物园无补,于社会无补。威尔逊说:

> 我认为我确实有意坦率地进行道德评价。我的有些评价表达得相当明显,比方说,西蒙是一个懦弱而又优柔寡断的人——对此谁也不会提出异议。但是他的懦弱和优柔寡断是否会以某种方式使他变成一个比动物园中的老人更高明的人,我却不得而知。……热爱原野、热爱自由、热爱自然状态的生活和希望保护我们自己之间,有着激烈的斗争,而这种斗争毕竟是文明发展的推动力。西蒙是这么一个人,他一方面几乎被他想做一个体面的官员——一个受过教育的文明人——这一愿望所毁,另一方面又一次次地跑去观察獾子在自然状态的生活方式,然而却从未如愿——直到他必须把獾子杀来充饥并且全部呕吐出来为止。西蒙到最后还不清楚他到底能不能活下去。他具备这么两种才能——对于自然的和对于文明的才能——然而他去白白地浪费了这两

种才能,因为他既不能给自然又不能给文明以足够的东西。①

《动物园的老人》是对理性与非理性、人性与兽性的一次真正意义上的实验,是一次严厉的灵魂的拷问,是对社会人性与战争历史的深层反思。

1965 年发表的《晚访》(*Late Call*,1965)的写作又回到了现实主义描写上来,更多地关注当代英国社会。小说以一个退役的饭店老板的视角,探索英国中部地区人们精神生活的荒芜。"二战"后女主人公西尔维亚·卡尔维特从她原先生活等级分明的传统阶级结构社会,来到一个叫作卡夏尔的"新镇"(乌托邦世界),然而她发现那里的人相互之间很陌生,生活在他们自己孤独的世界中,给她的生活带来许多不便,她在苦恼思索应该如何看待新社会的问题。小说在描写"二战"后英国社会世风日下、人性冷漠的同时,也对当时激进的自由主义和空想社会主义进行了一种讽刺。

《不是笑料》(*Not Laughing Matter*,1967)是一部将现实手法与实验技巧、传统手法和戏剧手段有机结合的小说,被称为"威尔逊最具规模的社会小说"②。全书以编年体的形式,从家庭生活的角度展现英国 50 年的社会景观。在 5 章小说内容中,每一章之间的跨度是 10 年,记叙了从 1912 年开始一个中产阶级家庭两代人——父母和 6 个孩子的生活。威廉·马修斯是一个一事无成的小说家,妻子克拉拉出身贵族,自私任性。他们漠视孩子的成长,孩子只好自己找乐子,经常在家里扮演各种不同的角色演戏玩耍。"二战"中马修斯夫妇在空袭中遇难。现在孩子都已成人,他们回顾孩提时的情景,父母不关心他们,他们不依赖不负责任的父母,自己消磨时光,独立成长,现在 6 个孩子都已经成家立业,大儿子成了政治家,二儿子成了演员,小儿子当上了老板,3 个女儿中 1 个成为职业妇女,1 个成为小说家,1 个成为家庭主妇,都十分成功。父母对他们的冷漠反而成全了他们,这固然不是笑料,但其中也不乏对家庭生活和人际关系冷漠的嘲讽。现在虽然他们都获得了物质生活上的成功,然而他们又何尝不是在社会上扮演各种角色呢?他们精神生活中感受到的依然是社会的冷漠和生活的无聊,而这也绝非笑料,是一种真实的存在。小说主题内涵深化,从家庭小世界写到了社会大世界,其中有第一次世界大战、20 世纪 30 年代的反法西斯斗争运动、"二战"后的苏伊士运河事件,以及英帝国的解体等,通过对 6 个孩子的不同职业阅历的描写,展现了英国社会不同阶层的生活。小说写作表现手法多样,尤其具有戏剧因素,用滑稽的方式模仿各种戏剧式表演。小说中穿插了小剧本和小小说,

---

①　《英国作家安格斯·威尔逊谈创作》,沈培锠译,《外国文学》,1981 年,第 6 期,第 23—24 页。

②　Halio,Jay L,*Critical Essays on Angus Wilson*,Boston:G. k. Hall & Co,1985,p. 146.

同时运用了许多内心独白的意识流手法,具有鲜明的现代性特色。显然,就创作手法和风格而言,威尔逊于 20 世纪 60 年代后期的创作,具有了现实主义和现代主义融合的倾向。威尔逊在与英国文学评论家罗宾·拉宾诺维茨通信中说道:"我认为自己的写作立场已经大为改观,这种变化主要是由于我在小说创作方面的发展而引起的。我感觉到传统的写作形式在阻止我表达自己想要说的话。尽管我可能一直深受 19 世纪小说的某些特性所影响,但是在《动物园的老人》这部小说中,我在某种程度上试图摆脱这种形式的束缚,而且在我的新近小说《并非笑料》中有更多这方面的尝试。"[①]

威尔逊后期较有影响也是他自己认为写得较成功的小说《让全世界燃烧》(*Setting the World on Fire*,1980),是一部结构严谨而具有象征意义的作品,小说描写了性格具有鲜明对比性的两兄弟,一个是怀着对生活的热爱而具有艺术探险精神的戏剧导演,一个是整天担忧世界会混乱无序的律师。律师的担忧并不是多余的。世界充满了火烧的激情,在导演的戏中可以表现为对生活的热爱,即使是充满悲剧色彩的戏他也可以让它显得崇高。但是后来他在别的地方却发现了"让全世界燃烧"有另一种含义,它与恐怖分子和恐怖事件相联系,使得作品中的人物陷入对世界的思索:人类生活在世界上不外乎三种选择,即社会生活、回归自然或者死亡。

> 在这个问题上,我发现自己也很混乱。我行走在薄冰之上,我祈望不要破碎,同时,我有这么三种想法:我想到秩序井然的生活是何等奇妙,它听任我做我希望做的事;其次,我想到,嗬,要是我能脱离这个有序的世界,去到那蛮荒之域该有多好;再有,我想到,哦,上帝保佑我们——最好的事莫过于我们统统包销。"一切相当古老、极其古老的善与恶的殊死决战!"因此,在我现在的小说中,我描写了天启的召唤。这种小说就是《让全世界燃烧》,小说的名字和善与恶的殊死决战大有关系。[②]

在复杂而有多层次寓意的人生启迪探索中,在展示出作家的成熟与才能的同时,也寓示着作家对善与恶、生与死、社会与自然等人生意义深层的哲理思考。

威尔逊作为一名著名作家,成了英国皇家文学基金会的成员。作为社会知名人士,较多地参与一些社会活动和文学活动。在大量观光旅行的同时,到一些

---

① Rubin Rabinovitz, *The Reaction against Experiment in the English Novel*, 1950—1960, New York: Columbia UP, 1967, p. 67.

② 《英国作家安格斯·威尔逊谈创作》,沈培锡译,《外国文学》,1981 年,第 6 期,第 25 页。

名校做讲学访问,应邀成为东英吉利大学的英国文学教授。在写评论和电视剧的同时,多次接受不同的访谈,成为社会媒体和文坛关注的中心之一。1971年到1974年,威尔逊担任英国图书联合会主席,并获得多项荣誉称号。

威尔逊的创作表现出作家敏锐的生活洞察力和高超的艺术表达力,在描绘现实生活的同时,十分关注阶级、权力和社会问题,试图探求人类永恒的生存困境与内心的忧郁。他的创作不墨守成规,具有丰富性、变化性和多样性的特征,创作中充满了创新求异的精神,力图使自己的每一部作品在题材、主题和风格上都有所不同。在早期的小说创作中,威尔逊直接探讨社会问题,带有嘲讽揶揄社会的成分,明显受到狄更斯的影响。尤其是在丰富的场景描绘及其众多人物群像的塑造中,对社会风俗和普通生活的描写中,无疑具有19世纪批判现实主义的痕迹,一些作品堪称狄更斯式的小说。1954年4月威尔逊在《伦敦杂志》上发表的《十九世纪传统文学形式的复兴》明确指出:"据说19世纪传统文学形式的复兴扼杀了作家对新的创作技巧的尝试,有碍于对个性感受的探索。我却赞成这'复古'的潮流,认为极有意义,因为它恢复了小说的本来面目,并使它重新获得活力。"对文学创作理论的研究,极大地影响了威尔逊的创作风格。除了小说与戏剧创作之外,威尔逊还是一位文学评论家,写过3位小说家的传记:《爱弥尔·左拉》(1952)、《查尔斯·狄更斯的世界》(1970)、《鲁迪亚德·吉伯林的异国旅行》(1977)和许多文学评论文章,表现出对文学反映社会现实的肯定和赞许。他在《文学的深度与广度》(1983)中说道:"把小说的深度和广度有机结合起来,不仅对我而言极具挑战性,而且对当代英国小说家来说也至关重要。"[①]自然真实的写实手法,反映广阔的社会生活,深入挖掘世态人生,成为威尔逊文学创作的主要倾向。威尔逊的小说叙述简洁直接,情节展开快捷,在描写上尤其是对景物肖像刻画上,栩栩如生、惟妙惟肖,即使在漫画式的描绘中,也能抓住人物的心理变化。威尔逊作为戏剧家,在他的创作中也表现出受莎士比亚戏剧影响,小说中具有浓郁的戏剧因素,内容常常是多条线索、多个人物同时展开,每一个故事都是一个小戏剧,结构紧凑,矛盾鲜明突出,对话运用十分娴熟,不乏机智和幽默。威尔逊小说创作中的19世纪现实主义风范,以及对伍尔夫及其现代主义的抨击,使他被文坛视为新现实主义代表作家,评论家彼得·福克纳评说:"在当代英国小说家中,安格斯·威尔逊最明显地继承了人文主义传统。"[②]然而我们看到,威尔逊并不是一个一味因循守旧的作家,很快他就意识到现实主义手法的局限性,并转而撰文为现代主义辩护,他说:"完全拘泥于叙述、声音和着眼点的倾向

①　Kerry McSweeney, ed. , *Diversity and Depth in Fiction : Selected Critical Writings of Angus Wilson* , New York:The Viking Press,1983,p. 133.

②　Peter Faulkner, ed. , *Humanism in the English Novel* , London: Elek/Pemberton, 1976,p. 184.

实在是太过分了……我也有赞同伍尔夫的一面。虽然我很钦佩乔治·艾略特和劳伦斯,但我确实也已程度不同地对他们感到厌烦,因为他们,特别是劳伦斯,显得过分急于把自己的意志强加给我们。""她描写的是生活本身,生活本身的乐趣,有时也描写生活中的痛苦。所有那些使乔治·艾略特的作品显得崇高的东西,伍尔夫的作品中恰恰都没有。人们自杀,经受极度的痛苦,但这并不是因为他们决定了如何运用他们的意志。意志差不多始终消融在普通的人类结构和人与人的关系之中。"[①]20 世纪 60 年代后威尔逊从继承弘扬现实主义传统,转向猛烈抨击新现实主义的专制,公开宣称加入实验主义文学创作的行列,在他的小说中注入了现代主义的成分。他的小说具有存在主义的哲理思考,显示对社会、对人生、对命运、对人性的哲性探求,传达世界的荒谬和人生痛苦的思想,作品内容更具象征意义,充满了隐喻寓意。同时大量运用内心独白和自由联想的意识流手法,充分展示人物内在心灵孤独、恐惧的深层感受。在后期的小说创作中,他有意打破传统小说的时间、地点、情节、人物、环境的统一性,使小说以新的形式出现,具有虚构性和荒诞性特色,将幻想、神话、寓言和象征意义融入现实主义的描写中,形成了现实主义与现代主义相糅合的创作风格。

第十节　安东尼·伯吉斯

安东尼·伯吉斯(Anthony Burgess,1917—1993)是英国当代文坛重要的小说家、文学评论家,是难得的快速而多产的作家。

伯吉斯原名为约翰·安东尼·伯吉斯·威尔逊,生于英国兰卡郡一个世代信奉天主教的家庭,深受宗教的影响。受身为电影院钢琴演奏者的父亲的熏陶,从小喜欢音乐,14 岁起自学钢琴。在报考曼彻斯特大学音乐专业时,因物理不及格,于是改学文学和语言学。大学期间十分热衷于学校的文学活动,参与学校杂志的编辑,开始最初的文学写作。1940 年毕业后入伍,在英国皇家军队医疗队中的一个慰问团中担任钢琴师,参加演出,并创作一些交响曲和协奏曲。1943 年被派往直布罗陀部队担任教官,教授士兵外语和使用地图常识,参与情报机关的破译工作。1946 年退役后,伯吉斯在伦敦担任爵士乐队的钢琴师,后在一所语法学校教书,由于战后英国教师薪水低下,为缓和恶劣的经济状况,应付家庭开支,伯吉斯申请去马来亚教书。马来亚多民族、多语言及其特殊的文化氛围和浓郁的异国情调,激发起伯吉斯的创作灵感,他深入探索在英国已开始尝试的写作技巧,整理当时的笔记和资料,孕育出后来给他带来巨大声誉的《马来亚三部

① 《英国作家安格斯·威尔逊谈创作》,沈培锢译,《外国文学》,1981 年,第 6 期,第 26—27 页。

曲》。1957 年马来亚独立后他去往文莱继续教书。他不同于其他英国人,乐意和当地人交往,引起与英国同事的关系紧张。同年,他在上课时突然昏倒,被当地医生诊断患了脑瘤,最多只能活一年,于是伯吉斯返回英国。为了安排好家庭与妻子以后的生活,伯吉斯将全部时间都投入创作中,进入他成功而多产的创作时期,很快成为文坛令人瞩目的作家。1960 年诊断中他的"脑瘤"奇迹般消失了,逃过绝症的伯吉斯不仅创作成就非凡,而且因为写作而大大改善了他的经济状况,从此进入他的创作高峰期,这种创作状态一直延续到 20 世纪 80 年代。在30 多年的创作中,伯吉斯发表小说 30 余部,写过听众喜爱的交响乐、协奏曲、喜歌剧、合唱曲,另外还写有 6 个电影剧本和电视剧本,创作舞台剧,写过大量的文学评论和关于莎士比亚、乔伊斯等作家的学术著作,也为各种刊物撰写剧评、音乐评论、短篇小说和诗歌等,成为英国文坛的盛产作家。

伯吉斯的创作既有对传统现实主义的延承,也有浪漫的异国风情及梦幻寓言的描写,既有现代主义的象征内蕴,也有后现代主义的原小说叙事。他追求文学创作的艺术性,享受在不同艺术风格中的创作乐趣。就内容而言他的小说在对生活的描写中更关注人物的命运,在对人的生存状态的刻画中,更关注人的生命意义的体现。在反映英国殖民统治与民族矛盾的同时,也写出了美丽的异国风情,创作中融入了多民族、多语言的文化。既有幽默的嘲讽,也有内心的沉思。对音乐艺术的描写,使得他的一些作品带有诗意的美。伯吉斯的创作题材丰富,体裁多样,总体风格具有孤独忧郁与讽刺幽默的倾向。著名的伯吉斯研究者爱伦·拉弗里说:"尽管伯吉斯享受创作的快乐,但是伯吉斯绝不仅仅是为了享受创作的快乐而进行创作,他是为了表达他对他生活的世界的思想、情感、信念、观点:他作品中对讽刺、类比和戏仿的强烈偏好表明他写作的目的不仅仅是'为艺术而艺术'。"①

伯吉斯的代表作《马来亚三部曲》(*Malayan Trilogy*,1956—1959)是由合并出版的三部长篇小说组成的,包括《老虎时代》(*Time for A Tiger*,1956)、《毯中之敌》(*The Enemy in the Blanket*,1958)、《东方之床》(*Beds in the East*,1959)。小说以马来亚年轻的英国教师维克多·克拉布的生活经历为线索,描绘了一幅马来亚不同民族、不同肤色人共同生活的画卷。克拉布出于对自己国家的失望,对妻子溺水身亡的内疚,来到遥远的东南亚寻求新的生活。来到马来亚,他被东方文明深深吸引,同时也对东方国家风土人情有了深入了解,目睹了殖民主义、种族主义给马来亚带来的种种灾难和矛盾冲突,勾勒出马来亚各民族及其国家的灵魂。

---

① Roughley,Alan R. *Anthony Burgess and Modernity*. Manchester University Press,2008,p. 2.

《老虎时代》叙述的是克拉布与一位殖民警察内比·亚当斯的友谊和交往的故事。亚当斯喜欢饮酒,酷爱喝"虎"牌啤酒,他与别的在这里的英国人不同,他与当地人打成一片,已融入他们的生活,最后死于酒精中毒。克拉布当初在亚当斯的介绍下来到这个东方国家,并仿效他的生活态度,也与当地人和睦相处,关系融洽,被他们所接受并获得了他们的敬重和爱戴。克拉布的行为引起了在那里的英国人的不满,那些英国人长期生活在自己的圈子里,和当地人始终保持着距离,表现出一副对当地人不屑一顾的傲慢态度。在和当地人交往的过程中,一方面,他看到了马来亚在英国殖民主义统治下,各民族居民团结一致,表现出与殖民者誓不两立的斗争精神;另一方面,他看到了马来亚不同民族之间存在着难以调和的根深蒂固的尖锐矛盾。小说从一个侧面描绘了 20 世纪 50 年代中期马来亚独立前对外、对内两大社会矛盾的真实状况。

《毯中之敌》描写的是克拉布来到马来亚另一个州后的生活。他认识了白人律师罗伯特·哈德曼,哈德曼因为经济十分窘迫,决定与当地一位富有的寡妇玛丽结婚。但作为新郎他必须接受伊斯兰教,这和他的宗教信仰产生了令人痛苦的矛盾,虽然加入伊斯兰教对他在当地的生活是十分有益的,但受从小所受的教育和宗教影响,他不情愿被伊斯兰文化所同化。他也知道玛丽之所以愿意缔结这份姻缘,并不是出于真正的爱情,而只是想满足自己获得白种人身份和做律师太太的虚荣心,于是他放弃了这一婚姻,在返回英国的途中不幸遭遇空难而死。克拉布在一所学校担任校长,和当地人关系十分融洽,得到当地人的尊重和信任,他试图调节人际关系,化解不同种族之间的矛盾和纠纷,但并不是十分奏效。作为居住于马来亚的英国人,他目睹了马来亚民族独立运动的过程。小说形象地写出了不同文化和宗教信仰之间的矛盾和对立状况。长期的文化和宗教思想作为人类生命的一部分,已经根深蒂固地融入人的观念意识和灵魂深处,很难加以改变。小说更多的是表露主人公也是作者对马来亚人生存环境的担忧,对生活在那里的人命运的关注。

三部曲中最后一部《东方之床》描写的是马来亚独立前英国殖民统治的最后日子。三部曲前两部中的马来亚人又出现在这里,他们为之努力奋斗的独立就要来临,然而,不同民族之间的矛盾也日趋紧张。克拉布制订了一系列慈善计划,组织了许多调解各个种族之间矛盾的活动,但都以失败告终,最后他自己也在一场种族矛盾的暴力冲突中死去。小说阐述了个人力量的渺小,面对殖民地人民和宗主国之间的矛盾,作为一个了解并深入马来亚的英国籍人,克拉布只能旁观马来亚为赢得民族独立所进行的一系列斗争。他出于善良仁慈,想帮助当地种族之间化解矛盾,同样也一事无成,人物面对复杂而矛盾的生活,一切只能无可奈何。小说在促使人们反思社会历史的同时,也表现出忧郁悲观的情绪。

三部曲是对英帝国殖民统治走向衰落的形象化历史记录,在克拉布中立的态度中,在他与当地人关系融洽、和睦相处的生活中,在他矛盾的内心冲突中,流露出对英国所宣传的政治自由和社会进步的怀疑,奄奄一息的殖民主义在历史的进程中趋于死亡,同时又是对充满神秘、美丽色彩但又愚昧落后的东方社会的无情讽刺和揭示。作者给我们描绘了一幅十分诱人的东方生活的美丽画卷,其中马来亚各色人种共同生活的壮观场景,尤其是对马来人、塔米尔人、锡克人、欧亚混血人等的重点刻画,异域风情的优美描写,读来令人心醉。小说抨击了英国的殖民地政策,表面看来,英国殖民者包括克拉布在内,在当地的一个十分重要的作用,就是积极维持不同种族之间的势力均衡,制止暴力冲突。然而马来亚种族间根深蒂固、不可调和的矛盾和流血冲突,正是英帝国主义的殖民统治所造成的,从而客观反映出马来亚社会在20世纪50年代独立前的社会现实。小说在描写马来亚人的生活时,大量引入当地的一些滑稽笑料,使得作品充满一种幽默搞笑的色彩。虽然作品以主人公的死而告结束,但它既不是殖民主义的挽歌,也不是马来亚人民觉醒的颂歌,而是一场热闹而滑稽的幽默喜剧。面对社会的矛盾,作者用漫画式的手法进行幽默而夸张的反映,表达对社会历史的反思。一方面,西方文明走向了无可挽回的衰落;另一方面,崛起的东方在奋起中,又相互残斗,犹如饮鸩止渴,而在这样的基础上形成的文化或者文明,是以丧失东方文化的本质,丧失东方自身的原有活力为代价的。三部曲的最后,不同种族剑拔弩张,矛盾一触即发,殖民统治寿终正寝,而一直在为调和种族矛盾冲突而不停斡旋的主人公,却在种族间的暴力冲突中去世,作者用黑色幽默的手法表达出对社会生存和历史发展的悲观绝望。

　　1957年伯吉斯被诊断出脑瘤后,开始狂热地写作,1959—1960年间他一下子写出了5部作品:《医生病了》(*The Doctor Is Sick*,1960)、《一只手鼓掌》(*One Hand Clapping*,1961)、《虫与环》(*The Worm and the Ring*,1961)、《不够格的种子》(*The Wanting Seed*,1962)、《恩德比先生的内心》(*Inside Mr. Enderby*,1963),第六部也即将完成。这使得出版商大为惊讶,不得不说服他将其中的两部小说改用笔名约瑟夫·凯尔发表,以避免一下子出自同一位作家的作品太多的尴尬。

　　小说《回答的权力》(*The Right to An Answer*,1960)中,主人公丹汉姆从东方回英国度假,然而他发现战后的家乡发生了巨大变化,英国到处弥漫着腐败、荒谬和混乱,在这个标榜人人幸福的"福利国家"里,在这个所谓人人自由的社会中,人伦颠倒,道德沦丧,到处盛行的令人作呕的丑行,甚至成为司空见惯的事情。其中一个充满幽默的细节十分形象地刻画出英国的这种现状:喝了酒的丹汉姆得知朋友的妻子在家中与人私通,于是他拉着朋友前去打抱不平,来到朋友家前丹汉姆就大声骂起来,于是附近的楼房中灯都亮了起来。这边传来一个男子的答话:"我干了你又能怎么着? 这儿是不是自由国家?"那边传来一位女子的柔声"接住"。丹汉姆以为是朋友的妻子扔下来的,赶紧捡来递给朋友,哪知道他朋友没看一眼就说:"那不是我家的钥匙。"一切是那么的自然,仿佛朋友早就知道这一切似的。原来那些亮起灯的窗户中人人都在享受着"自由"。相比之下义愤填膺的丹汉姆倒显得很不识趣,很土气,与这个环境很不协调了,如同从外星球来的人似的。书中写道:

> 在这个巨大的民主制混乱里,既没有等级制度,也没有价值标准,
> 任何事都和其他事一样地好——而且唯其如此,也就一样地糟。

小说以嘲讽幽默的闹剧形式,对英国自由社会的宣传进行了讽刺和抨击,描绘出社会腐败与荒谬的普遍性倾向。

1961年获得健康消息的伯吉斯十分高兴,又开始他的旅游生涯。1961年游玩列宁格勒之后,他以这次的旅游素材为基础,构写出了奠定他作为著名文学家地位的另外一部代表作《带发条的橘子》(*A Clockwork Orange*, 1962)。这是一部带有严肃哲理思考深度的科幻小说。故事发生在一个地点不明的城市,它像是苏联也像是西欧或美国的某个城市,在距今不久的某个未来时期,被一群以15岁的阿列克斯为首的少年流氓团伙暴力胁迫着。这些少年偷盗抢劫,奸淫杀戮,无恶不作,成为城市的祸害,以此作为生活的乐趣。他们没有道德伦理观念,没有法律秩序的约束,干尽坏事却没有任何的内疚,且十分心安理得。在阿列克斯因无故杀害一个老妇人而被捕后,当局在他服刑期间,使用一种被称为"洛德维科技术"的方法对他进行特殊治疗,试图通过科学的技术对他进行改造,让他弃恶从善。他们强迫他长时间地观看恐怖影片,同时服用令人恶心的药物。恐怖的影片和恶心意念紧密结合的结果是,日后只要人物一想到暴力全身就会感到剧烈的恶心,于是他被成功改造成一个规矩的人。当他重新返回社会以后,虽然他不再作恶,但同时也失去了生存能力。他遭受过去手下的欺凌,即使遭人毒打也不再还手;他会整天朝着别人微笑,满脸善意;他会主动趴下去替别人舔净皮鞋。他行为和思想的净化,让他不仅对暴力失去了兴趣,同时也对诸如艺术、音乐、性等没有了兴趣,在他失去自己选择行为意志的同时,也丧失了作为人生存的能力,人就如同一台改装过的机器,没有思想,没有痛苦,也没有行为施动的主观意念。这种科学实验成为当局改造恶人的成功之举,阿列克斯也成了改邪归正的模范。小说有两种不同的结尾,在英国的版本中,最后阿列克斯决定结婚生子,过一种平和普通而美满的生活;而在美国版本中,最后阿列克斯又恢复了过去的邪恶,充满了对政府行为的嘲讽。

小说对一个年仅15岁小孩的悲惨人生以喜剧的形式加以描绘,以嘲讽的口吻对社会人生进行反思,具有黑色幽默特征。作品提出了一个严肃而耐人寻味

的社会生活和人生哲理问题,即 15 岁的少年为何十恶不赦,如何看待强迫人物不再作恶。从对作品的深入读解中,我们可以清楚看出,作者对主流社会和政府当局持一种否定态度,对现代文明是否能对人性起积极作用持怀疑态度。阿列克斯确实是个无恶不作的坏人,但是他的作恶,从一定程度上却是"因为他生在一个充满了那些不足以称其为人的循规蹈矩者的世界里,有意地选择了作恶来维护自己的精神世界"①。阿列克斯作为一个孩子,他的善恶观都是从社会生活中得来的,而在社会生活中,正如书中写的,对于阿列克斯来说即使是"音乐和生殖,文学和艺术,都只能带来痛苦,而不是快乐"。在阿列克斯的人生经历中,他为求生存而作恶。对一个未经教化的孩子而言,作恶的行为是一种自由意志的体现,是一种人物本性的张扬。伯吉斯说:"人在定义中就被赋予了自由意志,因此他可以使用自由意志来选择善恶。或者行善或者行恶的人,如同带发条的橘子——也就是说,它的外表是有机物,似乎具有可爱的色彩和汁水,它的内在实际上仅仅是发条玩具,由上帝、魔鬼或无所不能的国家来摆弄。彻底的善与彻底的恶一样与人性无关,重要的是道德选择权。"②既然人物的行为对他自己来说,不存在一个善恶的问题,那么社会应该关注的关键不是"要不要让他继续作恶"的问题,而是应该反思社会给了孩子什么,是什么原因让孩子成为无恶不作的人。孩子畸形的善恶观和变态的自由观形成,其根源不在人物个体而在社会全体。《带发条的橘子》的象征意义在于,内在的发条是机械装置,外在的橘色橘汁即人是自然产物,两者是不可相融且相互逆反的事物。有血有肉的活生生的人,一旦上了发条,听凭机械即权威的控制与驱使,必然成为失去自由意志也无法进行道德选择的生物。"一旦社会为了达到某个目的,有意识地用非人化的方式来利用一个人,那么这个社会就已经有效地启动了一个最终将社会所有成员牵涉在内的程序。"③假如全体社会成员都成了被严密控制的失却自由意志的"带发条的橘子"的话,人类社会及其生存状况将不堪设想。

伯吉斯寄寓在作品中的暗示是阿列克斯无罪,"阿列克斯的人生被划分为三重,他的堕落,他的净化,他的重生,正如喜剧的降升模式或者悲剧的升降模式"④。他作为一个没有受到教养的孩子,他的暴力是他走向非暴力、从小孩走

---

① 詹姆斯·文森主编:《当代小说家》,圣詹姆斯出版公司,1976 年,第 207 页。

② Anthony Burgess, *Introduction*: *A Clockwork Orange Rescued*, in *A Clockwork Orange*, New York:Ballentine Books,1988,p. 9.

③ Harold Bloom, ed. &introduction, *Modern Critical Views*: *Anthony Burgess*, New York & Philadelphia:Chelsea House Publishers,1987,p. 127.

④ Morris, Robert K, "The Bitter Fruits of Freedom", In *The Consolations of Ambiguity*:*An Essay on the Novels of Anthony Burgess*, Universities of Missouri Press, 1971,pp. 55-75.

向成人的必然阶段,其性质犹如小孩子从玩游戏过渡到成人生活一样,伯吉斯提出一种"将暴力阶段作为自然要经历而以后又自然要超越的阶段的观点"[①]。阿列克斯的作恶如同小孩的游戏,其性质是一样的,不存在道德的和价值的评判,因而也就不存在一个要不要让阿列克斯继续作恶的问题,应该解决的是社会如何杜绝产生像这样的怪胎的环境,如何形成有利于趋善避恶的教育教化机制。

抨击政府对阿列克斯所进行的非人性化改造,是小说表述的中心。发条是机械的装置,橘子是自然的产物。英语中的"橘子"(orange)和伯吉斯曾经任教过的马来亚语言中的"人"(orang)不仅词形相同,读音也相仿,因而"带发条的橘子原是人性与机械二者的熔铸"[②]。小说的书名就包含了作者的价值评判观念,是对政府将坏人改造成机械的没有思想的"橘子"的荒诞行为的一种莫大嘲讽。作者在小说中表明的是,如果阿列克斯过去的所作所为是犯罪的话,那么社会对他的科学处理也是一种犯罪,当局对他的处分使得他丧失了选择的能力,失去了思维的能力和生活的能力,在处罚孩子的时候,文明社会同样也该受到审判。对于一个 15 岁的孩子而言,政府当局在他身上所做的实验对他的摧残,比起他过去的罪行来,其不道德不人性更是有过之而无不及。在作家看来,善与恶都是一种人的自由意志的体现,政府用科学的方法去剥夺人物的意志,固然消除了恶,但同时也走向了善的反面。作品中人物失去思想,没有了选择的自由,没有了生活的能力,没有了评判事物的思维的悲惨遭遇,其本身就是对政府当局、对文明社会令人发指的罪行的一种强烈谴责。伯吉斯借作品中人物的口说:

> 他们已经把你(阿列克斯)变得不是一个人了,你已经失去了选择的能力,你被弄成一个只能进行为社会所接受的行为、只能单一做善事的小机器。……从本质上讲,这种处理的动机本身就是真正的犯罪,一个人一旦不能选择,他就不再算是人了。

伯吉斯甚至按捺不住对这种非人道行为的愤懑,在小说中借一位自由作家身份出场,强烈反对当局在罪犯身上进行的实验。小说最后,一位认识阿列克斯的持自由主义思想的作家亚历山大,十分同情他的不幸,认为不管人物以前罪孽有多深重,可以对他量罪惩罚,但是没有权力永远剥夺人物的思想、思维和选择行为的自由。在《带发条的橘子》中,我们仿佛又看到了英国实验小说的影子。作家设定特定的人物活动场景,让读者看到当局在罪犯身上进行的实验,让人物

---

① 《安东尼·伯吉斯》,见乔治·普林顿主编:《笔耕中的作家——〈巴黎评论〉采访录》第四辑,英国企鹅书社,1985 年,第 337 页。

② 罗杰·路易斯:《诸神与情人——伯吉斯、劳伦斯和古罗马》,见英国 1986 年 1 月《文汇》杂志第 42 页。

失去自由的意志,放弃人的行为选择,极不人道地对人进行控制和驱使,残酷地摧残人性,一步步最终把人变成非人,变成没有生命的物体。伯吉斯自己就说:"该小说因采用了实验性语言,被认为是20世纪中叶英国文坛反实验浪潮后的第一部实验小说。"①亚历山大强烈反对当局的实验行为,反对将人变成机器,并写作题为《带发条的橘子》的小说去宣传自己的思想观点,是作者的观点在小说中的直接体现。伯吉斯自己也说《带发条的橘子》的中心主题就是"自由意志的概念"。② 伯吉斯运用归谬法,将当代所谓文明社会的非人道摧残人性的状况形象地展示了出来,以寓意夸张的手法,表明由于现代社会价值观念的异化,政府对触犯他们制定的制度的犯罪行为进行处罚,但其实真正犯罪的是这个社会及其不公正的制度。小说的时间和地点的不确定性,小说的人物名字既可以用于英国人,也可以用于俄国人,反映出作品所探讨的是一种普遍存在的人类问题。《带发条的橘子》具有丰富的哲理性,同时又具有较强的故事性,成为伯吉斯最受读者欢迎的小说,也成为当时最畅销的小说,被评论界誉为"二战"以后最富有想象力的作品之一,小说曾被成功改编成电影,受到观众的好评。

　　20世纪60—80年代是伯吉斯创作的丰盛时期,内容广泛而作品繁多。《不够格的种子》也是一部未来小说,作品以虚构的形式幻想英国社会达到高度文明以后的社会状况。小说主人公是一位历史老师,作者借他的口吻,阐述人类历史发展三个阶段的循环理论。第一个阶段是建立在人类自我完善基础上的民主时代,人们崇尚理性,走向文明,充分享受其民主自由。由于人类的贪婪自私,滥用自由,社会便进入过渡阶段,即第二个阶段。为对付人类后代的异化,于是出现了管教他们的警察,并且制定一系列管理制度和法律程序。随后进入第三个阶段,那是一个以酷刑和严惩为手段的对民众高压专制的时代,以战争和食人的形式达到减少人口的目的,这个时代的人在书中被称为"我们既是上帝又是魔鬼,尽管我们并非同时身兼二者"。人类历史在三个时代中周而复始,永无止境。小说中所假设的未来英国社会已经进入了过渡期后期,人类的后代犹如不合格的种子,已经出现了异化。在那里人口过剩,食品短缺,生存空间狭窄,为了限制人口的不断增长,政府采取制度限制生育,提倡同性恋,甚至容忍虐杀婴儿。小说探讨了在人类历史发展中的人性善与恶,以及社会生活中的民主与专制之间的矛盾冲突,人类永远处于两难境地,无力自拔。对假设的未来英国社会的描写,影射的就是当代英国社会现实,是对英国现行政策和制度的莫大嘲讽。小说将寓言幻想和现实描写有机结合起来,以讽刺漫画和笑闹喜剧的形式表达出对社

---

① 　Rubin Rabinovitz, *The Reaction of Experimentation in the English Novel*, NewYork & London: Columbia University Press, 1967.

② 　Harold Bloom, ed. & introduction, *Modern Critical Views: Anthony Burgess*, NewYork & Philadelphia: Chelsea House Publishers, 1987, p. 64.

会生活抑或是对未来英国社会的恐惧和忧虑。

伯吉斯以主人公恩德比为线索构成的喜剧三部曲《恩德比先生的内心》（*Inside Mr. Enderby*，1963）、《恩德比的外表》（*Enderby Outside*，1968）、《带发条的圣约》（*The Clockwork Testament*，1974），塑造了一个不谙世故、与社会不相融合的诗人形象。处在创作旺盛期的恩德比，是一位文风幽默，十分有才气的中年诗人，然而他与商业化的社会格格不入，始终无法融入现实世界。貌憨口讷的他喜欢一人独处，甚至喜欢把自己关在厕所中，只有坐在便桶上他才能创作他的诗。在一次给他颁奖的会上，他穿戴不得体，说话不合时，又闹起肠胃不适，出尽洋相。为逃避社会，他到处流浪，从家乡到伦敦、罗马、丹吉尔，最后死在美国纽约。小说写出了社会对人的异化以及人与社会关系的对立，人成了社会的局外人。在充满笑料的故事中，隐喻着现代社会对人精神异化的一种理性反思，对社会具有强烈的讽刺和嘲弄。《没有什么比得上太阳》（*Nothing Like the Sun*，1964）是一部想象力丰富、有独特见解的作品，小说以莎士比亚的生平和创作为依托，除对莎士比亚提出许多新颖的看法以外，还较好地结合反映现实社会的问题。MF（1971）是一部充满异域风情的小说，MF既是小说中男女主人公名字的缩写，也代表着男性与女性。小说描写印第安原始部落中一夫多妻、兄妹婚姻等原始生活和民情风俗，传达人类探询俄狄浦斯人生之谜的艰难历程，在表现愚昧落后的同时也流露出对异域风情、纯朴人物美好一面的赞美。《拿破仑交响曲》（*Napoleon Symphony*，1974）是一部将音乐性、传记性、历史性、小说性融为一体的传记小说，一部关于拿破仑从结婚到去世的传记式历史小说，在作品形式上具有创新意义。小说具有浓厚的音乐色彩，全书仿照贝多芬《第三交响曲》（《英雄交响曲》）的形式写成，小说内容的发展和交响乐的节奏一致，甚至小说的文字段落也与乐曲的小节相对称、相互呼应。在对一代枭雄的描绘中，更着墨于拿破仑作为普通人一面的描写。

《世俗的力量》（*Earthly Powers*，1980）是作者构思10年才写成的一部鸿篇巨制，讲述了两个人物的故事。肯尼斯·图米是一位87岁的颇具声望的成功小说家，孤独和寂寞使他沉溺于同性恋追求，他试图摆脱内心世俗情欲的恶魔，但终究还是走向淫荡堕落。另一位是恶魔似的教派领袖唐·卡罗，他精力旺盛，权力欲望强烈，为了追求世俗的权力不择手段，不惜拿灵魂与魔鬼签约，一生沉溺于世俗的权力角逐之中，但那种对权力"浮士德式"的追求，并没有给人物带来幸福和满足。小说以独特的视角写出了现代西方社会世俗生活中人们对情欲与权力的追逐。作品具有很浓郁的宗教色彩，上帝将人抛到这个世界，给予人生活的自由，然而在人的心中，对生活美的向善追求，往往与作恶紧密联系在一起，犹如作品中主人公在恶行中享受人生美和快乐一样。小说阐述了世俗力量对人的作用及其控制，思考人性中善恶观念与死亡归宿的问题，探究现代社会中人的劣根性。

　　伯吉斯小说中贯穿始终的重要主题是关于个人争取自由意志的能力和自我满足的追求,社会与人的对立、人性的压抑成为作品描写的主要内容,现实展示中不乏梦幻虚构,喜剧幽默中不乏哲理思索。伯吉斯具有较高的文学修养,他的许多小说都涉及古典的和现当代的文学名著,常常是旁征博引,引经据典,具有很浓的学术气氛和文卷气息。他不喜欢因循守旧,创作具有多样性和多变性的创新特征,在文学形式上实验了多种小说题材,这使得他的作品包容了诸如英雄体史诗、讽刺小说、流浪汉小说、历史传奇、惊险小说、间谍小说、寓言故事、梦幻小说等多种类型。他小说中的人物多为"反英雄"的悲剧人物,许多人物是神话原型中人物的喜剧性变体,他们生活在现代社会中,却经历着与神话原型中人物相同的孤独忧郁和痛苦绝望,人物命运无一例外体现出悲剧性特征。伯吉斯同时也是一位受尊重的语言学家,他的创作文风及灵感深受乔伊斯的影响,他一直在不停阅读乔伊斯的作品,研究乔伊斯的语言表述,从某种程度上来说乔伊斯成为他的一个沉重的精神负担,成为他时刻试图去超越的高度。伯吉斯说:"他对小说采取了一种在某种程度上来说是毁灭小说本身的措施。""每当我坐下来写作,《尤利西斯》这部要命的书就出现在眼前。"1938年他曾与乔伊斯探讨过语言学,从此激起了对语言的终身热爱。他掌握了6种语言,为了阅读易卜生的作品而学了挪威语,在研究《圣经》给西方带来的影响时,他甚至阅读希腊原文作品。他在小说中常常结合人物身份而交替运用多种语言,这使得他的作品显得丰富多彩,艺术风格上则融合了现实主义、现代主义与后现代主义。戴维·洛奇在《安东尼·伯吉斯及其现代性》的序中评论道:"伯吉斯自己的写作风格是实用主义的、职业性很强的、讽刺荒诞的。他喜欢利用自己的创造和读者玩元小说游戏,他急切地捕捉流行文化为自己的创作提供思想营养和艺术形式。他作品中的所有这些特征都是典型的后现代主义特征。"①

　　另外,伯吉斯的作品被公认为具有幽默喜剧、黑色幽默风格。小说中,作者十分娴熟地运用喜剧讽刺的手法进行描写,运用极度的夸张法和归谬法,将人物悲剧绝望的情绪按照社会发展和存在的现状加以合理延伸或夸大,以彰显其黑色幽默。小说常常用喜剧和闹剧的形式来表现人物的悲剧命运,含泪的微笑中给读者留下思索,讽刺幽默中带有理性揭示。如在《不够格的种子》中,生活在专制时代的人没有任何自由,处在绝境中的哥哥为了生计,而给弟弟寄去一封信,以将弟弟的不轨行为"向有关当局披露"为由进行要挟,强迫弟弟给予帮助。令人啼笑皆非的是,当他弟弟收到这封信的时候:

---

　　① Roughley, Alan R, *Anthony Burgess and Modernity*, Manchester：Manchester University Press,2008.

这信早像护照一样,盖满了橡皮图章,上有:"……已阅。布赖顿警察署""阅毕。121警备区司令部""拆阅已毕。波普尔档案中心"……这可怜的呆子契斯查姆(那个哥哥的名字),他仅仅是写此一信,就早把一切全都披露给所有当局了——有关的和不相干的。

在个人信件中盖满政府当局橡皮图章的讽刺幽默搞笑中,流露出人物生活在一个没有自由、没有个人隐私的专制社会的悲哀和无奈,社会的令人窒息与黑暗绝望,形象地凸现了出来。因而文论家评价伯吉斯的小说:"反映了对于一个越来越致力于消灭个性的现代世界的忧虑,但即使是这样一个悲剧的主题,也不曾妨碍他的喜剧天才的发挥。"①伯吉斯长期在国外不同地点居住,一生都在旅游奔波,他的小说很多具有异国风情,反映不同国家不同民族的文化和生活,加上伯吉斯擅长叙述故事,结构严谨,融入个人独特的讽刺幽默喜剧风格,使得他的作品具有较强的可读性。

第十一节　威廉·戈尔丁

威廉·戈尔丁(William Golding,1911—1993)是英国当代著名的小说家、诺贝尔文学奖获得者。

戈尔丁出生于康威尔郡,祖上数代为教师。父亲是当地中学的校长,对科学充满了热爱,在戈尔丁眼中是理性和逻辑的代表。母亲一直致力于宣传妇女独立与社会平等,是善良和正义的代表。从小生活在书香门第家庭的戈尔丁,在他美好而宁静的生活中也充满孤独,除了父母和保姆以外他很少接触别的人,几乎没有朋友,没有一起玩耍的孩子。他在幼年读书时就表现出对文学的喜爱,尤其喜欢看文学史上各种儿童和童话故事,并开始阅读大量的文学名著,充满文学创作与表现的欲望。7岁时开始写作,早在12岁时戈尔丁就筹划写作一部关于工人生活的长篇小说。戈尔丁从父亲任教的马尔波罗中学毕业后,进入牛津大学布拉斯诺斯学院学习,遵照父母的旨意攻读自然科学,两年后依然无法培养起兴趣,改学英国文学,这段时间的文学学习成为他以后小说创作的主要积累基础。1934年他出版了第一部作品《诗集》(Poems),表现出独特的艺术才华。1935年获得学士学位和教师资格证书,其后4年中戈尔丁先后做过社会工作者,尝试过写作,在伦敦小剧院担任过编剧和导演,参加过演出,等等。1939年戈尔丁与安娜·布鲁克菲尔德结婚,秉承祖业,同年前往在萨利斯伯利的一所学校担任英语和哲

---

① 弗·安加、莱梅涅主编:《20世纪世界文学百科全书》第4册,弗列德瑞克·安加出版公司,1975年,第58页。

学教师。1940年戈尔丁应征进入皇家海军,服役于火箭发射指挥船,参加多次海战,在诺曼底战役中指挥击沉德国比斯马克战舰,获得中尉军衔。以后在戈尔丁作品中出现的船舰、海员、大海等描写与他这段时间的生活紧密相关。战后戈尔丁返回萨利斯伯利继续做教师,并开始文学创作。戈尔丁开始写作以后就一直在萨利斯伯利,直到他在文坛获得巨大的声誉。戈尔丁最初的写作并不是十分顺利,只有一些小文章和评论在刊物上发表,而且不被读者重视。他当时写的4部小说不是因不合时宜、不合潮流,就是因立意不明而被拒绝出版。他的代表作《蝇王》先后被退稿21次,直到1954年被费伯(Faber)出版公司出版,获得了巨大成功,戈尔丁一举成名。他在1961年辞去教师职务,从事专业创作,一生创作有10多部长篇小说。

戈尔丁是一位十分有创作个性的作家,他的小说承载着丰富的象征寓意,在一个类似现代神话的寓言故事叙述中,揭示人性中的善恶,探讨人类的道德问题。戈尔丁善于在一个特定的环境和境遇中,充分展示人的本性中善的追求与恶的堕落相互矛盾的过程,从而在作品中寓示一种类似于道德说教的意义,有人将戈尔丁的小说看作道德说教小说,正是对小说中善恶道德寓意的一种概括。小说中人物所处的境遇是虚构的、寓言式的,但描写的人物及其生活是现实的,细节是真实的,尤其是对不同时代所体现的真实环境和文化背景的描写,使得不同时代不同环境中的人性表现得真实可信。瑞典文学院评价戈尔丁的小说"具有明晰的现实主义的叙述技巧和虚构故事的多面性和普遍性,显示当今世界人类的状况","他的小说既有娱乐性,又能引起文学界学者的兴趣,学者们可以在他的作品中发现深沉的暧昧和复杂性"。1983年他被授予诺贝尔文学奖。

《蝇王》(*Lord of Flies*,1954)是戈尔丁小说中被评论最多,也是他最为成功的一部代表作品。小说用虚构的形式,描写在未来的某个年代,一群英国孩子由于原子战争的爆发而撤离本土,途中因飞机被击中失事而来到一个荒岛上,出于生存的本能,他们自然地模仿成人的世界开始生活。他们推荐理智而又强健的拉尔夫作为大伙的头领,带领大家查看地形,搭建房子,点起篝火以求救援。另外一个大点的孩子杰克,带领唱诗班的孩子去打猎。孩子们在岛上摘野果子吃,在海滩边玩,约定俗成的文明规则使他们在回归自然的环境中无忧无虑地生活着。然而很快这种文明理性被代表野蛮的杰克所打破,他在带领小猎手追杀动物的过程中,野蛮凶残,利用孩子经不起吃肉的诱惑和对荒野怪兽恐惧的心理,纠集他们反对听从拉尔夫的指挥。他们残忍地杀死一头母猪,并将猪头割下作为图腾祭品供奉起来。猪头上叮满了苍蝇,云集成黑绿色的蝇团,仿佛是只"蝇王"。为了祭祀蝇王,以解除内心的恐惧心理,他们狂欢跳舞,从追杀动物的野蛮成性到追杀同类的疯狂残忍,在狂乱中他们杀死了拉尔夫的助手西蒙和皮基,并放火烧山,继续追杀拉尔夫。当拉尔夫在一片烟火中走投无路的时候,一位海军军官突然出现在他面前,原来是看到烟火的英国皇家海军前来营救孩子们。

　　《蝇王》是一部道德寓言式小说,阐述人性中善与恶的问题。伊恩·斯科特-基尔伏特认为:"贯串戈尔丁小说创作主体的主题乃是人的堕落。"①爱德华·摩根·福斯特在《蝇王》美国版序中也说:"他相信人的堕落,也许还相信原罪论。"②小说的构思源于1857年英国作家巴兰坦的童话小说《珊瑚岛》,其中写了一群小孩坐船遇险后,来到一个珊瑚岛上,他们模仿成人世界而组建起文明有序的小社会,孩子们在那里过着快乐而幸福的生活。戈尔丁从反向的角度对一个平庸而美丽的故事进行了彻底改写,在丰富的寓意中揭示人从文明蜕变到野蛮、从人性善良走向人性邪恶的历程。作家采用了传统荒岛小说的文学样式,却创造性地构建起反讽式的情节结构,突破了传统的"荒岛变乐园"的创作模式。作品一反笛福的《鲁滨逊漂流记》、巴兰坦的《珊瑚岛》善良化、理想化的模式,而是用以讽喻和象征的艺术手法加工出来的透视镜,折射出"文明人类的邪恶",开创了荒岛小说探索人性恶的先河。戈尔丁在《蝇王》中引发读者对《珊瑚岛》的联想:他不仅描写了一个类似世外桃源的珊瑚岛,也不仅给主人公取了相同的名字(拉尔夫和杰克),而且在结尾让那位前来救援的海军军官说"我知道,表现挺不错,跟《珊瑚岛》一样"。但是,在小说最后一段,拉尔夫痛哭流涕,为纯真的泯灭、人心的黑暗和真诚智慧的朋友皮基的死而流泪不止,明确否定了《珊瑚岛》歌颂少年儿童纯真善良和文明人类高尚本性的传统观念,表明《蝇王》人性黑暗邪恶与时代悲痛的主旨。戈尔丁自己就说:"《蝇王》的主题是悲痛,彻头彻尾的悲痛、悲痛、悲痛、悲痛。"③小说中的人物虽然都是少年儿童,但戈尔丁的目的是通过具有象征意义的人物来揭示他的道德主题——人性恶。戈尔丁认为,社会的缺陷要归结为人性的恶,于是他力图从社会的缺陷出发去探索人性的缺陷。作为一个作家,他的使命就是医治"人对自我本性的惊人无知",他的作品是使人正视"人自身的残酷和贪欲的可悲事实"。从这一层次来说,《蝇王》是一个只有成人才能真正读懂的,充满哲理思辨的现代讽喻小说。它不是完全意义上的神话和寓言,而是一个现代的悲剧、人性的悲剧。

　　整部《蝇王》充满了象征寓意,书名 *Lord of Flies* 来自希伯来语 Báal Zevuv,在《圣经》中译为希腊文 Beelzebul,其意为"粪之主"或者"苍蝇麇集的粪堆之主",《圣经·路加福音》中称之为"万恶之源",是邪恶的象征。小说中"蝇王"作为邪恶的象征来自两个方面:一是外部的,它表现为孩子们所惧怕的山上的"怪兽",其实那是夜里孩子们熟睡时在一场空战中被击落的空军降落伞和阵

①　Introduction,British Writers,*Supplement I*,1987.
②　Coward McCann,"Introduction",*Lord of the Flies*,1962.
③　William Golding,*A Moving Target*,Farrar Straus & Giroux,1st edition,1982.

亡者的尸体，而那"闪闪绿色"的"蝇王"，则是围满苍蝇的腐烂猪头；二是内在的，即孩子们心中、人类本性中普遍存在的邪恶。书中代表理性和智慧的西蒙临死时仿佛听到了"蝇王"在说：

> 别梦想野兽会是你们可以捕捉和杀死的东西！你心中有数，是不是？我就是你的一部分，而且分不开，分不开，分不开！……我可怜的误入歧途的孩子，你认为比我高明吗？我再警告你，我可要发火了。你看得出吗？没有人需要你。明白吗？我们将要在这个岛上玩乐。懂吗？将要在这个岛上寻欢作乐！别再继续尝试了，我可怜的、误入歧途的孩子，不然我们就会要你的命。明白吗？杰克、罗杰、莫里斯、罗伯特、比尔、猪崽子，还有拉尔夫，他们都要你的命。懂吗？

戈尔丁借助蝇王的话告诉我们，"野兽即人"和"野兽在人的心中"。他说，"我想，我的小说里贯串着那种纯真已被玷污的感觉"①，邪恶是人性中的一部分，永远无法分开，杀死西蒙的真正凶手其实就是隐藏在全体孩子心中的邪恶。西蒙清醒时常说的一句话"大概野兽不过是咱们自己"，在他临死时梦魇般的与"蝇王"对话中，得到了充分的验证。戈尔丁曾这样解释蝇王即野兽与孩子的关系，他说："这具尸体本身就是历史。孩子们已处在困境之中，而这具可怕的尸体便是我们所能给他们的一切。它已经死了，却又不肯躺倒在地上。这是一个丑恶的战争与腐朽的象征。它给这座人间天堂带来了血腥，它本身却又恰恰符合了孩子们想象中野兽所具备的一切。"②

小说中拉尔夫象征着文明和秩序，他吹起代表民主的海螺，集中孩子民主推荐领袖，要求孩子们服从指挥，建造居住的小屋和寻找食物以获得生存，燃起篝火保留火种子以获得拯救。但同时他也是普通人的人性象征，他"既英勇又不健全"，他摇摆于善恶之间，他虽然想维持文明和秩序，实现民主，但面对野性发作的同伴，他也参与了打死他朋友西蒙的暴行，而事后他痛苦万分，深感内疚，禁不住为自己"失去了天真"和"人心的黑暗"而痛哭流涕。他的助手西蒙是真理与美德的象征，他看清了山上让孩子们惧怕的"野兽"的真实面目，对事物的真相有着本质的认识，知道恶是人心中固有的，但是他所说的真话并不能为孩子们所接受。拉尔夫的另一位助手皮基是理性与科学的象征，他相信科学与常识，用眼镜点燃篝火，保管火种子，以等待外部的救援，但他身体羸弱，常犯气喘病，而且眼

---

① James Wood, *Religious Insights of a Man Apart*, Manchester Guardian Weekly, Sept. 29, 1991.

② Nelson, William, *William Golding's Lord of the Flies: A Source Book*, The Odyssey Press, 1963, p. 113.

睛高度近视,在应付道德问题的事上他无能为力。杰克则是拉尔夫的对立面,象
征人性中的邪恶与凶残,也是极权主义的代表。面对善良与邪恶、文明秩序与野
蛮强权,孩子们在精神上为"怪兽"和"蝇王"所控制,在行为上被强大有力的拉尔
夫的淫威胁迫着,在饥饿、绝望和恐惧中,人性中固有的邪恶占据了他们的心灵,
于是他们群起扔了海螺,抛弃了文明和秩序,从一群天真的唱诗班孩子,变成了
满脸涂着五颜六色,疯狂追杀动物,进而疯狂杀死同伴的丧失理性的野蛮人。西
蒙经过艰难的探寻发现所谓"怪兽"不过是一个伞兵的尸体被挂在树枝上,就切
断绳索,让它飘入大海,晕倒前看到挂在木杆上的"蝇王"其实是腐烂猪头招引的
无数的苍蝇。醒来后他把这些发现告诉了他的同伴们,没想到却被杰克鼓动起
来的疯狂的孩子们当作野猪而活活打死,象征着邪恶毁灭了美德。杰克偷走了
皮基的眼镜和火种,他手下的打手罗杰又用巨石打伤皮基,使他坠崖葬身大海,
象征邪恶扼杀了可以救助人类的理性和科学。小说的象征寓意是令人震惊的,
它揭示了人性的辩证性,人性中具有与生俱来的善良和美德,然而也存在根深蒂
固的兽性和邪恶。《蝇王》中孩子们从美丽天使般的善良,到疯狂地追杀动物和
同伴的野蛮嬗变,犹如复现出一部袖珍版的人类发展史,追溯了人类历史的进
程,从伊甸园的纯真到角斗场的野蛮,从采集野果为生的原始群体中的善良到专
制统治下的杀戮屠宰的凶残。恩格斯在《反杜林论》中说:"人来源于动物这一事
实已经决定人永远不能完全摆脱兽性,所以问题永远只能在于摆脱的多些少些,
在于兽性或人性程度上的差异。"作品寓示人们警惕和防止人心中的"兽性"大
发,以避免给人类带来灾难。

　　《蝇王》的寓意不仅仅在于对抽象的人性恶的道德探索,不仅仅是神话寓言
式地在一个封闭的境遇中对人性善恶的实验性表述,当代表文明世界和道德秩
序的海军军官来到岛上,《蝇王》也就从非现实走向了现实,对人性恶的思索从形
而上走向了形而下,其寓意紧密地与现实生活联系在了一起。小说的背景是"二
战"以后,人类刚经历了一场肉体上和精神上的浩劫,然而世界并没有因此而安
宁,未来战争将毁灭人类的阴影笼罩着西方,《蝇王》所假设的未来某一天世界上
发生了核战争,那些原本纯洁的孩子从合作走向争吵、从理性转向迷信、从追随
民主到屈从独裁、从友好善良到野蛮邪恶,其实是对现实社会的厌恶和恐惧的真
实表现。作者把他亲身经历"二战"的恐惧体验,以及战后对冷战的危险感受融
进了小说中,《蝇王》的现实意义及其作品的巨大成功之处也正在于此。戈尔丁
在他的随笔集《火烫的门》中说:

　　"我曾相信作为社会一分子的人是可以完善的……到了战后我不再相信了。
我发现人可以对人做出多么可怕的事来……这些事并非出自新几内亚岛上猎头
生番之手,也不是亚马孙河流域某个原始部落所为。这都是由那些受过教育的
人,那些医生、律师,那些有着文明传统的人极有技巧而又极为残酷地施予他们

的同类身上的。……我必须说，任何人如果经历了这些岁月还居然不懂得人类制造邪恶正如蜜蜂酿制蜂蜜一样，那他必然是盲人或疯子，……我认定人类已经病入膏肓，……我当时力所能及的事就是探索人的病态究竟和他陷于其间的国际灾难之间有何关系。"①

《蝇王》出版之际正是东西方两大阵营冷战和对峙最激烈的时候，核战争的阴影笼罩着全球，不少人已经想到了原子弹将会给人类带来前所未有的毁灭性灾难，戈尔丁大胆地假设历史上可能发生的这一页，迎合了人们对现实的忧虑意识。小说的最后，前来救援的海军军官是如此威严，成为小岛上孩子的救星，将他们从深陷邪恶的泥沼中拯救出来，象征着道德秩序、善良美德又回到孩子们心中，小岛外面的世界俨然成为美好文明世界与理性社会的象征。然而，当我们深入思考就会发现，那阻止了岛上孩子野蛮杀戮行为的海军，那拯救孩子并将他们带离小岛的巡洋舰，在海战中不也是在与其人类的同伴进行一场残酷的相互杀戮吗？荒岛上的儿童世界与外部的成人世界在本质上毫无区别。更明确地讲，孩子们在岛上的经历其实也就是成人们在外部世界进行的一切。② 那么谁来阻止成人世界的恐怖战争与相互残杀，成人内心的"蝇王"谁来驱逐，谁来将他们从心灵的邪恶中拯救出来呢？小说的结尾是震撼人心的，具有十分深刻的启迪意义，引发人们的探究与反思，从而也给小说蒙上了一层忧患而悲观的情绪。戈尔丁说：

　　他们（书中孩子）对自己的本性是无知的。他们不了解他们的本性，因此，初到岛上时，他们会渴望着光明的未来。……人们不理解人的心灵中存在着兽性需要加以控制。他们太年轻，不能看得很远，也确实不会对他们自己的本性加以控制和驾驭。因为放纵兽性，在某种程度上，总是一种乐趣，所以，他们的社会就垮了。……我们可能根据常识说，纵使我们有原子弹、氢弹等，我们可能也不会用。……但是，你我也都知道，使用那些武器也有极大的可能性，那么，我们就完了。我认为自愿地对一个人自己的本性进行控制的这种民主态度是人类唯一的出路，但是我不敢说这会行得通而且不变样。……我天生是一个乐观者，而理智的判断使我变成了一个悲观者。③

戈尔丁的第二部小说《继承者》（*The Inheritors*，1955）也是一部充满伦理道

①　William Golding，*The Hot Gates and Other Occasional Pieces*，Faber and Faber，New Ed edition，1984.

②　Boyd S. J.，*The Novels of William Golding*，The Harvester Press，1988，p. 16.

③　詹姆斯·M. 贝克、亚瑟·P. 齐格勒编：《蝇王》，1964 年，第 189 页。转引自《世界文学》，1984 年，第 3 期，第 108 页。

德和宗教寓意的作品,小说讲述了两个具有先后继承关系的氏族更替的故事。在一个远离现代生活和现代文明的神秘岛屿上,生活着处于史前旧石器时代的尼安德特氏族人,他们处于类猿人阶段,智商不高,语言简单,运用形象思维,仅凭生存的直觉来支配人物的行为。然而他们天真无邪,性格温顺,敦厚善良,生活在"人之初"的伊甸园世界中。"智人"的出现改变了这里的一切。智人是一群以打猎为生、被称为"人类"的图阿米氏族人,是比尼安德特人更为先进的猿人,他们是后来人类的直系祖先,他们有了概念思维,懂得了用射死的动物皮去遮掩身体,用掌握的弓箭去获取自己的食物和利益,学会了制造木筏和酿酒的原始工艺,同时智人也邪恶堕落、奸诈狡猾、善于使用心计、嗜血成性。在类猿人与智人的矛盾中,温厚而善良的类猿人远远不是聪明而凶残的智人的对手,最后尼安德特人被赶尽杀绝,他们的家园和土地被智人全部"继承"了。最后当智人坐船驶离美丽而神秘的岛屿时,在回顾那些纯朴而无辜的先人生灵涂炭的往昔之中,智人开始有了人类的感情,他们内疚于自己的血腥屠杀,然而他们也知道,那一切都源于人类心中愚昧、残忍和无法压抑的邪恶。

小说同样阐述了人性恶的伦理道德主题,书中代表人类进化到更高阶段的智人战胜和消灭原始类猿人的过程,其本质是人类心中的邪恶战胜善良的过程,人类的进化过程也就是人类不断形成恶的过程。戈尔丁在小说中揭示了人类生物进化中的双重意义,人类从自然界进化到社会的同时,人身上那种与自然同时共存的自然纯朴与善良美德也被剥离了,在弱肉强食的进化过程中,伴随着人的聪明智慧而来的是人性的堕落与邪恶。《继承者》在基督教的原罪论构架中试图表述人类有史以来就是有罪的思想,从宗教教义的角度谴责人类进化的邪恶堕落。史前类猿人尼安德特人过着与大自然和谐的原始公社制生活,当进化的人类阻止了他们的生存并取代他们,建立人类社会的同时,也把恶带到了这个世界。小说在氏族的更替中,在两个氏族的比较中,让我们认识人性的恶。类猿人生活在美丽的大自然中,和谐欢乐,相互依存,共同生活。而所谓的文明人则是生活在血腥献祭仪式下的社会形态中,以自我为中心的财产掠夺,凶残和邪恶,食肉的习惯甚至让他们食人。尤其是类猿人没有语言,仅靠简单的手势交流,虽然他们缺乏逻辑思维,但其形象思维表现出他们的美好和善良。而人类发达的理性思维充满了尔虞我诈、钩心斗角的较量,自我的心中则是善与恶的角斗场。《继承者》的主旨意义就在于告诉人们,恶的根源与人的理性才智是密不可分的,恶与人一起出现,与人共存。换言之,组成人的本质内涵的其中一个要素就是恶。当恶与人类一起来到这个世界后,人类的进步更加深了恶的程度,当人类野蛮地控制自然界时,人类的智慧与理性、科学与知识不断发展的同时,恶也随之发展。因而人类的全部历史就是一部人类罪恶发展史。《继承者》中智人的所作所为就是最形象的一种阐述和佐证。(《新约·马太福音》中耶稣说:"虚心的人有福了,因为天国是他们的。哀恸的人有福了,因为他们必得安慰。温柔的人有福了,因为他们必承受土地。")然而我们在《继承者》中所看到的恰恰相反,尼安德特人的温柔谦和不但没有让他们有福,反而让他们被智人赶尽杀绝,他们不但没有得到土地反而失去了家园。当同伴都无辜死于智人的刀箭下,只剩下悲恸的尼安德特氏族头领洛克的时候,他得到的不是安慰,而是从此以后成了智人眼中的野兽,从人的地位跌落到动物的地位,从此进入原始森林生活。人类进化中的种种罪恶行为,远离了基督的教义,必将受到惩罚。耶稣又说:"你们听见有吩咐古人的话,说'不可杀人',又说'凡杀人的难免受审判'。只是我告诉你们,凡向兄弟动怒的,难免受审判。"①智人的进化乃至成为现代人,直到第二次世界大战结束,后来的人无不是屠杀人类自己兄弟的"继承者",人类在历史的演进中不断在重复着智人杀戮原始部落尼安德特人的罪恶,在进化的过程中,人也具有恶的本质。小说在告诫现代人看清心灵固有的邪恶意识的同时,也寓示着人类应该皈依宗教,抑制自我,弃恶扬善。

《品切尔·马丁》(*Pincher Martin*,1956)是戈尔丁的第三部长篇小说,在探索人性邪恶的同时,其中的宗教寓意更为浓郁。小说描写"二战"期间英国皇家海军军官克利斯朵夫·品切尔·马丁在驱逐舰被鱼雷击沉后,漂到大西洋一个光秃秃的礁石边挣扎求生,人物的内心展现出一生的生活经历及其对生的强烈欲望。到作品的最后,人们发现甚至来不及脱掉靴子的马丁尸体时,我们才明白原来马丁在还没有登上岸时就死去了,小说描写的是马丁在礁石边临死时的幻觉。人物的心理活动展现出对肉体的获救欲望与精神需要得到拯救的主题。马丁紧紧抓住礁石,混乱的思维中显示他想使劲脱掉靴子以减轻身体重量,他回忆着为生存而在海中的艰难游泳,他感受到牙痛,拼命用舌头舔牙床,那是生命存在的标志,然而牙床就是那攀不上去的礁石,令他痛苦,他幻想着自己作为新大陆探险家将要给发现的这个岛屿取名字,自己就是那不畏强暴的普罗米修斯,人物充满了强烈的生存欲望。然而就是这样一个顽强地坚持并幻想活下去的人,在人物的生命回忆中,我们看到的却是一个精神堕落丑恶的灵魂。马丁生前是一个十分自私冷漠的人,心胸狭隘,善于嫉妒,工于心计,有很强烈的占有欲,是一个彻头彻尾的极端利己主义者的形象。他曾追求玛丽,但又不善待和理解她,在遭到玛丽的鄙夷和拒绝后,恼羞成怒,对她进行威胁报复,充满了仇恨。对好友纳桑尼尔,他也因为他的存在威胁了自己生活,于是充满了嫉妒和仇恨,即使在船舰被击中时,他也没有忘记故意让船急速右转,将闭着眼在甲板上祈祷的纳桑尼尔抛进海里,就是自己死了也不能让他活着。小说充满了宗教寓意,克利斯朵夫·品切尔的名字与"基督信徒"(Christ bearer)谐音,而现在,"基督信徒"堕

---

① 《圣经·新约·马太福音》。

落了,充满了欺诈、诱惑,甚至盗窃和谋杀的人生历程,他的外号"品切尔"就是取自"Pincher",原意是"诈取者""勒索者"。在最后的幻灭前,"马丁看见上帝以他的肉身显现,两眼布满血丝,穿着水手的衣服……'你是不是已经受够了,克利斯朵夫?''受够了什么?''生存。抓住不放。'"马丁内心世界存在着的生的欲望与生的邪恶构成了人物的本质。戈尔丁说:"对生的贪恋是他本性中的主要动机。这动机迫使他拒绝死亡这一无私的行为。于是,他在一个由自己凶恶的本质构成的世界上继续单独存在下去。"①马丁渴望得到的是肉体生命的拯救,然而我们看到的回忆中,堕落和邪恶的马丁更是一个需要得到精神救赎的人,马丁对于读者而言,仅仅是一个精神堕落、充满邪恶的具有人形的皮囊而已。他的幻觉展现了他远离上帝远离善良的肉体死亡和精神死亡的全过程。马丁在礁石边经历了人的双重煎熬,具有了双重意义,一是求生而不得的痛苦,二是回忆中人物内心的精神折磨,人物经历了肉体和精神的两次死亡。或许是为了作品的寓意更便于读者理解,戈尔丁在1957年再版该书时将书名改为《克利斯朵夫·马丁的两次死亡》。《品切尔·马丁》的结尾和《蝇王》有异曲同工之妙,小说通篇是在一种虚幻的心理表现之中,但最后戈尔丁笔调一转,将叙述的视角从幻觉转入现实之中来:

> 在赫布里底斯群岛上,一位名叫坎布里尔的先生请一位海军军官去验看一下马丁的尸体,看看还有没有存活的可能……军官回答道:"别为他费心了。你也见过尸体。他甚至来不及踢掉脚上的水手靴。"

在小说的开头,马丁被海水冲到礁石后的第一件事就是"踢掉脚上的水手靴",他在礁石边与海浪的生死搏斗中展开的漫长的人生历程回忆,其实都是他临死时的幻觉闪现,他的生存、他为了出人头地而做出的努力坚持、那种幻想成为英雄的人生奋斗,犹如他感觉靴子已经挣脱而事实上根本没有脱掉一样,一切都只是一种自我欺骗而已,一切都是虚无。戈尔丁对自己的这一后来引起人们极大兴趣的伏笔说:"《品切尔·马丁》的全部故事是品切尔的死后经验。"②马丁那种一生自以为是、一切以自我为中心的极端利己主义,使他成了恶的化身,他用自己的罪恶把自己送入地狱。然而他自己正如对那只靴子的感觉一样,根本认识不到事物的本质和真相,因此也就看不到自己的罪恶,于是他就没有得救的可能。小说从一个宗教原罪的寓言,一个对生与死、罪与罚、善良与邪恶的虚幻表

---

① Patricia Waugh, *Harvest of the Sixties*:*English Literature and its Background* 1960—1990, p. 186.

② 伯纳德·S.奥德赛、斯坦利·温特劳布:《威廉·戈尔丁的艺术》,哈考特·布雷斯·伍尔德出版社,1965年,第79页。

现,回归到了现实中对邪恶的否定,对人类肉体复活和精神复活的期待与希望。小说用意识流手法,让人物的意识不断在大西洋孤岛和英格兰生活场景中切换,将过去的罪恶、现在的痛苦和未来的憧憬融合在一起,具有跳跃性特征。把虚幻与现实结合起来,把意识流的显现与真实故事的叙述结合起来,具有心理小说特征。

《自由堕落》(*Free Fall*,1956)是一部忏悔小说。主人公萨米·蒙乔伊斯在一系列的回忆叙述中,表达对一生罪错的愧疚和忏悔。出身穷人家的私生子萨米,虽然母亲去世后为神父收养,却并不信仰基督,在学校接受了科学理性和自由主义教育后,更是远离上帝。萨米具有良好的艺术才能,后来成为著名的画家。中学校长沙尔斯的临别赠言成为萨米人生忏悔的预言:"如果你真的想要得到什么东西,只要你愿意做出牺牲,那就一定能够得到。但你要清楚,那得到的东西一定不会是你原来想象中的东西了,迟早你会为自己付出的牺牲而后悔。""二战"期间参加了共产党的萨米被德国纳粹关进了集中营,德国心理分析家哈尔德博士为了让他泄露同志的越狱计划,对他使用心理诱导。虚弱而恐惧的萨米被关在一个单独的牢房中,他开始思索反省自己自由而堕落的一生,他一直在追问,堕落是从哪里开始的。他曾经在教堂的圣坛上撒尿,亵渎上帝;在风景画中隐藏肉体生殖器,亵渎艺术与自然;去看动物交配而情欲冲动,在手淫中开始从精神的堕落走向行为的堕落。为了满足情欲,他引诱并占有了软弱的少女比阿特雷斯,百般蹂躏以后,狠心地将她抛弃并与别的女子结婚,最后导致姑娘精神错乱而进入精神病院。当时为了得到比阿特雷斯,他可以不顾一切,或许这就是他堕落的开始。面对一生的罪恶,他感到极端恐惧,陷入深深的赎罪和忏悔之中。小说具有明显的说教成分,人类在选择追求科学理性和自由的同时,也就拒绝了宗教,远离基督,也就是远离善良,从而使人变得邪恶,走向堕落。人类只有皈依宗教,在忏悔和赎罪之中,认识自己本性中的兽性和罪恶,才能实现道德上的新生,人类才能得到拯救。

《塔尖》(*The Spire*,1964)虽然也是一部道德说教小说,但内容是对现实生活的描写。故事叙述的是中世纪一个大教堂教长乔瑟林,他声称自己看到了教堂的殿中升起一个塔尖的幻影,认为这是上帝选中他并神谕他来完成这一神迹。尽管这违反建筑学原理,而且耗资太大,也不是教会所能承受的,但乔瑟林最后还是说服教会批准了在教堂的殿上建造一个高达400英尺的塔和塔尖。事实上建塔是为了创造奇迹以显示自己对上帝的虔诚与敬仰,为自己树碑立传。建塔的过程也是乔瑟林本性中邪恶暴露的过程。他和一群乌合之众混在一起,不再承担教长的职责,自己也在两三年间不向神父忏悔。建塔成了他贪婪无耻、淫乱放荡的借口,对异教徒在教堂中的胡作非为也佯装不知,雇工们酗酒、争吵、通奸、谋杀,教堂成了罪恶的大熔炉。乔瑟林偏执地逼迫工程师罗杰建塔,为满足自己的淫欲与教堂执事潘卡尔的妻子古迪私通,最后导致了两个家庭破裂,罗杰成了酒鬼企图自杀,潘卡尔被人打死,古迪难产而死。当塔尖最后造好的时候,教堂的柱子因无法承受塔尖的重量而弯曲了,随时有倒塌的可能。乔瑟林最后患上脊椎结核病,临死时他省悟到自己的罪恶。小说充满了极大的讽刺意义,塔尖是用来向上帝祈祷的,是献给上帝的祭礼,然而,建塔的过程却成了一场丑恶灵魂的大曝光。

在1954—1964年的10年间发表的著名5部长篇给戈尔丁带来极大的声誉,也奠定了他作为一流作家和获得诺贝尔文学奖的基础。其后发表的《金字塔》(*The Pyramid*,1967)、《天蝎神》(*The Scorpion God*,1971)等并没有引起文坛多大的注意。其间戈尔丁担任大学教职,并去各地大学讲学,仿佛隐退文坛。

经过10年左右的沉寂,《看得见的黑暗》(*Darkness Visible*,1979)是戈尔丁复出后的一部力作,也是他小说创作中唯一直接以英国当代生活为题材的小说。书名取自弥尔顿《失乐园》的第一卷,魔鬼撒旦坠入地狱,环顾四周,他面临的是"看得见的黑暗"。小说中的麦迪是第二次世界大战中德国轰炸伦敦空袭大火中的幸存者,作为被火烧坏面部的孤儿,从小就不得不自己谋生,长大以后虔诚地信仰宗教,相信圣灵会引导他进入天堂。书中与麦迪相对应的人物是苏菲,她出身中产阶级家庭,聪明美丽,然而对生活感到无聊,于是离家出走,过着偷盗放荡的生活,在变态的性虐待中寻找刺激。最后苏菲和恐怖分子勾结,阴谋绑架附近为富家子女开办的私立学校中的孩子,敲诈钱财。当他们燃起大火,想趁火劫持孩子的时候被发现,在那里干活的麦迪为了救孩子被大火活活烧死。小说将善与恶的冲突及其思考,放在现实生活的描写中,虽然其中不乏寓意,但现实的因素却是主要的。麦迪是从第二次世界大战的炮火中爬出来的孩子,虽然他的肉体是残疾的,生活是痛苦的,但他在圣灵的指引下,实现了人性中的自我完善,他虔诚地追求神迹,以牺牲自己拯救孩子,他燃烧的身体仿佛是神祭坛上的祭品,一片澄明。苏菲则是战后英国"福利国家"的产物,虽然生活优裕却内心空虚,在放荡与暴力中寻求刺激,走向堕落。麦迪从第二次世界大战的大火中蹒跚走来,又在恐怖分子的大火中死去,他的光明行为使得第二次世界大战中法西斯的罪恶及战后人们心中堕落的黑暗,变成"看得见"的了。人在作恶的时候,事实上无时无刻不在感受或者看见自己的黑暗与罪恶,正如作品中当苏菲心灵中升起邪恶与黑暗的时候,她会感受到那看得见的黑暗的源头:

> 她对世界太了解了。这个世界上的一切都从她的大脑中通过各个方向往外延伸,只有一个是反方向的,那里通向她自己的内心,因为只属于她自己而显得十分保险。这个方向到达她的后脑,那里就像今天晚上一样充满了黑暗,她看得见自己站在或躺在那个黑暗方向的起点上,如同是在一条隧道的口子上眺望这个世界,无论那里是黄昏、黑夜

还是白昼。

小说以大量的篇幅将处在现实生活中的人物之心灵的邪恶黑暗展现出来的同时，融入了鲜明的道德信念与说教寓意，告诫人们只有在宗教的信仰中，自觉用基督的信条约束人类有罪的肉体，控制人类原罪中的兽性，并到达自我认识和自我完善，光明才能最后战胜那些看得见的黑暗。《看得见的黑暗》是戈尔丁小说中将现实意义与宗教寓意结合得最紧密的一部作品。从"二战"期间写到"二战"之后，其中有弥尔顿《失乐园》的隐喻，有基督教、摩尼教、原始宗教等教义宣传，在神秘主义中体现出现实主义，在邪恶展示中描绘出善良，黑暗中看到了光明，悲观中具有相对的乐观。也正因为如此，小说发表后受到文坛广泛评论，被认为对戈尔丁获得诺贝尔文学奖起到了直接作用。

20世纪80年代戈尔丁写成的航海三部曲《航行的仪式》(*The Ritual of Passage*, 1980)、《狭隘的住所》(*Close Quarters*, 1987)和《地狱之火》(*Fire Down Below*, 1989)是较具特色的一组作品。小说以19世纪拿破仑战争中的最后岁月为背景，用现实主义的手法，描写一艘航船沿非洲去往澳大利亚途中的见闻。其中最为成功的是《航行的仪式》，获得了1980年布克文学奖。小说是一部航海日记，描述了主人公兼叙述者埃德蒙·塔尔波特的航海见闻。他从英国坐船去往澳大利亚赴任，他的教父给他在那里谋得了一份协助监狱长管理放逐在那里的英国犯人的差事，他沿途记下航海日记，想日后供教父欣赏。然而船上的生活就像日记中写的："由于睡眠不足并且了解过多，我想，我变得有些狂躁了，正如所有海上生活的人都会因为相互靠近、过于接近天底下发生的一切丑恶而变得狂躁一样。"船上乘坐着各种人士，近距离的生活及其观察，形象地展现出他们心中黑暗和邪恶的一面。船长霍拉修是个十分霸道的人，他制定了许多规则，限制下等人进入上流社会人士的乘坐区域，对乘客十分粗暴，尤其痛恨传教士；深得船长信赖的上尉德弗雷尔风度翩翩，却是个花花公子；充满情欲的淫荡女子齐诺比亚；士兵看管着的令人恐惧的在押罪犯；被人歧视的年轻牧师科利虽然出身农村贫苦家庭，是作品中正义的象征，但他也有心理软弱和堕落的一面，是个双性恋者。在与他人的交往中我们看到塔尔波特是个十分自私的人，他利用教父的声望仗势欺人，并与齐诺比亚私通。船上特殊的环境使得各种人心灵中的魔鬼被轻易地释放出来，在过赤道的时候，水手们要求乘客参加的"航海仪式"变成了一场恶作剧，人性之恶展现得淋漓尽致。大家在戏耍了科利牧师以后，把脏东西涂抹在他脸上，塞入他嘴里，并将他扔进甲板上盛满海水与小便的盖舱布里，他的慌乱挣扎引来周围人的狂笑。他们将科利灌醉，让他所爱慕的罗杰斯去引诱他并发生同性关系。事后科利羞愧万分，自杀身亡。戈尔丁笔下的航船成了展示人性恶的特定环境和舞台，小说在描述不同阶层人的个人生活和个性爱好的同时,也传达出对人性善恶的道德伦理思考。这艘由退役军舰改装的航船实际上就是英国乃至西方文明和社会现实的缩影。无论是船上还是社会上各种各样的人,尽管他们的生活内容和层次不一样,但他们都有一个如何约束自己心灵中人性恶的问题。和戈尔丁以往作品所不同的是,小说在展示人物恶行的同时,警示人类要正视自己身上的恶,认识人性恶的本质,从而规避和约束恶的衍生,表现出了对恶的一种否定。戈尔丁说:"我很认真,我相信人们对自己的本性有着惊人的无知。我提出自己的观点,相信它会反映出几分真实。"①戈尔丁小说不再是悲观绝望的,而是充满了人最终一定会认识恶克服恶的乐观主义精神。

戈尔丁的小说创作自始至终贯串了对人性恶的主题思想的阐述,无论是人类的战争还是社会的荒诞,都是人性中恶的原罪的表现形式。戈尔丁在《蝇王》发表时就说:

> 如果你在第二次世界大战前见到我,你会发现我是一个理想主义者。脑子里充满了我们这一代人,特别是在欧洲的同龄人所共有的一种简单幼稚的信念:认为人类可以发展到完美无瑕的阶段。只要消除社会上的某些不平等因素,对社会问题采取一些切实可行的措施,我们就可以在地球上创造一个人间天堂。但是,我们从"二战"中得到了一些启示。这场战争不同于欧洲历史上所经历过的任何其他战争,它给予我们的启迪不是关于战争本身,或国家政治,或民族主义的弊端,而是有关人的本性。

他的小说具有寓言小说、现代神话小说、宗教小说特征,其中蕴含深刻的道德说教寓意,对西方文明、现代人性进行多层面、多角度探索,蕴含丰富的现代讽喻意义。戈尔丁深受弗雷德《金枝》中的人类文化学和荣格的人类集体无意识学说影响,用深含寓意的现代寓言来指涉现代人性中普遍具有的人性恶。为了阐述这样的思想观念,戈尔丁小说的内容和情节大多设置在一个特定的环境或境遇中,在特定而孤立的时间和空间中让人物尽情表现。所以在时间上故事的发生不是在远古、中古或百年前,就是在未来,空间上故事常常发生在孤岛、船舰、教堂、牢房或者与世隔绝的环境中,在特定的时空中,赤裸裸显示人的罪恶本性。戈尔丁将人类的邪恶与堕落归咎于远离上帝,违背宗教教义,以至于人性中的善良失落而邪恶彰显。尤其注重从人类的原罪角度探索人性的善恶变化,作品充满了宗教的内涵,其中的伦理道德观念无不与基督教教义紧密相连。但同时我们也应该看到,戈尔丁并不是一个纯粹的宗教作家,他的创作不是一味去宣扬宗

---

① Samuel Hynes,*William Golding*,New York,Oxford Press,1961,p.3.

教,而是从宗教的角度去探索人性。他将小说内容放在一个具有神话或者寓言式的框架中展开,以宗教原罪的道德评判标准去衡量人性的善恶。小说中人物的生活常常是现实的,情节和细节的描述是真实可信的,其创作的冲动来自丰富而复杂的现实生活。作品中人物的性格是典型的,他们的思想、行为和态度都具有一定的现实性和可信性。他的小说不是纯粹宗教式地回归上帝的简单描绘,而是将一幅幅生动而丰富的生活画卷展现在读者面前,让读者从中去体会和读解其中的含义,从而回归善良的人性和美好的道德。无论是描写远古时期的《继承者》《蝎子神》、中世纪的《塔尖》中的人性表现,还是描写 19 世纪现代英国生活的《航海仪式》、未来世界的《蝇王》中的人性描写,戈尔丁试图阐述的都是现代人性的表现状况。瑞典文学院评价他的小说"具有明晰的现实主义""显示当今世界人类的状况"是十分中肯而准确的。"他的作品震撼了我们,一种不由得为自己同类感到的悲哀与痛苦深深地浸入了我们的骨髓。"①作者探讨人性的善恶是对西方文学从古希腊以来的探索"我是谁"的延续,尽管不乏在对人类罪恶、腐败、堕落的表现中,流露出对社会和人生的消极悲观倾向,但是在作品善与恶的展示中,在作品的道德评判和寓意说教中,我们依然能够看到戈尔丁小说深沉而丰富的审美内涵和真善美的价值取向,以及对社会现实的深沉思考和探索。正如作者自己所说:"我当时力所能及的事就是探索人的病态的病变究竟和他所陷于其间的国际灾难之间有何关系。"

第十二节　艾丽斯·默多克

艾丽斯·默多克(Iris Murdoch,1919—1999)是第二次世界大战以后英国十分引人注目的享有世界声誉的哲学家兼小说家。

默多克生于爱尔兰的都柏林市,父亲是政府官员,母亲是歌剧歌唱家。默多克出生不久就随父母移居到伦敦,童年时代除了假期回爱尔兰,其余时间都生活在伦敦近郊。中学期间就在学校杂志上发表习作,获得好评,成为一名优秀学生。1938 年获得奖学金进入牛津大学萨默维尔学院,在那里默多克接触了大量的古典文学名著,在牛津大学的古典人文学科包括古典文学、古代史和哲学等大考中,名列第一。在学校中积极参加各种社团活动,编辑刊物,政治上接近左翼,曾加入过英国共产党,后退出。1942 年毕业后在财政部任助理主管,对公务员工作十分熟悉。第二次世界大战结束后,参加联合国善后救济总署的工作,被派遣到比利时、奥地利的联合国救济与康复组织工作。1945 年,在比利时布鲁塞尔,默多克认识了法国存在主义代表人物萨特,接触并研究存在主义哲学思想,

---

① 　V. S. Pritchett, *Coral Island*, New Statesmen, Aug. 22, 1958, p. 146.

尤其是萨特通过文学内容形象地阐述存在主义哲学思想,给默多克留下了极为深刻的印象。1953 年发表的研究萨特哲学思想和文学作品的专论《萨特:浪漫的理性主义者》(*Sartre:Romantic Rationalist*),对萨特的存在主义所阐述的世界的虚无和荒谬、人生的痛苦及人的自由等进行了较高水准的论述,成为她跻身哲学家的一部力作。同时,萨特用小说和戏剧的文学形式阐述理性的哲学思考的方法,深深吸引了默多克,对她以后走上小说创作道路及形成其独特的创作风格具有十分重要的影响。由于默多克有左翼思想,她无法获得去美国学习哲学的签证。有很长一段时间,默多克深入了解伦敦不同阶层的生活,结识了社会上形形色色的人物,为她以后创作以伦敦生活内容为题材的小说积累了大量素材。1947 年默多克获得大学奖学金,进入剑桥纽纳姆学院专修哲学,其间结识了维特根斯坦。1948 年回到牛津后一直在圣安尼学院担任哲学研究员和指导教师,40 余年中,默多克一直和她的丈夫贝利在牛津小镇及其附近过着恬静的生活。1963 年辞去圣安尼学院的教授职位,从事专业创作。默多克作为享有世界声誉的哲学家、作家,一生发表小说、诗集、戏剧、文学批评及哲学著作 40 多部,其中发表小说 27 部,多部作品获得大奖,是英国文坛少有的哲学家兼文学家。随着知名度的上升,默多克多次应邀去英国的名牌大学和国外讲学演讲,1990 年被封为爵士。

默多克深受萨特存在主义哲学思想的影响,对世界的存在形式及其社会人生的荒谬提出了自己独特的见解,将人类生存状况及其对自由意识的观念,用小说的形式形象地表现了出来,成为英国文学史上第一位将文学艺术与哲学思想阐述紧密结合的作家,是法国萨特式哲学小说在英国文坛的再现。尽管默多克的哲学小说中对哲学理论的阐述不像萨特小说那样明显,但小说中充满了对社会人生、人的本性与人的自由的哲学思考。小说在探讨艺术与伦理道德的关系中,在探究何为真善美的同时,试图去展现人类生活的现状,思考人到底应该如何生活的问题。默多克小说常常在一个特定的环境中展开,内容上具有喜剧的情节,其中不乏滑稽幽默,然而作品所蕴含的对人的存在本质、人的生存状况及人的命运的探索却具有悲剧的色彩。

默多克的成名作也是她的代表作《在网下》(*Under the Net*,1954)是一部关于人的存在状况及人与人之间关系的哲学思考小说。小说中的故事情节围绕主人公杰克·唐纳格展开。杰克是一个往返于伦敦与巴黎的流浪汉式的知识分子、一个二流作家,因为不珍惜和善待女友麦格黛恩,一心只想着自己的写作与作品出版之事,而被生气的麦格黛恩赶出了公寓。于是他去找自己一直爱慕的女友安娜。安娜美丽动人且歌唱得动听,他们在一次演唱会上相识,杰克深爱着她却并不了解她的内心。安娜所爱的是一位实业家、善良的和平主义者雨果,她放弃了唱歌,正在筹备实验戏剧。安娜介绍杰克去妹妹萨迪家里帮忙。电影明星萨迪很高兴杰克的到来,并告诉杰克希望他尽快去当管家的原因是雨果最近在追求她,但她不喜欢雨果。听到雨果的名字,杰克十分吃惊,因为他和雨果曾经是密友。雨果家很有钱,他继承父亲的财产后,生意一直做得很红火。雨果为人善良平和,生活俭朴,有时还和工人一起干活,是他心目中钦佩的好人。他们在疗养院治病时相识,交谈中雨果将自己的思想和生活毫无保留地说给了杰克听。后来杰克将雨果的谈话记录整理成书稿出版,但心里一直有一种对雨果的深深愧疚。杰克去到巴黎找麦格黛恩,麦格黛恩给杰克找了一份不用干什么活儿就能拿到薪水的工作。杰克虽然很需要钱,但他不能接受麦格黛恩,于是又回到伦敦,大病一场。病好后在那家医院找了一份工作的杰克,没想到与前来治病的雨果不期而遇。当杰克向雨果坦白当年自己对雨果的伤害时,想不到雨果不仅没有迁怒于杰克,反而告诉杰克,安娜正不顾一切地在追求雨果,而雨果喜欢的却是萨迪。更令杰克惊讶的是,雨果告诉杰克,萨迪一直在偷偷地深爱着杰克。最后杰克得到了雨果送给他的一大笔钱,并收到萨迪给他的来信,希望不久能相见。杰克内心高兴极了,憧憬着美好的未来,盼望着一切重新开始。

《在网下》是一部具有浓厚存在主义思想的哲理小说。整部小说没有一个围绕高潮而展开的故事情节,而是在一系列不同人物的生活描写中,揭示人与人之间复杂而扭曲的关系。小说中人的生活充满了荒谬怪诞,一切存在都表现出虚无主义的性质,生活的虚无、人生的虚无、爱情的虚无,人物存在且生活在一个虚无荒诞的世界之中,一切都是那么不可捉摸。读着《在网下》中的不同人物的情感经历,我们会不禁想起萨特《禁闭》中的两个女人和一个男人的相互情感追逐。这里我们看到的是麦格黛恩爱上了杰克,杰克喜欢的是安娜,安娜则钟情于雨果,雨果追求的却是萨迪,萨迪却又暗恋着杰克,人物的追求犹如木马似的转着,传达出情感不可捉摸、人生不可预测的观念。杰克一次次对事态做出错误分析和判断。这里既有爱情错位的描写,更有作者蕴含其中的柏拉图、苏格拉底的人不可能认识现实世界的观点。小说中也多处提及萨特,然而我们看到,默多克小说中生活之“网”的含义要比萨特境遇剧中“他人即地狱”的人与人之间的关系之“网”的含义更丰富而广泛。小说的重点在于不仅写网中之人处在对立关系中人生的荒诞与痛苦,也表现人生活其中的政治关系之网、经济关系之网、人与世界关系之网、情感与理性关系之网、人与自我关系之网等对人的压抑与束缚,生活在这个世界之中的人被天罗地网网在其中,身不由己但自己却又浑然不知。作为哲学小说的《在网下》还表现出作家受当时流行欧洲大陆的语言哲学和分析哲学的影响,书名“在网下”出自德国哲学家维特根斯坦《逻辑哲学》一书,意为语言就像是一张网,世界的一切都在语言的网下。小说不仅描写人得以生存的生活之网,而且描写人与语言的关系之网、人与逻辑的关系之网。世界的荒谬与不可知论,与对世界存在和认识的语言的自由及其不可知特性有关。无时无刻不处在语言网下的人,不可能拥有作为人的自由,只有语言的自由。语言既能反映现实,也能掩盖现实,正如作品中借雨果的口所说的:"语言是一部制造谎言的机器","语言根本不可能让你去表达现实是什么"。所以面对语言之网,我们唯一能做的就是什么也别说,什么也别想,或许"只有我们的行动才会有点真实"。小说除了表达世界的荒诞与虚无的思想以外,还通过"网"的意象传达出世界的复杂多样、人生的多姿多彩、生活的变化多端,每个生活在现实中的人,犹如处在网上的某一个点上,相互之间既是独立的相互不可重叠的,同时又是相互有着不可分离的关联的。小说中所奠定的哲性基调,为默多克以后的众多作品提供了一个正确读解的视点:"远离抽象的理论的过程即贴近真理的过程。所有的理论均是逃避,我们必须服从事件本身。实际上,事情本身是我们永远不能真正靠近的东西,尽管我们非常努力,如同在网底下挣扎一样。"对在网下生活的本质的认识,也就是对人生社会本质的认识,就是对真理的认识。正是因为《在网下》内含的对哲学思想的阐述,在对生活和人生的描绘中充满了哲学意蕴,尤其是对存在主义哲学观点的阐述和对自由与意志的认识,默多克成了一个名副其实的存在主义小说家,也因此一举成名。

《在网下》从情节内容来看是一部流浪汉小说,富于哲理性的同时又包含着现实性。作品没有一个核心故事情节,而是以杰克的视角,从被麦格黛恩赶出公寓之后,在各处流落漂泊的所见所闻的串写。杰克往返于伦敦与巴黎之间,人物不仅游离于主流社会之外,同时也是一个被爱情、亲情和友情放逐的人。杰克的生活经历及其心路历程中,具有类似"愤怒的青年"的情结,也是一个社会的局外人和"反英雄"形象。与20世纪50年代英国"新现实主义""愤怒的青年"作品中的"反英雄"所不同的是,杰克不完全是对社会现实充满愤懑与怨恨,对社会充满强烈反抗情绪的人,而更多地表现为对世界与社会荒谬的沉默,对自己与世界的关系的理性思考,探究能指与所指的关系,思索语言的本质与属性。杰克是一个复杂的人物,在别人的眼中他是一个有才华的作家,有丰富的知识,有非凡的创造能力,但同时他又不愿意踏实苦干,游移在自己的投机与小聪明之间。他不愿意受人摆布,有自己独特的思想,但同时他又是一个自我中心主义者,只注重自己对生活的感受而不顾及他人。他不断地做着错事,总是想把自己头脑中的想法强加于生活,却又总是被生活所捉弄,他总是误解事物,误解他人,失去了友情,也失去了爱情,同时人物又处在不停地反思与悔恨之中。杰克成为英国"二战"以后十分具有典型意义的年轻一代知识分子的代表。当人们对社会的狂热激情冷却之后,开始冷静地思考和面对世界与社会的存在,思索人生存在的价值意义的时候,作品以人物内心显示和人生社会经历告诉我们,人们有追求生活的自由选择,但面对荒诞而复杂的世界,人的选择充满了本质上的虚无和不可知。这抑或是对萨特自由选择的存在主义就是人道主义的一种延伸和补充,一种全新意义的诠释。

作品中"我"(杰克)最钦佩的是雨果,雨果是杰克所敬重的实际上也是默多克所重笔塑造的一个理想人物,小说中的主要存在主义思想观点,从杰克与雨果的谈话中大量体现出来。他待人诚恳善良,不图名利,尽管已经是一个很有成就的大企业家,但他生活俭朴,埋头实干,他追求美好的和平主义理想,希望人人都美满幸福。他可以冒着危险去救社会主义者莱夫特,并给予他经济上的帮助,甚至当他知道自己所爱的人萨迪暗恋杰克时,他可以成人之美,为了萨迪的幸福而急流勇退,并给予杰克一大笔钱,这或许是对困境中朋友的同情与帮助,也或许是希望杰克与萨迪有美好富裕而幸福美满的生活。雨果成为作者笔下真善美的典型。默多克作为一名存在主义哲学家,她哲学思想的主要内容就是探讨艺术与伦理道德之间的关系,无论是她的哲学阐述还是小说创作,其目的都在于传达人类应该如何生活得更美好,人如何才能达到真善美。默多克在论文《反对干巴巴》中提出了人应该是:"充满了理性……,用伦理语言待人处世……,他的伦理标准是'善'或'真',……他的根本品德是真诚。"小说中雨果的人生准则及理想追求,是默多克真善美人生观的真实流露,是她的伦理哲学和道德哲学思想的形象体现。

小说具有喜剧与悲剧相融合的风格。一方面,无论从故事情节的错位、人物的对话语言还是事件述说的表述中,都透露出一种幽默搞笑的特点,引人捧腹大笑的俗语、滑稽可笑的噱头、学究式的迂腐谈吐,使得小说在沉重的哲性之下,又具有一种轻松的感性欢娱。另一方面,在诙谐与幽默的描写中,又带有卓别林式的淡淡的悲哀,荒诞的好笑描写背后,具有严肃的人生思考。诚如主人公杰克所说:"我的快乐长着一张悲伤的脸。"在这种荒诞与严肃共存、喜剧与悲剧相融的创作风格中,我们仿佛看到了荒诞派戏剧的影子。默多克自己也坦言受到贝克特《墨菲》写作风格的直接影响。默多克的"这些作品基本上可以分为两大类,一类是更为流行的讽刺性悲剧;另一类是苦乐交集的喜剧。《在网下》是后一类中的第一本,也许是最好的一本"①。金斯利·艾米斯当时就评价《在网下》是同时代小说创作的"胜出者",称默多克属于那种"不多见的杰出的小说家"。②

第二部小说《逃离巫师》(*The Flight from the Enchanter*,1956)描写一位来自东欧的"巫师"般的人物米沙·福克斯,他行为诡秘,相貌怪诞,一只眼睛蓝色,一只眼睛棕色。作为移民,当他出现在伦敦的时候,没有人知道他的生活背景和年龄,但他很有钱,在西欧有很大名气,是个神秘的人物。他结交社会上各种各

---

① See Concise DBLB, Vol. 15, p274. 转引自侯维瑞主编:《英国文学通史》,上海外语教育出版社,1997年,第975页。

② Neil McEwan, *The Survival of the Novel*, Hong Kong, 1981, p. 38.

样的人,掌握着各种社会秘密信息渠道,对一切事情都了如指掌。更主要的是他洞察不同人的心理,熟知他们的弱点,并以此在精神上利用、控制并奴役他们。他身上的那种超自然的巫术与魔法,似乎是难以破解的咒语,牢牢地镇住了和他接触的人,使得人被他的神秘魔力所吸引,沉湎在幻想之中难以自拔,无法逃离。小说具有类似《在网下》的寓意,米沙在作品中被描写成一个善于操纵一切,任何人都无法逃离他控制的神秘"巫师",就是"网"的象征、"恶魔"的象征,是社会强权政治、社会对人的控制力量的象征。在人们的生活中,巫师无所不知、无处不在,甚至在米沙的情人萝莎·基普眼中,仿佛连虫子都受他的控制,追随着他为他而来,因他而存在似的。

> 卵石铺面的平台上布满了各色各样的生猛虫子。蚂蚁身负重物匆匆而过。干缩、可怜的甲壳虫步行着和蹒跚着赶路。绿色的大蚱蜢一动不动地蹲着,几乎让人觉察不到,突然间一跃而起,不见踪影。处处都是红红的色块,那是硕大的无星瓢虫……萝莎望着它们,觉得这整个场面仿佛是米沙专为她用魔法变出来似的。

小说中各种人都试图逃离巫师,然而又无法摆脱对巫师的迷恋,人人处在巫师控制之下,要逃离的不仅仅是外在的巫师,更是指人物内心对巫师的那种依赖和需求的心理定式。小说用很大的篇幅叙述萝莎为摆脱情人米沙而做出的种种努力,她逃离了巫师的控制,甚至嫁给了彼得博士,然而她在社会上到处漂泊、无所归宿的境地,又使得她在精神上、在内心深处一直有着对巫师的迷恋,无法真正地逃离巫师。小说既有对超自然力量的渲染,又有对人生孤独、自我丧失、人性异化的展现,同时也有人处在自由、情爱与责任之中的矛盾。人的自由、情爱与人对他人对社会甚至对自己的责任密不可分,它们构成了完美人生的整体。《逃离巫师》的主题和意义具有不确定性和模糊性,造成解读小说中的多义性认识,具有后现代解构主义的叙事特征。在默多克以后的小说中不断出现类似"巫师"的人物变体,《逃离巫师》因而被看成解读默多克以后多部小说作品的钥匙。

《沙堡》(The Sandcastle,1957)是一部家庭伦理小说,同时也具有对人生的哲理思考。小说写一位已婚的中年教师莫尔爱上了年轻的女画家莱恩,平淡的生活中突然降临的爱情使得莫尔对生活充满了全新的感受,他甚至不顾一切准备和莱恩出走。莫尔的妻子和孩子们则千方百计阻止他们,从中设置误会,制造矛盾,尤其是在莱恩面前故意表示出莫尔十分关爱家庭,暗示莱恩,莫尔与她交往仅仅是无聊的弥补和消遣,气愤的莱恩迁怒于莫尔。最后在家庭和情人的选择中,出轨的莫尔无奈地放弃情人又回到家庭生活中来。小说思考的是个人与家庭、责任与自由、爱情与道德等家庭伦理问题,小说没有给出一个明确的答案,也没有倾向性的道德说教,任何一方从自己的角度而言,都有其合理性的一面,而这种合理性是在自由和责任的矛盾中,以或者牺牲自由或者放弃责任为基础的,生活在其中的人很难两全。爱情是充满诗意的,是艺术化人生的体现,然而对莫尔而言是奢侈品,爱情给人带来幸福,然而爱情是虚无的,就像女画家莱恩(Rain)的名字是英语的"雨"之意,是艺术与爱情的象征,犹如滋润莫尔干涸心灵的爱情雨露。然而他们两人美丽而幸福的爱情殿堂,就如同书名"沙堡"一样,经不起任何的风吹雨打,一切充满了虚无。小说在家庭婚姻和伦理道德描写中融入了对人的自由选择的存在主义哲学思考。

《大钟》(*The Bell*,1958)是一部现实主义和象征主义相结合的小说。所谓现实,是指小说的叙述描写以及人物刻画手法,具有 19 世纪维多利亚小说家的现实主义风格,作品具有英国 20 世纪 50 年代回归现实主义小说的风范。但同时在看似对现实故事的描绘中,围绕着大钟展开的情节内容,却具有复杂的象征意义。小说叙述的是在一个远离文明都市的宗教社区中,因为同性恋而受到教会惩罚的社区高层人士麦克尔·米德为了赎罪,试图将一口大钟安放到修道院的塔楼顶上,然而大钟在运往修道院的途中却不慎坠入湖中。小说的现实性表现在不同人物对情欲的追求上,体现在他们对具有人道精神的性爱的向往中,传统的伦理道德与情欲的矛盾冲突,情欲享受与宗教信仰之间的矛盾冲突,都表现出人物面对现实所无法摆脱和回避的困惑。同时,大钟又是象征的,它沉入湖中象征着人们想赎罪和得到永久的解脱是不可能的。大钟上刻着的"我是爱之声"的字样,其实也象征着宗教的禁欲主义和世俗的享乐主义不可调和的矛盾,试图将爱之钟安装到修道院的塔楼顶上去的举动本身,就是人们心中人道的爱欲与宗教的非人道的禁欲相互矛盾冲突的体现。作品同时阐述了理智的重要性,否定了畸形的非正常的情欲。整部小说情调消极低沉,流露出人生虚无和悲观的情绪。

20 世纪 60—70 年代默多克的小说创作,在萨特式的极端自由选择中,在存在主义哲理思索中融入了莎士比亚式的写实主义,在一系列的小说创作中更关注人性中的善良与邪恶、人的罪恶与赎罪等。人物及其故事情节虽然也阐述哲学思想,但无论是人物还是情节内容,都更贴近现实生活,故事的背景不是抽象的"境遇",大多是伦敦或者伦敦近郊,人物以中产阶级为主,被称为"伦敦小说"。

《一颗被砍掉的头颅》(*A Severed Head*,1961)是一部以男女情欲为线索的道德哲学小说。作品将寓言中一颗被砍离身体的头颅作为邪恶的象征,描写三男三女 6 个已婚的中年知识分子错乱的性爱关系。小说的主人公马丁结婚后,幸福美满,但是人格分裂的他同时又和情人乔奇长期来往,并使她怀了孕。在情爱方面马丁一直感觉很好,认为妻子和乔奇两个女人都爱恋着她。而实际上他的妻子安东尼娅和心理分析治疗家伯墨早就有了关系,不久乔奇也离开他并嫁给了马丁的弟弟亚历山大,安东尼娅也和马丁离了婚。伯墨的妹妹霍诺尔·克莱恩博士从德国来到伦敦,使得人物之间的关系更加复杂起来,她看清了各种人的堕落行为,并将各人的关系暴露无遗。马丁转而迷恋上了霍诺尔,同时又对伯墨有着同性恋爱慕,但他很快发现霍诺尔与她同母异父的哥哥伯墨有乱伦关系。在沉重的精神打击下,马丁终于头脑冷静下来,理智地重新审视自己与他人之间的关系,思考道德与伦理的问题,反思一直以自我为中心的人生观。小说中,走马灯似的人物之间交错的两性组合关系,使得人物处在一种常人不能接受的乱伦关系之中,夫妻间同床异梦,兄弟间争夺女人,兄妹间乱伦。小说描写的是处在城市生活里的中产阶级在情欲中寻求慰藉,以弥补生活的空虚与无聊。人物无法摆脱情欲的诱惑,正如人无法逃离迷恋的巫师一样。小说中的霍诺尔就是寓言里那颗被砍掉的头颅的象征,她是巫师般的人物,她身上散发出人们不可抗拒的魔力或神力,她也是作品中唯一没有陷入迷狂情欲的人,她的存在既是邪恶的审视者,使得他人的堕落得以彰显,同时也是道德理智的评判者。她对马丁说:

> 我是一颗从前原始部落和古代炼金术士使用的被砍掉的头。他们给它涂油,在它舌头上搁一块金,使它讲出预言。谁能说与一颗砍掉的头长期相处不会使人获得令人惊诧的见识呢?

霍诺尔能预知一切,操纵一切,控制一切,人们无法改变自己的行为,无法摆脱霍诺尔的预言,在她的道德操纵下人性的阴暗得以彻底曝光。然而人们也正是通过霍诺尔看到了自己的本质,看清了自身的堕落。小说结尾作者让人物在对自我行为的反思中形成新的组合关系,马丁在自己妻子的外遇和情人的出走中看到了自己淫乱的影子;乔奇知道了在情爱中放弃个人的追求一味迎合他人,只会丧失自我,成为有欲无情的尤物;安东尼娅在和3个男人的交往反省中,改善了和马丁的关系,明白了自己人生和情感的追求方向。对人物关系的描述,表达了作者的道德观念,即人应该具有清醒的理智,在人的自由选择中体现人的价值,在与他人的共同生活中,遵循人伦的规则,从而一起趋向道德的完善。人物不再把情欲当作对人生痛苦的一种逃避和安慰,而是在两性关系中逐渐走向相互尊重,承担责任,从对情欲的追逐到对爱情的追求,从盲目的放纵到理智的回归。默多克在小说中写道:"人际关系中,什么也比不上双方之间默契让人感到舒服。"小说犹如一个现代神话,在寓言式的表现中阐述人与他人的关系、邪恶与理智的关系以及道德与情欲的关系,表达人类趋向道德完善的美好愿望。

《一朵非正式的玫瑰》(*The Unofficial Rose*,1962)是一部探讨爱情的纯情故事小说。所谓"非正式的玫瑰"是指爱情没有一种固定的正规的模式,它往往是复杂而具有多种属性的,它可以是爱情激情的象征,可以给人带来幸福快乐,也可能给人带来烦恼和痛苦。《独角兽》(*The Unicorn*,1963)描写的是一个发生在爱尔兰的哥特式爱情故事。小说教师玛丽安失恋后,离开城市回到偏僻的家乡盖兹去任教。她的学生竟然不是孩子,而是盖兹的女主人汉娜。汉娜因外遇被丈夫彼特发现,两人发生争执,汉娜将彼特推下悬崖致残。彼特愤而将汉娜囚禁在家,让同性恋情人司各托看守,自己去了纽约定居。玛丽安试图拯救汉娜,可惜计划破产,愤怒的汉娜开枪打死了司各托,自己投海自尽。彼特接到家中出事的消息,从纽约返家,遇到洪水暴发被人溺死在海里。最后玛丽安离开盖兹返回了都市。小说具有女性主义文学特征,表现了生活在男权中心的社会中,女性渴望爱情、自由的抗争与挣扎,其间不乏人物的隐忍、奋起、无奈与悲哀。作品蕴含着象征寓意和神秘主义色彩,评论家拜厄特论说《独角兽》艺术风格时曾说:"默多克的语言是那么抽象,以至于要将她的想法译成任何表达人类行为和关系的词汇是困难的。"[①]

　　《红色与绿色》(*The Red and the Green*,1965)叙述了 1919 年爱尔兰新芬党在复活节起义,反抗英国殖民统治的故事。小说将热烈的爱情和深沉的历史有机交织在一起,反映了默多克较好地处理重大历史事件的能力,以及她所具有的细腻的个人情感描写的技艺。《好与善》(*The Nice and Good*,1968)是一部默多克式的哲学小说,作品通过人物的言论和行动描写,体现出好与善之间的区别。所谓好就是一般意义上的善待他人,在对他人好的同时自身也获得某种满足。而真正意义上的善,则是需要人全身心地投入其中,不思个人得失,不图他人回报的那种真善。现实中的人往往表现为表面上的好,而具有纯粹的真善之人凤毛麟角。人物的言行中蕴含了作家对道德和真善严肃的哲学思考。小说获得了 1969 年第一届布克文学奖。《布鲁诺的梦幻》(*Bruno's Dream*,1968)是一部心理小说,现代社会中当人们的精神和行为不再受宗教约束的时候,只剩下人们潜意识中的情欲需要,在纷乱的现代社会中,唯有情欲是真实的存在,成为人们一切行为的原动力。小说格调压抑沉闷,也反映了现代人精神家园失落后苦闷彷徨的社会心态。《还算体面的失败》(*A Fairly Honourable Defeat*,1970)是一部具有宗教含义和道德说教的小说。作品讲述了一个巫师般的恶魔人物朱利叶斯,作为生物学家的他在战争期间被纳粹集中营关押了好些年,受尽苦难和折磨,以后就"一直没有从希特勒的暴虐中恢复过来",他将集中营中"邪恶的阴影延展到当代生活中他的行为和看法中",在他的眼里人性充满了恶。为了证明自

---

　　① Byatt Antonia Susan,*Degrees of Freedom*:*The Early Novels of Iris Murdoch*,London:Vintage,1994,p.62.

己的观点,他以人们眼中善的象征人物鲁伯为实验对象。鲁伯是一位完全的利他主义者,作为中产阶级的上层人士具有美好的德行,他有一份令人羡慕的工作、一个美满的家庭,还是一位业余哲学家,正撰写着论善的书。朱利叶斯以摩根的名义给鲁伯写了一封情书,使得鲁伯和摩根两人双双坠入情网,鲁伯更是不顾理性、信仰、善良的理论,陷入其中不能自拔。朱利叶斯进一步将鲁伯与摩根的关系展露给鲁伯的妻子、弟弟、儿子和摩根的前夫等人知道,使得鲁伯精神受到沉重的打击,一蹶不振,心灵在自责和他责中不得安宁,于是整天酗酒,最后因醉酒而失足淹死在游泳池中。在朱利叶斯看来人就是邪恶的实体,他所爱的只是自我,为满足需要和虚荣,可以抛弃一切,根本就不存在善。作为巫师和邪恶象征的朱利叶斯,在他的无所不知、无处不在的作用下,我们看到了人物复杂的情欲关系,其中不乏乱伦关系、同性恋关系、婚外恋关系等。小说具有道德探索和宗教小说的特征,在善与恶的反省中,在鲁伯痛苦的内心折磨中,人物虽然没能抵御住恶的诱惑,但从人物最后的良心谴责中,人物最后的意外死亡中,恶的胜利中,我们还是看到了善在人物身上的作用,换言之,鲁伯的失败还算比较体面的。

《黑王子》(*The Black Prince*,1973)被看作默多克 20 世纪 70 年代一部重要的小说。作品以主人公布拉德利因被误判杀人罪,在监狱最后的日子写下的回忆为主要内容,展现不同人物的生活状况以及复杂的人与人之间的关系。58 岁的布拉德利早年是一位税务人员,后来热衷于对生活与艺术关系的研究,成为一名作家。布拉德利与作家朋友阿诺德有同性恋倾向,同时还和妹妹之间有着暧昧的感情。他勾引上阿诺德的妻子,作为报应,阿诺德也与布拉德利的妻子有关系,使得布拉德利与妻子离婚。后来布拉德利对阿诺德二十来岁的女儿朱丽安产生了热烈的恋情,不久两人坠入情网,这极大地唤起了他的创作灵感,退了休的他想写一本犹如《哈姆莱特》那样的传世之作。人物之间错综复杂的关系中既有对情欲满足的享乐,也有妒忌、痛苦、虚无、死亡意识的感受。最后,当阿诺德的妻子知道丈夫与布拉德利的前妻私通后,妒火中烧,杀死了阿诺德。前来谋杀现场的布拉德利为帮助阿诺德的妻子销毁罪证,而不小心留下了痕迹,被警方指控具有谋杀的动机和证据,而把他投入监狱。在狱中布拉德利甘愿受到审判,并不申诉,而是将自己的全部热情投入写他情感历程的回忆中。小说既有对人的生存状态的描绘,体现世界的荒诞和人生虚无的存在主义思想的图解,也有对婚姻、道德、性爱等伦理观念的反思。人与人之间那种堕落的情欲关系描写,使得我们看到的人的形象,完全不是莎士比亚《哈姆莱特》中人物那种高大的承担社会重任的人文主义者的王子形象,而是沉浸在道德失落的情欲关系之中的,其中有同性相恋的、兄妹乱伦的、老少爱情的、交错情欲的。布拉德利虽然年纪已大,但他的妻子,阿诺德的女儿,夫人,以及自己的妹妹,四个女人为他而生存着。在以他为轴心的生活情感世界中,布拉德利可以称得上是她们的"王子"。然而他的存在并没有给她们带去幸福和快乐,相反,以他为中心的人际关系的颠倒和错乱,给不同的人带去的只能是情感的痛苦和人生的悲剧。莎士比亚笔下的那个试图铲除罪恶、扭转乾坤的丹麦王子,在默多克的笔下成了一个反讽性的滋生罪恶、制造悲剧的"黑王子"。小说将现代社会中人的精神和肉体堕落的状况真实而复杂地描绘了出来,默多克称她的小说就是要写出生活中"可怜的、易于轻信上当的、思想混乱的人,在一个一个可怕的打击下跌跌绊绊地前进"的人生状况,借以启迪人们反思生活与人生。

小说具有将艺术的真实与生活的真实融合在一起的特点,在艺术形式上有很大的创新。整部小说由三部分内容组合而成,第一部分是小说的主体,即布拉德利在监狱中写的回忆故事,以他与朱丽安的狂热恋情回忆,用自己的生命去进行艺术创造,完成了自己一生的艺术夙愿和追求;第二部分是回忆中的四个人物所写的"附录";第三部分是以书的编辑名义写的"序"和"跋"。在"附录""序"和"跋"中,从第三者的视角对故事进行不同的阐释和评论。在他们的眼中,布拉德利所写的回忆内容并不是完全的生活真实,而是一种艺术虚构的真实,同时也从他们的眼中折射出布拉德利的形象,对不同人之间的关系做了很多补充,使我们对作品中的人际关系及其作品内容和事件的真相有更深的了解。另外,小说运用了细腻的心理描写,在人物的独白和内心的心理意识表露中,展开对生活人生、艺术真实和现实真实、善与恶、婚姻与家庭、性爱与情感、享乐与痛苦等社会与人生问题的思考反省。小说获得布莱克纪念奖。

在20世纪70年代最具代表性的小说《大海,大海》(*The Sea*, *The Sea*, 1978),被看作是默多克道德小说探索拯救主题中最成熟的一部作品。主人公查尔斯曾是个大导演和剧作家,退休以后他对这种喧哗的生活感到厌倦,于是来到一个偏僻的海滨村庄隐居,想通过撰写回忆录的方式来记录下自己的思想,驱除杂念和欲望,做一个纯粹的人。然而当查尔斯在海边遇见了年轻时的初恋情人哈特丽后,一切都发生了变化,对生命中最纯洁情感的珍视和怀念,使得他旧情萌发,又疯狂地爱上了哈特丽。查尔斯甚至无视哈特丽有了美满的婚姻家庭生活,以为她也如自己一样,充满了对自己的爱情,当他自以为发现她的婚姻不如意时,便萌生解救她并与她结合的强烈愿望。为把自己的意愿强加于她,查尔斯作为一个演员、一个具有破坏性的"魔术师",导演出一连串悲剧。他粗暴地闯入哈特丽的生活,甚至将她囚禁在家中,给哈特丽的朋友、亲人带来伤害和灾难,她的养子后来溺水死去。查尔斯得不到他想象中的爱情,投水自杀未成,身为佛教徒的堂兄詹姆斯突然来看望他,在堂兄的帮助下,查尔斯意识到自己举动的自欺和暴虐,于是放弃原先的想法,从海边回到了伦敦。小说将人物安置在一个特殊环境和极端情境中,具有复杂的结构、哥特式风格和超自然的色彩。作品总体构思是对莎士比亚的传奇剧《暴风雨》一定程度上的戏仿。小说的全部内容是对人性的拷问和思索,其中经历了主人公人性的善良、人性的丧失,以及人性的复苏等不同阶段。在默多克看来,现代人类人格具有自我封闭、自我中心特征,这样的人格主导下的人性往往表现出自私性,她说:"人的心灵是一个由历史决定的个体,它一刻不放松地关照着自己。——做白日梦是它最大的消遣之一。它不愿意面对让人不舒服的现实。通常情况下,它的意识不是一面可以观看世界的透明玻璃,而是一片或多或少充斥奇异幻想的云彩;这是一片用心设计让心灵免受伤痛的云彩。它一刻不停地寻求慰藉,要么是通过假想的自我膨胀,要么是通过编造神学性质的故事。即使是它对他人的爱也往往是一种对自我的坚持。"①查尔斯来到海滨隐居的本意是要反思人生,戒除自我中心和支配欲,做一个道德上更向善的人。然而初恋情人的出现,使他步入歧途。向善的愿望在自欺和幻想中成为可怕的迷思执念,使他成了左右和控制他人生活的"巫师"、邪恶与悲剧的始作俑者。作家以佛教徒之口表述了自己的道德说教,即完善道德的努力只有通过对自我情欲的征服和内心邪恶的摒弃才能实现。生活在情欲世界中的人具有自我的盲目性、麻痹性和欺骗性,即使自认为是向善的意愿,但只要掺杂着个人的情欲杂念,也可能演变成给他人带来的悲剧。恶魔并不是来自外部,而恰恰来自人物的内心。只有做到非自我,才能获得人的自由和澄明,才能客观冷静地看清世界和他人,坚定道德目标,从而达到真善美的理想境界。大海是小说中一个十分重要的意象,是查尔斯思善作恶的见证和参照,在大海浪漫的描绘中融入象征寓意。小说中反复出现对海上景象和海水的描写,如查尔斯居住在海边小屋的描述,洞穴般的构造呼应着主人公对自己内心的反思和对人生的探索。大海不仅仅作为一切发生的地域和背景,同时也作为一个具有生命体的具象在注视着查尔斯,海景的变换,承受着人物内心活动的投影,时而平静时而骇人,虚幻和真实在这里交错。大海的幻象比照着关于人物的迷思。海中怪物也成为人物自我执念的恶魔的象征。海水既能冲毁一切,作恶人类,也能荡涤一切,创造一个新的世界。查尔斯投水自溺未成,却在灵魂上成了一个新人。他突然意识到了自己的自私和邪恶,看到了自己的武断任性,无法与人沟通,缺乏对他人的理解,从海中回来的他灵魂得到了净化:

> 我这么多年一直自我欺骗,对一种并不存在的爱心存幻想。我只顾读自己梦中的书,却忽略了事实。

① Iris Murdoch,"The sovereignty of good over other concepts."In Peter Conradi(ed), *Existentialists and Mystics*,London:Chatto & Windus,p. 363.

在海边的查尔斯经历了由自我欺骗到自我认识的过程,平静地接受了哈特丽的第二次离开,人物虽然更加孤独,更加忧郁,但获得了灵魂的新生,表现为更加明智,更加善良,也更加善解人意。传达出人只有驱逐自我内心自私的恶魔,才能够真正得到拯救的主题内涵。小说结构繁复,情节曲折,象征寓意复杂,作者错落有致地把奇幻想象、哥特情节、错乱情爱、哲学探讨和日常细节等一一展现出来,将现实性、传奇性和哲理性有机地融合在一起。小说获得了1978年布莱克文学奖。《大海,大海》与《黑王子》一起,被看作默多克创作的巅峰之作。

默多克一生创作不辍,直至20世纪80年代后期和90年代,仍不断有巨作问世。其间她的创作思想更加深沉,小说的主题不再是单一视角,而是多维立体地、全方位地展现"二战"后英国社会的人生百态,作品中仍然充满着哲学、道德和宗教拯救的思想内蕴。《修女与士兵》(Nuns and Soldiers,1980)以黑色幽默的手法,描写一个人物的死亡解除了其和他人的种种关系和束缚,人们在获得新的自由中重新确认自我存在的价值,体现了对存在与自由选择的存在主义哲理思考。《哲学家的学生》(The Philosopher's Pupil,1983)描写一位巫师般的哲学大师罗扎罗夫,控制和操纵他人意志,表明哲学对真理的探寻也无助于人对邪恶的规避和控制。《好学徒》(The Good Apprentice,1985)描写主人公内心善良与邪恶斗争的痛苦历程。斯德特·库诺决心与内心的邪恶决裂,成为一个善良的人、一个虔诚的信徒,于是他选择了独身、禁欲以及放弃自己很有前途的学术生涯。当发现他的同母异父兄弟爱德华·伯德姆受邪恶的控制,生活在自认为杀死好友的内心谴责中时,极力地去救助他,自己却遭受了巨大灾难。默多克的最后一部小说《书和兄弟会》(The Book and the Brotherhood,1987)描写一位巫师般的人物克里蒙想写一部惊世之作,得到他那帮整天无所事事的中年知识分子朋友的资助,克里蒙作为他们中的佼佼者,以他独有的魅力控制着他们的思想和意志,甚至引诱朋友妻子。作品在克里蒙的激情邪恶与他的朋友们的平庸无聊的对比中,展示并反思社会现实生活。小说获得了1987年的布莱克文学奖。默多克最后一部小说《杰克逊的困境》(Jackson's Dilemma,1995)中,主人公爱德华·莱尼是一位热情而年轻的诗人和历史小说家,小说围绕他在举办婚礼前收到未婚妻的一封来信而展开恐怖的心理描写。

作为哲学家的默多克,早年深受萨特的存在主义和弗洛伊德的心理学理论的影响,后来又师从维特根斯坦专修哲学。在漫长的学术生涯中,她逐渐形成了一套关于伦理道德的哲学体系。《作为道德先导的形而上学》是她最著名的理论著作,溯引古希腊哲学家柏拉图的哲学理论来观照现代伦理道德哲学领域的研究。她在一系列小说创作中,用形象的塑造和情节的表述,阐述她的哲学观念和道德伦理思想,表现出对哲学、伦理学、人类学的浓厚兴趣。尤其是从存在主义出发,反映现代人的生存境况,探讨人存在的价值和意义。小说探讨人与邪恶的冲突,善与恶的本质认识,人的行为的自由选择,情欲和爱情,等等问题,其中最为突出的一个主题是善与爱,宣扬"世间一切事物中最重要的是热爱人们"的思想。默多克自己就曾说:"我想从信上帝转向信善。好的小说均以善恶对立为主题,主张扬善抑恶。"①尤其是在她的中后期小说创作中,哲学思考的重心逐渐转向对道德伦理的思考,她多次强调:"在我后期的大部分小说中是关于社会道德上的相互适应、性道德、婚姻中的道德问题以及宗教的问题。"默多克说,对于需要精神慰藉的人而言,上帝比善更能"起到真正安慰和鼓舞的作用"②,然而对于人生而言,显然善更为重要,因为"对上帝的信仰可能会影响一个人思考事物的方式",但"不会提供任何走出困境的便利之路"。③ 因此"我们可以没有上帝(God),但不能没有善(Good)"④。人类的痛苦、失败不是来自外部而恰恰来自人们的自我内心。默多克的小说对"二战"以后英国中产阶级和知识分子的生活状况及其精神面貌做了较为全面而形象的刻画,在她的多部哲学和道德小说中我们可以看到,虽然人类自由平等的美梦和人类善良的本性,都被残酷战争所释放出来的野性给摧残了,然而,面对上帝信仰的动摇,恶魔操纵的邪恶左右人类的命运,到处出现无知贫乏、暴力邪恶和道德沦丧,人类依旧为寻找美与善的境界而不懈地努力着。在她小说类型化的人物中,展示了普遍的现实人性,其中不乏控制人们思想行为代表权威和邪恶的巫师,沉溺于情欲而不能自拔的男女,有高尚道德而事业失败的善人,美貌聪明的女人,爱情的痴迷者,等等,默多克常常将她的人物放在情欲甚至乱伦的关系中,拷问他们的道德伦理,在善的说教中,反思人存在的价值和意义。同时我们也看到,默多克的小说在探讨哲学与伦理,具有哲理色彩和抽象道德说教的同时,十分注重表达技巧,将现代手法和传统手法有机结合在一起,使得小说创作的风格具有严肃的道德说教与娱乐通俗相融合的特征。故事内容有时闹剧式突变,有时具有侦探悬念,有时叙述迂回曲折,主人公性格常常古怪突兀,作品多表现暴力死亡、性爱错乱、神秘怪诞等题材,使得小说情节生动曲折,人物形象鲜明可爱,环境奇幻独特,具有很强的可读性。

第十三节　约翰·福尔斯

　　约翰·福尔斯(John Fowles,1926—2005)是英国 20 世纪 60 年代以来文坛具有创新精神的小说家,在小说创作手法上做出了重大突破,作品在雅俗共赏的

---

　　①　伊恩·汉密尔顿:《默多克的爱情世界:小说与现实》,《译林》,2000 年,第 1 期,第 198 页。

　　②　Iris Murdoch,*On "GOD" and "Good"*,Existentialists and Mystics,p. 358.

　　③　Iris Murdoch, "The Existentialist Political." *Myth, Existentialists and Mystics*, p. 143.

　　④　Alan Jacobs,*Go(o)d in Iris Murdoch*,Copyright,1955,pp. 32-36.

同时,也成为后现代主义文学评论和研究者关注的中心之一。

　　福尔斯出生于英格兰埃塞克斯泰晤士河边的雷昂西镇,少年时代为躲避"二战"的炮火,随家人来到乡下避难。美丽的大自然环境及其远离城镇喧嚣的生活,给他幼小的心灵留下了美好的记忆,成为他日后创作灵感涌现和美好生活意境的源出地,博物学也成为他一生中最重要的业余爱好。在贝德福德贵族子弟寄宿学校,福尔斯受到了良好的正规教育,尤其是对 14—18 世纪历史的系统学习,极大地丰富了他的知识结构。福尔斯不仅学习成绩优秀,也是一位户外运动爱好者,担任过体育助教。这个阶段形成了福尔斯最初的人生观与世界观。当时寄宿学校野蛮的管理体制、高年级学生责罚低年级学生的管教手段、过分沉重的课程学习,使得福尔斯与学校之间产生了极大的矛盾,成为学生中反对学校管理的小领袖,进而对一切法律制度、当权管理者产生了强烈的蔑视和对立情绪。离开贝德福德学校以后,他应征入伍,进入皇家海军服役,在爱丁堡大学接受军事训练后任中尉,但没有上前线参加过真正的战斗。退役后,1947—1949 年福尔斯进入牛津大学攻读法语和德语文学,深受当时盛行于大学的法国存在主义的影响,1950 年以优异的成绩获得学士学位。毕业后福尔斯在法国波瓦蒂埃大学教授英语一年,然后去希腊斯佩德西岛一所中学教英语。福尔斯自己也认可他以后作品中所体现的文化底蕴和精神风貌,主要源自英国、法国和希腊,欧洲文化对他的影响要远远大于英国本土文化。1954 年福尔斯结婚后,主要在伦敦教育和文化部门工作。20 世纪 50 年代初期福尔斯就开始进行大量的文学创作,在创作中间接地宣泄自己对现实的不满情绪。直到 1963 年长篇小说《收藏家》发表,他才专注于文学创作,成为一名专职作家。

　　福尔斯的创作具有十分丰富的想象力,常常以观察的现实为契机,结合历史知识的积累,在丰富的想象中,构思他的小说。他一般不是每天写作,甚至可以长时间搁笔,经常在想象虚构中丰富他小说的情节内容、人物形象,而一旦灵感出现,想象构思完成,他可以一天 10 多个小时连续写作,一气呵成。福尔斯小说从现代的视角反映历史真实的写实手法,极大地丰富了现实主义文学创作,同时他的小说具有故事性和实验性相融合的特征,不断在文学内容和文体上革新,小说融入了后现代主义的创作手法,但同时又不失通俗性。

　　福尔斯的第一部小说《收藏家》(Collector,1963)篇幅不是很长,但小说凭借所描写的人物独特的心路历程、故事情节的惊险离奇,赢得了众多读者,使得他在文坛崭露头角。小说中的"收藏家"弗雷德里克·克莱拉是出身工人家庭的年轻文书,也是一个蝴蝶标本的爱好者和收藏家。他爱上了年轻美貌的姑娘米兰达,米兰达不仅家境富有,而且是美术学院大学生。显然弗雷德里克想要得到她的爱是件不可能的事情。在一次偶然的足球彩票购买中,弗雷德里克意外中彩发了大财,于是他在郊外购买了一所带地下室的房子,将米兰达像收藏蝴蝶一样收藏起来，把她囚禁在地下室里，希望在自己的苦苦追求下，姑娘能够理解他的爱意，从而对他产生爱情。然而阴暗潮湿的环境和恐怖压抑的气氛，不仅没有让米兰达产生爱，反而使得她的身体日见虚弱，最后患上感冒，得肺炎而死。弗雷德里克埋了米兰达以后，若无其事，当他在街上看到一个很像米兰达的姑娘时，又产生了新的邪恶念头。

《收藏家》作为一部心理惊险小说、一部犯罪小说，主要人物弗雷德里克是英国 20 世纪 50 年代"愤怒的青年"在 60 年代的再现和变体，人物从当年的愤怒到现在的变态，从当年的反抗到现在的犯罪，是社会心态从理性走向非理性，从自我价值的追求转向自我人性的否弃的象征。"这位噬血的刽子手轻松地谈论着杀人的计划，使人不寒而栗，这与阅读《我已故的公爵夫人》(My Last Duchess) 时的感觉不相上下。"①这是一部具有丰富内涵的现代神话和现代寓言小说，人物对不同的人生爱情、艺术宗教的认识，具有深沉的哲性思辨，反映出现代社会非理性对理性秩序的挑战。小说是一场邪恶与美、生存与毁灭的较量。福尔斯说"收藏乃是一种特定的男性失常行为"②，弗雷德里克从不断捕捉收藏蝴蝶，接着把女性也纳入了自己的猎捕和收藏的范围。弗雷德里克收藏蝴蝶，收藏美，进而追求美丽的米兰达，禁锢米兰达，蝴蝶的美丽在于它飞翔的生命，而同样米兰达的美丽也在于她生活的自由，失去自由的米兰达就如失去生命不再飞翔的蝴蝶。收藏家行为的本质其实就是一种极端自私的占有欲望的恶性膨胀，其邪恶和阴暗的心理要达到的最终目的就是控制他人意志，剥夺他人生命。小说的最后，变态的弗雷德里克宁愿看着米兰达死去，也不愿意给她自由。巴里·奥申说："这位窥探者如同观察蝴蝶一般观察着她，在心目中将其自由和充满生命力的本质降格为物品的身份——收藏的标本。这种收藏家扼杀生命的权力及对人的物化从一开始就在弗雷德里克的叙述中清楚地展现出来了。"③作品在逐渐展开收藏家变态邪恶内心的同时，具有浓郁的道德说教内涵，描述地下室生活，也是对弗雷德里克行为的一种否弃。福尔斯借收藏家弗雷德里克占有欲的恶性膨胀及其罪恶行径，告诫人们应该控制自我内心的魔鬼与罪恶，"因为蝴蝶的可贵在于其生命的美，收藏家剥夺了它的生命，就无法收藏到它最宝贵的东西，反而被收藏物控制了他的意志，使他变得越来越贪婪"④。同时，小说具有对社会生活的哲理思考，形象阐述出作家关于社会多数人与少数人、社会精英分子与大众

---

① Roben Huffaker, *John Fowles*, Boston: Twayne Publishers, 1982, p. 83.

② Simon Loveday, *The Romances of John Fowles*, London: The Macmillan Press, 1985, p. 24.

③ Olshen, Barry N, *John Fowles*, New York: Frederick Ungar Publishing Co., 1978, p. 17.

④ 刘若端：《寓言与传奇的结合——试论约翰·福尔斯的创作》，陆建德主编：《现代主义之后：写实与实验》，中国社会科学出版社，1997 年。

阶层矛盾对立的理论。社会的多数人愚昧无知,缺乏道德,恶劣的生活环境常常使得他们心理变态,弗雷德里克就属于多数人一族,是社会大众成员。米兰达则是社会精英分子的代表,少数人中的一员,他们都受过良好的教育,有知识有道德,具有优雅的风度和非凡的气质,但他们恃才傲物,自命不凡。社会生活中两种人物的较量,最后往往是代表少数人的社会精英被毁灭。这是社会上贫富悬殊的两种人、两个阶层、两种文化、两种社会心态对立而不可调和的反映。

小说采用双重视角进行叙述。一是以弗雷德里克的视角进行叙述,写他爱好蝴蝶进而爱上了米兰达,收藏蝴蝶转而收藏禁锢米兰达的心路历程和行为过程。他在郊外别墅的地下室中买了米兰达喜欢的书籍衣服等,通过麻醉的手段将她劫持以后,向她表示自己的爱意,给她香水、巧克力等,但高傲的米兰达需要的是阳光、空气和自由,她鄙视弗雷德里克,于是他最后让她窒息,逐渐衰弱而死。二是在小说的后半部分,以米兰达日记的形式,从她的视角来展现自己被囚禁后的内心世界及其遭遇。她发现弗雷德里克其实是一个不懂生活、不懂爱情的人,他将占有看作爱的得到,对身外一切都麻木不仁,她试图说服教化他,但是极端自私和愚昧的弗雷德里克是一个十分顽愚的人,他们之间根本没有共同语言,更谈不上爱的交流,当然她也不可能改变弗雷德里克。为了得到自由,她想方设法去迎合他,投其所好,当发现弗雷德里克爱好艺术,她就与他探讨艺术与美学,然而很快发现其实他根本不懂艺术,纯粹是个外行。甚至为了获释,她尽管十分厌恶弗雷德里克,但还是去屈就他,想以满足他的性欲来达到自己的目的,但出人意料的是弗雷德里克是个性无能者,反而将米兰达看作淫荡之人而鄙视她,这使得她十分愤怒。米兰达的悲剧,不仅仅是弗雷德里克变态心理造就的偶然事例,而是具有社会不同阶层、不同文化、多数人和少数人之间对立与抗争的普遍社会意义,他们之间不可逾越的鸿沟是 20 世纪 50 年代"愤怒的青年"与上流社会矛盾的延续和变体。双重视角的描写使得小说的对比性更强烈,人物的心理展示更真实,事件的叙述更详尽,人物的性格显现更丰富。小说因其恐怖的情节、神秘的气氛、哲理的思索以及所蕴含的病态美,一发表就引起了轰动,很快被翻译成 10 多种文字出版,并被拍成电影,福尔斯也因而名声大振,为评论界所瞩目,被誉为"讲故事大师",确立了在英国文坛的地位。名利双收的他在莱姆·里基斯海边购买了一幢 18 世纪故宅,从此以后开始专职写作。

《魔法师》(*The Magus*,1965)是一部戏拟莎士比亚《暴风雨》的传奇小说。作品以英国年轻学者尼古拉斯·厄弗第一人称的口吻叙述。尼古拉斯出身中产阶层家庭,从小在非正规的中小学学习,牛津大学毕业后却没有获得像样的学位,经过自己的努力,他成为一所学校的校长。为摆脱与澳大利亚人艾莉斯恋爱失败的痛苦,以及对生活产生的更大失望,调整消极苦闷的心理,他来到希腊小岛的一所小学执教。但不久就厌倦了学校生活,身处异乡的孤独和苦闷、对未来生活的迷惘以及对于自由的追求,使深受当时盛行的存在主义思想影响的他,甚至产生了以自杀来获得个人自由的念头。岛上美丽而自然的风光、牧羊女美妙的歌声使他获得了重新生活的勇气。在那里,他遇到魔法师莫里斯。莫里斯既是艺术家又是科学家,具有充沛的精力和超人的智慧。他以整个小岛作为舞台,运用魔幻法术导演了一出出游戏戏剧和假面剧,岛上的人既是演员也是观众,小岛充满了各种各样的噪音、声响和神秘。在神灵游戏中,尼古拉斯终于认识了自我,对人的自由存在有了更澄明的理解。

　　小说用魔幻的手法,以古老的神话为原型编织出一个虚幻而真实的超现实世界,在五彩缤纷的神灵游戏中,折射出对人生价值、性爱和道德意识的反思,通过主人公尼古拉斯传达出对生活的存在主义哲理思考,将社会的荒诞、人生的痛苦、自我的生存与自由的选择等存在主义哲学命题,融了尼古拉斯和莫里斯的神灵游戏之中。尼古拉斯受到了当时盛行的存在主义思想影响,对生活和人生充满了失望和迷惘,对现实怀有种种不满情绪。在伦敦尽管有一份好的工作、好的生活,也有爱他的姑娘,但他总是对社会对生活有一种厌恶感,他的内心存在着自由与责任、现实与幻想之间的矛盾冲突。想获得自由却没有奋斗的目标,想过那种雅致绅士的生活,却没有高雅纯洁的心理。在伦敦时他与艾莉斯有染,却不满意艾莉斯,甚至拒绝承认与她的关系,玩弄感情却认为自己真诚纯洁,想得到女人却又不愿意承担任何责任。为追求完美也是为了摆脱他觉得不满意的恋爱,他来到希腊小岛。在与魔法师的交往中,他结识了美丽年轻的女演员朱丽,在朱丽身上他看到了一个完美的女性形象,她身上所体现的美,正是艾莉斯所欠缺的。然而,在进一步深入接触中,他发现她在性爱上的不自信,朱丽在莫里斯的神灵游戏中,常常扮演莫里斯初恋对象的角色。莫里斯引导着尼古拉斯,成了他的保护神,然而却对尼古拉斯有着暧昧态度,这一切使得人物之间的关系朦胧迷离,更加复杂起来。在一系列的神灵游戏中,尼古拉斯认识到真正的纯粹完美是不存在的。同时这种游戏也是一种精神旅行,参与者在魔幻情景中自由选择各种结果,从而认识自我,获得了自我最大限度的自由,极大地增强了人物把握自我的自信心,从某种程度上是对现代人在现实生活中人格缺失的一种补偿。但尼古拉斯回到伦敦后,发现艾莉斯在伦敦也参与了类似的神灵游戏。小说最后两人相遇,尼古拉斯发现她已经不再是过去的艾莉斯了,结果如何没有做明确的交代。小说开放性的结局,在存在主义式的自由选择中,暗示现实生活就是一场不断进行中的神灵游戏,人只能认识当下的自我,永远无法真正认识生活和自我的本质。

　　小说中社会和生活神秘莫测的根源是魔法师莫里斯。他是个百万富翁,父亲是英国人,他自己也在英国受到良好的教育,他在岛上修建了别墅,一年中偶尔来到岛上生活,过着一种近乎隐居的生活。岛上的居民对他十分冷淡,因为在

"二战"期间他曾经与德国纳粹合作过。莫里斯是个类似莎士比亚《暴风雨》中的国王普洛斯彼罗的人物,他可以呼风唤雨制造各种神秘莫测的游戏,左右人物的一切,然而他真正的身份是什么,他为什么要导演一系列神灵游戏,却无人知晓,一切都让人捉摸不透。一方面他是万能的创造者,魔法师是一切不可思议场景的编导者,另一方面他也是伪造者、骗子形象,诱骗他人的灵魂,使一切变得更加复杂。莫里斯是现代人心目中无处不在然而被极大贬低了的上帝形象写照,也是当代社会政治统治与社会权威的象征。在莫里斯的控制下,一切真正的自由和完美都是不可能实现的。小说的寓意也正像小说的内容那样,充满了魔幻神秘和象征。《魔法师》的写作先后修改了 10 年,可谓是作者的精心之作,尤其在1977 年做了较大规模的修改,对一个已经定型并被读者广为传读的作品做如此大规模修改,表明了作者对小说的重视态度。然而作品的发表在评论界并没有获得预期的轰动效应。一种观点认为作品与传统现实主义表现相去甚远,使得作品过于玄奥神秘,中心主旨不明,以至难于解读。另一种观点则从作品新颖的形式和表述手法、小说所蕴含的丰富寓意角度出发,对其抱一种欣赏和肯定的态度。

使得福尔斯在世界文坛具有广泛声誉的是他的代表作《法国中尉的女人》(*The French Lieutenant's Woman*,1969)。小说讲述了 19 世纪一个年轻的考古博物学家查尔斯·史密斯与莎拉离奇的情感故事。32 岁的史密斯父母早亡,继承了一笔可观的遗产和男爵贵族头衔,他爱好考古博物学,在欧洲到处周游。当遇见了美丽漂亮的中产阶级小姐欧内丝蒂娜以后,很快就订了婚,他们来到美丽的海滨莱姆小镇上,去欧内丝蒂娜姨妈家游玩,史密斯顺便也可以做他的生物考察。在一个寒风凛冽的早晨,他在海边看到了一个身披黑色大衣的女子站在海堤的顶端,独自眺望着茫茫大海。神秘而具有传奇色彩的女子萨拉·伍德洛芙引起了史密斯的好奇,她是小镇上普尔特尼太太的生活陪伴者,在当地名声并不好,被人们称作"法国中尉的女人"。早年萨拉曾经照料并爱上了在海滩受伤的法国中尉,成了中尉的女人后,没想到中尉一去不返,被抛弃的萨拉却一直痴心地在海边等待着心上人的回来。在与萨拉的交往中,史密斯情不自禁地被她所吸引并爱上了萨拉,两人野外的相遇很快演变成如火如荼的恋情。他提出与欧内丝蒂娜解除婚约,遭到了对方的拒绝与斥责,也受到了法律和舆论的制裁和谴责,他的内心十分矛盾苦闷。令史密斯惊讶的是他在第一次和萨拉做爱时,竟发现萨拉原来还是一个处女,这使得史密斯内心受到了极大的震动。然而萨拉却突然离他而去,杳无音信。史密斯四处寻找,在以后的 18 个月中,他在欧洲、美国等地周游,几乎寻遍了各大城市,终无所获。小说的结尾是开放式的,福尔斯设置了史密斯和萨拉结合、遭到萨拉的拒绝、与欧内丝蒂娜结婚等不同的结局。

《法国中尉的女人》将传统写实手法和现代创新实验手法融为一体,作家站在 20 世纪的角度,用现代人的口吻,以戏拟的手法,对 19 世纪维多利亚时代小说的内容、形式、语言、文体和对话等,进行大量的滑稽模仿。在作者故意的"时代误置"中,在不同时代的对比中,作品中表现的 19 世纪社会现实更为真实,甚至有评论家认为他的《法国中尉的女人》可以看成是一部历史小说,作品向读者提供了大量的维多利亚黄金时代(1850—1875)的历史资料,其中包括上层人物和劳动人民的生活剪影,甚至细到具体的伦敦妓院数目。作者在第 35 章中写道:

> 在十九世纪我们看到的是什么景象呢?这是一个妇女神圣的时代;而正是这个时代,你只需要花上几个英镑,或几个先令,就可以弄来一个十五岁的姑娘,玩上一两个小时。这个时候伦敦建造的教堂比历史上任何时候在全国修建的教堂还多。这时伦敦每六十户就有一家妓院(而现在的比例是每六千户才有一家)。婚姻的神圣(以及婚前的贞洁)在伦敦一直是教士们、报纸社论和社会舆论大加宣扬的;而也正是在这时,你从未见到有那么多的社会名流,包括王太子,过着那样荒唐的私生活……

显然,"法国中尉的女人"萨拉所生活的年代,沦丧的社会道德被教会宗教和传统伦理的虚伪面纱遮掩着,作者从 20 世纪视角的焦距中去审视 19 世纪维多利亚时代,用十分准确的历史真实模仿,重现了那个特定时代英国上流社会、中产阶级、宗教信仰、道德伦理在科学冲击下的衰落,以及价值评判体系的变化。福尔斯用这种逼真的"全知全能"的方法,叙述了 100 多年前发生的"传统"故事,在"时代误置"和戏拟手法的运用中,"试图把逝去的维多利亚时代和 20 世纪中叶的现代带到一起,以便为将来确立一个道德和存在的坐标;……试图把自己无法抛弃的传统影响和自己无法忽略的新的虚构形式联结起来"[①]。小说中除了男女主人公具有一定的神秘性之外,人物全都是维多利亚时代人物的原型,不同的人物都带有那个时代的烙印,具有鲜明的人物个性特征。小说以当代思维和现代价值观念去审视历史,使得维多利亚时代的伪善道德昭然若揭。当史密斯周游欧洲和美国各大城市,苦苦寻找萨拉的时候,他仿佛感觉到远离生活被社会放逐了,品尝到了人生的苦难,对社会有了本质的认识,他以独特的眼光审视着他的时代、他的祖先、他的阶级。小说在第 48 章中写史密斯在教堂忏悔时幡然醒悟:

---

① William Palmer, *The Fiction of John Fowles*, London & New York: Methuen, 1982, p. 15.

他站在那里,觉得自己仿佛看到了整个时代,看到了这个时代骚动不安的生活和它那硬如钢铁的戒律成规,它压抑的情感和滑稽的幽默,它严谨的科学和不严谨的宗教,它腐败的政治和一成不变的阶级观念。这一切都是他的最大的隐蔽敌人。他曾经受蒙蔽。这个时代完全没有爱与自由……而且,没有思想,没有目的,没有恶意,因为欺骗就是它的本质。它没有人性,只是一台机器。这就是困扰他的恶性循环。

同时,小说在引人入胜的情节、鲜明的对话、真实的史料、细致的脚注等丰富而详尽的叙述下,将读者带入维多利亚时代的真实场景中去。而当读者的思想感情随着叙述而融入故事氛围中去的时候,作家又常常会以叙述者的身份突然介入其中,告诫和提醒读者,叙述者是当代人。小说中频频插入现代生活中才具有的事物和概念,诸如"飞机、喷气发动机、电视、雷达"等,使得叙述的内容具有虚构中呈现现实的特征。文本中随处可见历史事实、社会调查报告、统计数字、警句格言的大量引入,哈代和丁尼生诗文的随意摘引,对马修·阿诺德和罗兰·巴尔特论述的阐述,在对故事情节的频频解构中让读者获得更大的思索和欣赏空间,极大拓展了对历史现实的重新阐释,在对小说文本的重新建构中丰富了作品的内涵。福尔斯在1969年发表的《关于一部未完成的小说的笔记》中对此进一步阐述说:"在我的故事中,不时作为第一人称进行评论的,而且最后闯入故事中的那个我,并不是1967年真正的我本人,而是另外一个角色,虽然他和一般的虚构角色属于不同的范畴。"福尔斯告诫读者,那个插入的叙述者的声音不是作者本人。对作家的隐退,对权威的解构,给读者留下了更为丰富的想象空间,把评价现实与幻觉、真实与虚假的权力还给了读者。小说在模拟逼真的描写中,在新旧时代的鲜明对比中,为我们提供了一个认识维多利亚时代的社会道德和传统的最新文本。当我们站在20世纪价值观念的平台上审视和评价维多利亚时代消失的传统观念时,对历史发展、对社会本质的认识更具理性也更真切。用现代手法去戏拟过去的时代,并不是简单平庸的模仿,也不是纯粹的仿古和拼凑,而是对旧有的传统形式所做的具有独创意义的现代展示。福尔斯以现代的价值标准对过去时代所做的评判性观察和描写,使得作品具有了后现代实验小说和解构小说的特征。也正是在这种过去和现代的交融性描写中,充分体现了作者的存在主义观念,在福尔斯的笔下,一个荒诞丑恶、冷漠异化的现实世界形象地展示了出来。

《法国中尉的女人》引人入胜的艺术审美魅力,来自神秘而具有传奇色彩的女主人公萨拉。萨拉是叛逆者,也是自由者的形象。小说第1章中就让我们看到了一个朦胧意境中的神秘形象:萨拉身着黑色的大氅,"一动不动地站着,凝视着,凝视着远方的大海,如同一座纪念遇难者的活雕像,宛如一个神话中的人物……"。萨拉生活在充满虚伪的维多利亚时代,然而她的思想观念是超前的,是一个具有20世纪女权主义思想的新女性形象。"19世纪中叶,随着资本主义的兴起,关于男女两性分属两种不同的活动空间的观念也随之形成。私人空间,性质为家庭的、情感的、护养的,是专属于女性的领地;而公共空间,由理性、商业、职业、政治生活(从选举到政府)和战争所主导,是专属于男性的领地。"①作者让读者与萨拉一起,感受现代女性追求自由的心路历程。西蒙·拉吾戴在谈到福尔斯小说中的自由主题时说:"开放式的结构和虚构的游戏构成了福尔斯5部小说的显著特征,作者通过这些特征不但赋予小说人物自由,而且赋予读者自由,这样读者才能完全按自己的意愿积极地加入创作过程。"②小说开始时萨拉住在莱姆镇上,在肮脏而龌龊的现实中,萨拉是纯洁而清醒的。她受雇于势利的普尔特尼太太,给她做伴。在这以前人们谣传她是法国中尉的女人,中尉对她始乱终弃,而她却终日凄苦地眺望大海,并因而丢掉了家庭教师的工作,全镇的居民轻蔑鄙视甚而羞辱欺负她,在世人的眼中她是一个堕落的女人。随着她与史密斯关系的不断发展,当我们刚进入萨拉的情感世界时,萨拉的神秘面纱不但没有被揭示,反而越发深不可测。萨拉的姿色并不如史密斯的未婚妻欧内丝蒂娜,也没有欧内丝蒂娜那样的出身门第,她吸引史密斯的根本原因就是萨拉的"与众不同",诚如书中写道:"吸引他的,不是萨拉本身,……而是她所象征的某种感觉,某种可能性。她使他感到被剥夺的滋味。"她明明是清白之身,却故意编造委身于法国中尉的谎言。对"别人背后骂她是放荡的女人""法国中尉的婊子"她可以置之不理,依然我行我素,然而她对维多利亚的虚伪却看得比任何人都透彻。她在践踏自己最值得珍惜的名誉,在扮演一个因堕落而被社会遗弃的女人,并在自我放逐中,获得了自己的自由。她知道,当她自称是"法国中尉的女人"时,在别人眼中她是一个下贱的人,她是个受难者,蒙受着巨大的羞耻。然而她仅仅是维多利亚伪善时代无数个受难者中的一个,"正像这片土地上许多城镇里的人一样,我在受苦。我不能同法国中尉结婚。所以我嫁给了羞耻"。和那些受苦的女人所不同的是"我知道我同其他女人不一样……有时候我几乎可怜那些妇女。我认为我获得了一种她们难以理解的自由"。萨拉以一种常人不能理解的独特方式,追求着自己的人生信念和理想,追求着自己的独立和自由。她身上透露出来的野性和不羁的个性与维多利亚时代的成规和礼教格格不入。她将自己包裹在神秘之中,从而创造了独特的个性自我。她不受传统观念的束缚,超越了时代规范和伦理道德准则,她独来独往,行无定踪,她为自己而生存着,不受任何人的

① Shari Benstock, *Susane Ferris*, *Susanne Woods*, A Handbook of Literary Press, 2002, p. 69.

② Simon Loveday, *The Romances of John Fowles*, New York: St. Martin's Press, 1985, p. 7.

控制。她是一个不被当时社会所认可的那种非常规女子,她郁郁寡欢,在我行我素中始终保持着自我的独立和自由意识,即使在遇到知音,和史密斯在海滨和林中漫步、约会,产生了感情,甚至委身于史密斯后,她都会悄然离去,拒绝感情的羁绊。她被社会鄙视指责,也以清醒的眼光透视社会,正是从这个维多利亚时代出格的女性视角中,我们看到了那个时代的伪善和残酷。在与史密斯的交谈中萨拉说道:

> 人们告诉我,我周围的人善良、虔诚,是基督的信徒。可是,在我看来,他们比最残酷的异教徒还残酷,比畜生还愚蠢……我这般受苦受难,多不公平……我睡着时才愉快;一旦醒来,噩梦就开始。

萨拉所看到和体会到的社会存在,与维多利亚时代普遍存在的生活繁荣、社会进步的盲目乐观论形成了鲜明的对比,令人作呕的社会虚伪和不人道现象,是20世纪进步的思想家忧患意识的体现。在萨拉身上我们看到了当今西方女权主义的影子,小说文本可以说是对女权主义运动的历史渊源和思想形成的追溯,是对女权主义所进行的历史重构。尤其是小说以虚构加现实的手法,描写萨拉与"前拉斐兄弟会"以及女诗人兼评论家克里斯蒂娜·罗塞蒂的交往,更是对早期女权主义者独立人格和自由精神的形象描述。同时在萨拉的个人自由选择和自我超越中,我们看到了20世纪存在主义在19世纪的先声,一个在荒诞冷酷世界中为获得存在和自由而陷入焦虑不安、彷徨痛苦的形象跃然纸上。神秘的萨拉,承载着人类对自我的理性认知,对社会人生的哲性思考,对生命维度自我超越的现代重负。

小说的开放性结局使得作品更具有实验小说和后现代小说的特征。《法国中尉的女人》被评论界称为"一部处于写作过程的小说"①,具有未完成性和开放性,使读者摆脱了只能被动接受阅读的状况,获得了在阅读过程中展开想象参与创作的自由。福尔斯为《法国中尉的女人》设计了3种不同的结局:第一种结局是萨拉失踪后,史密斯再也没有见到过她,最终又回到了被那个社会所认可的正常轨道中来,继续履行先前的婚约,与欧内丝蒂娜结婚,并生有7个儿女,在宁静而幸福的家庭生活中,享受着天伦之乐。第二种结局是史密斯终于找到了萨拉,意外地见到了他的女儿,他与萨拉结为夫妻,有情人终成眷属。第三种结局是当史密斯找到萨拉时,萨拉拒绝了他的求爱。萨拉已不是原先那个维多利亚时代小说中典型的堕落女人,不再是被社会侮辱和抛弃的弱者形象,而是成了19世

---

① Peter Wolfe, *John Fowles*, *Magus and Moralist*, New Jersey: Associated University Press, Inc., 1976, p. 127.

纪英国著名的文学艺术世家罗塞蒂家族的秘书兼模特,是一个被社会认可的真正独立的新女性。岁月的磨难使她懂得了人生的真谛,她永远生活在她那神秘而自由的世界之中,不愿意让别人来干扰和分享她的自由生活。史密斯心灰意冷,无限惆怅,是继续不懈地追求,还是放弃? 萨拉会不会有朝一日回心转意? 作者将人物最后放在开往伦敦的火车上,让读者通过自己的想象去补充、完成结局。小说3种结局的设定,使得"文本世界对一个完整的现实世界的指涉被彻底阻隔了,文学的虚构性彻底暴露在读者的面前"①。将读者从虚幻的文学作品中拉回现实,摆脱了被作者左右的阅读体验。小说不仅"把主要人物从强制性的文本中解放出来,而且也把读者从强制性的文本中解放出来"②。这种没有结局的结局摒弃了传统小说作家全知全能编写故事的痕迹,在凸显故事的虚构性和叙述的虚假性的同时,充分尊重读者,让不同的审美主体在不同审美心理体验下去自由参与对故事的揣摩与想象。《法国中尉的女人》的发表,引起了文坛的极大轰动,一时间各种评论四起,其成功创作实验,给福尔斯带来极大的声誉。在小说刚出版的一次采访中,福尔斯说:"《收藏家》是一种寓言,《魔法师》也是一种寓言,而《法国中尉的女人》则是技巧上的一次练习。"作品中体现了后现代性而不失历史性,具有创新性而又不失传统性,在形式实验中具有思想内蕴,在文本的解构中具有文本的可读性,小说成为西方后现代主义文学的经典作品。《法国中尉的女人》入选《时代》周刊百部最佳英文小说,获国际笔会银笔奖、W. H. 史密斯文学奖等多个文学奖项,并与《魔法师》一起被英美各大院校文学课选为指定教材和必读书籍。小说被改编成同名电影公映后,又一次引起轰动,并夺得了1981年度奥斯卡大奖。

短篇小说集《黑塔》(*The Ebony Tower*,1974)由5个短篇小说结集而成,其中的故事内容和写作风格继承了20世纪60年代的小说。长篇小说《丹尼尔·马丁》(*Daniel Martin*,1977)是一部多达700页的大容量长篇幅的"关于英国的十分长的小说",故事围绕剧作家丹尼尔·马丁的爱情和家庭生活展开,形象展示出20多年中英国的文化历史和社会状况。小说具有福尔斯20世纪60年代实验小说的特征,从考古学、神话学角度对英国和美国不同审美、哲学、文化历史进行观察研究。故事叙述中关系错综,结构复杂,将真实与虚构、现实与想象有机融合在一起。约翰·加德纳在《星期六评论》中称福尔斯足以与列夫·托尔斯泰和亨利·詹姆斯相提并论。威廉·普里查德为《纽约时报》撰写关于《丹尼尔·马丁》的评论,盛赞它是福尔斯"迄今为止最好的作品"。长篇小说《曼蒂萨》

---

① 盛宁:《文本的虚构性与历史的重构》,《外国文学评论》,1991年,第4期。

② Peter Conradi,*Contemporary Writers John Fowles*,London & New York:Methuen,1982,p.15.

（*Mantissa*,1982）是一部讽刺小说,"曼蒂萨"取自古代意大利西北部伊拉斯坎人语言,意为"补充重量",福尔斯将其作为书名,具有对社会生活"补充""拾遗"之意。小说以18世纪英国宗教活动为背景,探讨诸如自我与世界的分裂等现代主义作家所关注的问题。《幻想》（*A Maggot*,1985）是一部神秘侦探小说,描写1763年英国绅士巴塞洛缪雇请三男一女一行5人进行神秘旅行。他们来到英国西部高沼泽地的穷乡僻壤,在旅馆中住了一夜后,巴塞洛缪辞掉了其他人,带着妓女和聋哑人登上高山去寻找一个洞穴。一个月后人们发现了那个聋哑人在离旅馆10里路的地方自缢了。审讯人员找到了其他人,但是巴塞洛缪却失踪了。据传巴塞洛缪为逃避父母为他定的亲,去神秘山洞求助神灵。巴塞洛缪神秘失踪,知情人聋哑人神秘死亡,故事叙述中透露出人生无定的宿命论思想及宗教神秘色彩。

1988年福尔斯罹患中风,此后仅出版过日记集等极少量作品。晚年的福尔斯深居简出,很少参加社会活动,他的出版商评说他"讨厌玩著名作家的游戏。他只想待在莱姆里吉斯自家花园里。他热爱的是大自然、鸟和花朵,而不是人群"。福尔斯于2005年11月5日病逝于英国多塞特郡家中。

福尔斯就读大学期间,正好是存在主义哲学思潮盛行时期,作为存在主义的推崇者,福尔斯的小说中无不体现出对人的自由和自由选择的思想。"福尔斯的小说关注两个重要时刻,即人们做出重大决定的时刻和随之采取行动的时刻。它们着力于给予读者强烈的存在震撼,这种震撼令我们完全认识到在这种意识的基础上进行选择和行动的必要。"[1]福尔斯在出版第一部小说前后,对生活的认识、对文学创作的观念等具有极为丰富而独到的见解,对不同的事物有着强烈的爱憎,并力图将其表达出来。他在1965年发表的哲学著作《阿里斯托斯》中涉及对社会、政治、宗教、艺术和人生等问题的思考,表现出深受存在主义哲学的影响。他的小说多以广阔的大自然为背景,在神秘的人物与离奇的情节中体现他于作品中反复呈现的主题,即人类的性爱追求与人类的自由选择。作为后现代小说的代表作家,福尔斯的实验主义小说写作,与其他的后现代主义作家有着很大的区别。英国著名评论家戴维·洛奇在《现代主义、反现代主义、后现代主义》一文中指出,后现代主义的特点之一就是意义上的不确定。在解构之下的文本往往具有多义性,诸如后现代主义作家托马斯·品钦、威廉·巴洛斯、库尔特·冯内古特、塞缪尔·贝克特等的作品,荒诞和怪异的多义性、不确定性使得他们的小说让人难以读懂。福尔斯的小说则不同,他的故事神秘离奇带有悬念,同时这些故事又无不发生在几乎写实的环境之中,所以作品不仅能让人看懂,而且十分真实可信,使得小说具有很强的可读性。福尔斯强调现代小说应该由"形式"

---

① Olshen,Barry N,*John Fowles*,New York:Frederick Ungra Publishing Co.,1978,p.12.

向"内容"回归,多次重申"不喜欢对形式,即'事物外表'的完全迷恋,渴望一种更加维多利亚时代的态度"①。福尔斯创作中既有后现代主义的某些实验性特点,又同时保留了传统的小说情节和人物刻画,故事叙述娓娓动听。福尔斯在写作技巧上的创新和实验取得了显著的突破和成效,表现为创新实验中不失传统现实,具有趣味性、可读性,又不失严肃性、哲理性。西方大学普遍把福尔斯的作品作为当代英美文学的教材来读,除了肯定福尔斯小说实验以外,也意指他的小说为解构主义语境下的小说发展指明了方向。

福尔斯的小说具有浓郁的历史感,这种沉淀于人物情节中的历史负荷,从两个方面表现出来:一是在对过去的历史时代描写中,作者常常站在现代意识的维度,对其进行介入式干预,使得小说对历史的本质及其社会生活的展示更真实,对其的认识更接近真理。二是在对过去的历史时代的展示中,融入现代人的思索与追求,诸如存在主义的自由选择、女权主义思想张扬、对荒诞异化社会的感受、对孤独与忧郁的表现等。在艺术表现上,福尔斯较多采用对传统手法的戏拟和模仿。如在《法国中尉的女人》中,福尔斯采用逼真的维多利亚时代的语言、对话、手法和小说形式,再现了维多利亚时代,也复制了维多利亚时代的小说,在明显地运用维多利亚时代小说家的传统手法的同时,作者又不断出面对此进行嘲讽。又如在他后期的《幻想》中,作者模仿运用三种传统叙述方法:一是故事发生在18世纪,他就模仿18世纪流行的文体,采用通信的方式表述故事情节的发展;二是利用审讯的记录,用舞台演员对话的方式深入展开情节;三是用传统的现在一般时来描写人物行动,即用历史的现在时,甚至为了加强历史背景的真实感,在故事中插入复制的18世纪历史记录片段,说明时代,以及案情的审讯过程所占用的时间。对于20世纪的有些作家来说,用传统现实主义的表述方法或许会制约作家的创作发挥,而福尔斯却是可以随心所欲表述思想的。然而在逼真的描写中,福尔斯一面逼真地去戏拟摹写历史真实,另一方面又不断在摹写过程中插入现代情感及其价值评判,对所谓的历史学社会学真理是一种极大的讽刺和嘲弄,也是对人类理性的挑战。他说:

> 我知道这种事情使许多读者苦恼,他们认为这是破坏幻想、背叛现实,等等,但"现实"要求数不清的问题。这确实是对现实的背叛,严格地模拟的现实主义(永远忠于生活)在我看来是文学的最低形式(纵使是出于像左拉那样伟大的实践者之手),因为那最终只是用照相的手法来描写现在生活中表面的东西,对其他大多数方面的描写确实是不真

---

① J. Fowles,D. Vipond,An Unholy Inquisition. *Twentieth Century Literature*,1996(1),pp. 15-18.

实的。除了美与道德的绝对真理以外,艺术对其他绝对真理的尊重是有限的。它嘲笑时代与年代学;我相信,它也会嘲笑一个理性的人类社会。①

福尔斯的小说具有后现代小说文本的随意性和不确定性的特征,强调语言的游戏性及其虚构性,作品在叙述的过程中,不仅有作者的评论,同时还让小说故事的叙述者以虚构的角色身份出现在故事中。这种真实描写中不断凸现虚构的描述,即被后现代主义文学评论称为"短路"的手法,将传统文学中全知全能的说教上帝,变成了全知全能的自由上帝。他在《法国中尉的女人》中论及作家时说:"小说家仍然是上帝,因为他是在创造(就是那些随意性最强的先锋派小说也没有完全铲除作者)。情况不同的是:我们不再是维多利亚时代上帝的形象,全知全能,发号施令,而是一个崭新的上帝形象,我们的首要原则是自由而不是权威。"在福尔斯看来,小说创作就是一种"上帝的游戏",它的本质是虚构,作家在虚构中获得一种写作的自由感和愉悦感。他在1973年出版的《诗集》前言中对小说的虚构性、游戏性阐述道:

> 小说就是一种游戏,是一种允许作品与读者玩捉迷藏游戏的巧计,如果说这是一种过错的话,却是小说形式所固有的。严格地说,小说总体说来是一种巧妙而且能令人信服的假设——也就是说它与谎言有密切的血缘关系。小说家由于心理上自觉的对说谎的不安,于是他们大部分人孜孜于描写现实;揭示创作是个游戏,即指出作品中使用谎言,让小说创作过程中的虚构凸现出来,这也是当代小说的特色之一。

福尔斯善于运用虚拟技巧,其小说具有后现代主义"语言游戏"的色彩,所不同的是他没有把这种具有解构主义倾向的"语言游戏"玩到荒谬和极端的程度,而是在其中充分体现创作主体的自由性和愉悦性,打破了生活与艺术、虚构与事实、游戏与创造、趣味与严肃的界限。他的小说不是随意解构、胡乱堆砌和随意拼凑而成的一些后现代作品,而是利用巧妙设计和精湛手法之下的后现代文学精品。

福尔斯小说的自由性和现代性尤其表现在他作品独特的开放式结尾上,小说的多种结局以及没有结局的结局等手法运用,不仅是作家自由创作的体现,在解构作品、解构作家的同时也解放了作家。开放式的结尾并非后现代主义作家的首创,福尔斯在技巧上的创新在于,他放弃了对书中人物、情节和读者的控制

---

① 《约翰·福尔斯论创作》,刘若端译,《外国文学动态》,1988年,第5期,第27页。

权,把阅读和想象自由还给了读者,使得作品与读者之间形成一种情节与意义读解的双向互动。《法国中尉的女人》的结尾,多种结局选择,给读者审美鉴赏留下了极大的想象空间;《魔法师》的结尾,叙述从过去时陡然转换为现在时,产生一种独特的艺术效果,书中的人物尼古拉斯与艾莉斯犹如中了金手指魔法,一下子凝固在过去的某一时刻,戛然而止的情节叙述,将读者从一个虚构的故事中突然拽回到现实生活中来,进而去体味故事情节中所蕴含的审美内涵;《幻想》中,对死亡事件,不同人物的不同叙述中,存在着自杀和他杀的多种可能性,最后甚至在没有一个明确的事件结果交代中结束,小说留给读者更大的离奇幻想和推测空间,既增加了作品的神秘性和悬念性,也使得作品具有较强的可读性和趣味性。福尔斯说:

> 人们责备我"强迫读者工作",给他们不同的结尾,叫他们选择,把没有解决的道德上的疑难问题留给他们,我用的词大多数都需要去查字典,如此等等。我把这看作是试图叫他们分担我的罪责,在我这方面,我是不喜欢叫我的才能睡觉的。①

这种开放式的结局也充分体现了存在主义"自由"和"选择"的思想,体现了20世纪后现代主义小说创作的新手法和新观念。

第十四节　B. S. 约翰逊

B. S. 约翰逊(Bryan Stanley William Johnson,1933—1973)是英国后现代文学史上最具天赋的作家之一,同时兼具小说家、诗人、编剧、节目制作人身份于一身,乔纳森·科埃称其为"大不列颠60年代的文艺先锋"。

约翰逊于1933年2月5日生于英国伦敦西部汉麦斯米塞的一个普通工人家庭,父亲是仓库管理员,母亲是酒吧招待。约翰逊继承了父辈这一阶层人特有的圆滚滚的脸蛋和易冲动的火暴脾气,在战乱中度过童年并草草完成基础教育。他曾做过会计,并在业余时间去夜校学习拉丁文,这使他获得了去伦敦帝国学院的学习机会,主修18世纪英国小说。23岁毕业后约翰逊当过代课老师、体育记者、专栏作家、电视纪录片的制作人,广泛从事小说、剧本、诗歌的创作。直至1973年11月13日因不堪长期的创作压力,在家中的浴缸中自溺而死。

小说家约翰逊研究专家乔纳森·科埃形容约翰逊"像一头暴怒的大象",并以此为题撰写了他的传记《像一头暴怒的大象:B. S. 约翰逊》(*Like A Fiery*

---

① 《约翰·福尔斯论创作》,刘若端译,《外国文学动态》,1988年,第5期,第27页。

Elephant:*The Story of B. S. Johnson*,2004),称这位"把大部分自我露在最表层的皮肤"之下的作家,一生都在为小说的形式革命奔走呼号。在 20 世纪 60—70 年代的英国文坛上,约翰逊极力反对文学艺术的因循守旧,在他看来 19 世纪以来所谓的文学"真实"已经表现得尽善尽美,应该"被鼓掌送出场外","今天构成我们现实的特征唯有用混乱一词才能加以解释"。① 认为现代社会"生活混乱不堪,流动不已;瞬息万变,留下无数未经整理、凌乱无序的线索……小说家没有理由也难以成功地运用已经用尽用绝的形式来表现当今的现实"②。约翰逊旗帜鲜明地主张小说革新,成为英国当代文学形式革新派中最重要的创作实践者和理论建树者,是英国文坛和文论界迄今为止在后现代主义文学创作中走在最前沿的弄潮儿,被称为在英国实验小说中主张小说创新最激进最彻底的文学斗士。他在英国小说形式革命方面的不懈追求和创新实践以及理论阐释,为当代英国小说注入了全新的生命活力。

约翰逊的处女作《旅行的人们》(*Travelling People*,1963)是作者 30 岁的时候出版的,在形式上处理尚显稚嫩,却表现出后现代解构主义文学特征。作者后来为小说中现实和虚构的杂烩而深感悔恨,于是拒绝了书商再版的要求。小说先以传统的手法讲述了主人公亨利穿越北威尔士去往都柏林途中的见闻,而当他来到一家叫斯乔伯利的俱乐部时,传统的表述转换成了一些含混不清的意象——一卡车死狗,一个挑衅的士兵——预示作者将摒弃传统的叙事手法,用解构的后现代手法表现主人公自我发现的主旨。作者运用 8 种不同的创作风格来对应小说的 9 个章节内容(第一章与最后一章风格同),这些创作风格包括意识流、日记、电影剧本、刊物残篇,以维多利亚小说的方式介入作品,对人物的行动做出解释或对情节发表评论。在印刷上更是别出心裁,他用不同颜色和形态的空页表现主人公从心脏病发作到最后死去的全过程。形态混乱的灰色空页表示心脏病发作,形态均匀的灰色空页代表意识的空白,黑色空页则象征人物最后的死亡。所有形式的杂陈都体现了作者在小说开头所表明的写作初衷:

> 我最讨厌一部小说一种风格的成规……我认为揭露小说的运行机制不仅是可行的,而且这样做能使我更接近小说现实和真实……我决意不让读者以为他在阅读一部虚构的作品。

小说的高潮是亨利终于得到了在俱乐部认识的女孩凯姆,作者这样的处理

---

① Malcolm Bradbury, *No, Not Bloomsbury*, New York: Columbia University Press, 1988, p. 113.

② B. S. Johnson, *Are You Rather Young to Be Writing Your Memoirs*? London: Hutchinson, 1973, p. 11.

虽然有落俗套,但是贯串小说的"旅行的人们"的意象,已经显示了这位刚毕业不久的大学生非凡的创作才情以及坎坷的人生经历和感受。"旅行的人们"原多指漂泊的吉卜赛人,小说以此指称亨利,正是暗指他精神上的漂泊:在工人阶级出身和教育与资产阶级地位之间的游走和无归依感。因为他两者都无法真正融入。我们在这里可看到约翰逊这部处女作在主题上对乔伊斯《尤里西斯》的模仿。亨利憎恶社会,"他想让社会成为它声称的那样,而非现在那样",但是他又不知如何才能改变现状,而答案其实就是书名"旅行的人们",他们一直在路上,一直在奔走,一直在追求,它既指新的公路国王——一直在路上奔走的卡车司机,又指那些像亨利一样在这个阶级界限鲜明的社会里无所适从、无所归属的人。小说的出版使约翰逊在文学界崭露头角,获得了当年格里高利最佳小说奖。

《阿尔伯特·安琪罗》(*Albert Angelo*,1964)在叙述技巧上比《旅行的人们》显得更为成熟。小说写的是建筑师阿尔伯特因生计所迫不得不去当代课老师,他的失意、失恋及最后在酒后被讨厌他的学生推入运河而溺死的故事。作者成功地将主人公在混乱和恐惧作用下的精神毁灭过程形象地表现了出来,人物的内心刻画得入木三分。约翰逊本人也非常满意这本书,认为它治疗了"英国小说喜欢客观对应物的痼疾",并声称在作品中能"听到自己悄悄说话的声音"。小说由极具戏剧性和音乐性的 5 个部分组成:前奏、呈现、发展、解体、尾声。小说中用标题形式对这种结构进行强调,至第 4 部分却对这种结构进行分解,使读者的阅读思路也同时被分解。这种处理表现了作者对传统结构的否弃和对新的小说构成形式的探索。作者在小说中借鉴现代建筑学的结构观,将小说的结构与小说整体的意义结合起来。对小说结构的这种解构式表现,正是主人公精神生活混乱的象征,这种内容和形式的分解打破了读者惯常的阅读期待,从而进一步凸显了小说的人工化和小说创作过程的真实。在形式实验方面,作者交替使用多种叙述形式:戏剧对白、学生作文、各种文本的剪辑(书信、广告、建筑学文章和诗歌等)和意识流。怪异的印刷也使得小说别具一格。文本中第 149 页和第 152 页之间的洞,是使读者能预见阿尔伯特死亡的意思,用割去两页来表示生活的混乱和人生的无常,用大写字体、罗马字体、斜字体的分栏来区别叙述、对白和内心独白。在作者看来,越是形式化、人工化的东西,便越应该运用使小说成为"真实"的载体。小说家这种真实观在小说第 4 部分得到充分的展现:

> 去他妈的这些全是鬼话我真正要写的不是这些东西不是想谈关于建筑的胡话而是想谈论写作谈论我自己的创作我就是自己的主人公尽管这个名称毫无用处这是我的第一个人物角色以后我想通过建筑师阿尔伯特发表评论我的事情此时有什么必要遮遮掩掩装模作样我能借他之口说一切事情也就是一切我所感兴趣的要说的这样的话语中断真是

了不起

　　我想告诉一些事情不是讲故事讲故事就是撒谎而我想说真话关于
我关于我的经历关于我的真实情况关于我面对现实的真实情况关于我
坐在这里写作和对于我的孤独我的没有爱找不到出路

　　作者在描写凭窗欣赏美丽的雨后景色，表达貌似幸福的情感体验时，突然一
句"去他妈的"，作者直接现身，宣布他自己此前写的都是鬼话。紧接着以乔伊斯
《尤利西斯》的意识流笔法，不加停顿地传达出小说主人公阿尔伯特抑或也是约
翰逊自己当下孤独和苦闷的感受。小说中作家"变成了自己小说中的角色，约翰
逊和阿尔伯特·安琪罗的区分变得模糊起来，主观与客观，关于艺术与情感的评
论和情感本身变成了一连串奇异而感人的混合"①。读者的思路因此被完全打
断，而作者却为之沾沾自喜。它传达出两种含义：一是小说中的人物和故事都是
虚构的，仅仅是作家表述的木偶和道具；二是小说又具有真实性，因为那里所表
现的一切都是作家真实的"感兴趣的事情"。前者是对传统文学的解构，后者是
对后现代文学的建构。

　　约翰逊在小说中最长的第3章里进行了另一种有力的形式实验。他创造了
一种颇具艺术气息的使人印象深刻的叙述顺序。在描写阿尔伯特给学生上课的
那一部分的时候，作者平行地展示了两个画面。一个是主人公给学生上课的情
景，在这里又同时呈现课程内容、阿尔伯特的思维流动及学生对他的反感。整个
过程看似是一个主人公面对教学失败的自我防卫过程，其实是作者贯穿一生的
自我怀疑的象征。约翰逊的朋友就这样形容他：一生被自我肯定折磨的人。另
一个是，与此同时，在学校外面——象征英国社会——又有一个阿尔伯特和一个
英国老人边喝酒边聊天边取笑老人的日渐衰老，并将这种取笑延伸至整个人类：

　　　　说我喜欢它的颓废、日渐衰老是没有意义的，正如我的现状，伦敦
的现状，英国的现状，人类的现状。

　　可以说如果没有小说第4部分的解体，前3个部分完全可以构成一部针砭
时弊的后现代主义佳作。

　　约翰逊的第三部小说《拖网》(Trawl,1966)被公认为他作品中最具自传色
彩的，"一本无比严肃的作品，约翰逊式的百分之百的真实"。小说讲述了一个无
名者乘着拖网渔船在北海海域进行无目的的三个星期的游荡，以及在这期间审
视过去自己的精神涅槃过程。题目"拖网"一语双关，既是指捕鱼的有形的网，又

---

① 　Johnson vs. Joyce, *Modern British Fiction Studies* 1981—82, Vol. 27, No. 4, p. 577.

指主人公对自己深层意识碎片的无形的整理和捕捉,尤其是对过去的反思:

> 我必须反思过去,将其中的点滴铭记在心,必须是所有的一切,否则我将永远处于混沌……为什么我要让自己意识的网孔挣扎在过去生活的暗礁和残骸中呢?

作者指出,原因在于灵魂的不安使意识总有回归过去的冲动:

> 这太沉闷了,简直毫无意义……而又难以抗拒:意识绵延不尽,难以控制,一旦出现,便会泛滥成灾。

小说最后主人公终于从过去的残垣断壁中获得了新生,前几桩草率而又慌乱的感情带来的伤痛也得到平复:"似乎我最终真的还清了过去几年的情债。"岸上等待他的爱情又让他对未来充满了信心。小说的叙述随着人物在航行中的思绪,在过去和现实以及对未来的想象之间来回跳跃流转,思绪的流动、行文的流动与海水的流动融为一体,海上的航行俨然是一场人物自我发现的心灵之旅。一场物理上的航行同时也是人物精神上的航行从最先的晕船到最后对海洋和船员的认同也是这一过程的象征,尽管后来这种认同在主人公那里又显得不堪一击起来:"当我想让自己或者正在让自己成为他们中的一员(编者按:指海员),这些充斥在我周围的人,但每次我都发现那没有空位给我,没有空位,我又一次陷入隔离之中。"这也是约翰逊本人下层出身与中产阶级地位之间的尴尬处境的真实写照。以写作影射生活,写作和生活互为观照,突显出作家的创作主旨。小说的结尾又出现文章开篇的句子:"我,一直是我……从我开始……又从我结束。"这样的封闭循环不仅使小说获得一种"循环式的统一",也是人物永恒自我封闭的象征,作者让小说中的人物生存状况上升到人类境况的高度,"这海上的旅程难道还不足以成为人类境况的范例"[1]。小说在艺术形式上延续了约翰逊一贯"形不惊人文不休"的风格,叙事线索不停地游走在过去、现在、未来之间,分别用 3em、6em、9em[2] 的空白来区分主人公的思考、回忆和自我评判,用句号来代替分段,以行文的韵律和波涛的翻滚相互唱和:描绘顺利平稳的往昔经历时行文波澜不惊,而描摹以往的危难和眼前的不安时则又似狂浪涌动。《拖网》中的海洋是时间和经验的比喻,密集的类型化意象的组合使小说呈现出一种压抑而凝重的气氛。

---

① B. S. Johnson, *Trawl*, London:Secker & Warburg, 1966, p. 9.

② em 是一种印刷品中的距离单位,1em 宽度大约与一个大写的字母相同。

《不幸者》(*The Unfortunates*,1969)被誉为是其"个人诚实和形式实验的最完美结合"作品,也是他对英国传统小说形式最富有冒险精神的重重一击。这本书记录了约翰逊在一个星期六 8 个小时的冥想,当时他去诺丁汉报道足球比赛,这个陌生的城市使他想起了一位因癌症而早逝的老朋友托尼,因此小说中弥漫着一种难以抑制的伤感和一种对死亡的无法排遣的忧虑。"这是一部关于人类思维混乱性的小说",被评论界①认为"约翰逊试图解决小说家的一个首要难题:'即如何在书本限定的连贯顺序内表现意识凌乱无序的活动'"。作者在小说的形式上更是极力模拟这种混乱性,从而产生了英国文学史上绝无仅有的一部"盒子中的书"。全书由 27 个部分组成,每部分长 4—8 页,除表明首篇和末篇外,其余部分都用活页形式散装在盒中,成为一部"少数每次读来都截然不同的小说之一"。盒内还附有说明"如果读者不喜欢他们在获得小说时那种随机顺序,他们可以随心所欲地安排小说的各个部分之后再阅读"。可见,作者并无意提供一个连续的阅读顺序,而事实上小说按任何顺序读来都是令人费解的。作者在论及这本小说的形式时曾说:

> 《不幸者》的主要技术问题是材料的无序性。也就是说,对托尼的回忆与通常的足球报道、过去与现在完全混为一体,没有任何时间顺序。这是头脑的思维方式,不管怎么说这是我的头脑。因此我尽可能使这部书成为那个星期六 8 个小时中我本人意识的重新记录。
>
> 这种无序性与将小说装订成册的事实发生了直接的冲突,因为装订成册的小说将一种秩序、一种固定的页码秩序强加于材料。我认为,采用按各个部分叙述并将这些散装的部分放在盒子中的方式使我朝着解决这一问题的方向迈出了一大步。②

这就强迫读者参与叙述者正在进行的经验整理,从而获得来自作者最真实最鲜活的意识和回忆。这部"盒子中的书"本身就是对世界混乱性和癌症性质的一种物质的、有形的比喻,对英国小说形式革新有着开疆拓土的重大意义。

《通常的女管家》(*House of Normal*,1971)以一家养老院为背景,记录了 8 个老年人和 1 个女护士(即女管家)的内心独白,以及女护士对他们的剥削和羞辱。小说由 9 个篇章组成,每人各占 1 篇,每篇均为 21 页,讲述同一时间跨度发生的事情,使整部小说产生一种和声般的完美共鸣感。女管家是一个 42 岁的离

①　Robert S. Ryf,B. S. Johnson and the Frontiers of Fiction,*Critique Studies in Modern Fiction*, No. 1,1977,Vol. xix,p. 63.

②　B. S. Johnson, quoted from *The Novel Today*, by Malcolm Bradbury, Manchester：Manchester University Press,1977,p. 161.

婚女子,尽管行为怪异——她曾脱光衣服在老人面前模拟表演了一场人狗交欢的话剧,意在证明人身体以外的事物是如何令人憎恶——但我们发现她就像书中其他人物一样,是百分之一百的现实存在的人,从她身上我们看到了生活在周围的人的熟悉的影子。约翰逊说他写作此书的目的正是要"对人们认为的'通常'或'不通常'说一些个人的见解"。在关于年老的后果及经验和记忆的连贯性问题上读者可以感受到作家的存在。这在某种程度上是作者对自己小说先锋实验的辩解和对保守评论家的反驳,他后来曾进一步明确这一点:"为什么不去改变呢?……正因为传统小说已经死亡……这部小说正是要折射那些评论家的保守。"在形式上,小说再度运用空白页来表示人物——尤其是老年人——的意识模糊和睡意蒙眬。在文章结尾作者故技重施,通过女主人公的独白再一次破坏了小说的权威性和真实性,重申"讲故事就是撒谎"(段落排列按原文):

> 这样你瞧我也是
> 作家的木偶或编造(你总归知道
> 有个作家躲在幕后? 哈,别想蒙骗
> 得了你们读者!)……
> 于是
> 你瞧这全是他拍脑袋拍出来的。
> 这是他脑袋里某些事情的图像!

《克里斯蒂·马尔利自己的复式簿记》(*Christie Malry's Own Double Entry*,1973)是约翰逊小说形式实验的另一高峰。作者用财务记账的方式分别将小说的核心事件列在借方或贷方栏下,后附以数量不等的款项。主人公银行职员克里斯蒂一进入社会就与财务收支有着往来,他将他所承受的来自社会的刺激和痛苦写入贷方栏,将他对社会的报复写入借方栏,为了达到收支平衡,他偷取信件、炸税务所(导致 7 人死亡)、往水库投毒(导致 20479 人死亡)。每次得逞后他都沾沾自喜,而作者冰冷的语调又使这种"沾沾自喜"产生了强烈的讽刺效果。小说的素材似乎并非作者亲历,但并不与他的真实观矛盾。从上一部小说《通常的女管家》开始,约翰逊已经开始习惯在作品中使用拜奇克·白瑞得所说的"连续的精神幻想",即他坚持用他主观视为真实化的东西,来做小说人物和情节的基本材料。无怪乎在当时的评论界看来,约翰逊"既是鼓舌如簧的一员,又是极端的自我中心者"。约翰逊对意义的排斥使整部小说成为一部关于无政府主义的预言小说——混乱,社会所带来的不和谐使小说主人公失去理智,陷入混乱,克里斯蒂像卡夫卡笔下的人物一样展示出了人类最真实的本真,他对社会疯狂的报复有着十分有力的理论基础:

在这个社会,人的生命是最廉价的,它资源充足,用之不竭。可以随意使用……人命真是便宜,便宜透顶。

小说在形式上亦有创新,在作品中每到关键时刻,作者干脆跳入书本,直接进入作品。在克里斯蒂癌细胞转移,不久于人世的时候(他死前注销了一笔账才使收支平衡),作者约翰逊竟然亲自出现在病房里,他坦率地告诉读者:"护士要我出去,她居然不知道我是谁,不知道要是没有我这个作者,他是死不了的。"约翰逊还故意让主人公对这部小说发表看法,克里斯蒂曾问:"我是不是被写过了头?"人物还对长篇小说评论道:"总之现在还有谁要看长篇小说?为什么要花一个月的时间读一本 100 页长的小说,而不去剧院花一个晚上获得更为美妙的视觉享受呢?"英国评论家将这种作者和主人公直接对话的方式称为"短路",也是后现代小说的特征之一。小说最具颠覆意义的是作者似乎想让读者在阅读过程中自己完成人物的塑造,约翰逊在结尾说:"当然没有读者想让我继续写下去,读者自己便可从已发生的事实中轻易地推断。"这显然是作者对自己想象观念的一种反叛,作者不仅反传统,更反自己,这种精神的确是弥足珍贵的。

约翰逊的最后一本小说《让老太太体面地》(*See the Old Lady Decently*,1975)是他最有技巧性的实验作品,同时也是主题最为宏大的作品。小说是作者原拟的《子宫三部曲》(*The Matrix Trilogy*)中的第一部,另两部为《尽管安葬》(*Buried Although*)和《活下来的人之一是你》(*Amongst Those Left Are You*),三部作品的标题首尾相接便成"让老太太体面地安葬尽管活下来的人中有你"的意思。约翰逊的去世使他没能完成后两部作品。小说出版之初并未受到好评,相反是恶评如潮。创作的压力、评论家的嘲讽、婚姻生活的乏味,以及他严重的狂躁症,加上穷困潦倒,让 B. S. 约翰逊于 1973 年选择了自杀,年仅 40 岁。这一时期他曾在公开发表的文章中写过这样一句话:"我觉得我的意识在渐渐离我远去。"表现了他当时精神上的苦闷。其实早在创作《让老太太体面地》之初,他便对长期与那些保守的评论家斗争感到厌倦和绝望。他甚至做出了妥协:"要给传统小说一个体面的葬礼。"而小说本身也透露着对死亡的思考,涉及看似毫无联系却内在相关的三个主题:死于癌症的母亲、正在衰落的帝国、复兴和新生。具体来说就是,以患癌症的母亲暗指大英帝国的衰落,两者并行不悖。"两者均处于死亡的过程中,它设法在作者的两种兴趣之间建立一条有序的通道,即一方是'实验',一方是为自传的真实排斥结构。"然而小说以约翰逊的出生为高潮戛然而止,又暗指看似混乱无序的生活,会一直处在衰落和新生的循环之中,衰亡正意味着新生。按照这个逻辑,约翰逊的形式实验是否也是对垂死的英国小说的新生而注射的一剂强心针?这部小说中作者的实验手法运用日臻圆滑,作者不惜笔墨地将相片、家庭文件、英国名胜介绍和死亡通知书黏合而成这部 130 多页的小说,并不时地在书页上标注"虚构"和"真实"的字样。精致而独特的文字、温润的幽默、耐人寻味的主题,使一些评论家将这本书称为约翰逊的小说代表作。

约翰逊也是后现代文学理论的有建树者和阐述者。他在《你写回忆录是否还嫌太早?》(*Are You Rather Young to Be Writing Your Memoirs*?,1973)的导言中,明确提出了自己的小说创作观。他认为当时的小说创作形式"不仅枯竭",而且"失效""消耗殆尽",面对"唯有用混乱一词才能解释的现实今天","小说家没有理由、难以成功运用已经用尽用绝的形式来表现当今的现实",而"小说是一种不断进化的艺术形式",因此呼吁同时代的作家,大胆发明或者使用其他媒体的表现手法,来展示杂乱无序而又变化无常的时代经验。他尤其对传统的"小说即谎言"(王尔德)的观点嗤之以鼻,强调唯有经历方可写作,宣称对在小说中讲故事不感兴趣,因为"讲故事就是说谎……我无意在自己的小说中说谎"。在他看来小说(novel)和虚构的作品(fiction)是完全不同的:

> 小说是一种形式,正如十四行诗是一种形式一样。在这种形式中,人们可以描写真实或者进行虚构。我选择用小说的形式描写真实。[①]

约翰逊所说的真实并非指现实生活中的真人真事,而是指创作过程的真实。英国著名批评家戴维·洛奇称约翰逊小说为"非虚构的小说",并评价道:"约翰逊试图揭露并摧毁自己费了很大劲才建立的虚构性,并告诉我们故事背后'真正的事实'……这是一种为了取得真实性和可靠性的极端形式。"[②]在这个力求真实的过程中,约翰逊极力排斥把想象和阐释空间留给读者。他明确表示:

> ……我要把自己的思想表达得非常精确,直至读者的阐释空间少得不能再少为止。我甚至还要进一步强调:如果读者能够把自己的想象强加在我的文字上,那只能说明我的写作失败了。我要读者看到我的(想象物),而不是从他自己想象中变出来的东西。除非他能接受别人的思想,他怎么能够成长呢?如果他想发挥自己的想象,那就让他自

---

① B. S. Johnson, "Introduction to Arent You Rather Young to Be Writing Your Memoirs?" *The Novel Today*, ed. by Malcolm Bradbury, Manchester: Manchester University Press,1977,p. 168.

② David Lodge, "The Novelists at the Crossroad," *The novel today*, by Malcolm Bradbury, Manchester: Manchester University Press,1977,p. 94.

己写书吧！①

在创作实践上，约翰逊推崇乔伊斯和贝克特在小说风格和形式上的革新，称乔伊斯的《尤里西斯》为一场"文学革命"，在文本形式上尤其欣赏18世纪英国小说家斯特恩，并在自己的小说中模仿他奇特的排版形式和大段的插话旁白，从而创造性地发展了一系列具有高度自我反映特征并极具个人特色的后现代小说技巧，他的作品中充斥着意识流、日记、图片、剧本残片等多种手法，使小说传达出更为丰富的文本间性特征。他在《你写回忆录是否还嫌太早？》中的一篇论文中指出，所有手法的运用都是为了暴露小说的内在结构，而"暴露小说的内在结构正是为了展示小说应该要或有潜力要完成的功能，即凸显小说的人工虚拟性"。为了凸显这种人工虚拟性，作者甚至可以在自己的小说中直接现身，与读者对话，交代自己在情节和人物上的安排，并把自己本人的经历与小说创作过程融为一体。他认为，作者不应该忌讳在小说中插入自己的声音，而应该主动地暴露小说的机制和操作痕迹，打破小说真实感的同时邀请读者共同捕捉小说的虚构痕迹，以产生真实的共鸣。约翰逊在电视纪录片方面的专业知识使他对上述手法的移植使用游刃有余，约翰逊认为电视之所以无法代替小说，是因为后者具有在揭示人物内心方面无法替代的地位。在20世纪六七十年代的一片"小说已死"的唏嘘声中，约翰逊是少数关注这一领域的作家之一。

总之，约翰逊是一个不可多得的全才性作家。尤其是在他短暂一生中为开拓小说疆界所做的不懈斗争，为寻找表达题材所蕴含的思想所做的近乎极端的尝试，使他成为英国后现代史上乔伊斯精神的延续，"一个为了呼吸不顾一切砸碎窗户的人"。作为英国文坛著名的前卫作家，他行为怪异，屡出惊人之举。"在他的大部分创作生涯中，B. S. 约翰逊是投身战斗抵制英国文学的成规的少数几个作家之一。"②他立意重振英国小说文体的辉煌，他的许多具有文学创作革命性的手法，开阔了人们对小说重新认识的视野。如在自己出版的小说页面上钻孔，使用由灰到黑的纸张，以暗示小说主人公的病患日益严重，或是对作品不加装订，让读者可从任何一页，以任何顺序读完他的小说，等等。尽管他别出心裁、独树一帜的多种文本组合形式、多重表现手段和作者直接介入小说的手法已经走到文学的极端，使他失去了大部分的读者和评论家，但正是他的这种积极的探索精神推动小说艺术不断前进。贝克特作为约翰逊的文学伙伴，是这样总结他

---

① B. S. Johnson, "Introduction to Arent You Rather Young to Be Writing Your Memoirs?" *The Novel Today*, ed. by Malcolm Bradbury, Manchester: Manchester University Press, 1977, p. 151.

② Elaine Feinstein, Living with an Inner Mystery, *The Times Literary Supplement*, No. 4347, 25July 1986, p. 819.

这位好朋友的一生的："一个最具天分的作家,一个理应得到更多关注的作家。"作家的悲剧性文学命运也俨然折射出战后小说形式革命的命运。

第十五节　玛格丽特·德莱布尔

玛格丽特·德莱布尔(Margaret Drabble,1939—　)英国当代重要的现实主义女作家。

德莱布尔出生于英国约克郡谢菲尔德市,父亲是位律师,母亲曾任小学教师,因而德莱布尔拥有一个比较民主的家庭氛围。德莱布尔从小就养成了读书的习惯,特别是文学书籍,与姐妹们一起编故事、办杂志。1960 年她以优异的成绩从剑桥大学纽纳姆学院毕业,在校期间她对话剧产生了浓厚的兴趣,因此毕业后与丈夫克莱夫·斯威夫特一起加入了皇家莎士比亚剧团。后因怀孕而无法继续演出,转而从事写作。1962 年德莱布尔的第一部小说《夏日的鸟笼》(*A Summer Bird-Cage*)出版,备受好评,从此她开始了非常成功的创作生涯。

"二战"后,英国文坛出现向批判现代主义文学回归的倾向,18、19 世纪的传统文学、写实文学重新受到重视。到了 20 世纪 60 年代,英国小说界开始变革,一些实验性的小说相继问世,而当时的德莱布尔"宁可尾随一个伟大的传统,也不愿站在一个新潮流的前头"。布拉德伯里在《现代英国小说》中说:"英国 60 年代的文坛上,传统现实主义并没有消亡,最受人关注的作家中有许多都与现实主义有或多或少的联系,并且都取得了发展。这其中玛格丽特·德莱布尔就是最引人关注的作家中的一位。"[1]肖瓦尔特则在《她们自己的文学》中评论她:"在所有当代英国女小说家中,玛格丽特·德莱布尔是最热烈的传统主义者。"[2]在小说形式上德拉布尔不愿追逐新潮流,但是在题材内容上她却不断地开拓创新,致力于表现当代英国女性追求恋爱、婚姻、事业的经历,特别擅长描写接受过良好教育的一代新女性在现代社会里寻求自身地位和理想的曲折努力过程。评论家罗莎琳德·迈尔斯说德莱布尔的创作具有强烈的时代感,"幸运地成为第一个表现 60 年代英国知识妇女心声的作家并成名"[3]。德莱布尔的早期作品具有明显的女性现实主义色彩,多描写女主人公追求感情、事业的自主与独立,在后期创作中则更多地关注到社会、政治及其与女性自我意识实现的密切联系,因而作品

① Malcolm Bradbury, *The Modern British Novel, 1878—2001*, Beijing: Foreign Language Teaching and Research Press,2005,p. 412.

② Elaine Showalter,*A Literature of Their Own:British Women Novelists from Bronte to Lessing*,Princeton:Princeton UP,1977,p. 304.

③ Rosalind Miles,*The Fiction of Sex:Themes and Functions of Sex Difference in the Modern Novel*,p. 167.

的视野更为广阔。

《夏日的鸟笼》(*A Summer Bird-Cage*,1962)是德莱布尔为了打发时间而尝试写作的第一部作品,小说以作者自己及同时代的女青年离开大学后的经历为素材,表现女性面临的两难选择。小说题目来自约翰·韦伯斯特的比喻,说婚姻之于女性犹如夏天花园里挂着的鸟笼,笼外的鸟儿渴望进入笼子,笼内的鸟儿则向往笼外的自由天空,但恐怕为时已晚。女主人公萨拉以优异的成绩从牛津大学毕业,她曾幻想自己能拥有不错的事业和美满的爱情,然而在毕业后的一年里,她收入微薄,因而与合住的朋友发生了计较与争吵。她参加了姐姐路易丝的婚礼,看到姐姐因为金钱而嫁给了一个既势力又庸俗的男人,陷入了婚姻的牢笼,因而感到困惑,不知道自己该选择什么样的生活方式为好。她渐渐认识到大学时代的理想与现实之间存在着巨大的差距,当路易丝向她透露了自己的婚外情时,萨拉在震惊之余,也开始相信大学毕业后的生活不可避免地会是一种倒退,女性似乎注定要在婚姻与事业之间进行选择,萨拉预感到自己即将成为另一只"笼中鸟"。这部处女作一经推出就受到了好评,体现了女性主义文学特征,作品中所叙述的爱情、婚姻、家庭等,无不承载着作家对女性与社会、女性与家庭、女人与男人以及女人对自我的思考,被称为是"女性生活的全景图"①。小说中莎拉对婚姻的审视,即对婚姻本质的追问,是她的前辈不曾提出过的。她这一代女性再不愿像母辈那样牺牲自己的个性和追求而受缚于家庭的牢笼。然而在现实生活中,萨拉感觉自己"像一只在小笼子里演习的动物",无处逃遁,"我蹲伏在我意识的墙角,不敢移动太远或动作幅度太大,唯恐墙面倒塌,让我面对野兽……我感觉生活在被食肉动物包围的纸房子中"②。萨拉独身的朋友西蒙妮将自己比喻成"如日本绘画般配有一支黄花的黑树枝",充满了女性的孤独与苦闷。小说中无论是萨拉还是西蒙妮,都成了女性主义的符号。评论认为西蒙妮"是西蒙妮·德·波伏娃卡通式的代表——在萨拉·本内特那里,德莱布尔将这位年轻女孩的情形戏剧化,正如波伏娃在她的《第二性》中描述的一样"③。小说透露出一股浓郁的当代社会生活气息。作品语言文雅而不失幽默,叙述中穿插了很多文学典故,德莱布尔尝试利用这些文学典故为自己的小说建构起一个原型框架,这样的写作技巧成了她日后小说创作的明显特征。

德莱布尔的第二部作品《盖瑞克年》(*The Garrick Year*,1964)同样是表现女性的生活境遇。小说讲述爱玛选择了结婚的道路,但是在狭小单调的家庭生活

---

①　Valerie Grosvenor Myer,*Margaret Drabble in Conversation with Valerie Grosvenor Myer*,London:The British Council,1977,p. 12.

②　Margaret Drabble,*A Summer Bird-Cage*,New York:Penguin Books,1967,p. 80.

③　Rose Ellen Cronan,*The Novels of Margaret Drabble:Equivocal Figures*,London:Macmillan,1980,pp. 5-6.

里她感到苦恼与无望。她在一家电视台找到了一份自己喜欢的播音工作,却因丈夫所在的剧团要离开伦敦演出,而不得不充满遗憾地放弃工作,带着两个孩子跟随丈夫离开伦敦。她感到无奈而又心酸,在小说的一开头就写道:

> 我很难相信婚姻还要剥夺我的事业。婚姻已经夺去了这么多我曾经天真地过分珍视的东西:我的独立、我的工资收入、我的二十二英寸的腰围、我的睡眠、我大多数的朋友——她们因为戴维的无礼而离我而去——还夺去了整整一大串明确知道的东西以及更多的模糊的附属的东西,如希望和期待。

而这一年也是爱玛婚姻和人生道路上的重要转折点,为了排遣寂寞,她与剧院经理发生了婚外情。但是有一天,得知女儿失足落水,她毅然丢下情人赶去相救。而这也让她意识到,对她而言,家庭的需要是支配她生活的力量。小说的结尾她放弃了婚外情,为了孩子不得不重新回到了不美满的婚姻生活中来。

《夏日的鸟笼》和《盖瑞克年》主要是表现年轻女性试图解决对未来的不稳定感的问题,从第三部小说开始,德莱布尔在表现人物在社会和经济方面的体验的同时也逐步显示出心理学含义,小说的视野也因此更加开阔了。《磨盘》(*The Mill-stone*,1965)是一本道德寓言小说,书名"磨盘"语出《圣经·马太福音》,它寓意女主人公露丝蒙德人生的磨难与拯救。露丝蒙德是一位聪慧漂亮的单纯女孩,在攻读哲学博士学位期间,为撰写以伊丽莎白时代诗歌为题的博士论文,有感于自己的性经验不足,而与偶遇的记者乔治发生了关系,不料竟怀孕。出乎所有人的预料,她决定生下孩子并独自抚养他成人。在等待生产的过程中,她经历了另外一种完全不同的生活,认识了以往学术生活里所不曾接触过的各种普通人物和生活现实。与国家医疗卫生机构的交涉使她懂得了连大英博物馆也不可能教会她的许多事理。她看到了女性身体与生理的局限以及她在神秘莫测的力量面前的脆弱,也因此变得更加成熟了。孩子的出生使她学到了十四行诗歌所难以描摹的情感:爱的自私与爱的创伤。最终露丝蒙德承受住了人生的沉重负担,成功地写出了博士论文,并因成绩优异而被聘请在大学任教。小说的结尾,乔治对自己的孩子表现出漫不经心的神情,这使露丝蒙德看到了人性的麻木和冷漠。她意识到,她的随意的性交往与随之而来的后果,虽然迫使她在社会独立与私人责任之间选择,但它毕竟也给了她一个机会来摆脱情感的瘫痪和以自我为中心的僵化生活。《磨盘》因其深刻的道德寓意、微妙的心理探索和更成熟的叙事技巧而受到了读者和评论家的喜爱,是德莱布尔最受欢迎、畅销不衰的作品,后被改编成电影上演。作者也因此被女权主义者称为"表现母性的小说家"。

德莱布尔的前三部作品,正如她自己所说的那样:"确实写的是做一个女人的处境——被婴儿捆住了手脚，或者是生了个私生子，或者是陷进了无法出去就业的婚姻中。"①随着她本人的生活阅历的丰富和视野的开阔，她的作品日趋成熟，主题也逐渐深化。

1966年德莱布尔完成了第一部文学批评著作，同年获得了旅游奖金，使她得以到巴黎生活半年。在那里，她出版了给她带来巨大声誉的作品《金色的耶路撒冷》(*Jerusalem the Golden*,1967)，该作品获得1968年的布克奖。作品表现出德莱布尔的创作由早期主要探索年轻女性走上社会后的幻灭主题，转向对现代生活中人的价值和自我实现的关注。在《金色的耶路撒冷》和后来的《金色领域》(*The Realms of Gold*,1975)中，描写的都是主人公力图摆脱狭窄压抑的家庭氛围、偏远外省因循守旧的道德观与价值观的束缚，到伦敦去追求自己理想中的"金色"前途。但作者认为要想摆脱过去是极其困难的，这两部小说皆反映了想挣脱过去而又不能自拔的矛盾。

《金色的耶路撒冷》中，女主人公克拉拉生于一个阴沉压抑的中下阶层家庭，而她却是一个聪颖漂亮的女孩，向往着过一种与家庭和环境现状所完全不同的美好生活。"金色的耶路撒冷"就是她理想中的人间天堂，"在那儿，美好的人们在美好的房子里谈论美好的事情"。她坚信只要自己努力，理想就一定能够实现，于是她全力竞争，得到了去伦敦上大学的奖学金。她精心选择能把她带入上流社会的男朋友，不惜与已婚的浪漫艺术家加布里埃尔发生关系。作品中写了她对与男人交往的看法：

> 她希望通过他得到自己的价值……她需要的不是一个男人，而是通过一个男人看到其他的事物，感觉到另一个生存的方式，她希望感到自己属于这个大千世界。

克拉拉孜孜不倦地追求着幻想中的天堂，从而变成了一个自私、冷漠、物质至上的人。小说结尾，她回家探望病危的母亲，从母亲的日记里她看到了自己的影子，发现了女性共同的命运。《金色的耶路撒冷》具有深沉而又含糊的道德寓意，克拉拉的爱情观里掺杂了她对金钱、地位的欲望，她的性别是她实现功利目的的工具。德莱布尔通过塑造这样一个人物，指出了追求物质天堂的人精神上的贫乏与浅薄。1974年10月德莱布尔在给好友瓦勒里·格罗文纳迈尔的信中说道：

> 如果你受了教育后脱离了自己的根基，你是否背叛了自己灵魂中

---

① 南希·伯伦:《玛格丽特·德莱布尔:"一定有很多人像我一样"》,《中西部季刊》,1975年春季号,第262页。

某种永远不可能再生的东西？你是否扼杀了自己生命力的一部分？当
我对你说克拉拉在小说中越变越冷酷时，我的意思是指她正在扼杀自
己灵魂中的某种东西。

德莱布尔在"尾随一个伟大的传统"的同时，也不失时机地追赶新潮流，在英
国小说开始进行变革的 20 世纪 60 年代，她在《瀑布》(*The Waterfall*, 1969)中
一反传统主义的叙事方法，从内容到形式和技巧都做了大胆的实验，被认为是德
莱布尔妇女问题小说的转折点。女主人公珍妮在临近分娩时被丈夫抛弃，于是
感到心灰意冷，失去了对生活的希望。然而就在她空虚、孤独、无人照应的时候，
堂妹露西的丈夫詹姆士填补了她感情的空白，爱情使她走出了封闭的小天地，得
到了拯救。接着孩子诞生了，一切赋予珍妮以新生。《瀑布》是一部在内容和形
式上都表现出反传统倾向的小说，作品推出后受到了女权主义者的指责，因为书
中女主人公珍妮温顺地、几乎是奴隶般地把自己的身心彻底地献给了她的婚外
情人詹姆士。小说还受到了不少观念"正统"的作家的抨击，因为它几乎是用一
种歌颂式的笔调描写婚外恋情。婚外恋变成了圣洁的感情、上帝的恩赐，传统的
伦理道德与行为评判标杆就这样被折断了。连作者自己也称此书是"一部很神
经质的书""一部很调皮捣蛋的书"。

作为德莱布尔小说创作的一个转折点，《瀑布》具有许多新意之处，被评论家
称为是德莱布尔"最有女性意识"的作品。小说在叙事手法上糅合了传统主义和
实验主义，让第一人称和第三人称交替叙述。小说没有章，只有用页码分开的部
分。第一部分是传统的叙事手法。第二部分，作者借珍妮的口说了下面这段抽
象模糊、否定传统叙事手法的话：

当然，这是不行的。我的意思是，不能用这种手法叙述过去发生的
事。我曾经尝试。多少年来，我一直在寻找一种新的文体来叙述过去
发生的事，寻找一种新的叙事体系，使它能够构筑一种新的意义，因为
老的那一套已经被我摒弃。

传统小说中的爱情和婚姻总是有一套比较固定的模式，在强大的传统伦理
观念之下，婚外恋的男女总是以悲剧收场。德莱布尔在这里摧毁这一传统结尾
的框架，《瀑布》的结尾是开放性的，抛弃了女主人公受到死亡的惩罚或有情人终
成眷属的俗套。作者为此用珍妮的口吻写了一则短短的后记：

我曾经考虑过用詹姆士丧失性功能，而不是用他的死来结束这个
故事。……我记得我曾经提过，在我们去挪威之前，我躺在床上，感到

腿上似乎有疼痛感。后来发现的确是疼，肌肉肿了，有血块。这是现代女人为爱情必须付出的代价。在过去的小说中，女人为爱情付出的代价是死亡。这是过去有德行的女人在分娩中所付出的代价。而像娜娜那样的坏女人则是染上天花死去。可现在呢，代价是血栓或神经病，两者任你选其一，我已经停止服用药片……

《瀑布》中德莱布尔也玩起了文字游戏，借助于词语的多义性和双关性来说明意义的非确定性、理性意识的遮蔽性和语言的不透明性，并以此表现珍妮、詹姆士、露西、马尔科姆这两男两女错综复杂的关系的非确定性和隐蔽性。交替使用第一人称和第三人称能够充分深入地叙述珍妮的生活经历和内心世界。此外《瀑布》还使用了大量象征性语言，其中最为突出的是与水有关的象征性语言——瀑布、江、河、海、洪水、溺水、淹没、下沉、水流、浸透、潮湿等，这些水性的词语既象征"死亡"和"毁灭"，又用来暗示情欲与性爱。

《针眼》(The Needle's Eye,1972)较之于作者此前包含浓厚个人经历成分的小说来说，在题材上有了明显的拓宽，更多地从个人经验转向社会活动，它的哲学和政治含义更为复杂，风格也更为成熟。小说的题目依然取自《圣经·马太福音》，耶稣说富人进天堂的机会就像骆驼穿过针眼那样困难。在这里德莱布尔第一次选取男人作为主角——西蒙，但是他并不比前几部作品中苦恼的家庭主妇感觉好多少。他认识了罗丝之后，牵扯进她与丈夫的官司中，由此他开始反思自己的婚姻，发现自己也是烦恼缠身，于是他逐渐意识到生活的无望和没意义，开始感到绝望，而罗丝最后也不得不重新与丈夫生活在一起。德莱布尔向读者反映了一个矛盾重重、混乱甚至是荒谬的"病态社会"。同时小说中也体现出鼓励人们拥有积极的价值观和人生观，希望人们生活得更美好的愿望。《针眼》奠定了德莱布尔作为当代重要的风俗小说家的地位。

《金色领域》(The Realms of Gold,1975)中的主人公弗朗西斯和《金色的耶路撒冷》中的克拉拉一样，也试图摆脱家庭的狭窄天地和传统，追求自己的理想生活。后来她成了一名考古学家，在撒哈拉沙漠中发掘古代的金色世界。她具有经济上的自主、行动上的自由和专业上的稳固地位，但她终究还是逃脱不了精神上的荒芜、寂寞和孤独。她把自己的工作看作是从过去中寻找理想世界，作为改变现状创造未来的蓝图，但是她最终还是发现这样是徒劳的，她要发掘的那个金子一般辉煌的世界是乌托邦梦想。于是她只有返回家庭，回归情人，通过发掘记忆的尘土来寻找自己的根基，寻求自我的意识。

1977 年出版的《冰期》(The Ice Age)的书名象征英国 20 世纪 70 年代灾难性的经济危机和现代生活中的精神荒芜，它与《金色领域》一样具有自然主义的悲观色彩。小说以男人作为作者全知全能叙述方法的对象,38 岁的安东尼在英国广播公司工作,能干又勤奋,刚三十出头就升到了这一行的顶峰,于是生活没有了任何动力,他狂躁不满,改行搞电视,揭发社会的阴暗面,这使他暂时地得到了一种满足感,看到自己对社会是有用的,但没多久空虚感又向他袭来。他转行到房地产开发,成了资本家,但是好景不长,英国的经济危机使他一下子又处于破产的边缘。而雪上加霜的是他同时又发现自己得了心脏病,只好回到老家养病。这时一场大风暴横扫英国,而他的老房子竟能幸免于难,由此他重新获得了生活下去的勇气和信心。经济和感情上的"冰期"不会永远持续下去,小说反映了英国20世纪六七十年代的社会现状:黄金时代已经过去,经济不景气,中产阶级精神贫乏,希望破灭,信仰丧失。这是德莱布尔题材最宽泛的作品,几乎涉及了现代生活的每一个方面:环境的恶劣、电视的冲击、人文学科的衰微、传统形式的瓦解、青年一代的反叛、蔓延成风的性乱、老年人的困境、监狱条件的恶劣、恐怖主义活动猖獗以及世界的美国化……体现了作者对现实社会的广泛关注。小说创作的技巧显得更加成熟,结构复杂精巧,故事情节交错,具有意味深长的结局。

《人到中年》(*The Middle Ground*,1980)探讨了人进入中年之后的危机感。女主人公凯特年近四十,她同样经历了许多妇女都有的苦恼:结婚、怀孕、生儿育女、中断工作、离婚、重新谋职。她自认为是20世纪70年代解放妇女的理想代表,独立自主、精力充沛、能干称职。然而她却不能不感受到临近中年的惶惑,她企图通过制作一部关于妇女问题的纪录片来重新认识自己的过去,重新树立生活的信心,寻找一条未来的生活道路。这部小说与德莱布尔以前的小说不同,不是线性的,而是万花筒式的。小说的结尾,凯特准备了一个大型宴会,她邀请了她的前夫、过去的情人、朋友、同事、邻居,准备勇敢地接受生活的挑战。小说真实地描绘了中年妇女摆脱信仰危机的过程,反映了70年代末英国的社会变革和都市生活。霍夫曼评论《人到中年》时说:"小说本身使得德莱布尔有机会将公众生活与私人生活、政治生活与母爱结合起来讨论。"①

20世纪80年代后期至90年代初,德莱布尔发表了一组三部曲,即《光辉之路》(*The Radiant Way*,1987)、《天生好奇》(*A Natural Curiosity*,1989)和《象牙门》(*The Gates of Ivory*,1991),讲述了三个女性从剑桥大学毕业到中年时期的生活经历。《光辉之路》的书名取自20世纪60年代一部暴露英国阶级制度罪恶的电视纪录片,意思是说原以为工党政府的社会改革措施会迎来一个平等的新社会,但结果令人失望,不但无光辉可言,甚至连通往明确目标的道路都没有。

---

① Hoffman, Anne Golomb, Acts of Self-Creation: Female Identity in the Novels of Margaret Drabble, in Jeffrey W. Hunter, *Contemporary Literary Criticism*, London: Gale Group, Inc., 2000, pp. 115-119.

小说中的女主人公莉兹是一名事业成功的精神医师,她摆脱了北方小城的贫寒出身,过着中产阶级的优裕生活,自以为已经洞悉生活的规律与目标,能够驾驭生活的进程。但是就在这时,结发 20 年的丈夫突然提出离婚,生活中的和谐与圆满顿时化为泡影,莉兹因此而感到茫然与失落。与莉兹形成对照的是英文教师爱里克斯,她虽然拥有完整的家庭,却不得不每天面对生活的凌乱不堪,她甚至怀疑自我的价值。小说中的第三位女性伊斯特是一位艺术史学者,她并不寻求生活的规律和意义,而只满足于狭小学科范围内探究的自得其乐。小说的最后,她们三个人漫步在旷野之中,夏日里西下的夕阳染红了大地,眼前仿佛是一片光辉大道。《天生好奇》和《象牙门》继续讲述莉兹的故事,描述充满混乱和危机、死亡和灾难的世界。《象牙门》发表于 1991 年,讲述了两条线索,一条是莉兹为探明男友去柬埔寨后的生死下落而远赴东南亚的经历,另外一条是斯蒂芬在东南亚国家的冒险。小说采用了全知的叙事手法,每个人物采用一种视点,视角不断转换,从而产生了一种眼花缭乱的感觉,别具一格。

晚年的德莱布尔笔耕不辍,发表小说有《埃克斯穆尔女巫》(*The Witch of Exmoor*,1996)、《胡椒蛾》(*The Peppered Moth*,2001)、《七姐妹》(*The Seven Sisters*,2002)、《红王妃》(*The Red Queen*,2004)、《海上夫人》(*The Sea Lady*,2006)、《纯金婴儿》(*The Pure Gold Baby*,2013)等。

德莱布尔出版了 19 部小说和 10 多部影视剧本,发表了大量的书评,以及关于弗吉尼亚·伍尔夫、华兹华斯等人的传记和评论。此外,她主持编撰《牛津英国文学词典》,曾任全国图书联盟主席,1980 年她被英国王室授予爵士称号。曾获得布莱克纪念奖、福斯特奖、莱斯文学奖等多项文学大奖。先后在谢菲尔德大学、曼彻斯特大学、基尔大学、布拉德福德大学、赫尔大学、东安格利亚大学和约克大学获得名誉博士学位。1993 年她曾到中国访问演讲。

德莱布尔的小说有着她个人经历的明显印记,她说:"我们写小说不仅仅是写书,而是要创造一种未来。通过人物,我们描绘美好和不太可能的蓝图,让我们成为我们应该成为的样子。"①她本人从走出校门、涉足演艺、结婚生子、料理家务到从事写作以及离异再婚,经历一段非常丰富而又曲折的生活历程。而这些映射到她的作品里,表现为小说的女主人公大多是接受过良好教育的知识女性,往往面对生活的两难选择,年龄层次从《金色的耶路撒冷》和《瀑布》等书中的刚出校门的妙龄少女、青年母亲和职业女性,发展为《金色领域》和《光辉之路》里的中年妇女。另外,随着作者个人的生活经验和阅历的增长,作品的题材和背景也越来越宽阔。德莱布尔从以女性意识表现生活的角度出发,探求家庭和社会

---

① Margaret Drabble, *Doris Lessing: Cassandraina World Under Siege*, Ramparts, 1972, p.52.

的种种变革所体现出来的人际关系和人生意义，积极关注女性在现代社会生活中的自我意识和价值实现等问题，并与深广的社会政治、经济、道德等相联系，开辟了一片独特的女性精神园地。

德莱布尔执着于从古典文学中汲取宝贵的文学素养，她的女性意识和美学理念可以追溯到乔治·艾略特和弗吉尼亚·伍尔夫，此外她还十分推崇多丽丝·莱辛，把她看作"母亲和先知"，她甚至说自己的小说创作正是学习和模仿了这位在世界文坛上享有盛誉的前辈。《瀑布》就是直接受莱辛实验性小说《金色笔记本》的启示写成的。评论家菲利斯·罗斯在《纽约时报》书评副刊评论她为：

> 当代英国的编年史家，100 年后人们如想了解现在的情况就会去读她的小说的一个作家。她对 20 世纪晚期伦敦的描写，就如狄更斯对维多利亚时代伦敦的描写、巴尔扎克对巴黎的描写一样。

德莱布尔的小说的结局多为开放性的，不强求给人物和故事安排一个完美的最终结局，只是向读者展示出解决矛盾的多种可能性和暗示出模糊的前景，反映了作者小说创作的后现代观念。她曾说："一本小说好似一个人的生活，充满复杂性，难以做出满意的解释，正是由于这种时刻不停地流动和各种感情状态的往复变化，我才觉得小说生趣盎然，饶有兴味。"德莱布尔因而也被人称作后现实主义作家。她的小说在现实主义的基调中掺入了现代主义和后现代主义的成分。事实上德莱布尔是一位勇于创新的作家，她不断地拓展着现实主义小说疆域，极大地丰富了文学内涵和表现手法，在博采众长的基础上努力创造出自己独特的艺术风格：自然朴实而又深刻隽永，行文流畅而又幽默机敏，传统写实而又不失现代色彩。

第十六节　多丽丝·莱辛

多丽丝·莱辛（Doris Lessing，1919—2013）是"二战"后最具风格的杰出女作家之一，也是 1954 年毛姆小说奖得主，2007 年获诺贝尔文学奖。

多丽丝·莱辛于 1919 年出生在波斯（今伊朗），本姓泰勒，父亲是英国人，在那里担任银行职员。1924 年莱辛随父母亲迁到了非洲南部的罗得西亚（今津巴布韦），全家惨淡经营一家农场，她在那里度过了童年和青少年时期。15 岁那年她由于眼疾被迫辍学，之后当过秘书、速记员、裁缝、电话接线员，甚至当过保姆，但在此期间她阅读了大量的书籍，打下了深厚的文学功底。1939 年莱辛与法兰克·惠斯顿的婚姻宣告破灭后，她认识了左翼读书会的一些人，开始在"二战"期间参与南非的一些政治活动。1945 年,她与到南非避难的犹太裔共产党人赫斯·莱辛相爱结婚,从而受到了社会主义思想的影响,参与了各种反对种族歧视与殖民主义的政治活动。4 年后离婚,莱辛带着年幼的孩子和她的第一部小说《青草在歌唱》(*The Grass Is Singing*,1950)回到从未见过的祖国——英国,并定居在伦敦。第二年,莱辛加入了英国共产党。同年,她的处女作《青草在歌唱》在伦敦发表,小说以其深刻的思想性获得了巨大的成功,被认为是战后优秀作品之一,莱辛的国际地位由此确立,之后的 50 多年中她一直活跃在世界文坛。莱辛曾于 1993 年 5 月来中国友好访问。她的作品多次获奖,1954 年获萨穆塞特·玛伍汉姆奖,1962 年获法国玫迪塞奖,1982 年被授予联邦德国莎士比亚奖和奥地利国家级欧洲文学奖。2007 年,瑞典文学院将诺贝尔文学奖授予了多丽丝·莱辛,称"她用怀疑、热情、构想的力量来审视一个分裂的文明,其作品如同一部女性经验的史诗"。莱辛是历年获诺贝尔文学奖女性中年龄最高的一位。

　　莱辛是一个多产的作家,写有 20 多部长篇小说、70 多篇中短篇小说、2 部剧本、1 本诗集和多部论文集与回忆录。莱辛的作品取材广阔而新颖。由于拥有非洲生活经历,一贯推崇现实主义传统,她的作品中有深刻地反映种族主义的内容,如她的处女作《青草在歌唱》。因为早期受到马克思主义的影响,她的作品中也有关于左翼共产主义的内容,如五部曲《暴力的儿女》(*Children of Violence*,1952—1969)等。身为一位女性作家,女性题材成为她主要的取材内容,如最具影响力的《金色笔记本》(*The Golden Notebook*,1962),莱辛也因此在 20 世纪 60 年代以后被认为是女权主义的主要代言人。中后期由于受到了弗洛伊德的精神分析学说、荣格的"集体无意识"、莱恩的精神病理论以及伊斯兰教苏非派神秘主义的影响,她的作品的题材转而涉及现代心理学和神秘主义的内容,如《坠入地狱经历的简述》(*Briefing for A Descent into Hell*,1971)和《天狼星人的试验》(*The Sirian Experiments*,1981)。由于对社会政治动荡和信仰冲突有着深刻的经历和体验,莱辛一直随时代走在社会生活的最前端,甚至充满了预见性。正是因为莱辛以敏锐的洞察力关注社会焦点,以生动的笔调刻画人物形象,以细腻的文笔描绘时代人生,所以她的作品中反映的问题充满了强烈的生活感和时代感。

　　莱辛的处女作《青草在歌唱》,题目来源于艾略特《荒原》中的诗句。小说的结构并不复杂,是一部表现非洲南部种族隔离的小说,写出了当时在非洲黑人世界中白人移民的生活状况。主人公玛丽·特纳是一位长期定居在罗得西亚的移民白人,因为没有合适的对象而一直没有结婚,直到 30 岁才嫁给一个农夫。她与丈夫在偏远的贫困地区经营着一家农场,两人的经济与精神状况都不断恶化。贫穷与孤独的生活,使得玛丽的心情十分压抑,心态日渐变坏,以至于经常打骂黑人帮工,以发泄心中苦闷。丈夫死后,玛丽过着与外界隔绝的生活,慢慢对家中的黑奴摩西产生了感情,并与其发生了关系。事情败露后,玛丽将主要责任推到摩西身上,两人之间的矛盾激化,愤怒的摩西一气之下将玛丽杀害,并自愿承担后果。小说以鲜明的人物形象、出色细腻的心理刻画和悲剧的结尾,描绘出了女性的困惑,揭示了殖民统治和种族歧视的罪恶以及给非洲带来的灾难与悲剧,宣告了"白种人文明"与"白人优越论"的破灭。小说第一次在读者面前正面涉及欧美种族隔离政策,揭示出殖民统治的实质不仅给移居的白人带去苦难,也给当地的黑人造成不幸。主人公玛丽是种族隔离政策的牺牲品,她孤立无援,甚至对这种政策漠然无知,完全被动地毫无怨言地在那里孤独地生活着,她的人性扭曲、她的恶劣的心态以及她的悲剧,都源自种族隔离政策。在殖民与男权主义双重枷锁下,在经济和精神的双重折磨中,玛丽内心逐渐失衡扭曲,直至精神发狂错乱,她的发疯是"她的个人处境与创造她性格的更强大的社会力量的产物"①。作品中的黑人摩西为人正直善良,具有自尊个性和独立人格,以玛丽为象征的白人对他的侮辱,使他忍无可忍,小说一反以往作品中对黑人的歪曲与丑化,写出了一位十分值得人们同情的正面人物。小说将社会、时代、种族和人物心理融成一体,在对罗得西亚白人主妇与黑人奴仆的矛盾关系及其酿成的悲剧的描写中,反思了白人殖民者在非洲的移民政策的错误极其荒谬,形象展现出种族隔离和殖民制度的罪恶后果。小说的出版引起了很大的社会震动,得到了广泛的好评,被认为是"二战"后最优秀的小说之一。

反映白人移民和种族隔离政策的主题和内容,在莱辛其后创作的一系列中短篇小说里不断出现,成为主要的叙述中心。大部分中短篇小说被收录于她的《这里曾是老酋长的领地》(*This Was the Old Chief's Country*,1951)、《五个短篇小说》(*Five Short Stories*,1953)、《爱的习惯》(*The Habit of Loving*,1957)、《回家》(*Going Home*,1957)等。1954 年《五个短篇小说》获得毛姆奖,小说同样对英国移民非洲的政策进行了反思,具有英国文化背景的白人与非洲本地居民之间不可调和的种族、民族矛盾使得生活在那里的移民无论在生活居住还是内心感受上,都具有种种难以诉说的苦衷,孤独忧郁的隔绝感始终缠绕着他们。尽管他们有的已经生活在那里很长时间,甚至他们的下一代也开始走向社会,但他们种种扎根异邦的努力,以及以高雅的文化去同化土著文明的种种试图,都是徒劳无益的。对于具有深厚文化底蕴的非洲土著居民而言,外来的移民始终是不受欢迎的人。小说中同时也大量展现非洲文明和文化,表达了作者对神秘而美丽的非洲的深厚感情。

《暴力的儿女》(*Children of Violence*,1952—1969)五部曲是莱辛早期创作

---

① Michele Wender Zak, The Grassis Singing: A Little Novel about the Emotions, in L. S. Dembo ed., *Contemporary Literature*, Vol. 14, Madison: University of Wisconsin, 1973, p. 485.

中最为出色的作品,也是莱辛开始实验小说创作的标志,作家以传统的现实主义手法为主,逐渐引入现代手法进行创作构思。这是一部关于女性成长的分为5个部分的长篇巨著,展现了一个在第一次世界大战期间出生,第二次世界大战期间在非洲罗得西亚白人聚居地成长起来的女孩玛莎·奎斯特,在男女不平等的社会生活中寻求自我精神世界自由完满的生活经历。

第一部《玛莎·奎斯特》(*Martha Quest*,1952)讲述的是主人公玛莎·奎斯特早期在罗得西亚成长的经历。她反对父亲的粗暴,厌恶母亲的势利与专横。玛莎试图挣脱这种压抑的家庭束缚和阶级偏见,因此毅然离家出走,去寻求真理,寻找一个没有"仇恨和暴力"的高尚社会,她的姓"Quest"就是"探寻"的意思。她参加左翼团体并与其中的一个成员道格拉斯·诺维尔结婚。作为白人移民,她长期生活在与当地人隔绝的殖民者圈子中。一方面,她讨厌白人内部的争斗,他们根本无暇顾及当时的主要矛盾,即白人与黑人的种族隔离、种族文化差异和生活矛盾问题,她感觉到白人移民的小社会正在走向解体;另一方面,她又对从小生活的白人环境有着一种依恋幻想和难以弃舍的感情。玛莎身上体现了时代女性的特征:

> 她正处在青春发育期,因此必然会感到苦恼;是个英国人,因此总是不安而处处防范;生活在20世纪40年代,因此无可逃遁地为种族和阶级的问题所困扰;是个女性,因而不得不否定昔日桎梏中的妇女。

工作后,玛莎进行了大量阅读,深入探索思考,希望能寻找到一条打破种族主义偏见和狭隘地方主义的道路。小说在描写玛莎追寻探索过程中的苦闷的同时,也充分展示了处于青春发育期的玛莎那迸发的热情和对真理信仰不懈追求的执着精神。

第二部《合适的婚姻》(*A Proper Marriage*,1954)讲述的是玛莎婚姻的危机。书名中的"合适"指的是表面看来"合适"而实际上"不合适"的婚姻。婚后玛莎陷入了平庸的怀孕、生孩子、照顾家人的家庭妇女小圈子,这让玛莎很苦恼,她不甘心于这种平凡而庸俗的生活。"二战"爆发后,道格拉斯赶赴战场,玛莎在分娩后与左翼的朋友接触较多,开始活跃于政治活动,投身于反对种族歧视的运动。丈夫返回家乡后要求其放弃政治活动,使她更感到家庭的压抑和婚姻的乏味,两人的矛盾日益加深,并直接导致了婚姻最后的破裂。玛莎重新回到了左翼共产党朋友中间。

第三部《暴风雨的涟漪》(*A Ripple from the Storm*,1958)描述的是玛莎对所处的左翼政治团体的失望与政治理想的破灭。玛莎为了帮助一位欧洲流亡者、逃离德国的犹太难民、共产党人赫辛获得合法居住地位而与他结婚,但这场婚姻虽然免除了赫辛被遣送回欧洲的威胁,却没有爱情,只能逐渐走向破灭。玛莎所参与的政治团体中,针对种族、社会和政治等问题争论不休,逐渐产生了分歧,分裂为激进、温和与工党三派。这种婚姻与事业的双重恶化令玛莎十分失望和沮丧,内心充满了幻灭感。

第四部《被围困的陆地》(*Land Locked*,1965)讲述了"二战"即将结束,玛莎与赫辛的婚姻名存实亡,她爱上了另一个犹太难民托马斯,两人经历了一段热恋,但托马斯不幸死于热病,给她的精神带来极大打击。父亲病故,与赫辛离婚,尤其是玛莎发现自己与左翼团体中年轻的激进分子之间产生了巨大的隔阂与矛盾,个人生活与政治生活两方面都陷入了泥淖中,如同白人的生活陆地被四周的黑人包围着,找不到任何出路。深深的孤独感与幻灭感令玛莎窒息,于是她决定到英国去,开始新的人生。

写最后一部《四门之城》(*The Four-Gated City*,1969)时,莱辛的思想已趋成熟,因此这部小说的思想内蕴显得最为丰富而深刻。中年的玛莎在"二战"后来到英国,成为作家马丁的秘书兼情妇,继续追求美好的生活,探索生命的意义和价值。其间所经历的迷乱、困惑、失望与挫折,使得她的精神近乎崩溃。这一部不同于其他4部的纪实手法,而更多地采用了乌托邦式的象征和想象,展现了人物复杂多面的内心世界。"四门之城"的意象取自五部曲第一部中玛莎的梦境:一座金色的城市,路边绿荫遮掩,四个洞开的城门威严高贵,在那里生活的黑人、白人及其他人种和睦相处,没有仇恨没有暴力,人人平等,自由生活,那是一个美丽的乌托邦式的世外桃源。然而具有嘲讽意味的是,马丁在他的小说中设计的乌托邦并非玛莎梦幻中美丽的金色城池,而是远在非洲为那些战争幸存者筹建的避难所。小说最后以预言的形式结束,充满了对现实的调侃和讽刺。文中设想了20世纪70年代英国被核武器摧毁后老年玛莎的生活,也预言世界将在热核战争中遭受更大的毁灭,同时想象未来新一代的年轻人将抛弃他们父辈的生活模式,即抛弃战争,找到一种比前人更具人性化的美好生活。表达了作家对未来社会和人类的美好愿望与憧憬。

《暴力的儿女》是莱辛花了17年的心血凝集而成的佳作,体现了作家对"个人良心与集体间关系"的思索探究,展现了玛莎的政治抱负与个人生活的冲突和对立。每一部小说的风格也不尽相同,第一部是洋溢着浪漫气息的青春小说,之后3部的笔调越来越沉重与深刻,最后一部还涉及了人格分裂,发展成为预言式小说,反映出作家独到的写作功底。玛莎从一个充满浪漫气息的女孩逐渐走向成熟,她在小说中的成长经历及思想变化,象征着作家思想的成长与嬗变。玛莎当时所处的时代,对女性是极不公平的,莱辛这样描述:

似乎男人按一下开关,就指望你为了他们取乐而变成什么别的

东西。

　　玛莎就是在这样一个男人主宰的世界里挣扎与抗争的,她那种勇敢地对自由与自我精神的不息追求将5部系列小说联结起来,使之成为一个整体。小说赞颂了新一代的青年与他们的父辈落后停滞的观念决裂,寻找一种更合乎人性的生活方式,比如玛莎对爱情的追求,积极投身于社会政治生活,就是一种对人生自我价值的追求与肯定,其中也寄托了莱辛对未来生活的美好期望。小说在讨论女性问题的同时,也将目光放在广阔而复杂的社会状况上,成功地将女性主义、社会写实、政治斗争、种族主义、民族矛盾和人物内心世界刻画等多方面结合在一起,进行全方位描述。

　　《金色笔记本》完成于多丽丝·莱辛的中年时期,是她的小说创作中最具代表性的一部,也被认为是英国当代最佳作品之一。相比较而言,如果说《暴力的儿女》所叙述的是一个女人玛莎的经历,较平面地提出了女性必须取得独立地位的口号的话,那么,在《金色笔记本》中则更为细腻立体地剖析了一个现代女性,在独立以后寻求自由真理道路时的内心挣扎和精神苦闷。小说多视角、多层面、多角度地记录了作家所经历的时代。故事发生在20世纪50年代的伦敦,主人公安娜·弗利曼·伍尔夫被称为"现代小说中最有意识地进行自我分析和自我审查的女性角色"①。单身母亲安娜是一个有名的作家,她带着小女儿珍妮,和一个离了婚带着儿子的女人莫莉生活在伦敦的一个公寓里。她们都参加过共产党,经常在一起讨论关于妇女解放的问题,两人也都接受过精神方面的治疗。小说结构十分复杂而新颖,由一个名为《自由女性》(Free Woman)的小说和5个不同颜色的安娜的笔记本组成,分别用来记录生活的各个侧面,其中黑、红、黄、蓝这4个笔记本又构成了4条互相交叉重叠的叙述线索。

　　4个笔记本均用第一人称撰写,时间跨度为1950—1957年。所谓"金色笔记",其实是她所记的4个方面内容的笔记在形式上的最终交汇。"黑色笔记"是安娜在非洲生活经历的记录,分为两部分,一部分题为"根源",另一部分题为"金钱",写到了自己在创作中的成功;"红色笔记"是与政治有关的内容,讲述的是安娜从1950年到1957年参加英国共产党的政治经历,即由一个坚定的共产党员到逐渐失望,最后感到理想破灭退出共产党的过程;"黄色笔记"开始于安娜正在创作的一部小说《第三者的阴影》,这其实是安娜根据自己的经历编写的故事,故事中的主人翁名叫艾拉,但最后遇到了创作障碍,没能写成功,该小说与《自由女性》并置在一起,包含了短篇小说、讽刺杂烩等部分;"蓝色笔记"是安娜的日记,

---

① Paul Schlueter, *The Novels of Doris Lessing*, Southern Illinois University Press, 1969, p. 77.

是她隐秘的个人生活,安娜试图真实地记录下自己生活中发生的一切,其中有她
心理上和文学信念上的崩溃,以及相应的心理分析和治疗,有她与美国人索尔·
格林的恋爱关系以及与莫莉和女儿的关系,等等。然后,从相互割裂的 4 个片段
中,诞生了一部新的笔记——《金色笔记本》,这是安娜对前 4 部笔记的总结,综
合了安娜在其他笔记中的各种经历和故事,充满了二元因素的对立统一,否定与
肯定交织,光明与黑暗共存,组成一段完整的人生经历,安娜对自我生活和心理
经历的总结,也是整部系列小说的核心所在。在对社会生活和人生经历的辩证
探索思考中,安娜在索尔的帮助下渡过了精神危机,她在精神境界和内心世界中
成了一个人格自由而完整的新人,终于可以重新开始写作。

　　《金色笔记本》是一部关于女性探索自由的小说,安娜名字中的"弗里曼"
(Freeman)的意思是"自由人",而"伍尔夫"(Woolf)则与英国早期女权主义者伍
尔夫同名,全书以"自由女性"的视角,暗示在以男性为主的世界中,女性如何获
得独立自由的生存空间以实现自身的存在价值。莱辛主张女性在爱情中拥有平
等地位,反对被虐,挣脱貌似爱情的束缚,但并不反对男女之间的爱情。在 2000
年的一次采访中谈及她后期作品中"浪漫爱情"被淡化时,莱辛纠正说:"一次强
烈的感情对我来说就像是一场灾难,但是每个人都必须那样浪漫地爱一场才会
知道这个世界是怎样的。"①小说采用第一人称的叙述方式展开,无论是述说者
还是述说的对象,女性都占了主体地位,从女性思维的角度深入探索了不同的女
性在现代社会里所面临的角色迷惘和价值失落问题,表现了她们的精神压抑与
苦闷。小说的主题广泛,涉及女性特别是知识女性在社会生活中的诸多深层次
问题:现代社会中信仰的丧失、精神的崩溃、情感的缺失和语言表征的危机等。
表面上看安娜已经是一个取得了独立的新女性,她自己也曾自诩为"自由女性",
与男人在社会上争取同样的生存方式和平等权利,但她很快意识到想要真正摆
脱男性的束缚是十分困难的,女性正面临着严重的精神危机,正如安娜所说的:
"他们仍然通过与男人的关系来看我们,即使最好的男人也是这样看。"所以安娜
的抗争,是一种与外在男性世界与自身意识的双重抗争。她力图改变旧道德的
束缚,却最终没能够摆脱内心对异性的依赖和情感需要,她并没有得到独立以后
的幸福。即使在与她有多年婚姻生活、十分相知的迈克尔内心,他们之间的地位
其实也是不平等的,她所追求的事业遭到了迈克尔的取笑:

　　　　大部分时间我是幸福的,然后突然我感到了对迈克尔的厌恶和憎
　　恨,他总是挖苦我写过一部小说,是一个女作家。

---

　　① Susie Linfield, *Against Utopia*: *An Interview with Doris Lessing*, Sep. 12th, 2000,
New York: Salmagundi, 130/131, 2001, p. 66.

虽然表面上安娜和莫莉都对婚姻不以为意，但作为女人，她们内心渴望得到真实而稳定的情感，这不仅是因为婚姻能带来安全感，更是一种女性本能的需求，就像后来索尔评价安娜那样："你是一个真正适合家庭生活的女人，你应该嫁一个生活安定的好丈夫。"但面对安娜的真诚，迈克尔却退缩了，自私的他害怕失去自由，害怕承担责任，所以他"镇定而冷漠"地离开了安娜。安娜也遭到了事业的打击，在"蓝色笔记"中安娜就提到了自己的"写作障碍"，这些分散的笔记都展现了安娜无法统一的自我，表现了她的彷徨与苦闷。从现代社会心理层面上看，似乎妇女已经拥有了高度独立的平等地位，而实际上女人还是无法摆脱男人的羁绊，女性的才能和本性仍受到不公正的、粗暴的待遇。莱辛并没有像激进的女权主义者那样要求彻底从男权中独立出来，而赞同男女间互为依存的正常关系。莱辛在《金色笔记本》中所探讨的范围不仅仅限于对女性内心的思考，探索女性如何获得自由的生存空间和方式，还包括整个20世纪50年代的社会现实、人性与两性的关系、人格的分裂、社会意识形态的转变、西方世界精神和道德的失落等。莱辛借安娜之口说出了生活的意义：人类就像是"推圆石上山"的西西弗斯神，尽管目标遥远渺茫，阻碍重重，但仍然在执着坚持并不懈努力着，具有极强的象征性。

莱辛称《金色笔记本》是"一次突破形式的尝试，一次突破意识观念并予以超越的尝试"[①]。作品创作中鲜明的特色在于它看似凌乱怪异的结构设计模式中，充分体现了莱辛的实验创新精神。"小说的复式多重结构打破了全知叙述、时间顺序叙事和单一视觉模式，提供了一种复合视角的开放式叙事空间，使文本阅读充满了不确定性和极强的诠释张力。"[②]多层次结构也正反映出莱辛对于当时支离破碎时代的看法，原子弹的爆炸让世界四分五裂，莱辛痛心地说：

> 我感到原子弹在我的体内爆炸了，在我周围人的体内爆炸了，这就是我所说的碎裂的意思。好像从里面敲击人的心灵，正在发生着什么可怕的事。[③]

《金色笔记本》实验性的结构照应了当时人们的心理结构模式。在《金色笔记本》的第二版序言中，莱辛本人曾这样形容自己的这种叙述形式："主要目的是使一本书的组合形式本身不需文字说明就能表明意义，就是通过书的结构形状

---

①　Annie Pratt, L. S. Dembo, *Doris Lessing. Critical Studies*, Madison: The University of Wisconsin Press, 1974, p. 20.

②　陆建德：《现代主义之后：写实与实验》，中国社会科学出版社，1997年，第143页。

③　多丽丝·莱辛在1969年5月在纽约州石溪的谈话，刊载于1970年1月《新美国评论》，第8期。

说明问题。"①小说没有传统意义上的人物和情节的刻画,其分裂破碎的形式正是象征世界社会的分裂混乱以及现代女性在追求真理与实现自我价值时的精神分裂。小说就是想通过把安娜的生活割裂成几个方面,来体现急剧变化的外部世界的混乱和人物内心的迷茫。小说结尾的循环开放式结构解构了传统的认知观,符合莱辛文学理论中的"皈依",也与女性循环、网状的认知结构相契合,是女性经验的最直观体现。这一结构符合小说构思的创意,与小说的主题及其内容融成了一个完整的统一体。

《金色笔记本》是莱辛创作的重要转折点,从注重叙述和写实记事的现实主义创作手法转向探索实验,更注重能描绘出现代社会中人物多层次心理的写作手法,在传统写实手法中融入了现代主义的创作思维和手法。莱辛在写作上的突破与创新,为后现代小说的发展做出了重大的贡献。

莱辛写于 20 世纪 70 年代以后的小说,在创作思想和艺术风格上都有了重大的变化,文中神秘怪异和悲观失望的情绪较为浓郁。小说虽然仍是以女性生活题材为主,但主人公已经不再是充满浪漫激情的年轻女性,描写的是步入中年后的妇女对生活和婚姻的反思。她们失败的婚姻及其与子女的代沟,她们从社会角色转化为家庭主妇,使她们内心充满了孤独和失望。《坠入地狱经历的简述》是一部探索人物内心世界和精神分裂现象的小说。剑桥大学古典主义文学教授查尔斯患了精神分裂症,变得十分健忘,常常陷入冥思之中,在幻想中他进入了异境,各种各样恐怖怪诞的事情令人毛骨悚然,然而他却发现了许多与现实生活不尽相同的事物的本来面目,人们在日常生活交往中将真实的内心隐藏起来,给人以种种假象。小说在精神失常者的幻觉、狂想与混乱思维中,揭示了人类隐蔽在假面具后的内心真实。在对查尔斯从陷入迷狂、出现幻觉到恢复理智的过程中,人物感受到的现实生活,犹如地狱般恐怖的描写,具有对社会现实生活本质揭示和讽刺的意义。《黑暗前的夏天》(*The Summer before the Dark*,1973)叙述的也是有关精神崩溃的故事。女主人公凯蒂·布朗 45 岁了,回顾所经历的人生,尤其是结婚以来,除了相夫教子、操持家务以外,自己一无所有。更令她困惑的是,自己的牺牲并没有获得家人的认同,子女长大后离家独立生活,功成名就的丈夫有了外遇,为了家庭她放弃了社会生活和个人事业,然而现在她发现不仅失去了自己理想中的家庭生活,甚至失去了性生活。为了摆脱孤独忧郁,她决定改变自己的生活模式。于是她走出家庭来到社会上,在联合国世界粮食组织中担任英葡同声翻译的工作。她奔走于土耳其和西班牙之间,工作十分出色,受到了好评。其间与年轻男子杰弗里经历了一场浪漫的恋情。这种美好

---

① Sprague Claire, Rereading *Doris Lessing*: *Narrative Patterns of Doubling and Repetition*, Chapel Hill & London: The University of North Carolina Press, 1987, p. 64.

的自由生活,犹如她人生黑暗到来之前的最后一个明媚夏天,尽管美丽热烈却十分短暂。他们一起去西班牙度假,患上了精神病的她回到了伦敦。病愈后凯蒂的生活又回到了以往的常态,孤独忧郁深深缠绕着她,将一直伴随她老去。对于此部小说来说,一方面,人物故事内容现实感强,人生变迁贴近生活;另一方面,叙事手法和叙述结构特殊,莱辛采用结构主义写作手法,叙事情节凌乱,人物视角跳跃快速,运用了意识流写作手法,用大量的内心独白来描写女主人公的心理活动和潜意识。作品中人物的梦境描写更是体现了其内心对生活的潜意识感受。梦中满身伤痕的海豹是凯蒂自身的反射,梦中作为国王配偶的凯蒂因对国王与众多女子跳舞不满而离去,被国王勃然大怒地呵斥,被国王统治下的村民追赶,反映了人物对生活在男权社会中的恐惧与无奈。莱辛认为梦具有创造性,她说:"在我们深处的那个无意识的艺术家,是一个非常节俭的个体。只要少许几个象征,梦能说明人的整个一生,并预示未来。安娜的梦包含了她在非洲的经历的核心、她对战争的恐惧、她与共产主义的关系、她作为一个作家所处的困境。"①《黑暗前的夏天》一经发表就成了当年的畅销小说。

《一个幸存者的回忆录》(*Memoirs of A Survivor*,1974)以第一人称的叙述方法,描述一位经历战争灾难以后幸存下来的中年妇女,为维持家庭正常生活而付出的种种努力。在前半部对过去的回忆中,展现在读者面前的是一个文明社会走向崩溃、战争和暴力引起恐惧、科学技术导致人类毁灭的混乱世界,人们充满了悲观绝望的情绪。后半部虽然有对未来的美好想象与憧憬,但现实生活中贫富之间不可调和的对立、人类的贪婪和堕落,表明人类永远无法摆脱不幸和灾难。小说既有对社会历史与人生经历的反思,又有存在主义式的哲理思考;既有丰富的生活内蕴,又有深邃的思想深度,出版后受到了文坛和评论界的普遍好评。

莱辛后期创作中,热衷于描写探索深层精神心理小说、神秘题材小说和恐怖小说,影响最大最具有新意的是她的太空科幻题材内容的"太空小说"。莱辛以太空银河为背景的小说共有四部,分别为《希卡斯塔》(*Shikasta*,1979)、《第三、四、五区域间的联姻》(*The Marriages Between Zones Three*,*Four and Five*,1980)、《天狼星人的试验》、《第八行星代表之形成》(*The Making of the Representative for Planet 8*,1982)。这些科幻作品中充满了深刻的讽刺性和悲观失望的情绪,虽然描写的内容大多与太空有关,但关注点其实仍在地球。小说中将人类的历史作为宇宙发展中的一个阶段,记录了人类社会逐步走向衰落灭绝的过程,从这令人震惊的人类未来图景中,我们可以看出作家对人类命运的严肃思考和担忧,以及深沉的宇宙忧患意识。

---

① Jonah Raskin,*Doris Lessing at Stony Brook*:*An Interview*,London:Flamingo,1994,p.71.

20世纪80年代以后,莱辛又将目光转向现实,但现实主义创作手法运用中已融入了新的元素,构思大胆创新,想象奇特,刻画细腻,布局严密。其中以《第五个孩子》(*The Fifth Child*,1988)最为出色,作家以新奇的写作手法、深刻的思想寓意,描写了一个另类的孩子"本",其因为行为怪异而遭到社会排挤,最终成为少年犯,通过人物的遭遇,传递了一个很有社会意义的信息——如何认识差异性。小说虽然描写的是一个孩子的故事,却具有深刻的象征内涵。在这个多元化的社会里,能否正确对待差异性决定着一个民族乃至人类的命运。《再次,爱情》(*Love,Again*,1996)描写了已寡居20多年的65岁的莎拉·德拉姆再次萌发激情,先后与28岁的年轻演员和35岁的导演坠入情网。小说勾画出老年女性世界"最激动人心、最令人难忘"的色彩斑斓的情感风景画,被评论界认为是一部"具有惊世骇俗的超常唯美主义倾向"的作品,坦诚而直率地透析了老年女性的情感世界。作品发表后受到了文坛好评。进入21世纪以来,莱辛还写有《猫语录:大帅猫的晚年》(*The Old Age of El Magnifico*,2000)、《裂缝》(*The Cleft*,2007)等作品。

莱莘在贫困的环境中长大,从小她就目睹了殖民主义和种族歧视的罪恶,深切体会到穷苦人民的苦难。莱辛的不同寻常的经历和政治的投入、她的正义感和价值观,使得她在作品中大量反映非洲人民的痛苦生活,体现个体在社会生活中的生存价值和自由。像她这样大声疾呼以促进非洲进行改革、反映不平等现象的作家,在英国并不多见。她的作品也的确引起了世界范围内的广泛关注,她也因此获得了非洲人民的拥护,遭到了白人的排挤。社会、政治问题,对个人的存在和自我价值的肯定,以及整个人类的命运,都成为她关注的重点。莱辛早期作品的主题多为非洲的殖民统治、种族歧视以及女性在这个分裂的时代里所面临的困惑,莱莘针对这些主题写下了一部部分量极重的富有震撼力的作品。她热爱并同情非洲人民,所以许多作品的题材来源于非洲。作家自己就曾经说过:"非洲是我的空气,我的景色……我的太阳。"在对待女性问题上,莱辛不喜欢把自己的作品贴上"性别战争"的标签,她认为妇女的解放是时代进步中的一个必然问题,只能与其他的问题一同解决。关于女性的问题无疑是她作品的主要内容和重要主题之一,她关注的不仅仅是女性在社会家庭中所遭受的不平等、男性的粗暴与专权,她的作品也同样探讨爱情的真谛,并且更多地关注女人与事业、家庭、社会和他人的关系,尤其是女性精神上的成长醒悟和更为普遍的人生经验,以及如何取得最终的个体"自由"。她笔下的人物形象鲜活,充满了生机。虽然莱辛的作品风格和形式多样,但综观她一生的作品,大都反映了广阔的社会现实。关注人类的命运,对于地球未来的思考,为女性争取自由和独立呐喊,追求正义与真理,等等,让她往往走在时代的最前端,正如给莱辛写传记的玛丽安·辛莱顿评价的那样:"莱辛不仅仅是一个普通的作家,她也是一个评论家、一个预言家。

她尝试着去解决这个世界上存在的问题。"莱辛的创作艺术特色,早期遵循传统的现实主义手法,具有高度的严肃性和深沉的道德性。后来在转向对异常题材和禁忌题材进行表现时,无论在文本的结构还是叙述中,都融入了现代主义和后现代主义的手法,小说具有浓郁的科幻性和神秘性特征。莱辛善于将传统的叙述方法与现代实验新方法结合起来,注重艺术形式的表现,她曾强调自己的"主要目的是使一本书的组合形式本身不需文字说明而就能表明意义,就是通过书的结构形状说明问题"①。莱莘的小说在内容上将宗教、历史、政治、科学和文学表现结合起来,在真实可信的人物形象中融入离奇神秘的色彩,在明白晓畅的生活叙述中,传达出对社会人生的哲性思考。莱辛因其严肃的写作态度、深刻的主题构思、与时俱进的写作题材、不断变化的写作手法,而被公认为20世纪最有感染力的作家之一。

第十七节　格雷厄姆·格林

格雷厄姆·格林(Graham Greene,1904—1991)是文坛上享有盛名的小说家,曾获得霍桑登文学奖、布莱克纪念奖、天主教奖,曾入围诺贝尔文学奖候选人。他以其建立在现实主义基础上的富有戏剧性、深层性的叙事方式和敏锐而简约的写作风格,成为当今按照艺术小说传统进行创作的主要小说家,蜚声国际文坛。

格林于1904年10月2日生于英格兰赫特福德郡伯肯斯特德一个中产阶级家庭。父亲任一所公立寄宿中学的校长,格林少年时期就读于他父亲的学校。一方面,父母的疼爱、物质生活的充裕,使格林在家里感受到了爱与和平;另一方面,学习生活的枯燥乏味、学校遭遇的种种邪恶,又使他看到了世间的罪恶和人与人之间的尔虞我诈。强烈的反差让一颗早熟而敏感的心灵自幼蒙受了创伤,人生观发生了重大的转变。这种转变反映在行为上,就是他十分讨厌传统的教育体制。格林叛逆的举止几乎到了精神错乱的地步,他从学校逃跑,甚至采用不同的方式尝试死亡的滋味,这就是格林后来所称的他"周期性地摇摆在抑郁和躁狂之间"。在这种情况下,父母曾送他到伦敦进行精神检查。对童年时代的危机感和恐惧心理,格林在他的自传《一种生活》(A Sort of Life,1971)中写道:"多年后,当我读到乔伊斯的小说《青年艺术家的画像》中关于地狱的那段训诫时,我认出了我曾经居住过的那片土地。在那时,我背离了文明世界,进入了一个具有奇特的风俗习惯和莫名其妙的残酷行为的野蛮国度。在那里我是一个外国人,也是一个被怀疑的对象。不加夸张地说,我是一个猎物,因为我有一些可疑的朋

①　Clair Sprague, *Reading Doris Lessing*, The University of North Carolina Press, Chapel Hill,1987,p. 21.

友。我的父亲难道不是学校校长吗？但是,我就好像是一个被占领土上傀儡首脑的儿子。"①格林在1921年从伯肯斯特德中学毕业后,进入牛津大学攻读现代历史,但他专注于写作,主编过学生杂志。在校期间他曾一度加入共产党,但入党不久后又退出了。1925年毕业后格林出版了第一部诗集并在《诺丁汉杂志》社工作。1926—1930年他担任《泰晤士报》的编辑,从事新闻工作。同年,为了与信仰天主教的妻子保持永恒的爱情,格林脱离了英国国教,并于次年皈依罗马天主教。1929年格林的处女作《内心人》(The Man Within)问世之后,他便辞去编辑工作专心从事创作。为报刊撰稿或做采访,为杂志写评论,他的足迹遍布欧、美、非各洲,曾在外交部驻外大使馆办事处工作,做过出版商,还当过驻非洲、越南、南美洲等国家或地区的特约记者。丰富的生活阅历和各种社会职务为格林提供了广泛的创作题材。格林一生共出版了长篇小说24部、短篇小说集3部、游记3部、论文集3部、戏剧6部、自传2部等。由于格林对英国文学的卓越贡献,1962年剑桥大学授予他荣誉博士称号。1976年,格林被美国推理作家协会(MWA)授予最高荣誉奖项——大师奖。1981年,格林被授予耶路撒冷奖。1986年格林被授予英国功绩勋章。格林从1950年首次获得诺贝尔文学奖提名后,一生共获得提名21次,被誉为诺贝尔文学奖无冕之王。马尔克斯曾说:"虽然把诺贝尔奖授给了我,但也是间接授给了格林,倘若我不曾读过格林,我不可能写出任何东西。"马尔科姆·布拉德伯里认为:"到1960年,格林被广泛认可为英国最好的小说家。"②晚年的格林因《尼斯的黑暗面》(The Dark Side of Nice,1982年)中揭露了尼斯市政府及司法的腐败,而卷入了法律纷争,最后因证据不足而败诉,格林晚年深受其困扰。格林去世3年后,1994年尼斯市市长因腐败罪名而遭逮捕,格林才得以平反。格林生命中的最后几年住在瑞士日内瓦湖畔的沃韦镇,逝世时享年86岁,被安葬在沃韦河畔的墓地。

格林的小说创作题材丰富多样,写有宗教小说、间谍小说、惊险小说、侦探小说、政治小说、讽刺小说、通俗小说等,格林将自己的小说分为两类,一类为"消遣文学",一类为"严肃文学"。他的消遣文学中的间谍、侦探和惊险故事,格调高雅,其中也探讨严肃的社会问题和人生道德问题。严肃文学则着力挖掘人物丰富的内心世界,写宗教的拯救、人性的善恶、灵与肉的冲突等,其中也不失恐怖死亡场景和扣人心弦的情节。事实上在格林的许多小说中,消遣和严肃两者是紧密融合在一起的,很难截然区分。他的作品打破了通俗小说与严肃文学的分界,将作品的娱乐消遣性与严肃的理性思索合而为一,两者之间并没有本质的区别,

---

① Graham Greene, *A Sort of Life*, London: The Bodley Head, 1971, pp. 54-55.

② Malcolm Bradbury, *The Modern British Novel 1878—2001*, Beijing: Foreign Language Teaching and Research Press, 2004, p. 289.

只不过前者关注的是读者的阅读愉悦感,而后者更注重作品的文学艺术性。格林的小说总体来说致力于对社会道德问题的探讨。他将人文精神和道德关怀与宗教观念结成一体,表现出对社会现实和人性善恶的高度关注,可以说在格林所有的作品中都能看到锄强扶弱、抨击时弊的特征。他对 20 世纪人类的前途与命运的关注,体现了这位现实主义作家高度的社会责任感与历史使命感。格林说:"作为一个作家,我想起码有两项义务:一是根据他自己的观察来反映真实情况,二是不接受政府的任何特殊优惠。"①威廉·戈尔丁指出:"格林在当代小说家中独树一帜,作为 20 世纪人类意识与忧虑的最卓越的记录者而被阅读和怀念。"②尤其值得一提的是,格林将传统的现实主义创作手法同 20 世纪现代主义艺术流派的创作技巧熔为一炉,兼收并蓄,形成了自己独特的艺术特色,并在两者之间搭起了一座桥梁,拓宽了现实主义作品的题材内容与创作手法,从而为现实主义的发展注入了新的生命活力。

　　格林的第一部小说《内心人》中的伦敦商人、走私者安德鲁斯,是一个内心自卑的人,他以匿名的方式向当局告密走私者,出卖了自己最好的朋友,成了税务部门在走私团伙中的内线。当事情败露后,他遭到了复仇者追杀,四处逃亡,其间人物的内心受到折磨,性本恶与上帝教义之间的矛盾,令他痛苦不堪,最后通过自杀死亡得到解脱。小说深入刻画了人的双重性,即内心存在的善与恶两种势力的并存与冲突。人物在恶的驱使下犯罪作恶,但在上帝代表的善的力量召唤下,又不断地谴责自己。小说中所体现的人物外在逃避形式与人物内心折磨无法逃避的矛盾冲突结构模式,以及人性的善与恶和宗教拯救的主题,在格林以后的创作中得到拓展与丰富。此后格林写出了带有消遣性质的传奇小说《行动的名称》(The Name of Action,1930)和《夜幕降临时的谣言》(Rumour at Nightfall,1931),但影响不是很大。国际间谍题材的惊险小说《斯坦布尔列车》(Stamboul Train,1932)是格林的成名作。小说以奥斯登去往斯坦布尔的列车为主要场景,描写共产党人被出卖,受到法西斯追捕和迫害的故事。小说将浓重的政治因素与紧张的情节叙述有机融合在一起,既有思想内涵又有惊险的阅读快感。1934 年小说被改编成电影《东方快车》(Orient Express),获得巨大成功,风靡影坛,这不仅为格林赢得了名声,也给他带去丰厚的经济收入,使他的生活一改以往拮据的状态,他可以安心进行文学创作。《这就是战场》(It's A Battlefield,1934)叙述的是公共汽车驾驶员吉姆因故打死警察,被判死刑后其家人为他上诉的经历,当死缓判定下来时,吉姆已在监狱中度过 18 年了。小说

　　①　Elizabeth Bowen,Graham Greene,V. S. Pritchett,Why Do I Write?,London:Percival Marshall,1948,pp. 29-30.

　　②　Cedric Watts,A Preface to Greene,London and New York:Longman,1996,p. 84.

反映了人与社会之间的矛盾关系,人生活在社会上犹如在战场,时刻有着生命的危险。小说写出了人的渺小以及社会力量的强大与残酷,同时也具有对社会现实的讽刺。《英格兰造就了我》(*England Made Me*,1935)中大资本家科洛对社会充满天真想法,然而现实的生活和社会的堕落却给了他当头一棒,小说探讨了社会公正公道与社会堕落问题。文中在描写人物心理时运用了意识流手法。《一支出卖的枪》(*A Gun for Sale*,1936)叙述的是出身下层平民的拉文为了200英镑而受雇去行刺欧洲某国部长,在遭到警察追捕的情况下,他认识了一位警官的女儿安妮,交往中他被安妮的真心和同情感动,向她诉说了事情的真相,没想到的是最后安妮背叛并告发了他。小说在紧张惊险的暗杀故事情节中,引入了人物由邪恶转向忏悔坦白、感情的纯真与背叛等严肃的社会人生问题。小说中主人公的悲剧命运令人反思,拉文的悲剧所反映的本质是社会的贫富差异、社会地位的悬殊、人与人之间的不平等。拉文的家庭是不幸的,父亲被绞死在监狱,母亲割喉自尽,拉文自己更是不幸,书中写拉文:"他的兔唇就像一个阶级的标记,它显示他父母的贫困,无钱送他到外科医生那里去做整容手术。"他从小就强烈地意识到自己的贫穷和丑陋,知道别人对他的厌恶。小说反映的各种社会问题和人性善恶,具有浓厚的现实主义倾向。作品发表后很受读者欢迎,具有一定的社会影响。

一直被视作"最黑暗的格林兰"①典范的《布莱顿棒糖》(*Brighton Rock*,1938),是格林文学生涯转折时期一部重要的长篇小说,也是格林的创作从娱乐作品向严肃作品过渡的一个重要标志。小说叙述的是有关一个"少年撒旦"的故事。在美国著名的海滨胜地布莱顿,两个靠收取保护费来补给的黑社会团伙,为了争夺对赛马彩票市场的控制权而发生了激烈的火拼。17岁的品科尔·布朗在自己所在团伙首领遭暗杀后成了这个犯罪小集团的头目。为了树立自己的威信,他发誓为已故的首领报仇雪恨,和有权有势的利莱奥尼团伙争个鱼死网破。品科尔认定是替《信使报》做营销宣传的黑尔投靠科利安尼而出卖了前首领,做掉黑尔是向科利安尼示威,于是四处追杀黑尔。黑尔意识到生命危在旦夕,就在遇害前结识了前来度假的艾达·阿诺德,想让她成为见证人。品科尔等人趁艾达上厕所的间隙,用一块印有"布莱顿"字样的棒糖硬塞进黑尔的喉咙,使其窒息而死。警察宣布黑尔死于心脏病突发,但艾达觉得事有蹊跷,认为黑尔死于非命,于是决心找出凶手。16岁的饭店女侍者罗斯窥见黑尔之死的秘密,这让品科尔感到不安。为了防止她出庭做证,品科尔不惜采用卑劣的手段佯装与这个

---

① "格林兰"由一位名叫马歇尔(A. C. Marshall)的评论家在1940年5月出版的《视野》(Horizon)杂志中首先提出。《牛津英语词典第一辑补录》(*A Supplement to the Oxford English Dictionary 1*)将"格林兰"定义为"一个用来描述格林小说背景的术语,破旧不堪、沉闷压抑是这一背景的典型特色",也被称为"格林世界"。

纯真、痴情的少女谈情说爱,赢得她的同情、信任和爱情。后来还娶了这个头脑单纯的姑娘——因为法律规定,证人不能提供不利于配偶的证词,婚姻就成了堵住她嘴的唯一选择。可是品科尔从小性心理不健康,对性有恐惧和厌恶感,他不甘心受这桩不得已的婚姻束缚,同时团伙内部的钩心斗角日趋复杂,再加上艾达穷追不舍,使品科尔感到罗斯的存在依然是威胁。于是,他设计了两个人殉情自杀的圈套,想引诱罗斯自杀,借机把她除掉。正当品科尔阴谋即将得逞时,艾达带着警察及时赶到现场,品科尔反被自己准备用来害人的硫酸灼瞎了眼睛,仓促逃窜中不慎跌下海边悬崖身亡。品科尔这番多米诺骨牌效应的"善后处理"起初是初次犯案的惊魂未定,后来变成了不由自主地被内心的罪孽感所支配,而一步步走向深渊。劫后余生的天主教徒罗斯发现自己怀上了品科尔的骨肉,她向神父忏悔,心灵得到了解脱,但没有料到品科尔生前为她录制的那张唱片道出了品科尔从来没有喜欢过她。品科尔给她留下的"世上最可怕的东西"摧毁了她对生活抱有的最后一丝幻想。

　　格林直面人性的阴暗面,第一次把宗教意识真正写进文学作品当中,而不是仅仅作为点缀或者线索,小说将黑社会小混混的无赖反抗、发育不良的流氓成员的心路历程等,同灵魂救赎的宗教主题紧密联系在一起。文中犯罪心理的复杂性是通过一系列情节层层揭示的,人物精神上的重临犯罪现场,他们的多虑与踌躇、自负与冷漠都和其内心的怯懦相关,所以才无端地节外生枝,顾此失彼。在格林看来,品科尔不单单是个罪犯,更是一个现代社会的牺牲品。他的被追捕从一定程度上看是世俗社会、传统道德和价值观念对他的合力围剿。在品科尔临时住所里,走廊上散发着刺鼻的"发霉的烂白菜味",空气中混杂着"厨房油烟味和被烧焦的破布味"。除艰苦的物质环境外,政府管理不善,而警察又收受贿赂,暗中庇护一些势力强大的帮派,造成了社会治安混乱,黑社会组织经常为争夺势力范围而混战,谋杀等种种犯罪活动泛滥。处于这种生存背景之下的品科尔,时常感到无比压抑,他曾试图挣扎反抗,摆脱环境的困扰,但是由于他选择了错误的途径,也就注定了他的悲剧命运。可以这么说,环境既造就了品科尔这个恶魔,又最终将他毁灭。品科尔作为一个"纯恶"的象征,有着天主教徒的身份却不惜下地狱而犯下深重的罪孽,这正反映了格林对现存社会秩序的不满和批判,体现了他与政治相融合的宗教观:"善"与"恶"并不是抽象和孤立的,而是与社会现实有着密切相关的联系,不合理的社会环境往往是邪恶的根源。因此,要受惩罚的不只是品科尔一个人,整个社会本身要承担的责任更大。同时,格林小说中还涉及了单纯与沉沦之间共生的关系。他认为单纯不是沉沦的对立面,而往往成为导致沉沦的因素。在格林看来当单纯与社会势力格格不入时,它会变得残酷,最终会比沉沦的危害性更大。女主人公罗斯是一个不禁令人扼腕叹息的人物形象。她和品科尔一样,出身贫寒,生活在没有爱和关怀的环境里。品科尔要和罗斯结婚,但罗斯父母不同意。于是品科尔以 15 英镑(当时是一笔巨款)"和他们做交易"。在品科尔死后,罗斯回到家里,其父母更关心的是品科尔留下了多少钱。不管品科尔的主观目的是什么,但毕竟是他将罗斯从一无所有的家里领出来,并使她过上了一段有一定"尊严"——与其说是有尊严不如说是有钱——的生活。因此,当代表了现存社会秩序的艾达本着"以牙还牙"的原则,用"社会正义"和"是非"观念来劝说罗斯告发品科尔的罪行时,她没有答应。因为"是非""善恶"在爱情与幸福生活面前简直不值得一提,对她来说毫无意义。作者通过罗斯表达了对品科尔的同情和对现实社会的抨击,并在故事结尾借神父之口告诫读者:"不要轻易以为品科尔会永堕地狱——上帝的恩惠有时不可理喻。"其蕴意是深刻而丰富的。《布莱顿棒糖》发表后在 1947 年被拍成同名电影,获得了观众好评。著名剧作家奥凯西对作品中的男女主人公品科尔和罗斯如此评价说:"书中的这一对人物,16 岁的姑娘和 17 岁的男孩,两人都为天主教徒,我看是人们所能想象出的最愚蠢和最邪恶的人了。"

品科尔作为一个冷血杀手显得凶狠诡秘,小说中描写他:

> 一双灰色的眼睛犹如老头子的一般,里面没有丝毫人的情感。……他(品科尔)一直密切且饶有兴趣地注视着黑尔——就像一个在丛林中搜寻大动物的猎手,看到了一头花豹或小象后准备猎杀时的表情。

同时格林也表现了这个生于贫困、长于贫困的孩子,在一个以金钱、地位为衡量标准的社会里所受到的屈辱和不公正待遇。饭店服务员不愿为其服务,路旁摄影师对他不理不睬,连手下丘毕特听他说要结婚时也忍不住放声大笑,黑社会对手更是视其为无物。"从孩提时代起地狱就在他周围"更是直接道出了品科尔"恶"的根源。品科尔的凶残并非天生,而是他从小地狱般的悲惨环境造成的。没有爱和关怀,只有痛苦和屈辱,这就是品科尔虽相信地狱的存在但继续犯罪的根本原因。像他这样出身社会底层的人,无法通过逆来顺受的"正道"来摆脱贫穷和屈辱的地位,只有采取反抗社会秩序的"恶"的极端手段才能达到目的。1973 年,格林客观准确地审视了自己的这部作品,体味了自己当初创作此书时不自觉中流露出的好恶之情和褒贬态度。在《一支出卖的枪》的再版序言里,格林将该书主角拉文和品科尔相提并论,明确指出他们都是受社会迫害的人:

> 他们(品科尔及《一支出卖的枪》中的杀手拉文)身上有一种堕落的天使的气质……他(品科尔)的犯罪情有可原,但却受到别人的追捕,而别人犯的罪更大却逍遥自在。

　　笔端鲜明地流露出对拉文和品科尔的满腔同情,对不公正、不合理社会的无情鞭挞,体现了格林高度的社会责任感。

　　《布莱顿棒糖》以惊险曲折的情节与严肃的社会道德主题的结合来吸引读者眼球。小说在惊险的追捕游戏中拉开序幕,并在环环相扣的追捕游戏中走向高潮。“在到达布莱顿三小时之前,黑尔就知道自己此行将是凶多吉少。”黑尔一出场就成了这场追捕游戏中的第一个“猎物”,但最终未能逃出“猎人”品科尔的圈套而被杀。而艾达的怀疑和介入又使游戏升级,品科尔的角色从“猎人”转变成了艾达枪口下的“猎物”。惊慌失措的品科尔为了掩盖其行踪,又被迫充当“猎人”的角色,杀了同伙还想除掉深知内幕的罗斯。关键时刻,他再次沦为“猎物”,落入了艾达布置的罗网,绝望之中跌下悬崖身亡。上述一系列追捕场面紧密衔接,惊险刺激,人物角色不断变化,悬念层层迭出,再加上暴力、谋杀、偶然事件以及小说出人意料的结局,构成小说引人入胜的情节,从而紧紧抓住了读者,使其欲罢不能。这也是格林试图通过生动有趣的故事传达严肃的道德主题,唤起公众对社会道德问题关注所做出的一种艺术上的成功尝试。《布莱顿棒糖》中格林运用电影技巧中镜头的切换法描写故事情节,也给读者带来了强烈的视觉冲击。作家将摄影机镜头对准了袭击品科尔的歹徒和不断挣扎、反抗的品科尔,突然有人在看台上高喊:“警察来了!”所有歹徒连忙一起向品科尔扑去。有人在他臀部狠狠地踢了一脚,一把剃刀迎面刺来。他抓住了刀刃,手被割得皮开肉绽,骨头露了出来。当脚穿长靴的警察慢吞吞地跑到赛马场边时,歹徒立刻四处逃散。品科尔也趁机一瘸一拐地冲出来,顺着山坡往平房和海边方向跑去。在他身后,几名歹徒仍追赶着他。品科尔边跑边哭,满脸是血。他甚至想到向上帝祈祷,但时间不允许他停下来。文中只字未提人物的内心感受,歹徒一连串粗暴的行为不仅揭示了他们穷凶极恶、丧心病狂的本质,也暴露了他们从暴力中获得快感的变态心理。而品科尔的挣扎反抗则无声地传达了他的痛苦、恐惧、羞愧与无助。人物的一举一动淋漓尽致地表现了他们的性格及内心世界。镜头成了连接人物外部行为与内心情感的纽带,激发了读者对品科尔的同情,加深了对人物的理解,极大地丰富了作品的审美体验和艺术内蕴。

　　《权力与荣誉》(*The Power and the Glory*,1940)是格林的一部宗教主题鲜明的代表作品,也是他本人认为最满意的力作,获得了霍桑顿文学奖。

　　小说取材于格林在 1937—1938 年冬对墨西哥宗教情况的考察,以墨西哥社会主义革命为背景,叙述了墨西哥山区塔巴斯克一个天主教神父在受宗教迫害和追捕的情况下,仍履行自己宗教职责的故事。墨西哥专制制度下由于无神论实证主义占了上风,神父被列为国家公敌,于是在当局的残酷迫害下,当地的大多数神父要么被驱逐出境,要么被迫放弃自己的宗教信仰,而这个地区一个“威士忌牧师”尽管有许多缺点,酗酒通奸、懦弱无能,但仍在从事宗教活动。一个狂热的警察下决心要把神父缉拿归案。神父很清楚自己的处境越来越危险,打算偷渡出逃,转移到一个安全地方。开船前,他答应了一个女孩的请求,去为她奄奄一息的母亲做弥撒,从而放弃了自己逃生的机会。他东躲西藏,以逃避这个警察的穷追不舍。后来神父被一个自称是天主教徒的混血儿认出,神父识破了混血儿是为 700 比索悬赏金而来。摆脱了混血儿后,神父因为买私酒而被捕入狱,庆幸的是没有暴露自己的身份。由于无力付罚款,他只得天天清扫牢房,警官出于同情把他释放了,还给了他 5 个比索。再次遇到混血儿时,神父答应了混血儿的要求,去给一个受伤的土匪做祷告。明知混血儿会出卖他,但神父还是毅然前往履行职责。被捕后,神父被押解到省会以叛国罪被处死。临刑时,神父大声祈祷:"主啊,派一个更能干的人下来解救他们的痛苦吧!"他并没有白死,在他被处死的当天晚上,新到的神父又开始了秘密的宗教活动。一个名叫路易斯的男孩起初崇尚武力,敬佩警官手里闪闪发亮的手枪,在神父遇难后转变了立场,用一个亲吻迎接新到的神父。

《权力与荣誉》标题中的"权力"指的是当时执政的墨西哥独裁政府,"荣耀"则指神父忠于职守的宗教信仰。小说以革命和宗教的冲突为视角,着力刻画了两个象征性人物——神父和警察,他们分别代表对立的力量。如果将逃亡的神父类比受难前的耶稣,那么告密的混血儿就相当于出卖耶稣的犹大。在小说中,人们不是通过姓名而是以其职务对他们加以区分的。事实上,神父和警察的身份分别代表了上帝的世界和新政治秩序下的强权政治,构成了既彼此对立又相互依存的关系,而这种对立既是宗教和世俗的对立,也是精神和物质的对立。《权力与荣誉》可以说是向世俗心目中宗教神圣不可侵犯和神父庄严身份不容置疑的大胆挑战。在论述弗莱德里克·罗尔夫的文章时,格林写道:"最伟大的圣徒犯罪作孽的能量超乎常人,而最邪恶的歹徒却有时在神圣的尊严面前十分勉强地回避了过去。"在独裁政府取缔教会,大肆捕杀神父的情况下,当地教会留下的唯一代表"威士忌牧师"在遇到高压的情况下,出于职业习惯为教徒祈祷祝福——这个最后的"中流砥柱"显然不是西方天主教会理想中的"最伟大的圣徒"。小说中那个酗酒淫荡的神父,虽然在动荡的社会中受到诱惑而违反了天主教的戒规,但是他恪尽职守、忠于信仰的精神,对自己的罪过表现出的悔改的态度,证明他仍是个圣徒。小说中的主要人物"威士忌牧师"的原型确有其人,作家既不是赞颂一个殉教的英雄,也不是刻画一个教会中的败类。格林的初衷就是通过刻画"威士忌牧师"这样一个矛盾、复杂的人物形象,来反映社会的真实面貌。格林认为:"作家被自己的职业塑造成了天主教社会里的新教徒,新教社会里的天主教徒。他在社会主义社会中发现资本主义的好处,在资本主义社会中发现共产主义的好处……他代表受害者,而受害者并不固定。忠诚会限制你的观点。忠诚不许你同情、理解反对者。但不忠鼓励你穿梭于人类任何观点之中,它使小说家的理解范围格外广大。"①小说中神父在邪恶的洗礼中逐渐苏醒,而踏上寻求善的征程,最终获得灵魂的新生。因此,追逐的情节不仅激化了神父内心的善恶冲突,还在作者笔下被赋予了象征意义。它象征着邪恶对神父的步步紧逼,更象征着神父对善的渴望与追求。在神父的头脑中始终进行着善与恶的斗争,在神父的身上体现了善与恶的结合。作者对神父的信仰、罪恶、赎罪和解脱等过程的描写,关注的仍是世间灵与肉、善与恶的问题。从这种意义上讲,作者着眼点更多的是以"威士忌牧师"这个人物为载体,反映西方社会人们灵魂中善与恶的矛盾和斗争。

读者可以感受到一个"既肮脏又虚弱"的神父:

> 在他的空虚和被忽视中,(他)犹如某个无足轻重的人,意外地被疾病或焦躁不安所困扰。他坐在摇椅的边缘,膝盖上放着他那小小的公文包,带着既内疚又欢喜的神色注视着那杯白兰地。

文中反映的神父对上帝和教会信念的反复思考和斗争,使一个矛盾的"最伟大的圣徒"的形象展现在读者面前。人物性格中交织着的善与恶,使神父形象特别逼真丰满。那只公文包里不仅装着能为他壮胆的白兰地,还藏有证明他神父身份的重要证件。更重要的是,这只公文包是康塞佩斯教区的教民在他任神父5周年纪念日时赠送给他的礼物,代表了他"整个重要的、受人尊敬的青年时代"。他把这些证件当作护身符珍藏起来,期待有一天"过去的生活重新开始"。这也就很容易解释他的不幸结局是源于内心的骄傲和野心,他梦想自己能"以权威的姿态发表演说,摄影记者的灯光频频闪烁"。他深知自己有雄心,而有别于其他神父,"不满足于一生只是一个不大教区的神父"。神父放弃逃生的机会也表明他有意躲闪上帝的恩典,面临权力与荣誉的诱惑,他无法正确选择。逃亡生活给神父带来了肉体和精神上的双重折磨,但是在环境的不断磨砺之下,他变得更宽容仁爱、勇敢坚强,他的灵魂反而得到了升华,其逃亡旅程实际上也是人物心灵自我认识的过程。他在狱中为私生女祈祷,希望上帝赦免女儿,将一切罪过惩罚到自己身上。最后的呼号更是他真实情感的流露,忏悔了自己的罪孽,并获得了上帝的拯救。"他认为自己已经走入绝境,但从绝望中又产生了纯净的灵魂和对人类的爱。"

狂热的警察中尉同神父一样,也是格林笔下一个悲剧性的人物,他深受其空洞、不切实际的理想束缚。在文中他所居住的那间极其简陋的寓所被作家比喻

---

① Henry J. Donaghy, *Graham Greene: An Introduction to His Writings*. Rodopi BV. Editions, Ansterdm, 1986, p. 24.

成一座没有生气的"监狱或修道院"。中尉深信暴力的作用,是独裁政府达到其政治目的,用来消除对立面的杀人工具。他献身于自己的事业,从某种意义上说,他是自己信仰的政治制度的传教士。当神父和警察中尉第三次正面冲突后,追逐与逃亡的格局改变了,神父成了信仰上的追求者,而中尉则意识到生活的空虚,自己成了理想的囚犯。在神父身上,中尉看到自己精神上的缺陷。虽然最后他如愿以偿地将神父缉拿归案,但没有了欣喜之色。文章中这样描述,手下押着神父经过时,一个小男孩大声地问中尉:"中尉,你抓到他了?"虽然中尉"试图报以微笑",但这是一个"怪异的、酸溜溜的鬼脸,既没有胜利的喜悦,也没有希望"。一阵莫名的空虚和无聊让他感到十分疲惫,变得失落、迷茫和痛苦。在最后的时刻,他回首过去几个礼拜的追捕过程,感到那才是一段幸福的时光,而此刻已一去不返。他感到很茫然,好像生命将在这个世界枯竭。显然,中尉的生命存在的意义在于他的对手,一旦对手消失,游戏便结束,他也就同时失去了原有动力和目标。对权力和荣誉的渴望为小说中人物的最终悲剧命运埋下了种子。神父留下来,是想按自己的意志来制定规则,中尉是想给穷苦的教民们以"一切"。为了实现他们的理想,一个通过亵渎上帝,另一个则诉诸暴力。他们以各自的方式,为了虚幻的权力与荣耀,拿自己的生命和自由作为代价。即使在最后一刻他们顿悟,并达成了一定的共识,业已注定摆脱不了命运的安排。随着神父的灵魂飘往极乐世界,警察中尉也注定了将在空虚和痛苦当中度过他的余生。他们从对权力的"执迷不悟"到彻底的"觉悟":神父从贪生怕死到"视死如归",中尉从"赶尽杀绝"到"违反法律"送酒给神父。这些转变都说明人物最终摆脱了"心魔",得到了精神上的超脱。在这场宗教劫难中,神父是要被清除的对象,而警察则是执行者。因此,逃亡与追捕便构成了《权力与荣誉》的基本故事框架。作品中追捕和逃避的场景比比皆是,神父一直处于逃避和被追逐的窘困境地——被警察追逐,被恐惧追逐,被黑暗的现实生活追逐,被上帝追逐,被自己的良心追逐。追逐与逃避无形中构成了一种张力,奠定了小说紧张的基调。同时偶然事件在情节的发展中又起到了至关重要的作用,小说的主人公神父和警察的数次遭遇,一次比一次惊险,使情节变得更加迂回曲折,耐人寻味。

在这部小说中,对比的手法运用得恰到好处,成功地刻画了两个性格迥异的悲剧人物。小说中形容神父个子矮小,衣着寒酸,"他那耷拉的肩膀令人不舒服地想起一口棺材来","三天没有修面了,显得既肮脏又虚弱,这是一个让他做什么就做什么的人"。而与神父相对立的警察则是外表干净利索,不苟言笑,严峻冷漠。"中尉带着某种刻骨仇恨走在他的下属前面。""在他那舞蹈演员般瘦削的脸庞上,矗立着一个轮廓鲜明的钩鼻。""军靴锃光瓦亮,手枪皮套纽扣一粒不少……在这个穷乡僻壤里,他的整洁外表给人一种野心勃勃的印象。"作品中格林也将环境的腐朽黑暗与人物的善良勇敢形成了鲜明的对照。《权力与荣誉》一开篇就营造了一种令人烦躁不安的"格林兰"环境,在墨西哥炎炎的赤日和白热的尘沙的烘托下,周围的环境"像一艘燃烧起来而被弃置的海轮,在宇宙间沉重地滚动着"。为了表现环境的肮脏黑暗,作者多次将甲虫、苍蝇、蚊子和兀鹰这几种令人反感、作呕的动物写进自己的小说中。"硬壳虫成群结队地飞出来,趴满了人行道,一脚踩上就像一种叫马勃菌的小圆蘑菇啪的一声绽裂开,流出一汪黑水。""几只苍蝇在肉上面打转……""蚊子不停地嗡鸣,已经没有必要为防卫自己而拍打了,因为在这间牢房里,它们似乎已经成为饱含在空气中的元素了。""几只兀鹰用鄙视的眼神从屋顶上冷漠地看着他:他还没有成为一具腐尸。"此外,空气中弥漫着的刺鼻的异味也表明了环境的恶劣。"一股污浊的气息冲进神父鼻子——那是呕吐物、雪茄烟和陈旧的酒精几种气味的混合,再多的百合花也遮掩不住这种腐烂罪恶的气息。"这种"格林兰"式的背景描写,在表现善恶冲突方面起到了关键的作用,外部环境暗示了人性的黑暗,生活在丑恶污秽的环境中的人们精神空虚、腐朽没落,而神父则克服了路途的崎岖泥泞,忍受了监狱的恶臭,经历了死亡的恐惧、饥饿与疲惫的煎熬。格林借外界现实来突显神父用其善良和爱心同环境进行不屈不挠的斗争的勇气和信念。

《问题的实质》(*The Heart of Matter*,1948)探讨的是关于怜悯与责任之间权衡的关系问题,也是格林的代表作之一,曾获泰特·布莱克纪念奖。小说的主人公斯克比是英属西非某镇警察局的副局长。他为人刚正不阿,廉洁奉公,因为不喜欢奉承拍马,所以屡屡得不到升迁的机会。当警察署专员将要退休之际,他本以为可以顺利地擢升接班,但出乎意料的是还要在新来的专员手下效力。这意外的打击,无异于判处他死刑。斯克比太太多愁善感,她的孩子前几年夭折,现在丈夫晋升的希望成了泡影,连续的打击使她在心理上失去了平衡。她对丈夫在官场上的失意处境十分不满。为了躲开周围压抑的气氛,不受人嘲笑和蔑视,她执意要去南非旅游。为了成全妻子的要求,怜悯之心迫使求贷无门的斯克比冒险向叙利亚商人尤索夫借贷。几天之后,德国潜水艇击沉了一艘英国客轮,船上的幸存者流落到斯克比的管辖区。斯克比与乘客中一个19岁的新寡海伦·洛特产生了特殊的恋情。他对海伦的爱既包括同情,又包含内心深处潜藏的女儿不幸夭折时不在场的赎罪情结,而海伦则不满足于充当斯克比地下情人的角色,要求公开他们的关系。斯克比一时冲动写下一封情书,却落到了尤索夫手中。情书成了尤索夫要挟的工具,斯克比因而被迫参与了走私钻石的非法活动,走上了犯罪道路。斯克比太太得知了丈夫的私情后匆匆返回国内,要求丈夫同她一起参加圣餐会,试图通过宗教的精神约束力,让丈夫在忏悔时许下放弃海伦的诺言。斯克比很清楚他既不愿伤害妻子,也不愿抛弃海伦。在来自精神世界和道德伦理的双重压力下,他陷入了两难的境地,最后选择了自杀来摆脱痛苦。

《问题的实质》是以格林"二战"期间在塞拉利昂当情报军官的经历为素材写

成的。在这部作品中,格林同样极为关注社会问题和道德问题,善与恶的斗争仍是其小说的主题。1951年10月29日《时代》周刊中发表了格林关于《问题的实质》的自述:"我曾经为一个下地狱的人写了一本小说——《布莱顿棒糖》——又为一个上天堂的人写了另一本——《权力与荣誉》。现在我又写了一本关于炼狱中涤罪的人的书。"小说中格林将主人公斯克比置于两难的境地,表现了主人公在极端环境中面临道德选择时内心所经历的激烈斗争。他的自杀一定程度上与社会环境的制约有关,也与斯克比本身善良的人性、生活经历及宗教信仰等有着密切的内在联系。在斯克比身上我们明显地看到同情是其自我尊严的体现,他试图用自己的同情心来弥补世界的缺陷,保证别人享受到安全和幸福,最终却导致了他的悲剧。如果说斯克比对妻子的怜悯把他拖入了经济的困境,那么他对其他人的怜悯则更是将其带入绝境。因为他怜悯在路上抛锚的叙利亚商人尤索夫,并让他搭车,结果逐渐落入尤索夫的圈套;因为他怜悯新来的威尔逊,并把他介绍给妻子,在客观上充当了为妻子婚外恋牵线搭桥的媒介;因为他怜悯密藏信件的葡萄牙船长,烧掉信件了事,险些被发现触犯法律;因为他怜悯海上遇险丧夫的新寡海伦,才会坠入情网无奈自杀身亡。当他对上帝的爱与对人类的爱之间无法调和时,上帝在他看来不再那样富于同情心,于是"在神与人之间有一种紧张的关系……一种希腊悲剧中命运与自由的关系的令人不安的现代翻版"。斯克比的自杀使他失去了上帝的拯救,但同时他成了天主教徒利他主义理想的忠实信徒。他的本性、他在精神和道德上的独立及其给他带来的孤独和痛苦,又使他成了读者心中一个真正的悲剧英雄。这部小说集中反映了贯串于格林作品中的重要主题:同情、恐惧、绝望、寻求拯救。字里行间流露出作者对上帝的爱、慈悲以及对宗教力量的信仰。斯克比的人生遭遇能引起读者的共鸣与同情的原因,就在于他与无数世人努力行善却处处碰壁的处境是相一致的,他的遭遇可以说是许多心灵上渴望得到拯救的现代人遭遇的缩影。格林在《问题的实质》结尾处借主持斯克比葬礼的神父之口,阐述了宗教与人性的关系:"教会什么规矩都知道,就是不知道一个人心里想的是什么。"[①]面对复杂的人性,教会也无能为力了。评论家黑尔萨德对《问题的实质》文本的理解阐述不无道理:自杀不仅仅是逃避的一种方式……自杀也是某些人的最终归宿,因为他们向往的生活源于爱、谦恭以及对自我克制和慈善仁爱的誓言与法则的服从。这种理想生活一旦破灭,自杀就成了合理归宿。斯克比的自杀是否能让他得到拯救已经无足轻重,他所体现的诸如无私奉献、同情弱者等道德价值与罗马天主教提倡的完全一致。

格林成功地刻画了许多丰满的人物形象,斯克比就是其中之一。他是警察

---

① Graham Greene, *The Heart of the Matter*, New York: Penguin Books Led., 1978, p. 271.

署专员最信赖的人,被誉为"正直者斯克比"。他秉公执法,生活简朴,为人正派,从不酗酒嫖娼,却出于怜悯而陷入难以自拔的境地。在小说当中他同时扮演了三个角色,丈夫、警察局副局长和天主教徒,每个角色都在一定程度上加重了他的心理负担。斯克比的怜悯不是空穴来风,主要来自他深深的内疚感。作为丈夫,他为自己不能使妻子幸福而感到内疚,经常责备自己,认为妻子现在的丑陋、神经质、易怒的样子都是他一手造成的。出于怜悯,即使他已不再爱妻子,但他装作仍然爱她。同时,斯克比自责没有尽到做父亲的责任,当女儿死时他没有陪在身边安慰她。这种对女儿的怜悯与内疚感不仅加深了他对妻子的内疚,而且使他把周围的每一个人都看作需要保护的脆弱无助的孩子。正是因为他不能容忍无辜的孩子受苦,才犯了一系列错误,最后导致他的悲剧。在读完葡萄牙船长写给女儿的信后,出于做父亲的本能冲动,他同情船长竟把信撕毁烧了,放弃了战时查得私藏密信可以得100英镑的奖赏。他的这一渎职行为也反映出他内心深深的自责。后来,女儿的形象又幻化成医院里奄奄一息的孩子和海伦。当斯克比看着那个把他称为"父亲"的孩子时,显然把她当成了已经死去的女儿。他祈求道:"上帝,给她安宁吧。让我永远失去安宁,但是给她安宁吧。"斯克比愿意承担病床上孩子的痛苦,正是他对没有为女儿的死遭受足够折磨的一种心灵补偿。同样,从斯克比对海伦的爱中也可以看到父爱的影子。第一次相遇,海伦给他的印象就是很不成熟,像一个瘦弱可怜的孩子。她手里紧紧抓着集邮簿,她手上的结婚戒指在斯克比看来"就好像是孩子戴着玩的"。他立刻无意识地主动承担起父亲的责任,即使他们的关系后来发展成情人,斯克比仍然像父亲一样对待海伦。他与海伦之间不存在任何感官的快乐,同情是斯克比行动的唯一动机。虽然他认为造物主对生灵不够仁慈,没有给人类足够的爱和怜悯,但上帝仍是仁爱的楷模。斯克比把自己看作所有需要他帮助的人的仆人,他的自杀也是为了别人的幸福而做出的自我牺牲,他的怜悯使他和上帝一样不顾一切,企图用人类的怜悯代替上帝的仁慈。从宗教的角度看,怜悯是上帝固有的一种发自内心的、无私的爱。然而,过分怜悯成了斯克比性格中一个致命弱点,也是他违抗上帝的根本原因。斯克比的悲剧在于他信仰上帝的同时仍保留着自己的理智,他所做的每一件错事似乎都有充足的理由。他对上帝感到失望,觉得上帝坐视人间的苦难而不顾;他对社会感到失望,觉得生活将他抛弃了。这就是他信仰危机的关键,也是问题的实质所在。

《恋爱的终结》(*The End of the Affair*,1951)是格林创作中极为重要的一部作品,获天主教文学奖。小说叙述的是作家莫里斯·本德里克斯打算写一部有关公务员题材的小说,为此他结识了在政府机构任家庭安全保障部部长助理的亨利,并想通过和其妻子萨拉的交往来侧面了解亨利的生活。他邀请了萨拉共进午餐,搜集写作素材,而亨利的迟钝无意间促成了两人的恋情。在一次空袭当中,莫里斯差点丧命,但百思不得其解的是,此后萨拉不辞而别。嫉妒和痛苦一直折磨着莫里斯。两年后,当他再次遇到亨利,了解了萨拉的情况后,臆断萨拉可能有了新的恋情。最后,一本萨拉记录私情和向上帝忏悔的日记道出了事实的原委:当莫里斯遭遇空袭生死未卜时,萨拉向上帝祈祷发生奇迹,一旦他大难不死,她愿意以离开莫里斯为代价。莫里斯终于理解萨拉是因为真心爱他而离开了他,于是他希望两人能重归于好,可惜那时萨拉已经重病缠身,不久便传来了萨拉病故的消息。在萨拉看来,爱与信仰并不矛盾,两者是可以共存的。莫里斯却认为萨拉是因为信仰了天主教才要和他分手。他俩对恋情的终极看法不同,其实是对爱的理解各异。对于莫里斯来说,爱是强烈的占有和欢愉,他希望爱情不断地持续下去,认定相爱的人要始终相守在一起,享受精神与肉体的快感。他会因无端的嫉妒而用尖刻的话刺激萨拉,会为了自己的快乐让萨拉在战火纷飞的伦敦独自回家。他对萨拉的感情完全听凭自己的感觉。他因她的离开而恨她,希望她离开之后就与幸福无缘,甚至希望她生病,最后一命呜呼。当他看了她的日记后,又对萨拉充满了无限爱意,不顾她重病卧床,要她跟他私奔。莫里斯爱的其实是自己,他的爱自私狭隘。萨拉因为爱而向天主祈祷,为换回爱人的性命,不惜立下永远离开爱人的重誓,并遵守自己的誓言,在信仰的道路上继续探寻、前进。在萨拉看来,爱是心怀仁慈,不怀疑,不嫉妒,凡事包容忍耐,先替对方着想,勇于牺牲自己。

20 世纪 50 年代中期,格林的生活和创作从狭小的个人内心圈子中挣脱出来,转向广阔的社会现实,文学的题材从宗教救赎转向国际政治,写出了不少政治小说。1954 年格林作为《新共和》杂志的特约记者驻留越南,回国后写就的《沉静的美国人》(*The Quiet American*,1955),就是以越南抗法斗争为背景的政治小说。记者托马斯在越南采访时,结识了帕尔。帕尔出于虚假的美国式理想主义的信念,企图提供经济援助缓解冲突,恶化了殖民者与殖民地人民的关系,造成更多人的无辜死亡。托马斯起初信仰"不干涉他人"原则,作为记者只关心已经发生的事情,但他逐渐意识到帕尔的作为对越南、对西方在越南的利益都是有害的,于是帮助当地的组织干掉了帕尔。帕尔是被美国宣传所愚弄的所谓捍卫民主的牺牲者,小说一开始借人物之口评说帕尔:"他年轻、无知、愚蠢地卷了进来。和你们一样,他对整个事件并没有概念。——他从未见过课堂上没有提到过的事情。教科书的作者和他的老师们把他骗了。当他看到一具尸体时,他甚至连伤口也找不到。他真是一个捍卫民主的斗士,对赤色分子的最大威胁。"显然,小说中作者把矛头指向了社会,年轻的一代因受到意识形态的宣传愚弄而变得盲目、傲慢、自以为是,及至失却人性,为理念而残害他人,最后成了政治的牺牲品。《我们的人在哈瓦那》(*Our Man in Havana*,1958)描写了巴蒂斯塔独裁统治下的间谍活动。詹姆斯是在古巴推销吸尘器的英国商人,他的妻子与别人私奔了,他一人将女儿拉扯大。詹姆斯阴差阳错地被英国情报机构选中,为了满足女儿的奢侈消费,他答应为英国情报机关提供信息。但是他对情报机构的工作一无所知,在金钱的诱惑下,他就捏造虚假情报,子虚乌有地编造了他发展的"情报人员"名单,其实这都是他从电话簿上抄下来的。最后总部有所察觉,将他召回伦敦了事。

20世纪60年代初发表的《病毒尽发的病例》(*A Burnt Out-Case*,1961)是对早期创作中的宗教题材的深入,小说从宗教的救赎转向人性的复苏。主人公凯瑞是一个知名度很高的教堂建筑师,同时也是一个放荡的色鬼。他厌倦了世俗,逃到刚果境内密林深处,航行在非洲丛林深处的一条河上,落脚在一座教会主持的麻风病医院。他四肢完好无缺,对于建筑和女色的迷恋只不过是他自恋自爱的一种表现方式而已,他的灵魂已经是"病毒尽发",病入膏肓。当他看到"地球上尚有这样一个黑暗角落"时,他麻木的心灵开始复苏,决定留下来帮助这些麻风病人减轻痛苦,于是他有了很大的转变,他深入丛林寻找失踪的仆人,为医院设计图纸,最后死在他人的枪下。小说中塑造了对宗教持有多种态度的人物形象,真实反映了20世纪中叶西方人的生活态度、精神状况和矛盾的宗教观念。《喜剧演员》(*The Comedians*,1966)写的是一位50多岁的英国人布朗,继承母亲遗产后在海地首都太子港开了一家旅店,生意萧条,无以为继。布朗出生于摩洛哥赌城蒙特卡洛,生父离开后,母亲将他寄养在教会学校。他从小就流落在外,甚至不知道父母是英国人还是法国人。离开教会学校后,他的天主教信仰也随之而去。他制作假画骗钱,进出赌场寻求刺激,成了一个没有国籍,没有信仰,看不到未来希望的虚无主义者。布朗满足于自己在这个人生舞台上无根漂泊无拘无束的喜剧角色,称"我们属于一个喜剧世界,而不是属于悲剧世界"①。小说中迷惘而绝望一代的形象跃然纸上。作者用反讽的手法,暗示人生舞台上真正的喜剧演员应该是那些有事业、有信仰、有理想和有正确人生价值观的人。

20世纪70年代,格林又写了两部与南非有关的小说。《荣誉领事》(*Honorary Consul*,1973)写了一起发生在南非的绑架英国官员的政治阴谋。《人性的因素》(*The Human Factor*,1978)则是一部间谍题材的小说,英国情报人员卡斯尔在南非工作时爱上了黑人姑娘萨拉,并公开与之结婚,触犯了南非种族隔离法律,同时也违反了间谍工作条例,因而受到南非保安机构的迫害。在苏联间谍科尔森帮助下,他俩逃回英国。为了报答救命之恩,同时也是出于对南非黑人的同情,卡斯尔向苏联克格勃情报机构成员透露了有关南非的情报。就这样,一个英国白人只因具有人性而非共产主义信仰,成了双重间谍。他以为这样做既无损于英国的利益又有助于南非黑人的解放。结果他的行动被英国情报机

---

① Graham Greene,*The Comedians*,Bodley Head,1966,p. 161.

关察觉,同事戴维斯做了替死鬼。他的处境日益危险,最后妻离子散,情急之下在克格勃的帮助下他只身逃亡莫斯科。小说对灭绝人性的间谍情报部门黑暗内幕进行了无情的揭露,他们对内部监听电话,收集证据,跟踪控制属下,对被怀疑者下手狠毒,宁愿错杀,决不放过,杀人不露痕迹,情报部门及其间谍存在的本身就是对人性的践踏。小说同时也是对南非种族隔离政策和南非独裁统治的有力控诉,南非保安局蛮横无理与残暴毒辣,维护统治集团利益的鹰犬走狗,个个都是性情残忍、阴险狠毒的杀人不吐骨头的刽子手。南非独裁统治下的社会环境中,人性更是不复存在。小说将娱乐性和严肃性有机结合起来,对间谍生活的惊险恐怖描写与对人性的严肃思考,使得小说既具有审美的愉悦性,又具有深刻的思想性。在艺术表现上,小说重视真实的环境描写和气氛烘托,结合故事细节的真实和重复运用,增强了小说情节的紧张惊险因素。在人物刻画中注重人物心理状态的描写,常常通过人物瞬间的心理闪回和回忆、意识流式的杂想,将过去、现在和未来的生活以及现实、感觉和思考的内容融合在一起。另外,小说情节描写具有很强的场景感,作者使用了电影蒙太奇的剪辑手法,在犹如电影镜头的场景情节组合中,给小说留下了较为丰富的联想、想象、对比、象征的内涵。

20 世纪 80 年代,格林一直笔耕不辍,写有《日内瓦的费希尔博士》,又名《炸弹宴》(*Doctor Fischer of Geneva , or the Bomb Party*, 1980)、《吉诃德大神父》(*Monsignor Quixote*, 1982)、《第十个人》(*The Tenth Man*, 1985)等佳作,他的最后一部作品是 1990 年出版的小说集《遗言》(*The Last Word*)。

综观格林一生的小说创作,其成就不仅是卓越的,而且是独特的。作为 20 世纪重要的现实主义作家,他的创作真实展现了现代西方社会广泛的生活领域。他作品中的主人公大多为下层贱民或普通人,如用人、侍者、罪犯、妓女等,而与之相对的是强大的社会势力,诸如政府、警察、政党、黑社会、间谍情报部门。他的小说写出了社会对人的压抑,给人带来的悲剧。格林是一位讲述故事的高手,继承了现实主义文学创作传统,他的小说文笔洗练流畅,善于制造气氛来展开故事情节和展现人物内心世界,表现出高深的文学造诣,在他的写作中我们看到了前辈狄更斯的影子。

同时,格林的小说创作的一大特色,是他将严肃的内容融于惊险曲折的情节之中,把惊险、暴力、性、爱情、宗教、道德等和谐地融合在一起。这既避免了小说落入纯粹以情节取胜的俗套,又使作品读起来引人入胜,弥补了单纯道德说教干涩枯燥的缺陷,轻松地引导读者领悟作品中所包含的生活真谛与严肃的社会道德主题,意在呼唤人性的复苏和对人的尊严的尊重。他利用宗教观点来探索社会问题、思考人生,尤其是通过人物内心情感世界的展现,来描述人物命运变化和造成悲剧的过程。戴维·洛奇曾对这一点做了这样的评述:"在与格林同时代的作家当中,很少有人能够和他相提并论;他的小说注定会与世长存,因为有一种强大的力量始终支撑着它们,那就是小说所蕴含着的对于生活的真知灼见。"格林小说既表现人类的爱、怜悯、恐惧、绝望等心理状态,也表现了上帝的宽厚仁慈。他把闹剧作为自己的创作载体,将惊险故事作为某种隐喻,借以传达人类的精神危机。表面上,罪恶和惩罚也正好照应了人物内心深处的原罪和受罚。即使是文中的暴力描写,也同样具有高度象征意义,表现了人类灵魂深处不断进行着的斗争,同时也是现实社会的真实写照。在格林的作品中多次出现"追逐—逃亡"结构,在格林看来,人总是处于逃避和被追逐的境地。人生本就是一场失败,连成功也不过是暂时延缓了的失败而已。人类在寻求灵魂安定的过程中受到上帝的追逐,在他的绝对威严面前任何人都没有逃避的可能。格林是个在宗教信仰中探寻追求并痛苦挣扎了一辈子的作家,在他的小说世界里邪恶无所不在,人物的性格好坏参半,他们所处的环境使得他们性格中的善与恶不可避免地相互碰撞。那种被追逐的恐惧和绝望的心理时时折磨着他笔下的主人公们,并无情地将他们推向不可避免的结局——死亡。用写天堂的笔法来铺垫地狱,直到纯真战胜了堕落,这种结局往往使小说蒙上了一层悲剧色彩,使主人公个人的命运具有了一种普遍的道德伦理和善恶探索意义,从而深化了小说的审美意蕴。

个性化背景描述也是作品中一个显著的特色,尤其是在衬托故事氛围、突出表现人物性格和深化小说主题方面,起着不可或缺的作用。在格林的笔端,无论是越南战场上血流成河的惨景、海地独裁统治下的白色恐怖,还是墨西哥天主教徒惨遭迫害的情形,都给人一种阴郁沉闷的压迫感,这种独具特色的背景描写被评论家称为"格林兰"(Greeneland)。在对现实世界的描绘中,作家的目光似乎一直停留在阴暗偏僻的角落,有意识地去捕捉世间肮脏污秽的事物,并将他们汇集在一起,创造了一个光怪陆离的"格林兰"世界——肮脏邪恶、遍地血腥,犹如地狱般黑暗,深刻揭示了形成人类生存危机及宗教道德失落的环境因素,反映了作者对人类生存状况和人类前途的担忧。

在小说中运用电影技巧也不愧为格林的一大特色和创新。英国作家伊弗琳·沃说:"格林从电影中学到了一种新的叙述方式。在他的小说中,作家就是导演和制片人。"在格林的小说中电影的表现手法比比皆是,如悬念、快速动作等,把一些视觉形象剪辑串联起来,使人物的行为、心态有鲜明的对比。这种叙述技巧使作者同小说人物保持了恰当的距离,通过人物的言行去揭示他们的心理活动,展现人物性格,更多是让读者自己通过观察外部世界和人物行为来揣摩人物内心世界,与人物产生共鸣,对人物留下深刻的印象。有西方文艺评论家认为:"他的写作水平已经使他进入当时健在的英里亚克、马尔罗、海明威和福克纳等优秀小说家的行列中而毫无愧色。"①V. S. 普里彻特评价格林时说:"在当代使

---

① 梅绍武:《格林和他的〈问题的实质〉》(中译本序言),外国文学出版社,1980年,第4页。

用英语创作故事的人当中,首屈一指且健在的作家中只有两位或三位真正具有举足轻重的地位,而他是其中之一。"

第十八节　维迪亚达·苏莱普拉萨德·奈保尔

维迪亚达·苏莱普拉萨德·奈保尔(Vidiadhar Surajprasad Naipaul,1932—2018)简称维·苏·奈保尔或 V. S. 奈保尔,是英国印度裔作家和后殖民文化与流散文学的重要作家,因"其著作将极具洞察力的叙述与不为世俗左右的探索融为一体,是驱策我们从扭曲的历史中探寻真实的动力"而获得 2001 年诺贝尔文学奖。

奈保尔生于特立尼达的一个印度婆罗门移民家庭,祖父从西印度移居特立尼达,在那里的橡胶园做契约劳工。特立尼达是一个多种族混杂聚居的殖民地,奈保尔从小就接受英式殖民教育。父亲西普萨德·奈保尔虽没受过教育,但自学成才,成为当地英语《卫报》小有名气的一名新闻记者,后迁居到特立尼达首都西班牙港。奈保尔的文学启蒙源自父亲,其父酷爱文学,尤其痴迷英国文学,经常让儿子给他朗读《雾都孤儿》等大量英国名家名作,并且希望他有一天能离开这个殖民地社会底层,到英国去施展自己的抱负,成为像狄更斯那样的伟大作家。奈保尔在《阅读与写作》(1999)一书中回忆道,他 12 岁之前就已经记得英国文学中很多片段,它们主要来自莎士比亚的《裘力斯·恺撒》,狄更斯的《雾都孤儿》《尼古拉斯·尼克贝》和《大卫·科波菲尔》,乔治·艾略特的《弗洛斯河上的磨坊》,兰姆的《莎士比亚故事集》,查尔斯·金斯利的《英雄》,等等。奈保尔从小受父亲的熏陶,表现出对文学的浓厚兴趣爱好,11 岁开始就受到父亲的热情鼓励和写作指导。1948 年奈保尔毕业于西班牙港的一所学校。1950 年 18 岁的奈保尔以优异的成绩获得特立尼达政府奖学金,赴英国牛津大学攻读英国文学,1953 年获得牛津大学文学学士。在读大学期间,他努力学习西方的历史、文化,系统阅读大量文学作品,提高素质修养,期望能够早日融入主流社会。这一时期的大学生活被记载于他与父亲和姐姐的通信集《父子家书》中。1954 年毕业后,奈保尔定居英国,成为 BBC 自由撰稿人,担任颇有影响的《加勒比之声》栏目主持。1955 年在英国结婚并定居。1957 年到 1961 年,他担任《新政治家》杂志的专栏撰稿人和书评家。1961 年,因为《加勒比之声》栏目受到观众好评,奈保尔获得特立尼达政府资助,得以旅游考察加勒比海地区前西班牙殖民地,开始从事他游记风格的小说创作。20 世纪 60—70 年代,他先后到达印度、南美洲、非洲、巴基斯坦、马来西亚、伊朗、美国等地,异地的见闻以及风土人情、人物故事等,成了奈保尔小说创作的主要题材来源,形成他小说中的异地文化、边缘人、后殖民主义等特色,使他在文学界获得较高声誉。1990 年奈保尔被英国皇室封爵。他的多部作品获得毛姆奖、布克奖等英国重要文学奖项,1993 年他成为英国戴维·柯翰文学奖的首位获奖者,他还曾获得莱斯纪念奖、霍桑登奖、史密斯奖、大卫·柯恩文学奖等,2001 年获得诺贝尔文学奖。瑞典文学院在对他的授奖词中称奈保尔为幽默家和街头生活作家,被誉为"当代最伟大的英语作家""加勒比海英语文学之父"。

奈保尔的文学创作开始于 1955 年他结婚后定居英国的那段时间,《神秘的按摩师》《艾尔维拉的选举权》《米格尔大街》《比斯瓦斯先生的房子》等作品,构成了奈保尔文学创作的第一阶段。这些小说以特立尼达人的生活为题材,以喜剧的笔调描述特立尼达人尤其是印度移民边缘化的生活和悲剧命运。以《米格尔大街》获得毛姆文学奖为标志,确立了奈保尔在英国文坛的地位。

奈保尔的第一部长篇小说《神秘的按摩师》(The Mystic Masseur,1957)是一部讽刺性喜剧作品,描写一个具有古怪宗教信仰的特立尼达人在生活中闹出的种种笑话,小说在流利的英文表述中不断穿插了风趣的特立尼达方言,读来让人忍俊不禁。故事发生在特立尼达,父亲将甘涅沙送到城里读书,甘涅沙因改不了乡下孩子的习俗而受到其他同学的嘲笑。后来他在一所小学教书,因为教书随意,引起了原来带班老师的不满,甘涅沙离开了学校。他父亲死后,杂货铺老板莱姆罗甘着手办了葬礼。甘涅沙此后无所事事,整日骑着自行车在乡间小路上转悠,并认识了斯图瓦特先生,两人成了好友,甘涅沙有了写书的梦想。莱姆罗甘把女儿莉拉嫁给了甘涅沙,莱姆罗甘的小气,让甘涅沙在婚礼当天拿走了其全部财产。比同乡多接受了高等教育的甘涅沙,认为冥冥之中上天对他的人生道路自有安排。他先试着行医,却发现行医的人太多,村子里的人也很健康,在无法医治病人的情况下,他就会说这是命运的安排。如此行医无法养家糊口,莉拉负气离家出走。甘涅沙下决心写书,在杂货店老板毕哈利的帮助下完成了《印度教问答 101 题》,劝回了莉拉,但书却没有市场。在众人的合谋下,甘涅沙"神人合一",在一次帮助小男孩驱赶追随他的乌云之后,在泉水村开始有了名声,来此的人络绎不绝。莱姆罗甘看到了商机,承包了出租车,却被甘涅沙收购,两人关系又一次恶化。众人劝甘涅沙从政,报纸上一个叫"小鸟"的人总是发布甘涅沙的流言,看到对手纳拉亚给印度带来的耻辱,本无心从政的甘涅沙击败了纳拉亚,成为特立尼达的议员,并获得了大英帝国荣誉勋章。最后,他成了特立尼达殖民政府的代表,并改名为"G. 莱姆萨·缪尔"。

作品在真实描写殖民地人民的落后贫穷和苦难生活的同时,刻画出人物为了生存而扭曲变形的殖民心态的形成过程,主人公甘涅沙就是这类后殖民环境中无根的边缘人的典型。甘涅沙生活在他所熟悉并游刃有余的殖民地环境中,一开始,他并没有兴趣从政,然而生活的奇遇使他从一个按摩师到当上殖民政府上议院议员。开始时甘涅沙充满善良和正直,保持着自己原有的文化传统,比如依旧遵循原来的生活习惯,依旧用手抓饭吃,对议院不公的立法他会以退场的方式表示抗议,他不参加晚宴、揭发丑闻,小说中写:"他愿意帮助任何阶层的人,不管你是贫穷还是富有。他不会因为施人恩惠而索要无度,总是说'你能负担得起多少就给我多少'。"然而现实却给他以当头棒喝,在罢工事件中受到打击后,甘涅沙发生了质的变化,从此他再也没有退场抗议,开始试着融入上流社会。最后,甘涅沙改了自己的名字,为了使其听起来更像是英国人。小说中的一个细节十分形象地刻画出了甘涅沙人格的转变:"'甘涅沙先生!'我喊道,朝他跑了过去。'甘涅沙·拉穆苏米纳尔先生!''G.莱姆萨·缪尔。'他冷冷地说。"他放弃了原有的习惯,脱离了特立尼达下层社会生活,开始向殖民者转变,走向上流社会。然而甘涅沙真的能融入他所向往的宗主国主流政体吗?殖民者会接纳"带有热带黝黑发亮肤色的面孔"①吗?甘涅沙崇拜殖民文化但灵魂深处却又无法消弭特立尼达烙印,充其量只是宗主国统治下的无根漂泊者,是游走在殖民者和被殖民者之间的边缘人。《神秘的按摩师》小说的发表引起了文坛极大的好评,马丁·雷文评论道:"这部源于特立尼达的小说揭示了属于加勒比地区印度人世界的一种富有种族幽默感的风格。"②小说于1958年获得了约翰·卢埃林·里斯纪念奖,一时成为畅销书,奈保尔也因而成名。

长篇小说《艾尔维拉的选举权》(The Suffrage of Elvira,1958)讲述的是民主降临艾尔维拉的第四年,人们的一次普选经历。小生意人哈班斯想要参与选举,为自己拉票,路上他差点撞到了两个女人和一只狗,以为是不祥之兆。哈班斯来到穆斯林领袖——裁缝巴克什家,在巴克什的"建议"下买了大篷车,聘用巴克什的儿子弗姆做宣传干事,一起拉拢艾尔维拉最重要的人物——金匠吉德伦金。吉德伦金想把女儿奈莉嫁给哈班斯的儿子,因此小心翼翼。哈班斯的对手是传教士,其助手是洛克胡和黑人库费先生。哈班斯的竞选委员会第一次会议在梵学家达尼拉姆家举行,哈班斯因得不到西班牙人的支持,选票数从预计的5000变为4000,大家在考虑拉黑人的票,并让庄园工头马哈德奥留意黑人的病死,想借哈班斯的探望来博得民心,以得到黑人选票。巴克什的儿子赫伯特捡到一只脏狗,将它取名为"老虎",偷养在家中,狗被传言成妖魔,巴克什夫人想到诅咒,要求弗姆把"老虎"带走。为了分散传教士的选票,哈班斯花了一大笔钱来支持巴克什参加竞选。库费先生踢死了"老虎",给哈班斯提供了探望黑人的机会。在竞选前,出租车司机们闹事,哈班斯又出了大笔汽油钱。最终,哈班斯赢得了竞选,民主在艾尔维拉扎了根。哈班斯为了一箱威士忌回到艾尔维拉,他变得不

---

① 奈保尔:《灵异推拿师》,吴正译,上海译文出版社,2008年,第271页。
② Martin Levin, How the Ball Bounces Down Trinidad Way, *The New York Times*, Apr.,1959,p.10.

再关心人民，人们也为了威士忌争论不休，在探望病人时，哈班斯的车起火了——他再也没有回过艾尔维拉。小说以1950年特立尼达第二次全国大选为背景，描写了特立尼达人对西方民主的盲目追求以及围绕选举而产生的令人啼笑皆非的经过，揭示所谓的西方民主选举只不过是一场追逐个人名利的大闹剧。《艾尔维拉的选举权》延承了《神秘的按摩师》幽默讽刺的喜剧风格，写特立尼达普选中的种种丑闻趣事，叙述的艺术手法和幽默的语言风格更为成熟，小说获得了莱斯纪念奖。

　　奈保尔在大学期间完成的处女作《米格尔大街》(*Miguel Street*, 1959)的出版并不顺利，一直拖了4年才得以出版。作品由17个短篇小说组成，每篇独立成章。小说以奈保尔出生成长的地方特立尼达为背景，塑造了米格尔大街上一个个平凡却又不乏生动的小人物形象，具有浓郁的地方异域风情和民俗。小说中的故事叙述风格类似于乔伊斯的《都柏林人》，这些故事大多以一个孩子的视角展开叙述，出身贫苦的孩子小小年纪就开始打工挣钱，最后终于得到机会离开这个殖民地城市去留学，"我离开了他们大伙儿，头也不回，轻快地走向飞机，只看着眼前自己的影子，那在跑道路面上跳动的小矮子"。于是，曾经生活过的大街上的一切人与事都一一浮现出来。小说刻画了大街上的市井生活、凡人小事，写的是一群生活在底层世界的小人物：清洁车夫、木匠、民间的喜剧艺术家、流浪汉、疯子、马车夫、理发师、胆小鬼、幻想家、"机械天才"、时髦青年、"教育家"、浪女人、酒鬼等。其中大部分素材都是以流传于特立尼达的奇闻逸事为依据的。小说描写他们生活的不幸，命运给予他们的不公；写他们内在的善良与热情；写他们对生活的热爱与惊人的承受力；写他们对美执着的追求与奇异的想象力。同时，也写他们的蒙昧偏狭、自私自利、懒惰散漫、盲目自大以及可笑的自以为是。小说以真实的手法塑造了一系列生活在大街底层的人物形象。博加特，米格尔大街的外来居住者，生活的苦难使他性格大变，婚姻失败，懒散放纵，开裁缝店却连一件西服也没做过，混迹各处，冒险走私，贩卖女人，酗酒骂街，赌博，最后因重婚罪被捕。摩尔根，喜欢逗乐大家却总是出丑，成为大街上的笑料。他以打骂自己的妻子、儿女作为乐子，却又打不赢，在众人面前惩罚孩子，也得不到大家的笑声，他这样做的目的只是吸引别人的注意，换取街上人对他的"笑"，倒是偷情被老婆发现，在众人面前被拎了起来引来众人的大笑。他酷爱焰火，却始终无法做出壮丽的焰火，总期盼有人来买他的焰火，但事与愿违，最后制造出的壮观焰火却烧毁了自己的房子，被控纵火罪，只得逃离米格尔大街。埃多斯，自傲的街头"贵族"，其实只是马路清洁工，因为他时常可以捡些鞋子、收音机、床、有裂缝的茶杯茶碟、各种插销和螺丝，有时甚至还能捡到钱。他接受了一个怀孕的西班牙女人，孩子十分可爱，于是又多了一件可以骄傲的事。小说中随处可见米格尔大街上真实而丰富却并不令人乐观的生活现状。如想通过考试做医生而最终

成为清洁工的伊莱亚;想通过投机博彩改变命运但最终失败而走向极端的博勒;
称自己是见了上帝的要成为新救世主的疯子曼门;总是粗暴对待家人最终孤独
死去的乔治;从事教学失败,创办米格尔大街青年文化活动俱乐部也失败的泰特
斯;等等。人物无论怎样努力都无法摆脱悲剧的命运。

　　《米格尔大街》以栩栩如生的描写刻画了一群生活在社会底层的小人物形
象,展现出一幅 20 世纪三四十年代英属殖民地特立尼达市井社会的风情画、一
幅殖民地版的"清明上河图",小说就是那个特定的后殖民时代破败不堪与杂乱
无序社会生活的缩影。15 世纪以后,特立尼达一直是西班牙、法国和英国的殖
民地。坐落在"帝国"的规则边际的特立尼达,虽已解脱了殖民统治,却未能享受
现代化的福利。人们生活在贫乏、困顿、四处漂泊的游离状态中。作者以第一人
称叙述者"我",通过一个孩子的视角来审视眼前的世界:

　　　　要是陌生人开车经过米格尔街时,只能说一句:"贫民窟。"因为他
　　也只能看到这些。可是,我们这些住在这里人却把这条街看成是一个
　　世界,这里所有的人都各有其独到之处,曼门疯,乔治傻,"大脚"是个暴
　　徒,海特是个冒险家,波普是个哲学家,而摩尔根却是我们中间的一个
　　小丑。①

　　小说在重现贫穷、封闭、落后、僻陋、蒙昧环境的同时,一方面表现了大街下
层人民的勤劳善良,他们为了改善生活、谋取更好的生存空间所进行的各种努力
与奋斗,另一方面也写出了他们庸俗的市民心态与自私行为。米格尔大街上生
活在贫困线边缘上的特立尼达人,他们的历史文化渐行渐远,小说给我们留下了
后殖民时期人民原生态的生活面貌。奈保尔曾如此描绘特立尼达:"我们生活在
一个没有英雄的社会,在这个社会里,从来没有成功的故事,只有失败的故
事。"②在《米格尔大街》中刻画的人物形象几乎无一不是失败者。每日重复着自
我感觉是宏伟的事,然而最后谁都没有干成一样像样的事。成功于他们而言简
直遥不可及。博加特厌倦了长久在裁缝店工作,但事实上他一件西装也没做成
过;木匠波普整天张罗着一些"说不出名字的东西";唯一一个看起来似乎要接近
成功的伊莱亚,却在周而复始的种种考试后,不但没有如愿当上医生,最后竟成
了一个清洁车司机。这些失败的人不过是失败的复制者,碌碌无为是最准确的
概括。同时,大街上的男人有各种行为方面的缺陷,如酗酒、斗殴、打骂老婆等各
种行为,不论他们怎么强装为男人,他们内心的惶恐和怯懦都是欲盖弥彰的。岛

　　①　奈保尔:《米格尔街》,王志勇译,浙江文艺出版社,2009 年,第 71 页。
　　②　V. S. Naipaul,The Middle Passage. 1962,*Oxford*:*Picador*,2001,p. 3.

上人背后都有深厚的文化背景,但是移民却正使印度文化一步步地消逝。地理移民、外来文化的进入和历史的多种原因,都在使人们的思想和行为悄然变化。

小说塑造了一系列大街上不同职业、不同性格、不同命运的人物。在殖民文化影响下,大街上的人大致区分为两类:一类是不曾反抗或者反抗无效的被殖民者,他们终生无法改变自己卑贱的地位;另一类则是努力向上爬,成为宗主国的一员,由被殖民者转变为殖民者。然而不论是哪一类人,他们都有一个共同的特征,即他们生活于此却无法融入社会,他们向往宗主国文化却又无法摆脱原初文化与习俗,他们无不处在主流社会的局外人与边缘人的境地。米格尔大街是边缘社区,街道的居民都是边缘人。后殖民时期的特立尼达按照西方的体制模式建立社会政体与法制,人人可以平等享有投票选举权,人人可以自由选择自己愿意的生活方式。自由民主的殖民文化逐渐消解了大街上的人对自我的认知与审视,忘记了自己想融入社会而不得的局外人与边缘人的地位。在殖民的背景下,种族歧视的现象比起底层人物的社会地位困境更加明显,这层阴影笼罩着更多的边缘人,他们不仅受到自身的束缚,而且受到来自宗主国文化的熏陶与制度的控制,迷失了自我。表面上看米格尔大街上人人有工作,但想要获得一份体面的工作几乎不可能,所以能驾驶蓝色的清洁马车成了印度后裔埃多斯的骄傲,无论是他自己还是周围的人都将他视为"贵族"而羡慕不已。伊莱亚是大街上"有头脑"的人,从小就是街上公认的聪明孩子。从参加剑桥高中考试开始到参加卫生检疫员考试为止,伊莱亚连续参加了近 10 次考试,他的择业目标从医生降到卫生检疫员,最后降到不需要理论考试的清洁工。小说揭示了他考试屡屡失利的原因,不是他智力不如别人,也不是他没有努力,而是考卷是英国人出的。"你还指望什么?谁管这报纸呢?不是英国人吗?你指望他们让伊莱亚及格?"[1]米格尔大街上的被殖民者总以为自己是大街上的主人,长期的殖民统治淡化了他们的本土文化记忆,街上的人以殖民者的文化习俗为尊,以洗心革面进入殖民者阵营为贵,乃至以离开自己的家园去到宗主国为人生的最大理想和成功。像《艾尔维拉的选举权》中的生意人哈班斯那样,绞尽脑汁,近乎倾家荡产,终于赢得了选举,由被殖民者身份变为殖民者。然而当他的车被群众烧了,他扔下一句"艾尔维拉,你是个婊子"[2]。他与他的过去相决绝。哈班斯的理想实现了,他赢得了选举,却丢失了自己,他被本地人抛弃,从此以后到处流落,成为无根的飘零者。事实上大街上的被殖民者永远不可能进入上流社会,不可能成为大街的主宰,支配大街一切的依然是殖民者,大街上的种种人生丑态是殖民文化造成的边缘人的扭曲心态显示。

---

①　奈保尔:《米格尔街》,王志勇译,浙江文艺出版社,2009 年,第 32 页。

②　奈保尔:《全民选举》,马群英译,南海出版公司,2015 年,第 250 页。

　　特立尼达对于奈保尔来说有着相当重要的意义,正是在这个贫困落后的小岛屿,奈保尔开始了他最初的童年生活,艰辛困苦的环境给他带去永不磨灭的最初记忆。《米格尔大街》中展示了最底层人们最日常的、最真实的生活状态,不动声色地再现了社会下层百姓困窘和贫乏的物质生活,让读者真切地感受到强烈的现实性:现实的生活,真实的人物,自然的生态,悲剧的人生。作家极为冷静而真实的目光,使得小说具有了自然主义文学艺术特色,奈保尔也因而被誉为"街头生活作家"。小说的基调幽默风趣,对人物的刻画常常只是寥寥数语却形象生动,有血有肉。这种表面轻松戏谑的描写中,蕴含了后现代主义式的苦涩和黑色幽默。喜庆与绝望相结合,逗乐与阴郁相交替,用喜剧的形式表现悲剧的内容,表面上轻松调侃、玩世不恭,实则以无可奈何的语调叙述沉郁而悲剧的故事,从而产生荒诞不经、滑稽可笑的幽默效果。奈保尔运用白描式的手法,以一种冷静且带有忧伤的口吻,描述他童年生活中常常见到的那些单纯而善良的邻居,他们身上所体现的愚昧无知和本能的狡黠,那种由于贫穷和缺乏教育所带来的不可避免的人格缺陷,使得作品十分生动自然。小说中奈保尔用了一种被他称为陪衬法的技巧,作家以解释者的身份出现,小说中出现的人与事,因为读者对真实的作家的信任,于是由他做陪衬的小说故事内容,给人一种完全真实的感觉,读者仿佛和作者一起感受一种未经过滤的生活经历,真实而可信。正是这种融合了作家生活和真实事件,融合了艺术的真实和生活的真实,使读者强烈感受到一种未经文学和其他文化形式污染的纯粹经验的社会生活与人生,使得小说具有了极大的可信性与感染力。查尔斯·普尔评论《米格尔大街》说,这是一本"出色描写作家自己世界"[①]的作品,安德鲁·古尔称这"也许是第三世界自独立以来最出色的小说"[②]。《米格尔大街》荣获 1959 年毛姆奖,给奈保尔带来极大的荣誉。

　　《比斯瓦斯先生的房子》(*A House for Mr. Biswas*,1961)是一部带有自传性质的小说,也是奈保尔的代表作以及他自己最推崇和喜爱的作品。小说以奈保尔父亲和自己的生活为原型,记叙了出生在西印度群岛的比斯瓦斯先生为拥有一间属于自己房子的生活历程。比斯瓦斯出身于甘蔗种植园劳工家庭,虽属于印度最高的婆罗门种姓,但是生活困窘。他的父亲以为他落水,下河救人时不幸溺亡。母亲带着他投奔了比较富有的亲戚塔拉。塔拉想把他培养成一位婆罗门学者,但他偷吃东西,玷污圣树,被逐出师门。后来,他在画广告时找到了自己的天赋。他喜欢上了富有的图尔斯家的女儿莎玛,成为图尔斯家的雇工。比斯

---

　　① Charles Poore,Miguel Street,*The New York Times*,May 1960:8.

　　② Andrew Gurr,Third World Novels:Naipaul And after,*Journal of Commonwealth Literature*,1972(1):11.

瓦斯梦想着有一座属于自己的房子。他妻子莎玛和她的众多姊妹拥有一套图尔斯大宅,但这毕竟不是他的家。他没有足够的金钱,在家里没有决定权,也得不到尊重,连自己孩子的名字都是别人取的。比斯瓦斯努力地去融入妻子的家庭,但最后他发现,在这所宅子里他永远都是一个外人,他进入不了别人的生活圈子,别人也永远不会真正接纳他。他不安分守己,到处树敌,不断地挑衅,因此激怒了图尔斯家的人,被图尔斯家派人揍了一顿。比斯瓦斯搬到了捕猎村,经营起捕猎村的商店。捕猎村的独立生活让他暂时脱离了喧嚣的图尔斯家,也脱离了图尔斯家族的生活圈,但比斯瓦斯却并没有把这个地方当作他永久的家。后来商店亏损,当地人又不停找他麻烦,比斯瓦斯在捕猎村待不下去了。捕猎村的商店被烧毁之后,比斯瓦斯由人介绍,到一个叫绿谷的地方当监工。比斯瓦斯和劳工们住在一起。他开始着手建造一所属于自己的房子,由于房屋建造过程中建筑材料质量不好,加上资金匮乏,最终他的房子在一个狂风暴雨的夜晚被雷电击毁了。第一次建房的梦想破灭后,他不得不搬回了图尔斯家里。当图尔斯家族给他的工作都一一宣告失败后,比斯瓦斯决定自谋出路。在姐夫的盛情邀请之下,他去了西班牙港碰运气。一个偶然的机会,他被《特立尼达卫报》聘用,成为专职记者。从此比斯瓦斯的生活开始出现转机。他和图尔斯家族的人达成了谅解,并取得图尔斯太太西班牙港房子的租住权。但图尔斯太太身体一天不如一天,她在家族中的威慑力也开始减退,潜伏已久的矛盾开始爆发。图尔斯家内部开始分裂,一部分人搬了出去,家族的整体性遭到了极大破坏。图尔斯家族的人们决定迁徙到矮山去。迁徙后的图尔斯家族散乱不堪,孩子们也不再有所约束,原本稳定和谐的秩序被打破了,家族变成一盘散沙,大家各自为政,都只为自己的小家庭牟利,不再合作生活了。比斯瓦斯先生第二次盖起了房子。但这座房子还是没给他带来安宁,好景不长,有一天孩子们在庆典时放火焰,烧掉了房子,于是他只好和一部分图尔斯家族的人重新搬回了西班牙港。在西班牙港的房子里,众多姐妹同住一个屋檐下,失去了图尔斯太太的威慑,这个家族变得混乱,人们互相攀比,互相仇视。大人们矛盾,驱使着孩子们也划分帮派,彼此仇视。比斯瓦斯再次和图尔斯家族产生矛盾,导致了他最后的搬家,这一次比斯瓦斯终于彻底逃离了图尔斯家族,自立门户。比斯瓦斯终于有了自己的房子,虽然价格很高,房子破烂不堪,但是他引以为豪,开始有了家的感觉。买房不久后,比斯瓦斯因心脏病发作而去世。

　　《比斯瓦斯先生的房子》是以奈保尔父亲为原型的家庭传记式长篇小说,小说中所描述的图尔斯家族的多处住宅在阿低克斯、绿谷、矮山及西班牙港等地,主人公比斯瓦斯先生的成长、求学、婚姻、求职乃至死亡,都是奈保尔父亲西普萨德一生的重现。作家形象生动地给读者讲述了一个具有反讽意味的后殖民寓言故事,把个人移民史、家庭迁移史、族群苦难史当作叙述的主要对象,小说具有浓郁的后殖民时期的生活特征。比斯瓦斯出身于甘蔗种植园劳工家庭,瘦骨嶙峋、发育不良,全身伤痕从没痊愈过,祖父母不在了,父亲也意外死了,两个 10 岁左右的哥哥去远处的种植园做工,姐姐当了女仆,妈妈越来越神志恍惚。那些浸透着印度文化的后殖民时代生活细节,展示了被侮辱与被迫害人们的血泪历史。46 岁的比斯瓦斯终因劳累过度而患病,被解职后他每天的收入只值三份报纸的钱,比斯瓦斯先生最终在自己"家"里死去。纵观比斯瓦斯纷繁复杂的人生经历,小说围绕房子所描写的人物奋斗追求可以概括为两件事:一是与贫穷相依相斗,即使他属于等级最高的婆罗门,但是家庭非常贫困,人物为改变自己的命运,期望过上富庶的日子,一生都在与贫困斗争。二是对个人精神独立与社会身份的追求。如果说前者是物质上的追求的话,后者则是精神上的探寻。比斯瓦斯一生对房子的追求,其实质是人物对幸福生活和个人独立与身份的追求。他的死隐喻了生活于后殖民时代的移民,要想获得美好的生活,追求个人独立与身份,是何等艰难。他们在追求过程中付出的代价是巨大的,甚至是生命的代价。小说以人物想得到一间属于自己的房子为平台,深刻展示了后殖民时期移民的生活现状以及他们的精神苦闷与追求。

《比斯瓦斯先生的房子》中主人公比斯瓦斯是寻根的边缘人形象,它是奈保尔自身漂泊过后对边缘人的反思。小说以比斯瓦斯先生寻求自我身份与存在为线索,展现了主人公为获得一所属于自己的房子,拥有一份皈依感而努力奋斗的一生。小说中的房子就是人物孜孜寻求的根,房子不仅是比斯瓦斯,也是特立尼达乃至整个后殖民地人民追求社会地位,确立自我身份,追求文化认同,彰显独立人生的象征。然而遗憾的是,人物的努力奋斗和追求一一落空,比斯瓦斯的一生透露出边缘人的彷徨与失落,诚如他外祖父所说:"命运,我们无法改变命运。"[①]比斯瓦斯是后殖民时期孤独的无根漂泊者、奈保尔笔下社会边缘人的典型。从人物外在的交流语言转变来看,在比斯瓦斯一次次的迁徙中,印度语所代表的传统地位一点一滴被削弱,在完成最后一次迁徙时,家中便以英语进行口语交流,此时人物的身份已经模糊。整个图尔斯家族从完全使用印度语进行交际到英语、法语并用的过程,正是人物从自我走向他者成为无根的边缘人的过程。从内在的宗教信仰转变来看,"每个人都已经习惯了哈瑞在宗教仪式上当梵学家,每个人都习惯了早晨从他的手中接过圣餐。哈瑞身着缠腰布,前额上点着檀香,哈瑞每天早晚做礼拜,哈瑞和他那放在雕刻精美的阅书架上的宗教书籍:这些已经成为图尔斯家不变的画面。没有人能代替赛斯的地位。也没有人能代替哈瑞的地位"[②]。而如今哈瑞的离世,暗示着宗教信仰的破灭,是对传统文化的

---

① 奈保尔:《毕司沃斯先生的房子》,余珺珉译,译林出版社,2013 年,第 3 页。
② 同上,第 334 页。

连根拔起。比斯瓦斯参加了雅利安教派,反抗种姓,招来全家人的仇视,被图尔斯家排挤出局。从社会身份地位来看,比斯瓦斯厌恶图尔斯家族权力等级的划分,努力想融入家族,但最终都失败了。他的前半生,一直处于飘荡的状态,他努力工作,想通过个人的奋斗取得社会认可,但在社会面前一次次败退下来,失败的轮回使他变得疲惫不堪,他成了一个行为举止怪异的疯子。比斯瓦斯始终无法成为社会的主人,只能是一个行走在社会边缘孤独而无根的漂泊者。即使他全身心地投入这个社会的殖民文化,大量阅读西方文学著作,寻找精神上的慰藉,终于使自己成为社会的"精英"——报社记者,可在他人眼中他却仍然只是一个小丑。比斯瓦斯作为社会无根的边缘人,他一生苦苦觅求房子,其核心是想寻找身份认同。比斯瓦斯离开故乡、投奔亲戚,是因为他的生活中有一件至关重要的事情要搞明白,即自我的身份:"我是谁? 我从何而来? 要到哪里去?"他想拥有自己的房子,他想认清他自己,确立自己在社会与家庭中的地位身份。然而直到他去世,《特立尼达卫报》也只是说了句"新闻记者突然死亡",作为社会的边缘人,他的死对社会与他人无关紧要。显然,人物的命运是殖民文化下社会环境的必然结果,本土文化被淡化、被边缘化,必然导致殖民地人的社会边缘化,"事实的真相是,在特立尼达,黑人,印度人,叙利亚人和黎巴嫩人,法国人和西班牙人,英国人和葡萄牙人,中国人和犹太人,全都同吃一锅饭,全都是在同一个殖民制度下的牺牲品,全都被同一把'政治上低人一等'的刷子抹黑了"①。

《比斯瓦斯先生的房子》的创作遵循了朴素真实的现实主义传统,对人物的孤独、失根和对外裔劳工生活细节的描写真实而感人。如比斯瓦斯瘦骨嶙峋,发育不良,全身伤痕,从小到大"从来不知道吃饱饭的滋味",两个哥哥十来岁就不得不出去做童工。又如小比斯瓦斯如何在水边嬉戏,丢失邻家牛犊不敢回家,最终导致父亲丧命。他以一生血汗和无法清偿的借款换来的梦寐以求的房子,那摇摇欲坠的楼梯,那破破烂烂的家什,以及最后比斯瓦斯患了不治之症,被报社辞退以后每天只有相当于三份报纸的收入,最终死在自己的不称其为"房子"的房子里,等等,小说以真实细腻的描写,把尘封在作家记忆深处被侮辱与被损害人们的血泪史展示给读者。作品充满了浓郁的悲剧色彩。《比斯瓦斯先生的房子》一经发表就受到了文坛好评,被评论界誉为"当代经典"和"后殖民世界的史诗",广受社会关注,1998年入选纽约公共图书馆和兰登书屋《当代文库》评出的"20世纪百部英文著名小说"。

奈保尔作为《纽约时报》和英国广播公司等著名报社或电台的特约记者或专栏作家,经常到一些前殖民地国家旅行,他的足迹因此遍布世界各地的许多角

---

① 埃里克·威廉斯:《特立尼达和多巴哥人民史》,吉林师范大学外语系翻译组译,吉林人民出版社,1972年,第647页。

落,成为名副其实的"环球航行者",他观察这些地方的社会生活变迁,撰写了大量报道、游记和随笔。这些旅行一方面给他带来小说创作的灵感,另一方面也刺激他思索现代性和传统文化的关系、东西方文明的冲突以及个人文化认同等问题。1960年,在《比斯瓦斯先生的房子》完稿之后,奈保尔得到特立尼达和多巴哥政府提供的资助,去到加勒比地区进行为期3个月的考察。2年后,他根据这次考察写成游记性作品《中途:西印度及南美洲五种社会之印象》,1965年至1966年,他受一家美国基金会的委派前往乌干达的马克瑞尔大学担任访问教授,其间写出大量虚构和非虚构作品。无根漂泊的奈保尔1954年大学毕业后就留居英国,将英国视作他要抵达的家园。1965年他在伦敦南部购置了第一处房产。1968年卖掉房产返回特立尼达定居,当地的政治动乱使得他又不得不放弃回国,于1970年重返英国,在威尔特郡租了一处村舍居住。这一时期构成了奈保尔文学创作的第二阶段。主要作品有《中间地带》(1962)、《斯通先生和骑士伙伴》(1963)、《幽暗国度》(1964)、《守夜人记事簿》(原名《岛上的旗帜》,1967)、《模仿者》(1967)、《黄金国的失落》(1969)、《在自由的国度》(1971)、《游击队员》(1975)、《印度:受伤的文明》(1977)、《河湾》(1979)等。作品大多涉及后殖民时期国家独立之后民族文化与外来文化矛盾下的社会生活与社会心态,具有一定的社会历史学参考意义,具有历史的悲怆性与命运的悲剧性相结合的特征。作品中内容丰富,涉及广泛,对殖民文化、东西方文化比较的观察论述,观点独到,富有思辨性,对"后殖民主义"和"东方主义"的文化理论形成具有直接的影响。作品文笔瑰丽隽永,可读性很强。奈保尔的作品因为涉及后殖民时期的复杂社会问题,引起社会与文坛的极大关注,声名鹊起,获得了包括布克奖在内的所有重要的英国文学奖项。《游击队员》登上《纽约时报》书评1975年度好书榜,受到了美国读者的广泛关注。

《中间地带》(*The Middle Passage*,1962)是奈保尔对20世纪加勒比地区5个国家后殖民时期社会文化与社会心态的真实描述。从非洲向西方国家移民一直在进行着,从未停止。然而这些人始终生活在原初文化迷失与西方文化认同的"中间地带"。奈保尔与许多其他前殖民地人一样,虽然人到达了西方,但他们的文化认同与社会认同,却从未到达,也不可能到达,始终处在中间地带。独立后的西印度群岛国家依然充满了对西方文明的奴性,民族缺乏文化自信与精神独立,展现了进入后殖民时代的国家缺乏社会目标和失却创造精神的病态社会现状。

长篇小说《斯通先生和骑士伙伴》(*Mr. Stone and Knights Companion*,1963)是一部带有作家自传色彩的小说,描写一个长期生活在英国的移民的个人成长史和奋斗史。在人物的眼中,英国拥有辉煌的历史和许多成就,但同时也存在着诸如贫富分化、种族歧视、城乡差异等无法调和的社会矛盾和社会问题。不正常的社会心态与社会文化,需要经过极大的努力去疗治。小说获得了1964年的霍桑奖。

《守夜人记事簿》是奈保尔1967年的短篇小说合集,由11篇小说构成,故事同样发生在特立尼达,有着《米格尔大街》的影子。

1962年2月到1964年2月,奈保尔用了一年时间走遍了印度,又用了一年时间完成了《幽暗国度》(*An Area of Darkness*,1964),这是奈保尔踏上印度后的寻根作品。作为奈保尔游记作品中的代表作,作者以自己观察的视角描写旅游见闻,其中不乏作者以小说家的风格对细节所做的细腻描写与渲染成分。奈保尔的一些游记可以作为旅游小说来读,其中不乏催人泪下的情节、令人感伤的人物悲剧,具有很强的故事性与可读性。《幽暗国度》中奈保尔以西方文明的眼光审视自己的母国,以中立的态度,真实客观地书写自己的所见所闻。从孟买上岸,一路经过德里、加尔各答、克什米尔,最后来到外祖父的故里。印度是英国殖民帝国的中心,也是奈保尔心中珍藏的生命之根的栖息之地。然而他所见到的是无处不在的贫困丑陋,感受到的是震惊与失落。眼前展现的一切令远道而来寻根谒祖的流浪赤子充满了失望,内心深处珍藏着的历史悠久、辉煌璀璨的文明古国,轰然倒塌。"在帝国的统治时期和帝国统治后,褪去了古代迷人的光辉而进入'现代'后成为一位'灰姑娘',她只能在欧洲人的想象中说话。"①奈保尔眼中所看到的印度:贫困脏乱、官僚腐败、杂乱吵闹,落后的种族等级、尊卑观念根深蒂固。环境的不文明与观念的愚昧落后让人担忧。这里有着触目惊心的肮脏、贫穷、落后,印度人的随地大小解是一种见而不怪的习性,没有人反对。更为严重的是,在一些公共场所中,甚至在政府召集的会议走廊上都有粪便。作者用辛辣的讽刺和完全写真的手法描写印度人习以为常的陋习,然而他们觉得这样做理所当然。贫穷使得人变得贪婪,奈保尔感叹"印度是世界上最穷的国家",为了摆脱贫穷可以使用各种手段,欺骗掠夺无所不用其极,为了钱财失去人格,一路不断见到的是在朝拜路上索要高额路费、落跑的马夫,向旅客索要干酪的旅行社业者,扣留旅客洋酒的海关人员。印度生活的慢节奏孕育了极度低下的社会政府办事效率,奈保尔踏上港口城市孟买,从小到大的海关官员办事员,效率之低让人失却耐心。一个"装运通知单",需要奔走3个到4个部门,所有的工作人员都是拖拉办事。甚至是一杯水都由专门的杂工来完成,官员们不愿降低他们的身份去处理事务。"在孟买城中的一间称不上五星级的旅社。第一个男子提着水桶,一面走下台阶一面泼水;第二个男子握着一支用树枝编织成的扫帚,使劲擦洗台阶上铺着的瓷砖;第三个男子拿着一块破布,把台阶上的脏水抹一抹;第四个男子捧着另一只水桶,承接台阶上流淌下来的脏水,清洗过的台阶,看起

---

① 朱立元:《当代西方文艺理论》,华东师范大学出版社,1997年,第418页。

来依旧脏兮兮;黑黝黝的地砖上矗立着的墙壁,如今却沾上了一摊摊污水。"①所谓的职员与杂工各司其职,各自分工负责自扫门前雪,实则是轻视劳动,相互推诿,懒惰成性。辉煌的古代建筑旁边破败不堪的贫民窟令他触目惊心,印度社会貌似模仿英国文明,却是上千年的停滞与落后。奈保尔在作品中直言道,"在这1000年中,外在的模仿对象不断变换,但内在的世界永远保持不变,而这正是印度生存的秘诀","暴露在我们面前的是千年的挫败和停顿"。②《幽暗国度》中,对作家的寻根之旅的描绘,看似中立客观,实则表达出作者对母国的失望之感,印度之行使奈保尔发现他梦想中美丽的祖辈家园,仅仅是一个隐藏在幽暗阴影中的国度,后殖民情境中的印度所展现的乱象令人震惊,使人绝望,故国只是一种记忆中的观念的存在,现实的印度是一个充满腐败与死亡意识的幽暗国度。奈保尔的《幽暗国度》与《印度:受伤的文明》(*India:A Wounded Civilization*,1977)和《印度:历经百万叛乱的今天》(*India:A Million Mutinies Now*,1990)构成了他著名的"印度三部曲"。相比较而言,《幽暗国度》中,奈保尔较多地以中立旁观者的见闻描述为主,一个飘落异乡接受他者文明的游子,怀着对母国的深厚情感,同时混杂了对故国贫困混乱、肮脏无序的难以接受的疏离感。作者对印度"哀其不幸,怒其不争"的情感跃然纸上,最后作者是以逃离者的心态结束了旅程。《印度:受伤的文明》中,奈保尔则更多的是去剖析印度贫穷落后的文化、宗教和经济原因,在揭示印度人麻木不仁、自欺欺人的同时,促人反思,催人觉醒。奈保尔站在东西方两个平台来审视印度社会,在扼腕叹息印度贫穷社会和精神顽疾的同时,试图为印度找寻失去的理性与信心,为幽暗中的国度带去一丝希望的光明。《印度:百万人大反抗》中,则更多表现出作者对印度失望和遗憾后的宽容和接纳,作者看到了随着时间的推移,印度也在改变,作者不再仅以自己的视角去审视印度社会生活,而是通过与不同行业的人物交谈,感受印度人民自己的心声,展示对现实不满、反叛与思变的社会心态,整个社会各行各业旧习俗、旧制度的变革势在必行,一种新思想新观念正在孕育之中。奈保尔的"印度三部曲"实现了作家从优越的西方学者探寻故国的殖民表述向后殖民表述的转变,在对落后印度的描写中,转而反思宗主国在后殖民时代留下的后遗症,成为一位逆写帝国的作家。

《在自由的国度》(*In A Free State*,1971)是一部由主题相关的 5 个故事连缀而成的作品集,其中 2 篇为日记,3 篇为中短篇小说,写的是侨居新独立的非洲国家的英国公务员被内战折磨的痛苦经历。作品主要描写来自殖民地的移民

---

① 奈保尔:《幽暗国度:记忆与现实交错的印度之旅》,李永平译,生活·读书·新知三联书店,2003 年,第 86 页。

② 奈保尔:《幽暗国度:记忆与现实交错的印度之旅》,李永平译,生活·读书·新知三联书店,2003 年,第 55、78 页。

在欧洲的生活,其题材和主旨重在表达移居国外后移民身心所遭受的不同文化和文明冲突,传达出对移民的人格、尊严、自由和文化认同等的思索,表达人物在异质文化交融中的痛苦,以及移民难以摆脱的文化上的无根性与疏离感。印度仆人桑托什跟着他的雇主来到华盛顿谋生。他希望能够出人头地,但遭人歧视,为了美国公民的身份,他不得不与一个叫哈布舍的女人结婚。然而他无法原谅自我,为了赎罪紧锁心灵,不去接触任何与美国文化有关的事物,而将自己囚禁在印度文化中。作品中的"我"和弟弟戴约从西印度群岛来到伦敦去实现梦想,本想通过自己在工厂的辛勤劳动成为有钱人,供弟弟读书,让弟弟成为有出息的人。然而事与愿违,由于身体过度劳累,"我"再也不能做苦力。后来"我"经营了自己的商店,但"我"并不善于做生意,屡屡遭到当地恶棍们的捣乱。弟弟希望通过学习成为一个专业人才,却被殖民文化束缚,他试图模仿西方人的行为来融入主流文化,但仍然徘徊在社会的边缘位置,终究无法完成学业。商店的倒闭和弟弟的辍学使"我"的精神彻底崩溃,"我"成了一个彻底的失败者。移民无论在思想、文化还是经济上,都无法真正地融入移居国。西方国家的自由与民主,对移民而言没有任何意义,自由的国度在移民的生活世界里,只是一个遥远的梦幻。随着世界经济的发展和人口流动开放,对异质文化的碰撞与反思,对不同文化与环境中移民命运的描写,具有一定的现实意义。小说获得了 1971 年布克奖。

　　《河湾》(*A Bend in the River*,1979)中,故事发生在一个刚独立不久的非洲国家的一个大河转弯处的河湾镇,这里杂居了波斯人、印度人、阿拉伯人和葡萄牙人。主人公萨林姆的祖先是来自印度西北部的穆斯林,在非洲大陆东海岸定居经商。萨林姆从小接受的是殖民地的英式教育,具有印度血统的他现在越来越感受到文化差异带给自己的无端烦恼,对一直处于双重文化边缘的精神状态十分不满,于是萨林姆从封闭的自我走向了外面世界,去认识社会认识他人从而也认识自我。1963 年,由于一个偶然机会,萨林姆驾车兴高采烈地来到了这个非洲中部河湾镇,买下朋友纳扎努丁的店铺,想独闯社会,好好生活。河湾人的生存状况是如此糟糕,完全出乎萨林姆的意料。这里虽然独立了,但军事政变和内战不断,战火频仍、血雨腥风、混乱无序,整个河湾镇民不聊生,一片凋敝。战后的镇子经过一段时期的折腾,慢慢恢复了生机。河湾镇是当地的贸易中心,萨林姆的生意逐渐走上了正常的轨道,一切都开始理顺起来。但是好景不长,动乱再次降临河湾,外来的萨林姆无法在那里继续居住和经营下去,于是他来到英国找到已在那里定居的纳扎努丁,并与其女儿凯瑞莎订婚。准备移居英国的萨林姆回到河湾镇处理他的店铺时,发现当地人以国家名义没收了他的店铺,萨林姆也被陷害非法拥有象牙而遭到拘捕,被关进监狱。小说结尾萨林姆在朋友的帮助下逃了出来,乘一艘汽船在黑暗中顺河漂流而下,逃离了河湾这个是非之地。

　　《河湾》是新独立的后殖民时代非洲民主制度国家的真实写照。河湾处的小镇"疮痍满目,空无一物,形同鬼城",垃圾堆积如山,到处是破败的景象。镇上街道的名称都改掉了,废掉旧名字,以消除人们对入侵者的记忆。殖民时代成片被烧毁的房子,绵延的残垣废墟告诉人们这里曾经遭遇的毁灭性灾难。小镇上"现在没有什么法规了,有的只是官僚。这班官僚你要是不塞钱给他们,就是天大的道理都会被他们轻易推翻"。镇上的人像一盘散沙,学生不学无术,工人工作懒散,官员贪婪无耻。小说生动描绘出《河湾》中"大人物"统治下新独立的非洲国家的社会生活状态。《河湾》的核心主旨是在不同的文化背景下,寻找人物个人的社会身份与生活位置。刚摆脱殖民统治的非洲,社会形态的变化对印度族裔非洲人、欧洲人以及当地非洲人的生活产生了极大的影响,而其中移民的无根性表现得尤为突出,他们既无历史的根基,也无民族的根基。小说开篇就说:"世界如其所是。人微不足道,人听任自己微不足道,人在这世界上没有位置。"①萨林姆家族祖籍在印度西北部,生活在非洲这个东海岸已经好几个世纪,"到底是什么时候从那里迁过来的,没有人能告诉我。所以,我们也不算那里的人"。萨林姆受到英国文化的熏陶,接受英国式教育,西方文化与文明,使得他具有一种文化的参照以及寻根的可能,正如作品中所写:"我觉得如果没有了欧洲人,我们的过去就会被冲刷掉,就好像镇外那边沙滩上渔人的印迹一样。"②作为印裔非洲人的萨林姆是一个漂泊他乡的谋生者,对身处异乡河湾的他而言,心中从来没有一种归属感,他永远只是一个无国、无家、没有信仰的无根漂泊者,他曾说:"我没有家,没有国旗,也没有神器。"③萨林姆从小就在非洲生活,所以现在的他已经不像印度人,更像是非洲人。作为穆斯林,却又没有崇拜敬仰的本地宗教意识。在与当地人的接触中,他发现自己生活在一个并不友好的世界里。他作为河湾的外来者,既不是定居者,也不是游客,在镇上人看来倒像是一个没有更好去处而来这里暂居的人。萨林姆的心中始终缠绕着的是挥之不去的孤独与苦闷,他一直在努力地寻找自我,力图实现自我身份的认同。然而思想文化上处于边缘化和多重身份的状态,使得萨林姆一直无法在这个世界中寻找到自己的位置,更无从找到精神的寄托和根的归宿。萨林姆是一位冷静而理智的人,然而也正是他异于常人的敏锐与透彻,终究也只能让自己处于河湾镇之外,以一个局外人、旁观者的角度审视一切。而他的敏锐与透彻,到头来也于生活无补,于河湾小镇无补,徒增孤独痛苦与无端烦恼。《河湾》中对人物的生活和精神状态的描述,再现了后殖民时代人民的各种边缘化的生存生活状态。奈保尔以写实的手法、冷峻严厉的笔锋,以近乎悲观的目光审视着社会与人生,在探寻民族、国籍、宗教和

---

① 奈保尔:《河湾》,方柏林译,译林出版社,2002年,第3页。
② 奈保尔:《河湾》,方柏林译,译林出版社,2002年,第12页。
③ 奈保尔:《河湾》,方柏林译,译林出版社,2002年,第55页。

个人身份问题的同时,真实展现了后殖民时代独立新生的非洲国家中存在的黑暗丑恶、贫穷落后和动乱不安。诚如作品中所说,独立之后要说有什么变化,就是情况越来越糟糕。小说开头,为寻找新生活去到河湾的萨林姆潜意识中感觉到自己"走错了方向,走到头也不会有什么新生活"。作者将河湾小镇的生活现状和细节,放在一个具有宏大象征意义的环境中来描绘,展示小镇人的喜怒哀乐以及他们的生活现状,表现后殖民时代在殖民文化与后殖民文化碰撞中人们的生活苦难与精神苦闷。《河湾》被《纽约时报》书评评为21世纪百部最佳英语小说之一。作品中所表现的后殖民社会移民身份的无归属感和边缘人的问题,再一次得到社会的关注。

1982年奈保尔在英国威尔特郡的萨里斯伯里定居下来,经历数十年的漂泊生活后终于找到了自己的归宿。以此为标志,奈保尔的文学创作进入了第三阶段。这一时期的小说依然以作家的自传为主,在写出移民个人人生追求和文化认同追寻的同时,也写出了在这种追求过程中西方文化观念与本族群文化意识的矛盾及其心理冲突,同时也真实写出了殖民主义给社会带来的动荡不安和人民的觉醒。这一时期小说中生活的内容弱化了,人物自我反思、自我反省的内容增多了,作者在描写人物外在人生经历的同时,更注重在人物自己的生活经历中融入个人内在的感受和反省。随着岁月的流逝,过去苦难生活的个人痛苦体验逐渐淡化,而思考的成分得到了加强。此时期的主要作品有《在信仰者中》(1981)、《抵达之谜》(1987)、《世界之路》(1994)、《超越信仰》(1998)、《半生》(2001)等。另有奈保尔早年与家人的通信以及一些文章出版,如《父子家书》(1999)、《阅读与写作》(2000)、《作家与世界》(2002)和《文学机缘》(2003)等。

《抵达之谜》(*The Enigma of Arrival*,1987)是奈保尔创作中具有自传色彩的一部小说,作品中作者以沉思者的口吻,娓娓述说着自己的生活发现与人生感悟。小说中描写一位来自加勒比地区的作家,在自己家里看着自然的变迁,回忆一生走过的历程,一种茫然的情绪油然升起。小说由五部分组成。第一部分"杰克的花园"中讲述自己来到英国定居后,在英格兰威尔特郡乡间的生活。成了名作家以后,欣赏着自己定居地带有花园的房子以及春夏秋冬的美丽景色,结束了到处漂泊的生活,他第一次能安静地反思自己的人生。第二部分"旅行"中讲述的是自己从特立尼达来到英国的求学经历、蒙昧而无知的生活历程、孤独而压抑的精神世界,以及独自在异国他乡奋斗,困兽犹斗,四处出击,终于成为作家的经历。第三部分"常春藤"和第四部分"白嘴鸦"中讲述自己在英格兰乡村的一些生活经历与思想变迁。第五部分"告别仪式"中回顾他回到特立尼达,参加妹妹的印度教葬礼,死亡的意识成了自己思考的中心。

《抵达之谜》中,叙述者就是作者的化身,小说具有很浓厚的自传色彩。人物回忆自己的求学、创作和旅行经历,讲述自己经过努力奋斗,终于实现一生追求的理想,从一个印度移民成功定居英国,并成为名作家。然而,身处后殖民时代的异国他乡,既不能融入英国文化,又不能回归印度文化,人物始终无法找到自己的身份位置,一直作为英国社会的边缘人和局外人存在,失却精神家园的迷惘与痛苦,伴随着大量的回忆,时时折磨着叙述者。无处安放的灵魂,不断地从英国到特立尼达来回寻找,游魂般飘荡的身影究竟何处才是真正的抵达之地。"抵达之谜"这个标题来自故事的叙述者在杰克家藏书中发现的意大利超现实主义画家契里科早期的一幅同名绘画。画面中是一幅典型的地中海图景:"一个码头;背景中,在围墙与墙门(像剪纸图案)之后,露出一截古船的桅杆;前景中,一条空空荡荡的街道上有两个人,都身裹长袍,一个可能是刚抵达的人,另一个可能是港口当地的人。一个荒凉而又神秘的场景:它在传达抵达的神秘。"画中的两个裹着长袍的年轻人,显然不是英国人而是类似印度人、阿拉伯人,象征了对抵达与出发的神秘冥想。一个人从外地抵达港口,这里是人物追求向往的目的地吗?人物为追求生活的幸福而来,抵达后真的能获得幸福吗?另一个或许是本地人,异乡的生活使他渐渐地发觉找不到出路,于是兴起返乡的念头,抑或试图远航去抵达自己心中的幸福之地,从画面中露出的古船桅杆暗示载人的古船已杳无踪迹,只看见一截桅杆,人物已经无法离开了,预示着再也回不去了。"抵达之谜"的探寻由此展开。何为"抵达",抵达的意义何在?小说一直在探索只能意会不可言传的"抵达之谜"。首先,作为印度特立尼达后裔的叙述者在经历了多年漂泊无定的生活之后,终于远离尘嚣,定居在英国的一座美丽的乡村庄园,然而人物心灵深处难以抵达的身份困顿和边缘人的迷茫感,时刻缠绕着他。自然万物,春夏秋冬,花开花落,斗转星移,当他看着眼前美丽而宁静的一切时,似乎是实现了人生目标,想起自己经过 10 多年努力奋斗,终于实现了人生理想,定居在了自己向往的地方,抵达了人生的目的地。然而人物"出乎意料地"神奇感觉到,自己其实只是生活在一个完全"陌生、未知的城市",第一次感到自己所体验到的抵达之地的美丽景色,如更迭的四季、盘旋的乌鸦、映衬在蓝天下的奶牛,这一切仅仅是自己心目中莎士比亚、格雷、华兹华斯、哈代等英国作家笔下的浪漫主义家园的重现而已,"杰克、他的花园、鹅、别墅,以及他的岳父,好像全都是从文学、古迹和风景中飘逸而出一般"[①]。一切都显得那么虚幻、那么不真切,就如同不同季节中迷人的景色,犹如晨霭暮霞,星光闪烁,稍纵即逝。作为异乡人,他仅仅是一个外来者、一个抵达异国他乡之地的游客。"因为我过于外国味,这里的公众也不需要我","这是一种怪异,可疑的处境"。游离的身份,异乡人的烦闷忧愁、孤独无助始终缠绕着,让人物感到自己与身处的环境始终无法真正地融为一体。他的灵魂、他的根在特立尼达,"离开我的岛,意味着无家可归、漂泊和

---

① V. S. Naipaul, *The Enigma of Arrival*, New York: Vintage Books, 1988, p. 21.

永久的渴慕"。他发现其实他不属于抵达之地,挥之不去的边缘人的卑微,"我是谁?我从哪里来?我到哪里去?"的内心叩问呼唤,时时浮上心头。人物虽然抵达了一个全新的美丽之地,然而人物的内心却依然在飘零,依然无法确定自己的身份与归属。这种难以抵达的身份困顿,诚如小说中写的:"我的雄心壮志催促我不断向前,把我带到英国。然而我仍然处在迷茫之中。"①

其次,作者对"抵达"后的情感变化做了细腻的描写。人物经过艰苦奋斗终于抵达自己孜孜以求的目的地,然而,异国他乡真的如自己想象的那般美好吗?"当我自己处于伦敦时,却发现这个世界并不像我向往中的世界那样完美。"②失望之情跃然纸上。理想与现实的差异,想象与真实的区别,使得无边的迷惘油然而生。既然在抵达目的地的意象描述中,景色与情感是如此的分离相左,那么是否可以再出发,返回抵达自己的根的家园呢?答案显然也是否定的。人生一经出发,就再也不可能回去了。他一次次地回归过去,他祖先的历史以及殖民地与帝国的历史,特立尼达、加勒比、西印度群岛、印度等过往历史都纷纷进入他的作品。时间如童年时期那样被拉长了,看着"苔藓玫瑰、孤零零的蓝色鸢尾和我窗下的牡丹","记忆开始混杂,时光开始飞驰,岁月开始交叠,使我难以分辨回忆中的时间"。然而回忆中的过往生活又是那样的苦难不堪:贫困迫使人撒谎,大萧条时极度贫困的农业殖民地,贫穷缠身,庄园被迫低价出售,每天工作 8 小时甚至更长时间却换不到 1 块钱,劳工遭受的是深重的苦难。悲惨世界的生活犹如"一群乌鸦在头顶盘旋。巨大的黑色的嘴,巨大的黑色翅膀扑腾着"。显然,出发于人生旅途的人,已经无法再返回去抵达原初起点。诚如诺贝尔文学奖委员会的授奖词中写的:"在他的杰作《抵达之谜》中,就像一位人类学家在研究密林深处尚未被发现的一些原始部落那样,奈保尔造访了英国的本原世界。在显然还仓促、漫无边际的观察中,他创作出了旧殖民地统治文化悄然崩溃和欧洲邻国默默衰亡的冷峻画面。"③书中主人的经历与心路历程,正是奈保尔个人生活的写照。人物置身于异乡英格兰风景如画的古老乡间,作为殖民地移民作家寄居在英国的古老庄园中,见证了宅院中景色轮回和人世变迁。作为游客,不断往返于殖民地家乡与英格兰乡间的庄园之间。人物终究只是异国他乡中的边缘人,于是寻根成了最后的心灵慰藉,是边缘人最后的选择。人物试图通过寻根来确定自己到底是怎样的存在,寻找自己的身份和归属。然而人物记忆中的童年故乡,丑陋的社会现状、低下的生活品质、落后的精神面貌以及种种社会生活、宗教文化的弊端,使得重新起航返回抵达特立尼达已经变得毫无意义,也不可能。他渴

---

① V. S. Naipaul, *The Enigma of Arrival*, New York: Vintage, 1988, p. 92.

② 奈保尔:《抵达之谜》,邹海仑等译,浙江文艺出版社,2001 年,第 56 页。

③ 《瑞典文学院 2001 年度诺贝尔文学奖授奖辞》,阮学勤译,《世界文学》,2002 年第 1 期,第 134 页。

望抵达,然而在抵达的英国之地,却始终无法找到一片属于自己的灵魂栖息地,找不到自己的身份和归属,英国不是最终的抵达之地,然而特立尼达也已经无法返回,人物处在一种两难境地之中。显然,《抵达之谜》中人物陷入了在童年记忆中的特立尼达、有着种族烙印的印度和具有殖民文化的英国之间选择的悖论之中,作家试图把英国当作抵达的家园来拥抱,然而自己终究是局外人;想要忘却童年记忆中的特立尼达,但印度文化的烙印却无法消弭,仍然留在他的潜意识中;而故土家园又是那么破败不堪,贫穷困苦的往事让人望而却步。于是人物只能在英国、印度和特立尼达之间游荡,找不到自己在这个世界上存在的身份,找不到属于自己的根基和归宿。

最后,《抵达之谜》是对人生命运之谜的冥思与探寻。在感受自然的季节更迭、时光的流逝、时代的变迁中,人物更进一步感悟生命和轮回,"生命和人才是真正的谜团,是人真正的宗教,是灰暗和灿烂",人生最终能寻找到什么呢?人最终抵达的目的地究竟在哪里呢?死亡或许才是人的终极抵达地。《抵达之谜》真实地展现了奈保尔内心深沉而富于哲理的一面、对生命和死亡的深邃思考、自己与内心的对话。"我的主题,叙述方式,我笔下的人物——多年来我一直觉得它们在我头脑中呼之欲出,时刻准备显露出来,缠住我。但是直到这种关乎死亡的新的意识出现,我才终于动笔。死亡是主题,也许它一直都是主题。死亡和如何面对死亡——这是杰克的故事的主题。"死亡不再是最初梦中的景象或故事,死亡不再可怕,正如"我孩童时在特立尼达岛就想,我活在一个已经过了巅峰时代的世界。我已活在死亡的念头中"。在作者看来,人的一生奋斗,可以抵达不同城市,抵达不同的追求目的地,然而,人的生命是一系列偶然交织在一起的轮回,一个人在世上的时间、一个人的生命是短暂的。"当中年或者与之相随的衰退会突然降临在一些人身上"时,死亡的意识包围了我们,死亡是我们真正的抵达时刻。在作者看来,腐朽的花木、衰败的废墟、变迁的历史,何尝不是一种旧的生命的终结、新的生命的开始。况且旧的生命在消逝的同时,总会留下它固有的价值和意义。诚如"美丽的常春藤要依附着树木生长。树最终倒下,但是它们提供了多年的赏心悦目,况且还有其他树可以观赏,有其他树来陪伴房东度过余生"。人也是如此,他们生活在你身边,时间到了便离开,自有其他人会出现。《抵达之谜》表达了奈保尔对生命意识和死亡意识的哲理思考,死亡意识始终萦绕着我们,然而人类终究不会被死亡吓倒,我们必须面对现实,从而更加精神百倍地投入生活,努力实干,成为生命的主人,"让人的生活和努力化为虚有的死亡抱有的这一想法,使我在一个个早晨醒来后如此乏力,有时需要一整天的日光才能现实地看这个世界,再次成为一个人,一个实干者"。正是在这种意义上,我们是否可以说,《抵达之谜》最终的谜底是死亡是人最终抵达的目的地,在抵达的过程中,生命诚可贵,死亡何所惧。

　　《半生》(*A Half Life*,2001)是一部半自传体小说,以独立后的印度、伦敦、独立前的非洲国家和柏林为背景,讲述一个叫威利的印度青年以及同类人在异国他乡漂泊的故事。主人公威利生活在英国殖民统治后的印度,他厌倦家乡落后的种族文化,种族歧视让他幼小心灵充满了仇恨与自卑,印度社会的愚昧贫穷与麻木落后,使他一心向往着西方文明世界的生活。然而,当20岁的他终于来到了令他魂牵梦萦的英国伦敦时,却发现一切并非他原先想象的那样美好。无论是衣着服饰、社交礼仪,还是社会环境、国家制度,他与一切都显得那么格格不入,冷冰冰的人际关系、无法融入的英国文化,让他迷失了自我,无从确认自己的身份和归属,在异国他乡,他充其量是一个过客,是这个社会的局外人和边缘人。于是威利来到非洲葡萄牙的殖民地生活,然而那里同样充满着复杂的种族和社会问题。威利从外貌上看是典型的印度裔人,却说着英语,一度失去了语言能力,无法与人交流沟通,他又不愿意再返回被他抛弃的故乡,只能选择非洲。然而在这里他依然无法确立自己的身份和位置,始终觉得自己仅仅是一名游客,是社会的局外人和边缘人。威利40岁的时候终于开始醒悟了,他厌倦了这种漂泊无根的生活,回到自己的家乡去,找自我的真实身份与灵魂的归宿。威利的父亲受到西方思想影响,具有强烈的社会责任感,崇拜像甘地这样的民族英雄,却在自身渺小的生涯中找不到走向伟大的途径。他是一个具有双重文化身份认同的矛盾体,在认同西方文化的同时又想获得印度民族文化的认同,其实两者他都无法融入。他欣赏西方文明,但英式教育的大学课堂内容,他既不理解也不认同,以至焚烧了课本和笔记。激进的思想使得他以牺牲自己的自虐行为去打破落后的种姓制度,莽撞地娶了一个陌生而又愚蠢的低级种姓姑娘,遭到了社会和家族的唾弃。威利的妹妹索罗基妮是印度文化的牺牲品,女性身份符码使得她在思想激进的父亲眼里,唯一的归宿也只是"跨国婚姻",然而生活在柏林的她也只是一个社会的边缘人和附属品。同类人中最具代表性的人物是威利的妻子安娜,她是个有着葡萄牙、非洲、英国三重身份的移民,一直在三地往返,却没有一个地方可以让她有身份认同的感觉。她厌倦故土葡萄牙,出走英国,但英国又让她感到文化的疏离,于是她去往非洲,然而战乱的非洲又让她无法安居,于是只能返回葡萄牙。与威利相比,她更多了一重女性的迷茫与痛苦。安娜深爱威利,在威利不被社会接受而感到最苦闷的时候,她的爱使他有了"被当作男人,被当作自己眼中完美的男人般被人接受"的那种被认同的感觉。威利走投无路时,她带着威利回到非洲的故乡莫桑比克,在那里威利在自由自在释放原始冲动中,获得了作为男人的存在感,也在周围各色人种混居的环境里获得了些许认同感。然而独守空房的安娜的幸福感和认同感又在哪里呢?不断地漂泊,四处奔走,安娜一直找不到自己在家庭乃至社会中的身份与归属。整部小说,似乎就是由众多流浪者不断找寻自我文化根源的故事串联而成,这些故事无一例外是漂泊与再漂泊、找寻与再找寻的艰难历程。"围绕着威利,奈保尔所描写的人物大多是移民、跨界生存者,他们的文化身份都处于一种边缘、模糊或混合状态。"①奈保尔给我们塑造了一个个在世界边缘徘徊游离的"他者"形象。他们居无定所,生活艰难,在异国他乡一直处于一种尴尬的生存状态中,永远无法在世上找到自己的位置,既无家可归,又无路可退。他们东冲西撞,一直期待着生活奇迹的发生,然而无望的生活却没有半点的改变,眼见半生已经过去,后半生的希望又在哪里呢? 人物在一片迷茫中浑浑噩噩生活着。小说继续了奈保尔的一贯主题:后殖民时期社会边缘人和局外人寻找社会身份与归属。作品中的芸芸众生始终处于难言的自我身份认同危机之中。

奈保尔的小说融合多种文化元素,超越国家和民族文化的个人主义立场,构建起一座人类精神共适的文化家园。奈保尔称自己为世界文化主义者,他的作品被文坛称为当今最优秀的英语小说,他成了非西方世界出身的当代知识分子中的一个典型代表。奈保尔从20世纪50年代发表第一部小说以来,迄今已经出版了30多部作品,这些作品或者源于他在特立尼达后殖民地时期的生活经历,或者取材于回归故乡印度考察的见闻,或者是对亚非拉国家后殖民地区生活的反思。奈保尔的创作运用虚构和非虚构两种方式,文本中常常以带有浓厚自传色彩的书写方式,勾勒出殖民时期殖民者和被殖民者的生活。奈保尔以西方文化为审视平台,以特立尼达文化为参照,融入了他独特复杂的生活经历和思想变化,对历史文化和社会人生进行重新认知,尤其注重对后殖民时期的移民生活与精神世界进行描述。奈保尔认为创作者不应该是理想主义者或浪漫主义者,而一切归入虚构的小说创作,从本质意义上说都是浪漫主义的化身。奈保尔在大学时代以及最初进行文学创作时,就极力规避小说是虚构的观念。他将自己的小说基点,设定在疏离的特立尼达街上不同种族的生活,记忆中的印度风俗习惯的农村生活,所有的思想、情感、体验的描述都源出于真实的生活,形成他一生文学创作的统一的风格、题材、语言和色调。作品中所体现的故乡情结、边缘人的社会身份认同、殖民身份价值观、无根性文化认知、对人生价值意义探寻的"漂泊写作",构成了奈保尔独特而斑斓的文学体系,实现了奈保尔在文学创作上的一种创新。瑞典文学院认为,奈保尔是"一个文学世界的漂泊者,只有在他自己的内心,在他独一无二的话语里,他才真正找到了自己的家"。正是因为现实世界的无所归依,奈保尔才选择了在创作中寻找自己的精神家园。奈保尔的创作一方面流露出对西方殖民主义给人民带来的屈辱灾难的深切同情和正义谴责,另一方面也对西方文化扩张中所表现的自由、民主和人权的观念进行了反思。在对殖民地本土文化传统的追溯和欣赏中,也有对旧有文化传统保守落后,甚至

---

① 杨中举:《奈保尔:跨界生存与多重叙事》,东方出版中心,2009年,第299页。

对现代文明具有破坏性的否弃。小说中对故土文化的"爱恨交织情怀"以及东西方文明冲突中的两难取舍状况，也是文化全球化中个人认同矛盾心态的写照。奈保尔的小说多表现去国者(exile)的困惑感和"外方人"(outsider)的疏离感。奈保尔作为定居英国，从小接受西方教育的印度裔作家，以及长期以殖民地文化为写作背景的西方化的知识分子，对"根性"文化的怀念与对现代文明的向往反思，包括那种困惑感和疏离感，在作品中通过人物爱恨交加、欣喜失落等充满矛盾和冲突的两难人生表现出来。奈保尔因而被称为"文学的世界主义者"、后殖民世界里流浪的知识分子代表。罗伯特·格林伯格称誉奈保尔"是英国文学界最受尊敬的依然在世的作家。即使那些反对其政论的后殖民知识分子，也承认他是一位天才小说家，认为读他的书大有裨益"①。奈保尔作品中，对社会人生的深入探究，对世事的尖锐批评，尤其是对新老殖民者的谴责，对现代社会和人类本性的反思，以及对第三世界国家和民众诸如对印度、非洲和亚洲穆斯林的落后想象不客气的描写引起的争议，等等，都使得奈保尔成了当代文坛和社会引人注目的人物。

第十九节　石黑一雄

石黑一雄(Kazuo Ishiguro,1954—　)是近年来活跃于文坛的一位英国日裔作家，他的小说因"揭开了存在于幻想中的地狱与现实世界的联系"而获得2017年诺贝尔文学奖。

石黑一雄出生于日本长崎，6岁时因父亲石黑镇男被供职的英国北海石油公司派往英国，而随父母来到英国生活，居住在伦敦附近的小镇吉尔福德。石黑一雄从小受到日本与英国文化的双重熏陶。1973年高中毕业后，迷上了音乐的石黑一雄，曾做过巴尔莫勒尔Queen Mother乐队的打击乐手。1974年就读于坎特伯雷郡的肯特大学，攻读英语和哲学。1978年大学毕业后，做了2年社会工作者。1980年进入英国东安格利亚大学，攻读创意写作研究生课程。1982年石黑一雄获得英国国籍。他的爱好由音乐转向文学创作后，最初的3部小说连续获奖，使得石黑一雄成为移民文学主将而蜚声文坛。

第一部小说《群山淡景》(A Pale View of Hills,1982)描写一位加入英籍的日本裔妇女对战争年代和移民生活的反思。小说以主人公悦子自叙的方式，不断在过去的回忆与当下的现实中跳跃。悦子的小女儿妮纪来看她，勾起了她对往事的回忆。"二战"使得悦子成了孤儿，美国在广岛和长崎投射的原子弹使得

---

① Robert Greenberg, *Anger and the Alchemy of Literary Method in V. S. Naipaul ps Political Fiction: the Case of Mimic Men*, *Twentieth Century Literature*, 2000(2):214.

很多日本人离开了自己的家园,人人都向往西方社会生活。悦子离婚后远嫁英国,但一直无法真正融入英国社会与文化,忧郁感、疏离感一直缠绕着她和女儿。大女儿庆子因无法忍受这样的精神折磨而在曼彻斯特寓所上吊自杀身亡。小说没有说明庆子自杀的原因,悦子也一直不明白女儿为什么会自杀,但从零星片段的回忆中,我们可以推测庆子的死主要与移民生活有关。随母亲来到英国后,庆子始终无法融入新的环境,远离故国,自己只是社会的局外人,即使在家中,与母亲的矛盾也使得母女极少交流,庆子无法找到自己的身份地位。女儿的死令悦子始终难以释怀,"虽然我们从来不谈及庆子的死,但我们谈话的时候,阴影始终萦绕在我们的心头"。小说充分显示了移民身份窘境,尤其是文化差异给人带去的无法消弭的精神困惑和痛苦,提出了全球化背景下的移民他者身份思考,引起了文坛和社会的极大关注。小说大部分内容以战后的长崎作为背景,虽然没有正面描写长崎原子弹爆炸,但却可以看到战争给日本普通人民带来的压抑与阴影。作品文笔清隽、叙述简洁,具有浓厚的日本文化色彩和异国情调。小说获得了英国皇家文学协会温尼弗雷德·霍尔比纪念奖,石黑一雄被英国文学杂志《格兰塔》(Granta)评选为英国最优秀的 20 名青年作家之一。

《浮世画家》(An Artist of the Floating World,1986)是一部描写战后日本重建过程中社会心态的小说。文中的主人公小野战前是日本一位颇有名气的反传统画家,过着放荡而堕落的生活,受当时狂热的军国主义思想影响,他也积极投身其中,用他的艺术为法西斯侵略战争做大量的舆论宣传。然而现实却和他开了个大玩笑,他的妻子死于空袭,儿子死于中国战场,家中房屋也被炸毁。日本战败后,整个社会发生了巨大的变化,那些曾经鼓吹和宣扬战争的军人、政治家、艺术家等精英分子,转眼成了历史的罪人。曾经宣扬日本军国主义的画家小野,也被国民视为与战犯同罪,受到敌视、冷遇和孤立。甚至他女儿要结婚,还一直以父亲战争中的言行为耻,怕会影响到自己的婚姻和家庭。面对战后的质疑,小野开始审视自己的过去,小说场景在小野的回忆和现实之间跳跃,充满了人物的自责、悔恨和反思。同时,人物的思想又不断在自我谴责与自我开脱中徘徊,将自己的言行置于他人的影响之下,不停地以"我们"的集体行为、国家行为为借口,为自己的错误开脱,试图减轻和推卸自己对日本的战争侵略行为的道德责任。评论家玛格丽特·斯坎伦(Margaret Scanlan)评价小野说"当直面伤痛的往事,他倾向于将它抽象化、笼统化"。小野为自己所做的辩解与开脱,展示了战后日本畸形的社会心态。历史的真实不会因为类似小野的认知而缺席,《浮世画家》的意义除了反思战争给人类包括日本人民带来的灾难和痛苦外,更是通过小野的剖析,还原历史真相,告诫人们面对重大历史事件,只有真诚反思自己的责任、价值和国家的命运,人类的未来才有希望,苦难的悲剧才不会重演。

《长日留痕》(The Remains of the Day,1989)是石黑一雄的重要代表作。

小说以达灵顿勋爵的管家史蒂文斯的日记的形式,反映了现代英国的社会与历史。战后英国牛津郡的显贵达灵顿勋爵去世后,他的府邸被一个美国商人买下,老管家史蒂文斯被获准去西部乡间做短期休假。史蒂文斯一路上所写的日记记载了达灵顿家族由盛而衰的历史,也写出人物对自己一生追求的反思。20多年来史蒂文斯一直是一位对主人十分忠诚的管家,他敬重和崇拜达灵顿勋爵,并以能为其服务而引以为豪,甚至为了主人家重大的宴会,他放弃了给父亲送终,以至于后来只要一想起来他就会潸然泪下。为了主人家的尊严,他断然拒绝了来自深爱他的府中女仆肯顿小姐的爱情,导致她后来草草嫁给一个自己不爱的人,酿成婚姻的悲剧。20多年来他第一次远离府邸,然而当他离开达灵顿府邸越远,他对主人的认识,对自己生活的认识就越深刻。在外人眼中,达灵顿是一位热心于世界事务的伟人,他的府上一派兴旺盛世景象,而史蒂文斯知道,达灵顿不仅是一个十足的蠢货,而且是一个法西斯纳粹的爪牙,只是自己长期以来不愿意正面对待,在他的心目中,达灵顿代表着一个兴盛的时代、一种伟大的事业,对达灵顿进行否定,也意味着对自己一生苦苦追求、引以为荣的人生进行否定。然而当一切浮华盛世都烟消云散后,现在他终于明白自己一直生活在自欺欺人的虚幻之中,并因此而牺牲了青春年华、纯真爱情和真实自我。最后史蒂文斯彻底醒悟了,他要去找回已与丈夫离异的肯顿,找回属于自己的生活。

小说以英国典型传统男管家史蒂文斯的视角进行叙述,以传统的英式贵族达灵顿府邸为空间背景,以第二次世界大战后的英国为现实背景,展现了主人公对职业历程的回顾和对人生价值的思考,表现出作者强烈的反战倾向。小说真实刻画了大英帝国由盛而衰的社会历史进程,尤其是将日不落帝国那种岛国文化中由妄自尊大、盛气凌人到后殖民时代哀伤衰落的社会心态,入木三分地刻画了出来,对社会历史和人生的反思,充满了一种感事伤怀的情绪。小说中史蒂文斯是"忠诚"的代名词,他为"伟大"的达灵顿勋爵效力几十年,为之奉上了自己的一切。史蒂文斯具有强烈的历史责任感,他认为自己虽是个小人物,但只要效忠主人、恪尽职守,实际上也是在参与创造历史。他的忠诚和敬业精神是建立在"克制"乃至自我牺牲之上的。他放弃个人思想和尊严,像个机器人一样忠诚地为主人服务,狂热和盲从,以至于放弃私人感情,压制正常的内心需求。他将自己的一生奉献给了达灵顿"伟大"的事业。他幻想有一天自己这位"杰出的"男管家"能自豪地陈述自己多年的服务经历,而且宣称他曾施展其才华为一位伟大的绅士效过力,通过后者,他也曾为服务于全人类而施展过其才华"。史蒂文斯几乎没有了自己的生活空间和精神世界,压抑自我也成了习惯。当事实证明达灵顿勋爵只不过是纳粹的爪牙之后,他自己想象中的主人的高大形象轰然倒塌,悔悟自己几十年毫无意义的生活,更谈不上引以为豪的人生价值了。他一生为忠诚主人而奉行的人性克制,留给他的只是情感冷漠和自欺欺人的异化人格,一生的忠诚其实只是放弃自我的愚忠而已。小说通过史蒂文斯的视角来展现两次世界大战期间英国中上层社会的生活,与其说是对史蒂文斯一生愚昧的反思,不如说是对历史的反思,对战争年代狂热的社会心态的否定和反思。小说结构严谨,表述井然有序,人物的回顾在 20 世纪 20 年代的盛世辉煌、30 年代的动乱不安和现在的冷清衰落 3 个场景中转换,衔接自然紧凑,日记体的形式增强了小说的真实性。作为一个移民作家,小说直接写出了英国社会生活和历史面貌,赢得文坛的好评,表明石黑一雄的创作真正融入了英国主流文化。小说获得了 1989 年布克文学奖。

《无可慰藉》(*The Unconsoled*,1995)中描述一位知名钢琴家在欧洲小镇进行演出的诡谲经历。小说中钢琴演奏家莱德来到欧洲的一个城市举办音乐会,引起了社会的极大关注,人们希望通过音乐表演唤起城市的精神苏醒。然而在一个陌生的城市中,主人公的所见所闻、所作所为宛如梦中一般,其心灵与自我陷入现实的困境中,身份和意义显得模糊而不确定。莱德陷入了超现实的梦境之中,现实的景象不断唤起他的幻觉,而幻觉中他所感受的是似曾相识的阴森恐怖环境和荒诞不经的怪事,以及那些给他生活带来种种不快和痛苦的往事,那些犹如幽灵般缠绕着他的各类人物。梦魇般的潜意识幻觉描写,写出了战争给人类带来的精神恐惧和压抑,小说在超现实的怪异描写中,融入了人物深深的感伤情怀,那种烙入人物心灵深处的恐惧感和忧郁感,是永远都无法得到真正安慰的。作品表现了作家向"国际小说"转向的态势。如梦一般的叙事颇似卡夫卡式的小说风格。1995 年石黑一雄因其文学创作成就而获得契尔特纳姆文学艺术奖以及大英帝国勋章。

《上海孤儿》(又译《我辈孤雏》,*When We Were Orphans*,2000)讲述一名英国侦探调查在上海度过童年时发生的一宗疑案。小说以回忆的形式叙述了主人公克里斯托弗·班克斯小时候随父母来到中国上海外滩租界的生活片段。班克斯 9 岁那年,父母因反对和抵制东印度公司在中国从事的鸦片贸易,不知何故双双失踪,沦为孤儿的班克斯随后被叔叔接回英国。他长大后成了著名侦探,并于 1937 年日本侵华时来到上海故地,试图查明父母失踪的真相。随着调查的深入,班克斯逐渐发现被政治经济背景遮蔽的事实真相,比他想象中要复杂得多。正如生活在英国的移民小说家石黑一雄本人一样,生活在上海的班克斯对身份问题感到焦虑,他寻找父母的过程,实际上是对自己生命本质的一种追寻。不仅他失去父母成为孤儿,从一个外来移民的视角来看,他的家庭、他童年的日本小伙伴们以及那些居住在他乡的外国人,他们也都是孤独而痛苦的孤儿。从后殖民"他者"的视角而言,20 世纪 30 年代满目疮痍的旧上海、旧中国在世界历史和文化背景中又何尝不是一个被遗弃的孤儿。文中对西方人那种自以为是、颐指气使以及中国人普通百姓的通情达理、宽厚容忍做了客观描写。小说的场景在带有异域色彩的上海与颇具绅士风度的伦敦之间不断转换,使得作品具有浓厚的后殖民性和国际文化性。尤其是小说结尾,时间已是1958年,班克斯写道:"我偶然听说在共产党的领导下,中国的贫穷以及我母亲曾经费了那么大的力气与之斗争的鸦片瘾已经在很大程度上得到治理。它们究竟被清理到什么程度尚不得而知,但是看起来共产党的确是在短短几年内完成了慈善业和热心者几十年的运动都没有能办成的事。"体现出作家对中国历史进程的认同和理解。小说可以说是一部外国人眼中的20世纪30年代中国社会史和文化史,同时也是对当年辉煌的帝国殖民统治的反思与否定。以孤儿形象出现的大侦探班克斯的经历本身就是对殖民统治的猛烈反击,昔日殖民者和帝国历史被"逆写"。由于童年的创伤,主人公班克斯返回上海不仅是为了寻找其父母的踪迹,更是为了解决困扰自己多年的身份危机。"国民身份与帝国身份已经非常密切地相互联系在一起,而且当帝国已不复存在时,国家和国民身份不得不重新思考。"①班克斯身上童年的上海回忆与他的英国文化无法得到统一,身份认同与文化认同的矛盾,使得人物深陷身份认同危机之中,班克斯感到自己虽身处英国却游离其外:"这些年我一直住在英国,但是我一直没有觉得那是我的家,而租界,那才是我永远的家。"②然而在上海租界,班克斯充其量也只是一个居住在租界的外国人,他和他的同类"都是孤独的人,眼里含着被抛弃的忧伤,喃喃自语或暗自哭泣"③。无根的流浪漂泊者、帝国殖民下的精神孤儿和"他者"形象,跃然纸上。小说获布克奖提名。

《别让我走》(*Never Let Me Go*,2005)讲述的是20世纪90年代英国一个培养克隆人的教育机构里一群克隆人的生活经历和他们作为人体器官捐献者的故事。小说以英国赫尔山乡村私立寄宿学校一名叫凯西的女护理员的见闻形式展开,凯西所护理照料的是学校里那些被称为"捐献者"的克隆人,这个学校没有老师,只有像凯西这样的"正常人",而她护理照看的孩子们并不正常,这些孩子被创造出来,为英国居民捐献各种器官。当这些孩子16岁的时候,他们就会离开赫尔山,在一个中间机构里待上一段时间,他们一开始都会先被选作护理员,任务是照顾别的已签约的捐献者,自己则等待着被人签约捐献。他们没有正常人的未来生活,一辈子都不会生育,不能选择自己的人生,他们的毕业也就是顺利成为"捐献者"或者捐献诸如肾或肺等某个器官,过上一段短暂的被控制的特殊生活。到了第四次捐献,他们的任务就完成了,死期也到了。从生命伦理的角度而言,人类肆意取走克隆人的器官既是对其生命的谋杀,也是对克隆人的漠视和

---

①　Catherine H,Turning *A Blind Eye*:*Memories of EmPire*. Memory. Patricia Fara and Karalyn Patterson. New York:Cambridge University Press,1998,pp. 28-29.

②　Kazuo I,*When We Were Orphans*,New York:Vintage International,2001,p. 272.

③　Kazuo I,*When We Were Orphans*,New York:Vintage International,2001,p. 274.

对其尊严的伤害,同时隐藏着人类在克隆人项目研究上不可告人的阴谋目的。小说谴责了人类利益至上的狭隘思想,倡导在克隆技术的研究和应用方面必须体现出伦理的诉求,要善待生命,敬畏生命。小说探索人类与克隆人之间的关系,隐射人性的脆弱、自私和残忍,表现出对克隆人的悲惨命运与身份认同的关怀。小说中对人类与克隆人的关系类似殖民者和被殖民者的关系现象,提出了质疑。赫尔山学校对克隆人进行特殊教育,通过对克隆人进行教育和培训,达到奴役和控制克隆人,从思想意识上使克隆人变得驯服的目的。这种教育形式,与殖民者驯化土著人如出一辙,"建立这种权力最重要的,当然是,教土著人学习殖民者的语言"①。小说告诫人类对克隆人进行伦理规范和道德反思,反对人类"非人性对待克隆人",表达出对克隆人的悲悯情怀,也引导读者思考人类中心主义,提示人类应该从虚幻而自私的科技美梦中觉醒,正确面对人类先进的科学技术,体现出科技进步与人性关怀的后现代人道主义情怀。小说获布克奖提名。

《小夜曲:音乐与黄昏五故事集》(*Nocturnes: Five Stories of Music and Nightfall*,2009)采用第一人称叙述,在5个故事中分别通过"我"的口吻叙述、回忆过去,述说着不同人物的不同人生经历。《伤心情歌手》中写从外地来到威尼斯咖啡厅的乐手雅内克,前景黯淡,忧郁寡欢。《不论下雨或晴天》写百老汇音乐爱好者、英语教师雷蒙德,卷入朋友的婚姻危机。《莫尔文山》中写一位音乐家来到莫尔文山谋生,作为吉他手兼作曲家的快乐和痛苦。《小夜曲》中讲述了加利福尼亚萨克斯手斯蒂夫颠沛的生活经历。《大提琴手》写的是意大利大提琴手蒂博尔和美国游客埃洛伊斯·麦科马克相遇的故事。每个故事中各有不同的音乐家或者音乐爱好者,他们无一不是对音乐一往情深,然而生活坎坷。他们怀有高尚的音乐情操和理想,但是在现实生活中,他们找不到自己的社会位置和身份,仿佛是一群游离于社会的边缘人和局外人,对生活满腹牢骚。《小夜曲》的5个故事,既可以看作是5首单曲,又像是一首乐曲的5个乐章,故事展示的虽然是不同的人与事,但音乐线索将它们串联在了一起,相互映衬,构成一部完整而宏富的生活交响乐。如果说音乐是连接5个故事的外在线索的话,那么人物相同的忧郁情感和不幸命运,则是故事之间的内在连接。不同故事中的人都处在理想的追求和现实的悲哀之中,具有高超的音乐造诣、高尚的艺术情操,但结局无不使他们处在失望与痛苦的境地,内心对生活充满恐惧与迷惘,展现了他们既想实现完善的艺术精神又无法逃避社会现实的两难处境。小说借音乐人生的题材,表达了作者对现代人理想与现实、自由与压抑、人生与命运、时代与才华等生存状态的反思。小说具有虚实结合的特征,情节的虚构与音乐的真实相融合,作

---

① Meera T, Ishiguro's the Remains of the Day: The Empire Strikes Back. *Modern Language Studies*,1992(2):47.

品叙述中大量出现的音乐家、歌手、歌名，绝大部分都是真实的，令人恍若又回到20世纪50—80年代，熟悉的当红歌手和经典曲目又浮现到读者记忆前台，使得小说具有真实、浪漫和唯美的艺术审美张力。

《被掩埋的巨人》（*The Buried Giant*，2015）为读者编撰了一个英格兰6世纪后亚瑟王时代的传说。故事发生在笼罩着一片奇怪"遗忘之雾"的英格兰山谷，在这里不列颠人与撒克逊人两个族群比邻而居，相安无事地共同生活了数十年。巨龙喷射的迷雾吞噬着村民们的记忆，使他们的生活好似一场毫无意义的白日梦。生活在迷雾中的不列颠人埃克索老夫妇，想赶在记忆完全消逝之前寻找到一直留存在他们脑海记忆中的儿子，于是他们踏上了艰辛的寻子之旅。路上老夫妇遇上两位骑士，一位是不列颠亚瑟王骑士高文爵士，另一位是去屠杀常年喷吐致人失忆迷雾的巨龙魁瑞格的撒克逊人维斯坦武士。随着沿途海拔渐高，迷雾趋薄，众人的记忆开始复苏。原来亚瑟王留下的两族和谐共存的历史遗产完全是假象。早年亚瑟王经过长时间的战争，终于击败撒克逊人，为避免撒克逊人复仇，亚瑟王决定对不列颠的异族村庄进行种族清洗，大肆屠杀撒克逊人。因担心不列颠人与撒克逊人会陷入持久的相互仇杀，亚瑟王让魔法师梅林引导巨龙魁瑞格喷出"遗忘之雾"，不列颠人想通过迷雾掩盖屠杀撒克逊人的血腥事实进而取得统治权，使生活在山谷中的人只能记住眼前的事情，忘却种族之间的世仇。最后撒克逊武士维斯坦击败了守护巨龙魁瑞格的高文爵士，杀死了巨龙，曾经比邻而居、相安无事的不列颠人和撒克逊人回忆起逝去的往事，陷入无止境的仇杀当中。小说以寓言传说的故事形式，探讨了记忆与历史、正义与复仇、种族纷争与和平相处、罪与罚、宿怨与宽恕等沉重的伦理话题。面对不列颠人亚瑟王用残忍的手段屠杀并掩埋巨人般的撒克逊民族，试图通过集体遗忘来达到永久统治抑或世代和平的罪行，维斯坦主张杀死巨龙，对罪行实行讨伐。"希望过错被人遗忘，犯错者逍遥法外……和平建立在屠杀与魔法师的骗术之上，怎么能够持久？"他的使命就是杀死巨龙，驱散"遗忘之雾"，鼓动撒克逊人向不列颠人寻衅复仇。而高文则认为遗忘可以使人远离仇恨，他选择了守护亚瑟王的秘密，决心用生命守护国王的遗产，因为守护它就意味着守护最后的和平。面对民族与个人历史宿怨时应当如何做出记忆与宽恕、复仇与和平的抉择？石黑一雄给我们讲述了故事的经过，却没有给我们提供现成的答案，启迪人们去反思。同时作者也表达了现代人在个体记忆与集体记忆缺失下的人生困境，作品中间接表达出人物身份认同危机，无论是不列颠人还是撒克逊人，无论是埃克索夫妇还是高文爵士、维斯坦武士，逐渐地失忆使他们都无从知晓自己来自哪里，又要到哪里去，人物甚至不知道自己是谁，生活在这个世界上的终极目的是什么，人物试图在失去记忆之前，弄清楚迷雾的过程，也就是人物寻找自我身份的过程。小说以存在主义的哲学理念来塑造人物形象，处于迷雾般荒谬社会环境下的现代人，正如山谷中失忆状态下的人,无不处在忧郁与孤独之中:埃克索夫妇处于迷雾之中,失去记忆,迷惘地生活着;高文爵士选择守护这片迷雾守卫和平到底,不被他人理解,只能与孤独为伴;维斯坦武士被仇恨与愤怒裹挟着,身陷迷惘。然而他们都勇敢地做出了自己的自由选择:埃克索夫妇向着真相前进,在即将完全失忆前选择去寻找自己的儿子,也就是寻找自己的过去;高文爵士选择了坚守传统;维斯坦义无反顾地选择了复仇。尽管他们的伦理选择背后都充满了个人的挣扎,但正是这种在孤独与忧郁中勇敢前行的精神,面对伦理两难抉择时义无反顾地做出选择,既不屈服也不随波逐流,积极地介入生活的人生抉择,体现了人类存在的价值与意义。《被掩埋的巨人》以中世纪古老简洁的叙述语言,集结了奇幻小说的一切元素,诸如亚瑟王、圆桌骑士、武士、巨人、食人兽、巨龙等,营造出吸引读者的陌生化审美意蕴。

　　石黑一雄的创作具有很浓厚的日本文化和英国文化双重内涵,日本传统精神及其东方情结,尤其是战后日本社会心态中的压抑忧郁情绪,在作品中得到了形象的展示,而作为长期生活在英国现实社会中的他,又自然受到英国主流文化的影响,小说反映了日本社会与英国社会的历史变迁。人物的双重社会角色使得石黑一雄能很好地以"他者"的视角,客观冷静地观察和描写社会和人生。他的小说细腻而曲折地表现了世界大战给人类带来的挥之不去的人生阴影,以及现代人对战争时代和社会历史的反思。他的小说语言简洁而优美,情节结构及其创作表现中引入了现代意识流手法,常常将故事设定在过去和现在不同的场景中展开,人物站在现在的角度对过去生活进行回忆,尤其是潜意识闪现,虽然对很多事情的感受,过去和现在有了很大的区别,然而这种有所变化的人物感受,体现了对社会历史和生活人生更本质的认识。石黑一雄的移民身份让他可以更公平客观地审视历史,对帝国过去的殖民历史做出新的阐释。他的小说常常在普通个人的背后展现历史和时代背景,在小说主人公的个人回忆叙述中书写出对一个时代的回忆与追溯,再现失去的帝国荣光。石黑一雄的小说题材繁杂多样,小说的场景、事件和人物常常横跨欧亚文明,将人物个人隐秘回忆与帝国民族的历史交织在一起,从而去表达自己对现代社会科学技术、人文历史和伦理人性的人道主义关怀。他说:"我对日本历史或英国历史都没有很强烈的情感维系,因此我能利用这一切来为我个人的写作目的服务。"①小说常借助人物对个人生活的回忆来读解 20 世纪人类战争的历史悲剧,在个人回忆的碎片中去审视人类、国家和民族的历史,同时也表达出对现代科技冲击人类伦理道德观念的担忧。

---

① Kazuo I, Kenzahuro O, The Novelist in *Today's World: A Conversation*. *Boundary*, 1991(18):115.

第二十节 其他小说家

一 穆里尔·斯帕克

穆里尔·斯帕克(Muriel Spark,1918—2006)是第二次世界大战后活跃在英国文坛的女性作家。斯帕克出生于苏格兰的爱丁堡,就读于吉莱斯皮学校。1936年起在中非生活多年,"二战"期间回英国,曾一度在外交部情报部门就职,战后成为自由撰稿人、编辑和传记作家。20世纪50年代初进行文学创作,题材多为展示非洲生活内容,一生创作了10多部长篇小说和一些作家传记及其研究论文。1952年出版她的第一部以诗歌为主的作品《故事和诗歌》(*The Fanfarlo and Other Verse*),也意外获得《观察家》杂志的短篇小说奖,从此激发起斯帕克进行小说创作的热情。1954年加入罗马天主教,因信仰的形成而凸显出对社会道德与天主教教义之间矛盾的思考,这也成为她小说创作的一大主题。她的第一部长篇小说《安慰者》(*The Comforters*,1957)就是一部从宗教角度探讨人生罪恶与宗教信仰的关系的作品。女主人公卡罗琳在文学写作上获得了初步的成功,转而信仰天主教。卡罗琳最近得了一种幻听症,耳边常常出现来自遥远地方的声音,对家人产生了种种猜疑,因而被看作患了精神病。小说通过卡罗琳的眼睛,对那些失却宗教信仰的人的罪行进行了客观的展示。小说以超自然的古怪情节以及人物内心自由意志的冲突,探讨了宗教信仰与人的生活行为之间的关系,对那些失却宗教信仰,在生活中干着违背教义的事儿的伪教徒,进行了嘲讽和谴责。小说表现出作家对宗教信仰、道德问题的关注,在手法上以全知全能的上帝视角操纵人物和情节,在超自然事件中拷问人物的道德和信仰。小说构思情节复杂,多条线索交错,人物性格鲜明,文笔简练,语言风趣,具有很强的可读性。作品形成了斯帕克日后创作的主要风格,同时也奠定了她作为现代小说名家的地位。《鲁滨逊》(*Robinson*,1958)通过模拟笛福《鲁滨逊漂流记》中的主人公的故事,展现社会现实中的种种丑闻。《死亡警告》(*Memento Mori*,1959)是一部讽刺喜剧小说,描写一群生活在养老院里的中产阶级老年人,他们在接到关于死亡临近的匿名电话以后,对生活所采取的不同态度。有的更加眷念生活,有的自暴自弃,有的悲观绝望,有的及时行乐。这些老人在经历了最后的身体痛苦、机能衰退、理智丧失之后一一死去。小说在对人物做辛辣嘲讽的同时,也是作者对人生及其生命价值意义的一种思索,作者让人物面对死神审判警告,充分暴露其人性的缺陷与错罪,解剖血肉之躯中所掩盖的肮脏灵魂,流露出皈依上帝得到灵魂拯救的宗教思想。小说《贝克汉姆绅士的谣传》(*The Ballad of Peckham Rye*,1960)以歌谣的形式,传说魔鬼变成人来到伦敦的工厂区,它的出现给工人生活带来极大影响,小说既是对伦敦地区工厂工人生活的写照,也寄托了对美好生活的向往。

《琼·布罗迪小姐的青春》(*The Prime of Miss Jean Brodie*,1961)作为斯帕克的代表作,被评论界认为是她最优秀的小说。故事以20世纪30年代的爱丁堡为背景,描写一所女子学校中正处于青春盛年的女教师布罗迪的工作生活经历。布罗迪小姐美丽聪颖,精力旺盛,是一个具有独特个性的女权主义者,对学校的管理和教学方法十分不满,充满了叛逆情绪。她从德国归来后,受到法西斯种族等级论思想的影响,对墨索里尼推崇备至,想以自己独特的方法塑造6位她认为的精英女学生,使她们成为"布罗迪集团"的成员,其实是要让她们成为20世纪唯命是从的木偶。她将自己看作犹如上帝般掌握天命的人物,学生则是为实现自己目的而降临人世的。然而事与愿违:曾经和她恋爱过的美术教师劳埃德一直追求布罗迪小姐,但他已经结婚成家,布罗迪不想和他再有任何关系,于是安排她的学生也是劳埃德的模特儿露丝充当自己的替身,但事情的发展出乎布罗迪小姐意料,她的另一位学生桑迪与劳埃德相好了;她鼓励一位优秀的女生投身于西班牙内战,结果导致她的死亡;她最信赖的学生桑迪是一个精明而冷漠的人,当她发现布罗迪最终的教育目的是掌握和主宰她们6个人的命运时,为了摆脱控制,她毫不犹豫地在校长面前以具有法西斯倾向为由,出卖了布罗迪,导致布罗迪被迫辞职,提前退休。小说故事线索单一,情节淡化,注重人物性格的刻画,将人物的心理和人物的行动、动机描写结合起来。对布罗迪小姐的刻画,尤其是人物有去过德国的经历,接受了法西斯的影响,她的思想和行为自然让人联想到是对法西斯强权政治的象征,使得小说具有了反法西斯、反专制、反权威、反强暴,主张人人平等、和睦相处的和平主义倾向。埃伦·博德认为小说探讨的是人物"封闭的思想"根源及其对社会的危害,是一个关于受"精英思想控制的布罗迪小姐"[1]的故事,"对于千千万万的读者来说,吉恩·布罗迪是真实存在的,就像福尔摩斯或乔治·斯麦里一样。她不是圣徒,但是一个文学神话"[2]。小说运用"预叙"的手法,将开始与结尾、现在与未来交叉起来叙述,而不是按照传统的时间顺序展开故事。作品最初在《纽约人》杂志上发表时,就引起了文坛的极大反响,给斯帕克带来极大声誉,并使她具有了国际性影响。

《曼德尔鲍姆门》(*The Mandelbaum Gate*,1965)是一部客观描写现实环境的小说。巴巴拉是一位具有犹太血统的英国女性,她信仰天主教后,前往耶路撒冷圣地朝圣,小说以巴巴拉沿途的遭遇为线索,客观展现出纷乱复杂的现实世界。曼德尔鲍姆门是圣地两部分的界门,在它周围出现的事情,具有多重主题意

① Alan Bold,*Modern Scottish Literature*,Lodgman,1983,p. 221.
② Alan Bold,*Muriel Spark*,London and New York:Methuen Co. Ltd. ,1986,p. 64.

义:巴巴拉去朝圣,是对自己存在价值的一种确认,而帮助她秘密通过战乱的约旦外交官密尔顿也对自己的生存价值有了新认识;混乱的社会中人生的艰难;出现在圣城街道上的犹太教、基督教、伊斯兰教以及各色人种的不同信仰,尤其是不同信仰之间产生的不可调和的矛盾冲突,反映出人在不同宗教信仰现状下的矛盾困惑;多元文化的熏陶造就了现代人,但同时也给人带来了精神负担和枷锁,人应该如何应对这个复杂而多元的世界,等等。作家虽然没有给出明确的人生生活答案,但却指明了只有在宗教信仰中才能找到世界和谐统一的道路。小说因其现实的描写及其所蕴含的丰富寓意,而获得了 1966 年的布克奖。

《驾驶座上》(*The Driver's Seat*,1974)中,女主人公莉丝一心想掌握自己的命运,她放弃了在公司的职员工作,去往南方国家游玩购物,寻求属于自己的生活,在登机前往的同时,作者用预叙的手法,交代了人物在异国一家美丽的庭院式公寓中遇刺而死。百无聊赖的日子、无所事事的生活,使人物觉得似乎只有在死亡中才能找到真正的自我。她为了最终实现主宰自己命运的目的,寻找到了一个可以按照自己的意愿杀死自己的人比尔后,与司机卡罗调换座位,自己驾着车将比尔接到自己选好的谋杀地点。小说是对世界荒谬、人生痛苦及人的自由选择的存在主义思想的形象诠释。选择驾驶座位象征着对自己命运方向的掌握,而选择死亡则是自我存在价值的最终体现。《带着意图的徘徊》(*Loitering with Intent*,1981)写一位年轻的女性知识分子,怀着成为一名作家的目标追求,但现实却庸俗不堪,使人无所事事,一事无成,那种带着明确的人生目标然而却不得不混着日子的状况,给人物内心带来极大的痛苦。小说中的人物经历带有作家个人生活和人生追求的影子。《唯一的问题》(*The Only Problem*,1981)叙述富有的男主人公哈威·高斯姆是个热衷于钻研的人,退休后他来到法国准备写一本人物传记,其间接到了警察的调查电话并告知他,他的前妻是一个恐怖分子。在对生活的回顾、婚姻的破裂中,他明白了受苦受难的人们只有信仰上帝皈依宗教,才是唯一的出路。《最后的学校》(*The Finishing School*,2004)写一对年轻的大学生罗兰·马勒和妮娜·帕克成了夫妻,在学校期间就满怀激情地进行小说创造,然而在写作过程中,却对现实生活产生了迷惘和困惑。

斯帕克的小说创作具有现实主义成分,对不同国度、不同民族、不同阶层人物的生活环境及其现状的描写,流露出作家对现代社会生活与人生命运的关注,在敏锐的观察和清晰的分析中揭示社会和人物的本质,展现不同人物的性格及其人生命运。小说往往从宗教的角度,对善良和邪恶做出对比性描述,对人性的虚伪卑劣进行否弃,具有道德说教和浓郁的宗教成分,其中也表现出人道主义倾向。斯帕克的小说在艺术表现上常常是多条线索展开,故事情节的变化具有荒诞恐怖和神秘奇特性质,故事发展结构紧凑,作家以全能的身份干预作品的痕迹比较明显。表述中具有冷静客观和幽默嘲讽的特色。后期创作中具有明显的现代主义风格。

二　劳伦斯·德雷尔

劳伦斯·德雷尔(Lawrence Durrell,1912—1990)是 20 世纪后现代主义的先锋作家、实验小说家。德雷尔生于印度,16 岁回英国,20 世纪 30 年代客居巴黎,曾在开罗和亚历山大港任英国情报处官员。第一部小说《黑书》(*The Black Book*,1938)在巴黎出版,这是一部用超现实的梦幻和意识流手法写成的实验小说,内容描写知识分子与妓女的情色生活,展示了在颓废中寻找慰藉而内心痛苦、找不到出路的一代文人的心路历程。给德雷尔带来极大声誉的是他的《亚历山大四重奏》(*The Alexandria Quartet*,1957—1969),它由《杰斯丁》(*Justine*,1957)、《巴尔塞沙》(*Balthazar*,1958)、《蒙托列夫》(*Mountolive*,1958)和《克莉》(*Clea*,1969)组成。小说以 20 世纪 30—40 年代埃及的亚历山大城市为背景,围绕 1942 年前后德国轰炸亚历山大港事件,以年轻的小说家达利为线索,描写战争期间一群知识分子的放纵颓废生活,叙述了设立在那里的盟国海军基地外交官员和情报人员的政治和情爱生活。《杰斯丁》描写达利和夜总会舞女梅莉莎及有其夫之妇杰斯丁的情欲生活。《巴尔塞沙》则在对达利的描写中又引出巴尔塞沙,人物陷入错综复杂的政治事件和性爱游戏之中。《蒙托列夫》中重点描写英国驻埃及大使蒙托列夫的婚外情生活。《克莉》描述的是达利和艺术家克莉之间的爱情生活。《亚历山大四重奏》被作者称为"对现代爱情的探讨",同时又充满了情色肉欲和外交政治阴谋的描写。《亚历山大四重奏》中展示了人物在殖民与后殖民时期的生活与心态,突显了人物身处殖民地生活后身份认同的危机。小说创作手法上表现出后现代主义小说中独特的结构形式和复杂的时空关系。不同的时空之间既相互联系,又各自独立,对同一事实从不同方面、多重视角进行叙述,小说不是按照线形的时间顺序,而是按照平行关系交替并置进行的,使得不同人物、不同事件融为一体。创作构思中表现出深受伯格森"心理时间"和伍尔夫"内心真实"的影响,作家对现实的物理时空中所出现的人物与无意义的漫长岁月进行略写,而对人物生活中具有重要意义的短暂时刻却做了极为详尽的描述,德雷尔因此说他的"这部作品既是一个四维的舞蹈,又是一首相对论的诗歌"。① 小说的另外一个特征就是在情节的叙述中,通过主人公和其他艺术家对小说的兴趣探讨小说创作问题,达利对小说技巧和创作原则的论述,对于小说艺术及其审美思维的思考成了小说内容的重要部分。同时,小说中插入了许多作家的日记和别的小说或杂志中的片段,在文本中体现出对传统小说的颠覆,作品具有后现代的文本内涵,体现了对小说艺术与创作的思考。诚如评论家所说"这

---

① Ato Quayson,quoted from *An Introduction to Contemporary Fiction*,pp.65-66.

部作品的中心主题是对现代爱情的探讨,而它的副主题则是小说本身的性质"①。

　　20世纪70年代以后,德雷尔对小说进行革新与实验,尤其是《阿维尼翁五重奏》(*Avegnon Quartet*,1974—1985),更具后现代主义艺术特征。它由《先生》(*Monsieur*,1974)、《莉维娅》(*Livia*,1978)、《康斯坦斯》(*Constance*,1982)、《塞巴斯蒂安》(*Sebastian*,1983)和《奎因克斯》(*Quinx*,1985)组成,内容仍然以爱情、情欲和复杂的人际关系描写为主,传达出现代人的颓废消极及混乱意识。小说继续了德雷尔的重奏小说实验,5部小说之间具有一种独特的"棱镜效果",德雷尔自称为"镜子游戏"(a game of mirrors)。文本内容在不同的生活故事描述、不同的人物形象刻画、不同的叙述语言中,折射出同一个主题。文本内容之间相互映衬、互为补充,使得读者在不同文本的阅读过程中,不断改变着对小说的理解。被评论界称为"变形叙述"(metadiscourse)。

　　德雷尔的小说反映了殖民与后殖民时期的社会生活与社会心态,讴歌了被殖民地人民的反殖民诉求与斗争,具有很强的反殖民主义倾向。他的小说创作具有很强的革新性和实验性,尤其是他的重奏系列小说,在时间和叙述的顺序上所做的尝试,在平行关系中展开多部小说的场景和生活的细致描述,多部小说中相互辐射映衬的"重奏"与"复调"的艺术效果,完全背离了现实主义创作传统,是后现代语境中文本写作的重要实验和革新。评论界赞赏他在小说中做的"重要的试验,是为突破当代英国小说的保守主义所做的少数尝试之一",并称他为"当代英国作家中最伟大的革新者"②。

三　克里斯蒂·布鲁克-罗斯

　　克里斯蒂·布鲁克-罗斯(Christine Brooke-Rose,1926—2012)是英国文坛引人注目的小说家、诗人和评论家。布鲁克-罗斯早年在牛津大学攻读英语,1975年后曾在巴黎大学任英国文学教授。她早期的小说创作主要是以现实主义为主,20世纪60年代以后进入实验小说创作,尤其是在小说的语言和结构方面,在进行创作实践的实验改革的同时,还进行系统的理论研究和阐述。《爱的语言》(*The Language of Love*,1957)、《桑树》(*The Sycamore Tree*,1958)和《昂贵的欺骗》(*The Dear Deceit*,1960),以传统的手法展现英国当今知识分子的人生经历及爱情故事,反映现代人的生存境况,探讨人存在的价值和意义,在对人生、爱情和情欲的探讨中,体现出善与爱的主题。《外出》(*Out*,1964)是一部科幻

---

　　①　Chidi Okonkwo,Decolonization Agonistics in *Postcolonial Fiction*,p. 27.

　　②　豪斯特·W.特雷彻:《第二次世界大战以来的英国文学》,秦小孟译,上海外语教育出版社,1985年,第69、67页。

小说,故事的叙述通过主人公混乱的思维来展开,小说关注的重点不再是人物及人与人的关系,而是物质环境,其中充斥了大量的科技术语。故事内容的叙述与叙述语言的凌乱断续,一方面传达出现代社会中人与人之间不可交流的本质,另一方面也表现出作家受到后现代文学创作语言游戏的影响,标志了布鲁克-罗斯的创作由传统向后现代转变。《如此》(Such,1966)中通过天文学家死里逃生的3分钟过程叙述,追忆人物一生的生活片段。叙述紧凑,叙述结构和视角独特。小说获得了1966的布莱克文学纪念奖。《两者之间》(Between,1968)是一部对文学叙述语言进行探索的实验小说,表现出受苏联形式主义语言观念的影响。作品描述一个从事同声翻译工作的女子,在不同的国际会议中,时时刻刻处在两种语言、两种文化、两种思维之间,不同的语言在同声翻译的过程中,与人物自身文化素养之间的矛盾,常常在人物的内心引起强烈的碰撞。同声翻译的词汇和语言,具有极大的随意性,这种即兴而成的语言组合也常常引起幽默滑稽、轻松愉快的感觉。《通过》(Thru,1975)具有明显的后现代小说特征。小说的内容空虚而零碎,被许多物象所代替,大量的书信、图表、简介以及许多不同内容的文本片段充斥全书,作家所关注的重点不是小说的叙述内容,而是这些杂乱的物象的排版形式。小说显然受到法国新小说派写实和物象至上以及解构主义文本理论的影响。

20世纪80年代中后期,布鲁克-罗斯执着地进行小说创作的革新,引导着英国实验小说潮流。她的"网络四重奏"(Intercom Quartet)就是其中的代表,由《合并》(Amalgamemnon,1984)、《艾克塞兰多》(Xorandor,1986)、《造词者》(Verbiore,1990)、《文本的终结》(Textermination,1991)组成。《合并》中,主人公米拉是一位大学女教师,面临激烈的竞争,即将被解聘,内心充满了忧郁与苦闷。人物在虚拟的世界中感受着友爱与情爱,在虚拟的家庭中体验人生,现实与虚拟生活合而为一。小说是对信息多变的复杂社会的形象展示,同时也隐喻当今社会生活的不确定性,人们在现实生活中价值失落,找不到自己的归属和位置,于是只能在信息与网络世界中去寻找安慰。小说运用大量新词汇来传达极具科技内容的现代社会生活,较多使用未来时态、虚拟语气、条件式从句和祈使句,使得小说的主题及其所描写的生活也具有虚拟性和不确定的特征。小说表现出与传统文学完全相左的实验性,"这部小说中情节与事件的不确定性仿佛完全是在与那些以过去时态表现的连贯性、确定性和可叙述性的特征相对抗"[①]。《艾克塞兰多》以报道式对话的形式,讲述孩子通过电脑与人交流的场景。面对以电脑为媒介的交流,叙述者的身份出现了混乱的局面,接受者无法知道叙述者的年龄性别、职业爱好等真实情况。传统的人与人交流的模式受到了电子计算

---

① Kathleen M, Wheeler, quoted from *An introduction to Contemporary Fiction*, p. 33.

机的挑战，同时也带给人类诸多困惑和矛盾。《造词者》中探讨的是网络交流的虚拟性与虚假性问题。在电脑网络交流中，人们不断地创造着与自己的生活事实完全不同的词汇，接受者无从知道究竟是谁在讲述故事，更无从知道故事的真实性程度。而这种网络的虚拟和虚假一旦被揭穿，就会受到人们的指责。如何看待电脑网络交流中那些虚假故事的"造词者"，反映了先进的科学技术与人类传统价值和伦理观念之间的矛盾。《文本的终结》则是一部典型的后现代解构主义文本实验之作。小说以歌德、奥斯丁、司各特、托尔斯泰作品中的主人公作为主要人物，让他们奇特的联系组合在一起，探讨当今社会政治及其生活人生，充满了滑稽和幽默。布鲁克-罗斯的实验小说对后现代叙述模式进行了探索，对电脑网络中的叙述真实性问题、人与电脑之间的关系、科学技术革新与文学叙述模式变化的关系、科技的发展对人类思维及其审美观念的影响，以及电脑网络交流中语言表述的特性等，进行了有益的探索实验。其后写有小说《下一个》(*Next*，1998)、自传体小说《生命，终结》(*Life, End of*，2006)和小说《布鲁克-罗斯玫瑰综合》(*Brooke-Rose Omnibus*，2006)等。

布鲁克-罗斯以小说的形式和全新的视角，对电子计算机及其网络给人类生活与文学创作带来的变化及其矛盾进行思考，对科技语言与人文语言相融合下的后现代文本写作的语言形式进行探索，从而成为20世纪末英国文坛及其文化界的弄潮儿，锐意创新、出类拔萃的女作家。

四　马丁·艾米斯

马丁·艾米斯(Martin Amis，1949—　　)是活跃于当代文坛的实验小说家。艾米斯出生于牛津城，是著名作家金利斯·艾米斯的儿子，早年在英国、西班牙和美国就读，毕业于牛津爱克斯特学院。1977年后的两年，在一些文学副刊担任编辑和特聘作家。2007年至2011年，艾米斯在曼彻斯特大学新写作中心担任创意写作课程教授。2008年，《泰晤士报》将他评为1945年以来50位最伟大的英国作家之一。马丁·艾米斯于24岁时发表的第一部作品《雷切尔之书》(*The Rachel Papers*，1973)获得毛姆文学奖的新人奖，表现出非凡的才华。小说中查尔斯是一个正直而敏感的年轻人，经常在日记中记录他对生活的感受。从小生活在牛津城的查尔斯最讨厌的是父亲不断拥有新情人的鬼混生活，而母亲则忙于家务，对父亲的行为不加过问。当他考入牛津大学，认识并迷恋上雷切尔，经历了从相爱到热恋，再到感情趋于冷淡，最后到分手的过程后，他逐渐理解了父亲。日记中与雷切尔的情感生活经历记录，写出了年轻查尔斯的成长历程。小说表现出对社会的辛辣讽刺，其中不乏对社会不满的情绪及激烈的批判态度。同时在现实的表现中又融入了后现代表现手法，体现出对主体自我意识的彰显。表现手法上，以查尔斯日记为中心，内容情节常常呈现出跳跃与空白，将作品的意义和价值建立在阅读的期待基础上，体现出明显的后现代文学创作特征。第二部小说《死婴》(*Dead Babies*，1975)是一部颓废小说。作品中描写 6 个年轻人在伦敦郊区度过酗酒、吸毒和性混乱的两天疯狂周末。他们中的核心人物是一个残暴的杀人犯，其他人有的被杀，有的死于酒精中毒，有的死于车祸，有的自杀。小说在对年轻人从性爱与毒品中寻求刺激的放荡生活描写中，表现了现代人颓废消极的人生态度，同时也在对堕落现象和疯狂场景的描述中，融入了对社会反思和鞭笞的批判精神。小说对暴力、变态、疯狂和死亡的描写，引起了强烈的社会反响，对年轻人心理问题的形象表现，使得作品获得了空前的成功，享誉文坛。第三部小说《成功》(*Success*，1978)是一部幽默小说，文中叙述格里高利和特伦斯两人的不同人生经历。格里高利虽外表很美，但内心虚伪丑陋，虽然能一时博得女人的欢心，但终究一事无成，小说对人物的极端自我中心主义和自恋癖做了否弃性嘲讽。而形象猥琐的特伦斯则依靠自己的刻苦努力获得了成功。小说运用对比的手法进行描写，在语言表述中体现出幽默和滑稽风格。描写 20 世纪 60 年代英国自由文化下年轻人的精神空虚，以及在小说形式实验上最具代表性的作品，是艾米斯的第四部小说《另类人：一个神秘的故事》(*Other People：A Mystery*，1981)。小说中的人物是错位的，其中主人公玛丽·兰姆年轻而美丽，她从昏迷中醒来后，对以往的生活失去了记忆。人们无从知道她的身份以及她过去的生活，文中甚至暗示她可能是一个被追捕的罪犯。玛丽来到社会上，面对自由而堕落的社会，人物纠结于洁身自好还是同流合污的痛苦选择之中，面对以金钱为中心的现实世界，人物徘徊于独立自主还是丧失自我的矛盾之中。当她以新的身份想开始新生活的时候，她所遇见的不是奸佞之人就是放荡好色之徒，社会的邪恶使得失却了以往生活经验的玛丽陷入了深深的痛苦之中。人物记忆消失预示着人物的自我消解，最后陷入精神崩溃之中。作品以推理实验的形式展开，其中人物经历的神秘、事件发展的期待、故事内容的奇特等，都有待在读者的阅读参与中完成，使得小说具有很浓郁的后现代文学特色。

20 世纪 80 年代以后，艾米斯的创作极大地影响了英国文坛，他的作品常常成为评论的中心。《金钱：绝命书》(*Money：A Suicide Note*，1982)中，对英国保守主义所宣扬的金钱至上进行抨击。小说以约翰狂热追求金钱最后导致自我毁灭的过程为线索，揭示了伦敦和纽约两大国际都市中金钱对人的腐蚀作用，人们对理想的追求具体展现为对金钱的追求，表面看来是对购买力的想象和对享乐的向往，但它的超自然力量渗透到社会的每一个人身上并具体体现的时候，金钱成了人物堕落的因素。而酗酒、吸毒和性放荡，则成了人们由追求理想走向颓废堕落乃至毁灭的中介载体。伦敦是纽约的缩影和翻版，小说写出了英国 20 世纪 60 年代以金钱享乐为主的社会心态以及道德和人性衰落的状况。80 年代后期艾米斯写有《白痴地狱》(1987)、《爱因斯坦的怪物》(1987)、《伦敦荒原》(*London*

Fields，1989）等。《伦敦荒原》是一部具有黑色幽默风格的小说，故事设定在第二个千年到来之前的1999年，围绕伦敦发生的一起由被杀者导演的"自杀—谋杀"事件展开，内容是以一个濒临死亡者的口吻叙述的。患有病态心理的女主人公尼古拉准备自杀，"死亡成为她梦寐以求的事情"。她用欺骗的手段找到一个谋杀自己的凶手，并精心策划了凶杀的一切细节。最后我们知道那个谋杀者不是别人正是叙述者本人。小说以叙述者身份讲述的故事，给人以完全真实的感觉，展现了一幅表面繁荣实则精神荒芜的现代社会的荒原景象，传达出人类病态的"世纪末"情结。《时间之箭》（Time's Arrow，1991）被视为艾米斯后期小说的代表作，小说描写纳粹战犯欧迪罗在战争结束后逃到了美洲，作者运用倒叙的形式，让时间又倒了回去。欧迪罗是集中营里的医生、一个狂热的纳粹分子，因为性无能而深感自卑，人物在"我无能，所以我无所不能"的自嘲中，疯狂地迫害和屠杀犹太人，以寻求内心的慰藉和平衡。在颠倒的时序中，一切都发生了变化，大屠杀中的人又活了过来，犯人吃的肮脏物从胃中倒流了出来，生活变得如同电影胶片倒放一样，一切都颠倒了过来，事件由结尾回到了开始，人物由死亡回到了出生。不仅事件的发生经过要从小说的后面往前看，连描述的字词和句子的顺序也是颠倒的。通过这种颠倒的表现形式，传达出人物对人生的反思和悔恨，在人性恶的重现中，表现出对善的回归的呼唤。作家将人类的悲哀、不幸和死亡，用喜剧搞笑的形式表现出来，使得作品具有了美国黑色幽默的特征。

20世纪90年代以来，马丁·艾米斯写出来一系列反思英国社会历史的小说。1997年出版的《夜车》（Night Train）以简短的篇幅，讲述了美国女侦探麦克·胡里罕的破案故事，小说围绕着她老板年轻美貌的女儿的自杀案件展开。作品气氛阴沉，充斥着凄凉和不祥预感，显示了社会的不安与人生的无奈。《黄狗》（Yellow Dog，2003）中，主人公汉·米欧是个演员和作家，虽然他那极其残暴的强盗父亲早已死在狱中，但他始终生活在父亲的阴影中，害怕父亲的仇人或同伙对他进行报复。他变得十分孤僻，甚至疏远了自己的妻子和女儿，独自周旋于前来报复的人之间。人物渴望摆脱父亲的阴影，正如那条哀鸣的黄狗试图挣脱束缚着的锁链。小说深入展示了人性的善与恶，描绘了现代人的忧郁孤独和恐惧。马丁·艾米斯称《黄狗》是他最好的3部小说之一。2006年发表的长篇小说《会面屋》（House of Meetings）以老人回忆和忏悔的形式，讲述自恋自爱而精力充沛的男主人为情所困，强暴弟媳后导致其死亡。人物虽然一直处在悔恨之中，但也暗示他变态犯罪的原因，与当时国家的野蛮政策、前线战壕中的死亡恐惧和集中营的受虐经历不无关系。小说中人物的内心煎熬是现代版的《罪与罚》，同时也是对国家社会使他成为"一个战争时期的强奸犯"和"一个冷血麻木的刽子手"的谴责。《会面屋》被美国《时代》周刊评为2007年度十佳小说。《怀孕的寡妇》（The Pregnant Widow，2010）中以主人公基斯在2003年回忆的形式,展示了 20 世纪 70 年代他们一群年轻男女在性解放潮流裹挟下,在性自由的浪潮中放浪形骸的生活经历。基斯周旋于 3 个女人之间,他的朋友们也都陷入了混乱迷离的性爱泥淖中,个个本性昭显而又无所顾忌。但年轻时候性狂热留给基斯的"慢性性障碍"病根改变了他的人生,给他带来一生的痛苦。小说在历史回顾中,反思了性自由解放给整整一代年轻男女带去的苦恼与困惑。作品中蕴含了作者的创作理念:"只有通过讲述人生历程,选择和编辑过去来指导我们的未来,我们才能成为对自己生命负责的有道德的人。"①《莱昂内尔·阿斯博:英格兰现状》(*Lionel Asbo*:*State of England*,2012)中,主人公阿斯博是生活在伦敦迪斯顿市的一个贪得无厌的流氓无赖、恶棍罪犯,混迹社会,放荡淫乐,干尽坏事。或许是生活在社会底层使得他破罐子破摔。后来尽管阿斯博中了 1 亿 4 千万英镑的大奖,但这也无法让他改邪归正,阿斯博依然不改其流氓本色。小说形象显示了愤怒的青年一代以及自由人生宣传毒害下的一代人,以否定和蔑视的口吻,嘲弄不可一世的帝国的沉沦,引发世人的反思。

20 世纪八九十年代,英国小说出现了传统文学与现代文学交汇合流的趋势。马丁·艾米斯正是这股潮流的代表人物。艾米斯继承了传统的批判现实主义,同时又融入了现代主义手法,被索尔·贝娄称为"新生的福楼拜""转世的乔伊斯"。艾米斯在接受记者采访时曾说:"我可以想象这样一部小说:它和罗伯-格里耶的那些小说一样复杂微妙,疏远异化,精心撰写,同时又能提供节奏、情节和幽默方面沉着而认真的满足感,这些品质使我联想起简·奥斯丁的作品。在某种程度上,我想这是我自己正在试图去做的事情。"他笔下的伦敦既是一个繁华的都市,也是一个现代人精神荒芜的荒原。放荡堕落的人生,酗酒、吸毒和性混乱成为主要的描写内容,人类卑劣的生存状况和猥琐丑陋的形象,成为他小说的主要意象。肮脏而拥挤的伦敦街景、缺腿的地铁艺人、性无能者、有着不同缺陷的男男女女等,在小说中随处可见。小说中对英国沉沦下的社会人生展示,体现了马丁·艾米斯对英国社会的批判反思精神和对不幸世人哀其不幸、怒其不争的人文情怀。小说艺术风格上具有典型的狄更斯式的英国幽默,讽刺调侃成为他小说的一大特色,艾米斯称自己的小说为"戏谑文学",尤其是他的后期作品,更是融入了黑色幽默手法,与他的叙事实验一起,引起了英国评论界注目,使他成为当代英国文坛的中心人物之一。

① Crossley,Michele L,*Introducing Narrative Psychology*:*Self*,*Trauma and the Construction of Meaning*,Buckingham,Philadelphia:Open UP,2000,p. 168.

五　萨曼·拉什迪

　　萨曼·拉什迪(Salman Rushdie,1947—　)是20世纪80年代后在世界文坛上具有一定影响的印度裔英国小说家,他与奈保尔和石黑一雄一起,被誉为"移民文学三雄"。拉什迪生于孟买的一个穆斯林中等阶级家庭。父亲在剑桥大学获得法学学位后回国经商,母亲是一位教师。孟买的生活给拉什迪留下了深刻的影响,成为他以后创作灵感和题材的来源。1961年拉什迪被送往英国拉格比中学读书,成绩优秀。毕业后进剑桥大学攻读历史,其间对伊斯兰教产生了很大兴趣,为他小说中的伊斯兰生活表现奠定了基础。大学毕业后拉什迪在电视和广告界工作,后专注于小说创作,但不是很成功。他的第一部小说《格里姆斯》(Grimus,1975)是一部科幻小说,小说题材来源于12世纪伊斯兰神秘主义诗人苏菲的叙述诗《鸟儿的会议》,小说标题是早期伊斯兰寓言中巨大而充满智慧的神鸟"斯姆格"拼音的组合。小说中具有魔力的人物及其魔幻的故事,带有浓郁的东方色彩。小说尽管不是很成功,但流露出作者对伊斯兰文化的熟悉及兴趣。

　　小说《午夜之子》(Midnight's Children,1981)的发表引起了文坛极大的轰动。小说风格丰富多样,用滑稽幽默和魔幻的手法展现印度的历史状况。故事围绕萨利姆·西耐和他那出生于印度独立运动之前的1000个孩子展开。他的孩子个个具有无边的魔力,萨利姆自己则长着一个巨大的鼻子,它具有"进入人的思想和脑子"的能力。他的强劲的对手赛弗是一个战争狂人,最后萨利姆死在孟买附近的盐水工厂中。小说的标题取自1947年8月14日尼克鲁发出的"子夜进攻"的独立宣言,它标志着印度结束英国殖民统治而获得独立。作品中人物的命运其实就是印巴地区国家命运和民族命运的写照。主人公萨利姆身上承载了太多历史,铭记着无法磨灭的印度记忆,"萨利姆通过对孟买的回忆构建起自己的身份,从而阻碍他对这个城市形成人的认识"[①]。小说开头正是萨利姆31岁生日来临之际,他却感受到自己的身体即将破裂崩溃。生活在印度独立前后的萨利姆及其那1000个孩子的存在,本身就是一个悲剧。他们没有确定的身份,有的只是混杂的记忆碎片,他们从出生的那一刻就注定了必然早早地被社会吞噬的悲剧命运。小说结尾时萨利姆感叹:"午夜的孩子成了他们时代的主人,这既是一种特权,也是一种诅咒,因为他们因此抛弃了隐私而被卷入历史的旋涡中,无法生活,默默死去。"[②]小说运用了现代叙述方式,将现实和虚构、小说和历史有机结合在一起,用魔幻的手法写出了印度的历史发展进程。小说中虚幻的世界

　　①　Sabrina Hassumani,*Salman Rushdie:A Postmodern Reading of His Major Words*,London:Associated University Presses,2002,p.38.

　　②　Salman Rushdie,*Midnight's Children*,London:Jonathan Cape Ltd,1981,p.446.

和现实的世界融成一体,打破了传统的时空界限。作品出版后,很快被翻译成多国文字发表,获得了布克小说奖和其他多项荣誉奖项,给拉什迪带来国际性声誉。

《耻辱》(*Shame*,1983)是一部对印巴历史进行反思的小说。作品由两条线索组成。一条是以"耻辱"影射巴基斯坦的独立。小说的主人公奥尔马是外来殖民者与印度当地人的混血儿,他的出生本身就是一种耻辱。当他12岁生日想要自由作为生日礼物时,却被要求以忘却耻辱作为交易,然而耻辱感始终缠绕着奥尔马,奥尔马的形象则是对巴基斯坦的影射。小说发表后,在巴基斯坦被禁止发行。另外一条线索是写政府总理伊斯康塔和总参谋长拉赞,他们是一对亲戚兼朋友的政客,从他们接受教育、结婚成家、进入社会、官运亨通,到相互妒忌、互相倾轧,及至最后凶杀政变,写出了无论是民选政府还是军人政府都存在独裁和腐败。这样的政府及其官员,无论是对国家还是对人民而言,都是一种耻辱和灾难。小说反映了作家对社会和历史的反思,创作风格上具有后现代小说特征,打破了传统叙述的时间顺序,将想象的真实和现实的真实结成一体,消解了过去、现在和未来的界限。

《撒旦诗篇》(*The Satanic Verses*,1988)是一部有关移民生活和宗教信仰的小说,以虚幻的手法写印度人沙拉丁和加伯利在一场空难中降落在英国的故事。沙拉丁是孟买富商的儿子,从小在伦敦长大,后定居伦敦,获得了一份好的工作,并娶了英国夫人,回到印度后一直向往英国生活。空难中降落伦敦后,他却变成了一头羊,后来被一户移居伦敦的孟买人家收养,才变回人形。加伯利是英国一位印度裔的电影明星,他的名字使人联想到《古兰经》中的同名大天使,不同的是他不信仰宗教,追求世俗的爱情,最终因为信仰危机和爱情失败而自杀。作品发表后因引起了穆斯林的抗议而产生极大的社会反响。1989年2月13日,伊朗伊斯兰共和国奠基人伊玛目霍梅尼发表了一项教法判决,判处亵渎伊斯兰神圣经典《古兰经》和先知穆罕默德的《撒旦诗篇》的作者拉什迪死刑,使得拉什迪本人及其作品一时成为世界宗教、政坛、文坛和社会舆论的焦点。《撒旦诗篇》突显了东西方在宗教、人权、自由问题上的矛盾冲突,尤其是对英国社会种族歧视问题,发出了振聋发聩的呼吁与呐喊。拉什迪认为英国精英文化的优越感造成了种族歧视,而正是这种不公平的种族歧视造成了英国社会危机。他说:"我认为英国正处于后殖民时期最关键的阶段,这危机不仅是经济的或政治的,这是整个文化的危机,是社会整个自我意识的危机。400年的征服和劫掠,400年英国人被告知他们比长着毛茸茸短发的有色人种优越,这已留下了污点并且渗入文化的各个领域——语言及日常生活,并且英国人一直没有什么行动去除这个污点。"①《撒旦诗篇》的发表，正是作家试图去唤醒英国人反思自我的文化优越感，认识英国人的文化"污点"，小说也因而引发了社会各界的不同凡响。小说也表现了移民对不同文化背景认同的心理障碍，以及不同移民面对英国社会文化的不同态度，尤其体现了移民在不同生活模式和宗教信仰选择上的矛盾心理。小说在创作风格上具有魔幻现实主义色彩。

20 世纪 90 年代后拉什迪出版了童话小说《哈伦和故事海洋》(*Haroun and the Sea of Stories*，1990)、短篇小说集《东方，西方》(*East，West*，1994)、《摩尔人的最后叹息》(*The Moor's Last Sigh*，1995)等。拉什迪的小说具有较浓的东方文化色彩，追求异域风情和宗教题材，创作内容广泛反映了殖民主义与后殖民主义、印巴移民生活和伊斯兰教信仰、社会生活与人生变故等现实问题，在内容描述上体现了历史、宗教和人生的沉重感，在艺术表现上吸收了超现实主义和魔幻现实主义手法，将现实与神话、虚幻世界与日常生活交织重叠在一起，具有幽默滑稽和幻化变异的艺术特色。

六　朱利安·巴恩斯

朱利安·巴恩斯(Julian Barnes，1946—　)是英国当代著名的小说家、文学评论家和电视批评家。1946 年 1 月 19 日他在英国莱斯特郡出生，父母都是法语教师。1957—1964 年在伦敦市立学校接受早期教育，1968 年毕业于牛津大学，获现代语言学士学位。毕业后的最初三年他担任编纂牛津英语词典的补编工作。1972 年巴恩斯成为自由作家，1977 开始在《新政治家》和《泰晤士报文学增刊》上撰写文学和艺术评论，1979 年在《新政治家》和《观察家报》上开设最早的电视批评专栏，直至 1986 年。其间巴恩斯以"丹·卡瓦纳"为笔名发表了一些带有恐怖侦探内容的小说，为他日后构写系列侦探小说奠定了基础。

1980 年，巴恩斯第一次以自己的真名发表小说《都市郊区》(*Metroland*)，这是一部带有半自传性的小说，写伦敦郊区的年轻人克里斯多夫从伦敦到巴黎游历和遭遇的故事。小说描写两个聪明好学、充满青春活力的年轻人的友谊及他们的曲折爱情故事。情节背景出现法国巴黎，表现出作家对法国文化的熟悉与喜爱，尤其是他对法国文学作家具有浓厚的兴趣。评论界对小说毁誉参半，使得巴恩斯及其作品受到了文坛的极大关注，作品获得了 1981 年毛姆文学奖。《她遇到我之前》(*Before She Met Me*，1983)是一部融合了情景剧与喜剧风格的作品，讲述历史学家亨德利对第二个妻子演员米尔斯的以往种种不能释怀，于是对与妻子交往的男性一一进行暗中调查，当猜测并证实自己的好友杰克与米尔斯

———————————
①　Salman Rushdie，*Imaginary Homeland*，London and New York：Granta，1991，pp. 129-130.

有染,亨德利仿佛被恶魔控制似的展开疯狂的报复,最终杀死了好友杰克并自杀身亡。主人公所耿耿于怀的是从虚构的猜测到类似历史事实的考证,忽略了人与人之间尤其是夫妻之间的心灵沟通,忽略了婚姻生活中爱的基础与意义。小说尽管在许多细节处缺乏真实性,作品有作者为表达某种观念而虚构人物故事的痕迹,但小说所表现的男女婚姻爱情生活中的扭曲变异现象,具有一定的现实意义。

巴恩斯最重要的代表作《福楼拜的鹦鹉》(*Flaubert's Parrot*,1984)是一部后现代主义的实验性小说,作品发表时就受到评论界和公众的普遍赞誉,该书获得布克奖提名,获得了杰弗里·费伯纪念奖、梅迪西文学奖。《福楼拜的鹦鹉》开始于退休医生杰弗里·布雷斯韦特前往福楼拜故乡参观,在纪念馆中发现两只鹦鹉标本。身为福楼拜粉丝的他深知一个事实,即福楼拜鹦鹉只有一只。眼前的事情如谜团一样吸引他步步深入,去探个究竟。这是一部被称为“非小说”的小说,全书由两条线索组成:一条是用全书15章中的三分之二多的篇幅追述和评论法国作家福楼拜的一生,围绕他的文学创作展示福楼拜的小说写作、文学艺术观、社会政治观和生活观,真实细腻描述他与母亲、妹妹和多个女友的关系及其他社会关系;另一条线索是叙述者、狂热追随福楼拜的医生杰弗里·布雷斯韦特,他在探究和考证“福楼拜的鹦鹉”的过程中,表现出他自己的文艺观念和文学批评理念,思考他与不忠妻子之间的关系。所谓“福楼拜的鹦鹉”是指1877年福楼拜为了满足写作小说《一颗单纯的心》中塑造人物形象的需要,从里昂博物馆中借出的一只鹦鹉标本,福楼拜将它取名为“露露”,它陪伴主人公费丽西蒂至死。布雷斯韦特发现了好几只据称是福楼拜借用的鹦鹉,一时真伪难辨。在对福楼拜的创作研究中,他发现自己与福楼拜的《包法利夫人》中爱玛的丈夫包法利的生活经历十分类似,自己妻子的外遇使他成了一个无辜的被情感和生活抛弃的人。文学艺术与现实生活融成了一体,到底是艺术模仿生活还是生活模仿艺术,两者之间没有了明确的界限与区别。尤其是他对所崇拜的福楼拜的不为人知的一面的考据,诸如福楼拜其貌不扬而且秃顶,与多个女人交往而终身未娶,小心翼翼掩饰他与某个小有名气的女诗人的私情,有一个同性恋伴侣,患过一次毁灭性的梅毒,甚至热爱粪便之类的粗俗习惯,等等,使得人物对福楼拜的追随最后导向了虚无。终于他感悟到了,要找到真正的福楼拜鹦鹉是不可能的,要想把握人生就像我们无法考证文学艺术一样,也是不可能的。巴恩斯用侦探小说的手法,带领我们进行了一场无稽的游戏,残酷地探索了一个故去的荣耀作家可能有的不幸人生,而这种不幸正在我们自以为是的现代生活中存在着,无论是艺术还是人生充满了虚无主义。小说以互文的形式,融入了历史材料、传统小说、传记文学、历史故事、报告文学、寓言故事、文学评论甚至是年表、书、报料、索引等,《福楼拜的鹦鹉》与其说是一部传统概念中的小说,不如说是一个标准的后现代主义写作文本。小说的发表引起了极大反响,一时评论纷纷,称其为英国实验小说树立了一个范本榜样，使英国文学更靠近法国实验小说，进一步推进后现代文学创作的非小说化和非故事化。

巴恩斯发表了一系列带有侦探性质的实验小说，在文坛和读者群中产生了一定影响，主要有《达菲》(*Duffy*，1980)、《乱弹之都》(*Fiddle City*，1981)、《猛然一脚》(*Putting the Boot in*，1985)、《凝视太阳》(*Staring at the Sun*，1986)、《毁灭》(*Going to the Dogs*，1987)等。《凝视太阳》描述女主人公在处理感情纠葛、现实与道德伦理的关系中逐渐成长的过程。与传统小说写作有所不同的是，巴恩斯不再试图用精确的语言和超然的嘲讽才能，通过主人公的性格、环境和象征去赋予作品主题意义，而是让我们看到人物普通而真实的生活。小说阻断了通常阅读思维上的主题内涵和语言、时间、风格、性格之间的必然联系，让读者在观察人物的普通生活中参与意义和主题的再创造，作品具有新小说特征。人物不仅凝视太阳，更凝视读者的内心世界。

巴恩斯的《10½章世界史》(*A History of The World in 10½ Chapters*，1989)是他实验小说创作的又一重要作品，其中体现的文学创作技术实验新观念，使得小说一发表就成为评论界的焦点，被称为"奇怪的小说"。作品标题用10章半的不完整结构数字，寓示对世界历史、历史事实以及那些"早有公论"的事物对象所进行的怀疑主义思考。小说以挪亚方舟传说为主线，将远古、现代和未来连接在一起，游移于人间、天堂和自然世界，文中有古代伟人的愚行和达官贵人的残忍，也有芸芸众生的无聊和现代精英的荒诞。世界历史在小说化的形象描述中有了完全不同的面貌，历史概括与小说描写之间形成的变形充满哲理意味，真理和事实只存在于事物本身，任何一种文本的传达都具有虚幻性。以文学的方式来写世界历史，这本身就意味着世界历史已经不再是"历史"而成了"文学"。这样的文学遵循的历史观，在巴恩斯看来，"不去为那些我们不知道或者不接受的史实编造故事，而对那些掌握了的部分用自己的思想去演绎"①。当世界历史经过文学构思的处理之后，对历史事实所发生的认知上的变化，不仅仅是真实与虚构的区别，也包括现象与本质、社会与个人甚至文本的体例与编排方式等方面的区别。小说既不是一部按年代顺序写的编年体历史，也不是一部完全虚构的情节小说。书中有历史的叙述，也有虚构的情节和细节，有时是散文化的议论，有时是小说化的描述，有时是历史真实的再现，也有市井花絮的随笔。全书看起来各章独立成篇、互不相干，犹如由10个独立故事构成的一部短篇小说集，然而小说中一再出现的挪亚方舟以及方舟的变体成了贯串全书的基本意象和情节主线，它将小说构成一个完整整体。正是这个贯串小说始

---

① Vandssa Guignery, *The Fiction of Julian Barnes*, New York: Palgrave Macmillan, 2006, p. 70.

终的文学性意象和情节主线,概括了人类生存的本质,概括了世界历史和人类社会的发展史。然而这种概括正如挪亚方舟那样,充满了虚幻性和不确定性,所以巴恩斯将这本小说称为"世界史",最后一章取名为"梦",用第一人称的手法描写梦想中的天堂和幻境中的美女。小说在颠覆了历史、社会和人类本身的同时,也颠覆了文学自身,充分显示出巴恩斯创作的后现代特征。

《尚待商榷的爱情》(*Talking It Over*,1991)演绎了当代年轻人三角恋爱的故事,从三个人物的视角分别叙述各自的遭遇,同时也是一部借助淡化情节的爱情故事来探讨小说叙述方式的作品。小说的趣味性是否将影响小说的真实性和可信性?巴恩斯试图调和两者之间的矛盾。小说在充满滑稽搞笑的叙述中,在不断变化的情节和人物矛盾斗争中,显示出作家高超的艺术表达技巧。《豪猪》(*The Porcupine*,1992)以中东 20 世纪八九十年代之交的历史事件为背景,以保加利亚原国家领导人托多尔·日夫科夫为原型,讲述了一个东欧国家领导人被废黜并遭审判的故事,揭示了自由民主制度的虚假和欺骗本质,拷问社会政体的合法性与人类的良知理性,体现了作家深刻的反思精神和强烈的批判意识。小说以传统叙述方式,用福楼拜式的全知全能的上帝视角进行表述,说明巴恩斯的实验主义小说并不排斥现实主义,尤其更正了评论界称他的"非小说化""非故事化"实验小说埋葬了传统小说的观点。小说以文学的形式书写历史,探讨文学与历史、历史与政治、历史与意识形态的关系,体现了作家强烈的社会意识和高度的现实人文关怀,在描述历史荒谬性的同时,表达了作者对构建美好社会的殷切期望。《豪猪》从内容到形式一定程度上表现出对现实主义的回归。《英格兰,英格兰》(*England*,*England*,1998)中描写主人公对自我存在的探索,人物从童年时代直到退休的整个人生历程不断在确认自己的民族和身份。在人物一生的探求记忆中,将个人成长的历史与民族身份的确认、历史传统真伪的辨识结合在一起。小说不仅是对人生真理的认识和对民族身份的确认,更是对英国历史文化的重新寻找和确认。巴恩斯借人物之口说道:"个人信仰的丧失和民族信仰的丧失,难道不是相同的吗?看看古老的英国发生了什么。它不再信仰什么了。事情变得一团糟。而且还非常糟。它失掉的是严肃性。"小说中浓郁的历史性、现实性和民族性可见一斑。

21 世纪以来巴恩斯新作不断。《爱及其他》(*Love*,*Etc.*,2000)是一部获得布克奖提名的小说。书中描写三个被抛入爱情与现实旋涡中的年轻人:斯图亚特从爱情走向背叛和复仇,奥利弗信仰破灭转而对现实丧失真诚,吉里安则犹如一叶小舟在生活的苦海中竭力挣扎。小说在三位主人公自白式的叙述中,揭示当代社会存在的情感、道德、信仰等社会问题。《亚瑟与乔治》(*Arthur & George*,2005)是一部借助福尔摩斯侦探传奇展开的亚瑟为蒙冤入狱的乔治调查、申冤的故事。小说将传奇故事与现实生活结成一体,反映人物对爱情、婚姻生活的感悟乃至对社会不公、种族歧视的反思。《时代的喧嚣》(*The Noise of Time*,2006)是一部虚构的传记体小说,小说描写的是苏联时期音乐家肖斯塔科维奇因其不合主流意识形态的芭蕾舞剧作品,而受到来自社会政治等各方面的批判,等待他的是被秘密警察抓捕、关押流放及至处死的威胁。侥幸逃过迫害的肖斯塔科维奇在屈辱、恐惧中周旋,在生存与死亡、尊严与苟且、信仰与遮蔽之间,顽强地生存着。小说围绕主人公的生活经历展现了当时畸形的社会政治导致畸形的社会生活和不同人物的不同命运。肖斯塔科维奇是那个喧嚣时代中真实而生动的懦夫式英雄形象,巴恩斯说:"我的英雄是个懦夫。确切地说,经常自认为是懦夫。更确切地说,他的位置不可能不当懦夫。你和我的处境也必然是懦夫,假如我们决心去做懦夫的对立面——英雄——那么我们必然是极为愚蠢的。"①小说不仅表达了对高压下人的顽强生存与自我救赎的敬意,也是对社会政治下的集体大狂欢丧失理性摧残人性的反思。作品创作上体现了历史真实与文学虚构相融合的艺术特色,小说中的人物是真实的,社会环境和事件是真实的,但作品的情节细节不乏虚构性,体现了对历史的解构与重述和对记忆的追溯和反思的特征。

《终结感》(*The Sense of An Ending*,2011)是一部反映老年生活题材的小说。托尼回顾自己一生的读书、工作、结婚、生子、离婚,以及碌碌无为的老年生活。既有对情感生活爱情真谛的感悟,悔恨自己一生从来没有认真对待遇见过的人和事,也有对社会身份、人生意义的价值拷问。人的一生可以过得普普通通,但不能丧失善良与美德,应该承担应有的社会和家庭责任,追求存在的生命价值,沐浴在美好的生活之中。小说中托尼的生活及其展开的社会历史,在重新审视中最终被解构了。以往的生活片段,当人物再次追忆时,已不再是当时的情绪与心理,而成了拷问生命价值与思考人生哲理的载体。小说以后现代文本结构形式,对芸芸众生平凡生活细节娓娓道来的叙述,体现出巴恩斯作为后现代文学大师娴熟而高超的艺术水平。《终结感》获得 2011 年英国布克文学奖,评委称:"受困于日常生活的悲剧如此感人、如此敏锐,人们只能几乎盲目地、以片段的形式面对——而这,正是真正大师级小说的标志。"巴恩斯于 2011 年获大卫·柯恩英国文学终身成就奖。

巴恩斯的最后一部作品《生命的层级》(*Levels of Life*,2013)是一部借助一定情节、细节、片段展开人生价值意义拷问和哲理思考的小说。作品中将人的生命分为三个层级,即与热气球相连接的"天空"层级、与爱情故事相连接的"地面"层级以及与死亡相连接的"墓穴"层级。关于三个层级的不同生活描绘与理性思

---

① 　Julian Barnes,My Hero:Dmitri Shostakovich by Julian Barnes,*The Guardian* 30 Jan,2016,Web.

考,表达了巴恩斯对精神自由的向往、对现实生活的反思以及对死亡的追问。作品表达了对亡妻的悼念之情,同时也是作家借助理性与情感、想象与形象、真实与虚构的形式,叩问生命的终极意义,表现出后现代之后作家的生命忧患意识与人文主义情怀。小说中零星的人物形象和片段式的情节细节,承载了作家深沉的关于生活哲理与生命本质的思考。巴恩斯另有短篇小说集《穿越海峡》(*Cross Channel*,1996)、《柠檬桌》(*The Lemon Table*,2004)、《脉搏》(*Pulse*,2011)等。

　　巴恩斯在小说创作中尝试了多种完全不同的风格和主题以及多种艺术表现形式。有现实主义的真实显示,在历史中寻找思想的灵感,注重在历史再现中的情节叙述,从人类历史的视野去观照当下的社会生活与人生命运,关注对爱情、婚姻以及对个人和民族身份建构的思考,深刻表达了"对生活的美妙之处、悖论、悲喜和真相的感知"①。同时又表现出对现实和历史的解构、反讽和颠覆,元小说的叙述风格,使得作品具有浓郁的后现代主义特征。温妮莎·古尼尔概括巴恩斯的后现代性为"他既依赖同时又颠覆现实主义的策略;他的作品本质上是自反的;他赞美文学的过去但也带着反讽的意味反思文学"②。巴恩斯的后现代主义实验小说,引导着英国后现代小说创新潮流。他的作品除了在英国获奖以外,还在美国、法国、意大利和德国获得著名的文学奖。巴恩斯是一位具有重要地位和影响的职业作家,也是一位活跃的新闻记者、专栏作家和权威的影视评论家。

七　伊恩·麦克尤恩

　　伊恩·麦克尤恩(Ian McEwan,1948—　　)是一位与马丁·艾米斯齐名的当代英国小说家。他生于英格兰一个军人家庭,父母都是贫穷出身,没受过多少教育,父亲在家里是个独霸型的人物,心情不好时甚至打骂妻子。也许正因如此,尽管麦克尤恩不喜欢暴力,甚至深受暴力困扰,但他的作品总是不由自主描写暴力,笔下的父亲形象也不太好。麦克尤恩曾在新加坡和非洲住过,总觉得自己的英语不好,在以后的创作中形成了他斟词酌句的风格。麦克尤恩年轻时曾热衷于非理性主义的反文化运动,接受教育直至获得文学硕士学位。1970年开始文学创作,后定居伦敦。最初的创作主要以短篇小说为主,先后在《美国评论》《美洲评论》《文汇》等刊物发表。这些作品被收录在他的第一部短篇小说集《先爱后礼》(*First Love*,*Last Rites*,1975)中。小说大多具有怪异的情节,性、死亡、犯罪、病态、乱伦等,场景意象令人触目惊心、恐惧难忍。小说描写冷静客观,同时具有黑色幽默的艺术效果,表现出作家高超的叙述才华。1978年又发表短篇小

---

① 　Julian Barnes,My Life as Bibliophile. *In The Guardian*,30 June 2012,https://www. theguardian. com/books/2012/jun/29my-life-as-bibliophile-julian-barnes.

② 　Vanessa Guignery,*The Fiction of Julian Barnes*,London:Palgrave,2006,p. 1.

说集《床笫之间》(*In Between the Sheets*)。以写短篇小说步入文坛的麦克尤恩,其《先爱后礼》获得了 1975 年毛姆奖,给他带来极大的文学创作动力。麦克尤恩的第一部长篇小说、成名作《水泥庭院》(*The Cement Garden*,1978)描写了青春期少年的暴力倾向和近乎病态的罪恶行为。故事讲述了孩子们在父母死去后,居然将他们用水泥封埋在地窖中,兴奋地期待有一天会成为轰动全国的头版头条新闻。父母的去世象征着对孩子们的束缚的去除,同时象征着社会约束和道德规范的去除。孩子们肆无忌惮,为所欲为,最后发展到兄妹乱伦。小说以白描的手法写出了孩子们青春萌动时期的心理状态,死亡、噩梦、无意识、性觉醒等意象成为小说语境的中心话题。小说奠定了作家在日后创作中的主要内容、主题以及创作风格基础。《陌生人的慰藉》(*The Comfort of Strangers*,1981)是一部哥特式恐怖小说。故事叙述的是威尼斯的一对成年夫妇的生活。他们生活中梦魇般的性爱关系和性别冲突所形成的变态性心理,是儿童时代种种不愉快和性心理扭曲异化的延续,人物以自我满足为中心的性暴力是对儿童心理缺失进行补偿的一种表现。小说大部分章节可追溯到人物儿童时代,与其说是对成人性变态的描写,不如说是借助对变态原因的追溯,进而探索儿童心理和生理的成长历程。《时间中的孩子》(*The Child in Time*,1987)以未来时间设定的视角,以儿童生活的题材来展现广阔的成人世界生活。小说由两条线索组成:一条是小说家的女儿两年前被人拐走后,给他的家庭及婚姻生活带来极大的变化,小说家也因此而陷入郁悒冷漠之中。作品试图表达在人生的时间长河中,失去孩子也就意味着失去一种生活,将改变人物的命运。另外一条线索描写的是一个政客在公众面前的表现与自我内心之间存在着巨大的反差,人物以极大的热情投入社会政治中去,其实仅仅是为了摆脱儿童生活不愉快的阴影。人物身上存在的内外两重性表现源自儿童时期的失望、挫折和压抑心理。作为儿童的时代虽然过去了,但它对人的影响却是终身的。

《黑狗》(*The Black Dogs*,1992)是一部具有反恐怖主义思想的作品。小说以“二战”后的法国为背景,写一个妇女每当看到那两只黑狗,就会联想起战争期间它们为德国法西斯所豢养,常常被用来恐吓和残杀关押的犯人的情景。在她的记忆里黑狗比黑夜还要黑,目露红光,凶狠而神秘。作家以黑狗为象征,它恐怖而残忍地觑觎着奄奄一息的欧洲文明,吞噬着人类信仰与道德的底线,它的存在颠倒了善与恶的天平,犹如幽灵的邪恶黑狗,演绎了一则那个特定时代的惊悚寓言。人物神经质的习惯反应,挥之不去的黑狗意象,既是对战争恐怖的写照,也是对当今世界恐怖主义下人类道德堕落的一种否弃,表现出对人类倾向于纯粹堕落与绝对邪恶的担忧,呼唤重塑远去的人类文明。

《阿姆斯特丹》(*Amsterdam*,1998)是一部具有黑色幽默的小说。作曲家克莱夫和报社主编弗农这一对好朋友,在女友莫莉的葬礼上发现原来他们共同拥有过这个女人,对莫莉去世前所受的疾病以及屈辱生活,感慨颇深。于是相约一旦谁处于无尊严的生活状态,另一个有义务结束对方生命。没想到双方为了各自艺术、政治和经济等利益发生了不可调和的矛盾,最后两人不约而同选择了在阿姆斯特丹用安乐死的方式杀死对方。小说在描绘私人世界和公共世界的矛盾中,在展示社会问题以及公众生活的同时,表现了个体无名的恐惧与孤独,淋漓尽致地展示了道德人性的阴暗面。小说发表后获得了文坛好评,但涉及的社会公众及个人隐私等乃至是否可以使用安乐死等问题,引发了社会争议。小说获1998 年布克奖。《全球时报》将之评为 1998 年度最受欢迎的 100 部作品之一。《多伦多明星日报》载文说:"本年度布克奖的获奖作品,是一部描写英国人的虚荣的迷人的小小黑色喜剧。……如同所有具有喜剧特点的优秀小说一样,不祥的后果迅速而又戏剧性地接踵而来——作为喜剧的精髓的缜密构思,成了麦克尤恩的一种专长。其结尾就像精彩的舞台闹剧的剧终一样干净利落。"《赎罪》(*Atonement*,2001)中,富家女布里奥妮当年因嫉妒姐姐塞西莉亚与男友罗比恩爱,做证罗比涉嫌强奸,致使罗比入狱 5 年。塞西莉亚一直坚信罗比无辜,不惜与家人断绝关系,执着地与他相爱。"二战"来临,他们都先后入伍,投身于保卫祖国的战斗中。经历战争洗礼,愧疚的布里奥妮主动向姐姐与罗比承认罪错,然而残酷的战争无情夺走了塞西莉娅和罗比的生命,布里奥妮活在无法自拔的自责和无尽的赎罪中。小说深刻剖析了人性的善恶,人性一瞬间的善恶选择,能给人的一生带去不可磨灭的心灵印记。小说情节不断在现实和虚构之间跳跃,呈现出创作的后现代特性。彼得·查尔兹说:"《赎罪》置身于具有丰富人物刻画及宽广社会背景的现实主义小说传统之中,但又展现出有意识及观点的现代主义关怀。最终它至少部分地表现出后现代主义小说的特征,因为它质疑自身虚构的地位。此外,它又突显了属于前后现代人文主义所关注的道德问题。"①

《在切瑟尔海滩上》(*On Chesil Beach*,2007)中,爱德华与佛罗伦斯在海滩边美丽旅店的新婚之夜充满了忐忑紧张,他们度过了失败却又终生难忘的初夜。他们情爱生活的障碍,来自不同的家庭生活、社会环境和教育背景乃至各自的兴趣爱好和宗教信仰等。一个是喜欢摇滚乐的穷男孩,一个是痴迷古典音乐的富家女,地位的差异,阶级的差异,生活经历的影响,作为矛盾的一部分充分暴露出来,成为横亘在他们生活乃至情爱之间的鸿沟。很多年后当他们各自回首往事,却发现自己人生中唯一记忆着的爱情,正是那个失败的新婚之夜,隽永了一生淡淡的爱与悔恨。小说细腻地展示了 20 世纪 60 年代战后青年的思想情感受物质浪潮影响的真实状况,不同社会环境以及生活差异制约了他们对爱的理解与表达,男女主人公的思想和行为都不同程度地受到了时代的影响。小说被提名

---

① Peter Childs, *The Fiction of Ian McEwan*, Basingstoke: Palgrave, 2005, p. 143.

2007年布克奖,成为本年度英国最畅销的书之一。此外,麦克尤恩还写有《无辜者》(*The Innocent*,1990)、《梦想家彼得》(*The Daydreamer*,1994)、《星期六》(*Saturday*,2005)、《追日》(*Solar*,2010)、《甜牙》(*Sweet Tooth*,2012)、《儿童法案》(*The Children Act*,2014)、《坚果壳》(*Nutshell*,2016)等小说佳作。

麦克尤恩的小说充满了怪诞恐惧、荒谬变态和幻觉幻想描写,死亡、病态和暴力成为主要的文本意象。他的小说被评论界称为"道德寓言",戴维·马尔科姆在《读解伊恩·麦克尤恩》中简洁而准确地概括了麦克尤恩的创作:"总的来说,麦克尤恩的写作生涯展示了从相当极端的道德相对主义到相当明显的道德关注的轨迹。"[①]其写作风格上除了冷静冷漠的客观叙述外,具有黑色幽默的色彩,将梦幻、荒诞、幽默和现实融为一体,形成现实与虚幻不分、过去和现在不分、真实与虚构不分的特征。

---

① David Malcolm, *Understanding Ian McEwan*, Columbia: University of South Carolina, 2002, p. 15.

附　　录

一　英国小说年表

年　份	作　品　名　称
文艺复兴时期—17世纪	杰弗里·乔叟：《坎特伯雷故事集》 托马斯·莫尔：《乌托邦》 约翰·黎里：《尤菲绮斯》 罗伯特·格林：《潘道思图》《孟尼风》 托马斯·纳什尔：《倒霉的旅行家》（或《杰克·威尔逊传》）《一文不名的皮尔斯》 约翰·班扬：《天路历程》（全名《一个信徒从今生到来世的旅程：用梦境做出的展示》）、《培德曼先生的一生》《神圣的战争》
1719	丹尼尔·笛福：《鲁滨逊漂流记》
1720	丹尼尔·笛福：《辛格尔顿船长》
1722	丹尼尔·笛福：《摩尔·弗兰德斯》
1724	丹尼尔·笛福：《罗克萨娜》
1726	乔纳森·斯威夫特：《格列佛游记》
1730	亨利·菲尔丁：《咖啡店政客》
1732	威廉·霍加思：《娼妓之路》
1733	威廉·霍加思：《浪子之路》
1734	亨利·菲尔丁：《堂吉诃德在英国》
1736	亨利·菲尔丁：《巴斯昆》《一七三六年历史纪实》
1740	塞缪尔·理查逊：《帕美拉》（又名《美德受到了奖赏》）
1741	亨利·菲尔丁：《沙米拉·安德鲁斯夫人生平的辩护》
1742	亨利·菲尔丁：《约瑟夫·安德鲁斯》
1743	亨利·菲尔丁：《大伟人江奈生·魏尔德传》
1745	威廉·霍加思：《时髦婚姻》
1747	威廉·霍加思：《勤与懒》
1748	塞缪尔·理查逊：《克拉丽莎》（又名《一位青年妇女的故事》） 托比亚斯·乔治·斯摩莱特：《罗特瑞克·兰顿》
1749	亨利·菲尔丁：《弃儿汤姆·琼斯的历史》

年　份	作　品　名　称
1751	亨利·菲尔丁:《阿米丽亚》 托比亚斯·乔治·斯摩莱特:《皮克尔奇遇记》
1753	托比亚斯·乔治·斯摩莱特:《斐迪南·发暂伯爵奇遇记》
1754	塞缪尔·理查逊:《葛兰狄生爵士》
1762	托比亚斯·乔治·斯摩莱特:《朗西罗·格利夫爵士奇遇记》
1764	霍勒斯·沃尔波尔:《奥特朗图堡》
1765	奥利佛·哥尔德斯密斯:《威克菲尔德牧师传》
1767	劳伦斯·斯特恩:《项狄传》
1770	奥利佛·哥尔德斯密斯:《荒村》
1771	托比亚斯·乔治·斯摩莱特:《韩福瑞·克林卡远征记》
1777	克拉拉·里夫:《英国老男爵》
1778	范妮·伯妮:《伊芙林娜》
1785	克拉拉·里夫:《传奇文学的发展》
1782	范妮·伯妮:《塞西莉娅》
1786	威廉·贝克福特:《瓦塞克》
1789	安·拉德克利夫:《阿兹林与丹班的堡垒》
1790	安·拉德克利夫:《西西里罗马斯》
1791	安·拉德克利夫:《森林罗曼斯》
1794	安·拉德克利夫:《乌多尔福的秘密》 威廉·葛德文:《喀列伯·威廉斯》
1796	范妮·伯妮:《卡米拉》
1797	安·拉德克利夫:《意大利人》
1799	简·奥斯丁:《诺桑觉寺》
1800	玛丽亚·埃奇沃思:《拉克伦特城堡》
1801	玛丽亚·埃奇沃思:《贝林达》
1810	珀西·比希·雪莱:《查斯特洛吉》
1811	珀西·比希·雪莱:《圣伊尔温》 简·奥斯丁:《理智与情感》
1812	玛丽亚·埃奇沃思:《外住地主》 查尔斯·罗伯特·梅图林:《爱尔兰人的首领》
1813	简·奥斯丁:《傲慢与偏见》

年　份	作　品　名　称
1814	简·奥斯丁:《曼斯菲尔德庄园》 范妮·伯妮:《流浪者》
1816	简·奥斯丁:《爱玛》 托马斯·洛夫·皮科克:《险峻堂》
1817	瓦尔特·司各特:《罗伯·罗伊》
1818	简·奥斯丁:《劝导》 托马斯·洛夫·皮科克:《梦魇寺》 瓦尔特·司各特:《密德洛西恩监狱》 苏珊·费里尔:《结婚》
1819	瓦尔特·司各特:《艾凡赫》
1820	查尔斯·罗伯特·梅图林:《漫游者美尔莫斯》 约翰·高尔特:《艾尔郡遗产继承人》
1821	约翰·高尔特:《教区编年史》 瓦尔特·司各特:《肯纳尔沃思堡》
1822	托马斯·洛夫·皮科克:《少女玛丽安》
1823	瓦尔特·司各特:《昆丁·达沃德》
1824	苏珊·费里尔:《遗产》
1826	瓦尔特·司各特:《皇家猎宫》 本杰明·迪斯雷利:《维维安·格雷》
1828	爱德华·布尔沃·利顿:《佩尔汉姆》(又名《一位绅士的历险》)
1829	托马斯·洛夫·皮科克:《艾尔芬的不幸》
1830	爱德华·布尔沃·利顿:《保罗·克利福德》
1831	苏珊·费里尔:《命运》 托马斯·洛夫·皮科克:《怪癖堡》
1834	爱德华·布尔沃·利顿:《庞贝的末日》
1835	爱德华·布尔沃·利顿:《里恩彻》
1837	查尔斯·狄更斯:《匹克威克外传》
1838	查尔斯·狄更斯:《雾都孤儿》
1839	查尔斯·狄更斯:《尼古拉斯·尼克贝》
1841	查尔斯·狄更斯:《老古玩店》 查尔斯·狄更斯:《巴纳比·拉奇》
1842	爱德华·布尔沃·利顿:《赞诺尼》

年　份	作　品　名　称
1843	查尔斯·狄更斯:《马丁·朱述尔维特》《圣诞颂歌》
1844	本杰明·迪斯雷利:《康宁斯比》
1845	本杰明·迪斯雷利:《西比尔》
1847	本杰明·迪斯雷利:《堂克瑞德》 威廉·梅克皮斯·萨克雷:《势利小人集》 艾米丽·勃朗特:《呼啸山庄》 安妮·勃朗特:《艾格妮丝·格雷》 夏洛蒂·勃朗特:《简·爱》
1848	查尔斯·狄更斯:《董贝父子》 威廉·梅克皮斯·萨克雷:《名利场》 安妮·勃朗特:《怀德菲尔庄园的房客》 盖斯凯尔夫人:《玛丽·巴顿》
1849	夏洛蒂·勃朗特:《谢利》
1850	查尔斯·金斯利:《阿尔顿·洛克》 查尔斯·狄更斯:《大卫·科波菲尔》 威廉·梅克皮斯·萨克雷:《彭登尼斯》
1851	查尔斯·金斯利:《酵母》
1852	威廉·梅克皮斯·萨克雷:《亨利·埃斯蒙德的历史》
1853	查尔斯·金斯利:《希帕蒂亚》 盖斯凯尔夫人:《克兰福德镇》 查尔斯·狄更斯:《荒凉山庄》 夏洛蒂·勃朗特:《维莱特》
1854	查尔斯·狄更斯:《艰难时世》
1855	查尔斯·金斯利:《向西方》 盖斯凯尔夫人:《北方和南方》 安东尼·特罗洛普:《巴彻斯特养老院》 威廉·梅克皮斯·萨克雷:《纽可姆一家》
1856	乔治·梅瑞狄斯:《蓬头人剃发记》 查尔斯·里德:《改邪未晚》
1857	查尔斯·狄更斯:《小杜丽》 夏洛蒂·勃朗特:《教师》 安东尼·特罗洛普:《巴彻斯特寺院》
1858	乔治·艾略特:《教区生活场景》

年　份	作 品 名 称
1859	威廉·梅克皮斯·萨克雷:《弗吉尼亚人》 查尔斯·狄更斯:《双城记》 乔治·艾略特:《亚当·比德》 乔治·梅瑞狄斯:《理查·弗维莱尔的苦难》
1860	威尔基·柯林斯:《白衣女人》 托马斯·洛夫·皮科克:《格里尔·格兰治》 乔治·艾略特:《弗洛斯河上的磨坊》
1861	查尔斯·狄更斯:《远大前程》 乔治·艾略特:《织工马南》 乔治·梅瑞狄斯:《伊万·哈林顿》 查尔斯·里德:《教堂和家灶》
1863	乔治·艾略特:《罗慕拉》
1865	查尔斯·狄更斯:《我们共同的朋友》
1866	乔治·梅瑞狄斯:《维托利亚》 盖斯凯尔夫人:《妻子和女儿》 乔治·艾略特:《费利克斯·霍尔特》
1868	劳伦斯·斯特恩:《约克里先生穿行法国和意大利的感伤的旅行》 威尔基·柯林斯:《月亮宝石》 托马斯·哈代:《穷人和贵妇》
1869	安东尼·特罗洛普:《菲尼亚斯·芬恩》
1870	威尔基·柯林斯:《丈夫和妻子》 查尔斯·狄更斯:《艾德温·德鲁德之谜》 查尔斯·里德:《设身处地》
1871	爱德华·布尔沃·利顿:《未来种类》 托马斯·哈代:《计出无奈》
1872	托马斯·哈代:《绿荫下》 乔治·艾略特:《米德尔马契》 塞缪尔·勃特勒:《埃瑞洪》
1873	托马斯·哈代:《一双蓝眼睛》
1874	托马斯·哈代:《远离尘嚣》
1875	乔治·梅瑞狄斯:《包尚的事业》 安东尼·特罗洛普:《如此世界》 亨利·詹姆斯:《罗德里克·赫德森》

年　份	作　品　名　称
1876	乔治·艾略特:《丹尼尔·德龙达》 安东尼·特罗洛普:《首相》
1877	亨利·詹姆斯:《美国人》
1878	托马斯·哈代:《还乡》 亨利·詹姆斯:《欧洲人》 罗伯特·路易斯·斯蒂文森:《内陆漫游记》《夜宿》
1879	乔治·梅瑞狄斯:《利己主义者》 亨利·詹姆斯:《黛西·米勒》 罗伯特·路易斯·斯蒂文森:《骑驴旅行记》
1881	安东尼·特罗洛普:《斯卡包鲁一家》 亨利·詹姆斯:《贵妇人画像》《华盛顿广场》 威廉·怀特:《马克·罗瑟福德自传》 奥莉芙·施莱纳夫人:《一个非洲农场的故事》
1882	罗伯特·路易斯·斯蒂文森:《快乐的人》《马尔肯》《欧拉拉》《新天方夜谭》
1883	亨利·詹姆斯:《德莫福夫人》 罗伯特·路易斯·斯蒂文森:《金银岛》 乔治·莫尔:《现代恋人》
1884	乔治·吉辛:《无阶级者》
1885	乔治·梅瑞狄斯:《克劳斯威的黛安娜》 罗伯特·路易斯·斯蒂文森:《奥托王子》《儿童诗苑》 乔治·莫尔:《刘易斯·塞莫尔和几个女人》《艺人之妻》 威廉·怀特:《马克·罗瑟福德的解放》
1886	托马斯·哈代:《卡斯特桥市长》 亨利·詹姆斯:《波士顿人》 约罗伯特·路易斯·斯蒂文森:《化身博士》《诱拐》 乔治·吉辛:《平民百姓》
1887	托马斯·哈代:《林居人》 乔治·吉辛:《赛尔沙》 威廉·怀特:《皮匠街的革命》
1888	托马斯·哈代:《威塞克斯故事集》 奥斯卡·王尔德:《快乐王子集》 亨利·詹姆斯:《阿斯本文件》 约瑟夫·鲁狄亚德·吉卜林:《山里的平凡故事》 乔治·莫尔:《春天时光》《一个年轻人的自白》 汉弗莱·沃德夫人:《罗伯特·艾斯梅尔》

年　份	作　品　名　称
1889	约罗伯特·路易斯·斯蒂文森：《巴伦特雷的少爷》 乔治·吉辛：《下层社会》 乔治·莫尔：《迈克·弗莱契》
1890	奥斯卡·王尔德：《道林·格雷的画像》 亨利·詹姆斯：《悲哀的缪斯》 约瑟夫·鲁狄亚德·吉卜林：《消失的光芒》 乔治·吉辛：《被解救者》
1891	托马斯·哈代：《德伯家的苔丝》 奥斯卡·王尔德：《石榴之家》《亚瑟·萨维尔勋爵的罪行》 乔治·吉辛：《新寒士街》
1892	约瑟夫·鲁狄亚德·吉卜林：《瑙拉卡》 约罗伯特·路易斯·斯蒂文森：《沉船营救者》 乔治·莫尔：《徒有好运》 汉弗莱·沃德夫人：《戴维·格里夫》
1893	约罗伯特·路易斯·斯蒂文森：《岛上夜谭》《卡特琳娜》
1894	约瑟夫·鲁狄亚德·吉卜林：《莽林之书》 约罗伯特·路易斯·斯蒂文森：《赫密斯顿之坝》 乔治·莫尔：《伊丝特·沃特斯》 汉弗莱·沃德夫人：《马赛拉》
1895	托马斯·哈代：《无名的裘德》 约瑟夫·鲁狄亚德·吉卜林：《莽林之书续编》 艾瑟尔·伏尼契：《俄国幽默》 赫伯特·乔治·威尔斯：《时间机器》
1896	汉弗莱·沃德夫人：《乔治·特瑞瑟狄爵士》 赫伯特·乔治·威尔斯：《莫罗医生岛》
1897	亨利·詹姆斯：《波音顿的珍藏品》《梅瑟所了解的》 奥莉芙·施莱纳夫人：《马训纳兰的骑兵彼得·海尔凯特》 艾瑟尔·伏尼契：《牛虻》 赫伯特·乔治·威尔斯：《隐身人》 约翰·高尔斯华绥：《天涯海角》
1898	乔治·莫尔：《伊芙琳·英奈斯》 汉弗莱·沃德夫人：《班尼斯戴尔的赫尔贝克》 阿诺德·贝内特：《北方来的年轻人》 约瑟夫·康拉德：《白水仙号上的黑家伙》

续 表

年　份	作 品 名 称
1899	亨利·詹姆斯:《青春初期》 乔治·莫尔:《弯曲树枝》 约瑟夫·鲁狄亚德·吉卜林:《从海到海》
1900	汉弗莱·沃德夫人:《艾琳娜》 赫伯特·乔治·威尔斯:《托诺-邦盖》 约瑟夫·康拉德:《吉姆爷》
1901	塞缪尔·勃特勒:《重临埃瑞洪》 约瑟夫·鲁狄亚德·吉卜林:《基姆》 艾瑟尔·伏尼契:《杰克·雷蒙》
1902	亨利·詹姆斯:《鸽翼》 约瑟夫·鲁狄亚德·吉卜林:《原来如此的故事》 阿诺德·贝内特:《五镇的安娜》 约瑟夫·康拉德:《青春》《黑暗的心》
1903	亨利·詹姆斯:《专使》 塞缪尔·勃特勒:《众生之路》 乔治·吉辛:《四季随笔》 乔治·莫尔:《未开垦的田地》 汉弗莱·沃德夫人:《罗斯夫人的女儿》 约瑟夫·康拉德:《台风》
1904	亨利·詹姆斯:《镀金碗》 乔治·吉辛:《佛兰尼尔达》 艾瑟尔·伏尼契:《奥利维亚·拉瑟姆》 约翰·高尔斯华绥:《法利赛人的岛》 约瑟夫·康拉德:《诺斯特罗莫》
1905	赫伯特·乔治·威尔斯:《基普斯》 爱德华·摩根·福斯特:《天使不敢涉足的地方》
1906	汉弗莱·沃德夫人:《范威克的一生》 约翰·高尔斯华绥:《有产者》
1907	约翰·高尔斯华绥:《庄园》 约瑟夫·康拉德:《间谍》
1908	阿诺德·贝内特:《老妇谭》 爱德华·摩根·福斯特:《一间可以看到风景的房间》

年　份	作　品　名　称
1910	艾瑟尔·伏尼契:《断绝了的友情》 赫伯特·乔治·威尔斯:《波利先生传》 阿诺德·贝内特:《克雷亨格》 爱德华·摩根·福斯特:《霍华德庄园》 罗伯特·特莱塞尔:《穿破裤子的慈善家》
1911	奥莉芙·施莱纳夫人:《妇女与劳动》 乔治·莫尔:《欢迎》 约瑟夫·康拉德:《在西方的注视下》 戴维·赫伯特·劳伦斯:《白孔雀》
1912	乔治·莫尔:《安慰》 戴维·赫伯特·劳伦斯:《逾矩的罪人》
1913	戴维·赫伯特·劳伦斯:《儿子与情人》
1914	乔治·莫尔:《再见》 詹姆斯·乔伊斯:《都柏林人》
1915	威廉·毛姆:《人生的枷锁》 福特·马多克思·福特:《好兵》 戴维·赫伯特·劳伦斯:《虹》 弗吉尼亚·伍尔夫:《远航》
1916	乔治·莫尔:《凯瑞斯小溪》 詹姆斯·乔伊斯:《一个青年艺术家的画像》
1917	约瑟夫·鲁狄亚德·吉卜林:《报酬和仙女》《形形色色的人》 约翰·高尔斯华绥:《一个福尔赛的暮秋》 弗吉尼亚·伍尔夫:《墙上的斑点》
1919	威廉·毛姆:《月亮和六便士》 弗吉尼亚·伍尔夫:《夜与日》
1920	约翰·高尔斯华绥:《进退维谷》《觉醒》 戴维·赫伯特·劳伦斯:《恋爱中的女人》 奥尔德斯·赫胥黎:《遗忘的故事》 凯瑟琳·曼斯菲尔德:《幸福集》
1921	乔治·莫尔:《爱洛绮丝与阿贝拉》 约翰·高尔斯华绥:《福尔赛世家》《出让》 奥尔德斯·赫胥黎:《克鲁姆庄园》

年　份	作 品 名 称
1922	戴维·赫伯特·劳伦斯:《阿伦的杖杆》 弗吉尼亚·伍尔夫:《雅各之室》 詹姆斯·乔伊斯:《尤利西斯》 奥尔德斯·赫胥黎:《致命的圈圈》 凯瑟琳·曼斯菲尔德:《园会集》
1923	奥尔德斯·赫胥黎:《滑稽的环舞》
1924	约翰·高尔斯华绥:《白猿》 福特·马多克思·福特:《检阅的结束》 爱德华·摩根·福斯特:《通往印度之路》
1925	弗吉尼亚·伍尔夫:《达罗卫夫人》
1926	约瑟夫·鲁狄亚德·吉卜林:《债主与债户》 约翰·高尔斯华绥:《银匙》 戴维·赫伯特·劳伦斯:《羽蛇》
1927	约翰·高尔斯华绥:《沉默的求婚》《过路人》 弗吉尼亚·伍尔夫:《到灯塔去》
1928	约翰·高尔斯华绥:《天鹅曲》《现代喜剧》 戴维·赫伯特·劳伦斯:《查特莱夫人的情人》 奥尔德斯·赫胥黎:《旋律与对位》 伊夫林·沃:《衰落与瓦解》
1929	格雷厄姆·格林:《内心人》
1930	乔治·莫尔:《奥里斯的阿佛洛狄忒》 威廉·毛姆:《寻欢作乐》 伊夫林·沃:《肮脏的聚会》 格雷厄姆·格林:《行动的名称》
1931	弗吉尼亚·伍尔夫:《海浪》 格雷厄姆·格林:《夜幕降临时的谣言》
1932	查尔斯·珀西·斯诺:《航行中的死亡》 约瑟夫·鲁狄亚德·吉卜林:《极限与更新》 奥尔德斯·赫胥黎:《奇妙的新世界》 路易斯·吉朋:《日暮之歌》 格雷厄姆·格林:《斯坦布尔列车》
1933	查尔斯·珀西·斯诺:《返老还童》 路易斯·吉朋:《云雾中的豪乌山》

年　份	作　品　名　称
1934	查尔斯·珀西·斯诺:《寻求》 伊夫林·沃:《一捧尘土》 路易斯·吉朋:《苏格兰人的书》《灰色的花岗岩》 格雷厄姆·格林:《这就是战场》
1935	格雷厄姆·格林:《英格兰造就了我》
1936	奥尔德斯·赫胥黎:《加沙的盲人》 格雷厄姆·格林:《一支出卖的枪》
1937	弗吉尼亚·伍尔夫:《岁月》
1938	塞缪尔·贝克特:《墨菲》 格雷厄姆·格林:《布莱顿棒糖》
1939	詹姆斯·乔伊斯:《芬尼根守灵夜》 肖恩·奥凯西:《我叩门》
1940	查尔斯·珀西·斯诺:《陌生人和兄弟们》 格雷厄姆·格林:《权力与荣誉》
1941	弗吉尼亚·伍尔夫:《幕间》
1942	肖恩·奥凯西:《门厅里的画》
1944	威廉·毛姆:《刀锋》
1945	乔治·奥韦尔:《动物庄园》 肖恩·奥凯西:《窗下的鼓声》 伊夫林·沃:《重访布莱兹海德》
1946	威廉·库珀:《三个婚姻》
1947	查尔斯·珀西·斯诺:《光明与黑夜》
1948	格雷厄姆·格林:《问题的实质》
1949	查尔斯·珀西·斯诺:《希望的年代》 乔治·奥韦尔:《1984》 肖恩·奥凯西:《别了,爱尔兰》 安格斯·威尔逊:《错误的那一套》
1950	威廉·库珀:《外省生活场景》 安格斯·威尔逊:《如此可爱的渡渡鸟》 多丽丝·莱辛:《青草在歌唱》
1951	查尔斯·珀西·斯诺:《院长》 塞缪尔·贝克特:《莫洛伊》《马隆之死》 多丽丝·莱辛:《这里曾是老酋长的领地》 格雷厄姆·格林:《恋爱的终结》

年　份	作　品　名　称
1952	塞缪尔·贝克特:《等待戈多》 肖恩·奥凯西:《玫瑰与王冠》 安格斯·威尔逊:《毒芹及其以后》 多丽丝·莱辛:《玛莎·奎斯特》
1953	约翰·韦恩:《每况愈下》 塞缪尔·贝克特:《瓦特》《无名者》 多丽丝·莱辛:《五个短篇小说》
1954	查尔斯·珀西·斯诺:《新人》 金斯利·艾米斯:《幸运的吉姆》 肖恩·奥凯西:《落日与黄昏的星》 威廉·戈尔丁:《蝇王》 艾丽斯·默多克:《在网下》 多丽丝·莱辛:《合适的婚姻》
1955	金斯利·艾米斯:《露水情》 约翰·韦恩:《生活在现代》 塞缪尔·贝克特:《空洞的故事和文本》 威廉·戈尔丁:《继承者》 格雷厄姆·格林:《沉静的美国人》
1956	威廉·库珀:《焦虑与平静》 安格斯·威尔逊:《盎格鲁-撒克逊态度》 安东尼·伯吉斯:《老虎时代》 威廉·戈尔丁:《品切尔·马丁》《自由堕落》 艾丽斯·默多克:《逃离巫师》
1957	约翰·布莱恩:《往上爬》 安格斯·威尔逊:《稍稍偏离的地图》 艾丽斯·默多克:《沙堡》 多丽丝·莱辛:《爱的习惯》《回家》 维·苏·奈保尔:《神秘的按摩师》 穆里尔·斯帕克:《安慰者》 劳伦斯·德雷尔:《杰斯丁》 克里斯蒂·布鲁克-罗斯:《爱的语言》

年　份	作　品　名　称
1958	查尔斯·珀西·斯诺:《富人的良心》 格雷厄姆·格林:《我们的人在哈瓦那》 安格斯·威尔逊:《爱略特夫人的中年》 多丽丝·莱辛:《暴风雨的涟漪》 艾丽斯·默多克:《大钟》 约翰·韦恩:《竞争者》 安东尼·伯吉斯:《毯中之敌》 穆里尔·斯帕克:《鲁滨逊》 劳伦斯·德雷尔:《巴尔塞沙》《蒙托列夫》 克里斯蒂·布鲁克-罗斯:《桑树》
1959	查尔斯·珀西·斯诺:《事件》 约翰·布莱恩:《沃迪》 艾伦·西利托:《长跑者的孤独》 安东尼·伯吉斯:《东方之床》 维·苏·奈保尔:《米格尔大街》 穆里尔·斯帕克:《死亡警告》
1960	金斯利·艾米斯:《地狱新地图》《拥有一个像你这样的姑娘》 安东尼·伯吉斯:《医生病了》《回答的权力》 穆里尔·斯帕克:《贝克汉姆绅士的谣传》 克里斯蒂·布鲁克-罗斯:《昂贵的欺骗》
1961	威廉·库珀:《婚姻生活场景》 安格斯·威尔逊:《动物园的老人》 安东尼·伯吉斯:《一只手鼓掌》《虫与环》 艾丽斯·默多克:《一颗被砍掉的头颅》 格雷厄姆·格林:《病毒尽发的病例》 维·苏·奈保尔:《比斯瓦斯先生的房子》 穆里尔·斯帕克:《琼·布罗迪小姐的青春》
1962	奥尔德斯·赫胥黎:《岛》 约翰·韦恩:《打死父亲》 约翰·布莱恩:《上层生活》 艾伦·西利托:《开门的钥匙》 安东尼·伯吉斯:《不够格的种子》《带发条的橘子》 多丽丝·莱辛:《金色笔记本》 艾丽斯·默多克:《一朵非正式的玫瑰》 玛格丽特·德莱布尔:《夏日的鸟笼》 维·苏·奈保尔:《中间地带》

续　表

年　份	作　品　名　称
1963	金斯利·艾米斯:《一个肥胖的英国人》 艾伦·西利托:《收破烂的女儿》 安东尼·伯吉斯:《恩德比先生的内心》 艾丽斯·默多克:《独角兽》 约翰·福尔斯:《收藏家》 B.S.约翰逊:《旅行的人们》 维·苏·奈保尔:《斯通先生和骑士伙伴》
1964	约翰·布莱恩:《嫉妒的上帝》 安东尼·伯吉斯:《没有什么比得上太阳》 威廉·戈尔丁:《塔尖》 B.S.约翰逊:《阿尔伯特·安琪罗》 玛格丽特·德莱布尔:《盖瑞克年》 维·苏·奈保尔:《幽暗国度》 克里斯蒂·布鲁克-罗斯:《外出》
1965	查尔斯·珀西·斯诺:《回家》 伊夫林·沃:《荣誉之剑》 约翰·韦恩:《年轻的客人》 艾伦·西利托:《威廉·波斯特之死》 安格斯·威尔逊:《晚访》 艾丽斯·默多克:《红色与绿色》 约翰·福尔斯:《魔法师》 玛格丽特·德莱布尔:《磨盘》 多丽丝·莱辛:《被围困的陆地》 穆里尔·斯帕克:《曼德尔鲍姆门》
1966	威廉·库珀:《一个新人的回忆》 金斯利·艾米斯:《反死亡同盟》 B.S.约翰逊:《拖网》 格雷厄姆·格林:《喜剧演员》 克里斯蒂·布鲁克-罗斯:《如此》
1967	约翰·韦恩:《小天地》 艾伦·西利托:《火中树》 安格斯·威尔逊:《不是笑料》 威廉·戈尔丁:《金字塔》 玛格丽特·德莱布尔:《金色的耶路撒冷》 维·苏·奈保尔:《模仿者》《守夜人记事簿》(原名《岛上的旗帜》)

年　份	作　品　名　称
1968	查尔斯·珀西·斯诺:《理性的泯灭》 金斯利·艾米斯:《我现在就要》《孙上校》 约翰·布莱恩:《引人注意的游戏》 安东尼·伯吉斯:《恩德比的外表》 艾丽斯·默多克:《好与善》《布鲁诺的梦幻》 克里斯蒂·布鲁克-罗斯:《两者之间》
1969	金斯利·艾米斯:《绿人》 约翰·福尔斯:《法国中尉的女人》 B.S.约翰逊:《不幸者》 玛格丽特·德莱布尔:《瀑布》 多丽丝·莱辛:《四门之城》 维·苏·奈保尔:《黄金国的失落》 劳伦斯·德雷尔:《克莉》
1970	查尔斯·珀西·斯诺:《最后的故事》 约翰·韦恩:《山里的冬天》 约翰·布莱恩:《伴我到天明》 艾伦·西利托:《开始生活》 艾丽斯·默多克:《还算体面的失败》
1971	金斯利·艾米斯:《20岁的姑娘》 安东尼·伯吉斯:MF 威廉·戈尔丁:《天蝎神》 B.S.约翰逊:《通常的女管家》 多丽丝·莱辛:《坠入地狱经历的简述》 维·苏·奈保尔:《在自由的国度》
1972	艾伦·西利托:《原始材料》 玛格丽特·德莱布尔:《针眼》
1973	金斯利·艾米斯:《河边别墅的谋杀案》 塞缪尔·贝克特:《初恋》 艾丽斯·默多克:《黑王子》 B.S.约翰逊:《克里斯蒂·马尔利自己的复式簿记》 多丽丝·莱辛:《黑暗前的夏天》 格雷厄姆·格林:《荣誉领事》 马丁·艾米斯:《雷切尔之书》

年　份	作　品　名　称
1974	查尔斯·珀西·斯诺:《他们的智慧》 金斯利·艾米斯:《终结》 艾伦·西利托:《生命的火焰中》 塞缪尔·贝克特:《默修尔和卡米尔》 约翰·福尔斯:《黑塔》 多丽丝·莱辛:《一个幸存者的回忆录》 安东尼·伯吉斯:《带发条的圣约》《拿破仑交响曲》 穆里尔·斯帕克:《驾驶座上》 劳伦斯·德雷尔:《先生》
1975	艾伦·西利托:《男人、女人与孩子》 B. S. 约翰逊:《让老太太体面地》 玛格丽特·德莱布尔:《金色领域》 维·苏·奈保尔:《游击队员》 克里斯蒂·布鲁克-罗斯:《通过》 马丁·艾米斯:《死婴》 萨曼·拉什迪:《格里姆斯》 伊恩·麦克尤恩:《先爱后礼》
1976	金斯利·艾米斯:《改变》 艾伦·西利托:《鳏夫的儿子》
1977	约翰·布莱恩:《火指》 约翰·福尔斯:《丹尼尔·马丁》 玛格丽特·德莱布尔:《冰期》
1978	金斯利·艾米斯:《杰依克的东西》 约翰·韦恩:《赎罪券出售人的故事》 艾丽斯·默多克:《大海,大海》 格雷厄姆·格林:《人性的因素》 劳伦斯·德雷尔:《莉维娅》 马丁·艾米斯:《成功》 伊恩·麦克尤恩:《水泥庭院》《床笫之间》 A. S. 拜雅特:《庭院少女》
1979	查尔斯·珀西·斯诺:《光滑的外表》 艾伦·西利托:《说谎话的人》 威廉·戈尔丁:《看得见的黑暗》 多丽丝·莱辛:《希卡斯塔》 维·苏·奈保尔:《河湾》

年　份	作　品　名　称
1980	金斯利·艾米斯:《俄罗斯迷藏》 安格斯·威尔逊:《让全世界燃烧》 威廉·戈尔丁:《航行的仪式》 艾丽斯·默多克:《修女与士兵》 玛格丽特·德莱布尔:《人到中年》 多丽丝·莱辛:《第三、四、五区域间的联姻》 安东尼·伯吉斯:《世俗的力量》 朱利安·巴恩斯:《都市郊区》《达菲》
1981	约翰·韦恩:《里兹的流动商店》 约翰·布莱恩:《最后的爱》 艾伦·西利托:《第二次机会及其他故事》 多丽丝·莱辛:《天狼星人的试验》 维·苏·奈保尔:《在信仰者中》 穆里尔·斯帕克:《带着意图的徘徊》《唯一的问题》 马丁·艾米斯:《另类人:一个神秘的故事》 萨曼·拉什迪:《午夜之子》 朱利安·巴恩斯:《乱弹之都》 伊恩·麦克尤恩:《陌生人的慰藉》
1982	威廉·库珀:《都市生活场景》 约翰·韦恩:《年轻人的肩膀》 艾伦·西利托:《她的胜利》 塞缪尔·贝克特:《恶语来自偏见》 约翰·福尔斯:《曼蒂萨》 多丽丝·莱辛:《第八行星代表之形成》 格雷厄姆·格林:《吉诃德大神父》《尼斯的黑暗面》 石黑一雄:《群山淡景》 劳伦斯·德雷尔:《康斯坦斯》 马丁·艾米斯:《金钱:绝命书》
1983	威廉·库珀:《后期生活场景》 艾伦·西利托:《失去的飞船》 艾丽斯·默多克:《哲学家的学生》 劳伦斯·德雷尔:《塞巴斯蒂安》 萨曼·拉什迪:《耻辱》 朱利安·巴恩斯:《她遇到我之前》

年　份	作 品 名 称
1984	金斯利·艾米斯:《斯坦利和女人们》 艾伦·西利托:《出发前的太阳》 克里斯蒂·布鲁克-罗斯:《合并》 朱利安·巴恩斯:《福楼拜的鹦鹉》 伊恩·班克斯:《捕蜂器》
1985	艾伦·西利托:《继续生活》 艾丽斯·默多克:《好学徒》 约翰·福尔斯:《幻想》 格雷厄姆·格林:《第十个人》 劳伦斯·德雷尔:《奎因克斯》 朱利安·巴恩斯:《猛然一脚》 A. S.拜雅特:《平静的生活》
1986	金斯利·艾米斯:《老魔鬼》 石黑一雄:《浮世画家》 克里斯蒂·布鲁克-罗斯:《艾克塞兰多》 朱利安·巴恩斯:《凝视太阳》
1987	艾伦·西利托:《走出漩涡》 威廉·戈尔丁:《狭隘的住所》 艾丽斯·默多克:《书和兄弟会》 玛格丽特·德莱布尔:《光辉之路》 维·苏·奈保尔:《抵达之谜》 朱利安·巴恩斯:《毁灭》 伊恩·麦克尤恩:《时间中的孩子》 薇儿·麦克德米德:《谋杀报道》
1988	约翰·韦恩:《河边相会》 多丽丝·莱辛:《第五个孩子》 萨曼·拉什迪:《撒旦诗篇》
1989	威廉·戈尔丁:《地狱之火》 玛格丽特·德莱布尔:《天生好奇》 石黑一雄:《长日留痕》 马丁·艾米斯:《伦敦荒原》 朱利安·巴恩斯:《10½章世界史》

年　份	作　品　名　称
1990	金斯利·艾米斯:《生活在山上的人们》 格雷厄姆·格林:《遗言》 克里斯蒂·布鲁克-罗斯:《造词者》 萨曼·拉什迪:《哈伦和故事海洋》 A. S. 拜雅特:《占有》 伊恩·麦克尤恩:《无辜者》
1991	威廉·库珀:《永恒无价》 金斯利·艾米斯:《回忆录》 约翰·韦恩:《喜剧》 艾伦·西利托:《伦那德的战争》 玛格丽特·德莱布尔:《象牙门》 克里斯蒂·布鲁克-罗斯:《文本的终结》 马丁·艾米斯:《时间之箭》 朱利安·巴恩斯:《尚待商榷的爱情》 帕特·巴克:《重生》
1992	朱利安·巴恩斯:《豪猪》 伊恩·麦克尤恩:《黑狗》 迈克尔·翁达杰:《英国病人》 薇儿·麦克德米德:《死亡打击》
1993	金斯利·艾米斯:《巴莱特的秘密和其他故事》 阿兰·德波顿:《爱情笔记》 帕特·巴克:《窥孔》
1994	金斯利·艾米斯:《俄罗斯姑娘》《两个你都不能做》 约翰·韦恩:《饥饿的一代》 艾丽斯·默多克:《致敬:骑士》 维·苏·奈保尔:《世界之路》 伊恩·麦克尤恩:《梦想家彼得》 萨曼·拉什迪:《东方,西方》 阿兰·德波顿:《爱上浪漫》
1995	艾伦·西利托:《小说选集》 艾丽斯·默多克:《杰克逊的困境》 石黑一雄:《无可慰藉》 萨曼·拉什迪:《摩尔人的最后叹息》 阿兰·德波顿:《亲吻与诉说》 帕特·巴克:《亡魂路》 薇儿·麦克德米德:《人鱼之歌》

年　份	作　品　名　称
1996	玛格丽特·德莱布尔:《埃克斯穆尔女巫》 多丽丝·莱辛:《再次,爱情》 朱利安·巴恩斯:《穿越海峡》
1997	马丁·艾米斯:《夜车》 阿兰·德波顿:《拥抱似水年华》 A. S. 拜雅特:《通天塔》
1998	维·苏·奈保尔:《超越信仰》 克里斯蒂·布鲁克-罗斯:《下一个》 朱利安·巴恩斯:《英格兰,英格兰》 伊恩·麦克尤恩:《阿姆斯特丹》
1999	威廉·库珀:《死亡生活场景》 大卫·米切尔:《幽灵代笔》
2000	多丽丝·莱辛:《猫语录:大帅猫的晚年》 石黑一雄:《上海孤儿》 朱利安·巴恩斯:《爱及其他》 阿兰·德波顿:《哲学的慰藉》 扎迪·史密斯:《白牙》
2001	玛格丽特·德莱布尔:《胡椒蛾》 维·苏·奈保尔:《半生》 伊恩·麦克尤恩:《赎罪》 迈克尔·翁达杰:《菩萨凝视的岛屿》 大卫·米切尔:《九号梦》
2002	艾伦·西利托:《生日》 玛格丽特·德莱布尔:《七姐妹》 A. S. 拜雅特:《吹笛女人》 扎迪·史密斯:《签名商人》
2003	马丁·艾米斯:《黄狗》
2004	艾伦·西利托:《一个男人的生活》 玛格丽特·德莱布尔:《红王妃》 穆里尔·斯帕克:《最后的学校》 朱利安·巴恩斯:《柠檬桌》 大卫·米切尔:《云图》
2005	石黑一雄:《别让我走》 朱利安·巴恩斯:《亚瑟与乔治》 伊恩·麦克尤恩:《星期六》 扎迪·史密斯:《论美》

年　份	作　品　名　称
2006	玛格丽特·德莱布尔:《海上夫人》 克里斯蒂·布鲁克-罗斯:《生命,终结》《布鲁克-罗斯玫瑰综合》 马丁·艾米斯:《会面屋》 朱利安·巴恩斯:《时代的喧嚣》 大卫·米切尔:《绿野黑天鹅》 珍妮特·温特森:《灯塔》
2007	伊恩·麦克尤恩:《在切瑟尔海滩上》 迈克尔·翁达杰:《遥望》
2009	石黑一雄:《小夜曲:音乐与黄昏五故事集》 A. S.拜雅特:《孩子们的书》
2010	马丁·艾米斯:《怀孕的寡妇》 伊恩·麦克尤恩:《追日》 大卫·米切尔:《雅各布·德佐特的千秋》 安德鲁·米勒:《无极之痛》 霍华德·雅各布森:《芬克勒问题》
2011	朱利安·巴恩斯:《脉搏》《终结感》
2012	马丁·艾米斯:《莱昂内尔·阿斯博:英格兰现状》 伊恩·麦克尤恩:《甜牙》 帕特·巴克:《伞》
2013	玛格丽特·德莱布尔:《纯金婴儿》 朱利安·巴恩斯:《生命的层级》
2014	伊恩·麦克尤恩:《儿童法案》 帕特·巴克:《鲨鱼》
2015	石黑一雄:《被掩埋的巨人》
2016	伊恩·麦克尤恩:《坚果壳》

二　重要作家作品中英文对照索引

A

B

D

H

K

N

P

Q

S

X

Y

Z

三　　主要参考书目

中文部分

[1]阿尔泰莫诺夫,等.十七世纪外国文学史[M].田培明,等,译.上海:上海译文出版社,1981.

[2]阿尼克斯特.英国文学史纲[M].戴镏龄,译.北京:人民文学出版社,1980.

[3]W.C.布斯.小说修辞学[M].华明,胡晓苏,周宪,译.北京:北京大学出版社,1987.

[4]崔少元.后现代主义与欧美文学[M].北京:中国社会科学出版社,2002.

[5]约瑟夫·弗兰克.现代小说中的空间形式[M].秦林芳,编译.北京:北京大学出版社,1991.

[6]爱德华·摩根·福斯特.小说面面观[M].苏炳文,译.广州:花城出版社,1984.

[7]高继海.英国小说史[M].北京:中国社会科学出版社,2003.

[8]高继海.英国小说名家名著评析[M].北京:中国社会科学出版社,2006.

[9]龚翰熊.欧洲小说史[M].成都:四川大学出版社,1997.

[10]侯维瑞.现代英国小说史[M].上海:上海外语教育出版社,1985.

[11]侯维瑞.英国文学通史[M].上海:上海外语教育出版社,1999.

[12]黄禄善.境遇·范式·演进——英国哥特式小说研究[M].上海:上海教育出版社,2012.

[13]黄梅.不肯进取[M].沈阳:辽宁教育出版社,1996.

[14]勒内·基拉尔.浪漫的谎言与小说的真实[M].罗芃,译.北京:生活·读书·新知三联书店,1998.

[15]蹇昌槐.欧洲小说史[M].武汉:武汉大学出版社,1995.

[16]蹇昌槐.西方小说与文化帝国[M].武汉:武汉大学出版社,2004.

[17]蒋承勇.十九世纪现实主义文学的现代阐释[M].北京:高等教育出版社,1996.

[18]蒋承勇.西方文学"人"的母题研究[M].北京:人民出版社,2005.

[19]蒋承勇.世界文学史纲[M].上海:复旦大学出版社,2000.

[20]金东雷.英国文学史纲[M].上海:上海书店,1991.

[21]米兰·昆德拉.小说的艺术[M].孟湄,译.北京:生活·读书·新知三联书店,1992.

[22]刘炳善.英国文学简史[M].郑州:河南人民大学出版社,1993.

[23]李公昭.20世纪英国文学导论[M].西安:西安交通大学出版社,2001.

[24]梁实秋.英国文学史[M].台北:协志工业丛书,1985.

[25]刘建军.西方长篇小说结构模式论[M].长春:东北师范大学出版社,1995.

[26]刘文荣.19世纪英国小说史[M].北京:中国社会科学出版社,2002.

[27]刘怡.哥特建筑与英国哥特小说互文性研究:1764—1820[M].成都:四川大学出版社,2011.

[28]里查蒂.十八世纪英国小说[M].上海:上海外语教育出版社,2000.

[29]李赋宁.欧洲文学史[M].北京:商务印书馆,2001.

[30]李赋宁.英国文学论述文集[M].北京:外语教学与研究出版社,1997.

[31]李维屏.英国小说艺术史[M].上海:上海外语教育出版社,2003.

[32]李维屏,宋建福,等.英国女性小说史[M].上海:上海外语教育出版社,2011.

[33]李维屏.英国文学思想史[M].上海:上海外语教育出版社,2012.

[34]柳鸣九.二十世纪现实主义[M].北京:中国社会科学出版社,1992.

[35]陆建德.破碎思想体系的残编[M].北京:北京大学出版社,2001.

[36]罗钢.叙事学导论[M].昆明:云南人民出版社,1994.

[37]华莱士·马丁.当代叙事学[M].伍晓明,译.北京:北京大学出版社,1990.

[38]迈克尔·麦基恩.英国小说的起源[M].胡振明,译.上海:华东师范大学出版社,2015.

[39]瞿世镜,任一鸣.当代英国小说史[M].上海:上海译文出版社,2008.

[40]阮炜,徐文博,曹亚军.20世纪英国文学史[M].青岛:青岛出版社,2004.

[41]阮炜.二十世纪英国小说评论[M].北京:中国社会科学出版社,2001.

[42]利昂·塞米利安.现代小说美学[M].宋协立,译.西安:陕西人民出版社,1987.

[43]沈弘.弥尔顿的撒旦与英国文学传统[M].北京:北京大学出版社,2010.

[44]苏耕欣.哥特小说——社会转型时期的矛盾文学[M].北京:北京大学出版社,2010.

[45]苏耕欣.英国小说与浪漫主义[M].北京:北京大学出版社,2017.

[46]沈雁冰.小说研究ABC[M].上海:上海书店,1990.

[47]苏联科学院高尔基世界文学研究所.英国文学史(1789—1832)[M].缪灵珠,秦水,等,译.北京:人民文学出版社,1984.

[48]伊恩·P.瓦特.小说的兴起[M].高原,董红均,译.北京:生活·读书·新知

三联书店,1992.

[49]伍尔夫.论小说与小说家[M].瞿世镜,译.上海:上海译文出版社,2000.

[50]徐岱.小说形态学[M].杭州:杭州大学出版社,1993.

[51]易丹.断裂的世纪——论西方现代文学精神[M].成都:四川大学出版社,1992.

[52]郑克鲁,蒋承勇.外国文学史[M].北京:高等教育出版社,2015.

[53]朱虹.英国小说的黄金时代[M].北京:中国社会科学出版社,1997.

[54]王春元,钱中文.英国作家论文学[M].汪培基,等,译.北京:生活·读书·新知三联书店,1985.

[55]王守仁,方杰.英国文学简史[M].上海:上海外语教育出版社,2006.

[56]周珏良,王佐良.英国文学史(五卷本)[M].北京:外语教学与研究出版社,2014.

[57]文美惠.超越传统的新起点[M].北京:中国社会科学出版社,1995.

[58]武跃速.西方现代主义文学的个人乌托邦倾向[M].上海:上海社会科学院出版社,2004.

[59]殷企平.推敲"进步"话语——新型小说在 19 世纪的英国[M].北京:商务印书馆,2009.

[60]殷企平,高奋,童燕萍.英国小说批评史[M].上海:上海外语教育出版社,2001.

[61]张和龙.战后英国小说[M].上海:上海外语教育出版社,2004.

[62]张中载.当代英国文学论文集[M].北京:外语教学与研究出版社,1996.

[63]赵炎秋.狄更斯长篇小说研究[M].北京:社会科学文献出版社,1996.

[64]朱虹.英国小说的黄金时代[M].北京:中国社会科学出版社,1997.

英文部分

[1]Srinivas Aravamudan. Tropicopolitans:Colonialism and Agency,1688—1804[M]. Durham:Duke University Press,1999.

[2]Raffaella Baccolini, Tom Moylan. Dark Horizons:Science Fiction and the Dystopian Imagination[M]. New York and London:Rutledge,2003.

[3]Baker E A. The History of the English Nove[M]. New York:Barnes & Noble,Inc. ,1964.

[4]Stephen Bending,Andrew Mcrace. The Writing of Rural England 1500—1800[M]. Hampshire:Palgrave Macmillan,2003.

[5]Isaiah Berlin. The Age of Enlightenment:The Eighteenth Century Philosophers[M]. New York:Signet Classics,1956.

[6]Peter Bowering. Aldous Huxley：A Study of the Major Novels[M]. London：The Athlone Press,1968.

[7]Bernard Bergonizi. The Situation of the Novel[M]. London：Macmillan,1970.

[8]Jeremy Black. Eighteenth Century Britain 1688—1783[M]. Hampshire：Palgrave Macmillan,2001.

[9]W Blair. The History of the World Literature[M]. Whitefish：Kissinger Publishing,2012.

[10]Malcolm Bradbury. The Modern English Novel[M]. London：Penguin Books,1993.

[11]Malcolm Bradbury. The Modern British Novel 1878—2000[M]. Beijing：Foreign Languages Teaching and Research Press,2004.

[12]Richard Bradford. The Novel Now：Contemporary British Fiction[M]. Oxford：Blackwell Publishing,2007.

[13]Anthony Burgess. Ninety-nine Novels：The Best in English Since 1939[M]. London：Allison and Busby,1984.

[14]Forrest D,Burt W. Somerset Maugham[M]. Boston,1986.

[15]Anthony Burgess. The Wanting Seed[M]. London：William Heinemann Ltd,1962.

[16]Samuel Butler，Erewhon. Harmondsworth[M]. Middlesex：Penguin Books Ltd. ,1970.

[17]Karel Capek. The Absolute at Large[M]. London：George Allen & Unwin Ltd. ,1944.

[18]Lü Changfa. A Short History of Western Literary Theory[M]. Kaifeng：Henan University Press,2006.

[19]Steven Connor. The English Novel in History：1950—1995[M]. London：Routledge,1996.

[20]Margaret Crossland. Beyond the Lighthouse：English Women Novelists in the Twentieth Century[M]. London：Constable,1981.

[21]Wilbui L Cross. The Development of the English Novel[M]. Macmillan Company,1899.

[22]Anthony Curtis,John Whitehead W. Somerset Maugham—The Critical Heritage[M]. New York,1997.

[23]Kastan David Scott. The Oxford Encyclopedia of British Literature[M]. New York：Oxford University Press,2006.

[24]David Dowling. Novelists on Novelists[M]. London：Macmillan,1983.

[25]Margaret Drabble. The Oxford Companion to English Literature. Sixth edition[M]. Oxford: Oxford University Press,2000.

[26]Terry Eagleton. The Rape of Clarissa: Writtin,Sexual and Class Struggle in Samuel Richardson[M]. Oxford: Basil Blackwell,1985.

[27]Jacques Ellul. The Technological Society, Trans. John Wilkinson[M]. London: Jonathan Cape,1965.

[28] Lincoln B Faller. Crime and Defoe: A New Kind of Writing[M]. Cambridge: Cambridge University Press,1993.

[29]E M Foster. The Machine Stops[M]. London: Penguin Group,2011.

[30] Andrzej Gasiorek. Post-War British Fiction: Realism and After[M]. London: Edward Arnold,1995.

[31]Robin Gilmour. The Novel in the Victorian Age,A Modern Introduction [M]. London: Edward Arnold,1986.

[32]Grace M Godden. Henry Fielding: A Memoir[M]. Montana: Kessinger Publishing,2004.

[33]Dominic Head. The Cambridge Introduction to Modern British Fiction, 1950—2000[M]. Cambridge: Cambridge University Press,2002.

[34]W. Hunter. Contemporary Literary Criticism[M]. London: Gale Group Inc. ,2000.

[35]Aldous Huxley. Brave New World Revisited[M]. London: Flamingo,1994.

[36]Henry James. "The Art of Fiction",The Norton Anthology of American Literature[M]. New York: W W Norton & Company,2007.

[37] Chen Jia. A History of English Literature. Volume 1 [M]. The Commercial Press,1982.

[38]Tom Keymer. Richardson's Clarissa and the Eighteenth—Century Reader [M]. Cambridge: Cambridge University,1992.

[39] Arnold Kettle. An Introduction to the English Novel[M]. London: Hutchinson,1967.

[40]Declan Kiberd. Irish Classics[M]. Boston: Harvard University Press,2000.

[41]Richard Kroll. The English Novel, 1700 to Fielding [M]. London: Longman,1998.

[42]Krishan Kumar. Utopia and Anti—Utopia in Modern Times [M]. London: Basil Blackwell,1987.

[43]Chidi Okonkwo. Decolonizaion Agonistics in Postcolonial Fiction[M]. London: Macmillan,1999.

[44]Fritz Lang. Metropolis Fritz Lang[M]. London: Lorrimer Publishing Limited,1973.

[45]Henri Lefebvre. Everyday Life in the Modern World. Trans. Philip Wander[M]. London and New York: Translation Publisher,1984.

[46]David Lodge. Working with Structuralism[M]. London: Routledge and Kagan Paul,1981.

[47]Norman Mackenzie, Jeanne. The Time Traveler: The Life of H G Wells [M]. London: Weidenfeld and Nicolson,1973.

[48]C N Manlove. Literature and Reality, 1600—1800[M]. London: The Macmillan Press,1978.

[49]Allan Massie. The Novel of Today: A Critical Guide to the British Novel 1979—1989[M]. London: Longman,1991.

[50]William Somerset Maugham. The Summing Up[M]. London: Vintage Press,1976.

[51]Robert Mayer. History and the Early English Novel[M]. Cambridge: Cambridge University Press,1998.

[52]Charlotte E Morgan. The Rise of The Novel of Manners[M]. New York: The Columbia University Press,1911.

[53]Michael Meckeon. The Origins of English Novel, 1600—1740 [M]. Baltimore: The John Hopkins University Press,1988.

[54]Rod Mengham. An Introduction to Contemporary Fiction [M]. Cambridge: Polity Press,1999.

[55]Gillian Mary Hanson. Understanding Contemporary Britsh Literature [M]. South Carolina: University of South Carolina Press,2008.

[56]Maximillian E Novak. Daneiel Defoe: Master of the Fiction[M]. Oxford: Oxford University Press,1996.

[57]Williaan Ray. Story and History: Narrative Authority and Social Identity in the Eighteenth-century French and English Novel[M]. Cambridge Mass: Basil Blackwell,1990.

[58]John Richetti. The Cambridge Companion to the Eighteenth Century Novel[M]. Cambridge: Cambridge University Press,1996.

[59]Isabel Rivers. Books and Their Readers in Eighteenth-Century England [M]. New York: St Martin's,1982.

[60]Lyn Pykett. Charles Dickens: Houndmill,Basingstoke[M]. Hampshire: Palgrave,2002.

[61]Godfrey Frank Singer. The Epostolary Novel [M]. Philadelphia: University of Pennsylvania Press,1933.

[62]Randall Stevenson. The British Novel Since the Thirties: An introduction [M]. London: Batsford,1986.

[63]Randall Stevenson. Modernist Fiction [M]. New York: Harvester Wheatsheaf,1992.

[64]Domminic Sandbrook. Never Had It So Good: A History of Britain from Suez to the Beatles[M]. London: Little Brown,2005.

[65]Bernard Shaw. Our Theatres in the Nineties[M]. London: Constable,1932.

[66]Jane Spenrcer. The Rise of the Woman Novelist: From Aphra Behn to Jane Austen[M]. Oxford: Basil Blackwell Ltd. ,1989.

[67]Ian Watt. The Rise of the Novel: Studies in Defoe, Rechardson and Fielding[M]. London: Chatto and Windus,1963.